Markus Heitz
Feuerkriege

PIPER

Zu diesem Buch

Europa in den 1920er Jahren, ein Zeitalter der Luftschiffe, drohender Kriege und politischer Verwicklungen. Doch etwas ist anders, als wir es kennen: Drachen lenken die Geschicke der Welt, treiben Länder an den Rand des Abgrunds und säen Hass zwischen den Völkern. Um ihre Macht zu festigen, ist den klauenbewehrten Herrschern jedes Mittel recht. Doch es gibt Menschen, die sich ihnen entgegenstellen. Die Drachentöterin Silena und ihre Gefährten setzen alles daran, die Übermacht der Feuerspeier zu brechen und der Menschheit ihre Freiheit zurückzugeben …

Markus Heitz, geboren 1971, lebt als freier Autor im Saarland. Seine Romane um »Die Zwerge«, »Ulldart« und seine Drachen-Saga wurden in acht Sprachen übersetzt. Mit seinem neuen Roman um »Die Legenden der Albae« führt Markus Heitz alle Zwerge-Fans in die Welt der Dunkelelfen. Als einziger deutscher Autor gewann er bereits neunmal den Deutschen Phantastik Preis.
Weiteres zum Autor: www.mahet.de

Markus Heitz

Feuerkriege

DIE MÄCHTE DES FEUERS

DRACHENKAISER

Zwei Bestseller in einem Band

Piper München Zürich

Von Markus Heitz liegen bei Piper vor:
Schatten über Ulldart. Ulldart – Die Dunkle Zeit 1
Der Orden der Schwerter. Ulldart – Die Dunkle Zeit 2
Das Zeichen des Dunklen Gottes. Ulldart – Die Dunkle Zeit 3
Unter den Augen Tzulans. Ulldart – Die Dunkle Zeit 4
Die Magie des Herrschers. Ulldart – Die Dunkle Zeit 5
Die Quellen des Bösen. Ulldart – Die Dunkle Zeit 6
Trügerischer Friede. Ulldart – Die Zeit des Neuen 1
Brennende Kontinente. Ulldart – Die Zeit des Neuen 2
Fatales Vermächtnis. Ulldart – Die Zeit des Neuen 3
Die Zwerge
Der Krieg der Zwerge
Die Rache der Zwerge
Das Schicksal der Zwerge
Die Legenden der Albae. Gerechter Zorn
Die Legenden der Albae. Vernichtender Hass
Die Mächte des Feuers
Drachenkaiser
Feuerkriege
Vampire! Vampire!

MIX
Papier aus verantwortungsvollen Quellen
FSC
www.fsc.org
FSC® C083411

Ungekürzte Taschenbuchausgabe
März 2012

Umschlagkonzeption: semper smile, München
Umschlaggestaltung: www.guter-punkt.de
Umschlagabbildung: Guter Punkt, München mit Motiven von Shutterstock
Satz: Filmsatz Schröter, München
Papier: Pamo Super von Arctic Paper Mochenwangen GmbH, Deutschland
Druck und Bindung: CPI – Clausen & Bosse, Leck
Printed in Germany ISBN 978-3-492-26852-3

Die Mächte des Feuers

PIPER

Denen gewidmet, die bereit sind,
neuen Pfaden zu folgen

»Schon wenn einer ihn [den Drachen] sieht, stürzt er zu Boden. (…) Ich will nicht schweigen von seinen Gliedern, wie groß, wie mächtig und wie wohl geschaffen er ist. Wer kann ihm den Panzer ausziehen, und wer kann es wagen, zwischen seine Zähne zu greifen? (…) Stolz stehen sie wie Reihen von Schilden, geschlossen und eng aneinander gefügt. (…) Aus seinem Rachen fahren Fackeln, und feurige Funken schießen heraus. Aus seinen Nüstern fährt Rauch wie von einem siedenden Kessel und Binsenfeuer. Sein Odem ist die lichte Lohe, und aus seinem Rachen schlagen Flammen. (…) Trifft man ihn mit dem Schwert, so richtet es nichts aus, auch nicht Spieß, Geschoss und Speer. (…) Er ist ein Geschöpf ohne Furcht.«

Die Bibel, Hiob 41

»Draco ist der groesten tier ainz, daz dia werlt hot. Von dem mag der groz helfant nicht sicher gesein.«

aus: Buch der Natur, Conrad von Megenberg (1309–1374)

»Daher heißt es, in der Walburgisnacht fliege der Drache um und trage seinen Gläubigen Butter und Schmalz aus fremden Häusern zu. Was er nicht weiter schleppen kann, speit er auf die Schwindgruben; die gelbweißen Algen in Tellergröße, die man auf dem Düngerhaufen zuweilen erblickt, heißen daher Drachenschmalz.«

sinngemäß übersetzt aus: *Liber octo questionum*
(gedruckt bei Joh. Hasselberger 1515) von Abt Trithemius

»Ein Drache ist schön anzusehen. Einen habe ich besessen; er war anderthalb Fuß lang. Ich habe ihn Ambrosius Fabianus geschenkt. Er hatte ungefähr die Farbe eines Krokodils.«

aus: *De animantibus subterraneis* von Georgius Agricola
(1494–1555), Humanist und Gelehrter

»Dieser Namen Trach kommt bei den Griechen von dem scharfen Gesicht her und wird oft von den Schlangen in gemein verstanden. Insonderheit aber soll man diejenigen Schlangen, so groß und schwer von Leib all an der Größe halb ubertretten, Trachen heißen.«

aus: *Thierbuch* von Conrad Gessner (1516–1656)

»Wolfeszahn und Kamm des Drachen«

aus: *Macbeth* von William Shakespeare (1564–1616)

»Furth lebt, solange der Drache stirbt.«

Spruch der Bewohner von Furth im Wald (Bayern)

Prolog

1. Januar 1925, Korumdie-Gebiet, Zarenreich Russland, Grenze zu China

»Wann der Herr wohl zurückkehrt?«, fragte Xing mit Wehmut in der Stimme. Sie strich die Oberfläche der dicken, aufgeschüttelten Daunendecke glatt und trat ans Fenster.

Gigantische Berg- und Eislandschaften breiteten sich vor ihr aus. Die wie an einer Schnur aufgefädelten, schroffen Gipfel schwangen sich allesamt über 6000 Meter hoch. In Xings Augen reckten sie sich abweisend und stolz den Wolken entgegen und ließen es geschehen, dass die Gespinste sie hin und wieder einhüllten und verbargen. Wenn die Berge genug davon hatten, schien es ihr, als zerschnitten sie die Wolken mit ihren scharfkantigen, steilen Hängen, um sodann wieder aufzutauchen. Xing bewunderte die Berge, die unbezwingbar für die Menschheit waren und sich allein ihrem Herrn unterworfen hatten.

Unterhalb des höchsten Gipfels, auf der Ostseite des Korumdie, befand sich das höchste Schlafzimmer der Welt, mit dem atemberaubendsten Ausblick. Es maß zehn mal zehn Meter; rote und schwarze Teppiche verkleideten die nackten Felswände, und an der fünf Meter hohen Decke liefen geschwungene dunkelrote Stoffbahnen entlang. Tagsüber fiel das Sonnenlicht durch die breite Fensterfront und ließ das Rot magmahaft schimmern; sobald es dunkler wurde, spendeten zwei elektrisch betriebene Kristallkronleuchter Helligkeit. An den eingezogenen, mit Blattgold versehenen Säulen im Raum waren Petroleumlämpchen angebracht, deren Schein sich auf dem Edelmetall warm und sanft spiegelte.

Dies war nur eines von vier Dutzend Zimmern des himmlischen Palastes; sieben davon waren ständig beheizt.

»Er ist kein Herr«, sagte Maxim missmutig und fuhr mit der Hand über die Decke, um eine Delle zu hinterlassen und die verlangte Perfektion zu zerstören. »Ein Kerkermeister, mehr ist er nicht. Und ich verstehe nicht, wozu er dieses kleine Bett benötigt.«

Xing, die ihre langen schwarzen Haare zu einem Zopf geflochten und unter die Pelzkappe gesteckt hatte, eilte sofort herbei und strich den von Maxim angerichteten Makel wieder weg; die Bewegung ihrer Hand war exakt und liebevoll. »Hör auf! Du machst ihn nur wütend, und ich bekomme es dann wieder zu spüren.« Sie bewegte sich stets elegant, obwohl sie zwei lange, schwere Mäntel trug, um sich gegen die Kälte zu schützen. »Du musst noch viel lernen.«

Maxim, vierundzwanzig Jahre alt, kräftig gebaut und ehemals Anführer einer russischen Bergexpedition, ging wortlos an Xing vorbei und schaute nach unten in die wilden, menschenleeren Täler des Korumdie, in denen kristallreine Quellen sprudelten und eisige, klare Bäche schufen. Seine Hände ballten sich zu Fäusten, als er an seine Begleiter dachte. Da war Mihail Waltow, der kleine Geologe, der sich mehr über die Blumen als über die Steinproben gefreut hatte. Maxims Kehle wurde trocken, die Wut brannte sie aus, während ein neues, lachendes Gesicht vor seinem inneren Auge entstand: Alexsey Gogol, ein abergläubischer Bergsteiger ohne viel Bildung, aber mit einem Talent, immer den richtigen Weg zu finden. Genau wie Tukhan Ling, der Bergführer, der den besten Buttertee der Welt zubereiten konnte … Maxim presste die Zähne aufeinander, bis sie knirschten. Nein, er wollte nichts lernen.

Die Wiesen weit unterhalb der Zone des ewigen Schnees schimmerten aufsässig bunt und schufen leuchtende Farbkleckse im allgegenwärtigen Grau und Weiß. Auf der anderen Seite trug der Wind Schnee von den Hängen und wehte ihn senkrecht davon. Eine lang gezogene, gleißende Standarte formte sich, die das Majestätische des gewaltigen Gebirges noch hervorhob; doch außer einer Hand voll Menschen kam niemand in den Genuss dieses beeindruckenden Schauspiels.

Maxim sprach die Schönheit nicht an. Seine Augen schweiften zum Horizont, dorthin, wo seine Heimat lag: Sankt Petersburg, viele, viele Werst entfernt. Er rieb sich über die Stirn, die Finger glitten durch die kurzen braunen Haare, und er wünschte sich sehnlichst, diesem Albtraum hier zu entkommen und zu seiner Familie zurückzukehren. Waltow, Gogol, Ling, der ganze Rest seiner Expedition war diesem Scheusal zum Opfer gefallen, davon ging er fest aus.

»Mich behandelt er gut. Und das täte er auch mit dir, wenn du ihn nicht unablässig reizen würdest«, hörte er Xing hinter sich sagen.

Es fiel ihm schwer, ihr Alter zu schätzen, und sie gab keine Antwort, wenn er sie danach fragte. Zwanzig, fünfundzwanzig Jahre? »Wie lange bist du schon hier?«, wollte er wissen. Der Hass steckte noch immer in seiner Kehle, während sein Blick sich wieder in die Täler senkte.

»Es dürften inzwischen«, sie zögerte, rechnete nach, »zehn Jahre sein.«

»Und du hattest nicht einmal das Verlangen, deine Eltern zu sehen?« Anhand der leise raschelnden Geräusche wusste er, dass sie mit einem Staubfeudel über die Nachttischchen aus Elfenbein ging. Es war eines ihrer Rituale: zuerst die Tischchen, danach die oberen Seiten der goldenen Bilderrahmen. Danach würde Xing Lavendel-Räucherstäbchen entzünden und einige der besten schwarzen Trüffeln auf ein Silbertablett legen, um es auf dem Kissen zu deponieren und dem Tyrannen eine Freude zu bereiten.

»Nein, das Verlangen hatte ich nicht. Ich bin aus einem Leben gerettet worden, das ich gehasst habe. Auch du hättest es gehasst, denn es bedeutete Qualen. Nichts als Qualen und Erniedrigung.« Sie trat an seine Seite und betrachtete, wie weit unter ihnen Steinböcke zwischen den Felsen umherkletterten, um an das frische, saftige Gras zu gelangen. »Er schlägt mich nicht, er schenkt mir ein Lächeln, er gibt mir zu essen und Kleidung. Ich bin die Letzte, die sich über ihn beschweren wird. Es gibt keinen schöneren Palast als diesen, und kein Kaiser hat diese Aussicht wie wir.« Die Mandelaugen blickten auf Maxims verschlossenes Gesicht, Xing lächelte aufmunternd. »Wenn die Sonne versinkt und die Gipfel glühen, Maxim, dann ...«

»Ich bin der letzte Überlebende«, unterbrach er sie hart und lehnte die Stirn an das eiskalte Fenster, an dessen Rändern Eisblumen wuchsen. »Als wir aufbrachen, um das Massiv im Namen des Zaren zu erkunden, bestand meine Expedition aus vierzig Leuten, Xing. Dann erschien er, stand über uns wie ein Raubvogel, und ein heftiger Wind warf die Mehrzahl meiner Leute in den Abgrund. Er hat sie einfach abstürzen lassen.« Maxims warmer Atem schmolz die dünne Reifschicht, Tropfen rannen die Scheibe hinab, als weine das Glas um die Toten. »Diejenigen, die sich an den Felsen festklammerten, schickte er mit einer Steinlawine in den Tod. Bis auf mich.« Er schluckte, sah sie vorwurfsvoll an. »Du dienst einem Mörder!«

»Für mich ist er ein Herr und ein Befreier, dem ich ewigen Dank schuldig bin«, erwiderte sie mit Nachdruck, und das Lächeln verschwand aus ihrem Gesicht. »Wenn du es nicht erträgst, ihm zu dienen, dann geh. Die Tore des Palasts lassen sich leicht öffnen.« Xing wandte sich um und verließ das prächtige Schlafzimmer.

Maxim folgte ihr durch den prunkvollen Herrschaftssitz, vorbei an den Gemälden bekannter Maler. Sein Blick fiel auf ein Werk von Caspar David Friedrich; er hatte den Stil von der Audienz beim Zaren her wiedererkannt, der einige Bilder des Deutschen besaß. Bezeichnenderweise hieß es *Die gescheiterte Hoffnung*.

Natürlich hatte er sich Gedanken über eine Flucht gemacht, er war studierter Botaniker und ein mehrfach vom Zaren ausgezeichneter Bergsteiger, der sich vor einem Abstieg nicht fürchtete. Doch die dünne Luft machte jede Bewegung zu einer Qual; er hielt sich noch nicht lange genug in der Höhe auf, um sich daran gewöhnt zu haben. Außerdem waren ihm Seile, Haken, Eispickel und Steigeisen weggenommen worden. Ohne die Sicherheit einer Gruppe käme das Fluchtvorhaben einem Selbstmord gleich.

Maxim hatte noch keine Antwort auf die Frage gefunden, was ihm besser gefiel: von einem launischen Tyrannen getötet zu werden oder an den Hängen zu erfrieren.

Die Kälte in den sicher sieben Meter hohen und fünf Meter breiten Gängen brachte ihn trotz der Mäntel zum Frösteln. Anstelle von nackten Felswänden schritten sie an hübsch anzusehendem Backsteinmauerwerk vorbei; die Kabel der elektrischen Lampen waren geschickt dahinter verborgen worden. An den Wänden hingen weitere Bilder von Malern, die Maxim nicht kannte, und er gab sich für einen Augenblick der schönen Illusion hin, dass er in der Eremitage flaniere statt im Innern eines Palastes, der auf dem Dach der Welt lag.

Xing betrat eine der Schatzkammern, Maxim trottete hinter ihr her.

Der zwanzig mal zwanzig Meter große Saal lag auf der Südseite. Kleine Fenster befanden sich hoch oben in der Decke; hier ging es weniger um Aussicht als um das, was sich zwischen den vier Wänden verbarg. Die Anordnung der Felsdurchbrüche leitete die Sonnenstrahlen zu exakt ermittelten Punkten, an denen sich die größten Schätze befanden.

Maxim sah vierzig antike Statuen, die aus einem griechischen Tempel gestohlen worden waren, wie er von dem Tyrannen selbst gehört hatte. Aus weißem Marmor gehauen und vollendet bearbeitet, zeigten sie Götter und Helden im Kampf gegen Ungeheuer aus der Sagenwelt; um die Statuen und Standbilder herum waren echte Goldmünzen und Edelsteine drapiert worden, und aus dem steinernen Füllhorn quollen Diamanten, Goldklumpen und Silberbrocken.

Das Licht umschmeichelte die Statuen, brachte sie zum Leuchten und gab ihnen den Anschein, als handele es sich um versteinerte Wesen, die jeden Augenblick aus ihrer Starre erwachen, von ihren Podesten steigen und sich nach den Schätzen zu ihren Füßen hinabbeugen würden.

»Ist es nicht herrlich?« Xing nahm ein Tuch aus ihrem Mantel und polierte die Goldauflagen an der Statue des Ares. »Mach dich nützlich«, riet sie ihm freundlich. »Der Herr wird es gerne hören, wenn ich ihm sagen kann, dass du mir heute die meiste Arbeit abgenommen hast.«

»Wer hat das alles errichtet?« Maxim verspürte keine Lust, sich bei dem Tyrannen beliebt zu machen. »Wer schuftete für ihn, damit er kaiserlicher als der Zar leben kann?«

»Menschen wie ich, die ihm gerne dienten, und Menschen wie du, Bergsteiger, die es wagten, in sein Gebiet einzudringen.« Xings Bemühungen ließen das Gold strahlen und schimmern.

»Es muss Jahrhunderte in Anspruch genommen haben.« Maxim konnte nicht anders, als den Palast und die Leistung derer, die ihn erbaut hatten, zu bewundern.

»Warum auch nicht? Der Herr hat alle Zeit der Welt. Die Vergänglichkeit kümmert ihn nicht.« Die Chinesin lächelte selig wie eine tief Gläubige, der soeben eine Erscheinung widerfahren war, und rieb mit dem Tuch voller Hingabe über die silbernen Sandalen der Statue.

Maxim schenkte ihr einen verächtlichen Blick. Er verstand sie nicht und rechnete nicht damit, dass sie sich einem Fluchtversuch anschloss, doch er war sich sicher, dass es unter den vierzig anderen Menschen in diesem Palast welche gab, die ihn begleiten würden. Nicht alle dachten so merkwürdig über eine Entführung wie Xing. Er fühlte Erleichterung, als ihm bewusst wurde, dass er seine Entscheidung zur Flucht getroffen hatte, mochte sie auch aussichtslos erscheinen. Petersburg wartete auf ihn, seine Freunde warteten auf ihn, und der Zar musste zudem von allem erfahren.

Die Flucht war vielleicht doch nicht unmöglich, seine ihm geraubte Ausrüstung könnte er gewiss aufstöbern, und wie es weiterging, war lediglich eine Frage von guter Planung. Er würde sich eine Route die Hänge entlang suchen, auf der ihm kein Aufseher folgen konnte. Sobald er eine Telegrafenstation erreicht hatte, war es um den Palast auf dem Korumdie geschehen. Waltow, Gogol, Ling bekamen ihre Rache, und wenn er die Truppen selbst hierher führen musste: Er wollte dieses Gebäude in Flammen sehen.

Ein gewaltiger Schatten huschte über die Fenster hinweg und ließ den Saal für ein, zwei Lidschläge in Dunkelheit fallen.

Xing hob den Kopf, ein Leuchten lag in ihren braunen Augen. »Er ist schon wieder zurück?« Sie richtete ihre Kleidung, zupfte daran herum und eilte auf den Ausgang zu. Für Maxim benahm sie sich wie ein Mädchen, das zu ihrem Liebsten ging. »Los, komm. Und keine Sorge«, zwinkerte sie, »ich werde heute noch einmal für dich lügen. Ich will nicht, dass der Herr böse wird.«

Der Russe begleitete sie den abschüssigen Gang entlang, vorbei an Türen zu weiteren Sälen, in denen sich der Tyrann bei seinen Aufenthalten im Palast die Zeit vertrieb. Oft malte er in seinem Atelier oder spielte stundenlang Cello im Musikzimmer, und wenn ihm danach war, nahm er sich Frauen, mit denen er sich vergnügte. Manche von ihnen hatte Maxim seither nicht mehr gesehen. Als hätte es sie niemals gegeben.

Sie erreichten die burggroße Eingangshalle, in der sich bereits Bedienstete versammelt hatten. Die Mehrheit von ihnen rechnete Maxim seinem Volk zu, aber auch einige Chinesen befanden sich unter ihnen. Die Sprache einer Frau und eines Mannes, den Gesichtern nach Europäer, verstand er gar nicht. Er vermutete, dass sie aus Frankreich stammten.

Auch hier sorgten Glühlampen in den unzähligen Lüstern und Leuchtern für gleichmäßiges Licht.

»Los, los, ihr Schlafmützen!«, rief Tjushin, ein älterer Russe in einem weißen Zobelmantel, der die Aufgabe des Majordomus innehatte und die Knute an seinem Gürtel nicht zur bloßen Zierde trug. Er war einst Bojar gewesen, nun verwaltete und organisierte er die Abläufe im Palast im Sinne des Tyrannen mit solch einer Hingabe, dass Maxim im Stillen beschlossen hatte, ihn vor der Flucht zu töten.

»Aufstellen, aber rasch!« Tjushin deutete mit dem Arm eine Linie an, zog mit dem anderen die Knute. »Ihr wisst doch, was ich will. Das muss schneller gehen!« Er schlug nach einer Frau, die den Fehler begangen hatte, zu dicht an ihm vorbeizueilen. Sie wimmerte auf; die Bleikügelchen an den Enden der Lederriemen trafen sie am Hinterkopf. Ohne die Kappe wäre die Haut sicherlich aufgeplatzt. Tjushin scheuchte die Menschen stets wie Vieh, ganz gleich, ob sie dem Tyrannen freiwillig oder erzwungenermaßen dienten.

Maxim sah die Männer und Frauen laufen, suchte in ihren Gesichtern nach Zeichen des Aufbegehrens. Ein Stirnrunzeln, ein lautloses Fluchen, ein viel sagender Blick genügten ihm, um einen Gleichgesinnten zu erkennen, der sich ihm bei der Flucht anschließen würde. *Bitte, Herrgott, lass mich einen oder zwei finden*, flehte er. *Sie können das nicht alle willenlos mit sich machen lassen.*

Tjushins Blick fiel auf Xing und Maxim. »Du, mein kleines Gelbgesicht: Ist das Schlafgemach gerichtet?« Die Knute deutete auf die zierliche Frau.

»Sicher«, erwiderte Maxim an ihrer Stelle. »Sie hat alles brav befolgt, was du ihr aufgetragen hast, Menschenschinder.«

»Nicht«, raunte Xing und sah ihn flehend an. »Tjushin wird dem Herrn von deinem …«

Der Majordomus kam auf ihn zu, er grientе voller Vorfreude. »Du aufsässiger Bastard! Dich schlage ich am liebsten«, schrie er und holte zu einem brachialen Hieb aus, als ihn ein Ruf vom Tor her ablenkte. Eine grüne Lampe neben dem verschlossenen Eingang leuchtete auf. Die Sicherungsmannschaft im Ausguck gab den Menschen im Innern des Berges auf diese Weise das Zeichen, dem Tyrannen zu öffnen.

»Ich zeige dir, wie aufsässig ich sein kann.« Maxim konnte nicht anders, seine unterdrückte Wut auf den Herrn des Palastes suchte sich ein Ventil. Er schlug Tjushin die Faust mitten ins Gesicht. Knirschend brach die Nase, und ein Strom von Blut ergoss sich daraus. Der Zobel färbte sich auf der Brust und über dem Bauch rot.

Brüllend taumelte der Getroffene rückwärts und versuchte mit seiner rechten Hand, die Blutung aufzuhalten.

»Packt ihn«, rief Tjushin undeutlich, und zwei der Bediensteten ergriffen Maxim. »Es wird mir eine Freude sein, dem Herrn von deinem Angriff zu berichten. Ich hoffe, er hat noch nichts gegessen, Bursche.« Er schaute auf Xing. »Dich trifft ebenfalls Schuld, Schlitzauge. Ich hatte dir aufgetragen, ihm Benehmen beizubringen.« Er spie Blut auf den Boden und schwankte dabei; rötliche Speichelfäden zogen sich von seinen Lippen, ehe sie rissen.

»Nein!« Xing erbleichte. »Nein, Tjushin!«, jammerte sie und reckte bittend die Hände. »Er ist zu unbelehrbar und stürmisch, ich kann ihn nicht bändigen.«

Der Majordomus taumelte auf sie zu, versetzte ihr einen Hieb mit der Knute. Es gab ein widerlich klatschendes Geräusch, Blut spritzte. Mit einem spitzen Schrei fiel die Chinesin auf den Rücken und hielt sich weinend das getroffene Gesicht. »Schweig! Du hast versagt«, nuschelte er. »Der Herr wird dir das nicht durchgehen lassen.«

»Du bist widerlicher Abschaum!« Maxim hing keuchend im Griff seiner Bewacher, die ihn jetzt in den Schwitzkasten nahmen, um ihn zu bändigen. »Xing …«

Tjushin hatte sich von dem Schlag erholt und trat Maxim hämisch lachend in den Bauch. Der Russe verstummte mit einem Stöhnen. Dann rannte der Majordomus auf das fünf Meter hohe und drei Meter breite Stahltor zu, um den Tyrannen im Palast willkommen zu heißen. »Spielt seine Lieblingsmusik«, gab er Anweisung.

Die Frau, die zuvor ebenfalls die Knute zu spüren bekommen hatte, kurbelte das Grammophon an, legte eine Schellackplatte auf und setzte die Nadel auf die Rille; bald darauf klang die Stimme von Enrico Caruso durch die Halle, der die Arie des Rodolfo aus La Bohème sang. Der hohe Raum wirkte Wunder und entriss dem künstlich erzeugten Schall das Scheppern, Rauschen sowie das aufdringliche Knacken. Er ließ den Eindruck entstehen, der Sänger stünde in einer Konzerthalle, und machte die Darbietung äußerst lebendig.

Tjushin betätigte den Hebel am linken Türflügel und setzte damit die ausgefeilte Mechanik in Gang, die durch Gegengewichte, kleine und große Zahnräder einen Riegel nach dem anderen zur Seite zog und die massiven Sperren löste.

Der Palast war zugleich eine wehrhafte Festung, denn der Herr besaß Neider. Ebenbürtige Neider. Deswegen befanden sich stets Bedienstete im Ausguck auf dem Gipfel des Korumdie, die den Horizont und den Himmel nicht aus den Augen ließen, solange es ihnen das Wetter erlaubte. Auch wenn die Lage des Palastes ein streng gehütetes Geheimnis war, konnten sich Tjushin und der Tyrann nicht darauf verlassen. Erst wenn die grüne Lampe aufleuchtete, durfte der Eingang geöffnet werden; flammte die rote auf, hatten die Verteidigungsanlagen augenblicklich besetzt zu werden. Das war allerdings noch niemals geschehen.

Der Majordomus schob einen zweiten Hebel nach unten, der in die Steinwand eingelassen war, und die Flügeltüren wurden durch hydraulische Kräfte gleichmäßig geöffnet. Die Klänge aus dem Grammophon verliehen dem Vorgang etwas Dramatisches, und in dem sich verbreiternden Spalt wurden die Umrisse eines gewaltigen Wesens sichtbar.

Tjushin begab sich vor den Eingang und verneigte sich tief, die Bediensteten bis auf Maxims Wächter und er selbst taten es dem Majordomus nach. »Ich entbiete …«

Eine Walze aus blauem Feuer rollte durch den zwei Meter breiten Spalt herein, erfasste Tjushin und brannte ihm innerhalb eines Blinzelns Kleider und Fleisch von den Knochen, ehe seine Gebeine von dem vernichtenden Flammensturm mitgerissen wurden und im Umherwirbeln zu Asche vergingen.

Der Strahl quoll zu einer Wolke auf, während er sich weiter in die Halle schob. Zehn Bedienstete waren von der Lohe vertilgt worden, und diejenigen, die in unmittelbarer Nähe standen, wurden von der wallenden Hitze erfasst. Der Eingang verwandelte sich in einen Glutofen; dann erklang ein lähmendes, Gehör zerfetzendes Brüllen.

»Nein!« Xing richtete sich auf. Ihr Gesicht wies fünf hässliche, schmale Striemen auf, die von der Knute stammten, auch ihr rechtes

Auge war von den Riemen getroffen worden. Durchsichtige Flüssigkeit sickerte hervor und mischte sich mit dem Blut; die Schmerzen, die sie spürte, zeigte sie nicht. »Das … das ist nicht der Herr!«

Die Wächter ließen Maxim fallen.

Er spürte die Hitze nicht minder, hustete, flüssiges Feuer schoss durch seine Nase und verkohlte die Lungen. Jedenfalls dachte er es zunächst. Erst nach drei Versuchen bekam er Luft, würgte und schmeckte Schwefel. Maxim hob den Kopf, seine Augen tränten.

Durch die Tür schob sich ein gewaltiger, vierbeiniger roter Drache, die gezackten Schwingen an den muskulösen Schuppenleib gelegt, damit er durch das Tor passte. Den schmalen Kopf hatte er bis zur Decke gereckt, um einen besseren Überblick zu bekommen, und die glutroten Augen wanderten unentwegt durch den Raum; aus der halb geöffneten, langen Schnauze drang ein leises Grollen.

Im nächsten Moment lief ein Beben durch den hinteren Teil der Halle. Ein dumpfer Schlag erklang, an einer Stelle sprangen Steinchen aus der Decke, es staubte, bis beim nächsten Krachen große Fragmente abplatzten und auf den Boden fielen. Drei Männer wurden von den Trümmern erschlagen. Es geschah derart schnell, dass ihnen nicht einmal Zeit blieb zu schreien.

Durch das fünf Meter breite Loch schlängelte sich ein großer, grünhäutiger Drache, der mit seinen langen, spitzen Krallen Löcher in den Fels schlug und kopfüber die Wand hinabkroch. Er maß sicherlich dreizehn Meter in der Länge und hatte kurze, kräftige Beine.

Maxim erkannte deutliche Unterschiede im Körperbau der beiden Kreaturen. Der rote Drache wirkte geringfügig kleiner, zierlicher, da er wie der Tyrann der Flugspezies angehörte. Hohes Gewicht war dabei nicht von Vorteil.

Der lange, kräftige Schwanz des grünen Drachen schlug wie eine Peitsche nach den nächstbesten Bediensteten und zerteilte drei von ihnen. Vier weitere wurden durch die Wucht des Hiebs durch die Halle geschleudert und rutschten über den polierten Stein. Einer schlitterte dem roten Drachen vor die linke Vorderklaue und wurde von diesem mit einer raschen Bewegung zerstampft.

Maxim stand auf, duckte sich und half Xing, auf die Beine zu kommen. Sie starrte noch immer auf die beiden Drachen.

»Weg von hier«, raunte er, um die Ungeheuer nicht auf sich aufmerksam zu machen. Das grüne züngelte und zeigte eine violettfarbene Zunge, wandte sich blitzschnell nach rechts und kroch in den Gang, der tiefer in den Palast führte; der geflügelte Drache sandte sein blaues Feuer in einem sehr dünnen, gebündelten Strahl gegen die flüchtenden Menschen und sicherte die Eingangshalle. Wer getroffen wurde, zerfiel zu heißem Staub.

Xings Gesicht war bleich vor Schreck geworden, sie verstand einfach nicht, was vor sich ging. »Die Posten ...«, stammelte sie und klammerte sich an Maxim, »sie hätten uns warnen müssen.« Abwesend betastete sie das verletzte Gesicht, die blutige Hand zitterte, und ein gequältes Stöhnen entstieg ihrer Kehle. Nun erst wurde sie sich ihrer Schmerzen bewusst.

Der Russe war sich sicher, dass die Männer im Ausguck als Erste von den fremden Drachen getötet worden waren. Ihm war es gleich, ob sie sich gegen den Tyrannen verbündet hatten, um ihn zu töten oder ihm die Schätze zu rauben – sein eigenes Leben befand sich in größter Gefahr. Es gab keinen anderen Ausweg mehr, als den Palast zu verlassen, Ausrüstung hin oder her. Der Korumdie besaß sicherlich mehr Barmherzigkeit als die Wesen in der Halle.

»Still«, zischte er Xing an und lief mit ihr gebückt zu dem Gang, der sie ins Schlafzimmer führen würde, das sie zuvor aufgeräumt hatten.

»Was tun wir?«

»Wir steigen aus dem Fenster und versuchen, es lebend bis nach unten zu schaffen«, entschied er und zerrte sie mit sich.

»Aber wer beschützt den Palast des Herrn, wenn wir flüchten? Wir müssen uns Waffen suchen und ...« Xing war verzweifelt und sträubte sich gegen Maxims Griff. »Er braucht uns!«

»Es geht um dein Leben, Xing!«, herrschte er sie an. »Vergiss den Mörder. Meinetwegen soll er von den anderen Bestien in Stücke gehackt und verbrannt werden.« Maxim hatte die Tür zum Schlafzimmer erreicht, drückte die Klinke nach unten und öffnete den Eingang.

Kalter Wind wehte ihnen entgegen, die Vorhänge flatterten, und Schneeflocken tanzten umher. Das große Fenster lag in Trümmern auf dem Boden, der Qualm der Räucherstäbchen duckte sich unter der eisigen Luft, wand sich und malte Zeichen in den Raum, ehe er sich auflöste.

»Was für eine Unordnung«, stöhnte Xing auf. »Es dauert Stunden, bis ich das in Ordnung gebracht habe. Woher soll ich ohne Tjushin so rasch einen Glaser beschaffen?« Sie machte einen Schritt in das Gemach hinein, ihr Blick fiel auf das Bett. Das Tablett mit den Trüffeln war verschwunden.

Maxim folgte ihr vorsichtig, sah sich um. Die Scheibe war nicht ohne Grund zu Bruch gegangen – noch ein Angreifer? Er zog sein Messer, um wenigstens ein trügerisches Gefühl der Sicherheit zu verspüren, das ihm die Klinge verlieh. Dann warf er ihr einen schnellen Blick zu. »Du kannst machen, was du willst, Xing, aber ich verlasse diesen verfluchten Palast.«

Xing strich die kaum sichtbare Delle, die vom Tablett herrührte, aus dem Kissen. »Ich kann ihn nicht verlassen. Die Drachen werden bestimmt wieder gehen, und dann kann ich alles herrichten«, murmelte sie tonlos. Sie befand sich im Schock des unbändigen Angriffs und flüchtete sich in Dinge, die sie kannte, die Sicherheit bedeuteten.

Maxim sah den leeren Ausdruck in ihrem gesunden Auge und gab es auf. Er nahm sich das Eisbärenfell, das als Bettvorleger diente, und legte es sich um die Schultern. Es würde ihm gegen die Kälte draußen nützlich sein. Er musste nicht weit kommen; alles, was er benötigte, war eine Telegrafenstation.

Nach einem letzten Blick auf Xing eilte er zum Fenster, als sich ein schrecklicher Drachenkopf davor erhob. Ein blutroter Karfunkel saß ihm mitten auf der Stirn und blendete Maxim mit seinem Leuchten; Augen besaß das Monstrum offenbar keine. Die kleinen Schuppen am Hals glänzten wie Diamanten. Doch die Pracht lenkte nicht von der Hässlichkeit des Drachen ab.

Maxim dachte nicht nach, er handelte aus Schrecken und Abscheu. Das Messer schnellte nach vorn, die Klingenspitze prallte gegen den roten Edelstein – und zersprang. Das Eisen hatte nicht einmal einen Kratzer hinterlassen.

Der Drache schnaubte, die lange Schnauze klappte weit auseinander, und Maxim sah nur noch, dass zwei lange, messerspitze Zahnreihen auf ihn zurasten …

Xing hörte das Krachen von Knochen und wandte sich um. Sie musste mit ansehen, wie der Drache den jungen Russen einfach vom Gürtel an aufwärts zermalmte. Blut spritzte zwischen den geschlossenen Zähnen hervor und rann auf den Boden, dann zog sich der Kopf mit dem Leichnam nach draußen zurück.

Ehe Xing in der Lage war zu reagieren, erschien der Drache erneut, legte die schlanken, scharfen Krallen auf den Fenstersims und zog sich ins Innere. Trotz seiner vier Beine wirkte der Körper geradezu schlangenhaft dünn, die Flügel filigran und zerbrechlich. Im Ganzen war er kein Vergleich zu dem roten Drachen in der Eingangshalle. Er maß acht Meter in der Länge und drei in der Höhe, und als er vor der regungslosen Xing stehen blieb, ließ das grelle Leuchten des Karfunkels auf seiner Stirn etwas nach.

»Dein Name ist Xing, wie ich vernahm?«, fragte er mit zischender, nicht unangenehmer Stimme.

Sie starrte auf die bluttriefenden Maulränder und die Fänge, die vor ihrem Gesicht schwebten. Der Drache hatte die Kiefer nicht bewegt, er sprach wie der Herr unmittelbar in ihrem Kopf. »Ja«, stotterte sie und konnte die Augen nicht abwenden.

»Bist du so etwas wie die Haushälterin von Gorynytsch?«

»Ich diene dem Herrn mit Hingabe«, erwiderte sie. Nun fixierte sie den Karfunkel, aus dem die Stimme zu kommen schien.

»Dann kannst du mir berichten, woher diese köstlichen Trüffeln stammen, Xing?«

»Ich verstehe nicht …« Xing dachte, sie habe sich verhört. Fieberhaft überlegte sie, wie sie vor dem Drachen flüchten könnte. Denn einer musste den Herrn warnen, auch wenn sie noch nicht wusste, wie sie das bewerkstelligen sollte. *Vielleicht ein großes Signalfeuer auf dem Gipfel?*

»Das würde nichts bringen, Xing«, lachte er. »Aber es ist rührend, wie du dich um denjenigen sorgst, der dich entführte und einsperrte.«

Sie verfluchte sich für ihre verräterischen Gedanken und konnte sie dennoch nicht verhindern. Wie täuschte man einen Drachen, der Pläne ohne Aufhebens erriet? »Die Trüffeln stammen aus dem Périgord«, antwortete sie rasch, um ihn abzulenken. »Sie werden für den Herrn gesucht.«

»Das passt zu ihm. In meinem Revier wildern.« Der Drache hob die rechte Vorderklaue und deutete auf den Eingang. »Führe mich zu den anderen. Das wäre äußerst zuvorkommend von dir.«

»Zu den Drachen?«

Er nickte. »Wir werden uns ein wenig mit meinen Freunden unterhalten, da dein Meister offensichtlich nicht zu Hause ist.« Die Kralle schob sie sanft auf den Ausgang zu. »Was, und das gebe ich nur ungern zu, äußerst bedauerlich und ärgerlich ist. Der weite Weg aus Frankreich für nichts und wieder nichts. So pittoresk ist es hier nun auch wieder nicht.« Er nickte ihr zu. »Mein Name ist Vouivre. Und ich wäre dir sehr verbunden, wenn du mir die Vorräte dieser exquisiten Trüffeln aushändigen würdest. Dann hätte sich der Ausflug wenigstens ein bisschen gelohnt.«

Xing schleppte sich vorwärts, durch den Gang zurück quer durch den Palast zur Eingangshalle, und versuchte, an nichts zu denken, was ihre Lage verschlimmerte.

Der rote Drache saß noch immer vor dem Tor und sein Schwanz zuckte wie der einer ungeduldigen, aufgeregten Katze.

I.

»Siegfried bekämpfte sie.
Beowulf starb durch sie.
Der heilige Georg tötete einen. Einen von vielen.
Es gab sie schon immer, zu allen Zeiten, in allen Kulturen der Völker der Welt. Babylonische Könige, antike Helden, römische Gelehrte, christliche Streiter standen ihnen gegenüber.
Unzählige Schriften, vom Gilgamesch-Epos bis zur Bibel, zeugen davon.
Die Schrecklichsten unter ihnen trugen Namen wie Leviathan, Tiamat, Hydra, Python, Jörmungand, Grendel, Tarasque oder Fafnir – einst als Ungeheuer gefürchtet, dann von Helden nahezu ausgerottet.
Nahezu …
Noch immer kriechen oder fliegen ihre vielgestaltigen Nachkommen aus ihren Verstecken, verbreiten Schrecken unter uns Menschen, bis wackere Kämpfer erscheinen, um sie zu bezwingen, wie es Generationen von Kämpfern vor ihnen taten.
Bis heute.
Bis 1924.
Wir wollen ihnen ein Denkmal aus Worten und Bildern bauen.«

Vorwort zur Serie »Drachentöterinnen und Drachentöter
im Verlauf der Jahrhunderte«,
im »Münchner Tagesherold«, Königlich-Bayerisches Hofblatt
vom 1. Juni 1924

1. Januar 1925, Reichshauptstadt Berlin, Königreich Preußen, Deutsches Kaiserreich

»Entschuldigung, mein Herr, aber sind Sie Gast in unserem Haus?«

Onslow Skelton blickte zwischen den Angestellten in den einschüchternd voluminösen Kutschermänteln und mit den dazu passenden hohen Hüten hin und her. Sie verbarrikadierten den Eingang des Hotels *Adlon* stilvoll und drohend zugleich. Er musste an die Kraftmeier im Zirkus oder Preisboxer auf dem Jahrmarkt denken. Gleich zwei solche schlagkräftige Vertreter ihrer Art hatte man als Aufpasser eingekauft und sie als Wächter aufgestellt. Offenbar konnte nur der Linke der beiden sprechen; der andere beschränkte sich darauf, böse und abweisend zu lächeln.

Es war offensichtlich, dass Onslow Skelton nicht in die Welt der Reichen und Berühmten gehörte, die hinter der klassisch anmutenden Fassade des berühmten Hotels übernachteten oder sogar für längere Zeit hier lebten. Der deutsche Kaiser war, wenn er keine Lust auf das zugige Stadtschloss verspürte, hier ebenso anzutreffen wie europäische Könige oder indische Maharadschas, Schauspieler wie Charlie Chaplin oder geniale Köpfe, die den Namen Sauerbruch und Einstein trugen. Die Creme de la creme, exotisch und einmalig durch ihr Erscheinungsbild oder ihre Tätigkeit.

Onslow Skelton dagegen war nichts von alledem.

Anstatt Pelzen trug er karierte Hosen, ein weißes Hemd mit einem karierten Pullunder, darüber ein dickes Wollsakko gegen die winterliche Kälte. Die Cordmütze auf den kurzen schwarzen Haaren, die von Pomade zu einem exakten Mittelscheitel gezwungen worden waren, hatte nichts mit einer Krone gemein. Nur das dunkle Oberlippenbärtchen und die langen Kotletten gaben ihm etwas von einem Dandy – wenn die runde Jungenbrille nicht gewesen wäre. Die penibel gepflegte Aktentasche aus schwarzem Leder machte seinen Auftritt nicht besser.

Skelton verstand Deutsch, antwortete aber in reinstem Britisch. Unter Umständen ging er auf diese Weise als versnobter, spleeniger Lord durch. »Nein, noch bin ich es nicht, Sir. Und sollte es mir nicht gelingen, jemals an Ihnen vorbei zu gelangen, werde ich es auch nie sein können.«

Der Mann lächelte. »Haben Sie Gepäck, Sir?« Er wechselte ansatzlos, wenn auch mit dem typischen deutschen Akzent, ins Englische.

»Wie Sie unschwer erkennen können, nein. Im Übrigen beabsichtige ich, einen Ihrer Gäste zu besuchen, Sir, und sollte ich nicht pünktlich zu meiner Verabredung erscheinen, werde ich Ihrem Gast Ihren Namen nennen. Ich bin mir sicher, dass Herr Adlon sehr begeistert sein wird, wenn er von Knjaz Zadornov über den Diensteifer seiner Angestellten informiert wird.« Skelton bleckte die Zähne und wartete, bis die Worte ihre Wirkung getan hatten.

»Verzeihen Sie, Sir. Ich hielt Sie für einen Reporter.« Der Mann legte die Rechte an den Hutrand, deutete Verbeugung und Entschuldigung gleichermaßen an, dann öffnete er ihm die Tür. »Melden Sie sich bitte beim Empfang an, Sir.« Er gab seinem Kollegen einen Wink, Skelton zu begleiten – vermutlich, um ihn gleich wieder an die Luft zu befördern, falls er sich als Lügner erweisen sollte.

»Danke vielmals.« Skelton trat über die Schwelle und schritt ins Foyer des berühmten Hotels, dessen Gästezimmer bereits seit Jahren mit fließendem warmem und kaltem Wasser sowie Elektrizität ausgestattet waren. Das Foyer zeigte mit seiner Pracht, dass das *Adlon* ein Gesamtprodukt von Kunst, Technik, Handwerk und viel, viel Vermögen war.

Pagen in den klassischen Uniformen eilten unauffällig umher, schleppten Gepäck, Tabletts mit Essen und Getränken oder hielten Nachrichten und Briefe für die Gäste in den Händen. Auf dem Weg zur Rezeption erhaschte Skelton einen Blick ins Restaurant, wo Kellner in schicken Fracks noch schickere Damen und Herren bedienten, deren Garderoben einen Querschnitt durch die aktuelle Mode zeigten. In der hinteren Ecke des Foyers befand sich eine kleine Sitzecke, in der Skelton berühmte Gesichter zu erkennen glaubte, die sich halb hinter Zeitungen verbargen und ihren Kaffee genossen. War das nicht Henry Ford, der amerikanische Millionär und Hersteller Tausender Fließbandautomobile? Und der Mann daneben erinnerte ihn an einen Schauspieler, den er auf einem Filmplakat gesehen hatte: Hans Albers.

»Guten Tag, mein Herr«, wurde er gegrüßt.

Skelton hatte trotz des vielen Umherschauens weder einen Pagen noch einen Gast angerempelt und, ohne es zu bemerken, den Empfang erreicht.

»Einen wunderschönen guten Tag«, sagte er zu dem gestandenen Mann hinter dem Tresen, dessen Anzug teurer war als alles, was er am Leib trug und sonst noch an Habseligkeiten sein Eigen nennen durfte. Auf dem goldenen Namensschild des Concierge stand *Harmstorf* zu lesen. »Wäre es möglich, Knjaz Zadornov zu melden, dass ihn Mister Onslow Skelton von Hamsbridge & Coopers Insurance zu sprechen wünscht? Wir haben eine Verabredung.« Er zückte eine Karte und reichte sie dem Mann.

»Sicher, Sir. Einen Moment, bitte.« Harmstorf deutete eine Verbeugung an und langte gleichzeitig nach dem Hörer des Telefons.

Die Bewegung sah routiniert aus, und Harmstorf schaffte es sogar, während des gesamten Gesprächs beflissen zu lächeln. Der Brite verstand kein Wort der kurzen Unterhaltung, es klang nach Russisch.

Um eine Anstellung im *Adlon* zu erhalten, war es wahrscheinlich notwendig, zumindest Englisch, Französisch und Russisch sprechen zu können, vielleicht noch Italienisch; vermutlich beherrschten die meisten Diplomaten weniger Fremdsprachen als der Concierge.

»Der Fürst lässt bitten, Mister Skelton.« Harmstorf legte auf, reckte das Kinn und vollführte eine kleine Geste. Wie aus dem Nichts stand ein Page, keine vierzehn Jahre alt, neben dem Tresen. Der Aufpasser, der bislang nicht von Skeltons Seite gewichen war, stapfte indessen zurück zum Eingang. »Bring den Gentleman zu Fürst Zadornov.« Und zu Skelton gewandt: »Folgen Sie dem Pagen, Sir. Er wird Sie sicher führen. Ich wünsche Ihnen einen angenehmen Tag, Sir.« Er verneigte sich leicht.

»Ihnen auch.«

Mit dem Fahrstuhl ging es nach oben. Sie teilten sich die Kabine mit einer Dame in einem weißen Kleid, das unzählige Federn und Spitzen besaß. Ihr Hut passte gerade so in Höhe und Breite hinein, und auf ihrem Arm hockte etwas, das ein Hund sein sollte, aber viel zu klein geraten war. Neben ihr stand ihr Diener, der eine braune Papiertüte hielt. Skelton schätzte sie auf fünfzig Jahre; das Geschmeide um ihren Hals, um die Handgelenke und an ihren Ohren funkelte angeberisch.

»Ich muss es einfach wissen«, wandte sie sich plötzlich an ihn. »Gehen Sie auch zur Séance von Madame Sàtra, mein Lieber?«

Skelton sah sie verwundert an. Der Name des berühmten, außergewöhnlichen französischen Mediums stand tatsächlich auf seiner Liste von möglichen Helfern bei seiner Suche, aber er hatte nicht gewusst, dass sie sich in Berlin aufhielt. »Nein, Madame. Ich bedauere.«

»Sie sehen nicht nur aus wie ein Brite, Sie klingen auch wie ein Brite. Ach, wie schade, dass Sie nicht dabei sind. Ich bin so aufgeregt und hätte gern ein wenig geplaudert, um mich abzulenken.« Der Lift hielt an, Skelton verließ die Kabine, und die Dame folgte ihnen. »Wie schön, wir haben den gleichen Weg! Da ich Sie schon angesprochen habe: Was halten Sie von Séancen? Ich hoffe, dass ich Kontakt zu meinem verstorbenen Gatten aufnehmen kann, um ihn zu fragen, wo er die Nummer für den Safe aufbewahrt hat. Und natürlich, wie es ihm im Jenseits ergeht«, fügte sie rasch hinzu, um nicht zu gierig zu wirken.

»Ich habe mich nicht ausgiebig mit dem Thema beschäftigt, Madame. Nur das, was man in den Zeitungen liest.«

»Diese Geisterkraft, dieses Ektoplasma, das man immer auf den Bildern erkennt – ich bin gespannt, wie es in Wirklichkeit aussieht. Ich kann mir unter der weißen Absonderung so gar nichts vorstellen. Es sieht für mich aus wie geronnene Milch oder lange Teigschnüre, die den armen Medien aus der Nase und aus den Ohren quillen. Ob es wohl schmerzt?«, plapperte sie weiter und hielt die Hand auf. Der Diener reichte ihr einen Keks, den sie dem Hündchen verfütterte. »Man hört ja so einiges über diese Leute, und ich war schon bei vielen selbst ernannten Medien. Indische Gurus, Zigeuner, europäische Zauberer, aber keiner hat mir meinen Mann aus den Tiefen des Nachlebens hervorgezogen. Madame Sàtra ist meine letzte Hoffnung.«

»Es soll viele Scharlatane in den Reihen der Bewegung der Theosophen geben, Madame. Dank Mister Houdini sind bereits einige dieser Täuscher überführt worden.« Skelton sah auf den Pagen, der vor ihm herwanderte, und sehnte sich danach, endlich das Zimmer des Fürsten zu erreichen, um der geschwätzigen Vettel zu entkommen.

»Houdini? Ist das nicht dieser Amerikaner?«

»Ein Illusionist, der gesteht, dass er mit Tricks arbeitet und es sich zur Aufgabe gemacht hat, die Scharlatane unter den Medien zu entlarven.« Er lächelte.

»Wollen Sie damit andeuten, Madame Sàtra gehöre zu diesen Blendern?« Abrupt blieb sie stehen.

»Um Himmels willen, nein, Madame!« Skelton wusste, dass zahlreiche Persönlichkeiten aus der Geschichte von ihr herbeibeschworen und befragt worden waren; mit Sàtras Hilfe hatte der Archäologe Carter angeblich sogar das Grab des Tutanchamun vor drei Jahren in Luxor entdeckt. Der legendäre König sei ihr erschienen, hatte sie verlauten lassen.

Die Dame war erleichtert und schob dem Hündchen noch einen Keks ins Maul. »Jetzt hatten Sie mich aber erschreckt, Sir. So eine

Séance kostet nämlich nicht eben wenig, müssen Sie wissen.« Endlich blieb sie an einer Doppeltür stehen, vor der ein livrierter Wächter stand. Sie suchte in ihrer Handtasche nach der Einladung. »Wünschen Sie mir Glück. Wenn dieser Tresor weiterhin geschlossen bleibt, werde ich bald arm wie eine Kirchenmaus sein.«

»Ich drücke Ihnen die Daumen, Madame.« Skelton nickte ihr zu, eilte weiter und atmete tief aus, was den Pagen zum Grinsen brachte. »By Jove! Noch ein Wort mehr, und ich schwöre bei Gott, dass ich sie mit dem Pudel gestopft hätte«, raunte er dem Jungen zu, der daraufhin in schallendes Gelächter ausbrach.

Endlich gelangten sie zur Suite des Fürsten.

Der Page klopfte gegen die Tür. Nach einiger Zeit öffnete ihnen eine hübsche, junge Frau, deren Kleid unordentlich und hastig angezogen wirkte; die brünetten Haare mit den kleinen Löckchen hatte sie rasch hochgesteckt und einen muschelähnlichen, weißen Hut darauf gesetzt; ihr Blick war leicht verklärt. »Verzeihung«, wisperte sie und huschte zwischen ihnen hindurch. Sie eilte den Gang entlang, sprühte dabei etwas Parfüm auf ihre Handgelenke und das Dekolleté.

Skelton war sich absolut sicher, dass es sich um eine Schauspielerin gehandelt hatte, aber ihm wollte partout nicht der Name einfallen. Lya Mara?

»Kommen Sie rein, Mister Skelton!«, tönte es aus der Suite. »Früher hätten Sie nicht erscheinen dürfen.«

Skelton gab dem Jungen ein paar Pfennige und trat durch die geöffnete Tür.

Es roch nach schwerem Tabak und drückendem Männerparfüm, das Skelton sofort ein lautes Niesen abrang. Die Vorhänge waren zugezogen, ein halbes Dutzend Kerzen brannten im Wohnbereich; drei Windspiele in verschiedenen Tonlagen erzeugten ein leises, unregelmäßiges Konzert. Warum sie sich ohne einen Luftzug drehten und die Röhren aneinander schlugen, blieb Skelton schleierhaft. Er zog die Mütze ab und glättete die pomadigen Haare mit einer raschen Handbewegung. »Knjaz Zadornov?«

»Kommen Sie näher, Mister Skelton«, forderte ihn eine tiefe, sonore Stimme auf.

Er zog die Tür hinter sich zu und ging weiter in die Suite hinein, dann erkannte er den Fürsten. Aufgrund der Stimme hatte er mit einem Menschen in seinem Alter gerechnet, doch anstelle eines Dreißigjährigen lag ein junger Mann, der gerade einmal die Volljährigkeit erreicht haben mochte, auf dem dunkelgrünen Diwan.

Er war sehr schlank, die langen schwarzen Haare hingen offen auf sein schwarzes Hemd, das bis zur Brust aufgeknöpft war. Stoppeln standen ihm im Gesicht, mit dem Rasieren nahm es der Fürst wohl nicht allzu genau; die schwarzen Koteletten reichten bis an den Unterkiefer. Skelton musste an das Selbstbildnis von Dürer denken, nur dass dieser Mann wie dessen jüngerer, verwegenerer und attraktiverer Bruder aussah. Sein Hemd war aus der nachtfarbenen Stoffhose gerutscht, die Füße waren nackt. Es war offensichtlich, was sich kurz vor seinem Eintreffen in der Suite abgespielt hatte.

»Möchten Sie einen Absinth, Mister Skelton?« Zadornov richtete sich auf, eine Hand hielt das Mundstück einer Wasserpfeife, der Schlauch führte hinter den Diwan. »Oder lieber etwas von meiner Pfeife, deren Inhalt nicht unbedingt harmlos zu nennen ist? Sind Sie Haschisch gewohnt?«

»Nein, vielen Dank, Durchlaucht«, lehnte Skelton rasch ab und sah in die faszinierend blauen Augen des Fürsten. Bei einer Frau hätte man sie betörend genannt, mal erschienen sie heller, mal dunkler, und sie zogen die Blicke regelrecht an. Es fiel ihm schwer, sich von ihnen zu lösen und nicht zu unverschämt zu starren. »Ich brauche einen klaren Verstand, Durchlaucht.«

Zadornov nickte grinsend, sog am Mundstück und hüllte den Kopf in Nebel. »Was immer Sie wünschen, Mister Skelton, rufen Sie einen Kellner und lassen Sie sich etwas bringen. Wasser und Tee stehen auf dem Tisch. Machen Sie es sich bequem.«

Während Skelton sich setzte, die Tasche neben sich platzierte und etwas von dem Wasser in ein Glas goss, stellte Zadornov die Füße auf den Boden und legte das Mundstück zur Seite. Sein wild-hübsches Antlitz tauchte aus dem Tabaknebel auf. Er goss sich ebenfalls etwas zu trinken ein; die klare Flüssigkeit aus seiner Flasche verbreitete den charakteristisch schwachen Geruch von Wodka.

Skelton verfolgte, wie der Russe ein paar Rosinen aus einem Kristallschälchen nahm, sie in den Mund steckte, kaute und gleich darauf den Alkohol trank. Es schien zu stimmen, was man sich über ihn berichtete: Die Momente, in denen man ihn nicht unter Drogen erlebte, waren spärlich gesät.

Zadornov richtete die Augen auf ihn. »So, Mister Skelton von Hamsbridge & Coopers Insurance aus London. Erzählen Sie mir, womit ich Ihnen und Ihrem Unternehmen helfen kann.«

»Es verhält sich so, dass ich ohne Billigung meiner Vorgesetzten bei Ihnen vorspreche, Durchlaucht. Würden sie erfahren, dass ich mich bei Ihnen befinde, hätte dies wohl eine Rüge, wenn nicht sogar meine sofortige Entlassung zur Folge. Ich bitte Durchlaucht daher um Diskretion.« Skelton nahm sein Glas und nippte daran.

»Die ist Ihnen sicher, Mister Skelton. Wenn Sie mir endlich Ihr Anliegen schildern? Ich erwarte in einer Stunde den nächsten *Besuch*«, lächelte er süffisant.

Auch *das* Gerücht stimmte offenbar: Zadornov hatte viele Frauenbekanntschaften. »Sie haben von dem Überfall auf das kunsthistorische Museum in London gehört, wie ich annehmen darf?«

Zadornov überlegte. »Vage. Ich bin mir nicht sicher. Fassen Sie es kurz für mich zusammen, seien Sie so freundlich.«

»Es gab einen Einbruch, die Diebe hatten es auf mehrere Kunstschätze aus der Abteilung Drachenjagdwerkzeuge und Kleinodien abgesehen. Sie wurden von den Wärtern gestellt, wie man anhand der Spuren annimmt, doch dann …«

»Richtig!« Zadornovs Augen zogen sich zusammen. »Es fällt mir wieder ein. Man fand nur Leichen, es gab keinen einzigen Überlebenden. Der Wert der gestohlenen Gegenstände beläuft sich auf 21,1 Millionen Britische Pfund, las ich?«

»Es stimmt leider nicht ganz, Durchlaucht. Die Summe hat sich auf 34,4 Millionen erhöht.« Skelton leerte sein Wasser und bediente sich am Samowar, goss sich zuerst tiefschwarze Brühe aus dem kleineren Kännchen obenauf in die Tasse und verdünnte den Sud mit kochendem Wasser aus dem bauchigen Kessel. »Und Hamsbridge & Coopers müssten diese ungeheure Summe bezahlen, wenn wir die Gegenstände nicht wiederbeschaffen können.« Er beugte sich zur Seite, öffnete die Tasche und nahm einen Katalog hervor, in dem die entwendeten Gegenstände abgebildet waren, überwiegend als Zeichnung, aber auch als Fotografien. »Das sind sie, Durchlaucht.« Er schob das Büchlein über den Tisch.

»Aha.« Zadornov richtete sich ebenfalls einen Tee, rührte unglaublich viel Zucker hinein und gab Sahne hinzu. »Ich vermute, Ihr Unternehmen hat keine Ahnung, wo sich die Beute befindet.«

»Wie gesagt, die eintreffenden Polizisten fanden nichts als die Leichen der Diebe und Museumswärter, die … Nun, sie waren tot.« Skelton nahm weitere Fotografien heraus, um Zadornov die Kadaver zu zeigen, doch der Fürst lehnte mit einer Handbewegung ab. »Alle Spuren am Tatort, da ist Scotland Yard sicher, weisen auf einen Überfall mindestens zwei verschiedener Gruppen hin. Anhand der Abdrücke, Durchlaucht.«

Zadornov lachte leise und finster. »Gleich zwei, die sich darum schlugen? Man versteht einfach nicht, was in Kriminellen vorgeht.« Er nahm den Katalog der fehlenden Gegenstände zur Hand, blätterte ihn durch. »Aber sie haben Geschmack«, meinte er nach Sichtung der Schmucksteine.

»Scotland Yard hat seine Hilfe bereits angeboten, aber ich wollte mich nicht allein darauf verlassen, Durchlaucht.« Skelton war durch die offenkundige Teilnahmslosigkeit des Russen verunsichert, der nur noch Augen für die Beute besaß. »Sie sind als Hellseher bekannt. Als berühmter Hellseher.«

»Da haben Sie sich den schmeichelhaftesten meiner Titel herausgesucht, Mister Skelton«, lächelte Zadornov und musterte ein Zepter, das zwei Schneiden besaß. »Das Zepter des Marduk, mit dem er angeblich Tiamat in Teile geschnitten hat«, las er die Bildunterschrift. »Ausgegraben 1901 bei Sippur.«

Skelton wurde unruhig, als der Fürst wieder zum Wodka griff. Er bekam Zweifel, dass es eine weise Entscheidung gewesen war, ihn aufzusuchen. Nur gut, dass seine Vorgesetzten nichts davon ahnten. »Meine Hoffnung ist, Durchlaucht, dass es Ihnen möglich ist, durch Ihre hellseherischen Fertigkeiten den Ort zu ermitteln, an dem die Beute aufbewahrt wird«, sagte er.

»Und danach?«

»Werde ich Hamsbridge & Coopers Bescheid sagen, damit sie die Polizei dorthin senden.«

»Mister Skelton.« Zadornov sah auf, und die blauen Augen fingen ihn sofort. »Wie wollen Sie erklären, dass Sie wissen, wo sich die geraubten Dinge befinden?«

»Ich werde sagen, ich hätte mich umgehört, Durchlaucht.«

Der Fürst runzelte die Stirn. »Ich würde zu gern etwas von dem Erfolg ernten, den Sie dank meiner Hilfe haben werden. Sagen wir, dass Sie später gegenüber Zeitungen erwähnen werden, woher Sie den entscheidenden Hinweis bekommen haben.«

»Das werde ich gern tun.« Skelton kostete von dem Tee und stellte fest, dass er furchtbar stark und bitter geraten war. Er hatte sich zu wenig Wasser zum Verdünnen des sicherlich seit Stunden kochenden Suds genommen. Das erklärte die Unmengen von Zucker in Zadornovs Tasse; außerdem bemerkte er einen Geschmack darin, der ihm merkwürdig erschien. Er milderte ihn mit mehr Milch. »Gehe ich recht in der Annahme, dass Sie mir helfen möchten, Durchlaucht?«

»Sofern Sie mich bezahlen können, Mister Skelton.« Zadornov lehnte sich zurück, den Rücken gegen die Lehne des Diwans gestützt. »Ich beanspruche zehn Prozent Ihrer Versicherungssumme. Das wären anstatt 2,1 nun dank Ihrer Ehrlichkeit 3,4 Millionen Pfund.«

Skelton erbleichte, setzte sich stocksteif hin. »Durchlaucht, das ist ein ungeheuer hohes Entgelt …«

Der Fürst zeigte auf den Ausgang. »Dann gehen Sie ein paar Zimmer weiter, Mister Skelton, und versuchen Sie Ihr Glück bei Madame Sàtra. Soweit ich weiß, nimmt sie fünfzehn Prozent und mehr. Dabei wird sie keinerlei Rücksicht auf die Lage Ihres Unternehmens walten lassen.« Er hob das Mundstück wieder auf und sog mehrmals daran, bis weißer Rauch aus seinem Mund und den Nasenlöchern drang. Sein Gesicht verschwand aufs Neue im Nebel. »Oder ich gebe Ihnen die Adressen von einigen bemerkenswert guten Betrügern, die Ihnen weniger Geld abnehmen, aber deren Aussagen so viel wert wie dieser Qualm sind«, kam es dunkel aus den Schwaden. »Es ist Ihre Entscheidung, Mister Skelton.«

Der Brite leerte die Teetasse, etwas knirschte zwischen seinen Zähnen. »Nun gut, Durchlaucht. Ich bin nicht in der Position, großartig um die Bezahlung zu feilschen.«

»Das sehe ich ebenso.« Der Rauch wirbelte, plötzlich stand Zadornov neben ihm, leicht vornübergebeugt und genau auf Augenhöhe; das helle Blau brannte sich in seinen Kopf. »Wie wollen wir festhalten, dass ich das mir zustehende Geld auch bekomme, Mister Skelton? Da Sie ohne Wissen Ihrer Vorgesetzten bei mir sind, können Sie auch keinerlei bindende Verträge für das Unternehmen Hamsbridge & Coopers eingehen.«

»Ich schwöre Ihnen, Durchlaucht, dass Sie Ihre Belohnung erhalten werden«, antwortete Skelton und wunderte sich über die Monotonie in seiner Stimme, über seine plötzliche Schläfrigkeit.

Zadornov legte den Kopf in den Nacken und lachte laut und anhaltend, während er sich wieder auf den Diwan fallen ließ.

»Zweifeln Sie an meiner Integrität, Durchlaucht?« Skelton fühlte Wut in sich aufsteigen. »Als ein britischer Gentleman …«

Der Fürst gluckste, hob abwehrend beide Hände. »Verzeihen Sie mir, lieber Mister Skelton. Es ist eine Gewohnheit von mir, nichts mehr auf Worte zu geben, weder von Bettlern noch vom Zaren.« Er schlug die Beine übereinander, ergriff das Mundstück. »Machen Sie mir einen anderen Vorschlag.« Er zielte mit dem Schlauchende auf ihn. »Sie besitzen sicherlich ein Haus, Mister Skelton?«

»Sicherlich, Durchlaucht.«

»Wo?«

»In London, Baker Street 221. Eine gute Lage mit ruhigen Nachbarn, einer von ihnen ist sogar Detektiv, und ich …« Skelton verstummte. »Sie verlangen mein Haus?«

»Als Sicherheit, Mister Skelton. Damit Sie dafür sorgen, dass ich meine 3,4 Millionen Pfund von Hamsbridge & Coopers erhalte«, lächelte Zadornov. Er beherrschte die Kunst, zugleich lauernd und fordernd zu wirken. Die durchdringenden Augen machten es unmöglich, den Blick abzuwenden und sich zu sammeln, um eine Verneinung auszusprechen. Die schwarzen Haare legten einen Schatten auf das Gesicht, er sah gefährlich und diabolisch aus. Gläubige Menschen hätten ihn in diesem Augenblick für den Teufel in Menschengestalt halten können.

Skelton bemerkte, dass sich die Wände um ihn drehten, und er bekam Angst. Sein Herz schlug plötzlich schneller. Die Einrichtung des Zimmers selbst blieb starr und unbeweglich, seine Finger klammerten sich in die Sitzfläche des Stuhls. Er traute seinen Augen nicht: Der Fürst wuchs auf dem Diwan, verwandelte sich in einen Riesen und öffnete den Mund. Anstelle von Worten stiegen Fledermäuse auf, und Schlangen schlüpften zwischen den Zähnen hervor, schlängelten sich auf ihn zu. Skelton bemühte sich um Fassung, schloss die Lider und zählte stumm bis zehn. Als er sie wieder hob, war von Zadornov nichts zu sehen, aber wenigstens waren die Wände zur Ruhe gekommen und die Tiere verschwunden.

»Hier«, sagte die Bassstimme unmittelbar neben seinem linken Ohr, ein Block und ein Stift flogen an ihm vorbei und landeten unglaublich lärmend auf der Tischplatte. Der Brite sprang erschrocken auf, kreischte sogar wie ein Mädchen.

Der Fürst wich vor ihm zurück. »Mister Skelton, was ist denn mit Ihnen?«

»Ich weiß nicht, Durchlaucht.« Seine Stirn fühlte sich heiß an, er wischte darüber und fühlte Feuchtigkeit zwischen den Fingern. »Vielleicht ist es Ihr Tabak. Oder der Tee ...«

Zadornov blickte auf den Samowar. »Oh, sollte das noch die alte Füllung sein?« Er hob den Deckel von der kleinen Silberkanne, rührte mit dem Finger darin und holte ein langes, gezacktes Blatt hervor. »Ich fürchte, ich muss mich bei Ihnen entschuldigen, Mister Skelton. Sie hatten das Vergnügen, etwas von meinem russischen Besonderheitentee zu kosten.« Er musterte ihn. »Halluzinationen?«

»Ja, Durchlaucht.«

»Geräusche, hundertmal lauter als üblich?« Er setzte sich und schob zuerst den Block und dann den Stift an Skeltons Platz.

»Durchaus, Durchlaucht.«

»Dann rate ich Ihnen, keinen Tee mehr zu sich zu nehmen. Sie hatten schon eine gute Dosis, und für jemanden, der keinerlei Drogen gewohnt ist, genügt es vollkommen.« Zadornov schenkte sich Tee nach. »Wollen wir zum Geschäftlichen kommen, Mister Skelton? Ich diktiere Ihnen, wenn es recht ist.«

Er setzte sich, nahm den Graphitschreiber und notierte, was der Fürst diktierte.

»Hiermit erkläre ich, Onslow Skelton, im Namen von Hamsbridge & Coopers Insurance, dass als Lohn 3,4 Millionen Pfund von Hamsbridge & Coopers an Knjaz Grigorij Wadim Basilius Zadornov gehen, wenn die entwendeten Stücke aus dem kunsthistorischen Museum durch den Hinweis des Fürsten gefunden werden«, sagte der Russe. »Nein, schreiben Sie lieber: die Mehrzahl der entwendeten Stücke.«

»Durchlaucht, ich muss darauf bestehen, dass es alle Stücke sind.«

Zadornov deutete auf das Papier. »Von mir aus. Also … durch den Hinweis des Fürsten gefunden werden, mindestens aber 34 000 Pfund für die Séance als solche.« Er ignorierte die Blicke des Mannes. »Sollte sich Hamsbridge & Coopers Insurance weigern, die 3,4 Millionen Pfund auszuzahlen, erhält Knjaz Grigorij Wadim Basilius Zadornov als Kompensation das Anwesen in der Baker Street 221 von Mister Onslow Skelton. Datum und Unterschrift, bitte.«

Ohne ein gutes Gefühl bei der Sache zu haben, unterzeichnete Skelton.

Kaum hatte er seinen Namenszug darunter gesetzt, nahm der Russe das Blatt an sich und brachte es in ein Zimmer nebenan, kehrte zurück, rutschte an den Tisch heran und legte die Linke auf den geöffneten Katalog mit den Beutestücken. »So, Mister Skelton. Mit Ihrer Erlaubnis beginne ich die Suche nach den Schätzen.«

»Ich bitte darum, Durchlaucht.« Skelton nahm sein kariertes Taschentuch hervor und tupfte sich das Gesicht ab, es war sicherlich knallrot. Schnell trank er von seinem Wasser, dann betrachtete er Zadornov, dessen Gesicht einen abwesenden Ausdruck annahm, die blauen Augen zuckten kaum merklich hin und her, die Lider flatterten, und der Blick reichte in die Unendlichkeit.

Urplötzlich breitete sich die hektische Bewegung über den gesamten Leib des Fürsten aus, er zitterte, klapperte mit den Zähnen und ächzte unterdrückt. Die Hand, die auf dem Katalog lag, verkrampfte sich und nahm ein klauenhaftes Äußeres an, zog die Seite knisternd zusammen und zerriss sie zu einem großen Teil.

»Durchlaucht?« Skelton schluckte nervös. »Durchlaucht, was …?« Er hatte keine Ahnung, ob das Teil einer Vision war oder ob bei Zadornovs Hellsehereiversuch etwas gravierend schief lief.

Speichel rann aus den Mundwinkeln, der Fürst ächzte, und die blauen Augen rollten nach oben weg, sodass es nur das Weiß in den Höhlen gab. Seine Hand ballte sich zur Faust, die Fingerknöchel färbten sich hell, so sehr presste er die herausgerissene Seite zusammen; dann kippte er nach hinten, riss die Teetasse mit, rutschte vom Diwan und schlug hart auf dem Boden auf.

Als ein lauter Schrei aus Zadornovs Kehle stieg, der nichts Menschliches besaß, sprang Skelton zum zweiten Mal von seinem Stuhl auf.

1. Januar 1925, Reichshauptstadt Berlin, Königreich Preußen, Deutsches Kaiserreich

Noch eine Suite im *Adlon* wurde vom Schein vieler kleiner Kerzen erhellt, die alle auf dem großen Tisch im Wohnbereich aufgestellt worden waren.

Der Rest der Unterkunft lag im Halbdunkel, die Schatten der sieben Männer und Frauen, die an dem Tisch saßen, reichten einige Ellen weit und verschmolzen mit der Dunkelheit, als wollten sie vor dem bevorstehenden Ereignis flüchten.

»Gibt es noch irgendwelche Fragen mich und meine Methoden betreffend?« An der kurzen, oberen Seite saß Madame Arsènie Sofie Sàtra, das berühmteste Medium und die erfolgreichste Geisterbeschwörerin des französischen Königreichs, wenn nicht sogar Europas.

Weder der weltberühmte Entfesselungskünstler und Spiritistenzweifler Harry Houdini noch das British College of Psychic Science hatten sie eines Schwindels überführen können. Houdini hatte schon Dutzende Séancen von Betrügern platzen lassen – aber bislang keine einzige von Madame Sàtra. Er schaffte es nicht, ihr einen faulen Zauber nachzuweisen. Dies ließ die Skeptiker zwar nicht verstummen, aber die Schar ihrer Anhänger vergrößerte sich stetig.

Dass sie selbst etwas Gespensterhaftes besaß, war ihrem Ruf nur zuträglich. Sie war für eine Frau recht groß, hatte lange, weißblonde Haare und hellbraune Augen, die ins Rötliche gingen, und die alabasterfarbene Haut nahm kein bisschen Bräune an. Ihr extrem attraktives Äußeres, in das sich sogar die leichte Stupsnase einfügte, hüllte sie entweder in schwarze oder weiße Kleidung, einen anderen Farbton gab es nicht für sie.

Heute trug sie ein hochgeschlossenes weißes Kleid mit kurzen Armen, dafür reichten die Handschuhe bis an den Ellbogen; die Spitzen am Kragen und über dem Dekolleté gaben dem an sich züchtigen Kleid etwas Verruchtes, man sah viel schimmernde Haut.

Eine Dame in einem weißen Kleid, um die fünfzig und mehr Geschmeide um den faltigen Hals, Handgelenke und an den Ohren als die Queen, hob die Hand.

»Ja, bitte, Frau von Schomus?«

»Werden wir das Bewusstsein verlieren, Madame Sàtra?«

»Wieso sollte das geschehen, meine Dame?«

Die Frau errötete. »Nun, man hört so einiges, Madame. Es ist meine erste Séance, und ich habe empörende Dinge gehört, die sich dabei zutrugen.« Als sie den scharfen Blick bemerkte, fügte sie rasch hinzu: »Nicht von *Ihren* Séancen, Madame.«

»Ah, ich verstehe, was Sie meinen. Sie spielen auf die Orgien an, die sich zugetragen haben sollen.«

Einer der jüngeren Männer am Tisch hob den Kopf und sah Arsènie verlangend an, sein Blick huschte von ihrem hübschen Gesicht hinab auf die Brüste. »Ich hörte ebenfalls davon, Madame.«

»Ich kann Sie beruhigen. Es werden sich keinerlei Unsittlichkeiten zutragen, auch wenn das Licht verdunkelt ist oder sogar während der Anrufung verlöschen wird.« Sie lächelte der älteren Dame zu. »An diesen Geschichten sind Hochstapler schuld, liebe Frau von Schomus. Unter dem Deckmantel der Trance ließen sich einige gerne gehen, redeten gotteslästerlich und obszön und verführten die Teilnehmer der Sitzungen der Reihe nach. Sie wurden von der Society of Psychical Research rasch des Betrugs überführt.« Die mehr rötlichen als braunen Augen richteten sich auf den Mann. »Sie müssen keine Bedenken haben. Die Moral bleibt gewahrt.«

Der Mann verzog den Mund. Arsènie konnte sich gut vorstellen, dass er nur deswegen an der Séance teilnahm, weil er auf eine ungewöhnliche Ausschweifung spekuliert hatte. Sie liebte es, mit den Wünschen der Männer zu spielen. »Sind alle der Herrschaften bereit?«

»Ja, Madame«, erfolgte die geraunte Antwort der vier Frauen und zwei Männer.

Ihr Blick schweifte über die neugierigen Gesichter, teilweise entdeckte sie eine Spur von Angst darin. »Bevor wir in die Geisterwelt eintauchen, muss ich fragen, ob die Anwesenden auch ihren Obolus für meine Mühe entrichtet haben«, sagte sie leise, sodass sich alle unwillkürlich auf ihre Stimme konzentrierten. Sie erntete ein Nicken und ein Handzeichen von einem ihrer Diener, der genau Buch geführt hatte. Arsènie lächelte belohnend, vor allem in Richtung der Männer, und streckte die Arme nach rechts und links aus. »So fassen wir uns alle bei den Händen, um unsere Energien zusammenzuführen, die ich ins Jenseits zu Ihren Verlorenen und Geliebten senden werde.«

Zögerlich wurden Finger ineinander gehakt.

Arsènie trug nicht umsonst Handschuhe. Sie hasste es, feuchte, schwitzige Hände zu berühren, die sie an rohes Fleisch oder einen nassen, kalten Putzlappen erinnerten. Sie richtete die Augen fest auf die Kerzenflamme und fokussierte sie. Sie spürte das Ziehen der Pupillen, wie sie sich verengten und zu kleinen schwarzen Punkten wurden, aus denen Energie wie aus dünnen Düsen strömte. Das Ektoplasma war für die Menschen um sie herum noch unsichtbar.

»Ihr Geister in der anderen Welt, welche die unsrige doch umschließt, ich rufe euch!«, wisperte sie mit viel Betonung. Das hätte sie zur Anrufung nicht tun müssen, aber es wirkte besser auf die Teilnehmer. »Kommt zu mir, ich beschwöre euch. Gesellen Sie sich zu uns, Herr Karl von Schomus. Zeigen Sie sich, und vernehmen Sie den Wunsch Ihrer Gattin Wilhelmina.«

Es tat sich nichts, die Flamme flackerte nicht einmal.

»Karl von Schomus, ich rufe Sie!« Abrupt wurde Arsènies Stimme dunkler, fordernder. »Zeigen Sie sich!« Sie öffnete einen Spalt im Zwischenraum, der Jenseits und Diesseits voneinander trennte, und sandte Energie als Köder aus, um die Seele herbeizurufen. Sie würde dem Ektoplasma einfach nicht widerstehen können.

Plötzlich knurrte der Pudel von Frau von Schomus, der auf dem Arm ihres Dieners hockte, und krümmte sich zusammen, die Ohren klappten nach hinten.

Auf einen Schlag verlosch die Kerze, und darüber erschien das leuchtende Gesicht eines Mannes um die siebzig, der einen langen schwarzen Bart trug. Er wirkte ärgerlich, verwirrt, schaute sich unentwegt um; das Ektoplasma hatte seinen Dienst getan.

»Mein lieber Karl«, quiekte seine Gemahlin erschrocken.

»Lösen Sie die Finger nicht«, zischte Arsènie und hielt die Konzentration aufrecht. Sie spürte, dass die Geisterebene in Aufruhr geriet, es gab Strömungen und Verwirbelungen, welche sie so noch nicht erlebt hatte. Die Séance stand unter keinem guten Stern. »Stellen Sie Ihrem Gemahl die Frage, Frau von Schomus.« Ihre Atmung beschleunigte sich, die Geister strengten sie an und sogen ihr das Ektoplasma regelrecht aus dem Leib.

»Mein lieber Karl«, stammelte die dickliche Frau. »Ich suche die Nummer unseres Geldschranks, in dem du die Wertpapiere aufbewahrt hast. Bitte, nenn sie mir.«

»Du wirst sie niemals erfahren!«, donnerte er. Im Zimmer wurde es kühler, und ein leichter Wind fuhr durch die Haare der Anwesenden. »Eher sollen sie im Tresor verrotten, als dir nützen, Ehebrecherin!«

Frau von Schomus erbleichte, sah schnell nach rechts und links, danach zu Arsènie. »So war das nicht gedacht, Madame Sàtra«, beschwerte sie sich.

»Ich habe keinen Einfluss auf das, was sich in der Vergangenheit ereignet hat, Frau von Schomus«, erwiderte sie abwesend, ihre Brust hob und senkte sich schneller. Sie spürte, dass sich ein Gast aus dem Jenseits im Raum befand, der nicht gerufen worden war. Er strich um die Gruppe, lauerte auf eine Gelegenheit, sich zu zeigen. Arsènie verlagerte ihre Kräfte und nutzte sie nun zur Abwehr anstatt zur Herbeirufung. Es wurde ernst

»Du bist eine Hure, Elsbeth!«, schrie der geisterhafte Karl. »Du hast es mit meinem Buchhalter getrieben.«

»Schicken Sie ihn weg, Madame«, verlangte Frau von Schomus aufgebracht. Man hatte sie vor den Augen und Ohren anderer Persönlichkeiten kompromittiert! »Das ist nicht mein Gemahl. Er würde so etwas niemals zu mir sagen.« Sie machte Anstalten, sich zu erheben.

»Bleiben Sie sitzen!«, herrschte Arsènie sie an. »Sie bringen uns alle in Gefahr!«

Doch Wilhelmina Elsbeth von Schomus war zu tief getroffen. »Sie haben mir nichts zu befehlen, Sie Schwindlerin! Wer weiß, was für einen Geist Sie da herbeigezaubert haben, der sich als mein lieber Karl ausgibt.« Sie versuchte, sich aus den Griffen ihrer Nachbarn zu winden, die sie anstarrten und nicht loslassen wollten. »Ich kenne die

Tricks der Scharlatane, Madame Sàtra, und ich bin mir sicher, dass im Zimmer über uns jemand sitzt, der mit irgendwelchen Spiegeln und Licht und Wind dafür sorgt, dass wir uns gruseln.«

»Bitte, liebe Frau von Schomus«, bettelte ihr linker Nachbar und hatte Mühe, den Griff länger zu halten. »Denken Sie an uns!«

Arsènie sah das Unheil kommen, befand sich aber zu weit weg, um es verhindern zu können.

»Ich denke an mich. Und an das Geld.« Sie riss sich los und stand auf. »Ich gehe!«

Der Kreis war gebrochen.

Mit einem lauten, dunklen Fauchen fiel eine Windböe über den Raum her, schleuderte die Sitzenden samt den Stühlen um und katapultierte die leichteren Einrichtungsgegenstände Geschossen gleich umher. Kerzenleuchter, Bilder, Tassen und Unterteller verwandelten sich in Projektile, unsichtbare Kräfte zerschlitzten die Leinwände der Gemälde an den Wänden, und eine Kuchengabel durchbohrte den winselnden Pudel.

»Ihr Geister, ich banne euch«, schrie Arsènie gegen das Toben des Sturms an. Die Männer und Frauen um sie herum kreischten, suchten Schutz unter dem Tisch oder klammerten sich aneinander. Sie schloss die Augen und mobilisierte ihre ektoplasmischen Kräfte. Dieses Mal würden sie deutlich zu sehen sein.

Schwarze Gespinste schnellten in fingerdicken Strahlen an verschiedenen Stellen aus ihrem Oberkörper, fächerten filigranen Netzen gleich auseinander, sie hemmten die Kraft des Windes und fingen umherzischende Gegenstände ab, die daraufhin starr in der Luft verharrten. Arsènie hatte ein Messer abgefangen, das im Begriff gewesen war, sich beim nächsten Lidschlag durch Frau von Schomus' Hals zu bohren.

Als der Sturm verebbt war, öffnete Arsènie die Augen und ließ das Ektoplasma sich auflösen. Überall in der Suite rumpelte und klirrte es, weil die eben noch schwebenden Dinge der Schwerkraft folgten und zu Boden fielen. Sie seufzte und ließ sich in das Polster ihres Sessels sinken. Lichtstrahlen fielen durch die gesprungenen Fenster herein, die meisten Vorhänge waren heruntergerissen, zerstört oder hatten sich um die Halterung gewickelt. »Es ist vor …«

Fünf gewaltige Köpfe eines schwarzen Drachen erschienen als

geisterhafte Materialisation über dem Tisch, die gelben Augen leuchteten, und die grässlichen, dornenbesetzten Schädel sahen sich gierig um; der mittlere erspähte Arsènie und stieß ein dröhnendes Brüllen aus, dann schnappte er nach ihr, zwei weitere Drachenköpfe folgten ein Blinzeln später.

Sie sah die Mäuler auf sie zurasen, hielt die Arme vor den Kopf und schrie aus Leibeskräften.

Klackend schlugen die Zähne aufeinander und hätten sie sicherlich zerfleischt – wenn es ein echter Drache gewesen wäre.

Im nächsten Moment verging die Erscheinung, zurück blieben umherwabernde, weiße ektoplasmische Schlieren, die sich wie Tabakrauch auflösten.

Mit einem Kreischen kroch Frau von Schomus unter dem Tisch hindurch zum Ausgang, stieß ihren Diener zur Seite und riss die Tür auf; schreiend hastete sie den Gang entlang.

»Die Gefahr ist gebannt, meine Herrschaften«, keuchte Arsènie und betrachtete vorsorglich ihre Arme. Es gab keine Wunden, dabei hatte sie den stinkenden Atem des Monstrums gerochen und das heiße Feuer gespürt, das in seinem Rachen schlummerte.

Sie sah sich in dem Chaos um, das die Séance hinterlassen hatte, während die Männer und Frauen vom Schreck getrieben aus dem Raum stürmten. Scherben knackten unter den Stiefelsohlen der Flüchtenden.

»Das wird die teuerste Rechnung, die mir das *Adlon* jemals ausstellt«, murmelte sie angesichts der Verwüstung und erhob sich vorsichtig. Ihre Beine zitterten, denn obwohl sie bereits so einige schreckliche Begebenheiten mit den Geistern hinter sich gebracht hatte, übertraf das eben Erlebte alles. Es blieb unerklärlich. Ein schwarzer Drache mit fünf Köpfen und gelben Augen. Arsènie wusste die Erscheinung nicht einzuordnen. Warum sollte er ihr nachstellen?

Sie ging ins Schlafzimmer, in dem ihre Kleider wild verstreut umherlagen, suchte ihr silbernes Etui und nahm sich eine Zigarette heraus. Sie brauchte dringend einen ihrer Traumbolzen, wie sie die mit Haschischöl behandelten Zigaretten nannte, um sich zu beruhigen.

Arsènie setzte einen Glimmstängel auf eine dreißig Zentimeter lange Spitze, zündete ihn mit einem Streichholz an und inhalierte hastig das Nikotin und Haschisch.

Ohne Frage würde dieses Ereignis ihren Ruhm mehren. Ein solches Durcheinander konnte keine einzelne Person inszenieren, nicht in einer Suite und nicht ohne ein Heer aus verborgenen Helfern. Die Echtheit war nicht anzuzweifeln.

Langsam ließ sie sich auf ihr großes Bett sinken, zählte die Herzschläge und versuchte, sich durch langsames Ein- und Ausatmen zu beruhigen.

In diesem Augenblick erklang der schauderhafte Schrei eines Mannes auf dem Gang, dessen Seele Schreckliches widerfahren sein musste.

1. Januar 1925, nahe München, Königreich Bayern, Deutsches Kaiserreich

Silena stand mit den Händen in den Taschen des langen, schwarzen Ledermantels vor den rauchenden Trümmern der Fokker Dr-I. Sie verstand es nicht. Der Dreifachdecker gehörte zu den sichersten und wendigsten Ausbildungsmaschinen ihrer Drachentöter-Staffel Saint George. Nur ein schlafender Pilot rammte ihn senkrecht in den Boden.

Schwarzer, fettiger Qualm stieg auf, ein kleines Feuer wütete in dem Überbleibsel des Motors und zehrte vom Öl und Treibstoff, ohne sich an den Sturzbächen zu stören, die aus den dunkelgrauen Wolken stürzten.

Hoffnung wich der Erkenntnis, der Schock traf sie und machte sie starr. Regen rann in den Kragen des Mantels, tränkte ihr weißes Hemd und rann bis in den Bund der beigefarbenen Knickerbockerhose.

Um die junge Frau herum waren Rettungskräfte am Werk. Männer in dunkelblauen Uniformen mit dem roten Abzeichen der Staffel auf dem linken Ärmel wühlten in dem verbogenen Wrack nach den beiden Piloten, um sie noch vor den sich ausbreitenden Flammen zu erreichen.

Silena beteiligte sich nicht daran, obwohl irgendwo im Durcheinander aus Metall, Holz und Blech ihre beiden Flieger verborgen lagen. Sie hatte beim ersten Anblick der Fokker gesehen, dass es keinerlei Aussichten gab, den Absturz zu überleben.

Nach dem fürchterlichen Kreischen der abschmierenden Maschine und dem lauten Krachen des Einschlags, den alle aus der Staffel gehört hatten, war sie so schnell sie nur konnte aus dem Zelthangar aufs Feld gelaufen. Der Dreck hing an ihren schwarzen Stiefeln, Lehmspritzer hatten es durch das Rennen bis auf den Rücken des Mantels geschafft und zogen von dort helle Schlieren abwärts. Silena hatte helfen und ihre Piloten retten wollen, aber als sie als Erste vor der Fokker gestanden hatte, hatte sie sich nicht mehr bewegen können.

Eilige Schritte näherten sich ihr, Stiefel platschten in Pfützen und aufgeweichte Erde. »Was, zum Teufel, geht hier vor, Großmeisterin?« Neben Silena erschien Leutnant Bloom, der Ausbilder der Bodeneinheiten der Staffel und der beste Techniker, dem sie jemals in ihrer Laufbahn als Drachentöterin begegnet war. »Welche armen Schweine haben denn versucht, mit der Fokker nach Öl zu bohren?« Er zog den dunkelblauen Uniformmantel zusammen, damit er nicht durchnässt wurde.

»Meine Brüder, Leutnant.«

»Was?« Der Mann wandte ihr erschrocken das faltige, gebräunte Gesicht zu. Der mächtige graue Schnauzbart hing nass auf der Oberlippe. Dann schaute der Leutnant wieder nach vorn. »Das kann nicht sein. Großmeister Demetrius war gleich nach Ihnen der beste Pilot der Staffel …«

»Ein Übungsflug«, fiel sie ihm tonlos ins Wort. »Er bat mich, mit Theodor einen Tiefflugangriff unter schlechten Bedingungen üben zu dürfen.« Sie schluckte, wischte sich Regen und Tränen aus den Augen. »Wir wissen, dass Theodor nicht zu den Besten gehörte, Leutnant.«

Bloom strich sich die grauen Haare aus dem Gesicht. »Er hätte den Dreifachdecker niemals so abschmieren lassen. Sogar die Anfänger haben die Maschine im Griff. Es kann nur ein … Unfall gewesen sein.«

»Ein technischer Defekt, Leutnant?« Sie richtete die klaren, grünen Augen auf ihn.

Er schüttelte den Kopf. »Nein, Großmeisterin. Ein Versehen oder ein unglücklicher Zufall. Die Fokker befand sich in einem einwandfreien Zustand. Ich habe sie heute Morgen noch selbst geflogen, um das Leitwerk zu justieren. Keinerlei Beanstandung.«

Bewegung kam am Wrack auf. Ein Soldat sprang vom untersten geborstenen Flügel, der an dem verbogenen Rumpf hing, kam auf sie zu, salutierte. »Wir haben sie, Großmeisterin Silena.«

Die Drachentöterin zögerte. Sie wollte ihre Brüder nicht als zerschmetterte Kadaver in Erinnerung behalten, andererseits befahl ihr schlechtes Gewissen ihr, einen Fuß vor den anderen zu setzen. Sie hatte die Übung erlaubt, sie trug Mitverantwortung am Tod der Männer.

Silena stolperte über den Acker, stieg über Trümmerteile und erklomm den untersten Flügel wie die Treppe zum Schafott, wo sie vier Uniformierte mit bedrückten Gesichtern erwarteten. Sie hielten Blechverstärkungen und Streben zur Seite, damit sie einen Blick ins Innere werfen konnte.

Zitternd beugte sie sich über den Rand.

Demetrius, der hinten saß, war von den dünnen, scharfkantigen Metallscheiben im Oberkörper und an den Beinen zerschnitten worden. Allein seine Lederjacke verhinderte, dass sein Leib auseinander rutschte. Der rechte Oberschenkel fehlte, er lag vermutlich vorn im Cockpit. Das Blut, das aus dem Stumpf geschossen war, hatte den Sessel und den Rücken des zweiten Mannes vor ihm vollkommen eingefärbt. Ein unterarmlanges Stück des abgebrochenen Propellers steckte in Theodors Brust, sein Kopf hing nach vorn und war durch den Aufprall gegen die schmale Scheibe geschleudert worden; das Gesicht glitzerte von den vielen Scherben, von den einst hübschen Zügen ihres jüngeren Bruders war nichts mehr zu erkennen. Die Finger hielten den Steuerknüppel umklammert – er, der Unerfahrenere, war geflogen.

Silena schluchzte auf. Ihre Beine gaben nach, und sie sackte auf die unterste Tragfläche. Bloom stützte sie, sonst wäre sie in den Dreck gerutscht. Sie erbrach sich und zitterte. »Ich habe sie umgebracht«, flüsterte sie und spuckte aus. »Ich hätte Demetrius das Manöver niemals erlauben dürfen.«

»Wir lassen das ganze Wrack genaustens untersuchen, Großmeisterin«, versprach der Leutnant und gab den Soldaten, die mitleidsvoll auf ihre Vorgesetzte blickten, Anweisung, ihre Arbeit fortzuführen.

»Tot«, raunte sie und fuhr sich mit beiden Händen durch die braunen Haare, die in einem Pagenschnitt bis an die Ohrläppchen reichten.

Silena musste an die gemeinsamen Flugstunden denken, an die ersten Einsätze gegen kleine Flugdrachen. Mit welcher Bravour Demetrius geflogen war, und mit welchem Ehrgeiz Theodor danach gestrebt hatte, sie beide zu schlagen. Trotz seiner fehlenden Erfahrung hatte er bald in eine Lanzelot steigen wollen, eine schnelle Doppeldeckermaschine, die von zwei Heckmotoren angetrieben wurde und eine lange ausfahrbare Lanze unter dem Rumpf montiert trug.

»Ich habe ihn immer gewarnt«, flüsterte sie abwesend, die Augen auf den Acker gerichtet, auf den der Regen ebenso prasselte wie auf sie. Silena nahm ihre Kraft zusammen, stemmte sich auf die Beine, um einen letzten Blick auf ihre Brüder zu werfen. Zwei der hoffnungsvollsten Nachfahren des heiligen Georg existierten nicht mehr.

Sie zog Demetrius die Fliegerkappe ab und streichelte sein volles schwarzes Haar, schluchzte leise. Ihr Blick fiel auf die rechte Hand, welche die halbautomatische Pistole umklammert hielt. Sie schniefte, wand den Griff aus den noch warmen Fingern und ließ das Magazin aus der Luger gleiten. Es war leer.

Bloom sah ihr über die Schulter. »Was gibt es, Großmeisterin?«

Silena hielt ihm das Magazin hin. »Mein Bruder hat die gesamte Munition verbraucht, und ich frage mich, worauf er während des Fluges geschossen hat.« Ihre Trauer wurde von der Hoffnung verdrängt, dass es einen Schuldigen gab, den sie für den Tod zur Verantwortung ziehen konnte. An dem sie ihre Wut mit aller Kraft auslassen durfte. Sie betrachtete aufmerksam den Rumpf der Maschine. »Bringt mir jedes Teil des Wracks, ich möchte jedes noch so kleine Stückchen vom Leutnant untersucht wissen«, befahl sie den Rettungskräften aufgebracht.

»Denken Sie, dass sie von einem Drachen angegriffen wurden?« Bloom suchte unter einer Tragfläche Schutz vor dem Regen, während Silena prüfend mit den Händen über den Rumpf strich und die zerstörte Fokker umrundete.

»Der Dreifachdecker war ein Übungsflugzeug und nicht bewaffnet«, rief sie. »Sie hatten weder ein Bordgeschütz noch eine Lanze montiert, um sich gegen Drachen oder Drachenjäger zu verteidigen.« Sie blickte auf zwei Dellen knapp vor dem Leitwerk, winkte einen Soldaten zu sich und ließ sich etwas anheben, um besser sehen zu können. »Ich bin mir sicher, dass sie angegriffen wurden und Demetrius versucht hat, sie zu verteidigen, während Theodor flog.«

Einschusslöcher fand sie nicht, somit schied eine Attacke durch Drachenjäger aus. Sie waren die schärfsten und dazu noch illegalen Konkurrenten, wenn es darum ging, die Bestien zu jagen. Silena kämpfte wie alle Drachentöter im Namen der Kirche gegen das personifizierte Böse, als das der Drache in der Bibel beschrieben wurde. Drachenjäger dagegen handelten aus reiner Profitgier. Sie erlegten die Wesen, um die Einzelteile für viel Geld an Universitäten, abergläubische Menschen, Sammler oder Köche zu verkaufen. Es hatte in der Vergangenheit oft Tote gegeben, wenn Drachenjäger und Drachentöter vor einem Hort aufeinander getroffen waren, und nicht selten war das Scheusal dabei entkommen.

Gegen einen großen Drachen halfen keine herkömmlichen Kugeln, er musste im Zweikampf besiegt werden, wie seit vielen Jahrhunderten, in denen sich die Ungeheuer und die Menschen die Erde teilten. Dabei machte es keinen Unterschied, ob sich das Gefecht auf der Erde oder nun endlich auch am Himmel abspielte. Allein die Nachfahren des heiligen Georg hatten es gewagt, den Krieg in die Wolken zu tragen, anfangs mit verheerenden Verlusten; inzwischen gab es wirkungsvolle Waffen und Maschinen.

»Was hat er mit der Pistole gewollt?«, murmelte Silena und besah sich den Rumpf. Unterhalb des Leitwerks entdeckte sie vier unterschiedlich große Löcher dicht nebeneinander. Die stammten nicht von Geschossen. »Merkwürdig.«

Inzwischen waren ihre Brüder geborgen und auf Bahren zu den Zelten geschafft worden. Sie erklomm die Oberseite des Rumpfs, sprang auf die Sessellehne und beugte sich nach vorn, um nach den Stahlseilzügen zu sehen, mit denen die Ruder bedient wurden; einer davon machte den Eindruck, angeschnitten worden zu sein. »Leutnant Bloom«, rief sie den Mechaniker zu sich und zeigte ihm das Kabelende. »Ihre Meinung?«

»Verfluchte Tat! Wenn nicht durchtrennt, dann zumindest so angeritzt, dass er früher oder später reißen musste«, sagte der Mann nach einem langen Blick. »Ein Saboteur in unserer Staffel?«

»Nein. Ich schätze, es war ein kleinerer Drache, der ...« Silena sah auf die Dellen auf der Oberseite des Rumpfes, die sie zuvor betrachtet hatte – und erkannte aus größerer Entfernung eine Form. »Bloom, sagen Sie mir, dass das keine Fußabdrücke sind.«

Er drehte den Kopf. »Für mich sieht es ganz danach aus. Was, zur Hölle, ist über unseren Häuptern geschehen?« Blooms Augen richteten sich auf den bewölkten Himmel.

Silena wusste keine Antwort und schaute ebenfalls nach oben. In den tief hängenden Wolken konnte sich alles Mögliche verborgen halten und auf einen Angriff gelauert haben, aber die Spuren waren nicht zuzuordnen.

»Ein Mann springt aus einem anderen Flugzeug, landet auf dem Heck des Dreifachdeckers, will das Leitwerk zerstören und wird dabei von Demetrius unter Beschuss genommen. Er springt, durchsticht mit dem Werkzeug die Außenhaut und trifft zufällig einen Seilzug, dann lässt er los und rettet sich mit dem Fallschirm«, mutmaßte sie.

»Der Mann, der das getan hat, dürfte sich zu Recht tollkühn und wahnsinnig nennen. Wäre es nicht einfacher, die Fokker abzuschießen, Großmeisterin?«

»Haben Sie eine bessere Geschichte, Leutnant?« Silena deutete auf das Camp, wo sich die Zelte unter dem finsteren Himmel zusammenduckten und im Wind schwankten, der merklich auffrischte. Sie bildete sich ein, dass in den Wolken über ihnen ein riesiger Drache mit den Schwingen schlug.

Nebeneinander schritten sie durch den Matsch zurück zur Unterkunft, dem Fliegenden Zirkus, wie sie ihre bewegliche Staffel nannten. Die Hand glitt in die Manteltasche und fand die Silbermünze, die ihr Demetrius geschenkt hatte. Er ließ sie gern in der rechten Hand verschwinden und in der linken wieder auftauchen, über die Fingerknöcheln wandern oder sogar durch Tischplatten springen, wenn man daran glauben wollte. Täuschung und Fingerfertigkeit, darauf kam es an. Er beherrschte die besten Tricks mit der Münze. Besser gesagt: Er hatte sie beherrscht.

Sie rieb über die glatte Oberfläche, das Metall erwärmte sich.

Bloom sagte nichts, bis sie die leere Offiziersmesse betraten.

Es roch nach feuchter Zeltwand, nach dem Holzdielenboden und frisch gebrühtem Kaffee, darin mengte sich der Geruch von Zigarren und Zigaretten. Das Bodenpersonal durfte sich Laster erlauben. Licht rührte von den vielen Petroleumlampen her, die an den Querstreben des Zeltes befestigt waren und sich bemühten, das Olivgrün zu erhellen.

»Um auf Ihre Frage zurückzukommen: Nein, ich habe keine bessere«, meinte er, ging zur Vitrine, goss sich selbst und danach Silena einen Whiskey ein und hielt ihr das Glas hin.

»Nein, Leutnant, ich trinke nicht. Das wissen Sie doch.«

»Auch nicht unter diesen Umständen, Großmeisterin?« Er schwenkte das Glas, goldgelb schwappte die Flüssigkeit an den Rändern entlang.

Sie schüttelte den Kopf, nahm sich ein Handtuch und rieb sich damit über die Haare, danach warf sie es ihm über die Schulter. »Auch nicht unter diesen Umständen.« Sie legte den Mantel ab, setzte sich. Ein Messeadjutant zog ihr die Stiefel aus und brachte ihr einen starken Tee. Sie ließ die schwere Münze über die Fingerknöchel wandern. Es half ihr nachzudenken.

Bloom leerte seinen Whiskey in einem Zug und schwenkte den zweiten. »Ich opfere mich für Sie. Jemand muss einen weiteren Feind des Menschen in die Knie zwingen«, zwinkerte er, wurde aber sofort wieder ernst.

»Ich werde dem Erzbischof persönlich berichten«, sagte sie und gab Milch und Zucker in den Tee, ohne umzurühren.

»Da tun Sie recht, Großmeisterin. Er würde einem geschriebenen Bericht nicht glauben, fürchte ich.«

Nach und nach betraten die übrigen Offiziere der Staffel Saint George das Zelt, sie scharten sich am Eingang zusammen und warteten auf eine Gelegenheit, Silena ihr Beileid auszusprechen.

In einer herkömmlichen Fliegerstaffel wäre eine Frau als Pilotin undenkbar gewesen, hier wurde sie bewundert. Es war kein Geheimnis, dass sie außerhalb der Einheit von Luftwaffenpiloten misstrauisch beäugt wurde. Wenn Frauen schon flogen, dann nur zivile Maschinen.

Leutnant Bloom ergriff die Initiative. Er erhob sich, nahm die

Whiskeyflasche und warf sie dem Offizier zu, der ihm am nächsten stand. Wortlos schenkte der Mann aus und gab Bloom ein Zeichen, als alle Anwesenden gefüllte Gläser in den Händen hielten.

Der Mechaniker räusperte sich. »Erheben wir uns in Gedenken an Großmeister Demetrius und Großmeister Theodor, die am heutigen frühen Nachmittag ihr Leben verloren haben«, sagte er getragen und mit lauter Stimme. »Wir werden uns immer ihrer und ihrer Taten erinnern!«

Silena stand auf, steckte die Münze in die Tasche und hielt ihren Humpen mit Tee in die Höhe, alle Augen richteten sich auf sie. »Ich schwöre, dass wir nicht eher ruhen, bis wir herausgefunden haben, wer meine Brüder umgebracht hat. Denn eines ist sicher: Es war kein Unfall.« Es erleichterte sie ungemein, die Worte aussprechen zu können. Somit traf sie keine Schuld, und auch ihre Brüder waren reingewaschen. Silena durfte einen anderen als sich hassen. »Für ihre Seelen!« Sie setzte den Humpen an die Lippen.

»Für ihre Seelen!«, riefen die Offiziere und leerten ihren Whiskey, danach schmetterten sie die Gläser auf den Dielenboden.

Einer nach dem anderen kondolierte Silena, sie schüttelte Hände und war dennoch erleichtert, als sie allein zu ihrer Unterkunft gehen konnte.

Die vom Regenguss nassen Kleider ruhten auf den Ständern: Ledermantel, Uniformjacke und -hose sowie das Hemd bildeten die wenig attraktive Hülle für die Welt der Männer.

Was darunter lag, wusste nur sie, und es hing gleich daneben. Sie gönnte sich weiße Seidenbüstenhalter, die im Gegensatz zu den steifen Korsetts angenehm auf der Haut lagen, nicht zuletzt die Strümpfe und dazugehörigen Bänder. Silena besaß drei Dutzend verschiedene und sammelte immer noch. Ein unsichtbares Accessoire, ganz für sie allein.

Das Wasser rann aus den Kleidern und tropfte in die untergestellten Gefäße; ein einschläferndes Geräusch.

Dennoch gelang es Silena nicht, die Augen zu schließen und den furchtbaren Tag in einem Traum zu vergessen. Sobald sich die Lider senkten, erschien das blutverschmierte Cockpit vor ihr, die Leichen ihrer Brüder …

Schließlich setzte sie sich in ihrem Feldbett auf, stellte die Füße auf den Holzdielenboden. Sie trug einen dunkelblauen Männerschlafanzug, weil sie Nachthemden nicht mochte. Andere Drachentöter hätten das Zelt und die karge Liege als unter ihrem Stand abgelehnt, aber ihr machte es nichts aus. Sie betrachtete sich dank ihrer Abstammung als etwas Besonderes, ja, aber nicht als Übermensch und nicht als Heldin. Sie tat ihre Pflicht wie viele aus ihrer Familie vor ihr.

Ihre Linke hielt den Talisman umfasst, der an einer Kette um ihren Hals hing: ein Splitter von dem Speer ihres Vorfahren, des heiligen Georg, Drachentöter und Stadtbefreier; sobald sie sich einem Drachen auf fünfzig Meter näherte, glomm der Eisenspan auf und warnte sie.

Sie fuhr über den Splitter und war in Gedanken bei Demetrius und Theodor, bei ihrem sinnlosen Tod, den ein Unbekannter heimtückisch herbeigeführt hatte. Sie hatte einen kleinen Drachen im Verdacht.

Die Augen wanderten zum Grammophon. Silena stand auf, kurbelte es an und ließ die Yale Whiffenpoofs erklingen. Sie hatte die amerikanische A-capella-Gruppe vor zehn Jahren das erste Mal bei einem Konzert gehört und war von der Wirkung der Stimmen und den Melodien fasziniert gewesen. Die Whiffenpoofs bestachen durch exzellente Einzigartigkeit. Wahre Goldkehlen. Niemand vermochte es, derartig beruhigende und abwechslungsreiche Klangteppiche zu weben, auf denen sich die Seele ausruhen durfte.

Nach den ersten Tönen entlud sich Silenas Trauer und zerstörte die raue Schale, die sie in der Öffentlichkeit trug.

Weinend stand sie vor dem Schalltrichter, kehrte ins Bett zurück und kauerte sich zusammen. Endlich musste sie keinen der Männer mehr beeindrucken, weder Freunde noch Gegner, jetzt durfte sie Schwäche zeigen.

Es tat gut, hemmungslos zu weinen. Der angestaute Schmerz wurde hinausgeschwemmt und erträglicher. Bis zum Morgen würden die Augen auch nicht mehr gerötet sein, es gab keine verräterischen Spuren von zu vielen Empfindungen.

Das letzte Mal hatte sie so getrauert, als ihre Eltern vor ihren Augen von einem Drachen ermordet worden waren. Der Erfolg hatte Athanasius und Silene den frühen Tod gebracht. Sie waren in einen

Hinterhalt gelockt und von scharfen Klauen zerfetzt worden, als sie …

Zu viele schlechte Erinnerungen suchten sie heim. Silena nahm das Laken, um die salzigen Tropfen zu trocknen, und betrachtete die Autogrammkarte, die neben ihrem Feldbett stand. Die Aufnahme zeigte den Regisseur und Schauspieler Harry Piel, den sie seit seinem ersten Film bewunderte – nicht, weil er gut aussah, sondern weil er Abenteuer bestand, waghalsige Szenen selbst ausführte und beinahe sogar Kunstflieger geworden wäre. Sie fühlte eine Verbundenheit zu ihm.

»Manchmal wäre es schön, wenn das Leben mehr von einem Film hätte«, sagte sie leise und schloss die Augen. »Ich könnte den Tod von Trius und Theo einfach herausschneiden und eine neue Szene mit ihnen drehen. Als hätte der Absturz niemals stattgefunden.«

Die Whiffenpoofs hatten aufgehört zu singen; zu den Tropfgeräuschen gesellte sich das leise Rauschen, als die Nadel am Ende der Platte angekommen war und keine Töne mehr fand.

Sie wurde müder, gähnte und zog die Decke über sich.

»Ich werde nicht aufgeben, bis ich euch gerächt habe«, schwor sie ihren Brüdern flüsternd und küsste ihren Talisman. »Der Schuldige wird sterben.« Sie schloss die Augen und hoffte auf einen Traum.

II.

»Die Linie Longinus
Ausgehend vom römischen Legionär, der Jesus am Kreuz die Lanze in die Seite stieß, haben sich die Nachfahren vor allem auf den Nahkampf mit dem Spieß spezialisiert.
Manche behaupten, diese Lanze sei noch immer im Besitz der Linie, komme bei besonders großen Drachenexemplaren zum Einsatz und richte verheerenden Schaden an.
Das Officium äußert sich dazu nicht.

aus der Serie »Drachentöterinnen und Drachentöter im Verlauf der Jahrhunderte«
Im »Münchner Tagesherold«, Königlich-Bayerisches Hofblatt vom 1. Juni 1924

1. Januar 1925, Korumdie-Gebiet, Zarenreich Russland, Grenze zu China

Von den Lüstern und Leuchtern an der Decke der Eingangshalle waren nur noch angebrannte, versengte Reste übrig. Das Blattgold war geschmolzen und hing als erstarrte Tröpfchen an den Wänden. Die Birnen waren größtenteils erloschen oder geplatzt. Die kleinen, zuckenden Flämmchen, die auf der Einrichtung tanzten, verbreiteten flackerndes Licht und machten das Geschöpf noch unheimlicher, Furcht einflößender; nur Caruso sang nach wie vor tapfer, als sei gar nichts geschehen.

Xing wurde langsamer.

»Keine Sorge. Ddraig Goch tut dir nichts.« Vouivres silbrig funkelnde Kralle schob sie erneut an, Xing trudelte vorwärts. Es machte dem Drachen mit dem Karfunkelauge offenbar Spaß, sie immer weiter zu treiben.

Ddraig Goch – den Namen kannte sie. Der Herr hatte ihn erwähnt, als er vom Herrscher von Wales sprach. Sie watete durch Trümmer, Staub und Asche. Sie schauderte, als ihr bewusst wurde, auf wen sie die Sohlen senkte, denn es war eben nicht nur fein geriebenes Gestein. Der brutale Tjushin, aber auch all ihre Freunde waren zu aufwirbelnden grauen Flöckchen geworden. Die Chinesin kämpfte mit den Tränen. Der Palast des Herrn war erobert und entweiht, geschändet. Die Geborgenheit, der Frieden und die Seligkeit hatten sich aufgelöst wie die Menschen.

Aus dem Seitengang erschien der grüne Drache, der sie an einen gewaltigen Waran erinnerte, nur dass er einen breiteren Kopf und dickere Hornplatten besaß; die violette, gespaltene Zunge schoss aus dem Maul, und die glitzernden, bösen Augen starrten zu ihr und Vouivre. Sie erkannte an der rechten Seite statt der Schuppen eine Stelle, die von vier biegsamen Eisenbändern geschützt wurde, die wiederum mit Drähten im umliegenden Hornpanzer befestigt waren; vermutlich war der Drache einst dort verwundet worden.

»Keiner von euch rührt sie an«, hörte sie ihren Beschützer sagen.

»Warum nicht? Sie ist ebenso wertlos wie die anderen«, kam die Antwort, und Xing vermutete, dass der grüne Drache gesprochen hatte. »Sie wissen nichts.«

»Ich möchte dennoch warten, bis sich unser geschätzter Freund Iffnar zu uns gesellt hat.« Vouivres Kopf schwenkte herum, er sah auf das Grammophon. »Wäre jemand so freundlich?«

Ddraigs Schweif stieß blitzschnell und peitschend nieder, zerschlug das Abspielgerät in tausend Stücke, die Schellackplatte zersprang. Xing unterdrückte einen Schrei.

»Merci. Ich werde mich niemals an diese unsäglichen Errungenschaften gewöhnen«, meinte Vouivre erleichtert und blickte Xing an. »Der Klang schmerzt in meinen empfindlichen Ohren. Ich habe nichts gegen Gesang, ganz im Gegenteil, und Monsieur Caruso ist ein ebenso begnadeter wie hässlicher Mensch. Aber ihn blechern aus einem Trichter zu hören, ist mir zuwider. Es verzerrt und tötet das Lebendige darin.«

»Als die Barden durch das Land zogen, sangen und spielten, das waren noch Zeiten.« Der rote Drache ließ sich nieder, legte den Kopf auf die vierklauigen Vorderpranken und stieß heiße Luft aus. Seine Stimme klang heller als die der beiden anderen. Ein Weibchen? »Man hätte Edison töten sollen. Für sein Grammophon, für die verfluchte Elektrizität und alles, was daraus wurde.«

»Reaktionäres Pack«, rief jemand, gleich darauf erschallte Gelächter.

Die drei Drachen wandten die Köpfe und blickten zu einer weiteren Tür in der Halle, durch die ein grauer Drache kam, dessen Flügel im Vergleich zu Vouivres und Ddraigs klein und verkümmert wirkten. Dafür erschien die Gestalt umso kräftiger, die Kiefer waren mächtig und konnten gewiss mehrere Baumstämme gleichzeitig durchbeißen. »Wenn ihr schon die Zeit zurückdrehen wollt, lege ich euch unbedingt den Tod dieser beiden Amerikaner ans Herz, die den Menschen das Fliegen ermöglichten. Ich habe mein Soll erfüllt und Lilienthal zum Absturz gebracht.« Er betrat die geschwärzte Halle und schaute sich um. »Ein hübsches Feuer, geschätzte Ddraig.«

»Ein Lob aus Eurem Mund ist wie üppiges Mahl.« Der rote Drache richtete sich auf, sein Schatten wuchs an der Wand zu spektakulärer Größe. »Es liegt schwer im Magen und führt zu nichts als Unwohlsein. Behaltet es daher, Iffnar.«

Auch dieser Name war Xing nicht unbekannt: ein Drache, der entgegen einer mittelalterlichen Sage den Kampf gegen den Helden überlebt hatte und deswegen nur noch ein winziges Stückchen seines Herzens besaß. Sie überlegte fieberhaft. Ihr wollte der Name des Recken nicht einfallen, weil er fremd und merkwürdig in ihrer Sprache klang. Ein Deutscher, wenn sie sich richtig erinnerte.

Xing fühlte sich angesichts der Ungetüme um sie herum noch kleiner, als sie ohnehin war, eine Maus unter Hunden. Sie betrachtete Vouivres funkelndes Schuppenkleid, das als einziges von den versammelten Drachen ohne Kampfspuren geblieben war. Die anderen zierten sich mit zahlreichen Kratzern und Rissen auf den Hornplatten. Sie machten den Anblick der riesigen Wesen noch martialischer und beängstigender. Xing benötigte all ihre Tapferkeit, um sich nicht zur Flucht zu wenden, die gewiss den Tod nach sich gezogen hätte.

»Ihr erscheint spät, mein deutscher Freund«, sagte Vouivre freundlich und ein wenig spöttisch. »Hattet Ihr Gegenwind?«

»Ich war lange vor Euch da, aber zog es vor, erst in den Hort einzudringen, nachdem Ddraig die Posten auf dem Gipfel ausgeschaltet hatte. Ich träte ungern allein gegen Gorynytsch an, und Ihr werdet verstehen, dass ich an dem bisschen Herz, das ich in mir trage, doch sehr hänge.« Iffnar betrachtete Xing, das Feuer spiegelte sich in seinen Augen. »Ist das alles?«

Die Chinesin wurde das Gefühl nicht los, dass zwischen den Drachen eine enorme Spannung herrschte. Es war, als befänden sich vier wilde Bullen gleichzeitig in einem fremden Stall, die sich belauerten und abschätzten, wann das Kräftemessen beginnen würde. Sie wusste aus den wenigen Erzählungen des Herrn, dass sich ältere Drachen untereinander nicht gut verstanden. Diese Exemplare zählten zweifelsohne zu den ganz alten. Sie schluckte, ihre Beine zitterten.

Vouivre lachte. »Anscheinend. Was die gute Ddraig mit ihren eindrucksvollen Flammen nicht garte, jagte Grendelson durch die Gänge.« Er hob die rechte Vorderklaue und deutete auf Iffnar. »Da Euch noch einige Haare aus dem Mund ragen, nehme ich an, dass auch Ihr auf Eure Kosten gekommen seid. Somit«, die Kralle schwenkte herum und zielte auf die Frau, »ist sie unsere einzige Quelle. Seid nett zu Xing.«

Jeder der vier Drachen machte einen Schritt auf sie zu, die durchdringenden, stechenden Augenpaare und der rote Karfunkel richteten sich auf sie. Die junge Chinesin meinte, die Blicke spüren zu können, wie kräftige Berührungen, ein steter und unangenehmer Druck am ganzen Leib.

Sie fühlte sich bedrängt und eingeschüchtert. Xing wusste sich nicht anders zu helfen und sank auf die Knie, hielt sich die Hände vors Gesicht. »Ich weiß nicht, wo der Herr ist«, schluchzte sie.

»Was sprach er zu dir, als er den Hort verließ?«, vernahm sie Vouivres samtene Stimme. »Gab er dir einen Hinweis darauf, wohin er fliegen wollte?«

»Nein«, weinte sie und wagte es nicht, zu den Geschöpfen aufzublicken. Vor allem den Grünen, der Grendelson genannt wurde, fürchtete sie; ihr Herz raste vor Todesangst. »Nein, er sagte mir nichts. Er sagt uns niemals, wohin er geht.«

»Ich wusste doch, dass sie zu nichts taugt.« Iffnar hatte sich zu Wort gemeldet. »Wenn Gorynytsch beschließt unterzutauchen, ist er für uns verloren. Dein Plan, Vouivre, war ein Fehlschlag.«

»Vielleicht hat ihn ja einer von euch gewarnt«, erwiderte der diamantene Drache mit falscher Freundlichkeit. »Wäre einer von euch so kurzsichtig, gemeinsame Sache mit dem Scheusal zu machen?«

»Schweigt!« Grendelsons Stimme sprach in ihrem Kopf, gleichzeitig öffnete er seine Kiefer und brüllte so ärgerlich, dass sich lose Steine aus der Decke lösten und auf den Boden fielen. »Wir haben Wichtigeres zu tun.«

Xing duckte sich noch mehr zusammen, das Dröhnen und Vibrieren der Drachenstimme drohte, sie in Ohnmacht zu stürzen. Sie meinte, dass der Stein unter ihr wankte, so laut lärmte Grendelson. Sie vernahm die Unterredung der Drachen und verstand dennoch nicht, worum es dabei ging.

»Xing, steh auf«, verlangte Grendelson von ihr, und sie konnte trotz ihrer Furcht nicht anders. Der Befehl besaß hypnotische Macht. Sie starrte in das Drachenantlitz, auf die violette Zunge, die hervorzüngelte. »Du wirst verstanden haben, was uns dazu gebracht hat, unsere Horte zu verlassen und den weiten Weg zu unternehmen.« Er neigte das Haupt, bis die Schnauze nur eine Armlänge von ihrem Kopf entfernt war. Blut und lange braune Haare hafteten daran. »Wenn sich vier der mächtigsten Wesen der Welt, die sich abgrundtief hassen, zusammentun, um deinen Herrn Gorynytsch zu töten, kannst du dir ausmalen, dass es einen triftigen Grund gibt.«

Xing schauderte, es gelang ihr nicht, sich abzuwenden. »Ich ... weiß nicht ...«, stammelte sie.

»Die Erde benötigt eine Ordnung, Xing. Wir vier sind diese Ordnung der Alten Welt, wir leiten und führen die Menschen seit Anbeginn unserer Existenz ohne ihr Wissen, damit die Geschicke in geraden Bahnen verlaufen.«

»Was hat der Herr damit zu schaffen? Warum erzählt Ihr es mir?«, fragte sie mit brüchiger Stimme.

»Weil du für uns wichtig bist.« Grendelson musterte ihr Antlitz. »Dein Herr ist auf dem besten Wege, diese Ordnung zu zerstören. Er beabsichtigt Dinge, gegen die der Weltkrieg wie ein Scharmützel wirken wird. Die Menschheit könnte seinetwegen untergehen.«

»Der Herr war immer gut zu mir und den anderen im Palast. Er würde eine solche Tat niemals in Betracht ziehen«, verteidigte sie ihn auf der Stelle.

»Er *wird*, Xing! Alles gerät in Gefahr«, Grendelson spreizte eine Kralle ab, »wegen eines unvernünftigen, machtbesessenen Drachen. Wir wollen den Menschen Leid ersparen und die Bedrohung vernichten, ehe sie weiteres Unheil anrichtet. So bitte ich dich im Namen aller, die in der Alten Welt und in Asien leben, Xing: Sag uns, wo wir ihn finden!«

Xing sah in die geschlitzten Pupillen, die in dem durchdringenden Gelb schwammen. Sie mochte den Drachen, unerklärlicherweise sogar mehr als ihren Herrn, und das Gefühl nahm zu, je länger sie in die Augen sah. Sie lächelte ihn furchtsam an, und liebend gern hätte sie ihm berichtet, wo ihr Herr abgeblieben war. Sie wollte ihm jeden Wunsch erfüllen, sich bemühen und ihm gefallen. Doch bei aller unerklärlichen Zuneigung musste sie ihm gestehen: »Ich weiß es nicht.«

Die Kiefer öffneten sich ruckartig, umschlossen die junge Chinesin und packten den Oberkörper.

In dem ersten furchtbaren Schmerz verschwand die Hingezogenheit, Xing schrie auf und zappelte, stemmte sich mit den Armen gegen die Zähne, während sich heiße Messer in ihren Unterleib bohrten; warme Flüssigkeit rann über ihren Bauch. »Nein, Gnade, ich …!« Der Druck auf ihren Rücken erhöhte sich, ließ sie kreischen.

Ihre Gegenwehr und das Leiden endeten abrupt. Grendelson zerteilte den dünnen Körper mit einem schnellen Biss und schlang die Brocken ohne zu kauen hinunter.

»Ich mag es nicht, wenn sie ihre Kleider noch tragen. Die Fetzen verfangen sich zwischen den Zähnen.« Seine gespaltene Zunge leckte über das Maul und wischte die Blutspuren ab.

Ddraig blieb ruhig und schüttelte nur ihr Haupt. Es dauerte eine Weile, bis der erste Drache sprach.

»Eigentlich wollte ich sie haben«, merkte Iffnar verdrossen an.

»Das war nicht nett. Sie wollte mir noch das Versteck der köstlichen Trüffeln verraten«, fügte Vouivre missbilligend hinzu.

»Ihr werdet sie schon finden, Eure Nase kennt den Geruch.« Grendelson betrachtete die Züge seiner Mitstreiter. »Was nun?« Er wandte sich zu Iffnar. »Ihr kennt ihn am besten von uns vieren. Was wird er tun?«

»War das ein Vorwurf?« Er starrte den grünen Drachen an. »Wir alle waren von ihm begeistert, wenn ich Euch erinnern darf. Er fügte sich perfekt in die Lücke, die der verstorbene Groszny hinterließ, und führte die Vereinbarung fort, die wir alle eingegangen sind. Wenn er die Umstürzler und diesen Lenin nicht eliminiert hätte, wäre der Zar tot, und das Chaos würde regieren.«

»Nur zu dumm, dass Gorynytsch dafür sorgte, dass sich die Lücke auftat. Er hat dem Drachentöter den Hinweis gegeben, wo er Groszny finden kann. Es ist mir nach wie vor ein Rätsel, wie es dem Drachentöter gelungen ist, dieses dreiköpfige Flugscheusal zu bezwingen.«

»Es war eine Frau, kein Mann«, warf Ddraig ein. »Sie heißt Silena, eine Nachfahrin des Drachentöters Georg. Sie hat schon einige der Kleinen auf dem Gewissen.«

Vouivre sah sie erstaunt an. »Höre ich da so etwas wie Bewunderung heraus?«

»Nein. Es geht mir nur um Gerechtigkeit. Wenn Männer sich ihrer Taten rühmen, sollten es Frauen genauso handhaben.«

»Jedenfalls ist Gorynytsch aus unseren Linien geschert«, kehrte Grendelson zu dem eigentlichen Punkt zurück.

»Er hat uns im Glauben gelassen, dass er den Fortschritt ebenso ablehnt wie wir«, setzte Iffnar seine Verteidigung fort. »Ihr habt es alle geglaubt.«

Vouivre sah zu den verkohlten Resten der elektrischen Lampen, dann zu den Trümmern, die einst ein Grammophon gewesen waren. »Leider ja. Iffnar hat Recht, wir haben uns täuschen lassen. Was ihn in meinem Auge noch viel gefährlicher macht. Was wird er tun?«

»Einen Krieg heraufbeschwören. Nicht zwischen den Vasallen, sondern zwischen dem Westen und dem Osten.« Iffnar grollte, der Gedanke machte ihn unruhig und wütend. Er war der größte Fürsprecher Gorynytschs gewesen, nun besaß er die größte Mitschuld an der drohenden Katastrophe.

Ddraig ließ sich auf den Boden sinken. »Dem Osten? Wie kommt Ihr darauf?«

Vouivre deutete mit den Klauen um sich. »Ein Hort an der Grenze zu China eignet sich perfekt dazu, Erkundungsflüge zu unternehmen und ins Feindesland vorzudringen. Xing war eine Chinesin, und er besaß noch weitere Sklaven aus dem Land jenseits des Korumdie, nehme ich an?« Er sah zu Grendelson und Iffnar, die daraufhin nickten. »Sie haben ihm Auskünfte erteilt. Gorynytsch lässt sich auf das Gefecht ein.«

»Und er ist vorbereitet.« Iffnars breites graues Haupt hob sich anklagend in Richtung Decke, zu den verschmorten Leitungen. »Ist es ein Fehler, dass wir uns gegen die Errungenschaften stemmen? Können wir sie überhaupt aufhalten? Lilienthal ist tot, und dennoch haben die Menschen die Himmel erobert. Ganz zu schweigen von der Industrie und den vielen anderen Entdeckungen.«

»Ich weiß. Noch reichen die Flugzeuge nicht weit hinauf, aber es wird der Tag kommen, an dem diese knatternden Maschinen auch in meinen schönen französischen Alpen umherfliegen und mir auf die Nerven gehen.« Vouivre seufzte. »Kümmern wir uns um Gorynytsch, danach lehren wir die Menschen wieder mehr Respekt.«

Ddraig wandte den Schädel plötzlich zum Eingang, sie erhob sich und sah zum Tor hinaus. »Ich rieche einen Drachen«, raunte sie. »Er kommt auf uns zu.«

»Gepriesen sei Nidhögg«, flüsterte Grendelson. »Am Ende kehrt Gorynytsch zurück, und wir haben uns die Sorgen umsonst gemacht.« Er zwängte sich neben die rote Drachin, und auch Iffnar setzte sich in Bewegung, sodass es im vorderen Bereich der Halle unvermittelt sehr eng wurde.

Einzig Vouivre blieb zurück. »Gebt unserem Gast etwas mehr Raum«, rief er gut gelaunt.

»Ihr wisst, wer sich dem Hort nähert?«, fragte Ddraig über die Schulter hinweg. »Sollte es eine Falle sein, Franzose, wird mein Feuer ausreichen, um Euch das Karfunkelauge aus der Stirn zu brennen und Eure Juwelenplatten zum Schmelzen zu bringen.«

»Nicht so voreilig, geschätzte Ddraig. Es ist ein Freund von mir, der auf meine Einladung hin erscheint.«

»Ist es ein schwarzer, hässlicher Flugdrache?«, vergewisserte sich Iffnar.

Vouivre lachte. »Es wird unserem Verbündeten aber gar nicht gefallen, wie Ihr ihn beschreibt.«

»*Noch* ist er nicht mein Verbündeter«, grollte Grendelson und entfernte sich rückwärts kriechend vom Tor, die anderen beiden taten es ihm nach. »Was hat er hier zu suchen?«

»Wartet, bis er eingetroffen ist.«

Lautes Flügelschlagen erklang, Windböen wirbelten herein und jagten Wolken aus Asche und Dreck umher. Vor dem Tor landete ein fünfköpfiger schwarzer Drache, dessen Leib und Schwingen es beinahe mit Ddraigs Ausmaßen aufnehmen konnten. Er war etwas kleiner, was ihn als junges Exemplar auswies. Die handtellergroßen Schuppen schimmerten matt wie Öl, das aus der Erde sickert, die spitzen Hörner auf den Schädeln waren lang wie Unterarme, zehn gelbe Augen leuchteten laternengleich, und aus den Nasenlöchern quoll ockerfarbener Dampf. Der unbekannte Drache hielt sich bereit, sein Feuer einzusetzen.

Vouivre sah hinüber zu Ddraig, in deren Augen er Begierde zu lesen glaubte. »Ein stattlicher Bursche, nicht wahr?«, meinte er amüsiert.

»Zu jung«, gab sie zurück, ohne sich umzudrehen. Sie war wie Iffnar und Grendelson wachsam. »In zweihundert Jahren kann er sich noch einmal bei mir vorstellen und um meine Gunst ringen. Falls er das Zusammentreffen überlebt.«

Vouivre glitt an ihnen vorbei und bedeutete dem schwarzen Drachen, näher zu treten. »Das ist Grosznys Sohn, Pratiwin. Er hegt die gleichen Absichten wie wir: Gorynytsch muss sterben. Er besitzt einige unschätzbare Vorteile und Verbündete, die uns bei der Suche nach unserem Feind nutzen werden. Und er hat sich bereit erklärt, uns zu helfen.«

»Wenn mir danach die Regentschaft über Russland gegeben wird«, erhob Pratiwin seine Stimme, ein abgrundtiefer Klang mit Kraft und Hass darin. »Das ist meine einzige Bedingung, ihr Altvorderen.« Die fünf Häupter verneigten sich vor ihnen, die gelben Augenpaare schauten unterwürfig auf den Boden. »Ich werde nicht eher ruhen, bis ich Gorynytsch gefunden und zerrissen habe, um meinen Vater zu rächen und meine Familie an ihren Platz zurückzubringen.«

Ddraig kniff die Augen zusammen. »Er hat deinen Vater doch nicht getötet?«

»Nein, Altvordere. Aber er verriet der Drachentöterin den Hort und die Schwäche meines Vaters. Damit ist es so, als hätte er selbst den Mord ausgeführt. Auch die Drachentöterin wird sterben.«

»Du klingst mutig und von dir überzeugt.« Iffnar besah sich den schwarzen Drachen genauer. »Keine Kampfspuren, weder von Auseinandersetzungen mit deinesgleichen noch mit Drachentötern. Dein Hornpanzer ist jungfräulich.«

»Ich bin gut im Kampf, Altvorderer. Und klug. Bisher gelang es niemandem, mich zu verletzen.«

»Wie alt bist du?«

»Neunundneunzig Jahre, Altvorderer«, antwortete Pratiwin.

»Wie kommt es, dass du schon fünf Köpfe besitzt?«

»Ich schlüpfte mit ihnen, Altvorderer.«

»Wenn das kein gutes Zeichen ist. Ein von Leviathan Gesegneter«, lachte Vouivre. »Meinen Beifall findet er, wenn er Russland führen möchte.«

Grendelson betrachtete ihn von der Seite. »Schwörst du, die Erfindungen der Menschen abzulehnen und sie rückgängig zu machen?«

»Ja, Altvorderer.«

»Die Erfindungen niemals selbst anzunehmen und die Tradition der Drachen fortzuführen?«, ergänzte Ddraig getragen.

»Ja, Altvordere.«

Iffnar gab einen Zischlaut von sich. »Bei deinem Leben?«

»Ja, Altvorderer.« Jetzt hoben sich die fünf Köpfe nacheinander, die gelben Augen schauten den grünen Drachen ohne Furcht an. »Meinen Schwur leiste ich mit meinem Leben als Pfand.«

Ddraig nickte zufrieden. »Soll er sich auf die Suche begeben, ohne dass wir unsere eigenen Bestrebungen vernachlässigen. Aber du«, sie wandte sich an den schwarzen Drachen, und ihre Stimme gewann an Schärfe wie die einer Kaiserin, »wirst uns unentwegt unterrichten. Sobald du Gorynytsch gefunden hast, rufst du uns. Allein wirst du ihn nicht besiegen, so gut und klug du sein magst. Oder«, sie klang spöttisch, »sein möchtest.« Sie schob ihn zur Seite, sofort wich er aus und machte ihr den Weg frei. »Ich kehre nach Wales zurück, die Winde stehen günstig für einen kurzen Flug. Wir hören voneinander.« Ddraig warf Vouivre einen langen Blick zu, dann verschwand sie.

»Mir ergeht es ebenso«, sagte Iffnar und folgte ihr. Sein felsgrauer Leib schob sich aus dem Tor hinaus in den Schnee, wo er die kurzen

Flügel ausbreitete und gegen die eisigen Winde abhob. Im Gegensatz zu Ddraig glitt er durch die Luft, die kleineren Schwingen erlaubten keine schnellen, wendigen Manöver.

Als sich Vouivre und Pratiwin nach Grendelson umwandten, war der grüne Drache verschwunden. Er legte keinen Wert auf Freundlichkeit.

»Du kennst deine Aufgabe, welche dir der Rat der Altvorderen übertragen hat«, betonte er nochmals vor den fünf Häuptern, die sich wieder verneigten. »Erfülle sie, und du bekommst, was man deinem Vater genommen hat. Du kennst die Regeln?«

»Es geht um den Erhalt der Macht, nicht um deren bedingungslose Ausdehnung«, sagte Pratiwin, als habe er es schon endlose Male zitiert. »Wir kämpfen nicht gegeneinander, wir bleiben im Verborgenen, um die Menschen nicht aufzuschrecken. Ordnung bringt uns Macht, nicht das Chaos, Altvorderer.«

»Sehr schön, Pratiwin. Du wirst deinem Vater alle Ehre machen.« Er zeigte auf den Ausgang. »Geh nun. Es gilt, Schlimmes für uns Drachen und unsere Vasallen zu verhindern. Gib dein Bestes. Bald kannst du diesen und viele weitere Horte dein Eigen nennen.«

»Das tue ich mit Freuden, Altvorderer.« Der schwarze Drache richtete seine Köpfe auf und ging hinaus. Die hereinschießenden Winde verrieten Vouivre, dass Pratiwin abgehoben hatte.

»Aber bis der Hort dein ist, suche ich diese köstlichen Trüffeln«, murmelte er und eilte durch die verlassenen Gänge.

Natürlich war der Schwur eine Farce. Oder zurückhaltender ausgedrückt: Er besaß Lücken. Die Altvorderen rangen seit ihrer Entstehung um Macht, mit dem Unterschied, dass sie sich seit dem Mittelalter nicht mehr zeigten und ihre unwissenden Vasallen in den Krieg schickten. Sie hatten aus ihrer beinahen Ausrottung gelernt. Zu viel Präsenz war nicht gut.

Vouivre folgte dem Geruch, der durchdringender wurde, je näher er der Küche kam. Er streckte den Oberkörper in den Raum, soweit er hineinpasste, und durchsuchte die Vorratsschränke.

Tatsächlich entdeckte er drei Kisten Trüffeln. Rasch öffnete er eine, entfernte das Papier und schob sich eine faustgroße Knolle auf die Zunge; sie schmolz auf der Stelle und gab ihren unnachahmlichen Geschmack frei.

Sogleich hellten sich seine trüben Gedanken etwas auf. Vouivre schmiedete neue Pläne für die Zeit nach Gorynytsch.

2. Januar 1925, München, Königreich Bayern, Deutsches Kaiserreich

Ein lautes Schrillen beendete Silenas unruhigen Schlaf.

Es war eine Trillerpfeife, die von einem Menschen mit einem unglaublichen Lungenvolumen geblasen wurde, und sie liebte dieses Geräusch; einen Augenblick später schrie jemand durch die Zeltwand: »Sichtung!«

»Aye!«, rief sie zurück, und ihr Herz pumpte das Blut schneller durch die Adern, ließ sie hellwach werden. Silena sprang in ihre drachenlederne, gefütterte Fliegerkombination, schnürte die Stiefel und schnappte sich die Kappe, den Säbel und die Pistole, während sie auf den Ausgang zurannte und gleich darauf ins Freie trat.

Der neue Morgen begrüßte sie mit einem leichten Nebelschleier über dem Boden, durch den die aufgehende Sonne drang. Wenigstens schneite oder regnete es nicht. Kein optimales, doch taugliches Flugwetter. Silena atmete tief ein, schmeckte Feuchtigkeit, Schnee und Benzin.

Vor ihrer Unterkunft wartete ein Soldat, der ihr die Umgebungskarte reichte. Der Ort, an dem die Sichtung erfolgt war, lag keine drei Kilometer von ihrem Lager entfernt. Ihre Aufregung stieg.

»Wann?« Sie ließ sich von ihm beim Anlegen des Holsters helfen, ohne dass sie ihre Geschwindigkeit beim Gehen verringerte.

Um sie herum befand sich der Fliegende Zirkus in dem üblichen Aufruhr, den ein Alarm stets auslöste. Jeder Mann wusste, welche Handgriffe getan werden mussten. Die Lanzelot wurde aus seinem Planenhangar gerollt und für Silena bereitgestellt. Jagdzeit – und alle in der Staffel Saint George fieberten mit.

»Vor zwei Minuten, Großmeisterin«, gab er zurück.

»Exemplar?«

»Ein junger Einender, Flugdrache, gelb, geschätzte zwei bis drei Meter. Hat einen Bauernhof heimgesucht und zwei Kühe gerissen.«

Sie hatten den Flieger erreicht, und Silena schlüpfte in die Riemen des Fallschirms. Routiniert legte sie die Gurte an, danach halfen die Soldaten ihr beim Einsteigen.

Sie zwängte sich in den Sitz, stülpte sich die Kappe auf die Haare und legte die Brille an; danach folgten die Handschuhe. Es war zu schön, um wahr zu sein. Sollte sie einen Tag nach dem Mord an ihren Brüdern die Gelegenheit bekommen, ihren Tod zu rächen? War es dieser kleine Einender gewesen, ein Drache mit einem Kopf, der die Fokker zum Absturz gebracht hatte?

»Maschinengewehre geladen?«

»Aye, Großmeisterin.«

Silena zwang sich zur Ruhe. Wenn sie jetzt einen Fehler beging, könnte er verhängnisvoll sein. Ein junger Drache war zwar keine Herausforderung, sie waren dumm und leicht zu übertölpeln, besaßen wenig Erfahrung, aber eine grobe Unachtsamkeit des Feindes würden sie dennoch ausnutzen. »Lanze?«

»Eine.«

»Noch eine«, befahl sie und trat nacheinander auf die Fußpedale, zog an der Steuersäule. Gehorsam reagierten die Höhen- und Seitenruder, alles ließ sich einwandfrei bewegen. Die Maschine war mit einer dünnen Schicht Drachenhaut bespannt worden, damit die Konstruktion einem Flammenstoß standhielt. Käme es zu einem solchen Angriff, müsste sie Kopf und Oberkörper tief einziehen und sich auf die schützende Wirkung ihrer Fliegerkombination verlassen. Bislang hatte es immer funktioniert; ein kleiner Drache hatte zudem keinen allzu heißen Brodem. Mehr als schwitzen würde sie nicht.

Die Bodenmannschaft montierte eine zweite Lanze unterhalb des Rumpfs in die Rotationshalterung, andere hielten sich bereit, die Bremsklötze auf Silenas Zeichen hin vor den Rädern wegzuziehen.

Sie startete die Motoren, die Propeller wirbelten und entfachten einen enormen Wind, der anschwoll, als sie Gas gab und die Drehzahl beschleunigte. Obwohl die Bremsen angezogen waren und die Klötze vor den Rädern lagen, drängte die Maschine vorwärts. Silena wartete einige Augenblicke, bis die Propeller das bekannte Geräusch von sich gaben, das ihr den Start anzeigte.

Sie nickte, die Männer zogen die Hindernisse weg, und Silena gab die Bremse frei. Die Lanzelot beschleunigte ruckartig und schoss über die Bahn, Silena wurde durch den heftigen Schub in den Sitz gepresst.

Dann zog sie die Schnauze nach oben und lenkte den Doppeldecker steil in die Höhe, um dem Bodennebel zu entkommen und eine klare Sicht zu erhalten; rechts und links von ihr dröhnten die Motoren, sie wischte die Feuchtigkeit von den Brillengläsern und leckte sich das Kondenswasser von den Lippen. Es schmeckte wunderbar rein und frisch. Silena lächelte grimmig, Vorfreude und Rachegedanken mischten sich.

Die Lanzelot stieß durch den Nebel in einen klaren blauen Himmel, ließ das Grau wie ein eintöniges Meer hinter sich zurück und legte sich waagrecht in den kühlen Winterwind. Jetzt begann die Suche.

Silena sah rechts und links aus dem Flugzeug, schaute in die angebrachten Spiegel, die ihr das Beobachten unmittelbar unter dem Rumpf ermöglichten.

Die Sonne wurde stärker und löste die störenden Schwaden auf, die dem Drachen guten Schutz vor einer Entdeckung geboten hatten. Sie erkannte den Bauernhof, ein einzelnes Gehöft, und ihre Anspannung nahm noch um eine Nuance zu.

Sie fürchtete sich nicht vor dem Kampf, auch nicht, wenn es ein älterer Zweiender gewesen wäre, doch eine gewisse Grundspannung gehörte dazu. Sie vermochte Leben zu retten.

Da sich unter ihr nichts tat, sah sie wieder nach vorn, durch die Zielvorrichtung, die sowohl für die beiden Maschinengewehre als auch die Lanzen galt. Die langen Speere ließen sich über einen Knopfdruck ausfahren und ragten mehrere Meter über die Flugzeugnase hinaus. Das Visier diente dazu, einen Drachen auch unter widrigen Sichtverhältnissen anpeilen und ihm den Todesstoß versetzen zu können. Die Maschinengewehre waren eher dazu gedacht, sich gegen rivalisierende Drachenjäger zur Wehr zu setzen. Auch das kam durchaus vor.

»Da haben wir doch was«, murmelte sie und betrachtete den Punkt, der sich in die Sonne schwang. Für einen Vogel war er zu groß, für ein Flugzeug machte er zu merkwürdige Bewegungen. Der Drache hatte die Lanzelot gehört und versuchte, den blendenden

Schein des Gestirns für seine Flucht zu nutzen. »Nicht mit mir, Bestie.«

Silena klappte die getönten Gläser nach unten und erkannte Einzelheiten jetzt besser: Es war der Einender. Sie erhöhte die Benzinzufuhr, die Motoren brüllten auf und ließen die Propeller lauter singen als zuvor. Der Wind pfiff begleitend in den Drahtabspannungen der Tragflächen.

An Geschwindigkeit konnten es die Flugzeuge der Staffel alle mit der von Drachen aufnehmen, die mangelnde Wendigkeit machten die Piloten durch unglaubliche Flugkunst wett. Silena sah wieder kurz nach rechts und links. Dort wären normalerweise Demetrius und Theodor geflogen und hätten mit ihr einen schlagkräftigen Verband gebildet.

Sie schluckte die Trauer hinunter und drückte den Knopf, der die erste Lanze ausfahren ließ.

Der Drache rückte rasch näher. Mit schnellen Flügelschlägen versuchte er, in eine größere Höhe zu entkommen, wo der Lanzelot und Silena die Luft ausging. Doch in seiner Unerfahrenheit beging er den entscheidenden Fehler. Er drehte den blutverschmierten Kopf nach hinten, stieß einen Schrei aus und legte die Schwingen an, um wie ein jagender Falke in die Tiefe zu schießen und dann unter dem Flugzeug hindurchzutauchen.

Silena konterte. Sie vollführte mit der Maschine eine Drehung um die eigene Achse und zog den Steuerknüppel nach vorne, was zu einer halben Rolle führte. Dabei sackte die Lanzelot etwas nach unten und befand sich wieder auf gleicher Höhe wie der Drache.

»So leicht mache ich es dir nicht«, knurrte Silena.

Noch dreißig Meter trennten die Kontrahenten, da bemerkte sie ein schattenhaftes Huschen, das sich unter ihrem Rumpf bewegt hatte.

Sofort zog sie den Knüppel in voller Fahrt nach hinten und absolvierte einen Looping, während sie einen zweiten Drachen an sich vorbeischießen sah. Die ausgestreckten Krallen verfehlten die rechte Tragfläche um einen halben Meter. Ohne das Manöver wäre es zu einer für sie verheerenden Kollision gekommen.

Die Fliehkräfte raubten ihr kurz den Atem, doch sie verlor nicht mal ein Blinzeln lang die Orientierung, auch wenn sich Erde und

Himmel mit unglaublicher Geschwindigkeit drehten. Kaum vollendete sie den Überschlag, setzte sie zum Sturzflug an und jagte mit rasender Geschwindigkeit dem Boden entgegen. Mit einem Blick in die Spiegel vergewisserte sie sich, dass ihr der zweite Drache folgte. Er war einen Meter größer als der gelbe, dunkelbraun und besaß einen stachligen, schlanken Kopf. Vielleicht ein Männchen, das sich beweisen wollte. »Das war deine letzte Tat«, versprach sie und leitete abrupt ihren Angriff ein.

Sie zog die Lanzelot ansatzlos hoch und nahm das Seitenruder, um den Doppeldecker zu drehen, bevor er an der höchsten Stelle durchsacken konnte. Dieses Manöver war sehr schwer zu fliegen, da immer die Gefahr bestand, dass die Maschine zu langsam war und somit am oberen Ende abschmierte. Sie beherrschte es perfekt.

Silena steuerte genau auf den Rücken des überrumpelten Drachen zu und jagte ihm die Lanze knapp am Rückgrat vorbei durch den Leib. Es gab einen deutlichen Ruck, die Waffe wurde ausgeklinkt, und die Lanzelot brauste nach einer winzigen Schlingerbewegung weiter.

Sterbend stürzte der Drache dem Acker entgegen, spie blutrote Flammen der Verzweiflung und des Hasses nach dem viel zu hoch fliegenden Doppeldecker, ehe er sich in den weichen Boden bohrte.

Silena lachte auf und ließ die zweite Lanze ausfahren. Der gelbe Drache hielt auf ein kleines Wäldchen zu, um sich darin vor dem übermächtigen Jäger zu verstecken.

Sie steuerte über ihn hinweg und überholte ihn; dann zog sie den Steuerknüppel zurück und setzte unverzüglich Seiten- und Höhenruder ein, um die Maschine nach rechts rollen zu lassen. Dabei erlaubte sie der unteren Tragfläche, absichtlich abzusacken, um die Rollgeschwindigkeit zu erhöhen. Nach dieser Wende kurz vor dem Wald ging sie in den Sturzflug über, um Tempo aufzunehmen, und brauste horizontal auf den Drachen zu.

Ihr Gegner war verwirrt, flog zickzack und hoffte, dem Doppeldecker dadurch zu entwischen und die Bäume zu erreichen.

Silena war sich nicht sicher, die Mörder ihrer Brüder vor sich zu haben. Und dennoch verlangte sie unbändig nach Rache.

Als der Drache ausbrechen wollte, scheuchte sie ihn mit einer Gewehr-Salve zurück, genau in ihre Flugbahn, und ließ den Doppeldecker eine volle Drehung nach der anderen um die Längsachse vollführen. Damit schraubte sie sich in den Feind hinein und ließ ihn völlig im Unklaren darüber, was sie als Nächstes tun würde.

Der Drache legte die Schwingen erneut an und wollte sich noch weiter der Erde entgegensenken – da traf ihn die Lanzenspitze mit der vollen Wucht von über 200 Stundenkilometern in den Kopf. Der sich nach unten verbreiternde Schaft sprengte den Schädel auf, riss den Unterkiefer ab und ließ Knochen- und Fleischfetzen auf die Erde regnen; schwarzes, heißes Blut sprudelte und spritzte umher.

Der Kadaver krachte in das Wäldchen, wo er an den kräftigen Tannenstämmen zerschellte und sich in viele Brocken auflöste; hier und da loderten Flammen auf, das heiße Blut setzte vereinzelt die Rinde in Brand, doch es genügte nicht, um den Wald anzuzünden.

Silenas Herz raste so schnell wie die Motoren, sie fühlte eine unglaubliche Freude über ihre beiden Erfolge – aber keine Genugtuung. Ihre starken Vergeltungsgelüste waren noch lange nicht befriedigt.

Während sie im Tiefflug über die beiden Absturzstellen der Drachen hinwegdonnerte und beobachtete, wie die Lkw-Kolonne der Staffel mit den Bodentruppen sich näherte, um die Leichname zu sichern, wusste sie: Sie würde sich noch lange auf der Jagd befinden.

2. Januar 1925, München, Königreich Bayern, Deutsches Kaiserreich

Der Odeonsplatz vor der Feldherrnhalle war voller Menschen, die sich auf den bereitgestellten gepolsterten Stühlen niedergelassen hatten. Sie lauschten der Rede von Alexander Werner Freiherr von Humboldt von der Universität Berlin, der auf den Stufen stand und in ein Mikrofon sprach.

Es war ein kühler Winterabend, der Platz und die Loggia dahinter waren hell erleuchtet. Fackeln und Feuerschalen sorgten für eine wohlige Atmosphäre, die überlebensgroßen Statuen von Tilly und Wrede in den Bogen der Halle wirkten erhabener als sonst; für die Gäste gab es heißen Tee und Glühwein auf Kosten des Officiums.

In der Feldherrnhalle, im Rücken von Professor Humboldt, hatten sich einige der bekanntesten Drachentöter des Officiums versammelt und saßen im Scheinwerferlicht auf einem Podium, damit man sie auch noch in den hinteren Reihen erkannte. Sie trugen ihre weißen Uniformen, darüber schwarze Stoffmäntel; auf den Köpfen saßen die schwarzen Hüte, deren Krempen nach oben geklappt waren.

Unter den Zuhörern befand sich auch Silena, die sich einmal mehr und wie immer bei diesen Gelegenheiten nicht wohl fühlte. Sie wollte nicht wie ein Idol angehimmelt und umschwärmt werden; sie hasste es, im Mittelpunkt zu stehen und ihre Besonderheit hervorzuheben. Dementsprechend hatte sie ihren Platz nahe der Treppe so gewählt, dass sie hinter der Statue eines steinernen Löwen nahezu verschwand.

»Die fossilen Funde haben uns die Verwandtschaft der Kreaturen, die wir Dinosaurier nennen, mit der Geißel gewiesen, von der die Menschheit heimgesucht wird.

Wie Sie im Verlauf des Vortrags sahen, ist es mir nach Jahren der Forschung zweifelsfrei gelungen, den Nachweis zu erbringen, dass die Drachen von den Karnivoren der Saurier abstammen.

Nicht nur ihr Körperbau, auch ihr Gehirn hat wesentliche Verbesserungen erfahren und kann durchaus Affenschläue aufweisen«, hörte Silena den Professor erklären.

Sie mochte solche Vorträge nicht. Sie jagte die Biester, und es interessierte sie nicht sehr, woher sie kamen. Schlimm genug, dass sie da waren. Aber da es sich um eine Feierstunde handelte und am Ende auch ihrer Brüder gedacht werden sollte, war sie erschienen. Silena fröstelte und zog den Mantel enger um sich. Bei diesen Temperatuten war es gut, dass sie Leder anstelle von Stoff bevorzugte.

»Lassen Sie mich anmerken: Manche Menschen, die sich Gelehrte nennen, vertreten die abstruse Ansicht, dass ältere Drachen mindestens so intelligent wie der *homo sapiens* sind. Ich rufe denen entgegen: Humbug! Nonsens!«, ereiferte sich Humboldt, und sein Atem war als weiße Wolke zu sehen. »Diesen *draco sapiens* gab es nie und wird es niemals geben. Der Drache ist eine gewaltige Fressmaschine, zu Lande, zu Wasser und in der Luft. Ein Haifisch unter uns Menschen, ein Schädling, den es zu bekämpfen gilt.«

Jetzt klatschte die Menge begeistert Beifall und ließ die Drachentöter hochleben. Silena hätte darauf wetten können, und so kam es: Großmeister Loyo aus der Linie Ignatius erhob sich und winkte den Menschen zu, strahlte und verteilte mit einer Hand Küsse ins Publikum, bevor er sich setzte. Silena schüttelte sachte den Kopf. Loyo war einer von den Angebern, die sie nicht ausstehen konnte. Und dazu ein Weiberheld, der seinen Status und seinen Ruhm gern ausnutzte.

»Wenn er nicht so unglaublich gut wäre, hätte er schon lange eine Stelle in der Verwaltung«, vernahm Silena eine leise Stimme und wusste, dass sie Großmeisterin Martha gehörte.

»Ich fasse daher zusammen«, fuhr der Professor fort. »Auch der Drache durchlief zur Zeit der ersten Kreuzzüge eine weitere Entwicklung, eine neue Stufe der Evolution. Die alte Generation wird groß, vermehrt sich langsam, verbirgt sich vor den Menschen oder versucht, ein eigenes Territorium zu erobern. Diese Alten sind es, die immer wieder in den Mythen auftauchen: titanisch, gewaltig, überwältigend. Die neue Generation ist kleiner, sich schneller vermehrend, quasi eine Landplage, und drang seit dem Mittelalter tiefer in unseren Lebensraum vor. Ich möchte nicht verschweigen, dass es die eine oder andere stille Duldung eines Drachen gegeben haben könnte, es sei an die barbarischen Sitten der Opferung erinnert.« Er trank einen Schluck von seinem Tee, stützte eine Hand aufs Pult und zeigte auf die Drachentöterinnen und -töter hinter sich. »Wir verdanken es also unter anderem auch den Drachenheiligen und ihren Nachfahren, die unter der Leitung des Officium Draconis den Schutz der Bevölkerung übernahmen und bis heute übernehmen, dass wir nicht im Gewürm ersticken und die gefährlicheren Großen weitestgehend ausgerottet sind. Seien wir dankbar dafür, aber vergessen wir nicht, dass die Kirche mit diesen christlichen Helden die eigene Größe untermauern möchte, um die vielen heidnischen Helden aus unserem Gedächtnis zu verdrängen.«

Vereinzelt drangen Buh-Rufe aus dem Publikum, und auch Silena fand es nicht schlau, einen solchen Ausflug zu unternehmen.

Doch Humboldt blieb unbeeindruckt. »Man möchte es vielleicht in den Kathedralen des Glaubens nicht gern hören, doch auch sie haben Dankbarkeit verdient. Das sage ich aus der Kathedrale des

Wissens. Ansonsten gilt nach wie vor das Motto: Nur ein toter Drache ist ein guter Drache. Mir persönlich ist es gleich, von wem er getötet wird – doch diese exquisiten Menschen hinter mir gehören zur bedeutendsten Elite, die wir gegen die Bestien auffahren können!«

Jetzt wurde wieder laut geklatscht, die Menschen sprangen von ihren Sitzen, riefen und jubelten.

Natürlich stand Loyo als Erster auf, trat vor und hob beide Arme zu einem fürstlich anmutenden Gruß ans Volk, als sei er der König von Bayern.

Humboldt gab das Mikrofon frei, schritt nach unten und setzte sich zu den Besuchern. Das Podium war nach wie vor nur den Drachentötern vorbehalten.

Ferdinand Erzbischof Kattla, der ein schwarzes Gewand mit einem weißen Spitzenkragen trug, stand von seinem Platz auf und begab sich nach vorn. Er war ein unscheinbarer Mann in den Sechzigern; der silbergraue Bart stand ihm wie ein Teppich aus Stahlstiften im Gesicht, die dichten Brauen tauchten die Augen in Schatten. Auf dem Kopf mit den fingerlangen schwarzen Haaren saß ein großer, runder Hut. Er war das Officium, der Leiter der mächtigen Organisation.

Sofort wurde es auf dem Odeonsplatz still.

»Wir gedenken heute zweier Menschen, die ihr Leben gaben. Großmeister Demetrius und Großmeister Theodor aus der Linie Sankt Georg starben durch einen heimtückischen Drachenangriff«, sprach er getragen.

Silenas Augen füllten sich mit Tränen. Sie hoffte, dass er sich an ihre Bitte erinnerte, sie nicht nach vorn zu rufen, um ihr das Wort zu erteilen. Es gab nichts zu sagen. Nicht vor fremden Menschen, nicht in der Öffentlichkeit, wo ihre Worte von Reportern in die ganze Welt getragen wurden.

»Es ist für das Officium eine schwarze, schmerzliche Stunde. Und dennoch geben wir den Kampf nicht auf.« Kattla legte eine Pause ein, dann rief er: »Niemals! Denn wir tun das Werk Gottes.«

Die Glocken der nahen Theatinerkirche begannen zu läuten, und die Menschen senkten die Häupter zum Gebet.

Silena konnte ihr Weinen nicht länger unterdrücken, zückte ihr Taschentuch und täuschte einen Hustenanfall vor. Keine Schwäche, und war die Verzweiflung noch so groß! Sie konzentrierte sich, brachte den heißen Strom aus ihren Augenwinkeln zum Versiegen und schnäuzte die Nase. Niemand hatte ihren kurzen Zusammenbruch bemerkt, die Fassade hatte gehalten.

In das leiser werdende Geläut setzte ein Chor ein, der ein Lied zu Ehren der Verstorbenen sang, danach war die Veranstaltung zu Ende.

Silena blieb auf ihrem Platz und beobachtete. Die meisten der Drachentöter beließen es bei einem Winken in die Menge und eilten zu ihren Automobilen, eines teurer und prächtiger als das andere. Loyo und noch mehr aus seiner Linie dagegen begaben sich unter die Menschen, verteilten Unterschriften und ließen sich bewundern.

Silena legte den Kopf in den Nacken und sah zur Decke der Feldherrnhalle, eines der ihrer Ansicht nach überflüssigsten Gebäude Münchens.

Ihr Vater hatte über die Statuen von Tilly und Wrede unter Anspielung auf Herkunft und strategische Begabung stets gesagt: »Der eine war kein Bayer und der andere kein Feldherr.« Und vor ein paar Jahren waren eine Hand voll Narren zur Halle marschiert und hatten die Absetzung des bayerischen Königs gefordert. Die Polizei hatte die Demonstration aufgelöst, einer der Aufrührer war dabei ums Leben gekommen. Wieder kein Bayer, sondern ein Österreicher, wenn sie sich richtig erinnerte.

Ihr Blick wanderte nach links und erkannte eine Steinstatue auf dem Dach, die ihr noch nie aufgefallen war: Es war einer der vielen Gargoyles, der Wasserspeier, die in München und anderswo auf die Giebel gesetzt wurden.

Das flackernde Licht gab dem fratzenhaften Antlitz etwas Lebendiges, die tief in den Höhlen liegenden Augen waren unsichtbar für Silena; doch aus irgendeinem Grund verschaffte ihr der Anblick Unbehagen. Sie hatte von einigen Menschen gehört, die sich wie kleine Kinder vor den Statuen fürchteten, doch sich selbst bislang wahrlich nicht dazugezählt. Sie schob es auf die Trauer, ihre Gefühle.

Silena schauderte zum zweiten Mal, erhob sich und eilte die Stufen der Halle hinab. Sie hastete an den Menschen vorbei, die sie erkannt hatten und ihr die Hand schütteln wollten. So flüchtete sie regelrecht in ihr Automobil, einen Phänomen. »Nach Hause«, befahl sie Sepp, ihrem Fahrer.

»Sehr wohl.« Das Automobil rollte los.

Silena sah aus dem Fenster, auf die Menschen und die Stadt. Sie war froh, allen zu entkommen und wieder allein zu sein. Auf sie wartete das Flugfeld, ihre Staffel, ihr Bett, damit sie morgen gleich wieder in die Luft steigen konnte. Demetrius' und Theodors Mörder waren noch nicht zur Strecke gebracht.

3. Januar 1925, München, Königreich Bayern, Deutsches Kaiserreich

»Mein tiefes Mitgefühl, Großmeisterin Silena.« Ferdinand Erzbischof Kattla, der wie tags zuvor ein schwarzes Gewand trug, saß in seinem Ohrensessel und blickte sie prüfend an.

»Danke, Exzellenz.« Das Officium Draconis erstreckte sich über drei Stockwerke, wie Silena wusste, und er selbst bevorzugte es, sich im obersten aufzuhalten. Damit er die Drachen als Erster kommen sah, wie man sich auf den Fluren zuflüsterte.

Es handelte sich um ein überraschendes und formelles Zusammentreffen, also hatte sie ihre weiße Drachentöter-Uniform angezogen. Jede der am Stehkragen eingestickten schwarzen, gespaltenen Zungen stand für ein erlegtes großes Scheusal. Sie kam bislang auf sieben, denn die kleinen Exemplare zählte sie nicht; quer vor der Brust trug sie die schwarz-blaue Ehrenschärpe für besondere Verdienste, und auf ihren Ärmelumschlägen prangte die stilisierte Lanze mit Flügeln: die Staffel Saint George.

Erzbischof Kattla stand auf und bedeutete ihr, näher zu treten und die militärisch starre Haltung abzulegen, dann reichte er ihr die Hand. »Es tut mir unendlich leid. Als ich von der Tragödie hörte, kamen mir die Tränen. Ich habe Demetrius' und Theodors Verlust beweint, das sei Ihnen versichert, Großmeisterin. Eben dies wollte ich noch einmal betonen, abseits von allen Reden und Feierlichkeiten des gestrigen Abends.« Sein Gesicht drückte den Gram aus, den er empfand. »Ich verfolgte ihren Werdegang und setzte große Stücke auf sie. Prächtige Menschen und prächtige Drachentöter.«

Silena spürte sie erneut, diese Enge in ihrem Hals, als versuche eine Drachenklaue, ihr den Atem zu nehmen. Sprechen gelang ihr nicht, also nickte sie und lächelte gezwungen.

»Außerordentliche Flieger wie Sie, Großmeisterin. Wer hätte gedacht, dass das Officium den Kampf gegen den Teufel nicht nur am Boden, sondern auch in der Luft führen darf.« Er nahm sie am Ellenbogen und geleitete sie zum Fenster. »Unglücklicherweise haben Ihre Brüder noch keine Familie mit ihren Gemahlinnen ins Leben gerufen.«

»Niemand ist darüber trauriger als ich, Exzellenz. Ich hätte sehr gern Neffen und Nichten gehabt.«

»In diesem Fall widerspreche ich Ihnen, Großmeisterin. Die Kirche übertrifft Ihre Trauer bei weitem.« Kattla sah auf den Platz, auf dem die Menschen trotz des Schneefalls umherliefen, der eine oder andere Kinderwagen wurde durch das Weiß geschoben. »Sie sind nun die einzige Nachfahrin des heiligen Georg, Großmeisterin.«

»Ich weiß, Exzellenz.«

»Sind Sie sich dieser Verantwortung bewusst?«

»Ja, Exzellenz.«

»Dann werden Sie verstehen«, er drehte sich zu ihr, »dass ich Sie nicht länger am Himmel fliegen lassen darf, Großmeisterin.«

»Ich werde besser auf mich Acht geben, Exzellenz.«

»Sie haben mich nicht richtig verstanden.« Er lächelte nachsichtig. »Oder Sie wollten mich nicht verstehen: Sie werden vorerst keine Drachen mehr jagen, Großmeisterin. Das ist ein Befehl, so leid es mir tut.«

Der Boden tat sich auf und verschlang sie, die Wände stürzten ein, und Schwärze bemächtigte sich ihrer Augen. Silena kämpfte gegen das Übelkeitsgefühl und den Schwindel, gegen den Schrecken an, den die Worte ihr versetzten. Sie hatte nicht damit gerechnet, dass Kattla ihr das Liebste verbieten würde, was sie sich vorstellen konnte. Nicht mehr den Wind in den Haaren spüren, das Kribbeln im Bauch, wenn es in Sturz- und Steigflüge ging, die Erde weit unter sich und das Röhren der Motoren in den Ohren – die Drachen zu jagen und zu töten. Das Erbe des heiligen Georg war stark in ihr, es drängte sie. »Aber was soll ich stattdessen tun? Motoren reparieren?«

»Sie wissen sehr wohl, was das Officium von Ihnen erwartet,

Großmeisterin.« Der Erzbischof wandte sich zum Fenster, er schaute zu den Schneewolken, die ihre Last abluden und die Dächer mit eiskaltem Puderzucker überzogen.

Silena starrte sein Profil an. »Das kann nicht Ihr Ernst sein, Exzellenz!«

Kattla schnalzte mit der Zunge. »Suchen Sie sich einen netten Mann, Großmeisterin. Heiraten Sie ihn und gründen Sie eine Familie noch innerhalb dieses Monats. Auch das ist ein Befehl.« Ihre Hände krampften sich um die Schärpe.

»Exzellenz, Sie zwingen mich dazu, mein Flugzeug gegen die Sitzwache an einer Kinderwiege einzutauschen?«

»Denken Sie nicht an *sich selbst*, Großmeisterin, sondern an das *Erbe*, das Sie in sich tragen und weitergeben müssen«, sagte er scharf, ohne sie anzuschauen, und verschränkte die Arme hinter dem Rücken. »*Müssen!* Es ist Ihre Pflicht der Menschheit gegenüber. Solange es Drachen gibt, braucht die Welt die Nachkommen der Heiligen.«

»Ich habe meinen Brüdern geschworen, dass ich ihre Tode rächen werde, Exzellenz. Das kann ich nicht tun, wenn ich ein Kind austrage. Es wird mich mindestens ein Jahr kosten, bis ich wieder aufsteigen kann.«

»Die Bodentruppen müssen so lange ohne Ihre Hilfe auskommen, Großmeisterin. Aber es führt kein Weg daran vorbei.« Er seufzte. »Bedenken Sie, dass es niemanden nach Ihnen geben wird, der den Tod Ihrer Brüder rächen könnte, falls Ihnen etwas zustößt. Es muss nicht einmal durch einen Drachen geschehen. Ein technischer Defekt an einem Flugzeug genügt, um Sie am Boden zerschellen zu lassen.«

»Aber der Drache, der meine Brüder angegriffen hat, ist sicherlich noch in der Nähe«, begehrte sie auf und sah ihn trotzig aus den grünen Augen an. »Exzellenz, nur diesen Einsatz noch. Im Namen meiner Bruder.«

»Nein, Großmeisterin. Es wird keine Flüge mehr geben. Wir brauchen mindestens drei Nachkommen von Ihnen, danach dürfen Sie zurück an den Himmel und die Teufel jagen. Drachen werden alt.« Der Erzbischof schaute sie an und lächelte. »Sie werden dann genügend Zeit haben, Ihre Brüder zu rächen. Schüren Sie Ihren Hass und geben Sie ihn an Ihre Kinder weiter.« Er schickte sich an, die Unterredung zu beenden.

»Woher soll ich diesen *netten Mann* nehmen, Exzellenz? Sendet mir Gott einen, oder woran erkenne ich ihn?« Silena beherrschte sich, sonst würden ihr noch ganz andere Wörter über die Lippen kommen. »Ich werde mich nicht dem Nächstbesten hingeben. Ich muss davon überzeugt sein, dass er alle Eigenschaften mit sich bringt, die ich von ihm erwarte.« Sie trat einen Schritt auf den Erzbischof zu. »Und nicht zuletzt, Exzellenz, muss ich ihn lieben. Dieser Anspruch steht in der Bibel.«

»Sie müssen mich nicht daran erinnern, was in der Heiligen Schrift steht, Großmeisterin.« Er schaute auf sie herab. »Und ich bin auch kein Kirchenmann wie viele der anderen Bischöfe. Ich leite das Officium Draconis. Meine Aufgabe ist es, die Teufel zu bekämpfen, und nicht, hehre Bibelstellen zu zitieren. Das steht denjenigen zu, die in die Kanzel steigen.« Seine Augenbrauen zogen sich zusammen. »Für den Kampf benötige ich Krieger. Piloten. Vor allem Piloten Ihres Schlages, Großmeisterin. Und Sie werden dafür sorgen, dass das Officium welche bekommt.« Er deutete auf die Tür. »Gehen Sie jetzt und sparen Sie sich die Worte, die Ihnen auf der Zunge liegen. Keine Beleidigung, kein Flehen wird mich dazu bringen, den Befehl zurückzunehmen. Sollten Sie keinen passenden Mann finden, lassen Sie es mich wissen. Ich habe einige Kandidaten ins Auge gefasst.«

Silena bebte vor Wut, dennoch gelang es ihr, sich ruhig umzuwenden und das Zimmer zu verlassen, ohne den Erzbischof anzuschreien.

Sie sah es überhaupt nicht ein, sich ein Kind machen zu lassen, sie fühlte sich weder bereit dazu noch in der Lage. Erst wollte sie den Mörder ihrer Brüder tot zu ihren Füßen liegen sehen, und das würde selbst Erzbischof Kattla nicht unterbinden können.

Sie marschierte durch das Officium Draconis, ohne einen klaren Gedanken fassen zu können. Theodor und Demetrius lagen noch nicht unter der Erde, sie hatte keine Gelegenheit gehabt, mit den Witwen zu sprechen, und man verbot ihr, in die Maschine zu steigen. Stattdessen verlangte man von ihr, Kinder zu bekommen. Das alles war zu viel für sie.

Silena hatte keine Augen für die schmiedeeisernen Schmuckleisten in den Ecken oder für die allgegenwärtigen Wasserspeier vor den Fenstern, an denen sie vorbeiging.

Europa, darunter auch das Kaiserreich und die bayerische Königshauptstadt, hatten nach der Gründerzeit die Baukunst des Mittelalters neu entdeckt und die moderne Bauweise mit Elementen von einst gekreuzt.

Dabei entstanden ehrfurchtgebietende Bauwerke mit düsteren gotischen Elementen, aber auch viel Stahl. Die große Rosette, die vor dem Knick des Korridors hing, war das Meisterwerk eines Kunstschmieds, und ein Glasmacher hatte farbige Scheiben in raffiniertem Arrangement eingezogen.

Als Silena gedankenverloren um die Ecke des Gangs bog, rannte sie in eine andere Frau hinein; Akten fielen auf den Marmorboden und mischten sich zu einem Durcheinander, dazwischen flatterten Fotografien von erlegten Drachen mit entsprechenden Bildunterschriften und Anmerkungen umher.

»Verzeihung«, bat sie und bückte sich, um der Frau zu helfen. Erst als sie die blauen Hosen bemerkte, erkannte sie, wen sie vor sich hatte. »Großmeisterin Martha!«, rief sie erstaunt und erhob sich. Sie streckte die Hand aus. »Wie schön, Sie zu sehen. Ich dachte, Sie wären in Südfrankreich unterwegs, um den nächsten Großen zu erlegen.«

Martha, gut fünfzig Jahre alt und mit der ungeminderten geistigen Rege einer Zwanzigjährigen ausgestattet, lächelte. Sie hatte die langen silbernen Haare zu einem Zopf geflochten und trug eine weiße Bluse mit Stickereien und roten Längsstreifen auf der rechten Brust. »Ich war bereits dort.« Sie hob den Unterarm und zeigte die lange, genähte Wunde. »Dieses Mal hätte er mich beinahe erwischt, Großmeisterin Silena. Ich werde allmählich zu alt. Meine Kinder sollten weitermachen.«

Silena bewunderte Martha. Wie die heilige Martha, von der sie abstammte, bevorzugte sie eine gänzlich andere Art, Drachen zu erlegen: Sie bezwang sie im wahrsten Sinne des Wortes von innen. Sie ließ sich von ihnen in einem Stück verschlingen, um sich anschließend durch die weichen, leicht zu durchdringenden Eingeweide nach außen zu schneiden. Natürlich gelang diese Methode nur bei ausgewachsenen Exemplaren sowie nach langer Vorbereitung; dass Martha sie beherrschte, bewies ihr hohes Alter. »Wie haben Sie es dieses Mal angestellt?«

Sie grinste. »Ich habe mich von ihm beim Trinken verschlucken lassen. Es hat sich herausgestellt, dass sie dabei weniger misstrauisch sind als beim Fressen. Nachdem wir seine Wasserstelle gefunden hatten, lag ich im Schilf verborgen und ließ mich ins Maul treiben. Als er mich bemerkte, war es zu spät.« Martha betrachtete die Narbe. »Meine Rüstung aus Drachenschuppen und Kettenhemd hätte beinahe versagt, die Eckzähne lagen mir im Weg.« Sie grinste. »Es wäre eine Herausforderung, einen Teufel mit nur einem Arm aufzuschlitzen.«

Silena verneigte sich. »Ich bin jedes Mal voller Hochachtung für Sie.«

»*Sie*? Nun, dabei sind Sie es, die die Drachen am Himmel herausfordert und mit ihnen um die Wette fliegt.« Martha sortierte die Akten wieder, dann zeigte sie Silena eine Aufnahme von einem gewaltigen vierköpfigen Monstrum. Es lag tot am Ufer eines Sees, in seinem weichen Bauch klaffte ein menschengroßes Loch, aus dem Innereien hingen und Magensäfte liefen. »Das war er. Ein Laufdrache und furchtbar gefräßig. Wir haben zehn Eier gefunden und zerstört, zwei Junge waren bereits geschlüpft. Aber mit den Kleinen werden auch die Anfänger fertig. An irgendetwas müssen sie ihr Handwerk erlernen.«

Silena betrachtete den Drachen: ein Albtraum von einem Geschöpf, für einen herkömmlichen Krieger nicht zu bewältigen, sondern nur im Verband von Drachentötern.

Glücklicherweise hatte die Kirche noch einige von ihnen zur Auswahl, deren Methoden so unterschiedlich wie die Männer und Frauen waren. Die Bandbreite reichte vom Bezähmen durch wunderschönen Gesang über das Besprengen mit einer bestimmten Substanz, bei deren Geruch die Ungeheuer wie in heftige Trunkenheit fielen und sich leichter töten ließen.

»Vier Köpfe. Er muss alt gewesen sein.«

»Ja. Ich war ihm lange auf der Spur.« Martha blickte sie an. »Haben Sie neue Hinweise durch die Untersuchung des Wracks erhalten, Großmeisterin?«

Silena verzog den Mund. Es hatte sich rasch herumgesprochen. »Nein«, antwortete sie schleppend.

Die ältere Frau, die ihre Mutter hätte sein können, legte die rechte Hand auf ihre Schulter. »Kommen Sie doch heute Abend auf den Empfang, den ich gebe. Trauer ist wichtig, aber zu viel davon kann die Seele schädigen. Vertreiben Sie ein wenig von Ihrem Kummer, und geben Sie mir die Ehre, Großmeisterin. Es wird das Andenken an Ihre Brüder nur erhöhen.«

»Was feiern Sie, Großmeisterin?«

»Meinen zwanzigsten Großen. Aber wenn Sie so weitermachen, werden Sie mich dreimal überrundet haben, wenn Sie in meinem Alter sind.« Martha nickte ihr freundlich zu. »Sie wissen, wo ich wohne. Der Empfang beginnt gegen sieben.« Sie schritt an ihr vorbei und trat durch eine Tür, auf der ARCHIV stand.

Silena rückte die Ehrenschärpe zurecht und setzte den Weg fort, nahm sich Mantel, Hut und Handschuhe und verließ das Officium; sie überquerte den Marienplatz, um sich in ein nahes Café zurückzuziehen.

Sie verzichtete auch dieses Mal darauf, von ihrem Privileg Gebrauch zu machen und den Bereich des Cafés zu betreten, in den nur Adlige, Räte und Bürger von Stand vorgelassen wurden. Sicher gehörte sie zu einer Elite, doch im Gegensatz zu manch anderen Mitgliedern des Officiums betonte sie dies nicht eigens. Man umgab sich gern mit Drachentötern, lud sie zu Theaterpremieren und Empfängen ein, um den Veranstaltungen besonderen Glanz zu verleihen. Viele erlagen der Verlockung des Ruhmes, Silena dagegen hielt sich zurück und tauchte niemals in den gesellschaftspolitischen Schlagzeilen der Zeitungen auf. Ihre Eltern hatten sie anders erzogen.

Stoff raschelte, und ein Mädchen von siebzehn Jahren stand neben ihrem Tisch und verneigte sich ehrfürchtig vor ihr. »Ein herzliches Willkommen. Mein Name ist Marie, und es ist uns eine Ehre, eine Drachentöterin zu Gast haben zu dürfen, Großmeisterin.« In den Augen war die Bewunderung zu lesen, und der leichte Schmäh in ihrer Stimme verriet, dass sie aus dem benachbarten Kaiserreich Österreich-Ungarn stammte.

»Vielen Dank.« Silena lächelte. »Einen Tee und ein paar Kekse mit weißer Schokolade bitte«, bat sie und nickte.

»Sehr wohl, Großmeisterin.« Sie eilte davon.

Silena grübelte, hatte automatisch die Münze in der Hand und ließ sie wieder über die Knöchel wandern; das polierte Silber glänzte. Sie stand vor einer schwierigen Entscheidung, die das Leben, wie sie es bislang führte, beenden könnte.

Seit ihrer Geburt war sie von ihren Eltern und dem Officium auf ihre Aufgabe vorbereitet worden. Mit zwölf Jahren und zu Beginn der eigentlichen Adeptenzeit hatte sie bereits zu den besten Pilotinnen der Staffel gehört, ausgebildet von den Brüdern Richthofen. Seit der Weihe zur vollwertigen Drachentöterin mit achtzehn Jahren gab es nichts anderes in ihrem Leben als das Fliegen und die Jagd auf Drachen. Ihre Eltern waren im Krieg gegen diese Monstren gefallen. Ihren Tod hatte sie vor vier Jahren gerächt und das Biest mit ihrer Maschine gehetzt, bis sie ihm den Todesstoß versetzt hatte; die Lanze war mitten durch den hässlichen Kopf gegangen. Selbstverständliche Pflicht und Rache – eine zweifache Motivation.

Bevor die Bilder der toten Eltern und Brüder aus ihren Erinnerungen aufstiegen, erklangen die Schritte des Mädchens. Sie brachte die Bestellung und zog sich sofort zurück. Es war Silena nicht entgangen, dass das Mädchen auf ihren weißen Kragen mit den Stickereien geschielt hatte.

Silena gab Zucker, dann Milch hinein. Sie liebte es, die verschiedenen Stufen zu schmecken, durch den bitteren Tee hinab zur milden, mit Milch vermengten Ebene zu tauchen, bevor kurz vor dem Erreichen des Bodens die Süße des Zuckers die Zunge traf.

Während sie die Milchwolke betrachtete, die im schwarzen Tee aufquoll, versank sie in ihren Gedanken. Sollte sie die Staffel verlassen, um den Mörder auf eigene Faust zu stellen? Gäbe es für sie dann eine Rückkehr zu den Drachentötern, oder wäre sie auf immer eine Ausgestoßene?

Silena legte die Münze auf den Tisch und schaute hinaus auf den Platz, der im dichter werdenden Schneetreiben immer menschenleerer wurde. Die umhertaumelnden Flocken besaßen etwas Hypnotisches, sie fraßen ihre Gedanken auf und hinterließen eine Leere im Kopf.

Sie sah, wie Martha durch das große Tor des Officiums trat und über den Platz eilte.

Silena blickte nachdenklich in die Teetasse, aber auch dort lag die Antwort nicht verborgen. »Ich habe es euch geschworen«, sagte sie leise, und die Gesichter von Demetrius und Theodor spiegelten sich auf der Oberfläche des Tees. Sie winkte nach der Bedienung und wollte zahlen.

»Sie sind selbstverständlich eingeladen, Großmeisterin«, sagte Marie und verneigte sich vor ihr.

Silena lächelte. »Nein, das möchte ich nicht.«

»Aber *ich* möchte es, bitte, Großmeisterin«, bestand Marie schüchtern und aufgeregt.

»Nun, dann sage ich vielen Dank.« Sie nahm eine Mark aus der Hosentasche und drückte sie dem Mädchen in die Hand. »Das ist für dich. Und auch ich bestehe darauf.« Silena erhob sich, steckte die Silbermünze ein, warf sich den schwarzen Ledermantel über und zog die langen Stulpenhandschuhe an; auf den Kopf setzte sie den schwarzen Hut. Der rechte Rand war nach der Manier der Großwildjäger nach oben geklappt.

Sie erhaschte die Schlagzeilen der Tageszeitung, die auf einem Ständer neben der Tür hing: »*Zeppelinsches Luftschiff beweist erneut Überlegenheit.*« Darunter stand zu lesen: »*Hugo Eckener steuerte den Zeppelin LZ126 über den Atlantik und zurück, heute wird die Ankunft in Hamburg erwartet. Helium ungefährlicher als Wasserstoff, aber ebenso tragfähig.*«

Den ganzen Artikel ersparte sie sich, stattdessen widmete sie sich dem Bild darunter.

Silena kannte diese fliegenden Zigarren, zweihundert Meter lang und ein Durchmesser von etwa achtundzwanzig Metern. Mit den zweitausend PS der fünf Maybach-Motoren bewegten sie sich recht zügig voran. Sie wusste, dass die Ingenieure des Officiums an einem eigenen Modell arbeiteten. Einem ganz besonderen Modell, auf das sie sich sehr freute, sofern sie in absehbarer Zeit noch zu der Staffel gehörte.

In Gedanken kehrte sie in das weiße Gestöber zurück, zog die Schultern hoch und stellte den Pelzkragen aufrecht, um sich gegen den Wind zu schützen.

Nach einigen Schritten wandte sie den Kopf zur Seite, als eine besonders starke Böe ihr den Schnee regelrecht ins Gesicht peitschte, sodass es wehtat. Dabei fiel ihr Blick auf einen Abdruck im frischen Schnee, der tiefrot gefärbt war. Blut?

Silena eilte zu der Stelle, erkannte die Abdrücke von Schuhen sowie einer Hand, als sei jemand ausgerutscht und habe sich vor einem Sturz bewahrt. Doch woher stammte das Blut?

Einen halben Meter weiter sah sie den nächsten Fußabdruck und weitere rote Spritzer. Sie folgte den Spuren. Der dicht fallende Schnee raubte ihr die Sicht. Als sie angestrengt auf den Boden sah, bemerkte sie, dass aus den Fußspuren eine breite Bahn wurde, als hätte sich jemand mit letzter Kraft vorwärts gezogen und dabei immer mehr Blut verloren. Es musste eine tiefe Wunde sein.

Schnee und Wind ließen unvermittelt nach.

Ungefähr in der Mitte des Platzes lag eine Gestalt ausgestreckt, der Schnee um sie herum hatte sich rot gefärbt. Die Flocken bildeten eine dünne Schicht auf den blauen Hosen und dem Mantel.

»Großmeisterin Martha!« Ein heißes Schaudern durchfuhr Silena, sie rannte los und beugte sich über die Frau. Der Kopf war gründlich zerschmettert worden, das Gesicht bestand aus einer blutigen Masse ohne Konturen, aus der zersplitterte Knochen hervorstanden. »Nein, um Himmels willen!« Die ältere Drachentöterin hätte sofort tot sein müssen, doch war es ihr gelungen, sich vorwärts zu schleppen. Neben ihr lag eine zerborstene, kindgroße Steinfigur, ein sandsteinfarbener Arm mit einem Messer ragte aus dem Schnee.

Silenas Herz pochte panisch, sie hob den Kopf, spähte nach rechts und links. Die Häuserfronten, an denen sich die steinernen Wasserspeier befanden, lagen weit auseinander, kein ihr bekanntes Wesen vermochte eine der zwei Zentner schweren Schmuckfiguren abzubrechen und bis in die Mitte des Marienplatzes zu schleudern.

Niemand – *außer* einem Drachen!

Wut und Hass jagten durch ihren Körper. Sie war sich sicher, den feigen Täter zu kennen – denjenigen nämlich, der auch ihre beiden Brüder auf dem Gewissen hatte: einer der kleinen Teufel. Er hatte es gewagt, die Drachentöter anzugreifen, und zwar nicht, wie es sich gebührte, im Zweikampf, sondern hinterrücks und ohne jeglichen Anstand.

»Ich kriege dich!«, rief sie, und ihre Stimme kehrte als Echo von den Gebäuden zurück. Ein paar Krähen antworteten ihr. So sehr sie zu den Dächern emporstarrte, die hinter dem Schnee verschwammen, sie erkannte nichts. »Ich werde für Ihre Seele beten, Großmeisterin, und Sie ebenso rächen wie meine Brüder«, versprach Silena erregt und stand auf, rannte ins Officium. Ihr Zorn hatte neue Nahrung erhalten und war zu einer unauslöschlichen Flamme geworden, die nach Vergeltung lechzte.

Sobald der Erzbischof in Kenntnis gesetzt war, würde sie mit ihrer Maschine aufsteigen und sich auf die Suche begeben. Diese Morde durften nicht ungestraft bleiben.

6. Januar 1925, Hauptstadt London, Königreich Großbritannien

Constable Edward MacEwan, ein Mann im besten Alter, schlenderte schlagstockschwingend durch die abgedunkelte Eingangshalle des Imperial War Museum.

Er gehörte zu den zwölf Bobbies, die eigens zur Bewachung der neuen Ausstellung beordert worden waren. Nach dem Überfall auf das Kunsthistorische Museum waren die Sicherheitsmaßnahmen verstärkt worden.

MacEwan fand die Aufgabe äußerst angenehm, denn während seine Kollegen durch die nasskalten Straßen Londons liefen und trotz ihrer Umhänge froren und bis auf die Knochen durchweichten wie trockenes Brot in einer Wasserschüssel, durfte er im Warmen sein und dabei die unzähligen Exponate kostenlos betrachten.

Und es war eine unwirtliche Nacht. Vor den Scheiben zogen dichte Nebelschwaden vorüber, drückten sich wallend gegen die Fenster, als wollten sie das Glas zum Zerspringen bringen; Millionen von Regentropfen prasselten aufs Dach und erschufen ein anhaltendes, gleich bleibendes Rauschen.

MacEwan schüttelte sich. Er nahm seine Taschenuhr aus der Jacke und klappte den Deckel auf. Kurz vor ein Uhr in der Nacht. *»God save the Queen: teatime«*, sagte er vergnügt und kehrte in den Aufenthaltsraum zurück, aus dem laut und deutlich das helle Pfeifen des Teekessels zu hören war.

»Guten Morgen, Gentlemen«, grüßte er und trat schwungvoll ein, wobei er sich über den schwarzen Schnauzer strich. Sechs Männer in dunklen Uniformen saßen um den runden Tisch herum, hielten mit einer Hand die Unterteller, mit der anderen die Tassen, akkurat vor ihnen standen die Helme. Ein malerischer Anblick. »Gibt es was Neues?«

»Noch mehr Spinner, Sir«, antwortete ihm Franklin, ein breiter Mann um die vierzig mit einem dichten braunen Backenbart, und nickte zur Zeitung, die auf dem Tisch lag. »Oder haben Sie es noch nicht gelesen? Die *Times* hat die Erklärung der Drachenfreunde Europas abgedruckt. Sie fordern, dass wir dem Morden ein Ende machen und die geschuppten Götter anbeten sollen, wie es sich gehört.«

»By Jove! Davor bewahre uns Gott und Queen Viktoria die Zweite, Gentlemen.« MacEwan schenkte sich den Rest aus der Kanne ein und gab das leere Gefäß an einen der Museumsbediensteten weiter – die stumme Aufforderung, noch mehr Tee zu bringen. »Sandwiches wären auch eine ausgezeichnete Idee, mein Lieber«, sagte er freundlich. »Mit Gurke, bitte.« Er zog die *Times* zu sich und überflog den Artikel.

»Es scheint denen ernst damit zu sein«, murmelte er. »Ich bezweifle, dass wir mit den Drachen in Frieden leben würden.«

»Die Waliser können es, Sir«, warf Constable Jones ein. Der schwarzhaarige Heißsporn von gerade mal zwanzig Jahren gehörte erst seit sechs Monaten zu den Bobbies, war jung und ungestüm. Dass er bei den erfahrenen Polizisten saß, diente dazu, ihn zu beruhigen und ihm zu zeigen, worauf es ankam: ruhiges Durchsetzungsvermögen statt unflätiger Schreierei, Schubsen und Schlagen.

»Die Waliser haben ihre Seele auch an den roten Teufel verkauft, Jones«, gab MacEwan zurück und las den Kommentar zu den Drachenfreunden Europas. Der Redakteur machte sich über die Drachenfreunde lustig und verlangte von der Krone, gegen sie vorzugehen, ehe sich die abstrusen Gedanken weiter verbreiteten. »Recht hat der Mann!« MacEwan pochte nachdrücklich auf die Zeilen. »Man müsste alle Drachentöter und Drachenjäger dorthin schicken und so lange das verfluchte Land absuchen lassen, bis das verdammte Vieh zur Strecke gebracht ist.« Er faltete die Zeitung und legte sie auf den Tisch. »Wo bleiben denn die Gurkensandwiches? Ich bete, dass die

Drachenfreunde keine Gurkensandwichs mögen. Ich teile ungern die Vorlieben des Feindes, das habe ich schon so in Indien gehalten. Das Einzige, was sie von mir bekommen können, ist eine Kugel.«

Die übrigen Constables lachten, nur Jones schaute seinen Vorgesetzten böse an.

»Ich weiß, was Sie sagen wollen, Jones. Ihr Waliser habt es uns Engländern niemals verziehen, dass wir euch gezwungen haben, unter den Schutz der britischen Krone zu treten. Aber die Queen mag euch«, grinste er und hob die Tasse an, um seinen Tee zu schlürfen. »Sie verbringt gern ihren Urlaub dort.« Er nickte dem Bediensteten zu, der das Getränk bereitet hatte. »Gut gemacht, Sir. Das wärmt das Herz.« Franklin nahm einen Flachmann aus der Tasche und bot MacEwan an, den Tee mit einem Schluck Gin zu verfeinern. »Nein, Franklin, vielen Dank. Erst nach dem Dienst«, lehnte er ab.

»Eines Tages wird Y Ddraig Goch im Buckingham-Palast erscheinen und die Queen davon überzeugen, dass Britannien unter den Schutz von Wales treten sollte, Sir«, grummelte Jones. »Die Chinesen und Japaner haben nicht Unrecht.«

Langsam hob MacEwan den Blick, er verlor jeglichen Humor. »Constable, Sie unterstützen doch nicht etwa die Schlitzaugen bei ihrem Schlangenkult?«

»Nein, Sir«, antwortete Jones, doch man hörte, dass er es nicht ernst meinte.

MacEwan, stocksteif und gerade sitzend, Unterteller und Teetasse in den Händen, schaute ihn an. »Das rate ich Ihnen, Constable, sonst käme ich sogar auf den Gedanken, dass Sie mit den Spinnern verbrüdert sind, die asiatische Verhältnisse zu uns einschleppen wollen. In dem Fall müsste ich Meldung machen.«

»Das bin ich nicht, Sir.«

»Also gut.« MacEwan nippte wieder am Tee. »By Jove, wir hätten sie fertig machen sollen, als wir die Gelegenheit hatten. Wir haben den Reisfressern vor gut zwanzig Jahren schon einmal gezeigt, wo ein Brite sein Gewehr trägt, und jetzt sitzt der Drachenkaiser auf dem Thron.« Sein Gesicht rötete sich, er redete sich in Rage. »Wenn mich Ihre Majestät Viktoria die Zweite fragte, ob ich mit unseren Jungs von Indien nach China marschieren würde, bei Gott, ich würde ein lautes Ja schreien, Jones! Ich habe die verdammten Thug-Mörder in

Bombay überlebt, da werde ich doch den verfluchten Drachenanbetern den Kopf von den Schultern schießen können!«

»Bravo, Sir«, nickte Franklin. »Gut gesprochen!« Er hob die Tasse hoch. »Lang lebe die Queen!«

»Lang lebe die Queen«, kam es sofort von den Polizisten und Museumswärtern, selbst Jones wiederholte den Spruch.

»Was denken Sie, wer dahinter steckt, Sir?« Franklin steckte seinen Stock in den Halter seiner Koppel, nahm den Helm vom Tisch und setzte ihn auf.

»Hinter den verdammten Drachenfreunden?« MacEwan tat es ihm nach, der Tee wirkte und belebte seinen Verstand; noch war die Nacht nicht zu Ende, und die Kunst- und Kriegsschätze wollten beschützt werden. »Mit Sicherheit einer der Großen. Vielleicht sogar«, er schaute zu Jones, »dieser rote Teufel. Gott möge ihm seinen stachligen Schwanz in den Arsch schieben. Und wenn er dazu keine Zeit hat, soll er mir Bescheid geben. Ich werde es nur zu gern tun.« Er erhob sich unter dem Gelächter der Männer, zeigte auf Franklin und zwei Wärter. »Genug geredet, Gentlemen. Gehen wir und lösen die Wachen ab, damit auch sie in den Genuss von Tee kommen dürfen. Es scheint mir, als wären die Sandwiches leider abhanden gekommen. Der gute Mann wird sich mit seiner Fracht in seinem eigenen Museum verlaufen haben.«

Franklin lachte. »Vielleicht hat ihn ein kleiner Drache überfallen, Sir, der Gurken mag?«

»Noch ein Grund mehr, Drachen zu hassen. Wenn sie mir die Gurken wegfressen, das schwöre ich bei der Queen, hole ich mein gutes altes Gewehr aus dem Schrank und ziehe gegen sie ins Feld.« MacEwan zwinkerte und öffnete die Tür.

Zu dritt marschierten sie über den Mormorboden der gewaltigen Eingangshalle. Das Wetter war nicht besser geworden, ganz im Gegenteil. Nebel und Regen hatten sich verstärkt.

MacEwan nahm die Treppe nach oben. »Gentlemen, loben und preisen Sie den Schöpfer, dass er uns das Los zufallen ließ, in diesen Hallen zu wachen. Keine zehn Pferde brächten mich …«

Ein lautes Klirren erklang, wie von Glas oder Porzellan.

»Das kam aus der Halle.« Der Constable zog seinen Schlagstock und eilte los, Franklin und die beiden Museumswärter folgten ihm.

»Gott, sei ein Engländer und schicke mir ein paar Drachenfreunde, die ich verdreschen darf!«

Sie schlichen vorwärts. Zuerst fiel ihnen nichts Verdächtiges auf, doch dann sahen sie eine Gestalt im Schatten der Säulen neben einer Vitrine knien. Sie machte sich offenbar an der Verankerung zu schaffen. Um sie herum lagen mehrere Gegenstände.

MacEwan bedeutete ihnen, einen Kreis zu bilden und dem Einbrecher den Weg abzuschneiden. »Halt, Bursche!«, donnerte er und eilte auf den Mann zu. »Du wirst …« Sein Blick fiel auf die Dinge am Boden. Es sah aus wie … Gurkensandwiches?

Der Mann sprang auf und begab sich mit erhobenen Armen in den Lichtschein. »Nein, Sir! Nicht! Ich bin es, Smithwick«, rief er hastig, weil er Prügel fürchtete.

»Was machen Sie denn in der Halle?« MacEwan musterte ihn und betrachtete die Scherben am Boden.

»Ich hatte den Tee vergessen und bin noch einmal zurück, und dabei sind mir die Sandwiches und die Teekanne …«

MacEwan winkte ab und blieb stehen. Franklin kratzte sich lachend am Backenbart und hob das Tablett auf. Zwei Sandwiches, mit Gurke und Ei. »Sir, haben Sie noch Hunger? Hier wäre was.«

»Nein, Franklin, ich verzichte.« Er bückte sich und half dem Museumswächter die Bruchstücke aufzulesen, ehe sie ihre Tour durch das riesige Gebäude fortsetzten.

»War einer der Gentlemen eigentlich in der Ausstellung, welche die Diebe heimgesucht hatten?«, fragte Franklin in die Runde und fuhr nach allgemeinem Kopfschütteln fort: »Ich schon. Sehr schade um die gestohlenen Stücke. Waren schöne dabei. Die hätten sich gut in meinem Wohnzimmer gemacht.«

MacEwan lachte. »Was denn zum Beispiel?«

Franklin formte mit den Fingern einen kleinen Ball. »Ungefähr so groß, sah aus wie ein durchsichtiger Toffee oder Bernstein, mit Einschlüssen darin«, erzählte er. »Eine Lampe hat das Ding zum Leuchten gebracht, das war umwerfend. Nachträglich ist es wohl mit Linien versehen worden, es sah aus wie ein kleiner Globus.«

»Nichts für mich. Es sei denn, man könnte es als Kricketball verwenden«, meinte MacEwan und grinste. »Ich hätte …« Abrupt blieb er stehen.

Die Tür zum Saal 13, der Abteilung für historische Drachenjagdwerkzeuge, stand offen. Im Innern huschten die schmalen Lichtkegel von Blendlaternen über Vitrinen und Wände; leise Stimmen erklangen, und gleich darauf klirrte es wieder, dieses Mal jedoch gedämpft.

Franklin hatte bereits seine Signalpfeife im Mund, aber MacEwan hinderte ihn daran hineinzublasen. »Nicht! Der Saal hat drei Ausgänge. Wenn wir die Diebe jetzt warnen, könnten sie uns entkommen, und wir wissen nicht, was sie schon erbeutet haben. Es wird erst gepfiffen, wenn wir vor den Türen Position bezogen haben«, flüsterte er. Mit Gesten dirigierte er Franklin und die Wärter auf ihre Plätze. Er selbst blieb zusammen mit einem der Wärter am Haupteingang stehen und verbarg sich hinter einem Stahlträger.

Der Saal maß zehn mal vierzehn Meter, hatte eine Front ganz aus Glas und mehrere große Dachfenster. Stahlträger ragten sieben Meter in die Höhe und gaben den miteinander vernieteten Querstreben Halt. Insgesamt erweckte Saal 13 den Eindruck, ein großes Gewächshaus oder ein Atelier zu sein.

Unter der Decke schwebten die Skelette von zwei kleinen Drachen und einem großen Flugexemplar mit immerhin zwei Köpfen. Es war selten, dass die Kirche eine solche Zurschaustellung erlaubte; normalerweise erhob sie Anspruch auf jedes noch so kleine Stückchen eines echten Drachen. MacEwan vermutete insgeheim, dass es sich bei den Skeletten in Wahrheit um Fälschungen handelte.

Darunter breiteten sich die Vitrinen aus, in denen Waffen ausgestellt waren, welche die Menschheit – zumindest in Europa – gebraucht hatte, um Drachen zu erlegen. Primitive Speere, Schwerter, sogar eckig geschliffene, scharfkantige Steine hatten einst zur Jagd gedient.

Aber die Diebe hatten es auf ganz andere Gegenstände abgesehen.

MacEwan beobachtete einen von ihnen, eine schwarz gekleidete und maskierte Gestalt, die im Schein ihrer Lampe eine Liste studierte und langsam an den Schaukästen entlangging, bis sie vor einem Schwert stehen blieb. Sie packte den Zettel weg, stellte die Leuchte ab und nahm einen Glasschneider hervor. Drei kräftige Bewegungen später, und sie hatte eine dreieckige Öffnung geschaffen. Behutsam fasste sie ins Innere, fischte nach dem Griff des Schwerts.

»Was machen die so lange?«, fluchte MacEwan durch den Schnauzbart und hielt Ausschau nach Franklin und dem Wärter. Sie pirschten sich an die Türen heran, befanden sich aber immer noch gute zehn Meter von ihnen entfernt.

MacEwan überschlug indes die Anzahl der Diebe und kam auf ein Dutzend Männer, vorausgesetzt er hatte sich nicht verzählt. Das Plätschern und Trommeln ganz in seiner Nähe wies ihm den Weg, den die Verbrecher zum Ein- und Aussteigen in den Saal gewählt hatten: Eine der Dachluken stand offen, Regen fiel herein und prasselte auf den Boden und die Vitrinen.

Als Franklin und der Wärter endlich vor den Türen standen, hatten die Diebe bestimmt vierzig Gegenstände aus den Schaukästen entfernt. In der Mehrzahl handelte es sich um Kleinode, wie Dolche und Schwerter, aber auch wertvolle Kunstgegenstände, die aus einem Drachenhort aus dem 18. Jahrhundert stammten. Sie hatten tatsächlich zwei goldene Muschelbonbonnieren ausgesucht und eine mit Arabesken versehene Schmuckdose entwendet, deren Intarsien aus reinem Gold bestanden.

MacEwan legte eine Hand an den Lichtschalter und blies aus Leibeskräften in seine zweistimmige Pfeife. Sofort fielen seine beiden Männer ein und beschallten den Saal mit dem durchdringenden Bobbie-Signal.

»Stehen bleiben!«, schrie er. »Ihr Hurensöhne seid alle verhaftet, die Ausgänge sind blockiert, und der Raum ist umstellt. Gebt auf, oder es wird …«

Krachend zersprang das mittlere Segment der Fensterfront, Scherben fielen klirrend aus großer Höhe herab und zertrümmerten Vitrinen, rissen Statuen um; umherfliegende Fragmente beschädigten die Aufhängungen der Drachenskelette. Befreit von einigen ihrer Halterungen, pendelten sie hin und her und schienen zu untotem Leben erweckt worden zu sein.

MacEwan sprang zur Seite, um den Splittern zu entgehen. Den Schreien nach zu urteilen hatte es mindestens zwei der Diebe erwischt. Erschrocken richtete er die Augen zur Decke und sah eine geflügelte Gestalt in raschen Manövern zwischen den Streben kreisen, ehe sie sich auf einen der Männer stürzte und ihm gezielt die Tasche entriss.

Plötzlich stand Jones neben dem Constable, er keuchte noch, weil er gerannt war.

»Heilige Scheiße«, raunte er und verfolgte, wie der zwei Schritt große, hässliche Drache dem Dieb, der seine Beute nicht hergeben wollte, mit einem kräftigen Hieb seiner Klauen zuerst die Brust aufriss und danach den Kopf abschlug. Mit einem Siegesschrei, der dem eines Raubvogels nicht unähnlich war, flatterte er zurück unter die Decke und setzte sich auf eine Querstrebe; seine leuchtenden weißen Augen stierten auf die Männer herab. Er suchte nach dem zweiten Opfer.

Die Diebe robbten unter den Vitrinen entlang auf die Ausgänge zu, doch immer mehr Constables rannten in den Saal und schützten die Ausgänge. Einige von ihnen hatten den unerwarteten Angreifer dicht unter der Decke noch nicht bemerkt.

»Alle raus!«, befahl MacEwan und ließ den lauernden Drachen nicht aus den Augen. »Von uns kann es keiner mit ihm aufnehmen.« Er rief den Dieben zu, dass sie sich zum Haupteingang bewegen sollten, wenn ihnen das Leben lieb sei. »Lasst die Beute, wo sie ist. Und keine Tricks, sonst werfe ich euch dem Teufel da oben zum Fraß vor, verstanden?!«

Die Männer tuschelten untereinander, berieten sich über das Angebot.

Da stieß sich der Drache ab und schoss wie ein Pfeil nach unten, brach durch eine Vitrine und griff den darunter liegenden Dieb mit seinen langen Krallen. Er schlug mit den Flügeln und schwang sich zurück in die Höhe, zog den Mann mit. Der Mann schrie unentwegt. MacEwan hörte das Knirschen von Knochen, gleich danach schlug ein Körper auf dem Boden auf, und das Kreischen endete.

Die nächste Fensterfront explodierte regelrecht, ein zweiter Drache, noch hässlicher und größer als zwei ausgewachsene Männer, brach über sie herein. Er schlitterte quer durch den Saal, griff mit beiden Hinterklauen nach den Dieben und schleuderte sie wie Puppen umher. Das Wesen besaß solche Kraft, dass es die Männer durch die Türen schmetterte und die davorstehenden Constables und Museumswärter wie Kegel umwarf.

Der größere Drache krächzte und sperrte das schnabelartige Maul mit den spitzen Zähnen drohend auf, landete und entfaltete die

Schwingen; seine Klauen troffen von Blut. Gleichzeitig drückte sich das kleinere Scheusal ab und stieß auf den nächsten Dieb nieder.

MacEwans Befehle gingen in dem Durcheinander unter, das entsetzte Rufen seiner Leute, der Wärter und der Hand voll überlebender Verbrecher mischte sich mit den Stimmen der Drachen und erlaubte kein verständliches Wort mehr.

Als sich der beängstigende Schädel mit den weißen Augen ihm zuwandte, die kurze Schnauze sich öffnete und ein warnendes Fauchen erklang, drehte MacEwan sich um und rannte. Der Teufel war hinter ihm her.

III.

»Wenn Sie mich fragen, und das tun Sie ja, handelt es sich bei dem Officium um eine Organisation, die aus dem Schaden anderer Nutzen zieht. Zu uns sind sie erst nach mehrmaligen Aufforderungen gekommen, als der Drache drei Kühe und eine Herde Ziege gefressen hatte, und dann wollten sie von unserem König auch noch eine Aufwandsentschädigung für die Reisekosten. Ich weiß doch genau, dass das Officium die Ungeheuer zersägt und die Stücke heimlich verkauft. Das nächste Mal rufe ich die Drachenjäger, das kann ich Ihnen sagen. Die finanzieren alles aus eigener Tasche.« Alois Draxelhuber, Bauer

aus dem Bericht »Das Officium – Die heimliche Macht«
in »Kommunistische Wahrheit« vom 6. September 1924

11. Januar 1925, Dordogne, fünfzehn Kilometer westlich von Périgueux, Königreich Frankreich

Vouivre gefiel die Umgebung nicht. Es war zu flach, keine echten Berge, in deren Schluchten oder engen Höhlen er notfalls für seinen langen, silbrigweißen Körper Schutz suchen konnte; stattdessen kroch er durch kahle Walnussbaumwälder und hinterließ für seinen Geschmack viel zu breite und einfach zu entdeckende Spuren im Schnee. Wenigstens tarnte ihn sein glitzerndes Schuppenkleid auf weite Entfernung.

Doch er hatte es sich nicht nehmen lassen wollen, seine Heimat in den Westalpen zu verlassen und selbst auf die Suche zu gehen. Die Trüffeln, die echten schwarzen Trüffeln aus dem Périgord, hatten nach dem ersten Frost ihre volle Reife erlangt, und Vouivre wollte sie nicht fremden Gaumen überlassen, weder Menschen noch seinesgleichen. Schlimm genug, dass Gorynytsch ihn beraubt hatte. Noch ein Grund mehr, den Russen zu töten.

Seine geschuppte Nase grub sich in den Schnee, die lange, gespaltene Zunge schnellte hervor und suchte nach dem typischen Aroma der Trüffelknolle. Nicht weit von ihm musste sich eine verbergen, er nahm den Geruch deutlich wahr.

Ein Windstoß brachte die Äste um ihn herum zum Wanken, Schnee rieselte von ihnen herab und landete auf ihm. Die Böe trug ihm einen sehr bekannten Geruch zu, und Vouivre hob das gekrönte Haupt mit dem Rubinauge. »Pratiwin, mein Bester. Du hast Neuigkeiten für mich?« Er zog den Leib etwas mehr zusammen und richtete das vordere Drittel auf.

Der schwarze, fünfköpfige Drache war gelandet und legte die Schwingen an, damit er besser unter den Walnussbäumen hindurchpasste. »Die habe ich, Altvorderer.« Seine Schädel verneigten sich, und die gelben Augen starrten ergeben zu Boden. »Es gibt Schwierigkeiten mit den Menschen.«

Vouivre prägte sich die Stelle ein, wo er die schwarze Trüffel vermutete. Er hörte an der Betonung, dass sein Spion nicht plänkeln wollte, wie sie es sonst so gerne taten, sondern ehrlich besorgt war. »War das der Grund dafür, dass du die Drachentöter umgebracht hast?«

»Ich habe sie nicht umgebracht, aber das ist eine andere Schwierigkeit, Altvorderer. Die Morde an den Drachentötern habe ich nicht zu verantworten. Ich wusste von vorneherein, dass sie zu viel Aufmerksamkeit wecken würden.« Pratiwin stieß Luft aus, die sich in der eisigen Umgebung in dichten, weißen Dampf verwandelte und ihn für einige Sekunden in Nebel hüllte; als er wieder zum Vorschein kam, lag Raureif auf seinem schwarzen Panzer. »Eine unter den Menschen interessiert sich für Dinge, die sie nichts angehen.«

»Wie meinst du das?«

»Sie stellt sagenumwobenen Gegenständen nach. Und ich fürchte, sie ist mächtiger, als es den Eindruck hat.«

Vouivre verstand, was gemeint war, und stieß einen lauten Zischlaut aus. »Das passt mir nicht. Was ist mit Gorynytsch?«

»Ich habe ihn aus den Augen verloren. Er besitzt die seltene Gabe, sich von einer Sekunde auf die nächste unsichtbar machen zu können.« Die Köpfe hoben sich etwas, auch wenn sie untertänig geduckt blieben. »Das ist selbstverständlich nur bildlich gesprochen, Altvorderer.«

»Das schmeckt mir alles überhaupt nicht«, zischte Vouivre, und seine gute Laune starb zusammen mit der Vorfreude auf die echten Périgord-Trüffeln. Die Schwierigkeiten verdarben ihm alles. »Gibt es eine Möglichkeit, die Frau ohne Aufsehen auszuschalten?«

»Nein, Altvorderer. Ich bleibe lieber verborgen in der Nähe des Russen. Bei einem Wettlauf zwischen den beiden würde ich eher auf Zadornov setzen als auf Sàtra.« Pratiwin bemühte sich, seine Stimme ruhig zu halten und einen bittenden Unterton beizufügen, um den Zorn des mächtigen Wurmdrachen nicht noch weiter anzustacheln. In Rage würde ein Altvorderer nicht zurückschrecken, ihm zur Strafe für die Nachrichten einen seiner wertvollen Köpfe abzuschlagen.

Vouivre spürte, dass der schwarze Drache Furcht hegte – was ihn wiederum amüsierte.

»Wäre ich Gorynytsch oder Iffnar, mein Bester, würdest du aus gutem Grund zittern. Aber ich neige nicht dazu, meine Verbündeten zu verstümmeln. Wir hätten beide nichts davon«, sprach er. »Es wird mich aber nicht davon abhalten, dich zu töten, wenn du bei deinem Auftrag versagst.«

»Das werde ich nicht, Altvorderer. Der Russe ist viel versprechend, auch wenn er in Begleitung von Onslow Skelton reist.«

Vouivre lachte. »Welch ein lustiger Name. Er passt zu einem britischen Detektiv und Gentleman.« Dann wurde er etwas ernster. »Bleib ihm auf der Spur und lasse dich nicht auf Kämpfe mit Drachentötern ein.«

»Ich weiß nicht, Altvorderer …«

»Damit die Drachentöter in Scharen über uns herfallen?« Er schüttelte sich. »Kein guter Gedanke. Wir halten uns weiter im Verborgenen und lassen sie ein paar der unwichtigen Kleinen hetzen. Das beschäftigt sie und lenkt sie von unserer Jagd ab.« Vouivre sah es den gelben Augen des Verbündeten an, dass er nicht einverstanden war. »Lass die Klauen von Großmeisterin Silena, wenigstens so lange, bis wir alles in Ordnung gebracht haben«, zischte er und klang nun wahrhaft bedrohlich. Dabei richtete er den Leib weiter auf und starrte von oben auf den Mehrköpfigen herab. »Suche Gorynytsch und halte dich an die Anordnungen, die ich dir gegeben habe.«

»Das tue ich, Altvorderer. Doch es fällt mir schwer.« Pratiwin grollte und seufzte zugleich. »Die Gelegenheit, sie zu töten und Rache zu nehmen, wird verlockend sein.«

»Und du wirst sie bekommen, das versichere ich dir. Aber ein Angriff auf sie kommt erst später in Frage.« Vouivre ließ das Karfunkelauge aufleuchten, und die Umgebung schien für die Dauer eines Blinzelns dunkler zu werden, damit der Rubin umso heller erstrahlte. Ein bewährtes Mittel der Einschüchterung.

»Ja, Altvorderer«, beeilte sich Pratiwin auf der Stelle zu versichern. »Ich kehre zurück auf meinen Posten. Sobald es etwas zu melden gibt, eile ich zu Euch.« Rückwärts gehend wich er vor dem Wurmdrachen zurück, bis er an eine Stelle im Wald gelangte, wo er die Schwingen spreizen und abheben konnte.

Vouivre verfolgte den Flug mit dem Karfunkelauge. *Pratiwin, du wirst doch nicht aufmüpfig werden?*, dachte er bei sich.

Er kannte einige russische Drachen, sie waren alle unbeherrscht, jähzornig und äußerst auf Gewalt bedacht. Diese niederen Gelüste mochten seinen derzeit so wertvollen Verbündeten zu einem Risiko werden lassen, und er hoffte sehr, dass er ihn nicht selbst bei einem der nächsten Zusammentreffen auslöschen musste. Es gab auf die Schnelle keinen guten Ersatz. Die meisten jüngeren Drachen hatten sich mehr oder weniger heimlich auf Gorynytschs Seite geschlagen, um den harten Regeln der Altvorderen endlich zu entkommen.

»Immer diese ungestümen Revolutionäre«, murmelte er ärgerlich und nahm die Suche nach den so köstlich riechenden Trüffeln wieder auf. Weder unter den Menschen noch unter seinesgleichen mochte er sie, die Umstürzler und Weltenwandler. Es wurde Zeit, den Menschen wieder Teile ihrer Zivilisation zu nehmen, angefangen beim Flugzeug bis zu den technischen Errungenschaften des Alltags.

Ddraig hatte eine sehr gute Idee gehabt. »Bekämpfen wir die Menschen mit ihren eigenen Waffen«, hatte sie gesagt, »beispielsweise durch Manipulationen an der Börse. Schlagen wir die Wirtschaft entzwei, rauben wir ihnen ihren Reichtum – und sie fallen rasch in ein dunkles Zeitalter zurück. Technik braucht Geld.«

Vouivre stimmte ihr zu. Er würde dafür sorgen, dass Charles der Unerreichte noch mehr Staatsvermögen in sinnlose Prachtbauten steckte. Aus Krisen erwuchsen Kriege, und nicht umsonst klangen die beiden Begriffe ähnlich.

In ein paar Jahren konnte man einen neuen Krieg der Vasallen in Europa beginnen lassen. Einen zweiten Schlieffenplan würde es nicht geben, und dem kleinen Belgien gedachte er beim nächsten Mal mehr Aufmerksamkeit zu widmen. Auf eine Umgehung der französischen Truppen würde er nicht mehr hereinfallen. Wenn er jetzt noch einen guten Einfall hatte, wie er Pratiwin enger an sich binden könnte, würde der Tag gut enden. Vor allem dann, wenn er bei seiner Delikatessen-Suche Erfolg hätte.

Die geruchsempfindliche Zunge hatte die Trüffel lokalisiert, ein wenig Graben in der eiskalten Erde, und Vouivre genoss den intensiven Geschmack des Pilzes.

Er wurde sich bewusst, dass er eben Gedanken verschwendete. »Ach nein. Iffnar wird dann tot sein und seine Deutschen endlich mir gehören«, lächelte er. Ihm stand ein Duell mit Ddraig bevor, und sobald er die Alte Welt ganz allein besaß, würde er sich um die Neue Welt kümmern, von der er lediglich wusste, dass es auch dort Drachen gab. Alles andere blieb im Dunkel. »Verfluchtes Amerika.«

Vouivre grub nach einer weiteren Knolle – da stieg ihm ein merkwürdiger Duft in die Nase, den er niemals zuvor gewittert hatte.

Er schnellte herum und zog den Schlangenleib mit. Das Schwanzende durchtrennte den Stamm eines kleineren Nussbaums; knackend und splitternd kippte er um und bohrte sich in den Schnee. Vögel flatterten erschrocken davon, einige Meter weiter stieg ein Schwarm Krähen mit lautem Gekreisch in den grauen Winterhimmel.

Vouivre sah nichts, was zu dem Geruch auf seiner Zunge passte. Seltsamerweise bereitete ihm das – Unbehagen? Er wollte nicht so weit gehen und es Furcht nennen, er war ein Altvorderer, ein jahrhundertealtes Wesen, das bereits auf die verschiedensten Namen gehört hatte. Er musste sich vor nichts fürchten. *Wer ist da?*

Eine Gestalt in einem schwarzledernen Umhang trat hinter einem Baum hervor, darunter wurde eine Rüstung aus Drachenhaut sichtbar. Um den Kopf lag eine weiße Haube mit einem dünnen Sehschlitz für die Augen, darüber stülpte sich ein dicker, dunkler Helm aus gehärtetem Leder. In der Linken hielt sie einen drei Schritt langen Schaft, an dem ein etwas mehr als ein Meter langer Knochenspieß befestigt war.

»Mein Name ist Ichneumon«, sagte eine Stimme, die ebenso gut männlich wie weiblich sein konnte, aber mit einem ungewohnten

Akzent sprach. Vouivre kannte ihn von den Marokkanern oder anderen afrikastämmigen Kolonialfranzosen.

»Du störst mich beim Genuss seltener Trüffeln, mutiger und törichter Mensch«, machte ihn Vouivre aufmerksam. »Aber der Geschmack auf meiner Zunge ist zu superb, um ihn mit minderwertigem Menschenfleisch zu zerstören. Ich gebe dir fünf Lidschläge, um zu verschwinden, bevor ich dich …«

Unvermittelt war die Gestalt verschwunden – und tauchte direkt vor ihm auf, um ihm den Knochenspieß wie eine Nadel schräg von unten in den aufgerichteten Leib zu rammen. Vouivre brüllte vor Überraschung und Schmerz auf. Die Klinge drang tief in ihn hinein.

Er wich zurück und schlug gleichzeitig mit dem Schwanz nach dem Angreifer. Aber der Hieb peitschte lediglich Schnee auf und ließ eine glitzernde Wolke entstehen. Vouivre fauchte wütend und kroch rückwärts, um den Hain zu verlassen. Die Bäume boten seinem Feind zu viele Deckungsmöglichkeiten.

Der rieselnde Schnee warnte den Wurmdrachen. Blitzschnell zog er den Kopf zur Seite und sah die Spitze des Spießes knapp an seinem Karfunkelauge vorbeischießen. Die Gestalt saß nun über ihm in den Ästen und hatte ihm aufgelauert.

Vouivre stieß einen Strahl aus stahlblauem Feuer gegen die Baumkrone und verbrannte die Äste und Zweige zu Asche.

Wieder erhielt er einen Stich, dieses Mal in die Körpermitte und knapp am Herzen vorbei, mitten in die Innereien. Diese Art von Schmerz hatte er schon sehr, sehr lange nicht mehr fühlen müssen.

Vouivre schnappte nach der Gestalt, die den Spieß aus der Wunde zog, aber die Zähne stießen ins Leere. Mit einer nicht nachvollziehbaren Bewegung hatte sie sich aus seiner Reichweite entfernt und die Waffe mitgerissen. Heißes, schwarzes Drachenblut ergoss sich umgeben von einer Dampfwolke aus dem Schnitt zwischen den Schuppen und sprühte in das Weiß, das sofort schmolz.

Vor ihrer nächsten Attacke wurde die Gestalt von dem Wurmdrachen bemerkt. Sein Schwanz stieß nach vorn, und Vouivre biss gleichzeitig nach ihr.

Wieder gingen beide Angriffe fehl.

Mit einer unglaublichen Sprungkraft drückte sie sich ab, zog die

Beine an und reckte den Spieß mit der Klinge nach unten, zielte auf den sich nähernden Drachenkopf. Vouivres beide Herzen schlugen schneller als gewöhnlich. Selbst seine unglaublichen Raubtierinstinkte schienen gegen diesen Angreifer zu langsam. Die Muskeln spannten sich, der Hals zog sich zurück.

Die Spitze ritzte die silbern-diamantenen Schuppen, sprengte etliche davon ab. Beinahe wäre sie ihm unterhalb des Karfunkels in den Schädel gedrungen.

Vouivre grollte. Die Wunden schmerzten, aber weit mehr brannte das Wissen, einem ebenbürtigen Gegner gegenüberzustehen, der nicht einmal ein Drache war. Er wandte sich um und jagte der Gestalt einen zweiten Feuerstoß nach, doch wieder war sie bereits verschwunden. Das konnte kein Mensch sein!

Vouivre kroch hastig rückwärts und spie unentwegt Flammen, um den Walnussbaumwald mit allem, was sich darin befand, in Brand zu setzen. Seine Bewegungen wurden immer schneller, er wollte entkommen. Hinter jedem Stamm sah er nun die Gestalt lauern, er schleuderte die vernichtenden Lohen ohne Unterlass, während seine Herzen klopften und stampften. Man hatte ihn zur Beute degradiert, und dieses Gefühl war erniedrigend. Furcht war erniedrigend!

Endlich hatte Vouivre den Wald hinter sich gelassen und befand sich auf einer verschneiten Ebene. Selten zuvor war er derart glücklich gewesen, sich auf einer überschaubaren, deckungslosen Fläche zu befinden.

Das Feuer hatte auf den gesamten Hain übergegriffen, Rauch und Flammen stiegen weithin sichtbar in den Winterhimmel und verkündeten den umliegenden Dörfern, dass es im nächsten Jahr weder Trüffeln noch Walnüsse geben würde, von deren Handel sie lebten.

Vouivre kroch weiter rückwärts und wartete eine ganze Weile, bis er sich sicher war, dass die Gestalt den Wald auf seiner Seite nicht verlassen hatte. Es war kein Drachentöter gewesen, die Leute des Officiums legten bekanntlich Wert darauf, dass man sie als solche erkannte. Von einem so schnellen, einzelnen Drachenjäger hatte er zumindest in Frankreich noch nichts gehört. Das besorgte ihn.

Die Wunden pochten und klopften, es würde dauern, bis sie vollständig verheilt waren. Vouivre betrachtete den Stich, der das Herz verfehlt hatte. Seltsamer und unerwarteter war er dem drohenden

Tod noch niemals begegnet. Er rechnete die Attacke Iffnar und Grendelson zu. Sie wussten von seinen Plänen und der Absprache mit Ddraig, gewiss hatten sie ihm den Besucher auf den Hals gehetzt.

Fauchend rutschte er über den Schnee und begab sich auf den Rückweg in die sicheren Westalpen. *Ich werde mich bei euch beiden revanchieren*, versprach er stumm. Bis er das Gebirge erreicht hatte, sah er sich immer wieder in der menschenleeren Landschaft um, ob die Gestalt mit dem merkwürdigen Namen, dieser lästigen Waffe und der Geschwindigkeit eines Mungos ihm nicht doch folgte.

Vouivre bemerkte nichts, aber selbst das beruhigte ihn nicht mehr.

14. Januar 1925, Hauptstadt Stuttgart, Königreich Württemberg, Deutsches Kaiserreich

Silena drückte das Rennflugzeug, eine umgebaute Macchi, im Tiefflug über die Dächer, die unter ihr mit mehr als zweihundert Stundenkilometern vorbeischossen. Haarscharf ging es über die Kamine des Stuttgarter Stadtschlosses hinweg. Sie zog die spitze Nase etwas hoch und beschleunigte.

Der Mercedes-Motor röhrte auf und gab seine achthundert Pferdestärken frei, brachte die tiefschwarze Macchi auf mehr als vierhundert Sachen, mit denen sich die Drachentöterin Bad Cannstatt näherte. Die Italiener hatten das knapp sieben Meter lange Flugzeug in ihrer Version nicht für lange Strecken ausgelegt, aber durch kleinere Umbauten und eine bessere Motorkühlung hatte sie sich in das schnellste Transportmittel ihrer Zeit verwandelt. Wenn auch nur für eine Person.

Der Wind pfiff in den Streben und Drahten, und obwohl Silena hinter der bruchsicheren Windschutzscheibe ein wenig abgeschirmt war sowie einen zweifach gefütterten Ledermantel, Helm, Handschuhe und dicke Stiefel trug, machte ihr die Kälte zu schaffen. Ohne die Fliegerbrille wären ihre Augäpfel vermutlich eingefroren; dennoch würde sie um nichts in der Welt große Strecken mit der langsamen Eisenbahn oder dem Auto zurücklegen.

Die Einsamkeit des Fluges erlaubte ihr, in Ruhe nachzudenken.

Die Beerdigung ihrer Brüder und der Großmeisterin Martha war furchtbar gewesen. Ihre Schwägerinnen hatten sich beim Weinen gegenseitig angestachelt, während der Erzbischof Kattla selbst die Zeremonie auf dem Münchner Waldfriedhof übernommen hatte.

Dort lagen alle gefallenen Nachkommen der Drachenheiligen der letzten zweihundert Jahre. Gewaltige Mausoleen erhoben sich aus dem Boden, versehen mit Statuen und Wandbildern, welche die Geschichte des jeweiligen Ahnen erzählten, und darin warteten die Grabnischen auf die sterblichen Überreste, die mitunter nichts als Asche oder Fetzen waren. Es ging über Treppen viele Meter nach unten, bevor der Boden mit der frischesten Kammer erreicht wurde. Nirgends in der Welt sah ein Grab eindrucksvoller und atemberaubender aus als in München.

Sie erinnerte sich an eine Beerdigung im Sommer, als Großmeister Tim aus der Linie Timoteus zu Grabe getragen worden war. Es hatte nach Tannen, warmem Stein und Weihrauch gerochen, ein Tag zum Sterben schön. Dieses Winterwetter hasste sie.

Silena hatte sich nicht lange aufgehalten, die Suche nach dem Drachen, der ihrer Meinung nach den Tod aller verschuldet hatte, blieb erfolglos. Zwei kleinere Überwachungszeppeline schwebten seitdem über dem Münchner Himmel und hielten Ausschau nach einer verdächtigen Bewegung.

Ihre Entscheidung, was den Verbleib in der Staffel anging, war gefallen.

Es dauerte nicht lange, und Silena erkannte die vier gewaltigen Hallen, in denen die Ingenieure Ersatzteile formten, aber auch nach den neuesten Erkenntnissen der Luftfahrt neue Modelle für die Staffel Saint George ersannen. Eines davon würde sie heute abholen.

Sie verringerte die Geschwindigkeit der Macchi und setzte zum Landeanflug auf der gewalzten Piste an. Die Maschine gehorchte den Befehlen der Fußpedale und Steuerknüppelbewegungen wie eine zickige Diva. Es bedurfte viel Fingerspitzengefühls.

Eine Schneewolke aufwirbelnd, setzte sie auf den gefrorenen Boden auf und nahm das Gas weg. Der V12-Motor rutschte in den Leerlauf; die verbliebene Geschwindigkeit reichte aus, um das Rennflugzeug zum ersten der vier Hangars zu steuern und es ausrollen zu lassen.

Das Tor öffnete sich, Männer in den Uniformen der Staffel eilten in die Kälte, um die Macchi mitsamt der Passagierin in die Halle zu schieben.

Silena stand auf und zog sich Brille und Lederhelm ab. Darunter lagen eine gefütterte Kappe und ein Gesichtsstrumpf aus dicker Wolle. Mit jeder Lage, die sie von sich warf, kam mehr und mehr die Frau zum Vorschein, wie man sie kannte und schätzte.

Ihr schlug der geliebte Geruch von Öl und Metall entgegen, dazu mengten sich Benzin und Schmiermittel; überall wurde an Flugzeugen gearbeitet, manche davon waren Prototypen, andere beschädigte oder aufgekaufte Maschinen, die von den Ingenieuren für die Staffel umgebaut wurden.

Silena atmete tief ein. Die Geräusche, die Gerüche, der Anblick – das war ihre Welt, die sie liebte und von der sie sich schwer trennen konnte. Wollte.

»Willkommen, Großmeisterin!« Vor der Macchi stand ein untersetzter Mann mit einem braunen Schnurrbart, dessen Enden mit Wachs zusammengedreht und nach oben gestellt waren; die Spitzen reichten bis an die Ohren. Er steckte in einer dunkelblauen Uniform, die Insignien wiesen ihn als Hauptmann aus. Sein Gesicht war freundlich, und trotz des Alters von dreiundsechzig beherrschte er ein bübisches Lächeln.

Silena sprang aus der Kanzel, warf ihre Fliegerkleidung über den Flügel der Macchi. »Sie haben wie immer die Halle voll, Hauptmann von Litzow«, grüßte sie ihn herzlich und reichte ihm die Hand, die er kräftig drückte. Sie empfand größten Respekt vor dem Mann, auf den ein Großteil der neuen Modelle der Staffel zurückging.

»Lieber habe ich viel zu tun als gar nichts.« Seine Heiterkeit wich einem sehr ernsten Ausdruck, stumm sprach er ihr sein Beileid aus.

Sie nickte und sah sofort wieder das schlammige Feld mit dem zerborstenen Wrack vor sich. Die verhasste unsichtbare Schlinge legte sich um ihren Hals und drückte zu, machte die Kehle eng und trocken. Aber inmitten der Halle, umringt von zahllosen Männern, durfte es keine Tränen geben, nur Trauer. Und Haltung. »Danke«, presste sie hervor.

Litzow betrachtete ihr Gesicht, als sei es das Antlitz eines alten

Freundes. »Wissen Sie, wie ähnlich Sie Ihrer Mutter sehen?«, sagte er, und sie erkannte eine aufflammende Sentimentalität, die Stimme klang längst nicht mehr fest wie bei der ersten Begrüßung. Er war ein guter Kamerad ihrer Eltern gewesen und hatte manches Fest mit ihnen gefeiert. »Nein, wie ähnlich Sie ihr sind?«

Um Silenas Herz schloss sich eine Klammer, sie rang nach Luft. Weitere Erinnerungen stiegen auf. Die ersten Töne eines Whiffenpoofs-Songs – selbst wenn ein Arbeiter sie falsch pfiffe – würden ausreichen, um sie in Tränen ausbrechen zu lassen. »Danke, Hauptmann«, erwiderte sie und riss sich zusammen. »Würde es Ihnen etwas ausmachen ...«

Glücklicherweise erkannte er, in welche Lage er sie brachte, und er erschrak über seine eigene Gedankenlosigkeit. »Verzeihen Sie mir. Es war war unverzeihlich, dass ich Ihnen noch mehr Schmerzen bereitet habe.« In Litzows Augen schimmerte es feucht, die Sentimentalität wurde ausgewaschen und durch eine großväterliche Freundlichkeit ersetzt.

Sie seufzte lange und schenkte ihm ein aufrichtiges Lächeln. Silena wusste, dass ihre Mutter und der Hauptmann zusammen aufgewachsen waren und sich sehr gemocht hatten. Jetzt litt er mit ihr, der letzten Nachfahrin. »Schon gut, Hauptmann. Sie haben sicherlich etwas, womit Sie mich aufmuntern können?«

»Sicher, Großmeisterin. Es ist mir eine Ehre, Ihnen den besten Nurflügler zu übergeben, den ich jemals gebaut habe«, sprach er feierlich und ging mit ihr die schmale Gasse zwischen den Flugzeugen entlang. »Wir haben die Fehler der letzten Version der Lanzelot ausgemerzt und uns noch einmal die Pläne von John William Dunne aus dem Jahr 1907 und danach angesehen.«

Silena lächelte. Sie wusste, dass es der Hauptmann sehr gerne spannend machte und neue Maschinen wie Geschenke unter dem Weihnachtsbaum präsentierte. »Ich nehme an, Sie haben Dinge entdeckt, die sich verbessern ließen?«

»In der Tat, Großmeisterin. Dagegen wird die Macchi, mit der Sie gekommen sind, wie eine harmlose Fliege am Himmel aussehen.«

Sie sah von weitem ein weißes Tuch, unter dem sich eine merkwürdige Silhouette abzeichnete. Die unter dem Rumpf montierte, zehn Schritt lange Lanze war nicht verpackt worden, jemand hatte auf die vierklingige Spitze einen Korken gesetzt. »Sie haben es geschafft, mich sehr neugierig zu machen«, verriet sie dem Mann.

»Das war Sinn der Sache, Großmeisterin.« Er blieb vor dem Flugzeug stehen und hob eine Kordel vom Boden auf, die zum Tuch führte. Mit der anderen Hand gab er einem Techniker einen Wink.

Über Lautsprecher wurden die Menschen zusammengerufen und kamen aus allen Ecken der Halle gelaufen, um bei dem historischen Augenblick dabei zu sein; eine Mechanikerin brachte ein Tablett mit Schaumweingläsern und zwei Flaschen.

»Es ist vollbracht, Leute«, rief Litzow. »Ich bin stolz auf alle, auf jeden Einzelnen von euch. Unsere Arbeit ist getan, und wir übergeben daher die Saint G1 an Großmeisterin Silena. Möge sie Ihnen und den Piloten, die nach Ihnen den Himmel bevölkern und die Drachen jagen, hervorragende Dienste leisten.« Litzow zog an der Kordel, Reißnähte lösten sich, und das Tuch glitt in vielen Stücken von der Außenhaut der Maschine.

Silena beherrschte sich, um nicht in Lachen auszubrechen.

Die Saint erinnerte an eine Flunder, die man auf ein Querbrett genagelt und der man die Schwanzflosse eines Hais verpasst hatte. Rechts und links des hohen Leitwerks saßen zwei bullige, mit Kapseln geschützte Motoren, die Pilotenkanzel war komplett von einem eingetrübten Dach geschützt, und die Außenhaut sah aus wie mit unterschiedlichen Farbtönen bemaltes Schmirgelpapier.

Sie blinzelte mehrmals, suchte nach Worten, die nicht zu verletzend gegenüber den Menschen waren, die erwartungsvoll um sie herumstanden und zumindest ein kleines Lob hören wollten. Silena schaute in das gespannte Gesicht des Hauptmanns, der blind nach der Schaumweinflasche griff und sie ihr reichte. »Ich sehe, es verschlägt Ihnen die Sprache, Großmeisterin«, sagte er stolz. »Geben Sie uns die Ehre, der Saint ihren persönlichen Kampfnamen zu geben und sie zu taufen, wie es sich für eine Maschine dieser Klasse gebührt.«

Sie räusperte sich und schluckte die Heiterkeit herunter. »Vielen Dank, Hauptmann von Litzow.« Sie wog die Flasche in der Hand. »Wo kann ich sie dagegen schlagen, ohne Schaden in der Bespannung anzurichten?«

Der Mann grinste, und ein leises Lachen ging durch die Halle.

»Wo immer Sie wollen, Großmeisterin. Die Saint ist hart im Nehmen.«

»So taufe ich dich auf den Namen …« Sie wählte ein unverfängliches Wort. »Stachel.« Kraftvoll schlug sie auf die äußere Kante des Flügels, und die Flasche zersprang, ohne einen Kratzer zu hinterlassen; Schaumwein ergoss sich auf Mensch und Maschine.

Die Mitarbeiter klatschten und riefen. Sie hatten nicht bemerkt, dass Silena die Saint noch nicht ernst nahm.

»Ein passender Name. Die *Stachel* wird dank Ihrer Flugkunst manchen Drachen erstechen, Großmeisterin.« Litzow tätschelte den nassen Flügel. »Sie werden es sich gedacht haben, dass wir Drachenhaut zum Bespannen benutzt haben, damit das Feuer der Konstruktion nichts anhaben kann. Die Streben und sämtliches Innenleben bestehen aus Drachengebein, sogar die Seilzüge sind aus den Sehnen gemacht und äußerst stabil.« Er stieg auf den Flügel und von dort auf den Rumpf, spazierte darauf entlang und sprang mit beiden Füßen auf die gläserne Kanzelverkleidung. »Das hier ist aus den Augen der Scheusale gemacht, Großmeisterin. Wir haben den Glaskörper etwas getrocknet und fein abgeschliffen. Er sollte den Flammen ebenso widerstehen wie der Rest.« Stolz zeigte er auf die Abdeckung der Motoren. »Das ist neu. Sollten Sie in Drachenfeuer geraten, schirmen diese Manschetten Sie lange genug ab, um aus dem Kern der Hitze zu entkommen, bevor die Motoren in die Luft gehen. Dennoch rate ich Ihnen, nicht länger als zehn Sekunden in einem Strahl zu verweilen. Aber mit fünfhundert Stundenkilometern sollten Sie rasch entkommen können.« Er kehrte auf den Rumpf zurück und streckte ihr einladend die Hand entgegen.

Silena staunte und gesellte sich zu dem Hauptmann, der die Kanzel für sie öffnete. »Das nenne ich Ironie«, meinte sie. »Ich fliege in den Überresten eines Drachen und jage damit andere.«

»Sie werden damit zur Legende werden, Großmeisterin.« Er half ihr beim Einsteigen.

Sie ließ sich auf den Sitz fallen und stellte fest, dass es sehr eng war, enger als in einer Badewanne. »Nicht sehr komfortabel, Hauptmann.« Silena schaute nach vorn und hatte dank der Bauweise der Saint zumindest freie Sicht. Keine störenden Propeller, keine hinderlichen Gestänge oder irritierenden Abspannungen.

»Aber dafür sicher. Sie werden selbst bei Manövern in hoher Geschwindigkeit nicht umhergeschleudert.« Er deutete auf die Nackenstütze. »Die brauchen Sie, sonst brechen Sie sich das Genick, wenn die Saint beschleunigt.« Litzow erklärte rasch die Instrumente; es gab sogar einen künstlichen Horizont, damit sie bei den vielen Rollen und Schleifen wusste, wo Himmel und wo Erde war. »Außerdem haben wir Ihnen zwei 08/15-Maxim-Maschinengewehre eingebaut, falls Sie sich gegen Drachenjäger zur Wehr setzen müssen. Per Knopfdruck können Sie zwei kleine Tanks am Heck öffnen, in denen sich ungelöschter Kalk befindet. Perfekt gegen Drachenaugen.« Die Abzüge auf der Steuersäule waren nicht zu übersehen.

»Ich bin beeindruckt, Hauptmann.« Silena betätigte die Pedale für die Seitenruder, legte die Hände an den Steuerknüppel und probierte aus, wie schwer oder leicht er reagierte. »Wie Butter«, entfuhr es ihr verwundert.

»Eine Dreingabe des Materials. Flugdrachenbein ist sehr leicht, also brauchten wir keine schweren Teile.« Litzow lachte. »Oh, ich freue mich, wenn Sie mir von Ihrem ersten Flug berichten. Unser Testpilot war begeistert.«

»Dann sollte ich die Motoren anwerfen und …«

»Warten Sie besser, bis wir die Saint aufgetankt haben.« Nun wurde er etwas verlegen. »Die Reichweite ist allerdings begrenzt, die beiden V8-Motoren schlucken viel. Mehr als eine halbe Stunde unter voller Belastung werden Sie nicht in der Luft bleiben können, und sollten die Propeller verstummen, können Sie zurück auf den Boden segeln.«

Das gefiel ihr gar nicht. »Sie wissen, dass sich ein Kampf in die Länge ziehen kann, Hauptmann. Weswegen dann dieser große Nachteil?«

»Mit der Saint wird die Kampfzeit erheblich reduziert. Denn …« Er winkte, und drei Arbeiter brachten eine Flugzeuglanze, hinter deren Spitze ein Päckchen mit einer Reißleine angebracht war. »Eine Lanze mit Sprengspitze, Großmeisterin. Da die Panzerung eines Drachen ihn gegen herkömmliche Geschosse gut schützt, brechen wir ihn von innen auf. Die Ladung wird gezündet, sobald die Lanze in seinem Fleisch steckt und ausgeklinkt wird. Ein Treffer, einerlei an welcher Stelle, genügt, und die Bestie ist erledigt.« Litzow sprang von der Tragfläche und forderte Silena auf, ihm zu folgen. »Da ist eine Mehrfachhalterung. Sie fasst drei Lanzen, im normalen Flug schauen die Spitzen nicht unter der Nase der Saint heraus. Sie betätigt von der Kanzel aus eine Federdruckvorrichtung, welche die Lanze ausfährt, und danach können Sie den Angriff fliegen. Weil wir alle wissen, dass Drachen empfindliche Ohren haben, sind zwei Sirenen unter den Tragflächen montiert. Im Sturzflug erzeugen sie ein lautes Kreischen, das die Biester gehörig irritiert.«

Die umstehende Mannschaft hatte inzwischen gefüllte Schaumweingläser erhalten. Auch Silena bekam eines gereicht, in dem sich jedoch Wasser befand; sie trank keinen Alkohol.

»Ich bedanke mich im Namen Seiner Exzellenz, Erzbischof Kattla, für die hervorragende Arbeit«, sagte sie mit lauter Stimme, damit alle sie vernahmen. »Die Ingenieure haben sich wieder einmal selbst übertroffen.«

Ein Bote trat an den Hauptmann heran und reichte ihm ein Telegramm; er überflog die Zeilen, hob den Kopf und kam auf sie zu, beugte sich an ihr Ohr. »Großmeisterin, hier steht, ich soll Ihnen das Flugzeug auf keinen Fall aushändigen. So schreibt mir der Erzbischof«, raunte er überrascht. »Können Sie mir erklären, was das bedeutet?«

Silena schluckte. Also war ihr Abflug entgegen der Anordnung des höchsten Vorgesetzten der Drachenheiligen bemerkt worden. Sie öffnete den Mund zu einer Erwiderung.

Ein Blitz fiel durch die Hallenfenster herein, und im nächsten Moment erschütterte das Dröhnen einer lauten Explosion das halbtonnenförmige Gebäude. Die Streben und Wände wackelten, und der Druck brachte vereinzelte Scheiben zum Bersten; das Licht in der Halle erlosch, von draußen fiel Feuerschein herein.

»Die Stromgeneratoren sind detoniert!« Litzow rannte zum Ausgang, die Männer und Silena folgten ihm, sie schoben eines der großen Tore zur Seite und liefen hinaus.

Der kleinere Hangar, in dem sich die Turbinen zur Elektrizitätsgewinnung befanden, stand in Flammen, davor lagen Männer im Schnee und rührten sich nicht.

Die Tore des größten Hangars ganz hinten auf dem Gelände schoben sich auseinander, zwei Lastwagen hatten davor geparkt, und auf den Ladeflächen standen Leute, die nicht die Uniform der Staffel trugen – mit Gewehren im Anschlag.

»Ein Überfall!« Silena wollte an ihre Koppel greifen, doch sie hatte ihre Pistole nicht dabei. »Was befindet sich in dem Hangar, Hauptmann?«

»Die Cadmos«, knirschte er und schrie Befehle, die Waffen zu holen und sich gleich wieder vor dem Tor zu sammeln. »Ich wette, Großmeisterin, dass es diese verfluchten Drachenfreunde sind. Sie wollen das Luftschiff vernichten, an dem wir drei Jahre lang gearbeitet haben.« Er rannte los, vorbei an der brennenden Generatorenhalle, die keiner mehr löschen konnte; Benzindämpfe verpufften und sandten Feuerwolken in den bewölkten Himmel, an dem sich eine Schneefront sammelte. Die Hitze, die von dem Gebäude ausging, war immens, sie mussten einen Bogen schlagen.

Sobald sie sich der dritten Halle näherten, schossen die Unbekannten nach ihnen.

»Diese Schweinebande!« Litzow warf sich hinter einem Stapel Bretter in Deckung, Silena hechtete neben ihn, während die Kugeln um sie herum schwirrten.

»Es ergibt keinen Sinn«, sagte sie zu ihm und zog den Kopf ein. »Wenn sie die Cadmos zerstören wollten, weswegen öffnen sie die Tore?« Sie spähte durch die Einschusslöcher nach vorn und sah, wie sich das zigarrenartige Vorderteil des Luftschiffs aus dem Hangar schob. Sie hatte sich gleich gedacht, dass die Unbekannten es stehlen wollten.

Jetzt erklang das Pochen und Stampfen der gewaltigen Maybach-Motoren, mit denen die Propeller am Heck angetrieben wurden. Ein lautes, dunkles Surren wie von einem überlauten aufgescheuchten Bienenschwarm lag in der Luft, und die Cadmos schob sich mehr und mehr aus der Halle.

Silena staunte. Der Durchmesser des Luftschiffs betrug sicherlich vierzig Meter. Die Hülle bestand aus dem gleichen Material wie ihre Saint, und unter dem Schwebekörper hing eine schmale, aber sehr lang gestreckte Gondel, die alles übertraf, was sie bislang zu Gesicht bekommen hatte. »Beim heiligen Georg! Was haben Sie da gebaut, Hauptmann?«

Litzow zog seine Pistole, blinzelte über die Deckung und feuerte dreimal nach den Angreifern, duckte sich gleich wieder, dann prasselten die Kugeln um sie herum nieder. »Einen Flugzeugträger, Großmeisterin, bestückt mit vier weiteren Saints«, antwortete er. »Er hätte die Staffel schneller und beweglicher gemacht, denn sie wäre nicht länger auf die Eisenbahn angewiesen. Die Gondel ist vorn und hinten geöffnet und mit Fangleinen ausgestattet, sodass Sie mit den Saints in der Luft starten und landen können. Sie hätten die Cadmos bekommen sollen, aber nach dem Tod Ihrer Brüder hatte der Erzbischof angeordnet, dass sie im Hangar bleiben soll.« Er schnellte hoch, schoss wieder. »Ha! Ich habe einen der Bastarde erwischt!«

Das Luftschiff hatte sich vollständig aus dem Hangar bewegt, es maß über zweihundertfünfzig Meter in der Länge, und sein zylindrischer Körper begann, sich um die eigene Achse zu drehen. Das Brummen der Motoren schwoll an und war nun noch lauter, die Cadmos beschleunigte behäbig. Das Schiff stieg auf.

Inzwischen rückten die Leute des Hauptmanns vor, ein Gefecht entbrannte, bei dem die unbekannten Angreifer rasch verloren; die Überlebenden versuchten, mit den Lastern zu entkommen, doch die herbeigeschafften Maschinengewehre ließen den Fahrern keine Chance. Die Fahrzeuge wurden durchlöchert, blieben nach wenigen Metern liegen.

»Die Flugabwehrkanoniere sollen auf die Heckpropeller zielen«, schrie Litzow zu den Stellungen hinüber, wo die langläufigen Geschütze mit verschiedenen Handkurbeln ausgerichtet wurden. »Keiner trifft mir die Gondel!«

Der Abzug der ersten Kanone wurde betätigt – und das Geschütz verschwand in einer grellen Wolke aus Flammen und grauem Qualm.

»Halt, Feuer einstellen!«, befahl der Hauptmann sofort. Die Fremden hatten ihre Flucht gründlich vorbereitet und die Flaks sabotiert; vermutlich hatten sie Granaten verkehrt herum in die Rohre geschoben. Jeder Schuss hätte eine Detonation, Tote und Verletzte beim Bodenpersonal zur Folge.

»Ich folge denen, Hauptmann.« Silena rannte zum Hangar zurück und achtete nicht darauf, was ihr Litzow nachschrie.

Sie sprang in eine Spad XIII, ein älteres Doppeldeckermodell aus dem Weltkrieg, und startete den Motor. Hastig schlüpfte sie in Jacke und Handschuhe und zog sich die Fliegerkappe und die Brille an. »Ist das MG geladen?«, schrie sie einem herbeilaufenden Techniker zu, während sie in die Riemen des Fallschirmrucksacks glitt.

»Ja, Großmeisterin«, brüllte er zurück und hielt sein randloses Käppi fest.

Silena lenkte die Maschine hinaus zum Rollfeld. Die Cadmos schob sich den schützenden Wolken entgegen. Wenn sie erst erreicht waren, gab es keine Gelegenheit mehr, die Heckpropeller unter Beschuss zu nehmen und das Luftschiff zum Landen zu zwingen. Kugeln würden gegen die Bespannung aus Drachenhaut nichts ausrichten, jedenfalls keine dieses Kalibers.

Die Spad rauschte über die Landebahn und knatterte im Vergleich zur Macchi wie ein Kinderspielzeug; mit etwas mehr als zweihundert Stundenkilometern Höchstgeschwindigkeit wirkte sie lahm, aber sie ließ sich besser steuern als die rote Diva.

Die Luft war dennoch eisig, es roch nach Öl. Silena zog die Maschine hoch und folgte der Cadmos.

Es war ein ungleiches Rennen. Mehr als neunzig Sachen erreichte ein solches Luftschiff nicht, der Doppeldecker schloss rasch auf und näherte sich von der Breitseite.

Dann blinkten viele gelbe Lämpchen entlang der Gondel auf, im nächsten Augenblick schlugen die Kugeln in den Rumpf der Spad. Die Unbekannten hatten die Verfolgerin bemerkt und die Bordgeschütze zum Einsatz gebracht.

Silena ließ die Spad seitlich abgleiten, um die Höhe zu verringern, ohne Geschwindigkeit zu verlieren. Sie neigte die linken Flügel nach unten und steuerte gleichzeitig mit dem Seitenruder dagegen, um den Kurs beizubehalten; damit tauchte sie aus dem Feuerwinkel der MGs und schoss unter der Gondel hinweg.

Zu ihrem Erschrecken endete der Kugelhagel nicht. Auch der Boden der Gondel war mit Schnellfeuergewehren bestückt, deren Geschosse die Bespannung des Doppeldeckers gefährlich löcherten; sie selbst entging nur knapp einer Kugel.

»Verflucht, Litzow! Was für eine Festung«, zischte sie. Es blieb ihr nichts anderes übrig, als die Spad trudeln zu lassen, um sie zu einem schwierigen Ziel zu machen, auch wenn sie dabei an Höhe einbüßte.

Die Welt drehte sich wie wahnsinnig geworden um sie herum.

Silena roch die Abgase, der Flugwind wurde noch brachialer und riss ihre Fliegerkappe davon. Im letzten Moment konnte sie die Brille greifen und über die Augen ziehen. Ohne sie wäre das Fliegen bei diesen Umständen so gut wie unmöglich geworden.

Erst knapp über dem verschneiten Boden fing sie die Spad ab. Der Motor röhrte auf, als sie mit der Maschine einen Bogen beschrieb und einen schnellen Steigflug begann, um sich der Cadmos dieses Mal ans Heck zu heften und die Ruderanlage zu zerstören.

Aber das Luftschiff steckte bereits mit dem vorderen Drittel in der niedrigen Wolkendecke. Silena feuerte mit den Zwillings-MG, ohne einen sichtbaren Schaden anzurichten, und wurde durch Sperrfeuer gezwungen abzudrehen.

Die feindlichen Geschosse schälten die letzten Reste der Rumpfbespannung ab, knallend rissen zwei Abspannungen; plötzlich stieg schwarzer Qualm aus dem Motor, der Propeller geriet ins Stottern und stand mit einer letzten Verpuffung still.

Sofort sackte die Spad weg und stürzte unheimlich lautlos der Erde entgegen.

»Das waren ein paar Kugeln zu viel. Drachen sind mir lieber.« Silena versuchte, die Spad abzufangen und sie wenigstens im Gleitflug nach unten zu bringen und zu landen. Aber ein Knirschen hinter ihr riet ihr, die Maschine zu verlassen; sie würde demnächst in zwei Teile zerbrechen.

Die Höhe genügte für einen sicheren Ausstieg. Rücklings sprang sie aus der Kanzel und warf einen letzten Blick auf die Cadmos. Leise erklang das Pochen der Motoren als letzter Gruß, bevor sich die fliegende Zigarre gänzlich in Wolken hüllte und verschwand.

Jetzt zog sie die Reißleine. Mit einem lauten Flattern entfaltete sich der Schirm und bremste ihren Fall. Unter ihren Füßen sah sie das Werftgelände, wo die Löscharbeiten begonnen hatten und viele Menschen umhereilten, um sich um die Verletzten zu kümmern; die Angreifer ließ man offenbar achtlos liegen.

Die Diebe hatten sich ihren Erfolg mit einigen Verlusten erkauft, aber einen unschätzbaren Fang gemacht. Es musste jemand sein, der Verwendung für die Cadmos besaß. Für Silena kam dafür nur eine Horde abgebrühter Drachenjäger in Frage. Wer sonst hätte für solch ein Luftschiff Bedarf? Oder Agenten eines anderen Königreichs, die einen neuen Krieg planten und von der fliegenden Festung erfahren hatten?

Sie verfolgte, wie die Spad einige hundert Meter von dem umzäunten Gelände entfernt auf dem gefrorenen Boden zerschellte. Da gab es nichts mehr zu reparieren.

Silena landete ganz in der Nähe des vierten Hangars, raffte eilends den Schirm zusammen und löste sich von den Riemen, um hinüber zu Litzow zu rennen. Er stand mit einem großen Fernglas nahe der Generatorhalle und suchte den Himmel ab. »Sie ist weg!«, rief er bestürzt. »Drei Jahre Arbeit zum Teufel. Und unschätzbare Flieger verloren. Diese Idioten werden die Saints in den Boden rammen, weil sie damit nicht umgehen können.«

»Es wird aufklaren, Hauptmann. Und dann ist ein Koloss wie die Cadmos wieder sichtbar«, meinte sie grimmig. »Es wird leicht, sie aufzuspüren.«

Noch immer starrte er in die Luft. »Sie kann bis auf achttausendfünfhundert Meter steigen, Großmeisterin. Niemand wird sie von da oben runterholen.« Er senkte das Fernglas und schaute sie an; sein Gesicht war bleich. »Wie erkläre ich das dem Erzbischof?«

»*Ich* erkläre es ihm, Hauptmann.« Sie sah auf die Taschenuhr. »Morgen früh, bei Anbruch der Dämmerung, mache ich mich auf den Rückflug mit der Saint nach München. Ich werde mit Exzellenz heute noch telefonieren und ihn auf das vorbereiten, was ich ihm eröffnen muss.«

»Im Telegramm stand, dass ich Ihnen das Flugzeug nicht überlassen darf, Großmeisterin«, wiederholte er die Anweisung.

Sie richtete die klaren, grünen Augen auf das Gesicht des Mannes. »Wie viele Männer haben Sie verloren?«

»Siebenundsechzig, Großmeisterin. Zwanzig Techniker, die in der Generatorenhalle waren, der Rest sind Wachsoldaten.«

»Sie haben sich nichts vorzuwerfen, lieber Litzow. Es konnte niemand mit einem solchen Überfall rechnen …«

»Danke, Großmeisterin, aber ich weiß, welche Schuld mich trifft. Ich hätte seit dem Auftauchen dieser wahnsinnigen Drachenfreunde mit einem solchen Überfall rechnen müssen. Die Gefahr geht nicht nur von den Teufeln aus«, fiel er ihr niedergeschlagen ins Wort. »Dienen Sie dem Erzbischof meinen Rücktritt als Leiter der Werft an, er soll meinen Nachfolger senden. Ich werde nur noch an der Entwicklung beteiligt sein. Die Verteidigung hat jemand zu übernehmen, der ein besserer Stratege ist als ich. Und von mir aus nehmen Sie sich die Saint, Großmeisterin. Es kann sie ohnehin keiner besser fliegen als Sie. Und keine Maschine wäre sicherer für Sie.« Er grüßte sie militärisch. »Verzeihung, aber ich muss die Aufräumarbeiten koordinieren, bevor sie mit dem Wasser und Sand mehr zerstören als das Feuer.« Er eilte davon.

Silena betrachtete die Wolken, in denen sich die LS Cadmos verbarg und in der eben sicherlich gefeiert wurde. Es gingen ihr entschieden zu viele mysteriöse Dinge vor. Mordanschläge auf die Drachentöter. Überfälle auf Museen, bei denen es die Täter auf Dinge abgesehen hatten, die mit Drachen zu tun hatten. Dann die erstarkenden Drachenfreunde und der Diebstahl des Luftschiffs.

Was kam als Nächstes?

15. Januar 1925, München, Königreich Bayern, Deutsches Kaiserreich

Silena, in die weiße Drachentöter-Uniform gekleidet und den schwarzen Ledermantel darüber, stand vor Erzbischof Kattla, die Hände auf dem Rücken verschränkt und gelassen abwartend, bis sich der Wutausbruch des Mannes gelegt hatte; doch noch sah es nicht danach aus. An ihrer Seite hing ein Schwert, unter der Achsel eine Luger Halbautomatik.

»Sie haben es gewagt, gegen meine Order zu handeln, Großmeisterin, und sind in ein Flugzeug gestiegen!«, grollte er. »*Mehrmals!* Und Sie haben sich in den Kampf gestürzt.« Er schüttelte den Kopf, schnalzte wieder mit der Zunge. »Ihr Handeln ist unverantwortlich, Großmeisterin. Denken Sie an die Nachfahren des heiligen Georg!«

Silena biss die Zähne zusammen. Wieder diese Aufforderung, Kinder in die Welt zu setzen. »Vielleicht gibt es noch eine versprengte Linie, Exzellenz«, gab sie zurück. »Damit wäre dem Officium besser geholfen als mir, schätze ich.«

Kattla runzelte die Stirn. »Vermutlich. Aber leider haben all die

Nachforschungen in den historischen Aufzeichnungen nichts ergeben. Alle Heiligennachfahren sind aufgespürt.« Er schwieg und versuchte, sich zu beruhigen. »Großmeisterin, verstehen Sie mich doch: Wir haben in der langen, nun beinahe siebenhundertjährigen Geschichte des Officiums schon sieben Linien verloren, weil die Männer und Frauen ebenso uneinsichtig waren, wie Sie es sind. Wie schmerzlich sind diese sinnlosen Verluste!«

Seine Worte prallten an Silena ab. »Ich sehe nichts Sinnloses in meinem Versuch, das Luftschiff des Officiums zu retten, Exzellenz.«

Kattla klatschte in die Hände. »Sie wissen, was ich meine. Karolus, letzter Abkomme Maginolds, ist von uns gegangen, weil er entgegen der Weisung unbedingt ein Automobilrennen mitfahren wollte.«

»Ihre Sorge ist unbegründet, da ich kein Automobil steuern kann. Und die Saint ist eine ausgezeichnete Maschine und sicherer als jedes Automobil«, warf sie ein. »Hauptmann Litzow würde mich ansonsten niemals damit aufsteigen …«

Der Erzbischof hörte ihr nicht zu. »Der Mord an Martha hat uns eine der erfahrensten und angesehensten Töterinnen geraubt. Es wird lange dauern, bis ihre Kinder ihr gleichkommen. Und Sie«, er wirbelte auf den Absätzen herum, »leisten sich Luftkämpfe gegen die Cadmos. Selbstmord, Großmeisterin! Reiner Selbstmord!«

»Dennoch stehe ich lebendig vor Ihnen, Exzellenz.«

Er ließ sich in den Sessel fallen, stützte die Stirn mit der Hand und schloss die Augen. »Ich habe Anweisung geben lassen, dass niemand Ihrer Staffel Zutritt zu den Maschinen gewährt«, sagte er müde.

»Exzellenz, wenn *Sie* mich nicht fliegen lassen, suche ich mir jemanden, der es tut.« Silena sprach ruhig und wohl überlegt. »In meinem Flugzeug bin ich sicherer als am Boden.«

»Sie bekommen so viel Schutz, wie Sie haben wollen. Gebären Sie Kinder, Großmeisterin.«

»Nein, Exzellenz.«

Er hob die Lider, starrte sie wütend an. »Sie wagen es noch immer …«

»Ich *muss!* Ich habe den Tod meiner Brüder zu rächen, den Mörder von Großmeisterin Martha zu finden, und ich muss die Cadmos suchen. Es gibt mir zu viele Rätsel, Exzellenz, denen ich auf den Grund gehen muss.«

»Sie sind kein Detektiv, Großmeisterin. Überlassen Sie diese Dinge der Polizei und uns.«

»Ich habe nicht den Eindruck, als käme die Polizei sonderlich weit, Exzellenz. Es ist meine Aufgabe, und ich ahne, was hinter den Anschlägen steckt: Ein junger Drache mordet hinterrücks und hält sich nicht mehr an den Codex des Zweikampfes. Auch eine Beteiligung der Drachenfreunde schließe ich nicht aus.«

Kattla schüttelte den Kopf. »Das sind gute Gründe, Sie nicht mehr an der Jagd teilnehmen zu lassen.«

Silena trat einen Schritt nach vorne. »Verzeihen Sie mir die offenen Worte, aber es ist mein fester Entschluss, den Sie nicht unterbinden können. Sollten Sie Ihr Verbot aufrechterhalten, werde ich die Reihen der Drachenheiligen verlassen und auf eigene Faust nach den Mördern suchen, Exzellenz. Irgendjemand wird mir eine Maschine überlassen, und wenn ich sie mir von den Drachenjägern stehlen muss, wird Gott mir meine Tat verzeihen, da sie Höherem dient. Aber *alleine*, Exzellenz«, sie kam noch näher auf Kattla zu, »steigt die Gefahr für meinen Leib und mein Leben. Es wäre demnach besser, wenn ich mit Ihrem Segen aufstiege und eine verlässliche Bodenmannschaft zur Verfügung hätte.«

Der Erzbischof betrachtete sie durch seine gespreizten Finger hindurch. »Sie sind stur und uneinsichtig, zudem erpressen Sie mich, Großmeisterin. Wie Ihr Vater Athanasius.« Er seufzte. »Ich kann nichts dagegen tun und hatte doch auf Ihre Einsicht gehofft. So gebe ich nach und kehre den Spieß um. Auch Sie werden dafür etwas geben müssen.« Er stand auf, hob die rechte Hand. »Schwören Sie mir, Großmeisterin, dass Sie, sobald Sie Ihre Aufgaben erfüllt haben, eine Familie gründen und weitere Drachentöterinnen und -töter in die Welt setzen werden, auf dass wir den Teufeln Einhalt gebieten können, wie es unsere Verpflichtung ist – oder ich sage Ihnen voraus, dass es für Sie keine Gnade im Jenseits geben wird, wenn Sie umkommen und vor das Angesicht Gottes treten werden!«

Silena nickte. »Ich schwöre es, Exzellenz, denn ich sehe die Notwendigkeit.« Sie hob die Hand ebenfalls zum Schwur, der ihr nichts ausmachte. Sollte es aus irgendeinem Grund dennoch nichts mit Kindern werden und sie eines Tages vor Gott treten, würde sie ihm alles erklären. Er war sicherlich verständiger als der Erzbischof. »So soll es sein.«

Befreit atmete Kattla aus. »Wenigstens dieses Zugeständnis konnte ich Ihnen abringen.«

»Ich habe es niemals abgelehnt, eine Familie zu gründen, nur der Zeitpunkt passte mir nicht, Exzellenz«, lächelte sie erleichtert und fühlte sich wie nach dem Ende eines arbeitsamen Tages, obwohl es nur eine Unterhaltung gewesen war. Zugegebenermaßen eine anstrengende Unterhaltung. Silena hätte sich über die Anordnungen des Erzbischofs hinweggesetzt, doch sie ging lieber mit als ohne seinen Segen. Jetzt wurde es spannend, was das Kommende für sie bereithielt. Aufregung erfasste sie. »Was hatte es mit der Cadmos auf sich, und wer wusste davon?« Silena benötigte mehr Hintergrund, um ihre Suche zu beginnen. »Wem schreiben Sie den Diebstahl zu?« Sie nahm auf dem Sofa Platz, er setzte sich wieder in seinen Sessel.

»Das Luftschiff war als Luftlandebasis für die Staffel gedacht: Ihre beiden Brüder und Sie als Piloten, dazu zwei Ersatzmaschinen, die in zwanzig Tagen an jedem Ort dieser Welt sein könnten, wenn es die Lage erfordert. Niemand wusste von dem Vorhaben, wenn es auch nicht wirklich geheim gehalten worden war.« Kattla nannte die gleichen Verdächtigen, die auch sie sich bereits ausgemalt hatte: Ganz oben auf der Liste standen die Drachenjäger welcher Gruppe auch immer, danach rangierten Agenten von ausländischen Mächten, die etwas gegen das Deutsche Kaiserreich planten und die Cadmos als schlagkräftige Waffe sahen; weniger in Betracht zog er die Drachenfreunde. »Bislang haben unsere Aufklärer nichts von dem Luftschiff entdecken können«, schloss er ärgerlich. »Als hätten die Wolken sie aufgefressen und zu Dunst verdaut.«

»Ich nehme nicht an, dass Hauptmann von Litzow ein Schwesterschiff bauen kann, das es mit der Cadmos aufnimmt?«

Kattla verneinte. »Unsere Vorräte an Drachenhaut sind so gut wie aufgebraucht, den Rest benötigen wir für Ersatzteile oder Experimente. Es ist nur ein winzig kleines Luftschiff geblieben, der Prototypus der Cadmos. Es besitzt lediglich eine gepanzerte Passagiergondel und ist kein Vergleich.«

»Rare Drachenhaut?« Silena grinste. »Auch das ist ein Grund mehr für mich, in die Saint zu steigen.«

»Aber ich bitte Sie, weniger Abenteuersinn als gewöhnlich zu zeigen«, mahnte er inständig. »Bedenken Sie die Folgen, Großmeisterin.«

»Sicher, Exzellenz. Hat es weitere Anschläge auf unsere Streiter durch das junge Drachenexemplar gegeben?«

»Nein. Es gab zwar Morde, aber nichts, was uns in Tränen ausbrechen lassen sollte.« Kattla zog eine Schublade an seinem Schreibtisch auf und nahm den *Königlich-Bayerischen Herold* hervor, blätterte und reichte die aufgeschlagene Seite an sie weiter. »Einer dieser Blavatsky-Jünger wurde umgebracht oder ist aus eigenem Antrieb aus dem Fenster seines Hauses gesprungen. Die Polizei rätselt noch, ob einer der vielen im Haus angetroffenen Séance-Teilnehmer etwas mit dem Ableben zu tun haben könnte.«

Silena sah an Kattlas Miene, dass er sich über die Theosophische Gesellschaft zum einen amüsierte und sie zum anderen vollkommen ablehnte.

Helena Petrovna Blavatsky hatte die Organisation ins Leben gerufen und sich zum Ziel gemacht, all die vermeintlichen Wahrheiten über Gott zu horten, zu vergleichen und ein universales Prinzip zu erarbeiten, um die Menschheit in einer universellen Brüderlichkeit zu verbinden. Dabei vermengten sich abstruse Ableitungen aus den Naturwissenschaften mit den Glaubenssätzen der verschiedenen Religionen der Welt und auch philosophischen Anschauungen.

Der Weltkrieg hatte gezeigt, dass die Theosophische Gesellschaft weit davon entfernt stand, die angestrebte Brüderlichkeit zu erreichen. Heute beschäftigten sich die meisten ihrer Mitglieder mit der sogenannten Geisterwelt. Séancen waren in Mode und brachten Geld.

»Sie halten viele so genannte Medien für Täuscher, Exzellenz.«

Kattla nickte. »Der Aufklärungswille von Houdini und die Society for Psychical Research sind unsere größten Verbündeten im Kampf gegen den Aberglauben, den sie Spiritismus und Mesmerismus nennen.« Er stieß die Luft aus. »Fliegende Tische, Geister, Erscheinungen aus dem Jenseits – Humbug, Großmeisterin. Je mehr von denen, die an diesem Unsinn festhalten, aus dem Fenster springen, umso besser.«

Es klopfte, und der persönliche Diener des Erzbischofs trat ein, beugte sich zu ihm herab und flüsterte ihm etwas zu, woraufhin er aufstand. »Ich habe ein unangenehmes Telefonat vor mir, in dem ich dem Kaiser erklären muss, was dem Officium gestohlen wurde.«

Silena hob die Brauen. »Die kaiserliche Hoheit wird toben und Deutschlands Himmel mit Flugzeugstaffeln überziehen, die nach der Cadmos suchen sollen, nehme ich an.«

Kattlas Gesichtsausdruck veränderte sich. »Wissen Sie, Großmeisterin, was mir eben in den Sinn kam?«

Sie konnte es an seinen Augen ablesen. »Dass unsere kriegerisch-kaiserliche Majestät ebenso Verwendung für die Cadmos hätte. Für die Schutztruppen in den afrikanischen Kolonien wäre die Luftunterstützung unbezahlbar.«

»In der Tat, Großmeisterin. Der Platz an der Sonne konnte mit diesem Luftschiff bald vergrößert werden.« Kattlas Mundwinkel zogen sich nach unten. »Dieser Raub kostet mich meine Gesundheit. Beinahe wünschte ich mir, dass die Cadmos vom Blitz zerfetzt vom Himmel fiele. Gott zum Gruße. Und halten Sie mich auf dem Laufenden.« Er wandte sich um und verließ das Zimmer. Silena verneigte sich und nahm die andere Tür, um auf den Flur und von dort ins Treppenhaus zu gelangen. Ihre Hand legte sich auf den Schwertgriff.

Seit dem Mord an Martha ging sie nicht mehr ohne Waffen aus dem Haus, um sich im Kampf gegen einen der fliegenden Teufel zu verteidigen. Die Pistole taugte dazu nicht und war gegen mögliche Angriffe seitens der Gruppe der Drachenfreunde gedacht; aber die Schwertschneide hatte es in sich. Sie war aus Drachenzahn geformt worden, rasiermesserscharf und hart wie Stahl, dabei leicht wie ein Besenstiel und gut zu führen. Silena hatte zwar noch nie am Boden gegen ein Monstrum gekämpft, aber sie hatte die entsprechende Ausbildung von ihrem Vater und den Lehrern des Officiums erhalten und traute es sich zu, gegen ein kleineres Exemplar zu bestehen.

Sie verließ das Officium und stieg in den wartenden Phänomen 12, der ihr samt Fahrer vom Officium zur Verfügung gestellt wurde. Die luxuriöse Maybach-Limousine und auch den Opel 30 hatte sie abgelehnt. Sie legte Wert auf Geschwindigkeit, nicht auf Prahlerei. »Ist es nicht merkwürdig, dass es mich gar nicht reizt, das Steuern eines Automobils zu lernen, Sepp?«, meinte sie während der Fahrt und betrachtete die vorbeiziehende Umgebung; ihre Linke spielte wieder mit der Silbermünze.

»Vermutlich ist Ihnen das Automobil nicht schnell genug, Großmeisterin.« Der Fahrer brachte sie zum Hotel *Palais Seinsheim*, einem Luxusgebäude, das seinerzeit für den bayerischen Minister Graf Seinsheim errichtet worden war.

Silena lachte. »Das könnte in der Tat so sein.« Sie betrachtete die Fassade im Stil des späten Rokoko. Dahinter verbargen sich Annehmlichkeiten, die es dem Hörensagen nach mit dem legendären *Adlon* in Berlin aufnahmen. Da es sich jedoch um ein altes Gebäude handelte, konnte die Moderne nur bedingt Einzug halten, fließendes Wasser und Elektrizität gab es ausschließlich in den exklusiven Suiten – wie sich Silena eine genommen hatte.

Die Drachentöterin erlaubte sich dieses Privileg gelegentlich und sah es als Ausgleich zum harten Leben im Fliegenden Zirkus, mit dem sie oft genug im Einsatz war oder zu Übungsflügen durch die Lande reiste, im Feldbett schlief und ein warmes Bad vermisste. Das Officium bezahlte ihre Unterkunft ohne Murren, zumal ihre anfallenden Kosten im Vergleich zu anderen im Officium als gering zu bezeichnen waren. Von Großmeister Loyo existierte eine Restaurantrechnung über eintausendvierhundertelf Mark und sieben Pfennige, die er an einem einzigen Abend verprasst hatte.

Der Phänomen hielt an, ein Hotelangestellter sprang herbei, um ihr die Tür aufzuhalten, und sie stieg aus. »Holen Sie mich morgen früh ab, Sepp«, wies sie den Fahrer an und gab ihm eine Mark Trinkgeld. »Ich möchte, dass die Saint um neun Uhr startbereit ist.« Dann stieg sie die zwei Stufen hinauf und trat durch die Tür in das Foyer.

Sie hielt sich nicht lange auf, sondern begab sich auf der Stelle in ihre Suite und ließ sich ein Bad ein. Das warme Wasser plätscherte in die Wanne, Silena gab von ihrem eigenen Badeöl hinein, und der Geruch von Honig und Kräutern stieg mit dem heißen Dampf auf, der die Spiegel zum Beschlagen brachte.

Die harte Schale fiel von ihr ab und landete auf dem Fliesenboden, das Samtene darunter kam zum Vorschein und wurde sorgfältig auf dem kleinen Stuhl abgelegt; liebevoll entfernte sie die dunkelroten Strumpfbänder, danach die Strümpfe. Dann drehte sie den Hahn zu.

Silena goss sich ein Glas Johannisbeersaft ein und stellte es neben die Wanne, und als sich die Schellackscheibe mit den Yale Whiffenpoofs drehte und sie die beruhigenden Stimmen vernahm, begab sie sich in das Wasser und tauchte bis zum Kinn darin ein. Durch den Pagenschnitt wurden keine Haare nass, sie musste sich keinerlei Sorgen um ihre Frisur machen. Mit ein Grund, weswegen sie diesen Schnitt wählte.

Sie nahm den Korallenschwamm, tränkte ihn und rieb sich damit langsam über das Gesicht, über den Hals, das Dekolleté. Silena schloss die Augen. »Einen netten Mann«, wiederholte sie murmelnd die Worte des Erzbischofs. Die Antwort, woher sie ihn nehmen sollte, war er ihr schuldig geblieben.

Bislang hatte sie drei Männer in ihrem Leben kennen gelernt, und keiner von ihnen hatte sich auf Dauer als »nett« herausgestellt. Es hatte ihr genügt, um Erfahrungen zu sammeln, und die Lust an der Liebe geweckt, mehr war jedoch nicht daraus geworden. Manchmal benahm sie sich eben nicht wie die Nachfahrin eines Heiligen.

Sie hielt den Arm mit dem Schwamm nach oben, presste das Wasser heraus und ließ es auf ihr Gesicht prasseln. *Wer weiß schon, wie sich die alten Heiligen benommen haben?* Silena grinste. Es hätte sich bestimmt nicht gut gemacht, wenn ein Heiliger nicht ganz so vollkommen gewesen wäre, wie ihn die Kirche haben wollte. Sie selbst war eine Vertreterin der schwierigen Fraktion und sehr zufrieden damit.

Das war schon so in der Ausbildung gewesen. Mit zwölf Jahren und dem Erreichen des Adeptenstatus hatte sie sich geweigert, ihren Platz in der Schlange vor der Essensausgabe im Internat des Officiums einem älteren Adepten zu überlassen, wie es allgemein üblich war. Sie war einfach stehen geblieben, kein Schubsen und Schieben hatte sie aus der Bahn geworfen. Sogar die folgende Prügelei hatte sie gewonnen ... Silena musste grinsen, als sie sich daran erinnerte.

Nach einer halben Stunde verließ sie die Wanne, wohl duftend und sauber. Silena zog sich frische Kleidung an und begab sich nach unten, ins Restaurant des Palais; es war leider gut besucht.

»Grüß Gott, Großmeisterin«, wurde sie am Eingang vom Maître empfangen. Wie alle Bediensteten trug er einen schwarzen Anzug mit langen Schößen und darunter ein weißes Hemd, was seiner

Zunft den Spitznamen Pinguine eingebracht hatte. »Den Tisch am Fenster, ist das genehm?«

Die Köpfe der elegant gekleideten Gäste wandten sich ihr zu, es wurde geflüstert und geraunt. Die Zeitungen hatten ausführlich über den unerklärlichen Absturz von Theodor und Demetrius berichtet, und man erkannte sie, die tapfere Drachentöterin, die ohne Familie und mit einer schweren Bürde da stand.

Sofort war die gute Stimmung, die ihr das Bad bereitet hatte, verflogen. Es würde ihr dabei helfen, unerschütterlicher und härter zu erscheinen.

»Sehr gern, Alois.« Sie ließ sich aus dem Ledermantel helfen und folgte dem Maître durch den Saal in die linke Ecke, wo sie sich mit dem Rücken zur Wand niederließ. Den Säbel schnallte sie ab und legte ihn auf den Stuhl neben sich, die Pistole blieb unterhalb der Achsel; sofort eilten drei Kellner herbei und richteten den Tisch, brachten Wasser und Wein sowie die Karte. »Was können Sie empfehlen, Alois?«

»Terrine vom Bauernhähnchen mit Gänseleber in Thymianwürze, dazu indisches Chutney von Gartenfrüchten, danach Sauté vom Rinderfilet mit Morcheln à la crème und Kartoffelgestampf. Als Nachtisch vielleicht etwas Leichtes, wie einen Obstsalat mit parfümiertem Eis, Großmeisterin?«

»Sehr gern.« Silena zeigte auf den Wein. »Den können Sie gleich wieder abräumen, Alois.«

Der für den Fauxpas verantwortliche Kellner erhielt einen strafenden Blick vom Maître. »Sicher, Großmeisterin. Verzeihen Sie, das neue Personal hat sich Ihre Gewohnheiten noch nicht eingeprägt, aber das werde ich in der Küche mit Hilfe eines Fleischhammers umgehend nachholen«, lächelte er sie an, verbeugte sich und zog sich zurück. Auch die anderen Kellner verschwanden wie verscheuchte Fliegen. Silena wusste, dass sich Martha gerne hier aufgehalten und den Wein nicht verschmäht hatte. Sie fragte sich, ob sie zu Ehren der ermordeten Drachentöterin nicht eine Ausnahme machen und ein Glas auf sie trinken sollte. Nach kurzem Zögern blieb sie beim eingeschenkten Wasser und betrachtete die Männer und Frauen in den edlen Roben um sich herum.

Ohne dass sie den Grund dafür benennen konnte, beschlich sie ein ungutes Gefühl. Sie fühlte sich beobachtet und wollte herausfinden, von wem. Ihr Blick schweifte suchend über die Gäste.

Einige Frauen bevorzugten den konservativen Stil, zugeknöpft und hochgeschlossen, viel Geschmeide an den Ohrläppchen und um den Hals, die Männer in schwarzen Anzügen oder in Uniformen. Aber sie entdeckte auch Damen in kurzen Charlestonkleidern, ganz aufreizende Freizügigkeit, garniert mit langen Zigarettenspitzen, an denen lasziv gesogen wurde, während die Begleiter sich oftmals sportlich gaben und weiße Hosen, gestreifte Hemden und leichte Sakkos trugen. Der vornehme Prunk und die eherne Moral der Kaiserzeit trafen auf die grassierende Moderne, die sich in der Musik und vor allem dem Verhalten niederschlugen.

Silena bemerkte einen Plakatläufer vor dem Fenster, der Tafeln auf Brust und Rücken trug, die zum Charleston-Abend in einen Club einluden.

Kein Tanz für sie, und sie hätte auch niemals vermutet, dass er in wenigen Jahren derart in Mode geraten würde, aber sie mochte die lebhaften, mitreißenden Lieder und die Stimmung, die dabei entstand. Vielleicht sollte sie den Club besuchen, um auf andere Gedanken zu kommen – auch wenn es der Erzbischof besser nicht erfuhr.

Irgendwo stießen Menschen miteinander an, Kristallgläser klirrten. Da kam ihr der Gedanke: Wenn das Versehen mit dem Wein mehr bedeutete? Alois hatte neues Personal erwähnt. Es wäre der perfekte Ansatz für einen Drachenfreund, sich einem Mitglied des Officiums unverdächtig zu nähern und ihn dann anzugreifen.

Als Silena den Kopf drehte, um nach Alois zu suchen, stand wie aus dem Nichts ein junger Mann mit Dreitagebart und langen Koteletten vor ihrem Tisch, den sie zehn Jahre jünger als sich selbst schätzte.

Sein hoch gewachsener Körper steckte in einem dunkelgrünen Gehrock, darüber trug er einen weit schwingenden braunen Militärmantel mit dickem, schwarzem Zobelkragen; auf den offenen, langen schwarzen Haaren saß ein hoher Zylinder, die Augen verbargen sich hinter einer dunkelrot getönten Brille. Die Finger in den weißen Handschuhen lagen auf dem schweren Silbergriff eines Gehstocks. »*Sie* sind es«, raunte er und erbleichte. »Sie sind es tatsächlich!«

Silena legte aus einem Gefühl heraus die Hand an den Griff der langläufigen Po8. »Hätten Sie die Güte, sich vorzustellen, mein Herr?«, verlangte sie barsch.

»Verzeihen Sie mir meine Unhöflichkeit.« Er verneigte sich und schaute über den Rand seiner Brille, dabei wurden unglaublich strahlend blaue Augen sichtbar. »Ich bin Knjaz Grigorij Wadim Basilius Zadornov. Nach einem langen Weg aus Berlin quer durch das verschneite Kaiserreich ist es mir endlich gelungen, Sie zu finden.« Betont langsam zog er seinen Zylinder ab und setzte sich ihr gegenüber. Er lächelte freundlich und wirkte sehr erleichtert, die Wangen bekamen eine gesunde Farbe zurück. »Mein Glück könnte nicht größer sein.«

»Auch wenn Sie mich von irgendwoher zu kennen glauben, kann ich das nicht von Ihnen behaupten.« Silena entspannte sich noch nicht, die Hand blieb an der Pistole. »Da Sie mich aber gefunden haben: Was wollen Sie von mir?«

Zadornov strahlte sie an. »Sie müssen mich umbringen, Drachentöterin!«

IV.

»Die Linie Georg
Ausgehend vom Drachentöter Georg, haben sich die Nachfahren dem Nahkampf verschrieben und sich als einzige Linie im Luftkampf gegen die Drachen bewährt.
Herausragende Pilotin und auf dem besten Wege, eine Legende zu werden, ist die junge Großmeisterin Silena, die nach dem Tod ihrer Eltern die größte Hoffnung des Officiums und der Staffel Saint George ist.«

aus der Serie »Drachentöterinnen und Drachentöter
im Verlauf der Jahrhunderte«
Im »Münchner Tagesherold«, Königlich-Bayerisches Hofblatt
vom 1. Juni 1924

15. Januar 1925, München, Königreich Bayern, Deutsches Kaiserreich

Silena forderte ihr Gegenüber mit einer Geste auf, die getönte Brille abzunehmen, damit sie in den Augen erkennen konnte, ob der Mann wahnsinnig geworden war oder sich einen Scherz mit ihr erlaubte. Weder erkannte sie das eine noch das andere. »Herr Zadornov …«

Er hob die Hand. »Knjaz, was so viel wie Fürst bedeutet, ist die korrekte Anrede, Drachentöterin.«

»Und *Großmeisterin* ist meine korrekte Anrede, Fürst«, erwiderte sie auf der Stelle. »Können Sie sich erklären?«

Er wandte sich zum Maître, der mit besorgtem Gesicht heraneilte. »Bring mir eine Flasche Champagner. Die beste, die in diesem Keller lagert.«

»Belästigt Sie dieser Gast, Großmeisterin?«, erkundigte Alois sich besorgt, nicht zuletzt, weil sich noch immer die Hand um die Luger schloss. »Ich lasse ihn gern hinausbegleiten.«

»Nein, Alois. Es ist gut, ich möchte hören, was der Fürst mit mir zu besprechen hat. Sein Anliegen ist … bizarr.«

Zadornov warf dem Maître einen verdrossenen Blick zu. »Mein Champagner, wo ist er?«

Alois lächelte unverbindlich. »Sicher, mein Herr. Können Sie ihn auch bezahlen?«

Wortlos zückte der Fürst sein prall gefülltes Portemonnaie aus der Innentasche des Gehrocks und zählte dreihundert Mark auf den Tisch. »Bekomme ich etwas dafür?«

»Sicher, mein Herr.« Alois schritt davon, während sich Zadornov wieder Silena zuwandte.

»Geldmangel kann es nicht sein, der Sie in den Wunsch treibt zu sterben«, stellte sie nüchtern fest. »Wieso reisen Sie quer durchs Kaiserreich? Wieso werfen Sie sich nicht vor die Straßenbahn oder vor einen Zug? Ein Mann Ihres Standes hat sicherlich immer eine Waffe dabei.«

»Die habe ich durchaus, Großmeisterin«, setzte er mit einem Grinsen nach. »Bislang wollte ich auch leben und mich gegen meine Feinde verteidigen.«

»Was ist geschehen, dass Sie die Meinung geändert haben?«

Zadornov lehnte sich so langsam nach vorn, dass Silena zuerst dachte, er werde ohnmächtig und kippe um. »Eine Vision, Großmeisterin.«

Sie stöhnte auf. »Um Himmels willen! Sie sind Spiritist?«

»Nein. Ich bin *Hellseher*, Großmeisterin«, antwortete er beleidigt. »Ich habe mit den Betrügern und Taschenspielern, welche die Salons bevölkern, nichts zu schaffen. Meine Kunst und Gabe ist Fluch und Segen gleichermaßen.« Er bekam den edlen Tropfen in einem Kühler gebracht, ein Kellner öffnete die Flasche, ohne den Korken knallen zu lassen, und goss ein. Zadornov leerte das Glas in einem Zug, stellte es weg, nahm das Rotweinglas und hielt es auffordernd hin; es wurde gefüllt.

»Lassen Sie mich raten: In einer Vision haben Sie mich gesehen und sind seitdem der Überzeugung, dass ich Sie ermorden soll?«

Dieses Mal sog er den Champagner laut ein, verscheuchte den Kellner. »So in etwa, Großmeisterin. Aber es ist diffiziler.«

»Nein, ist es nicht.« Silena nahm die Finger vom Lugergriff und zeigte auf die Flasche. »Sie haben sich betrunken, danach vermutlich Drogen zu sich genommen, höchstwahrscheinlich die gleichen, die momentan durch Ihre Adern rauschen. Ihre Pupillen sind kleiner als der Kopf einer Stecknadel, und ich wage nicht zu raten, was Sie genommen haben. In diesem Zustand überkam Sie eine fixe Idee, und jetzt sitzen Sie vor mir.«

»Alles falsch«, kommentierte er, nippte wieder. »Bis auf die Drogen.«

»Fürst, mein Essen wird gleich serviert, und ich habe nicht vor, es kalt werden zu lassen, weil ein russischer Trunkenbold mich …«

»Hören Sie mir zu, Großmeisterin.« Seine blauen Augen schienen von Licht durchflutet zu werden, bannten sie und brachten sie vor lauter Verwunderung zum Verstummen. »Ich hatte eine Vision, die mich überraschend traf und mir sehr, sehr große Furcht einflößte. Nicht um mich. Sondern um das Schicksal der Menschheit.«

Silena wollte ihn auslachen – aber sie konnte nicht. Sie starrte in das magnetisierende Blau und vernahm die tiefe Stimme, die alle sonstigen Geräusche in dem Speisesaal verdrängte. Und bettelte stumm darum, mehr von ihr zu hören.

»Ich sah einen vierbeinigen Lindwurm, ein gewaltiges Wesen mit fünf Köpfen, das nachts aus seiner Höhle gekrochen kam und sich von Westen in eine verlassene Stadt begab. Dann erkannte ich einen Flugdrachen, einen schwarzen mit fünf Köpfen und gelben Augen, der auf einem Berg von Menschenleichen hockte und einen nach dem anderen verzehrte. Er schnaubte, hob die Nüstern in die Luft und schwang sich in die Lüfte. Und er flog aus dem Norden zu der Stadt, in welcher der Lindwurm wartete.« Zadornov wandte den Blick nicht von Silena ab. »Eine Wand aus Nebel rollte aus Osten heran, und darin erblickte ich die Umrisse eines Ungeheuers mit langen Hörnern und kleinen Flügeln, mehr Schlange als Drache, die sich wie eine lange Fahne im Wind wand und tanzte.« Er beugte sich nach vorn, näherte sich ihrem Gesicht, sodass sich ihre Nasen beinahe berührten.

Silena bewegte sich nicht, starrte in das blaue Leuchten, Augen wie riesige Rundfenster oder zu Scheiben geformte Ozeane, in die man eintauchen wollte.

»Im Süden, Großmeisterin, sah ich Sie. Sie erschienen in der funkelnden Rüstung eines Ritters, eine lange Lanze haltend und wie eine Kriegerin auf einem schwarzen Pferd sitzend«, raunte er und senkte seine Stimme weiter. »Drache, Lindwurm, das Nebelungeheuer und Sie trafen sich mitten in der Stadt, auf einem freien Platz, wo sich ein kahler Berg in den Himmel stemmte, und alle vier stürmten zum breiten Gipfel hinauf. Dort schwebte in vier Metern Höhe die Erde in der Luft, eine wunderschöne kürbisgroße blaue Kugel mit den Kontinenten, wie Gott sie vom Himmel aus sehen darf.« Zadornov hielt inne. »Dann erschien ich. Ich streckte die Hand nach der Erde aus, und sie senkte sich zu mir herab. Kaum berührte ich sie, schrumpfte sie und veränderte ihre Farbe in strahlendes Gelb. Da stürmten die Drachen und Sie auf mich zu. Buntes Feuer hüllte mich ein, ich hörte die Drachen brüllen und Sie schreien, Großmeisterin. Jeder wollte, dass ich ihm die Erde aushändige, während sie auf mich losgingen wie Berserker.« Er schluckte. »Zähne, leuchtende Augen, das Feuer und die Hitze, die geschliffene Lanzenklinge, die auf meinen Kopf zielte – ich bekam es mit der Angst zu tun. Die Erde wog schwer und schwerer in meinen Armen, bis ich sie nicht mehr halten konnte. Sie entglitt mir und fiel auf den Boden, Großmeisterin! Sie zerschellte wie eine überreife Frucht, das Wasser der Ozeane ergoss sich auf den Felsgipfel, die Kontinente zerfielen und wurden davongeschwemmt. Ich hörte die Menschen schreien! Ein kollektives Kreischen aus Millionen Mündern marterte meinen Verstand, und das Wasser wandelte sich in Blut.« Langsam lehnte er sich in seinen Stuhl zurück. »Deswegen will ich sterben. Ich will nicht für das Ende der Welt verantwortlich sein.« Zadornov wandte sich ab und trank das Glas leer, schenkte sich nach.

Silenas Verstand befreite sich nur allmählich von der Wirkung der betörenden Augen und der bannenden Stimme. Sie hatte die Bilder, die er ihr geschildert hatte, wahrhaftig vor sich gesehen! Sie schienen durch die Pupillen in ihren Kopf gelangt zu sein, mit all ihrer brutalen Faszination und erschreckenden Echtheit.

»Einbildung«, krächzte sie und langte nach ihrem Wasser. »Alles Einbildung, Fürst.« Hastig stürzte sie es die Kehle hinab und versuchte, das Gesehene hinfort zu spülen und zu vergessen.

Zadornov rieb sich mit der linken Hand über das Gesicht, er seufzte. »Nein, Großmeisterin. Ich kenne meine Visionen sehr genau, und bislang haben sie mich niemals getäuscht. Es ist leicht, sie zu deuten, und es gibt keinerlei Spielräume.« Bedauernd ließ er die letzten Tröpfchen aus der Flasche in sein Glas rinnen. »Sollte ich am Leben bleiben, werde ich über das Schicksal der Erde entscheiden und sie vernichten. Ich hatte noch niemals etwas mit Drachen zu schaffen, und diese Exemplare, die ich sah, übertrafen alles, was ich bislang an Aufnahmen von diesen Ungeheuern in der Zeitung gesehen habe.« Er zeigte auf sie. »Aber Sie, Großmeisterin, habe ich erkannt. Seit Sie das Monstrum in der Nähe von Moskau getötet haben, kennt man Ihr Gesicht in meiner Heimat aus den Zeitungen.«

Silena hatte sich inzwischen beruhigt und die letzte Benommenheit aus ihren Gedanken vertrieben. »Ich habe nicht verstanden, warum ausgerechnet *ich* Sie umbringen muss, Fürst.«

Er lächelte, das Lächeln eines erwachsenen Mannes, eines Verführers. »Weil Ihre Lanze mich durchbohrte, kurz nachdem ich die Welt vernichtete. Da es Ihr Schicksal ist, mich umzubringen, dachte ich mir, dass es eine geschicktere Lösung sei, wenn Sie mich töten, *bevor* die Menschheit durch meine Schuld untergeht.« Er langte in die rechte Innentasche des Mantels, nahm ein paar geknickte und gefaltete Blätter heraus. »Ich habe versucht zu zeichnen, was ich sah.« Er breitete die Skizzen vor Silena aus. Es waren hervorragende Darstellungen des Drachen und des Lindwurms, und sie erkannte sich selbst in dem Harnisch, den der heilige Georg auf Darstellungen des Hochmittelalters trug.

Sie zog die Zeichnung der Nebelwand mit den schemenhaften schlangenähnlichen Umrissen zu sich, betrachtete sie genauer. »Wenn ich mich nicht sehr täusche, haben Sie einen asiatischen Drachen zu Papier gebracht«, sagte sie nach einer Weile.

Alois erschien mit einer Horde von Kellnern und servierte den ersten Gang ihres Essens, nicht ohne dem Fürsten vorher einen bösen Blick zugeworfen zu haben. Sicher war das Palais auf reiche Gäste angewiesen, aber sie sollten nun mal über einen gewissen Stil verfügen.

Silena kostete von der Terrine vom Bauernhähnchen mit Gänseleber in Thymianwürze und nickte. Die Kellner und der Maître zogen sich daraufhin zurück. Das Essen verdiente wahrhaftig keinerlei Beanstandung.

»Sie können mir glauben, Großmeisterin, dass es mir ziemlich gleichgültig ist, welche Scheusale auf mich einstürmen«, sagte der

Fürst. »Alles, was ich möchte, ist, das Ende zu verhindern, wie es mir meine Vision offenbart hat.«

»Das ist wirklich Ihr Ernst, Fürst?«

Er legte beide Hände auf den Griff des Spazierstocks. »Das ist es.«

»Ich soll also«, sie warf einen Blick auf die Zeichnung von ihr, »in eine Rüstung steigen und Sie hoch zu Ross mit einer Lanze niederstrecken, ja?«

»Nein. Es wird genügen, wenn Sie mich erschießen«, Zadornov sah auf die Luger unter ihrer Achsel, »oder enthaupten.« Dieses Mal deutete er auf den Säbel. »Hauptsache, es dauert nicht lang, und ich bin tot. Ich gehe davon aus, dass die Schneide scharf ist.«

Silena legte das Besteck auf den Tellerrand. »Fürst, Sie sind verwirrt. Davon abgesehen darf ich Sie nicht umbringen, nur weil Sie es wünschen. Sie sind kein Drache, also habe ich keinen Grund, Sie zu verletzen, geschweige denn zu töten. Es wäre Mord.«

Zadornov, der bis eben noch sehr hoffnungsvoll gewirkt hatte, sprang auf, richtete die Stockspitze auf sie. »Sie haben nichts von dem verstanden, was ich Ihnen sagte, Großmeisterin! Wir reden vom Untergang der Menschheit! Und Sie weigern sich, dieses Unglück verhindern zu wollen?«

Die Gäste des Restaurants sahen wieder auf, es wurde getuschelt. Welch eine Zugabe zu dem exquisiten Menu du jour.

»Verschwinden Sie, Fürst«, riet Silena ihm unfreundlich. »Gehen Sie zu Ihren Spiritistenfreunden und springen Sie mit denen Hand in Hand aus dem Fenster, wenn Sie unbedingt ins Jenseits möchten. Aber ich bitte Sie, mich in Zukunft mit Ihrer Anwesenheit zu verschonen, vor allem, wenn ich beim Essen bin.«

Alois stand mit einer Hand voll Kellnern plötzlich hinter dem Russen, und diese Kellner waren so breit gebaut, als hätten sie vorher jahrelang Kohlesäcke geschleppt anstatt Tabletts getragen. »Entschuldigen Sie, mein Herr, aber ich bitte Sie herzlich, mir umgehend zum Ausgang zu folgen«, verlangte der Maître halblaut.

»Ich gehe freiwillig. Keiner der Fräcke wird mich anfassen«, befahl der Fürst herrisch, und Alois wagte keinen Widerspruch. Zadornov setzte die dunkle Brille auf, nahm seinen Zylinder und stülpte ihn auf die langen schwarzen Haare. »Großmeisterin, wir sehen uns wieder.«

»Nein, Fürst, das werden wir sicherlich nicht.«

Er grinste. »Ich werde Ihnen eine Gelegenheit verschaffen, in der Sie nicht mehr anders *können*, als mich umzubringen.« Seine Rechte schob den Mantel zur Seite, und sie erkannte einen Pistolengriff. »Ich habe es auf die eine Weise probiert, nun ist es an der Zeit, eine andere zu versuchen.«

Silena nahm das Zerteilen des Mahls wieder auf und sah ihn absichtlich nicht an. Sie fürchtete, dass die blauen Augen sie einfingen, verstummen ließen und sie ihres eigenen freien Willens beraubten. »Begegnen wir uns noch einmal, lasse ich Sie einsperren. Alois kann bezeugen, dass Sie mich bedroht haben.«

Zadornov drehte sich theatralisch um, der weit schwingende Mantel flog, und der pelzbesetzte Saum pendelte. »Wir sehen uns wieder, Großmeisterin«, rief er, als er den Ausgang erreicht hatte, und verließ schnell das Restaurant, um ihr keine Gelegenheit zu einem Widerspruch zu geben.

Silena aß weiter, und dabei betrachtete sie die Bilder der gezeichneten Drachen. Jetzt gab es noch mehr Rätsel für sie, und dabei hatte sie mit den bisherigen schon genügend zu tun. Sie war sich nicht recht schlüssig darüber, was sie mit dem Erlebten anfangen sollte: es für sich behalten? Oder doch lieber Nachforschungen über den verwirrten Fürsten anstellen? Er trug eine Waffe bei sich, was ihn zusammen mit seiner Verwirrtheit und seinem Anliegen nicht eben ungefährlich machte.

Als das Sauté vom Rinderfilet mit Morcheln à la crème und Kartoffelgestampf serviert wurde, hatte sie die Zeichnungen eingesteckt. Sie würde die Skizzen an das Officium übergeben. Der Fürst hatte ihrer Einschätzung nach nichts mit ihren Rätseln zu schaffen, und Silena beabsichtigte nicht, sich ein weiteres freiwillig aufzubürden.

16. Januar 1925, München, Königreich Bayern, Deutsches Kaiserreich

Nach einer unruhigen Nacht in dem wunderbaren Bett des Palais ließ sich Silena vom Sepp als Erstes zum Officium fahren, damit sie die Zeichnungen abgeben konnte. Sie hoffte, dass sie damit auch die Bilder in ihrem Kopf loswürde, die sie seit der Begegnung mit Zadornov in sich trug, und glaubte doch nicht eine Sekunde daran, dass ihre Träume mit Spiritismus zusammenhingen. Vermutlich ging es mit den aufwühlenden Ereignissen der letzten Tage einher, dass sie wirres Zeug im Schlaf erlebte. Sogar die Gesichter ihrer toten Brüder verfolgten sie des Nachts.

Nachdem sie schreiend aus dem Bett gefahren war, hatte sie im Affekt die Zeichnungen verbrennen wollen – aber sich dann doch dagegen entschieden. Aus einem ganz einfachen Grund: Ein schwarzer fünfköpfiger Drache war ihr noch niemals begegnet, und ein Lindwurm von diesen Ausmaßen hatte sie bislang nur in Lehrbüchern gesehen. Die Draconis-Experten des Officiums sollten sich darum kümmern; schlechtestenfalls freuten sie sich über ein paar nette Zeichnungen, die sie zu den Akten nehmen konnten.

Sie schritt durch das schwarz gefärbte Tor in die Eingangshalle, in der das Gotische des ursprünglichen Gebäudes voll zum Tragen kam und durch nachträglich eingezogene Stahlrundbögen und matt schimmernde Eisenarkaden verstärkt wurde.

Silena verlangsamte ihre Schritte.

Das steinerne Standbild in der Mitte der Halle nahm sie gefangen. Sie war immer wieder darüber erstaunt, wie genau die Bildhauer des Mittelalters gearbeitet hatten: Ein Gargoyle, eine Kreuzung aus Mensch und einem Albtraumwesen von mehr als zwei Metern Größe und ausgebreiteten Schwingen, hielt das auseinander gebrochene Skelett eines kleinen Drachen zwischen den Fingern; das Maul des Gargoyle war in einem Triumphschrei weit geöffnet, Stolz und Freude standen im hässlichen Antlitz.

Sie musste nicht auf das kleine Bronzeschild am Sockel schauen, auf dem MELCHIOR DER ÄLTERE (1375–1451): *BELLUM BESTIAE* (1432) zu lesen stand. Das Standbild kannte sie seit ihrer Kindheit, und früher hatte sie sogar geglaubt, es handele sich bei dem Gargoyle um den heiligen Georg, der Drachen tötete, bis ihr Vater sie deswegen ausgeschimpft hatte. Von dem Tag an hieß die Statue wegen der langen, krummen Nase für sie Cyrano, wie der Mann aus ihrem Bilderbuch.

Lustigerweise war Silena die Einzige, die an der Statue Gefallen fand. Es gab Angestellte, die es vermieden, in Cyranos Gesicht zu blicken, weil sie sich tatsächlich unwohl dabei fühlten. Melchior der Ältere hatte ganze Arbeit geleistet und den steinernen Zügen etwas Düsteres, Gefährliches gegeben.

Silena berührte die kalte, glatte Schulter wie die eines alten Freundes und lief weiter. Sie sparte sich den Weg zum Erzbischof, sondern besuchte gleich die *Abteilung für Unbestätigte Drachengeschichten/-exemplare und Kuriositäten.*

Schwungvoll öffnete sie die Tür und blieb auf der Schwelle stehen. »Hier, etwas zum Abheften«, rief sie und warf die Bilder mit Effet auf den ersten Schreibtisch, an dem eine Frau erschrocken zusammenzuckte, während Silena den Eingang bereits wieder schloss und durch den Korridor ging. Es wurde Zeit, dass sie aufstieg und die Saint flog, um sich noch vertrauter mit ihr zu machen.

Sie eilte an Cyrano vorbei hinaus durch den leichten Nieselregen, setzte sich in den wartenden Phänomen und wollte Sepp eben den Befehl zum Losfahren geben – da kam die Frau aus der *Abteilung für Unbestätigte Drachengeschichten/-exemplare und Kuriositäten* durchs Tor gerannt, wedelte mit den Armen und hielt ein Blatt in der Linken.

»Warten Sie«, bat Silena den Fahrer und stieg aus. »Was gibt es?«

»Großmeisterin, schauen Sie!« Die Frau reichte ihr eine Fotografie.

Silena nahm sie und betrachtete die stark verwischte Aufnahme. Mit viel Vorstellungskraft war ein schwarzer Flugdrache zu erkennen, der über eine Reihe von Häusern flog; die fünf Köpfe reckten sich schnurgerade nach vorn, sodass er wie ein übergroßer Pfeil aussah. Die Drachentöterin schluckte, wischte den Regenfilm von dem Foto. »Wann wurde sie gemacht?«

»Gestern, Großmeisterin. Gegen 15.30 Uhr über den Dächern von Heathrow.«

»Gestern? In Heathrow? Wieso haben *Sie* das Foto?«

»Ich soll untersuchen, ob es eine Fälschung ist oder nicht. Weil die Umrisse extrem verschwommen sind, habe ich anfangs angenommen, dass der Fotograf mit einer Doppelbelichtung und einem kleinen Drachenmodell gearbeitet hat. Wie damals bei den Bildern von den fliegenden Scheiben am Himmel, die sich als bloße Untertassen herausstellten. Solche Aufnahmen würden ihm die Zeitungen aus der Hand reißen ... Aber als Sie mir eben die Zeichnungen brachten, musste ich Ihnen dieses Foto sofort zeigen, Großmeisterin.« Sie harrte tapfer in dem kalten Regen aus, auch wenn ihre leichte grüne Bluse rasch Wasser zog und die kunstvoll gedrehten blonden Locken bereits schlaff auf die Schultern hingen.

»Weiß der Erzbischof schon Bescheid?«

»Nein. Sie sind die Erste, die ...«

»Danke.« Silena stieg in das Automobil und klappte die Scheibe nach unten. »Ich sage es ihm selbst und rufe von London aus an«, rief sie und gab dem Fahrer das Zeichen, loszufahren. »Mal schauen, ob der Drache eine gute Fälschung ist oder nicht.«

So schnell es ging, pflügte der Phänomen durch den Schneematsch und den Münchner Verkehr, einem Gewirr von Wagen, Droschken und Straßenbahnen, bis Silena den Fahrer anwies, die Sirene einzusetzen. Es handelte sich wirklich um einen Notfall. Plötzlich war aus den Zeichnungen eines Verwirrten Realität geworden. Wie viel von dem, was Zadornov ihr gesagt hatte, würde sich noch als wahr erweisen?

Sie spürte, dass ihr Herz schneller schlug, und ärgerte sich jetzt schon, dass die Cadmos gestohlen war. Die Verlegung des Fliegenden Zirkus nach England würde lange dauern – die Fahrt mit der Eisenbahn, die Fähre über den Kanal, das zeitraubende Umladen ...

Silena massierte nervös ihre Finger, dann klopfte sie gegen die Scheibe. »Schneller, Sepp«, sagte sie ungeduldig. »Wir brauchen dieses andere Luftschiff, auch wenn es kleiner ist.«

Gehorsam folgte der Phänomen den neuen Anweisungen des Fahrers. In Höchstgeschwindigkeit ging es von München raus zum Flugfeld des Officiums. Die einhundert Stundenkilometer, die das Automobil auf gerader Strecke erreichte, wirkten im Vergleich zu den Geschwindigkeiten der Macchi oder der Saint geradezu behäbig.

Silena war wie elektrisiert, erlaubte sich keine Ruhe und sprang bei der Ankunft aus dem noch rollenden Wagen. Sie eilte ins Hauptgebäude, den kleinen Turm, der normalerweise zur Himmelsbeobachtung diente, wenn die Staffel ihn nicht als Luftleitstand nutzte, und telefonierte von dort aus mit Litzow. »Ich brauche das kleine Luftschiff. Wie schnell kann es hier sein, Hauptmann?«

»Nun, sobald es startklar ist, in nicht mehr als zwei Stunden«, hörte sie die Stimme des besorgten Ingenieurs verzerrt und rauschend durch den Hörer. »Die Winde stehen gut.«

»Dann los. Ich muss mit meiner Staffel nach London.«

»Ein Spaziergang. Die Theben ist kleiner, dafür schneller als die Cadmos. Aber Sie wissen, Großmeisterin, dass sie nicht bewaffnet ist und über keine Landebahn verfügt. Weder für die Saint noch für eine herkömmliche Maschine.«

»Hält sie Drachenfeuer ebenso stand wie die Cadmos?«

»Ja. Aber nicht so lange.«

»Das ist mir gleich. Her damit, Hauptmann. Vielen Dank.«

Danach scheuchte sie ihre Staffel auf, ließ alles zusammenpacken und die Zelte abbauen. Als das Luftschiff heranschwebte, stand sämtliche Ausrüstung zum Einpacken in die Transportgondel bereit.

Wenige Stunden später befand sich die Theben über Londons westlicher Vorstadt.

Das dumpfe Pochen der Motoren zog sich durch die Gondel und war auch auf der Erde zu vernehmen. Viele Briten würden sich an die Schrecken des Weltkrieges erinnern, als die deutschen Luftschiffe tonnenweise Bomben abgeworfen hatten. Bis 1918 waren sie einundfünfzigmal über der Insel aufgetaucht und hatten aus über fünftausend Metern Höhe ihre tödliche Fracht abgeladen.

Die breiten Strahlen von zwei Flakscheinwerfern flammten auf, schnitten helle Schneisen in den dunklen Nachthimmel und irrten suchend umher, bis sie die Außenhülle der Theben erfassten und beleuchteten; so wurde sie für Millionen von Augen sichtbar.

»Verdammt!« Silena stand neben Litzow, der das Luftschiff selbst steuerte, und nahm das Funkgerät, um den Flughafen zu sprechen. »Hier ist die LS Theben mit der Staffel Saint George an Bord, Bodenkontrolle«, meldete sie sich auf Englisch. »Löschen Sie unverzüglich die Flakscheinwerfer. Wir haben nicht vor, der Belustigung der Londoner zu dienen.«

»Sie hätten sich anmelden sollen, LS Theben«, erhielt sie Antwort mit wunderbar distinguierter englischer Betonung. »Wir hatten schon angenommen, der deutsche Kaiser sende uns einen Spion.«

»Wir hatten uns angemeldet. Es ist nicht meine Schuld, wenn

Ihnen die Mitteilung nicht weitergeleitet wurde. Sie haben unser Wappen auf der Hülle gesehen. Wir haben so wenig etwas mit dem deutschen Kaiser wie mit der Queen zu tun, Bodenkontrolle. Wir dienen der Menschheit, und auch die Queen hat die Vollmacht für das Officium Draconis unterzeichnet. Jetzt machen Sie unverzüglich die Lampen aus!«

Zehn Sekunden später erloschen die Scheinwerfer, die Theben fiel zurück in die Dunkelheit und war von unten nichts weiter als ein zigarrenförmiger Umriss, der wie ein fetter Wal zwischen den Wolken und den Sternen schwebte.

Silena schaute auf die vielen Lichter der Großstadt, während Litzow mit dem Fernglas in der Gondel auf und ab schritt. Ein Steuermann hielt das Luftschiff auf Kurs, ein zweiter Mann überwachte Höhe und Gasdruck. In den Motorgondeln saßen Techniker, um sich bei Problemen sofort um deren Lösung kümmern zu können; nicht zuletzt gab es Segelmacher, die bei Schäden der Außenhaut zum Einsatz kamen. Bislang war es jedoch eine ruhige Fahrt geblieben.

Silena nahm das Fernglas zur Hand und suchte die Umgebung ab. »Ein Drache von diesen geschätzten Ausmaßen kann sich nicht einfach in einer Stadt verbergen, er benötigt ein geräumiges Versteck, beispielsweise eine leer stehende Halle oder einen alten, eingestürzten Bergbauschacht«, erklärte sie und legte das Fernglas wieder beiseite.

Litzow räusperte sich. »Sie denken, dass der Drache in London geblieben ist? Weswegen sollte er das tun?«

Silena horchte in sich hinein. »Es ist mehr ein Gefühl denn Wissen. Ich glaube, er sucht hier etwas.« Sie verspürte wenig Lust, ihre eigene Unsicherheit einzugestehen. »Es ergibt keinen Sinn, in die Nacht zu schauen. Wir werden morgen bei Sonnenaufgang aufsteigen und suchen, Hauptmann. Sie mit der Theben, ich mit der Saint, dazu noch die zwei leichten Aufklärer, die wir an Bord haben«, befahl sie.

»Sicher, Großmeisterin.« Litzow ließ die Theben langsam über dem Flughafen schweben. Die schwenkbaren Motoren drückten sie nach unten; das Luftschiff senkte sich dem Boden entgegen, und die Landecrew machte sich im hinteren Teil der Gondel zum Einsatz bereit.

Ihre Aufgabe war es, sich an langen Seilen zehn Meter über dem Boden abzulassen und die dicken, schweren Taue an den vier im Boden eingelassenen Stahlösen einzuhaken. Die Ösen waren mit Ketten verbunden, die wiederum mit der Kraft von hausgroßen Dampfmaschinen aufgewickelt wurden. Sie zogen das Luftschiff unwiderstehlich nach unten und hielten es dicht über dem Boden; danach konnte es zusammen mit den fahrbaren Lafetten in eine Halle geschleppt werden. Es war auch durchaus üblich, dass große Masten auf Flughäfen oder auf Hausdächern standen, an denen die Spitze eines Luftschiffs festgemacht wurde. Diese Befestigungsvorrichtungen bargen jedoch das Risiko einer nicht ungefährlichen Kollision, und da diese Luftschiffe mit Wasserstoff fuhren, bedeutete ein kleiner Funken das Ende der fliegenden Zigarren.

Die Theben wurde »angeleint«, auch wenn Litzow wegen des guten Wetters darauf verzichtete, sie die Nacht in der »Hundehütte« verbringen zu lassen, wie er die Hallen zu nennen pflegte.

Nachdem die Gangway ausgeklappt war, ging Silena von Bord. »Wir sehen uns morgen früh, Hauptmann. Geben Sie gut auf die Theben Acht.«

»Das werde ich, Großmeisterin.« Er salutierte vom Eingang aus.

Sie stieg in den Phänomen, der über eine Rampe aus dem Laderaum gefahren wurde, und ließ sich von Sepp in die Stadt bringen, um sich eine Unterkunft für die Nacht zu suchen. Es hätte ihr zu lange gedauert, die Zelte aufzubauen, zumal sie in den nächsten Stunden vielleicht wieder weiter mussten. Silena war sich allerdings noch immer sicher, den Drachen in London anzutreffen.

Die Hauptstadt des Britischen Empire präsentierte sich ihrem Empfinden nach majestätischer, erhabener als München und hatte sich viel von seinem viktorianischen Erbe bewahrt, als wolle sie sich mit allen Mitteln gegen die Moderne stemmen. Nur an den Stellen, wo die deutschen Bomben Lücken ins Stadtbild gerissen hatten, erhoben sich Gebäude im Stahlgotik-Stil.

Die Londoner benutzten das Automobil ebenso wie Droschken. Die Pferdegespanne wurden sogar eingesetzt, um Busse und Straßenbahnen zu ziehen. Die Briten hegten eine offenkundige Abscheu gegen den Fortschritt, oder aber sie gönnten sich den Luxus der

Nostalgie, was sie angesichts ihrer Macht in der restlichen Welt durchaus so halten durften.

Vor dem *British Empire*, einem Hotel in unmittelbarer Nähe zum Tower, ließ sie den Phänomen anhalten, stieg aus und betrat die Lobby.

Das ganze Hotel war im Kolonialstil gehalten: dunkle schwere Ledermöbel und Mahagonitische, dazu Marmorvertäfelungen und dicke Teppiche. Zwischen den Lampen hingen Souvenirs aus Afrika und Indien, von der Tigermaske bis zum Zulu-Schild, aber auch viele exotische Sakralgegenstände und Schmuck hinter Glasvitrinen. Jedes kleine Detail sagte: Seht, was wir alles unterworfen haben.

Leise Pianomusik schwebte durch die Halle, die nach einer Improvisation auf *Rule Britannia* klang. Damen mit vornehmen großen Hüten saßen in Sesseln und tranken Tee; vor ihnen standen Tellerchen mit Gurkensandwiches und mit Butter und Marmelade bestrichenen Scones. Es wurde leise geplaudert, »my dear« und »indeed« erklangen leise in regelmäßigen Abständen, an einem anderen Tisch lief eine Kartenrunde: Bridge, dazu gab es Gin on the rocks.

In diese abendliche Idylle platzte Silena in ihrem schwarzen Ledermantel und dem so gar nicht ladyhaften Erscheinen wie eine afrikanische Nackttänzerin in einen Kindergeburtstag.

Der Concierge sah alarmiert in ihre Richtung, dann erkannte er das Abzeichen auf ihrem Hemd, und er verzog den Mund. Nicht überall waren die Drachentöterinnen und Drachentöter gern gesehene Gäste.

Sie ging auf die Rezeption zu. »Guten Abend, Sir. Ich hätte gern ein Zimmer mit fließend Warmwasser und Bad«, verlangte sie höflich, aber bestimmt.

»Bedauere, Großmeisterin, aber wir sind belegt«, lächelte der Mann, auf dessen Namensschild Archibald Smithers stand.

Es wurde offenkundig Zeit für die raue Schale. Silena langte über den Tresen nach dem Buch, in dem die Zimmerverteilung stand, warf einen raschen Blick darauf. »Ich nehme das Zimmer einundzwanzig, Mister Smithers, und vergesse, dass Sie mich eben angelogen haben.«

Der Concierge seufzte. »Verzeihung, Großmeisterin, aber der

Eigentümer hat verfügt, dass wir Drachentötern erst wieder Quartier geben dürfen, wenn die ausstehenden Rechnungen von Ihrer Majestät beglichen wurden. Ich darf Ihnen die Unterkunft nicht geben.«

Silena verzog den Mund. »Das sehe ich gar nicht gern. Zuerst lobt man uns, weil wir den Himmel und die Erde vom Gewürm befreien, aber dann weigert sich die Queen, für unsere Auslagen aufzukommen.«

»Ich verstehe Ihren Unmut, Großmeisterin«, nickte Smithers und täuschte Bedauern vor, »aber uns sind die Hände gebunden.« Er legte eine Hand auf den Telefonhörer. »Soll ich mich nach einer anderen Unterkunft umhören?«

»Nein«, lehnte sie missgelaunt ab. »Ich schlafe auf dem Flughafen.« Sie wandte sich um und marschierte zum Ausgang.

Eine muskulös gebaute Frau kam ihr entgegen, die sie nur allzu genau kannte: Leída Havock. Ihre linke Gesichtshälfte war von Drachenfeuer verbrannt worden, weswegen sie die kinnlangen blonden Haare immer über die entstellten Züge fallen ließ; die unversehrte Gesichtshälfte dagegen war hübsch anzuschauen.

Leída war genauso groß wie Silena, besaß aber männlich wirkende Muskeln und breite Metzgerhände. Sie trug einen Mantel aus braunem Leder mit einem weichen Lammfellfutter, darunter ein längs gestreiftes weißes Männerhemd, schwarze Dreiviertelhosen und hohe Lederstiefel; wortlos schritt sie an der Großmeisterin vorbei und grinste boshaft, als ob sie die Unterredung mit dem Concierge verfolgt hätte, und tippte sich gegen ihre Gürtelschnalle. Jede einzelne der fünf Kerben daran stand für einen erlegten Drachen, und der Fingerzeig bedeutete eine Kampfansage an die Drachentöterin.

Silena zwang sich dazu, durch die Halle hinaus zum Phänomen zu gehen, anstatt sich auf ein Wortgefecht einzulassen, das unter Umständen in eine Prügelei ausarten würde. Wut traf die Gefühle nicht, die in ihr brodelten. Sie wusste genau, was im Empire vor sich ging: Viktoria die Zweite setzte mehr oder weniger offensichtlich auf die Drachenjäger.

»Verdammtes Pack«, fluchte sie, stieg in das Automobil und knallte die Tür zu, bevor ein Hotelangestellter sie schließen konnte.

»Dann haben Sie die Havock auch gesehen, Großmeisterin?«, meinte Sepp.

»Fragen Sie nicht«, knurrte Silena. »Bringen Sie mich zurück zur Theben, bevor ich wieder aussteige und dieser Dame auch noch die andere Hälfte ihres Gesichts so zurichte, als hätte sie ein Drache angehaucht.«

Sepp fuhr los. »Ich gestehe, ich war überrascht, die Havock hier zu sehen.«

»Mir ging es genauso. Wo sie ist, sind ihr Bruder und sein Haufen von Nichtskönnern nicht weit entfernt.« Sie trat gegen die Innenwand. »Woher haben sie nur so schnell von dem schwarzen Drachen gehört?«

»Ist es sicher, dass sie deswegen hier sind, Großmeisterin?«

»Aus welchem Grund sonst?« Sie verschränkte die Arme und sah aus dem Fenster, an dem die Regentropfen hinabrannen und die Sicht buchstäblich verwässerten. »Sie können nur auf Einladung des Kanzlers oder der Queen selbst hier sein.«

Sepp nickte. »Da haben Sie Recht, Großmeisterin. Das steinreiche Empire möchte anscheinend Kosten sparen.«

Silena erwiderte nichts. Es gab ein Abkommen des Officiums mit den europäischen Herrschaftshäusern und Regierungen, das sämtlichen Drachenheiligen freie Kost und Logis zusicherte und die lokalen Adligen und Verwaltungen zur Zusammenarbeit verpflichtete.

Das schmeckte vielen nicht, wohingegen die freischaffenden Drachenjäger alles auf eigene Gefahr unternahmen. Sie tauchten in großen Gruppen auf und jagten die kleineren Exemplare, zerlegten sie und verkauften die Einzelteile als Glücksbringer, als Medizin, an die Universitäten oder reiche Sammler und verdienten dabei sehr, sehr viel Geld. Dass jeder Drache von Rechts wegen dem Officium gehörte, störte sie nicht im Geringsten.

»Vielleicht haben wir Glück, und der Drache frisst sie«, murmelte Silena. Die Ausfallrate bei den Jägern war hoch; sie wagten es nicht, die einzigartigen Methoden der Officium-Streiter anzuwenden, sondern gingen mit rabiater Gewalt vor, die nicht immer fruchtete. Jede dieser Einheiten besaß ein Arsenal von merkwürdig anzuschauenden Fallen und Vorrichtungen. Aber Drachenschuppen waren beständig gegen die meisten Waffen, und es bedurfte viel List, eines der Ungeheuer zu besiegen.

»Ich drücke dem Drachen die Daumen«, lachte Sepp und steuerte den Phänomen durch Londons Straßen zurück zum Flugfeld.

Ein helles Schimmern unter ihrem Hemd ließ sie nach dem Amulett greifen und es hervorziehen. Der Splitter der Georgslanze glühte. »Ach du …«

Plötzlich sah Sepp nach links oben gen Himmel. »Großmeisterin!«, rief er aufgeregt und zeigte in die Luft. »Sehen Sie, der Drache!«

Silena rutschte auf die linke Seite und starrte nach oben. Sie sah eben noch die pfeilförmige Schwanzspitze hinter den Dächern verschwinden, er musste ganz knapp über die Schindeln geflogen sein. *Wollte er landen?* »Hinterher, Sepp!«, befahl sie aufgeregt. »Er wird uns vielleicht zu seinem Versteck führen.«

Der Mann trat das Gaspedal durch, der Phänomen röhrte auf und schoss die Straße entlang.

Silena kümmerte sich nicht um das schlechte Wetter, sondern öffnete das Verdeck und stellte sich hin, damit sie den Himmel besser überblickte. Der Regen prasselte auf sie nieder, eisig stachen die Tropfen in ihr Gesicht, aber sie ignorierte es. Ihr Blick schweifte über die Dächer. »Komm schon, Scheusal«, raunte sie lockend. »Zeig dich, damit ich dich jagen kann.«

Sie erspähte eine fünfköpfige Silhouette, die einen Teil der Sterne verdunkelte, während die Automobile um sie herum hupten und einige Fahrer Sepp beschimpften, der sich rücksichtslos durch den Verkehr wühlte und eine Kurve nach der anderen schnitt. Der Phänomen war schnell.

»Rechts abbiegen!«, rief Silena und hielt sich an dem Vordersitz fest, um nicht aus dem Wagen geschleudert zu werden.

Sepp lenkte den Phänomen um die Ecke, drosch den nächsten Gang mit einem Knarren rein und beschleunigte weiter.

Jetzt sahen sie den Drachen genau vor sich. Er flog dicht über die Häuser hinweg, dann klappte er die Schwingen zusammen und stürzte sich wie ein Raubvogel in die Häuserschluchten.

»Los, los, los!«, schrie sie.

»Ich habe es gesehen, Großmeisterin!« Sepp wechselte rücksichtslos auf die andere Spur und lenkte den Phänomen in eine Gasse, die kaum breiter war als das Automobil. Als sie die Parallelstraße erreicht hatten, brachte er es zum Stehen, schaltete das Licht und den Motor aus. Es wurde schlagartig totenstill.

Silena schaute sich um. »Wo ist er wohl abgeblieben?«

Es war ein heruntergekommenes Viertel, dieser Teil Londons lag wie ausgestorben vor ihnen. Kein Mensch ließ sich blicken, nur zuckendes Kerzenlicht leuchtete hier und da hinter blinden Fensterscheiben auf. Die Elektrizität hatte diesen Straßenzug noch nicht erreicht.

»Ich sehe ihn auch nicht, Großmeisterin.« Sepp setzte den Phänomen mit Schrittgeschwindigkeit in Bewegung, ließ ihn langsam rollen; sie folgten tuckernd dem Verlauf der Straße.

Nachdem sie um eine Kurve gebogen waren, musste Sepp abrupt bremsen, sonst wäre er gegen die zerschmetterten Reste eines Schornsteins gefahren, die mitten auf der Straße lagen.

Silena befahl ihm, hier zu warten, und sprang aus dem Wagen. »Der Drache ist hier irgendwo runtergegangen«, sagte sie und wischte sich das Wasser aus den Augen. »Ich halte nach seinem Versteck Ausschau und kehre gleich zurück.« Sie blickte nach oben und suchte das Dach, auf dem der Schornstein fehlte, dann betrat sie das Haus, vor dem sie gehalten hatten, und stieg die Stufen des Treppenhauses hinauf.

Sie überlegte, während sie Stockwerk um Stockwerk erklomm. Flugdrachen waren recht leicht, auch wenn sie oft monströs wirkten, sobald sie ihre Schwingen ausbreiteten. Ein Trick, eine Drohgebärde, um die Menschen zu beeindrucken, in Furcht zu versetzen und in die Flucht zu schlagen. Dabei wogen die kleinen Exemplare nicht mehr als vierhundert Kilogramm. Aber dieser kapitale Fünfender, wie man ihn gemeinhin nannte, brachte garantiert mehr auf die Waage und konnte es nicht wagen, auf einem Dach zu landen.

Silena öffnete die Dachluke und schwang sich hinaus, kroch zum First hinauf und hielt sich dabei an den Schornsteinen fest, die wie kleine Berge aufragten, aus deren Gipfel Rauchfahnen stiegen. Die Schindeln waren gefährlich glatt; der Wind zerrte an ihr und brachte den Ledermantel fahnengleich zum Wehen. Es wurde zunehmend schwierig, das Gleichgewicht zu halten.

Der Regen kam in Schleiern aus den Wolken gestürzt, es gab keine trockene Stelle mehr an Silena, die sich auf dem Sims hin und her drehte und nach weiteren Anhaltspunkten Ausschau hielt. Einer der Schornsteine wies einen langen, tiefen Kratzer auf, und anhand des Verlaufs der Spur schätzte sie, dass der Drache ihn mit einer Klaue gestreift hatte.

Ob er in den Innenhof gestürzt ist? Vorsichtig rutschte sie auf der anderen Schräge herab, nutzte die Kamine als Bremse und kam der Dachrinne dabei immer näher. Sie musste vermeiden, dass der Drache auf sie aufmerksam wurde, da sie nicht die beste Bodenkämpferin war und außer ihrem Schwert nichts dabei hatte, um sich zur Wehr zu setzen. Ihr war nur zu bewusst, dass sie lediglich in einem Flugzeug für die Scheusale wirklich gefährlich war.

Die Augen richteten sich zufällig auf das Fenster gegenüber, und sie erkannte im warmen Gegenlicht zweier Kerzen die Umrisse eines Mannes mit einem großen Zylinder und einem Mantel, dessen Kragen mit Pelz besetzt war. Etwas Metallisches glänzte in seinem Gesicht auf, und er beobachtete sie ganz eindeutig.

Bevor sie sich weitere Gedanken über den merkwürdigen Zuschauer machen konnte, schoss der Drache vor der Dachkante in die Höhe. Der Windstoß, den seine Flügel entfachten, warf sie nach hinten, und im nächsten Augenblick öffneten sich drei der fünf Mäuler, denen zischend gelber Dampf entwich.

Silena kannte die Bedeutung dieses Zischens, die Ankündigung und Drohung zugleich war. Sie warf sich zur Seite und presste sich hinter einen breiteren Schornstein, da schossen auch schon drei schwarze Feuerlanzen aus verschiedenen Richtungen heran.

Keine der Lohen traf sie, aber sie sprengten die Schindeln mit ihrer Hitze. Das Feuer besaß eine eigene Stimme, es fauchte und tönte dunkel wie eine tiefe Orgelpfeife.

Geistesgegenwärtig zog sie den Ledermantel hoch und über dem Kopf zusammen, damit das Gesicht geschützt war. Sie spürte, wie er sich erwärmte, hörte die Feuchtigkeit zischend verdampfen, dann stank es nach verbranntem Leder, und Qualm stieg auf. Sie fühlte sich, als hätte sie in einem Vulkan Zuflucht gesucht; noch einen Flammenstoß würde sie nicht überleben. Schwarzes Feuer war äußerst gefährlich – es handelte sich um einen mächtigen Teufel.

Silena streckte den Kopf und sah kurz zum Rand des Dachs, was der Drache unternahm. Er war verschwunden – aber die Silhouette des Zylindermannes erkannte sie noch immer. Er betrachtete gelassen, was sich ihm darbot, ohne sich zu regen. Sie fand sein Verhalten äußerst unerklärlich. Er hätte sie vor dem Angriff des Drachen warnen können, wenn nicht sogar müssen, hatte es aber unterlassen. Die Umrisse kamen ihr bekannt vor …

Ein neuerlicher Windstoß lenkte ihre Aufmerksamkeit nach oben, und sie schluckte. Der schwarze Flugdrache hielt sich mit Flügelschlägen sieben Meter über ihr in der Luft und betrachtete sie hasserfüllt.

Ihre Finger wurden eiskalt, ihr Innerstes zog sich zusammen, und ihre Atmung beschleunigte sich derart, dass die Lungen schmerzten. Die zehn gelben Augen in den schwarzen Höhlen glichen geschmolzenem, glühendem Gold. Gern wäre sie vor ihnen zurückgewichen – aber wohin?

Abgelenkt von dem einschüchternden Anblick, sah sie den heranzuckenden Schweif erst in allerletzter Sekunde.

Silena ließ sich fallen, ein Luftzug schoss über sie hinweg, und der Schornstein hinter ihr platzte auseinander, als sei er von einer Bombe getroffen worden. Einige Trümmer trafen sie, ritzten die Haut.

Silena ließ das Ungeheuer nicht mehr aus den Augen und sah, wie sich die Kiefer zweier Mäuler auseinander schoben und wieder schwefelgelber Dampf hervorquoll.

Um dieser tödlichen Attacke zu entkommen, blieb ihr nur ein einziger Ausweg.

Sie wälzte sich kopfüber in den Kaminschacht und stürzte in die rauchige Dunkelheit. Zu ihrem Glück brannte kein Feuer, die Bewohner hatten den Ofen vor dem Zubettgehen verlöschen lassen.

Damit sie nicht ungebremst auf dem Boden aufschlug, packte sie ihre Schwertscheide samt Schwert und verkeilte sie rechts und links in den Schachtwänden. Ruß wirbelte auf und brachte sie zum Husten, Bröckchen flogen ihr ins Gesicht und rieselten ihr in den Nacken, während sich der Sturz nach und nach verlangsamte.

Dennoch fiel der Aufprall hart aus: Sie schlug mit den Beinen voraus auf, und ein heißes Stechen zuckte durch ihr linkes Knie. Leise schrie sie auf und sah sofort nach oben. Lichtschein stieß auf sie nieder, brüllend zwängte sich eine Flammenwolke durch den Schacht auf sie herab.

Silena sprang aus dem Kamin und rollte sofort nach links, warf sich hinter ein Möbelstück in Deckung. Unmittelbar darauf schoss der schwarze Feuersturm pfeifend aus der Kaminöffnung, leckte über die Einrichtung und steckte die leichteren Stoffe in Brand, bis er versiegte.

Sie robbte auf allen vieren zur Tür hinaus, hustete und keuchte, spuckte Rußpartikel aus und entkam dem sich ausbreitenden Brand.

»Feuer«, schrie sie warnend und klopfte gegen alle Türen, an denen sie vorbeikam, bis sie endlich das Treppenhaus erreicht hatte.

Sie hatte Glück gehabt. Außer dem gestauchten Knie, einigen Abschürfungen und leichten Verbrennungen war sie gut davongekommen. Es würde ausreichen, um in die Saint zu steigen und dem verdammten Monstrum eine Lanze in den Hintern zu bohren.

Silena öffnete die Tür – und starrte auf die kokelnden Überreste dessen, was einst der Phänomen gewesen war. Hinter dem Steuer saß ein verbranntes Skelett, das in Teilen erhalten geblieben war. Der Kopf und die Verdeckaufbauten des Wagens fehlten.

»Nein, verflucht.« Sie betrachtete vorsichtig den Himmel, ob sich der Drache nochmals zeigte, aber sie entdeckte nichts.

Dichter Rauch zog an ihr vorbei, Menschen schoben sie einfach zur Seite und rannten auf die Straße, um sich vor dem ausbreitenden Feuer in Sicherheit zu bringen. Das Weinen von erschrockenen Kindern mischte sich unter Fußgetrappel, das Rufen von Erwachsenen und dem leisen Knistern der Flammen.

Silena wandte sich um, stemmte sich dem Strom der Flüchtenden entgegen und eilte durch den Gang zur Rückseite des Gebäudes. Sie musste herausfinden, was der Drache im Hinterhof gewollt hatte. Zufälle gab es bei diesen Monstern nicht.

V.

»Es liegt auf der Hand: Das Officium arbeitet in ganz Europa und besteht auf seinem Monopol. Es sind Ausbeuter, Unterdrücker im falschen Glorienschein, nichts Besseres als ärgste Kapitalisten. Bei diesem Potenzial an Kämpferinnen und Kämpfern sollten sie die Drachen schon längst ausgerottet haben – aber nein: Immer wieder tauchen neue auf. Ich werde den Beweis erbringen, dass sie die Biester selbst züchten.«
Alexander Lenin

aus dem Bericht »Das Officium – Die heimliche Macht«
in »Kommunistische Wahrheit« vom 6. September 1924

16. Januar 1925, Hauptstadt London, Königreich Großbritannien
Silena öffnete das Fenster und stieg hindurch auf den Hinterhof. Auch hier galt ihr erster Blick dem Himmel und den Dächern, aber der Drache blieb unsichtbar. Ebenso war der geheimnisvolle Mann am Fenster verschwunden.

Rein von den Umrissen her hätte es der russische Spiritist sein können, Zadornov, der sie gebeten hatte, ihn zu töten. Aber sie verwarf diesen Einfall rasch. Es wäre ihm niemals möglich gewesen, so schnell nach London zu gelangen und sich an ihre Fersen zu heften. Weit mehr beunruhigte sie, dass das fünfköpfige Scheusal Zadornovs Beschreibungen bis in die letzte Schuppe glich.

Silena untersuchte den Hinterhof und erkannte am Haus gegenüber im ersten Stockwerk die Spuren von Drachenwirken: Die armdicken Gitterstäbe vor einem Fenster waren auseinander gerissen und zur Seite gebogen, die Scheibe dahinter eingeschlagen.

»Seit wann sind Drachen gewöhnliche Einbrecher?«, murmelte sie und überquerte den Hof.

Als sie die Strecke zur Hälfte zurückgelegt hatte, öffnete sich eine Tür, und ein kleiner, dicker Mann in einem karierten Morgenmantel und braunen, abgewetzten Puschen trat hinaus. Das dünne, schwarzgraue Haar stand nach allen Richtungen ab. In der Hand hielt er eine Taschenlampe; er schaltete sie ein und richtete den blendenden Strahl gegen Silena.

»Weg von meinem Laden, Gesindel!«, brüllte er sie an. »Mögen eure Wohnungen brennen, so gibt es euch dennoch nicht die Erlaubnis, einfach so ...« Er verstummte, der Strahl wanderte auf ihr hin und her. »Verzeihung«, sagte er kleinlaut und schaltete die Lampe aus. »Ich habe nicht gesehen, dass Sie eine Drachentöterin sind ... Großmeisterin. Sind Sie verletzt?«

»Nichts Schlimmes. Sie wissen, was Ihnen diesen Schaden verursacht hat?«, erkundigte sie sich und ging über die Unhöflichkeit weg.

Er kratzte sich am Kopf. »Einer von diesen Schweinen, die sonst auch versuchen, in mein Geschäft einzusteigen. Aber dieses Mal«, er schaltete die Lampe ein und beleuchtete den Schaden. »Good heavens! Das erklärt den Lärm, der mich geweckt hat.«

Silena sah über die Schulter zum Haus, in dem die Feuerwehr gerade mit den Löscharbeiten anfing und die letzten Bewohner der oberen Stockwerke die Treppe nach unten und auf die Straße scheuchte. Sie konnte genau durch die Scheiben verfolgen, wie die Brandlöscher vorgingen und die Flammen mit Wasser erstickten. »Nein, Sir. Dieser Versuch geht auf einen fünfköpfigen, schwarzen Drachen zurück. Die Spuren sind eindeutig, dafür braucht man keinen Sherlock Holmes und kein Scotland Yard.«

»Jetzt verstehe ich! Sie hatten ihn verfolgt und in die Flucht geschlagen, Großmeisterin, Sir.« Endlich erinnerte er sich, dass er sich nicht vorgestellt hatte, und streckte eine dickliche Hand hin, die voller protziger Ringe war. »Scottings. James Scottings.«

Silena nickte ihm zu und ignorierte die dargebotene Hand. »Mister Scottings, weswegen sollte ein Drache bei Ihnen im Hinterhof landen und versuchen, durch dieses Gitter zu gelangen?«

»Keine Ahnung.« Nicht wirklich beleidigt, senkte er die Hand.

»Was für eine Art Laden führen Sie, Mister Scottings?«

»Pfandleiher, Großmeisterin.« Er lachte falsch. »Ich wüsste nicht, warum sich ein Wurm bei mir Zutritt verschaffen wollte. Eine Taschenuhr wird er ja wohl nicht gebrauchen können.« Scottings lachte laut und anhaltend über seinen eigenen Witz. »Sie vielleicht?«

»Nein danke.«

»Na, mein bestes Modell habe ich ohnehin gerade verkauft. Ein schönes goldenes Stück, das mal Peter dem Großen gehört haben soll. Hat mir der Russe mit dem Zylinder doch glatt …«

»Ein Russe mit Zylinder?« Silena starrte ihn entgeistert an. »Hieß er Zadornov?«

»Einen Namen hat er mir nicht genannt, aber die Art, wie die Russen Englisch sprechen, ist ziemlich einzigartig, Großmeisterin, Sir.«

Silena schwieg und schob ein leeres Fass unter das zerstörte Fenster, erklomm es unter Schmerzen und betrachtete die Stelle genauer. Sie war sich sicher, dass es Zadornov gewesen war. Aber wie, zum Teufel, war es dem Verrückten gelungen, gleichzeitig mit ihr London zu erreichen? Sie erinnerte sich an die Abmessungen des Drachen und überschlug, wie weit er mit den Armen in das Lager des Pfandleihers geragt haben könnte, um etwas an sich zu nehmen. »Darf ich mir den Raum ansehen, Mister Scottings?«

»Weswegen?«, knurrte er überrascht.

»Weil ich überprüfen möchte, ob einer dieser Gegenstände, die Sie in Kommission von einem Kunden übernommen haben, gegen das Drachenkörperteilhandelsverbot verstößt«, gab sie ungerührt zurück und wartete seine Antwort erst gar nicht ab. Scottings verbarg etwas. Als sie ansetzte, ins Innere zu steigen, packte er sie am Hosenbein.

»Sie werden meinen Laden nicht betreten, Großmeisterin!«, erklärte er barsch. »Nicht bevor Leute von der Versicherung und von der Polizei hier waren und den Tatort gesichert haben. Ich möchte den Schaden erstattet haben.«

»Ich werde aufpassen«, versprach sie, aber seine Hand blieb, wo sie war. Sie entdeckte eine Skizze am Boden, auf der eine Kugel abgebildet war. Wenn sie es in diesem Licht richtig erkannte, besaß sie einen dunkelgelben, honigfarbenen Ton und war mit etlichen Linien versehen. Mit ein wenig Fantasie konnte sie Europa sowie Teile Afrikas erkennen. Kontinente?

»Steigen Sie vom Fass, Großmeisterin. Ich gebe Ihnen nicht die Erlaubnis dazu, meinen Laden zu betreten.« Scottings klang nun drohend, die Rechte hielt die Taschenlampe schlagbereit umklammert.

Jetzt *musste* sie nahezu in den Laden, die unerklärliche Reaktion des Pfandleihers erforderte es, dass sie die einzelnen Gegenstände gründlich erforschte und ihre Herkunft klärte.

Silena überlegte, ob sie den Mann mit einem Tritt außer Gefecht setzen und den Laden auf den Kopf stellen sollte, da erschienen zwei Polizisten, die wie Silena durch das Fenster des Nachbarhauses gestiegen waren. Zum Schutz gegen den Rauch im Treppenhaus hatten sie feuchte Tücher vor Nase und Mund gelegt.

»Gut, dass Sie kommen, Constables.« Scottings senkte den Arm mit der Lampe und ließ auch Silenas Bein los. »Ich wurde Opfer eines Verbrechens. Diese Drachentöterin hier meinte, sie habe beobachtet, wie sich ein schwarzes Scheusal an den Gitterstäben zu schaffen gemacht hatte. Würden Sie bitte den Tatort sperren und untersuchen, damit ich etwas habe, was ich der Versicherung melden kann?«

Der kleinere der Bobbies nickte, nahm das Tuch ab. »Selbstverständlich, Sir.« Er blickte Silena an. »Großmeisterin, würden Sie bitte vom Fass steigen? Solange die Untersuchung durch unsere Spezialisten nicht abgeschlossen ist, muss ich Sie bitten, nichts anzufassen.«

»Es geht hier immerhin um ein Delikt, in das ein Drache involviert ist, Constable«, antwortete sie in gewohnt rauer Manier. »Ich denke schon, dass …«

»Im Augenblick, Großmeisterin, sieht es für mich aus wie ein Einbruch, und dabei spielt es zunächst keine Rolle, ob er von einem Drachen, einem Hund oder einem Menschen begangen wurde«, fiel er ihr ins Wort. »Unsere Leute werden die Spuren untersuchen und Sie wissen lassen, zu welchen Erkenntnissen sie gelangt sind.« Er trat näher an das Fass heran, pochte mit dem Schlagstock dagegen und zeigte mit dem Knüppel auf den Boden. »Wären Sie so freundlich, Großmeisterin?«

Silena sprang auf den Boden und knickte dabei ein, das angeschlagene Knie versagte den Dienst. Wenn sie der andere Polizist nicht aufgefangen hätte, wäre sie auf die Pflastersteine des Hofs gestürzt. »Danke.« Sie sah noch einmal zum Fenster, doch der Mann mit dem Zylinder war verschwunden. Er hatte wohl genug gesehen.

»Großmeisterin, der Phänomen vor dem Haus, gehört er Ihnen?«, fragte der Bobby, der sie vom Fass gezwungen hatte.

»Ja. Mein Fahrer wurde Opfer des Drachen, und was er mit mir angerichtet hat, sehen Sie ja.«

»Ich lasse Sie in Ihr Hotel fahren, Großmeisterin«, bot er ihr an, und sie willigte ein.

Als sie durch den Hof auf die Straße trat, war diese voller Schaulustiger. Menschen drängten sich an der Absperrung, die von den Bobbies errichtet worden war, um die Löscharbeiten am Haus zu verfolgen oder den zerstörten Phänomen zu begaffen. Unter ihnen befanden sich etliche spärlich bekleidete Leute, ehemalige Bewohner des Hauses, die aus dem Schlaf gerissen und nur mit den Sachen am Leib ins Freie geflüchtet waren. Es wurde gerufen und gesprochen, die vielen Stimmen verschmolzen zu einem Lärmen, das anschwoll, als Silena erschien. Jemand zeigte auf sie, zwei Reporter wollten sich zu ihr durchdrängeln, wurden aber von den Polizisten aufgehalten.

Silena sah zum kokelnden Automobil, Wut und Trauer durchfuhren sie. Sepp hatte einen solchen Tod nicht verdient, zumal er vollkommen sinnlos war. Es sprach einmal mehr dafür, Drachen rigoros auszulöschen. Sie spürte den Verlust ihres Fahrers, den sie beinahe als guten Freund betrachtet hatte, und konnte sich nur zu gut vorstellen, was seine Familie empfinden würde, wenn sie von dem Tod erfuhr. Silena würde wenigstens dafür sorgen, dass das Officium eine stattliche Witwenpension bezahlte.

Mit einer Mietdroschke ging es quer durchs nächtliche, verregnete London hinaus auf den Flughafen, wo ihre Mannschaft wartete und nicht ahnte, was ihrer Anführerin, Sepp und dem Phänomen zugestoßen war.

16. Januar 1925, Hauptstadt London, Königreich Grossbritannien

Silena hielt nichts auf dem Flughafen.

Sobald sie von der Staffelärztin behandelt und verbunden worden war sowie sich umgezogen hatte, kehrte sie mit einem geliehenen Fahrzeug, einem alten deutschen Wagen der Marke Heim, nach London zurück, um sich das Geschäft des Pfandleihers Scottings vorzunehmen. Die Männer von Scotland Yard hatten die Beweisaufnahme sicherlich abgeschlossen, jetzt wurde es zu ihrem Fall. Einem Drachenfall.

Der Regen hatte nachgelassen und war von dichtem Nebel abgelöst worden. Wer schneller als mit Schrittgeschwindigkeit durch die Straßen fuhr, riskierte schwere Unfälle, vom Steuern und Landen eines Flugzeugs ganz zu schweigen. Andererseits galten diese schlechten Wetterbedingungen auch für den Drachen.

Es war drei Uhr in der Früh, als Silenas Fahrer das Automobil in der Straße anhielt, die sie wenige Stunden zuvor verlassen hatte.

Ein Fuhrunternehmen war eben damit beschäftigt, die verkohlten Reste des Phänomen über Rampen auf die Ladefläche eines Lastwagens zu ziehen. Daneben und halb auf der Straße stand ein schmuckloser Sarg, in dem Sepps verbrannter Leichnam lag.

Silena stieg aus dem Wagen und humpelte auf den Sarg zu, legte kurz die Hand auf das Holz und sandte Sepp ein stummes Gebet. Er hatte sie drei Jahre lang gefahren, auf den verschiedensten Straßen der Welt, und immer war es gut gegangen. *Es tut mir leid. Ich kriege das Monstrum, das schwöre ich.* Sie seufzte und verbot sich die Tränen, die aufzusteigen drohten. Damit konnte sie Scottings nicht beeindrucken.

Sie näherte sich der Eingangstür des Ladens und klopfte hart dagegen. Als sich nichts tat, bediente sie den Seilzug der Klingel so lange, bis sich Lichtschein durch das gläserne Treppenhaus nach unten bewegte. Scottings öffnete ihr. »Sie schon wieder, Großmeisterin?!«

»Wie ich gesehen habe, ist Scotland Yard abgezogen. Demnach haben Sie keinen Grund mehr, mich von dem Ort des Verbrechens fernzuhalten.« Rasch stellte sie einen Stiefel in die Tür. »Wenn Sie mich jedoch vertrösten wollen, komme ich in wenigen Minuten mit einer Einheit Bobbies zurück, die mir notfalls die Tür aufbrechen. Im Namen der Queen, Sir.«

»Ja, ja, schon gut.« Er machte einen Schritt zurück und ließ sie eintreten. »Gehen Sie durch, bis zum Ende, dann sehen Sie das Loch und spüren den Wind.«

»Sie wollen mich nicht begleiten? Dabei haben Sie einen so besorgten Eindruck auf mich gemacht.« Sie betrat den Gang und nahm Scottings die Petroleumlampe aus der Hand.

»Ich lasse Ihnen den Vortritt, da Sie so unglaublich darauf erpicht sind, alles zu inspizieren.« Scottings lächelte voller Falschheit.

Silena schritt die Regale ab, die voller beschrifteter Kisten standen. Scottings konnte mit dem, was er an Dekorartikeln, Geschirr, Möbeln und Besteck hier eingelagert hatte, ein ganzes Schloss einrichten. Das aufgebrochene Fenster befand sich in einer mit einer eigenen Gittertür gesicherten Sektion, in der Schmuck aufbewahrt wurde. Silenas grüne Augen richteten sich auf einen Tresor, dessen Tür aus den Scharnieren gerissen war und auf dem Boden lag. Die Skizze, die sie zuvor gesehen hatte, war verschwunden.

»Das hat den Lärm verursacht, von dem ich erwachte«, erklärte er ihr geflissentlich und lehnte sich an die Gittertür. »Verdammte Drachen, Großmeisterin! Sie stehlen alles, was glänzt, habe ich Recht?«

»Demnach befand sich Schmuck in dem Panzerschrank, Sir?« Sie beugte sich nach unten und wäre viel lieber in die Hocke gegangen, was ihr schmerzendes Knie nicht erlaubte. Das Innere war leer wie ein hohler Zahn, der Drache hatte alles, was sich darin befunden hatte, an sich gerissen. Silena unterstellte Scottings, dass er die Zeit ihrer Abwesenheit genutzt hatte, um Dinge in Sicherheit zu bringen, deren Anblick eine Drachentöterin gegen ihn aufbringen würde.

»Ausschließlich, Großmeisterin: zwei Diademe, vier Broschen und drei Paar Manschettenknöpfe, alles von herrschaftlichen Kunden, die sich genötigt sahen, sie wegen ihrer Schulden gegen Geld einzutauschen.«

Silena erkannte am Tonfall, dass es Scottings Spaß bereitete, sie anzulügen.

»Vielleicht noch eine gravierte Kugel?«

Sie fuhr mit dem Finger prüfend über die leeren Fachböden, roch daran und leckte die Fingerspitze vorsichtig ab. »Sir, kann es sein, dass Sie versuchen, eine Drachentöterin an der Nase herumzuführen?«, sagte sie kalt und drohend, dabei wandte sie sich zu ihm um und wies ihm ihren Finger.

»Nein, das versuche ich nicht, Großmeisterin!«, beteuerte Scottings und wirkte plötzlich nicht mehr so sicher. »Da war niemals eine Kugel. Wie kommen Sie bloß darauf?«

»Weil ich, Mister Scottings, Spuren von Drachenüberresten erkenne, wenn ich welche sehe, und mögen sie dabei noch so klein und staubig erscheinen«, erklärte sie. »Also, was haben Sie mir zu sagen? Warum hat der Fünfender bei Ihnen eingebrochen? Und dieses Mal keine Ausflüchte, Sir!«

»Es waren versteinerte Dracheneier!«, brach es aus ihm heraus. »Ich wusste nicht, dass sie für Drachen noch von Bedeutung sind. Ein Kunde gab sie mir gegen zehntausend Pfund. Er ist letzte Woche verstorben, und ich wollte sie gerade zu Geld machen, als dieses Monstrum auftauchte und mich ausraubte.«

»Versteinerte Dracheneier? Woher stammen sie, Sir?«

»Da hätten Sie meinen Kunden fragen müssen, Großmeisterin. Ich weiß es nicht und will es auch gar nicht wissen.« Er zwängte seinen Hintern ins dritte Regal und setzte sich, stützte das bleiche Gesicht in die Hände. »Oh, am Ende waren diese Dinger gar nicht versteinert, und ich hatte die Mutter am Hals, die ihr Gelege suchte!«

»Wenn es so ist, können Sie sich glücklich schätzen, dass sie wieder fort ist.« Silena grinste. Sie hatte natürlich nichts außer Staub geschmeckt, aber ihr Trick hatte genügt, um Scottings zum Geständnis zu bewegen. Dracheneier also. Oder war dies doch nur eine neue Lüge des Mannes? Um sie von der eigentümlichen Kugel abzulenken? »Gut, Sir, gehen Sie wieder ins Bett, nachdem Sie mir die Adresse Ihres Kunden genannt haben.«

»Er ist tot, Großmeisterin, das sagte ich Ihnen bereits.«

»Aber sein Haus wird noch stehen, nehme ich an, oder wurde es zusammen mit ihm beerdigt? Es wäre mir neu, dass London so große Friedhöfe besitzt.« Sie humpelte zur Tür. »Wissen Sie, ich denke in der Tat, dass es sich dabei um intakte Eier handelte«, erklärte sie ihm auf dem Weg zum Ausgang und tat so, als glaube sie ihm dieses Mal vorbehaltlos. »Der Kunde wusste, dass ein Gelege so anziehend auf die Mutter wirkt wie Honig auf einen Bären, und aus diesem Grund wird er die Eier bei Ihnen eingelagert haben.« Vor der Tür blieb sie stehen. »Er nahm gewiss an, dass die Gitter und der Tresor genügen würden, um sie vor dem Drachenweibchen zu schützen, Sir.«

Scottings fuhr sich wieder über die hohe Stirn. »Bloody Bastard«, fluchte er. »Wie gut, dass er schon gestorben ist, sonst würde ich Sie begleiten und ihn eigenhändig erschlagen. Der Mann hieß Frederic

Gisborn.« Er nannte ihr die Straße. »Das Anwesen wird von seinem Diener verwaltet, bis die Anverwandten und Erben aus Schottland angereist sind. Der Name des Dieners ist Benson.«

»Danke, Sir.«

Der Pfandleiher schluckte. »Muss ich mit einer Strafe rechnen, Großmeisterin?«

»Weil Sie mit verbotenen Gegenständen Handel betrieben haben, Sir? Weil Sie mich angelogen haben?« Silena zog die Brauen zusammen. »Ich werde darüber nachdenken. Sollte Ihnen in Zukunft wieder verdächtiges Material angeboten werden, zögern Sie nicht und erstatten Sie sofort Meldung bei einer unserer Niederlassungen.« Sie nickte in Richtung Tresor. »Dass Ihnen nichts geschehen ist, dürfte reiner Zufall gewesen sein. Begehen Sie den Fehler nicht ein zweites Mal.«

»Sicher nicht, Großmeisterin«, stimmte Scottings erleichtert zu. »Das schwöre ich bei allen Drachenheiligen!«

Sie humpelte hinaus und stieg in den Heim, nannte dem Fahrer die Adresse und legte das Knie hoch, damit es entlastet wurde. Es klopfte und pochte und beschwerte sich gegen die Anstrengung, doch Silena konnte es ihm nicht ersparen.

»Dracheneier«, schnaubte sie, schüttelte den Kopf und sah aus dem Fenster. Es konnte möglich sein – aber wie wahrscheinlich war es, dass es sich um solche handelte?

Das Gelege eines großen Drachen zu stehlen, wagten nur Wahnsinnige. Drachentöter vernichteten die Brut, geschlüpft oder nicht, an Ort und Stelle. Manche Spezies brachten ihre Nachfahren lebend zur Welt, aber die meisten legten Eier. Und niemand hielt eine wütende Mutter auf, weder unter den Menschen noch unter den Drachen.

Stimmte die Geschichte mit den Eiern, so hatte London großes Glück gehabt, dass der schwarze Drache nicht über die Stadt hergefallen war und einen Großteil in Brand gesteckt hatte, ehe Drachentöter oder Jäger zur Abwehr eingetroffen wären.

»Ist Havock deswegen hier? Wusste sie von den Eiern?«, murmelte Silena. Sie entwarf ein Dutzend Theorien, doch erst die Unterhaltung mit Benson würde ihr neue Erkenntnisse bringen. Sollte tatsächlich jemand ein Gelege gestohlen haben, musste er gefasst und eingesperrt werden. Zur Abschreckung. Sonst würde er bald Nachahmer finden.

Scheppernd verbog sich das Metalldach des Heim, es rumpelte dumpf. Ein schwerer Gegenstand war auf das Automobil geworfen worden, die Fenster barsten splitternd.

Der Fahrer verriss vor Schreck das Steuer, ihre Fahrt verlief einige Meter über den Bürgersteig und endete knapp vor einem Laternenpfahl.

Silena war vor die Sitzbank auf den Boden gerutscht, hielt die Luger in der Hand und die Mündung nach oben auf den durchgebogenen Wagenhimmel gerichtet. »Wissen Sie, was das war?«, fragte sie und sah, dass rote Flüssigkeit über die gesprungene Heckscheibe rann und vor ihr durch das zerstörte Seitenfenster lief. Blut.

»Großmeisterin, hier hängt ein Arm runter«, stammelte der Fahrer, der nun die Beifahrertür mit Gewalt öffnete und ausstieg. »Mein Gott ... Da liegt eine Frau auf dem Dach!«, rief er entsetzt.

Silena stieg ebenfalls aus und spähte suchend in den Nebel, der alles verschluckte, was weiter als fünf Armlängen von ihnen entfernt war. Doch sie sah nichts Verdächtiges. Erst dann betrachtete sie die Frau, die rücklings auf den Heim geprallt war.

Der Sturz hatte sie nicht umgebracht, sie war vorher schon tot gewesen. Lange Schnitte, die von spitzen, scharfen Krallen herrührten, führten durch den schwarzen Morgenmantel sowie das dünne Nachthemd darunter; sie reichten vom Unterleib aufwärts bis zum Hals. Unter den Achseln hatte sich die Kleidung ebenfalls rot gefärbt, die Löcher im Stoff verrieten Silena, dass die Frau dort von Klauen gepackt worden war.

»Denken Sie auch an den Drachen, der Sie anfiel?«, meinte ihr Fahrer und wich bis zur Hauswand zurück, um das sichere Mauerwerk im Rücken zu spüren.

»Keine Frage. Aber er hat eine seltsame Art, uns zu zeigen, dass er weiß, wo wir sind«, meinte sie nachdenklich und schaute in das Gesicht der Toten. Sie war Mitte sechzig, und ihrem Gesicht hatte der Schrecken des Erlebten eine Maske angelegt. »Ich verstehe die Tat nicht. Im Grunde hätte er uns ebenso leicht angreifen und vernichten können. Weswegen verzichtete er darauf?«

»Um uns die Tote anzulasten?«

Silena verzog die Mundwinkel. »Ein törichter Gedanke, nicht wahr? Sie liegt auf unserem Dach, nicht auf unserem Kühler, demnach wird man leicht erkennen, dass wir sie unmöglich überfahren haben.« Sie überprüfte die beringten Finger der Frau, suchte nach Hinweisen, weswegen sie den Tod verdient haben könnte, und fand nichts.

Absonderlich waren die Kleider, welche die Tote trug. Der Drache musste sie unmittelbar aus dem Bett gezerrt haben – oder hatte sie am Fenster gestanden und frische Luft in ihr Zimmer gelassen? Jedenfalls ging man nicht in Morgenmantel und Nachthemd auf die Straße, um sich von einem Fünfender rauben und aufschlitzen zu lassen. Silena vermutete, dass mehr hinter dem Mord steckte.

»Auf alle Fälle müssen wir die Polizei holen. Sie bleiben beim Wagen, ich gehe zum Haus von Gisborn. Es ist ja nicht mehr weit, sagten Sie vorhin.«

Der Fahrer rührte sich nicht von der Stelle, nickte und rief laut nach den Bobbies, während sich die Drachentöterin durch den Nebel auf den Weg begab. Sie fürchtete seltsamerweise nicht, angegriffen zu werden, der Lanzensplitter ihres Amuletts glühte nicht. Das Monstrum betrieb irgendein Spiel, dessen Sinn sich ihr nicht erschloss. Es hatte sein Gelege zurück, also was, bei allen Heiligen, wollte es noch in London?

Das Anwesen von Gisborn schälte sich aus dem Nebel, ein Herrenhaus, eingekeilt zwischen anderen Häusern in der Mince Lane, mit verschnörkelter Eingangstür und einer roten Backsteinfassade, Fensterbänken aus solidem schwarzem Marmor und weißen Fensterläden.

Silena humpelte die Stufen hinauf, betätigte den Türklopfer und wartete. Auf dem polierten Silberschild neben der Tür stand *Frederic Gisborn, Séancier und Schüler des berühmten Daniel Dunglas Home.*

Sie atmete tief ein. Jetzt glaubte sie nicht mehr an die Verstrickung von Zufällen. Zuerst dieser Zadornov, dann der Selbstmord eines Spiritisten in München, jetzt die Spur der Dracheneier zum nächsten Medium. Es klang allmählich nach einer Verschwörung.

»Wir hätten Jagd auf sie statt auf die Drachen machen sollen«, brummte Silena vor sich hin und betätigte den Klopfer erneut. Das

Officium würde ihren Bericht mit großem Interesse lesen und vielleicht wirklich eine Unterabteilung bilden, um diese Personen im Auge zu behalten. Oder der Inquisition einen Wink geben, schärfer gegen die modernen Hexen und Hexer vorzugehen.

Unvermittelt öffnete sich die Tür, ein unrasiertes Männergesicht mit einem buschigen braunen Backenbart lugte verschlafen aus dem Spalt hervor. »Sind Sie verrückt?«

»Mister Benson?«

»Wer will das wissen?« Er rieb sich die Augen, kniff sie zusammen und schob sich eine Brille auf die Nase. »Sie sind eine Drachentöterin?«

»Ich bin Großmeisterin Silena und wegen Ihres verstorbenen Arbeitgebers hier, Sir. Kann ich drinnen mit Ihnen sprechen?«

»Um diese Uhrzeit?«, entrüstete er sich.

»Es ging nicht anders. Ich musste zuerst noch den Angriff eines Drachen über mich ergehen lassen«, erwiderte sie spitz. »Ich möchte herausfinden, ob Mister Gisborn ein Drachengelege bezogen hatte und was er damit bezweckte.« Sie legte eine Hand gegen die Tür und schob sie mit sanfter Gewalt auf. »Ich kann die Bobbies rufen, wenn Sie sich weigern, mir bei meinen Ermittlungen zu helfen, Sir. Wir können unsere Unterhaltung auf der nächsten Wache fortführen, doch ich denke, dass es nicht nötig sein wird, oder?«

Benson seufzte und gewährte ihr Eintritt. »Folgen Sie mir in den Salon, Großmeisterin. Ich werde berichten, was ich weiß, auch wenn ich an der Geschichte mit den Dracheneiern zweifle.« Er führte sie durch ein stockdunkles Haus, und während Silena an Möbelstücken und Türrahmen hängen blieb, bewegte er sich mit traumwandlerischer Sicherheit vorwärts. Er hatte die Anstellung bei Gisborn sicherlich schon lange inne.

Im Salon entzündete er Gaslichter, bot ihr einen großen Ohrensessel und einen Sherry an. Den Alkohol lehnte sie ab und setzte sich, während er sich ein Glas einschenkte.

»Man könnte meinen, dass Sie der neue Herr sind, Mister Benson«, merkte sie an und betrachtete ihr Gegenüber. Er hatte dunkle Haare und trug einen grün-braun karierten Morgenmantel, die Füße waren barfuß.

»Weil ich die Bar plündere?« Er setzte sich aufs Sofa, nahm eine

Pfeife zur Hand und stopfte sie mit großer Routine. »Nein, Großmeisterin. Ich bin nicht der neue Herr, er wird für übermorgen erwartet. Aber ich gebe dem Haus das Gefühl, nicht gänzlich verlassen zu sein. Es fühlt sich so wohler, und so hat es sich Sir Gisborn gewünscht.«

»Ein Haus besitzt keine Seele, Sir.«

»Warum nicht? Es wurde von Menschen erbaut, sie gaben ein Teil ihrer Kraft, um die Mauern zu errichten. Nach meiner Ansicht ruht diese Kraft und damit ein Stückchen Seele in dem Gebäude.« Er steckte den Tabak mit einem Streichholz in Brand, paffte und stieß die Rauchwolken rasch aus dem Mundwinkel aus, ehe er ins langsame, genussvolle Rauchen überwechselte. »Lassen wir das. Es ist vergebliche Mühe, sich mit einer Angehörigen der Kirche auf eine Diskussion dieser Art einzulassen«, sagte er mit einem Schmunzeln, schlug die Beine übereinander und wirkte wie ein Lord und Gentleman, nicht wie ein Butler. »Wie kommen Sie darauf, dass Sir Gisborn Dracheneier besaß?«

Silena erzählte im Groben, was in der Nacht bislang vorgefallen war, sparte den Tod der älteren Frau aus und fragte: »Was wissen Sie über die Gegenstände in Mister Scottings Tresor?« Sie stockte. »Und über eine gravierte dunkelgelbe Kugel?«

Dichter Tabakqualm zog durch den Salon und schien dem Nebel vor dem Fenster Konkurrenz machen zu wollen, es roch nach Vanille und Rum. »Nichts.«

»Das klang eben noch anders, Sir.«

»Damit meinte ich, dass Sir Gisborn keine Dracheneier besaß. Somit kann ich nichts darüber wissen.«

»Ich hatte nicht den Eindruck, dass es Mister Scottings wagte, mich anzulügen«, bluffte Silena und versuchte, den ominösen, sehr selbstsicheren Butler besser einzuschätzen. Er musste das Herrendasein sehr lange geübt haben. Sie nahm die Silbermünze hervor, und schon wanderte sie über die Knöchel hin und her. »Dann stelle ich Ihnen eine andere Frage, Sir. Wie kam Mister Gisborn ums Leben?«

»Sein Körper starb während einer Séance, Großmeisterin, aber seine Seele lebt fort.«

»Schildern Sie mir die Umstände, Mister Benson.«

»Es hat wohl nichts mit diesen Dracheneiern zu tun, also sehe ich keinerlei Bedarf, das Schicksal …«

Ihre Augen richteten sich auf Bensons Gesicht. »Sir, ich habe Ihnen eine Frage gestellt, und das gewiss nicht zu meinem Vergnügen.«

»Es war eine Séance inter pares, unter Gleichen und ohne Außenstehende. Sir Gisborn und vier andere Medien verfolgten eigene Interessen, Großmeisterin. Eine private Angelegenheit.«

»Wer war noch daran beteiligt?«

Benson nutzte die Pfeife, um sich einzunebeln und den bohrenden Blicken zu entgehen. »Ich weiß es nicht. Ich hatte an jenem Abend frei.«

Ohne zu erklären, was sie beabsichtigte, erhob sich Silena, steckte die Münze ein und humpelte zum Ausgang.

»Was tun Sie da, Großmeisterin?« Neugierig blickte er ihr hinterher, schwenkte das Sherryglas und nippte daran. »Sie verlassen mich früh.«

»Ganz im Gegenteil. Ich suche das Arbeitszimmer Ihres Herrn, Sir. Da Sie nicht gewillt sind, mir bei dem Fall zu helfen, muss ich mich auf meine eigenen Augen und Erkenntnisse verlassen.«

Benson sprang wie von einer Ratte gebissen in die Höhe und eilte ihr hinterher. »Großmeisterin, das darf ich keinesfalls erlauben! Die neuen Herrschaften werden sehr, sehr zornig auf mich sein, wenn ich von Ihrem Verhalten berichte, und sicherlich eine Eingabe an Ihre britische Niederlassung machen.« Er überholte sie und stellte sich mit ausgebreiteten Armen vor eine zweiflügelige Tür.

Sie hinkte heran und blieb eine Fingerlänge entfernt vor ihm stehen. »Sie werden unverzüglich zur Seite treten, Sir. Sie mögen den Morgenmantel eines Herrn tragen, aber Sie sind nichts weiter als ein Lakai, der die Gunst der Stunde nutzt«, sagte sie mit bedrohlich gesenkter Stimme. »Wenn Ihre Seele nicht auf immer in diesem Gemäuer bleiben soll, Mister Benson, rate ich Ihnen, mir den Weg freizugeben. Sie wissen, was eine Drachentöterin im Rahmen einer Untersuchung darf und was nicht.«

Der Blick reichte aus, um den Diener zu vertreiben. Silena öffnete die Tür und trat in den Raum, der über und über mit Büchern gefüllt war. Sie standen in Regalen bis zur Decke, sie lagen auf Tischen und am Boden, aufeinander und nebeneinander, aufgeschlagen und geschlossen. Zwei Stapel ruhten auf dem Schreibtisch am Fenster, geöffnet und übereinander geschichtet.

»Sir Gisborn hat an einem Projekt gearbeitet, wie es aussieht?« Sie ging auf den Tisch zu und nahm daran Platz, überflog die ausgebreiteten Seiten. Es waren mittelalterliche Schriften und moderne Landkarten, Aufzeichnungen aus dem 14. Jahrhundert und Berichte über Drachensichtungen in der Gegenwart. »Gab es einen Tresor, Mister Benson?«

»Nein.«

Sie sah kurz von ihrer Lektüre auf – ein nahezu tödlicher Blick.

»Es gab einen«, räumte er ein, schritt zu einem Bord und öffnete es. Hinter einer Reihe aus falschen Buchrücken lag die Tür eines kleinen Panzerschrankes, gesichert mit einem Zahlenschloss.

»Öffnen Sie es, bitte.«

»Ich weiß die Kombination nicht, Großmeisterin«, gestand er. »Sonst hätte ich darin längst nach meinem Lohn für die letzten beiden Wochen gesucht.«

Silena schenkte ihm keine Beachtung; ihre ganze Aufmerksamkeit galt einem Auszug des Werkes der heiligen Hildegard von Bingen, in dem sie über Basilisken und Drachen schrieb. Darunter entdeckte sie die Abschrift eines Textes, der dem Vermerk nach im Original wohl aus einer Handschrift des 15. Jahrhunderts stammte.

Der Drac tut nicht nur schauen und fressen, fliegen und plündern, verwüsten und Feuer speien.

Manch alt Gewürm hat sich dem Bösen angetragen, Schlimmstes den Menschenkindern anzutun und um die Macht der Hexerei gebeten. Sie tragen das Verderben im Kopf.

Daher vermögen sie Unwetter und Gewitter heraufzubeschwören, blasen Wetterwolken in die blauen Himmel, schleudern Blitze und schnauben dicken Nebel, alsweil lassen sie die Masten der Schiffe glühen und reißen Sterne vom Himmel, die in einem Funkenschweif nachts zur Erde fallen.

Und siechen die Leut in einem Dorf arg schnell, hat sie der Fluch des Gewürms getroffen, und sie seien alle verloren, sofern nicht Hilfe naht.

An die Zauberkunst der Drachen entsann sich Silena nicht. Weder die Schriften von Ambrosius, Herodot, Isidor, Cassiodor, Solinus noch die von Plinius erwähnten solche Hexerei; in den Bestiarien des Mittelalters, wie im Physiologus oder in Conrad von Megenbergs Buch der Natur, das auch Rezepturen zur Drachenabwehr gab, stand ihrer Meinung nach nichts darüber … oder? Sie musste noch einmal ihre Unterlagen durchsehen, sie war im theoretischen Teil nie besonders gut gewesen. Ihr Vater hatte sie von Kindesbeinen an »eine Frau der Tat« genannt. Wie an der Essensausgabe des Internats.

»Hat Sir Gisborn darüber geforscht?«, fragte sie Benson und nahm das nächste Buch.

Dabei fiel ein Foto heraus, auf der eine Ansammlung von Menschen zu sehen war, die um einen Tisch saßen und sich mit kühlen Blicken der Kamera zuwandten. Darunter waren mit schwungvoller Hand Namen geschrieben worden.

Silena sog Luft ein. Sie erkannte darauf die Tote auf dem Automobildach wieder, und der Name des zweiten Mannes von rechts, Irmser, passte zu dem selbstmörderischen Spiritisten aus München. Außer Gisborn befand sich eine hübsche, noch recht junge Frau auf der Aufnahme, die heute wesentlich älter war: Madame Arsènie Sofie Sàtra, Frankreichs bekanntestes Medium und eine Selbstdarstellerin, wie es nicht einmal Zadornov an den Tag legen konnte. Das Wort Diva hätte allein für sie erfunden sein können.

Sie hielt das Bild in die Höhe. »Sir, was sehe ich da?«

»Ein Andenken, Großmeisterin, an die Tage, die mein Herr in Vertrautheit mit anderen Discipuli des großen Daniel Dunglas Home verbrachte. Mit Madame Sàtra verband ihn darüber hinaus eine Liaison«, erklärte er.

»Aber es kam zum Bruch?«

»Ja. Wegen der Fortführung und Verfeinerung der Methoden des Meisters Home. Sie alle hatten unterschiedliche Auffassungen von seiner Lehre, und nach dessen Tod im Jahre 1866 kam es zum Zwist. Jeder von den Herrschaften verfolgte seine eigene Methode.« Benson schaute auf die Handschrift. »Und was Ihre erste Frage anbelangt: Er hat mich darüber nicht in Kenntnis gesetzt, Großmeisterin. Er wollte nicht, dass ich dadurch in Gefahr geriete.«

»Kann es sein, dass diese Herrschaften«, sie wedelte mit der Aufnahme, »diese Séance begingen, bei der Sir Gisborn zu Tode kam?«

»Wie ich bereits sagte: Ich befand mich außer Haus«, beharrte Benson. »Ich wusste nur, dass eine Séance beabsichtigt war, mehr nicht.«

Silenas Augen betrachteten die Gesichter, sie wandte das Bild und sah die Jahreszahl mit Graphitstift notiert: 1901. »Sie sagten, dass es Schüler von Homes waren, Sir?«, fragte sie versunken.

»Ja, Großmeisterin. Sir Gisborn beherrschte einige Fähigkeiten von ihm, wie die Levitation, das Rufen von Phantomen oder das Hervorrufen von Lumineszenzen und Luftströmungen. Aber die Beste von ihnen war sicherlich Madame Sàtra, wie mein Herr mir gegenüber immer wieder voller Anerkennung betonte.« Der Butler setzte sich vor den Arbeitstisch.

Silena dachte an die letzte Zeitungsaufnahme der Französin und wunderte sich. Sie hatte angenommen, dass diese höchstens vierzig Jahre alt sei. »Wie kann es sein, dass der Alterungsprozess bei Madame Sàtra im Vergleich zu der anderen Dame, Irmser und Mister Gisborn um so viel langsamer verlaufen ist? Wissen Sie etwas darüber, Sir?«

»Sie ist ein Medium, Großmeisterin. Fragen Sie Madame selbst, welchen Geistern und Pakten sie ihr Äußeres verdankt.« Benson gelang es, teilnahmslos dreinzublicken.

Silena wurde immer unruhiger. Sie hasste es, Dingen auf die Spur zu kommen, ohne dabei genau zu wissen, worum es sich drehte und welche Ausmaße die Folgen ihrer Entdeckung annahmen. An einen Zufall glaubte sie längst nicht mehr. Die Drachen hatten ihre Klauen im Spiel.

Sie erhob sich und beugte sich über den Tresor. »Dein Geheimnis erkunden wir«, versprach sie ihm und wandte sich an Benson. »Haben Sie ein Telefon, Sir?«

»In der Eingangshalle, Großmeisterin. Ich zeige es Ihnen.« Er stand auf und schritt voran, Silena humpelte hinterher. Sie würde Litzow mitteilen, dass er ein paar Mann mit schwerem Gerät in die Mince Lane schicken sollte, die sich mit dem Tresor vergnügen konnten. Sie war sich sicher, dass ein Teil der Lösung hinter dem dicken Stahl wartete. Außerdem sandte sie drei Männer zu Scottings Laden, um den Pfandleiher nicht aus den Augen zu lassen.

VI.

»Die Linie Juliana
Ausgehend von Juliana, haben sich die Nachfahren auf das Legen von Fallen und kleinere Drachen spezialisiert. Ketten dienen dazu, die Drachen zu fesseln, danach werden sie daran zum nächsten Gewässer geschleift und ersäuft. Gibt es kein Gewässer, wird auch gerne eine Jauchegrube benutzt.«

aus der Serie »Drachentöterinnen und Drachentöter
im Verlauf der Jahrhunderte«
Im »Münchner Tagesherold«, Königlich-
Bayrisches Hofblatt vom 5. Juni 1924

16. Januar 1925, Hauptstadt London, Königreich Großbritannien
»Großmeisterin, wachen Sie auf. Wir wären so weit.«

Silena schob den Hutrand mit dem Zeigefinger der linken Hand in die Höhe. »Ich habe nicht geschlafen«, behauptete sie müde und blinzelte. Sie hatte von Harry Piel und dem Film *Triumph des Todes* geträumt, und zum ersten Mal kam sie darin selbst vor. Als seine Gemahlin.

Gisborns Arbeitszimmer lag in trübem Tageslicht, dessen Zauber durch den Nebel gefiltert und verunreinigt wurde. Vor dem Tresor knieten vier verschwitzte Männer in den Uniformen der Staffelbodentruppe und hielten einen großen Bohrer in der Hand, rund um das Schloss wies der Panzerschrank mehrere Löcher auf. Die herausgedrehten, dem Metall entrissenen Eisenspanlocken und die Blasen an den Handflächen der Männer sprachen Bände über die Beständigkeit des Materials. Es war ihr selbst ein Rätsel, wie sie bei dem Lärm hatte schlafen können.

»Schön, Großmeisterin.« Der Arbeiter, der sie geweckt hatte, hielt einen schweren Vorschlaghammer in den Händen. »Wenn wir jetzt auf das Zahlenschloss schlagen, sollte es herausbrechen, danach können wir die Riegel von Hand beseitigen.«

Silena erinnerte sich, wie einfach der Einbruch des Drachen ausgesehen hatte. »Dann los«, nickte sie und richtete sich in dem Sessel auf, in dem sie seit Eintreffen der Männer gesessen und gedöst hatte. Ein Blick auf die Uhr zeigte, dass es schon kurz nach zehn Uhr morgens war.

Es klopfte, und Benson brachte Tee und Sandwiches. Er hatte den Morgenmantel gegen seine Butler-Uniform getauscht und sah gar nicht mehr nach Herr aus. »Großmeisterin, an der Tür steht ein Mister Onslow Skelton von Hamsbridge & Coopers Insurance. Er sei hier, um nach dem Tod Sir Gisborns nach den versicherten Wertgegenständen zu sehen und den Erben eine Vertragsverlängerung zu unterbreiten.«

»Dann ist er wohl zu früh hier, Sir. Weder Sie noch ich sind die Erben, oder?« Silena nickte dem Mann mit dem Vorschlaghammer zu. Im gleichen Moment tauchte Skelton auf der Schwelle des Arbeitszimmers auf. Fast alles an ihm war kariert, bis auf das weiße Hemd und die braunen Schuhe.

»Halt!«, rief er aufgeregt und streckte einen Arm aus, als könne er den Vorschlaghammer erreichen. »Nicht! Niemand rührt den Tresor an!«

»Da sind Sie ein paar Stunden zu spät aufgestanden, Mister Skelton«, meinte Silena unfreundlich.

»Der Panzerschrank ist Eigentum von Hamsbridge & Coopers Insurance. Eine Beschädigung …« Skelton rückte die runde Brille zurecht und stierte auf die Metallspäne. »Sie haben das Schloss zerstört?«

»Jawohl, Mister Skelton. Denn ich habe berechtigte Gründe anzunehmen, dass sich darin etwas befindet, was das Officium Draconis in einem Mysterium gehörig voranbringt.« Sie musterte den Versicherungsmenschen. »Keine Sorge, wir kaufen einen neuen Tresor, wenn es Sie beruhigt. Und …« In diesem Augenblick fiel ihr das Leuchten ihres Amuletts auf. »Oh, verflucht«, zischte sie und eilte zum Fenster. Die Augen suchten den Himmel ab, doch sie entdeckte keinen schwarzen Drachen. Er verbarg sich.

»Ich mache mir Sorgen um den Inhalt, Großmeisterin.« Skelton stellte seinen Koffer auf dem Schreibtisch ab, öffnete ihn und wühlte in unübersehbar vielen Listen umher, bis er eine hervornahm und blätterte. »Laut meinen Unterlagen befinden sich wertvolle Porzellaneier mit Diamantbesatz darin, die nach den Plänen von Fabergé angefertigt wurden. Es ist nicht auszuschließen, dass Sie …«

»Wir haben keine Zeit. Der Drache ist in der Nähe.« Silena schickte zwei Männer zur Beobachtung aufs Dach des Hauses, einen weiteren in die Halle zum Telefon, der Litzow informieren sollte. Mehr konnte sie vorerst nicht tun. Dann nickte sie dem wartenden Mann mit dem Vorschlaghammer ein weiteres Mal zu, und er zerschmetterte das Drehrädchen an der Tür mit einem gewaltigen Hieb. Die Wucht trieb das Schloss in den Innenraum des Schranks, es klirrte metallen.

»Ausgezeichnete Arbeit, Männer«, lobte sie und schritt ungerührt an Skelton vorbei, dessen Mund vor Entrüstung weit offen stand. »Brecht ihn ganz auf.«

Lange Stemmeisen wurden angesetzt, die Männer setzten die gesamte Muskelkraft ein und hebelten die Tür auf.

»Das ist eine Frechheit, Großmeisterin!«, rief Skelton und machte sich sofort Notizen. »Ich werde einen unserer Fotografen holen lassen, der den Schaden mit einem Bild festhält.«

»Mister Benson, bringen Sie Mister Skelton bitte nach draußen. Falls ein Drache dort sitzen sollte, überlassen Sie ihn dem Vieh mit meinen besten Empfehlungen«, befahl sie ungerührt. »Ich habe meine Leica dabei, Mister Skelton. Ich schieße ein paar nette Aufnahmen und lasse sie Ihnen zukommen, wenn Sie das beruhigt.« Sie kümmerte sich nicht weiter um den zeternden Briten, der von dem Butler nach draußen geführt wurde, sondern wartete darauf, dass die Männer den Schrank öffneten.

Widerwillig schwang die Tür auf; dahinter lagen die Trümmer des Schlosses und ein Eisenkästchen, das einer der Arbeiter ihr reichte. Sie erbat sich ein Stemmeisen und knackte die Schatulle, und darin befanden sich – uringelbe Schmutzbrocken.

»Was ist das denn?« Silena fuhr mit dem Zeigefinger in der Ansammlung unterschiedlich großer Brösel umher, suchte nach mehr unter der gelblichen Substanz, die streng nach faulen Eiern roch und an eine Mischung aus Gummi Arabicum, Weihrauch und getrockneten Gallensteinen erinnerte; viele der Stückchen zerfielen bei der leichten Berührung in kleinere Teile wie feuchter Sand. Was konnte ein Drache damit wollen?

»Sie haben es zerstört, Großmeisterin!« Benson hatte das Arbeitszimmer wieder betreten, trat zu ihr und schaute in das Kistchen.

»Ich sehe keine Schalen, Mister Benson, daher gehe ich davon aus, dass sich niemals so etwas wie ein Ei darin befand«, schnarrte sie und hob den Finger, an dessen Spitze etwas von der Substanz haftete. »Was ist das, Sir? Sie wissen es!«

»Ich weiß nicht, *was* es ist, aber *dass* es unglaublich kostbar für meinen Herrn war. Er hat es über einen Mittelsmann von Drachenjägern gekauft. Für eine halbe Million Pfund. Das hier war ein Teil von einem größeren … Stein oder etwas in der Art.« Benson wich einen Schritt vor ihr zurück. »Sie haben es kaputtgemacht!«, wiederholte er. »Das letzte Mal, als ich es sah, bestand es aus einem Stück, klein wie ein Taubenei.«

»Wie dem auch sei.« Silena klappte den Deckel zu, der Gestank wurde ihr zu intensiv. »Ich beschlagnahme dieses Zeug im Namen des Officium Draconis wegen illegalen Handels mit Drachenteilen. Sie werden als Zeuge vor einem Tribunal in unserer Niederlassung aussagen, Sir, und gehen dafür straffrei aus. Falls Sie uns den Namen der Einheit nennen können, die Mister Gisborn beliefert hat.« Zu ihrer Erleichterung sah sie, dass das Glühen des Speersplitters nachließ. Der Drache entfernte sich von ihnen.

»Ich … weiß es nicht.« Benson schluckte, wurde weiß wie eine Wand und setzte sich auf das Sofa neben dem Fenster. »Ich habe nichts Unrechtes getan, Großmeisterin. Mein Herr hat den Kauf getätigt, nicht ich.«

»Sie haben vor Zeugen zugegeben, von diesem Handel gewusst zu haben, Sir. Damit haben Sie sich der Teilnahme schuldig gemacht und Sir Gisborn gedeckt. Das bringt Ihnen eine ordentliche Geldstrafe oder einige Zeit im Gefängnis ein, falls Ihnen das lieber ist, Sir.« Sie wies ihre Leute an, die Ausrüstung zusammenzupacken und zurück zum Wagen zu gehen. »Ich lasse einen Constable kommen, der Sie vorübergehend in eine Zelle verfrachtet, bis das Tribunal bereit für eine Verhandlung ist oder Ihnen womöglich doch einfällt, welche Jäger sich strafbar gemacht haben.« Sie klemmte sich die Schatulle unter den Arm und tippte mit dem Zeigefinger an ihren Hutrand. »Schönen Tag, Sir.« Dann wandte sie sich ihren Leuten zu. »Wir treffen uns in einer Stunde in der Shank Street vor dem

Laden von Mister Scottings«, ordnete sie an. »Umstellen Sie das Gebäude und verhindern Sie, dass er es verlässt.« Die Männer salutierten.

Sie verließ das Haus und winkte eine Droschke herbei. Ihre linke Hand schloss sich um die Münze in ihrer Manteltasche. Der Kontakt zu dem Andenken an ihren Bruder brachte ihr etwas Ruhe und half ihr beim Überlegen.

»Extrablatt!«, schrie ein Junge und lief den Bürgersteig entlang. Er zog einen Handkarren mit einem Stapel der *Times* hinter sich her. Seine Kleidung sah abgewetzt aus; die Kappe auf den kurzen blonden Haaren hatte einmal einem Erwachsenen gehört und war ihm viel zu groß. Er schwenkte eine Ausgabe, die Seiten raschelten. »Bestialische Morde in Whitechapel! Kehrt der Ripper zurück? Extrablatt!«

Normalerweise hätte Silena diesen Schlagzeilen keine Aufmerksamkeit geschenkt, doch nach dem vergangenen Tag war sie geneigt, alles Ungewöhnliche einer näheren Untersuchung zu unterziehen. »Hierher, Junge«, rief sie und fischte ein paar Pennies aus ihrer Tasche, die sie in der hohlen Hand verbarg. »Wo habe ich nur …?« Sie tat so, als suche sie nach Geld, dann ließ sie die Pennies mit schnellen Bewegungen aus der dreckigen Nase, den Ohren und unter der Mütze des Zeitungsjungen hervorklimpern. »Na, so was. Du hattest die Münzen ja schon.« Sie lächelte ihn an. »Gib mir eine Zeitung, bitte.«

Ganz Geschäftsmann, prüfte der Junge erst die Münzen. »Wie haben Sie das gemacht, Lady?«

»Ich kann Pennies aus der Luft ziehen. Aber verrate es niemandem.«

»Dann haben Sie aber ein paar zu viel gezogen.« Er wollte ihr zwei zurückgeben.

Silena nahm sie und die Zeitung entgegen, dann sah sie ihn erstaunt an. »Nanu? Da ist was in deinem anderen Ohr.« Wieder zog sie mit flinken Bewegungen Pennies hervor. »Die wollen unbedingt bei dir bleiben. Kauf dir was davon.«

Er grinste. »Danke, Lady. Solche Pennies sollte es öfter geben.« Er rollte mit dem Wagen die Straße entlang, immer noch das Extrablatt anpreisend. Kurz vor der Straßenbiegung wandte er sich zu ihr um und winkte ihr noch einmal zu. Sie hob den Arm zum Gruß, dann fing sie an zu lesen.

Auf der ersten Seite hatte die *Times* ihren Lesern die schrecklichen Bilder nicht erspart. Aus weiterer Entfernung hatte ein Fotograf elf verschiedene Tatorte aufgenommen, wo Polizisten und halb zugedeckte Leichname zu sehen waren. Im Bericht zwei Seiten weiter hieß es, dass die siebzehn Opfer regelrecht ausgeweidet worden seien, etliche Körperteile würden fehlen. Die Brutalität übertreffe sogar die des Mörders, der unter dem Namen Jack the Ripper bekannt geworden war.

Silena hatte sofort den Verdacht, dass der schwarze Drache dahintersteckte. Zu allem Überfluss schien er ein Menschenfresser zu sein, die übelste aller Sorten, und die Nacht damit verbracht zu haben, seinen Hunger zu stillen.

Sie stieg in die Droschke, stellte das Kästchen neben sich und nannte dem Kutscher die Adresse der Drachentöter-Niederlassung. Auf der Fahrt machte sie sich Gedanken darüber, was ihr Fund zu bedeuten hatte und welche Verbindung es zu dem Fünfender geben könnte, wenn es sich nicht um ein Gelege handelte. Ihr fiel nichts ein, sie war noch zu müde. Das Dösen im Sessel hatte ihr keine wirkliche Erholung beschert, aber sie durfte sich vorerst keinen Schlaf erlauben.

Sie blätterte in der *Times* und überflog auch den Artikel, der sich in der Nachberichterstattung um den spektakulären Raub im britischen kunsthistorischen Museum sowie im Imperial War Museum drehte. Keiner der geraubten Gegenstände war aufgetaucht, und die Zeitung veröffentlichte Skizzen und Fotos einiger verschwundener Gegenstände. Aufmerksam wanderte Silenas Blick über die Abbildungen.

Neben dem ganzen Schmuck und der Kunstgegenstände hatten die brutalen Räuber ein Artefakt gestohlen, das mehr als nur materiellen Wert besaß: das Zepter des Marduk.

»Leide ich allmählich unter Verfolgungswahn?«, murmelte sie. »Was wollen sie damit?« Das keulengleiche Zepter, der Kopf aus massivem Gold und mit vier Klingen aus gehärtetem Silber besetzt, war eines der mächtigsten heidnischen Artefakte gegen Drachen, das die Menschheit kannte. Marduk vernichtete Tiamat und spaltete ihren

Leib – so besagte es das Gilgamesch-Epos – in zwei Teile. Je nach der Fassung des Textes zerteilte er den Urdrachen mit dem Zepter.

Was in den Ohren einer Drachentöterin zunächst gut klang, bekam aus christlicher Sicht rasch einen schalen Beigeschmack. Marduk wurde unter anderem als Verkörperung des Belzebub angesehen, und somit war sein Zepter ein Werkzeug des Teufels, egal ob es Gutes oder Schlechtes angerichtet hatte. Silena erinnerte sich an die Anmerkung von Erzbischof Kattla, der von Anfang an verlangt hatte, solche Artefakte unter Verschluss zu halten und sie nicht zur Schau zu stellen, weil sie das Ansehen der christlichen Drachenhelden schmälerten. Universitäten, Freidenker und vor allem die Öffentlichkeit sahen es anders.

Silena blätterte um – und starrte auf die Fotografie eines Gegenstandes, den sie mit etwas Vorstellungsvermögen als Skizze bei Scottings gesehen hatte. Also war der Mann in Wirklichkeit ein Hehler, der mit den geraubten Gegenständen aus den Museen handelte! Das würde auch die Polizei interessieren. Und dieser Mister Skelton …

Die Droschke hielt vor der Niederlassung des Officiums.

Silena stieg aus und ließ den Kutscher auf sie warten, eilte durch das Gebäude und gab das Kästchen ab. Danach verlangte sie ein Telefon, um dem Erzbischof einen kurzen Bericht abzuliefern. »Ich habe keine Ahnung, Exzellenz, wo die Zusammenhänge bestehen oder ob es welche gibt«, schloss sie nach mehr als einer Viertelstunde. »Aber Zufälle sind es schon lange nicht mehr.«

»Nein, wirklich nicht«, erwiderte er abwesend. »Großmeisterin, Sie werden den Fall weiterverfolgen. Vorerst kein Wort zur Polizei. Stellen Sie diesen Scottings zur Rede, danach rufen Sie mich an. Es scheint mir angebracht, das Augenmerk auf die Geisterbeschwörer zu legen. Wenn sich alles um die einstigen Schüler dieses Homes dreht, sollten wir mit Sàtra sprechen, bevor sie uns auch aus dem Fenster springt oder bei einer Séance ums Leben kommt. Ich werde sie ausfindig machen lassen und Ihnen ihren Aufenthaltsort mitteilen.«

»Sehr gut, Exzellenz. Bis dahin habe ich von Scottings mehr erfahren.« Sie hörte an seiner Stimme, dass ihn etwas bedrückte. »Ist etwas geschehen?«

»Wir haben einen weiteren unserer Streiter verloren, Großmeisterin. Wieder ein heimtückischer Mord, der Beate traf, die jüngste

Tochter von Großmeisterin Martha. Niemand hat den Hergang der Tat verfolgt. Wir fanden sie morgens tot und mit eingeschlagenem Schädel in ihrem Zimmer. Die Fenster und Türen waren verschlossen, es muss mit dem Teufel zugegangen sein. Es scheint, als hätten die Drachen einen Dämon als Verbündeten beschworen.«

»Exzellenz, wissen Sie etwas über die Zauberkunst der Drachen?«

Kattla überlegte. »Es gibt Aufzeichnungen darüber, gerade was das Historische und das Volkskundliche angeht. Da Sie das Zepter erwähnten: Hatte Tiamat nicht Zauberkräfte, die sie gegen Marduk einsetzte? Aber da ist auch sehr viel Unwissenheit der Menschen im Spiel.«

Silena erinnerte sich in dem Augenblick daran, als der Erzbischof es erwähnte. »Nein, ich meinte in der Gegenwart«, fügte sie hinzu, um sich die Blöße des Nichtwissens zu ersparen. »Mir kam kein derartiges Exemplar vor die Lanze.«

»Nein, nichts. Es gab jedenfalls im Lauf meiner gesamten Amtszeit keinen einzigen Bericht über einen hexenden Drachen, insofern halte ich es generell für unwahrscheinlich, dass sie zaubern können.« Jetzt klang die Stimme ein wenig vorwurfsvoll. »Sie sollten sich in Erinnerung rufen, dass es keine derartigen Kräfte gibt, Großmeisterin. Auch wenn Sie viel mit den Spiritisten zu tun haben, behalten Sie im Kopf, dass sie nur mit Tricks und Gaukeleien arbeiten. Wie Sie mit Ihren Münzen.«

»Das weiß ich, Exzellenz«, bekräftigte sie rasch und sah auf die Uhr. »Ich muss gehen, Exzellenz. Die Männer warten sicher schon auf mich. Ich sage Ihnen Bescheid, was sich ergeben hat.« Sie reichte den Apparat zurück und eilte auf die Straße, stieg in die Droschke und kehrte in die Shankstreet zurück.

Der Lastwagen stand auf der Straßenseite gegenüber von Scottings' Laden, zwei ihrer Leute hielten vor dem Eingang Wache. »Es tut mir leid, Großmeisterin, aber ich fürchte, er ist verschwunden«, wurde sie von einem der beiden begrüßt. »Ich weiß nicht, wie es ihm gelungen ist, wir haben die Vorder- und Rückseite beobachtet, aber er …«

Silena sprang aus der Droschke – und unterdrückte den Schmerz, der in ihr Knie schoss. Sie hatte ihre Verletzung beinahe vergessen. An der Tür hing das Schild GESCHLOSSEN.

»Aufbrechen«, befahl sie kurzerhand.

Etwas später schritt sie durch die Räume der pfandleiherischen Antikhandlung.

Sie sah auf den ersten Blick, dass einige Gegenstände in den Regalen fehlten. Scottings hatte Dinge mitgenommen, die er zu Geld machen konnte, um seine Flucht zu finanzieren. Silena ärgerte sich, dass die Wachen ihn hatten entkommen lassen. Andererseits traf sie eine gewisse Mitschuld. Den nächsten Verdächtigen würde sie auf der Stelle festsetzen lassen.

Auch der Besuch in Scottings' Wohnung erbrachte nichts, bis auf die endgültig sichere Erkenntnis, dass er London verlassen hatte: Im Kleiderschrank herrschte eine gewisse Leere, die Männer fanden Prospekte von Schiffspassagen nach Frankreich und Amerika. Silena traute Scottings durchaus zu, sie zur Ablenkung ausgelegt zu haben.

»Verdammt!« Silena packte eine chinesische Vase und warf sie mit Kraft gegen die Wand, die Splitter flogen durch den Raum. »Gehen wir«, befahl sie und wandte sich auf den Absätzen um.

Auf das Telefonat mit der Exzellenz freute sie sich wahrhaftig nicht.

16. Januar 1925, Hauptstadt London, Königreich Großbritannien

Silena saß in der Kanzel des Luftschiffs, hatte die Beine hochgelegt und die Arme hinter dem Kopf verschränkt, und verfolgte, wie eine De Havilland D.H.34, eine Passagiermaschine der neuen Generation, in der Abenddämmerung zur Landung auf dem Rollfeld ansetzte.

An Bord waren Fluggäste aus Paris, die eine lange Reise über Land oder gar übers Meer durch den Kanal nicht auf sich nehmen wollten. Die Fluggesellschaft Imperial Airways verkehrte regelmäßig zwischen den Metropolen. Die Fliegerei hatte die Menschheit unzweifelhaft enger miteinander verbunden als jedes Transportmittel zuvor, sogar mehr als die Eisenbahn. Distanzen schwanden, Berge bedeuteten fast kein Hindernis mehr.

Das Dröhnen der Motoren war wie Musik in Silenas Ohren. Sie liebte die Fliegerei in all ihren Facetten, auch wenn ihr die Luftschiffe bei aller Eleganz und Erhabenheit zu langsam flogen. Aber ansonsten wagte sie sich an den Steuerknüppel von allem, was Tragflächen hatte, ganz egal, wo sie sich befanden. Nur nicht bei Automobilen.

Die D.H.34 setzte auf, hopste noch einmal und rollte über die Piste, die Propeller verringerten ihre Leistung und klangen tiefer, es vibrierte in ihrem Bauch.

Hauptmann Litzow erschien an ihrer Seite. »Großmeisterin, es tut mir leid, Sie bei Ihren Gedanken zu stören, aber Sie haben Besuch.«

Sie seufzte. »Wenn es dieser Skelton ist …«

»Nein. Ein Mann namens Eris Mandrake.« Er rollte mit den Augen und zwirbelte die aufrecht stehenden, gewachsten Enden seines Schnauzbarts. »Mich würde interessieren, wie seine Familie zu diesem Namen kam.«

»Sie wird sich entsprechend benommen haben, Hauptmann.« Silena rührte sich nicht und verfolgte, wie die D.H.34 langsamer wurde und die Bodenmannschaft heraneilte, um den neun Passagieren beim Verlassen der engen Kabine behilflich zu sein. Diese Maschine war im Vergleich zu den alten Passagierflugzeugen, die meist umgebaute Bomber waren, geradezu komfortabel. Die Konstrukteure hatten versucht, die Vibrationen und den Schall der Motoren zu dämpfen, die Menschen saßen auf Korbstühlen und erhielten sogar Verpflegung während des Fluges durch einen eigenen Steward an Bord. Die Deutsche Aero Lloyd führte in ihren Fokkern angeblich sogar Stummfilme vor. »Was will dieser Mandrake?«

»Mit Ihnen sprechen. Über zwei Männer, Zadornov und Skelton.«

Jetzt richtete sie den Blick auf Litzow. »Hat er den Grund genannt?«

»Nein. Er will nur mit Ihnen darüber sprechen. Ich soll Ihnen ausrichten, dass es wichtig sei und Sie in Gefahr schwebten.«

»Wo ist er?«

»Er wartet draußen neben dem Hangar auf Sie, Großmeisterin.« Hauptmann Litzow trat zurück, damit sie die Füße auf den Boden der Gondel stellen konnte. »Ich habe eine Wache abgestellt, damit er sich nicht herumtreiben kann.«

Silena erhob sich und biss die Zähne zusammen. Das Knie pochte, der Eisbeutel hatte nichts gebracht. »Schauen wir ihn uns einmal an.« Sie warf sich den schwarzen Mantel über und knöpfte ihn zu.

Gemeinsam verließen sie den Führerstand des Luftschiffs und

marschierten durch den Nieselregen zum Hangar, unter dessen seitlichem Vorbau ein Staffelsoldat und der Besucher standen. Silena schaute noch einmal zur D.H.34, wo das Gepäck aus einem separaten Abteil ausgeladen wurde. Während die Passagiere elegant gekleidet waren, wirkten die Piloten in den dicken Ledersachen ungeschlacht. Sie waren jedoch auf den Schutz angewiesen, da es keine geschützte Kanzel für sie gab. Während des Fluges waren sie der Witterung regelrecht ausgeliefert.

Silena wusste, dass die Navigation bei schlechter Sicht problematisch war. Bei tief hängenden Wolken mussten die Piloten noch weiter nach unten, um sich an Schienen oder Straßen zu orientieren. Dabei war es schon mehrfach zu verheerenden Zusammenstößen gekommen, als Maschinen bei regnerischem Wetter die gleiche Route genommen hatten und sich dabei entgegengekommen waren.

Silena richtete den Blick nach vorn. Mandrake war recht groß und kräftig gebaut, wie ein Sportler. Er bevorzugte offenbar ein schlichtes, elegantes Äußeres mit langen, hellen Stoffhosen und einem weißen Hochkragenhemd, darüber trug er ein dickes Tweedsakko und einen schwarzen Hut gegen den Regen auf den nackenlangen dunkelblonden Haaren; die Füße steckten in schicken schwarzen Lederschuhen, die unter dem Schlamm des Geländes gelitten hatten. In der linken Hand hielt er einen Regenschirm, in der rechten ein schwarzledernes Aktenköfferchen.

Die dunkelbraunen Augen in dem glatt rasierten, männlichen Gesicht musterten die Drachentöterin voller Neugier. »Einen schönen Tag wünsche ich, Großmeisterin«, grüßte er sie mit angenehmer Stimme und einem angedeuteten Lächeln.

Er gefiel ihr auf Anhieb. Und sie kannte diesen Gesichtsausdruck, eine Mischung aus Förmlichkeit und Höflichkeit. Etliche Mitarbeiter des Officiums beherrschten ihn ebenso. »Guten Tag, Mister Mandrake. Ich bin Großmeisterin Silena. Was kann ich für Sie tun?«

»Wie wäre es zunächst mit einem Ort, an dem wir weniger den Launen des Empire-Wetters ausgesetzt sind?«, schlug er vor und lächelte dieses Mal offener. Er sah wirklich gut aus, und der schwache Duft seines angenehmen Rasierwassers stieg ihr in die Nase.

Silena zwang sich zu Zurückhaltung, und es fiel ihr wirklich schwer. So etwas hatte sie schon lange nicht mehr gefühlt. Der Mann brachte die ihr so wichtige Trennung von Frau und Uniform durcheinander, Samt und schwerer Stoff schienen eins zu werden. »Sicher, Sir. Sobald ich weiß, was Sie möchten und mir die Sache weniger ominös erscheint, denn mein Bedarf ist gedeckt.«

Langsam griff er unter sein Sakko und nahm einen Ausweis hervor, hielt ihn so, dass nur sie ihn lesen konnte.

Secret Intelligence Service?, wunderte sie sich still. »Es wird immer besser.«

»Ja, Großmeisterin. Würden wir nun bitte an einem Ort weitersprechen, der trockener und weniger öffentlich ist?«, erbat er und steckte seinen Ausweis wieder ein. »Und natürlich wird es unter uns bleiben, zu welcher Organisation Ihrer Majestät ich gehöre.«

»Die Männer der Staffel Saint George sind absolut vertrauenswürdig, Mister Mandrake. Weder der Hauptmann noch der Soldat werden ein Wort über Sie verlieren.« Sie deutete auf die Theben. »Kommen Sie. Ich zeige Ihnen unsere fliegende Teeküche.«

Sie betraten die große Gondel, und Silena lotste ihn in ein kleines Kabuff, das offiziell als Offiziersmesse diente.

»Ein ungewöhnliches Schiff«, befand Mandrake, während er sich setzte und seinen Hut abnahm; dabei kam eine lange, schwarze Strähne auf der linken Seite zum Vorschein. Er streifte das Wasser vom Koffer und stellte ihn auf den Tisch, danach zog er seine schwarzen Handschuhe aus.

»Das braucht man, wenn man einen ungewöhnlichen Auftrag zu erfüllen hat«, gab sie zurück und schenkte von dem Tee aus, der auf der Warmhalteplatte gestanden hatte. »Milch und Zucker, nehme ich an?«

»Sehr gern, Großmeisterin.« Wieder dieses unglaubliche Eroberlächeln, mit dem er gewiss Stein sprengen und Stahl erweichen konnte. Er zog die Tasse zu sich, sie sah lange, gepflegte Fingernägel. »Lassen Sie mich erklären, warum mich mein Weg zu Ihnen führte.« Er rührte um und betrachtete, wie sich die Schwärze des Assamtees nicht länger gegen die Milch durchsetzte und zu einer hellbraunen Flüssigkeit wurde. »Die beiden Herrschaften stehen schon lange auf der Liste des Geheimdienstes Ihrer Majestät. Wir beobachten sie, ohne bislang etwas Konkretes gegen sie in der Hand zu haben.« Er blickte Silena an, die inzwischen ihm gegenüber Platz genommen hatte und auf den Klang seiner Stimme lauschte, jede Silbe in sich aufsog. »Mit Ihrer Hilfe möchten wir das ändern, Großmeisterin.« Er nahm eine Mappe aus dem Koffer.

»Der Grund, weswegen sie in Ihr Fadenkreuz gerieten, würde mich schon interessieren.« Sie grinste, weil sie Skelton vor ihrem inneren Auge sah. »Wissen Sie, ein Versicherungsmensch erscheint mir nicht so gefährlich, dass sich der SIS darum kümmern müsste.« Sie fröstelte, ließ ihren Mantel an.

Er öffnete die Mappe und breitete mehrere Fotografien vor ihr aus. Sie zeigten Skelton und Zadornov abwechselnd auf der Straße, den einen in einer Hotellobby, den anderen an einer Bar. »Dann werden Sie überrascht sein zu hören, dass wir beide Herrschaften einem extremistischen Lager zurechnen. Dieses ist unseren Beobachtungen zufolge an einem gesamteuropäischen Umsturz beteiligt, dessen Verhinderung auch im Sinne des Officiums ist. Deshalb habe ich diesen Schritt unternommen.« Er legte ein Schreiben auf den Tisch, das Silena vor nicht allzu langer Zeit in einer Zeitung abgedruckt gesehen hatte.

»Die Drachenfreunde?«, lachte sie auf. »Skelton ein Teufelsanbeter?« Sie prustete, winkte ab und sah rasch zu Mandrake. »Verzeihen Sie, Sir, aber die Vorstellung ist zu komisch.«

»Skelton kommt als Versicherungsmensch an sehr viele Orte, an denen wichtige Artefakte aufbewahrt werden.« Mandrake sah keineswegs amüsiert aus. »Er ist derjenige, der mit der Wiederbeschaffung von Marduks Zepter beauftragt wurde. Muss ich anmerken, dass er im Vorfeld im Museum war und die Örtlichkeiten in- und auswendig kannte? Skelton ist der perfekte Mittelsmann.« Er schob ihr ein Bild von Zadornov zu. »Dieser russische Fürst ist ein einflussreicher Hellseher, der so manchen Reichen und Mächtigen an osteuropäischen Höfen beraten hat. Er ist der aufgehende Stern, Großmeisterin. Wenn er durch gezielte Manipulationen die Stimmung an den Höfen ändert, wird die Front gegen die Drachenanbeter bröckeln.«

Mandrake lächelte und trank von seinem Tee. Er gönnte sich eine Pause und erlaubte der Stille in dem kleinen Kabuff, die Tragweite seiner Worte zu unterstreichen.

Silena nahm die Münze aus der Tasche, ließ sie abwesend über die Knöchel wandern und dachte über seine Ausführungen nach. »Da Sie diese Leute verfolgen, wissen Sie, dass ich mit beiden Kontakt hatte«, sagte sie langsam und forderte ihn dadurch zu weiteren Erklärungen auf.

Er nickte. »Ich muss wissen, mit welchen Anliegen diese Extremisten auf Sie zukamen, Großmeisterin. Sie planen etwas Großes.«

Silena schilderte Mandrake, was sie mit Zadornov und Skelton erlebt hatte. »Aber jetzt müssen Sie mir erklären, was deren Absicht ist und wie ich Ihrer Meinung nach das nächste Mal handeln soll, wenn sie mir wieder begegnen.«

Er zeigte ihr ein Bild, das die zwei Männer auf einer Parkbank zeigte, beide schauten in den Koffer, den Skelton beim Zusammentreffen in der Mince Lane bei sich getragen hatte. »Wir, also der Geheimdienst Ihrer Majestät, vermuten, dass sie absichtlich auf getrennten Pfaden wandeln, um ihr Vorhaben von unterschiedlichen Ebenen aus anzugehen. Es gibt eine Entwicklung, die uns sehr, sehr nachdenklich macht. Mister Skelton reist sehr viel, auch ohne auf der Suche nach Wertgegenständen zu sein. Er befand sich unseren Informationen nach zu dem Zeitpunkt in München, als der Mord an Großmeisterin Martha geschah. Und er besuchte das Medium Irmser kurz vor dessen Tod.« Seine dunkelbraunen Augen richteten sich auf ihr Gesicht. »Es mag nichts zu bedeuten haben. Doch wir denken, dass es einen Zusammenhang gibt. Ich traue diesen Extremisten zu, dass sie einen Feldzug gegen das Officium eröffnen werden oder es vielleicht sogar schon getan haben. Wir wissen, dass dabei das Zepter des Marduk eine zentrale Rolle spielen soll.«

Silena hörte zu, und mit jedem Wort stieg ihre Verwunderung. »Aber wie kann er dann verlangen, dass ich ihn umbringen soll?« Sie hielt die Münze in der Faust.

Mandrake deutete mit dem Zeigefinger auf ihre Luger unter der Achsel. »Stellen Sie sich vor, dass Sie seinem Wunsch nachgekommen wären, mit welcher Waffe auch immer – er aber in letzter Sekunde ausgewichen wäre! Er hätte Sie entweder im Gegenzug getötet und behaupten können, es sei Notwehr gewesen, oder aber er hätte Zeter und Mordio geschrien. Welches Bild hätte dieser Vorfall in der Öffentlichkeit abgegeben?« Er beschrieb einen Halbbogen in der Luft.

»*Drachentöterin greift Spiritisten an – russischer Graf verletzt.* Und glauben Sie mir, dass Zadornov gewitzt genug ist, einen solchen Vorfall zu seinen Gunsten auszunutzen. Es ist durchaus bekannt, dass Sie hin und wieder recht … hart sein können. So oder so wäre er der Gewinner gewesen, Großmeisterin. Ein kleiner Sieg mehr für die Drachenfreunde.«

»Verstehe.« Silena fand die Worte einleuchtend. Je schlechter das Officium dastand, umso besser für die Wahnsinnigen. »Diese Krümel in der Box aus Gisborns Wohnung … Sie wissen nicht zufällig, was es ist?«, fragte sie Mandrake.

»Nein, bedauere. Wir wissen nur, dass Gisborn Kontakt zu mehreren Drachenjägereinheiten hatte, von denen er regelmäßig verbotene Dinge bezog, und nur Gott weiß, wozu er sie benötigte.« Er lächelte sie an. »Großmeisterin, Onslow und Zadornov werden nicht lockerlassen. Sie sind die letzte fliegende Drachentöterin und extrem gefährlich. Ihre Abschussrate ist beeindruckend.«

»Die Ungeheuer haben sich noch nicht damit abgefunden, dass sie sowohl am Boden als auch in der Luft bekämpft werden. Das erleichtert mir die Arbeit derzeit noch«, milderte sie das Lob und freute sich, wie seine Mundwinkel nach oben wanderten und sich kleine Falten bildeten. Wenn er jetzt noch so nett war, wie er schien …

Sie riss sich zusammen, um die Gedanken nicht abschweifen zu lassen. »Schon bald wird es nicht mehr so einfach sein, einen von ihnen im Luftkampf zu besiegen, auch wenn wir erstklassiges Material besitzen.«

»Hals- und Beinbruch sagt man bei Ihnen?«

»Klare Himmel und Gottes Segen sind mir entschieden lieber, Mister Mandrake«, erwiderte sie und trank ebenfalls von ihrem Tee. »Darf ich Sie etwas Persönliches fragen?«

Er lachte. »Oh, ich hätte es mir denken können.«

Silena mochte es sehr, wenn er lachte. »Was glauben Sie, was ich von Ihnen wissen möchte?«

»Ich wünschte, Sie würden mich danach fragen, ob ich schon vergeben bin, aber ich denke, dass es um meinen Nachnamen geht«, sagte er mit einem Zwinkern und dem Lächeln, dem sie mehr und mehr verfiel.

»Sie liegen mit Ihrer Vermutung richtig: Sie tragen einen Nachnamen, der mich und meinen Hauptmann stutzig gemacht hat«, meinte sie und senkte den Blick. Ihre Finger spielten mit dem Teelöffelstiel, ihr Gesicht erwärmte sich, und plötzlich fühlte sie sich wie das kleine Schulmädchen Silena, das sich nicht getraut hatte, Harry Simpson zu ihrer Geburtstagsfeier einzuladen.

Er hob die Arme. »Tun Sie mir nichts, Großmeisterin, ich kann nichts dafür. In meinem Stammbaum gab es einst einen Lord, der sich reichlich daneben benahm und wie ein lüsterner Erpel hauste, der den Damen förmlich nachflog. Das hat mir und meiner Familie diesen wenig schmeichelhaften Namen eingebracht.«

»Erpel?«, hakte Silena nach und runzelte die Stirn.

Der Mann grinste. »Sie haben gedacht, dass *drake* so viel wie Drache bedeutet? Eine Berufskrankheit, nehme ich an. Aber ich bin nicht mehr als ein Mann-Erpel und damit kein Kandidat für Sie und Ihre Lanze.«

»Das habe ich auch nicht angenommen, Sir.« Sie erwiderte das Lächeln scheu und ärgerte sich über ihre eigene Reaktion. Sie hatte große Drachen getötet und fürchtete wenig auf der Welt, aber kaum wurde sie von einem Mann angesprochen, schwand ihre Souveränität. Gut, es war ein außergewöhnlich attraktiver Mann mit Charme, gepflegten Händen, wundervollen Augen, einer hinreißenden Stimme und geschätzten dreißig Jahren – also genau im richtigen Alter, um sie zu heiraten –, aber er blieb nun einmal ein Mann. Weil sie sich vollkommen verunsichert fühlte, tat sie unbeteiligt. »Wie verbleiben wir also, Mister Mandrake?«

Mandrake goss sich Tee nach. »Ich wollte Sie bitten, dass Sie diese Nummer anrufen, sobald Sie herausfinden, wo sich Zadornov und Skelton aufhalten. Der SIS würde sich glücklich schätzen, von Ihnen Nachricht zu erhalten und gemeinsam gegen die Umstürzler vorzugehen. Sollten Sie sie treffen und mit ihnen reden, glauben Sie ihnen kein Wort. Dieser Russe ist zwar höllisch gescheit, doch leider verwirrt und brandgefährlich. Es gibt Geschichten aus seiner Heimatstadt Sankt Petersburg, die ich Ihnen nicht erzählen kann, da Sie trotz Ihres Amtes immer noch eine Frau sind.« Er lächelte. »Eine aparte Frau, wenn ich mir ein Kompliment erlauben darf.«

Jetzt spürte Silena, wie ihr die Röte in die Wangen stieg. »Demnach tat er was, Mister Mandrake? Ich ertrage einiges.«

»Nein, Großmeisterin. Das ist nichts für Ihre Ohren. Frauengeschichten, Ehrenduelle mit grausamem Verlauf und noch grausamerem Ausgang. Nur einer der vielen Gründe, weswegen Zadornov nicht mehr nach Russland zurückkehren kann und sich im restlichen Europa wie ein Vagabund herumtreibt. Reiche Bojaren haben ihm Attentäter auf den Hals gehetzt.« Mandrake trank seine Tasse leer und packte die Bilder ein. »Skeltons Tarnung dagegen ist perfekt: eine graue, unauffällige Versicherungsmaus, aber hinter der Fassade lauern Abgründe, Großmeisterin. Auch er ist gewaltbereit und zu allem fähig.« Er notierte eine Nummer auf ein Blatt, riss es vom Block und reichte es ihr. »Vergessen Sie nicht, mich anzurufen«, erinnerte er sie ernst, dann schauten seine Augen freundlicher. »Auch wenn sich die beiden nicht mehr bei Ihnen zeigen, freue ich mich, von Ihnen zu hören. Ich würde gern mehr von Ihnen erfahren, Großmeisterin.« Er schloss den Koffer und erhob sich. »Unsere Leben sind ähnlich außergewöhnlich, wir hätten sicherlich einiges an Geschichten zu erzählen. Sofern das Empire nicht durch Indiskretionen in Misskredit gerät, versteht sich.«

Und bevor sie ihre Zunge zurückhalten konnte, sagte sie: »Vielen Dank. Ich werde mich bestimmt melden, sobald es etwas ruhiger in unser beider Leben geworden ist.« Sie streckte entgegen ihrer Gewohnheit ihre Hand aus, um sich zu verabschieden. Um die Hand und die Haut des Mannes zu berühren.

Er tat ihr den Gefallen und schlug ein: sanft und fest, geschmeidig und warm, weder rau noch schwitzig. »Es war mir ein Vergnügen, Großmeisterin«, sagte er lächelnd, ließ sie los und setzte den Hut auf. »Es wäre doch großartig, wenn wir beide zusammenkämen, oder?«

»Wie bitte?«, stotterte sie überrumpelt.

»Ich meinte im Kampf gegen die Drachenfreunde«, präzisierte er rasch, da er sah, dass er sie in Verlegenheit gebracht hatte. Dann wandte er sich zum Ausgang. »Ich wollte Ihnen nicht zu nahe treten, Großmeisterin. Verzeihen Sie mir die Unüberlegtheit.«

»Schon vergessen, Mister Mandrake«, antwortete sie und wünschte sich dennoch, dass genau das bei Gelegenheit geschah. Ein Geheimagent und eine Drachentöterin ergaben ein schlagkräftiges und außergewöhnliches Gespann, das stand fest. »Sie hören von mir.« Sie blieb auf der Schwelle stehen, während er die Gangway hinab kletterte und den Regenschirm aufspannte, sobald er unter der Theben hervor in den Regen trat; zwei Soldaten flankierten ihn und begleiteten ihn zurück zu seinem Automobil.

Silena sah ihm hinterher, und als er einstieg, sich zum Luftschiff drehte und winkte, hob sie den Arm und erwiderte unbewusst den Gruß. Die Soldaten am Wagen starrten sie verwundert an.

Sie ahnte, dass diese harmlose Geste Gerede nach sich ziehen würde, weil es sich bei ihr um eine erstmalige, unglaubliche Gunstbezeigung handelte.

Dann grinste sie. *Warum auch nicht?* Der Erzbischof selbst hatte sie gedrängt, Männerbekanntschaften zu machen.

17. Januar 1925, Hauptstadt London, Königreich Großbritannien

Silena eilte die schmale Gasse entlang, die vor ihr aus dem Nebel erschien und hinter ihr in den grauen Schwaden versank, als gäbe es weder sie noch den Rest von London.

Vor ihr rannte ein Constable, der sie auf Anweisung seines Vorgesetzten zum Tatort führte, welcher entgegen ihrer Vermutung nicht in Whitechapel lag, sondern in East End, dem Einwanderer- und Arbeiterviertel der Hauptstadt.

Die Gerüche, die ihr unterwegs in die Nase stiegen, beinhalteten alles, von Abfallgestank über Essensdüfte und Gewürze, gleich darauf wurde der Nebel warm und roch nach Seife, plötzlich wehte ihr der Hauch von Exkrementen entgegen. Sie wagte es nicht, nach unten zu schauen und nach dem zu sehen, in das die Stiefel traten.

»Gleich hier, Großmeisterin«, rief ihr der Constable zu und bog um die Ecke. »Aber erschrecken Sie nicht. Es ist ein grausamer Anblick.«

»Falls ich überhaupt etwas erkennen kann«, murmelte sie und folgte dem Mann. Beinahe wäre sie gegen seinen Rücken gelaufen; er hatte vor einem kleinen Berg angehalten, salutierte und erstattete seinem wartenden Vorgesetzten Bericht.

Was Silena zunächst für einen sich auftürmenden Abfallhaufen gehalten hatte, erwies sich beim zweiten Blick als die aufgedunsenen Innereien eines Drachen. Sie waren aus der aufgeschlitzten Seite hervorgequollen und hatten sich aufgebläht, der Gestank war widerlich und Silena zugleich vertraut.

Ohne sich um die Polizisten zu kümmern, trat sie näher und betrachtete das fünf Schritt lange, dunkelbraune Tier, das mit dem Rücken zu ihr lag; die Schwingen hatte es eng an den Leib gepresst, beide waren durch schwere Schläge mit einer scharfkantigen Waffe gebrochen worden.

»Ein mittelgroßes Exemplar, nicht wahr, Großmeisterin?«, meinte der Mann in der schwarzen Polizeiuniform und heftete sich an ihre Fersen. Er wollte hören, was eine Drachentöterin zu diesem Fund sagte.

Noch ließ sie ihn im Dunkeln. Sie beugte sich nach vorne, fuhr über die Schuppen am Hals und zückte ihren Dolch aus Drachenzahn, stach zu. Die Klinge fuhr mühelos zwischen den Hornplatten hindurch ins Fleisch. »Ein Einender, nicht sehr alt, keine geschätzte fünfundzwanzig Jahre«, sagte sie, zog einen Block und einen Stift aus ihrem Mantel und machte sich Notizen. »Die Panzerung ist leicht zu durchdringen.« Sie wanderte den Hals entlang und stand vor dem, was einmal ein Kopf gewesen war. »Ach du Schande«, entfuhr es ihr.

Wie auch immer der Drache ausgesehen hatte, der Zustand des Schädels machte es unmöglich, die ursprüngliche Form zu rekonstruieren. Der Sieger in diesem Kampf hatte dem offenkundigen Verlierer den Kopf zermalmt, ihn mit einem spitzen und schweren Gegenstand zerschmettert.

Silena betrachtete die Wunden und dachte augenblicklich an das Zepter des Marduk. »Die Schädelknochen wurden auseinander gebogen«, erklärte sie dem Polizisten und bohrte mit dem Dolch zwischen den Hautfetzen, zerbrochenen Hornschuppen und Knochen herum. »Das Gehirn ist zerschnitten worden.« Sie hob die Augenbrauen. Sie hatte noch nie gesehen, dass sich jemand die Mühe gemacht hatte, auch den Sitz des Verstandes zu zerstören.

»Da ist der Drache nicht der Einzige. Kommen Sie, Großmeisterin.« Der Polizist deutete in den Nebel. »Da liegt noch mehr, was Sie betrachten können, auch wenn es eher in mein Ressort fällt als in

Ihres.« Er lotste sie durch die Waschküche, sie traten drei Schritte vom Drachen weg und platschten durch eine Pfütze.

»Vorsicht, das ist Blut, Großmeisterin«, warnte er sie.

Gleich darauf standen sie vor vier Leichen, drei Männer und eine Frau, die allesamt unauffällige, keinesfalls teure Kleidung trugen. Sie lagen in der Seitengasse, achtlos übereinander gestapelt. Silena machte Schussverletzungen aus, sah aber auch Schnittverletzungen und gebrochene Gliedmaßen.

»Den hier kenne ich«, sagte sie und betrachtete den Toten, dessen Gesicht zur Hälfte unter einem Bein hervorstarrte und eine klaffende Wunde in der linken Wange aufwies. »Das ist Scottings, der Pfandleiher aus der Shankstreet.«

Der Polizist nickte zustimmend. »Ganz recht, Großmeisterin. Auch die anderen drei sind uns bekannt. Es ist eine Bande von Zwischenhändlern, die sich auf den Verkauf von Drachenteilen spezialisiert haben. Scotland Yard beobachtete sie schon seit langem, aber wir konnten ihnen bislang nur kleinere Verstöße nachweisen. Nach ein paar Tagen und dem Zahlen einer Geldstrafe waren sie immer wieder auf freiem Fuß.«

Silena versuchte, eine eigene Theorie zu entwerfen, was sich in dem vernebelten Hinterhof in East End abgespielt hatte. Scottings hatte versucht, den Tresorinhalt an die anderen Menschen zu verkaufen, doch dann war der Drache aufgetaucht und hatte die Transaktion gestört. »Haben Sie irgendetwas gefunden, Sir?«

»Nein, Großmeisterin. Den Toten hat man, soweit wir das beurteilen können, die Taschen umgedreht. Sie trugen nichts von Wert bei sich.«

»Irgendeine krümelige, stinkende Substanz?«

Jetzt sah der Constable sie verwundert an. »Opium, Großmeisterin?«

»Fanden Sie welches oder nicht?«

»Nein, Großmeisterin. Ich bedauere.«

Silena ordnete die Wundmale, die die menschlichen Leichen davontrugen, ebenfalls dem Zepter zu. Die unbekannte dritte Partei, die sich zugleich mit einem Drachen und den Leuten angelegt hatte, blieb geheimnisvoll. Sie kehrte zu dem Drachen zurück, um die Vorderseite näher zu begutachten. Den Hinter- und Vorderläufen waren die Klauen abgetrennt worden, in der Schnauze fehlten etliche Zähne, und als sie die Ränder der tödlichen Wunde auseinander zog und einen Blick ins Innere warf, entdeckte sie, dass dem Wesen das Herz herausgeschnitten worden war.

»Ich denke, dass das Verbrechen auf Drachenjäger zurückgeht«, erläuterte sie dem Polizisten anhand ihrer Entdeckungen. »Alles deutet darauf hin, Sir, dass eine Übergabe von ihnen vereitelt wurde. Nur sie haben das Wissen und die Möglichkeit, einen kleinen Drachen zu erlegen.« Sie zeigte auf die Verletzungen des Drachen. »An Ihrer Stelle, Sir, würde ich alle Einheiten in der näheren Umgebung dingfest machen und ihre Lager durchsuchen lassen. Ich wette mit Ihnen, dass Sie sowohl die Zähne, Klauen und das Herz sowie das Zepter des Marduk finden«, empfahl sie ihm. »Ich jedenfalls werde das tun.«

Wieder fing der Splitter in ihrem Amulett zu glühen an. Der schwarze Drache musste sich unbemerkt von ihnen im Nebel eingefunden haben. Sie bemühte sich, ihre Anspannung nicht zu zeigen und ignorierte die Blicke des Constables auf ihre Kette.

»Es klingt plausibel, Großmeisterin, auch wenn ich nicht weiß, was der Drache in diesem Hinterhof zu suchen hat«, gestand er und rieb sich das Kinn. »Was wollte er hier?« Er schaute zu Silena, als erwartete er von ihr eine Antwort und eine Erklärung für das Leuchten.

»Das darf ich Ihnen nicht sagen, Sir, aber verlassen Sie sich darauf, dass ich die zuständigen Stellen des Officiums und des Geheimdienstes in Kenntnis setze. Es sei Ihnen angedeutet, dass es sich um mehr handelt, als es den Anschein hat. Daher bitte ich Sie um absolutes Stillschweigen, Sir. Halten Sie die Presse fern, egal, wie viel Ihnen für ein Foto geboten wird.«

»Das tue ich, Großmeisterin.«

»Niemand …« Sie sah an ihm vorbei in den Nebel, in dem sie die Umrisse eines Mannes erspäht hatte. »Einen Augenblick!«, rief sie und machte zwei Schritte vorwärts. Sie erkannte Onslow Skelton, der in der Gasse stand und von einem Constable am Weiterkommen gehindert wurde. Als er die Drachentöterin sah, zuckte er zusammen. »Constable, verhaften Sie diesen Mann!«, ordnete sie an und zog ihre Luger. Seine Gefangennahme kam wie gerufen, endlich ein Erfolg nach den vielen Rückschlägen.

Skelton schlug dem Polizisten den Koffer über und rannte davon, tauchte in den Dunst ein.

»Das wird dir nichts bringen.« Silena wollte den Drachenfreund unter allen Umständen in die Finger bekommen und nahm die Verfolgung auf; hinter ihr erklangen die Pfeifen der Bobbies, die Alarm schlugen und die Ordnungshüter der Umgebung herbeiriefen.

Sie hetzte hinter dem Versicherungsdetektiv her, sah seine Umrisse vor sich, sprang über Bretter, kaputte Fässer und Kisten hinweg und fluchte dabei unchristlich. Ihr Knie rebellierte bereits nach wenigen Metern gegen die arge Belastung, sandte ihr Schmerzen und ein heißes Pochen. »Bleiben Sie stehen, Skelton, oder ich schieße!«, rief sie und hob die Luger.

»Lassen Sie mich in Ruhe!«, brüllte er zurück.

Silena feuerte, zielte auf die Beine.

»Sind Sie wahnsinnig?«, schrie Skelton und bog abrupt nach links in eine Seitengasse.

»Nein. Nur wütend.« Sie gab in rascher Folge vier weitere Schüsse ab und hörte einen Schrei. »Habe ich Sie, Drachenfreund!« In ihrer Verbissenheit konzentrierte sie sich auf nichts anderes als Skelton, die Umgebung wurde von ihr vernachlässigt.

Ein Fehler. Neben ihr tauchte überraschend ein zweiter Umriss auf, ein Mann mit Zylinder stieß sie aus vollem Lauf gegen die Schulter, und sie taumelte gegen die Wand.

Silena geriet ins Straucheln und fiel auf die Knie, ohne dabei die Luger loszulassen. Die zwei Sekunden hatten ihr genügt, um Zadornov zu erkennen.

»Lassen Sie den Mann in Ruhe, Großmeisterin!«, hörte sie seine tiefe Stimme; die Spitze des Gehstocks drückte die Luger fest auf den Boden. »Sie erinnern sich an meine Worte?«

»Wollten Sie nicht sterben, Zadornov?«, keuchte sie und zog ihr Schwert mit der anderen Hand.

»Sie lehnten es ab, mir zu helfen, dachte ich?«

»Ich habe es mir überlegt.« Sie schlug zu und kappte den Stock in zwei Hälften, dafür bekam sie einen Tritt gegen den Kopf. Stöhnend fiel sie auf die Seite, hob die Luger und schoss nach den schwarzen Umrissen, die sich ihr näherten.

»Wie schön, Großmeisterin.« Der Mann duckte sich, die Kugeln gingen fehl, und sie hörte, wie er die Gasse entlang rannte. »Ich mir auch.«

Silena stemmte sich in die Höhe und rannte dem Fürsten hinterher, verstaute die Luger und ignorierte die Schmerzen im Knie. Ihre Verbissenheit hatte ein neues Ziel: Sie durfte wenigstens Zadornov nicht verlieren. Jetzt hatte sie den Beweis, dass er und Skelton zusammenarbeiteten. Vielleicht gab es auch eine Verbindung zum schwarzen Drachen? Sie wünschte sich, dass Mandrake auftauchte.

Die Backsteinwände wichen rechts und links zurück, sie gelangten in den nächsten Hinterhof, in dem aus einem unerfindlichen Grund weniger Nebel umherwaberte. Sie sah Zadornov mit einem Grinsen über die Schulter blicken und winken, dann lachte er und wollte in eine Gasse abbiegen. Er wusste, dass sie ihn nicht mehr einholen konnte.

Da löste sich ein Schatten vom Gebäude über ihm, und mit einem lauten Brüllen warf sich ein kleiner Drache vom Dach auf den Fürsten. Beide gingen zu Boden, die Schwingen legten sich um Zadornov und hüllten ihn ein, seine Schreie wurden gedämpft.

»Was, zum Teufel, geht hier vor?« Silena stürmte voran. Sie wunderte sich über das Äußere des Exemplars, das einen kurzen kräftigen Leib besaß, nicht mehr als drei Meter lang war und einen viel zu dicken Schwanz für einen Flugdrachen besaß. Auf der dunkelgrauen Haut saßen kleine, kurze Schuppen, die silbrig glänzten. Was sie bislang vom Kopf des Wesens gesehen hatte, erinnerte sie an ein Krokodil.

Sie hatte sich den Kämpfenden genähert, hob das Schwert und stach in den Rücken des Drachen. Mit einem lauten Geräusch prallte die Spitze von den Schuppen ab, zog eine tiefe Rille über die Panzerung und glitt ab.

Silena starrte auf ihre wirkungslos gewordene Waffe – und schon traf sie ein Schlag des kurzen Schwanzes gegen die Hüfte, der sie von den Beinen hob und vier Meter weit durch die Luft schleuderte.

Sie stürzte wie ein Stein auf das Pflaster, überschlug sich mehrmals und brauchte einige Lidschläge, um die Benommenheit abzuschütteln. »So wirst du mich nicht los, Mistvieh!« Silena erhob sich, lud die Luger nach und kehrte an die Stelle zurück, an der sie Zadornov und den Drachen gelassen hatte.

Sie waren verschwunden. Dafür fand sie am Boden Menschenblut. Viel Blut.

Über ihr erklang das Geräusch von schlagenden Schwingen.

Sie hob die Luger und schoss blindlings nach oben. »Verdammte Teufel!« Laut dröhnten die Detonationen über den Hof und durch die Gassen.

Silena lehnte sich an die regennasse Wand und erneuerte das Magazin zum zweiten Mal für diesen Abend. So oft hatte sie noch nie mit ihrer Waffe an einem Tag geschossen: auf zwei Menschen und einen Drachen. Das Leuchten des Splitters verebbte, der Gegner war verschwunden.

Sie verfluchte ihre ungestüme Art und gestand sich ein, dass sie als Bodenkämpferin nicht viel taugte. Jedenfalls nicht bei Nebel, mit einem angeschlagenen Knie und zu viel Unvorsichtigkeit. Etwas mehr Überlegtheit hätte gutgetan.

Sie hinkte zurück und lief den Constables in die Arme. »Zu spät, meine Herren«, meinte sie und ließ sich von einem von ihnen stützen, als ihr Knie nachzugeben drohte. »Sie sind mir beide entkommen.« Rasch fasste sie zusammen, was sich zugetragen hatte.

»Aber Sie haben einen von ihnen verletzt, Großmeisterin«, erstattete einer der Constables ihr Meldung. »Wir fanden Blut an der Stelle, wo Sie zum ersten Mal geschossen haben.«

Silena grinste. Damit waren Skelton *und* Zadornov verletzt. Ein kleiner Trost für die Schmerzen im Knie und in der Hüfte, die Prellungen und Schürfwunden, die sie davongetragen hatte.

Doch es half nicht zu erklären, weswegen der Russe von seinen eigenen Verbündeten angefallen worden war.

Sie müsste einige Stunden in den Archiven des Officiums verbringen, um ein passendes Bild herauszufinden. Auch diesem Zepter musste sie auf die Spur kommen. Viel zu tun für eine einzelne Drachentöterin. Ihre Hand glitt in die Manteltasche und suchte nach der Silbermünze.

Für eine schreckliche Sekunde lang glaubte sie, das Andenken an Demetrius verloren zu haben, doch dann fand es sich in einer Falte. Sie klammerte sich daran.

VII.

»Ohne das Officium gäbe es Europa in seiner heutigen Form nicht. Wir verdanken der Organisation sehr viel, die ihren Dienst selbst dann nicht aufgegeben hat, als der Weltkrieg die Alte Welt erschütterte. Und wir bedauern die Toten unter den Drachentötern, die irrtümlich für Feinde gehalten wurden und durch das Feuer unserer Truppen starben.«

Kaiser Wilhelm II.
aus der Rede »Vivat das Deutsche Reich!«
vom 6. September 1921

18. Januar 1925, Spessart, Königreich Bayern, Deutsches Kaiserreich

Iffnar streifte unter den schneebeladenen Ästen entlang.

Er mochte den Spessart und den Geiersberg, auch wenn er im Grunde keine guten Voraussetzungen für ihn bot. Zum Abheben benötigte er einen erhöhten Punkt, er war mehr ein Gleiter als eine elegante Fliegerin wie Ddraig, und der knapp sechshundert Meter hohe Geiersberg erfüllte die Anforderungen nur gerade so.

Aber die dichten Wälder rührten ihn, hier fand er Ruhe und genügend Nahrung, ohne dass Menschen ihn aufstöberten.

Früher hatten sich die Räuberbanden im Spessart getummelt, als gehörte ihnen das Gebiet, bis er ihnen den Garaus gemacht hatte. Er hatte es nicht leiden können, dass die Gesetzlosen unzählige Soldaten nach sich gezogen hatten, die zwischen den Stämmen umhergestapft waren und seine Ruhe gestört hatten. Nachdem die meisten Räuberbanden gefasst und eliminiert worden waren, hatte er die Überlebenden schlicht und einfach zur Strecke gebracht und sie getötet. Seitdem gehörte der Spessart wieder ganz ihm; den Waldarbeitern ging er aus dem Weg.

Iffnar wollte über Grendelsons Vorschlag nachdenken, an frischer

Luft und mit einem schönen Blick auf die Wintersonne, die strahlend über dem Spessart stand. Seinem Spessart, den er sich von niemandem streitig machen ließ.

Genau das aber versuchte ein kleineres Exemplar, ein Neuling von höchstens elf Jahren, wenn er die Spuren richtig gedeutet hatte. Er würde es heute aufstöbern und töten, bevor es durch ungestüme Taten an Menschen und Tieren die Drachenjäger und anderes Gesindel anlockte.

Iffnar überlegte, wer von den vier Altvorderen die meisten Siege errungen hatte. Den bislang größten Erfolg in den frühen Jahrhunderten verzeichnete Grendelson, als er seine Wikinger ausgesandt und sich etliche europäische Reiche unterworfen hatte; die gefürchteten Drachenboote waren immerhin bis nach Paris und nach Sizilien vorgedrungen.

Auch wenn Grendelson und er sich mehr als einmal ins Gehege gekommen waren, betrachtete er den Franzosen nach wie vor als seinen größten Gegenspieler. Die Französische Revolution hätte niemals stattfinden dürfen, Vouivre hatte sie nicht rechtzeitig niedergeschlagen. Aufklärung, Freiheitsgedanken, das hatten sie nun davon. Selbst der rasch aufgebaute Napoleon hatte das nicht mehr rückgängig machen können. Ganz im Gegenteil, der kleine Korse hatte sich Europa einverleibt und Vouivre unglaubliche Macht verliehen. Bis Russland ins Spiel gekommen war und Grozny sie vor dem gierigen Vouivre rettete.

»Der Wurm muss sterben«, hatte Grendelson gesagt.

Iffnar blinzelte in die warme Sonne und gab ihm Recht. Er hatte Vouivre 1871 eine herbe Niederlage mit seinen Deutschen zugefügt, was er ihm ebenso übel nahm wie die Siege im Weltkrieg. Aber so lief das Spiel, es war Schach mit vier Gegenspielern und unzähligen Figuren.

Einen Gegenspieler werden wir von der Platte fegen, dachte er bei sich. Grendelson und er würden sich das Französische Reich teilen und Ddraig vor die Wahl stellen, ein Friedensbündnis einzugehen oder ihr nächstes Opfer zu werden. Er hielt die Drachin für klug genug, sich auf Ersteres einzulassen.

Iffnar witterte den kleinen Drachen. Er schob sich durch eine Stelle, an der das Unterholz besonders dicht wuchs, und schlängelte sich zwischen den Bäumen hindurch, ohne dass sein grauer, großer Leib oder seine Füße mit den Stämmen in Berührung kamen. Auch wenn gerade die großen Drachen, die am Boden lebten, nicht danach aussahen, besaßen sie eine Körperbeherrschung und eine Wendigkeit, die vielen Häschern zum Verhängnis wurde.

Der Wind drehte, es roch unvermittelt nach Pferden und Menschen.

»Jetzt!«, zerriss eine Männerstimme die Stille.

Das Knallen von Peitschen erklang, Pferde wieherten, und an verschiedenen Stellen spritzte der Schnee in die Höhe, während gleichzeitig das Klirren und Rasseln von sich spannenden Ketten erklang. Iffnar befand sich exakt im Mittelpunkt, an dem die Ketten ineinander liefen.

Der Drache wusste sofort, was um ihn herum geschah. Er war in eine Falle geraten, eine Falle von Drachentötern, die sich auf der Jagd nach seinem kleineren Artgenossen befanden. Er vermutete, dass die Linie Juliana dahinter steckte; sie arbeiteten gerne mit den robusten Ketten, durch die sich die Kleinen durchaus lange genug bewegungsunfähig machen ließen, bevor man sie umbrachte.

Doch bei einem Altvorderen würde die Falle versagen.

Unter dem Weiß schnellten ein Dutzend Bügel nach oben, einer Mausefalle nicht unähnlich, die Ketten über seinen Leib schleuderten, an deren Enden Haken saßen. Iffnar kannte die Vorrichtungen. Gleich mussten die Mannschaften auftauchen, welche die Haken fassten und die Ketten strafften, um den Drachen auf die Erde zu pressen.

Amüsiert verfolgte er, wie die Ketten an manchen Stellen erst gar nicht bis über seinen Leib flogen; ein Haken prallte gegen seinen Hals und plumpste in den Schnee. Gleichzeitig stapften die ersten Drachenjäger hinter ihren Deckungen hervor – und blieben beim Anblick des Altvorderen entsetzt stehen.

»Ein Großer!«, schrie der Vorderste warnend über die Schulter. »Zurück, zurück!«

Iffnar lachte dunkel, raffte die Ketten mit den Vordertatzen, der Schnauze und dem Schwanz an sich und zog daran. Der Stahl hielt seiner Kraft stand, dafür wurden die Pferde, die auf der anderen Seite im Zuggeschirr hingen, von den Beinen gerissen und über den verschneiten Waldboden geschleift. Sie rissen die Umstehenden um, begruben sie unter sich oder zerrten sie einfach mit sich. Iffnar liebte Pferdefleisch, es hatte diesen leckeren, süßlichen Beigeschmack wie bei keinem anderen Tier. Jedenfalls hatte er noch kein anderes Fleisch dieser Art gekostet.

Aus verschiedenen Winkeln rutschten die massigen Kaltblüter auf ihn zu, sie wieherten und bäumten sich auf, doch ein paar schnelle Schläge in die Nacken töteten die Tiere; danach sandte er einen roten Flammenstrahl meterweit aus seinem Maul und schwenkte den Kopf nach rechts und links, um so viele Drachenjäger wie nur möglich zu erwischen.

Es sah aus, als speie Iffnar heißes Blut. Rings um die Lohe schmolz der Schnee am Boden und auf den Bäumen, als käme der Frühling mit brachialer Gewalt über den Spessart. Dabei dosierte er die Angriffe so, dass er dem Wald keinen Schaden zufügte, sondern haargenau in die Zwischenräume zwischen den Stämmen traf.

Begeistert vernahm er die Schreie der Unglücklichen, die durch sein Feuer nicht zu Asche zerfallen, sondern verbrannt worden waren. Dann eilte er über den matschigen Boden und nahm die Suche nach den Überlebenden auf. Sie verrieten sich durch alles: die Temperatur ihrer Körper, die Gerüche, die Erschütterungen, die ihre Stiefel verursachten, das Atmen. Niemand würde ihm entkommen. Niemand *durfte* ihm entkommen, sonst begänne die unruhige Zeit im Spessart von neuem.

Iffnar donnerte durch den Wald, trampelte die eingeholten Menschen nieder und hielt sich nicht lange mit ihnen auf. Er wollte sie nicht fressen, er hatte eine bessere Mahlzeit in den Pferden gefunden.

Die letzten Überlebenden führten ihn schnurstracks zu ihrem Lager, in dem bereits hektische Betriebsamkeit ausgebrochen war. Die Rufe und das dunkle Brausen der Feuerlohen waren vernommen worden.

Als Iffnar die Ansammlung von Lastwagen erreichte, hatte den Menschen die Zeit gerade gereicht, um Katapulte mit langen Spießen zu laden, an deren Enden Ketten angebracht waren. Sie wollten die Haken in ihn schießen.

Doch der Altvordere wich den Geschossen behände aus, ein Spieß nagelte einen Drachentöter an einen Baum. »Was Siegfried nicht schaffte, wird euch erst recht nicht gelingen«, schnaubte er und zerschmetterte den ersten Lastwagen mit einem wuchtigen Schwanzschlag.

Die Aufbauten des Automobils flogen in Trümmern davon, die Karosserie wurde vom Rahmen gehoben und weggeschleudert. Der zweite Lastwagen verging in einer breit gefächerten roten Feuerwolke. Der Schwanz drosch von oben auf ein kleines Automobil, das eben angelassen wurde und mit den Menschen die Flucht ergreifen wollte. Das Dach wurde nach unten gepresst, als bestünde es aus leichtem Dosenblech, die Fenster barsten und sandten die Scherben weit durch die Luft; Blut spritzte aus dem Inneren, lief an den Türen, über die Motorhaube und das Heck herab. Keiner der Insassen hatte die Attacke überstanden.

Danach war es still, nur das Feuer, das sich über die Automobile, Ausrüstungsgegenstände und Leichname hermachte, knisterte und prasselte.

Bevor der Brand sich ausdehnte, fegte Iffnar mit dem Schwanzende Schnee auf die Flammen und löschte sie. Ausgiebig züngelte er, sondierte die Gegend, ohne auf ein weiteres Lebenszeichen zu stoßen. Er war zufrieden mit dem, was er angerichtet hatte.

Dann spürte er eine Bewegung von einem schweren Lebewesen, das sich auf das Lager zubewegte. Der kleine Drache näherte sich dem Schauplatz, angelockt durch das Schreien und den Geruch des Blutes, der in der Luft schwebte. Selbst in der feinsten Dosierung vermochten die Nasen und die gespaltenen Zungen der Drachen diesen Duft wahrzunehmen.

Iffnar wartete, bis sein Artgenosse erschien.

Es war ein kleines, dunkelblaues Exemplar, nicht älter als zehn Jahre und länger als vier Meter, und somit die perfekte Beute für die Drachenjäger gewesen. Ein Männchen, ein reiner Laufdrache. Auf dem breiten Kopf saßen zwei Hörner, die roten Augen schauten alarmiert zu Iffnar, und er verharrte regungslos; gelegentlich schnellte die Zunge hervor. Hätte ein Mensch ausgedrückt, in welchem Alter und Entwicklungsstand sich der blaue Drache befand, wäre der Begriff Volksschüler gefallen.

Iffnar dagegen nun ja, mehrere Professorengrade. *Verstehst du mich?*, fragte er.

Der blaue Drache zwinkerte mit den Augendeckeln, senkte den Kopf, schnaufte und duckte sich.

Du willst mich nicht wirklich angreifen?, lachte Iffnar ihn aus.

Doch der Blaue litt eindeutig an Selbstüberschätzung und sprang vorwärts – um die Zähne in einen Leichnam zu schlagen und ihn wegzuzerren.

Der Altvordere schnappte sich einen der fehlgegangenen Spieße und schleuderte ihn gegen den kleinen Drachen. Der Stahl durchbrach die Hornschuppen an der Flanke und trat auf der anderen Seite wieder aus. *Ich brauche dich, um meine Spuren zu verwischen.* Er hob den nächsten Spieß auf, während er sich mit dem rechten Vorderlauf auf die Kette stellte und eine Flucht des Artgenossen verhinderte, der wie toll daran riss und zerrte. Nach dem nächsten Treffer durch den Hals aber stürzte er zuckend zu Boden, ohne den Leichnam loszulassen, und zerfetzte ihn mit seinen spitzen, scharfen Zähnen; Gliedmaßen fielen ab, verteilten sich rings um ihn.

Iffnar wartete, bis die Pupillen des Blauen brachen, dann verteilte er noch mehr tote Drachentöter und Helfer um das kleine Exemplar und drapierte sie so, als habe ein grausamer, harter Kampf stattgefunden.

Schließlich verließ er das Lager und kehrte zu seinen Pferden zurück. Genussvoll öffnete er die Bauchdecke eines Fuchswallachs und machte sich daran, die Innereien zu verzehren, während sich der Himmel verfinsterte und sich graue Wolken versammelten. Wie von Iffnar bestellt, schütteten sie eine halbe Stunde später Schneeflocken auf die Erde herab und bedeckten seine verräterischen Spuren.

Niemand würde auf den ersten Blick auf die Idee kommen, dass ein Altvorderer hinter dem Massaker steckte. Bei einem zweiten Blick befände er sich längst an einem anderen Ort und würde mit Grendelson gemütlich Vouivres Auslöschung planen.

18. Januar 1925, Reichshauptstadt Berlin, Königreich Preußen, Deutsches Kaiserreich

Arsènie stand am Fenster und schaute hinaus, in den Händen hielt sie einen Telefonapparat.

Rund um das Brandenburger Tor pulsierte das Leben, rollten Automobile und Fahrräder, Fuhrwerke und Busse. Menschen liefen auf dem Pariser Platz umher, dick gegen die Kälte eingepackt, die Köpfe eingezogen und Schals, Mützen und Hüte tragend.

Arsènie erlaubte sich in den beheizten Räumen den Luxus, ihr dünnes, weißes Seidennachthemd zu tragen, das tiefe Ausschnitte vorne und hinten besaß. Kein Mann hatte bislang dieser Versuchung widerstehen können.

»Irmser, Gisborn und die gute Padasamam sind tot«, sprach sie bedächtig in das Mikrofon, während sie die separate Hörmuschel ans Ohr hielt. »Es scheint, jemand hat es auf uns abgesehen. Die Lehre von Dunglas Home soll ausgelöscht werden.«

»Denken Sie nicht ein wenig zu egozentrisch, Madame Sàtra?« Der Mann am anderen Ende der Leitung klang genervt. Genervt von ihr. »Die Zeitungen schrieben nicht darüber, aber auch wir haben Verluste erlitten. In den vergangenen zwei Tagen sind drei meiner Schüler verschwunden. Spurlos!«

Sie beobachtete, wie Berittene in prächtigen Militäruniformen und langen Reitermänteln durch das Brandenburger Tor kamen und die Autos zum Stehenbleiben zwangen; gleich darauf wurde ein herrlich anzuschauender Sechsspänner sichtbar, auf dem der preußische Adler aufgemalt war. Der Kaiser kam mal wieder zu Besuch ins *Adlon*, und wie immer verursachte der verschwenderisch in Szene gesetzte Auftritt einen Stau in den Straßen. Wie gerne hätte sie diesen Protz und Prunk auch einmal für sich: Kaiserin Arsènie. Ein schöner Titel.

»Vielleicht haben sie die nächste Stufe des transzendentalen Zustandes erreicht?«, schlug sie nicht ganz ernsthaft vor. »Die nach der Selbstlevitation.«

»Wir haben nichts mit der indischen Lehre am Hut, Madame«, wurde sie verschnupft zurechtgewiesen.

»Es war ja nur ein Vorschlag, seien Sie nicht gleich beleidigt, Mister Valentine.«

»Mein Humor hat mich verlassen, Madame. Wie können Sie nur so gelassen bleiben, angesichts der Umstände?«

»Wer sagt, dass ich gelassen bin?« Sie kehrte auf den Diwan zurück, legte sich darauf und zog mit dem rechten Fuß zweimal die Klingelschnur. Gleich darauf erschien ein Butler, der ihr Champagner brachte. »Welche Theorie verfolgen Sie, Mister Valentine?«

»Ich denke, dass die Kirche dahintersteckt«, antwortete der Spiritist ohne zu zögern. »Unsere Bewegung hat immer mehr Zulauf zu verzeichnen, wir sind Berater von vielen Persönlichkeiten, von der Wirtschaft über Prominente bis hin zu Politikern und Fürsten. Niemand kommt auf die Idee, einen Bischof oder einen Abt nach der Meinung Gottes zu fragen.«

»Ich stimme Ihnen nur bedingt zu«, erwiderte sie. Sie richtete sich halb auf, stellte das schwere Mikrofon auf den Tisch und trank von dem Champagner. »Mir ist da vor einigen Tagen eine seltsame Sache passiert. Die Materialisation eines schwarzen, fünfköpfigen Drachens mit gelben Augen ist während einer Séance aufgetaucht und hat mich angegriffen. Kennen Sie einen ähnlichen Fall?«

Valentine zögerte. »Nein, Madame. Hat er versucht, Kontakt zu Ihnen aufzunehmen?« Jetzt klang er erregt. »Das wäre eine Sensation!«

»Kontakt kann man so nicht sagen. Er hat versucht«, sie leerte das Glas und schickte den Butler mit einem Wink davon, um ein weiteres zu holen, »mich umzubringen. Seine verdammten Köpfe schnappten nach mir. Daher hatte ich angenommen, dass die Drachen hinter den Morden an unseren Freunden und Rivalen stecken.«

»Madame, ich gestehe, dass mir das alles zu rätselhaft ist.«

»Befragen Sie doch Ihre Geister, Mister Valentine«, merkte sie spitz an. »Sie können doch gut mit ihnen, wie man hört. Oder sollte es am Ende stimmen, dass Sie auch zu den Scharlatanen gehören?« Arsènie sandte ein fröhliches Lachen hinterher, um den Mann sofort zu beschwichtigen. »Nein, ich weiß. Vieles ist im Dunkeln. Wir brauchen stärkere Kräfte als automatisches Schreiben, Levitation, Geisterkräfte und die Welt des Jenseits.«

»Einen Seher, Madame. Da stimme ich Ihnen zu. Nur dumm, dass mit Irmser und Padasamam die fähigsten verschieden sind.« Valentine schwieg. »Was ist mit dem Russen?«

»Er ist schon lange abgereist. Nach dieser gewaltigen Ruhestörung, die er sich geleistet hat, verließ er das Hotel mit unbekanntem Ziel. Seine Sachen wurden im Lauf der Woche abgeholt.« Sie bedauerte sehr, dass sie so spät von Grigorij Wadim Basilius Zadornovs Aufenthalt erfahren hatte, sonst hätte sie ihm viel früher ihre Aufwartung gemacht. Man erzählte sich bei aller Jugendlichkeit wahre Legenden über seine Manneskraft und seine Liebeskunst. Nicht zuletzt galt er als ein Medium, dessen Weissagungen stets eingetroffen waren. Früher oder später.

»Was halten Sie davon, wenn Sie ihn ausfindig machen und ihn bitten, dass er sich schon im eigenen Interesse mit dem Verschwinden und den Morden an unseren Kolleginnen und Kollegen beschäftigt?«, unterbreitete Valentine.

»Wieso ich, mein Lieber?«

»Kennen Sie noch eine Frau, die attraktiver ist als Sie, Madame?«

Arsènie lachte wieder. »Sie Charmeur. Und zudem haben Sie noch Recht.« Ungeduldig zog sie mit dem Fuß wieder an der Klingel, es dauerte einfach zu lange, bis der Champagner serviert wurde. »Was tun wir, wenn er herausfindet, wer hinter dem Ganzen steckt?«

»Wir nehmen die Herausforderung an, schlage ich vor.« Valentine klang kampfbereit. »Es wird unglaublich viele erstaunte Gesichter geben, wenn sich herausstellt, dass nicht alle von uns bloße Betrüger sind, sondern mit Mächten im Bund sind, welche die Vorstellungskraft der Menschen übersteigen.«

»Meine Güte, Sie klingen bedrohlich«, sagte Arsènie gespielt eingeschüchtert. »Ich empfehle, dass wir die Besonnenheit nicht verlieren. Unser Gegenschlag darf nicht öffentlich werden, sonst dient er der Kirche dazu, einen Kreuzzug gegen uns auszurufen. Ich sage nur: Hexenverfolgungen.«

Valentine schwieg wieder. Sie konnte sich vorstellen, wie er sich zur Ruhe zwang und mit sich rang. »Finden wir erst heraus, was hinter dem Verschwinden steckt, dann sehen wir weiter«, meinte er. »Au revoir, Madame.«

»Au revoir, Mister Valentine. Und achten Sie auf sich und Ihre Umgebung.« Sie hangte ein. Im nächsten Augenblick öffneten sich die Türen, und der Butler kehrte mit dem Champagner in einem neuen, mit Eis gefüllten Kühler zurück.

»Verzeihen Sie, Madame Sàtra. Die Flasche war nicht kalt genug. Ich musste in den Keller, eine neue holen«, erklärte er die Verspätung und befreite den Flaschenhals vom Korken, ohne ihn knallen zu lassen. Gekonnt schenkte er ein. »Wohl bekomm's, Madame.« Er stellte die Flasche auf Eis und verschwand wieder.

Sie schlürfte, schloss die Augen und lehnte sich auf den Diwan. Sie dachte an Valentine.

Er stammte aus Italien und hieß eigentlich Valentino, bis er nach einem Aufenthalt in England seinen Namen geändert hatte und als Claudio Valentine ins Königreich Baden gezogen war. Bald hatte er eine eigene Schule gegründet, um Menschen gegen viel Geld in die Geheimnisse des Spiritismus einzuweihen.

Natürlich griff er bei diesen Séancen nicht auf seine echten Kräfte zurück, sondern arbeitete mit allen möglichen Tricks. Die Leute, die zu ihm kamen, merkten den Unterschied nicht. Aber er entließ sie in dem Glauben, dass jeder in der Lage war, kleine Wunder zu vollbringen, wie beispielsweise Wattebäusche mit bloßer Gedankenkraft zu bewegen.

»Wattebäusche!«, lachte sie. »Wieso sollte jemand solche Nichtskönner entführen?«, fragte sie sich und wandte sich dem Fenster zu, sah das endlose Heer der Schneeflocken vor dem Glas vorüberstürzen. Andererseits wusste ja auch keiner, dass die Verschwundenen keine echten Medien waren.

Arsènie hätte die Meinung geteilt, dass die Kirche die Medien jagte – wenn sie nicht dieses eigene Erlebnis gehabt hätte. Sie hatte die Drachenmaterialisation als eine Warnung verstanden, ihre eigenen Ziele nicht weiter zu verfolgen.

Da kannte sie das Scheusal schlecht.

Sie nahm das Telefon wieder zur Hand. »Vermittlung, verbinden Sie mich mit folgender Nummer.« Nachdem sie die Zahlen genannt hatte, knackte es ein paar Mal. Es dauerte eine Weile, dann erfolgte das Klingelzeichen. »Ja?«, meldete sich eine unbekannte Männerstimme.

»Mister Scottings?«

»Nein, Madame. Mit wem spreche ich, bitte?«

Arsènie unterbrach das Gespräch, überlegte fieberhaft. Es war kein gutes Zeichen, wenn ein Fremder ans Telefon ging und seinen Namen nicht nannte: entweder ein Verbrecher oder die Polizei.

»Verflucht, gelingt mir denn gar nichts mehr?!«, ärgerte sie sich, stand auf und ging ins Ankleidezimmer, um sich ein paar schöne, funktionale Kleider auszusuchen.

Sie streifte das Nachthemd ab, legte das Mieder und ein Spitzenhöschen an, darüber kam das lange, schwarze Satinkleid mit den kurzen Armen, zu dem die schwarzen, langen Handschuhe so gut passten. Dann drehte sie sich mit einem Brennstab Locken in die langen weißblonden Haare und setzte eine kleine, schwarze Kappe auf, an der vorne ein Spitzenschleier angebracht war. Mithilfe von etwas Schminke hatte sich Arsènie in die Frau verwandelt, die angehimmelt und gehasst wurde.

Sie warf sich den weißen Pelzmantel über und trat aus ihrer Suite, fuhr mit dem Lift nach unten und ließ sich vom Concierge ihren Maybach vorfahren. Sie bevorzugte es, selbst das Steuer in die Hand zu nehmen, und das im wahrsten Sinne des Wortes.

Sie lenkte das Automobil durch den Verkehr, hupte oft und beschimpfte dabei alle, die es wagten, ihre Fahrt zu verlangsamen. Schließlich hielt sie vor der Kaiserlich-Preußischen Bank an und eilte hinein.

»Guten Tag, Madame Sàtra«, wurde sie an der Tür von einem Bediensteten begrüßt. »Es geht Ihnen gut, hoffe ich?«

»Danke, ja, Hubert«, erwiderte sie mit einem Lächeln, wandte ihm den Rücken zu und ließ den Mantel von den Schultern gleiten, den er auffing und sich über den Arm legte. Dutzende Männer warfen ihr mehr oder weniger offen begehrende Blicke zu. »Was denn?«, rief sie in die Runde. »Noch keine schöne Frau gesehen?« Die Köpfe schnellten herum. »Ich sage es ja: Wir Frauen stehen noch am Anfang unserer Gleichberechtigung«, meinte sie zu Hubert, nahm die lange Spitze aus ihrer Handtasche und zündete sich eine Zigarette an. »Ihr Männer habt Angst vor uns. Das ist die Wahrheit. Ihr hattet schon immer Angst vor uns.«

»Wie Sie meinen, Madame Sàtra«, entgegnete der Angestellte höflich und verneigte sich.

»Lassen wir das. Bringen Sie mich zu meinem Schließfach, bitte.«

»Sehr wohl.« Hubert wandte sich um und schritt voran quer durch die Halle in den hinteren Bereich, wo Stufen nach unten führten. Vor einer großen Eisentür, an der zwei Männer Wache hielten, blieb er stehen, holte einen Schlüssel hervor und öffnete sie. Sie standen in einer Schleuse, die nächste Tür ließ sich nur mit zwei Schlüsseln öffnen: einem der Bank und einem des Kunden.

Endlich stand sie in dem gepanzerten, von dicken Wänden umschlossenen Raum mit den Schließfächern und ging bis nach hinten zum letzten Fach mit der Nummer 42. Ihrem Fach.

Hubert war diskret am Eingang stehen geblieben und wartete.

Arsènie öffnete es, nahm die Schatulle heraus und warf einen Blick hinein.

Darin lag noch immer ein in ein Öltuch geschlagener, hühnereigroßer Gegenstand, den sie vorsichtig auswickelte. Sofort stieg ein intensiver Geruch auf, würzig und faulig, wohltuend und abstoßend zugleich.

»Sehr gut«, murmelte sie, rollte den mit schwarzen Punkten übersäten, gelben Stein ein und verschloss die Box, die gleich darauf wieder in die Schatulle und das Schließfach wanderte.

Sie hatte sich mit eigenen Augen davon überzeugen müssen, dass sie das Artefakt immer noch besaß.

Sie schritt an Hubert vorbei. »Danke sehr, das war es schon«, sagte sie zu ihm. »Ist Ihnen in letzter Zeit irgendetwas aufgefallen?«, fragte sie, als sie gemeinsam die Stufen in die Halle hinaufstiegen. »Merkwürdige Kunden oder Anfragen?«

»Nein, Madame Sàtra«, gab er Antwort. »Alles ist wie immer … oder gibt es da etwas, was die Geschäftsleitung wissen sollte?«

»Nein, keine Sorge. Ich bin nur ein wenig … Vergessen Sie, was ich Sie fragte, Hubert.« Arsènie tätschelte seinen Oberarm. »Oh, Sie sind stärker geworden, merke ich. Muskeln finden wir Frauen immer gut.«

Er strahlte, und sie grinste. Damit hatte er ihre Frage schon wieder vergessen. Draußen stieg sie in ihren Maybach, ließ den Motor an und steuerte das Automobil zurück zum *Adlon*. Da Scottings aus unbestimmbaren Gründen nicht liefern konnte, würde sie ihre Anstrengungen auf den Russen verlagern. Sie war sehr gespannt auf ihn.

18. Januar 1925, Hauptstadt London, Königreich Großbritannien

Silena saß tief unten in den Kellern des britischen kunsthistorischen Museums im Schein einer elektrischen Birne und zweier Öllampen. Der kleine Tisch bog sich unter der Last der Bücher, die sie darauf abgestellt hatte.

Der Tee neben ihr war schon lange kalt, aber sie hatte keine Zeit gefunden, sich mit dem köstlichen Getränk zu stärken. Unaufhörlich folgte sie den Verweisen aus den Nachschlagewerken und suchte nach mehr Informationen über das Zepter des Marduk. Ihr Amulett hatte sie einfach nach hinten auf den Rücken gehängt, da es ansonsten ständig in den Seiten herumbaumelte. Im Keller gab es keine Drachengefahr.

Allmählich verzweifelte sie.

Das Gilgamesch-Epos sprach in der Tat von Tiamats Zaubermacht, und es erwähnte auch das Zepter. Allerdings war es gleich darauf eine Keule, dann wieder ein gewaltiges Schwert, wieder andere Quellen nannten Pfeil und Bogen und Speere, mit denen Tiamat gefällt worden war. Bislang hatte sie vergebens einen Hinweis gesucht, womit genau nun Marduk den Drachen Tiamat in zwei Hälften geschnitten hatte, um daraus Himmel und Erde zu erschaffen.

Silena stützte den Kopf in die Hände, schloss die Augen und atmete tief aus. Keine Spur vom Zepter, von Skelton oder Zadornov, weder tot noch lebendig. Die Nachricht von der Resistenz des Drachen gegen ihr Schwert hatte Erzbischof Kattla in helle Aufregung versetzt, und die Gelehrten in den Archiven des Officiums suchten mit aller gebotenen Eile nach einem Bild, das den Beschreibungen der Drachenheiligen entsprach. Überall hakte es.

Die Tür schwang auf, und nach ihren letzten Erfahrungen handelte Silena rigoros: Sie zog die Luger, die andere Hand fuhr an den Schwertgriff – und schaute auf Mandrake, der ein Tablett mit Keksen und frischem Tee balancierte.

»Das nenne ich mal eine Begrüßung, Großmeisterin«, zwinkerte er. »Habe ich Ihren Zorn durch irgendetwas verdient?«

»Mister Mandrake …«

»Sagen Sie Eris zu mir, Großmeisterin. Mein Vorname dürfte für Sie weniger irritierend sein als mein Familienname.« Er stellte das

Tablett auf einen Bücherstapel, schenkte Tee aus und reichte ihr eine Tasse.

»Danke. Das tue ich gern.« Sie nahm die Tasse entgegen und auch den Keks, den er ihr hinhielt.

»Mir ist gesagt worden, dass Sie sich schon über Stunden hier unten verkrochen haben, und da wollte ich Ihnen eine Freude bereiten.« Er nahm ihr gegenüber Platz. »Sie hatten großes Glück, dass Sie den beiden Wahnsinnigen entkamen, Großmeisterin.«

»Sie wissen …?«

»Ich arbeite für den SIS, schon vergessen?«, lächelte er. »Ich habe mir den Polizeibericht senden lassen und nachgelesen, was Sie erlebt haben. Nun bin ich hier, um zu fragen, ob es sich so zugetragen hat oder ob es eine Kleinigkeit gibt, die nicht im Bericht stand.«

Silena biss in den Keks, um den Mund zu füllen. Sie hatte Scotland Yard verschwiegen, dass Zadornov von einem Drachen angefallen worden war. Dummerweise hatte sie vergessen, das Officium nach der Zusammenarbeit mit dem Geheimdienst Ihrer Majestät zu fragen. Ging es Eris etwas an oder nicht? Rasch schob sie sich den Rest in den Mund, kaute angestrengt.

»Dann sage ich Ihnen, was ich inzwischen erfahren habe.« Eris richtete die dunkelbraunen Augen auf sie. »Einer unserer Spione an den Bahnhöfen hat mir mitgeteilt, dass ein Mann in Paddington Station aufgetaucht sei, der eine Fahrkarte nach Schottland mit dem Ziel Edinburgh löste. Die Beschreibung passte hervorragend zu unserem gesuchten Mister Skelton.«

»Sollte er nicht eher versuchen, von der Insel zu fliehen, als sich in den Norden zu begeben und sich selbst kaum einen Ausweg offen zu halten?«

»Das dachte ich zunächst auch.« Eris langte unter sein Sakko und breitete eine ausgeschnittene Zeitungsmeldung aus. »Die *Times* hat Werbung für eine Ausstellung im Schloss Edinburgh gemacht. Und jetzt raten Sie, was dort zu sehen ist?« Er grinste, nahm sich einen Keks, betrachtete ihn und schob ihn sich ganz in den Mund.

Silena musste lachen und fühlte Glück, das sehr gut zu dem Kribbeln in ihrem Bauch passte. »Sie sind ein seltsamer Geheimagent, Eris.«

»Das liegt an Ihnen, Großmeisterin«, sprach er undeutlich und hielt sich eine Hand vor den Mund, damit keine Krümel herausfielen. »Sie haben mich bezaubert. Vom ersten Augenblick an.«

Sie sahen sich in die Augen, und obwohl er seine Bemerkung lustig gemeint hatte, glaubte sie zu erkennen, dass mehr Wahrheit darin lag, als er hatte zugeben wollen – und schon errötete sie wieder. »Verflucht«, sagte sie halblaut.

Er trank Tee, schluckte laut. »Verzeihen Sie meine Worte, Großmeisterin«, entschuldigte er sich sofort und war selbst verblüfft. »Ich … es war ein …«

»Schon gut.« Sie lächelte ihn an. »Sagen Sie Silena zu mir und vergessen Sie den Titel.«

Eris erwiderte die Freundlichkeit mit dem Lachen, auf das sie sich schon gefreut hatte. Wenn das nicht absolut unmöglich war, wurde sie annehmen, dass sie dabei war, sich zu verlieben. »Das freut mich. Ich fürchtete schon, ich hätte es mir bei Ihnen verdorben.« Sie stießen mit den Tassen an. »Auf unseren Erfolg.«

Silena fühlte sich überglücklich und vergaß, dass sie sich in einem muffigen Archivkeller befand. Jetzt würde sie gern mit ihm im Luftschiff sein, hoch über den Wolken, jenseits von Drachen und Morden, und die Zweisamkeit genießen.

»Edinburgh?«, erinnerte er sie und pochte auf den Zeitungsausschnitt.

»Ah ja.« Sie beugte sich nach vorn, überflog die Zeilen. »Eine Ausstellung über aufgegebene Drachenhorte in den Highlands?«

»Meiner Ansicht nach passt das doch alles perfekt ins Muster. Die Hamsbridge & Coopers Insurance ist mit der Überwachung der Räume beauftragt worden, ich habe es überprüfen lassen. Mister Skelton gelangt ohne weiteres in die Burg und kann sich umschauen. Ich bin sicher, dass es dort einen ähnlichen Überfall geben wird wie auf dieses Haus.« Er sah sie erwartungsvoll an. »Was halten Sie davon, wenn wir gemeinsam nach Schottland reisen?«

Bevor ihr ein »liebend gern« über die Lippen kam, wiegte sie lieber den Kopf und tat so, als sei sie davon nicht ganz überzeugt. »Ich weiß nicht. Wie soll ich den neuen Mann in der Staffel erklären? Es ist doch ein wenig sehr auffällig.«

Eris machte ein bedauerndes Gesicht. »Ja, Sie haben Recht«, stimmte er zu.

»Aber ich lasse mir etwas einfallen«, sagte sie rasch und etwas zu hastig. Sie hatte sich schon wieder verraten.

Eris strahlte sie an, und mit dem Lächeln stiegen Schmetterlinge in ihrem Bauch auf und flatterten umher. »Wie schön.« Er räusperte sich und schaute auf das Buch vor ihr. »Das Zepter des Marduk?«

»Ein heidnisches Artefakt. Der Drache und die Menschen im East End wurden damit getötet. Ich denke, dass Drachenjäger dahinterstecken.«

»Vielleicht arbeiten sie mit Skelton zusammen«, mutmaßte Eris und schob sich den nächsten Keks in den Mund. »Er besorgt ihnen die Informationen, wo es was zu greifen gibt, und sie kümmern sich um den Rest.«

»Finden Sie heraus, wo Leída Havock und ihre Leute sind. Organisieren Sie sich einen Durchsuchungsbefehl. Das ist mein Vorschlag.«

»Aus welchem Grund?«

Sie zuckte mit den Achseln. »Eine Ahnung.«

Eris nickte bedächtig. »Ich werde sehen, was ich in die Wege leiten kann.« Er stand auf. »Dann besorge ich uns erst einmal die Fahrkarten nach Edinburgh.«

»Lassen Sie, Eris. Wir fliegen nach Schottland. Die Theben schafft die Strecke schneller als jede Bahn.« Silena klopfte auf das Buch vor sich. »Ich habe noch zu tun. Abflug ist morgen früh, Punkt sechs Uhr.«

»Ich werde da sein.« Er betrachtete sie, sammelte seinen Mut. »Darf ich Sie auf ein Bier oder einen Drink einladen, wenn Sie mit der Recherche fertig sind?«

»Sehr gern«, erwiderte sie. »Treffen wir uns kurz nach neun vor dem Museum? Bis dahin habe ich entweder etwas über das Zepter herausgefunden, oder ich habe keine Lust mehr, in den Büchern zu suchen.«

»Sehr schön! Freut mich, dass Sie meine Einladung annehmen, Silena.« Eris schenkte ihr ein Abschiedslächeln und verließ das Archiv, während sie sich wieder ihrer Lektüre widmete.

Ihre Augen huschten über die Zeilen, aber sie nahm nur die Hälfte dessen wahr, was sie las. Der Mann verwirrte sie, machte sie vollkommen durcheinander. Und es gefiel ihr.

Ihre letzte Beziehung hatte sie vor einem Jahr beendet. Es war ein junger Fliegerkadett gewesen, ein Schüler Richthofens, der sie wahrscheinlich weniger wegen ihrer Art, sondern mehr wegen ihrer Herkunft und ihrem Äußeren anziehend gefunden hatte. Damals hatte sie das Haar noch lang getragen, danach hatte sie es sich auf den mittelalterlich anmutenden Schnitt kürzen lassen. Alle nachfolgenden Angebote der Männerwelt hatte sie ausgeschlagen, niemand entsprach ihren Ansprüchen.

Niemand.

Außer Eris Mandrake.

Silena beschloss, ihn bei einem alkoholfreien Drink näher kennenzulernen und abzuklopfen. Bislang wusste sie gar nichts über ihn, was bei Geheimagenten vermutlich so sein musste. Sie nahm sich vor, sich dabei nicht von seinem bestechenden Charme beeinflussen zu lassen. Sie fühlte sich wie ein kleines Mädchen, das mit ihrem Schwarm ausgehen durfte. So ähnlich verhielt es sich auch. Wenig Männer, zu viel Arbeit – dadurch hatte sich bei ihr eine gewisse Unerfahrenheit in Liebesdingen gehalten. Es würde sich herausstellen, ob es schön oder nachteilig war.

Sie schlug das nächste Buch auf, blätterte darin herum und hatte doch nur Eris' Gesicht vor sich, ganz gleich, was sie ansonsten betrachtete oder las. Es gab keinen Zweifel, dass sie sich in ihn verliebt hatte.

Ihre Augen blieben an handschriftlich eingefügten Worten in einem Buch hängen.

12. 5. 1901
Anmerkung: Das Zepter des Marduk trägt meines Erachtens Tiamats Fluch in sich.

In einem altbabylonischen Text auf der linken Innensäule eines Arkadenganges nahe dem Ishtartor lässt sich Folgendes finden, behauptet Armin Randler:

DENN VOR IHREM TOD SPRACH DIE TIAMAT: NICHT MEHR ALS ELF SOLL DAS ZEPTER TÖTEN, DANACH WIRD ES VERGEHEN UND MIT SICH REISSEN ALLES, WAS UM ES HERUM LEBT. DAS IST MEINE RACHE, DIE HIMMEL

UND ERDE GLEICHERMASSEN TREFFE, AUS DENEN MEIN LEIB GEFORMT WERDE.

Habe eine Prüfung veranlasst, Reise nach Ninive ist vom Kuratorium genehmigt.

Silenas Gedanken lösten sich von Eris, die Entdeckung hatte ihren Forscherdrang geweckt. Sie versuchte herauszufinden, wer diese Zeilen in das Buch geschrieben hatte, fragte auch bei der Ausleihe nach, die in ihren Unterlagen nichts finden konnte.

Auch die Suche nach einer Reise nach Ninive erwies sich als Fehlschlag. Es gab weder Aufzeichnungen noch Abrechnungen darüber. Entweder hatte die Überprüfung vor Ort niemals stattgefunden, oder sämtliche Aufzeichnungen waren verschwunden.

Müde wartete Silena um kurz vor neun Uhr vor dem Museum auf den Geheimagenten. Ihre Augen brannten vom vielen Lesen, und ihre Kehle war wie ausgetrocknet. Sie sehnte sich nach etwas zu trinken und hätte einen See leeren können.

Ein wuchtiges schwarzes Automobil hielt vor ihr an, der Motor tuckerte leise. Eris' Kopf erschien am Seitenfenster. »Was ist? Wollen Sie Wurzeln schlagen, Silena?«

»Ein schönes Automobil«, lobte sie und öffnete die Tür, stieg ein. Es roch neu und gepflegt. Kein Wunder, dieser Marmon-Typus war das neueste Modell. »Als Agent verdient man kein schlechtes Geld, ist das möglich?«, neckte sie ihn mit einem Lächeln.

»Ich riskiere tagtäglich mein Leben für Ihre Majestät, da kann man sich in den anderen Momenten auch etwas leisten«, gab er zurück und fuhr los.

Die Beschleunigung des Marmon presste Silena in den Sitz, und sie grinste. Die Vorliebe für hohe Geschwindigkeit teilten sie zumindest. »Sind Sie schon mal mit vierhundert Sachen durch die Gegend gefahren?«, fragte sie und wusste, dass die Antwort nur »nein« sein konnte.

»Mein Rekord steht bei siebenhundert Sachen.« Er zog den Motor weit nach oben, der Zeiger des Drehzahlmessers landete beim Schalten von Gang zu Gang fast immer am Anschlag. »Eine umgebaute Macchi. In Lakehurst war letztes Jahr ein Flugzeugrennen, und da durfte ich bei einem Piloten einsteigen. So eine Angst hatte ich bei keinem Auftrag gespürt.«

Silena schwieg. Es würde schwierig werden, Eris nach einem solchen Erlebnis mit etwas beeindrucken zu können.

»Zuerst dachte ich an ein wenig argentinischen Tango oder einen Foxtrott mit Ihnen.« Der Marmon bog ab und rauschte in eine Seitenstraße. »Aber dann sagte ich mir, dass Sie sicher gern etwas erleben würden.«

»Glauben Sie mir, ich erlebe beinahe täglich etwas«, lachte sie.

»Außerhalb der Drachenjagd. Sie sind mehr der zurückhaltende Typ Frau, habe ich gehört.«

Silena ärgerte sich. »Wer behauptet denn so etwas?«

Eris zwinkerte. »Ich bin Geheimagent und habe meine Quellen. Ich habe uns einen Tisch im Coco Club reserviert. Ich hoffe, Sie mögen Charleston und Jazz?«

»Sehr sogar!« Silena freute sich, noch eine Übereinstimmung gefunden zu haben. Schon wieder fühlte sie sich wie ein kleines Mädchen.

»Dann habe ich genau das Richtige für uns gefunden.« Er bog wieder ab und hielt nach ein paar hundert Metern vor einem Haus mit einer bunten Lichterreklame, die ihr taghelles Licht gegen die Wände der umstehenden Gebäude und die Straße warf; die Pfützen auf dem Kopfsteinpflaster reflektierten die grelle Reklame: *The Coco Club.*

Eris hielt vor dem Eingang an, stieg aus und warf einem der wartenden Pagen den Schlüssel zu. Dann bot er Silena seinen Arm. »Kommen Sie und staunen Sie, was man in London unter Vergnügen versteht.«

Sie nahm sein Angebot an.

Arm in Arm gingen sie durch die Tür, die ihnen von einem breit gebauten Afrikaner geöffnet wurde. Er trug eine ein wenig zu klein geratene Melone und einen schwarzen Anzug; die weißen Gamaschen, Manschetten und der weiße Schlips stachen dadurch besonders hervor. Ein dicker Vorhang, durch den die Klänge einer Big Band tönten, schirmte den Raum hinter der Tür vor Blicken ab.

Der Afrikaner tippte sich an den Hutrand. »Guten Abend, Mister Mandrake. Schön, Sie wieder bei uns zu haben.«

»Danke, Joe.« Er nahm mit seiner freien Hand fünf Pfundnoten aus der Tasche und drückte sie dem Türsteher diskret in die Hand. »Wer spielt heute Abend?«

»Oh, das wird Ihnen gefallen, Sir. Wir haben die Creole Jazz Band engagiert, und Misses Josephine Baker ist auch da. Ein Tanz, wild wie im Dschungel«, blinzelte er. »Viel Spaß, meine Herrschaften.« Er verneigte sich, und sie schritten an ihm vorbei durch den Vorhang.

Die mitreißenden Jazzklänge stürzten sich auf Eris und Silena, schwappten in die Ohren und verbreiteten sofort gute Laune. Die Stunden in dem kleinen abgeschirmten Keller des Museums waren längst vergessen.

Der Club bestand aus zwei Etagen, die untere beherbergte Tanzfläche, Bühne und Orchesterbereich, eine Bar und viele Tische, die zweite diente als Galerie, von der aus man die Tänzerinnen und Tänzer noch besser beobachten konnte.

Die Frauen trugen schicke Kleidchen und lagen im Wettstreit, wie wenig Stoff man an den Leib ziehen konnte, ohne vollkommen nackt zu sein. Perlenkäppchen, mehrschlaufige Ketten, Federboas, Federschmuck im Haar – sie zeigten sich sehr abwechslungsreich, was die Accessoires anging.

Natürlich gab es auch elegantere Abendkleider an denen zu bewundern, die nicht ganz so mutig waren. Die Herren trugen legere Anzüge in den verschiedensten Farben, andere hatten ihre Sakkos schon lange abgelegt und die Hosenträger von den Schultern geschoben, um mehr Bewegungsfreiheit bei den Tänzen zu haben. Silena strahlte über das ganze Gesicht, es gefiel ihr einfach zu gut.

»Kommen Sie, wir gehen nach oben«, rief er ihr ins Ohr, um die Mischung aus lauter Musik und unzähligen Unterhaltungen zu übertönen, und ehe sie sich versah, nahm er ihre Hand und zog sie hinter sich her zur Treppe. Sie wehrte sich nicht.

In der ersten Etage angekommen, ließ er sie neben einem Tisch los, von dem aus man einen idealen Blick auf das Geschehen hatte. Dort winkte er einen Kellner zu sich, wechselte ein paar Worte mit ihm, die Silena nicht verstand, und kurz darauf wurden zwei Drinks serviert.

»Ist da Alkohol drin?«, wollte sie wissen.

»Ja …«

Sie lächelte entschuldigend und schob das Glas zu ihm hinüber. »Dann müssen Sie es trinken. Bestellen Sie mir ein Glas Milch, bitte?«

Eris tat es, dann deutete er auf die Bühne, wo eine kleine Afrikanerin in einem Bananenröckchen erschien. Die Creole Jazz Band spielte einen verjazzten Tusch, und dann sprang ein Conferencier in einem weißen Anzug und mit einem Strohhut auf dem Kopf auf die Bühne.

»Willkommen im Coco Club, Ladies and Gentlemen. Es ist mir eine besondere Freude, Ihnen die einmalige Josephine Baker anzukündigen! Wir haben sie für diese Nacht aus Frankreich entführen lassen, damit sie uns einen ihrer berühmten Tänze zeigt, und danach sorgt die Creole Jazz Band dafür, dass Ihre Schuhsohlen den heutigen Abend nicht überstehen werden.« Er steppte los und moderierte dabei weiter, als wäre das, was er mit seinen Füßen anstellte, so alltäglich wie Laufen. »Ich möchte jeden heute Abend mindestens einmal auf der Tanzfläche gesehen habe, Ladies and Gentlemen. Dabei muss man nicht unbedingt ein solches Genie sein wie ich oder meine Freunde ...« Er zeigte nach rechts und links, und plötzlich marschierten weitere Männer und Frauen im Steppgleichschritt auf die Bühne. Ein Afrikaner sprang nach vorne und legte ein Solo auf die Bretter, dass Silena über so viel Bewegungsgeschick nur staunen konnte. Der Mann steppte und sprang, ließ sich fallen und stand im gleichen Moment wieder da, als sei nichts gewesen.

Die Besucher applaudierten frenetisch, johlten und pfiffen, als sich der Tänzer schweißgebadet bei den Übrigen einreihte, die ihren Formationssteppschritt nicht unterbrochen hatten.

»Einen donnernden Applaus für Mister Hakimbe, Ladies and Gentlemen!«, verlangte der Conferencier und beendete seinen Tanz, hob den Arm, und die Musik setzte mit einem wilden Trompetensolo wieder ein. »Und jetzt genießen Sie den wilden Dschungel Afrikas, die Ursprünglichkeit des Schwarzen Kontinents!« Er zeigte auf die Tänzerin und winkte ihr zu. »Misses Josephine Baker!«

Der Applaus schwoll an, hier und da standen Männer und Frauen auf, klatschten begeistert und anfeuernd zugleich.

Silena hatte eine solche Stimmung noch niemals erleben dürfen. Der Club war ein Gesamterlebnis, die Mischung aus antreibendem Jazz, die Lichter, das Funkeln der Perlen, der Schweißgeruch und das Parfüm, Tabakqualm und eine allgegenwärtige ausgelassene Stimmung, in der nicht einmal die schlechteste Laune bestehen konnte.

Etwas Derartiges gab es in München nicht.

»Gefällt es Ihnen?«, hörte sie Eris' Stimme an ihrem Ohr, und sie nickte, ohne die Augen von der Baker wenden zu können. Halbnackt sprang und hüpfte sie, vollführte unglaubliche Bewegungen, streckte die Zunge raus, schwenkte die Hüfte und wackelte mit den Armen. Was Silena zuerst für lächerlich gehalten hatte, verströmte eine Kraft und Weiblichkeit, die ihr als Westeuropäerin in der Form unbekannt war und sie in den Bann schlug.

Die kleine Afrikanerin hielt lange durch, der Applaus sperrte sie regelrecht ein, bis sie von der Bühne tanzte und noch einmal eine unglaublich lange Zunge zeigte. Der Trommler schlug dreimal auf das Becken, und sofort schwenkte die Band auf ein Charleston-Lied um, zu dem die Gäste augenblicklich auf die Tanzfläche stürmten. Die Ausgelassenheit riss nicht ab.

Silena trank von ihrer Milch und sog den Coco Club geradezu in sich auf.

»Wie wäre es mit einem Tanz?«, schrie ihr Eris zu und zeigte nach unten.

Abwehrend hob sie die Hand, auch wenn ihre Füße die ganze Zeit über im Takt wippten und es überall in ihr kribbelte.

Eris ahnte es. »Kommen Sie. Es weiß hier ja keiner, dass Sie eine Drachentöterin sind.« Wieder nahm er ihre Hand und zog sie einfach mit sich, die Treppe hinab und schnurstracks auf die Fläche der Tanzenden, wo kaum noch ein freies Plätzchen war.

Silena gab sich dem Rhythmus hin, ihre Arme und Beine bewegten sich von selbst, sie lachte dabei und betrachtete Eris, der sich nicht weniger geschickt als sie anstellte. Er hatte sicherlich schon hundertmal getanzt. Der Schweiß rann überall an ihr herab, nach dem vierten Lied verlangte sie eine Pause.

»Gehen wir wieder nach oben«, schlug er vor, hakte sich bei ihr ein und lief voraus. Als sie die Treppe erreichten, wurde er von einem besonders feisten Mann zur Seite gedrängt. Eris rutschte von der Stufe, die er eben betreten hatte, und prallte gegen Silena. Sie fing ihn geistesgegenwärtig auf.

Er drehte sich zu ihr – und küsste sie nach kurzem Zögern auf den Mund.

Sie stand wie erstarrt. Seine Lippen waren weich und warm,

schmeckten nach Salz und dem Drink, den er sich gegönnt hatte, und sein Duft betörte sie.

Dennoch stieß sie ihn zurück, obwohl alles in ihr nach mehr verlangte. Er hätte sie zumindest fragen können, ehe er sich den Vorstoß erlaubte.

Sie blitzte ihn aus den grünen Augen an, wandte sich um, stürmte zum Ausgang. Sie hörte nicht auf sein Rufen, sondern schlüpfte durch die Lücken in der Menschenmenge.

Sie entkam auf die Straße und rannte sofort los, bog in die nächste Gasse und winkte sich eine Droschke herbei. Silena sprang hinein, das Gefährt fuhr los. Sie meinte, Eris noch an der Ecke gesehen zu haben, dann verschwand er in der Dunkelheit.

Sie fuhr sich mit dem Zeigefinger über die Lippen. Ihr Herz schlug langsamer, das normale Denken setzte wieder ein.

»Ich Idiotin!« Der Schreck hatte sie aus dem Coco Club getrieben, die Erfüllung ihrer Träume war zu schnell Wirklichkeit geworden. Morgen würde sie sehen, ob Eris Mandrake pünktlich zum Abflug der Theben erschien oder ob er ihre Flucht vollkommen falsch verstanden hatte.

Sie zog den Anhänger nach vorn, der beim Laufen verrutscht war, und schloss die Augen.

VIII.

»Es war dringend notwendig, dass die Drachentöter im späten Mittelalter unter einem Dach versammelt wurden. Nur so ließ sich der Krieg gegen die Teufel in all ihren Formen besser koordinieren. Wir sind eine Gruppe aus Kämpfern aus aller Herren Länder, aber uns eint das Ziel: die Auslöschung der Drachen, bevor sie uns auslöschen. Was ohne Frage geschehen würde, wenn es die Drachentöter nicht gäbe. Ich habe noch keinen Panzer gesehen, der einen Drachen bezwang.«

Erzbischof Kattla

aus der Serie »Drachentöterinnen und Drachentöter im Verlauf der Jahrhunderte«
Im »Münchner Tagesherold«, Königlich-Bayerisches Hofblatt vom 21. Juni 1924

19. Januar 1925, Edinburgh, Provinz Schottland, Königreich Großbritannien

Die Theben schwebte über dem in der Dämmerung liegenden Edinburgh. Silena genoss die Aussicht über die schottische Provinzhauptstadt nur mit halbem Herzen, weil sie ohne Eris in der Gondel stand.

Der Geheimagent war nicht zum Abflug erschienen, und eine Verzögerung hatten sie sich nicht erlauben dürfen. Hauptmann Litzow hatte sie auf die Wetterlage aufmerksam gemacht. Eine Stunde später, und das Luftschiff hätte wegen eines schweren Unwetters über London nicht starten können.

Sie musste an den Hinweis denken, dass Drachen angeblich auch Gewitter heraufbeschwören vermochten. Hatte der Fünfender sie am Boden halten wollen?

»Wir landen, Großmeisterin«, verkündete Litzow. »Es sieht gut für uns aus.«

»Aye, Hauptmann.« Die Theben neigte sich nach unten und schob sich der Erde entgegen. Einmal mehr bereiteten sich die Landemannschaften im Frachtteil der Gondel auf ihren Einsatz vor.

Silena zwang sich dazu, an das Kommende zu denken und nicht an Eris. Bei nächster Gelegenheit würde sie die Nummer wählen, die sie von ihm bekommen hatte, und sich für ihre Reaktion auf seinen Kuss entschuldigen. Hoffentlich gab es ein Wiedersehen mit ihm.

Während die Theben an die Kette gelegt und in den Hangar für Luftschiffe geschleppt wurde, stand sie bereits am Ausgang und konnte es nicht erwarten, die Ausstellung zu besuchen.

Sie nahm zwei Soldaten der Bodenmannschaft mit und ließ sich mit dem neuen Wagen der Marke Phänomen zur Burg fahren. Dank ihres Ausweises bereitete es ihr keinerlei Schwierigkeiten, mit dem Kurator der Ausstellung zu sprechen.

Sir Allan MacMoore, ein waschechter Schotte mit einem Akzent, der ihren Englischkenntnissen alles abverlangte, saß ihr in einem schwarzrot karierten Kilt gegenüber; dazu trug er ein weinrotes Rüschenhemd mit Kehlbrosche und einen weißen Gehrock. Der Mann machte Eindruck.

»Ein Überfall, Großmeisterin?«, vergewisserte er sich. »Auf die Ausstellung? Und Mister Skelton soll eine Rolle dabei spielen?« Er schaute kurz zu den beiden Soldaten, die hinter Silena standen und die Gewehre bereithielten.

»Das nehme ich stark an, Sir.« Sie legte die Hände zusammen. »Ist Mister Skelton schon hier gewesen?«

MacMoore schüttelte den Kopf. »Er hat sich für heute angekündigt, um die Sicherheitsmaßnahmen zu überprüfen. Aber unter diesen Umständen wäre es wohl besser, wenn wir ihn gar nicht in die Nähe ließen.«

Silena nickte. »Sie haben die Adresse seiner Unterkunft, Sir?«

»Die habe ich. Wir haben sie ihm ja vermittelt. Es ist das *Scottish Pride.*« Er nahm ein Blatt Papier und schrieb ihr die Adresse auf. Dann langte er nach dem Telefon, ließ sich mit dem Hotel verbinden und führte ein kurzes Gespräch auf Schottisch-Gälisch. »Mister Skelton ist bereits eingetroffen.«

»Fragen Sie nach einem Zadornov, bitte, Sir«, sagte Silena rasch, bevor er die Leitung unterbrach.

MacMoore erkundigte sich, dann nickte er. »Ja, auch einen solchen Herrn gibt es. Hat er auch etwas mit dem Überfall zu tun?«

Silena räusperte sich. »Das darf ich Ihnen nicht sagen.«

»Wie sieht es mit der Polizei aus, Großmeisterin? Soll ich ...«

»Nein, danke für das Angebot, Sir, aber das Officium regelt diese Angelegenheit. Darauf gebe ich Ihnen mein Wort.«

»Sehr liebenswürdig, Großmeisterin.« Er lächelte. »Ich habe das Luftschiff gesehen. Ein sehr imposantes Objekt, das muss man dem Officium lassen. Die Gondel ist gewaltig.«

Silena wurde bei seinen Worten daran erinnert, dass die Cadmos noch immer spurlos verschwunden war. »Danke, Sir. Ich gebe Ihr Lob an unsere Ingenieure weiter.« Sie erhob sich und deutete eine Verbeugung an. »Gehen Sie davon aus, dass es Spione in der Burg gibt, die für die Diebe ihre Arbeit verrichten. Verdoppeln Sie die Wachen, Sir, aber lassen Sie sich ansonsten nichts anmerken. Wenn der Eindruck entsteht, dass die Absicht der Diebe durchschaut worden ist, werden sie vermutlich flüchten, und wir können nicht alle festnehmen. Einen schönen Tag, Sir.«

»Ihnen auch, Großmeisterin.« MacMoore stand ebenfalls auf und deutete eine Verbeugung an.

Silenas Blick fiel auf das Telefon. »Eine Bitte hätte ich doch noch: Dürfte ich es benutzen, Sir?«

»Sicher. Tun Sie sich keinen Zwang an.« Er verließ sein eigenes Büro, damit sie ungestört sprechen konnte; auch die Soldaten verschwanden hinaus.

Sie nannte der Vermittlung die Nummer, die sie von Eris bekommen hatte, und wurde verbunden.

Nach einigem Warten meldete sich eine Frauenstimme. »Wessex Im- und Exporte, was kann ich für Sie tun?«

Silena entschuldigte sich, hängte auf und ließ sich erneut verbinden, nur um wieder bei der Firma zu landen. »Verzeihen Sie, ich suche einen Mister Mandrake?«, versuchte sie es einfach.

»Mit wem spreche ich bitte, Ma'am?«

»Großmeisterin Silena vom Officium Draconis.«

»In diesem Fall darf ich Ihnen sagen, Großmeisterin, dass Mister Mandrake Ihnen die herzlichsten Grüße ausrichten lässt. Er habe die Verabredung genossen und heute Morgen leider verschlafen, aber er habe den nächsten Zug nach Edinburgh genommen. Er wird sich bei Ihnen melden.«

»Sehr schön. Falls er sich vorher bei Ihnen noch einmal melden sollte, sagen Sie ihm bitte Folgendes.« Rasch fasste sie die Erkenntnisse zusammen.

»Ich leite die Antwort gern weiter. Vielen Dank, Großmeisterin.« Die Frau unterbrach das Gespräch.

Silena verließ das Büro von Sir Allan und kehrte mit den Soldaten auf den Flugplatz zurück. Rasch organisierte sie einen Lastwagen und lud zehn weitere Männer ein, alle bis an die Zähne bewaffnet. Noch einmal würde es Skelton und Zadornov nicht gelingen, sie abzuhängen.

Als der Laster vor dem *Scottish Pride* anhielt und die Soldaten in den ungewöhnlichen Uniformen von der Ladefläche sprangen, die Gewehre halb im Anschlag, schauten die beiden Angestellten vor dem Eingang des Hotels verwundert.

Silena zeigte ihren Ausweis. »Officium Draconis. Sie werden die laufende Operation unterstützen und nicht behindern, oder Sie machen sich nach Paragraph drei des Europäischen Gesetzes zur Allgemeinen Abwehr von Drachentieren strafbar.« Sie ging an ihnen vorbei durch die Drehtür in die Lobby, schritt auf die Rezeption zu und wiederholte die Prozedur, die den Concierge sichtlich einschüchterte. »In welchen Zimmern befinden sich die Herren Skelton und Zadornov, Sir?«

»Ich verstehe das nicht«, sagte der Mann verwirrt und schickte einen Pagen, den Manager zu suchen. »Keiner von den beiden Herrschaften hatte einen Drachen bei sich und …«

»Keine Scherze, Sir.« Silena verzog den Mund. »Die Zimmernummern, aber schnell!«

Er wandte sich zum Schlüsselbord, nahm 213 und 214 vom Haken. »Nur unter Protest, Großmeisterin, denn ich erachte die Gäste als tadellose Gentlemen, die …«

Sie riss ihm die Schlüssel aus der Hand und eilte zum Aufzug, fünf Mann schickte sie die Treppen hinauf. Im Laufschritt ging es den Korridor entlang bis vor die Zimmer. Silena ließ sie gleichzeitig von den Truppen stürmen.

Ihr Amulett glomm auf und warnte sie vor einem Drachen, der sich in ihrer Nähe befand. Das hatte ihr gerade noch gefehlt. Skelton und Zadornov zogen die Bestien geradezu an… Oder besaßen sie etwas, was ein Drache suchte?

Die Türen flogen nach ein paar Schlägen der Gewehrkolben aus dem Rahmen, die Soldaten stürmten mit gesenkten Läufen und aufgepflanzten Bajonetten in die Räume. Aus dem einen Zimmer drangen spitze Frauenschreie und dichter Tabakqualm, in den sich ein würzig-harziger Geruch mischte. Es handelte sich unzweifelhaft um Zadornovs Unterkunft.

Da Silena keine Lust verspürte, den Frauen und dem Russen beim Ankleiden zuzuschauen, betrat sie zuerst Skeltons Zimmer, die Luger in der Linken und die Rechte am Schwertgriff.

Der Versicherungsdetektiv saß auf der Couch neben dem Fenster und hatte im Schein der elektrischen Lampen ein Buch über Drachenformen und -erscheinungen gelesen. Ein Glas Rotwein stand vor ihm auf dem kleinen Tisch, und er sah sich ängstlich um. Die runde Brille machte aus ihm wieder den Jungen und weckte ein leises Gefühl von Mitleid.

»Mister Skelton«, nickte ihm Silena zu. »Schön, dass ich Sie schnappen konnte, bevor Sie das Museum ausrauben oder zumindest die Informationen an Ihre Leute liefern konnten.«

»Was ist denn das für ein absurdes Possenspiel, Großmeisterin?« Er war entrüstet. »Zuerst versuchen Sie, mich zu erschießen, und jetzt *das!* Ich bin Versicherungsdetektiv und für die Sicherheit der Wertgegenstände verantwortlich, nicht für deren Raub!«

»Ich weiß alles über Sie, Ihren Komplizen Zadornov und die Drachenfreunde«, sagte sie harsch. »Der Geheimdienst Ihrer Majestät hat Sie lange beobachtet und mir Fakten gezeigt, die Sie nicht verleugnen können.«

Skelton starrte sie fünf Sekunden lang an, dann brach er in lautes Gelächter aus.

»Sie werden es nicht mehr ganz so lustig finden, wenn Sie vor unserem Tribunal stehen.« Silena ließ ihn ergreifen und auf die Beine stellen. »Mister Skelton, Sie sind verhaftet. Nennen Sie mir auf der Stelle den Treffpunkt der Räuber, und es wird bei der Verhandlung positiv für Sie gewertet werden.«

Er wehrte sich nicht einmal, lachte immer noch und schaute sich um. »Was wird das, Großmeisterin? Ist das ein Witz?«

»Der Einzige, der momentan lacht, sind Sie, Sir.«

»Was bleibt mir auch anderes übrig?« Er wurde ernster. »Großmeisterin, ich verlange eine Erklärung!«

»*Sie* verlangen gar nichts!«

»Sehen Sie, Mister Skelton! Ich hatte Recht mit meiner Vision«, erklang eine erfreute sonore Stimme vom Eingang her. »Sie kommt her und nimmt uns fest. Wenn auch nur kurz.«

Silena wandte sich zur Tür und erblickte Zadornov, der feixend in einer schwarzen Stoffhose und freiem Oberkörper barfuß zwischen zwei Soldaten stand. Die langen schwarzen Haare hingen in Strähnen in sein Gesicht, sie erkannte einige Narben auf der behaarten Brust, die von Schnitten und Schusswunden herrührten. »Mal wieder nicht angezogen, Fürst?«, grüßte Silena.

»Weder ich noch die beiden Damen, die mich dank Ihrer Leute viel zu früh verlassen haben. Sie waren sehr enttäuscht, was aber nicht an mir lag«, hielt er dagegen. »Kann ich Sie deswegen verklagen?«

Sie fand es unverschämt von den Männern, angesichts der Niederlage so zu tun, als wären sie die Opfer von Willkür geworden. »Ich weiß, was Sie bezwecken, Fürst! Sie wollen die Drachentöter mit dem Zepter des Marduk ausrotten!«

»Ich weiß nichts von einem Zepter«, erwiderte er. »Wie kommen Sie denn auf diesen Unsinn?«

»Sie wollten doch, dass ich Sie töte, Fürst.« Wütend machte sie einen Schritt auf ihn zu, das Schwert halb erhoben. »Wenn Sie mich weiter anlügen, Sir, kann ich Ihnen den Wunsch erfüllen!«

»Wie lustig, zumal ich in diesem Augenblick daran dachte, dass es nicht mehr nötig ist, mich umzubringen. Ganz im Gegenteil.« Er fuhr mit dem Daumen über die Schneide. »Das ist sehr scharf, aber nicht aus Metall. Drachenzahn, vermute ich?«

»Sie sind ein …«

Zadornov schaute sie intensiv an. »Hören Sie mir zu, Großmeisterin«, sagte er mit seiner Kellerstimme, die ihr Innerstes zum Vibrieren brachte. Der Raum um sie herum schien zu schrumpfen, alles wurde von den ozeangleichen Augen eingesogen und verschlungen, sogar das Licht schwächte sich ab. »Wir drei haben denselben Feind.

Mister Skelton hat mich engagiert, um einen bedeutenden Schatz ausfindig zu machen, nicht mehr und nicht weniger. Weder er noch ich sind Drachenfreunde, und da Sie sich geweigert hatten, mich zu töten, muss ich von Ihnen nun verlangen, uns auf der Suche beizustehen.«

Silena vernahm die Worte, und je länger sie dem Russen zuhörte, desto ruhiger wurde sie. Es war, als ob sie mit offenen Augen schlafe und den Alltag, den Ärger rund um sich herum vergesse.

»Wir werden uns gleich über diese Angelegenheit unterhalten, Großmeisterin. Sie werden Ihre Männer hinausschicken, weil es nur Sie und uns etwas angeht«, verlangte er weiter, und seine Stimme sickerte tief in ihren Verstand.

»Warum sollte ich das tun?«, fragte sie lahm und wunderte sich selbst, wie wenig Gegenwehr sie gegenüber dem Mann leistete. Sie war vollkommen zufrieden damit, in dieses Blau zu schauen.

»Weil das Schicksal der Welt davon abhängt, wie ich es Ihnen bei unserem ersten Treffen erklärte.« Er lehnte sich zurück, und die Wirkung seiner Augen ließ nach, bis sie sich davon losreißen konnte. »Aber wenn Sie sich entscheiden, uns abführen zu lassen, machen Sie es schlimmer. Es wird sich herausstellen, dass nichts von dem, was Sie uns unterstellen, der Wahrheit entspricht, aber in der Zwischenzeit werden unsere Feinde einen Vorsprung erlangen.«

Silena schüttelte den Kopf, um sich von der Wirkung der Stimme zu befreien. »Ein netter Versuch, aber Ihre Tricks, mit denen Sie Abergläubische und schwache Menschen beeinflussen mögen, greifen bei mir nicht.«

Skelton wollte einen Schritt nach vorn tun, aber die Soldaten hielten ihn sofort an der Schulter fest. »Großmeisterin, bitte! Hören Sie mir zu, und ich bin sicher, dass ich Sie überzeugen kann, an unserer Seite zu kämpfen.«

Silena zögerte. Sie traute sich zu, Wahrheit und Lüge voneinander unterscheiden zu können, und daher forderte sie ihn mit einer knappen Handbewegung auf, fortzufahren. Sie setzte sich, die Waffen behielt sie in der Hand. »Bringt Zadornov hierher und setzt ihn neben seinen Kumpanen«, befahl sie. »Wartet draußen.«

Die Soldaten warfen sich Blicke zu, folgten aber dem Befehl. Zadornov lehnte sich zurück und legte die Haarsträhnen nach hinten. Dann warf er ihr einen tiefen Blick zu und kreuzte die Arme vor der Brust. Ihr fiel auf, dass er eine ganz andere Männlichkeit verströmte als Eris, animalischer und zu ihrem eigenen Erstaunen auch eine Spur anziehend für sie. Sie nahm die Münze zur Hand und ließ sie über die Knöchel wandern. Je aufgeregter sie war, desto schneller drehte und wirbelte sie hin und her.

»Danke, dass Sie uns anhören.« Skelton überlegte, wie er am besten begann. »Sie erinnern sich an die Vision, von der Ihnen Zadornov ...«

»*Fürst* Zadornov«, warf der Russe ein.

»... Fürst Zadornov berichtete?«

»Sehr gut.« Und wie sie sich an die Bilder erinnerte, die in ihrem Verstand entstanden waren, als er sie ihr geschildert hatte. »Sie klang sehr merkwürdig. Lindwürmer, eine zerschellende Erde und ähnliche Dinge.«

»Sie scheint in vielen Punkten zuzutreffen, oder wollen Sie leugnen, dass es einen schwarzen fünfköpfigen Drachen mit gelben Augen gibt?«, warf Skelton aufgeregt ein. »Und mir ist eine Deutung zur Weltkugel eingefallen, um die sich die Parteien in der Vision streiten.« Er schob das Buch zur Seite, darunter lag der Ordner mit den Aufnahmen der gestohlenen Gegenstände. Er suchte, ließ eine Seite offen und schob sie Silena hin. »Lapis terrae«, sagte er feierlich. »Der Weltenstein.«

Sie beugte sich nach vorne, um das Foto zu betrachten – und erkannte einen alten Bekannten: eine etwa kinderfaustgroße Kugel, dunkel und mit Einschlüssen versehen. Ein geschickter Graveur hatte die Umrisse aller Kontinente aufgetragen und eine kleine, gelbliche Welt erschaffen. Wie die Skizze aus Scottings' Laden.

Im Bildtext stand:

Lapis terrae, auch: Weltenstein.

Unbekannte Herkunft, gefunden im Jahr 1863 am Strand von Binz auf Rügen.

Erste Vermutungen, es handele sich um ein unbekanntes, vor langer Zeit gestohlenes Teil des Bernsteinzimmers, erwiesen sich als falsch.

Expertenmeinungen variieren, reichen von Ambra, einem versteinerten Oktopusauge bis zum so genannten Drachenstein.

Silena erinnerte sich, von Drachensteinen gehört zu haben, wusste aber nicht mehr recht, etwas damit anzufangen. Sie sollte unbedingt einen Auffrischungskursus in Theorie belegen. Und sie ärgerte sich, dass sie sich ausschließlich auf das Zepter konzentriert hatte.

»Was man auf dem Foto nicht erkennen kann, ist die goldgelbe Farbe des Weltensteins, die sowohl an Bernstein als auch an flüssiges Gold erinnert«, erklärte Skelton. »Sie wissen, dass Drachensteine als begehrte Sammlerobjekte angesehen werden?«

»Es gibt keine mehr, denke ich«, meinte Silena unsicher.

»*Weil* sie gesammelt werden«, schaltete sich Zadornov ein. »Ich vermute, dass dieser fünfköpfige schwarze Drache, der auch in London auftauchte, den Weltenstein haben will. Aus welchem Grund auch immer.«

Silena sah den zerschmetterten Schädel des Drachen und das zerschnittene Gehirn des Monstrums vor sich. »Jemand sucht nach frischen Drachensteinen. Und dazu benötigte der- oder diejenige das Zepter des Marduk. Damit sind Drachen auch für normale Menschen durchaus besiegbar.«

»Auf diese Erklärung sind wir ebenfalls gekommen, Großmeisterin. Ich wollte mich in jener Nacht«, erklärte Skelton, »am Tatort umsehen, ob ich einen Hinweis auf den Weltenstein entdecken kann. Dabei bin ich Ihnen begegnet, und Sie haben die Jagd eröffnet. Auf mich.«

»Ich musste eingreifen, Großmeisterin«, lächelte Zadornov. »Dabei sah ich davon ab, Sie zu töten. Wir verfolgen das gleiche Ziel.«

»Scottings!« Mit Sicherheit hatte er diese Kugel besessen und sich nach Silenas Besuch aus dem Staub machen wollen. »Er hat versucht, den Weltenstein zu verkaufen, und dabei geriet er an diejenigen, die das Zepter des Marduk besitzen.«

»Jetzt wird es kompliziert, nicht wahr?« Zadornov schaute sich um. »Gibt es nichts zu trinken oder zu rauchen?«

»Der springende Punkt ist: Es müssen *zwei* Räubergruppen gewesen sein, die das britische Museum und das Imperial War Museum überfallen haben.« Skelton schaute zwischen Silena und dem Russen hin und her. »Die einen haben sich das Zepter genommen, die anderen den Weltenstein, der irgendwie in Scottings Besitz gelangte.

Sie, Großmeisterin, sind bei ihm aufgetaucht, er wurde nervös und wollte verschwinden, aber die andere Gruppe hat ihn gefunden und getötet.«

»Das ist natürlich nur eine Theorie von Ihnen, Mister Skelton«, sagte Silena.

»Die mir jedoch sehr gut gefällt«, hakte er ein. »Was mich durchaus beschäftigt, ist die Frage, was denn so Besonderes an dem Weltenstein ist. Immerhin trachten gleich mehrere Parteien danach, und das werden sie wohl nicht wegen des hübschen Anblicks tun. Sollten Sie nicht mehr darüber wissen, Großmeisterin? Über einen Drachenstein?«

Damit traf er bei Silena den wunden Punkt, und sie überspielte die Lücke mit Barschheit. »Das werde ich Ihnen zu diesem Zeitpunkt sicherlich nicht sagen. Nach wie vor könnten Sie und Fürst Zadornov an dem Geschehen beteiligt sein. Vielleicht waren Sie einer der Drahtzieher?«

»Wie kommen Sie darauf? Und was habe ich denn mit dem Geheimdienst zu schaffen, den Sie vorhin erwähnten?«

Silena zögerte. »Das Officium arbeitet mit dem SIS zusammen, und der hat eindeutige Beweise gegen Sie vorgelegt. Sie *beide*.«

»Na, auf die bin ich gespannt«, meinte Zadornov lauernd. »Los, Großmeisterin. Ich bin mir keiner Schuld bewusst und verlange, diese Beweise zu sehen.«

»Ich habe sie nicht. Ein Agent zeigte sie mir.«

»Wie sahen die aus?«

»Ich ...« Sie wusste nicht, was sie sagen sollte. Im Grunde hatte sie nur die Bilder gesehen und Eris' Erzählungen gelauscht.

Skelton deutete an sich herab. »Schauen Sie mich an, Großmeisterin. Sieht so ein Mitglied der Drachenfreunde aus?«

»Das ist die beste Tarnung, die es gibt«, knurrte sie und wurde unruhig; sie fühlte sich immer mehr in die Enge getrieben.

»Ich arbeite für Hamsbridge & Coopers Insurance, die ihre Mitarbeiter durchleuchten und nur diejenigen nehmen, die eine hervorragende Ausbildung und einen einwandfreien Leumund besitzen«, zählte er stolz und verletzt zugleich auf. »Denken Sie, die hätten nichts gemerkt?«

Damit nährte er die stillen Zweifel, die Silena schon vorher gehegt hatte. Nein, Onslow Skelton konnte kein gefährlicher Extremist sein. Sie schaute zum Russen. Er schon eher.

»Ich weiß, was Sie eben dachten«, grinste der Fürst und fuhr sich durch die langen Haare. »Ich muss Sie enttäuschen, Großmeisterin. Wenn Sie den Geheimdienst Seiner Majestät des Zaren fragen, so wird er Ihnen sagen, dass ich, Knjaz Grigorij Wadim Basilius Zadornov, vieles bin. Dass ich viele Frauen und deren Betten kenne, dass ich Männer in Duellen getötet habe …«

»Danke, ich kenne Ihre Vita, Fürst, und verzichte auf diese Angeberei«, bremste sie ihn.

»Nun, wenn dem so ist, wissen Sie, dass ich *kein* Drachenfreund bin.« Zufrieden lehnte er sich wieder zurück. Seiner Ansicht nach hatten Skelton und er das Wortduell eindeutig gewonnen. Er rieb sich über die behaarte Brust. »Aber ich bin gespannt, diesen Herrn vom Geheimdienst kennen zu lernen, der Ihnen so viele falsche Dinge über mich und den verehrten Mister Skelton berichtet hat. Aus einem mir nicht nachvollziehbaren Grund hat er gelogen.«

»Es sei denn, er wäre nicht vom SIS«, fügte Skelton hinzu.

Silena weigerte sich, das auch nur ansatzweise anzunehmen.

19. Januar 1925, Edinburgh, Provinz Schottland, Königreich Großbritannien

Silena überlegte fieberhaft. Sie war dazu geboren, um in einem Flugzeug die Teufel am Himmel zu verfolgen, aber nicht, um schwierige Spekulationen anzustellen. Sie wusste nicht, was sie tun sollte, während Zadornov und Skelton sie anschauten und warteten.

Der Blick des Russen wanderte an ihr herab, richtete sich auf ihre Brüste.

»Lassen Sie das!«, sagte sie drohend.

»Weswegen? Ich finde Gefallen daran.«

»Sie sind ziemlich vulgär für einen Fürsten.« Silena zog den Mantel enger.

Zadornov verstand die Geste und lachte laut los. »Ach, Sie dachten doch wohl nicht, ich begehrte Sie?« Er winkte ab. »Seien Sie unbesorgt. Es geht um Ihren Schmuck. Ich wundere mich schon die ganze Zeit über den Anhänger, Großmeisterin«, erklärte er und zeigte darauf. »Er leuchtet wie eine Glühbirne. Wie geht das vor sich?«

Silena war erleichtert und seltsamerweise beleidigt. Er hatte es so selbstverständlich abgelehnt, sie als Frau attraktiv zu finden, dass es sie verunsicherte. Sie war beileibe nicht über die Maßen hübsch, aber gewiss auch nicht hässlich, sodass sie seine Reaktion als Frechheit betrachtete. »Ich … er leuchtet, wenn ein Drache in der Nähe ist«, erklärte sie abgelenkt und warf Zadornov böse Blicke zu, die er gar nicht zu deuten wusste. »Es ist ein Splitter von Sankt Georgs Lanze.«

»Ein Drache?« Skelton sah über die Schulter aus dem Fenster. »Dieses fünfköpfige Scheusal aus London?«

»Um welchen es sich handelt, sagt mir mein Splitter nicht.« Wie gern hätte Silena nachgefragt, warum der Russe sie nicht anziehend fand. Aus reiner Neugier, natürlich. Doch diese Blöße wollte sie sich nicht geben, weil sie damit erstens ihre Verunsicherung eingestanden und zweitens den Verdacht geschürt hätte, dass sie den anmaßenden Kerl interessant fand.

Zadornov sah sie mit den durchdringenden blauen Augen an und grinste, als könne er ihre Gedanken lesen. »Was unternehmen wir demnach, Großmeisterin?«, erkundigte er sich. »Sie werden sicher einen Plan haben, um das Scheusal zur Strecke zu bringen.«

»Wie war *Ihr* Plan?«, konterte sie und sah zu Skelton, der immer noch über Edinburghs Dächer schaute. Er wirkte ängstlich. »Mister Skelton?«

»Was?« Irritiert wandte er sich ihr zu. »Verzeihung, aber für einen Versicherungsdetektiv ist das Ganze sehr nervenaufreibend. Abwechslung ist gut und schön, aber seit dem Tag im *Adlon* …« Er atmete tief ein. »Wir, der Fürst und ich, wollten uns die Sicherheitsvorkehrungen anschauen, denn ich halte es für wahrscheinlich, dass die mordenden Räuber auch hier zuschlagen werden. Ich wollte dem Kurator empfehlen, die Queen um zusätzliche Soldaten zum Schutz zu bitten.«

»Und dann?«

»Würden wir einige der Bandenmitglieder lebend in die Finger bekommen.« Zadornov lächelte plötzlich diabolisch. »Meinen Kräften würden sie beim Verhör nicht standhalten können.«

Skelton nickte. »Und damit könnten wir den Aufenthaltsort der Schätze erfahren.«

Um Silenas Mund entstand ein spöttisches, verächtliches Lächeln. »Hokuspokus anstelle von handfester kriminalistischer Untersuchung? Passt das denn zu einem renommierten, seriösen Versicherungshaus?«

Zadornovs gute Laune verschwand von einer Sekunde auf die nächste. »Es ist kein Hokuspokus, Drachentöterin!«, grollte er tief und zog ihren Blick auf sich. »Ich bin ein Hellseher und keiner dieser Scharlatane. Ich habe schon einige Männer wegen einer solchen Behauptung zum Duell gefordert, und bislang gaben mir die Ausgänge der Zweikämpfe stets Recht.«

»Das heißt, Sie würden mich fordern, wenn ich ein Mann wäre«, stellte sie fest. »Nur zu, Fürst.« Sie tippte sich an die Stelle unter der Achsel, an der die Luger saß. »Ich bin ziemlich zielsicher. Und mein Titel lautet Großmeisterin.«

»Aber, aber, Herrschaften!«, schaltete sich Skelton rasch ein und stand auf, um sich zwischen die Streithähne zu begeben. »Wir wollen im Grunde doch das Gleiche: dem Guten zum Sieg verhelfen.« Er drehte sich zu Silena. »Wie wäre es, wenn Sie uns begleiten würden? Damit hätten Sie die Gelegenheit, sich von unseren untadeligen Absichten zu überzeugen. Sobald der geheimnisvolle Agent Seiner Majestät erscheint, soll er sagen, wie er zu seinen Beweisen gekommen ist, und wir wiederum zeigen ihm, dass er sich mächtig im Fürsten und auch mir getäuscht hat.«

»Sollten Sie sich vor uns fürchten, Großmeisterin«, sagte Zadornov, »so nehmen Sie Ihre Soldaten mit. Gegen den schwarzen Drachen werden Sie sie vielleicht benötigen.«

»Seien Sie bloß still, Fürst«, riet sie ihm.

Skelton betrachtete indessen den Anhänger genauer. »Dieser Talisman … reagiert er nur auf Drachen? Oder auch auf Drachengegenstände?«

Silena runzelte die Stirn. »Ich verstehe nicht …«

»Wenn nun der Drachenstein unter uns wäre, würde der Splitter dann auch leuchten?«

Sie dachte nach. »Nein. Nur bei lebenden Drachen. Wieso fragen Sie?«

»Es könnte sein, dass ich Ihren Talisman sozusagen an der Nase herumführe«, gestand er, zog sein kariertes Sakko aus, krempelte den Ärmel hoch und deutete auf eine lange, alte Narbe, die vom Handgelenk bis fast zur Armbeuge reichte. »Ich trage einen Drachenknochen in mir«, gestand er nervös.

»Was?«

Zadornov trat neben Skelton und betrachtete die Spuren des Eingriffs. »Gut verheilt. Das muss sehr lange her sein.«

Skelton schaute Silena bittend an. »Ich flehe Sie an, Großmeisterin, meine Eltern nicht dem Officium zu verraten. Sie taten es aus Liebe.«

»Ich nehme an, Sie hatten einen Unfall, als Sie ein Kind waren?« Sie hielt das Amulett näher an den Arm, und der Splitter leuchtete heller. Also hatte er sie jedes Mal warnen wollen, sobald sich Skelton ihr genähert hatte.

Er schüttelte den Kopf. »Irgendeine Krankheit, die meinen Knochen zerfraß, sagte der Arzt. Sie stellten es fest, nachdem ich mir im Alter von sieben Jahren den Arm gebrochen hatte. Ein offener Bruch. Meine Eltern standen vor der Wahl, mir den Arm amputieren zu lassen oder aber das Angebot des Arztes anzunehmen.«

Silena nickte. Sie kannte solche Ärzte, die mit Drachenjägern gemeinsame Sache machten und Knochenfragmente oder Organteile von frisch getöteten Teufeln gegen Unsummen Todkranken implantierten. Einige Patienten überstanden diese Operationen, die meisten jedoch verstarben an den Nebenwirkungen.

»Davon habe ich noch niemals gehört«, staunte Zadornov, sah auf den Arm und dann in Skeltons Gesicht. »Habe ich das richtig verstanden: Sie bestehen zu einem Teil aus einem Drachen?«

»Es ist nicht erlaubt«, warf Silena ein. »Können Sie mir den Namen des Arztes nennen, Mister Skelton?«

»Er ist schon lange gestorben, Großmeisterin«, antwortete er ihr, rollte den Stoff nach unten und schloss den Knopf. »Können Sie meine Eltern verschonen?«

Bevor Silena antworten konnte, meldete sich Zadornov zu Wort. Seine Augen leuchteten, er war begeistert. »Das kann doch nicht sein, oder? Sie bekamen den Knochen mit sieben Jahren eingesetzt, folgerichtig müsste er viel zu klein sein.«

»Fragen Sie mich nicht, warum, aber wenn das Drachengewebe sich entschieden hat, mit dem menschlichen zu verwachsen, verhält es sich wie gesundes.« Skelton rieb sich über den Arm. »Der Knochen wuchs mit mir und wurde zu einem Teil von mir.«

»Die Meinung des Officiums ist klar: Der Drache ist der Teufel, und nur durch die schwarzen Kräfte, die in ihm leben, ist es möglich, dass solche Eingriffe überhaupt gelingen.« Silenas grüne Augen richteten sich auf den Versicherungsdetektiv. Sie fand es ganz erstaunlich, dass Skelton nicht zu einem Verbrecher geworden war. So lauteten die Erfahrungen mit anderen Personen, die etwas von einem Drachen in sich trugen. Die Schlechtigkeit ging auf sie über. Schreckliche Verbrecher – und keine angeblich harmlosen Versicherungsdetektive.

»Meine Eltern wussten um diese Ansicht und achteten sehr genau auf meine Erziehung, Großmeisterin. Sie wären die Ersten gewesen, denen aufgefallen wäre, wenn ich mich zu meinem Nachteil entwickelt hätte.« Skelton hielt ihrem Blick stand. »Wie Sie sehen, gehöre ich zu denen, die Kriminelle jagen.«

»Dieser Umstand allein verhindert, dass ich Sie melde, Mister Skelton, und Sie unter Beobachtung gestellt werden. Dennoch empfehle ich Ihnen: Beten Sie für Ihre Seele, Sir. Ich denke, dass sie nach wie vor in großer Gefahr schwebt.« Silena wandte sich zur Tür. »Gehen wir zum Schloss. Wir haben mit dem Kurator zu sprechen.«

»Darf ich mich vorher anziehen, Großmeisterin?«, traf sie Zadornovs sonore Stimme im Rücken. »Oder haben Sie ein gewisses Verlangen danach, mich derart unbekleidet in Ihrer Nähe zu wissen?«

»Ihr Unterton missfällt mir, Fürst«, erwiderte sie hart und ohne sich umzudrehen. »Wir treffen uns in fünf Minuten in der Lobby. Mir ist es egal, was Sie dann am Leib tragen, aber es sollte so gewählt sein, dass Sie nicht von Bobbies verhaftet werden.« Sie riss die Tür auf und schaute in die Gesichter der wartenden Staffelsoldaten. »Abmarsch«, befahl sie und lief sehr rasch davon.

»Wie kann ein Mann nur so eingebildet sein?«, murmelte sie kopfschüttelnd, stieg in den Fahrstuhl und betrachtete den Anhänger, dessen Leuchten zusehends verblasste, je weiter sie sich von Onslow Skelton entfernte. Das was schlecht. Auf diese Weise verlor ihr Warnsystem an Effizienz. Entweder bewegte sie sich mit übermäßiger

Wachsamkeit umher, oder sie verlor im entscheidenden Augenblick die Aufmerksamkeit und wurde Opfer des Drachen.

Kaum stand sie in der Lobby, leuchtete ihr Talisman wieder stärker. Sie vermutete, dass es sich bei dem Drachenknochen um lebendiges Gewebe handelte, das wohl von menschlichem Fleisch umhüllt war, aber immer noch das Stück eines Teufels blieb. Skeltons Art widerlegte die Theorie, dass eingesetzte Stücke den Träger negativ beeinflussten – oder aber er konnte sich ganz hervorragend verstellen.

Silena setzte sich auf die Couch in der Mitte. »Verdammt«, ärgerte sie sich. Skelton stieg aus dem Fahrstuhl, sah sich kurz um und kam auf sie zu.

»Fürst Zadornov lasst ausrichten, dass es ein wenig länger dauern könnte«, rief er und nahm sich im Vorbeigehen eine Tageszeitung. »Wir könnten die Zeit nutzen, um darüber nachzudenken, wer sich für einen Drachenstein interessiert, oder, Großmeisterin? Sie werden mir gegenüber sicherlich im Vorteil sein, da Sie und das Officium mehr über dieses Artefakt wissen.«

Sie nickte. »Lassen Sie mich mit dem Officium telefonieren.« Sie ging zur Rezeption, ließ sich ein Gespräch nach Deutschland geben und schilderte die Lage. »Ich benötige mehr Informationen über die Drachensteine«, beendete sie ihren Kurzbericht.

»Wenn Sie mich in einer Stunde …«, bekam sie zur Antwort.

»Nein, jetzt. Aus dem Stand, und wenn es noch so wenig ist«, fiel sie dem Mann ins Wort. »Ach, und hat sich ein Eris Mandrake gemeldet?«, fügte sie hinzu.

»Nein, Großmeisterin.« Papier raschelte, im Hintergrund wurde laut geredet. »Hier haben wir etwas. Im Jahr 1304 …«

»Vergessen Sie das Geschichtliche. Ich benötige Hinweise, wer sie jetzt sammelt. Die Gründe sind mir vorläufig noch gleichgültig, das klären wir, sobald ich nach München zurückgekehrt bin.«

»Also schön. Einen Augenblick …« Die Sprechmuschel wurde zugehalten, und dennoch hörte Silena, dass ihr Telefonpartner durch den Raum schrie. Dieses Mal dauerte es länger, bis sie die Stimme wieder vernahm. »Sind Sie noch da?«

»Reden Sie.«

»Ich habe rasch alle Personen raussuchen lassen, die in den letzten Jahren durch Verstöße gegen das Drachenkörperteilhandelsverbot aufgefallen oder zumindest damit in Verbindung gebracht worden sind: Irmser, Gisborn, Padasamam und …« Der Mann machte eine Pause, weil er vermutlich in den Unterlagen wühlte.

»… Sàtra«, ergänzte Silena an seiner Stelle.

»Richtig, Großmeisterin!«, kam es überrascht.

»Was haben wir über sie im Archiv?«

Das Seufzen am anderen Ende der Leitung fiel lauter aus als gewollt. »Bleiben Sie dran, Großmeisterin.«

Silena schaute sich in der Lobby um, die eben von Zadornov betreten wurde. Er trug einen weißen Zylinder, der einen starken Kontrast zu den langen schwarzen Haaren bildete, und dazu wieder seinen Zobelkragenmantel. Auch auf den Gehstock und eine grün gefärbte Brille hatte er nicht verzichten wollen.

Sie beobachtete seine Wirkung auf Frauen und bemerkte, wie sich eine Gruppe von Damen in ihrem Alter zu dem Russen wandte und wie sie gleich darauf die Köpfe zusammensteckten und tuschelten. Er blickte über die Gläserränder, lächelte und tippte mit dem Stockgriff gegen den Zylinderrand, ehe er sich Skelton zuwandte. Die Damen kicherten und wurden von ihrer älteren Begleiterin wie eine Gruppe junger Gänse zum Fahrstuhl gescheucht. Sie warf dem Russen sehr abweisende Blicke zu, was er mit einem weiteren Lächeln quittierte.

»Nichts, Großmeisterin.«

Silena schrak auf, als sie die Stimme des Mannes hörte. »Wir haben keine sonstigen Einträge über sie?«

»Nein, tut mir leid. Es wurden Ladungen mit Drachenteilen abgefangen, die angeblich für sie bestimmt waren. Leider ohne einen Beweis.«

»Steht in den Berichten eine Anmerkung über Dracheneier oder uringelbe Steine oder etwas in dieser Art?«

Sekunden verstrichen. »Ja. Hier ist vermerkt, dass sich in einer Ladung ein wachteleigroßer, stinkender Gegenstand befunden habe, der aber im Verlauf der Untersuchung stark in Mitleidenschaft gezogen und durch die Proben zerstört wurde.«

»Danke. Ich rufe später noch einmal an.« Sie legte auf, wählte die Nummer des schottischen Kurators und bereitete ihn auf den Besuch vor, ehe sie zu den Männern ging.

»Und? Was haben Sie in der kurzen Zeit herausgefunden, Großmeisterin?«, wollte Skelton wissen.

»Es gibt durchaus Menschen, die sich für den Erwerb und den Besitz von Drachensteinen erwärmen, und zwar so sehr, dass sie dem Officium aufgefallen sind«, meinte sie und setzte sich. »Allerdings sind drei von ihnen schon tot. Verstorben unter mysteriösen Umständen.« Sie nannte die Namen, blickte Zadornov an. »Diese Menschen fallen eindeutig in Ihr Ressort, Fürst. Kannten Sie die Leute?«

Er blickte sehr ernst. »Irmser und Padasamam waren zwei mäßige Hellseher mit durchaus akzeptablen Erfolgen, jedoch ohne die Treffsicherheit in ihren Vorhersagen, wie sie mir vergönnt ist«, antwortete er langsam. Man sah ihm an, dass ihn das Gehörte beschäftigte. »Wir trafen uns ein- oder zweimal, das ist noch gar nicht so lange her.«

Silena fixierte ihn und hatte zum ersten Mal das Gefühl, dass er ihrem Blick auswich. »Haben Sie eine Vorstellung, wie der Name Arsènie Sàtra da hineinpasst, Fürst?«

»Nein, habe ich nicht.« Er hob den Kopf, schaute an ihr vorbei. »Aber wir können sie fragen. Sie kommt eben zur Tür herein.«

IX.

»Die Linie Ignatius
Ausgehend von Ignatius von Loyola und dem Zeichen des flammenden Herzens, haben sich die Nachfahren dem Nahkampf verschrieben, indem sie Drachen mit Feuer bekämpfen. Dazu besitzen sie ein großes Arsenal geheimer Substanzen, die schnell und heiß brennen. Allerdings wirkt diese Vorgehensweise nur bei jüngeren Drachen, deren Hornschuppen noch nicht die volle Härte erlangt haben.
Dabei kam es einmal zu einem schrecklichen Zwischenfall, als ein brennender Drache noch drei Kilometer weit lief, ehe er verging. Der Brand vernichtete siebzehn Hektar Wald und das Dorf Kleinheim. Seitdem wird diese Linie kaum mehr eingesetzt.«

aus der Serie »Drachentöterinnen und Drachentöter
im Verlauf der Jahrhunderte«
Im »Münchner Tagesherold«, Königlich-Bayerisches Hofblatt
vom 1. Juni 1924

19. Januar 1925, Edinburgh, Provinz Schottland, Königreich Großbritannien

Arsènie Sofie Sàtra fegte wie ein weißer Wirbelwind in die Lobby.

Über dem hochgeschlossenen, weißen und sehr eleganten Kleid trug sie ein offenstehendes helles Cape gegen die Kälte. Die hellen Haare waren unter einer weißen Pelzkappe verborgen, die Hände steckten in einem Muff. Ihre Miene wirkte entschlossen, die Stirn lag in Falten. Ihr folgten zwei Diener in langen schwarzen Wollmänteln.

Natürlich schaute sich jedermann, der sich im Eingangsbereich des Hotels aufhielt, nach ihr um. Nicht unbedingt, weil sie sofort als Madame Sàtra erkannt wurde, sondern weil sie eine derart starke Aura besaß, die sich Aufmerksamkeit schlicht erzwang.

Sie stürmte an den Empfang und wechselte einige Worte mit dem Concierge, der gleich darauf zur Sitzgruppe deutete. Betont langsam wandte sie sich um.

Wie von Zauberhand lag ein gewinnendes Lächeln auf ihrem Gesicht, kein Vergleich zu dem beinahe grimmigen Ausdruck, den sie beim Betreten des Hotels gezeigt hatte. Dann setzte sie sich in Bewegung und schritt anmutig auf die kleine Versammlung zu.

»Man sagte mir, dass Sie«, sie schaute an Skelton und Silena vorbei, und ihre fast roten Augen bannten den Russen, »Fürst Zadornov sind, Sir?« Sie sprach Englisch, legte aber jene Melodik in die Sprache, die nur Franzosen beherrschten, ohne dass es lächerlich wirkte. Und sie gab ihren Worten etwas Verführerisches auf den Weg, während sie ihm den Arm entgegenstreckte.

»So ist es, Madame Sàtra«, entgegnete Zadornov und deutete einen Kuss auf den Handrücken an, während er sie über die Ränder der Brille hinweg betrachtete. Meisterin und Meister des Charmes trafen aufeinander.

»Und ich bin Großmeisterin Silena, Madame. Ich hätte einige Fragen an Sie.«

»Das kann ich mir denken. Aber kommen Sie später zu mir, ich habe keine Zeit für eine Séance«, sagte sie herablassend. Skelton bedachte sie mit einem freundlichen Blick, um sich gleich wieder dem Russen zuzuwenden. »Ich benötige zuvor dringend Ihre Hilfe, Fürst.«

»Egal auf welchem Gebiet: Ich stehe Ihnen mit Freuden zur Verfügung, Madame.« Seine Bassstimme vibrierte vor Lüsternheit, und es machte ihm gar nichts aus, dies durchscheinen zu lassen.

»Aber leider befinden wir uns im Aufbruch«, unterbrach ihn Silena und schob sich kurzerhand zwischen die beiden. »Macht es Ihnen etwas aus, uns bei unserer Fahrt zu begleiten, Madame Sàtra?« Sie beobachtete die sich verengenden Pupillen in den rötlichen Augen der Französin. »Eine Weigerung kann ich im Namen des Officium Draconis nicht akzeptieren, da Ihr Name im Zusammenhang mit schweren Verbrechen genannt wurde.« Sie nahm sie am Ellbogen und wollte sie auf den Ausgang zuführen.

Sàtra, die über Silena hinwegschauen konnte, wenn sie sich auf die Zehenspitzen stellte, blieb stehen und senkte den Blick. »Großmeisterin, nehmen Sie die Hände von mir. Sie haben nicht das Recht, Hand an mich zu legen. Ich bin kein Drache, wie Sie unschwer sehen.«

»Aber es geht um die Teufel. Wir wissen, dass Sie versucht haben, Drachensteine zu erwerben, Madame«, hielt Silena energisch dagegen. Auf sie wirkte das gute Aussehen des Mediums weder mildernd noch betörend. »Sollte sich herausstellen, dass Sie für die Überfälle auf die Museen verantwortlich sind oder auch nur im Entferntesten etwas damit zu tun haben, wandern Sie schneller in den Hochsicherheitstrakt des Towers, als Sie es vorhersagen können.«

»Ich bin keine Hellseherin, Großmeisterin, sondern medial begabt. Als eine Spiritistin verstehe ich mich auf die Geisterwelt«, gab sie kühl zurück. »Aber ich füge mich Ihren Anweisungen, um weiteres Aufsehen zu vermeiden. Ich erwarte jedoch eine weitreichende Entschuldigung für Ihr schier flegelhaftes Vorgehen, und sollte ich die nicht bekommen, werde ich persönlich beim Officium vorsprechen und mich beschweren.« Sie senkte die Stimme. »Von einem Brief an verschiedene Zeitungen ganz zu schweigen, Großmeisterin, in dem ich von der Anmaßung berichte, wie Sie mit einer angesehenen und bewunderten Persönlichkeit umgesprungen sind.«

»Tun Sie das. Ich werde alles bestätigen«, gab Silena ungerührt zurück und führte sie hinaus. Dabei achtete sie genau darauf, dass sowohl Skelton als auch Zadornov folgten.

Sie stiegen nacheinander in ein herbeigerufenes Taxi, ein umgebautes Oldsmobile, in dem alle Platz fanden. In höchster Geschwindigkeit ging es durch Edinburghs Straßen und Gassen zum Schloss. Der Lastwagen mit den Soldaten des Officiums folgte ihnen.

Silena nutzte die Zeit, um ein kleines Verhör zu beginnen. »Was wollten Sie von Mister Za …«

Zadornov hob die Hand. »Fürst …«

»… von Fürst Zadornov, Madame? Ging es um den Weltenstein?« Sie ließ das von Natur aus bleiche Gesicht der Spiritistin keine Sekunde aus den Augen, doch Sàtra verriet sich nicht einmal mit einem Wimpernzucken.

»Nein, Großmeisterin. Wie Sie gewiss bemerkt haben, sind viele meiner Freunde Opfer von Entführungen und Mordanschlägen geworden«, eröffnete sie. »Da ich zwei gute Freunde, die eine gewisse Begabung in Hellseherei besaßen, verloren habe …«

»… die Padasamam und Irmser hießen, nehme ich an?«, fiel Silena ihr ins Wort.

Jetzt konnte Sàtra ihre Überraschung nicht verbergen. »Ja, in der Tat! Woher …«

»Man benötigt einen klaren Verstand und keine Geister, Drogen oder andere Dinge, um die Spuren zu entdecken und zusammenzufügen«, lächelte Silena und freute sich insgeheim wie ein Kind, dass sie eine Bresche in die Unnahbarkeit ihres Gegenübers geschlagen hatte; jetzt musste sie nachsetzen. »Ich war im Haus von Mister Gisborn, den ich zusammen mit Ihnen und den beiden anderen auf einer Fotografie entdeckte. Die Spur führte von einem Mister Scottings dorthin, und bei beiden fanden wir Hinweise darauf, dass es sich um Drachensteine dreht: sowohl bei den Morden als auch bei den Überfällen auf die Museen.«

Sàtra schaute aus dem Fenster. »Gut kombiniert, Großmeisterin. Ich weiß aber nicht, ob es stimmt, was Sie sich zusammenreimen. Denn wie passen die Morde an den Drachentöterinnen und an Ihren Brüdern in das Bild?«

»Gar nicht. Das war das Werk von Fanatikern«, erwiderte Silena etwas zu rasch.

»Sie sprechen von den *Drachenfreunden*?« Sàtra lachte hell auf und wandte den Kopf. »Verblendete arme Trottel! Sie wären niemals in der Lage, solche Taten zu vollbringen.«

»Wie Recht Sie haben«, nickte Zadornov und lächelte. »Dazu benötigten sie übermenschliche Kräfte, wenn man den Schilderungen in den Zeitungen Glauben schenken darf. Ich meine, wie hätten sie sonst Ihre Brüder töten können, Großmeisterin? Oder die arme Großmeisterin … Wie war noch gleich ihr Name?«

»Martha«, half Skelton leise.

Salz in ihre Wunden – Silena presste die Zähne zusammen. »Es geht nicht um meine Brüder oder die übrigen Verluste des Officiums. Wir sind einer anderen Sache auf der Spur«, beendete sie die Spekulationen, die Sàtra bestimmt absichtlich ins Spiel gebracht hatte. »Den Drachensteinen – und allen voran dem Weltenstein. Was wissen Sie darüber, Madame?«

Sàtra warf ihr einen vieldeutigen Blick zu, der zwischen Spott und Amüsement schwankte, ehe sie die Augen auf Skelton richtete. »Wir sind uns noch nicht vorgestellt worden, Sir.« Nonchalant ging sie über die Frage hinweg und hielt ihm die Hand hin.

»Onslow Skelton, Madame«, antwortete er beflissen und errötete ein wenig. Die Aktentasche hielt er wie einen Schild vor sich, als lasse sich der becircende Charme und die überwältigende Ausstrahlung von Arsènie Sofie Sàtra auf diese Weise abwehren. Er stierte auf die Hand und wusste nicht, ob er sie schütteln oder küssen sollte; schließlich entschied er sich zu einem Schütteln, was sie zum Grinsen brachte.

»Und warum hat man Sie verhaftet, da Sie mit uns in diesem Automobil sitzen, Mister Skelton?«

»Nicht verhaftet, Madame. Ich bin Versicherungsdetektiv von Hamsbridge & Coopers Insurance und beauftragt worden, mich um die Wiederbeschaffung gestohlener Kunstschätze zu kümmern«, erklärte er.

»Und wieso …?« Sàtra beschrieb einen Kreis mit ihrem Zeigefinger.

»Er hat mich engagiert, Madame«, warf Zadornov ein. »Ich habe ihm bei der Suche geholfen.«

»Allerdings ohne Erfolg«, meinte Silena genießerisch, um die Niederlage des Hellsehers offenzulegen.

Zadornov stieß mit dem Ende seines Spazierstocks gegen das Bodenblech. »Ich habe sehr wohl etwas gefunden: eine Vision vom Ende der Welt!«, widersprach er. »Ich schilderte sie Ihnen, Großmeisterin, und der Drache mit den fünf Köpfen und den gelben Augen wurde bereits Realität, wie Sie zugeben müssen.«

»Oh, ihr Geister«, flüsterte Sàtra und hielt sich erschrocken die Hand vor den Mund.

»Haben Sie ihn auch gesehen?«, erkundigte sich Skelton sofort.

Sie nickte. »Er hat mich … angefallen.«

»Wohl kaum«, schnaubte Silena und sah an ihr herab. »Oder Sie sind ein Geist.«

»Nicht körperlich, sondern im Verlauf einer Séance«, erklärte sie. »Im *Adlon*. Zur gleichen Zeit, als auch Sie dort residierten, wie ich nachträglich erfahren habe, Fürst. Ich habe gehört, wie Sie geschrien haben.«

Er nahm seine Sonnenbrille ab. »Das ist … unglaublich! Vielleicht haben Sie einen Teil meiner Vision empfangen, Madame!«

Sie verneinte. »Es war anders, Fürst. Ich fühlte, dass sich ein Gast in der Séance befand, der dort nichts zu suchen hatte. Es mag sein, dass Sie ihn durch die Vision aufmerksam machten und er letztlich bei mir landete.« Sie wurde heiser und zog einen Flachmann aus dem Muff, gönnte sich einen Schluck und verstaute ihn sofort wieder. Ihr Diener reichte ihr auf eine knappe Geste hin ein Spitze mit einer langen, braun gefärbten Zigarette daran.

Silena hatte aufmerksam zugehört. In ihrem Eifer hatten das Medium und der Hellseher ihre Umgebung vollkommen vergessen und beschäftigten sich mit dem Austausch der Eindrücke. Zadornov schilderte gerade seine Vision, als der Wagen anhielt. Sie waren im Schlosshof angekommen; quietschend hielt der Lastwagen hinter ihnen, die Soldaten saßen ab.

»Aussteigen, bitte.« Silena schwang sich ins Freie und eilte durch den heftigen Regen über das Pflaster zum Hauptgebäude. Skelton hielt die Tasche wie einen Schirm über sich und folgte, während Zadornov sich den Zylinder auf den Kopf stülpte und sich gemächlich auf den Weg machte. Madame Sàtras Diener hielten gleich zwei Schirme parat, um ihrer Herrin eine trockene Passage bis ins Innere des Schlosses zu gewährleisten. »Leutnant, Sie sichern den Eingang. Schicken Sie zwei Männer auf den Turm nebenan zum Ausschauhalten«, befahl Silena und ging zusammen mit den anderen durch die Flure zum Arbeitszimmer des Kurators. Wenig später standen sie vor seinem Schreibtisch.

»Da wären wir wieder, Sir«, begrüßte die Drachentöterin MacMoore und stellte ihre Begleitung der Reihe nach vor. »Haben Sie neue Sicherheitsvorkehrungen getroffen, wie ich es Ihnen empfohlen habe, Sir?«

MacMoore nickte und schenkte Whiskey aus. Da sowohl Skelton und Silena ablehnten, bekam der Fürst die dreifache Ration. »Das Schloss beheimatet, das nur nebenbei, auch die schottischen Kronjuwelen, und von daher ist es meine Pflicht, alles zu unternehmen, um die Sicherheit zu gewährleisten. Die Soldaten sind bereits auf dem Weg hierher, und die Geschütze auf den Wehrgängen sind geladen.«

Silena hielt sich mit Bemerkungen zurück. Herkömmliche Kanonen, dazu noch antike, waren kaum die rechte Wahl, um es mit einem Fünfender aufzunehmen. »Sehr gut, Sir. Wie schnell können sie hier sein?«

»Morgen früh werden sie erwartet.«

»Lassen Sie die Ausstellung außerdem in die Stadt verlegen, um sie weniger exponiert zu präsentieren«, verkündete Silena.

»Großmeisterin, diese Mauern sind für herkömmliche Diebe kaum zu überwinden, und zusammen mit Ihren Soldaten und meiner Wachmannschaft ist es ihnen unmöglich …«

»Sir, glauben Sie mir«, unterbrach sie ihn. »Wir haben es mit einem Gegner zu tun, für den eine freistehende Burg leichte Beute ist.« Sie überlegte, ob sie zum Flughafen zurückkehren und in die Saint steigen sollte. Andererseits wollte sie das Trio aus Skelton, Zadornov und Sàtra nicht allein im Schloss lassen. Bislang gab es viele Geschichten und wenig Beweise für das Gehörte. Sie entschied sich, bei den Fußtruppen der Staffel zu bleiben. »Zeigen Sie mir die Ausstellung, Sir Allan«, bat sie. »Ich bin vor allem an den Dingen interessiert, die nichts mit Waffen zu tun haben, sondern sich um Gelege und dergleichen drehen.«

»Oh, da haben wir einiges zu bieten.« MacMoore stand auf und ging voran. »Folgen Sie mir, Herrschaften.«

Der Weg führte durch verhältnismäßig komfortabel eingerichtete Räume, vorbei an Vitrinen mit Fragmenten von Drachenüberresten bis hin zu uraltem Drachenkot. Beschilderungen erklärten den Besuchern, was sie betrachteten. Endlich gelangten sie in einen größeren Raum, in dem ein Gebilde aufgebaut stand, das einem überdimensionalen Nest ähnelte.

Die Macher hatten dabei ihre Fantasie gehörig spielen lassen, um es so gruselig wie möglich zu gestalten. So bestand die Einfassung aus ineinander gesteckten Menschenknochen, das Nest ruhte auf einem nachmodellierten Hügel vor dem Eingang einer künstlich geschaffenen Höhle.

»Das ist unser Prachtstück«, erklärte MacMoore und näherte sich ihm. »Unsere Archäologen haben sich bei der Rekonstruktion an den Funden in den Northern Highlands orientiert, fünfzig Meilen westlich von Inverness.« Er winkte sie näher zu sich. »Und in der Mitte haben wir die versteinerten Überreste von Eiern platziert, damit es noch echter aussieht.«

Silena und Sàtra gingen gleichzeitig nach vorne und schauten auf das Gelege. »Sie haben sicherlich für alles, was Sie ausstellen, eine

Genehmigung des Officium Draconis Britannica, Sir?«, fragte die Drachentöterin wie beiläufig und streckte die Hand nach einem der ochsenkopfgroßen Eier aus. Es konnte sich von der Größe her nicht um einen Drachenstein handeln, aber dennoch wollte sie die Objekte aus der Nähe betrachten.

Im Dunkel der Höhle leuchteten unvermittelt faustgroße, glutrote Augen auf, Dampf quoll in einer Wolke hervor, und ein Drachenkopf schoss brüllend und mit geöffnetem Maul auf Silena zu; Sàtra schrie auf, und Zadornov sprang nach vorn, um ihr beizustehen.

Silena handelte instinktiv. Sie wich zur Seite aus, zog dabei ihr Schwert und führte es mit beiden Händen kraftvoll gegen das linke Auge. Waagrecht stieß sie zu und bohrte die Klinge bis zum Heft hinein.

Funken sprühten aus dem Auge, die Stimme des Scheusals klang unvermittelt blechern, und das Leuchten im Auge erstarb; es stank verschmort, und beißender Qualm drang aus der Höhle.

»Nein!« MacMoore schrie nach Angestellten und Sandeimern, um den Schwelbrand zu löschen. »Das war unser künstlicher Drache, Father Nessie, Großmeisterin!«

Silena zog das Schwert aus dem Auge, ein paar Drähte folgten der Schneide und baumelten aus dem Kopf heraus. »Oh«, erwiderte sie. »Das ist mir wirklich unangenehm. Sehen Sie es als Kompliment, dass Father Nessie sehr echt ausgesehen hat.«

Zadornov lachte und tippte mit dem Stock gegen die Schnauze. »Respekt, Sir Allan. Woraus ist der gemacht?«

»Geformtes und gefärbtes Zelluloid. Wenn wir Pech haben, brennt er uns ab.« MacMoore spornte die herbeieilenden Bediensteten mit schottischen Flüchen an. Sie sprangen in das Nest und die Höhle, schütteten den Sand hinein, während ein anderer an eine verdeckte elektrische Schalttafel trat und einige Knöpfe drehte. Ohne Strom tat Father Nessie gar nichts mehr.

»Ohne Ihnen Vorwürfe machen zu wollen, Sir, aber Sie hätten ihn abstellen können«, warf Skelton ein und trat hinter der Vitrine vor, hinter der er sich versteckt hatte. Er öffnete seine Aktentasche und nahm eine Mappe hervor, schlug sie auf und blätterte. »Im Übrigen ist mir diese Maschine nicht gemeldet worden, wie ich meinen Unterlagen entnehme. Der Schaden ist demnach nicht versichert.«

Mit Schwung klappte er sie zu. »Jedenfalls nicht bei Hamsbridge & Coopers.«

Da erklang eine Sirene aus weiter Entfernung.

»Fliegeralarm?« MacMoore eilte ans Fenster. »Das kommt vom Wachturm auf Calton Hill. Sie haben die Scheinwerfer …« Er wich zurück. »Ein Drache! Ein großer Flugdrache mit fünf Köpfen zieht über die Stadt!«

Immer mehr Sirenen fielen in die Warnung ein. Das Heulen wurde allgegenwärtig und schreckte die Menschen Edinburghs aus dem Schlaf.

Silena rannte ans Fenster und erkannte, dass Suchscheinwerfer auf den Hügeln um die Stadt herum erwachten und ihren gebündelten Strahl über den Himmel wandern ließen. Gelegentlich streiften sie den Körper eines schwarzen Drachen, der sich für die Bedienmannschaften aber viel zu schnell bewegte. Er entkam immer wieder in die Dunkelheit und wurde zu einem bedrohlichen Schatten, der sich dem Schloss rasend näherte. Silena meinte, das gelbe Glühen seiner Augen zu erkennen.

»Was will er hier?«, fragte sie sich halblaut. »Gibt es in der Ausstellung einen Drachenstein zu holen?« Sie warf einen Blick über die Schulter, um nach ihren Begleitern zu sehen.

Skelton suchte bereits nach einem Versteck, Sàtra und Zadornov redeten leise miteinander. Sie vernahm lediglich einige Worte der Französin, wie »Séance«, »mein Leben … will mich …«, bis die Spiritistin die Hände vors Gesicht schlug und ohnmächtig zu werden drohte. Der Russe stützte sie, und auch die Diener sprangen ihr bei.

Hatte es der Drache doch auf den Hellseher und die Spiritistin abgesehen? Als sie sich nach vorn wandte, befand sich der schwarze Drache in einem rasanten Sturzflug. Er schoss über einen Friedhof am Fuß des Schlosses hinweg und zog abrupt nach oben. Jetzt öffneten sich zwei der Mäuler, und ein zweifacher, lauter Schrei erklang. Im gleichen Augenblick schossen die Kanonen auf der Festung und entluden sich donnernd. Selbst wenn der Fünfender getroffen worden wäre, hätte es ihm so gar nichts ausgemacht.

»In Deckung!«, schrie Silena warnend. Sie warf sich auf den Boden und presste sich unter dem Fenster dicht an die Wand.

Ein Geräusch wie von einem wütenden, kräftigen Sturm erklang, und alle Scheiben zerbarsten, während eine schwarze Wolke in den Ausstellungsraum hineinrollte und die Vernichtung brachte. Sie verdeckte Silenas Sicht auf den Raum, doch die Großmeisterin meinte so etwas wie ein tiefrotes Glühen im schwarzen Feuer zu sehen. Sie vernahm den erschütternden Schrei von Sir Allan ganz schwach durch das dunkle Fauchen, das mit der Flammenwalze einherging. Das Glas der Vitrinen zersprang laut klirrend, knisternd fingen Holzbalken in der Decke Feuer. Das Zelluloid von Father Nessies Kopf brannte auf der Stelle lichterloh.

Silena hatte Glück, die Hitze hatte sie kaum getroffen, und so rappelte sie sich unmittelbar nach dem Angriff auf und rannte durch den grauen Qualm zu der Stelle, an der sie Zadornov, Sàtra und Skelton zum letzten Mal gesehen hatte.

»Fürst? Wo sind Sie?«, rief sie hustend. Ihre Stiefel traten auf verkohlte Gegenstände, wirbelten heiße Asche auf. Dutzende kleiner Brände flackerten um sie herum.

»Hier drüben, Großmeisterin«, vernahm sie die tiefe Stimme des Russen vom Ausgang. »Kommen Sie.«

Sie folgte dem Klang und stand gleich darauf vor ihm. Sàtra war bei ihm. »Wo ist Mister Skelton?«

»Ich fürchte, er ist das Opfer des Drachen geworden«, ächzte die Französin, deren weiße Garderobe angesengt und von Ruß und Feuer schwarz geworden war.

»Fürchten Sie, dass Mister Skelton tot ist, oder wissen Sie es?« Silena zögerte, den Rückzug ohne Gewissheit über das Schicksal des Detektivs anzutreten. »Vielleicht ist er nur verletzt?«

»Mir fehlte die Muße, die Asche zu durchwühlen und nach Rückständen zu fahnden, die auf Mister Skelton schließen ließen«, gab Madame Sàtra beißend zurück. »Da drinnen, in diesem Zimmer, lebt nichts mehr.«

Silena warf einen Blick in den Raum und konnte außer umher treibenden Ascheflocken und knisternden Flammen nichts erkennen. Die Französin hatte Recht: Hier gab es nichts Lebendiges mehr. »Wenn der Drache wirklich hier ist, um einen von Ihnen zu töten, steht uns eine schwere Aufgabe bevor.« Sie eilte den Gang entlang, der beruhigenderweise keine Fenster besaß. »Los. Ich wette, dass das Schloss einen Geheimgang hat.«

»Was ist mit Luftunterstützung?«, schlug Zadornov vor.

Sie schüttelte den Kopf. »Keiner von den Piloten ist in der Lage, die Maschine so zu fliegen, wie es gegen einen Fünfender angebracht ist«, lehnte sie ab. Sie verschwieg, dass dies selbst für sie eine Herausforderung bedeutete.

»Was denn? Das Officium hat nur eine Pilotin?«, lachte er ungläubig – und erinnerte sich im nächsten Moment an den Grund dafür. »Verzeihung, Großmeisterin. Ich …«

Eine Seitentür wurde zehn Meter vor ihnen aus den Angeln geschleudert und gegen die gegenüberliegende Wand katapultiert. Aus der Öffnung schoss eine breite, schwarze Flammenlohe. Die Steinwand hielt der Hitze stand und wirkte wie ein Schild, spaltete sie nach rechts und links auf. Der glühende Hauch flog den Korridor hinauf und schnellte auf die Menschen zu. Das dunkle Feuer zischte und entzündete auf seinem Weg alles, was nicht aus Stein war.

»Da hinein!«, rief Silena und rammte eine Tür mit der Schulter auf, zog Sàtra und Zadornov mit sich und drückte das Holz ins Schloss. Doch die Flammen schossen pfeifend durch das Schlüsselloch und die Ritzen und erwischten die Drachentöterin an der Hand.

Es war ein grausamer, schrecklicher Schmerz, wie sie ihn noch nie zuvor empfunden hatte. Als wäre sie von Säure getroffen worden. Silena schrie laut auf und taumelte vom Eingang weg – und das elektrische Licht erlosch.

Sie standen in einem stockdunklen Raum, dessen Fenster von Vorhängen verdeckt waren. Durch kleine Spalten fiel das Licht der Gestirne herein, gelegentlich sah man auch den dicken Lichtfinger eines Scheinwerfers vorbeihuschen.

»Sind Sie schwer verletzt, Großmeisterin?«, erkundigte sich Zadornov besorgt.

»Es geht«, presste Silena mühsam hervor und fuhr vorsichtig über den Handrücken. Verbrannte Haut knisterte, und sie stöhnte laut, weil selbst die sanfte Berührung enorme Qualen verursachte.

»Wir müssen hier weg«, flüsterte Sàtra ängstlich, die plötzlich an einer Spalte in den Vorhängen stand und hinausschaute. »Da ist er!«, schrie sie. »Da sitzt das Monstrum, genau gegenüber vom Ausgang auf der Spitze des Turmes, und schaut … zu uns herüber.«

Silena trat nach vorn und suchte sich einen Schlitz, um den Fünfender zu betrachten.

Der Drache saß majestätisch auf der Plattform und hielt die blutigen Überreste eines ihrer Soldaten in der rechten Klaue. Den Oberkörper und den Kopf des Mannes hatte er schon abgebissen. Zwei Köpfe behielten den Hof unter Aufsicht, einer sicherte nach hinten ab, der vierte fraß weiter, und die gelben Augen des fünften betrachteten die Front des Gebäudes, in dem sich die Menschen verbargen. Ihm würde nichts entgehen.

Feuerschein flackerte an verschiedenen Stellen der Burg und beleuchtete den schwarz geschuppten, samten schimmernden Leib. Silena schätzte die Länge des Exemplars inklusive Schwanz, der halb um den Turm geschlungen war, auf zehn Meter und die ausgebreiteten Schwingen auf nicht weniger als jeweils acht Meter Spannweite. Kein junges Exemplar, schon gar nicht bei schwarzem Feuer, das nur die mächtigsten Kreaturen zu speien vermochten.

»Das ist er«, sprach Sàtra erstickt. »Das ist das Ding aus meiner Vision. Er ist hinter mir her, noch bevor ich Ihre Hilfe bekommen konnte, Fürst.«

»Sie müssen sich keine Sorgen machen, Madame. In meiner Vision vom Ende der Welt kamen Sie nicht vor, und von daher …«

Zwei Soldaten erschienen am Fuß des Turms, legten die Gewehre auf den Drachen an und schossen.

Silena glaubte das helle Klirren zu hören, mit dem die Kugeln an den Schuppen abprallten oder zersprangen. »Rennt weg!«, flüsterte sie, die Hände ballten sich zu Fäusten. »Ihr Idioten, lauft …«

Der Drache machte sich wenig Mühe mit ihnen. Sein Schwanz zischte peitschengleich heran, und die klingenartigen Schuppen an der Spitze zerteilten die Männer und schleuderten sie in Hälften über den Hof. Einer der Köpfe drehte sich abrupt, der Rachen öffnete sich und spie ansatzlos schwarzes Feuer auf die Einfahrt nieder; gleich darauf ertönten vielstimmiges Rufen und grelle Todesschreie, die sich in einer gewaltigen Detonation verloren. Brennende Trümmer und kokelnde Reifen landeten auf dem Hof, darunter befand sich auch eine verbeulte Motorhaube. Der Drache hatte den Lastwagen vernichtet.

»Großmeisterin, was können wir tun?«, rief Zadornov, die Gefahr auf der anderen Seite des Glases unterschätzend.

»Seien Sie still!«, zischte Silena. »Er kann …« Sie stockte, weil sich zwei der Reptilienköpfe der Fensterfront zuwandten. Die gelben Augen leuchteten vor Boshaftigkeit.

Die rechte Klaue brach ein Stück der Mauer ab und schleuderte sie gegen das Haus. Steinbrocken durchschlugen die Fenster, rissen die Vorhänge zu Boden und begruben Silena unter sich. Sie wurde von harten, schweren Gegenständen getroffen, es rumpelte und knirschte über ihr, weil durch die weggerissenen Längsstreben Teile des Fenstersturzes nachgaben.

In ihren Ohren dröhnte das triumphierende Brüllen des Drachen, sie hörte das Rauschen der Schwingen, als er mit kräftigen Schlägen abhob. Er gedachte sich in eine bessere Position für eine neuerliche Flammenattacke zu bringen. Und wenn er dieses Mal alle fünf Schlünde nutzte, um sein schwarzes Feuer zu speien, würde sogar Stein schmelzen, da war Silena sicher.

Sie kämpfte sich unter dem Schutt hervor. »Los!«, rief sie. »Wir haben keine Zeit, denn …«

Vor dem Fenster erschienen nacheinander die Köpfe des schwarzen Teufels, neugierig musterten sie den Raum. Die nüsterngleichen Nasen vibrierten, sogen die Witterung auf.

Silena hob ihr Schwert, doch mit dem festen Boden unter den Füßen fühlte sie sich vollkommen nutzlos, verunsichert und nicht im Stande, dem Drachen effektive Gegenwehr zu leisten. »Verschwinde, oder ich muss dich töten, Drache!«, rief sie ihm mit fester Stimme entgegen. Angst durfte man den Teufeln nicht zeigen, oder sie schnappten sofort zu.

»Kommen Sie, Madame!«, rief Zadornov, dann bemerkte er den Schatten vor dem Fenster und wich zurück. »Oh, verflucht!«

»Was haben Sie?« Madame Sàtra schaute in die gleiche Richtung und schrie voller Furcht auf.

Sofort öffnete das Scheusal alle Mäuler. Zuerst strömte trockene Wärme in den zerstörten Raum und kündigte das finstere Feuer an. Gelber Rauch waberte, bis die Lohen mit einem Gurgeln aus dem Rachen schossen – und gegen ein unsichtbares Hindernis prallten.

Sie trafen auf etwas Durchsichtiges, das sich schützend und halbkreisförmig durch den Raum zog und alle drei Menschen einschloss. Das schwarze Inferno tobte mit glühendem Herzen um sie herum, leckte an der Sphäre, an der Decke über ihnen entlang und brannte den Holzboden im gesamten Zimmer weg.

Es war, als schabten die Lohen die Dielen ab und verschonten auch das Gebälk darunter nicht; Asche und Qualm raubten schließlich die Sicht.

Ächzend gaben die restlichen Balken nach, und der Boden brach ein. Die drei Menschen stürzten mit ihrer kleinen intakten Insel senkrecht in das Stockwerk darunter. Silena gelang es sogar, das Gleichgewicht zu bewahren und sich im Gegensatz zu dem Russen und der Französin auf den Beinen zu halten.

Vor den Fenstern sahen sie den riesigen Leib des Drachen, und der erste Kopf beugte sich mit gleißend gelben Augen zu ihnen hinab.

»Ein Wunder!«, freute sich Silena und küsste ihren intensiv leuchtenden Anhänger. »Hab Dank, Heiliger Georg.« Sie packte Sàtra grob am Arm und zerrte sie in die Höhe. »Raus hier. In den Keller«, befahl sie. »Auf ein zweites Wunder möchte ich nicht hoffen.«

»Wunder?«, erwiderte Sàtra irritiert. »Das waren *meine* Geister, Großmeisterin. *Sie* haben uns vor dem Angriff bewahrt, nicht Ihre Heiligen.«

»Vielleicht war ich es auch, die Damen?«, warf Zadornov ein und rannte auf die Treppe zu, die nach unten führte, während der Drache vor dem Eingang tobte. Schwere Schläge liefen durch das Haus, an verschiedenen Stellen stürzte die Vertäfelung herab.

Sie rannten die Stufen nach unten.

»Sie sind ein Hellseher, Fürst, oder? Kein Medium«, sagte Sàtra beinahe abwertend. »Wir können das gerne wiederholen, wenn Sie …«

Über ihnen erklang ein lautes Krachen. Die Treppen über ihnen zerbrachen, die Mittelstrebe erhielt zu viele Risse, als dass sie den Druck aushalten konnte. Bis nach unten waren es aber noch einige Meter, die sie unter diesen Umständen nicht bewältigen würden.

»Ihr Geister!«, rief Sàtra laut und legte die Arme gegen den berstenden Stein. »Helft mir! Gebt mir eure Kraft und kittet den Stein, damit ich fliehen kann!«

Silena traute ihren Augen kaum, als sie fingerdicke, schwarze und weiße Fäden aus den Augen und den Händen der Frau schießen sah, die in den Stein flossen und die auftuenden Lücken schlossen. »Das ist … Hexerei!«, stammelte sie und wäre beim Rückwärtsgehen um ein Haar gestrauchelt und gestürzt.

»Unsinn.« Sàtra löste die Hände und hastete an ihr vorüber. »Es sind die Mächte der Geister, die ihrer Freundin einen Gefallen tun. Mehr nicht.«

Zadornov folgte ihr und fragte, als er und Silena sich auf gleicher Höhe befanden: »Kommen Sie, oder wollen Sie warten, bis die Kräfte nachlassen, Großmeisterin?«

Sie wartete nicht.

19. Januar 1925, Edinburgh, Provinz Schottland, Königreich Großbritannien

Onslow Skelton richtete den Oberkörper auf. Asche und Trümmer fielen zu Boden, und er verstand nicht, warum er noch lebte.

Um ihn herum brannte es; der Rauch ließ seine Augen tränen, und von der Aktentasche war nichts weiter als der Griff geblieben, den er noch immer umklammerte. Das Letzte, an das er sich erinnern konnte, war ein auf ihn zufliegender Schrank, der ihn getroffen und mit sich gerissen hatte.

Blut lief aus seiner Nase, der Kopf schmerzte, und er fühlte sich, als sei er von einem Stier auf die Hörner genommen worden. Ein vergleichsweise geringer Preis für sein Leben.

»Fürst?«, rief er krächzend. »Madame Sàtra?«

Keine Antwort.

Die Hitze und die beißenden Schwaden nahmen zu, eine Suche kam nicht in Frage. Stöhnend erhob er sich und kroch auf allen vieren durch den Rauch auf den Ausgang zu. Zwei Türen weiter gelangte er auf einen Wehrgang, wo ihn erfrischend klare, kühle Luft erwartete. Gierig sog er den Sauerstoff ein, zog sich an einer Zinne nach oben und musste schrecklich husten. Die Lunge wollte das Gift loswerden, und sein Verstand arbeitete mit jedem Atemzug besser.

Er hörte die Sirenen, die Warnungen über die Dächer schrien, und hob den Kopf.

Neben ihm schlugen dichte Rauchwolken aus sämtlichen Stockwerken des Schlosses, und als er sich umwandte und in den Hof schaute, sah er, dass der Drache vor seinem Abschied sämtliche Gebäude mit seinem Feuer bedacht hatte. Die Flammen schlugen aus Dächern, Luken und Fenstern, vereinzelt torkelten Menschen über den Hof. Leichen, verstümmelte und nicht verstümmelte, lagen umher.

»Welch eine Tragödie«, murmelte er und drehte sich zur Stadt um.

Der Anblick erschütterte ihn umso mehr: Edinburgh brannte!

Der schwarze Drache zog im Tiefflug über die Häuser der Altstadt, die fünf Mäuler spien Schatten aus und ließen das, was sie trafen, in Flammen aufgehen. Kein Scheinwerferstrahl bekam das Ungeheuer zu fassen – wozu auch? Nichts würde es bezwingen können, die Kugeln richteten gegen die Schuppen nichts aus. Die Einzige, die mit ihrem Flugzeug in den Krieg hätte ziehen können, lag sehr wahrscheinlich zu einem Häufchen Asche verbrannt im Schloss.

Onslow verfolgte den Feldzug des Drachen mit Abscheu, Schock und Faszination. Ein Raubtier, ein unbestrittener Herrscher zeigte den Menschen, dass ihre Steinhäuser sie nicht retteten und ihr Fortschritt ihnen nichts gegen die martialische Macht eines Drachen half.

Nacheinander verloschen die Lichtlanzen, und immer stießen neue Flammen dort in die Nacht, wo sich zuvor die Scheinwerfer befunden hatten. Der Drache zeigte seine Überlegenheit an allem, was er zu fassen bekam.

In das Heulen der Sirenen mischten sich die panischen Schreie der Menschen, die Onslow als kleine Punkte in den von den Feuern beleuchteten Gassen erkannte. Mit einem solchen Angriff hatte niemand gerechnet, nicht so weit im Norden des Empires, nicht von einem derart Furcht erregenden Exemplar, das von den meisten als ausgerottet angesehen worden war.

Der Drache glitt mit unglaublicher Geschwindigkeit von Calton Hill aus über Edinburgh hinweg. Die kräftigen Hinterbeine hingen lang herab, damit die Krallen Dächer zerfetzen konnten. In die entstandenen Lücken schleuderte er sein schwarzes Feuer. Es war gespenstisch anzusehen, wie es auf einen Schlag taghell hinter den Fenstern wurde, weil die schwarzen Lohen einen Brand nach dem anderen entfachten. Der Anblick blieb zugleich bizarr, denn von den Zinnen herab hatte es eher den Anschein, als tobe sich das Monstrum in einer Puppenstadt aus, so klein wirkte die schottische Hauptstadt vom Schloss aus.

Onslow runzelte die Stirn. Das Verhalten, die Inbrunst des Drachen machten ihn stutzig. *Lässt er seine Wut aus, weil er die anderen drei nicht bekommen hat?* Da er ohnmächtig gewesen war, fehlte ihm der Überblick über die Ereignisse nach dem ersten Angriff dieser Bestie.

Hoffnung keimte in ihm auf, dass wenigstens die Großmeisterin oder Zadornov überlebt hatten. Auch wenn die Katastrophe grausam, furchtbar und nach menschlichem Ermessen unbegreiflich war, hatte er selbst immer noch eine Aufgabe zu erfüllen: das Auffinden des Weltensteins mit allem, was dazugehörte.

Skelton eilte den Wehrgang hinab auf den Hof und rannte die lange, steile Straße vom Schloss nach unten, mitten hinein in das brennende Inferno, das einmal eine wunderschön anzusehende Stadt gewesen war.

Als er in die Princess Street einbog, kam er sich vor, als sei der Weltkrieg erneut ausgebrochen und die Stadt von den Deutschen bombardiert worden. Überall lagen Trümmer von Häusern, und Flammen züngelten fauchend und prasselnd in den zerstörten Gebäuden. Immer wieder huschten die Umrisse des schwarzen Drachen über ihn hinweg; sein Flug verwirbelte die Luft und fachte die Brände weiter an.

Onslow eilte weiter.

Menschen rannten durch die Stadt, suchten Schutz vor dem Brand. Automobile und Lastkraftwagen, Kutschen, Gespanne und Reiter jagten die Straßen entlang, manches Pferd hetzte ohne einen Menschen im Sattel durch den Verkehr. Längst hatten sich schreckliche Unfälle zugetragen. Die wenigsten machten Halt, um zu helfen: Die Angst vor dem Teufel am Himmel trieb sie vorwärts.

»Mister Skelton, Herrgott, Sie leben ja!«, hörte er auf einmal die Stimme einer Frau hinter sich.

Er drehte sich um und sah, dass Madame Sàtra am Steuer eines Wagens saß. Neben ihr befand sich der Fürst, während die Großmeisterin auf der Rückbank Platz genommen hatte. »Ich bin äußerst froh, Sie alle drei zu sehen«, rief er aufatmend.

Silena öffnete ihm die Tür. »Steigen Sie ein, Mister Skelton. Wir fahren zurück ins Hotel, um wenn möglich noch einige wichtige persönliche Gegenstände zu bergen, bevor alles ein Raub der Flammen wird.«

Onslow kletterte in den Fond, sank in die Polster und spürte plötzlich, wie sehr sein Körper schmerzte.

Silena sah den Versicherungsdetektiv prüfend an, deutete auf die versengte, arg in Mitleidenschaft gezogene Kleidung. »Wie sind Sie entkommen, Sir?«

»Ich weiß es nicht, Großmeisterin«, gestand er ehrlich. »Ich halte es für ein Wunder.« Er bemerkte, dass sie auf seinen Arm schaute – dahin, wo sich der eingesetzte Drachenknochen befand, und er verstand die Blicke. »Denken Sie, es hat etwas damit zu tun?« Vorsichtig strich er über die Narbe, die rot leuchtete.

Sie sah ihm in die Augen. »Es gibt nur diese Erklärung. Der Drache speit schwarzes Feuer, Mister Onslow. Nach Erkenntnissen des Officiums gibt es keine heißeren Flammen als diese, einmal abgesehen von den blauen. Mit ein wenig Anstrengung kann der Teufel damit Stein schmelzen.« Sie zupfte an einem vollkommen verkohlten Stofffetzen, der einmal zu Skeltons Sakko gehört hatte. »Aber Ihre Haut, Sir, ist nicht einmal verbrannt.«

»Ich kann nichts dafür, Großmeisterin«, wiederholte er inständig.

Sàtra hupte, fluchte und lenkte den Wagen durch eine besonders enge Stelle, vorbei an vier ineinander verkeilten Fahrzeugen. »Das hier ist der reine Albtraum«, rief sie und beschleunigte.

Zadornov hielt sich mit einer Hand am Rahmen fest. »Und daher fahren wir so schnell?«

»Ja«, nickte sie. »Je eher wir Edinburgh entkommen sind, desto besser fühle ich mich.«

Silena nickte. »Wissen Sie, was Ihre offensichtliche Unverwundbarkeit gegenüber Drachenfeuer bedeutet, Sir?«

»Nein«, erwiderte Skelton vorsichtig.

»Dass der Knochen, der Ihnen als Kind eingesetzt wurde, von einem sehr, sehr mächtigen Drachen stammt.« Silena zeigte nach oben. »Vielleicht spürt er das, und Sie wirken auf ihn wie ein Magnet, Sir.«

»Alles, nur das nicht«, stöhnte Sàtra und bog ab.

X.

»Die Linie Ferdinand (ausgestorben)
Fälschlicherweise davon ausgehend, dass es sich bei Ferdinand III. von Léon und Kastilien um einen echten Drachentöter gehandelt hatte, versuchten sich einige Nachfahren im 19. Jahrhundert als Drachentöter mit dem Schwert. Allerdings wurde zu spät bemerkt, dass Ferdinand seine Auszeichnung wegen des Kampfes gegen die Mauren und nicht gegen die Drachen erhalten hatte.
Alle drei Nachfahren starben bei ihrem ersten Einsatz gegen ein kleines Exemplar.«

aus der Serie »Drachentöterinnen und Drachentöter
im Verlauf der Jahrhunderte«
Im »Münchner Tagesherold«, Königlich-Bayerisches Hofblatt
vom 25. Juni 1924

20. Januar 1925, Edinburgh, Provinz Schottland,
Königreich Großbritannien

Mit kreischenden Bremsen hielt der Zug vor der brennenden Stadt. Der Lokführer hatte den Feuerschein gesehen und die Einfahrt in das sterbende Edinburgh verweigert.

Leída schwang sich auf das Dach des vordersten Wagons und stellte sich neben ihren Bruder Ramachander Shirovay Havock, der den Himmel mit dem Fernglas absuchte. »Wir sind eindeutig zu spät«, stellte sie angesichts des Infernos fest.

»Aber der Fünfender ist noch da«, antwortete er und verfluchte den Dampf und den Rauch, der aus den Schornsteinen der Lok aufstieg und ihm immer wieder die Sicht raubte. Zur Hälfte war er indischer Abstammung, wie seine dunklere Hautfarbe und die schwarzen Haare verrieten, aber die blauen Augen und sein Englisch konnten kaum britischer sein. Wie seine Schwester trug er dicke Lederkleidung, die aus der Haut eines Drachen gefertigt worden war. »Eben habe ich ihn gesehen.« Er senkte das Glas und wandte die Augen nicht von der Stadt, über der eine Qualmwolke einen zweiten Himmel ohne Gestirne bildete. Die Feuer beleuchteten die Schwaden und den gelegentlich auftauchenden Drachen, leise erklangen Sirenen. »Wo ist dieser Agent?«

»Mandrake ist in seiner Kabine und schläft. Ich bekomme ihn durch Klopfen und Rufen nicht wach«, entschuldigte sie sich. »Er muss sich betrunken haben.«

»Dann trete die Tür ein. Ich brauche die Informationen, die er uns versprochen hat.« Ramachander schaute zu ihr, sein Blick war ernst und voller Tatendrang. »Die Männer sollen sich fertig machen. Die Jagd geht los. Ich möchte mir diesen Burschen nicht entgehen lassen, Schwesterherz. Sobald bekannt wird, was hier geschieht, sendet das Officium alle Drachentöter, die es entbehren kann. Vorerst aber haben wir so gut wie keine Konkurrenz.«

»Bis auf Little Georgina«, warf sie spöttisch ein.

Ramachander setzte das Fernglas an die Augen. »Sie befände sich längst in der Luft, wenn sie in der Nähe wäre.«

Leída schickte sich an, vom Dach zu klettern. »Mit etwas Glück ist sie schon abgestürzt. Oder vom Fünfender verspeist worden.« Sie sprang auf die kleine Plattform, öffnete die Tür und eilte hindurch, um Eris Mandrake aus seinen Träumen zu reißen.

Es war nicht das erste Mal, dass sie im Auftrag einer Monarchin oder eines Monarchen gegen einen Drachen vorgingen, aber dass sich ein Agent des SIS unter ihnen befand, der sie bislang immer nur telefonisch mit Wissen versorgt hatte, bedeutete eine Neuheit. Eine aufregende Neuheit.

Leída wertete es als Zeichen, dass das allgemeine Vertrauen in das Officium und die Schlagkraft der Heiligennachfahren nachließ. Gute Zeiten für Drachenjäger wie sie und *Havock's Hundred*, wie sich die Einheit unter der Führung ihres Bruders nannte.

In jedes Abteil, das sie passierte, schrie sie: »Fertig machen!« Und die Drachenjäger legten die Rüstungen aus Drachenschuppen an, hängten die Helme an den Gürtel und kümmerten sich um die Ausrüstung in den beiden Wagons im Mittelteil des Zuges. Noch hatte Ramachander nicht entschieden, welche Taktik gegen den Fünfender zum Einsatz kommen sollte.

Die Drachenjäger lachten und riefen durcheinander, jeder bewegte sich auf den zugewiesenen Posten. Spannung lag in der Luft, denn sie alle setzten bei diesem Unternehmen ihr Leben aufs Spiel.

Leída hatte mittlerweile den letzten der acht Wagons erreicht, wo die Hand voll Zivilisten reisten, die nichts mit den Drachenjägern zu tun hatten.

Die vierte Tür auf dem Gang gehörte zu Mandrakes Kabine. Einen Meter weiter stand ein kleiner rothaariger Junge und hielt seinen Teddy an sich gepresst. Er zitterte am ganzen Körper, anscheinend war er durch den Lärm geweckt worden und hatte nachschauen wollen, was vor sich ging.

Leída hielt an und ging in die Hocke. »Na, mein Kleiner? Los, zurück in dein Bett, bevor deine Mama und dein Papa dich vermissen«, sagte sie ruhig.

Der Junge starrte sie ängstlich an, wich vor ihr zurück und hielt den Stoffbären umklammert.

Sie verzog den Mund und strich die blonden Haarsträhnen, die durch das Laufen zur Seite geweht worden waren, über ihre entstellte linke Gesichtshälfte. Sie liebte Kinder, aber das Andenken des Drachen auf ihren Zügen sorgte dafür, dass Mädchen und Jungen gleichermaßen vor ihr flüchteten. Noch ein Grund, die Geschuppten zu vernichten.

Eine Tür im hinteren Teil des Wagons öffnete sich. »Andrew?« Eine Frau im Nachthemd erschien und rief verschlafen nach ihrem Sohn. »Komm zurück ins Bett. Wir fahren sicher gleich weiter ...« Sie bemerkte den Feuerschein und erschrak, dann sah sie zu Leída.

»Gehen Sie in Ihre Kabine, Lady«, ordnete die Drachenjägerin mit der Schroffheit an, die man von ihr anhand ihres Äußeren erwartete, hob die Hand und deutete auf die Tür. »Bewahren Sie Ruhe. Sie können sowieso nichts ausrichten.«

Die Frau nickte, nahm ihren Sohn und schob ihn in das Abteil zurück. Andrew drehte sich, kurz bevor sich die Tür hinter ihm schloss, noch einmal zu ihr um, und sie salutierte mit einem Lächeln vor ihm. Aus dieser Bewegung heraus hämmerte sie gegen Mandrakes Tür. »Sir? Kommen Sie aus den Federn! Der Fünfender hat Edinburgh abgefackelt.«

Das Schloss wurde gedreht, der Agent zeigte sich. »*Abgefackelt?*«

Eris trug eine beige Stoffhose, schwarze Schuhe, ein weißes Hemd und einen beigefarbenen Mantel darüber. »Was meinen Sie damit?«

»Abgefackelt eben. Die Stadt brennt.«

Auf den Gang tretend, zog er die Tür hinter sich zu und setzte einen schwarzen Hut auf. »Dann muss ihn etwas aus der Reserve gelockt haben. Meine Quellen sagten mir, dass er sich vorerst damit begnüge, die Stadt zu beobachten.«

»Kann sein, dass die Großmeisterin ihn provoziert hat«, meinte Leída mit einer gewissen Schadenfreude. Wenn sich ihre Vermutung erst mal bewahrheitete, so trug einer der allseits angehimmelten und bewunderten Drachentöter die Schuld am Untergang Edinburghs. Und am Tod Tausender Unschuldiger. Sie setzte sich in Bewegung. »Folgen Sie mir. Mein Bruder möchte mit Ihnen beratschlagen, was wir jetzt unternehmen sollen.«

Eris knöpfte den Mantel zu und zog die Handschuhe über. »Welche Großmeisterin meinen Sie?«

»Großmeisterin Silena. Wir haben das Luftschiff gesehen, mit dem sie reist«, erklärte sie und öffnete die Tür. Ein kalter Wind empfing sie.

Sie liefen über die Stege der beiden offenen Wagons, auf denen die Ausrüstung lagerte. Die Männer waren damit beschäftigt, die Planen im Schein von Lampen abzuräumen und das einsatzbereit zu machen, was bis eben geschlummert hatte.

Eris sah jede Menge Ketten in verschiedenen Stärken, gebogene Eisen, die übergroßen Fleischerhaken ähnelten, zwei Geschütze, wie man sie im Weltkrieg in den Stellungskämpfen eingesetzt hatte, enorme Harpunen mit Widerhaken. Es sah aus wie ein einziges Durcheinander. Dazu gesellten sich zahlreiche Transportboxen aus Stahl und Holz, und eine verströmte aus einem Spalt einen bestialischen Gestank nach verwesendem Fleisch. Er schielte durch die Öffnung und erkannte in der Dunkelheit Gliedmaßen. Menschliche Arme und ganze Beine, die verfaulend und madenüberzogen darin lagen. Eris würgte laut.

»Köder«, sagte Leída und schob den Deckel auf die Kiste.

Er starrte sie an. »Waren das …?«

»Ja. Wir haben sie aus Krankenhäusern, die Amputationen durchführen. Die kleinen Drachenbiester stehen darauf, aber bei dem Fünfender funktioniert das nicht. Der wird Frischfleisch bevorzugen.«

Eris traute Leída zu, dass sie sich diese besonderen Köder auch auf andere Weise beschaffte. Er sah auf die Kanonen. »Wollen Sie ihn nicht abschießen?«

Sie lachte auf. »Schon mal auf einen Drachen dieser Größe geschossen, Agent Mandrake? Versuchen Sie mal mit einem Gewehr auf eine Schwalbe zu zielen, die Mücken jagt. Falls Sie treffen, war das eindeutig Zufall. Darauf will ich mich lieber nicht verlassen müssen.« Ein lautes Pfeifen erklang von der Lok, gleich danach zischte es, und ein Ruck lief durch den Wagon. Das laute metallische Klirren der Kupplungen erklang. Stampfend nahm der Zug wieder Fahrt auf.

Leída verfiel in schnellen Trab. »Mein Bruder hat etwas entdeckt, sonst würden wir nicht weiterfahren.«

Eris folgte ihr. »Sagen Sie, stimmt es, dass *Havock's Hundred* mehr als zwei Dutzend Drachen beseitigt haben?«

»Sie sind doch der Agent, der beim SIS beschäftigt ist. Sollten Sie nicht wissen, was stimmt und was nicht?«, gab sie zurück.

»Einige aus meiner Abteilung werden das können, aber leider gibt es im Zug kein Telefon. Es ist nicht mein primäres Aufgabengebiet, mich mit Söldnern zu beschäftigen, sondern mit Verschwörern. Seien Sie froh, dass Ihre Einheit nicht in meinen Akten aufgetaucht ist«, konterte er.

»Schon gut. Sind Sie immer so unfreundlich, wenn man Sie aus dem Schlaf reißt?«

»Ja.«

Sie erreichten den ersten Wagen, der wie leergefegt vor ihnen lag. Die Mannschaft befand sich ausnahmslos bei der Einsatzvorbereitung.

»Wir haben schon einige Kleine vernichtet. Und bisher fünf halbgroße, Ein- und Zweiender«, zählte sie auf. »Der Fünfender wird sie alle übertreffen.«

»Denken Sie, Sie bekommen das wirklich ohne die Hilfe der Drachentöter des Officium …« Er schwieg, weil Leída abrupt stehen geblieben war und sich zu ihm umgewandt hatte. Sie wirkte bereits durch ihre breite Statur und die aggressive Körperhaltung sehr einschüchternd; die Narben, die andeutungsweise unter den Haaren zu sehen waren, verstärkten den Eindruck.

»Wir schaffen es! Sonst hätten wir kaum zugesagt, als Sie uns ansprachen, nicht wahr? Ganz bestimmt benötigen wir keinen Beistand dieser hochnäsigen, eingebildeten Kreuzritter, die sich aufgrund ihrer Abstammung für etwas Besseres halten. Wir sind die wahren Krieger, und unsere Toten sind die eigentlichen Helden.«

»Es war nicht despektierlich gemeint, Misses Havock«, schwächte Eris sofort ab.

»Kann sein, aber ich habe es so verstanden.« Sie wandte ihm den muskulösen Rücken zu. »Das Officium und wir sind Rivalen, so war es und so wird es immer sein. Wir lassen uns unsere Arbeit nicht verbieten, so wenig, wie es sich die Helden aus den Epen der Antike oder anderen Zeiten verbieten ließen, nur weil es andere Helden gab. Die Welt braucht keine heiligen Großmäuler und Angeber, sondern Krieger. Menschen wie uns.« Sie stieß die Tür mit einem Fußtritt auf, und Eris war sich sicher, dass sie ihren Stiefel sehr gern in seinen Hintern gesenkt hätte. »Meine Ausbildung habe ich von meinen Eltern auf dem Schlachtfeld erhalten, nicht in feinen Internaten oder teuren Schulen.«

»Sicher«, murmelte er und verfolgte, wie sie sich mit spielerischer Leichtigkeit aufs Dach des Wagons zog. Dann schwang er sich ebenfalls hinauf.

»Hallo, Mister Mandrake.« Eine kräftige Hand reckte sich ihm entgegen, Ramachander half ihm beim Erklimmen. »Sie scheinen einen guten Schlaf zu haben.«

»Man muss die Gelegenheiten zum Ausruhen ergreifen, wenn sie sich einem bieten«, lächelte er, und allmählich wurde es ihm peinlich. Als einem Agenten Ihrer Majestät stand ihm Müdigkeit nicht gut zu Gesicht.

»Das hier wird Ihnen im Traum nicht eingefallen sein, schätze ich.« Ramachander zeigte an ihm vorbei. »Das hat der Fünfender aus Edinburgh gemacht.«

Eris drehte sich vorsichtig um, weil der Fahrtwind an ihm zerrte, und sah, dass der Zug geradewegs in eine Gluthölle einbog. Die Hauptstadt der schottischen Provinz brannte lichterloh, als bestünde jedes Haus aus trockenem Holz. »Das Werk von Drachenfeuer, ohne Zweifel«, raunte er.

»Da wir den Fünfender nicht mehr in seinem Versteck stellen können, wie Sie uns vorgeschlagen haben, brauchen wir ein paar mehr Informationen von Ihnen. Wohin will er als Nächstes?«

Eris hielt den Hut fest und zog das vordere Ende tiefer in die Stirn, damit ihn die Luft nicht wegriss. »Sehen Sie Calton Hill?« Er zeigte auf den brennenden Turm, der einst Nelsons Tower gewesen war. »Daneben liegen die Salisbury Crags und Arthur's Seat, eine Felsformation vulkanischen Ursprungs. Da muss es einen kleinen Wasserfall geben. Wenn der Fünfender das Feuer gelegt hat, werden seine Schlünde heiß sein, und er wird seinen Durst stillen wollen.«

»Das kann er ebenso gut am Fluss tun«, gab Leída zu bedenken.

Eris wackelte mit dem Kopf. »Schon. Aber auf dem Hügel hat er mehr Ruhe. Da wird ihn niemand stören.«

Ramachander hob das Fernglas und betrachtete die Gesteinsformation, die einem kauernden Löwen ähnelte. »Mister Mandrake hat Recht, Leída. Die Chancen, dass er da oben steckt, stehen sehr gut. Zudem hat er von dort aus einen hervorragenden Überblick und kann besser zum Flug ansetzen.« Er wandte sich nach rechts und links. »Was mir gar nicht passt, ist, dass wir nur zu Fuß hinaufkommen.« Unzufrieden schnalzte er mit der Zunge. »Kaum schwere Ausrüstung. Nicht gut.«

»Wir können natürlich warten, bis er sich wieder zeigt, und ihm folgen. Oder auf neue Sichtungsberichte in den Zeitungen warten, falls er uns entkommt«, merkte Eris an. »Ich verstehe voll und ganz, wenn es Ihnen zu gefährlich ist.« Dabei blickte er Leída mit einem Lächeln an. Er hätte sie ebensogut ohrfeigen können.

»Wir lassen uns den Fang nicht entgehen«, sagte sie sofort.

Ihr Bruder betrachtete noch immer die Hügel. »Ich weiß nicht«, erwiderte er gedehnt. »Er ist sicherlich aufgeregt und unglaublich wachsam.«

»Nein, er ist ausgelaugt. Schau dir an, was er mit Edinburgh angerichtet hat«, sagte sie, als wolle sie ihn anflehen, die Crags zu erstürmen. »Er wird neue Kraft tanken wollen, weil er weiß, dass Drachentöter kommen. Aber dass wir so schnell bei ihm sind, überrascht ihn gewiss.« Sie packte ihn an der Schulter. »Ein Fünfender, Ramachander! Denk an das Geld, das wir mit ihm machen werden.«

Er sah sie an, dann wandte er die Augen zu Eris. »Dass wir alles behalten dürfen, was mit dem Drachen zu tun hat, vom Hort bis zum Mageninhalt, ist gesichert?«

»Ich habe Ihnen bereits das Schreiben der Queen übergeben, Mister Havock. Wie viele Zusagen, die mehr wert sind, kennen Sie noch?« Eris lächelte und wirkte dennoch ernst. »Ich bin mir sicher, wir werden ihn am Wasserfall finden. Ihre Schwester hat sicherlich Recht, was die Einschätzung angeht. Er wird es sich gemütlich gemacht haben und dösen.«

Der Zug fuhr nach Edinburgh ein. Rechts und links von ihm züngelten die Flammen in die Höhe, und die Hitze, die ihnen entgegenwallte, glich der eines Backofens.

»Also schön«, stimmte der Drachenjäger mit viel Zweifel in der Stimme zu. »Wir gehen es an. Schicke drei nach oben, sie sollen sich umschauen. Sag den übrigen Männern, dass sie ausladen sollen und dass es schnell gehen muss«, befahl er Leída, die nickte und über die Wagendächer bis zu den offenen Wagons lief. Ramachander schluckte, wischte sich den Schweiß von der Stirn und sog die glühende Luft ein.

»Für mich, Mister Mandrake«, sagte er leise, »geht es um mehr als nur um das Geld. Jemand muss den Fünfender aufhalten, bevor er das Gleiche mit allen Städten der schottischen Provinz tut.«

Eris war erstaunt. »Verzeihen Sie meine Verwunderung, aber mit Prinzipien habe ich bei einem Drachenjäger am wenigsten gerechnet«, meinte er dann, während er den brennenden Bahnhof sah. Der Zug wurde langsamer, er konnte nicht in das Gebäude einfahren, sondern würde auf freier Strecke anhalten. Die ersten Überlebenden hatten die Ankunft bemerkt und stürmten auf sie zu.

»Ich habe durchaus Moral und einen Kodex, Mister Mandrake. Ich diene den Menschen, aber ich will auch davon leben, das ist alles«, erwiderte Ramachander. »Es bringt mir auch nichts, die Leute der Umgebung, in der ich Drachen jage, durch schlechtes Benehmen gegen mich aufzubringen.«

»Sehr weise.«

»Sehr normal.« Ramachander ging auf dem Dach nach hinten, in Richtung seiner Einheit, die eben die ersten Ladeplanken für die Lastwagen verlegte. »Sie haben von Cask's Cannons und dem Dorf gehört, das sie zusammengeschossen hatten?«

Eris dachte nach. »Ja.« Mit einem eleganten Sprung überbrückte Ramachander die Distanz zum nächsten Wagendach, Eris hüpfte hinterher. »Ich verstehe, dass manche Drachenjäger in Misskredit geraten sind.«

»So kann man es auch ausdrücken. Und zu denen möchte ich nicht gehören.« Ramachander setzte auf den nächsten Wagon über.

Eris sprang und landete ebenfalls sicher. Er sah, dass aus dem scheinbaren Durcheinander der Wagons eine eindrucksvolle Ordnung erwachsen war. Die Männer und Frauen saßen einsatzbereit auf den Lkw-Pritschen, die Ausrüstung lag im Mittelgang zwischen ihnen. Dabei handelte es sich um unzählige Ketten, an denen die Haken angebracht waren, sowie einen mannlangen Pflock. *Havock's Hundred* waren einsatzbereit.

Eris und Ramachander stiegen vom Dach und eilten zum ersten Lastwagen, auf dem sich auch Leída befand.

»Wollen Sie den Drachen pfählen, Mister Havock?«, staunte Eris.

»Stellen Sie sich einfach vor, Sie seien der Drache: Lassen Sie sich überraschen«, gab er vieldeutig zurück und befahl die Abfahrt, während immer mehr verzweifelte Menschen in Richtung des Zuges liefen, um Edinburgh zu entkommen.

Eris las das Entsetzen auf ihren Gesichtern. Der Schock ließ sie ihre mitunter grausamen Verletzungen nicht einmal spüren. Verbrennungen, verkohlte Kleider, gebrochene Glieder, zerfetzte Haut und offenes Fleisch – doch der Wille zum Überleben peitschte sie an, trieb sie zum Zug, der für sie Rettung aus der Flammenhölle bedeutete.

Eine Wand aus stinkendem Qualm schob sich vor die Flüchtlinge. Er versuchte sich auszumalen, welch ein neuer Schock es sein müsste, wenn sie im Zug erfuhren, dass die Fahrt nicht weiterging. Nicht bevor die Drachenjäger zurückgekehrt waren.

20. Januar 1925, Edinburgh, Provinz Schottland, Königreich Großbritannien

Es war ein schweißtreibender Aufstieg. Der Calton Hill schien sich für die Drachenjäger und deren schwere Last noch steiler in die Höhe zu recken.

Die Vorhut hatte ihnen gemeldet, dass sie Spuren des Drachen gefunden, das Scheusal selbst aber nicht gesehen hatten.

Nach einer kurzen Diskussion entschied Ramachander, den Aufstieg fortzusetzen. Leída hatte ihn überzeugt, dass der Drache sicherlich noch einmal zurückkehren würde. Sie wollte ihn unbedingt abschießen.

Eris bewunderte, wie es die Männer und Frauen schafften, beinahe keine Geräusche zu verursachen, um den Drachen nicht durch Kettenklirren oder ein lautes Wort aufmerksam zu machen. Das anhaltende Prasseln des in Flammen stehenden Edinburghs erleichterte ihnen ihr Unterfangen; die Rauchschwaden, die sie immer wieder einhüllten, und die Nacht gaben ihnen zusätzliche Deckung.

Bald erreichten sie die Spitze des Calton Hill, und Ramachander nahm erneut sein Fernglas zur Hand. Es war nicht leicht, in der Dunkelheit und dem Qualm einen Wasserfall in den Salisbury Crags auszumachen.

Er bemerkte ein Glitzern, das man für die spiegelnde Oberfläche eines Gewässers halten konnte. Ein kleiner Weiher. »Ich habe es«, bestätigte er. »Und ich sehe nichts von einem Drachen. Wir können vorrücken und Vorbereitungen treffen.«

Leída hob ebenfalls ihr Fernglas. »Kann er sich nicht in einer Höhle hinter dem Wasserfall verbergen?«

Eris fand, dass ihre Stimme ziemlich erotisch klang, wenn sie flüsterte.

»Das ist durchaus im Bereich des Möglichen«, antwortete einer der Männer aus der Vorhut. »Wir haben zwar keine Spuren gefunden, aber es ist dort sehr steinig.«

»Gehen wir näher ran und finden es heraus.« Ramachander gab ein Handzeichen an den nächsten Mann, der gab es weiter und so fort, bis auch der hinterste wusste, dass es weiterging.

Das Gelände war äußerst unwegsam, mehr als einmal hörten sie Geräusche aus der vorrückenden Einheit, die auf ein Ausrutschen mit nachfolgendem Sturz hinwiesen; dennoch blieben *Havock's Hundred* diszipliniert still.

Ramachander ließ sie anhalten, wies drei Mann mit Gesten an, vorzurücken und erneut zu spähen. Nach einigen Minuten bangen Wartens kehrten sie zurück.

»Drachenspuren, Sir, ohne Zweifel«, übernahm einer den Bericht. »Wir haben Abdrücke und Blutspuren am Boden neben einem Steinblock gefunden, und Higgins«, er zeigte auf seinen Nebenmann, »hat die Überreste einiger Menschenleichen entdeckt, Sir.«

»Abgebissen, Sir«, nickte der Mann. »Und noch warm und frisch.«

»Wo ist der Drache, Männer?«

»Wenn er noch da ist, denke ich, dass er hinter dem Wasserfall liegt«, meinte Higgins. »Sonst gibt es hier keine Möglichkeit, um sich zu verbergen. Ich denke eher, dass er sich wieder was zu fressen suchen wird.«

Eris überlegte. »Und *im* Teich?«

Ramachander verneinte. »Es handelt sich um einen Flugdrachen. Sie mögen Wasser nicht besonders, und sie sind durch ihren Knochenbau zu leicht, um tauchen zu können. Der Auftrieb verhindert es.« Er betrachtete die vorbeiziehenden Rauchwolken. »Der Wind steht gut für uns. Rücken wir vor, zehn Harpuniere auf jede Seite des Wasserfalls, falls er dahinter liegt. Und sie sollen auf die Köpfe oder die Brust zielen. Die Bohrer sollen sich bereithalten. Es wird schnell gehen müssen. Wenn der Fünfender entkommt und uns angreift, ist der Weiher die einzige Möglichkeit, sich vor seinem ersten Angriff zu schützen.« Er gab Zeichen, und die Hundred rückten vor.

Eris hielt Leída an der Schulter fest. »Misses Havock, was geschieht nun? Ich bin nicht bewandert in solchen Missionen.«

»Zwei Gruppen, jeweils zehn Harpuniere, und die Lanzen sind aus Drachenbein gemacht. Es ist in der Lage, die Panzerung zu durchschlagen. Daran sind Ketten befestigt, die zu dem langen Eisenpflock führen, den Sie gesehen haben. Er wird gleichzeitig in den Boden gerammt.« Sie erhob sich. »Wir spicken ihn mit Harpunen, und steigt er auf, reißt er sich selbst in Stücke.« Leída folgte den anderen geduckt. Noch immer gab es keine verräterischen Geräusche zu hören.

Eris dachte an eine alte Form der Waljagd, wie sie noch immer von einigen ganz mutigen Männern praktiziert wurde. »Müssen Sie so nahe heran?«, fragte er und hängte sich an ihre Fersen. »Wird er uns nicht hören?«

»Es ist nicht gesagt, dass er überhaupt hier ist. Der Kampf gegen einen Drachen wird am besten gewonnen, wenn man ihm im Zweikampf gegenübertritt. Nur dass wir eben ein paar Mann mehr sind«, antwortete sie mit einem Grinsen und verharrte. »Mister Agent, ich denke, dass die Queen böse auf uns wäre, wenn wir Sie bei diesem Einsatz verlören. Ich rate Ihnen, sich eine gute Position zu suchen und zu beobachten, wie wir den Fünfender stellen und besiegen. Sie können ohnehin nichts tun, sind nicht trainiert und stehen uns im Weg.« Leída wies auf einen Felsvorsprung. »Das ist eine schöne Stelle. Zu schade, dass Sie keine Kamera dabei haben. Was Sie sehen werden, würde einen tollen Film abgeben.«

Zuerst hatte sie den Eindruck, dass Eris ablehnen wollte, sich dann aber besann. Es war für einen erprobten Agenten des SIS sicherlich nicht einfach, sich zurückzulehnen und als Zuschauer zu fungieren, aber er sah wohl ein, dass sie mit ihrem Ratschlag Recht hatte.

»Gut. Ich warte da drüben. Aber vergessen Sie nicht, mich später wieder abzuholen«, verabschiedete er sich.

»Einen so gut aussehenden Mann wie dich? Schätzchen, wie könnte ich?«, murmelte sie und blickte seinem Hintern nach, der in der Dunkelheit verschwand. Dann folgte sie den Männern, nahm sich eine der drei Meter langen Harpunen und stieß an die Spitze der rechten Gruppe vor.

Leída stieg über die am Boden verlaufenden Ketten hinweg, deren Enden bereits am Eisenpflock festgemacht waren. Die Bohrcrew stand bereit, ihn mit einer speziellen Vorrichtung in den Boden zu jagen. Treibladungen im hinteren Teil versetzten die Spitze in Rotation und trieben den Bolzen wie eine Schraube in den Felsboden. Die insgeheimen Zweifel, ob der Pflock gegen die Kraft des Drachen halten würde, verdrängte sie.

Sie dachte immer noch an das unglaubliche Glück, das sie gehabt hatten. In London waren sie zu spät gekommen und hatten lediglich den Händler und den Drachen vorgefunden, mit denen sie sich auf die Schnelle hatten herumschlagen müssen. Ihre Auftraggeberin hatte getobt, weil sie das Artefakt nicht hatten beschaffen können –

und da war der Fünfender erschienen, den sie nun in ihrem und Mandrakes Auftrag jagten.

Es störte Leída nicht, dass sie zwei Herren diente. Beide würden eine gute Summe zahlen, und sie konnten alle Teile des Drachen zu Geld machen.

Lass das Biest einen Stein im Kopf haben, bat sie lautlos, auch wenn sie nicht daran glaubte. Seit Jahrhunderten war kein Drachenstein mehr aufgetaucht.

Das Rauschen des kleinen Wasserfalls wuchs überlaut an, Gischt stob auf und befeuchtete die Rüstungen der Drachenjäger. Wenn der Drache dahinter lag, würde er sie weder hören noch riechen noch sehen. Die Augen von Flugdrachen waren auf Licht angewiesen, anders als die der Wurmdrachen. Und die Gischt dämpfte die Fähigkeit, Menschen zu wittern.

Neben den Harpunieren standen die Schildträger, die bei einer möglichen Feuerattacke sofort ein Karree nach römischem Vorbild bildeten und die ersten Lohen abwehrten. Bei einem Einender funktionierte diese Taktik, die Bespannung aus Drachenhaut und Schuppen hatte bislang immer gehalten.

Leída pirschte vorwärts, die Harpune in der Linken haltend, und näherte sich dem Loch, das hinter dem Vorhang aus Wasser zu sehen war. Die Steine wurden rutschig, sie rang bei jedem Schritt um einen sicheren Stand, der wichtig für einen guten Wurf war.

Als sie vor dem Eingang zur Höhle angelangt war, senkte sie die Waffe und schaute nach links, wo die Harpuniere der zweiten Gruppe erschienen. »Da ist nichts«, rief sie gegen das Tosen des Wasserfalls an. »Das ist nur eine Einbuchtung, kein Gang. Hier ist kein Drache.«

»Scheiße«, fluchte einer der Harpuniere. Die Neuigkeit verbreitete sich rasch durch die Reihen bis nach hinten.

»Zurück«, ordnete sie an, und ein ungutes Gefühl breitete sich in ihren Eingeweiden aus. Jetzt musste Ramachander entscheiden, was zu tun war. Sie hoffte sehr, dass er sich fürs Warten entschied.

Sie rutschten über die scharfkantigen Steine zurück und entfernten sich von der Kaskade, als ein lauter Schrei erklang, der schlagartig endete.

»Das war der Agent!«, rief Leída und packte die Harpune, sah zu dem Felsbrocken, hinter den sie den Mann geschickt hatte.

Ramachander erschien an ihrer Seite und befahl die Harpuniere sowie die Schildträger zu sich. Es machte nichts, dass die Ketten diesmal laut und vernehmlich klirrten und über den Boden schleiften.

Ein warmer Wind strich über die Hügel, der Rauch und Edinburghs Asche mit sich trug, und erinnerte Leída an den Hauch eines Drachen.

Sie schluckte und spürte – Angst. Es war mehr als die übliche Anspannung vor einem Kampf. »Wo ist er?«, flüsterte sie mit belegter Stimme.

»Er wird sich früh genug vorstellen.« Ramachander wies die Männer an, die Umgebung nicht aus den Augen zu lassen. »Wir ziehen uns sofort zurück«, teilte er ihr mit. »Ich denke, dass er uns beobachtet und eine Falle gestellt hat. Auf ein Gefecht werde ich mich unter diesen Bedingungen nicht einlassen.«

Leída hätte normalerweise sofort dagegen rebelliert, sie liebte es, die Teufel zu jagen. Normalerweise. »Was ist mit dem Agenten?«

Ramachander zuckte mit den Achseln. »Unsere eigenen Leute haben Vorrang.«

»Ich übernehme die Vorhut«, sagte sie, löste die Kette am Ende der Waffe und nahm zwei Harpuniere sowie Schildträger mit sich, um den Weg zu erkunden.

Sie bewegte sich langsam und geduckt, die Augen schweiften ständig umher und achteten auf alles, auf jede noch so kleine Regung im Gelände. Die vorbeitreibenden Qualmwolken waren nun nicht mehr ihre Verbündeten, sondern die des Drachen.

Ohne Schwierigkeiten erreichte sie den Weg, der von Calton Hill zurück in die Stadt führte; das Feuer des brennenden Nelson Towers leuchtete das Gelände hier gut aus. »Ihr wartet hier«, befahl sie den Männern. »Ich hole die anderen.«

Leída hastete so schnell es ihr die Crags erlaubten zu ihrem Bruder zurück.

Sie hatte die Hälfte des Weges geschafft, als ihr Blick von einem Schatten unterhalb von Arthur's Seat abgelenkt wurde. Etwas pirschte sich an die Männer heran.

Sie öffnete den Mund zu einem warnenden Ruf – da wurde der Drache von der Einheit bemerkt.

Jetzt gab es für die Drachenjäger kein Zurück mehr.

Leída sah mit an, wie Ramachander an der Spitze der Harpuniere auf den Fünfender zulief und zum Wurf ausholte, während die Bohrmannschaft die Treibladungen zündete und den Bolzen in den Stein trieb; Funken sprühend kreiselte er um die eigene Achse und wurde von der Mannschaft durch lange Stangen in senkrechter Position gehalten, fraß sich nach unten.

Die erste Harpune wurde vom Drachen mit einem Schwanzschlag abgewehrt, die zweite dagegen traf ihn in die Brust.

Die fünf Köpfe stießen gemeinsam einen alles Lebendige lähmenden Schrei aus, schrill und packend, mehrstimmig drang er in die Ohren und jagte in den Verstand, schüttelte und rüttelte daran. Es war unmöglich, etwas zu denken oder gar zu tun. Sogar Leída blieb stehen, weil sie der Ton selbst auf diese Distanz durch und durch erschütterte.

Der Drache nutzte den Schrecken aus. Die fünf Mäuler öffneten sich, zwei Häupter richteten sich auf den Wasserfall, die anderen duckten sich und schienen aus dem Tümpel saufen zu wollen. Im nächsten Augenblick schossen schwarze, lange Schatten aus den Schlünden und trafen mitten ins Wasser und auf die Kaskade.

Heiße Dampfwolken stoben in die Höhe und wurden von der Wucht des Drachenatems genau gegen Havock's Hundred getrieben.

Gegen diese Art von Angriff halfen weder die Schilde noch die Rüstungen. Der wallende Dampf dünstete die Männer innerhalb von Sekunden. Er tötete oder verletzte sie schrecklich, sodass an Gegenwehr nicht mehr zu denken war.

»Ramachander«, stöhnte Leída. Wegen des weißen Brodems konnte sie nicht erkennen, was um den Teich herum vor sich ging. Der Wasserfall war verstummt. Dafür erklangen die Schreie der Verwundeten, und es roch widerlich nach gebrühter Haut und versengten Haaren. Sie würde den Geruch niemals vergessen können.

Sie packte die Harpune und rannte wie von Sinnen in den warmen Nebel, unentwegt den Namen ihres Bruders rufend.

Nach einigen Schritten stolperte sie über die ersten Toten, die mit geplatzter Haut und aufgedunsenen Körpern im Gras oder übereinander lagen. Sie fiel und langte in feuchtheiße Erde, stemmte sich in die Höhe und irrte weiter umher. »Ramachander?«

Ein gewaltiger Schemen schritt knapp an ihr vorüber, sie spürte den Windhauch, hörte Fressgeräusche und das Brechen von Knochen. Der Fünfender stillte seinen Hunger, ohne sich um sie zu kümmern.

»Gut gemacht«, vernahm sie die Stimme einer Frau, die sanft und beschwichtigend sprach. »Das Officium wird gern von der Vernichtung der *Hundred* hören. Das hast du gut gemacht.«

Der Drache gab ein merkwürdiges Geräusch von sich, das Schnurren und Fauchen in sich vereinte.

Leída hob die Harpune und starrte in den Dunst. Sie begriff, dass sie in eine gut vorbereitete Falle gegangen waren, die mehr als nur der einfache Hinterhalt eines heimtückischen Drachen gewesen war. Sie wusste, was sich hinter dem Kürzel Officium verbarg.

»Wir werden gehen«, sagte die Frau, die durch den Nebel hindurch sichtbar wurde. Sie stand keine zwanzig Meter von der Drachenjägerin entfernt, und hinter ihr wurden die Umrisse des Fünfenders sichtbar, der lammfromm vor ihr saß und sie mit gereckten Hälsen aufmerksam betrachtete.

Die Szene wirkte auf Leída wie ein Scherenschnitt. Sie kauerte sich an den Boden und robbte näher.

Die Frau hob den Arm. »Also, ich …«

Eines der Häupter schnellte nach unten und verschlang den Oberkörper mit einem kräftigen Biss. Der Unterleib blieb mehrere Sekunden stehen, bis ein zweiter Drachenkopf herabstieß und sich den frischen Happen nicht entgehen ließ. Dann breitete der Drache seine Schwingen aus und beförderte sich mit kräftigen Schlägen in die Luft. Es war seine Art, sich für einen gelungenen Verrat zu bedanken.

Der Wind, den seine Flügelschläge verursachten, wehte den stinkenden, feuchten Dampf davon und zeigte Leída das Schlachtfeld.

Der Teich existierte bis auf einen schlammigen Grund nicht mehr. Wo einst der Wasserfall herabgesprudelt war, bestand der Fels aus einer glasigen, noch glühenden Wand, die den Auslauf versiegelt hatte. Rund um das Loch lagen große Brandflecken, in denen sich Überreste von Schildern und Harpunen befanden. Menschliche Gebeine hatten dem schwarzen Feuer nicht standgehalten und waren zu Asche vergangen. Etwas weiter weg war der Boden übersät mit den Toten und Verletzten von *Havock's Hundred*, die Opfer des heißen Brodems geworden waren.

»Ramachander!«, schrie Leída. Ihre Augen füllten sich mit Tränen, und sie rannte dorthin, wo die Erde lediglich aus schwarzer und grauer, loser Schlacke bestand.

Weinend kniete sie nieder und wühlte im Erdreich, bis sie das Armband von Ramachander in die Finger bekam. Es bestand aus geschnitztem Drachenbein und hatte das Feuer – von einigen Brandspuren abgesehen – unbeschadet überstanden.

Leída nahm es in beide Hände und krümmte sich vor Trauer. Tränen fielen auf ihre Finger und in die Schlacke. Sie küsste es mehrmals, ehe sie sich erhob und zurück zu Calton Hill torkelte. Ihre Bewegungen glichen der einer Schlafwandlerin, die Augen blickten starr geradeaus.

Sie nahm nichts mehr richtig wahr, sah nur das brennende Edinburgh unter sich und spürte den Armreif in ihren Händen. Mehr war ihr nicht von Ramachander geblieben.

Sie bemerkte weder, dass die Harpuniere ihr entgegenliefen, noch dass sich ein blutüberströmter Agent Mandrake an ihre Seite begeben hatte, der sie sicher durch die Crags geleitete.

20. Januar 1925, Edinburgh, Provinz Schottland, Königreich Großbritannien

Onslow Skelton starrte auf das Dutzend Koffer, das in der Lobby des *Royal Mile* auf sie wartete. »Madame Sàtra, sind das alles Ihre?«

Sie lächelte ihn hinreißend an. »Ja, sicherlich. Denken Sie, eine Frau wie ich reist mit kleinem Gepäck?«

»Beschwören Sie doch ein paar Geister, die Ihnen beim Tragen helfen«, sagte Silena und las die Nachricht, die Hauptmann Litzow ihr im *Scottish Pride* – der ersten Station ihrer Flucht aus der Stadt – hinterlassen hatte. Er war ihren Anordnungen gefolgt und hatte die Theben sowie die Saint nach dem ersten Auftauchen des Drachen in Sicherheit gebracht. Jetzt wartete er einige Meilen von Edinburgh entfernt darauf, dass sie zu ihm stieß. Der Treffpunkt lag in der Nähe der Bahnlinie. »Suchen Sie sich einen Koffer aus, der Rest bleibt hier«, befahl sie unwirsch und steckte die Nachricht ein. »Die Flammen werden sich vom Dach bald nach unten gefressen haben.« Sie sah durch die geborstenen Scheiben der Drehtür nach draußen, wo Zadornov Wache am Wagen hielt.

Aber Madame Sàtra ließ sich nicht einschüchtern. »Alle – oder ich bleibe.«

»Und das ist mir wiederum vollkommen gleichgültig, Madame.« Silena zeigte auf den Versicherungsdetektiv. »Gehen wir, Mister Skelton. Ich habe gesehen, dass ein Zug eingefahren ist. Den werden wir nehmen. Die meisten Straßen werden durch die eingestürzten Häuser unpassierbar geworden sein.« Sie eilte hinaus.

»Madame Sàtra, ich bitte Sie«, sagte Skelton beschwörend. »Begleiten Sie uns. Ich werde das Gefühl nicht los, dass wir vier auserkoren sind, das Rätsel um den schwarzen Drachen und den Weltenstein zu lüften. Was mir Fürst Zadornov über Ihre Tat im Schloss berichtet hat, lässt keinen Zweifel zu.« Er nahm den kleinsten Koffer. »Bitte, Madame! Ich heuere Sie an, im Namen von Hamsbridge & Coopers Insurance.«

Sie lächelte ihn an. »Wie hoch ist mein Entgelt, Mister Skelton?«

»Eintausend Pfund die Woche plus einem Erfolgsbonus von zehntausend.«

Sie kniff die Augen zusammen. »Wir reden von britischen Pfund?«

»Ja, Madame.«

»Dann bin ich von dieser Minute an Ihre Verbindung in die Welt des Jenseits, Mister Skelton«, strahlte sie und zeigte auf den größten Koffer. »Den hätte ich gerne. Darin befindet sich mein Neccessaire.«

Als er den Koffer anhob, war er sich sicher, dass nicht nur das Neccessaire darin steckte. Ächzend schleppte er ihn zum Wagen und verstaute ihn am Heck, während sich Sàtra ans Steuer setzte und sofort losfuhr, sobald Skelton Platz genommen hatte.

»Damit es alle wissen: Ich stehe in den Diensten von Hamsbridge & Coopers«, verkündete sie und jagte nach Silenas Anweisungen durch die Straßen.

»Willkommen an Bord«, sagte Zadornov mit dröhnender Bassstimme. »Damit hat die Versicherung die größten Experten in Sachen Séance und Hellseherei engagiert, die es derzeit auf der Welt gibt.«

»Zurückhaltung war noch nie eine Stärke der Russen«, kommentierte Silena.

»Und gute Laune nicht die der Deutschen«, konterte er vergnügt. »Welch eine Zusammenstellung! Neben mir und Madame verzeichnen wir eine Großmeisterin und einen Menschen mit einem leibhaftigen Drachenknochen im Arm, dem nicht minder rätselhafte Kräfte zuteil geworden sind.« Er schlug begeistert mit dem Stock auf den Boden. »Das nenne ich eine Kombination, die es mit einem Drachen aufnehmen kann.«

Vor ihnen erschien der Zug. Die Lok stand mit rauchenden Schornsteinen auf den Gleisen, die Wagen waren vollkommen überfüllt, was die Menschen aber nicht daran hinderte, auf den Dächern und auf dem Tender Platz zu nehmen.

»Wir sind da.« Sàtra hielt das Automobil neben dem Salonwagen an.

Silena teilte die Zuversicht des Russen nicht, was den Sieg über den Drachen anging – nicht solange sie dazu verurteilt war, am Boden zu bleiben. Doch sie widersprach schon allein deswegen nicht, weil es mit Blick auf die Drachensteine und den Weltenstein nach wie vor viele Dinge zu klären gab und ihre drei Begleiter auf irgendeine Weise in das Rätsel verwickelt waren. »Suchen Sie sich Plätze, ich spreche mit dem Zugführer. Er soll uns aus Edinburgh fahren.«

Sie marschierte an den Wagons vorbei zur Spitze des Zuges, erklomm den Stand und zeigte den Männern ihren Ausweis. »Officium Draconis. Bringen Sie den Zug sofort aus der Stadt.«

Sie wechselten rasche Blicke. »Großmeisterin, wir haben die Anweisung zu warten«, sagte einer von ihnen herumdrucksend.

»Sie wissen, dass ich Ihnen Befehle erteilen darf, Sir? Sie haben den schwarzen Drachen gesehen, der das angerichtet hat, und meine Mannschaft wartet auf mich, damit ich ihn jagen und stellen kann.«

Wieder sahen sie sich an, in den von Ruß und Asche verdreckten Gesichtern stand Ratlosigkeit. »Ich weiß nicht …«

»Sie sind mit Sicherheit tot«, warf ein Heizer ein und stützte sich auf die Schaufel. »Wir haben doch gesehen, was sich bei den Crags abgespielt hat. Von denen lebt keiner mehr.« Er trat nach einem Kohlestückchen und beförderte es in die offene Klappe. »Wir sollten zusehen, dass wir von hier verschwinden, ehe die Gleise verschüttet oder durch die Hitze zu stark verzogen sind.«

»Wovon redet der Mann? Von wem haben Sie die Anweisung erhalten, Sir?«, fragte Silena barsch.

»Von einem Geheimagenten Ihrer Majestät, Queen Viktoria der Zweiten«, kam es wie aus der Pistole geschossen aus dem Mund des Lokführers. »Sein Name ist Eris Mandrake, Großmeisterin, und er ist mit einer Einheit von Drachenjägern eingetroffen, um … nun ja, den Drachen zu töten.« Er deutete zu Arthur's Seat, auf dem dichter Rauch aufstieg. »Sieht aber nicht gut aus.«

Silena schaute zu den Hügeln und musste schwer schlucken. Er hatte sie nicht allein gelassen, sondern Verstärkung geholt. Zweifel an ihren Fähigkeiten oder Auftrag der Queen? Auf die Schnelle konnte er nur *Havock's Hundred* engagiert haben. Oder hatte er die Gruppe aus einem anderen Grund auf den Hügel geführt? Die Zweifel an der Echtheit des Agenten konnte sie schwer leugnen. Wie auch? Je eher sie in der Saint saß, desto schneller konnte sie in den Kampf auf dem Hügel eingreifen. Danach würde sie Eris zur Rede stellen. »Volle Kraft zurück, Sir«, sagte sie mit fester Stimme. »Bringen Sie mich und die Flüchtlinge aus Edinburgh. Ich übernehme die Verantwortung dafür.«

»Jawohl, Großmeisterin«, salutierte der Zugführer und gab Anweisungen an Mechaniker und Heizer, löste die Bremsen und ließ die Zugmaschine rückwärts anrollen.

Silena begab sich auf den schmalen Steg, der rund um die Lok führte, und blickte auf das brennende Edinburgh. Laut erschallte die Signalpfeife des Zugs, und die letzten Unentschlossenen rannten herbei, um irgendwo einen Platz zu ergattern, und war er noch so klein.

»Achtung!«, schrie eine Frau, die auf dem Tender saß, und deutete auf die Gebäude längs der Gleise.

Eine Hauswand bekam Risse, erste Steine fielen aus der Mauer, dann kippte die gesamte Front nach vorn. Sie fiel rumpelnd auf einen der Wagen und riss die Passagiere, die sich auf dem Dach niedergelassen hatten, gleich einer steinernen Woge mit sich.

Aber der Zug ließ sich nicht aufhalten, die Maschine legte an Kraft zu und schob sich unerbittlich die Schienen entlang.

Mit dem Einsturz des brennenden Hauses ging eine gewaltige Wolke aus Staub und glühender Asche einher. Sie verdeckte gnädigerweise die traurige und zugleich wütend machende Sicht auf die untergehende Stadt.

Silena glaubte kurz, ihren Namen vernommen zu haben und ein paar Gestalten zu sehen, die der Lok nachliefen; aber als sie angestrengt in den Rauch schaute, war nichts mehr zu erkennen.

XI.

»Ich benötige das Officium nicht.
Warum?
Weil ich keine Drachen gesehen habe. Noch niemals in meinem Leben. Das ist alles nur Propaganda, um uns Angst zu machen. Die Zeitungen stecken mit ihnen unter einer Decke, und Bilder kann inzwischen jeder fälschen. Und das Kino verdummt uns alle.«

Wilhelmina von Staut, Freifrau von Haspenweiler

aus dem Bericht »Das Officium – Die heimliche Macht«
in »Kommunistische Wahrheit« vom 6. September 1924

21. Januar 1925, Hauptstadt London, Königreich Großbritannien
Silena sah in die Gesichter der drei Menschen, die sie in die Niederlassung des Officium Draconis Britannica begleitet hatten und nun zusammen mit ihr im Besprechungszimmer saßen – einem kargen Raum mit einem großen Kreuz an der Wand, Unmengen von Regalen voller Ordner, einem Telegrafen und einem Telefon auf dem Tisch. Abgesehen von den Bildern des Papstes und des Erzbischofs Kattla fehlte jede Art von Schmuck. Was die einen trist nannten, war für die anderen effizient.

Silena ließ den Blick über die Anwesenden schweifen. Onslow Skelton, der schmale Versicherungsdetektiv, Madame Arsènie Sofie Sàtra, das französische Medium, Fürst Grigorij Wadim Basilius Zadornov, der russische Hellseher – alle ratlos und doch durch die Vorkommnisse der letzten Wochen miteinander verbunden. Nicht zu vergessen sie selbst, die letzte Nachfahrin des heiligen Georg.

Silena seufzte und hob ihre Teetasse. Zaudern, Überheblichkeit und Wollust saßen um sie herum, und sie fragte sich, welche Eigenschaften sie selbst wohl am besten beschrieb. Gehorsam schied aus, ebenso Tugend – Überzeugung vielleicht? Sie betrachtete den Verband an ihrer Hand, die Brandwunde war mit Salbe behandelt worden und tat kaum mehr weh. Aber er verhinderte, dass sie mit der Münze spielen konnte.

Bis auf Skelton trugen sie noch immer ihre angesengte Kleidung, was dazu führte, dass sie den Brandgeruch in das intakte Gebäude getragen hatten. Arsènie bemühte sich um Haltung und sah trotz des derangierten Zustandes noch immer sehr mondän aus. Zadornov trug nur noch Hemd, Hose und Stiefel, den Rest hatte er einem Bettler geschenkt, den sie auf dem Weg zum Officium passiert hatten. Skelton dagegen hatte die Gelegenheit genutzt, um kurz nach Hause zu verschwinden und sich umzuziehen. Er sah wieder kariert aus.

»Ich weiß, dass ein britisches Sprichwort sagt: Abwarten und Tee trinken«, hob Zadornov als Erster die Stimme. »Aber mir ist das zu wenig. Wir haben eine Mission, Großmeisterin.«

»Das wollte ich auch eben einwerfen«, meinte Skelton unerwartet schnell, wo er doch sonst immer gern abwartete, was die anderen zu sagen hatten. »Versuchen wir einmal, eine Systematik in die Angelegenheit zu bringen.« Er schaute zu Silena. »Was wissen wir denn überhaupt über die Drachensteine, Großmeisterin? Weswegen sind sie derart wertvoll?«

»Ein Experte des Officiums stößt gleich zu uns.« Silena nickte zu Madame Sàtra. »Sie zuerst, Madame. Sagen Sie Ihrem neuen Auftraggeber, warum Sie an den Artefakten interessiert sind. Dabei möchte ich nicht ausschließen, dass Sie sogar an den Überfällen auf die Museen beteiligt sind.« Sie sah über den Rand der Tasse zu Skelton. »Das nenne ich paradox, oder? Sie haben eine Frau angeheuert, die unter Umständen Ihren Arbeitgeber bestohlen hat.«

»Wenn ich den Weltenstein besäße, würde ich mich weder im Herzen des Empires noch im Officium befinden«, merkte Madame Sàtra an und steckte sich eine Zigarette an. Sehr elegant deutete sie auf die Bücher, die vor Silena lagen. »Ich sehe doch, dass Sie den Megenberg und den Gessner vor sich liegen haben. Warum lesen Sie nicht einfach vor?«

»Ich bin neugierig zu hören, was Sie erfahren haben.«

»Nennen Sie mich doch Arsènie, Großmeisterin. Auch der Fürst und ich nennen uns bereits beim Vornamen …«

Sie hob ablehnend die Hand. »Nein danke. Ich gehöre nicht zur Theosophenpartei oder der Spiritistenvereinigung.«

Die Französin lächelte süffisant. »Nun, auch die Kirche beruht auf Glauben, nicht auf Wissen. Demnach sind unsere Wege nicht so verschieden. Dass meine Geister Kräfte besitzen, habe ich bereits bewiesen.«

»Ein netter Versuch, von der eigentlichen Materie abzulenken, Madame, aber zurück zur Sache: Drachensteine«, parierte Silena ohne Regung.

Sie blies einen Rauchkringel in die Luft. »Ich weiß nicht viel darüber. Sie wurden früher, als es noch ganz alte Ungeheuer gab, gelegentlich in deren Schädel gefunden, mal waren sie faustgroß, mal so klein wie eine Murmel. Anscheinend bildeten sie sich erst mit fortgeschrittenem Alter der Drachen, und dann wiederum auch nicht bei jedem Exemplar.« Sie schaute zu Skelton. »Allerdings sind sie sehr schlecht zu konservieren, wie man herausfand. Sie zerfallen und stinken furchtbar.«

Silena erinnerte sich sehr genau an den beißenden Geruch.

»Und warum sollte man an diesen Artefakten interessiert sein?« Zadornov verfolgte die Unterhaltung zwischen den beiden Frauen aufmerksam.

»Sie sind selten und damit kostbar«, schätzte Skelton.

»Und der Besitz verstößt gegen das Gesetz«, fügte Silena hinzu. Sie zog die Uniformjacke aus und hing sie über den Stuhl.

Der Russe lachte auf. »Es war mir klar, dass Sie das sagen mussten, Großmeisterin. Das mag alles sein, was die Seltenheit anbelangt, aber die Drachen werden diese Last im Kopf nicht zum Spaß spazieren getragen haben. Der Sinn, meine Damen?«

»Der Sinn«, meinte Arsènie, »hat sich bislang noch keinem Gelehrten erschlossen. Manche vermuteten eine krankhafte Ausbildung einer Drüse, andere eine ins Gewebe eingeschlossene Geschwulst.« Sie zeigte mit der glühenden Zigarette auf das Buch; die Glut beschrieb eine leuchtende Bahn. »Dabei gab es früher schon Hinweise.« Sie legte den Kopf in den Nacken und nahm einen theatralischen Zug. »Sie sind dran, Großmeisterin.«

Es klopfte, und ein Mann trat ein, den man auf den ersten Blick für einen Buchhalter hielt. Eine schwarze Hose, ein weißes Hemd mit schwarzen Ellbogenschonern und die sehr präsente schwarze Brille in seinem Gesicht gaben ihm etwas Unscheinbares; nichts an ihm war in irgendeiner Weise auffällig. Unter seinem Arm hielt er einige Bücher und einen Ordner mit verschiedenen Akten.

»Entschuldigen Sie, Großmeisterin«, verneigte er sich, »ich habe noch rasch einige Dinge überprüft.« Er sprach reinstes Oxfordenglisch, und bei jedem Wort erwartete man ein »my dear«, eine Tasse Tee oder einen Schirm in seiner Hand.

»Darf ich Ihnen allen Mister Withworth vorstellen? Er ist der Archivar des hiesigen Officiums. Er wird uns etwas mehr über das Mysterium berichten«, sagte Silena und forderte ihn auf, sich zu ihnen zu setzen. »Wären Sie so freundlich, Mister Withworth?« Sie bemerkte, dass Zadornov auf ihr Dekolletè schaute. Unauffällig tastete sie nach ihrer Bluse, und die Finger trafen auf Seide! Ein Brandloch gab den Blick auf ihr geheimes Inneres frei, die raue Schale war beschädigt worden. Hastig zog sie die Jacke wieder an, errötete.

»Aber sicher, Großmeisterin.« Withworth sah freundlich in die Runde und wich den Blicken von Madame Sàtra aus. Er fand sie unschicklich attraktiv. »Es gab in der Vergangenheit immer wieder Hinweise auf Drachensteine«, begann er und schlug das oberste Buch auf. »Damals gingen die mittelalterlichen Forscher fälschlicherweise davon aus, dass solche Steine nur von Bergdrachen stammen könnten. Berühmt wurde der Luzerner Drachenstein, der schon vor einhundertelf Jahren verschwunden ist.« Er blätterte, bis er einen Holzschnitt gefunden hatte.

»Es ist demnach wahrscheinlich, dass man damals schon nach ihnen gesucht hat?«, meinte Zadornov und betrachtete die Abbildung. Darauf war ein Mann in einer Bergregion zu sehen; über ihm flog ein Drache und ließ eine Kugel fallen.

»Sie galten als Heilmittel. Von daher ist es anzunehmen, dass jeder Mensch danach trachtete.« Arsènie nahm wieder einen Zug, lächelte hintergründig. »Und die Kirche hat sich per Gesetz alle Drachenteile gesichert. Wozu, frage ich mich?«

Silena überhörte den Einwurf. »Der Drache flog von der Rigi zum Pilatus bei Rothenburg, angeblich um das Jahr 1420, also zu der Zeit, als die letzten Großen noch zu finden waren«, fasste sie zusammen, was geschrieben stand.

Withworth übersprang einige Seiten. »Johann Leopold Cysat hat in einer Beschreibung um 1661 notiert:

›*Er ist trefflich gut contra pestem, den Schaden*
mit dem Stein bestrichen oder umbfahren
und dann vierundzwanzig Stund darüber gebunden
oder also
ist der Schaden under der Achsel
so bind den Stein
mit einem Tüchlein in die rechte Hand
so ziechts von Stund an das Gifft auss
dass der Schaden ausgehet
ist er am Schenckel
so thu gleichfals und bindts auff die Füss.
Item den Weibern
so ihr Monat zu streng haben; wer den Bauchfluss
die rothe Ruhr und rothen Schaden hat
der soll disen Stein gleicher gstalt
in die Hand binden vierundzwanzig Stund
item der sonsten bös Kranckheiten mit Flüssen hat.‹«

»Klingt für mich nach einem sehr mächtigen Drachenstein.« Skelton schielte auf das Buch. »Ich wusste gar nicht, dass es so etwas gab.«

»Ich gestehe, dass ich es bis vor kurzem auch nicht wusste«, sagte Silena. »Um dem Rätsel der Überfälle auf die Spur zu kommen, habe ich mir die entsprechenden Abschriften der Bücher von Mister Withworth besorgen lassen.«

»Schön, dass Sie uns an dem Wissen teilhaben lassen.« Zadornov deutete eine Verbeugung an. »Allmählich bekomme ich einen Eindruck davon, warum man auf der Suche nach ihnen ist. Wenn sie wirklich so heilsam sind, kann man viel Geld damit verdienen.«

»Und *ich* weiß, warum die Kirche Anspruch auf jedes Drachenteil erhebt.« Arsènie nahm ohne zu fragen das Buch aus Withworths Fingern, wälzte die Seiten, bis sie die Stelle gefunden hatte. »Reiskius schrieb 1688:

›Man hält insgemein davor
dass dieser Drachenstein sonderbahre Krafft bey Hexerey habe
sonderlich wann die Kühe ihre Milch nicht geben
oder von Hexen durch Satans Betrug ausgemolken werden:
Alsdann wird in den Melkpot dieser Stein gelegt
und darauf die vorige Milch bey der Kuh verhofft
wie sie dann sich wieder einfindet.‹«

Sie schob das Buch mit einem wissenden Lächeln von sich. »Die Kirche fürchtet sich noch immer davor. Hexerei, Großmeisterin.«

»Aberglaube«, korrigierte Silena ruhig. »Wir alle wissen, dass es keine Hexerei, keine Magie oder sonstige übernatürlichen Kräfte gibt, einmal abgesehen von Gottes Wundern.«

»Ich stimme sofort zu, weil die Geisterkräfte, die mir beistehen, nichts anderes als die Seelen der Verstorbenen sind. Und Seelen wollen Sie mir wohl nicht verbieten, Großmeisterin«, erwiderte Arsènie spitz. »Das dürften Sie als Frau der Kirche auch überhaupt nicht.« Sie blies den Rauch an die Decke. »So ein Ärger, nicht wahr?«

Silena wäre zu gern über den Tisch gehechtet und hätte die Französin verprügelt. Gelegentlich spürte sie, dass sie zwei ältere Brüder gehabt hatte und in einer Einheit diente, in der sich hauptsächlich Männer befanden. »Ich diskutiere mit Ihnen nicht darüber, Madame.«

»Sie erwähnten, man habe früher angenommen, dass nur Bergdrachen diesen Stein in sich tragen, Mister Withworth«, schaltete sich Skelton ein, weil er eine Katastrophe befürchtete, während Zadornov grinsend die Unterredung verfolgte. »Wie konnte der Drache den Stein fallen lassen, wenn man sie in den Köpfen fand?«

»Wohl ein Irrtum des Zeugen?«, ging Silena dankbar auf die Ablenkung ein und sah zum Experten, der das Buch wieder an sich nahm, ohne Arsènie anzuschauen.

»Sehr wahrscheinlich ein Irrtum. Man hat einmal gedacht, dass man sie in den Mägen findet, wie das Ambra der Wale.« Withworth öffnete das Buch der Natur des Conrad von Megenberg. »Die beste Anleitung findet sich bei ihm, Megenberg, aus dem Jahr 1350:

›Den nimpt mann auss eines trachenhirn
unnd zeucht mann in nit auss eins lebendigen trachenhirn
so ist er nit edel.
Die künen mann schleichent über die trachen da sie liegen
und schlatzen in das hirn entzwey
und dieweil sie zabeln so ziehen sie im das hirn herauss.
Man spricht der stein sei gut wider die vergifftent thier
und widersteh dem vergifft trefftliglich.‹«

»Mon dieu«, gab Arsènie von sich und verzog angewidert das Gesicht. »Das klingt gefährlich und eklig.«

»Das ist wohl der Grund, warum man sie so selten gefunden oder besser gesagt erlangt hat. Die wenigsten weltlichen Krieger haben eine Konfrontation mit einem Großen überstanden. Diejenigen Drachensteine, die in die Hände von Drachentötern des Officiums fielen, wurden vernichtet.« Withworth deutete auf den Ordner. »Ich habe die entsprechenden Akten überflogen.«

Skelton blinzelte verwirrt. »Drachensteine können demnach … hexen?«, brach es aus ihm heraus, und er blickte zuerst zu Zadornov, dann zu Sàtra. »Könnte mir einer von Ihnen weiterhelfen?«

»Keine Hexerei«, antwortete Arsènie nach einem kurzen Augenaufschlag zum Fürsten. »Meiner Ansicht nach handelt es sich um eine Art Katalysator. Aus diesem Grund bin ich daran interessiert: Ich möchte herausfinden, was es mit den Legenden über sie auf sich hat.« Sie verlor ihre Freundlichkeit. »Dass etwas Besonderes daran ist, sieht man an den Morden an meinen Freunden, die ebenfalls nach Drachensteinen suchten.«

»Ich sage nur: Vision.« Der Russe nickte. »An dem Drachenstein, nein, vielmehr an dem Weltenstein ist etwas Besonderes, sonst wäre ich nicht vor dem Artefakt gewarnt worden. Es muss gefunden und verwahrt werden.« Er grinste Silena an und fuhr sich an der Stelle über sein Hemd, an der er bei ihr den seidenen Büstenhalter erspäht hatte.

Sie funkelte ihn warnend an. Würde er eine Bemerkung darüber fallen lassen, bekäme er wirklich eine Tracht Prügel. Silena fand den jungen Mann unglaublich anstrengend. Mal war er nett, dann schaffte er es, mit einer einzigen Geste jeglichen Bonus bei ihr zu vernichten. Es war wirklich schwer, ihn zu mögen – und schon wunderte sie sich über sich selbst: ihn mögen?

»Gehen wir den Weg doch einmal anders herum.« Skelton nahm ein Blatt Papier und schrieb nacheinander Namen darauf. »Wir haben die verschiedenen Spiritisten, die nach ihm suchten und ums Leben gekommen sind. Wir haben die Morde an den Drachentötern, die bislang ohne einen Hinweis auf den oder die Täter geschehen sind. Und wenn ich die Art der Wunden richtig in Erinnerung habe, scheinen die kleinen Drachen ebenfalls an der Jagd beteiligt zu sein.« Er hob den Kopf und zeigte mit dem Stift auf den Fürsten. »Beschreiben Sie doch noch einmal für die Großmeisterin, welcher Art der Drache war, der Sie in London während der Flucht vor ihr angegriffen hat.«

»Ich habe ihn selbst gesehen, danke.« Silena erinnerte sich an das merkwürdige Äußere. »Was mir wichtiger ist, Fürst, wären andere Auffälligkeiten. Er hatte Sie doch regelrecht in seine Schwingen eingewickelt, oder? Das heißt, Sie waren ihm sehr nahe.«

»Sehr nahe ist völlig untertrieben. Ich war so nah an ihm, wie Ihre Unterwäsche auf Ihrer Haut liegt«, grinste er sie an und tänzelte damit einmal mehr am Abgrund entlang. Ihre Augen verengten sich drohend. »In der Tat. Ich schwöre, dass mein Messer nicht durch die glatten, grauen Schuppen drang«, sagte er mit seiner tiefen Stimme.

»Welchen Geruch verströmte er?«, hakte sie nach.

Zadornov grübelte, rieb sich über den Dreitagebart. »Wenn Sie mich so fragen: keinen. Weder nach Schwefel noch nach Schweiß oder Exkrementen, wie ich es bei einem solchen Monstrum erwartet hätte. Es roch sauber und trocken wie eine warme Wand in der Nachmittagssonne, und dabei fühlte sich seine Haut eiszapfengleich kalt an.«

»Merkwürdig«, murmelte Withworth.

»Was ist daran merkwürdig, mein Freund?«, wollte Zadornov wissen.

»Im Allgemeinen haben Drachen und Dracoforme wechselwarme, trockene Haut, wie es sich bei Reptilien eben gehört. Aber dass sie derart kalt ist, habe ich noch nie gehört. Nicht bei einem lebenden Exemplar.« Withworth öffnete den Ordner und suchte die Beschreibung des Kampfes heraus, wie Silena ihn zu Protokoll gegeben hatte.

»Dass sie immun gegen Ihre Waffen sind, Großmeisterin, hat für beträchtlichen Wirbel und für Verunsicherung beim Officium gesorgt. Einige haben sogar geäußert, dass Sie sich getäuscht haben könnten, aber nach der Schilderung des Fürsten«, er deutete eine Verbeugung an, »komme ich fast zu dem Entschluss, dass es sich um eine neue Evolutionsstufe der Dracoform handelt.«

»Neue Evolutionsstufe?«, echote Skelton beunruhigt.

»Wie die Erfindung des Büstenhalters, der das Mieder ablöst«, erklärte Zadornov süffisant. »Oder vielleicht wie«, die blauen Augen legten sich durchdringend auf Silenas Hosenbeine, »Strapse anstelle von Strumpfbändern?«

Silena senkte angriffslustig den Kopf, die verletzte Hand ballte sie langsam zur Faust.

»Äh, nun, ein wenig ungewöhnlich, Ihre Erklärung. Aber es trifft ungefähr. Jede Spezies durchläuft eine Entwicklung während ihres Bestehens, die eine rascher, die andere langsamer. Anscheinend haben sich die Dracoformen erneut angepasst und seit dem Mittelalter neue Ausprägungen erhalten«, erklärte der Experte und sah zu Silena. »Das sollte nicht länger unausgesprochen bleiben, Großmeisterin. Die übrigen Drachentöterinnen und -töter müssen gewarnt werden. Wir haben erst gestern wieder einen verloren ...«

»Was?« Sie sprang auf. »Mister Withworth, wieso weiß ich nichts davon? Wer ist getötet worden?«

Der Mann wurde rot. »Das Versäumnis tut mir leid. Ich schätze, es war noch keine Zeit, Ihnen die traurige Nachricht zu überbringen, Großmeisterin. Goara ist in der Nacht, als der Fünfender Edinburgh angriff, in München im Officium erschlagen worden, wieder unter rätselhaften Umständen. Keiner hat einen Schrei vernommen oder etwas gesehen. Weder haben wir die Tatwaffe gefunden noch einen Verdächtigen.«

»Mitten im Officium!« Silena sank auf den Stuhl zurück. »Dann können nur die Drachenfreunde in Betracht kommen«, flüsterte sie abwesend, und ohne, dass sie es wollte, wanderte ihr Blick zu Zadornov.

Er schaute sie verwundert an. »Ist Ihr Blick der unausgesprochene Wunsch, meine Kräfte zur Findung des Mörders einzusetzen?«, vergewisserte er sich.

»Nein, nein«, wehrte sie überrumpelt ab und stellte fest, dass alles in ihr genau das Gegenteil verlangte. Auch so schon gab es viel zu wenig Greifbares. Ihr Blick huschte zu Arsènie, der Frau, die angeblich mit Geistern in Verbindung treten konnte. Mit Seelen … »Nein«, wiederholte sie, wie um sich selbst diese andere Möglichkeit auszureden.

Zadornov hatte die Augen nicht von ihr genommen. »Ich verstehe, Großmeisterin. Es darf nichts Übersinnliches zur Lösung der Mordserie und der Vorgänge eingesetzt werden. Jedenfalls nicht von Ihnen, sehe ich das korrekt?«, fragte er leise und schien ihre Gedanken lesen zu können.

Silena schwieg beunruhigt. Dieses verfluchte Blau wühlte in ihrem Verstand und drang in alle Bereiche vor.

»Wird diese Evolutionstheorie des Herrn Darwin nicht von der Kirche abgelehnt, Mister Withworth?«, warf Arsènie ein.

»Ich bin in erster Linie Wissenschaftler des Officiums, Madame«, gab Withworth zurück. »Es gibt unwiderlegbare Beweise für eine Fortentwicklung der Dracoformen im Mittelalter. Folglich ist es nicht von der Hand zu weisen, dass sich solche Sprünge jederzeit wiederholen können.« Er raffte seine Unterlagen zusammen, nahm sowohl den Megenberg als auch den Gessner an sich. »Ich darf mich zurückziehen? Das Officium in München muss von der Entwicklung unterrichtet werden.« Er eilte zur Tür.

»Richten Sie dem Erzbischof aus, dass ich ihn später anrufen werde, Mister Withworth«, trug ihm Silena auf, ehe er aus dem Raum verschwunden war und die Tür hinter sich zuzog. Sie erhob sich ebenfalls. »Ich muss noch einige Besorgungen machen«, entschuldigte sie sich bei den drei. »Wir sehen uns in zwei Stunden wieder hier. Sie sind natürlich auf Kosten des Officiums eingeladen. Es steht Ihnen frei, etwas in einem der umliegenden Restaurants zu essen, aber ich empfehle Ihnen, sich angesichts der Lage nicht zu weit zu entfernen.« Sie nickte ihnen zu und verließ den Raum.

Skelton schaute auf seine Uhr. »Dann werde ich mal die Gelegenheit nutzen, Hamsbrigde & Coopers von den Geschehnissen zu berichten.« Er stand auf. »Wir sehen uns, Herrschaften. Ich bin sehr gespannt, wie wir das Rätsel lösen.« Er verbeugte sich vor der Französin und dem Russen, dann ging er.

Arsènie sah Zadornov an. »Mein lieber Grigorij, was meinen Sie? Haben wir Hunger?«

»Und wie«, grinste er und stand auf, stülpte den Zylinder, der wie durch ein Wunder ebenfalls unversehrt geblieben war, auf den schwarzen Schopf und bot ihr den Arm an. »Ich schlage vor, Sie und ich ziehen uns in einer kleinen Kammer um, um den Londonern zu zeigen, was echter Chic ist.«

»Gemeinsam, mein lieber Grigorij?« Sie schlug andeutungsweise nach ihm. »Sie Lüstling.«

»Ich richte mich ganz nach Ihren Wünschen, Arsènie«, erwiderte er mit einem Lächeln. »Wir treffen uns vor der Tür, und ich zeige Ihnen einen hervorragenden kleinen Salon, nicht weit von hier, wo man ausgezeichnete Sandwiches bekommt.«

»Ziehen wir uns zunächst einmal um.« Sie hakte sich ein, gemeinsam verließen sie den Besprechungsraum.

21. Januar 1925, Hauptstadt London, Königreich Großbritannien

»Wir arbeiten zwar für den gleichen Mann, aber geben Sie ruhig zu, dass Sie im eigenen Interesse unterwegs sind.«

Grigorij sagte es hinreißend beiläufig und verständnisvoll, sodass Arsènie gar nicht anders konnte, als zu nicken. Zumal sie nach dem gemeinsamen »Umziehen« in einem kleinen Zimmer des Officiums mit ihren Gedanken noch nicht bei der Sache war. Alles, was man hinter vorgehaltener Hand über seine männliche Anatomie und die Liebeskünste berichtete, stimmte. Selten hatte sie sich derart über die Wahrheit gefreut.

Es war ein sehr gediegener Salon, in dem sie die Pause verbrachten, mehr ein Tea Room für die High Society, zu der sich der Fürst zählte. Man kannte ihn, und da er auch das Äußere eines Gentleman besaß, jedenfalls was die Kleidung anbelangte, und dazu noch Arsènie an seiner Seite hatte, gab es keinen Grund, ihm den Zutritt zu verweigern.

Um sie herum saßen Aristokraten, entweder durch Geblüt oder durch Geld, samt ihrer Frauen oder Geliebten und lauschten den

Klängen der drei Mann starken Band: Piano, Klarinette und Violine. Dargeboten wurden eher beschaulichere Töne, die zum Tee passten und niemanden durch aufdringliche, wilde Tonfolgen verschreckten.

Arsènie hatte ein Club-Sandwich und ein Kännchen Kaffee vor sich, während der Russe tatsächlich ein fast rohes Steak zerteilte und es genüsslich aß. Es passte sehr zu ihm. »Genau wie Sie, mein Lieber«, zwinkerte sie. »Ich habe mich die ganze Zeit schon darauf gefreut, endlich mit Ihnen allein zu sein.«

Er schluckte, sah nach rechts und links zu den voll besetzten Tischen. »Allein, Arsènie? Das waren wir vorhin in der Kammer.«

»Ohne unsere Großmeisterin und das Versicherungsmännlein«, präzisierte sie und schenkte ihm ein verführerisches Lächeln. »Stimmt es denn, dass Sie der Sohn von Zarin Alexandra und dem Mönch Rasputin sind?« Sie blickte ihm in die Augen. »Dieses betörende Blau und die Wirkung auf Frauen, die man Ihnen zu Recht nachsagt, sprechen jedenfalls für Rasputin.«

Er lächelte sie an. »Liebe Arsènie, fragen Sie doch die Seele des toten Rasputin. Bei Ihren Verbindungen und Ihrem Können ist die Suche doch ein Leichtes für Sie, oder?«

»Ich verstehe, dass Sie mir nicht antworten möchten. Ich nehme an, dass Sie unentwegt um Ihr Leben fürchten müssen. Das Ende Ihres Vaters war schrecklich, und die Feinde werden Sie ebenso fürchten wie ihn damals.«

Grigorij aß das nächste Stück Fleisch. »Auch Sie, liebe Arsènie, besitzen einen gewissen Ruf, was die Männerwelt angeht«, kehrte er den Spieß um. »Es heißt, dass sämtliche Männer Frankreichs danach lechzen, eine Seánce mit Ihnen erleben zu dürfen.« Er schaute über den Rand der grüngetönten Brille hinweg, der Blick war sehr anzüglich. »Was bekommt man bei Ihnen geboten, meine Liebe?«

»Mehr als in einer Kammer. Sie sollten es auch einmal versuchen. Danach können Sie es besser beurteilen.« Sie biss sehr vornehm vom Sandwich ab.

»Das Angebot würde ich gern annehmen. Lustigerweise hat noch kein Mann ernsthaft behauptet, mit Ihnen das Bett geteilt zu haben.« Er legte das Besteck an den Tellerrand und streckte die Rechte nach dem Rotweinglas aus. »Da stelle ich mir natürlich sofort die Frage:

warum?« Er nahm einen Schluck. »Ein Mann, der ein solches Vergnügen hätte, könnte wohl schwerlich den Mund halten.« Er schaute an ihr herab. »Nein, das würde er sicherlich nicht«, bekräftigte er und leerte seinen Wein.

»Sie haben eine merkwürdige Art, Komplimente zu verteilen, lieber Grigorij«, lachte Arsènie leise und hielt sich die Hand vor den Mund. »Bei Ihnen ist es genau umgekehrt, und ich habe nur Gutes von den Damen gehört, die mit Ihnen eine Nacht verbracht haben. Auch wenn es vorhin keine Nacht war, kann ich es nur bestätigen.«

»Meinen Dank. Wie Sie gespürt haben, waren weder die Aussagen über den Umfang meiner Mannhaftigkeit noch über meine Kunstfertigkeit übertrieben«, grinste er und war dabei trotz des schlüpfrigen Themas seltsamerweise nicht ordinär, sondern herausfordernd und anziehend. Er hatte seine Stimme gesenkt, Arsènie konzentrierte sich unwillkürlich mehr auf sie. »Es wäre mir eine Ehre, Ihnen einen erneuten Beweis erbringen zu dürfen. Dieses Mal stilvoller in meinem Separee, bei Kerzenschein, Wein, einer Wasserpfeife und viel, viel Wärme um uns herum.«

»Das glaube ich …«

»Ich würde Ihnen die Augen verbinden, Sie langsam entkleiden und Sie dabei doch nicht berühren, obwohl Sie sich nach meinen Fingern sehnten.« Arsènie konnte sich nicht mehr von dem anziehenden Blau abwenden. »Wenn der Wunsch so stark ist, werde ich Sie sanft in den Nacken küssen, nicht mehr als ein flüchtiges Streifen durch einen Schmetterling, aber die Lust schießt durch Sie hindurch, dass Sie stöhnen werden, Arsènie«, wisperte er. »Schließen Sie die Augen.«

Und sie *tat* es!

»Meine Finger legen sich auf Ihre Schultern, streichen die Arme hinab bis zu den Handgelenken, und meine Lippen küssen Ihren Hals, und ich spüre deutlich, wie Sie erschaudern, Arsènie. Ich trete von hinten an Sie heran, meine warme Haut auf der Ihren.«

Arsènies Kehle war ausgetrocknet, und ihr Herz schlug schneller. Sie war erregt; und sie fühlte wirklich, dass er sich an sie schmiegte!

»Jetzt liegen meine Hände auf Ihrem Bauch«, hörte sie seine verführerische Stimme, »und streichen vorsichtig nach oben, aber bevor ich die Brüste berühre, halte ich inne.«

»Wieso?«, wollte sie heiser wissen, sie spürte die Berührungen noch immer und wollte mehr.

»Weil mein Glas leer ist.«

»Was?« Ruckartig hob sie die Lider, und die Illusion verschwand. Sie saß im Salon, und vor ihr orderte ein grinsender Grigorij eine weitere Flasche Rotwein.

»Oh, haben Sie ein bisschen geträumt, liebe Arsènie?«, meinte er freundlich.

Sie lehnte sich zurück, legte eine Hand auf die Brust. Ihr Atem ging immer noch rasch. »Sie sind ein Verführer, der Frauen allein schon mit Worten um den Verstand bringt«, meinte sie lächelnd und spielte verlegen mit dem Anhänger. »Hypnose, Grigorij?«

»Die einen nennen es Mesmerismus, die anderen sagen Hypnose«, gestand er strahlend wie ein Schuljunge. »Ich würde sagen, ich verschaffe dem Verstand eine kleine Reise ins Land der Träume, wo alles möglich ist. Solange ich es befehle.« Er ließ sich das Weinetikett zeigen und stimmte der Auswahl zu. »Sie sind eine von vielen zufriedenen Kundinnen, Arsènie, auch wenn es erst der Anfang war. Meine spiritistischen Sitzungen dauern länger und gehen tiefer.« Er prostete ihr zu. »Geht es wieder, meine Liebe?«

»Sie sind ein ganz Schlimmer, Grigorij.« Ihr Herz hatte sich beruhigt, aber dennoch gönnte sie sich eine ihrer speziellen Zigaretten, um sich weiter zu entspannen. Vor ihm würde sie sich hüten müssen. Wem es derart leicht gelang, andere Menschen in seinen Bann zu schlagen und zu kontrollieren, der war gefährlich. »Erwarten Sie umgekehrt von mir eine Demonstration meiner Geisterkräfte?«

»Hier? Nein, liebe Arsènie. Das würde ich niemals verlangen. Zudem bekam ich sie in Edinburgh eindringlich vor Augen geführt. Ich wollte Ihnen nur zeigen, dass auch ich einiges zu tun vermag.« Er führte den letzten Bissen Steak in den Mund. »Wie genau funktionieren Ihre Kräfte?«

Sie zuckte mit den Achseln. »Es ist etwas Intuitives. Und es funktioniert ausschließlich über Konzentration, deshalb muss ich stets lachen, wenn ganz einfache Hirne mir Hexerei vorwerfen. Damit hat es beim besten Willen nichts zu tun.«

»Welche Rolle spielt der Weltenstein für Sie? Sie nannten ihn Katalysator?«

Wieder erhielt sie einen Blick aus den bezaubernden blauen Augen, denen man einfach nichts abschlagen konnte. »Ich hätte ihn gern als Verstärker für meine Anrufungen«, erklärte sie ihm wohlwollend. »Es gibt kleine Geister … sagen wir Menschenseelen, die ich ohne weiteres rufen kann, auch wenn es nicht immer auf Anhieb funktioniert.«

»Aber im Jenseits treiben sich noch andere Gestalten herum?«

»Das kann man so ausdrücken«, plauderte sie. »Mein sehnlichster Wunsch ist es, eine Drachenseele zu beschwören und sie in meine Gewalt zu bekommen. Ihr meinen Willen aufzuzwingen.«

»Hatten Sie nicht eine solche Begegnung bei Ihrer Séance?«

Arsènie nickte und nahm einen langen Zug. Das Haschischöl verdampfte und setzte seine entspannende Wirkung frei. »Das meinte ich. Drachenseelen wie auch das Unterbewusstsein von lebendigen Drachen sind zu mächtig, um sich von mir Befehle erteilen zu lassen. Fühlen sich die Drachen zu sehr gestört, kann es geschehen, dass sie den Anrufer einfach töten.«

»Aha, *jetzt* verstehe ich die Tode Ihrer Freunde.« Grigorij hielt ihre Augen mit den seinen gefangen. »Sie haben mit den Bruchstücken der Drachensteine in ihrem Besitz experimentiert.«

»Vermutlich war es so«, räumte sie ein.

»Ich habe noch nicht verstanden, was Sie von einer Drachenseele möchten.« Er lehnte sich nach vorn. »Können Sie mir das sagen?«

»Macht«, brachte Arsènie es auf den Punkt. »Ich kann mir Horte der Alten Drachen voller unermesslicher Reichtümer zeigen lassen, von denen nur Legenden künden. Ich werde solche alten, mächtigen Seelen an mich binden und zu meinen persönlichen Begleitern machen, die mir rund um die Uhr zur Verfügung stehen, mich beschützen und mir Dinge bringen. Der Ruhm bei den Menschen wird so groß sein, dass ich jedes Amt auf der Welt bekleiden könnte, das ich mir auserwähle. Ist das keine erstrebenswerte Vorstellung, Grigorij? Und das alles nur durch diesen Drachenstein. Er ist vermutlich der letzte intakte und der potenteste.« Ihre Stimme hatte sich verändert, klang nach Trance und einer Spur Größenwahn. »Ich muss ihn unbedingt besitzen, bevor ich so ende wie Gisborn und die anderen.«

»Ich verstehe, Arsènie.« Er stieß mit einem seiner Ringe gegen das

Glas, und der helle Ton brachte sie zum Zusammenschrecken. »Dann verfolgen wir nicht ganz die gleichen Ziele. Was mir erklärt, weswegen Sie nicht in der Vision um den Weltenstein vorkamen.«

Sie atmete tief ein und starrte ihn böse an. »Sie haben es schon wieder getan, mein Lieber. Reizen Sie mich nicht dazu, Ihnen eine Kostprobe meiner Kräfte vor aller Augen zu geben.«

»Vor den Toten fürchte ich mich nicht. Sie können den Lebenden nichts anhaben, das sagte mein Vater immer.«

Unvermittelt erhob sich das blutige Steakmesser vom Tisch, wirbelte um die eigene Achse und legte sich mit der Spitze voraus auf seine Brust.

»Die Toten, Grigorij, vielleicht nicht. Aber sie erfüllen die Wünsche der Lebenden, und die könnten Ihnen durchaus nach dem Leben trachten«, grollte Arsènie, deren Augen mit einem Schlag hellrot geworden waren; die Pupillen erinnerten ihn an die einer Blinden. »Sollten Sie noch einmal versuchen, Ihre unglaublichen Fähigkeiten bei mir zum Einsatz zu bringen, ist es das Letzte, was Sie getan haben«, fauchte sie. Allein durch eine Bewegung ihres Zeigefingers bohrte sich das Messer durch das Hemd und schmerzhaft in sein Fleisch. »Haben wir uns verstanden, *mein Lieber*?«

Grigorij war überrascht. »Sicher, Arsènie«, versicherte er und schaute absichtlich auf den Tisch, damit sie nicht den Eindruck bekam, er unternehme den nächsten Versuch. Als das Messer in seinen Schoß fiel, wagte er es, den Kopf zu heben und sie anzulächeln. »Aber Sie meinten mit unglaublichen Fähigkeiten nicht meine Liebeskunst?« Er legte es zurück auf den Tisch.

Arsènies Augen färbten sich wieder in das unbestimmbare helle Rotbraun. Der Kontakt ins Jenseits existierte nicht mehr, aber den Beweis für ihre Verbindung hatte sie unwiderruflich gebracht. »Wissen Sie, lieber Fürst, es gibt auf dieser Welt genau zwei Frauen, die niemals mehr mit Ihnen in einem Bett landen werden«, eröffnete sie mit einem verführerischen Lächeln und richtete sich kerzengerade auf, damit ihre perfekte Figur betont wurde. »Die eine bin ich.« Sie winkte den Kellner zu sich und bestellte ein Zimtparfait mit heißen Pflaumen in Madeirasoße.

»So, was Sie nicht sagen? Hatten Sie es mir vorhin nicht angeboten?«

»Das war vor Ihrem Betrug an mir und dem unschicklichen Verhör.«

»Sie sind nachtragend.«

Sie nahm einen Zug, legte den Kopf in den Nacken und blies den Rauch senkrecht in die Luft. »Durchaus.«

»Und wer ist die andere Unglückliche?«

»Die Großmeisterin.« Sie drehte sich zu ihm und beugte sich nach vorne. »Das Lustige daran ist, Grigorij, dass Sie sich wünschen, uns beide zu haben. Das erkenne ich recht einfach, ohne Sie hypnotisieren zu müssen. Vermutlich ist es das Erbe Ihres Vaters. Aber nach Ihrer kleinen Spionage bei mir werde ich Ihnen den Wunsch auf eine lange Nacht mit mir auf absehbare Zeit nicht erfüllen. Und was Sie vorhin bekommen haben, war lediglich der Hauch einer Kostprobe. Strafe muss sein.« Der Kellner trat an den Tisch und brachte das Dessert, über das sie sich gleich hermachte. »Köstlich«, lobte sie und schloss die Augen.

»Sie sind sich sicher, dass die Großmeisterin mir widersteht?« Grigorij fühlte sich in seiner Ehre verletzt.

Arsènie lutschte das Parfait verführerisch vom Löffel, ließ ihn über die Unterlippe gleiten. »Ja, das glaube ich. So sehr, dass ich bereit bin, eine Wette einzugehen, Grigorij. Was halten Sie davon?«

Er schnaubte und trank sein Glas leer, schenkte sich nach, noch bevor der Kellner herbeigeeilt war, um diese Aufgabe zu übernehmen. »Sie sind kindisch, Arsènie.«

»Ich höre Angst. Ist es eine Herausforderung, der Sie nicht gewachsen sind?«, spöttelte sie.

»Ihr Einsatz, liebe Arsènie?«

Sie deutete an sich herab. »Das bin ich, Grigorij. Wenn Sie das Herz der Großmeisterin erobern, oder wenigstens eine Nacht mit ihr verbringen, empfange ich Sie. Wo immer Sie möchten. Solange Sie möchten und wie Sie möchten. Oder Sie werden ein Leben lang von meinem Körper träumen, wie Sie mich eben von Ihnen träumen ließen. Ich schwöre Ihnen, dass Ihre Träume dem Original nicht annähernd entsprechen werden.« Sie stocherte im Parfait. »Wie steht's, Grigorij? Verfügen Sie über genügend Sportsgeist? Und wenn Sie gewinnen, bekommen Sie eine doppelte Belohnung.«

»Aber wenn ich verliere, Arsènie?«

»Werden Sie mir zehn Gefallen tun müssen.«

»Also zehn Gefallen gegen zehn Nächte mit Ihnen?«, verlangte er sofort.

Da wusste sie, dass Grigorij auf den Köder angesprungen war. Er mochte sich noch so sehr wie ein Mann kleiden und sich geben, aber er war nicht mehr als ein Junge, den man zu Taten überreden konnte. Und ein Schürzenjäger noch dazu. »Das klingt fair«, willigte sie ein und hielt ihm die Hand hin. »Die Wette gilt?«

»Die Wette gilt.« Er schlug grinsend ein, und sie schüttelten die Hände dreimal.

»Oh, ich sehe schon«, meinte sie neckisch. »Sie freuen sich darauf, die heilige Burg zu stürmen. Aber die Großmeisterin wird nicht leicht zu überzeugen sein.«

»Überlassen Sie das ruhig mir und meinen blauen Augen, Arsènie«, wehrte er lächelnd ab und leerte sein Glas. Obwohl er mehr als eine Flasche und zwei Gläser Alkohol intus hatte, wirkte er kein bisschen betrunken; lediglich das Funkeln in den Pupillen verriet, dass er sich nicht vollkommen der berauschenden Wirkung entziehen konnte. Wahrscheinlich war er auch deswegen so schnell auf den Vorschlag mit der Wette eingegangen.

Arsènie war es egal. Sie hatte ihren Willen bekommen und widmete sich wieder dem Parfait. »Sagen Sie, Grigorij, geht es Ihnen wirklich einzig um die Rettung der Welt?«

Er blieb ernst, als er ihr antwortete: »Wenn Sie gesehen hätten, was ich sah, würden Sie das Gleiche tun. Es war zu bedrohlich, zu erschreckend.« Er schluckte, die Bilder seiner Vision erstanden wieder auf und schimmerten vor seinen Augen, überlagerten die vor ihm sitzende Arsènie, den Salon, die Menschen an den Tischen und die Musikanten. »Der Weltenstein darf nicht in die falschen Hände gelangen.«

Sie hob die Finger, die in weißen Handschuhen steckten. »Sehen diese Hände für Sie aus wie die falschen, Grigorij?«, neckte sie ihn. »Denken Sie, dass ich Ihre Feindin bin?«

»Nein. Sonst hätte ich längst etwas gegen Sie unternommen, liebe Arsènie«, antwortete er ehrlich und ließ die Frau spüren, wie viel Ernsthaftigkeit in seinen Worten steckte. »Wie ich bereits sagte: Sie kamen in den Bildern nicht vor. So leid es mir tut: Sie spielen im Wettstreit um den Drachenstein keine Rolle.«

Arsènie gab sich entrüstet. »Monsieur! Sie verurteilen mich zur Bedeutungslosigkeit! Das kann ich nicht hinnehmen.« Beleidigt kratzte sie die Reste des Parfaits zusammen. »Wollen Sie nicht vielleicht einen zweiten Blick in die Zukunft werfen?«

»Nein. Nicht in diese Zukunft«, sprach er leise. »Ich vermag Ihnen nur einen Ratschlag zu geben: Sie sollten sich Gedanken machen, warum Sie nicht erscheinen.« Er schenkte sich erneut ein und trank den letzten Rest direkt aus der Flasche, die er dann mit dem Hals voraus in den Sektkühler des Nachbartisches rammte; auf die Proteste achtete er nicht.

»Keine Ahnung … Ich wurde aufgehalten? Oder ich bin …« Sie sah in Grigorijs Augen und erschrak. »… tot?«

Er erwiderte nichts.

XII.

»Die Linie Barlaam
Ausgehend von Barlaam, der beim Anblick eines Drachen die Ruhe bewahrte und Honig genoss, setzen die Nachfahren ebenso auf Fallen. Zur Anwendung kommt ein Köder mit stark klebenden Substanzen, die den Drachen die Kiefer, die Zunge und den Schlund versiegeln und sie elend verhungern und verdursten lassen. Allerdings besteht dabei die Gefahr, dass sie in Raserei verfallen und vor ihrem Tod Verwüstung anrichten.«

aus der Serie »Drachentöterinnen und Drachentöter
im Verlauf der Jahrhunderte«
Im »Münchner Tagesherold«, Königlich-Bayerisches Hofblatt
vom 1. Juli 1924

21. Januar 1925, Hauptstadt London, Königreich Großbritannien
Silena hatte Schwierigkeiten, sich auf die telefonische Unterredung mit dem Erzbischof zu konzentrieren. Ihr gingen zu viele Gedanken durch den Kopf, von Eris bis zum Tod von Goara. »Ich glaube, die Verbindung nach München ist schlecht, Exzellenz. Ich habe Sie nicht richtig vernommen«, unterbrach sie den missionarischen Redeschwall. »Ich werde Sie später noch einmal …«

»Großmeisterin, Sie werden nicht die Unverfrorenheit besitzen und jetzt auflegen!«, wetterte Kattla, und sie sah ihn in seinem Büro in München aus dem Sessel springen. »Edinburgh ist nichts mehr als ein rauchendes Trümmerfeld, und um ein Haar wären Sie in den Flammen des Fünfenders umgekommen.« Er schnaufte mehrmals, bevor er weitersprach. »Sie unterbrechen Ihre Mission augenblicklich. Es sind weitere Drachentöter auf dem Weg nach Großbritannien, sie werden sich um den Teufel kümmern. Ich brauche Sie in München.«

»Um was zu tun, Exzellenz?«

»Eine Sonderaufgabe.«

»Die wäre, Exzellenz?« Das Schweigen am anderen Ende bestätigte ihre Vermutung. »Bei allem Respekt, aber Sie wollen mich hinter Mauern sperren, mir Männer vorstellen und mich in weniger als einem Jahr schwanger sehen, ist es das, Exzellenz?« Sie hängte auf und trat gegen den massiven Schreibtisch, dass der Mann dahinter zusammenfuhr. Sie hatte sich seinen Namen nicht merken können, er war ein austauschbarer Sekretär. »Was gibt es Neues von der Cadmos?«, blaffte sie ihn an.

»Nichts, Großmeisterin«, stammelte er und schaute noch immer auf das Telefon. »Sie haben Exzellenz …?« Er konnte die Anmaßung nicht aussprechen. »Einfach so?«

»Sind die Berichte über den Mord im Münchner Officium schon da?« Sie hielt ihm die geöffnete Rechte hin und bekam zwei Seiten Papier in die Hand gedrückt. »Danke. Und jetzt verlassen Sie bitte den Raum.«

Der Sekretär hustete in die hohle Hand. »Ich weiß nicht, ob ich das …«

»Raus! Bitte!« Silena machte zwei Schritte bis zur Tür und öffnete sie. Als der Mann gegangen und sie allein war, ließ sie sich die Verbindung zu Eris' Sekretärin geben. »Ich suche Mister Mandrake. Hier ist Großmeisterin Silena.«

»Ich höre, Großmeisterin«, sagte die Frau und klang nervös. »Es tut mir leid, aber seit dem Einsatz in Edinburgh hat er sich nicht mehr gemeldet.«

»Nennen Sie mir Ihre Adresse, ich komme vorbei«, verlangte sie.

»Das geht nicht. Niemand darf uns besuchen, Großmeisterin. Sie müssen verstehen, dass die verschiedenen SIS-Abteilungen geheim bleiben sollen. Rufen Sie morgen wieder bei mir an, vielleicht kann ich Ihnen dann etwas Neues sagen. Guten Tag.« Die Leitung wurde unterbrochen, bevor die Drachentöterin nach dem Zusammenhang zwischen Eris und Leída Havock fragen konnte. Als sie es erneut versuchte, wurde die Gesprächsteilnehmerin nicht erreicht.

»Himmel und Hölle!«, fluchte sie und trat mehrmals gegen den Tisch, dann setzte sie sich darauf und versuchte, ihre Wut in den Griff zu bekommen, die aus absoluter Hilflosigkeit entsprang.

Eris war verschollen, der schwarze Fünfender wie vom Erdboden verschluckt, die Drachenjägereinheit *Havock's Hundred* war ausradiert, und ein weiterer Drachentöter war umgebracht worden – im heiligsten aller Officien und vor aller Augen, ohne dass man den Mörder gesehen hatte. Ganz zu schweigen von ihren ermordeten Brüdern. Kein einziger verdammter Anhaltspunkt.

Silena zog das linke Bein in die Höhe und legte den Kopf auf das Knie. So verharrte sie. Sekunden, Minuten, eine halbe Stunde. Zwei, drei kleine Tränen rannen über ihre Wangen. In ganz wenigen Augenblicken ließ sich das Weibliche nicht von der Uniform trennen, und in denen war sie lieber alleine. Schwäche durfte sie sich nicht vor Männern erlauben, das war ihr von ihren Eltern beigebracht worden. Vor allem ihr Vater hatte Wert darauf gelegt. Nicht, weil er sie hatte strafen wollen. Weil er ihren Status und den aller Großmeisterinnen hatte bewahren wollen.

Großmeisterinnen bedeuteten eine Ausnahme in der militärischen Welt, sie waren Offiziere und Kämpfer, wo Frauen in anderen Armeen höchstens Dienst im Lazarett verrichteten. Daher wurden sie mit besonderer Aufmerksamkeit betrachtet, und immer wieder gab es Stimmen, welche die Frauen aus dem aktiven Dienst an der Front verbannen wollten. Wegen zu viel Weichheit.

Diese Blöße würde Silena sich nicht geben.

Gedankenverloren nahm sie die Münze hervor und ließ sie über die Knöchel der anderen Hand wandern. Sie betrachtete den Lauf der Münze, er verschaffte ihr innere Ruhe. Plötzlich rutschte das Geldstück weg, schlug klingend mehrmals auf den Boden und rollte gegen die Wand. Das war ihr schon lange nicht mehr passiert.

»Zadornov muss beweisen, was an der Hellseherei dran ist«, murmelte sie. Wenn die Logik nicht mehr half, war sie bereit, ungewöhnliche Wege zu beschreiten, vorausgesetzt das Böse selbst hatte nichts damit zu tun.

Sie stellte die Füße auf den Boden und wollte eben aufstehen, als es klopfte und der Sekretär eintrat. »Großmeisterin, ein Wunder!«, rief er aufgeregt. »Sie haben einen Überlebenden gefunden.«

»Helfen Sie mir. Ich verstehe nicht, wovon Sie sprechen«, bat sie.

»Der Überfall, bei dem ein toter Drache und die ermordeten Menschen gefunden wurden, in East End«, sagte er. »Es ist noch einer von Scottings' Begleitern aufgetaucht. Er hat sich nach dem Überfall mit schweren Verletzungen in eine Seitengasse schleppen können. Die

Bobbies haben ihn ins Hospital gebracht.« Er reichte ihr einen Zettel. »Das ist die Adresse, soll ich Ihnen von Inspektor Lestrade ausrichten lassen.«

Silena griff erleichtert danach. Jetzt würde sie Zadornovs Visionen vielleicht doch nicht benötigen. »Danke sehr. Und entschuldigen Sie, dass ich vorhin unfreundlich gewesen bin.«

Der Sekretär deutete eine Verbeugung an. »Ein Wagen ist für Sie und Ihre Begleiter vorgefahren, Großmeisterin. Ich nahm an, dass Sie schnell ins Hospital wollen, da es schlecht um den Patienten steht, wie mir gesagt wurde.«

Sie nickte und klopfte ihm auf die Schulter. »Danke nochmals.« Silena hob die Münze auf, verließ das kleine Büro und eilte in den Raum zurück, wo sich Skelton, Arsènie und Grigorij eingefunden hatten. Es fiel ihr sofort auf, dass der Russe sie anlächelte. Ein Erobererlächeln, wie sie es bei Eris gesehen hatte. Männer waren sich in einigen Punkten anscheinend doch alle gleich. »Wir haben eine Spur. Es gibt einen Zeugen, der uns mehr zum Überfall auf den Drachen und Scottings sagen kann.«

»Endlich ein Ansatz«, sagte Skelton voller Tatendrang. Forsch sprang er auf und stürmte auf den Eingang zu. »Sonst noch was? Über den Drachen, den … Fünfender?« Er schaute sie fragend an, um sich zu versichern, ob er sich den richtigen Ausdruck gemerkt hatte.

»Nein, leider, Mister Skelton.« Silena schritt voraus, Skelton blieb auf ihrer Höhe. Es war ihm anzumerken, dass er über die Nachricht erfreut war. Grigorij und Arsènie folgten ihnen mit einigen Schritten Abstand. »Unterstützung ist auf dem Weg. Das Officium sandte mehrere Drachentöter, die sich um ihn kümmern sollen.«

Sie verließen das Gebäude. Silena stieg vorn in den Wagen und überließ den drei Begleitern den Fond. Der Ford setzte sich in Bewegung und brauste durch die Straßen Londons. Um diese nächtliche Zeit herrschte weniger Betrieb auf den Straßen, vor allem die Gespanne und Droschken fehlten, und so gelangten sie sehr zügig vor die Pforte des Hospitals.

Es war ein altehrwürdiges Gebäude, das Tausende von Kranken gesehen hatte. Die Fassade entsprach einer Mischung aus Herrenhaus und Adelssitz; Bauhausstil und Mittelalterliches verbanden sich zu einer Düsternis, die von den Wasserspeiern auf den spitzen Dächern gekrönt wurde. Silena überlief bei dem Anblick ein Frösteln. Läge sie krank in diesem Gebäude, würde sie sicherlich nicht genesen.

Im Innern herrschte der Geruch von Putzmitteln, altem Holzboden und Medikamenten. Ab und zu hallten leise Rufe der Pfleger oder Patienten durch die hohen Gänge.

»Es ist unheimlicher als das Jenseits«, hörte Silena Arsènie leise zu Zadornov sagen. Auch wenn sie nicht wusste, wie es im Jenseits aussah, pflichtete sie ihr im Stillen bei.

Sie eilten durch die Halle die Gänge entlang und wurden von einer Nachtschwester in der grauen Uniform der Pflegerinnen empfangen, die sie führte.

Bald darauf standen sie in einem Saal mit vierzig Betten, die durch dünne Vorhänge voneinander abgetrennt waren; schemenhaft erkannten sie Menschen dahinter.

In den herrschenden Geruch aus Seife, Holz und Medizin mischte sich der widerliche Gestank von schwärenden Wunden und sterbendem Fleisch. Ab und zu hustete jemand tief, danach wurde ausgespuckt.

Am Lager von Nicolas Hodge saß ein Bobby und hielt Wache. Er stand auf und salutierte, als sich die Gruppe näherte. »Keine besonderen Vorkommnisse, Großmeisterin.«

Silena schaute auf ein zerkratztes Gesicht des Patienten. Die entzündeten Wunden machten es unmöglich, das exakte Alter des Mannes zu schätzen; es musste irgendwo zwischen zwanzig und vierzig liegen. In den braunen Haaren hingen verkrustetes Blut und feuchter Eiter, auch sein Kissen wies rote Spritzer und gelbliche Flecken auf. Sie beugte sich über ihn. »Sir?«

»Vergebliche Mühe, Großmeisterin.« Der Bobby nahm eine bequemere Haltung ein. »Er liegt im Scheintod oder so ähnlich. Die Ärzte haben ihn untersucht, aber nichts gefunden. Die Verletzungen wird er mit etwas Glück überstehen, sagten sie bei der letzten Visite, aber über seinen Verstand wollten sie nichts sagen.« Er räusperte sich. »Wäre sein Verstand ein Pferd, würde ich keine Wetten darauf abschließen, Großmeisterin.«

»Danke für Ihre Einschätzung, Constable.« Silena schaute zur

Schwester, die zustimmend nickte. »Er ist durch nichts aufzuwecken?«

»Nein, Großmeisterin«, bestätigte sie. »Es gibt gelegentlich solche Fälle.«

Skelton seufzte und nahm sich einen Stuhl, legte das Köfferchen über die Knie. »Zum Verzweifeln«, meinte er resignierend. »Unsere Spur ist ins Leere gelaufen. So nützt er uns ebenso viel wie ein Toter.«

Arsènie trat an Silena heran. »Ein Toter würde uns mehr nützen, Großmeisterin«, stellte sie wispernd richtig. »Denn Seelen kann man befragen.«

»Was?« Silena riss die Augen auf und starrte die Französin an.

»Schickt den Bobby und die Pflegerin weg, und ich besorge uns alle Informationen, die Mister Hodge in sich trägt. Nachdem er an seinen Leiden verstorben ist.«

Silena wich einen Schritt vor ihr zurück. »Was sind Sie für ein Mensch, Madame Sàtra?«, brach es fassungslos aus ihr hervor.

»Wollen Sie eine Spur haben oder warten, bis der schwarze Drache erneut auftaucht?«, fragte sie kalt, nahm die Spitze aus ihrer Handtasche und setzte eine Zigarette darauf. »Er hat bewiesen, dass er sich nicht leicht aufhalten lässt. Wir, Grigorij und ich, haben von einer bedauernswerten Einheit gehört, die von ihm geröstet wurde. Dieses Biest ist schlau, und es hat etwas mit dem Weltenstein zu tun.« Sie steckte sich die Zigarette an.

»Madame!«, rief die Pflegerin empört und kam auf sie zu. »Ich muss Sie bitten, auf der Stelle damit aufzuhören! Nehmen Sie Rücksicht auf die Kranken ...«

»Aber sie verpesten die Luft, die ich atme. Ich zahle es ihnen nur heim«, lächelte sie die Frau herablassend an und hüllte sie in eine blaue Wolke.

Hustend wich die Pflegerin zurück. »Constable!«, röchelte sie. »Zwingen Sie diese Person dazu, die Zigarette zu löschen!«

Grigorij erschien neben Arsènie, auch der Bobby verließ seinen Platz, um schlichtend einzugreifen, und versperrte Silena damit die Sicht auf Hodge.

»Er ist tot!«, hörten sie Skeltons aufgeregte Stimme im Durcheinander, und sie wandten sich zu dem Bett. Der Detektiv hatte eine

Hand an der Halsschlagader des Patienten und prüfte den Puls. »Nichts mehr.« Bleich schaute er zu der Gruppe.

»Lassen Sie mich durch.« Die Pflegerin nahm einen kleinen Spiegel aus der Tasche und hielt ihn unter Hodges Nasenlöcher. Nach einer Minute beschlugen sie noch immer nicht. »Er ist wirklich tot.« Sie warf Arsènie einen bösen Blick zu. »Die Aufregung im Raum wird ihn das Leben gekostet haben.«

Die Französin lächelte sie an. »Geben Sie nicht mir die Schuld. Sie haben am lautesten von uns allen gezetert.« Die Zigarettenspitze deutete auf den Toten. »Sein Ableben ist Ihr Verdienst.« Sie klemmte das Mundstück zwischen die Zähne und schlüpfte aus ihrem Mantel, den der Bobby geschickt auffing. Dann bedeutete sie Skelton, den Platz freizugeben. »Ich bin an der Reihe.«

»Ich hole den Doktor!«, versprach die Pflegerin und eilte davon. »Er wird wissen wollen, was hier vor sich gegangen ist, und sich die Leiche ansehen.«

Silena musterte den fahrigen Detektiv. Sollte er es über sich gebracht haben, die Gunst der Stunde zu nutzen und Hodge zu töten? Dann hätte sie sich gehörig in dem Mann getäuscht.

Arsènie setzte sich hin, hielt beide Hände ausgestreckt über den Kopf und den Solarplexus, schloss die Augen. »Ihr Verstorbenen, ich bitte euch: Sendet mir den eben erst zu euch gestoßenen Nicolas Hodge, damit ich ihn in einer wichtigen Angelegenheit befragen kann«, sprach sie übertrieben betont. »Schickt mir seine Seele, wo auch immer sie sich befindet oder hin möchte, ob Himmel oder Hölle. Ich verlange von euch, dass er erscheint!«

Die Lichter im Raum verloschen, die Hälfte der Birnen brannte durch, zwei platzten sogar und ließen Scherben klingelnd auf den Boden regnen; dann materialisierte ein fußballgroßer, grauer Fleck über dem Kopf des Toten, in dem Silena die verzerrten Züge eines Gesichts erkennen konnte. Es glich dem des Leichnams.

»Mörder!«, schrie die Erscheinung, und die Glasgefäße rund um das Bett zersprangen, sogar Grigorijs Brille. Fluchend warf er die leere Fassung zu Boden, ein Splitter hatte ihn oberhalb der Augenbraue verletzt.

»Nicolas Hodge, mäßige dich, wütende Seele«, sagte Arsènie und klang sehr gebieterisch. »Du bist ein Verbrecher, ein Lump und hast die Strafe empfangen, die Gott für dich vorgesehen hat. Nun bereue und hilf uns, damit deine unsterbliche Seele Gnade vor dem Herrn und am Tag des Jüngsten Gerichts erfahren wird.«

»Ich scheiß drauf!«, heulte der graue Fleck und schwebte der Decke entgegen.

»Du wirst bleiben, Nicolas Hodge!« Aus Arsènies Handflächen zogen sich weiße Energiebahnen, die wie dicke Schnüre aussahen und blitzschnell in die Höhe schnellten, wo sie in den grauen Fleck eindrangen und ihn regelrecht einfingen. »Ich besitze dich, und es wird mir ein Leichtes sein, dich in den tiefsten Hades zu stoßen, wenn du mir nicht die Fragen beantwortest, die ich an dich habe.«

Der graue Fleck schwebte über den Leichnam zurück. »Was wollen Sie wissen?«, stöhnte er.

»Was hat sich auf dem Platz zugetragen, als Scottings den Weltenstein verkaufen wollte?« Arsènie wunderte sich, wie leicht es ging. Andererseits hatte die Seele noch keine Gelegenheit gehabt, viel vom Jenseits zu erkunden und mehr über ihre eigenen Kräfte im Diesseits herauszufinden.

Unvermittelt rann ihr ein Schauder über den Körper. Es war wieder da, dieses Gefühl, nicht allein zwischen den beiden Welten zu sein. Sie kannte die Aura, die sich heranpirschte, schwarz und gewaltig, abgrundtief böse. Wieder wurde sie so belauert wie damals im *Adlon*.

»Wir waren pünktlich da, um den Stein zu übergeben. Dann stand plötzlich dieses Monstrum vor uns, dieses Drachenvieh, und warnte uns davor, flüchten zu wollen. Es ließ sich den Weltenstein zeigen, den Scottings aus dem Rucksack nahm, und daraufhin kam ein Mann durch den Nebel, dem Scottings den Weltenstein reichen musste.«

»Beschreibe ihn«, befahl Arsènie.

»Kann ich nicht. Er trug einen Kutschermantel mit einem Schal vor dem Gesicht und einen Hut«, sprach die Seele. »Kaum hatte er ihn in seinen Rucksack gesteckt, wurden wir heimtückisch überfallen. Von allen Seiten sprangen Männer mit langen Lanzen und Schilden herbei und stürzten sich sofort auf den Drachen. Ein paar kümmerten sich auch um Scottings und meine Jungs. Ich bekam einen Schlag gegen den Kopf, es wurde mehrmals auf mich eingestochen, und …«

»Wohin floh der Mann mit dem Weltenstein?«, fiel sie ihm hart in die Erzählung. »Wenn er nicht für den Drachen gearbeitet hat, für wen dann?«

»Ich weiß es nicht!«, schrie die Seele und leuchtete auf. »Hier ist doch was!«, wimmerte sie ängstlich. »Ich … ein Raubtier?«

»Was meint er?«, wunderte sich Grigorij und schaute sich im dunklen Zimmer um. »Ich erkenne nichts.«

Silenas Nackenhaare stellten sich auf, und als sie auf den Lanzensplitter blickte, leuchtete er intensiv, und zwar so hell, dass es nicht allein von Skeltons Drachenbein herrühren konnte. Ein Teufel befand sich in ihrer unmittelbaren Nähe. »Seien Sie wachsam, Fürst«, raunte sie.

»Denke nach, Nicolas Hodge, oder du wirst erfahren, was Fegefeuer wirklich bedeutet. Denn ich weiß, wie ich dich dorthin senden kann«, grollte Arsènie sehr überzeugend.

»Ich … da! Da war es!«, heulte die Seele auf und zappelte an den Fäden aus Ektoplasma. »Ich will verschwinden! Lassen Sie mich gehen!«

Arsènie spürte, dass sie umkreist wurde. In der Finsternis lauerte kein anderer als der Drache, dieser Fünfender. »Nicolas Hodge, beantworte meine Fragen! Vorher wirst du von mir nicht entlassen.«

»Aber … er ist da!«

Ungläubig verfolgten der Bobby und die übrigen drei, wie dunkle Gespinste aus dem Oberkörper der Französin gleich elektrischen Ladungen schlugen und daraus eine schützende Halbkugel um sie alle formten. Es war unmöglich, nach draußen zu schauen. Ihre Welt bestand aus der Sphäre, abgeschnitten vom Rest Londons.

»Du bist sicher, Nicolas Hodge«, beschwichtigte sie ihn. »Siehst du den Käfig, den ich errichtet habe?«

Es dauerte, bis sie eine Antwort erhielt. »Er wird ihm nicht standhalten, sagen die anderen«, flüsterte die Seele ängstlich und schrumpfte zusammen.

»Rede endlich!«, befahl sie ihm. »Wohin ist der Mann mit dem Weltenstein gegangen?«

Ein dumpfes Krachen ertönte, als habe sich etwas Gewaltiges gegen das filigran aussehende Gitter geworfen.

Nicht nur Arsènie, auch alle anderen vernahmen es.

Grigorij zog seine Pistole, Silena ihr Schwert, und der Bobby hob den Knüppel. Jeder schaute sich um, ohne etwas entdecken zu können. Das Schutzgitter aus Ektoplasma ließ es nicht zu.

Die Patienten erwachten in ihren Betten, einige riefen sofort nach der Schwester. Da erklang der erste Schrei, gefolgt von einem lauten, widerlichen Knirschen und Reißen; Flüssigkeit plätscherte zu Boden. Im nächsten Augenblick brandete ein Chor des Entsetzens auf, und zwischendrin ertönten unentwegte Schnappgeräusche.

Unwillkürlich rückten Silena und die anderen, die sich bei ihr befanden, näher an das Bett, das Zentrum ihrer sicheren Zuflucht vor dem Monstrum, das seine Wut an den Wehrlosesten ausließ.

»Goldenes Dach!«, rief die Seele. »Ich habe etwas vom Goldenen Dach gehört. Und einer Herrengasse. Und einem riesigen Keller in einem großen Gebäude.«

Wieder erbebte der Schutzkäfig unter der Wucht eines Einschlags, und ein lautes Brüllen erklang. Die Patienten kreischten; den schwachen Stimmen nach konnten es nicht mehr viele sein.

»In welcher Stadt?« Arsènie schwitzte, während heiße und kalte Wellen durch sie rollten. Sie hatte sich in ihrer Karriere als Medium in vielen gefährlichen Situationen befunden, bei denen Geister ausgebrochen waren und Unheil angerichtet hatten, ähnlich wie im *Adlon*. Aber dass etwas von außen mit solcher Gewalt tobte, dass sie Angst um ihr eigenes Leben bekam, war noch niemals geschehen.

Mit dem nächsten Angriff entstand ein langer, handbreiter Riss, durch den gelbliches Licht schimmerte. Silena benötigte einige Zeit, um zu verstehen, dass es ein Auge war, das zu ihnen ins Innere schaute wie ein Kind in eine Schneekugel. »Was geht da draußen vor sich?« Sie hob das Schwert und trat auf den Riss zu.

»In welcher verdammten Stadt?«, donnerte Arsènie die Seele an.

»Ich weiß es ni…«

Es krachte, und die Gespinste verbogen sich wie ein dünner Zaun, ehe sie rissen und sich fünf schwarze Schädel mit hässlichen gelben Augen durch das Loch schoben und um sich schnappten. Sie waren nicht real, mehr ein Schatten denn alles andere. Doch als sich die Zähne in den Bobby schlugen, wurde sein Leib zerteilt und fiel in zwei Hälften auf den Kachelboden.

Einer der Köpfe bekam die schimmernde Seele von Nicolas

Hodge zu fassen. Sie wand sich und verformte sich zwischen den Zähnen, brüllte wie ein Tier, zwischendurch schrie er nach Arsènie. Der Drache zerrte die Seele aus der zerstörten Halbkugel heraus, und sie verstummte mit einem letzten gellenden Aufheulen.

Silena wich einem Kopf aus und stach mit dem Schwert danach. Es war, als träfe sie Luft. Wirkungslos fuhr das Drachenbein durch die Schnauze. Geistesgegenwärtig warf sie sich zur Seite und entging den Kiefern um Haaresbreite. »Sàtra! Tun Sie etwas!«, rief sie.

Grigorij feuerte seine Pistole nach der Erscheinung, aber die Kugeln brachten ebenso wenig etwas wie die Schneide der Drachentöterin. Er rettete sich mit einem beherzten Sprung vor den Zähnen und rutschte neben Silena. »Was ist das? Ein Geisterdrache?«

»Keine Ahnung«, knurrte sie zurück. Das hatte ihr noch gefehlt: ein Fünfender, den man mit ihren Waffen nicht bezwingen konnte.

Arsènie dachte unwillkürlich an Grigorijs Andeutung, die er beim Essen gemacht hatte. *Der Tod!* Sie spürte das Verderben nach ihr greifen – und mobilisierte all ihre Konzentration, um dem Drachen eine Wolke aus Ektoplasma-Lanzen entgegenzuschleudern. Sie hob die Hände und formte die Energie zu Geschossen.

Weiße Strahlen trafen die Köpfe nacheinander, durchbohrten sie und ließen die Häupter schwarz bluten; die gelben Augen verloren an Leuchtkraft. Aufbrüllend verging die Erscheinung und wandelte sich zu wabernden, weißen Schlieren, die wie Qualm in der Luft hingen.

»Ich ...« Arsènie sackte erschöpft auf dem Stuhl zusammen, und Grigorij war gerade noch rechzeitig zur Stelle, um sie vor dem Sturz auf den Boden zu bewahren.

Im gleichen Moment verschwanden die Reste der Barriere um sie herum und gaben den Blick auf das Krankenzimmer frei.

Die dünnen Vorhänge hingen in Fetzen herab und hatten dunkle Flecken erhalten; der Boden hatte sich in einen Bluttümpel verwandelt, aus dem Leichen und abgetrennte Gliedmaßen wie abgestorbene Pflanzenreste herausragten. Der metallische Geruch von Blut hing intensiv in der Luft, die umgeworfenen Betten, die Wände hatten sich rot gefärbt, die Spritzer reichten sogar bis an die Decke.

Silena senkte das Schwert. Sie tat einen Schritt zurück, fiel über den Kadaver des Bobbies und stürzte rücklings in dessen Blut.

»Ist … ist er weg?«, hörte sie die Frage neben ihrem Ohr, wandte sich um und sah den aschfahlen Skelton unter dem Bett von Nicolas Hodges Leiche kauern.

22. Januar 1925, Calais, Königreich Frankreich

Die Theben schwebte majestätisch über die Kanalküste hinweg.

Silena erkannte die glitzernden Wellen, die einen knappen Kilometer unter ihnen wogten. Es war ein schöner Tag, mit Sonne und klarem Himmel bis zum Horizont. Das Wetter und ihre Stimmung standen im Widerspruch zueinander.

Hauptmann Litzow gab dem Steuermann neue Anweisung. Gehorsam reagierte das Luftschiff auf die Lenkbewegungen, und die Motoren dröhnten unter Volllast lauter als sonst. »Verfluchter Gegenwind«, meinte er. »Gehen Sie auf dreitausend Meter, Gefreiter«, befahl er und sah auf den Windmesser. »Da sollten die Strömungsverhältnisse besser sein. Ich möchte so schnell wie möglich in München sein.« Er schaute zum Techniker. »Behalten Sie den Druck der Hülle im Auge, Obergefreiter. Wir haben ein bisschen zu wenig Helium dabei, ich will keine Überraschungen erleben.« Er stellte sich neben die Großmeisterin. »Wir kommen gut voran.«

»Sehr gut«, seufzte sie und verschränkte die Arme auf dem Rücken. »Wie viele Orte kennen Sie mit einem Goldenen Dach, einer Herrengasse und einem riesigen Keller, Hauptmann?«

»Keinen einzigen«, musste er zugeben. »Warum fragen Sie?«

»Eine Spur.« Sie kreuzte die Arme vor der Brust. »Unsere einzige Spur nach dem Massaker im Hospital. Und ich weiß nicht, ob der Fünfender das Gleiche weiß wie wir.«

Litzow zwirbelte die Bartenden in die Höhe. »Sie haben einen Hellseher und ein Medium an Bord. Sind diese Leute nicht in der Lage, etwas herauszufinden?«

»Sie glauben an so etwas?«

»Es wird keinen Schaden anrichten, sich an die Strohhalme zu klammern, oder?«

»Sie haben Recht, und ich hatte bereits gefragt. Aber unsere Französin fühlt sich seit der Séance unpässlich und erschöpft, und der Russe schüttet alles an Alkohol und Absinth in sich hinein, was er finden kann, ohne auch nur ein wenig in die Zukunft schauen zu können«, schnaubte sie und stieß die Hände in die Manteltaschen. Beruhigenderweise fand sie in der linken die Münze vor, die Finger schlossen sich darum. »Mister Skelton, der Mann ohne Eigenschaften, ist mir die größte Hilfe. Er hat sich umgehend über Nachschlagewerke hergemacht und stöbert nach Hinweisen.« Sie trat gegen den festgeschraubten Tisch. »Eine Nadel ist dagegen einfach in einem Heuhaufen zu finden, Hauptmann.«

»Das scheint mir auch so, Großmeisterin.« Er hob das Fernglas und betrachtete den Himmel. »Obwohl ein Goldenes Dach leicht zu finden sein müsste.«

»Das schon. Aber die Unterhaltung, bei der diese Beschreibungen fielen, wurde auf Englisch geführt. Wir wissen daher nicht einmal, in welchem Land sich dieser Ort befindet.« Sie schaute zu den Instrumenten, ohne den Stand der Anzeigen richtig zu erfassen. »Europa, Russland, Amerika, Asien, von mir aus auch Afrika.«

»Ich dachte seltsamerweise sofort an Nepal oder Indien. Kennen Sie diese Stupas, die Heiligtümer der Buddhisten? Die Mönche kleistern jedenfalls alles mit Gold zu«, meinte Litzow. »Ich habe sie gesehen, als ich mit dem Expeditionskorps unterwegs war. Wenn so etwas gemeint ist, was die Vorsehung verhindern möge, haben wir bei der Suche unendliche Möglichkeiten.«

»Indien?« Silena wackelte mit dem Kopf. »Ich weiß nicht. Es passt nicht in das, was wir bislang herausgefunden haben.«

Er betrachtete die kleinen Wolken und stufte sie als harmlos für das Luftschiff ein. »Nun, ich denke auch an die goldenen Kirchenkuppeln in Moskau und Sankt Petersburg. Dort fallen die Verzierungen überall auf.« Litzow senkte das Glas. »Das wäre die beste Empfehlung, die ich aussprechen kann.«

»Danke sehr, Hauptmann.« Sie lächelte ihn an und klopfte ihm auf die Schulter. »Sie sind wie immer eine Hilfe. Funken Sie es gleich zum nächsten Officium, sie sollen Ihre Hinweise weiterverbreiten und ihnen nachgehen.«

»Aye, Großmeisterin.« Er ging zum Tisch des Funkers und unterhielt sich leise mit ihm.

Silena starrte in die Wolken, um nicht die Bilder des Hospitals vor Augen zu haben. Allein schon der flüchtige Gedanke daran brachte ihr den widerlichen Geruch und die Eindrücke wieder. Es machte ihr schwer zu schaffen, und auch ihre raue Schale, die Uniform, half da nichts. Ihr weicher Kern war furchtbar betroffen von den Ereignissen, von dem bestialischen Massaker. Sie hatte die Schrecken des Weltkrieges nicht am eigenen Leib erfahren, doch sie glaubte nicht, dass es ein Schlachtfeld gegeben hatte, nicht einmal in Verdun, auf dem es so ausgesehen hatte. Silena wandte sich um und sah die Umrisse des Russen in der Tür. »Wollen Sie zu mir, Fürst?«

Er deutete eine Verbeugung an. »Sehr gern, Großmeisterin.« Er trat über die Schwelle, ging an den beiden Wachsoldaten vorbei und gesellte sich zu ihr. Er trug einen Hausmantel, der einen Blick auf seine Kleidung verhinderte; nur am Saum schauten schwarze Hosen und Lackschuhe hervor. »Welch eine Aussicht!«, rief er überwältigt. »Kein Vergleich zu den kleinen Bullaugen im Laderaum.«

»Wir sind kein Passagierschiff, Fürst. Von daher müssen Sie die Unannehmlichkeiten in Kauf nehmen, bis wir München erreicht haben.« Es passte ihr gut, dass sie ihn ohne Sàtra antraf, weil es noch einige Dinge zu klären gab. »Wie hatten Sie es eigentlich geschafft, vor mir in London zu sein?«

Er lächelte sie freundlich an und versuchte, ihren Blick einzufangen. »Sie sind nicht die Einzige, die sich auf die Schnelligkeit der modernen Flugzeuge verlässt.«

»Sie haben einen Pilotenschein und ein eigenes Flugzeug?«

»Nein, sicherlich nicht. Aber ich vertraue mich gerne den Künsten von Piloten an. Die Passagiermaschinen werden immer komfortabler, wenn sie auch kein Vergleich zu einem Luftschiff sind.« Er breitete die Arme aus und schwenkte den Stock. »Aber dafür ist man eben länger unterwegs.« Verschwörerisch senkte er den Kopf. »Im Vertrauen: Madame Sàtra besitzt einen Pilotenschein.«

Silena lachte freudlos auf. »Das hätte ich mir denken können. Sie fährt gern selbst Auto, sie fliegt, raucht wie eine ganze Kompanie. Was kann sie denn noch alles?«

»Seelen herbeirufen und die Kräfte der Geister nutzen«, fügte er hinzu.

»Na, ich bin mir nicht sicher, ob alles stimmt, was sie uns weismachen möchte«, gab Silena sich misstrauisch.

Grigorij lachte dunkel. »Sie haben die Leichen im Hospital gesehen, Großmeisterin. Was wollen Sie bezweifeln?«

»Dieses Blutbad wurde von dem Fünfender angerichtet, auch wenn ich nicht verstehe, wie es ihm gelungen ist und über welche Macht er verfügt«, räumte sie ein. »Er war nicht … greifbar und doch sehr real.«

»Kann es sein, dass Sie sich weigern, die Fertigkeiten der Französin anzuerkennen, weil sie Ihren Ansichten zuwiderlaufen?« Er stützte sich mit beiden Händen auf den Gehstock. »Ignoranz, Großmeisterin, überlassen wir doch bitte den Priestern und Engstirnigen. Sie sollten sich hingegen öffnen und akzeptieren. Wie Sie gesehen haben, ist uns Madame Sàtra von Nutzen.«

»Ich dachte, Sie würden sie beim Vornamen nennen?«, sagte Silena spitz. »Was hat denn die Freundschaft getrübt?«

»Nichts, Großmeisterin. Arsènie und ich stehen uns immer noch nahe.« Er rückte näher an sie heran, die Stockspitze hob sich und zeigte auf die Wolken. »Sind sie nicht wunderschön? Man möchte aussteigen und einen Spaziergang unternehmen.«

»Fragen Sie vorher lieber die Madame nach ein paar Geistern, die Sie stützen. Sie würden sonst abstürzen und wie ein Stein auf den Boden aufschlagen, Fürst.« Silena stand nicht der Sinn nach romantischen Gesprächen. Erstens war die Lage unpassend, außerdem hegte sie noch immer zarte Gefühle für einen anderen. Wie es aussah, konnte sie leider weder Eris noch dem Fürsten trauen.

»Oh, das nenne ich einen Korb«, grinste er. »Verraten Sie mir doch: Wie kommt es, dass Sie mir gegenüber unentwegt unfreundlich sind, Großmeisterin?«

»Das fragen Sie allen Ernstes?« Sie schaute auf seine Nasenspitze, um nicht in seine Augen sehen zu müssen. »Sie haben in aller Ruhe zugesehen, wie sich der Fünfender auf mich gestürzt hat.«

Er presste die Rechte an seine Hüfte. »Sie haben die Schüsse meiner Pistole nicht gehört? Ich habe …«

»Ich meinte nicht den Vorfall im Hospital. Sondern in jener Nacht, als Sie die Uhr bei Scottings gekauft haben. Denn Sie waren vor mir bei ihm und haben ihn wohl ausspioniert. Deswegen nahm ich sogar zuerst an, dass Sie mit dem Drachen zusammenarbeiten.« Jetzt sah sie ihn doch an, und ihre Wut verhinderte, dass sie sich in seinen Augen verlor. »Höre ich eine Erklärung, Fürst?«

Jetzt wich *er* ihr aus. Er richtete den Blick auf die Wolken. »Es stimmt. Ich stand in jener Nacht hinter dem Fenster auf der anderen Seite des Hofes und sah Sie gegen den Drachen kämpfen.« Er schluckte. »Halten Sie mich nicht für feige. Ich wusste nicht, was ich tun sollte …«

»Eine Warnung wäre freundlich gewesen.«

»Das ging nicht.« Er presste die Lippen zusammen.

Sie stellte sich dicht vor ihn. »Fürst, wieso?«

»Ich wollte sehen … was geschieht«, antwortete er zögernd. »Ich kannte Sie und das Monstrum aus meiner Vision. Der Weltenstein war nicht aufgetaucht, weder bei mir noch bei Ihnen, noch bei dem Drachen. Ich war mir daher sicher, dass Ihnen nichts geschehen würde.«

»Gegen einen solchen Teufel? Diese Gewissheit müssen Sie mir genauer erklären.«

»Ihre Zeit war noch nicht … reif zum Sterben, Großmeisterin.« Er sah sie an, die Augen baten um Verzeihung. »Weder sah ich den asiatischen Drachen noch den Weltenstein. Ich war mir sicher, dass Sie lebend aus dem Kampf hervorgehen würden. Außerdem habe ich gesehen, wie wendig Sie sind …«

»Um ein Haar hätte mich das schwarze Feuer verbrannt, Fürst!«, rief sie ihm ins Gesicht. »Er hat meinen Fahrer gefressen, Edinburgh in Schutt und Asche gelegt, ein Massaker im Hospital angerichtet, und Sie denken noch immer, es kann mir … uns nichts geschehen, weil dieser andere Drache noch nicht … erschienen ist? Weil der Weltenstein fehlt?« Mit einem Mal spürte sie wieder dieses Verlangen, einen Menschen zu schlagen. Den Russen zu schlagen.

»Nein. Inzwischen nicht mehr, Großmeisterin«, gestand er leise und senkte den Kopf; die langen schwarzen Haare fielen ihm strähnenweise in die Stirn. »Das ist der Grund, warum ich Ihnen beistehe, wo ich es nur vermag. Die Visionen gaben mir eine trügerische Sicherheit.«

Sie trat so dicht an ihn heran, dass nicht einmal mehr eine flache Säbelklinge zwischen sie gepasst hätte. »Dann machen Sie sich Gedanken darüber, wo es in Sankt Petersburg ein Goldenes Dach, eine Herrengasse und einen großen Keller gibt, Fürst«, befahl sie tonlos und merkte, dass ihre Hände sich zu Fäusten geballt hatten. Hauptmann Litzow betrachtete sie mit besorgtem Gesicht und hielt sich bereit, notfalls dazwischen zu gehen.

»Das tue ich«, gab er zerknirscht zurück, dann streckte er die Hand aus. »Verzeihen Sie mir mein Zaudern, Großmeisterin? Ich bitte darum!«

Sie schaute auf die Hand. »Es wird eine Gelegenheit geben, bei der Sie Ihren Fehler wettmachen können, Fürst. Bis dahin werde ich Ihnen gar nichts verzeihen. Sie werden mit dem schlechten Gewissen leben müssen.«

Er zog die Hand zurück, verneigte sich und schritt zum Ausgang.

Silena betrachtete ihn, sie wurde einfach nicht schlau aus seinem Verhalten. Er schien sprunghaft zu sein. Eben noch Dandy und Eroberer, sehnte er sich im nächsten Augenblick nach einer Geste des Verzeihens, obwohl es ihm herzlich gleichgültig sein konnte. Ihre Wege würden sich früher oder später sowieso trennen. Eine Sache fiel ihr noch ein. »Fürst, kam in Ihrer Vision eigentlich das Zepter vor?«

Er blieb stehen, schwieg einige Sekunden, bevor er sich auf den Absätzen umwandte. »Nein, Großmeisterin«, erwiderte er erstaunt.

»Dann spielt es keine Rolle in dem, was geschieht? Wie Madame Sàtra?« Diesen Seitenhieb hatte sie sich nicht verkneifen können.

»Das ist anzunehmen«, sagte Grigorij nachdenklich. »Eine Garantie werde ich nicht geben. Es war eine sehr bildgewaltige Vision. Es kann durchaus sein, dass ich vor lauter Staunen etwas übersehen habe.« Er drehte sich zum Ausgang. »Ich bin zu verunsichert, Großmeisterin. Ich benötige noch eine weitere Vision, ehe ich Ihnen eine Hilfe bin.« Mit diesen Worten eilte er hinaus.

Silena widmete sich Litzow, der sich mit dem Verschwinden des Russen von der Brücke sichtlich entspannte. »Es wird Zeit, dass ich den Erzbischof von Angesicht zu Angesicht sprechen kann«, sagte sie langsam und klang müde.

Sie beschränkte sich darauf, wieder die Wolken zu betrachten und den Tee entgegenzunehmen, den ein Adjutant ihr brachte. Gegen das, was sie unternahm, war das Kinderkriegen und das Zuhausebleiben vermutlich reiner Luxus, und dennoch wollte sie ihr Leben jetzt nicht ändern. Auch wenn sie schon einen Mann gefunden hatte, der ihr gefiel. Doch was war mit Eris geschehen? Und warum musste sie dem sehr von sich überzeugten Fürsten immer in die Augen schauen? Seufzend nippte sie an ihrem Tee. Anfang des Jahres war ihr Leben noch so einfach gewesen.

Als das Luftschiff über Frankreich schwebte und Kurs auf Lille nahm, kam sie zu dem Entschluss, dass sie sich dringend unterhalten musste. Einmal mit Sàtra über Ektoplasma und Spiritismus – und dann mit dem Erzbischof über die Theosophen. Leider gab es niemanden mehr, mit dem sie sich über Männer unterhalten konnte.

XIII.

»Die Linie Servatius (ausgestorben)
Ausgehend von der Legende, dass ein Adler dem heiligen Servatius Schatten gespendet und ihn vor den Hunnen bewahrt habe, fühlte sich die Linie berufen, den Kampf gegen die Drachen ebenfalls in der Luft zu führen.
Die Staffel Servatius führte jedoch nur drei Angriffe, der letzte Nachfahre überlebte den Kampf gegen den Drachen zwar, kam allerdings bei der Notlandung ums Leben.«

aus der Serie »Drachentöterinnen und Drachentöter
im Verlauf der Jahrhunderte«
Im »Münchner Tagesherold«, Königlich-Bayerisches Hofblatt
vom 3. Juli 1924

**22. Januar 1925, München, Königreich Bayern,
Deutsches Kaiserreich**

Sie betraten zu viert das kleine Café am Marienplatz neben dem Rathaus. Silena ging vorneweg und wählte einen Tisch im hinteren Bereich am Fenster. Die Bedienung – es war wieder Marie – machte einen Knicks und lächelte, sie freute sich über den Besuch. »Grüß Gott, Großmeisterin. Ein herzliches Willkommen.«

»Sie haben Bewunderer«, grinste Grigorij. »Das tut Ihnen sicherlich gut. Ich kenne das Gefühl.«

»Da sitzt man gut«, sagte Arsènie und blieb plötzlich an einem Tisch stehen, der in der Mitte des Raumes stand, glitt aus dem Pelzmantel aus schwarzem Zobel und ließ sich nieder. Grigorij reichte den Mantel an die herbeieilende Kellnerin weiter und packte seinen Mantel dazu. Schnee taute und rann als Wasser auf den Boden des Cafés.

Silena wusste, dass die Französin den Platz ausgesucht hatte, um gegen sie aufzubegehren. Sie ging nicht weiter auf das Verhalten ein, entledigte sich ebenfalls ihres Mantels und nahm auch

Skeltons entgegen, um beide der Kellnerin zu reichen. »Grüß Gott, Marie.«

Die junge Frau deutete eine Verneigung an. »Darf ich Ihnen versichern, dass ich mit Ihnen fühle und den Verlust Ihrer Brüder bedauere, Großmeisterin«, sagte sie sichtlich betrübt. »Hätte ich von deren Tod bei Ihrem letzten Besuch gewusst, hätte ich meine Anteilnahme zum Ausdruck gebacht.«

Erstaunt sah Silena sie an. »Danke sehr.«

Sie schluckte und senkte den Blick. »Verzeihen Sie, wenn es ungebührlich war, Sie einfach darauf anzusprechen, doch ich bewundere Drachentöter von Kindesbeinen an, und vor allem die Flieger. Sie sind ein Idol für mich, Großmeisterin.«

Silena lächelte, sie hörte die Ehrlichkeit in den Worten der jungen Frau. So nahm sie die Hand der Kellnerin und schüttelte sie. »Nehmen Sie meinen Dank, Marie. Er bedeutet mir etwas – im Gegensatz zu manchen anderen Beteuerungen.«

Marie hob den Blick. »Sie wissen nicht, welche Freude Sie mir soeben gemacht haben, Großmeisterin.« Sie verneigte sich wieder. »Ich komme sofort zu Ihnen und Ihren Freunden.«

Silena kehrte an den Tisch zurück und setzte sich neben Skelton, schräg gegenüber von Arsènie. »Ich habe einige Fragen an Sie, Madame«, begann sie und schaute kurz aus dem Fenster. Die Schneeflocken vor dem Glas weckten die grausigen Erinnerungen an den Tag, an dem sie Großmeisterin Martha gefunden hatte. »Was den Spiritismus angeht.«

»Nur zu«, forderte die Französin und montierte wieder eine Zigarette auf die Spitze. Grigorij winkte ungeduldig nach Marie, und Skelton wühlte in seiner Aktentasche nach den Büchern, immer noch auf der Suche nach dem Goldenen Dach.

»Es lässt sich nicht verleugnen, dass Sie Kräfte beherrschen, über die ein normaler Mensch nicht verfügt. Diese Fäden ... Gespinste ... was auch immer aus Ihrem Körper schnellt – was ist es?«, wollte Silena wissen.

»Dazu gibt es verschiedene Theorien, und ich möchte nochmals betonen, dass es nichts mit Taschenspielertricks oder billigen Jahrmarktgaukeleien zu tun hat. Marc Thury, Professor der Physik an der Genfer Universität, war einer der Vorreiter, was die Erforschung des

Ektoplasmas angeht«, sagte Arsènie und verzichtete dabei auf den herablassenden Ton. »Er war Zeuge, wie ein elfjähriger Junge zwei Klaviere gleichzeitig levitierte. Professor Thury war der Überzeugung, dass der menschliche Körper eine Substanz ausscheiden kann, mit dessen Hilfe er unsichtbare Kräfte dahingehend zu manipulieren vermag, dass sie solche Phänomene hevorrufen. Daraus wurde später die Ektoplasma-Theorie abgeleitet.«

»Drüsen?«, meinte Silena erstaunt.

Arsènie bleckte die Zähne. »So einfach ist es nicht, Großmeisterin.« Sie drehte den Kopf zu Marie, die am Tisch erschien und die Bestellungen entgegennahm: zweimal Tee, einmal einen Kaffee mit Absinth und Wodka, einen Kaffee mit Cognac und einen Gin.

»Es ist ja nicht so, dass jeder Mensch es ausscheidet, von der Beherrschung gar nicht zu reden«, fuhr Arsènie fort. »Die arme Herzogin Castelwich verursachte in ihrem Schloss große Schäden, weil sie die Kräfte unwillkürlich freisetzte. Umherfliegende Bücher und Möbel, geborstene Gläser und mehr dergleichen. Wohlgemerkt: in Anwesenheit von Gelehrten und Professoren.« Sie sog an ihrer Zigarettenspitze. »Einige der Medien werden professionell, so wie ich. Andere verstecken sich ein Leben lang und treten in der Öffentlichkeit niemals in Erscheinung. Kennen Sie den Fall von Stella Cranshaw? Der Krankenschwester aus England, Großmeisterin?«

»Nein.«

»Sie nimmt seit zwei Jahren am National Laboratory of Physical Research in London an Experimenten teil und vollbringt in Trance die unglaublichsten Levitationen und Materialisationen. Im Labor ist absolut kein Betrug möglich. Ich hatte das Vergnügen, mit ihr zu sprechen.« Arsènie lehnte sich nach vorn. »Das Lustige daran ist: Sie mag die Parapsychologie nicht einmal besonders. Früher hätte man mich und sie wohl als Hexen verbrannt. Dabei hat es nichts mit dem Teufel oder Dämonen zu tun.« Sie legte den Kopf schief. »Obwohl ich deren Existenz nicht abstreiten möchte.«

Silena seufzte. Die Bösartigkeit gegen die Kirche hatte kommen müssen. »Wann bemerkten Sie Ihre Fertigkeiten?«

»Mit zwölf. Es begann mit Kleinigkeiten. Ich konnte die Zeiger von Uhren anhalten, leichte Dinge zum Schweben bringen, Pendel schwingen lassen und anderes. Ich habe unsichtbare Instrumente spielen lassen.« Sie lachte. »Sie können sich vorstellen, dass mein Freundeskreis rapide abnahm. Ich galt von da an als Monstrum.« Arsènie fuhr sich durch die weißblonden Haare. »Mein albinohaftes Äußeres trug zu meinem Ruf bei, und da entschied ich mich, meine Fähigkeiten anzunehmen und mit ihnen Geld zu verdienen. Ähnlich wie Sie, Großmeisterin.«

Marie erschien mit den Getränken, stellte ein Silbertablett mit Keksen dazu auf den Tisch und zog sich zurück.

»Die Geisterwelt habe ich durch Zufall erschlossen. Ich behaupte nicht, ins Paradies oder in die Hölle vordringen zu können, aber ich schaffe eine Art Zwischenraum, einen neutralen Ort, wo mich die Seelen hören können. Sie entscheiden selbst, ob sie den Raum betreten und für alle sichtbar werden oder sich sonst irgendwie bemerkbar machen«, erklärte Arsènie weiter, nahm den Cognac und kippte ihn in den Kaffee, danach trank sie ihren Gin. »Vorsichtig wäre ich bei Geisterfotografien, die man bewundern kann. Da ist viel Manipulation im Spiel.« Ihre rötlichen Augen fixierten Silena. »Ich garantiere Ihnen, Großmeisterin, dass meine Kräfte echt sind, auch wenn ich nicht genau weiß, wie ich sie auslöse. Aber weder benötige ich abstruse Formeln oder das Blut von Kindern, noch tanze ich nackt im Mondenschein um ein Feuer und reite auf Besen.«

Grigorij gab vier Löffel Zucker in seinen Kaffee, rührte um. »Das klingt sehr spannend, liebe Arsènie«, sagte er bedächtig. »Bei mir setzten die Visionen mit drei Jahren ein. Jedenfalls kann ich mich ab diesem Zeitpunkt an alle erinnern, aber es unterscheidet sich von Ihrer Kunst beträchtlich, Arsènie. Kein Ektoplasma, keine Geisterwelt und keine schwebenden Klaviere. Leider«, grinste er. »Ich konzentriere mich, berühre Bilder, Fotografien, Gegenstände oder Menschen, und bald darauf sendet mir ...« Er dachte nach. »Nun, wer oder was auch immer sendet mir meine Visionen. Manche Wissenschaftler nennen sie auch präkognitive Träume.«

Silena nippte an ihrem Tee. »Was haben Sie denn alles vorhergeträumt, Fürst?«

»Vieles. Von Hochwasser in meinem Heimatdorf über den Unfalltod des Popen, einem Erdrutsch, der ein Eisenbahnunglück auslöste, bis zu dem Erdbeben 1923 in China ...«

»Gab es auch etwas Schönes?«, fiel sie ihm ins Wort.

»Sicherlich. Mir gelang es, einige Verschwundene wiederzufinden und einige Mörder zu überführen. Bekannt gemacht hat mich die Vorhersage des Scheiterns der Revolution gegen den Zaren und des Todes des Rädelsführers. Lenin. Und seiner Freunde.«

»Was Ihnen nicht nur Bewunderer gebracht hat«, erinnerte sich Silena an die Todesdrohungen der Revolutionäre, die den zaristischen Truppen entkommen waren. »Sie werden für das Scheitern verantwortlich gemacht, weil Sie den Zaren warnten.«

»Das tat ich nicht, Großmeisterin. Eine Zeitung wollte meine Meinung zu den Unruhen im Land wissen und legte mir ein Bild von Lenin hin. Was ich sagte, druckten sie. Ich bin nicht selbst zum Zar gelaufen und habe es ihm ins Ohr geflüstert.« Grigorij leerte seinen Wodka und bedeutete Marie, ihm eine ganze Flasche zu bringen. »Es gab keine Belohnung«, fügte er versonnen hinzu und starrte auf den Salzstreuer.

»Ich bin dann wohl der Langweiligste von Ihnen in der Runde«, bemerkte Skelton und richtete sich von seiner Lektüre auf. »Schule, Lehrjahre – und seitdem bin ich Versicherungsdetektiv. Nicht mehr und nicht weniger.«

»Einmal abgesehen von Ihrem Unterarm, Mister Skelton«, warf Arsènie ein. »Machen Sie sich nicht uninteressant. Das kommt bei den Frauen nicht an.« Sie zwinkerte. »Außerdem reisen Sie gewiss viel und erleben einiges. Spätestens jetzt.«

»Was sagt eigentlich Misses Skelton zu Ihren Abenteuern?«, wollte Grigorij wissen. »Sie wird vor Angst umkommen, schätze ich?«

Skelton schüttelte den Kopf. »Es gibt keine Ehefrau. Überhaupt keine Frau in meinem Leben. Es war nie Zeit, die Richtige zu finden.«

»Hat das Suchen wenigstens Spaß gemacht?«, lachte Grigorij und bedankte sich bei Marie, die ihm seine Bestellung brachte. »Mir macht es das jedenfalls.«

»Ich suche nicht wie Sie, Fürst«, antwortete Skelton und errötete.

»Grigorij, bitte! Wir haben es hier mit einem britischen Gentleman zu tun«, wies ihn Arsènie zurecht.

»Sie könnten sich ein Beispiel nehmen«, fügte Silena halblaut hinzu und erhob sich. »Ich gehe ins Officium, um dem Erzbischof Rede und Antwort zu stehen.«

Grigorij beugte sich rasch nach vorn. »Nicht so schnell, Großmeisterin. Nachdem Sie von unserer Vergangenheit gehört haben, würde es mich sehr interessieren, wie das Leben als Drachentöterin verlaufen ist. Wie wird man ausgebildet?«

»Später, Fürst«, vertröstete sie ihn. Sie hatte nicht vor, den ihr immer noch fremden Menschen ihre Lebensgeschichte zu berichten, zumal es Außenstehende ohnehin nichts anging, wie Mitglieder des Officiums auf ihre Aufgaben vorbereitet wurden.

Er aber lehnte sich zurück und lächelte wissend. »Das dachte ich mir.«

Silena schritt durch das Schneetreiben auf den Eingang des Officiums zu und wusste Sàtra, Zadornov und Skelton im kleinen Café am Marienplatz gut untergebracht. Sie wollte nicht, dass einer von ihnen den Fuß in das Hauptquartier setzte.

Das Erste, was ihr auffiel, waren die schwarzen Tücher, die über dem Torbogen hingen. Ein Tuch für jeden ermordeten Drachentöter, und Silena zählte inzwischen sieben. Unwiederbringliche Verluste im Kampf gegen die Drachen, von denen es immer noch genügend gab. Zu Lande, zu Wasser und in der Luft. In der siebenhundertjährigen Geschichte waren noch niemals so viele Drachentöter hintereinander durch Mord zu Tode gekommen. Als die Kirche sich zur Gründung des Officiums entschlossen hatte, um die Kräfte gegen die Drachen zu bündeln, hätte man so etwas niemals für möglich gehalten.

Das Nächste, was ihr beim Eintreten ins Auge sprang, war der leere Platz in der Eingangshalle. Dort, wo die Steinstatue des urwüchsigen Wesens gestanden hatte, lag nur noch das in zwei Teile gebrochene Drachenskelett. Silena nahm an, dass man die Statue zur Restaurierung zum Steinmetz gebracht hatte, und setzte ihren Weg zum Erzbischof fort.

Sie traf ihn im Zimmer seines persönlichen Sekretärs Kleinhuber. Beide standen mit dem Rücken zu ihr vor einer Europakarte und betrachteten ein Fähnchen, das mitten in der Ostsee eingepflanzt worden war.

Silena klopfte gegen den Türrahmen, um auf sich aufmerksam zu machen. »Exzellenz?«

Kattla und Kleinhuber wandten sich um. »Ah, Großmeisterin Silena. Treten Sie näher«, bat der Erzbischof. »Wir haben Gutes und Schlechtes zu berichten. Falls Sie es noch nicht vernommen haben.«

Sie spürte, dass ihr Blut aus dem Gesicht wich. »Schlechter als Edinburgh, Exzellenz?«

»Dann weiß sie es noch nicht«, raunte Kleinhuber und verstärkte das ungute Gefühl.

»Fangen wir mit dem Guten an.« Er deutete auf das Fähnchen. »Die Cadmos ist gesichtet worden. Nach einem schweren Unwetter über der Ostsee haben mehrere Schiffsbesatzungen sie gesehen. Wir vermuten, dass der Regen die Außenhülle derart beschwert hat, dass sie sank. Oder sie hat ein Leck durch einen Blitzschlag bekommen und Helium verloren.«

Silena kannte die Nachteile der Luftschiffe. Drachenhaut sog sich nicht so schnell mit Niederschlag voll wie herkömmliche Bespannung, doch auch sie nahm Wasser auf. Das machte die Gefährte schwerer und langsamer. »Was unternehmen wir, Exzellenz?«

»Die Theben eignet sich hervorragend für ein Entermanöver. Sie ist wendiger und schneller als die Cadmos. Ich habe Litzow bereits instruiert. Er brennt darauf, die Scharte auszuwetzen.« Kattla sah Silena an, dass sie den Hauptmann begleiten wollte. »Nein, Großmeisterin, Sie werden in München bleiben und an dem anderen Fall arbeiten. Litzow bringt das Kunststück allein fertig. Er ist schließlich einer der Konstrukteure der fliegenden Festung.«

Silena war sich sicher, dass ihr väterlicher Freund es schaffte. Luftpiraterie war nicht unbedingt einfach, aber auch dafür gab es spezielle Einheiten, die sich auf die Eroberung von Zeppelinen verstanden. Wer sonst hätte solche Einheiten besser ausbilden können als er? Sie hätte dennoch ein besseres Gefühl bei der Sache gehabt, wenn sie ihn mit der Saint unterstützt hätte. »Sie haben Recht, Exzellenz. Die Teufel haben Vorrang. Leider kann ich nichts Neues vermelden. Wir beschäftigen uns mit der Suche nach dem Goldenen Dach und richten unser Augenmerk auf Sankt Petersburg.« Sie konnte ihre Unruhe nicht verbergen. »Was ist die schlechte Nachricht, Exzellenz?«

Kleinhuber nahm eine Zeitung vom Tisch und hielt sie so vor sich, dass Silena die Überschrift lesen konnte: DRACHENJÄGERIN LEÍDA HAVOCK SPRICHT VON MORD UND HEIMTÜCKE.

Darunter war ein Bild der Havock zu sehen; sie hielt Kleidungsstücke in die Höhe, auf denen die Abzeichen des Officiums zu erkennen waren.

»Lesen Sie den Artikel, Großmeisterin«, empfahl Kleinhuber. »Es betrifft auch Sie.«

Silena tat es; ihre Finger zitterten, als sie die Zeilen überflog.

EDINBURGH/MÜNCHEN (HE). Nach der Verwüstung der Provinzhauptstadt Schottlands erhebt Drachenjägerin Leída Havock, Schwester des umgekommenen Ramachander Havock und Begründer der gleichnamigen Einheit, schwere Vorwürfe gegen das Officium Draconis.

Sie, eine der wenigen Überlebenden von etwa einhundert Männern und Frauen, schwört, dass sie einen schwarzen Drachen gesehen hat, der sich unmittelbar nach der Zerstörung auf dem Calton Hill mit einem Mitglied des Officiums getroffen habe.

Havock sagt, dass es eine Absprache zwischen Drache und Drachentöterin gegeben haben soll, um die Einheit auszulöschen.

Sie warnte Drachenjäger davor, dem Officium in irgendeiner Weise Vertrauen zu schenken. »Die Zeit der harmlosen Reibereien ist zu Ende«, erklärte sie gegenüber unserer Zeitung.

Die Behörden fanden in der Tat einen halb gefressenen Leichnam einer Frau an Arthur's Seat, die der Kleidung nach dem Officium angehörte. Noch ist unklar, um wen es sich dabei handelte. Die britische Niederlassung des Officiums verweigerte eine Aussage, und auch in München schweigt man zu den Vorwürfen.

Tatsächlich wurde vor und während des Angriffs eine weitere Drachentöterin in Edinburgh gesehen. Dabei handelte es sich um die junge, unerfahrene Großmeisterin Silena, deren Brüder erst vor kurzem bei einem mysteriösen Flugunfall starben. Anstatt sich dem Scheusal zu stellen, flüchtete sie. Dabei entkam sie dem Edinburgh-Inferno mithilfe eines Zuges, der ursprünglich von Havocks Einheit angemietet worden war. Leída Havock sieht darin die Absicht, sie in den Flammen der Stadt zurückzulassen.

Silena starrte auf den Artikel. Die Buchstaben fingen an zu tanzen, und der Raum drehte sich um sie herum; rasch setzte sie sich. »Welch ein Unsinn«, sagte sie und schloss die Augen, um den Schwindel zu bekämpfen. »Das ist alles ausgedacht …«

»Wir wissen, wer die Tote ist, die man auf dem Hügel gefunden hat, Großmeisterin«, unterbrach Kleinhuber sie. »Es ist Großmeisterin Lea, die Überreste lassen keinen Zweifel daran zu.«

»Was?« Sie riss die Augen auf.

»Bevor Sie nur einen falschen Schluss ziehen«, warf Kattla ein, »lassen Sie mich sagen, dass ich Lea für eine anständige Drachentöterin halte, die niemals gemeinsame Sache mit unserem ärgsten Feind gemacht hätte.«

»Ich denke viel eher, dass die Havock sich mit den Drachen verbündet hat, um unser Officium in Verruf zu bringen«, regte sich Silena auf. Ihr Blutdruck stieg, der Schwindel legte sich. Sie fühlte sich plötzlich hellwach. »Exzellenz, ich denke, dass sich die restlichen Drachenjäger von *Havock's Hundred* irgendwo verbergen und putzmunter sind.«

»Nein, da täuschen Sie sich. Es gab wirklich fast keine Überlebenden mehr. Dennoch trifft Lea keine Schuld. Ich frage mich, wer sie dann in den Hinterhalt gelockt hat. Denn einen solchen gab es ohne Zweifel, sonst wären die Hundreds nicht derart rasch ausgelöscht worden.« Der Erzbischof nahm ihr die Zeitung aus der Hand. »Wir gehen in mein Arbeitszimmer, Großmeisterin. Da sind die Stühle bequemer.«

Sie folgte ihm abwesend. Dummerweise wusste sie eine Erklärung, wer für diesen Komplott noch in Frage käme: »Eris«, wisperte sie geschockt.

»Bitte, Großmeisterin?« Kattla nahm hinter seinem Schreibtisch Platz, auf dem eine mit Sand gefüllte Schale stand, in der Weihrauch auf glühenden Kohlestückchen verbrannte und den Raum mit Wohlgeruch flutete.

Sie hatte ihm nicht zugehört, sondern sah das Gesicht des Mannes vor sich, dem sie vertraut hatte. Für den sie etwas empfand, zu allem Überfluss auch immer noch. Er war kein Agent des Secret Intelligence Service, sondern höchstwahrscheinlich einer dieser verblendeten Menschen, die sich den Drachenfreunden angeschlossen hatten. Gab es einen besseren Grund, eine Drachenjägereinheit ins Verderben zu führen, um die Teufel zu beschützen?

»Großmeisterin, was ist mit Ihnen?«, vernahm sie die besorgte Stimme ihres Vorgesetzten. »Machen Sie sich Sorgen um Hauptmann Litzow?«

»Ja«, erwiderte sie hastig, um Erklärungen zu vermeiden. Eris Mandrake war ihre private Angelegenheit – oder? Woher hatte er die Fotos von Zadornov und Skelton gehabt? Warum wollte er Misstrauen gegen sie säen? Wie viel wusste er tatsächlich über sie?

Sie erinnerte sich an den Zettel, auf dem er ihr die Nummer eines angeblichen Büros notiert hatte. Würde der kurze Kontakt zum Papier genügen, damit der Fürst die Spur aufnehmen konnte? Silena wollte es herausfinden. Unverzüglich.

»Verzeihung, Exzellenz, aber ich muss wieder weg«, entschuldigte sie sich und bemerkte jetzt erst, dass der Erzbischof die ganze Zeit über gesprochen hatte.

»Nicht eher, bis wir uns darüber einig geworden sind«, gab er zurück und zwang sie mit einer Geste auf den Stuhl zurück.

»Worüber, Exzellenz?«

Ein tadelnder Blick traf sie. »Kann es sein, dass ich zu einer Wand gesprochen habe?«

»Verzeihung, Exzellenz. Ich war nicht bei der Sache.« Sie verneigte sich.

»Dann werden Sie jetzt besser zuhören. Ich sagte: Keine Stellungnahmen gegenüber der Presse. Wenn Sie Drachenjäger sehen, gehen Sie ihnen aus dem Weg. Es darf keine Auseinandersetzungen mehr geben, bis die Vorwürfe gegen uns entkräftet wurden. Wir haben bereits Leute nach Edinburgh gesandt, die sich darum kümmern. Konzentrieren Sie sich auf den Weltenstein, Großmeisterin. Um den schwarzen Drachen kümmern wir uns.«

»Ja, Exzellenz.« Sie stand auf. »Darf ich gehen?«

Kattla atmete langsam ein. »Das Officium hat schon einige Krisen überstanden, doch niemals war es bedroht wie in diesen Tagen. Selbst die Vernichtung unseres ersten Hauptquartiers 1581 in Avignon durch die Rotte der braunen Flugteufel war weniger gravierend als das, was derzeit geschieht.« Er betrachtete die Wände, seine Stimme senkte sich. »München ist seitdem eine unbezwungene Festung – dennoch sind die Mauern nicht sicher. Nicht mehr. Das müssen wir schleunigst ändern.«

Er winkte huldvoll. »Ja, gehen Sie, überschwängliche Jugend, aber vergessen Sie mir dabei die Disziplin nicht.«

Sie verneigte sich und eilte hinaus. Als sie durch das Zimmer des Akten sortierenden Sekretärs eilte, fiel ihr etwas ein, und sie blieb auf der Schwelle stehen. »Kleinhuber, wo ist eigentlich die Statue im Eingang hingekommen?«, fragte sie hastig.

»Gestohlen, Großmeisterin. Von denselben Leuten, die auch Großmeisterin Goara getötet haben«, antwortete er ihr und schaute über die Schulter. »Unfassbar, nicht wahr?«

»Aber …« Silena stützte sich gegen den Türrahmen. »Aber die Statue hat bestimmt zwei Tonnen gewogen! Wie ist das vonstatten gegangen?«

»Das finden wir wohl nur heraus, wenn wir die Mörder finden und befragen«, entgegnete er bedauernd. »Fast könnte man meinen, es gehe mit Hexerei zu, Großmeisterin.«

»Danke.« Sie begab sich auf den Weg ins Café. Ohne dass sie es wollte, dachte Silena an einen elfjährigen Jungen und zwei schwebende Klaviere um sich herum. Hexerei wurde heutzutage Levitation genannt.

21. Januar 1925, München, Königreich Bayern, Deutsches Kaiserreich

Onslow Skelton hatte davon abgesehen, eine weitere Tasse Tee zu bestellen, und orderte stattdessen eine ganze Kanne.

Zadornov ließ sich sein Essen schmecken, eine Schweinshaxe mit Knödel und eine Maß Starkbier aus den Kellern des Klosters Andechs, während Arsènie die Flocken betrachtete, die sich auf dem

Marienplatz sammelten. Da der Fürst sein Mahl schweigend einnahm und der Detektiv sich in die Bücher vergraben hatte, gab es keinen Gesprächspartner für sie. Was dazu führte, dass sie sich Gedanken machte. Über die verstorbenen Medien.

Die Suche nach dem Weltenstein war zu einer lebensgefährlichen Angelegenheit geworden. Das hatte sie so niemals vermutet. Sicher bewegte sie sich mit dem Sammeln von Drachensteinen in der Zone der Gesetzlosen, was sie jedoch sehr aufregend fand. Besser gesagt: aufregend gefunden hatte.

Arsènie würde es gegenüber der Großmeisterin niemals zugeben, doch sie fürchtete um ihr Leben. Der Fünfender beherrschte Kräfte, die sie überraschten. Wenn alle Drachen derart starke Geistesmacht besaßen, war es ein Wunder, dass nicht viel mehr Spiritisten ums Leben gekommen waren. Sie war nicht die Einzige, die danach trachtete, eine Drachenseele zu rufen und zu beherrschen.

Sie fröstelte. Die gelben Augen, der Angriff im *Adlon*, die wesentlich aggressivere Attacke im Hospital – zuerst eine Warnung, dann der Versuch, sie aus dem Weg zu räumen. Der Tod …

»Das bedeutet, dass der schwarze Drache den Weltenstein auch nicht besitzt, Arsènie. Für uns ist das ein gutes Zeichen, denn er sieht in uns starke Konkurrenz.«

Sie drehte den Kopf zu Grigorij, der sie unvermittelt, aber so passend zu ihren Überlegungen angesprochen hatte, dass sie beinahe vermutete, er verstehe sich auf Gedankenleserei. »Das hat dummerweise für uns zur Folge, dass er uns umbringen möchte, lieber Grigorij.« Sie bestellte sich einen weiteren Kaffee und einen Cognac. »Was ist mit unserer Wette? Sie machen keine großen Fortschritte, wie ich gesehen habe. Kein Zeichen von Annäherung?«

Er sah zu Skelton, der sich dem Gesichtsausdruck nach zu schließen nicht um die Unterredung kümmerte, sondern soeben umblätterte und sich auf einem Extrablatt Notizen machte. »Ich habe Zeit, Arsènie. Und bislang habe ich stets mein Ziel erreicht und meine Pistole abfeuern dürfen.«

Arsènie lächelte und nahm ihre Getränke entgegen. Den Cognac trank sie dieses Mal sofort und spülte mit dem heißen Kaffee nach. »Wir können unseren Einsatz erhöhen, wenn Sie möchten.«

»Ist er denn überhaupt noch zu erhöhen? Hätten Sie überhaupt etwas als Dreingabe, vielleicht die Adresse einer guten Freundin, die Ihnen in nichts nachsteht?« Grigorij nickte Marie zu, die den Teller abräumte.

Jetzt hob Skelton den Kopf. »Ich habe es!«, flüsterte er freudig und schob dem Fürsten das Buch hin. »Litzow hatte Recht: Nepal!« Er zeigte auf das gemalte Bild eines weißen Stupa, der mit Gebetsfahnen behängt war und dessen aufgesetztes Spitzdach golden leuchtete. »Der große Stupa liegt in der Nähe Katmandus.«

»Was genau, geschätzter Onslow, macht Sie so sicher?«, sagte Arsènie, die dazu übergegangen war, den Mann mit Vornamen anzureden.

»Und vergessen wir Sankt Petersburg nicht«, warf der Fürst ein und winkte schon wieder nach Marie, die immer noch ein Lächeln auf den Lippen trug. Sie eilte sofort heran.

»Ich weiß, dass es viele goldene Dächer in der Welt gibt, doch das hier dürfte eines der bekanntesten sein.« Onslow wies auf seine Notizen. »In allen Büchern, die sich mit den Kulturen der Welt befassen und die ich durchgearbeitet habe, kommt rein statistisch gesehen der Stupa am häufigsten vor.«

Der Russe blickte skeptisch. »Hätten Sie vielleicht ein paar Rosinen zum Wodka, schönes Kind?«, fragte er Marie und sah ihr in die Augen.

»Sehr wohl, Fürst Zadornov«, sagte sie und machte einen Knicks. »Verzeihen Sie mir, dass ich das Gespräch eben mitbekommen habe, aber haben Sie schon mal das Goldene Dach von Innsbruck gesehen?«

Ein breites Grinsen erschien auf dem Gesicht des Fürsten. »Nein, mein schönes Kind. Hat es da so etwas?«

»Ein ziemlich bekanntes sogar, Fürst. Das Goldene Dachl, wie wir sagen, ist eine Sehenswürdigkeit aus dem Jahr 1500, ein Prunkerker für den einstigen Sitz der Landesfürsten Tirols. Er ist mit goldenen Schindeln gedeckt und diente als Loge für die Herrscher.« Marie schluckte, sie war aufgeregt. »Der Kaiser … also der von Österreich-Ungarn, nutzt ihn, wenn er in Innsbruck ist und sich dem Volk zeigen möchte.«

»Sie hätten mal lieber Reiseliteratur studieren sollen, lieber Onslow«, neckte Arsènie und schenkte ihm einen Blick, der den Flachs gleich vergessen machte. »Mir scheint, dass Sie sich gut auskennen«, sagte sie mit Blick auf Marie.

»Ich komme aus Innsbruck, Madame Sàtra.« Sie knickste wieder.

»Formidabel. Hat es dort unter Umständen auch eine Herrengasse?«

»Ja, die hat es, Madame.«

»Und auch einen riesigen Keller?«

»Sicherlich. Wenn, dann gehört er zur kaiserlichen Hofburg, Madame. Er wird auch gotischer Keller genannt, soweit ich weiß.«

Arsènie suchte die nächste Zigarette und nickte ihr zu. »Meinen Dank, Marie. Sie können gehen.«

»Aber vergessen Sie meine Rosinen nicht, schönes Kind!«, rief ihr Grigorij lachend hinterher und schaute zu Onslow, der seine Bücher geschlossen hatte und sich den Tee eingießen wollte. Die Kanne war leer. »Mister Skelton, da haben Sie ein kleines Wunder vollbracht. Schneller hätte es niemand finden können.«

»Ich?« Er schüttelte den Kopf und seufzte. »Nein, der Sieg gebührt nicht mir. Leider.«

»In gewissem Sinne schon. Hätten Sie mir das Bild aus Katmandu nicht gezeigt und das Goldene Dach erwähnt, wäre die gute Marie niemals darauf gekommen, uns den Hinweis zu geben.« Er klopfte ihm aufmunternd auf den Rücken. »Wir sagen einfach gegenüber der Großmeisterin, dass Sie es waren, der das Mysterium gelüftet hat.«

»Nein, das ist nicht rechtens«, meinte Skelton niedergeschlagen. »Dabei habe ich mir so viel Mühe gegeben und Bücher gewälzt.«

Arsènie tröstete ihn ebenfalls, indem sie ihre Hand auf seine legte. »Es ist durch Sie erst möglich geworden, Onslow. Akzeptieren Sie, dass es Vorsehung war, in diesem schönen Café dem Weltenstein etwas näher zu kommen.«

Er lächelte schwach, aber sehr dankbar.

»Und vielleicht geben Ihre Bücher uns noch mehr Hinweise auf die Hofburg«, munterte ihn Grigorij weiter auf.

»Das ist wohl ziemlich leicht. Ich nehme an, dass ein solches Gebäude bewacht wird. Richtig bewacht. Wie sollen wir in den Keller gelangen?« Er sah zwischen ihm und Arsènie hin und her.

»Ihr Eifer in allen Ehren, doch noch sind wir nicht zu einhundert Prozent sicher, dass wir im schönen Innsbruck an der richtigen Adresse sind.« Grigorij zeigte auf die Tasche. »Bücher, lieber Mister Skelton. Finden Sie mehr für uns alle heraus.«

»Ich stelle mir eine ganz andere Frage: Was hat der österreichische Kaiser mit dem Weltenstein zu schaffen?«, meinte Arsènie und packte die Zigarette wieder ein. Ihr war nicht nach Entspannung, sie musste hellwach sein.

»Das letzte Mal, als ich Kaiser Franz Joseph sah, residierte er in Wien.« Grigorij bekam die Rosinen gebracht und schob sich eine Hand voll in den Mund, kaute sie und trank den Wodka. Anbietend hielt er das Schälchen mit den getrockneten Früchten in die Runde. »Die Hofburg in Innsbruck wird kaum mehr von der Herrscherfamilie genutzt.«

Onslow nahm sich von den Rosinen. »Der Kaiser ist doch uralt, oder?«

»Fünfundneunzig Jahre, Onslow. Und nach wie vor äußerst rege, wenn man seine fortgeschrittene Lebenszeit und die Tragödien bedenkt, die er durchlitten hat. Sein einziger Sohn und Thronerbe Rudolf tötete sich selbst, Kaiserin Elisabeth wurde ermordet, dann sein Neffe Franz Ferdinand und nicht zu vergessen der Krieg.« Arsènie prostete in die Luft. »Ein Mann von Größe.«

»Nun, das sehe ich nicht ganz so. Er hat den Krieg schließlich ausgelöst. Oder besser gesagt, seine Haltung gegenüber Serbien«, warf Grigorij ein. »Europa hätte sich das Ausbluten sparen können.«

»Aber lassen wir doch das Politische: Was will der österreichische Kaiser mit dem Weltenstein?«, stellte sie die Frage in den Raum.

Grigorij schaute überlegend an die holzvertäfelte Decke. »Wenn Drachensteine so viel vermögen, vielleicht verlängern sie auch das Leben eines Menschen?«

»Guter Ansatz«, stimmte sie ihm zu. »Sehr guter Ansatz, lieber Grigorij!«

»Wir sollten uns Pläne der Hofburg besorgen«, empfahl Onslow und schaute sich dabei um. Niemand saß nahe genug bei ihnen, um ihre Unterredung belauschen zu können. »Mich interessiert weniger, warum er ihn gestohlen hat, sondern ob der Stein dort wirklich zu finden ist.«

Arsènie trank von ihrem Kaffee. »Können Sie sich nicht im Namen Ihrer Versicherung Zugang verschaffen, Onslow? Immerhin handelt es sich dabei um Diebesgut von beträchtlichem Wert.«

Er lachte auf. »Verzeihen Sie, Madame Sàtra, aber das geht wirklich nicht. Nicht ohne Beweise. Außerdem habe ich keine Ahnung, ob es ein Gericht der Welt gibt, das mir das Recht zugestehen würde, die kaiserliche Hofburg auf den Kopf zu stellen.« Er senkte die Stimme. »Leider müssen wir uns benehmen wie Diebe, um das Recht wiederherzustellen.«

»Es ist beruhigend, endlich ein Ziel zu wissen.« Arsènie konnte dem Verlangen nach Nikotin und dem Haschischöl nicht länger widerstehen. Sie griff nach ihrer Handtasche. »Ich freue mich auf das Gesicht der Großmeisterin, wenn wir ihr sagen, dass wir …«

Onslow sah an ihr vorbei durch das Fenster, vor dem sich der Umriss einer gewaltigen Männergestalt aus dem Schneegestöber schob. Sie maß sicherlich mehr als zwei Meter, und die Schultern waren sehr breit. Sie *rannte.*

»Mister Skelton, Sie wirken plötzlich so abwesend?« Grigorij beugte sich nach vorn. »Steckt Ihnen eine Rosine im Hals?«

Onslow gelang es nicht, den Blick abzuwenden oder etwas zu sagen. Die Gestalt raste genau auf das Medium zu, und nichts wies darauf hin, dass sie anhalten wollte.

»Vorsicht, Madame!«, warnte Onslow und sprang auf, packte sie an der Schulter und zerrte Arsènie mit solcher Gewalt vom Stuhl, dass sie der Bewegung seines Arms folgen musste, als wäre sie nichts weiter als eine Puppe.

Grigorij stand ebenfalls auf, die Hand wanderte an den Griff seiner Pistole. »Was, bei allen Dämonen, ist *das*?«

Jetzt, da die Gestalt unter das Vordach des Cafés gelangte und nicht mehr durch die Schneeflocken verborgen wurde, war sie deutlich zu erkennen: eine bizarre Mischung aus Mensch und Drache mit grün leuchtenden Augen, die sich just vom Boden abdrückte und gegen die Scheibe hechtete, während sich gleichzeitig ein Paar Schwingen auf ihrem Rücken entfaltete.

Vor dem Fenster wurde es abrupt tiefste Nacht. Sie saugte alles Licht der Außenlaternen auf und brachte Finsternis.

Und diese Schwärze durchbrach mit brachialer Wucht Glas und Gestein.

21. Januar 1925, München, Königreich Bayern, Deutsches Kaiserreich

Silena zog den Mantel enger um sich und wollte eben durch das Tor treten, als sie von Kleinhuber zurückgerufen wurde.

»Großmeisterin, warten Sie!« Er eilte die Treppe hinab. »Ich habe einen Anrufer für Sie am Telefon. Die Zentrale hat ihn zu mir durchgestellt, weil sie annahm, Sie befänden sich noch beim Erzbischof.«

»Und wer ist es?«

»Er nennt sich Eris Mandrake.« So, wie Kleinhuber es sagte, hörte sie deutlich heraus, dass der Name sein abgrundtiefes Misstrauen weckte. »Es sei von großer Wichtigkeit, dass Sie mit ihm sprechen. Es gebe einiges zu bereden.«

Das glaubte sie aufs Wort. Der Blick ihrer grünen Augen wanderte hinaus ins Schneetreiben. Silena spürte ein merkwürdiges Gefühl in der Magengegend, doch da ihr Talisman nicht warnend leuchtete, gab es wohl keinen ersichtlichen Grund dafür. Aber war es klug, mit Eris zu reden?

»Weswegen zögern Sie, Großmeisterin?« Kleinhuber schaute besorgt.

»Ich komme.« Sie folgte dem Privatsekretär die Treppen hinauf. Jede Stufe brachte ihr einen neuen Gedanken zu Eris, sie überlegte, wie sie am Telefon vorgehen sollte, wie sie ihn prüfen konnte.

Sie erreichten das Büro. Silena bat Kleinhuber, das Zimmer zu verlassen, bevor sie Hörer und Sprechvorrichtung zur Hand nahm. Ein letztes, langes Durchatmen … »Ja?«

»Silena?«

Ihr wurde gleichzeitig heiß und kalt. »Eris, *wer* bist du?«, fragte sie entgegen ihrer sorgsam zurechtgelegten Taktiken, die sie fast alle vergessen hatte. Sie sprach, wie es ihr in den Sinn kam. »Du bist kein Agent. Du warst mit Havock in Edinburgh …«

»Silena, hör mir zu. Wir müssen uns treffen, und ich …«

»Damit du mich in die Falle locken kannst wie die Drachenjäger auf Calton Hill?«, unterbrach sie ihn bitter.

»Ich wusste nicht, dass es eine Falle war. Ich hatte die Informationen von einer Frau, der meine Organisation vertraut«, erklärte er inständig. »Du kennst sie auch. Es war Großmeisterin Lea.«

»Nein!«

»Lea arbeitete seit elf Jahren mit uns zusammen. Wir wenden uns immer wieder an verschiedene Drachenjägereinheiten, denen wir zuspielen, was wir über Drachensichtungen wissen. Ihr würdet es ansonsten gar nicht allein bewältigen, das Officium ist zu schwach.«

Silena schwieg. »Du lügst, Eris«, würgte sie mit Mühe hervor. »Keiner aus den Reihen des Officiums würde eine solche Tat begehen.« Für einen Augenblick hatte er sie ins Wanken gebracht, weil ihr der Zeitungsartikel zu gut im Gedächtnis geblieben war. »Du bist kein Agent des SIS. So wenig, wie Mister Skelton und Fürst Zadornov Drachenfreunde sind.«

»Ja, es stimmt, ich bin kein Agent des SIS. Aber ich gehöre einem Geheimdienst an, der ...«

»Der bestimmt so geheim ist, dass ihn keiner kennt und niemand deine Aussage bestätigen kann. Nicht einmal die Queen, schätze ich«, sagte sie mit ätzender Stimme. »Es ist dir klar, dass ich dir nicht mehr trauen werde.«

»Ich darf dir die Wahrheit nicht sagen, Silena.« Eris klang verzweifelt. »Ich *darf* es nicht.«

»Auf diese Weise kommen wir nicht weiter. Sollte ich dich im Verlauf meiner Reise noch einmal sehen, oder kommst du mir in die Quere bei dem, was ich tue, werde ich Gegenmaßnahmen zu treffen wissen«, warnte sie ihn.

»Silena ... ich hege Gefühle für dich ...«

Sie schloss die Augen, versuchte, die Empfindungen in ihr zu beherrschen und sich zu einem ruhigen Ton zu zwingen. Sie benötigte einen kühlen Kopf. »Was sollen diese Worte bei mir bewirken, Eris? Dass ich weich werde und einem Treffen zustimme?«, entgegnete sie kühl. »Du bist sehr von dir eingenommen, wenn du annimmst, dass ich zerfließe und mich deinetwegen in Gefahr begebe. Es war nur ein Kuss, den du dir herausgenommen hast, Eris. Ich bin danach gegangen, wenn du dich erinnerst.«

Sie hörte ein langes Seufzen. »Ja, ich erinnere mich. Ich sehe ein, dass es im Augenblick zwecklos ist, dich von der Wichtigkeit eines Treffens zu überzeugen. Aber eines sei dir gesagt: Hüte dich vor Onslow Skelton.«

»Weil er einen Drachenknochen im Unterarm hat?«

Er lachte. »Das hat Skelton dir erzählt? Nein, es geht um etwas ganz anderes …«

»Eris, ich höre dir nicht zu«, fiel sie ihm in die Rede. »Was immer du sagst, es wird mir nichts bringen. Halte dich von mir fern, was immer du beabsichtigst, für wen du arbeitest oder wer du auch immer bist.« Sie hängte ein und setzte sich auf den Schreibtisch. Diesen Verlauf hätte das Gespräch nicht nehmen sollen.

Mit der Stimme war auch sein Gesicht deutlicher als vorher in ihre Erinnerung zurückgekehrt. Ein schönes Gesicht, direkt zum Verlieben. Leider würde es für sie keine Zukunft mit Eris geben.

Sie rief Kleinhuber herein. »Wenn dieser Mann noch einmal anruft, hängen Sie ein. Glauben Sie ihm kein Wort«, schärfte sie ihm ein und erhob sich vom Tisch. »Kennen Sie jemanden beim Secret Intelligence Service?«

»Sie meinen den britischen Geheimdienst?« Kleinhuber staunte Bauklötze. »Nein, Großmeisterin.«

»Rufen Sie trotzdem dort an und sagen Sie denen Bescheid, dass ein Mann durch die Gegend reist, der sich Eris Mandrake nennt und behauptet, er gehöre zu ihnen.« Sie setzte den Hut auf und öffnete den Mund – als ein schwarzer Schatten am Fenster vorbeihuschte.

Kleinhuber zuckte zusammen und schaute nach draußen. »Haben Sie das auch gesehen, Großmeisterin?«

»Geben Sie Alarm! Schicken Sie mir alle verfügbaren Drachentöter sofort ins Café am Marienplatz«, rief sie und rannte hinaus. »Es gibt Arbeit!«

XIV.

»Die Linie Satyrus
Da ihr Ahne bei einer Überfahrt in Seenot geriet, haben sich die Nachfahren dem Kampf gegen die Wasserdrachen verschrieben. Was Saint George in der Luft, ist die Linie Satyrus in den Gewässern. Sie begeben sich mit speziellen Taucheranzügen auf Jagd und bringen sich zusammen mit Säure in den Drachen ein, um ihn von innen heraus zu zersetzen. Aus irgendeinem Grund ist diese Linie noch nicht ausgestorben – so unglaublich es klingt …«

aus der Serie »Drachentöterinnen und Drachentöter
im Verlauf der Jahrhunderte«
Im »Münchner Tagesherold«, Königlich-Bayerisches Hofblatt
vom 1. Juni 1924

21. Januar 1925, München, Königreich Bayern, Deutsches Kaiserreich

Wäre eine Lokomotive in das Café gerast, hätte es wohl den gleichen Effekt gehabt: Die Scheiben wurden nach innen gedrückt und barsten, die Mauern erhielten Risse, einzelne Steine wurden zerschmettert. Die Splitter flogen als scharfkantige Geschosse im Café umher und verletzten etliche Besucher.

Auf einer Länge von fünf Metern wurde die Wand mit der Wucht einer Dampframme eingerissen, Winterkälte strömte durch das Loch und drückte Staub in den Raum. In den Schwaden aus feinstem Schmutz und verirrten Schneeflocken leuchteten zwei Smaragde, dann erklang ein dumpfes, warnendes Grollen.

Die Menschen im Café befanden sich in Panik, überall erklang Schreien und Weinen. Die Flucht vor dem unbekannten Angreifer hatte begonnen.

»Arsènie?« Grigorij zielte zwischen die grünen Augen und schoss zwei Mal mit der Pistole. Die Kugeln trafen auf einen harten Widerstand und sirrten als Querschläger davon, eine weitere Scheibe ging zu Bruch.

Um ihn herum riefen Männer durcheinander, hasteten hinter seinem Rücken hustend vorüber und zerrten ihre Frauen zum Ausgang. Er hörte, wie Stühle verschoben wurden oder umfielen, mehrfach klirrten Besteck und Porzellan.

»Mister Skelton, wo ist Madame Sàtra?«, rief Grigorij und hob den Stock, um ihn wie einen Degen zu führen. Mit einer raschen Bewegung entfernte er die Schutzkappe am Ende, unter der eine lange, robuste Klinge zum Vorschein kam.

Onslow erschien neben ihm, in der Hand hielt er einen Teil von Arsènics Ärmel. »Ich hatte sie eben noch zur Seite gezogen«, hustete er. »Sie liegt bestimmt unter einem Tisch …«

»Suchen Sie sie und verschwinden Sie. Beide«, befahl Grigorij und trat dem Monstrum entgegen, das über die Trümmer schritt und sich dabei unentwegt umsah. Es schien, als suche es etwas oder jemanden. »Danach holen Sie die Großmeisterin!«

Plötzlich trat das grauhäutige Monstrum aus der Wolke heraus; es ragte mit dem Kopf bis fast an die Decke. Die Schwingen hatte es ausgebreitet und wirkte dadurch noch imposanter. Spitze Frauenschreie erklangen, das Wesen war auch von den Flüchtenden gesehen worden. Hastig versuchten die Menschen zu entkommen.

Knurrend kam es auf den Fürsten zu und streckte die rechte Hand aus, als wolle es ihn wie einen hinderlichen Einrichtungsgegenstand zur Seite schieben.

Grigorij hatte schon beim ersten Anblick des Schemens vermutet, dass es sich nicht um einen Drachen handelte, dennoch konnte er nicht sagen, was sich ihm da als Gegner entgegenstellte. Von der Hässlichkeit her erinnerte es ihn an die Wasserspeier, die man an und auf den Bauwerken fand.

Trotz der immensen Bedrohung verharrte er und betrachtete wie gebannt das Gesicht. In dem chimärenhaften Antlitz lag etwas Unseliges und zugleich Menschliches. Es war mehr als ein lebendig gewordener Gargoyle … Der Fürst löste sich von dem Anblick.

»He, du … Ding!«, schrie er und setzte die Klingenspitze auf die Brust des Wesens. »Zurück mit dir!«

Es lief einfach weiter – und das geschliffene Eisen brach ab. Ein sehniger, kräftiger Arm fegte herbei. Grigorij duckte sich und tauchte darunter hinweg.

»Ich kann sie nicht finden, Fürst«, rief Skelton.

»Suchen Sie schneller, Mister Skelton. Ich weiß nämlich nicht …«, er ließ den Stock fallen, nahm einen Stuhl und warf damit nach dem Wesen, doch das Möbelstück zerschellte, »… wie ich diese Kreatur dazu überreden könnte zu verschwinden.« Er packte den nächstbesten Tisch und warf ihn gegen den Angreifer. Der aber parierte die Attacke mit einem beidhändigen Schlag und zerschmetterte die dicke Holzplatte mühelos. Unaufhaltsam wie ein Panzer walzte er weiter ins Café. Bis er plötzlich innehielt.

»Mister Skelton, rasch! Mir gehen die Tische aus«, rief Grigorij nach hinten.

Abrupt bückte sich das Wesen, die Finger wühlten im Schutt und bekamen einen Arm zu fassen, an dem es seinen Fund hervorzog. Zum Vorschein kam Arsènie, deren Kleid an verschiedenen Stellen zerrissen war; sie blutete aus vielen kleinen Schrammen. Die weißblonden Haare hingen zerzaust herab, die Augen waren geschlossen.

»O nein«, entfuhr es Grigorij, und er suchte nach etwas, mit dem er dem Wesen wehtun konnte. »Lass sie in Frieden, hörst du? Nimm mich stattdessen.«

Die grünen Augen richteten sich auf ihn. »Du bist keiner von ihnen.« Unvermittelt klappte eine Schwinge nach vorn, gleich darauf knallte es mehrmals hinter Grigorij, und Kugeln schlugen gegen die dünne Haut, die enorm widerstandsfähig war.

Am Eingang standen zwei Polizisten, wie Grigorij mit einem kurzen Blick über die Schulter feststellte; sie hatten ihre Pistolen gezückt und schossen auf das Wesen, ohne sich um die Ohnmächtige zu kümmern.

»Aufhören!«, schrie der Fürst sie auf Deutsch an und wandte sich wieder dem Wesen zu. »Was meinst du damit?«

Doch die Kreatur hatte sich bereits dem Ausgang zugewandt – und verharrte.

Arsènie verdrängte die Dunkelheit, in der ihr Bewusstsein schwamm, war aber zu schwach, um die Lider zu heben.

Sie roch Staub und fühlte gleichzeitig, dass sie jemand am Arm gepackt hielt und wie ein Spielzeug durch die Gegend trug; weit entfernt vernahm sie die Stimme von Grigorij, dann hörte sie lautes Knallen. Jemand hatte geschossen.

Sie konzentrierte sich und rief Geister aus dem Jenseits. »Kommt zu mir!«, bat sie. »Steht mir bei und rettet mich.«

Zu ihrem Erstaunen tat sich nichts.

Gar nichts.

»Was tust du da?«, wurde sie von einer Stimme gefragt, die sandig und uralt klang.

»Wer bist du?«

»Cyrano. Du bist die weißhaarige Frau, richtig?«

»Ja, ich bin Arsènie …«

»Du sprichst zu mir wie die einstigen Herren«, redete die Stimme weiter. »Das ist ein gutes Zeichen, Arsènie. Es scheint, als hätte ich endlich Glück. Du bist der erste gute Fang, den ich mache.«

»Wer bist du?«, wiederholte sie und versuchte, befehlshaberisch zu klingen und sich die Furcht nicht anmerken zu lassen. »Sag es mir auf der Stelle!«

»Du weißt es doch schon.«

»Aber warum kann ich dich nicht sehen, wenn du eine Seele bist?«

»Ich bin keine Seele.« Wieder krachte es. »Wir müssen unsere Unterredung später fortsetzen. Ich bringe dich von hier weg, und wir unterhalten uns. Ich zähle auf dich und deine Kräfte, Arsènie. Du wirst gebraucht, und wenn du dich nicht widersetzt, wird dir nicht das gleiche Leid geschehen wie den anderen.«

»Den anderen? Welchen …«

»Den anderen deiner Art.« Die Stimme schwieg abrupt, und Arsènie trieb allein in dem Zwielicht umher.

Sie zog ihre Energien zusammen und verwendete sie darauf, die Augen zu öffnen. Nur wenn sie sah, was mit ihr geschah, konnte sie eingreifen. Allerdings zweifelte sie daran, dass sie sich selbst zu retten im Stande war.

Das Wesen stand still wie eine Statue, ließ seine Beute nicht los, während der Körper der Frau sachte hin und her pendelte. Die grün leuchtenden Augen waren weit geöffnet, und es machte den Anschein, als lausche das Wesen einer für Menschen unhörbaren Melodie.

Silena erschien im Mauerdurchbruch, hatte ihr Schwert gezückt. »Das … kann doch nicht mehr mit rechten Dingen zugehen«, sagte sie entgeistert und tat einen Schritt zurück.

»Sie kennen das Wesen, Großmeisterin?« Grigorij sah, dass Arsènies Lider flatterten. Die Französin erlangte das Bewusstsein zurück.

»Das ist Cyrano, die Statue aus dem Officium!« Silena überlegte kurz, ehe sie das Schwert wegsteckte und sich nach einem Holzbalken bückte, der im Schutt lag. »Kommen Sie her, Fürst. Wir schlagen ihm den steinernen Kopf in Stücke. Dann wollen wir sehen, ob er sich noch bewegen kann.«

Zadornov sprang an ihre Seite, und sogar Onslow eilte zu ihnen. Er bildete das Schlusslicht und packte den rissigen Balken. Sie führten ihn mit gemeinsamem Schwung wie eine schwere Lanze, das stumpfe Ende zielte genau auf das breite Gesicht.

Und traf.

Die Wucht reichte aus, um die Statue nach hinten auf die Flügel zu werfen. Der Sturz wirbelte eine neue Wolke aus dichtem Staub auf, in dem sie und Arsènie verschwanden.

»Skelton, suchen Sie Sàtra!«, befahl Silena. »Fürst, wir rücken vor. Balken bereithalten.«

Um sie herum hatte das Rufen und Schreien nachgelassen. Die Gäste des Cafés hatten sich überwiegend in Sicherheit gebracht. Am Boden wurden die schemenhaften Umrisse von Menschen sichtbar, die durch umherfliegende Trümmer getroffen worden waren und das Bewusstsein verloren hatten. Über den Marienplatz huschten die Strahlen von Suchscheinwerfern, die auf dem Dach des Officiums installiert waren, und erleuchteten die große Fläche bis in den letzten Winkel.

Durch den sich setzenden Staub des Cafés näherten sich zwei Polizisten; den Uniformen nach gehörten sie zu den Münchner Ordnungshütern und nicht zur überörtlichen Gendarmerie. Der vorderste von ihnen erkannte in Silena eine Drachentöterin. »Was geht hier vor, Großmeisterin?«

»Das weiß ich auch noch nicht, Wachtmeister. Bleiben Sie …«

Ein Schatten schnellte vor ihnen in die Höhe, Schwingen schlugen nach vorn und trafen die Polizisten. Sie wurden von den Beinen gefegt, fielen in die Trümmer.

Als die steinerne Bestie nachsetzen wollte, schlug Grigorij mit dem Balken nach ihr und versetzte ihr einen Treffer gegen den Unterleib; aufbrüllend taumelte sie rückwärts. »Weg mit dir, Gargoyle!« Ein kurzer Blick hatte ihm beruhigenderweise gezeigt, dass Arsènie nicht mehr in dessen Klauen hing. Und dass die Attacke mit dem Balken sehr wohl Spuren am Kopf hinterlassen hatte. Die Nase war weggeplatzt und nur noch als Ansatz zwischen den Augen zu erkennen, Stücke waren aus der rechten Wange und aus dem Auge herausgebrochen. Aus den beschädigten Stellen trat kein Blut, stattdessen war grauer, schwarz geäderter Stein zum Vorschein gekommen. Grigorij versuchte, sich seine Abscheu nicht anmerken zu lassen. »Mister Skelton? Wie steht es?«

»Ich habe Madame«, kam es aus dem umherflirrenden Staub.

Durch das Loch in der Wand rannten ein halbes Dutzend Männer und Frauen, alle in den Uniformen des Officiums und mit den verschiedensten, mitunter merkwürdigsten Waffen ausgestattet. Sie fächerten auseinander und bildeten einen Halbkreis um den Gegner, schnitten ihm den Fluchtweg ab, während Silena sich erhob und einen schweren, massiven Kerzenleuchter in der Hand hielt. Noch immer konnte sie einfach nicht fassen, wie es Cyrano gelungen war, zum Leben zu erwachen. »Mal sehen, ob wir dich damit beschädigen können.«

Die Statue schnaubte sie mit funkelnden Augen an, stieß sich vom Boden ab und brach mit angelegten Schwingen durch die Decke in den ersten Stock; gleich darauf erklang das Bersten von Glas, und draußen zischte eine Gestalt im Tiefflug über den Marienplatz, verfolgt von drei gleißenden Lichtkegeln. Die lebendig gewordene Statue war geflüchtet.

Silena rannte durch die Reihe der Drachentöter, schaute in den grauen Himmel zu der Gestalt, die sich in den Strahlen sich überkreuzender Scheinwerfer mit mächtigen Flügelschlägen entfernte.

Sie sah zum Dach des Officiums, wo die Geschütze und Katapulte ausgerichtet und feuerbereit waren. Doch der Angreifer sank im Zickzackflug nach unten und verschwand vor den Dächern, um den Abwehrbatterien, die gegen einen Drachenangriff gedacht waren, zu entkommen.

»Verdammt!«, fluchte sie und schleuderte den Kerzenleuchter voller Zorn von sich. Dann kehrte sie in das Café zurück, wo sie Arsènie an einem Tisch in einer unbeschädigten Ecke sitzen sah. Die Kellnerin brachte ihr soeben einen Cognac, und auch Grigorij hielt ein Glas in der Hand, in dem sich gewiss Alkohol befand. Silena näherte sich ihnen, ihre Gedanken rasten.

»Gute Arbeit von uns Nichtdrachentötern, wenn Sie mich fragen, Großmeisterin«, sagte der Russe und prostete ihr zu. »War das ein Gargoyle, der das Laufen erlernt hat? Ich bin mir ziemlich sicher, dass es eine ganz ähnliche Kreatur war, die mich in London angriff.« Seine lauten Worte sollten Gelassenheit vortäuschen, doch sein eher blasses Gesicht verriet, dass er den Angriff nicht einfach so weggesteckt hatte.

Silena verfolgte, wie er sich den nächsten Schnaps einschenkte; seine Finger zitterten leicht. Auch ihr Magen fühlte sich flau an. Cyrano, ihre vertraute Kindheitserinnerung, war zum lebensbedrohlichen Schrecken geworden. Wie oft hatte sie die steinernen Schultern berührt! Silena zwang sich, nüchtern über den Vorfall nachzudenken. »Es würde mir erklären, warum meine Waffen gegen sie nichts ausrichten«, befand sie, und ihre Stimme klang leiser als sonst. »Da es keine Drachen oder irgendwelche Mutationen dieser Teufel sind, wirken die Waffen auch nicht im besonderen Maß.« Sie schaute zu Arsènie, die den Kopf mit einer Hand stützte, die andere hielt den Cognacschwenker umklammert. Sie machte einen apathischen Eindruck. »Was wollte die Kreatur von Ihnen, Madame? Hat sie gesagt, was sie ist?«

Arsènies rötliche Augen wanderten an ihrem Kleid hinab. »Ich bin vollkommen derangiert«, flüsterte sie und wischte Schmutz ab, was angesichts des Maßes an Dreck eine vergebliche Mühe war.

»Arsènie, was war das?«, versuchte es Grigorij; er trocknete den Schweiß auf seiner Stirn mit einem bestickten Taschentuch.

»Eine Stimme in meinem Kopf, so klar und doch so vollkommen anders als meine Geister«, erklärte sie. »Sie suchen mich … Medien … glaube ich.«

Silena kombinierte intuitiv und blitzartig. Es gab mindestens zwei dieser Gargoyles, Cyrano in München, der andere in London, der Zadornov angegriffen hatte … Was, wenn sie die Museen überfallen hatten? Wenn sie das Flugzeug ihrer Brüder angegriffen hatten? Sie sah die Krallen der Statue genau vor sich und verglich sie im Geiste mit den Spuren an der Fokker D-I. In ihrer Vorstellungskraft passten sie perfekt. Doch wie konnte eine Statue laufen lernen?

Sie wandte sich zu den Drachentötern um. »Hat einer von Ihnen eine Vorstellung, was wir eben gesehen haben? Wie kann eine Statue oder ein Wasserspeier zum Leben erweckt werden?«

Die Männer und Frauen sahen sich ratlos an, bis ein Wort fiel: »Hexerei!«

Grigorij lachte laut los, und alle zuckten zusammen. »Ist das ernst gemeint? Wir leben in einer modernen Welt, und Sie nehmen tatsächlich an, dass derartige Zauberkräfte im Spiel sind?«

»Sind sie es?«, gab Silena die Frage an Arsènie weiter. »Vermögen es Ihre Geister, in tote Gegenstände zu fahren und sie zu beleben, wie wir es soeben gesehen haben? Oder vermag es das Ektoplasma zu tun?«

»Sie meinten einen Spuk, Großmeisterin. Wenn Geister oder verlorene Seelen das tun, gaukeln sie dem Verstand etwas vor. Sie erschaffen Trugbilder, um die Menschen zu narren und zu ängstigen, sie zeigen sich und bewegen Dinge.« Sie verlangte noch einen Cognac und steckte sich eine Beruhigungszigarette in den Mund; dabei verzichtete sie sogar auf die mondäne Spitze. Plötzlich sah sie richtig ordinär aus. »Was wir eben erlebt haben, war etwas ganz anderes: lebendiger Stein, eine Seele in einer beweglichen und doch steifen Hülle, tot und voller Kraft.« Dankbar nickte sie Marie zu, die ihr den Cognac brachte. »Ich habe eine unglaubliche Wut gespürt, die sich jedoch nicht gegen mich gerichtet hat. Und dieses Wesen war ein … Sklave. Es diente einst jemandem vor vielen, vielen Jahren … Jahrhunderten.«

Die Wachtmeister standen hilflos umher. Sie wussten nicht, was sie tun sollten, und einer von ihnen kritzelte auf seinem Block herum.

Der Wirt des Cafés kam zu ihnen und sprach leise mit den Ordnungshütern, bis er an die Großmeisterin trat. »Wird das Officium den Schaden begleichen, Großmeisterin?«, verlangte er barsch zu wissen.

»Ich bin mir sicher, dass wir eine Lösung finden«, gab sie diplomatisch zurück. Ihr stand der Sinn überhaupt nicht danach, Verhandlungen über Entschädigungen zu führen. Sie fühlte, dass der Fall eine unglaubliche Wendung genommen und ein weiterer Gegenspieler das Feld betreten hatte. Jagte auch er den Weltenstein? Was wollte er mit dem Zepter, und warum überfielen und töteten sie Medien wie Sàtra und ihre Spiritistenfreunde?

Plötzlich kam ihr die ermordete Martha in den Sinn, neben der ein zerbrochener Wasserspeier gelegen hatte. Wenn dieser Wasserspeier nicht die Waffe, sondern der Angreifer gewesen war, den die Großmeisterin kurz vor ihrem Tod noch besiegt hatte?

Die eigenen Überlegungen kamen ihr im Grunde zu fantastisch vor, um auch nur im Entferntesten zuzutreffen. Andererseits ließen sich das Loch in der Wand des Cafés und das Chaos um sie herum nicht leugnen.

»Das Officium *wird* dafür aufkommen, oder ich lege eine offizielle Beschwerde gegen Sie beim bayerischen König ein«, drohte der Wirt erbost. »Sie haben mein Café und meinen Ruf ruiniert! Ich werde einen Monat benötigen, bis ich wieder Gäste …«

Silena ging an ihm vorbei. »Kommen die Herrschaften bitte mit mir ins Officium?«, bat sie Onslow, Arsènie und Grigorij. »Wir haben dem Erzbischof Bericht zu erstatten.«

Die Französin erhob sich, gestützt von Zadornov, und folgte der Drachentöterin.

Kaum hatten sie das Café durch das Loch in der Wand verlassen und befanden sich auf dem Marienplatz, beeilte sich Skelton, der von oben bis unten voller Staub war, an Silenas Seite zu gelangen. Auch er wirkte angeschlagen. Nicht so sehr körperlich, dafür glänzten seine Augen merkwürdig.

»Großmeisterin, auch wenn die Gelegenheit nicht ganz passend erscheint, muss ich es Ihnen dennoch sagen: Wir haben einen Hinweis auf das Goldene Dach«, warf der Detektiv ein. »Wir müssen nach Innsbruck.«

Silena wandte sich ihm zu. »Ist das sicher, Mister Skelton?«

»Anscheinend, Großmeisterin. Es gibt dort vermutlich einen riesigen Keller und eine Herrengasse«, bestätigte er und blickte sich dann furchtsam um.

»Hervorragend.« Sie sah die Theben bereits aufsteigen und über der Tiroler Hauptstadt schweben. Ein Katzensprung von München aus – in Anbetracht der Vielzahl und Unübersichtlichkeit ihrer Widersacher war der Wissensvorsprung, den sie durch die Befragung der Seele in London erlangt hatten, wertvoller als jedes Edelmetall der Welt.

Silena betrachtete ihn. Etwas ging in ihm vor, vielleicht rang sein Verstand darum, nicht verloren zu gehen. Eine solche Attacke erlebte ein normaler Mensch nicht alle Tage. Er musste dringend abgelenkt werden, indem sie ihn auf bekanntes, sicheres Territorium führte. »Erzählen Sie mir, wie Sie darauf gekommen sind?«

»Wie gern würde ich sagen, dass es ausgedehnter Recherche zu verdanken ist. Meiner Recherche. Leider aber war es ein Zufall.« Onslow verzog den Mund und klopfte den Hut ab, er entspannte sich sichtlich. »Die nette Kellnerin, eine Österreicherin, wusste mit der Beschreibung sofort etwas anzufangen. Ohne sie hätte ich die Expedition nach Katmandu geschickt.«

»Innsbruck ist mir lieber, Mister Skelton«, grinste Silena bemüht und schenkte ihm einen aufmunternden Blick. »Ich bin mir aber sicher, dass Sie ebenfalls auf diese Lösung gekommen wären. Nach dem Abstecher nach Nepal.«

»Zu freundlich, Großmeisterin.« Er lächelte schwach, wirkte jedoch ruhiger.

Sie betraten das Officium, in dessen Gängen es zuging wie in einem Ameisenstaat. Überall eilten Männer und Frauen mit Ordnern unter den Armen umher, andere trugen Rüstungen aus dickem Leder mit lamellenartig übereinander gelegten Drachenschuppenstücken und waren mit verschiedenen Waffen ausgerüstet. Das Hauptquartier befand sich im Alarmzustand.

Silena ließ sich zum Erzbischof bringen, der sein Arbeitszimmer verlassen und es gegen eine sichere Unterkunft im Keller mit dicken Bunkerwänden eingetauscht hatte. Er saß hinter einem Schreibtisch, die Hände auf die Platte gelegt, und betrachtete die Gäste eingehend.

Der Reihe nach stellte Silena ihre Begleiter vor, ehe sie die Ereignisse im Café und ihre Eindrücke schilderte. »Wir haben einen neuen Feind, Exzellenz«, beendete sie ihre Rede. »Er kann sich als Wasserspeier tarnen, würde nirgendwo auffallen und vermag doch alle Geheimnisse zu erkunden.«

»Wie die Statue.« Kattla stand auf, stellte sich hinter den Stuhl und legte die Hand auf die hohe Rückenlehne. »Ungewöhnliche Zeiten erfordern ungewöhnliche Maßnahmen.« Seine harten Augen wanderten über die Züge der Anwesenden. »Ich erlaube mir, ganz offen mit Ihnen zu sprechen, und erwarte das Gleiche von Ihnen.« Er hielt inne, bis er von jedem ein Zeichen der Zustimmung gesehen hatte. »Es gab in der Vergangenheit bereits Hinweise auf Flugwesen, die nicht unbedingt der Familie der Drachen angehörten. Sie waren zu klein und sahen zu andersartig aus.« Er zeigte auf einen Ordner, der auf dem Tisch lag. »Einmal gesehen und vermerkt im Jahr 1549 in der Stadt Essen. Dann 1639 und ein weiteres Mal 1811, beide Male hier in München, in der Nähe des Rathauses. Das damalige Officium stufte die Sichtungsmeldungen als nicht echt ein, weil sie einer Überprüfung nicht standgehalten hatten. Jedes Mal fügte aber der untersuchende Großmeister zu seinem Bericht hinzu, dass es in der Nähe der Sichtung einen Wasserspeier gebe, der zu den Beschreibungen der Zeugen passte. Wir schoben die Meldungen auf die Trinkfreudigkeit der Menschen, auf eine Einbildung oder einen vorübergehenden Anfall von Wahn. Niemals wären wir auf die Idee gekommen, dass sich hinter den steinernen Gesichtern etwas Lebendes verbirgt. Aufgrund Ihrer Schilderung, Großmeisterin, und der Tatsache, dass unsere Statue aus dem Eingang vor aller Augen durch die Wand des Cafés gebrochen ist, kann es keinen Zweifel daran geben, dass einige Wasserspeier vom Teufel zum Leben erweckt worden sind.«

Arsènie zog die hellen Augenbrauen zusammen. »Was genau hat das denn mit dem Teufel zu tun, Exzellenz?«

»Wer sonst hätte dem Stein Leben geben sollen, um solche Taten zu vollbringen? Der Satan schickt neue Vasallen, um den Drachen beizustehen. Er spürt, dass seine ältesten Knechte im Kampf gegen uns Menschen unterliegen, und möchte ihnen Beistand angedeihen lassen.« Der Erzbischof klang keineswegs belehrend oder predigend, sondern mehr wie ein rationaler Feldherr, der auf dem Hügel stand und zusehen musste, dass die zurückgeschlagenen Feinde frische Truppen erhielten. »Ich habe bereits unsere Taktiker ins Officium beordert, mit denen ich mich gleich im Anschluss treffe und Maßnahmen bespreche, die wir gegen die Gargoyles ergreifen können.«

»Ihre Zahl wird wohl nicht allzu hoch sein, Exzellenz. Wichtig ist herauszufinden, warum sie so handeln, wie sie handeln«, gab Silena zu bedenken. »Und wie sie das alles schaffen. Wir reden über Figuren von mehreren hundert Kilogramm Gewicht, die sich rasend schnell durch die Luft bewegen.«

Er schaute zum Standbild des heiligen Georg, das in der Nische auf einem Podest stand und den Ritter beim Lanzenstoß gegen den Drachen zeigte. »Warum? Um Verwirrung zu stiften. Um alle gegeneinander aufzuhetzen.«

»Aber sahen nicht viele Morde an unseren Leuten aus wie Angriffe von Drachen?«, warf Silena ein. »Ich fürchte, Ihre Annahme ist falsch, Exzellenz.«

»Denken Sie das wirklich, Großmeisterin?«

»Verzeihung, dass ich unterbreche. Der Weltenstein ist meiner Ansicht nach der Schlüssel. Finden wir ihn und kommen wir seinem Geheimnis auf die Spur, werden sich einige Rätsel von selbst lüften, das erachte ich als sicher.« Grigorij hatte es nicht länger ausgehalten zu schweigen.

»Ich habe Hauptmann Litzow Bescheid geben lassen. Die Theben erwartet uns im Anschluss an diese Unterredung und bringt uns rasch nach Innsbruck, bevor sie die Cadmos jagt.« Silena sah den Erzbischof an. »Exzellenz, seit wann stand Cyrano … die Statue in der Eingangshalle? Ich erinnere mich an sie, seit ich denken kann.«

Kattla dachte nach. »Es werden vorneweg zweihundert Jahre sein, seitdem sie im Besitz des Officiums ist«, antwortete er.

»Eine lange Zeit, um Geheimnisse des Officiums Nacht für Nacht zu ergründen und das Wissen gegen die Einrichtung zu verwenden.« Arsènie betrachtete bedauernd ihr ruiniertes Kleid, das unter dem Mantel hervorschaute. »Es könnten harte Zeiten auf Sie zukommen.«

»Wenn Sie wüssten, was wir alles über Medien gesammelt haben«, gab Kattla mit einem bösen Lächeln zurück, »unter denen Sie sich ebenfalls befinden, wären Sie nicht mehr ganz so schadenfroh.«

»Der Gargoyle hat versucht, mich zu entführen. Was könnte da noch schlimmer werden?« Sie blieb gelassen, was Silena nicht sonderlich wunderte. Um eine Frau wie Madame Sàtra nachhaltig zu erschüttern musste mehr erklingen als eine vage Andeutung.

»Da wir nun wissen, dass die Sichtungen nicht erfunden waren, haben wir irgendwo in den Archiven einen Hinweis, wie wir gegen Gargoyles vorgehen können und wie wir die harmlosen Steinstatuen an den Häusern und auf den Dächern von denjenigen unterscheiden, die unser Leben wollen?« Silena fürchtete, dass die Antwort unbefriedigend ausfiel.

Und sie behielt Recht. »Nein, Großmeisterin. Aber da es sich trotz allem um Stein handelt, versuchen Sie es mit einem schweren Gegenstand anstatt mit einem Schwert aus Drachenzahn.« Kattla hob entschuldigend die Schultern. »Ich kann Ihnen keine Anleitung gegen die Diener des Satans geben. Sie sind für mich ebenso neu und unvermutet wie für Sie.«

»Verteilen Sie doch Hammer und Meißel an die Großmeisterinnen und -meister«, schlug Arsènie mit Spott in der Stimme vor. Sie erholte sich ohne Frage mehr und mehr von ihrem Schock. »Vielleicht lassen sie sich dadurch in die Flucht schlagen. Und stellen Sie Steinmetzen ein. Sie kennen gewiss die Schwachpunkte der steinernen Kreaturen.« Sie lachte auf. »Man könnte meinen, diese Wesen wären aus Bimsstein, so leicht segeln sie durch die Luft. Versuchen Sie es doch einmal mit Netzen, wie bei der Vogeljagd. Oder mit Leimruten. Das wäre doch ein hübscher Anblick: Gargoyles, die wie Hühner auf der Stange sitzen und für das Officium ein paar nette Eier legen.«

»Sparen Sie sich den Hohn, Madame Sàtra. Er steht einer Frau wie Ihnen nicht gut«, empfahl Kattla tadelnd.

»Mit Ihrer Erlaubnis, Exzellenz, brechen wir nach Innsbruck auf.« Silena verneigte sich. »Wir müssen den Vorsprung nutzen.«

Kattla deutete das Kreuzzeichen an. »Viel Erfolg und den Beistand der Heiligen«, verabschiedete er sie. »Der Rest des Officiums wird alles unternehmen, um Ihnen den Rücken freizuhalten. Sobald der schwarze Drache auftaucht, setze ich alles in Bewegung, um ihn zu vernichten.«

»Das bedeutet, er ist verschwunden, Exzellenz?«, fragte Skelton verwundert. »Ich meine, so ein gewaltiges Exemplar sollte doch leicht aufzuspüren sein?«

»Er hat einen Weg gefunden, unsere Spähposten in Großbritannien zu umgehen, Mister Skelton, und keiner bedauert es so sehr wie ich.« Kattla legte die Hände zusammen.

Skelton schluckte. »Das heißt, er kann uns jederzeit anfallen?«

»Wir haben doch sie dabei, mein lieber Onslow«, meinte Arsènie zuckersüß und ätzend wie Königswasser, während sie auf Silena deutete. »Wir sind sicher in ihrer Nähe.« Sie erhob sich und ging ohne sich umzudrehen zum Ausgang. Grigorij und Onslow verbeugten sich ebenso wie die Drachentöterin vor dem Erzbischof, ehe sie den Raum verließen.

»Großmeisterin!« Kattla rief sie noch einmal zurück. Er beugte sich an ihr Ohr. »Lassen Sie nicht zu, dass dieses Medium den Weltenstein erlangt, ganz egal, was sie Ihnen verspricht oder versichert«, befahl er ihr. »Weder sie noch Zadornov dürfen ihn in die Finger bekommen, nicht einmal für wenige Sekunden. Es ist zu gefährlich, solange wir nichts über die Kräfte des Artefakts wissen. Verstehen Sie mich, Großmeisterin?« Seine rechte Hand legte sich auf den Pistolengriff. »Zweckgemeinschaften haben ein Ende, wenn der Zweck erfüllt ist.« Er hob den Finger. »Keiner außer uns darf den Weltenstein besitzen.« Sie nickte. »Es war mir wichtig, dass Sie das wissen, Großmeisterin.« Er geleitete sie zur Tür. »Gott sei mit Ihnen.«

Als sie die Tür hinter sich zuzog, dachte sie darüber nach, was der Erzbischof mit seinen Worten wohl genau gemeint hatte. Was sie für sie selbst bedeuteten. Und dass die spitzen Bemerkungen wohl Sàtras Art waren, nach den vielen Ereignissen nun doch Nerven zu zeigen.

22. Januar 1925, Innsbruck (Zisleithanien), Kaiserreich Österreich-Ungarn

»Da müssen wir durch?« Onslow betrachtete das Meer aus Menschen, die sich rund um die Hofburg und in den umliegenden Straßen versammelt hatten, mit gemischten Gefühlen.

Tausende Demonstranten hatten sich eingefunden, skandierten

Sprüche in einer unverständlichen Sprache und schwenkten Schilder, auf denen teils serbische, teils deutsche Parolen aufgemalt waren.

»Es geht um mehr Selbstständigkeit für die serbische Bevölkerung Österreich-Ungarns«, übersetzte Zadornov für den Detektiv. »Sie verlangen von Kaiser Joseph Autonomie, die er ihnen nach Beendigung des Weltkriegs zugesichert hatte.«

»Zum Verrücktwerden, dass der Monarch ausgerechnet dann, wenn wir nach Innsbruck kommen, in seiner Hofburg residiert und der Mob die umliegenden Gassen bevölkert«, beschwerte sich Arsènie mit Leiden und Entnervtheit in der Stimme. Sie rückte ihren Glockenmantel zurecht. »Verfluchter Pöbel. Man sollte Kaviar auf die Straße werfen, damit er darauf ausrutscht und sich das Genick bricht.«

Silena sah die Schwierigkeit, die ihnen bevorstand. Dabei hatte es in den letzten Stunden ausnahmsweise keinerlei Zwischenfälle gegeben. Die Zugreise über das Gebirge nach Innsbruck hatte zu ihrem Glück nicht lange gedauert, und das Luftschiff befand sich bereits auf dem Weg nach Norden, um die Cadmos zu jagen und zurückzuerobern.

Sie hatten die Schönheit der Stadt bei der Einfahrt bewundern dürfen und das Goldene Dachl am Marktplatz sofort entdeckt. Es funkelte und glänzte in der Wintersonne. Der Kaiser hatte anscheinend angeordnet, dass es selbst mitten in der tiefsten Winterzeit stets vom Schnee befreit sein musste.

Nach der Einfahrt in den Bahnhof waren ihnen schon die ersten serbischen Demonstranten begegnet, die sich sogar angeschickt hatten, den Zug zu kapern, weil sie gedacht hatten, der Kaiser wolle sich damit absetzen. Die Mehrheit hatte sie überzeugen können und den kleinen hartnäckigen Rest mithilfe der Soldaten des Officiums und der kaiserlichen Polizei vertrieben. Jetzt wusste Silena, wohin sie stattdessen gegangen waren.

»Ich gebe zu, dass ich mich nicht um Politik schere.« Arsènie klang gelangweilt. »Warum gibt man den Serben nicht einfach, was sie haben wollen?«

»Weil es für den Kaiser unweigerlich bedeuten würde, dass er auch anderen Volksgruppen mehr Zugeständnisse machen muss, liebe

Arsènie«, erklärte Grigorij und setzte sich die grün getönte Brille auf die Nase. »Und das wäre das Ende des Vielvölkerstaates und damit das Ende des letzten Restes von Österreichs Status. Vom einstigen Glanz Austrias ist ohnehin nicht mehr viel geblieben, seit die Preußen den deutschen Kaiser stellen.«

Die Französin schüttelte den Kopf. »Und warum erschießt man sie nicht einfach, wenn sie so viel Unruhe verursachen?«

»Dafür sind es ein paar zu viele, Arsènie.« Er betrachtete sie, und zum ersten Mal las Silena Unverständnis in den Augen des Russen. »Es wundert mich, dass Sie so hart über ein Volk entscheiden, das doch nichts anderes will als etwas mehr Freiheit. Immerhin hat Frankreich in der Vergangenheit bewiesen, dass das Volk Macht besitzt. Und gerade Sie …«

»Frankreich hat derzeit einen König, lieber Grigorij«, machte sie ihn sachlich und überflüssigerweise aufmerksam. »Charles der Unerreichte würde sich so etwas vor einer seiner Residenzen niemals gefallen lassen.«

»Bis zur nächsten Revolution zumindest.« Grigorij presste die Lippen zusammen. »Ich weiß, was es bedeutet, unterdrückt und in seinen Rechten beschnitten zu werden. Der Zar ist nicht für seine weiche Haltung bekannt. Sibirien ist Europas größtes Gefängnis, Arsènie.«

Sie horchte auf. »Habe ich da eine empfindliche Stelle getroffen, mon cher?«

Er öffnete den Mund, wurde aber unterbrochen.

»Das ist nicht die rechte Zeit für eine Politikstunde, Fürst.« Silena spähte über die Köpfe und Schilder hinweg und suchte, ob sich eine Lücke für sie auftat. »Erst schlagen wir uns von der Herrengasse in den gotischen Keller der Hofburg. Ich hoffe, es gibt diesen Zugang noch. Der Plan, den uns das Officium-Archiv zur Verfügung gestellt hat, ist alt, mindestens aus der Zeit Maria Theresias.«

»Gab es da die Herrengasse überhaupt schon, Großmeisterin?« Onslow war sehr beunruhigt. Leise klangen die Reden der Agitatoren zu ihnen herüber, immer wieder wurden sie vom Jubel und der Zustimmung der Masse unterbrochen. Applaus brandete auf und rollte durch die Straßen am Marktplatz.

»Ich verstehe Ihre Unruhe. Es riecht wie vor einigen Jahren in

Sankt Petersburg: nach Revolution.« Grigorij rieb sich über den Stoppelbart. »Bei uns wurde sie in Blut ertränkt.«

Arsènie hatte eine Bewegung am anderen Ende des Platzes ausgemacht, hob den Kopf und sah die ersten Gardisten in der Uniform des Kaisers aufmarschieren. Sie trugen Gewehre bei sich und machten einen äußerst entschlossenen Eindruck. »Messieurs, wir sollten uns beeilen, die Herrengasse und den Keller zu erreichen, bevor der Sturm beginnt.«

»By Jove«, rief Onslow aus und verlor das bisschen Farbe, das er sich bewahrt hatte, als er die Truppen sah.

Leises Hufeklappern erklang, hinter der Infanterie zog eine Abteilung Kavalleristen in den prächtigen Uniformen der Husaren auf, die lange Speere in der Rechten hielten und die Spitzen senkrecht nach oben richteten.

Der Aufmarsch war nicht unbemerkt geblieben, die ersten Demonstranten drohten den Männern, die sich allerdings von den geballten Fäusten nicht einschüchtern ließen. Ein solcher Einsatz besaß im Kaiserreich Normalität.

Erste Mutige erklommen unter den Rufen und Gesängen des Mobs die Balkone des Erkers, um das Goldene Dach zu erreichen; in ihren Gürteln steckten kurze, schwere Hämmer. Gäbe es ein besseres Zeichen gegen die Obrigkeit als ein Akt gegen eines ihrer Symbole?

»Ich gehe voran«, verkündete Grigorij.

»Nein, Fürst«, hielt Silena ihn zurück. »Mit Verlaub, Sie und Madame Sàtra tragen Kleider, die Sie als Angehörige des gehobenen Standes ausweisen. Damit gehören Sie in den Augen des Mobs eher zum Feind als zum Freund.« Sie schob sich an ihm vorbei. »Lassen Sie mir den Vortritt.« Sie setzte sich in Bewegung und schob sich mitten in die Menge, schlüpfte in sie hinein und schlängelte sich geschickt vorwärts. Alle zwei Meter blieb sie stehen und sah sich nach den Übrigen um, ob sie ihr folgten. Es war, wie durch zähen, schweren Teer zu schwimmen.

Als sie sich ungefähr in der Mitte des Platzes befanden, vernahm Silena einen spitzen Schrei. Natürlich stammte er von der Französin. »Donne-moi mon portemonnaie, crétin!«, keifte sie einen Mann an. »Tout de suite!«

Die Umstehenden lachten, einer machte eine Bemerkung über

ihre weißen Haare und die Kleidung, ein zweiter entdeckte den gut angezogenen Fürsten hinter ihr. Zwei Fremdköper inmitten der Rebellen und ein willkommenes Ventil für den angestauten Hass; die Gebärden wurden drohender.

»He, nein! Weg da!«, rief Silena und drängelte sich zurück – oder versuchte es zumindest. »Lassen Sie die Finger von der Frau. Sie gehört zu mir.«

Niemand kümmerte sich um ihre Erklärungsversuche. Grigorij musste einem ersten Faustschlag ausweichen und stieß den Angreifer mit seinem Spazierstock zurück, doch sofort sprang ein neuer Gegner herbei, um den Fürsten zu attackieren.

In diesem Durcheinander hatten die Kletterer die unterste Kante des Goldenen Dachls erreicht, zückten die Hämmer und schlugen damit auf die blattgoldverkleideten Ziegel ein. Klirrend barsten sie, die Trümmer fielen auf den Platz, wo sie auf dem Kopfsteinpflaster zu noch kleineren Stücken zerschellten.

Jetzt war der Jubel unbeschreiblich, es wurde auf Serbisch gerufen und gesungen, und irgendwo in der Mitte des Pulks spielte eine Kapelle einen Marsch.

Das war zu viel für den Befehlshaber der Gardisten. Ein Befehl wurde gebrüllt, daraufhin erschallte eine einzelne Trompete, und die Husaren rückten in einer breiten Front vorwärts. Sie drängten die Menschen einfach ab, alles Sträuben und Lärmen brachte nichts.

Da flog ein aus der Straße gerissener Stein und traf einen der Berittenen unterhalb der Helmkante gegen das Auge; sofort sank er aus dem Sattel und verschwand aus Silenas Blickfeld.

»Sàtra, Zadornov!«, schrie sie und versuchte, die Hand der Französin zu ergreifen, um sie mit sich zu ziehen. Es ging nicht mehr darum, die Herrengasse zu erreichen, sondern so rasch wie möglich den Platz zu verlassen. Gleich würde es zu einer blutigen Auseinandersetzung kommen. »Hier rüber, nach rechts!«

Ein zweites Signal ertönte, und die ersten Schüsse erklangen. Die Salve war zur Warnung in die Luft gefeuert worden, während die Kavallerie mit den Lanzenstielen nach den Demonstranten schlug und erste Wunden an Köpfen und in Gesichtern klafften. Die Kapelle hatte aufgehört zu spielen, noch mehr Steine wurden gegen die Soldaten geschleudert.

Zadornov verpasste einem Mann einen Kinnhaken und nickte. »Wir schlagen uns zur Herrengasse durch, Großmeisterin«, brüllte er. »Das hier hat keinen Sinn.« Er zog Arsènie mit sich.

Dann wurde der Druck der Masse einfach unwiderstehlich groß. Silena trieb es davon, aus dem zähen Teer war ein rasch strömender Fluss geworden, gegen den es keinen Widerstand gab.

Als sich die Menge an einer Hausecke brach und aufteilte, wählte Silena die engere Gasse, in die weniger Demonstranten flüchteten. Hinter ihr erklangen schnelle Schussfolgen, die Soldaten hatten das Feuer eröffnet.

»Mister Skelton?« Silena reckte den Kopf, sie sah den Detektiv nirgends. Eine Suche ergab keinen Sinn, und so hoffte sie einfach, dass er es bis zur Herrengasse schaffte, ohne ein Opfer des Mobs oder einer Kugel zu werden.

Männer und Frauen hetzten an ihr vorbei, die Schilder unter den Armen. Plötzlich wurden sie langsamer: Vor ihnen, an der Einmündung zu einer breiteren Straße, hatte sich ein weiterer Trupp Husaren aufgestellt und blockierte mit den Pferdeleibern ein Durchkommen. Schon senkten sie die Speere und trabten locker an. Die Demonstranten kehrten um.

Silena verharrte wie der Fels in der Brandung, überlegte fieberhaft, wie sie entkommen konnte. »Ich dachte, der Erzbischof hat mich gesegnet«, murmelte sie. Sie hatte eine Reihe breiter Fenstersimse ausgemacht, die sich hervorragend dazu eigneten, nach oben zu klettern und über die Dächer in die Herrengasse zu entkommen. »Aber anscheinend hat er mich aus Versehen verflucht.«

Sie begann den Aufstieg, und auch wenn es ihr an der notwendigen Technik mangelte, machte sie es durch Kraft wett. Einer der Kavalleristen scherte aus dem Verband aus, hob den Kopf und blieb unter ihr stehen. »He, du kleiner Floh! Steig nunter, hörst? Und i wörd da a nix duan.«

Silena kletterte weiter.

»Hörst nett, Floh? I wörd di glei spicken mit meim Spiaß.«

Sie schwang sich auf den nächsten Sims, beförderte sich mit einem Sprung an den Dachfirst und zog sich an ihm nach oben. Silena schwang sich auf die Schindeln und rutschte auf den Giebel, da traf sie ein Schlag in den Rücken, und im nächsten Moment spürte sie einen heißen Schmerz in ihrer rechten Seite. Der Kavallerist hatte seine Drohung wahr gemacht.

Aufkeuchend krümmte sie sich. Dabei rutschte ihr Fuß ab, und sie glitt das Dach hinab, bis es plötzlich unter ihr nachgab und sie in Schwärze stürzte.

XV.

»Er hat sich vollkommen daneben benommen. Ich weiß, Drachentöter verdienen Respekt, und ich habe sie lange mit solchem behandelt. Aber dieser Großmeister hat weder sein Essen bezahlt noch die Getränke. Ich bin gewiss nicht kleinlich, doch es handelt sich um drei Lokalrunden für seine ganzen Bewunderer, die unentwegt nach Autogrammen verlangt haben. Das sind schon einige Goldmark, die mir fehlen. Und das Officium meinte, es ginge sie nichts an.«

Karl Hansen, Hotelier und Gastwirt

aus dem Bericht »Das Officium – Die heimliche Macht« in »Kommunistische Wahrheit« vom 6. September 1924

22. Januar 1925, Innsbruck (Zisleithanien), Kaiserreich Österreich-Ungarn

Silena spürte, dass sie auf etwas Weichem lag.

In ihrer Seite brannte Feuer, und eine kleine Trommel wurde unaufhörlich in ihrem Kopf geschlagen. Stöhnend hob sie die Lider und sah, dass sie durch das Dach in einen Heuspeicher gefallen war; der Speer war durch ihren Sturz aus der Wunde gerutscht und hing über ihr quer an einem Balken.

Sie fühlte sich müde und schwach, tastete behutsam an ihre Seite. Es war feucht dort, warm und klebrig, und in dem wenigen Licht, das von oben durch das Loch fiel, schimmerte es schwarzrot an ihren Fingern. Sie rollte sich vom Rücken auf die unverletzte Seite und kämpfte sich zähneknirschend auf die Beine. Kaum stand sie, wurde ihr schwummerig, und kleine Sternchen tanzten ihr vor den Augen.

Ich muss in die Herrengasse. Sie schwankte durch die Dunkelheit, tastete sich vorwärts, bis sie eine Tür entdeckt hatte.

Weil sie keinen Schlüssel für das Schloss besaß, zückte sie die Luger, zerstörte die Mechanik mit zwei schnellen Schüssen und stieß den Ausgang auf.

Sie fand sich in einer kleinen Gasse wieder. Dem Sonnenstand nach zu urteilen war nicht allzu viel Zeit seit ihrem Sturz vergangen.

Silena schleppte sich vorwärts, stützte sich mit einer Hand an den Hauswänden ab, bis sie das Schild *Herrengasse* entdeckte. In der richtigen Gegend war sie nun zumindest; jetzt galt es, den Eingang zu finden.

Ein dunkler Vorhang schob sich vor ihre Augen, eine Ohnmacht kündigte sich an. Trotz der schlechten Sicht erkannte sie zwei Gestalten, die quer über die Gasse huschten und durch ein Tor verschwanden.

Silena folgte ihnen, nicht wissend, wohin es sie verschlagen würde.

Sie stieg drei Stufen hinab und stand vor einem Tor, das leicht angelehnt war. Langsam hob sie den Arm und ächzte auf, denn die Wunde in ihrer Seite folterte sie mit neuerlichen Schmerzen. Sie hielt inne, brauchte eine halbe Minute, bis sie sich bereit fühlte einzutreten und sich dem zu stellen, was sie dahinter erwartete.

Im Inneren stieg sie die Treppe hinab und gelangte in einen Raum, der laut dem uralten Lageplan zu Maria Theresias Zeiten als Hauptküche genutzt worden war.

Er war beeindruckend. An der Decke des weitläufigen und unterschiedlich hohen Kreuzgratgewölbes hingen handgeschmiedete, in die Decke eingelassene Ringe. Der Geruch von erloschenem Feuer hing noch immer in der Luft, und mit etwas Einbildungskraft konnte man die Köche und Küchenbediensteten zwischen den Kesseln und Öfen hin und her laufen sehen, bei der Zubereitung der Speisen betrachten und den Duft von frisch gebackenem Brot riechen. Pfeiler stützten die Decke und schufen verborgene Winkel, in deren Schatten alles Mögliche lauern konnte. Erhellt wurde der Teil des Raumes, in dem sich Silena befand, vom Schein zweier Lampen, die auf dem Boden abgestellt worden waren.

Silena lehnte sich gegen einen Pfeiler, schluckte schwer und zog das Schwert. Dieser Keller war wie geschaffen für einen Hinterhalt. Da das Eindringen so einfach möglich gewesen war, konnte es sich nur um einen solchen handeln. So oder so war ihr Kommen erwartet worden.

Bedächtig ging sie vorwärts, lauschte auf jedes Geräusch und achtete vor allem auf die dunklen Ecken, an denen sie vorüberschritt.

Sie verließ den imposanten Raum und gelangte in einen Gang, in dem das Salz und die Feuchtigkeit dem Putz an der Wand schwer zugesetzt hatten. Dann vernahm sie die tiefe Stimme des Fürsten und blieb stehen.

»Wir sind anscheinend die Ersten, Madame. Es gibt hier unten niemanden außer uns.«

»Eben. Finden Sie es nicht verdächtig, lieber Grigorij?«, sagte Arsènie, und ihre Stimme hallte ebenso nach wie die des Russen. »Wo sind Mister Skelton und unsere Heilige?«

»Ich hoffe sehr, dass ihnen nichts geschehen ist.«

»Ach? Warum?« Sie legte eine kurze Pause ein, dann erklang ein heiteres Lachen. »Ich verstehe. Sie haben Angst, dass Sie Ihre Wette verlieren.«

»Darum geht es mir nicht. Und die Wette ist aufgehoben. Es war dumm, dass ich mich darauf einließ. Und ich glaube, dass es besser ist, wenn wir beiden die Vertraulichkeiten lassen. Ich hatte Sie schon einmal darum gebeten, und es wäre mir sehr recht, wenn Sie mich ab sofort entweder mit meinem Nachnamen oder mit meinem Titel anredeten«, sagte er und klang ungehalten.

»Nanu? Was habe ich getan?«

»Mir ist klar geworden, dass Sie und ich nichts gemein haben, Madame Sàtra.«

»Den Eindruck hatte ich vor nicht allzu langer Zeit ganz und gar nicht.«

»Ich erlaube mir, Ihnen zu sagen, was mich an Ihnen stört: Sie sind so herzlos wie ein Stein, wie ein Gargoyle, Madame. Auf solche Wesen kann ich verzichten.«

Es trat eine unangenehme Stille ein. »Und Sie sind ein … Russe!« Dieses eine Wort aus Arsènies Mund beinhaltete alles, was sie jemals an Abscheu hatte ausdrücken wollen. »Es wird mir ein Vergnügen sein, nichts mehr mit Ihnen zu schaffen zu haben.«

»Oh, ich sehe schon. Es hat noch keiner gewagt, Ihnen die Wahrheit zu sagen. Sollten Sie den Wunsch verspüren, noch mehr über sich zu erfahren, lassen Sie es mich …«

Plötzlich erklang eine Abfolge von merkwürdigen Geräuschen, die sich durch den Hall der hohen Decke vermengten. Silena glaubte, das Mahlen von Stein auf Stein ausgemacht zu haben, ein Krachen, als sei eine Platte zu Boden gefallen, und ein kurzes, ängstliches Aufschreien der Französin.

Danach war es wieder still.

Silena kehrte so rasch es ihr Zustand erlaubte in das Gewölbe zurück. Auf dem Boden standen noch immer die beiden Lampen; nasse, unterschiedlich große Fußspuren zeugten davon, dass Grigorij und Arsènie sich wirklich hier befunden hatten.

»Wo sind sie abgeblieben?« Sie drehte sich auf der Stelle, pochte gegen die Pfeiler und kehrte schließlich wieder zu den Leuchten zurück.

In dem Augenblick schwang der Boden unter ihr zur Seite. Silena fiel – und wurde nach wenigen Metern aufgefangen. Aber der Schmerz, den ihre Wunde verursachte, ließ sie aufschreien. Die Kraft wich aus ihr, und sie hing wehrlos in den Armen eines Mannes.

»Sie ist verletzt.« Grigorij hatte sie davor bewahrt, auf den Boden zu stürzen, und dabei ihre Verletzung bemerkt. »Großmeisterin, sind Sie bei Bewusstsein?«

»Wecken Sie sie«, flüsterte Arsènie aus dem Hintergrund. »Wir brauchen sie dringend.«

Silena vernahm die Worte und riss sich zusammen, öffnete die Augen und richtete sich auf. »Was ist?«

Grigorij, der sie noch immer trug, drehte sie, damit sie sehen konnte.

Sie standen in einer Röhre von vielleicht sieben Metern Durchmesser, deren Wände vor allem im unteren Drittel glatt poliert waren, als bestünden sie aus Glas. Das schummrige Licht rührte von Glühbirnen her, die oberhalb der Decke angebracht waren und genügend Helligkeit verbreiteten. Sie zogen sich nach links wie an einer Schnur aufgereiht, bis sie zu weit entfernt waren, dass man sie noch erkennen konnte.

Grigorij wandte sich mit Silena in die andere Richtung. »Jetzt erschrecken Sie bitte nicht und bleiben Sie ruhig.«

Sie erkannte Arsènie, und vor ihr befand sich – ein leibhaftiger Wurmdrache!

Er maß geschätzte vierzehn Meter und hatte einen weißen, von kleinen Schuppen bedeckten Körper, der von der Form her an ein Krokodil erinnerte, nur die Füße fehlten. Das vordere Drittel hatte er wie eine Schlange aufgerichtet; der Kopf ähnelte der einer Muräne, und ein Paar kalter, blauer Augen starrte sie an.

»Lassen Sie mich auf den Boden, Fürst«, wisperte sie.

Ich hoffe, dass mein friedliches Verhalten gezeigt hat, dass ich keinerlei böse Absicht euch gegenüber hege, sprach eine zischelnde Stimme in ihrem Kopf. *Obwohl ich dich, Drachentöterin, für deine begangenen Taten auf der Stelle verschlingen müsste.*

»Sie wird sich zusammenreißen«, versprach Arsènie. Offenbar hatten sie und Grigorij die Stimme ebenfalls vernommen. Sie drehte sich zu Silena. »Großmeisterin, darf ich Ihnen Gessler vorstellen? Er ist sehr erfreut, dass wir zu ihm gekommen sind, und wäre noch erfreuter, wenn Sie ihn anhören würden.«

Silena stellte sich hin und war dankbar, dass ihr der Fürst den Arm als Stütze anbot. »Wo ist mein Schwert?«, verlangte sie leise.

Es gibt keinen Grund, mich anzugreifen, Großmeisterin. Ich bin der friedlichste Drache der Welt. Der hässliche Kopf neigte sich nach unten, der lippenlose Mund befand sich eine Armlänge von Arsènies Haupt entfernt. *Wir haben einen gemeinsamen Gegner. Aber das sollten wir nicht hier besprechen. Ich zeige euch meine Unterkunft, wenn ihr möchtet.*

»Warum sollten wir einem Teufel glauben?«

»Weil er weiß, wo der Weltenstein ist«, sagte Grigorij leise zu Silena.

»Was ist, wenn Mister Skelton …«

Über ihnen knirschte es, und ein sichtlich verwunderter Onslow Skelton kam durch das Loch gefallen, landete hinter Silena und fluchte laut, was gar nicht zu seiner sonst so britisch-beherrschten Art passte. »Oh, was …« Er entdeckte die Gefährten und den Drachen. »Bei den himmlischen Heerscharen!«

»Respekt, Mister Skelton. Das war ein sehr eindrucksvolles Schimpfwort und mit viel Bravour vorgetragen.« Grigorij lächelte. »Der große weiße Gentledragon hier ist Gessler, und wir haben uns eben Sorgen gemacht, wo Sie wohl abgeblieben sein könnten, als Sie erfreulicherweise zu uns stießen.«

Onslow wich vor dem Drachen zurück. »So etwas habe ich noch niemals gesehen. Ich meine …« Er schaute zu Silena. »Können wir ihm vertrauen?«

»Nein. Aber wir haben keine andere Wahl, als uns anzuhören, was er zu sagen hat.« Sie wankte und klammerte sich fester an Grigorij.

»Lassen Sie mich nach Ihrer Wunde sehen, Großmeisterin«, bat er. »Was ist Ihnen eigentlich zugestoßen?«

»Einer der Husaren hat seinen Spieß nach mir geworfen.« Sie ließ zu, dass er den Mantel zur Seite schob und die Verletzung betrachtete. »Wissen Sie, wie man Verbände anlegt?«

Er lachte. »Sicher, Großmeisterin. Ich durfte es oft genug bei mir selbst ausprobieren.«

Der Drache hatte bislang abgewartet. *Da es keine weiteren Besucher mehr gibt, gehen wir.* Er schob sich durch die Röhre, vorbei an den vier Menschen. Silena sah deutlich, wie sich die Muskeln unter der gepanzerten Haut bewegten, sich zusammenzogen und entspannten und den Drachen langsam und sehr majestätisch vorwärts brachten. Der Leib strahlte eine spürbare Wärme aus, er roch jedoch nicht.

Sie folgten dem Wesen durch den Tunnel, der unter Innsbruck entlanglief. Wohin sie sich genau bewegten, vermochte keiner von ihnen zu sagen, doch in dem Stollen war es kühl, und die Luft war keinesfalls abgestanden oder muffig.

Sie passierten weitere Tunnelabzweigungen, mal plätscherte Wasser von dort, mal vernahmen sie ein leises Knistern, das von Elektrizität stammen mochte.

Meinen Namen habt ihr bereits erfahren. Ich war ein Freund des schwarzen Drachen, den ihr jagt, und ich teilte seine Vision über die Zukunft. Leider ahnte ich nicht, dass er mich mit seinen Ansichten betrog und belog, erklärte er.

»Wie viele von euch leben unter Innsbruck?«, fragte Silena.

Ich bin der Einzige meiner Art. Und dass ich dich durch den Tunnel führe, heißt noch lange nicht, dass ich dich in alle meine Geheimnisse einweihen werde. Mir ist klar, dass du dem Officium Meldung erstatten wirst, aber wenn die anderen Drachentöter auftauchen, werde ich schon lange woanders sein. Der Drache lachte. *Das Kaiserreich ist groß und hat viele Täler und Gebirge, in denen ich mich sehr wohl fühle. Auch wenn ich Innsbruck vermissen werde.*

Silena versuchte zu verstehen, weswegen Gessler ihr den Tunnel wies.

Du kannst es nicht verstehen, hörte sie seine Stimme in ihrem Verstand. *Und musst es auch nicht.* Er kroch durch einen Torbogen, über dem für Menschen unlesbare Zeichen eingemeißelt waren. Etwa in Höhe seines Kopfes befand sich eine Leiste handtellergroßer Schalter. Er betätigte zwei mit der Nase, und die Glühbirnen im Tunnel erloschen; dafür erstrahlten unzählige Lampen im Raum vor ihnen.

Edison und seine Erfindungen sind etwas Wunderbares. Der Drache schlängelte sich in den Raum und rutschte bis ganz an die Wand. *Kommt herein, Menschlein. Das ist nur eines meiner Refugien.*

Sie betraten nacheinander eine Kammer, die an das Schlafzimmer eines Kaisers erinnerte.

Die Steinwände waren hinter Gobelins verschwunden, auf dem Boden lagen Teppiche höchster Qualität, und nicht weniger als sieben Kristalllüster erstrahlten an der Decke und sorgten für beinahe gleißende Helligkeit. Vasen, große und kleine Statuen im orientalischen und ägyptischen Stil standen in der Kammer verteilt und wurden von Spiegelstrahlern angeleuchtet, um die Schönheit hervorzuheben; in einer Glasvitrine neben dem Bett befand sich die goldene Totenmaske eines Pharaos. Nicht weniger als drei massive Sarkophage, mit Edelmetallen und Malereien verziert, waren dekorativ platziert. Niemand von den vieren zweifelte daran, dass alles, was sie sahen, echt und unermesslich wertvoll war.

Das Bett war quadratisch und maß fünf mal fünf Meter. Gessler rutschte mit angemessener Würde hinauf und machte es sich bequem. Er nickte zu den Stühlen, die davorstanden. *Nehmt Platz. Meine Diener werden euch gleich etwas bringen.* Das Schwanzende drückte einen der zahlreichen Knöpfe, die neben dem Bett in der Wand eingelassen waren. *Nennt ihnen einfach eure Wünsche.*

Silena war verwirrt über den Empfang. Der Drache hatte sie erwartet und verhielt sich wie ein Verbündeter, nicht wie ein Gegner.

Du vermutest noch immer einen Hinterhalt, Drachentöterin. Ich nehme es dir nicht übel, und wenn du gehört hast, was mich dazu bringt, einen von uns und seine Pläne an dich zu verraten, wirst du einsehen, dass ich es ehrlich meine. Er schaute sich um. *Ich lasse meinen Palast räumen, um dem Officium und seiner Rache zu entgehen, denn er wird unweigerlich versuchen, mich für meine Tat zu bestrafen.*

Das Tor öffnete sich, und zwei Männer und drei Frauen eilten herein. Sie trugen alle weiße Hemden, die Männer schwarze Hosen, die Frauen schwarze Röcke. Während vier von ihnen die ersten Schmuckgegenstände abräumten und sie aus dem Raum trugen, näherte sich eine Frau und verneigte sich tief vor Gessler. »Meister, wie kann ich Euch dienen?«

Frage meine Gäste nach ihren Getränkewünschen und erfülle sie ihnen. Und bringe Verbandsmaterial für die Drachentöterin. Das knöcherne Haupt schaute zu den Männern. *Gebt mit den Vasen Acht! Sie sind unersetzbar, und ich werde mir für jeden Kratzer einen von euch zum Mahl nehmen.*

Silena versuchte, ihre Gedanken auf irgendeine Weise zu verbergen.

Es bringt nichts, Drachentöterin. Du kannst dich nicht vor mir verbergen. Die blauen, grausamen Augen richteten sich auf sie, dann schwenkte der Schädel auf Arsènie. *Ich sehe alle eure Gedanken, und es kostet mich nicht mehr als ein Blinzeln. Es gibt keine Geheimnisse vor mir.* Er schaute über Grigorij hinweg zu Onslow, die Lider senkten sich herab. *Du bist anders als die anderen. Du besitzt eine … Merkwürdigkeit.* Er senkte das vordere Drittel seines Leibes so weit herab, dass sich der Kopf auf gleicher Höhe mit dem Detektiv befand. Das Maul öffnete sich, eine dunkelviolette, gespaltene Zunge schnellte hervor und züngelte. *Was ist mit dir?*

Onslow schob seinen Stuhl zurück, sonst hätten ihn die Zungenenden berührt. »Ich trage einen Drachenknochen in mir …«

Ah, das erklärt es. Du bist einer von denen, die von unserem Tod profitieren. Gessler richtete sich auf. *Ich kenne euch alle, und ich weiß, dass ihr den Drachenstein sucht. Doch ihr seid zu spät. Der schwarze Drache hat ihn bereits. Das ist der Grund, weswegen ihr euch beeilen müsst, um ihn aufzuhalten. Ich kann es nicht mehr.*

Grigorij vernahm Angst in der Stimme. »Dann seid so gütig, uns zu erklären, was vor sich geht, werter Gessler.«

Er will einen Krieg. Einen Krieg des Westens gegen den Osten, um sich aus den Wirren als der alleinige Herrscher zu erheben und Europa zu unterjochen.

Arsènie hob die Augenbrauen. »Einen Krieg? Zwischen wem? Will er in Russland anfangen oder …«

Ich rede nicht von euch Menschen. Ich rede von den Mächten des Feuers. Von uns Drachen, welche die Flammen beherrschen, wie es die

Menschen niemals können werden. Ihr vermögt ein Feuer zu entzünden, aber wir sind *Feuer.* Er züngelte, und es wirkte sehr aufgeregt. *Mit dem Weltenstein besitzt er unendliche Macht – sofern er weiß, wie er sie dem Stein entlocken kann. Die Kraft, die in ihm ruht, ist legendär.*

Silena verdrängte die Schmerzen in ihrer Seite. »Wie soll das vonstatten gehen? Wie ist sein Plan?«

Ich weiß es nicht.

»Aber … wieso weißt du davon?«

Alles kann ich euch nicht sagen, weil es euch nichts angeht. Doch es sei euch gesagt, dass die Drachen der Alten Welt in zwei Lager gespalten sind: die jungen Erstürmer und die alten Bewahrer. Die jungen Erstürmer folgen dem schwarzen Drachen und streben nach Veränderung, nach mehr Macht und den technischen Errungenschaften. Die Bewahrer möchten alles beim Alten wissen. Der Schwarze hat sich als einer von ihnen ausgegeben und sie getäuscht, während er Gefolgsleute sammelte.

»Zu denen Ihr gehörtet, richtig?«, sagte Grigorij.

In diesem Augenblick kehrte die Dienerin zurück und schob einen Teewagen vor sich her, auf dem sich eine breite Auswahl an Spirituosen befand; auf der Ablage darunter lagen Binden und Mull. Sie schenkte die verlangten Getränke aus und überreichte die Gläser; danach bat sie um Erlaubnis, die Wunde verbinden zu dürfen.

Silena willigte ein. Sie begriff mit einem Mal, dass das Officium den harmlosen Drachen nachstellte und sie tötete. Dass Drachen schlau waren, hatte sie schon immer gewusst, niemand im Officium widersprach dem. Doch dass es Bünde unter ihnen gab, dass sie Pläne wie Heerführer und Verschwörer schmiedeten, kam für sie doch sehr überraschend. Sie versuchte sich vorzustellen, wie solche Absprachen verliefen, worüber gesprochen wurde – und hatte plötzlich die Ahnung, dass die Menschen dabei ebenso Bestandteil der Abmachungen waren wie Landstriche oder Tiere.

Du wärst noch überraschter, wenn du die ganze Wahrheit kennen würdest, sagte der Drache und lachte zufrieden. *Ich bin dem Schwarzen gefolgt, weil ich Veränderung mag. Ihr seht, dass ich mit Vergnügen die Annehmlichkeiten des Fortschritts nutze. Die Macht lag viel zu lange in den Klauen der Altvorderen. Es gibt genügend von uns Jungen, die ihn dabei unterstützen. Aber einen Krieg, den darf es niemals geben. Nicht gegen den Osten und seine Drachen.*

»Jetzt verstehe ich meine Vision«, murmelte Grigorij. »Der Ostdrache, den ich gesehen habe. Das war das Zeichen auf den bevorstehenden Krieg. Alles fügt sich.«

»Wisst Ihr, wie ein solcher Krieg vonstatten gehen soll?«, fragte Arsènie.

Er wird den Weltenstein benutzen und die Alte Welt ins Verderben führen. Das sagte er zu mir, als er mich verließ. Ich sollte mich bereithalten und seinem Ruf folgen, sobald ich ihn vernähme. Und er wäre unüberhörbar.

»Ihr handelt nicht aus reiner Freundlichkeit oder Mitleid gegenüber den anderen Drachen. Was sind Eure Beweggründe?« Onslow trank von seinem Tee.

Gessler schnaubte, weiße Wölkchen schossen aus den Nasenlöchern. *Ein Krieg unseres Volkes gegen die Asiaten würde Europa vernichten. Ich weiß, dass die Menschen keinerlei Vorstellung davon haben, wie es ist, wenn Drachenarmeen in den Krieg ziehen. Der schwarze Drache plant einen Anschlag, eine Tat von solcher Grausamkeit, dass die asiatischen Drachen in Schwärmen über Europa hereinfallen und alles in Schutt und Asche legen werden, um sich zu rächen.*

»Du vergisst das Officium, Teufel. Unsere Streiter …«

Du armes, unwissendes Ding. Er blickte Silena in die Augen. *Gegen solche Gegner besteht keiner eurer Krieger. Nicht einmal, wenn sie sich zu einer Armee zusammenschlössen. Ihr kennt nur die harmloseren Exemplare meines Volkes, doch die Altvorderen verspeisen ein Heer aus Drachenheiligen, ohne sich dabei anstrengen zu müssen. Das Feuer, das sie speien, reicht weit und schmilzt Stahl innerhalb von Sekunden, die Flügelschläge erschaffen Stürme, die alles Menschliche davonwirbeln.*

Silena dachte, dass es im Grunde das Beste wäre, wenn sich die Drachen gegenseitig ausrotteten.

Du täuschst dich, Drachentöterin. Europa gehört den Altvorderen, und das wissen die Asiaten. Somit betrachten sie euch als deren Vasallen, die sie rücksichtslos angreifen und vernichten werden.

»Ich verstehe nicht.« Arsènie leerte das Glas mit Absinth. »Was bedeutet das, ›Europa gehört den Altvorderen‹?«

Ihr Menschen denkt, dass ihr eure Geschicke selbst lenkt und leitet, aber dem ist nicht so. Die Ältesten und Mächtigsten von uns sitzen im Hintergrund, ziehen bei vielen Ereignissen die Fäden und lassen euch im Glauben, die Herrscher zu sein. Er ließ ein leises Grollen erklingen. *Die Mächte des Feuers haben schon immer die Welt aufgeteilt und regiert. Zunächst taten wir es offen, dann im Verborgenen. Uns sind viele Möglichkeiten gegeben, Einfluss zu nehmen.*

»Jetzt wird es uns zum Verhängnis.« Grigorij erbleichte. »Meine Vision hatte Recht. Der Weltenstein …« Er sah Gessler an. »Was hat es mit ihm auf sich? Wohin ist der Drache mit ihm geflogen?«

Ich weiß, dass es ein mächtiges Artefakt ist, dessen Macht allerdings erst erweckt werden muss. Dafür ist es notwendig, sich damit auf einen bestimmten …

»… Berg zu begeben«, sprach Grigorij weiter, er schloss die Augen und entsann sich an die Bilder. »Ich kenne ihn aus meiner Vision. Er ist groß und karg, und an seinen Hängen steht … Es sieht aus … wie eine gewaltige Burg, und die Sonne spiegelt sich daran.«

Leider weiß ich nicht, wo genau sich der Ort befindet. Er erwähnte Frankreich.

Silena drehte sich zu Arsènie. »Jetzt sind Sie an der Reihe, Madame.«

Sie lachte auf. »Sie machen mir Spaß! Ein Berg und eine Burg oder ein Schloss – haben Sie eine ungefähre Vorstellung, wie viele Schlösser und Burgen es allein entlang der Loire gibt?«

»Wenn Sie mich so fragen, schätze ich, dass es ziemlich viele sind.« Silena atmete lange aus. »Andererseits ist der Fünfender nicht zu übersehen. Sollte er auftauchen, wird er sofort bemerkt werden.«

»Und wieso hat dann niemand in Innsbruck Alarm geschlagen?«, warf Arsènie ein. »Ich meine, die Stadt liegt mitten zwischen den Bergen. So oder so hätte man ihn beim Anflug sehen müssen, aber hat einer von Ihnen in der Stadt auch nur einen Hinweis auf eine Drachensichtung vernommen? Keine einzige Warnsirene erklang. Nach dem Vorfall in Edinburgh hätten die Zeitungen sofort über sein Kommen berichtet.«

»Es gibt vermutlich einen geheimen Zugang in den Bergen in diesen Tunnel«, meinte Silena.

Keinen, der für einen Flugdrachen geeignet wäre, lehnte Gessler ab. *Ich habe mir keine Gedanken darüber gemacht, wie er unbemerkt zu mir gelangt ist. Ich hatte eher angenommen, dass er sich den Menschen offen gezeigt hat, weil es ihm ziemlich egal ist, welche Reaktion sein Erscheinen auslöst. Wie rücksichtslos er ist, hat sich spätestens mit Edinburghs Vernichtung erwiesen.* Er hob den Schädel. *Ich kehre bald wieder zu euch zurück. Bis dahin rührt euch nicht von der Stelle und wagt es nicht, irgendetwas von meinen Schätzen anzufassen. Ich trenne euch das Glied ab, mit dem ihr es berührt habt.* Er kroch vom Bett und glitt auf einen anderen Ausgang zu, der sich vor ihm von selbst öffnete. Silena erkannte eine Kontaktleiste im Boden, über die der Drache gerutscht war. Noch eine von den elektrischen Spielereien.

Grigorij stand sofort auf, legte die Hände auf den Rücken und wanderte durch den Raum. »Das ist unglaublich«, rief er aufgeregt. »Nein, das ist … unvorstellbar!«

»Was genau meinen Sie, lieber Fürst?«, erkundigte sich Arsènie und erhob sich ebenfalls, schlenderte zu den goldenen Sarkophagen. »Welch einen Reichtum dieser Drache besitzt«, sagte sie ehrfürchtig und begehrend zugleich, hob die Hand und schreckte davor zurück, über das Gold zu streichen. »Woher hat er das?«

»Sollten Sie sich nicht lieber Gedanken über das machen, was uns Gessler erzählt hat?« Grigorij blieb stehen und schaute sie verwundert an. »Madame, Sie bleiben ein Rätsel für mich.«

Sie blickte über die Schulter und lächelte ihm zu. »Das ist gut so, mein Lieber.«

Onslow goss sich Tee nach. »Was denken Sie, Großmeisterin: Wie viel von dem, was wir eben gehört haben, können wir überhaupt glauben? Sie kennen Drachen besser als wir.«

Silena seufzte. »Für mich ist das alles so neu wie für Sie, Mister Skelton«, räumte sie ein. »Die Sache mit dem Krieg wird stimmen, was die Furcht des Drachen erklärt. Alles andere«, sie wiegte den Kopf hin und her, »klingt – wie der Fürst bereits sagte – unvorstellbar.« Sie deutete auf seine Tasche. »Haben Sie darin noch die Bilder von den gestohlenen Gegenständen?«

»Ja.« Er bückte sich, um den Ordner herauszuholen. »Denken Sie, ich sollte mich hier näher umschauen, ob ich etwas finde, was einem britischen Museum gehört?«

»Das ist ein ungewöhnlicher Hort. Ich denke, dass sich der Drache die Kostbarkeiten direkt in Ägypten hat ausgraben und hierher schaffen lassen.« Arsènie rang mit sich. Man sah ihr an, dass sie den Sarkophag nur zu gern berühren würde. »Ich kenne kein Museum, das sich jemals brüsten konnte, derartige Ausstellungsstücke sein Eigen nennen zu dürfen.«

»Achten Sie auf Ihre Finger, Madame«, warnte Onslow sie und reichte Silena die Unterlagen.

»Danke für Ihre Sorge, lieber Onslow«, rief sie – und berührte das Gold mit sanfter Leidenschaft. »Aber Gessler ist nicht hier, also kann er mich nicht überführen.«

»Drachen riechen sehr gut, Madame Sàtra. Er ist in der Lage, Ihren Geruch auf dem Sarkophag zu entdecken«, merkte Silena beiläufig an. »Verabschieden Sie sich von Ihrer Hand.«

Die Französin fluchte und zog den Arm hastig zurück. Dann setzte sie an, die Stelle, an der sie das Gold angefasst hatte, mit dem Ärmel zu polieren.

»Keine gute Idee, Madame. Es wird den Geruch nur besser verteilen.« Silena blätterte weiter, bis sie die Abbildungen des Weltensteins gefunden hatte.

Wütend warf Arsènie ihr durchdringende Blicke zu. »Sie hätten mich vorher warnen können«, zischte sie.

»Hatte das nicht schon der Drache getan?«, retournierte sie süffisant und grinste. Sie freute sich über die Bredouille des Mediums. Eingehend betrachtete sie die Fotografien des Artefakts, die es aus verschiedenen Perspektiven zeigten. Die Aufnahme, auf der Europa abgebildet war, interessierte sie am meisten. Vielleicht fand sich dort ein Hinweis, wo genau der Ort lag, an dem der Weltenstein seine gesamte Macht entfaltete.

Und tatsächlich dachte sie, vor der Kanalküste Frankreichs einen Strich entdeckt zu haben. »Madame Sàtra, kommen Sie bitte zu mir.«

»Was gibt es denn?«

»Ich brauche Ihre Hilfe. Ich denke, dass ich etwas gefunden habe.«

Arsènie und Grigorij stellten sich hinter sie, und auch Onslow verdrehte den Kopf, um etwas erkennen zu können.

Silena tippte auf den Strich. »Es kann sein, dass es nichts weiter als eine Unaufmerksamkeit des Erschaffers des Weltensteins oder eine Beschädigung anstelle eines Hinweises ist, aber kennen Sie zufällig eine Burg, die im Meer liegt? An diesem Ort?«

Sie betrachtete die Stelle eingehend. »Schwierig. Die Aufnahme ist nicht gut, und die Gravuren sind verschwommen ... Mont-Saint-Michel.«

»Saint Michael's Mount«, sagte Onslow gleichzeitig.

»Was?« Grigorij schaute zwischen ihr und dem Briten hin und her. »Meinen Sie beide das Gleiche?«

Arsènie rückte noch näher an das Bild heran. »Nein, wir meinen verschiedene Dinge. Es gibt auf der französischen Seite ein burgähnliches Kloster, den Mont-Saint-Michel. Er stammt aus dem zehnten Jahrhundert und ist wunderschön. Es ist nur über einen schmalen Damm zu erreichen, ansonsten liegt der Berg mitten im Meer.« Sie schaute zu Grigorij. »Man kann ihn durchaus mit einer Burg verwechseln, mein Lieber.«

»Allerdings gibt es auch auf der englischen Seite ein ähnliches Bauwerk, den Saint Michael's Mount«, ergänzte Onslow. »Ich glaube, er ist als Gegenstück von irgendeinem englischen König erbaut worden. Und auch diese Anlage gleicht einer Burg.«

»Verdammt!« Silena starrte auf den Strich. Über etwas mehr Eindeutigkeit hätte sie sich sehr gefreut. »Jetzt haben wir zwei Möglichkeiten.«

»Dann schlage ich vor, dass wir beide Orte untersuchen.« Onslow sah in die Runde. »Ich examiniere zusammen mit Fürst Zadornov das englische Bauwerk, und unsere beiden Damen reisen nach Frankreich.«

»Gut. Wir geben dem Officium in München telefonisch Bescheid, welche Erkenntnisse wir vor Ort gesammelt haben«, legte Silena das weitere Vorgehen fest.

»Wenn es Ihnen nichts ausmacht, Großmeisterin, ziehe ich die Begleitung von Mister Skelton vor. Außerdem wollte ich schon immer nach England. Und zufälligerweise weiß ich, dass der liebe Grigorij hervorragend Französisch spricht.«

»Einverstanden«, stimmte Silena sofort zu. Ihr stand nicht der Sinn danach, eine längere Zeit alleine mit Madame Sàtra zu verbringen; da bedeutete der Russe das wesentlich kleinere Übel. Insgeheim freute sie sich sogar aus einem unerfindlichen Grund, dass es einen Bruch zwischen dem Medium und dem Hellseher gab. Skelton würde sich nicht von Arsènie aus der Ruhe bringen und sie keinesfalls mit dem Stein entkommen lassen. »Ich werde die Niederlassung des Officiums in Innsbruck aufsuchen, einen Bericht abliefern und meine Verletzung versorgen lassen.«

»Zu schade, dass sich die Theben auf der Jagd nach der Cadmos befindet. Mit ihr wären wir rasch an unsere Einsatzorte gelangt.« Onslow kniff die Mundwinkel zusammen. »Mit dem Zug wird es lange dauern.«

»Keine Sorge, lieber Onslow. Ich kenne einen schnelleren Weg. Unsere Drachentöterin ist nicht die Einzige, die sich aufs Fliegen versteht.« Arsènie zwinkerte ihm zu.

»Dann hoffe ich sehr, dass Sie einhändig fliegen können«, konnte sich Silena die Bemerkung nicht verkneifen. »Kommen Sie, Fürst. Ich habe keine Lust zu warten, bis uns der Drache erlaubt zu gehen.« Sie gab Onslow den Ordner zurück und erhob sich, marschierte auf den Ausgang zu.

Grigorij folgte ihr, drehte sich auf der Schwelle um und zog den Hut vor den beiden, die sie zurückließen. »Wir sehen uns wieder, Madame, Sir«, verabschiedete er sich. »Halten Sie sich für das große Finale bereit.« Er setzte den Zylinder wieder auf und eilte hinaus; leise surrend schloss sich der Eingang.

Onslow verstaute den Ordner in seiner Tasche, nahm Tasse und Unterteller zur Hand und nippte daran.

»Dann sind wir ein Team, lieber Onslow«, meinte Arsènie und legte einen Schmelz in die Worte, der den Briten aufhorchen ließ. »Haben Sie wirklich vor, den Stein Ihrer Versicherung zurückzubringen?« Sie schenkte ihm einen tiefen Blick aus ihren rötlichen Augen und kam näher.

»Ich weiß, was Sie versuchen werden, Madame«, entgegnete er überlegen. »Sie werden bei mir kein Glück haben. Ich bin sehr loyal meinem Arbeitgeber gegenüber. Darf ich Sie daran erinnern, dass ich Sie bezahle?«

»Was bringt Ihnen Ihre Loyalität, Onslow, wenn Sie durch Ihren Arbeitgeber in solch große Schwierigkeiten geraten?« Sie setzte sich neben ihn, stützte den Kopf auf die Hand und sah ihn an wie eine Katze die Maus. »Sie wissen doch, über welche Kräfte ich verfüge, mein Lieber. Aber es wäre doch viel schöner, wenn wir uns im Vorfeld unseres Abenteuers einigen können. Stellen Sie sich vor, wie viel Geld und Macht man mit dem Weltenstein erlangen kann.«

»Er gehört dem Museum, Madame Sàtra!«, empörte sich Skelton. »Jeder weitere Vorschlag ist nicht akzeptabel, und es wird mir sehr schwer fallen, Ihre Worte zu vergessen. Ich hätte Ihnen zu gerne vertraut.«

»Vertrauen ist eine schöne Sache. Ich habe davon gehört. Aber nicht jeder bekommt es geschenkt.« Sie starrte ihn an und dachte dabei an Zadornov. Es war ihre Bemerkung über die Demonstranten gewesen, die ihr seine Ablehnung eingebracht hatte. Arsènie verstand einfach nicht, wie man so empfindlich sein konnte. »Onslow, überlegen Sie, auf welcher Seite Sie sein möchten: mit mir bei den Gewinnern – oder bei den anderen.«

Er stellte die Tasse ab. »Madame Sàtra! Ihr unmoralisches Angebot enttäuscht mich schwer. Ich dachte, ich …«

Das Tor öffnete sich sirrend, und beide wirbelten herum.

Arsènie hatte bei allen Überzeugungsversuchen vollkommen vergessen, was der Drache denjenigen angedroht hatte, die seine Schätze berührten. »Lieber Onslow, Sie werden mir doch beistehen?«, säuselte sie flehend und wich einen Schritt zurück, sodass er schützend vor ihr stand.

»Ach, auf einmal brauchen Sie mich doch wieder, Madame?« Er trat herausfordernd zur Seite. »Ich sage Ihnen eines: Retten Sie sich selbst. Sie haben doch eben so sehr darauf hingewiesen, welch einzigartigen Kräfte Sie besitzen. Ich werde sehr genau beobachten, wie sie gegen Gessler zum Einsatz kommen.«

»Ich dachte, wir sind ein Team, Onslow?«

Er schaute zum Eingang – und stutzte. »Nanu? Ein neuer Gast?«

Sie folgte seinem Blick und sah auf einen äußerst attraktiven, glatt rasierten Mann in ihrem Alter, der einen eleganten Anzug trug und durch den Eingang in den Raum schlenderte, als befände er sich auf einer Besichtigungstour.

In der Linken trug er einen großen Koffer, den er gleich neben der Tür abstellte. Er erinnerte sie an einen Athleten, die dunkelbraunen Augen erfassten scheinbar jede Kleinigkeit. Ein Homburger saß auf den nackenlangen dunkelblonden Haaren, und sie glaubte, eine schwarze Strähne auf der linken Seite zu erkennen.

Er tippte sich an den Hutrand. »Guten Tag, Mylady und Gentleman. Habe ich endlich die Ehre mit Madame Sàtra und Mister Onslow Skelton?«

»In der Tat, Sir. Mit wem haben wir das Vergnügen?«, erwiderte der Detektiv überrascht.

Der Mann verneigte sich, trat näher und gab Arsènie einen formvollendeten Handkuss auf die Rechte. Sie sah lange, gepflegte Fingernägel. »Mein Name ist Mandrake.« Er lächelte sie an, und sie erwiderte das Lächeln. Es ging einfach nicht anders. »Eris Mandrake.«

Sie war gebannt von den dunklen Augen des Mannes. Daher traf sie der brutale Schlag, den er ihr ins Gesicht versetzte, völlig überraschend.

XVI.

»Man hört so einiges von den Großmeistern, vom Luxus, mit dem sie sich umgeben, von unbezahlten Rechnungen. Doch ich habe sie nur als Gentlemen und Ladies kennen gelernt, die zum einen höflich und zum anderen korrekt gegenüber anderen gewesen sind. Es sind mir meine liebsten Gäste, und ich hoffe, ich darf noch sehr viele von ihnen begrüßen.«

Sir Gerald Middway, Hotelier

22. Januar 1925, Innsbruck (Zisleithanien), Kaiserreich Österreich-Ungarn

Grigorij und Silena marschierten durch den Tunnel und nahmen den gleichen Weg wie beim Hereinkommen. Schweigend gingen sie nebeneinanderher, bis Silena erneut wankte und strauchelte.

Grigorij stützte sie. »Das rührt vom Blutverlust her, Großmeisterin. Ich kenne das. Sie werden sich aber nicht in diesem Zustand in die Kanzel eines Flugzeugs setzen?«

»Doch. Dort muss ich wenigstens nicht laufen«, meinte sie und war froh über den Beistand. »Verlassen wir diesen Tunnel erst einmal.«

Sie erreichten die Stelle, an der sie nach unten gefallen waren.

Silena setzte sich ächzend auf den Boden, während Grigorij den Ausstieg erklomm. Er stellte sich recht geschickt an und fand bald ein Kabel. »Mal schauen, was passiert, wenn ich damit ein wenig herumspiele«, rief er zu ihr hinab.

»Seien Sie vorsichtig.«

»Sie haben Angst um mich, Großmeisterin? Das schmeichelt mir direkt.« Er nahm ein Messer aus der Tasche und versuchte, das Kabel zu durchtrennen. Plötzlich gab es einen hellen Blitz, es knisterte, und er fiel schreiend neben ihr auf den Stein. »Verflucht, das tat weh«, beschwerte er sich und massierte seine rechte Hand. »Es kribbelt, als wäre sie voller Ameisen.«

Silena blickte hinauf. »Aber Sie haben immerhin die Falltür geöffnet, Fürst.« Sie stand auf. »Gehen wir, bevor sie wieder zuschnappt.«

Mit seiner Hilfe gelang es ihr, die vielen Meter nach oben zu klettern und sich aus dem Loch zu schieben. Grigorij schwang sich gleich darauf ebenfalls in die Freiheit. Sie hatten den Keller der Hofburg erreicht.

»Halten Sie es wirklich für einen guten Einfall, Arsènie mit unserem Gentleman auf die Reise zu schicken?«, gab er zu bedenken und half ihr beim Aufstehen. Sie schlichen durch das Gewölbe, betraten die Herrengasse und eilten sogleich zum Officium.

»Ich hätte mir bei Ihnen mehr Gedanken gemacht, Fürst.«

»Bei mir?«

Sie überquerten den Platz, der einsam und verlassen vor ihnen lag. Arbeiter waren damit beschäftigt, die letzten Toten oder Verwundeten einzusammeln und auf einen Wagen zu werfen. Außerdem hatte man einen improvisierten Scheiterhaufen errichtet, auf dem die Plakate der Demonstranten verbrannt wurden. Der Kaiser hatte auch diese Kundgebung auflösen lassen wie so viele vorher. Es brachte wohl wieder Ruhe nach Innsbruck, aber keinen Frieden. Die Ausbesserungsarbeiten am Goldenen Dachl liefen bereits.

»Sie sind empfänglich für die Reize einer Frau, und vor allem einer Frau wie Madame Sàtra könnten Sie nicht widerstehen.«

Grigorij lachte. »Wer sagt Ihnen, dass das nicht schon längst geschehen ist?«

»Und wenn es so wäre: Wer versichert mir, dass es nicht noch einmal geschieht?«, gab sie zurück. »Es ist nicht böse gemeint, Fürst. Aber Mister Skelton ist ein Gentleman, ein Versicherungsdetektiv. Und ein Brite.«

»Ja, ja, ich verstehe, Großmeisterin.« Er wurde etwas ernster. »Es ist mir ganz recht, dass ich nicht mit ihr reisen muss. Ich habe mich doch einigermaßen in ihr getäuscht. Sie ist ziemlich berechnend und … nun, grausam wäre der falsche Ausdruck.«

»Herzlos.« Silena sah Grigorij an. Er wurde ihr noch sympathischer, was sie wiederum gar nicht gut fand. Nach der Enttäuschung mit Eris wollte sie nicht gleich an die nächste geraten. Dazu war er alles andere als erwachsen, wie sie fand, und mindestens sechs Jahre jünger als sie. »Ja, es ist mir nicht entgangen, dass Ihre Begeisterung für die Französin abkühlte.« Sie erinnerte sich an die kurzen belauschten Worte zwischen ihm und Sàtra. »Was ist das eigentlich für eine Wette zwischen Ihnen und der Madame?«

»Ich weiß nicht, wovon Sie sprechen.«

»Seien Sie ehrlich zu mir, Fürst. Ich habe deutlich vernommen, dass Sie sich mit ihr darüber unterhielten. Es geht dabei um mich – aber was genau hat es zu bedeuten?«

»Ach ja, es fällt mir wieder ein.« Er drückte sich unvermittelt in einen Hauseingang und zog sie am Ärmel mit sich. Zuerst dachte sie, es sei ein tollpatschiger Versuch, sie zu küssen. Silena hielt sich bereit, ihm eine Ohrfeige zu verpassen.

Aber eine berittene Patrouille erschien, das Klappern der Hufe war durch den frisch gefallenen Schnee gedämpft worden; die Husaren ritten an ihnen vorbei, ohne dass sie bemerkt wurden.

Silena musterte den Russen. »Woher wussten Sie das?«

Er grinste und ließ sie los. »Nennen Sie es Vorahnung. Gelegentlich habe ich so etwas. Es wird mit meiner Gabe der Hellseherei in Verbindung stehen.«

»Von wem haben Sie diese Gabe erhalten?«

»Von Gott, Großmeisterin.« Er lugte um die Ecke und sah keine Gefahren mehr. »Wie Sie.« Er trat zurück auf die Straße und bedeutete ihr nachzukommen.

»Gott?« Sie humpelte los. »Rasputin war zwar ein Mönch, aber benommen hat er sich nicht so, wenn es stimmt, was man über ihn hört. Er hatte wohl eher etwas Dämonisches.«

»Aha, Sie kennen die Gerüchte über mich und meine Herkunft.« Er grinste. »Und ich werde den Teufel tun, zu widersprechen. Ein solcher Ruf ist gelegentlich von Vorteil.« Sie näherten sich dem Officium. »Aber da wir gerade bei unserer Herkunft sind: Bekomme ich jetzt eine Antwort?«

»Auf welche Frage?«

»Wie Ihre Kindheit oder zumindest die Ausbildung verlaufen ist. Ich bin sehr neugierig.«

Sie seufzte. »Ich kam als jüngstes Kind zur Welt und hatte zwei Brüder, wie Sie wissen. Das Erbe des heiligen Georg ist von meinem Vater an uns weitergegeben worden. Meinen Unterricht erhielt ich sowohl von meinen Eltern als auch vom Officium, und meine Lehrer entdeckten sehr früh, dass ich mich fürs Fliegen interessierte. Nach den ersten Flugstunden entschied das Officium, den Kampf gegen die Drachen fortan auch in der Luft fortzusetzen. Allerdings erwiesen sich nur die Nachfahren des heiligen Georg als lufttauglich. Zwei andere Heiligenlinien erlitten enorme Verluste und zogen sich zurück, um erst wieder für Nachwuchs zu sorgen.«

Sie bemerkte, dass er sie anschaute. »Wäre es nicht an Ihnen, ebenfalls Kinder zu bekommen, Großmeisterin?«

Silena blieb stehen. »Sie klingen wie der Erzbischof, Fürst. Und zudem finde ich die Frage alles andere als schicklich.«

»Verzeihen Sie mir. Ich sollte meine Gedanken besser für mich behalten. Fahren Sie fort, wenn Sie möchten.«

»Es gibt nichts mehr fortzufahren.« Sie hinkte weiter und biss die Zähne zusammen. Die Wunde pochte und brannte, es wurde Zeit für eine richtige Behandlung.

»Aber ich dachte, ich höre ein paar Besonderheiten über das Leben einer Drachentöterin.« Er bot ihr wieder den Arm an, aber dieses Mal lehnte sie ab. Bis zum Officium war es nicht mehr weit. »Ich meine, wie ist es, gegen einen Drachen ins Feld zu ziehen? Beginnen Sie dann zu leuchten, wenn das Heilige Sie durchfährt? Wie äußert sich das?«

Sie lachte. »Ah, Sie denken, dass himmlische Chöre erschallen, wenn ich meine Maschine im Sturzflug nach unten jage und auf einen der Teufel einschwenke?« Sie kicherte immer noch. »Eine lustige Vorstellung. Nein, das geschieht nicht. Etwas durchströmt mich, das mag sein. Es ist aber vielmehr das Jagdfieber, schätze ich.«

»Na, es muss schon etwas an Ihnen sein. Sonst könnte Ihre Aufgabe jeder einigermaßen exzellente Jagdpilot im Kaiserreich übernehmen. Nur an der Maschine kann es nicht liegen.« Sie hatten den Eingang des Officiums erreicht, und Grigorij ging voraus, um ihr die Tür aufzuhalten.

»Sie werden es bald selbst einschätzen können. Wir nehmen eines unserer Flugzeuge, um zum Mont-Saint-Michel zu kommen. Einen schnelleren Weg wird es kaum geben.« Sie nickte und schritt an ihm vorbei, um die Amtsstube zu betreten.

Ein Sekretär saß hinter einem zu niedrigen Schreibtisch, um ihn herum lagen drei Verletzte, zwei Männer und eine Frau, die verschiedene Wunden am Kopf, im Gesicht und am Oberkörper trugen. Er selbst fädelte einen Faden in eine Nadel und sah erschrocken auf. »Großmeisterin! Ich …«

Silena erfasste die Lage mit einem Blick. Einige Demonstranten hatten sich hierher geflüchtet und sich vor den Husaren des Kaisers verborgen. »Wenn Sie mit ihnen fertig sind, kommen Sie rüber ins Nebenzimmer«, befahl sie ihm ohne einen Vorwurf in der Stimme und ging voraus. »Bei mir gibt es auch etwas zu tun.«

22. Januar 1925, Innsbruck (Zisleithanien), Kaiserreich Österreich-Ungarn

Arsènie war zum ersten Mal in ihrem Leben als erwachsene Frau geschlagen worden. Und dazu noch von einem Mann, und genau das waren seltsamerweise ihre Gedanken, während sie rücklings fiel und glücklicherweise auf dem weichen Drachenbett landete.

Erst dann kam der Schmerz mit voller Wucht. Sterne tanzten vor ihren Augen, sie schmeckte Blut im Mund und spürte es über die aufgesprungene Unterlippe das Kinn entlangrinnen; empört richtete sie sich auf und stützte sich auf die Ellbogen. Die Benommenheit lähmte sie.

»Hilfe!«, schrie Arsènie und sah durch den Schleier der Halbohnmacht, wie der Mann den perplexen Onslow Skelton einhändig am Kragen packte, ihn auf die Teppiche schleuderte und ihm mit einem Tritt in den Nacken das Genick brach; das Knirschen bescherte ihr Übelkeit.

Dann wandte er sich ihr zu, auf dem männlich-markanten Gesicht stand ein gleichgültiges Lächeln. Er leckte das Blut, das an seinen Knöcheln haftete, genießerisch ab. »Madame Sàtra, Sie schmecken ausgezeichnet, wenn ich mir diese Bemerkung erlauben darf.«

Sie rutschte nach hinten über das Bett, weg von dem Mann. »Bleiben Sie mir vom Leib, Sie Irrer!«

»Mein Name ist Mandrake, Madame Sàtra. So schwer ist es nicht, ihn zu behalten, also haben Sie die Güte und merken Sie sich ihn«, sagte er tadelnd in reinstem Oxfordenglisch. Im Vorbeigehen nahm er die Teekanne auf, wog sie abschätzend in der Hand. »Schreien Sie bitte nicht, oder ich sehe mich gezwungen, Sie zum Schweigen zu bringen.«

Arsènie hatte das andere Ende der Schlafstätte erreicht und fünf Meter zwischen sich und den Mann gebracht. Sie sah wieder klarer. Es musste genügen, um ihre Kräfte zu mobilisieren. »Ich weiß nicht, wer Sie sind …«

»Oh, hat Großmeisterin Silena nichts über mich erzählt? Wie bedauerlich. Wir standen in losem Kontakt.« Eris betrachtete sie aufmerksam. »Wo ist sie, und wo ist der Russe?«

»Nicht hier.« Arsènie hob die Arme, um Mandrake mit Ektoplasmastößen zu versehen.

»Lassen Sie das, Madame.« Eris machte einen Schritt zur Seite und schleuderte die Teekanne nach ihr.

Das Geschoss flog zu schnell, es gab keine Gelegenheit für eine Abwehr. Die weißen Energiebahnen verfehlten sowohl den Mann als auch das Behältnis. Die Kanne traf sie gegen den Kopf und zerbarst, und der heiße Tee überschüttete ihr Gesicht, ihre Arme und ihr Dekolleté.

Aufschreiend stürzte Arsènie mit dem Oberkörper vom Bett und kam halb auf dem Boden zum Liegen.

Jemand griff ihr ins Haar und zerrte sie auf die Beine. Sie folgte den kräftigen Bewegungen willenlos, war nicht in der Lage, sich dagegen zu erwehren.

»Madame, wohin ist Silena unterwegs?«, sagte Eris' Stimme neben ihr. »Was haben Sie und die anderen über den Weltenstein herausgefunden?«

»Von mir erfahren Sie nichts.« Sie hatte noch etwas hinzufügen wollen, aber schon flog sie durch die Luft und stürzte auf den Tisch, auf dem noch immer die Getränke standen. Sie schlitterte über die Platte und fiel auf der anderen Seite herab; um sie herum kullerten die Gläser und Flaschen. Durch die Schmerzen, die ihr die Verbrühungen bescherten, spürte sie die Schnittverletzungen an den Händen kaum mehr; sie wurden zu Nadelstichen. Arsènie hatte Wein in die Augen bekommen und sah nichts mehr, hörte aber, dass sich ihr Schritte näherten. »Nein, Gnade. Ich …«

»Gnade. Dieses Wort höre ich in letzter Zeit sehr oft, Madame.« Eris griff in die Ösen des Mieders und zog sie nach oben, legte ihren Oberköper über den Tisch. »Und es ist immer das letzte Wort derer, die es in den Mund nehmen.« Er drehte ihren Kopf auf die linke Seite, schüttete ihr die Reste des Wassers ins Gesicht. »Bei Ihnen mache ich eine Ausnahme.«

Arsènie blinzelte; sie hatte furchtbare Angst, die schrecklichste in ihrem Leben. Sie sah in die dunkelbraunen Augen und erkannte, dass dahinter etwas lauerte, das nichts mit einem Menschen gemein hatte. Sie wollte sprechen, doch ihre geschwollenen Lippen waren taub, sie stammelte lediglich.

»Denken Sie, dass Sie es auf diese Weise vermeiden, mir meine Antworten zu geben?« Er lächelte sie an. *Wir können uns auch auf diese Weise unterhalten, wenn Ihnen das lieber ist, Madame. Mit der Kraft der Gedanken.*

Sie erschrak, als sie die Stimme im Kopf vernahm. Eine Macht drang in ihren Verstand, glitt hinein und ergründete ihr Innerstes. So sehr sie sich auch konzentrierte, es gelang ihr nicht, das Forschen zu unterbinden.

Sie wollte sich aufbäumen, aber er presste ihr Gesicht auf den Tisch, hielt den Blickkontakt aufrecht. Unsichtbare Finger schoben sich langsam durch ihre Augäpfel, durch die Höhlen, mitten in das Gehirn. Es waren unglaubliche Schmerzen. Sie stöhnte und ächzte und rechnete damit, das Krachen zu vernehmen, mit dem ihre Schädeldecke zerplatzte.

Nein, Madame. Wir sind noch nicht fertig. Halten Sie still.

In ihrer Verzweiflung tat Arsènie das einzig Mögliche: Sie ging selbst zum Angriff über und tauchte in den Geist des Mannes ein.

Was sie dort an Bildern sah, ließ sie aufschreien. Drachen sammelten sich in Scharen über den Bergen und den Städten zu dichten Schwärmen; gleich darauf erkannte sie das Gesicht des Gargoyles, der sie aus dem Café hatte entführen wollen, und er trug ein Zepter in der Hand. Das Zepter des Marduk. Im nächsten Augenblick erschien eine Burg vor ihr …

Ein guter Schachzug. Wenn auch ein törichter. Eris schlug ihren Kopf einmal auf den Tisch, und Arsènie glitt in eine halbe Ohnmacht. Sie musste den Verstand des Mannes verlassen. *Damit ist*

Ihr Schicksal besiegelt, Madame. Ich weiß, was ich erfahren wollte, und …

Hinter ihm öffnete sich das Tor, und der Drache schob sich in den Raum. Er züngelte aufgeregt, starrte auf das Durcheinander und anschließend auf den Unbekannten.

»Ich denke, wir kennen uns noch nicht.« Eris versetzte Arsènie einen Tritt; sie flog mit Schwung auf den Boden und blieb regungslos, aber schluchzend liegen; die roten Augen waren auf ihn gerichtet. »Mein Name ist Eris Mandrake.«

Ein Mahl, das sich selbst vorstellt. Wie höflich. Gessler wand sich vorwärts, und zwar mit einem ungeheuren Tempo, das Arsènie von einem Kriechdrachen niemals erwartet hätte. *Das kann nur ein Engländer sein.* Der Schwanz zuckte nach vorne und hielt genau auf Eris zu.

Sie hatte damit gerechnet, dass er auswich – doch Eris fing den schuppigen Schweif mit beiden Händen ab, als besäße das Wesen weder Gewicht noch Kraft. Die langen, spitzen Fingernägel bohrten sich durch die Schuppen, und heißes, schwarzes Drachenblut spritzte umher.

Aufkreischend rutschte Arsènie unter den Tisch, um sich vor der kochenden Flüssigkeit zu schützen.

Brüllend zog Gessler den Schwanz zurück, wobei ihm große Fleischbrocken herausgerissen wurden. Eris schleuderte sie achtlos von sich und kümmerte sich nicht um das Blut, das zischend und brodelnd an seinen Händen und Armen entlangrann. Es tat ihm nichts.

Dann verwandelte er sich unter den Augen des Drachen und des Mediums.

Der Hals dehnte sich und platzte auseinander, er wuchs in die Länge und erhielt schwarze Schuppen; weitere schwarzgeschuppte Hälse entstanden, an deren Enden Drachenschädel saßen. Der Kopf von Eris Mandrake verformte und wandelte sich ebenfalls. Die Kleidung riss wegen des anschwellenden Körpers aus den Nähten, Schwingen brachen auf dem Rücken durch die Haut. Innerhalb weniger Sekunden war aus dem Mann der gewaltige schwarze Drache geworden.

»Nein«, jammerte Arsènie und sah zur rettenden Tür, die sich hinter den beiden Ungeheuern befand.

Gorynytsch, du?! Gessler, das vordere Drittel des Leibs erhoben, wich zurück.

Ganz recht. Der schwarze Drache schüttelte die letzten menschlichen Hautreste von sich. *Ich bin zurückgekommen, weil ich mir dachte, dass du mich verraten würdest, sobald sich die Gelegenheit ergibt. Du warst schwach, und ich habe dir das durchgehen lassen.*

Ohne mich besäßest du den Weltenstein nicht, Gorynytsch! Es klang nach einem Flehen.

Das habe ich dir hoch angerechnet. Aber dein Verrat an mir, den anderen und unserer Sache wiegt schwerer. Jetzt wirst du deinen Lohn empfangen. Gelber Dampf stieg aus den Nüstern der Schädel. *Du hast zu viel über mich und meine Pläne verraten, und außerdem wäre es ein schlechtes Signal an alle Zauderer und Altvorderen, wenn ich Milde zeigte.* Er duckte sich, drei der fünf Mäuler öffneten sich, knurrten; Geifer troff auf die Teppiche. *Ich muss meinem Ruf gerecht werden.* Er sprang nach vorn, dabei spien zwei der Mäuler schwarzes Feuer.

Gessler glitt ebenso vorwärts. Er tauchte unter den finsteren Flammen hinweg, die das Bett in Brand steckten und die umstehenden Glasvitrinen zum Bersten brachten. Papyrusrollen vergingen zu nichts, und der Goldsarkophag verlor im vorderen Bereich seine Form; das Edelmetall war derart erhitzt worden, dass es wachsweich zerfloss.

Noch hast du nicht gegen mich gewonnen! Der Kriechdrache wand sich blitzschnell um Gorynytschs Leib und drückte nach der Art der Würgeschlangen zu, wrang den Atem aus ihm heraus.

Arsènie vernahm das Knistern der Schuppen und Krachen der dünneren Knochen des Flugdrachen.

Die fünf Häupter stießen ein gemeinsames Gebrüll aus, sodass sie sich die Finger in die Ohren stecken musste, um nicht das Gehör zu verlieren.

Der schwarze Drache ließ sich fallen und wälzte sich, die Mäuler schnappten nach Gesslers Kopf, der geschickt und rasch auswich, aber auch gleichzeitig in die Hälse biss. Wieder schwappte Blut auf den Boden, Dampfwölkchen stiegen auf, als die heiße Flüssigkeit den Teppich verbrannte.

Die Halle erbebte unter der Wucht, mit der sich die einstigen Verbündeten bekämpften, und die ersten Steine fielen aus der Gewölbedecke. Die Innsbrucker dachten sicherlich, ihre Stadt werde von einem Erdbeben erschüttert.

Arsènie kroch schwer atmend auf den Ausgang zu, der nun frei war. Sie ließ dabei die Drachen nicht aus den Augen, die mit titanischen Kräften rangen. Gessler stieß weiße Lohen aus seinem Schlund gegen Gorynytsch, die Flammen leckten über die Flügel und den Leib. Es stank nach verbranntem Horn, und Qualm kräuselte, der sich in den Rauch des brennenden Bettes mischte.

Die Tür öffnete sich, und sie rollte sich zur Seite hinter einen Sarkophag, damit die hereinstürmenden bewaffneten Bediensteten sie nicht sahen. Ausgestattet mit langen Spießen und hautbespannten Schilden, rannten sie herein, schrien und johlten, um den schwarzen Drachen von ihrem Herrn abzulenken.

Sie hatten die Drachen fast erreicht und hoben die Waffen, als sich zwei schwarze Köpfe zu ihnen wandten und sie mit den Flammen der Finsternis überschütteten. Die Männer vergingen in dem Feuer ebenso wie ihre Spieße und Schilde; klirrend fielen winzige Metallklümpchen auf den Boden. Mehr als Asche war von den mutigen Kriegern nicht geblieben.

Arsènie hatte den Ausgang erreicht. Sie zog sich am Türrahmen in die Höhe und wandte sich dem Kampfgeschehen zu.

Der weiße Drache war von zahlreichen Wunden übersät, die Hälfte seines Kopfes verbrannt. Seine Zähne hatten den Hälsen und der Brust des Gegners schwer zugesetzt, und Gorynytschs Angriffe hatten deutlich an Stärke verloren. Aber es zeichnete sich ab, dass Gessler verlor.

Mit einem lauten Grollen schnappten zwei Mäuler nach dem Kriechdrachen und bekamen die Kehle zu fassen. Ruckartig zogen sie in verschiedene Richtungen, und die Schuppen zersplitterten, während ein dritter Kopf in die ungeschützte Hautfalte fuhr. Die schwertlangen Reißzähne zerfetzten das Gewebe, und der weiße Drache brüllte ein letztes Mal laut auf.

Sein schlangenhafter, dicker Leib erschlaffte und fiel von Gorynytsch ab, der Kopf kippte nach hinten. Damit lag die Kehle vollkommen bloß, und diese Schwäche nutzte sein Feind aus. Dem gleichzeitigen Biss von fünf Drachenhäuptern hatte Gessler nichts entgegenzusetzen. Die vordere Partie seines Halses wurde mitsamt dem Kopf abgetrennt und zappelte madengleich auf den Teppichen herum; die toten Augen starrten dabei Arsènie an. Dann machte sich der schwarze Drache über ihn her und begann mit den ersten Bissen seines Siegermahls.

Arsènie schauderte und hinkte hinaus. Sie musste weg, bevor sich der Drache, der einst Eris Mandrake gewesen war, ihrer entsann und sie ihm als Nachspeise diente.

Gorynytsch kämpfte im Blutrausch. Er nahm nichts mehr richtig wahr, er schnappte nach allem, was nach Lebendigem roch, zerfleischte und schlang Gesslers Überreste gierig hinab, bis er sich überfressen hatte und eigentlich nichts mehr in seinen Magen passte.

Er kaute und schluckte, zermalmte und würgte, soff das heiße Blut und spülte damit Knochensplitter, die sich verfangen hatten, die Hälse hinab. Ihm wurde heißer und heißer, er glaubte zu platzen.

Das war der Augenblick, in dem er sich konzentrierte und den äußersten rechten der Hälse mit den Klauen umfing. Gorynytsch wusste, was ihn erwartete, und dass es jedes Mal schlimmer wurde. Nicht selten starb einer bei diesem Ritual, doch der Lohn machte die Gefahr wett.

Er schob die harten Deckschuppen nach oben und ritzte die Haut darunter ein. Ruckartig drehte er den Hals, die Wirbel brachen, und er riss sich ihn aus dem Leib. Sein kostbares Blut sprudelte aus dem klaffenden Loch.

Die Qualen, die durch seinen Verstand schossen, brachten ihn zu einem lauten Kreischen. Er warf sich auf den Boden und schlug mit dem Schweif um sich, zerstörte die gehorteten Kunstschätze und alles, was den Kampf zwischen ihm und Gessler überstanden hatte.

Noch mehr Hitze breitete sich in seinem Körper aus, sammelte sich in seiner Brust und wurde sengend wie Säure. Gorynytsch spürte, dass sich sein Brustkorb verschob, die Knochen sich dehnten und sein Rücken sich verbreiterte. Gleich darauf machte der Schmerz ihn auf sämtlichen Augen blind, er sah nichts mehr als Helligkeit, flatterte schwach mit den Schwingen – und lag still.

Es dauerte eine Weile, bis er das Bewusstsein wiedererlangt hatte. Er stand auf, faltete die Flügel und bewunderte sich trotz der

Schwäche, die in ihm steckte. Auf den zertrümmerten Resten eines auf Hochglanz polierten Sarkophags sah er sich und seine sechs Köpfe. Wenn er nicht genau wüsste, welchen Hals er herausgerissen hatte, damit zwei neue nachwuchsen, hätte er nicht einmal sagen können, welcher von dem halben Dutzend der frisch geborene war. Sie glichen sich bis ins Detail, und darauf war er sehr stolz. Er hatte auch schon andere Exemplare gesehen, die mit ihren vielen Köpfen wie willkürlich zusammengestellt wirkten. Kein Vergleich zu ihm. Nun trennte ihn nur noch ein zusätzliches Haupt von seinem Ziel.

Gorynytsch sah sich in dem zerstörten Saal um, die Blicke schweiften über die Leichname und Reste der Einrichtung. Hier stellten sich ihm keine weiteren Gegner mehr entgegen. Mit viel Beherrschung zwang er seinen Körper zu schrumpfen und ein menschliches Äußeres anzunehmen. Aus dem Drachen wurde der gut aussehende Eris Mandrake, der nackt im Chaos stand.

Leise pfeifend ging er zu seinem Koffer, der noch immer neben dem Eingang stand, öffnete ihn und zog nacheinander Unterwäsche, Socken, schwarze Hose, weißes Hemd und ein sportliches Sakko an; braune Stiefel und ein dicker Pelzwintermantel folgten, den Abschluss bildeten schwarze Handschuhe und ein modischer Hut.

Eris suchte in einem Nebenfach und zog einen Uniformknopf hervor, der einmal an Silenas Uniform gehört hatte. Sie hatte nicht gemerkt, wie er ihn am Abend im Coco Club vom Mantel gestohlen hatte. Außerdem nahm er einen Dolch aus Drachenbein, wie ihn die Drachentöter des Officiums gebrauchten, und schlenderte hinüber zum Leichnam des Versicherungsdetektivs.

»Jetzt kommen Sie ins Spiel, Mister Skelton«, sagte er leise lachend, bückte sich und rammte ihm das Messer bis zum Heft in den Rücken; danach drückte er den Knopf in dessen Finger. »Sie hätten der Großmeisterin nicht vertrauen dürfen.«

Im Gang erschallten laute Stimmen. Offenbar war man in der Hofburg auf einen Eingang in das Tunnelsystem gestoßen und erkundete es.

»Machen wir es noch ein bisschen theatralischer, Mister Skelton. Was meinen Sie?« Eris malte vor dem Toten mit Blut das Wort *Silena* auf den hellen Teppich. »Sehr schön gemacht, Sir. Im Todeskampf Ihre Mörderin denunziert.« Er erhob sich und sah zum zweiten Ausgang der Halle. »Mister Skelton, ich verlasse mich auf Sie. Sorgen Sie dafür, dass man die Großmeisterin wegen Mordes verhaftet. Ich hätte gern einen Vorsprung.« Dann schritt er hinaus.

Auf dem Weg nach draußen musste er aufstoßen, und der Geruch, der aus seiner Kehle nach oben drängte, war widerlich. Es schmeckte nach Horn. Menschen mundeten wesentlich besser und lagen nicht so schwer im Magen.

22. Januar 1925, Innsbruck (Zisleithanien), Kaiserreich Österreich-Ungarn

Armin Wagner, der Erste Sekretär der Niederlassung des Officium Draconis Austria, hatte die Wunde gesäubert, vernäht und legte Silena einen Verband über der Einstichstelle an. Er öffnete den Mund.

»Es ist unnötig zu sagen, dass ich mich schonen soll«, kam sie ihm zuvor und zog das Hemd wieder an. Es war ihr unangenehm, vor einem fremden Mann im seidenen Büstenhalter zu sitzen. »Leider nicht machbar.« Silena wandte sich ab, während sie die Knöpfe schloss. Sie mochte es nicht, ihre empfindliche weiche Haut zu zeigen, und beeilte sich, die raue Schale anzulegen.

Er wich ihrem Blick aus. »Großmeisterin, ich weiß, dass ich mich eines Vergehens schuldig gemacht habe. Wir haben die Neutralität zu wahren, ganz gleich, was sich in dem Land abspielt, in dem sich die Niederlassung des Officiums befindet.«

»Ich habe davon gehört, Herr Wagner«, sagte sie. »Aber mir ist nicht entgangen, mit welcher Härte die Husaren des Kaisers vorgingen.« Sie spürte ein Ziehen in der Seite und hielt die Luft an, wartete, bis der Schmerz vergangen war. Die Nähte zogen an den Wundrändern und zurrten sie wie ein Mieder zusammen. »Schon allein aus Rache an ihnen haben Sie meine Erlaubnis, die armen Schweine auch in Zukunft zusammenzuflicken.«

Er strahlte und verneigte sich. »Danke, Großmeisterin!«

»Aber«, sie friemelte den letzten Knopf ins Loch, »sollten Sie dabei erwischt werden, habe ich Ihnen diese Erlaubnis niemals erteilt.« Sie reichte ihm das Blatt, auf dem sie die Meldung an das Hauptquartier niedergeschrieben hatte. »Und Sie werden zu niemandem ein Wort über meine Unterwäsche verlieren, haben wir uns verstanden?«

»Sicher. Laut und deutlich, Großmeisterin.« Er legte ihr eine frische Uniform raus, damit sie nicht in ihre blutige, durchlöcherte schlüpfen musste, und half ihr beim Anziehen. Sie ließ die Hilfe zu. »Ich bin Ihnen zu Dank verpflichtet.«

»Nein, sind Sie nicht. Ich finde es eine Sauerei, was der Kaiser unternimmt, nur damit die Doppelmonarchie bestehen bleibt. Sehen Sie es als meinen Beitrag zur Revolution, die früher oder später losbrechen wird.« Sie biss die Zähne zusammen, zog den Ledermantel enger und behielt das Schwert in der Hand. »Sobald ich weg bin, setzen Sie den Erzbischof in Kenntnis, dass Innsbruck ein Drachennest ist. Meiden Sie die Herrengasse, bis die Drachentöter hier waren und die Tunnel unter der Stadt gesäubert haben.«

»Unter der Stadt?«

»Ganz recht. Ein Gangsystem für einen Wurmdrachen, der wohl schon etliche Dekaden hier haust.«

»Erstaunlich. Darüber wurde niemals etwas bekannt. Nicht einmal bei Bau- oder Ausschachtungsarbeiten ...«

»Der Kriechteufel wird gewusst haben, wie er sich und seine Bauten tarnt.« Silena nahm den Zettel und notierte *Drachenfreunde in Innsbruck?* darauf. Man wusste nie. »Halten Sie die Augen offen, Herr Wagner.«

»Das tue ich. Und was die Revolution im Kaiserreich angeht: Sie haben vermutlich Recht. Der Weltkrieg hat Kaiser Franz Joseph nur einen Aufschub gewährt.« Wagner seufzte. »Wir brauchten wieder eine Kaiserin Sissi. Oder zumindest müsste Erzherzogin Marie Valerie auf den Thron, dann gäben die Ungarn Ruhe. Aber Gott nimmt unseren Kaiser einfach nicht zu sich.«

Silena lächelte. »Sie sind ein echter Revoluzzer, Herr Wagner. Kein Wunder, dass Sie Demonstranten verarzten.« Sie ging langsam zur Tür und kehrte in das Büro des Sekretärs zurück, das mehr einem Lazarett glich.

Zu ihrem Erstaunen hatte Zadornov den Gehrock abgelegt, die Ärmel seines Hemdes nach oben gekrempelt und besserte die Verbände nach. Er machte es sehr geschickt.

»Das sind die Erfahrungen aus meinen Duellen, wissen Sie noch, Großmeisterin?«, sagte er und ließ die Wunde dabei nicht aus den Augen. »Ich erzählte Ihnen davon.« Er legte den Verband darüber, dann säuberte er sich die Hände am Waschbecken. »Wie kommen wir schleunigst nach …«

»… an unser Ziel«, fiel sie ihm ins Wort. Niemand musste wissen, wohin sie reisten. Sie bemerkte, dass er schon wieder ihre Frage beantwortet hatte, obwohl sie kein Wort gesagt hatte.

»Genau. Die Theben ist auf dem Weg an die Nordsee.«

»Bleibt uns der Zug, um zurück nach München zu fahren.« Sie marschierte an ihm vorbei. »Nehmen Sie Ihre Sachen, wir müssen los. Ich …«

Eine Erschütterung lief durch das Haus, die Gläser auf dem Tisch tanzten. Silena verlor das Gleichgewicht und wurde von Grigorij aufgefangen. Sie schaute nach oben, sah in die blauen Augen und dachte unerklärlicherweise an Eris. Die Szene erinnerte sie zu sehr an den Abend im Coco Club. Und den gestohlenen Kuss.

Der Russe lächelte sie an und stellte sie gerade hin, wie man es mit kleinen Kindern tat, die Laufen übten. »Hoppla, Großmeisterin. So stürmisch? Finden Sie mich doch anziehend?«, neckte er sie.

Entdeckte sie dieses Mal Unsicherheit in den Augen? »Wenn wir beide Magneten wären, Fürst«, sagte sie und öffnete die Tür, »würden wir uns abstoßen und uns nur über eine gewisse Distanz hin verstehen.« Silena sah auf die Straße. Vereinzelt lagen herabgefallene Schindeln auf dem Pflaster, leere Blumenkübel waren von den Simsen in die Tiefe gestürzt, doch ansonsten war nichts geschehen. »Ein Erdbeben?«

»Kann sein, Großmeisterin. Es wäre allerdings mehr als ungewöhnlich.« Wagner kam zu ihnen und warf ebenfalls einen sondierenden Blick ins Freie. »Oder eine große Lawine, die es bis nach unten geschafft hat.«

»Ist ja nichts geschehen.« Sie hob die Hand zum Gruß, der Fürst winkte eine Droschke herbei und öffnete ihr den Verschlag. »Geben Sie Acht auf sich und die *Akteneinlagen*«, sie betonte das Wort absichtlich, damit er merkte, dass sie die Verletzten meinte. »Nicht, dass sie zu Schaden kommen.«

»Nein, Großmeisterin. Vielen Dank für Ihre Hilfe.« Er warf dem

Fürsten einen Blick zu. »Und auch Ihnen, für das Sortieren, was ich nicht mehr geschafft habe. Was darf ich dem Officium von Ihnen ausrichten?«

Silena stieg mit Grigorijs Hilfe etwas ungelenk in die Droschke und fragte sich insgeheim, wie sie mit ihrer Beeinträchtigung schnelle, körperlich anstrengende Manöver fliegen sollte. »Dass wir in wenigen Stunden auf dem Flugfeld sind und eine Maschine für zwei Personen benötigen. Mehr muss man nicht wissen.« Sie ließ sich vorsichtig auf den Sitz sinken, und die Droschke fuhr an.

»Gottes Beistand!« Wagner winkte und verschwand im Officium.

Sie fuhren durch das wie leer gefegte Innsbruck. Die Husaren hatten ganze Arbeit geleistet und nicht nur die Demonstranten, sondern auch gleich die Einheimischen vertrieben. Gelegentlich sahen sie Menschen, die Ziegelscherben aufklaubten und vor ihrem Haus Ordnung schufen. Die Pferde wieherten und blieben weiterhin unruhig; anscheinend hatte das Beben noch nicht nachgelassen, und die Tiere spürten es besser.

»Ist es nicht sehr leichtsinnig von uns, Madame und Mister Skelton allein dem Drachen zu überlassen, Großmeisterin?«, meinte Grigorij nach zwei Querstraßen und wandte sich ihr zu.

»Haben Sie Angst, dass sie gefressen werden?« Sie drückte den Hut fester auf das Haar und schüttelte den Kopf. »Ich vertraue Gessler zwar nicht, doch er machte nicht den Eindruck, uns angreifen zu wollen. Das hätte er schon bei der ersten Begegnung mit Ihnen und Madame Sàtra tun können. Bevor ich durch die Falltür stürzte.«

»Stimmt.« Grigorij stieß mit dem Gehstock auf. »Darauf hätte ich selbst kommen können.« Er lachte leise, und es klang zweifelnd. »Wer hätte gedacht, dass ich einmal einen Drachen so nahe zu Gesicht bekomme, ohne dass ich gefressen werde oder in seinem Feuer vergehe? Nein, viel mehr noch. Er betrachtet uns als seine Verbündeten.«

»Nein, keine Verbündeten. Wir dienen aus seiner Sicht seinem Erhalt, denn der Krieg der Drachen würde auch ihn in Gefahr bringen.«

Der Fürst überlegte und tippte dabei mit dem Griff des Gehstocks gegen das Kinn.

Silena betrachtete ihn heimlich. Wenn er nicht gerade Drogen konsumierte und sich für den unwiderstehlichsten Mann der Erde hielt, konnte er wirklich nett sein. Sie fand es großartig, dass er der Französin die Meinung gesagt hatte, und dass er sich ohne zu zögern die Finger schmutzig machte und den Verwundeten half, rechnete sie ihm hoch an. Vielleicht sollte er sich öfter rasieren? Oder rührte die Sympathie daher, weil er sie ein wenig an Demetrius erinnerte?

»Wissen Sie«, sagte er unvermittelt, »dass es mir nach wie vor unglaublich vorkommt, was wir von Gessler gehört haben?« Er schaute sie an. »Was wissen Sie darüber, Großmeisterin? Was weiß das Officium über die Einflussnahme der Drachen?«

»Glauben Sie nicht alles, was Sie gehört haben. Ich denke, er macht sich wichtig«, wiegelte sie ab. Sie konnte schlecht zugeben, dass sie ebenso überrascht war wie er.

»Aber was ist, wenn es stimmt, Großmeisterin?«

»Dass die Teufel unsere Geschicke lenken?« Silena lachte auf und versuchte, sehr sicher zu klingen. »Fürst, das halte ich für Übertreibung.«

»Um ehrlich zu sein, hielt ich die Ansicht von Martin Gasparow, dass es durchaus intelligente Dracoformen gibt, die mit ihrem Intellekt dem unseren nicht nachstehen, ebenso für eine Übertreibung.« Grigorij schnalzte mit der Zunge. »Das alles missfällt mir sehr. Wir müssen die Menschen mit unserem Wissen …«

»… verschonen, Fürst.« Es war das zweite Mal, dass sie den Satz für ihn beendete. »Sie haben nichts weiter als die Worte eines Drachen. Verlassen Sie sich auf das Officium, Fürst. Der Erzbischof weiß, wie man mit den Teufeln umgeht.«

Grigorij blickte ihr in die Augen. »Wissen Sie was, Großmeisterin?«

»Nein?«

»Ich vertraue lieber *Ihnen* anstatt dem Officium.« Dabei beließ er es und schaute nach vorn auf die Straße.

Beim Wort Vertrauen dachte sie wieder an Eris Mandrake, der das ihre so sehr missbraucht hatte. »Fürst, darf ich Sie um einen Gefallen bitten?«

»Sicher. Was ist es, Großmeisterin? Soll die Droschke langsamer fahren, damit sie nicht so wackelt und Ihre Wunde …«

Sie winkte ab. »Nein, das könnte ich schon selbst. Mir wurde ein

Loch in der Seite und nicht der Mund vernäht.« Silena reichte ihm das Papier. »Dieses Blatt wurde von einem Mann berührt, der unser Gegenspieler ist oder zumindest nicht auf unserer Seite steht.«

Grigorij nahm es entgegen. »Ja?«

»Ich hoffte, dass Sie es anfassen würden, ohne Ihre Handschuhe, um mit Ihren hellseherischen Möglichkeiten herauszufinden, wo er sich befindet und was er gerade unternimmt?« Sie lächelte verlegen.

»Wieso höre ich von diesem Mann zum ersten Mal?« Dann verstand er. »Ach, Mister Geheimdienst hatte seine Finger darauf?«

»Sie kombinieren schnell, Fürst.«

»Täte ich es nicht, wäre ich schon mehrmals getötet worden, Großmeisterin.« Er betrachtete das Blatt von beiden Seiten. »Schwierig. Ich weiß nicht, durch wie viele Hände es bereits gegangen ist. Mit Pech verfolge ich einen unschuldigen Fabrikarbeiter bei seinem«, er sah hinaus, »Abendessen. Oder seinen ehelichen Pflichten im Bett mit seiner Frau. Oder seiner Nachbarin. Oder mit ihr und …«

»Versuchen Sie es einfach, Fürst, ja?«, kürzte Silena die Aufzählung ab. »Ich habe die Befürchtung, dass er uns voraus ist.«

Bedächtig zog Grigorij den linken Handschuh aus. »Ich möchte es versuchen.« Er grinste sie an. »Die Verlockung ist zudem zu groß. Da Sie das Blatt ebenfalls angefasst haben, stehen die Chancen gut, dass ich ein wenig mehr über Sie herausfinde. Abseits von dem, was Sie berichtet haben.«

Daran hatte Silena zu spät gedacht. So blieb ihr die Hoffnung, dass der Fürst nichts allzu Persönliches herausfand.

Die Droschke hielt vor dem Innsbrucker Bahnhof.

»Bis gleich, Großmeisterin.« Grigorij legte das Blatt auf die Sitzbank und legte die ungeschützte Hand flach darauf.

XVII.

»Unbeschreiblich! Einfach unbeschreiblich!
Ich dachte zuerst, es sei ein Scherz, als nur dieser eine Großmeister auftauchte. Ich hatte den kalbgroßen blauen Drachen im Stall eingesperrt, wo er sich mit Fauchen und Grollen gegen die Wände warf.
Der Großmeister bat mich, einen Schritt zur Seite zu treten, dann zog er sein Schwert, öffnete die Tür und ging hinein. Es dauerte keine fünf Minuten, und er kehrte zurück. Er hat dem Drachen – das stellen Sie sich mal vor – den Bauch aufgeschlitzt. Einfach so, als wäre es eine Haussau und kein Monstrum, das mir alle Schweine aufgefressen hat.«

Hubert Huberti, Bauer

aus der Serie »Drachentöterinnen und Drachentöter
im Verlauf der Jahrhunderte«
Im »Münchner Tagesherold«, Königlich-Bayerisches Hofblatt
vom 1. Juni 1924

22. Januar 1925, Innsbruck (Zisleithanien), Kaiserreich Österreich-Ungarn

Zuerst geschah gar nichts.

Es gab zu viele Eindrücke, Grigorij musste seine Gedanken fokussieren, um überhaupt eine Spur zu finden. Das Papier barg zu viele Erkenntnisse.

Plötzlich sah er die fast nackte Silena in einem einfachen Raum, in dem sich ein Bett und ein Schrank befanden. Die Klappläden vor den Fenstern waren fast ganz geschlossen, Licht fiel durch den Spalt und die Lamellen herein. Dem Anschein nach saß er ihr gegenüber auf einem Stuhl.

Umspielt von gebrochenem, weichem Licht stellte sie erst das rechte, dann das linke Bein auf die Kante und legte Strümpfe an, die sie liebevoll mit einem Band an den Oberschenkeln fixierte. Unter dem offenen weißen Hemd trug sie nichts. Ihre Brüste zeichneten sich genau ab, sodass nichts verborgen blieb. Durchs Silenas Bewegungen schwangen sie leicht.

Sie wandte ihm den Rücken zu und beugte sich nach vorn, um etwas vom Bett aufzuheben. Dabei rutschte das Hemd nach oben und zeigte mehr von ihrem Po. Noch trug sie kein Höschen.

Dann richtete sie sich auf, blickte ihn über die Schulter an und lächelte ihm zu. In den Händen hielt sie ein weißes Seidenhöschen. Es war das Lächeln, das eine Frau einem Mann gewährte, wenn sie eine Nacht zusammen verbracht hatten. Grigorij kannte es genau. Dann stieg sie in die Unterwäsche.

Ein dunkelblonder, gut aussehender Mann betrat den Raum.

Er bewegte sich geschmeidig wie ein Raubtier und näherte sich Silena unbemerkt von hinten. Sodann hob er die Arme; die langen, gefeilten Fingernägel leuchteten im Schein der einzelnen Strahlen, die durch die Läden drangen. Grigorij sah zum ersten Mal in seinem Leben braune Augen, die kalt und grausam waren. Es gab nicht einen Hauch von Gefühl darin. Haifischaugen.

Im Gehen wuchs sein Hals, und aus dem Menschenkopf wurde der Schädel eines schwarzen Drachen mit gelben Augen. Der Hals weitete sich, fünf weitere erwuchsen daraus, die mit nicht weniger hässlichen Köpfen geziert wurden. Grigorij erkannte den Drachen aus seiner ersten Vision – doch er besaß einen Schädel mehr als beim letzten Mal!

Er schrie Silena eine Warnung zu, aber sie hörte ihn nicht. Sie fuhr sich durch die Haare, drehte das Gesicht in die Sonnenstrahlen und lächelte glücklich.

Der Manndrache blieb stehen und sah Grigorij an. *Sie sind der Russe, dieser Hellseher*, vernahm er die Stimme im Kopf. *Mein Kompliment. Sie sind gut, aber es wird Ihnen nichts nützen.* Er setzte seinen Weg fort und kam hinter Silena zum Stehen. *Versuchen Sie, mich aufzuhalten, Fürst.* Eine Hand, die sich ebenfalls schwarz gefärbt hatte und Klauen anstelle von Fingern aufwies, zuckte nach vorn und hielt einen Millimeter von ihrem Nacken entfernt inne. *Ich zerstöre sie, Zadornov. Wie alle Drachentöter. Sie vergehen zu Asche wie die Alte Welt. Wie die Altvorderen, die sie regieren.*

Grigorij tastete unter die Achsel, wo er eine Waffe versteckt trug, und berührte Haut. Erschrocken sah er an sich hinab und bemerkte, dass er nackt war.

Als er den Kopf wieder hob, sah er einen Felsen mit Befestigungen und einer Kathedrale oben auf der Spitze, der vom Meer umspült war, und zu dem ein einsamer Damm führte. Die Wolken zogen doppelt so schnell über ihn hinweg, und die See warf sich mit aller Macht gegen die Steine; Gischt sprühte die Mauern hinauf, bis zum Kirchengebäude, um deren Turm ein Schwarm Vögel kreiste.

Vögel? Grigorij sah genauer hin und erkannte – Drachen! Kleine Drachen zogen ihre Bahnen darum.

Dann bemerkte er das Wesen, das sie im Münchner Café überfallen hatte, und auch die Kreatur, die ihn in London angefallen hatte. *Gargoyles!*

Die Sicht auf die Kathedrale im Meer verschwand, und die Kabine der Droschke sickerte durch die letzten Eindrücke seiner Vision. Er sah Silenas besorgtes Gesicht vor sich.

»Fürst?«, erkundigte sie sich. »Was … haben Sie gesehen?«

»Erschreckendes.« Rasch beschrieb er den Mann, ohne näher auf die sonstigen Umstände einzugehen, um die Drachentöterin nicht zu kompromittieren. »Dann wuchsen ihm sechs Drachenköpfe, und er hat versucht, Sie zu töten, Großmeisterin.«

»Sie haben Eris Mandrake exakt beschrieben. Doch der schwarze Drache – hatte er nicht fünf Köpfe?«, meinte Silena und stieg aus.

»Ich weiß nicht, wie ich meine Vision verstehen soll«, gab der Fürst zu und folgte ihr. Er hielt sich immer in ihrer Nähe, um sie gegebenenfalls stützen zu können. »Heißt es, dass Mandrake so gefährlich wie ein Drache ist oder dass er ein Drache ist, der seine Gestalt verändern kann und als Mensch erscheint?«

»Ich weiß es nicht. Aber die Insel, die darin vorkam, kann der Mont-Saint-Michel gewesen sein.«

Sie betraten die Halle, in der sich sehr viele Menschen versammelt hatten. Sie stießen in ein Sprachengewirr, Deutsch und Österreichisch mischten sich mit anderen Zungenschlägen, die dem Klang nach aus dem Osten stammten. Sie nahm an, dass der Teil der Demonstranten, der nicht zusammengeknüppelt und verhaftet worden war, so schnell wie möglich aus Innsbruck fliehen wollte. »Ich hoffe sehr, wir bekommen überhaupt einen Platz?«

»Das wird schon«, machte Grigorij Mut und schob sich neben sie, um einen Mann abzuwehren, der in ihre Richtung stolperte. Er bewahrte ihn vor dem Sturz und dem Zusammenprall mit Silena.

»Danke sehr, Fürst.« Silena nutzte einen vor ihr stehenden Gepäckträger wie einen Rammbock und schob ihn durch die Menge in Richtung der Gleise.

Pfeifend und Wasserdampf ablassend stand die Lok bereit, weitere Wagons wurden für die Fahrt in die bayerische Landeshauptstadt angehängt.

»Nichts zu danken.« Er eilte hinterher, half ihr beim Einsteigen und musterte dabei ihre Oberschenkel. Er hoffte, dass sich die Strumpfbänder unter dem Hosenstoff abzeichneten. Dass sie einen seidenen Büstenhalter trug, hatte er vorher schon gewusst. Er fand es sehr reizvoll, dass sich die Großmeisterin trotz allem ihre Weiblichkeit bewahrt hatte, wenn auch im Verborgenen. »Ist denn bekannt, ob Drachen die Form von Menschen annehmen können?«

»Nicht dass ich wüsste. Aber wie ich schon einmal erwähnte: In der Theorie war ich selten gut.« Sie humpelte den Gang entlang und fand in einem Abteil der ersten Klasse tatsächlich zwei freie Plätze.

Silena ließ sich behutsam nieder, atmete langsam aus und schloss die Augen.

Grigorij betrachtete sie und ärgerte sich, dass im Abteil weitere Menschen saßen. Auf diese Weise war eine Unterredung über den Weltenstein, seine Drachenvision und das, was ihnen bevorstand, unmöglich.

Er nahm sein Taschentuch hervor und wischte sich den Schweiß von der Stirn, lächelte in die Runde der Mitreisenden und blickte aus dem Fenster in die Bahnhofshalle.

Auf dem Bahnsteig gellten Trillerpfeifen, die Lok antwortete doppelt so laut, und gleich darauf erklang das Stampfen der Antriebswellen, welche die Räder in Bewegung setzten. Mit einem sanften Ruck begann ihre Fahrt.

Gesichter trieben am Glas vorbei, Grigorij sah wütende Menschen, die versuchten, über die Absperrung zu klettern und auf den Zug zu springen; andere dagegen lieferten sich eine Rangelei mit den Polizisten.

Zwischen den fremden Gesichtern der Männer und Frauen

tauchte unvermittelt ein bekanntes auf. Grigorij richtete sich stocksteif im Sitz auf, er glaubte, Eris Mandrake in der Menge ausgemacht zu haben. Ihre Blicke trafen sich, doch Mandrake erkannte den Russen nicht. Woher auch?

Dann veränderten sich die Augen, leuchteten gelb auf, und im nächsten Moment bekam die Scheibe unzählige Risse; der Bahnhof verschwand dahinter.

»Huch!«, rief eine der Damen erschrocken.

»So was«, grummelte ein Gentleman und schüttelte den Kopf. »Jetzt wirft das Pack tatsächlich schon mit Steinen nach der Bahn.«

Silena hatte die Augen beim ersten Knistern des Glases geöffnet und sah zu Grigorij.

Er zuckte langsam mit den Achseln. »Keine Ahnung, Großmeisterin«, sagte er dann. »Vielleicht hat der Rahmen zu viel Spannung aufgebaut, und das Material ist durch die Erschütterung geborsten.« Er wollte sie durch seine Beobachtung nicht verunsichern, zumal er sich nicht sicher war, dass Mandrake wirklich am Bahnhof gewesen war. Es hätte ebenso gut eine Nachwirkung seiner Vision sein können. Er legte ihr eine Hand auf den Arm. »Schlafen Sie ein wenig. Bis München haben Sie noch Zeit dazu.«

Sie nickte müde. »Das wird mir guttun, Fürst.« Ihre Lider senkten sich, und sofort döste sie ein. Das monotone Rattern der Wagonräder und die gleich bleibenden Geräusche der Lok entführten sie ins Reich der Träume.

24. Januar 1925, Avranches (Normandie),
Königreich Frankreich

Silena wischte den Regentropfen vom linken Glas ihrer Fliegerbrille und beobachtete den düsteren Abendhimmel, der sich über dem Meer zusammenzog. Er hatte das Land fast erreicht.

Sie lehnte sich nach hinten, um Grigorij auf sich aufmerksam zu machen. »Da vorn ist der Mont-Saint-Michel«, rief sie, um die Fluggeräusche zu übertönen. Das Motorenknattern der Macchi und das Rauschen des Windes mischten sich zu einem Dröhnen, und die

Fliegerkappen über den Ohren machten die Verständigung nicht besser.

Sie drückte die Maschine nach unten und hielt im Tiefflug auf das Ziel ihrer Reise zu. Unter den schwarzen Wolken zuckten Blitze nieder und küssten die Wellen, graue Schleier hingen bis auf die Erde. Als besäße die See nicht genügend Wasser, schütteten die Wolken unaufhörlich ihre feuchte Fracht aus.

Das Unwetter hielt geradewegs auf den Berg zu, der sich vor der Küste erhob. Befestigungsanlagen stemmten sich gegen die aufgewühlten Wogen und ließen sie daran explodieren, ohne dass sie Schaden an den Mauern anrichteten. Ein kleines Dorf schmiegte sich Schutz suchend hinter den Wällen an den Fels, und über den Dächern thronte eine gewaltige Kathedrale, deren Fenster von innen hell erstrahlten. Ein Leuchtfeuer des Glaubens.

Sie umrundeten es einmal und bestaunten die Anlage von oben.

»Ein Wunder«, brüllte Grigorij und wandte die Augen nicht ab. Auch er spürte erste Regentropfen. »Ein echtes Wunder der Baukunst.«

Eine Böe erfasste die Maschine und brachte die Macchi ins Schlingern. Die auf Geschwindigkeit ausgelegte Maschine war nicht für schlechte Wetterbedingungen konstruiert worden. Silena fing sie geschickt ab und setzte das Flugzeug gekonnt in den Luftstrom, ließ sich von ihm tragen, anstatt dagegen aufzubegehren. Als sie das Festland erreichte, sah sie nach rechts und links unter sich und suchte eine Landemöglichkeit. Es gab Felder, Salzwiesen und nicht weit von ihnen eine kleine Stadt mit einer Zitadelle sowie einer mittelalterlich anmutenden Mauer drum herum. Vermutlich Avranches. »Sehen Sie eine ebene Weide oder eine gute Straße, Fürst?«, rief sie.

»Machen wir denn keinen zweiten Überflug über den Mont?«

»Es wird zu gefährlich. Der Sturm ist zu nahe. Wir werden landen und den Rest zu Fuß oder mit einem Automobil zurücklegen müssen«, gab sie laut zurück. Sie hatte eine Wiese entdeckt, die ihr geeignet erschien. »Wir gehen runter, Fürst. Halten Sie sich fest, es wird sicherlich ruckeln.« Silena drosselte das Gas und schob die Nase der Macchi nach unten.

Es ging recht rasant abwärts. Zehn Meter über dem Boden fing sie die Maschine ab und legte sie waagrecht, verringerte den Schub und ließ die Räder den Boden berühren. Das Flugzeug schüttelte sich, hopste und bockte wie ein wildes Pferd.

Da tauchte der Entwässerungsgraben quer vor ihnen auf.

»Achtung, Großmeisterin!«, schrie Grigorij und biss sich durch das Hüpfen auf die Zunge.

Zum Durchstarten war es zu spät, die Geschwindigkeit würde fürs Abheben nicht mehr reichen, also drosch sie die Macchi hart in die Kurve und folgte dem Graben, anstelle sich das Fahrgestell abzureißen.

»Eine Brücke, eine Brücke!«, rief der Fürst aufgeregt und zog den Kopf ein.

»Nur die Ruhe. Ich weiß, was ich tue.« Bevor der Graben unter einer Brücke verschwand, zog Silena nach rechts und vermied eine Kollision. Dadurch gelangte sie auf die Straße, die nach Avranches führte – und ausgerechnet in diesem Augenblick kamen ihnen zwei helle Lichter entgegen, und ein lautes, hektisches Hupen ertönte.

»Verflucht!«, schrie sie und lenkte rechts an den Lampen vorbei. Ein schwarzer Schatten, ein Laster, huschte haarscharf an der Tragfläche vorüber, geriet ins Schleudern und touchierte das herumschwenkende Leitwerk der Macchi.

Es gab einen Schlag, knallend riss ein Ruderseil; dann stand das Flugzeug, der Motor erstarb, und der Propeller blieb nach ein paar Umdrehungen stehen.

Silena stöhnte und hielt sich die Seite. Das Korsett, das sie trug, um die Verletzung zu entlasten, hatte nicht verhindern können, dass die empfindliche Wunde durch die ruppige Landung litt.

»Geht es Ihnen gut, Großmeisterin?« Grigorij stand auf und sah nach ihr.

»Alles in Ordnung«, wiegelte sie ab und stemmte sich aus der Kanzel, um nach dem Lastwagen zu sehen. Er war mit der einen Seite in den Graben gerutscht und würde aus eigener Kraft nicht mehr entkommen.

»Landen Sie immer so?«, grinste er sie an und sprang auf die Erde, mitten in tiefen Schlamm. Die Spritzer flogen ihm bis in den Schritt.

»Schauen Sie nach, wie es den Insassen des Lasters geht, Fürst«, bat sie und kletterte behutsam aus der Macchi. Wie gut, dass sie eine ältere Maschine genommen hatte. Die Beschädigung eines Kampfflugzeugs wäre wesentlich schlimmer gewesen. Im Vorbeigehen sah sie auf den Schaden und seufzte. Sie benötigte Ersatzteile, um das Flugzeug zu reparieren, und in einem Nest wie Avranches Passendes zu finden, war ein Ding der Unmöglichkeit.

Ein Mann um die vierzig sprang aus dem Führerhaus. Er trug eine Mütze und einen langen, offenen olivgrünen Mantel aus Segeltuch, Stiefel und Knickerbocker, darüber ein braunes Hemd. Sein Gesicht zierte ein dunkelbrauner Schnurr- und Kinnbart; fuchtelnd kam er auf den Russen zu. Dass es sich bei ihm den Kleidern nach eindeutig um einen Menschen von Rang handelte, störte den Franzosen nicht. »Sie werden mir alle Schäden bezahlen, Monsieur, haben wir uns verstanden?« Er schaute an Grigorij vorbei. »Aha, Madame. Guten Abend, schön, dass Sie unsere Straße als Landebahn benutzen.« Er deutete auf Avranches. »Vielleicht wollen Sie noch bis zu Ihrem Hotel rollen, was?« Er schob den Fürsten zur Seite und stapfte auf Silena zu. »Haben Sie eine Ahnung, wie teuer so ein Lastwagen ist?« Er blieb stehen, schaute auf ihre Uniform. »Auch das noch«, schimpfte er. »Haben wir irgendwo einen von den Teufeln in unserer Gegend?«

»Das Officium wird Sie entschädigen, Monsieur …?«

»Mein Name ist Farou, Großmeisterin.« Er beruhigte sich etwas und kratzte sich an der Stirn. »Verzeihen Sie mir meinen Ausbruch, aber es ist eben schon ärgerlich. Außerdem müssen wir jetzt alle drei zu Fuß nach Avranches. Bei diesem Wetter!« Aus dem Nieseln war ein Gewitterregen geworden. Er rannte zurück, kletterte in den Wagen und kehrte mit einem Schirm zurück. »Wenigstens habe ich den.«

»Sehr aufmerksam von Ihnen, Monsieur.« Grigorij streckte die Hand danach aus.

Aber Farou dachte nicht daran, den Schirm zu teilen. »Nein, ich habe es lieber, wenn ich derjenige bin, der nicht zu nass wird.« Er sah auf Silena. »Nehmen Sie es als Strafe, Großmeisterin.«

Grigorij hob die Augenbrauen und holte tief Luft, um zu einer Erwiderung anzusetzen.

Silena musste lachen, während ihr der Regen über die Fliegerkappe lief und ihre Lippen benetzte. »Sie sind herrlich, Monsieur Farou. Französisch unautoritär«, meinte sie heiter und ging die

Straße entlang auf die Stadt zu. »Ich lade Sie herzlich zu einem guten Wein ein.«

Er stutzte. »Womit habe ich das denn verdient?«

»Das frage ich mich allerdings auch«, murmelte Grigorij und schaute missgelaunt in die Wolken.

»Sie sind einer der wenigen Menschen, die mich als eine ganz normale Person betrachten. Ich mag das sehr.« Silena grinste.

»Ja, als was denn sonst? Der König sind Sie nicht, von daher …«, gab Farou zurück und grinste ebenfalls. »Also, was ist nun? Ist ein Drache bei uns gesichtet worden?«

»Nein, noch nicht«, entschlüpfte es Grigorij.

»Das würde mich auch sehr wundern. Es gab niemals Drachen bei uns.« Farou ging neben ihnen her und hielt den Schirm so, dass Silenas Kopf geschützt war; sie bedankte sich mit einem Lächeln.

»Oh, Monsieur, in Frankreich gibt es …«, setzte sie zur Verbesserung an.

»Ah, ah, Großmeisterin. Ich meinte damit Avranches und die Umgebung.« Er zwinkerte. »Aber verraten Sie es nicht weiter, sonst bekommen wir zu viele Ausländer ins Land, die in Ruhe bei uns leben wollen. Das mögen wir hier überhaupt nicht.«

Grigorij beugte sich an ihr Ohr. »Ein unmöglicher Bauer, oder? Keine Manieren. Und das in Frankreich, wo König Charles der Unerreichte einen Hofstaat …«

»Sie wissen, dass es unhöflich ist zu flüstern, Fürst?«, unterbrach sie ihn neckend.

»Ich vergelte Gleiches mit Gleichem«, gab er zurück und richtete sich auf.

Das Unwetter war an Land gegangen und rumorte über ihnen. Die Blitze zuckten unaufhörlich auf Avranches und den Mont-Saint-Michel nieder, als wollten sie die Orte auslöschen. Aus dem eiskalten Regen wurde Hagel; Körner von der Größe eines Augapfels prasselten auf den Boden und zerstörten bald sogar den Schirm.

»Da hinüber«, meinte Farou und zeigte auf eine Feldkapelle am Wegesrand. »Ich möchte nicht erschlagen werden, nachdem ich die Attacke Ihres Flugzeugs überlebt habe.«

Sie erreichten den rettenden Unterstand und beobachteten das ungewöhnlich heftige Gewitter.

»Keinen einzigen Drachen, Monsieur?«, nahm Silena das Gespräch wieder auf. »Nicht einmal einen kleinen?«

»Nein, Großmeisterin. Es gab keine Sichtungen mehr seit Errichtung der Abtei auf dem Mont-Saint-Michel.« Farou fing etwas von dem Wasser, das vom Dach herunterlief, mit der hohlen Hand auf und trank davon. »Es ist eine heilige Stätte, und diese gesegnete Aura können die Teufel auf den Tod nicht ausstehen.«

»Oh, mein lieber Monsieur Farou! Ist Ihnen nicht zu Ohren gekommen, dass Drachen durchaus schon einmal Kirchendächer abgedeckt haben, weil ihnen das Blattgold so gut gefiel?«, meinte Grigorij und schüttelte sich. Niemals käme es ihm in den Sinn, Regenwasser zu trinken. Vor allem nicht, wenn es von einem dreckigen Dach rann. »Sie schlagen ihre Klauen in alles.«

»Außer bei uns. Es gibt kein vergleichbares Bauwerk wie unseren Mont-Saint-Michel, Monsieur. Diese Einzigartigkeit macht es aus, glauben Sie mir. Ich wette, dass es niemals Drachen bei uns geben wird«, er deutete hinaus in die Bucht, »solange die Kathedrale steht und wir die herrlichen Glocken hören dürfen.«

Der Hagel ließ nach, aus dem Regen wurde wieder ein leichtes Nieseln, und die drei brachen zur letzten Etappe nach Avranches auf.

Sie schritten durch ein Stadttor, das sehr alt aussah, und Silena war endgültig davon überzeugt, es hier mit einem mittelalterlichen Ursprung zu tun zu haben. Die Bewohner hatten sich in ihre Häuser verkrochen; die Kamine rauchten und verbreiteten den allgegenwärtigen Geruch von Feuer, der Wärme und ein Essen versprach. Sie gingen eine ganze Weile.

»Haben Sie eine Unterkunft?« Farou war vor einer Herberge stehen geblieben, die sich *Nu-pieds* nannte. »Falls nicht, wäre diese hier gut. Kostet nicht viel, aber sie machen ein gutes Essen und haben saubere Betten. Und sie haben süffigen Wein.«

Silena musste schon wieder lachen. Die letzte Bemerkung war ganz sicher auf sie gemünzt gewesen. »Dann, Monsieur Farou, gehen Sie doch …«

Ein lauter Hilfeschrei ließ sie zusammenzucken.

»Das kommt aus Saint Gervais!« Farou rannte sofort los, und Silena eilte ihm nach, so gut es ihr die Verwundung erlaubte.

Sie hielten auf eine Basilika mit einem beeindruckend hohen

Turm zu; das Hauptportal stand sperrangelweit offen, und davor lag eine Frau mit dem Gesicht nach unten.

»Beim heiligen Aubert!« Farou erreichte sie vor Silena und Grigorij, kniete sich neben sie und drehte sie auf den Rücken. Sie hatte vier lange, blutige Schnitte im Gesicht, die Spur aus dunkelroten Tropfen führte ins Innere.

Grigorij zog seine Pistole. »Denken Sie, was ich denke, Großmeisterin?«

»Ein Gargoyle?«

»Eine was?« Farou hob den Blick. »Eine Gargouille?«

»Kümmern Sie sich um die Frau«, befahl Silena harsch und betrat die Kirche, die ihrer Einschätzung nach noch nicht so alt wie Avranches selbst war, allenfalls entstammte sie der Mitte des letzten Jahrhunderts. Dennoch war sie imposant.

So sehr sie in die Dunkelheit spähte, sie erkannte nichts. Die Kerzen vor den Heiligenbildern flackerten im Wind, der durch das offene Portal wehte, und schufen Hunderte von zuckenden Schatten, die man leicht für einen Feind halten konnte.

»Die Statue aus dem Officium?«, raunte Grigorij, steckte die Pistole weg und nahm einen großen, schweren Kerzenleuchter, um ihn wie eine Keule zu benutzen.

»Ich wüsste nicht, was es für Cyrano in der Kirche zu holen gäbe.« Silena tat es ihm nach, und gemeinsam gingen sie den Mittelgang entlang, die Kerzenleuchter zum Schlag bereit.

Das Heulen des tobenden Sturmes und das Rumpeln des Donners überlagerten jegliches Geräusch, die Blitze ließen die bunten Fenster grell aufleuchten, ehe sie in die Dunkelheit zurückfielen.

Dann sah Silena den Gargoyle.

Cyrano hatte die regennassen Flügel halb ausgebreitet, als wolle er sie trocknen. Er stand mit dem Rücken zu ihnen vor einem Schrein und riss ihn auseinander. Er schleuderte das Gitter weg, zerschlug das Glas und packte einen weißlichen, kopfgroßen Gegenstand, der dort auf einem Kissen gelegen hatte; dann drehte und wendete er ihn zwischen den krallenbewehrten Fingern.

»Das ist doch ein skelettierter Schädel, Großmeisterin«, flüsterte Grigorij erstaunt. »Verstehen Sie, weswegen die Viecher plötzlich daran Interesse haben?«

Der Gargoyle hatte die Stimme vernommen und schaute über die Schulter, die Augen leuchteten grün auf, und sie hörten das warnende Grollen. *Verschwindet, Menschen. Das geht euch nichts an.*

»Haben Sie das auch gehört? In Ihrem Verstand?«, erkundigte sich der Fürst verunsichert bei Silena.

Sie nickte. »Es geht mich etwas an, seit einer von euch meine Brüder getötet hat und ihr raubend durch Museen zieht«, erwiderte sie laut.

Wir tun, was wir müssen, um unser Ziel zu erreichen und den Krieg zu gewinnen. Der Gargoyle wandte sich um, er hielt tatsächlich einen Totenkopf in der Linken. *Das Unrecht muss rückgängig gemacht werden, Silena.*

»Also wart ihr es!«, rief sie wütend.

Ich versichere dir, dass es dem Wohle der Menschheit dient, wenn unser Plan gelingt. Das vom Balkenhieb zerstörte Gesicht richtete sich auf sie. *Du bist groß geworden. Eine echte Frau. Ich erinnere mich, wie du vor mir standest und dachtest, ich sei der heilige Georg.* Ein leises, dunkles Lachen ertönte. *Ich habe leider keine Zeit, um mich mit dir zu unterhalten, Silena.* Cyrano nahm den Unterkiefer des Schädels in den Mund, schlug die Klauen in den nächsten Pfeiler, erklomm ihn mehrere Meter hoch und stieß sich ab, um durch den dunklen Innenraum zu segeln.

»Tür zu, Monsieur Farou!«, schrie Grigorij. Er schleuderte den Kerzenständer nach dem Wesen und traf es sogar gegen das Becken.

Der Franzose sah den Gargoyle durch die Basilika geflogen kommen, bekreuzigte sich und war dennoch so geistesgegenwärtig, das Portal zu schließen.

Das Wesen drehte ab, ehe es mit dem dicken Holz zusammenstieß, schraubte sich mit zwei Flügelschlägen in die Basilika empor und durchstieß mit voller Wucht eines der Fenster. Klirrend regneten die Splitter nieder; sowohl Silena als auch Grigorij suchten zwischen den Bänken Schutz, um von den scharfen Fragmenten nicht getroffen zu werden.

»Verdammt noch eins!«, rief er und hob den Kopf, um nach dem Gargoyle zu sehen. »Er ist uns entwischt!«

»Alles andere hätte mich in einem Gebäude mit derart vielen

Fenstern auch sehr erstaunt.« Silena stand auf und hielt sich die schmerzende Seite. Es fühlte sich an, als sei die Wundnaht gerissen.

»Ich dachte, Cyrano wäre ein Kunstfreund und würde sich daher etwas zurückhalten.« Grigorij klopfte den Schmutz von Mantel und Hose. »Sind Sie in Ordnung, Großmeisterin?«

»Ja«, log sie und hinkte zu dem demolierten Schrein; Grigorij folgte ihr.

Die Pforte wurde erneut geöffnet, Farou und einige Männer betraten den Innenraum, brachten Lampen und Gewehre mit. Die trüben Strahlen leuchteten in der Basilika umher, einige blieben am zerstörten Fenster hängen, andere zeigten die Verwüstung am Heiligtum in aller Deutlichkeit.

»Mon dieu! Das Ding hat unseren Aubert geklaut!«, rief einer der Männer aufgebracht. Sie drängten sich um den Schrein.

»Aubert?« Silena betrachtete das Kissen. »Ist das nicht zu klein für einen Menschen?«

»Nein, nicht den ganzen Aubert. Seinen Schädel«, erklärte Farou und musterte sie. »Großmeisterin, was halten Sie davon, wenn wir uns wirklich ins *Nu-pieds* setzen und uns in aller Ruhe unterhalten? Ich habe nämlich den Eindruck, dass Ihr Auftauchen mit den Vorgängen in unserem bis eben beschaulichen Avranches zusammenhängt. Jedenfalls gab es vorher keine lebendige Gargouille in unserer Stadt.« Er deutete mit dem Daumen auf den Ausgang. Die entschlossenen Gesichter der Männer um sie herum machten klar, dass sie eine Ablehnung nicht hinnähmen.

Grigorij legte eine Hand an die Manteltasche und sah zu Silena – die stumme Frage, ob er seine Pistole ziehen sollte. Zusammen mit der Luger in ihrem Achselholster besaßen sie genügend Munition, um sich den Weg aus Saint Gervais zu schießen.

Silena legte die Rechte auf seinen Unterarm, drückte zu. Sie war froh, ihn bei sich zu haben. Widerstand machte im Augenblick keinen Sinn. »Gut, Monsieur. Gehen Sie vor, wir folgen Ihnen.«

Die sehr weltliche Prozession verließ das Gotteshaus und kehrte in den Gasthof ein.

24. Januar 1925, Marazion (Cornwall), Königreich England

»Ein Strand, wie schön.« Arsènie setzte zur Landung an und scherte sich ebenso wenig um die Fischer, die ihre Boote an Land holten und Netze ausluden, wie um die Spaziergänger, die nach dem Sturm an der Küste entlangschlenderten, um Muscheln und Treibholz zu suchen.

Sie ließ die Curtiss R3C-1 sinken, und spätestens jetzt gab es für die Männer und Frauen keinen Zweifel mehr, dass die Maschine allen Ernstes aufsetzen wollte.

Es hatte Arsènie nicht viel gekostet, sich ein Flugzeug zu beschaffen. Ein Augenaufschlag und natürlich Geld, von dem sie wahrlich ausreichend besaß, hatten genügt, um in Wiener Neustadt eine ausrangierte Rennmaschine aufzutreiben. Wie gut, dass just in diesen Tagen dort zahlreiche Flugrennen ausgetragen wurden.

Sie war das Risiko nicht eingegangen, dem infantilen Fürsten und der sauertöpfischen Großmeisterin in Innsbruck über den Weg zu laufen und erklären zu müssen, was mit Skelton geschehen war. Ihre verbrühten Hautstellen hatte sie mit einer speziellen Salbe behandeln lassen, und die noch nicht ganz verheilten Stellen verbarg sie geschickt mit Schminke.

Die doppelflüglige Curtiss schoss mit dreihundert Stundenkilometern knapp über die Köpfe von Wanderern hinweg, die in sehr eleganten Kleidern unterwegs waren. Kreischend zogen die Damen die Köpfe ein, und die Männer schüttelten drohend Gehstöcke und Schirme hinter ihr her.

»Aus dem Weg, ihr britischen Dünnbiertrinker!« Arsènies Taktik war klar. Sie hatte niemals vorgehabt, den Weltenstein mit jemandem zu teilen, und für sich inzwischen eine Interpretation von Zadornovs Vision gefunden: Sie war deshalb nicht zu sehen, weil sie sich vor dem Kampf, den er sah, längst abgesetzt hatte. Der Weltenstein in der Hand des Russen war eine Imitation gewesen. *Ihre* Imitation, die sie ihm unterjubeln würde. Sie hatte die Nachbildung umgehend in Auftrag gegeben und die Nachricht erhalten, dass diese für sie bereitstand. In Paris.

Arsènie warf einen Blick nach links, wo sich eine Insel mit einer Festung darauf erhob; eine schmale Brücke führte hinüber, die eben von der Flut verschlungen wurde. Das war ihr Ziel: der Saint Michael's Mount. Allerdings gab es nicht viel zu sehen. Gerüste standen sowohl um die Mauer als auch um die Gebäude, und ausgebreitete Planen verhinderten, dass man etwas sehen konnte.

Sie verringerte die Geschwindigkeit; dann setzte die Curtiss im Sand auf, der nach dem Regen hart und fest war. Sie lenkte das Rennflugzeug über den Abschnitt des Strandes, auf dem die Wellen rollten und sich die Räder drehen konnten, ohne zu blockieren; das Meerwasser sprühte hoch und machte die Luft noch salziger.

Arsènie lenkte die Maschine mit gedrosseltem Motor auf den Holzsteg, der sich über den Strand zog, und fuhr darauf bis hinauf zu der schmalen Straße, die zum Städtchen führte und etwas entfernt von der befestigten Insel lag; ein letztes Aufheulen des mehr als 500 PS starken Motors und sie brachte den Propeller zum Stillstand.

Sie schwang sich aus der Kanzel, rutschte über die untere Tragfläche auf den Boden und zog die Fliegerkappe ab. Offen fiel ihr weißblondes Haar herab und wurde vom Wind zerzaust, was sie als sehr angenehm empfand. Danach nahm sie den kleinen Koffer aus der Maschine und legte die restlichen Meter bis nach Marazion zu Fuß zurück.

So schrecklich die Ereignisse in Innsbruck gewesen waren, so sehr sie den Tod von Onslow Skelton bedauerte – all das hatte ihr unschätzbare Vorteile gebracht. Die Einblicke in den Verstand des unvorsichtigen Drachen, Gorynytsch oder Eris Mandrake oder wie auch immer, hatten ihr das Versteck des Weltensteins offenbart.

Solange der schwarze Drache nach Silena und Zadornov suchte, war das Artefakt unbewacht. Oder zumindest leichter zugänglich. Mithilfe ihrer Geisterverbündeten und ihrem Ektoplasma würde sie es schon finden.

Zwei Bobbies kamen ihr entgegen, gekleidet in die schwarzen Uniformen und mit schwarzen Helmen auf dem Kopf. »Guten Tag, Madame. Ist das Ihr Flugzeug, da oben auf dem Hügel?«, fragte der Ältere und vermutlich Ranghöhere.

»Ja, Constable«, antwortete sie auf Englisch und schaltete ihren französischen Akzent nahezu perfekt aus. »Eine Curtiss R3C-1, zwölf Zylinder, 565 Pferdestärken, zirka 380 Stundenkilometer schnell. Schön, nicht wahr?«

»Nun, Madame, es ist nicht erlaubt, so tief über den Strand zu fliegen. Sie hätten jemanden gefährden können.«

»Das tut mir sehr leid.« Sie mimte die Erschrockene. »Aber ich hatte einen Motorschaden und konnte gerade noch rechzeitig landen, ehe ich auf das beschauliche Örtchen gestürzt wäre. Jetzt suche ich jemanden, der mir aus der Bredouille hilft.«

»Wir haben einen ausgezeichneten Automobilmechaniker in Marazion. Ich stelle ihn Ihnen gerne vor.« Er streckte die Hand aus. »Darf ich Ihnen das Gepäck abnehmen, Madame?«

Sie schenkte ihm ein freundliches Lächeln. Trotz der unvorteilhaften Fliegermontur mit der so gar nicht figurbetonenden gefütterten Jacke machte sie immer noch genügend Eindruck. Was würden die Tommies erst machen, wenn sie eines ihrer Kleider trüge? »Das ist sehr freundlich von Ihnen, Constable.«

Der jüngere Polizist sah hinauf zur Curtiss. »Wollen Sie die Maschine nicht lieber nach Marazion schaffen lassen, Madame?«

»Wer könnte so etwas stehlen, mein Lieber? Haben Sie so viele Fliegerasse in dem kleinen Städtchen versteckt?«

»Nein, Madame. Aber ein Flugzeug ist eine Besonderheit.« Er legte die Hände auf den Rücken. »Es wird nicht lange dauern, und die Lausbuben kommen, um wenigstens so zu tun, als seien sie Piloten.«

»Guter Hinweis, Farnsworth. Gehen Sie hinauf und sichern Sie das wertvolle Gerät der Lady, bis ich Ihnen eine Ablösung schicke.« Der jüngere Mann salutierte und lief den Weg zurück zur Curtiss. »Ich bin Constable Paddy, Madame, und Ihr Name ist?«

»Susan Cranston. Ich komme aus Kanada und wollte eigentlich nach London, als meine Maschine nach dem langen Flug beschlossen hat, mich im Stich zu lassen.«

Paddy machte große Augen. »Aus Kanada? Mit *der* Maschine?«

»Glauben Sie mir nicht, Sir?« Arsènie zog die Handschuhe aus. »Ist doch ein Katzensprung über das bisschen Wasser.«

»Wenn Sie es sagen, Madame. Ich habe keinen Grund, an Ihren Worten zu zweifeln, aber es wäre schade, wenn wir die Sensation nicht in Marazion verkünden würden. Ich meine, es hat meines Wissens noch keine Frau …«

»… die Strecke von New York nach Paris geschafft, das ist korrekt. Aber diese Route, na, sie ist eben nicht schwierig«, spielte Arsènie herunter. Beinahe hätte ihre rasche Lüge ihr noch mehr Aufmerksamkeit verschafft. Sie hoffte ohnehin, dass es niemanden in dem Städtchen gab, der ihr Gesicht aus der Zeitung kannte. »Sagen Sie, Sir, wer wohnt auf dem Schloss? Es ist doch ein Schloss unter all den Tüchern?«

»Oh, der Saint Michael's Mount? Ein schönes Fleckchen Erde, mit einem außerordentlich prächtigen Garten. Er ist eines der Wahrzeichen von Cornwall, wenn Sie mich fragen, Madame.« Er führte sie durch die Straßen, auf denen Menschen in teurer Garderobe flanierten. Paddy bemerkte ihre fragenden Blicke, die wissen wollten, mit welcher unbekannten Schönheit er sich schmückte. »Wir haben in Marazion einen ausgezeichneten Ruf als Erholungsort, Madame. Das milde Klima, das Licht und die Landschaft locken viele Auswärtige an.«

»Und auf dem Schloss wohnt jetzt wer noch gleich?«

»Die Familie Saint Aubyn, und das schon seit dem 17. Jahrhundert, Madame. Sie lassen das Anwesen komplett renovieren.« Er hielt vor einem Hotel an, das passenderweise den Namen *Michael's Mount* hatte, trat ein und wechselte einige Worte mit dem Wirt, bevor er zu ihr zurückkehrte. »Hier sind Sie in guten Händen, Madame. Ich sende Ihnen Mister Knight. Er ist unser Mechaniker für alles, was an Automobilen kaputtgehen kann. Er wird Ihr Flugzeug sicher flott bekommen.« Mit diesen Worten tippte er sich an den Helm. »Gute Nacht, Madame.« Dann nickte er dem Wirt zu und verließ das Hotel.

»Sagen Sie«, Arsènie kam auf den Tresen zu, hinter dem ein blasshäutiger Mann wartete, der eine große weiße Schürze über dem dunklen Chile und dem hellen Hemd trug, »gibt es wohl eine Möglichkeit, dieses bezaubernde Schloss zu besuchen?«

»Leider nein. Wegen der Renovierung geht das nicht, Madame.« Er rief einen Jungennamen, und kurz darauf erschien ein Knabe, der trotz des Wetters kniekurze Hosen trug. Die strubbeligen schwarzen Haare machten ihn zu einem rechten Lausbuben, die Sommersprossen auf der Nase und die Grübchen an den Wangen unterstrichen Arsènies Eindruck; lautstark zog er die Nase hoch. »Sean, trag das Gepäck auf Zimmer elf.«

»Diese Lordschaften, die Saint Aubyns, sind sie auch mal in Marazion zugegen?«

»Ab und zu. Um ein Guinness und einen Whiskey zu trinken, Madame. Sir Jasper findet man im *Dartmoor*, einem Pub am Ende der Straße«, sagte der Junge sofort. »Geben Sie mir einen Penny, Mylady, und ich führe Sie hin.«

Sie beugte sich zu ihm. »So klein und schon so geschäftstüchtig, was?« Arsènie scheuchte ihn die Treppe hinauf und ging ihm hinterher. »Aber weißt du was? Ich nehme das Angebot an, mein lieber Freund.«

»Gerne, Mylady.« Er stellte den Koffer vor einer Tür ab, sperrte sie auf und schleppte das Gepäck in das Zimmer. »Hier hinein, Mylady.«

Arsènie betrat den rustikal eingerichteten Raum, nahm ihre Börse aus der Hosentasche und drückte ihm ein Goldstück in die Hand. Die Augen des Knaben weiteten sich vor Freude und Unglaube. »Du wirst niemandem davon erzählen, Sean. Berichte mir, was du alles über den Michael's Mount weißt.«

»Sehr gern, Mylady.« Er verstaute die Münze, nachdem er sicher war, dass die Fremde sie nicht zurückhaben wollte. »Aber es ist kein Geheimnis. Ich meine, Sie bezahlen sehr viel für das, was jeder bei uns in Marazion weiß.«

»Du bist ein ehrlicher junger Mann.« Sie setzte sich aufs Bett und winkte ihn zu sich. »Dann erzähle mir doch einfach die Dinge, von denen kaum jemand weiß? Beispielsweise … hast du jemals einen Drachen dort fliegen sehen?«

Sean sah sie misstrauisch an. »Nein, bei uns gibt es die fliegenden Teufel nicht.«

»Überhaupt gar keinen? Wo sie doch sonst überall zu finden sind?«

»Nein, nicht bei uns. Nicht, seit die Aubyns den Michael's Mount gekauft haben.« Er schniefte und wischte den Rotz, der ihm aus dem linken Nasenloch lief, mit dem Ärmel weg. »Aber ich glaube, dass James Middleways großer Bruder behauptet, dass er ein Seeungeheuer gesehen hat. Er war mit seinem Liebchen letzten Sommer am Strand nachts spazieren, und da ist es ihm erschienen.«

»Ein Seeungeheuer, Sean?«

Er nickte. »James Middleways großer Bruder hat gesagt, dass es aussah wie eine Mischung aus einem Wal und einem Vogel, und es sei auf den Felsen geklettert und habe die Mauern einmal umwandert. Dann verschwand der Mond hinter die Wolken, und als sie wieder was gesehen haben, war das Ungeheuer weg. Constable Paddy meinte, er hätte sich alles nur ausgedacht, um sich wichtig zu machen und in die Zeitung zu kommen.«

Arsènie strahlte. »Siehst du, Sean? Das hätte mir bestimmt nicht jeder sagen können.« Sie schob ihn zur Tür. »Warte draußen. Ich ziehe mich um und rufe dich, damit du mich ins Pub bringst.«

»Ja, Mylady.« Er war schon halb aus dem Raum, da streckte er den strubbeligen Kopf noch einmal herein. »Für einen Penny?«

Sie hatte die Jacke bereits ausgezogen und die ersten Knöpfe ihres Hemdes geöffnet. Sie wusste, dass es zwei Gründe gab, warum er sie noch einmal störte. Arsènie warf die Jacke nach ihm. »Ja, für einen Penny, du Geschäftemacher. Jetzt raus mit dir.«

Sean verschwand mit leuchtenden Ohren auf den Gang. Er hatte ihr rotes Mieder gesehen! Das würde er den anderen erzählen, und sie wären neidisch.

Schnell riskierte er einen Blick durch das Schlüsselloch – aber etwas hing davor. Mylady kannte die Tricks.

XVIII.

»Die Linie Gereon (ausgestorben)
Ausgehend vom Soldaten Gereon, dem vor Köln wegen seines christlichen Glaubens der Kopf abgeschlagen wurde, hatten sich die Nachfahren dem Nahkampf verschrieben und sich gezielt die großen, mehrköpfigen Drachen auserkoren. Anfängliche und wohl mehr zufällige Erfolge führten zu einer Selbstüberschätzung der Linie, die sich tatsächlich allein gegen einen Vierender wagte. Das war der letzte Einsatz der Truppe.«

aus der Serie »Drachentöterinnen und Drachentöter
im Verlauf der Jahrhunderte«
Im »Münchner Tagesherold«, Königlich-Bayerisches Hofblatt
vom 10. Juli 1924

24. Januar 1925, Avranches (Normandie), Königreich Frankreich
Die Männer, die sich im Schein der Lampen um den größten Tisch im Gastraum versammelt hatten, starrten Silena und Grigorij mit einer Mischung aus Feindseligkeit und Neugierde an. Es war offensichtlich, dass die meisten von ihnen die beiden Fremden für den Vorfall in Saint Gervais verantwortlich machten oder sie zumindest damit in Verbindung brachten.

»Also hat das Wesen den Schädel von Aubert gestohlen«, brach Silena das Schweigen. »Und warum sollte es das tun? Was ist die Besonderheit an dem Schädel?«

Farou winkte dem Wirt, und gleich darauf brachte er einen Krug mit Wein und einen mit Wasser sowie ein Tablett voller kleiner Gläser. Die Getränke wurden ausgeschenkt und verteilt. »Sie kennen demnach die Legende um den Gründer des Mont-Saint-Michel nicht?«

»Nein. Wir kennen sie nicht«, antwortete Grigorij und leerte sein erstes Glas, schob es von sich und zog das nächste zu sich heran. »Hätten Sie die Güte und würden das ändern?«

»Wie er spricht«, lachte jemand. »Als wäre er ein König oder so etwas.«

»Er säuft auch so«, kam es aus der hinteren, im Dunkel liegenden Reihe, und dann erschallte lautes Gelächter.

Grigorij hob das Glas, prostete in die Runde und grinste. »Robust und charmant«, rief er. »So liebe ich die Franzosen.«

»Also, was Aubert angeht: Er ist der Gründer des Mont-Saint-Michel.« Farou zeigte auf ein Bild an der Wand, das den Berg mit dem Kloster im Mittelalter zeigte. »Die Legende besagt, dass der Erzengel Michael dem Bischof von Avranches, Aubert, um das Jahr 708 erschien und ihm befahl, eine Wallfahrtskapelle zu errichten. Durch die Berührung des Erzengels erhielt Aubert ein Loch im Schädel, und nach seinem Tod wurden die Gebeine nach Avranches gebracht und sein Schädel als Reliquie verehrt.«

»Hm.« Grigorij betrachtete das Bild. »Ein alter Knochen?«

»Vom Erzengel berührt, Monsieur!«, stellte Farou mit Stolz in der Stimme fest.

»Ich will gewiss nicht Ihre religiösen Gefühle verletzen, aber wer sagt Ihnen denn, dass es nicht der Kopf eines Unglücklichen ist, dem man ein Loch in den Schädel geschlagen und ihn auf das Kissen gelegt hat, damit die Menschen etwas zum Anbeten haben?« Der Russe zeigte sich unbeeindruckt von der Legende. Umso erstaunter fand er, dass Silena schwieg. »Was ist, Großmeisterin?«

Sie fand die Geschichte äußert aufschlussreich. Der Erzengel Michael galt als einer der Drachentöter, der Satan und seine Gefolgsleute bekämpft und besiegt hatte. Es konnte kein Zufall sein, dass es rund um den Mont-Saint-Michel seit dem Bau der gewaltigen Kirche keine Drachensichtungen mehr gegeben hatte. Der Mont-Saint-Michel barg ein Geheimnis. Ein wertvolles Geheimnis. »Sagen Sie, Monsieur Farou, wo kann ich mehr über den Berg lesen?«

»Im Rathaus. Dort haben wir die meisten alten Handschriften und Bücher des Klosters seit der Französischen Revolution archiviert, weil die Truppen die alte Klosteranlage vollständig ausgeräumt haben.«

Silena sah sich bereits wieder in einem muffigen Keller sitzen und im Schein von Öllampen oder funzeligen Glühbirnen lesen. »Sind es viele?«

»Na ja, Madame. Allein der mittelalterliche Bestand von zweihundert Pergamenthandschriften bietet einiges. Die meisten von ihnen sind gut lesbar«, antwortete ein junger Mann, der wie alle im Raum einfache Kleidung trug. Seine Augen starrten hinter dicken Brillengläsern hervor, und dem Körperbau nach verdiente er seinen Lebensunterhalt nicht mit harter Arbeit. Sie musste an Onslow Skelton denken.

»Das ist unser Stadtschreiber, Monsieur Patron«, stellte ihn Farou vor. »Warum fragen Sie danach, Großmeisterin? Können Sie uns über das berichten, was sich in der Basilika zugetragen hat?«

»Dazu müsste ich erst mehr über Bischof Aubert lesen«, wich sie aus, dabei betastete sie die verwundete Seite. Grigorij bemerkte es.

»Kein Problem. Ich habe einen Schlüssel«, bot Patron an. »Wir können sofort gehen, wenn Sie es möchten.«

»Großmeisterin, wer hat uns den Schädel von Aubert gestohlen?«, verlangte Farou mit Nachdruck zu wissen. »War es ein Drache? In welcher Gefahr schweben wir?«

Silena richtete die grünen Augen auf den Franzosen. »Nein, Monsieur. Es war ein Gargoyle. Aber fragen Sie mich nicht mehr. Fürst Zadornov und ich sind im Begriff, das Rätsel hinter den Vorgängen zu lösen, und wenn Sie und Ihre Stadt uns dabei behilflich sein möchten, käme uns das sehr gelegen.«

»Wir meinen dasselbe? Eine Gargouille, eine lebendig gewordene Steinstatue?« Farou sah sie lange an und versuchte, ihre Gedanken zu erkennen.

»Ich bin ebenso ratlos wie Sie, Monsieur. Aus dem Grund bin ich in die Stadt gekommen.«

»Wir helfen Ihnen, wenn Sie uns versprechen, dass Avranches seine Reliquie zurückerhält.«

»Das tue ich, so wahr mir Gott helfe und es in meiner Macht steht«, schwor sie.

Farou nickte dem jungen Mann zu. »Patron, geh mit ihnen. Gib ihnen, was immer sie verlangen. Es gefällt mir nicht, dass wir ohne unseren Heiligen dasitzen.«

Silena und Grigorij standen auf, Patron setzte sich an die Spitze der kleinen Gruppe und führte sie durch das regennasse Avranches, über dem sich das Unwetter ausgetobt hatte; von fern hallte der

Donner zu ihnen, und gelegentlich erhellte ein schwaches Leuchten den dunklen Himmel. Doch das Gewitter hatte sich über der Stadt ausgetobt und suchte eine andere heim.

Patron sprach nicht mit ihnen, er hing sehr wahrscheinlich seinen eigenen Gedanken nach. Silena berichtete Grigorij von ihren Vermutungen. »Worin aber der Zusammenhang besteht, weiß ich nicht.«

»Wie wäre es, wenn die Gargoyles und die Drachen gemeinsame Sache machen?«, vermutete er. »Sie stehlen Dinge, welche den Drachen gefährlich werden können, verschonen weder Drachentöter noch Medien wie Madame Sàtra und sind überall, wo auch wir sind. Sie streben nach dem Weltenstein.«

»Aber wenn sie gemeinsame Sache mit dem schwarzen Drachen machen, wieso greifen sie uns nicht einfach an? Er besitzt den Weltenstein doch, wie uns Gessler sagte. Also hat er sein Ziel erreicht.«

»Ein wichtiger Punkt, Großmeisterin.«

Sie folgten Patron die Stufen zum Rathaus hinauf, durch die dunklen Gänge bis zu einer mit Gitterfenstern versehenen großen Bibliothek.

Elektrisches Licht erwachte durch einen Knopfdruck zum Leben und beleuchtete die Vielzahl von Regalen und Vitrinen, in denen Bücher und Handschriften lagerten.

»Ach herrje«, entfuhr es dem Russen. »Das wird keine leichte Arbeit, Großmeisterin. Wir brauchten geschätzte dreihundert freiwillige Leser, die uns unterstützen.«

»Die haben wir aber nicht, Fürst.« Sie ließ sich die Vitrinen von Patron öffnen, nahm die erste Handschrift heraus. »Wir suchen nach Hinweisen auf Aubert, den Weltenstein oder einen Gargoyle. Sollten Sie einen Drachen finden, und wenn er nur als kleines Symbol irgendwo in die Ecke gemalt wurde, rufen Sie mich.« Silena deutete auf die andere Seite des Raumes. »Fangen Sie dort oben an, bitte.« Und an Patron gerichtet, fragte sie: »Hätten Sie Kaffee für uns?«

»Sicher, Großmeisterin.« Er nickte und verschwand im unteren Stock.

Grigorij musterte ihr blasses Gesicht. »Ziehen Sie sich aus, Großmeisterin.« Er schlüpfte aus dem Mantel, krempelte die Ärmel hoch und streckte die Finger nach ihr aus.

»Was?« Sie machte einen Schritt nach hinten.

Er zeigte auf den Boden, wo ein roter Blutfleck zu sehen war. »Die Wunde ist nicht richtig geschlossen. Ich möchte danach sehen.« Von Patron, der soeben zurückkehrte, erbat er sich Wasser, Seife, Handtücher und Verbandsmaterial. »Sie wissen, dass ich Wunden versorgen kann.« Er streifte ihr den Mantel von den Schultern. »Also, stellen Sie sich nicht so an.«

Silena ließ es geschehen, dabei betrachtete sie sein Gesicht. Verwundert stellte sie fest, wie sehr sich ihre Einschätzung ihm gegenüber verändert hatte, und als er den Kopf hob, war sie auf der Stelle von seinen blauen Augen gefangen, konnte dem Blick nicht mehr ausweichen.

»Sie werden ruhig, Großmeisterin«, sagte er mit tiefer, leiser Stimme. »Atmen Sie langsam ein und aus, schließen Sie die Lider und«, er wartete, bis sie die Augen geschlossen hatte, »denken Sie dabei an einen Flug mit dem Luftschiff. Um Sie herum ziehen die Wolken vorbei, es ist ein strahlender Tag. Sie sind allein in der Kanzel, niemand stört Sie bei Ihren Gedanken.«

Silena zögerte, sich auf die beschworenen Bilder einzulassen, doch ihr Widerstand verschwand, je mehr sie von der faszinierenden Stimme vernahm. Sie wurde ruhiger, während sie in ihrer Vorstellung in die Lüfte aufstieg.

»Sie öffnen den Ausstieg, holen tief Luft und machen einen Schritt auf die nächste Wolke. Sie ist weich und federt unter Ihren Sohlen wie eine saftige, frische Wiese. Sie laufen am Himmel entlang und schauen zurück, nehmen eine der Leinen des Luftschiffs, die von der Nase herabhängen, und ziehen es hinter sich her.

Dann legen Sie sich hin, auf den Bauch, und betrachten durch eine Lücke die Erde unter Ihnen, bis die Sterne rings um Sie aufziehen. Sie können sogar einen davon berühren, wenn Sie möchten. Er ist warm und pulsiert, und er leuchtet sogar, sobald Sie ihn anfassen. Dann wird es Zeit, in das Luftschiff zurückzukehren. Ich zähle rückwärts bis eins, und dann werden Sie die Augen öffnen. Zehn …«

Als Grigorij eins sagte, öffnete Silena die Lider. Sie lag mit dem Bauch nach unten auf dem Tisch, er stand vor ihr und trocknete eben seine Hände an einem Tuch; das Wasser in der Schüssel war rot. Blut – ihr Blut! Neben ihr lag das Stützkorsett, das rot und feucht glitzerte, daneben ruhten ihr seidener Büstenhalter sowie ihr Uniformhemd.

»Begehen Sie nicht den Fehler aufzuspringen, Großmeisterin«, warnte er sie. »Die Naht war gerissen. Dieser Wagner hat keine große Erfahrung, was das Nähen von Fleisch angeht.«

»Ich … mein Spaziergang«, sagte sie heiser. »Ich war nicht …«

Er lächelte. »Es hat Ihnen den Schmerz erspart, Großmeisterin. Hypnose.« Er reichte ihr den Büstenhalter. »Um Sie zu beruhigen: Den habe ich Ihnen erst ausgezogen, nachdem Sie sich auf die Wolke gelegt haben. Ich habe also nichts von Ihren Brüsten gesehen.« Es klang bedauernd.

Silena versuchte sich zu erinnern. »Das ist … Ich kann mich nicht erinnern, mich ausgezogen und hingelegt zu haben«, sagte sie nach einer Weile und spürte den Schmerz, das Klopfen der frisch behandelten Verletzung. »Und die Bilder waren echt. Als wäre ich tatsächlich spaziert.« Sie lächelte. »Es war wunderschön.« Dann wurde sie sich bewusst, dass Grigorij in diesem Zustand alles mit ihr hätte anstellen können, sie dazu gebracht hätte mitzumachen. »Eine sehr gefährliche Gabe«, befand sie und nahm den Büstenhalter an sich, legte ihn um, ohne ihn zu schließen, und richtete sich vorsichtig auf.

Grigorij wandte sich um und reichte ihr blind ein frisches Hemd. »Das ist von Patron.«

»Hat er mich …?«

»Nein, Großmeisterin. Er hat Sie nicht nackt gesehen. Die Nähte und der Verband sollten halten.« Grigorij bewegte sich auf den Tisch mit den Büchern zu.

Silena wollte sich ankleiden, doch der Verband spannte zu sehr. Sie fürchtete, dass die Naht erneut aufgehen könnte. Daher rief sie ihn zurück. »Würden Sie mir helfen, bitte?«

Er wandte sich um, kam mit geschlossenen Augen auf sie zu und fasste zielsicher nach den Verschlüssen des Büstenhalters, als sähe er sie. Dann streifte er ihr das Hemd über und begann mit dem untersten Knopf in der Reihe. Seine Finger bewegten sich langsam, zitterten nicht, doch wirkten sie für einen Mann, der Dutzende Frauen in seinem Leben entkleidet hatte, seltsam ungeschickt.

Als er auf der Höhe ihrer Brüste angelangt war, sah er Silena in die grünen Augen. Er schluckte, sah sie wieder in dem Zimmer, wie sie die Strumpfbänder anzog. »Ich habe wirklich nichts getan, was Sie desavouieren würde«, flüsterte er.

Silena bewegte sich nicht. Aus der erbetenen Hilfeleistung erwuchs Ungeahntes, sowohl bei ihr als auch bei ihm. »Ich weiß«, gab sie heiser zurück und forderte ihn mit einem Augenaufschlag auf fortzufahren. Es kribbelte in ihrem Magen, sie sehnte sich nach einer Berührung. Sie war beinahe enttäuscht, als er zurücktrat und murmelte: »Fertig.« Hastig ging er zum Tisch, wo der Kaffee stand.

Silena rutschte vom Tisch, ihre Gefühle waren hoffnungslos in Aufruhr. Rasch setzte sie sich, versenkte sich in ein Buch und schaute verstohlen doch immer wieder zu Grigorij. Sah so ein netter Mann aus?

Gegen vier Uhr morgens fielen Silena die Augen zu, und selbst die Menge Kaffee half nichts dagegen.

Grigorij dagegen war ein Bündel an Ausdauer. Er selbst schob es auf die Wirkung seines besonderen russischen Tabaks, der abscheulich stank und mit irgendetwas parfümiert worden war. Sie wollte gar nicht wissen, womit, aber die winzigen Pupillen sprachen Bände.

Silena gähnte und rieb sich die Augen, legte die Handschrift zur Seite und nahm die nächste. Es war wieder etwas Neuzeitliches, ein Pergament, das ein Forscher vor ihr gelesen und auf das Jahr 1520 datiert hatte, wie eine Notiz darin verriet.

Ein Blick genügte, und sie fühlte sich wach. In der Buchmalerei, links oben auf dem Pergament, war das Dach der Kathedrale Mont-Saint-Michel dargestellt, und daran erkannte sie Cyrano, den geflügelten Gargoyle, dem sie in München und in Avranches begegnet waren.

»Fürst, kommen Sie bitte zu mir.« Grigorij erhob sich und eilte herbei, und Silena zeigte ihren Fund. »Was halten Sie davon?«

Er verstand sofort, was sie meinte. »Ist es unser Gargoyle oder irgendeiner, der da als Schmuck dient?«

»Das finden wir nur heraus, wenn wir die Insel und die Kathedrale besuchen.«

»Warten Sie! Mir ist da …« Er eilte an seinen Platz zurück, wo er inzwischen an der achten Handschrift saß und verschiedene Lupen und Notizzettel um sich herum ausgebreitet hatte. Das Glas mit der stärksten Vergrößerung über das Pergament haltend, winkte er ihr aufgeregt zu. »Da! Oh, ich Idiot! Da, schauen Sie!«

Silena erhob sich mit bleiernen Beinen und wünschte sich ein Bett, in das sie fallen durfte. Oder dass sie noch einmal die Wolken unter ihren Füßen spüren durfte. Doch sie ahnte, dass sie sich diesen Luxus vorerst nicht leisten durfte. Sie beugte sich über ihn, er sprang auf und zwang sie auf seinen Stuhl, dann stellte er sich hinter sie.

»Schauen Sie auf die Zeichnung!«, sagte er überschwänglich.

Silena tat es. Das Pergament stammte aus den frühen Jahren des Mont-Saint-Michel; die Bemerkungen eines Gelehrten gingen davon aus, dass es sich sogar um eine Handschrift des Bischofs handelte. Der Berg lag recht unscheinbar umgeben von Wasser, eine kleine Kirche erhob sich, die mehr den Eindruck einer Hütte machte. Darüber kreiste ein Vogelschwarm. »Ich sehe nichts, Fürst. Sie sollten weniger …«

»Die Vögel, Großmeisterin!« Er legte die Rechte auf ihren Rücken und drückte sie tief nach unten, sodass ihre Nase beinahe das Pergament berührte. »Schauen Sie sich die Vögel an.«

Die Wunde versetzte ihr einen kleinen Stich; sie konzentrierte sich, die Augen gehorchten ihr mit etwas Verzögerung und enthüllten, weswegen der Russe so aufgeregt war. »Es sind Gargoyles!« Sie schaute noch genauer und konnte deutliche Unterschiede im Körperbau der Wesen ausmachen. »Sie kreisen um den Berg.«

»Sie hatten Recht, Großmeisterin. Wenn wir das Rätsel lösen wollen, müssen wir auf die Insel.« Er sah ihr an, dass sie dringend Schlaf benötigte. »Halten Sie durch, oder sollen wir …«

»Nein. Wir können uns keine Verzögerung erlauben.« Silena stemmte sich in die Höhe. »Eine Tasse Kaffee …«

Plötzlich hielt ihr Grigorij ein Döschen hin. »Das macht Sie schneller munter als Kaffee. Möchten Sie es versuchen?«

»Besser nicht, Fürst. Es ist mir zu gefährlich.« Sie eilte zum Ausgang, er folgte ihr. Vor der Tür auf einem Stuhl saß der schlafende Patron, einen leeren Becher in der Hand haltend. »Monsieur, wir müssen auf der Stelle übersetzen.«

Er schreckte aus seinem Schlummer. »Was?«

»Wir, mein französischer Freund, müssen auf den Mont. Jetzt«, wiederholte Grigorij lachend und zerrte ihn auf die Beine. »Kommen Sie. Sie bringen uns an die Küste. Es gibt keine Zeit zu verlieren.«

»Ja, ja, ich komme schon.« Patron brauchte eine Weile, bis er seine Schlaftrunkenheit abgeschüttelt hatte. Er sperrte das Rathaus ab und lief mit ihnen zu einem Haus, wo ihnen nach kurzem Klopfen die Tür von Farou geöffnet wurde.

»Ja? Fündig geworden?« Seinem Aussehen nach hatte er nicht geschlafen; er trug noch immer seine Kleider, als habe er damit gerechnet, geweckt zu werden.

»Sie wollen auf den Mont«, erklärte Patron.

»Gut, ich fahre sie.« Er griff hinter sich und hielt einen Mantel sowie eine Mütze in der Hand. Schon verließ er das Haus und ging auf seine Scheune zu, die etwas weiter entfernt in der gleichen Straße stand. Darin stand ein schicker Citroën Phaeton.

»Das nenne ich einmal Luxus. Sieht nach einem starken Motor aus. Schöner Innenausbau, perfekte Ledersitze, gehegt und gepflegt«, meinte Grigorij anerkennend und applaudierte andeutend. »Wie kommen Sie denn an so einen Wagen?«

»Als Bürgermeister darf ich mir das erlauben«, erwiderte Farou und stieg ein. »Nehmen Sie hinten Platz. Es sitzt sich sehr angenehm.« Er wartete, bis sie sich niedergelassen hatten, dann startete er den Motor und steuerte den Phaeton aus der Scheune; mit hoher Geschwindigkeit ging es durch die Straßen. »Wie sieht Ihre Spur aus, Großmeisterin?«

»Wir müssen uns die Wasserspeier und Steinstatuen auf den Dächern der Kathedrale anschauen. Es kann sein, dass wir bald mehr wissen.« Silena klappte das Fenster nach unten und ließ die eisige Winterluft hineinströmen, um zu verhindern, dass sie einschlief. »Wer lebt auf dem Mont-Saint-Michel?«

»Ein paar Fischer sind dort geblieben und bewachen sozusagen die Anlage. Die Mönche haben das Kloster schon lange aufgegeben, es wurde vor etwa dreißig Jahren zu einem Denkmal Frankreichs erklärt. Charles der Unerreichte hat angeordnet, es restaurieren zu lassen, aber Gelder sind noch keine geflossen. Er wird die Steuern für seinen Hof benötigen.« Farou brauste mit ihnen über die schmale Straße in Richtung der Bucht, wo sich der Berg als dunkler Schatten über den glitzernden Wellen abhob. Die Wolken hatten sich aufgelöst und den Sternen Platz gemacht, deren schwaches Licht nicht ausreichte, den Berg zu beleuchten.

Während sie sich der Insel näherten, rief Silena sich ins Gedächtnis, was sie in den letzten Stunden über den Mont-Saint-Michel erfahren hatte.

Ein mächtiges Kloster, eine Festung, ein Gefängnis – der Mont-Saint-Michel war vieles gewesen, bis das Kloster 1863 aufgegeben worden war. Etwa zehn Jahre später war der Berg zum nationalen Denkmal erklärt worden.

Und niemals, zu keinem Zeitpunkt, konnte sich Silena daran erinnern, etwas in den Berichten quer durch die Jahrhunderte über Drachen gelesen zu haben. »Was ist denn die Aufgabe der Menschen, die dort leben, Monsieur Farou?«

»Auf dem Mont?«

»Ja.«

»Sie halten die Mauern in Schuss und machen Führungen für die Gäste, die in den Sommermonaten zu Scharen hierherkommen. Einige vermieten ihre Häuser, andere dagegen sind Fischer und Salzbauern geblieben.« Farou lenkte den Phaeton auf den Damm, über den an manchen Stellen noch Wasser schwappte. »Die Gezeiten sind hier sehr ausgeprägt«, warnte er sie. »Das Wasser fließt bei Flut schnell in die Bucht, mit etwa einem Meter pro Sekunde. Das hat früher zahlreiche Pilger das Leben gekostet. Wer im Watt stecken blieb, der war verloren. Aber wenigstens kam seine Seele in den Himmel. Das ist das Gute an Pilgerfahrten.«

Sie hielten auf einen kleinen Wendeplatz vor dem Eingang zu. Farou stellte den Motor ab und stieg aus dem Wagen, die anderen zwei folgten ihm.

Silena atmete die salzige Luft tief ein. Es roch frisch und unglaublich belebend, unsichtbar kleine Tröpfchen flogen umher und wurden auf den Mänteln sichtbar, und als sie sich über die Lippen leckte, schmeckte sie das Salz. »Der Damm ist die einzige Zufahrt.«

»Es gibt eine Fähre, die bei Bedarf hinausfährt, aber wenn wir eine Sturmflut haben, ist gar nichts mehr zu machen. Dann ist der Berg von der Außenwelt abgeschnitten.« Farou schritt auf das Tor zu und zog an der Kette, die aus der Wand hing. Von ganz weit weg hörten sie ein leises Schellenläuten. »Aber die Bucht versandet allmählich. Ich nehme an, dass es an dem Damm liegt.«

Silena sah hinauf zur Kathedrale, deren Fenster immer noch leuchteten. Ein atemberaubender Anblick.

Eine Glocke erklang, mit einem einzelnen, tiefen und sehr durchdringenden Schlag, der durch Silenas Körper fuhr und auf der Haut kribbelte, ihr sogar für einen Lidschlag die Luft raubte. »Bei den Heiligen, was war *das*?«

Grigorij hustete, klopfte sich gegen die Brust. »Das war der erstaunlichste Ton, den ich in meinem Leben hören durfte – einmal vom Schrei eines Drachen abgesehen.«

»Das war der Erzengel. Er erhebt seine Stimme immer zur Viertelstunde.« Farou betätigte die Schelle ein weiteres Mal, aber mit mehr Kraft und Ausdauer, bis er einen wütenden Ruf hinter der Mauer vernahm. »Ah, es ist doch noch einer wach«, grinste er.

»Ich finde die Insel immer erstaunlicher«, meinte Grigorij. »Man kann also einen Erzengel dazu bringen, alle fünfzehn Minuten zu rufen.«

»Es ist die Glocke, die angeblich schon zu Auberts Zeiten hier aufgestellt wurde. Sie wurde niemals angetastet, nicht einmal von den Revolutionstruppen.« Farou klopfte gegen die Tür, und schließlich öffnete sie sich.

Zu sehen war eine ältere Frau, die einen Regenmantel und Hausschuhe trug, die langen schwarzen Haare steckten unter einem Netz. »Bürgermeister?« Sie betrachtete die Fremden. »Was soll das?«

»Bonjour, Jaqueline. Schön, dass du schon auf den Beinen bist.« Farou lächelte. »Wir müssen in die Kathedrale. Hol mir den Schlüssel.«

Die Frau starrte ihn an, als sei er geisteskrank. »Bürgermeister, du kommst mitten in der Nacht, um den beiden hier Saint-Michel zu zeigen? Seid ihr alle betrunken, oder was ist in euch gefahren?«

»Keine Zeit. Besorg mir den Schlüssel.« Er drängte sie einfach zur Seite und nahm ihr die Taschenlampe ab. »Wir gehen schon mal nach oben. Und beeile dich, es ist wichtig.«

»Der alte Rondon hat Glockendienst. Er wird euch aufmachen.«

»Du weißt, dass er fast taub ist. Ich habe keine Lust, im Freien zu stehen.« Er sandte Jaqueline einen Blick zu. »Mach schon. Es ist wichtig.« Brummelnd verschwand sie in ein Haus unmittelbar neben dem Tor, während sich Farou anschickte, zusammen mit seinen Begleitern den Berg durch die engen Sträßchen des Fischerdorfs zu erklimmen.

Es war kein leichter Aufstieg.

Die Gasse wand sich und war steil. Grigorij keuchte und schnaufte, und auch Farou hatte sichtliche Mühe, den schnellen Schritt der Drachentöterin beizubehalten. Um ihnen eine Pause zu gönnen, blieb sie stehen und sah hinüber zum Festland, über die Dörfer, in deren Häusern die Bewohner nach und nach erwachten und sich dem Tagwerk widmeten. Es sah wunderschön aus. Wie musste die Aussicht erst im Sonnenschein wirken?

Endlich hatten sie den Eingang zum Kloster erreicht. Farou führte sie durch einen Kreuzgang, in dessen Mitte ein bezaubernder Garten lag und dessen Sommerschönheit man nur erahnen konnte. Durch einen Seitengang ging es in die beleuchtete Kathedrale, und sowohl Silena als auch Grigorij blieben die Münder vor Staunen offen stehen.

Niemals hätten sie es für möglich gehalten, ein so imposantes, großartiges Gebäude auf der Spitze eines kargen Granitfelsens zu finden. Die Räume waren gigantisch hoch; die Haupt- und Seitenschiffe standen jedem Kirchenbau auf dem Festland in nichts nach und schraubten sich bogen und pfeilergestützt in die Höhe. Die Schmucklosigkeit unterstrich die Einzigartigkeit der Architektur. Lediglich im Hauptteil, dort, wo sich einst der Altar befunden hatte, hatte jemand ein großes Kreuz aufgestellt.

Wieder schlug die große Glocke. Der Klang im Innern der Kathedrale war noch überwältigender und gab den dreien das Gefühl, selbst in Schwingung zu geraten, als ob die Knochen und Organe in den Körpern sängen.

»Da hinüber, zum Aufgang«, wies Farou sie an.

»Oh, nicht noch eine Treppe«, stöhnte Grigorij.

»Es wird sich nicht vermeiden lassen, wenn wir auf das Dach möchten, Fürst«, merkte Silena an. Sie sah die Schweißtropfen auf seiner Stirn, er atmete noch immer schnell wie nach einem langen, anstrengenden Dauerlauf. Wieder spürte sie das Kribbeln, das mit seinem Anblick einherging. »Sie sollten weniger trinken und die

Drogen weglassen«, sagte sie schroff, um ihre Gefühle zu verbergen. Sie wollte sich nicht in diesen Mann verliebt haben.

»Nein. Dann habe ich auf dieser Insel ja gar keinen Spaß mehr. Ansonsten gibt es hier nur alte Weiber und Glocken.« Grigorij hielt bereits eine Zigarette in der Hand. »Gehen wir und schauen, wie hoch ein Kathedralenturm sein kann.«

»Ich warte hier unten, wenn es recht ist. Der alte Rondon muss wissen, dass Sie hier sind, oder er stirbt mir vor Schreck. Überraschungen ist er nicht mehr gewohnt.« Farou sperrte ihnen die Tür auf. »Viel Erfolg.«

Silena ging vorneweg und stellte den Fuß auf die erste Stufe. Im selben Augenblick schoss ein Blitz am Fenster vorbei, und ein lautes Krachen ertönte. Kurz darauf setzte das Prasseln von Regen ein. Das Unwetter war von seinem Ausflug an Land zurückgekehrt.

24. Januar 1925, Marazion (Cornwall), Königreich England

Arsènie ging auf die Jagd.

Dafür trug sie ein knöchellanges weißes Kleid, darüber eine schwarze Bluse, die einen tiefen Ausschnitt besaß, und dazu die doppelte Perlenkette, um ihren Hals und das Dekolleté zu betonen. Sie legte Perlenohrringe an und band das Haar mit einem breiten, weißen Schal zurück. Feine Perlmuttplättchen auf dem Stoff sorgten für einen zusätzlichen Blickfang. Etwas Rouge und Lippenstift, dazu die passende schwarze modische Handtasche – und Arsènie eröffnete die Pirsch.

Ihr erstes Opfer war der kleine Sean, der sie anstaunte. »Mylady, Sie sehen …« Ihm fehlten die Worte.

»Meinst du, ich bekomme einen Platz im Pub?« Sie steckte eine Zigarette auf die Spitze und zündete sie an.

»Jeden, den Sie haben möchten, Mylady.« Er eilte zur Treppe. »Ich führe Sie gleich hin.«

Arsènie war mit dem ersten Test zufrieden, auch wenn sie wusste, dass ein kleiner Junge ihrem Charme nichts entgegenzusetzen hatte.

Sie warf sich ihren Pelzmantel über und schlüpfte in die flachen Schuhe. »Nicht so schnell, sonst hängst du mich ab.«

Gemeinsam verließen sie das Hotel. Schon nach den ersten Schritten wurden ihr von den Männern bewundernde Blicke zugeworfen, sowohl von Einheimischen als auch von Gentlemen, die ihrer Kleidung nach zur London-Aristokratie und nicht zum Landadel gehörten. Das gab ihr neue Bestätigung. Jasper würde ihr buchstäblich mit Haut und Haaren verfallen.

Als sie das *Dartmoor* betrat und Sean mit einem Klaps auf die Schulter nach Hause schickte, liefen die Gespräche weiter; erst als sie absichtlich die Bahn der Dartspieler kreuzte und einen Wurf verhinderte, war sie sich der Aufmerksamkeit der Männer gewiss. Fremde im örtlichen Pub, das kam schon mal vor. Aber eine Dame, und dazu noch ohne eine männliche Begleitung, das war erstens ungewöhnlich und dazu noch ein bisschen unschicklich für eine Stadt wie Marazion. London mit seinen Nachtclubs und Bars lag schließlich weit entfernt.

Ohne eine Regung im Gesicht zu zeigen, stellte sie sich an den Tresen. »Einen Martini, bitte.«

»Haben wir nicht, Lady.« Der Wirt sah sie an wie ein Wesen aus einer anderen Welt. »Ich kann Ihnen einen Whiskey geben oder ein Guinness.«

»Dann nehme ich einen Whiskey.« Sie sog an der Silberspitze. »Den besten, den Sie haben, und davon einen doppelten.«

»Wie Sie wünschen, Lady.« Er wandte sich um, griff zu einer Flasche, in der eine dunkelbraune Flüssigkeit gegen die Wände schwappte, und füllte ein dickwandiges Glas großzügig voll. »Bitte sehr, Lady.«

»Danke.« Sie nickte und drehte sich um, damit sie die Dartspieler beobachten konnte. Dabei versuchte sie, den Herrn des Saint Michael's Mount auszumachen, auch wenn Seans Beschreibung nicht die beste gewesen war. Aber der feuerrote Bart und die buschigen Augenbrauen machten ihn inmitten der schwarzhaarigen Männer recht einzigartig.

Er saß mit einem jüngeren Mann zusammen und redete intensiv auf ihn ein, dann reichte er ihm einen dicken Schlüsselbund, warf Geldstücke auf den Tisch und schritt zur Tür, ohne dass Arsènie eine Gelegenheit bekam, sich auf ihr Opfer zu stürzen.

Sie nippte an ihrem Whiskey.

Ein scharfer Geschmack breitete sich auf der Zunge aus, einhergehend mit einer gewissen Süße und etwas Salz. Arsènie unterdrückte den Hustenreiz, der sich mehr aus Überraschung als aus Abneigung einstellte, und schluckte. Ein Freund von ihr, ein Whiskeykenner, würde jetzt sagen: »Im Abgang spüre ich einen samtenen Nachgeschmack, der an Rum erinnert. Guten Rum, ma chère Arsì.«

In dem Augenblick sah der junge Mann hoch, den Schlüsselbund zwischen den Fingern; er hatte das Kunststück fertiggebracht, sie eben erst zu bemerken.

Arsènie lächelte und traf. Als sie sah, dass es kein Entkommen mehr für ihre Beute gab, hob sie ihr Glas und prostete ihm zu. Nachdem er den Gruß mit unübersehbarer Verwunderung erwidert hatte, löste sie sich von der Bar und schlenderte durch die Menge hinüber an seinen Tisch. Er stand sofort auf und bot ihr einen Stuhl an. »Freut mich, einen Gentleman in Marazion zu treffen, Sir.« Sie setzte sich, stieß gegen sein Glas. »Auf mein Flugzeug und meine Zwischenlandung.«

»Ach, Sie sind die Kanadierin!« Er leerte sein Glas. »Mein Name ist Tobias.«

Arsènie lachte auf. »Das spricht sich hier aber schnell herum, Mister Tobias.«

»Es gibt wenig zu reden im Winter. Die meisten hohen Herrschaften, über die man sonst reden kann, sind in London oder sonst wo und kehren erst wieder im Sommer zurück. Und wenn es eine so schöne Frau hierher verschlägt, die den Strand im Tiefflug entlangdonnert und den Snobs die Hüte vom Kopf holt, ist das etwas, das sehr schnell die Runde macht.« Er stand auf und nahm sein leeres Glas. »Ich hole mir noch eins. Sie auch?«

»Danke, ich habe noch genug zu trinken.«

Nach einigen Minuten kehrte er zu Arsènie zurück. »Trägt man das in Kanada?«

»Ich bin aus dem französischen Teil«, erwiderte sie mit einem charmanten Lächeln. »Wir sind ein bisschen extravaganter.«

»Was bringt einen denn dazu, in einem Flugzeug nach Marazion zu wollen?«

»Der kaputte Motor, Mister Tobias.«

»Ach ja, das hatte ich vergessen. Unser Mechaniker ist schon ganz aufgeregt. Ein echtes Flugzeug in seinen Händen.« Er griente. »Was machen Sie denn beruflich, Madame?«

»Ich bin Künstlerin.«

»Flugkünstlerin?«

»Exakt. Meine Spezialität ist es, an belebten Stränden zu landen, Mister Tobias.« Sie zeigte auf den Schlüsselbund, der unter seiner abgelegten Mütze auf der Bank lag. »Sie haben vermutlich ein großes Haus?«

Er folgte ihren Blicken und lachte. »Nein, Madame. Ich bin nur der Hausverwalter von Sir Jasper. Er ist seit einigen Wochen sehr viel unterwegs und kann sich nicht so um das Anwesen kümmern.«

»Der Anzahl der Schlüssel nach, ist es ein großes Anwesen.«

»Es ist das Schloss, über das Sie geflogen sind, Madame. Der Saint Michael's Mount.«

»Wirklich?« Sie leerte ihren Whiskey mit einer schnellen Bewegung, und es sah sehr, sehr routiniert aus. »Oh, Sie Beneidenswerter! Sie fühlen sich sicher wie ein Lord, habe ich Recht?«

»Nein, wie ein Angestellter eines Lords. Aber es ist eine gute Tätigkeit.«

Sie lehnte sich nach vorn. »Sie müssen bestimmt viele Gäste herumführen.«

Er verdrehte die Augen. »Oh, wenn Sie wüssten. Es sind gewiss Hunderte im Sommer. Aber jetzt habe ich frei.«

Die Augen wurden zu ihren Waffen, das Dekolleté sorgte wie eine Artillerie für indirekte Unterstützung. »Mister Tobias, vermutlich fliege ich morgen schon wieder weiter. Wäre es möglich, mir einen Traum zu erfüllen?«

Er lachte. »Fast jeden, soweit es in meiner Macht steht, Madame.« Und das meinte er sogar ernst, wenn seine Körpersprache nicht log.

Arsènie schenkte ihm ein noch bedenkenzerstörerischeres Lächeln. »Was halten Sie davon, Sir, mir eine Privatführung zu gewähren? Ich möchte unbedingt einen Fuß auf den Berg setzen. Sie machten mir damit eine sehr große Freude.«

Tobias überlegte nicht lange. Die hübsche Frau hatte einen weiteren Verbündeten, und der hieß Stout-Bier, das sich auf seine Entschlussfreudigkeit und seine Kühnheit beschleunigend auswirkte. »Sehr gern, Madame. Es ist mir eine Freude. Ich hole Sie morgen in aller Frühe …«

»Nein, Mister Tobias. Es sollte schon noch heute Abend sein.« Arsènie wischte einen Whiskeytropfen, der am Außenrand des Glases hinabrann, mit dem rechten Zeigefinger weg und leckte ihn ab. Eine provokante, erotische Geste. »Ich würde mich dafür gern revanchieren, Mister Tobias.«

»Ja … gut.« Der Brite erhob sich, schaute sich noch einmal im Pub um und genoss die neidischen Blicke der anderen Männer. Eine Kanadierin war mindestens genauso gut wie eine Französin. Er war der größte Gewinner an diesem Abend in Marazion.

Sie verließen das *Dartmoor*, Tobias führte sie zu seinem Wagen und ließ sie einsteigen, ehe er selbst hinter dem Steuer Platz nahm; auf dem Weg zum Strand und dem natürlichen Damm hinüber zum Berg sprachen sie kein Wort.

Arsènie amüsierte sich innerlich köstlich. Sie ahnte, dass dem Mann alle möglichen Fantasien durch den Kopf schossen – zu schade, dass keine davon in Erfüllung gehen sollte.

Tobias stellte den Wagen auf einem Platz am oberen Teil des Strandes ab und führte sie zur Wasserlinie, wo ein Boot vertäut lag. »Wir müssen hinüberrudern«, erklärte er. »Das Wasser ist schon zu weit gestiegen.«

»Eine Bootsfahrt kann sehr romantisch sein.« Sie lächelte ihn an und schaute bewundernd zum Saint Michael's Mount. »Es sieht unglaublich aus! Der Sternenhimmel und das Glitzern der Wellen – als sei alles für uns gemalt worden.«

»Warten Sie, bis wir drüben sind, Madame.« Er führte sie zum Strand, half ihr beim Einsteigen und schob das Boot ins Wasser; dann sprang er hinein und brachte das Gefährt mit kräftigen Ruderschlägen hinüber zur Insel und der kleinen Anlegestelle.

Von dort ging es einen gewundenen Pfad hinauf, vorbei an vielen hübschen Pflanzen, von denen einige sogar trotz des Winters blühten. Das Klima in Cornwall war wirklich außergewöhnlich. Schließlich standen sie vor dem großen Tor, so ziemlich das einzige, das nicht von einer Plane verborgen war.

Tobias zückte einen der Schlüssel, öffnete eine kleinere Pforte und ging voraus. »Kommen Sie, Madame. Ich zeige Ihnen die Schönheit des Anwesens.«

Arsènie folgte ihm und sah nichts von den wundervollen Fassaden der altehrwürdigen Gebäude. Planen und Segeltuch flatterten sanft in der Brise. »Die Renovierung verdirbt einen wunderschönen Anblick, nehme ich an?«

»Ja, leider. Ich bin erst seit heute wieder in Marazion, Seine Lordschaft hatte mir zwei Wochen Urlaub gegönnt. Und eigentlich sollte ich erst morgen früh hier sein. Aber das macht einen guten Angestellten aus: Er sorgt sich unentwegt um das Wohl dessen, was man ihm zum Schutz aufgetragen hat.« Er hielt ihr den Arm hin, sie hakte sich ein. »Womit wollen wir anfangen?«

»Wie wäre es mit dem Haupthaus, Mister Tobias?« Sie drückte seinen Unterarm und spielte das begeisterte kleine Kind. »Oh, ist das aufregend. Ich fühle mich ein bisschen wie eine Verbrecherin.«

Der Mann lachte. »Das müssen Sie nicht, Madame.« Er lotste sie durch die Dunkelheit.

»Gibt es Geschichten um die Insel? Vielleicht ... Na ja, es wäre doch ein guter Drachenhort, oder?«

»Nein, nicht wirklich. Es liegt am Wasser, und die Seedrachen mögen es nicht, so nahe bei den Menschen zu leben – würde ich spontan sagen. Nein, es hat keine Drachen auf Michael's Mount gegeben.« Er hielt auf ein großes Gebäude zu, oder jedenfalls musste sich darunter eines verbergen. Tobias schlug die Plane zur Seite. »So, wir müssen leise sein. Außer, Sir Jasper ...« Er wollte den Schlüssel ins Türschloss schieben – doch da befand sich keine Tür.

Nicht nur das: Das gesamte Gebäude fehlte!

»Was, zum Teufel ...?« Er machte ein paar Schritte nach vorn und befand sich in einem Wald aus Gestängen, die keinen anderen Zweck hatten, als die Dächer zu stützen.

Arsènie schluckte. Sie befand sich am richtigen Ort, auch wenn sie nicht wusste, wie das Verschwinden eines gesamten Hauses in die Ereignisse um den Weltenstein passte. »Mister Tobias, warum stiehlt jemand ...«

»Warten Sie hier.« Er rannte an ihr vorbei, hinauf auf den Hof und auf das nächste Gerüst zu. Sie ließ ihn gehen und überlegte fieberhaft.

Als sich Eris Mandrake in ihren Verstand gearbeitet hatte, hatte sie in seinem diese Insel gesehen. Der Weltenstein hatte nicht in einem Zimmer gelegen, sondern in einem aus dem Fels geschlagenen Raum, vielleicht eine Art Vorratslager der Befestigungsanlage. Arsènie begab sich ebenfalls ins Freie und schaute sich um.

Tobias kehrte zurück. »Stein für Stein abgetragen. Es ist alles weg, Mauern und Gebäude«, sagte er keuchend. »Wir müssen sofort zurück, Madame, und Constable Paddy und Sir Jasper rufen. Die Leute müssen erfahren, was …«

»Nicht nötig, Mister Tobias. Ich bin hier.« Jasper war unbemerkt von ihnen unter der Plane aus einem Nebenhaus getreten; in der linken Armbeuge lag ein Jagdgewehr. »Wollten Sie nicht erst morgen früh hier erscheinen?«

»Sir, ich …« Tobias schaute zu Arsènie. »Ich kann es erklären, Sir.«

»Und ich kann es mir denken, Mister Tobias. Wir haben eine attraktive Frau, eine ruhige Insel, Sie glaubten mich auf dem Festland – nun ja, auch ich war einmal jung.« Er lächelte wissend. »Aber Ihr Timing war äußerst schlecht.« Er hob das Gewehr, und die Doppelläufe zielten auf ihn und die Frau. »Sie werden die Insel nicht mehr verlassen. Nicht vor morgen früh.« Er schwenkte die Läufe zur Seite und bedeutete ihnen, dass sie zur Seite treten sollten. »Gehen Sie zum rechten Wachturm, Mister Tobias. Sie kennen das Verlies ja von den Führungen, die Sie immer machen.«

»Sir, was hat das zu bedeuten?« Tobias war zu verwundert, um den Anweisungen Folge zu leisten. »Die Burg …«

»Gehen Sie bitte. Ich würde Sie ungern erschießen müssen, Mister Tobias.«

Arsènie machte einen Schritt von dem Mann weg, dessen Weigerung ihn dicht an den Tod brachte. Da sie nicht wusste, ob sich in dem Gewehr Schrot oder eine einzige Kugel befand, wollte sie etwas Abstand gewinnen und nicht durch Zufall getroffen werden. Sie hielt sich bereit, um ihre Fertigkeiten einzusetzen, wollte zunächst jedoch abwarten. Sie benötigte mehr Informationen.

Tobias fing sich und trottete auf die Stelle zu, an der sich einer der Türme befunden hatte. Natürlich gab es auch dort keine Mauern mehr, lediglich die Klappe am Boden war geblieben.

»Aufmachen und runter mit Ihnen beiden«, befahl ihnen Jasper.

»Da unten können Sie ungestört ein wenig turteln, wenn Ihnen noch immer der Sinn danach stehen sollte.« Er nahm die Waffe nicht eher herunter, bis zuerst Arsènie und danach Tobias die Holztreppe hinabgestiegen waren. Dann schloss er die Klappe wieder, und sie hörte, wie ein Riegel von außen vorgeschoben wurde.

Es war stockdunkel und kalt in ihrem Gefängnis. Arsènie hörte das Rumpeln der Brandung und leises, stetes Tropfen.

»Es tut mir leid, Madame, dass unser Ausflug so endet! Aber wie sollte ich ahnen, dass Sir Jasper wahnsinnig geworden ist?«, sagte Tobias in der Finsternis.

»Was denken Sie, was das zu bedeuten hat?«

»Er hat still und heimlich die Burg verkauft«, antwortete er ihr. »Das ist die einzige Erklärung. Damit es keiner in den Orten aus der Umgebung merkt, hat er die Lüge mit der Restaurierung erfunden.« Er lief umher, wie sie anhand seiner Schritte vernahm. »Es hätte einen Sturm der Entrüstung in den Dörfern gegeben, wenn sie bemerkt hätten, dass sie ihr Wahrzeichen verlieren.«

Arsènie hätte dieser Erklärung unter anderen Umständen Glauben geschenkt, aber nicht jetzt. Es gab einen anderen Grund, den Michael's Mount abzutragen, und nach den Worten von Jasper zu schließen, sollte heute Nacht der Rest davon weggebracht werden. Sicherlich verschwand dann der Weltenstein an den gleichen Ort wie die Burg – doch weswegen? Und wohin?

»Kommen wir irgendwie raus, Mister Tobias? Es gibt doch immer irgendwelche Geheimgänge auf Burgen.«

»Schon, aber nicht in ihren Verliesen«, gab er zurück. »Der einzige Weg hinaus ist die Klappe über uns.«

»Wenn das so ist, nehmen wir eben den Ausgang.« Sie hatte sich absichtlich nicht von der Stelle bewegt und befand sich noch immer an der Leiter.

»Ich bin nicht so stark, dass ich die Eisenriegel verbiegen kann, Madame.« Tobias klang beschämt.

»Lassen Sie nur.« Arsènie lehnte sich gegen die Sprossen und konzentrierte sich. »Ich mache das mit den Waffen einer Frau.« Sie hob die Arme, legte die Handflächen gegeneinander und wartete auf das Kribbeln, das sich meist einstellte, bevor sie Ektoplasma freisetzte.

XIX.

»Die Linie Prokop
Einer Legende nach soll der heilige Prokop den Teufel an die Egge gebunden und mit dem Kreuz angetrieben haben. Die Nachfahren der Linie benutzen Vorrichtungen, die den Eggen nachempfunden sind. Sie umspannen den Drachen wie Klammern von drei Seiten gleichzeitig und fügen ihm zahlreiche Wunden zu. Danach springen die Truppen herbei und erstechen ihn.«

aus der Serie »Drachentöterinnen und Drachentöter
im Verlauf der Jahrhunderte«
Im »Münchner Tagesherold«, Königlich-Bayerisches Hofblatt
vom 1. Juni 1924

25. Januar 1925, Avranches (Normandie),
Königreich Frankreich

Silena und Grigorij erklommen Stufe um Stufe. Die Geräusche des Windes schwollen an; aus dem Säuseln war ein anhaltendes, nahezu einschüchterndes Pfeifen geworden.

»Das wird auf dem Dach gleich ein sehr gefährliches Unterfangen, Großmeisterin.« Grigorij schnaufte, hielt aber tapfer mit Silena mit. »Wollen wir nicht warten, bis das Unwetter abgeklungen ist?«

»Nein. Ich brauche Gewissheit, Fürst.« Sie hatte eine kleine Plattform erreicht, in der Wand befand sich ein Ausstieg. »Es wird einen Grund haben, warum Cyrano den Schädel von Aubert gestohlen hat. Und zwar heute. Jetzt will ich sehen, ob wir uns bei unseren Beobachtungen getäuscht haben oder ob wir die Statue finden.« Sie löste die Halterung, öffnete die Luke. Im nächsten Augenblick wurde ihr diese von einer starken Böe aus den Fingern gerissen; klappernd stieß sie gegen die Mauer und zerbarst, die Holzbretter fielen auseinander und stürzten auf das Kathedralendach.

»Das war kein gutes Omen«, meinte Grigorij.

»Es war der Wind, Fürst. Nichts weiter.« Silena schwang sich hinaus, hielt sich am Rand fest und ließ sich an der rauen Wand hinab auf die Schindeln gleiten.

Strömender Regen tränkte ihre Kleidung und suchte sich jede freie Stelle, jede Naht, um an ungeschützte Haut zu gelangen. Der Sturm brandete gegen sie und versuchte, sie umzuwerfen, doch sie breitete die Arme aus wie eine Seiltänzerin und behielt das Gleichgewicht; erst als sie sicher stand, wagte sie, einen Blick rundum zu werfen.

Sie befand sich auf dem höchsten Punkt der Umgebung, und ein solches Panorama hatte sie noch niemals gesehen.

Über dem Meer herrschte sternenklarer Himmel und brachte dem aufgewühlten Meer einen Zauber, verwandelte die Schaumkronen auf den Wellen in Silberbeschläge. Die Gestirne schienen beruhigend auf die See einzuwirken und den Frieden zu bringen, den das Unwetter genommen hatte.

Auf der anderen Seite, über Avranches, rollte das Gewitter heran. Der Sturm ballte und formte die Wolken nach Belieben, und das unentwegte Drücken presste Regen und Blitze aus ihnen heraus, die mit Wucht auf das Land niedergingen. Silena erkannte sogar zwei lodernde Feuer, eines davon in Avranches, wo der Blitz etwas in Brand gesetzt hatte.

Hinter ihr klirrte es, dann huschte ein Schatten an ihr vorüber. Geistesgegenwärtig griff sie nach ihm und bekam die Schulter des Fürsten zu fassen. Er hatte beim Aussteigen das Gleichgewicht verloren und war nach unten geschlittert.

»Danke sehr, Großmeisterin.« Er war bleich im Gesicht, die grüne Brille war von Tropfen übersät. Grigorij sah zum Dachrand. »Das hätte übel ausgehen können.« Er schluckte schwer. »Ich schulde Ihnen mein Leben …«

Silena ließ ihn los. »Nein, tun Sie nicht. Es wäre sicherlich gut für Sie ausgegangen.« Sie mochte den Gedanken nicht, einen Menschen an sich gebunden zu wissen. Nicht aus ewiger Dankbarkeit. »Ich habe dem guten Ausgang nur vorgegriffen, das war alles.«

Er sah nach Avranches. »Meine Güte«, stöhnte er beim Anblick der schwarzwolkigen Front. »Es sieht aus wie ein Raubtier, das sich brüllend auf uns stürzen möchte. Ich habe noch niemals Wolken gesehen, die so böse und lebendig wirkten wie diese.«

»Einbildung, Fürst. Machen wir uns auf die Suche.« Silena arbeitete sich vorsichtig zum First hoch und balancierte auf dem handbreiten Grat entlang; dabei sah sie immer wieder nach rechts und links und hielt nach steinernen Statuen Ausschau.

Grigorij kam ihr nach, wobei er es bevorzugte, auf dem Hosenboden vorwärts zu rutschen.

»Ich gehe da hinüber«, rief sie und hatte nun beträchtliche Schwierigkeiten, sich gegen die Böen zu stemmen. Sie hob den Fuß – und der Erzengel Michael rief aufs Neue.

Das Vibrieren seiner Stimme versetzte sogar den First in Schwingung – jedenfalls hatte Silena den Eindruck. Dieses Mal erwischte es sie, auch die ausgleichenden Bewegungen mit den Armen halfen nicht länger.

Sie fiel nach links, rutschte über die Schindeln. Ihre Rippen wurden geprellt, Stoff und Haut scheuerten sich an dem harten Stein auf.

»Silena!« Grigorij handelte, ohne darüber nachzudenken, was er tat. Er sprang, warf sich mit Schwung auf das Dach und schlitterte der Frau kopfüber hinterher. Als er sie eingeholt hatte, packte er ihre Hand.

Sie schoss an dem Sockel eines Wasserspeiers vorbei. Grigorij dagegen schaffte das Kunststück, ihn genau mit dem Oberkörper zu rammen und einen Absturz zu verhindern. Seine Rippen und das Brustbein knirschten, die Luft schoss ihm aus den Lungen.

Silena baumelte frei über der Kante, unter ihr ging es etliche Meter nach unten. Den Sturz hätte sie niemals überlebt.

»Ich habe dich«, ächzte er und zog sie langsam zurück aufs Dach. Während er sie nach oben hievte und sie sich zurück auf die Schindeln schwang, wunderte sie sich über die Selbstlosigkeit des Mannes. So hatte sie ihn bisher nicht eingeschätzt.

Fest umklammerte sie den Sockel und drückte seine Hand, er nickte ihr zu. Beide waren zu sehr außer Atem, um sprechen zu können.

Grigorij schaute an dem Gargoyle hinauf, ein gewaltiges Exemplar in einer zusammengekauerten Haltung, sodass man die wahre Körpergröße nur erahnte. Er bemerkte die kleinen, kurzen Schuppen, die im nächsten Blitz aufglänzten. Der Regen hatte den Stein dunkelgrau gefärbt. Als der Russe das echsenhafte Gesicht erblickte, stockte sein Atem: In den Augen lauerte etwas, die Schatten auf dem Antlitz verliehen dem Wasserspeier ungekannte Düsternis und Gefährlichkeit.

Er schauderte und wollte sich rasch abwenden, da fiel ihm ein, weswegen ihm der Anblick bekannt vorkam. »London«, stöhnte er und packte Silenas Arm. »Das …«

Ruckartig bewegte sich die vermeintliche Statue, und ein grün leuchtendes Augenpaar blickte zu ihnen hinab. Sie öffnete ihr Maul und kreischte schrill, durchdringend, dabei beugte sie sich nach vorn und erschien noch größer und bedrohlicher, als sie es ohnehin war.

Silena schlug ohne zu zögern mit dem Schwert samt der Scheide zu. Im Kampf gegen steinernde Gegner waren Schwung und Gewicht angebrachter als Schärfe.

Die Scheide brach einige Zähne aus dem langen Maul. Der Gargoyle brüllte laut und schlug mit beiden Händen nach Silena, die unter den ausgestreckten Armen abtauchte; stattdessen traf es Grigorij, der eben aufstehen wollte. Er hob ab, wurde zurück auf den First katapultiert und schlug dort auf.

Silena blieb keine Zeit, sich um sein Wohlergehen zu kümmern. Der nächste Angriff nahte, und den Klauen an der Dachkante auszuweichen, erforderte all ihre Aufmerksamkeit. »Wo ist der andere?«, rief sie dem Gargoyle entgegen und schlug wieder mit dem Schwert zu, aber dieses Mal wehrte das Wesen ihre Attacke mit dem Unterarm ab, dem der Hieb nichts ausmachte. »Sag mir, wo Cyrano ist!«

Der Gargoyle scherte sich nicht um ihre Fragen, sondern hieb weiter auf sie ein.

Silena wich immer weiter zurück, bis der Wind erneut zu ihrem zweiten Feind wurde. Er packte sie unvermittelt und schubste sie gegen das Dach, sodass sie gegen die Schindeln fiel. Dabei verfehlte ihr Kopf nur knapp ein Verankerungseisen, das der Eindeckung zusätzliche Stabilität verleihen sollte.

Geistesgegenwärtig griff sie danach und riss es heraus. Es war armlang und sehr schwer – genau die richtige Waffe gegen den Gargoyle.

»Wo ist der andere von euch? Cyrano, der mit den großen Flügeln und dem zerstörten Gesicht?« Silena schlug mit beiden Armen zu und traf den Gargoyle erneut, dieses Mal genau auf das Handgelenk.

Es gab ein merkwürdiges Geräusch, und die Hand wurde abgeschlagen. Die Drachentöterin sah eine steinerne Bruchkante, kein Blut, keine Knochen, keine Sehnen. Eine Statue, die lebte.

Der Gargoyle schrie und machte einen Schritt zurück, starrte auf den Stumpf und konnte nicht verstehen, dass er ein Gliedmaß verloren hatte.

Silena nutzte die Ablenkung und drosch zu, zielte auf den Kopf.

Wieder erklang das Geräusch, Schnauze und Schädel erhielten Risse, und das Wesen brüllte auf, flatterte mit den Schwingen und wandte sich zur Flucht. Es hechtete vom Dach und drückte sich in dem Augenblick ab, als Silena mit ganzer Kraft gegen den rechten der kurzen Flügelansätze schlug und ihn zerstörte.

Es war zu spät für den Gargoyle, den Sprung abzubrechen. Mit einem verzweifelten Kreischen stürzte er in die Tiefe und kreiselte, seiner Flugfähigkeit beraubt, um die eigene Achse, bis er auf die Mauer neben dem Fischerdorf prallte und in unzählige Stücke zerschellte.

Silena hatte den Tod des Wesens verfolgt, wandte sich auf dem Dach um und entdeckte zwei Meter von ihr entfernt eine weitere Statue. »Grigorij?«, rief sie gegen den Wind und wischte sich das Regenwasser aus den Augen. Sie glaubte, behandschuhte Finger zu erkennen, die sich an den First klammerten.

»Ich lebe noch, Großmeisterin«, kam es gedämpft, und dann erschien sein regennasses Haupt über dem First. Die langen schwarzen Haare hingen ihm ins Gesicht. »Wo ist unser Gargoyle?«

»Tot … ich meine … zerborsten.« Sie wog das Befestigungseisen in der Linken und ging auf die nächste Statue zu. Sie reichte ihr nur bis zur Hüfte, hockte da und hielt die Beine umschlungen, streckte einen vogelähnlichen Kopf nach vorn und hatte den Mund weit geöffnet; im Rachen und auch am Gaumen zeigten sich nadelartige Zähne, die nach hinten geneigt waren und als Widerhaken fungierten.

Silena schaute nach den Augen, die weit aufgerissen, aber vollständig versteinert waren. Sie rechnete jeden Moment damit, dass sie grün aufleuchteten und das Wesen nach ihr schnappte. »Mal sehen, was der hier macht.« Sie holte aus und schlug das Eisen mit Kraft gegen den Rücken. »Sag etwas, wenn du mich hörst.« Steinsplitter platzten ab, fielen in die Tiefe und auf das Dach.

»Versuchen Sie es noch einmal«, riet Grigorij, der rittlings auf dem Grat saß und das Unwetter beobachtete. »Und beeilen Sie sich! Wir sollten hier verschwinden, bevor uns ein Blitz zu Asche verwandelt.«

Silena zielte auf den Nacken des Gargoyle. »Ich werde dich enthaupten, Wasserspeier. Los …«

Neben der Dachkante schoss eine breite Gestalt hinauf, die Flügel entfachten zusätzlichen Wind und rissen an ihrer Kleidung.

»Achtung!«, schrie Grigorij. »Es ist dieses Monstrum aus München!«

Silena umrundete den Wasserspeier und brachte ihn als Deckung zwischen sich und Cyrano, der drei Meter vor ihr mit Mühe landete. Die Böen machten auch ihm zu schaffen.

Die grünen Augen legten sich auf sie. »Halt! Lass ihn in Ruhe! Er hat dir nichts getan und kann sich nicht wehren.« Dieses Mal bewegten sich die Lippen, er sprach ganz normal zu ihr.

Sie hob das Eisen zum Schlag. »Solltest du näher kommen, zerschlage ich deinen Freund, wie ich es mit dem anderen getan habe!« Das steinerne Monstrum blieb sofort stehen. Innerlich atmete Silena auf, anscheinend hatte sie ein Druckmittel gegen das übermächtige Wesen gefunden. »Wo ist der Schädel?«

»In Sicherheit.«

»In Sicherheit?«

»Sie … nein, er trachtet danach. Den Drachenstein besitzt er schon, jetzt darf er nicht auch noch den Schädel erhalten, oder alles ist verloren.« Der Kopf neigte sich zur Seite, und Silena sah die zerstörte Gesichtshälfte deutlich im Licht des nächsten Blitzes. »So verloren wie mein Bruder, den du getötet hast.«

»Er wollte mich umbringen und trägt selbst Schuld an seinem … Ableben.« Silena rührte sich nicht, die Arme als Drohung weiterhin schlagbereit erhoben. »Wo bin ich da hineingeraten, Gargoyle? Warum die vielen Toten?«

»Es ging nicht anders, Silena. Das glaubten wir zumindest. Doch er ist schlauer, als wir angenommen haben.« Cyrano blickte zu Grigorij. »Der Seher hat mit seiner Vision alles komplizierter gemacht. Ohne ihn hättest du dich nicht eingemischt. Nicht so.«

»Sage mir, was vorgeht zwischen dir und den Drachen oder ich schwöre, dass ich alle Gargoyles, die ich finden kann, zerschlage. Keiner deiner Brüder wird mir entkommen.«

»*NEIN!*«, brüllte Cyrano wütend auf und streckte bittend die Hand nach vorn. »Nein, das darfst du nicht. Wir haben so lange auf den Tag unserer Befreiung gewartet. Strafe sie nicht für meine Taten, Drachentöterin. Wenn du einen Schuldigen für den Tod deiner Brüder suchst, dann finde ihn in mir.«

»Also warst *du* es wirklich?« Ihre Augenbrauen zogen sich zusammen; starke Gefühle in ihrem Innern verlangten von ihr, mit dem Eisen zuzuschlagen und sämtliche Wasserspeier dieser Welt auszulöschen. Doch Silena beherrschte sich, obwohl ihr Körper vor Hass auf das Wesen bebte. »Erkläre mir auf der Stelle, was es mit dem Weltenstein auf sich hat, oder du wirst zusehen, wie das Officium sämtliche Gargoyles vernichtet.«

Er schaute sich um. »Wo ist Sàtra?«

»Was hat sie damit zu tun?«

»Wir könnten sie jetzt gut gebrauchen. Wenn wir uns gegen die Drachen verteidigen müssen, wäre eine Magierin wie sie von Nutzen.«

Ein Blitz stieß aus den Wolken und schlug laut zischend vier Meter von Silena entfernt in einen Ableiter ein. Auch wenn das Metall die Energien anzog und absorbierte, spürte sie die Wärme des Blitzschlags und das Kribbeln im Körper.

»Runter vom Dach, Großmeisterin.« Grigorij hockte noch immer auf dem First, die Waffe auf die Kreatur gerichtet. »Ich hatte eben ein merkwürdiges Gefühl im Schritt und möchte nicht wissen, wie es sich anfühlt, wenn der Strom meine Hoden zum Glühen bringt.«

Silena starrte den Gargoyle an. »Wir treffen uns im Hauptschiff der Kathedrale, neben dem Kreuz. Kommst du nicht oder greifst du mich an, wird dafür gesorgt, dass …«

Er winkte ab. »Ich habe es verstanden, Silena.« Cyrano sprang vom Rand in die Tiefe und verschwand für einen Augenblick, ehe er mit ausgebreiteten Schwingen einige Meter unterhalb des Daches zu sehen war und um das Gotteshaus flog.

Silena machte sich auf den Rückweg. Der Fürst hatte sich bereits ins Innere gerettet, und gemeinsam stiegen sie nach unten.

»Ich bin vom Verlauf der Dinge überwältigt«, sagte Grigorij aufgeregt. »Niemals hätte ich erwartet, dass wir den Gargoyle tatsächlich antreffen … Nun, schon. Aber nicht so rasch.« Er nahm eine Zigarette aus dem Etui, hatte sie bereits halb im Mund, dann schnippte er sie davon. »Sie hatten Recht, Großmeisterin. Ich lasse es lieber.«

»Freut mich.« Silena wog das Fixiereisen in der Hand. Es war die bislang wirksamste Waffe gegen die lebendigen Statuen. Sie wünschte sich einen Vorschlaghammer, einen Morgenstern oder irgendetwas Vergleichbares, das Gewicht aufwies und genug Schwung entwickelte, um Stein zu sprengen. Ihr war nicht entgangen, dass der Fürst sie vorhin in höchster Gefahr beim Vornamen gerufen und sie geduzt hatte, ohne die hochtrabende Anrede. »Sie haben sich …« Silena verstummte. Es war nicht die Zeit, darauf näher einzugehen.

»Ja?«

»Vergessen Sie es.« Am Boden des Turmes angelangt, fiel ihr Blick auf einen breiten Schrank. Sie öffnete ihn und fand darin drei Ersatzklöppel für die kleineren Glocken der Kathedrale. »Mein Wunsch ist erhört worden«, murmelte sie, stellte das Eisen weg und nahm sich eines der keulenartigen Gebilde. »Fürst, greifen Sie zu.«

»Damit kann man dem Gargoyle echtes Kopfzerbrechen bereiten«, kommentierte er ihren Fund und rüstete sich ebenfalls.

Als sie das Hauptschiff betraten, wurden sie bereits erwartet.

Der Gargoyle stand mit dem Rücken zu ihnen. Die riesigen Schwingen waren ausgebreitet, und er sah zu den großen Fenstern hinauf, als wolle er die unentwegten Blitze zählen. Weder Silena noch Grigorij sprachen, sondern begaben sich hinter ihn und warteten.

»Hass hielt mich am Leben. Der Gedanke an Mord erfreute mich«, sagte er mit seiner altertümlichen, mahlenden Stimme. »Und nach Rache trachte ich. Sie sollen vernichtet werden. Von ihren eigenen Sklaven.« Die Worte hallten dunkel in der Kathedrale nach.

Silenas Nackenhaare stellten sich auf; in den Worten lagen wahrhaftig starke Empfindungen.

Er wandte sich um, die Flügel erzeugten einen kleinen Windstoß. »Die Drachen und wir entstammen derselben Blutlinie, aber während wir kleiner und schwächer blieben, wuchsen sie und schwangen sich zu Tyrannen empor, die nichts und niemanden achten. Als wir uns gegen sie auflehnten, warfen sie den steinernen Bann über uns. Versteinert und dennoch wach, mussten wir fortan mit ansehen, wie die Welt sich veränderte.« Seine Augen leuchteten grün. »Aus den harmlosen Wesen mit Pelz und einer kaum verständlichen Sprache entwickelten sich Kreaturen mit Verstand und Wissen, die, ohne es zu ahnen, unsere einstigen Herren in Bedrängnis brachten.«

Silena lehnte sich gegen die Kirchenbank und entlastete die schmerzende Stelle an der Seite und am Rücken, auf der sie das Kirchendach hinabgerutscht war. »Ich soll dir glauben, dass es dich und die … Gargoyles schon vor Tausenden von Jahren gegeben hat?«

»Wie es die Drachen gab und gibt.« Cyrano setzte sich, faltete die Flügel zusammen und schaute auf den Fußboden. »Die Menschen fanden einige von uns in der versteinerten Form und setzten sie auf ihre Gebäude. Zur Abschreckung, zur Zier, zu was auch immer. Sie schufen weitere Statuen, die unser Aussehen nachahmten, aber nicht die gleiche Lebendigkeit besitzen wie wir. Im Lauf der vielen Jahrhunderte haben uns die Drachen vergessen.« Die Muskeln an dem mächtigen Leib spannten sich. »Aber wir sie nicht.«

Grigorij betrachtete Cyrano fasziniert. Ein Blitz zuckte nieder und beleuchtete den Gargoyle von hinten, schuf Licht und Schatten in dem markanten Antlitz, das trotz der Zerstörung eine ungeheuerliche Würde und Ausstrahlung besaß. »Wie wurdest du zum Leben erweckt?« Er wurde sich bewusst, dass er seine Stimme gesenkt hatte.

»Durch Menschen. Menschen, die aus den Reihen derer kommen, die sich heute selbst Spiritisten und Medien nennen.« Er sah hinauf zur Kathedralendecke. »Sie haben im Verlauf ihrer Séancen oder Anbetungen oder Beschwörungen Kräfte freigesetzt, die bei einigen von uns den Fluch der Drachen zum Teil aufgehoben haben. Im Mittelalter hat man solche Männer und Frauen als Zauberer und Hexen verbrannt.« Ein langes, schweres Seufzen entwich seiner Brust. »Doch noch ist der Bann nicht gänzlich vernichtet. Viele von uns warten sehnsüchtig darauf, und wir, die halb Befreiten, sind teilweise noch Stein.«

»Unsinn! Es gibt keine Magie.« Silena sah Cyrano widerspenstig an.

Der Gargoyle fuhr sich mit Zeige- und Mittelfinger über die zerstörte Stelle in seinem Gesicht, die nach Stein aussah. »Wie kann dann das sein, Silena?« Er lachte bedauernd. »Du kannst nicht alles verstehen, was auf der Welt geschieht. Auch wenn du groß und erwachsen geworden bist. Es gibt nach meinem Wissen niemanden unter den heutigen Medien, der sich seiner magischen Fertigkeiten bewusst ist. Das machte die Suche für uns so schwierig. Viele sind Scharlatane, eine Hand voll verfügt über besondere Kräfte, und ein Bruchteil von diesen wiederum sind echte Magier.«

Silena schnaubte. »Sàtra? Sàtra soll zu denen gehören, die schwarze Künste beherrschen?«

»Sicher, Großmeisterin!« Grigorij schulterte den Klöppel. »Erinnern Sie sich an Edinburgh. Wie sie uns vor dem Drachenfeuer rettete und die Treppe vor dem Einsturz bewahrte.« Er rieb sich über den Bart. »Natürlich! Sie weiß es jedoch nicht! Sie hält die Erscheinungen für Geisterkräfte, für Ektoplasma. Dabei ist sie es selbst.«

Zwar weigerte sich alles in der Drachentöterin, Magie als existent anzuerkennen, aber seltsamerweise befahl ihr der Verstand, Cyranos Erklärung vorerst so hinzunehmen. »Die schwarze Kunst.« Das würde der Inquisition zu neuem Ansehen verhelfen und ihr viel Arbeit bescheren.

»Es hat nichts mit schwarzer oder weißer Kunst zu tun«, widersprach der Gargoyle. »Menschen entscheiden, was sie mit ihren besondern Fertigkeiten anstellen, mehr ist es nicht. Diese Kraft an sich ist weder gut noch böse. Sie ist ein Werkzeug.«

»Das du und deine Freunde nutzen wollten«, führte Grigorij fort. »Wie viele Freie gibt es von euch?«

»Nicht mehr als zehn, und einige haben bereits ihr Leben verloren.« Er senkte den Blick und schaute den Russen an. »Wir geben unser Dasein zum Wohle der anderen und für das Ende der Herren.«

»Und dabei spielen die Menschen, die ihr tötet, keine Rolle!« Silena sah ihn verächtlich an.

Cyrano drehte sich zu ihr. »Sie spielen sehr wohl eine Rolle, aber sie stehen in dieser Auseinandersetzung unterhalb unserer Ziele.« Die Augen verloren das Leuchten. »Dir hätte ich niemals etwas zuleide tun können, Silena. Du hast mir meinen Namen gegeben, seit dem ersten Tag unserer Begegnung. Ich bin der Erste von uns, der einen Namen erhielt. Einen eigenen Namen, keinen Sklavennamen.«

Sie hielt sich am Klöppel fest, das Gewicht gab ihr Sicherheit und verhinderte, dass sie sich in einem unbesonnenen Moment auf den Gargoyle warf. »Ihr habt die Medien und Drachentöter umgebracht – warum?«

»Die Spiritisten, die wir entführt und geprüft hatten und die nichts taugten, konnten wir nicht gehen lassen. Sie hätten unsere Sache verraten. Und mit den Morden an deinen Leuten wollten wir das Officium verstärkt gegen die Drachen hetzen, damit wir in Ruhe unsere Vorbereitungen treffen konnten.« Cyrano nickte Grigorij zu. »Dich hätten wir beinahe ebenfalls ausgelöscht. Du warst eine sehr große Bedrohung für unseren Plan.« Er schwieg. »Aber es macht keinen Sinn mehr, gegen euch zu kämpfen«, fügte er dumpf hinzu. »Wir brauchen euch, um den schwarzen Drachen aufzuhalten.«

Grigorij schluckte. Nachträglich kam es ihm wie ein Wunder vor, dass er noch lebte. Sein Rachegefühl war weniger stark ausgeprägt, doch ein Blick in Silenas Gesicht verriet ihm, dass sie kurz vor einem Ausbruch stand. »Was hat es denn nun mit dem Schädel und dem Mont-Saint-Michel auf sich?«, fragte er schnell und schob sich dabei vor sie, damit er sie notfalls aufhalten konnte. »Wir haben eine Abbildung gesehen, auf dem Gargoyles über der Kathedrale fliegen.«

»Wir … *ich* war der Diener von Aubert.«

»Dem Bischof?«, entfuhr es ihr. »Wie …«

Cyrano lachte dunkel. »Aubert gehörte zu den ganz seltenen Drachen, die ihre Gestalt wandeln und mit Magie umgehen können. Für ihn gab es keinen besseren Schutz vor den Menschen, als sich als einer von ihnen auszugeben. Das Amt des Bischofs nutzte er, um Reichtümer anzuhäufen und sich daran zu ergötzen.« Er pochte gegen den Boden. »Seinen Hort verwahrte er auf dem Mont, ein idealer Hort – wenn er in eine Festung verwandelt war. Er sorgte sich ständig darum, dass es die anderen Drachen nach seinen Schätzen verlangen könnte. Er suchte Wege, um Vorkehrungen zur Verteidigung zu treffen, die gegen alle Drachen taugten, ganz gleich, in welcher Gestalt sie erschienen.« Cyrano hob den Zeigefinger, gleich darauf erklang die Stimme des Erzengels: Der Glockenschlag fuhr ihnen wieder in die Gebeine. »Aubert unternahm Versuche mit Tönen, weil er wusste, dass man mit gewissen Lauten Tiere in die Flucht schlagen kann. Die Wirkung verstärkte er mit seiner Magie, und heraus kam dabei die Glocke, deren magischer Klang einen Drachen töten kann.« Er lachte auf. »Dabei starb er, dieser Trottel. Er wurde von der Wirkung seiner eigenen Waffe überrascht.«

»Ich verstehe aber nicht, was es mit dem Weltenstein und dem Schädel auf sich hat«, unterbrach ihn Silena.

»Das wirst du gleich. Nach seinem Tod entbrannte der Kampf zwischen uns und den Drachen, und dank Auberts Glocke, die den Namen Engelsstimme erhielt, kamen sie niemals bis hierher. Wir hätten sie beinahe besiegt. Aber die Drachen ließen Auberts Schädel aus Avranches entführen, öffneten ihn, um …«

»… den Drachenstein zu bekommen!« Silena hatte die Verbindung hergestellt. »Dieser Stein im Gehirn ermöglicht es, Magie zu nutzen. Oder wie immer man die Kräfte nennen möchte. Ist es das?«

»Ja. Derart mächtige zaubernde Drachen wie Aubert stehen im Ruf, einen Drachenstein zu bergen.« Grigorij nickte. »Dann ist er nichts anderes als ein … magisches Organ?«

»Das seine Macht auch nach dem Tod des Trägers behält«, ergänzte Cyrano. »Wir erfuhren zu spät davon. Und die Drachen fanden in Auberts Schädel einen *mächtigen* Drachenstein.«

»Das erklärt das Loch.« Silena überlegte, warum sich Aubert als Mensch hatte begraben lassen, und fragte den Gargoyle.

»Aubert war ein eitler Drache. Er wollte sich der Anbetung und des Ruhms auch über den Tod hinaus gewiss sein. Also starb er in der Gestalt eines Menschen, damit er angebetet und verehrt wurde. Von Wesen, die er im Grunde verachtet hatte.« Cyrano strich über das Kreuz. »Die Drachen woben mithilfe des Steines den Bann, der uns Gargoyles zu Stein erstarren ließ. Damit sie die Formel nicht vergaßen, um den Fluch eines Tages vielleicht aufheben zu können, schrieben sie diese auf die Innenseite des Schädels. Wer ihn aufhebt, wird Herrscher über die Gargoyles sein.« Er grollte. »Doch das entscheidende letzte Wort steht auf dem Stein.«

»Der schwarze Drache und du haben ein Abkommen …«

»Nein. Er schlug mir einen Pakt vor und machte mir große Versprechungen, dass wir uns an den alten Drachen, den so genannten Altvorderen, rächen dürften, doch ich durchschaute sehr schnell, was er in Wahrheit beabsichtigte. Er will einen Krieg, und dabei will er uns als Verbündete erzwingen, indem er es ist, der den Bann bricht.

Mit uns und seinen verbündeten Drachen würde er die Ostdrachen aufhetzen, gegen die Alte Welt einen Schlag zu führen.« Cyrano schüttelte den Kopf. »Er ist wahnsinnig.«

Grigorij betrachtete den Gargoyle. »Angenommen, du bist derjenige, der es schafft, den Fluch zu brechen und deine Freunde zum Leben zu erwecken: Wie würde es weitergehen?«

Cyrano grinste, und dabei zeigte er sein kräftiges Gebiss. »Wir würden den Menschen das Angebot unterbreiten, die Drachen auszulöschen. Kein Ort wäre mehr sicher für sie, weder die Gebirge noch die Schluchten noch die Tiefen der Meere, in denen einige von uns schlummern und auf ihre Erweckung warten. Danach wollen wir mit euch in Frieden leben.« Er sah in die Runde. »Wir haben denselben Feind. Es liegt an dir zu entscheiden, Silena, ob wir Verbündete sind oder eine zweite Front eröffnen.«

Silena wandte sich ab und wandelte durch die Kathedrale, in der das Krachen des Donners widerhallte. Sie hatte keine Ahnung, was sie tun sollte. Das Officium in Kenntnis setzen? Das Wesen angreifen und vernichten und den Schädel auf eigene Faust suchen? Wo waren die geraubten Gegenstände aus dem Museum abgeblieben? Was würden die Drachen unternehmen, um Auberts Reste in die Klauen zu bekommen?

»Der schwarze Drache wird die Insel angreifen lassen, Großmeisterin.« Grigorij tauchte neben ihr auf. »Er ist nicht mehr weit von seinem Ziel entfernt, und alles, was wir zur Verteidigung besitzen, ist eine Glocke und ein halb zerstörter Gargoyle.« Er stellte sich ihr in den Weg, damit sie anhielt. »Sie *müssen* das Officium informieren, Großmeisterin! Dies ist der Ort, den ich in meiner Vision gesehen habe. *Hier* wird der Kampf um den Weltenstein entschieden, da bin ich mir sicher. Und wir brauchen dabei alle Krieger, die uns das Officium senden kann.«

Silena schaute über die Schulter zu Cyrano. »Ich sollte ihn töten«, flüsterte sie bebend. »Er hat meine Brüder ermordet, und auf sein Geheiß hin brachten die Gargoyles den Tod zu anderen Drachentötern.«

Grigorij packte sie bei den Schultern. »Schieben Sie Ihre Rache auf, Großmeisterin, ich bitte Sie! Es geht um die Vorherrschaft der Drachen! Um einen Weltkrieg, wie ihn noch kein Mensch erlebt hat und den kaum ein Mensch überleben wird. Sie kennen die Macht der Drachen. Stellen Sie sich vor, was sie anrichten, wenn sie über uns herfallen! Wenn die Gargoyles erwachen, erneut zu ihren Dienern werden und ebenfalls über uns herfallen.«

Sie sah ihn an. »Dann glauben Sie die Geschichten, die Cyrano und Gessler uns erzählt haben?«

Er seufzte. »Ich habe in den letzten Wochen Dinge erlebt, die mich an nur noch wenigen Ereignissen zweifeln lassen. Aber was wir herausgefunden haben, die Bilder mit den Gargoyles – es fügt sich.« Grigorij nahm die Hände nicht von ihren nassen Schultern, die Blicke der beiden wollten sich nicht mehr voneinander lösen.

Silena schluckte wieder, schwieg.

In die Stille hinein schlug die Glocke aufs Neue. Ein beruhigender, bewegender Ton, der sogar das Krachen des nächsten Blitzes übertönte.

Sie schloss die Augen und lauschte, sog den Klang in sich auf, der die Ängste aus ihrem Verstand fegte und nichts als Klarheit zurückließ.

Als Silena die Lider hob, lächelte sie. »Ich suche ein Telefon«, verkündete sie und schritt auf den Ausgang zu. Farou kam ihr entgegen; erschrocken starrte er zum Kreuz, wo Cyrano stand.

24. Januar 1925, Marazion (Cornwall), Königreich England

Die Energien schossen als seildicke, gleißend weiße Fäden aus Arsènies Handinnenseiten und warfen sich schimmernd gegen die Luke. Ein lautes Ächzen ertönte, als sich das Metall unter der Wucht der Kräfte verbog; das Schimmern beleuchtete ihr Gesicht und erhellte das karge Verlies.

Die Eisenriegel an der Außenseite quietschten, bis sie rissen und die Klappe nach oben gefegt wurde. Der Ausgang erschien als graues Quadrat.

Arsènie atmete erleichtert aus. Sie hatte den Verdacht gehegt, dass ihre Fertigkeiten auf dem St. Michael's Mount versagen könnten.

»Mister Tobias, kommen Sie. Ich habe uns in die Freiheit entlassen.« Mit diesen Worten ging sie voraus, erklomm die Stufen und fand sich im Freien wieder.

Der junge Mann folgte ihr. Auf seinem Gesicht stand große Verwirrung, er wusste das Erlebte so gar nicht einzuordnen. »Wie … haben Sie das gemacht, Madame?«, stotterte er.

»Es muss Sie nicht weiter beunruhigen, lieber Tobias.« Sie spähte durch die Plane hinaus, konnte Sir Jasper aber nirgends entdecken. »Wenn Sie etwas Wertvolles auf der Insel verstecken müssten, wo würden Sie es verbergen?«

»Entweder im Verlies oder im Weinkeller des Haupthauses«, gab er zur Antwort. »Sir Jasper hat ihn herrichten lassen wie ein Gefängnis, und er besitzt den einzigen Schlüssel dazu. Nicht einmal ich darf hinein.«

Arsènie wandte sich zu ihm um. »Mister Tobias, wie Sie sich denken können, bin ich mehr als nur eine Pilotin …«

»Jetzt weiß ich, wer Sie sind! Sie sind Madame Sàtra. Ihr Gesicht kam mir gleich so bekannt vor«, fiel er ihr ins Wort. »Und eben, im Verlies, ist es mir wieder eingefallen. Egoplasma, richtig?«

»Ein schlauer Bursche sind Sie, Mister Tobias. Und es heißt Ektoplasma«, lächelte sie belohnend. »Ich bin hier, um ein Unheil zu verhindern. Ihr Sir Jasper arbeitet mit einem gefährlichen Drachen zusammen, der ein mächtiges Artefakt gestohlen hat und es auf dem St. Michael's Mount verbirgt. Ich bin im Auftrag des Officiums und von Hamsbridge & Coopers hier, um es zu beschaffen, bevor es der schwarze Drache einsetzt.«

Tobias erblasste. »Doch nicht etwa das fünfköpfige Monstrum, das Edinburgh vernichtet hat?«

»Doch. Genau dieses.« Sie berührte seinen Oberarm. »Ich benötige Ihre Hilfe. Stehen Sie mir auf der Suche danach bei? Wir müssen es finden, ehe der Drache auftaucht und Marazion ebenso dem Erdboden gleichmacht wie das arme Edinburgh. Denken Sie an die vielen Freunde, Ihre Verwandten.«

»Sicher, Madame.« Tobias wirkte fest entschlossen, das Unheil zu verhindern. »Aber warum sind Sie allein hier? Man hätte Ihnen doch wenigstens einen oder zwei Drachentöter mitgeben können …«

»Sie sind an anderer Stelle tätig und treffen weitere Vorbereitungen. Im Verborgenen.« Arsènie zeigte auf das Haupthaus. »Gehen wir es an.«

Er nickte und rannte los. Sie eilte ihm nach, sobald sie sich sicher war, dass Jasper ihnen nicht aus dem Hinterhalt auflauerte. Lieber erwischte es den Dörfler als sie.

Sie duckten sich unter den Planen hindurch und standen auf blankem Fels.

»Hier war früher die Eingangshalle«, flüsterte Tobias. »Ich fasse es nicht. Nicht einmal der Fußboden ist geblieben.«

»Wo ging es zum Weinkeller?«

Er zeigte nach rechts. »Da befand sich die Küche, und daneben ist der Abstieg zum Keller.« Tobias lief voran, Arsènie folgte ihm aufmerksam und stets bereit, ihre ektoplasmischen Kräfte gegen einen Angreifer zu schleudern.

Unbehelligt stiegen sie die finstere Treppe hinab. Licht gab es keines mehr, bis Tobias eine alte Lampe mit Streichhölzern entzündete. »Er ist ebenso leer«, entfuhr es ihm. »Wie konnte er das in den zwei Wochen, in denen ich nicht da war, nur schaffen? Dazu hat er ein Heer von Arbeitern benötigt.«

»Und eine Flotte von Schiffen oder Lastwagen, um es wegzubringen.« Arsènie hielt sich nicht mit Staunen auf, sondern nahm ihm die Leuchte aus der Hand und ging auf das Gitter zu; auf der anderen Seite stand ein mannsgroßer Geldschrank aus Stahl.

»Der ist neu«, raunte Tobias und schloss zu ihr auf.

»Schauen wir, was Sir Jasper eingelagert hat.« Ohne lange zu zögern, gab sie einen gezielten Strahl Ektoplasma gegen das Schloss frei, das sich unter dem Ansturm der Kräfte verformte und dann aufsprang. Arsènie öffnete die Tür mühelos und ging auf den Tresor zu. Wieder konzentrierte sie sich, aber dieses Mal versagten die Energien; außer einem kurzen Aufglühen und nähgarndünnen Entladungen, die den Tresor lediglich mit einem Brandmuster überzogen, erreichte sie nichts. Sie hatte sich bei ihrem Ausbruch zu sehr verausgabt. Somit blieb ihr nur eine Möglichkeit.

»Ihr Geister der Toten, ich rufe euch«, murmelte sie und schloss die Augen. »Kommt und helft mir! Gebt mir eure Kraft, um dieses Hindernis aus Stahl zu beseitigen, damit ich an den Inhalt gelange.« Sie hob die Arme. »Geister der Toten, erscheint! Ich befehle …«

Dann spürte sie, dass etwas anders war als sonst.

Eine mächtige Quelle befand sich in ihrer Nähe, von der unglaubliche Macht ausströmte, die aber durch einen Widerstand abgeschwächt wurde. Dennoch reichte es aus, um Arsènies Bemühungen zu verstärken. Für sie gab es nur eine Erklärung: *Der Weltenstein! Er liegt tatsächlich in diesem Tresor!*

Sie setzte ihre Anrufung fort – und erstarrte.

Etwas Mächtiges tauchte aus dem Jenseits hervor, ein leuchtender Schemen, der die Umrisse eines schlangengleichen, flügellosen Drachen trug; die platte Schwanzspitze ließ sie vermuten, dass es sich um einen Seedrachen handelte.

Zunächst erschrak Arsènie, doch sie verstand, dass die Seele ihr nichts Böses wollte. Es war nicht das Wesen, das sie bei den Séancen in Berlin und London angegriffen hatte. Sie hatte geschafft, was noch keinem Séancier zuvor gelungen war. Jetzt gab es für sie keinen Zweifel mehr daran, dass sie den Weltenstein in ihren Besitz bringen musste!

Du hast ihn also gefunden, Zauberin, sagte die Seele zu ihr. *Ein altes Geheimnis ist endlich gelüftet worden.*

»Ja. Und du wirst mir helfen, ihn aus dem Tresor zu befreien«, verlangte sie und war sich nicht sicher, wie man eine Drachenseele ansprach.

Mit Respekt, Zauberin. Ich verlange eine Anrede, wie sie mir gebührt. Dass du mich beschworen hast, bedeutet nicht, dass ich dir gehorche. Noch nicht. Die Drachenstimme klang erhaben, machtbewusst. *Besäßest du die volle Macht des Weltensteins, lägen die Dinge anders.*

Arsènie hörte, worauf es hinauslief. »Du möchtest eine Belohnung dafür, dass du mir hilfst.«

Wir verstehen uns.

»Wonach kann eine Seele streben? Was ist für dich noch von Bedeutung?«

Das Leben. Seit meinem Tod mehr als jemals zuvor. Ich habe es geschafft, mit meinem Körper nicht vollkommen zu vergehen und das Elementarste von mir zu retten. Seitdem harre ich in dieser Gestalt aus, und dein mächtiger Ruf hat es geschafft, mich neugierig zu machen.

»Ich kann dir keinen neuen Leib geben.« Arsènie wusste nicht, worauf die Verhandlungen hinausliefen. Es passte ihr auch nicht, dass die Seele offenbar ihre Gedanken las, als lägen sie offen wie in einem Buch.

Das musst du auch nicht, Zauberin. Es gibt andere Wege, und der Drachenstein aus dem Kopf des alten Aubert wird sie dir erschließen. Der Schemen schlängelte sich näher, und Arsènie erkannte einen kräftigen Schlangenleib mit tiefseeblauen Schuppen und einem flachen Kopf mit Stoßhörnern von der Nase bis zur Stirn. Die Augen glitzerten weiß wie Sterne. *Es gibt einen Drachen, einen mächtigen schwarzen Drachen, der einen Krieg und die Herrschaft über die Welt anstrebt. In ihn möchte ich einfahren.*

»Gorynytsch, so heißt er. Als Mensch nennt er sich Eris Mandrake. Ist er das?«

Ja. Er täuschte mich und nannte sich Freund, ehe er mich heimtückisch ermordete und mir meine Insel nahm. Jetzt ist er der Herr von Michael's Mount. Doch meine Seele konnte er nicht auslöschen.

»Du willst Rache an ihm nehmen.«

Ich will ihn vollständig vernichten. Wenn meine Seele in ihn einfährt, wird seine vergehen. Auch wenn es eine Umstellung bedeutet, im Körper eines Flugdrachen zu stecken, ist es allemal besser, als hier zu warten.

Arsènie spürte eine Berührung an ihrer Schulter. »Madame, ich höre Schritte«, vernahm sie Tobias' Stimme wie durch Watte und weit, weit entfernt. »Beeilen Sie sich.«

Sie durfte sich kein langes Zaudern mehr leisten. »Welche Garantie bekomme ich, dass du mich nicht angreifen wirst, wenn es vollbracht ist?«

Der Drache lachte. *Kann es ein, Zauberin, dass du die Macht des Steines noch nicht kennst? Mit deinen Veranlagungen nimmst du es mit den stärksten der Altvorderen auf. Du wirst ihrem Feuer trotzen, ihre Zähne können dir nichts anhaben, aber du kannst sie mit einem Fingerzeig auslöschen und verbrennen, wie sie es zuvor mit ihren Opfern getan haben. Was sollte ich da gegen dich ausrichten?*

»Madame, ich …« Es krachte mehrmals. »Oh, bloody shit! Madame, ich beschütze Sie vor ihm. Aber um Himmels willen, unternehmen Sie etwas, bevor er nachgeladen hat!«

Arsènie brach der Schweiß aus. Sie hasste es, unter solchen Bedingungen eine schwer wiegende Entscheidung zu treffen. »Ich kann dir nichts versprechen, da ich keine Ahnung habe, wie ich deine Seele in seinen Körper bringen soll.«

Dir wird etwas einfallen. Dein Wort genügt mir, Zauberin.

»Ich verspreche es.« Arsènie sah die Seele an. »Du wirst mir deine Kraft leihen ...« Sie hielt inne, da sich der Umriss des Drachen rasend schnell von ihr entfernte. »Was soll das? Komm zurück!«, befahl sie wütend. »Du wirst ...«

Hinter ihr erklang ein Schrei. Der Todesschrei von Tobias ...

Dann sagte eine sanfte Stimme: »Ich hatte Sie nicht in meinem Keller vermutet, Madame.«

XX.

»Der Papst – sicher. Es gibt ihn, und er ist ein netter Mann. Solange er dem Officium nicht reinredet und mich meine Arbeit machen lässt, habe ich keine Schwierigkeiten mit ihm.«

Kardinal Fréderic de Rambon,
Leiter des Officiums von 1811 bis 1834

25. Januar 1925, Marazion (Cornwall), Königreich England

»Um ehrlich zu sein, hatte ich *gar nicht mehr* mit Ihnen gerechnet.« Eris Mandrake drehte sie ruckartig herum, seine rechte, blutige Hand legte sich um ihre Kehle. »Madame Sàtra, Sie erstaunen mich auf großartige Art und Weise.« Rund um seinen Mund war Blut zu sehen, das er mit einem schmutzigen, rotfleckigen Taschentuch abtupfte.

Arsènie bekam fast keine Luft mehr und wagte es nicht, sich zu rühren oder der Umklammerung zu entkommen. Sie wusste, was sich hinter der Fassade des hübschen Mannes verbarg, der gekleidet wie ein Gentleman vor ihr stand; am Boden hinter ihm lag Tobias' Leichnam, der Kopf war ihm abgerissen worden. Gleich neben ihm ruhte Sir Jasper, dem die linke Seite vollständig fehlte, die Bissmale waren eindeutig. »Lassen Sie mich, Mandrake.« Sie suchte nach der Seele des Wasserdrachen und zog dabei ihre Reserven an Ektoplasma zusammen. »Ich habe Verbündete.«

»Meinen Sie etwa Sarrazz?«, entgegnete er heiter und sah an ihr vorbei. »Zeig dich unserer Besucherin. Sie wird dich gern von Angesicht zu Angesicht sehen wollen.« Eris drehte sich und bewegte Arsènie einfach mit.

Durch die Eingangsluke kam der bekannte Kopf des tiefseeblauen Drachen, mit dem sie eben noch als vermeintliche Seele gesprochen hatte. Die Augen schimmerten weiß, die grüne Zunge zuckte hervor und berührte sie beinahe im Gesicht. *Ich muss dich enttäuschen, Zauberin. Ich bin nicht tot. Ich habe dich nur ein bisschen hingehalten, damit du unseren Schatz nicht stiehlst. Jasper, der Idiot, hat es nicht fertig gebracht, euch richtig wegzuschließen. Man merkt, dass er kein echter Aubyn ist. Sie sind cleverer als er.*

Eris hatte sie noch immer nicht losgelassen. »So, Madame. Ich gestehe, dass Ihr Erscheinen meine Pläne etwas ändern kann. Und zwar im positiven Sinn.« Die braunen Augen brannten sich in ihre. »Sie sind eine echte Zauberin, wie mir die Gargoyles berichtet haben.«

»Sie arbeiten mit denen zusammen?«

»Nicht mehr. Doch die kurze Spanne genügte mir, um herauszufinden, dass die wenigen magiebegabten Menschen, die es gibt, nicht einmal wissen, welchen Schatz sie in sich bergen. Stattdessen vergeuden sie ihre Zeit, Spielereien wie Séancen und dergleichen zu betreiben.« Eris ließ sie vorsichtig los und reichte ihr ein frisches Taschentuch, um sich am Hals von seinen Fingerabdrücken zu säubern. »Sie, Madame Sàtra, wissen nun, was in Ihnen schlummert.« Er begab sich neben den Tresor. »Aber Sie haben keine Vorstellung davon, was aus Ihnen werden könnte, wenn ich Sie als meine Partnerin betrachten und Sie an der Macht des Weltensteins teilhaben lassen würde.«

»Ich habe gesehen, wie Sie mit Ihren Partnern umgehen, Mandrake. Den in Innsbruck haben Sie getötet, Sie fünfköpfiges Monstrum.« Arsènie schaute hinter sich, wo sich die rettende Treppe nach oben befand. Aber in der Luke schwebte der Kopf des Wasserdrachen, und nicht weit weg von ihr stand Gorynytsch in seiner menschlichen Gestalt.

»Inzwischen bin ich ein wenig gewachsen und habe aufgestockt«, meinte er grinsend.

»Hoffentlich machen Sie sich einen Knoten in die Hälse«, gab sie zurück und wischte sich das erkaltende Blut von der Haut; angewidert warf sie das Tuch auf den Boden. »Ersticken Sie an sich selbst!«

»Temperament und gutes Aussehen. Wie ich. Arsènie, wir beide wären ein unschlagbares Gespann.« Eris tätschelte den Tresor. »Der Weltenstein lässt Sie die Macht erlangen, mit der Sie alle Herrscherhäuser Europas in die Knie zwingen. Keine Armee vermag Sie zu schlagen, und die Kaiser und Könige rutschen auf Knien vor Ihren Thron, um Abgaben zu liefern. Sie wären die Kaiserin der Alten Welt.

Und darum ging es Ihnen doch die ganze Zeit über: um Macht. Habe ich Recht?«

»Der Titel Impériatrice wäre mir lieber, Mandrake«, gab sie säuerlich zurück. »Eine nette Vorstellung. Aber sie scheitert.«

»Woran sollte sie scheitern, meine Liebe?«

»An Ihnen.« Sie lächelte kühl. »Früher oder später würden Sie mich vernaschen. Im wahrsten Sinne des Wortes.«

Eris machte ein bedauerndes Gesicht, er strich sich das Haar aus den Augen. »Lassen Sie sich durch meine Strafaktion in Innsbruck nicht täuschen. Ich kann streng sein, und Verräter wie Gessler haben nichts anderes verdient. Verräter an mir und meiner Sache. Wenn Sie also nicht vorhaben, mich ebenfalls zu hintergehen, können wir sehr lange über die Alte Welt herrschen …«

»… sobald sie aus der Asche, welche die asiatischen Drachen hinterlassen haben, neu erstanden ist.« Arsènies Angst schwand allmählich, da sie ahnte, wie wertvoll sie als eine Verbündete sein konnte. Sie wusste allerdings nicht, ob sie eine sein wollte. Andererseits stellte sich die Frage wohl kaum, wenn sie den Michael's Mount lebendig verlassen wollte.

Eris lachte, kam auf sie zu und fasste sie an beiden Händen. »Oh, Arsènie. Glauben Sie doch nicht alles, was man Ihnen über mich erzählt. Gessler war ein schlecht schmeckender Intrigant.«

»Dann wird es keinen Krieg geben?«

»Nicht zwischen den Menschen und den Drachen. Sobald die Ostdrachen über Russland vorrücken, werden sich die Altvorderen ihnen entgegenstellen. Deutet sich in der Schlacht eine Entscheidung an, erscheinen wir – meine Drachen, die Gargoyles und Sie –, um dem vermeintlichen Sieger den Todesstoß zu versetzen.« Er drückte ihre Hand. »Die Schlacht findet irgendwo in Russland statt, meine teure Freundin. Keine wertvolle Stadt jenseits des Don wird zerstört. Dafür sind mir die Menschen, die Sie und mich anbeten sollen, viel zu wertvoll.«

»Die Gargoyles sind doch gar nicht mehr Ihre Verbündeten …«

»Ich werde sie dazu *zwingen*. Mit dem Weltenstein und Auberts Schädel, der auf dem Mont-Saint-Michel liegt.« Eris suchte ihren Blick. »Der Schädel, Arsènie, und ich kann meinen Plan erfüllen. Sie könnten mir dabei helfen.«

»Und wie?«

»Sagen wir«, er ließ sie los und breitete die Arme aus, »weder ich noch einer meiner Drachenfreunde können uns der Insel nähern. Es gibt dort eine Glocke, deren Schall in der Lage ist, einen von unserer Spezies zu … paralysieren.«

Jetzt lächelte Arsènie. »Da hilft Ihnen auch Ihre menschliche Gestalt nicht, Mandrake?«

Er zuckte mit den Achseln. »Leider, leider, liebe Freundin.«

»Was hat es mit dem Schädel auf sich?«

»Die Gargoyles waren einst unsere Diener, bis sie sich auflehnten und zur Strafe auf unabsehbare Zeit in Stein verwandelt wurden. Die Formel, um diesen Fluch zu brechen, findet sich in dem Schädel, und das magische Potenzial dazu«, er zeigte auf den Geldschrank, »haben wir hier.«

Arsènie legte den Kopf schief und strich sich die hellen Haare aus dem Gesicht. »Mandrake, Sie haben Recht. Sie brauchen mich wirklich, um Ihr Ziel zu erreichen.«

»Sehen Sie? Ich habe Sie nicht belogen.« Eris lächelte generös. »Machen wir es so: Sie gehen auf den Mont-Saint-Michel, wo sich die gute Silena und der Hellseher befinden, stehlen den Schädel und kehren zu mir zurück. Danach brechen wir den Fluch und ziehen aus, um uns Europa untertan zu machen, nachdem wir die Altvorderen ausgelöscht haben.«

»*Und* die asiatischen Drachen gleich mit«, fügte sie hinzu. Sie tippte sich mit dem Zeigefinger gegen die Unterlippe. »Verstehe ich das richtig, dass China, Japan und der Rest der östlichen Hemisphäre nach dem Krieg frei von Geschuppten wären?«

Eris lachte und drohte ihr spielerisch mit dem Zeigefinger. »Sie machen schon Pläne für die Zeit nach der Unterwerfung Europas?«

»Was sollte ein Heer aus Drachen mit einer Zauberin an der Spitze aufhalten?« Arsènie gab sich selbst die Antwort. »Die Drachentöter höchstens.«

»Sie werden Geschichte sein. Unsere Gargoyles machen mit ihnen kurzen Prozess. Zudem habe ich gute Kontakte zu der Gruppe der Drachenfreunde. Sie stehen uns jederzeit zur Verfügung.« Eris legte die Hand an das Zahlenschloss, drehte das Rädchen zweimal hin und her, es klickte jeweils. »Eine dritte Zahl fehlt noch, Arsènie. Die werde ich dann eingeben, wenn Sie mir den Schädel bringen. Danach beginnen wir mit der Eroberung der Welt.« Er sah sie abwartend an.

»Eine einzige Zahl fehlt noch, sagen Sie?« Arsènie mobilisierte schlagartig das aufgefrischte Ektoplasma, richtete die Arme auf Eris und Sarrazz, dann ließ sie den Energien freien Lauf. Es war nicht einfach gewesen, ihre wahren Gedanken vor den beiden Drachen zu verheimlichen, doch es war ihr anscheinend gelungen.

Die Strahlen verließen ihre Handflächen und jagten gleichzeitig auf den Drachenkopf und den Mann zu. Arsènie hatte alles auf eine Karte gesetzt.

26. Januar 1925, Avranches (Normandie),
Königreich Frankreich

Silena drückte den Hörer fester ans Ohr. Die Leitung rauschte unglaublich, jedes Funkgerät hatte eine bessere Verständlichkeit. Sie lauschte auf die Stimme des Erzbischofs. »Wann kann ich mit Unterstützung rechnen, Exzellenz?«

»Ich sende die erste Gruppe sofort auf den Weg. Die ersten zehn Drachentöter sollten in weniger als zehn Stunden bei Ihnen sein, Großmeisterin«, sagte Kattla. »Sie werden Ihnen nicht sagen, dass die Gargoyles hinter den Morden an unseren Leuten stecken. Vorerst gibt es Wichtigeres als Vergeltung. Das gilt auch für Sie, Großmeisterin.«

»Ja, Exzellenz.«

»Ich höre an diesen zwei Worten, dass es Ihnen nicht passt.«

»Nein, Exzellenz.«

»Dann denken Sie an unseren heiligen Kampf gegen die Teufel. Wir werden diese Gargoyles so lange zu unserem Nutzen einsetzen, wie wir können, und danach sehen wir weiter. Das Angebot ihres Anführers, dieses Cyrano, klingt gut. Sie werden die Drachen aufspüren und vernichten oder sie uns vor die Waffen treiben.«

»Darf ich frei sprechen, Exzellenz?« Silena sah sich um, ob sich ihr niemand unbemerkt genähert hatte.

»Sicher.«

»Sie sind zu gefährlich, um sie unkontrolliert frei zu lassen. Sie sind kleiner und wendiger als die Drachen, und sie wissen durch Spionage viel mehr über das Officium, als wir derzeit erahnen. Wenn wir sie mit dem Weltenstein vom Bann befreien, haben wir es mit einer Plage zu tun, die schlimmer sein könnte als die Drachen selbst.«

»Sie sehen zu schwarz, Großmeisterin. Es sind nicht viele Gargoyles, und sie besitzen lange nicht die Macht, mit der die Ältesten der Teufel ausgestattet sind. Sie haben keine Schätze, keine Menschen, die ihnen dienen, und keinen Einfluss. Abgesehen davon kann man ihnen mit einer großkalibrigen Waffe Schaden zufügen.« Kattla klang sehr zuversichtlich. »Es sind hässliche Wesen, Verwandte der Drachen, über die *wir* entscheiden. Nicht sie über uns.«

»Exzellenz, ich weiß nicht, ob Sie Cyrano nicht zu sehr unterschätzen. Er macht einen klugen Eindruck.« Silenas Augen sahen eine kindgroße Steinstatue, die unter der Decke als Balkenstütze angebracht worden war. »Niemand kann uns sagen, wie sich die Gargoyles von herkömmlichen Statuen unterscheiden. Ganze Gebäude können einstürzen, wenn sie ihren Platz verlassen und …«

»Großmeisterin, ich diskutiere nicht mit Ihnen darüber«, unterbrach sie der Erzbischof. »Hindern Sie jeden, der nicht zum Officium gehört, daran, den Weltenstein einzusetzen, und befreien Sie die Gargoyles von dem Fluch. Das ist Ihr Auftrag.«

Silena schluckte ihre Widerworte hinunter. »Gibt es Neues von der Cadmos und der Theben?«, erkundigte sie sich.

»Sie sind wohl irgendwo über der Ostsee aufeinander getroffen, aber der Kontak zu Hauptmann Litzow ist abgerissen. Die letzte Meldung über den Kampf der Luftschiffe erreichte uns vom Leuchtturm auf Rügen.« Kattla klang besorgt. »Ich bleibe jedoch zuversichtlich, dass wir den Haudegen wiedersehen.«

Es klopfte, und Grigorij streckte den Kopf zur Tür herein. »Noch mehr Verbündete sind angekommen, Großmeisterin«, raunte er und zeigte nach draußen. »Cyrano möchte Sie sehen und die Verteidigung besprechen.«

»Ich komme, Fürst.« Silena scheuchte ihn mit einer Handbewegung hinaus. »Exzellenz, wir müssen Schluss machen. Es sind weitere Monster aufgetaucht. Eine Nachricht von Onslow Skelton und Madame Sàtra?«

»Nein. Ich werde vorsichtshalber noch ein Team nach Cornwall senden, das nach dem Rechten sieht. Gute Jagd, Großmeisterin.«

Silena legte ohne einen Gruß auf. Sie ärgerte sich über die unumstößliche Anweisung, den Gargoyles nichts anzutun. Ihr Blick richtete sich auf die steinerne Balkenstütze. »Es ist nicht richtig, dass wir euch nicht auslöschen«, zischte sie. »Hoffentlich geht ihr alle gegen die Drachen drauf.« Sie zog die Handschuhe an, stellte den Kragen ihres Mantels hoch und verließ den Raum. Durch den Flur hinaus gelangte sie ins Freie.

Es war früher Morgen, die Luft war klar und salzig. Lichtstrahlen bohrten sich durch die schnell ziehenden Wolken und beleuchteten den Mont-Saint-Michel. Alle paar Lidschläge verschwanden sie, um an anderer Stelle auf das Mauerwerk, die Ziegel oder das Pflaster zu scheinen.

Silena stand in der engen Gasse des Fischerdörfchens unterhalb der Kathedrale. Grigorij hatte neben der Tür auf sie gewartet.

Auf den umliegenden Dächern saßen die unterschiedlichsten Wasserspeier, die aus leuchtend smaragdenen und weißen Augen auf sie herabstarrten.

Es herrschte gespenstisches Schweigen, nur das Schreien der Möwen und ein einsames, tönendes Windspiel erklangen. Als die Michaelsglocke schlug, sprang Cyrano von einem der Dächer, breitete die Flügel aus und glitt sanft auf die Erde nieder.

»Wir sind da, Drachentöterin. Sieben Erwachte stehen bereit, um den Schädel des Aubert zu verteidigen.« Er zeigte hinauf zur Kathedrale. »Sollte die Stimme des Erzengels nicht ausreichen, werden wir die Drachen aufhalten.«

»Es ist Verstärkung auf dem Weg«, meinte sie. »Du musst mir sagen, wo du den Schädel verborgen hast. Nur dann können wir die Verteidigung so organisieren, dass niemand in seine Nähe gelangt, der ihn nicht besitzen soll.«

Cyrano lachte. »Nein, Drachentöterin. Gerade weil ich ihn verborgen habe, ist er sicher. Vor dir und vor allen, die Böses damit anrichten wollen.«

»Das Officium …«

»Das Officium ist mir gleichgültig, Drachentöterin. Wir kämpfen zusammen mit dir und deinen Freunden, aber ich werde es nicht zulassen, dass ihr den Fluch von uns nehmt und wir erneut zu Dienern werden«, fiel er ihr hart ins Wort. »Wir selbst befreien unsere versteinerten Freunde. Keiner sonst.«

»Das verstehen wir«, schaltete sich Grigorij schnell ein, um zu verhindern, dass Silena in ihrer Wut etwas Unbeherrschtes sagte.

Sie ging einen Schritt auf den Gargoyle zu. »Aber du stehst mit deinem Leben für die Sicherheit des Schädels ein«, sagte sie drohend. »Ich werde es mir nehmen, wenn du versagst. Das ist ein Versprechen und«, sie hob den Kopf und blickte die übrigen Wasserspeier an, »keiner von euch wird mich daran hindern können!«

Cyrano deutete eine Verbeugung an. »So soll es sein. Du wirst deine Rache für den Tod deiner Brüder erhalten«, sagte er und traf damit die Wahrheit, die hinter ihrer Äußerung steckte.

»He, ihr da unten! Ein Flugzeug!«, rief Farou zu ihnen herunter und winkte mit den Armen, dann deutete er nach Nordwesten. »Es brennt!«

»Arsènie«, sagte der Russe sofort.

»Wir gehen nachsehen.« Cyrano stieß sich ab und entfaltete die Schwingen; kräftige Schläge brachten ihn aus der schmalen Gasse hinauf in den Himmel. Seine drei Artgenossen, die ebenfalls Flügel hatten, folgten ihm.

Die übrigen hopsten mit großen Sprüngen von Dach zu Dach und erklommen die Steilwände der Kathedrale. In Windeseile befanden sie sich hoch oben auf dem Gotteshaus, während Silena und Grigorij nichts anderes übrig blieb, als den steilen, gewundenen Weg zu nehmen.

Keuchend gelangten sie auf das kleine Plateau. Von ferne drang das Geräusch eines stotternden Motors zu ihnen hinauf.

»Das ist nicht gut«, befand Silena und hob das Fernglas, das sie um den Hals trug.

Die Maschine, eine Curtiss, versprühte aus dem Motor dunkle, fette Wolken. Etwas hatte den Antrieb beschädigt, und an einer Stelle züngelten kleine Flämmchen. Die Bespannung und die Bleche waren an einigen Stellen abgerissen worden, das Heck der Maschine sah angesengt aus: Ein Drache musste das Flugzeug derart zugerichtet haben.

»Ein Wunder, dass sie es überhaupt bis hierher geschafft hat«, murmelte sie, auch wenn es ihr missfiel, der ungeliebten Französin Anerkennung zollen zu müssen.

Arsènie war fast nicht zu erkennen, doch das weißblonde Haar wirbelte im Luftstrom wie eine farblose Flamme. Es war ihr anscheinend keine Zeit geblieben, sich die Fliegerkappe aufzuziehen.

Die Gargoyles tauchten neben der Maschine auf.

Grinsend verfolgte Silena, wie Arsènie eine Pistole zog und auf die Wesen anlegte. Sie hatte nicht vergessen, dass Cyrano sie entführen wollte.

Von Kugeln ließen sich die Gargoyles jedoch nicht beeindrucken. Einer von ihnen lenkte das Medium ab, während die anderen drei sich um das in den Sturzflug übergehende Flugzeug kümmerten. Der Motor zerbarst mit einem lauten Knall, der Propeller wurde regelrecht abgesprengt.

Silena gab zu, dass sie sich geschickt anstellten. Einer flog unter die Schnauze und drückte sie nach oben; aus dem Sturz wurde ein Gleiten. Waren sie genauso über ihre Brüder hergefallen?

Die Curtiss hielt genau auf die Kathedrale zu, Flammen breiteten sich nach rechts und links auf die Tragflächen aus, krochen auf die Tanks zu.

Ein Gargoyle packte Arsènie mit seinen greifvogelartigen Hinterbeinen an den Schultern und riss sie aus der Kanzel, gleich darauf schwappten die Feuerzungen gegen den Sitz. Einen Lidschlag später, und das Medium wäre zur Unkenntlichkeit verbrannt.

Die Gargoyles drückten die brennende Maschine nach unten und ließen sie in hundert Metern Entfernung zum Berg ins Watt stürzen; Wasser und Schlamm spritzten umher, es zischte laut, und eine weißgraue Dunstwolke stieg auf. Das Flugzeug zerbrach, der restliche Treibstoff entzündete sich und verwandelte die Curtiss in einen teuren Scheiterhaufen.

Die Gargoyles flogen auf Silena und Grigorij zu, setzten Arsènie ab und zogen sich auf das Dach der Kathedrale zurück. Die Glocke schlug wieder.

»Diese Viecher arbeiten doch für Sie, Großmeisterin«, giftete sie.

»Nein. Es hat sich einiges ergeben, Madame. Lassen Sie es sich erklären«, übernahm Grigorij das Wort.

»Aber zuerst will ich wissen, was sich auf dem Saint Michael's Mount abgespielt hat«, fügte Silena hinzu und musterte die Französin. Sie trug etwas, was einmal ein höchst verführerisches Kleid gewesen sein mochte, und darüber eine kurze, aber schwere Lederjacke, in der noch die Abdrücke der Gargoyleklauen zu sehen waren. Ihr Antlitz zeigte Spuren von verwischter Schminke. »Wo ist Mister Skelton?«

»Tot«, antwortete sie knapp und lächelte den Russen flüchtig an, wie man einem Bediensteten zulächelt. Sie unternahm nicht einmal den Versuch zu charmieren. Das Kapitel war für beide abgeschlossen. »Könnte ich wohl eine Zigarette bekommen, Fürst? Die habe ich mir dringend verdient.«

»Sicherlich.«

Während er in seinen Taschen suchte, berichtete sie. »Eris Mandrake, Großmeisterin, Sie erinnern sich?«

»Natürlich, Madame.«

Sie bekam eine Zigarette gereicht, steckte sie an und nahm einen langen Zug. Dann legte sie eine Hand an die Hüfte und stützte den Arm mit der Zigarette darauf ab. »Er ist der schwarze Drache. Er kann seine Gestalt wechseln.«

»Was?«, riefen Silena und Grigorij gleichzeitig aus.

»Ich denke nicht, dass ich es wiederholen muss, oder?« Sie nahm erneut einen Zug. »Wir wurden in Cornwall erwartet, von einem Seedrachen, der zu Mandrake gehört. Übrigens nennt er sich als Drache anders … Etwas Russisches … Gorysch oder so ähnlich.«

»Gorynytsch?«, verbesserte Grigorij sofort.

Sie nickte. »Genau.«

Er hob die Augenbrauen. »Er ist wohl sehr von sich überzeugt. So heißt ein Drache in einem russischen Märchen. Übersetzt bedeutet der Name so viel wie *Der vom Berge*. Er soll im elften Jahrhundert gelebt und die Kinder des Zaren geraubt haben, bevor ihn ein Held erschlagen hat.« Er sah unglücklich aus. »Wenn ich mich richtig erinnere, besaß der Märchendrache sogar zwölf Köpfe.«

»Mandrake hat inzwischen sechs. Und ich neige dazu, beinahe jedem Märchen über Drachen zu glauben.« Arsènie hatte die Zigarette fertig geraucht, so sehr stand sie unter Spannung. »Er hat in Innsbruck diesen hässlichen Wurmdrachen getötet, und seitdem besitzt er sechs Köpfe. Onslow und ich sind in einen Hinterhalt geraten und überwältigt worden. Mir hat Mandrake einen Pakt vorgeschlagen, aber ich habe abgelehnt. Mithilfe meines Ektoplasmas bin ich gerade so entkommen.«

»Wo ist der Weltenstein jetzt?«, fragte Silena.

Sie zuckte mit den Schultern. »Bis vor ein paar Stunden war er noch auf dem St. Michael's Mount, Großmeisterin. Ob er sich nach meiner Flucht immer noch dort befindet, weiß ich nicht.«

Grigorij sah Silena an. »Das Officium muss sofort Truppen nach Cornwall entsenden.«

»Ich regele das gleich.« Silena hob das Fernglas und suchte den Himmel ab. »Ist er Ihnen gefolgt?«

»Mandrake? Nein.« Arsènie lachte kehlig. »Ich habe ihm eins mit meiner Magie verpasst, dass es ihm ein Loch in die Brust geschlagen hat. Er drehte ab, und ich habe es bis hierher geschafft.«

»Sie wissen, dass Sie mehr sind als ein Medium und eine Spiritistin, Madame?«, erkundigte sich Grigorij und überging den warnenden Ausdruck auf Silenas Gesicht. »Es sind keine Geister, Madame, die Ihnen die Kräfte verleihen. Sie selbst rufen sie hervor. Es ist …«

Sie nickte und schnippte den Stummel davon. »Magie, ich weiß. Mandrake hat es mir gesagt. Ich sollte für ihn mit dem Weltenstein in den Krieg ziehen.« Arsènie schüttelte den Kopf, legte die Haare nach hinten. »Niemals, mein Lieber. Niemals würde ich für dieses Scheusal etwas tun.« Sie sah Silena absichtlich in die Augen, damit sie die Wahrheit erkennen sollte. »Er will die Gargoyles aus ihrer Starre reißen und sie gegen andere Drachen hetzen. Wussten Sie das?«

»Cyrano, der Gargoyle, der Sie in München entführen wollte, hat es uns berichtet. Mandrake will den Schädel des Bischofs Aubert.« Silena senkte das Fernglas und sah die Französin an. »Sie sind mutiger, als ich angenommen habe, Madame.«

»Danke für das Kompliment. Nun ja, wäre ich ein normaler Mensch, stünde ich jetzt auf der Seite Mandrakes. So aber konnte ich es mir erlauben, das Angebot abzulehnen.« Sie lächelte, und Silena erwiderte das Lächeln. »Mandrake weiß, dass sich der Schädel mit der Formel auf der Burg befindet, aber er kommt nicht an den Berg heran. Es soll …« Die Michaelsglocke schlug und brachte Arsènie dazu, die Hände gegen die Ohren zu pressen. »Mon dieu! Jetzt weiß ich, was er gemeint hat.«

»Mit dem Unterschied, dass Drachen angeblich bei ihrem Klang sterben und tot zu Boden stürzen.« Grigorij bot ihr eine zweite Zigarette an, die sie dankend annahm. Das Haschischöl wirkte angenehm beruhigend. »Hat er gesagt, was er vorhat?«

Sie verneinte. »Aber er machte eine Andeutung, dass er die Drachenfreunde ins Spiel bringen wolle.«

»Natürlich! Ich hätte viel früher daran denken müssen. Sie können sich im Gegensatz zu den Drachen dem Berg nähern und uns angreifen.« Silena schaute hinab zum zwei Kilometer langen Damm, der frei begehbar übers Watt verlief. »Ich werde Farou bitten, uns ein paar Bewaffnete zu schicken. Sie werden uns helfen, bis die Drachentöter hier eingetroffen sind.«

»Denken Sie, dass es hier Männer mit Gewehren gibt?« Grigorij war nicht von dem Einfall überzeugt.

»Ich bin mir sogar sicher, dass Avranches eine kleine Streitmacht verbirgt.«

»Wäre es nicht einfacher, Sie würden mit Ihren Befugnissen als Drachentöterin den französischen König um Hilfe ersuchen? Er kann uns in kurzer Zeit Soldaten schicken.«

Silena schreckte vor dem Gedanken zurück. »Je weniger Menschen von den Vorkommnissen um den Weltenstein und dessen Macht wissen, desto besser.« Sie wollte um jeden Preis verhindern, dass ein König von der Macht erfuhr, die in dem Artefakt steckte. Das hätte zu allem Überfluss noch gefehlt: zusätzlich ein Monarch voller Gier im Spiel.

»Ich veranlasse das.« Grigorij eilte in die Kathedrale, um Farou Bescheid zu geben.

Silena und Arsènie standen sich allein gegenüber, die Frauen schwiegen und sahen sich an. Als die Französin grinste, musste auch die Drachentöterin grinsen – eine neuerliche vorsichtige Sympathiebekundung. »Wie wird wohl das Officium reagieren, wenn es hört, dass es wirklich so etwas wie Magie gibt, Großmeisterin?«

»Wie immer: offiziell leugnen und die Inquisition informieren, damit sie der Sache nachgeht.« Silena nickte Farou zu, der aus dem

Gotteshaus kam und die Stufen zu seinem Phaeton hinablief. Er würde Männer organisieren, daran hegte sie keinen Zweifel. »Seien Sie unbesorgt«, meinte sie, an Arsènie gewandt. »Weder wird man Sie einer Folter unterziehen noch verbrennen.«

»Ich weiß. Heutzutage greift die Kirche lieber auf Attentäter zurück, die ein Problem unauffällig lösen.« Arsènie schien nicht besorgt zu sein. »Ich fühle mich auf seltsame Weise auserwählt, Großmeisterin. Ist es nicht großartig, wozu Menschen in der Lage sind?«

»Was werden Sie mit Ihren Kräften anstellen?«

»*Nach* unserem Abenteuer, nehme ich an, möchten Sie wissen?«

»Ja.«

Sie schnalzte mit der Zunge, betrachtete die glimmende Zigarettenspitze. »Ich werde so weitermachen wie bisher. Aber ich dehne das Geschäft ein wenig aus.« Arsènie lächelte. »Ein Star, das will ich werden. Ich trete auf Bühnen und in Filmen auf, ich verdiene Geld wie Heu und leiste mir alles, was ich will.«

»Haben Sie auch schon mal an etwas Selbstloses gedacht?«, warf Silena ein. »Sie könnten … was weiß ich … irgendetwas Gutes tun?«

»Was meinen Sie damit? Soll ich einen Despoten vom Thron zaubern oder mich in die Politik einmischen?« Sie rauchte die letzten Millimeter ihrer Zigarette und warf den Rest weg. »Was für einen Eindruck haben Sie von mir, Großmeisterin?«

»Eine nicht leicht zu beantwortende Frage.«

»Beantworten Sie sie einfach. Offen und ehrlich.« Sie hob die Hand und wackelte mit den Fingern, als wolle sie Silena zu einem echten Faustkampf herausfordern. »Nur zu. Die Wahrheit, bitte.«

»Ich habe Sie bislang für eine recht selbstsüchtige Frau gehalten«, sagte Silena. »Sie mögen den Schein von Äußerlichkeiten, umgeben sich mit weltlichen Dingen, als könne man sie mit ins Jenseits nehmen, und Sie lieben es, bewundert und von vielen Menschen beneidet zu werden. Bis kurz vor Ihrer Rückkehr hielt ich nicht sonderlich viel von Ihnen, Madame.«

Arsènies Augen wurden immer größer. »Kind, wenn ich das nächste Mal darum bitte, dass Sie die Wahrheit sagen sollen, um

Gottes willen, dann lügen Sie!«, brach es aus ihr heraus. »Sie könnten mit Ihrem Urteil vernichtender als ein Hagelschauer sein.« Dann kicherte sie und setzte sich auf ein Mäuerchen. »Oh, Großmeisterin. Danke für Ihre ehrliche Ansicht. Und ich teile sie. Ich kenne mich sehr gut, und ich habe es niemals gemocht, eine Kerze umgeben von Scheinwerfern zu sein. Und da ist es recht schwierig, selbstlos zu sein. Es ist einfach nicht meine Art.«

»Aber Sie haben Mandrakes Angebot abgelehnt.«

Sie hob die Brauen und wiegte den Kopf hin und her. »Einer meiner seltenen Anflüge von Großmut.« Arsènie senkte den Blick. »Vielleicht war mir klar, dass ich in diesem Bündnis immer die zweite Geige gespielt hätte. Mandrake kann man nicht trauen, Großmeisterin. Er frisst Verbündete und Feinde gleichermaßen, um seine eigene Apokalypse auszulösen. Also unterstellen Sie mir nicht zu viel einer guten Seite.«

Apokalypse. Silena dachte bei der Nennung des Wortes an die Offenbarung des Johannes. Darin kam mindestens ein Drache vor … Sie bekam plötzlich ein sehr ungutes Gefühl.

Sie drückte der Französin das Fernglas in die Hand. »Hier. Nehmen Sie das und halten Sie den Himmel im Auge. Und den Damm. Sobald Sie etwas sehen, das Ihnen verdächtig erscheint, geben Sie Bescheid.« Sie hielt auf den Eingang des Klosters zu. »Ich bin im Lesesaal.« Mit diesen Worten rannte sie davon, ohne auf die Erwiderung zu warten.

Auch wenn die wertvollsten Bücher nach Avranches gebracht worden waren: Eine Bibel ließ sich ohne weiteres finden. Rasch blätterte sie weiter und überflog die Seiten, bis sie bei der Offenbarung des Johannes angekommen war.

UND ES ERSCHIEN EIN ANDERES ZEICHEN AM HIMMEL, UND SIEHE, EIN GROSSER, ROTER DRACHE, DER HATTE SIEBEN HÄUPTER UND ZEHN HÖRNER UND AUF SEINEN HÄUPTERN SIEBEN KRONEN,

UND SEIN SCHWANZ FEGTE DEN DRITTEN TEIL DER STERNE DES HIMMELS HINWEG UND WARF SIE AUF DIE ERDE.

Silena wurde etwas ruhiger. Die Rede war von einem roten Drachen, nicht von einem schwarzen. Vorsichtshalber las sie weiter.

> UND ES ENTBRANNTE EIN KAMPF IM HIMMEL: MICHAEL UND SEINE ENGEL KÄMPFTEN GEGEN DEN DRACHEN. UND DER DRACHE KÄMPFTE UND SEINE ENGEL, UND SIE SIEGTEN NICHT, UND IHRE STÄTTE WURDE NICHT MEHR GEFUNDEN IM HIMMEL.
> UND ES WURDE HINAUSGEWORFEN DER GROSSE DRACHE, DIE ALTE SCHLANGE, DIE DA HEISST: TEUFEL UND SATAN, DER DIE GANZE WELT VERFÜHRT, UND ER WURDE AUF DIE ERDE GEWORFEN, UND SEINE ENGEL WURDEN MIT IHM DAHIN GEWORFEN.
> WEH ABER DER ERDE UND DEM MEER! DENN DER TEUFEL KOMMT ZU EUCH HINAB UND HAT EINEN GROSSEN ZORN UND WEISS, DASS ER WENIG ZEIT HAT.

Diesen Teil der Offenbarung kannte sie besser. Silena fand es bezeichnend, dass sie sich zum Kampf gegen die Drachen auf dem Berg eingefunden hatten, der dem heiligen Michael geweiht worden war. Ganz so zufällig lief die Begegnung anscheinend doch nicht ab. Bedeutete dies, dass es zum Kampf um den Mont kam und sie die Drachen bezwangen?

Sie sah auf, ihre Gedanken schweiften ab. Zu Eris Mandrake.

Angewidert wischte sie sich über den Mund. Sie hatte den Teufel geküsst, einen Menschenfresser, den schlimmsten aller Teufel. Eris verstand zu küssen und in den Bann zu schlagen. Ein Verführer, ein echter Satan. Niemals durfte jemand erfahren, wie nahe sie ihm gekommen war und wie sehr er ihr gefallen hatte.

Silena zwang sich zur Konzentration. Das Officium musste ihr die Frage beantworten, ob Drachen die Farbe ihres Schuppenkleides zu wechseln vermochten. Wenn Eris oder besser gesagt Gorynytsch als Mensch erscheinen konnte, war es für ihn dann nicht ebenso leicht, von Schwarz auf Rot zu wechseln?

»Wenn er sieben Köpfe hat, wird er zum Drachen der Apokalypse?« Silena senkte den Kopf.

UND ICH SAH EIN TIER AUS DEM MEER STEIGEN, DAS HATTE ZEHN HÖRNER UND SIEBEN HÄUPTER UND AUF SEINEN HÖRNERN ZEHN KRONEN UND AUF SEINEN HÄUPTERN LÄSTERLICHE NAMEN.
UND DAS TIER, DAS ICH SAH, WAR GLEICH EINEM PANTHER UND SEINE FÜSSE WIE BÄRENFÜSSE UND SEIN RACHEN WIE EIN LÖWENRACHEN. UND DER DRACHE GAB IHM SEINE KRAFT UND SEINEN THRON UND GROSSE MACHT.
UND ICH SAH EINES SEINER HÄUPTER, ALS WÄRE ES TÖDLICH VERWUNDET, UND SEINE TÖDLICHE WUNDE WURDE HEIL. UND DIE GANZE ERDE WUNDERTE SICH ÜBER DAS TIER,
UND SIE BETETEN DEN DRACHEN AN, WEIL ER DEM TIER DIE MACHT GAB, UND BETETEN DAS TIER AN UND SPRACHEN: WER IST DEM TIER GLEICH, UND WER KANN MIT IHM KÄMPFEN?

Silena war alles andere als eine Bibeldeuterin, sie verstand nichts von Handapparaten, Interpretationen und Auslegungsvarianten. Was könnte auftauchen, dem sich ein Drache beugte?

Ein Schatten fiel über sie. »Was tun Sie hier, Großmeisterin?«

Silena erschrak, obwohl sie Grigorij anhand der tiefen, angenehmen Stimme sofort erkannt hatte. »Ich habe mich an ein paar Dinge erinnert.« Spontan las sie ihm die Offenbarung vor, so weit wie sie gekommen war, und teilte ihm die eigenen Befürchtungen mit. »Nach dem, was wir wissen: Wie würden Sie das verstehen?«

Grigorij setzte sich. »Wenn wir einmal annehmen, dass es sich bei Mandrake um den Drachen der Apokalypse handelt, ist er die Vorstufe zu diesem Tier, das sich aus dem Meer erhebt. Aber ein solches Tier findet man wohl kaum in der freien Natur, nicht wahr? Es ist grotesk …« Er verstummte. »Mein Gott, Großmeisterin! Die Gargoyles!«

Silena benötigte eine Weile, um seinen Gedankengang nachzuvollziehen. »Ich bin mir nicht sicher …«

»Erinnern Sie sich daran, wie seltsam sie aussahen. Wie Chimären, wie Mischungen aus verschiedenen Wesen.«

»Wie das Tier, das aus dem Meer auftaucht!« Sie biss sich auf die Unterlippe. Es ergab Sinn.

Grigorij sprang von seinem Stuhl und lief in dem Raum auf und ab. »Es ist der Fluch! Wenn er von ihnen genommen wird, sind sie frei und … Vielleicht ist ein solcher Gargoyle im Flug vom Bann getroffen worden und stürzte versteinert ins Meer. Deswegen heißt es, dass das Tier aus dem Meer steigt.« Er drehte das Buch und las in der Offenbarung weiter, dann schob er es Silena hin. »Lesen Sie selbst, was geschehen wird.«

Sie war verwirrt, schaute auf die Seiten. »Fürst, Sie …«

Er schlug mit der Faust auf das Buch. »Lesen Sie es, Großmeisterin, und Sie werden sehen, dass ich Recht habe.«

UND IHM WURDE MACHT GEGEBEN, ZU KÄMPFEN MIT DEN HEILIGEN UND SIE ZU ÜBERWINDEN; UND IHM WURDE MACHT GEGEBEN ÜBER ALLE STÄMME UND VÖLKER UND SPRACHEN UND NATIONEN.

»Mein Gott«, wisperte Silena hilflos. Es stand eindeutig zu lesen: Die Gargoyles würden gegen die Nachfahren der Drachenheiligen antreten und sie vernichten, um sich anschließend die Erde zu unterwerfen. »Ich habe den Erzbischof gewarnt«, sagte sie entgeistert. »Sobald die Gargoyles vom Drachenbann befreit sind, wird man sie nicht mehr aufhalten können.«

Grigorij hatte sich hinter sie begeben, seine blauen Augen schweiften über die nachfolgenden Zeilen.

UND ICH SAH EIN ZWEITES TIER AUFSTEIGEN AUS DER ERDE; DAS HATTE ZWEI HÖRNER WIE EIN LAMM UND REDETE WIE EIN DRACHE.
UND ES ÜBT ALLE MACHT DES ERSTEN TIERES AUS VOR SEINEN AUGEN, UND ES MACHT, DASS DIE ERDE UND DIE DARAUF WOHNEN, DAS ERSTE TIER ANBETEN, DESSEN TÖDLICHE WUNDE HEIL GEWORDEN WAR.
UND ES TUT GROSSE ZEICHEN, SODASS ES AUCH FEUER VOM HIMMEL AUF DIE ERDE FALLEN LÄSST VOR DEN AUGEN DER MENSCHEN;

UND ES VERFÜHRT, DIE AUF ERDEN WOHNEN, DURCH DIE ZEICHEN, DIE ZU TUN VOR DEN AUGEN DES TIERES IHM MACHT GEGEBEN IST; UND SAGT DENEN, DIE AUF ERDEN WOHNEN, DASS SIE EIN BILD MACHEN SOLLEN DEM TIER, DAS DIE WUNDE VOM SCHWERT HATTE UND LEBENDIG GEWORDEN WAR.

UND ES WURDE IHM MACHT GEGEBEN, GEIST ZU VERLEIHEN DEM BILD DES TIERES, DAMIT DAS BILD DES TIERES REDEN UND MACHEN KÖNNE, DASS ALLE, DIE DAS BILD DES TIERES NICHT ANBETETEN, GETÖTET WÜRDEN.

UND ES MACHT, DASS SIE ALLESAMT, DIE KLEINEN UND GROSSEN, DIE REICHEN UND ARMEN, DIE FREIEN UND SKLAVEN, SICH EIN ZEICHEN MACHEN AN IHRE RECHTE HAND ODER AN IHRE STIRN,

UND DASS NIEMAND KAUFEN ODER VERKAUFEN KANN, WENN ER NICHT DAS ZEICHEN HAT, NÄMLICH DEN NAMEN DES TIERES ODER DIE ZAHL SEINES NAMENS.

Grigorij schaute Silena an. »Es gibt für mich keinen Zweifel. Mandrake ist nur das Vorspiel zu einem weitaus größeren Problem, dem wir uns stellen müssen. Wenn die Gargoyles von ihrem Fluch erlöst werden, kann das, was wir in der Bibel lesen, Wirklichkeit werden: Sie werden über die Menschheit herrschen.«

»Mandrake ist ein schwarzer, kein roter Drache, Fürst«, versuchte Silena, die Auslegung auf die einfachste Weise zu entkräften. »Vielleicht sollten wir uns weniger Sorgen machen. Die Angst, die allein schon bei der Vorstellung entsteht, kann lähmend sein und nur Vorteile für unsere Feinde bringen.«

Er ging zum Fenster und blickte auf die glitzernden Wellen der Flut. »Er hat die Anzahl seiner Köpfe verändert, Großmeisterin. Ich kenne mich mit Drachen nicht aus, aber ist es ihnen nicht möglich, die Farbe ihres Schuppenkleides zu wandeln?«

Auf diese Frage bekam sie nur vom Officium Antwort. »Ich kläre das, Fürst.« Sie klappte die Bibel zu, strich über den abgegriffenen Ledereinband. »Was wird mir wohl gesagt werden?«

Grigorij löste den Blick, kam zu ihr und legte nach kurzem Zögern die Hand auf ihre Schulter. Silena schaute zu ihm auf und lächelte. Sie mochte seine Augen, war dankbar für die Nähe und wünschte sich zu ihrem eigenen Erstaunen, dass …

Da wurde die Tür aufgestoßen, und eine atemlose Arsènie stand auf der Schwelle. Sie sah einige Sekunden perplex auf den Fürsten und die Drachentöterin, ehe sie sagte: »Drei Lastwagen auf dem Damm. Es geht los, fürchte ich.«

XXI.

»Drachenjäger sind Abschaum. Sollte mir je einer während einer Mission in die Quere kommen, werde ich ihn ebenso zerteilen wie den Drachen, den ich jage.
Nur viel langsamer. Und mit einer stumpfen Klinge.«

Großmeister Roman,
Linie des Romanus von Rouen

26. Januar 1925, Avranches (Normandie), Königreich Frankreich

Silena, Arsènie und Grigorij eilten hinaus.

Tatsächlich rollten drei Lastwagen mit großer Geschwindigkeit den Damm entlang, während das Meer zurückkehrte und die Flut die Bucht mehr und mehr mit Wasser füllte. Nichts wies darauf hin, dass es Verbündete waren, die unter der Leitung des Bürgermeisters anrückten, kein Hupen, keine Lichtsignale. Für Silena gab es daher kaum noch einen Zweifel, dass es sich um Gegner handelte. Denn es war die letzte Möglichkeit für einen Angriff auf den Mont-Saint-Michel, und die Drachenfreunde schienen sie nutzen zu wollen.

»Sehe ich es richtig, dass Monsieur Farou noch nicht aufgetaucht ist?«, wollte Silena wissen und überprüfte ihre Luger. Auch Grigorij schaute nach seiner Pistole.

»Nein, Großmeisterin.« Arsènie atmete tief ein. »Wir sind auf uns allein gestellt.«

»Nicht ganz.« Vor ihnen landete Cyrano. »Wir sind auch noch da. Die Menschen stellen für uns keine große Herausforderung dar. Wenn sie keine Kanonen dabei haben oder andere Geschütze, werden sie wenig gegen uns ausrichten.« Er hob den linken Arm, und die geflügelten Gargoyles stürzten sich vom Dach der Kathedrale.

Sie breiteten die Schwingen aus und nutzten die Geschwindigkeit des Sturzes; pfeilschnell zischten sie durch die Luft und schossen knapp über die Dächer der Häuser hinweg; in ihren Klauen hielten sie schwere Steinbrocken. Als sie über dem ersten Laster waren, warfen sie ihre Last gegen die Kabine ab.

Ein Brocken durchschlug das Fenster und krachte ins Innere, die anderen verbeulten das Dach und die Motorhaube. Der Angriff hatte offensichtlich den Fahrer verletzt. Das Fahrzeug zog plötzlich nach rechts und holperte den Damm hinab, bis es im Schlick landete und absoff.

Einige Männer, die auf der Ladefläche gestanden hatten, sprangen rufend ab, überschlugen sich und kullerten die Böschung hinunter, andere landeten auf der Straße und zwangen die nachfolgenden Wagen zum Anhalten. Erste Schüsse wurden auf die Gargoyles abgefeuert, ohne Schaden an den Wesen anzurichten.

In Silena wuchs die Zuversicht, auch ohne die Männer aus Avranches auszukommen. »Madame Sàtra, würden Sie nach unten gehen und Ihre Kräfte bereithalten? Für den Fall, dass einige der Drachenfreunde doch durchbrechen.«

Die Gargoyles flogen einmal um den Mont, verschwanden kurz hinter der Kathedrale und tauchten mit neuen Steinen beladen wieder auf. Der zweite Angriff folgte, während ihre schwingenlosen Artgenossen über die Dächer des Dörfchens zur Mauer hinab sprangen und sich auf dem Wehrgang niederkauerten. Sie warteten, bis es zu einem Nahkampf kam.

Arsènie seufzte. »Es geht nicht, Großmeisterin«, eröffnete sie zur Überraschung aller. »Ich … fühle mich innerlich leer. Als hätte ich meine Kräfte bei der Abwehr von Mandrake überstrapaziert. Es wird wohl Zeit brauchen, bis ich erneut in der Lage bin, Magie zu wirken.« Sie schaute unglücklich. »Ich weiß, dass der Zeitpunkt äußerst ungünstig dafür ist. Liebend gern würde ich daran etwas ändern, aber es geht nicht.« Sie legte eine Hand an die Schläfe. »Das Kopfweh, unter dem ich seitdem leide, ist grässlich, und ich höre immerzu die Stimme des Drachen in meinem Verstand.«

»Wir machen Ihnen keinen Vorwurf«, beruhigte Silena sie. »Sie werden weiterhin den Himmel für uns absuchen. Sobald sich …«

Die Engelsglocke schlug und verschluckte, was sie sagen wollte.

»Mir wird nichts entgehen, was sich am Himmel ereignet«, versprach Arsènie entschlossen.

Grigorij behielt die Geschehnisse am Damm im Auge.

Dieses Mal warfen die Gargoyles die Steine mitten auf die Ladefläche des vordersten Lastwagens. Drei Männer blieben regungslos liegen, ein halbes Dutzend war von den Geschossen verwundet worden. Dafür setzte sich die übrige Kolonne wieder in Bewegung. Es trennten sie nicht mehr als einhundert Meter vom großen Tor.

»Gehen wir nach unten, Großmeisterin?« Der Russe hatte die Waffe gezogen.

»Sie können es getrost meinen Freunden überlassen, die Drachenanbeter auszuschalten.« Cyrano kreuzte die Arme vor der breiten Brust. »Wenn das alles ist, was sie …«

Ein leises Pfeifen ertönte, das lauter und lauter wurde – dann verging ein Hausdach im Fischerdörfchen in einer Detonation. Scharfkantige Ziegelsplitter flogen umher und beschädigten die Fronten und Eindeckungen der umstehenden Gebäude, Fenster gingen zu Bruch.

Neues Pfeifen erklang, dieses Mal wurden Löcher in die Dächer geschlagen, bevor die Explosionen erklangen. Die Druckwelle sprengte die Häuser von innen, blies die Fenster aus den Rahmen und ließ die Dächer bersten. Einrichtungsgegenstände kullerten durch die Gassen, brennende Stofffetzen trudelten durch die Luft, und polternd brach das Gebälk eines Häuschens ein.

»Sie haben Artillerie in Stellung gebracht.« Grigorij nahm Arsènie das Fernglas ab und suchte den zwei Kilometer entfernten Küstenstreifen ab. »Es können nur leichtere Mörser sein, das Krachen von schweren Geschützen hätten wir gehört.«

Silena sah Cyrano an. »Flieg mit deinen Gargoyles los und schalte die Mörser aus, ehe sie den Mont flach bombardieren oder«, ihr Blick wanderte besorgt zur Kathedrale, »die Glocke zerstören. Damit wäre der Weg für die Drachen frei.« Er nickte und breitete die Schwingen aus, da hielt Silena ihn am Arm fest. »Sag mir, wo der Schädel ist.«

»Nein.«

»Du kannst gegen diese Mörser zu Tode kommen, und ich will nicht im Unklaren bleiben.«

Der Gargoyle beugte sich zu ihr, seine Lippen kamen ganz dicht an ihr rechtes Ohr. »Vernimm die Stimme des Engels, und du weißt, wo er sich befindet«, raunte er und stieß sich ab. Sofort gesellten sich die flugfähigen Artgenossen an seine Seite. Als sie den Damm passierten, ließen sie einen weiteren steinernen Hagel niedergehen, der die Angreifer verletzte und etliche tötete.

»Wir gehen zum Tor«, befahl Silena dem Fürsten. »Madame, Sie passen weiterhin auf den Himmel auf.«

Arsènie hob bestätigend die Hand. »Haben Sie verstanden, was er meinte?«

»Nein«, log sie und lief die Stufen hinab. Grigorij begleitete sie, während ein neuerliches Pfeifen weitere Granateneinschläge ankündigte. Cyrano hatte so leise gesprochen, dass niemand außer ihr es hätte verstehen müssen.

Die Detonationen erklangen unmittelbar um sie herum. Sie wurden mit Glassplittern überschüttet, glücklicherweise ohne tiefe Schnittwunden davonzutragen. Verletzte Einwohner liefen auf die Gasse, der eine oder andere trug ein Gewehr mit sich und rannte hinab zum Tor, um die Gegner gebührend zu empfangen.

Direkt vor ihnen zerschellte eine Granate auf den Pflastersteinen. Sie schlug auf und platzte wie ein Blumenkübel auseinander; die Fragmente rutschten bis vor Silenas Stiefelspitzen.

Grigorij schlug das Kreuz. »Ein Blindgänger. Der Erzengel ist mit uns.«

Sie verdrängte den Gedanken, dass sie mit etwas Pech soeben von den Schrapnellen zerfetzt worden wären. »Das ist der Grund, weswegen ich den Luftkampf bevorzuge, Fürst«, rief sie durch das Krachen der nicht enden wollenden Explosionen. »Ich sehe meine Gegner immer kommen.«

»Wissen Sie, was mir eben eingefallen ist?«

»Was? Hoffentlich etwas Gutes.«

»Nein, Großmeisterin.« Grigorij erreichte die Mauer und erklomm die Stufen, duckte sich unter den Rand der Brüstung. »Der Märchendrache, Gorynytsch, von dem ich Ihnen erzählte.«

»Was ist mit ihm?«

»Er hatte eine Besonderheit.« Kurz lugte er über den Rand, hob die Pistole und schoss zweimal. »Seine abgeschlagenen Häupter wuchsen zum Schrecken des Kämpfers nach, und der Säbel des Mannes war sogar an dem Schuppenkleid abgebrochen.«

Silena verdrehte die Augen. »Das hätten Sie für sich behalten können, Fürst.« Auch sie riskierte einen Blick auf den Damm.

Das vom Sturm gepeitschte Meerwasser strömte rasch in die Bucht und war auf geschätzte fünf Meter angestiegen; die Lastkraftwagen hatten den kleinen Platz vor dem Tor beinahe erreicht und stellten sich quer, um den Männern als Deckung zu dienen. Wenn sie die Zahl richtig überschlagen hatte, kam sie auf fünfzig Angreifer.

»Mit ein bisschen Glück ist der Sturm so stark, dass der Damm überspült wird und das Wasser die Idioten einfach mit sich reißt.« Grigorij sah zu einem der Gargoyles am Tor, der eben an der Wand hinaufkletterte und sich in Stellung brachte. Er lauerte wie eine Spinne auf den ersten Feind, um sich auf ihn zu stürzen. »Was machen wir mit dem Schädel, Großmeisterin?«, flüsterte er. »Wir werden dem Officium nicht erlauben, diese Wesen allesamt in Freiheit zu entlassen, nicht wahr?«

»Nein. Weder dem Officium noch Cyrano. Nicht nachdem wir die Passagen in der Apokalypse gefunden haben, die man durchaus so deuten kann, wie wir es tun.«

»Ich bin sehr erleichtert.« Er sah hinauf zur Kathedrale. »Wir sollten versuchen, den Schädel zu finden, solange Cyrano unterwegs ist, und ihn an uns nehmen, bevor wir überhaupt in die unangenehme Lage kommen, Weltenstein und Schädel zusammen an einem Ort zu haben.«

Silena schoss zwei Angreifer nieder, musste aber den Kopf einziehen. Schüsse peitschten, Steinsplitter platzten von der Mauer ab. »Sie haben Recht. Trauen Sie es sich zu, die Verteidigung allein zu übernehmen?«

»Großmeisterin, es ist mir eine Ehre«, grinste er und bekam ihre Luger und Munition gereicht. »Meine hässlichen Verbündeten und die Dorfbewohner werden mir gern beistehen.«

Sie nickte und legte ihm dieses Mal die Hand auf die Schulter. Er strahlte sie an und deutete einen Handkuss an, ehe sie von der Mauer sprang und die Straße hinauf zu dem monumentalen Gotteshaus rannte.

Das zurückkehrende Gewitter und das Tosen des Sturmes machten es unmöglich, auf das warnende Pfeifen zu hören, das stets vor den Granateneinschlägen erklang. Am Hang explodierten zwei der Geschosse, eines jedoch traf das Haus zur Silenas Linken und zerfetzte das Dach. Teile des Gebälks und des Giebels brachen ab; sie fielen auf die Gasse und begruben die Drachentöterin unter sich; ein Ziegel prallte gegen ihre Schulter, und der rechte Arm wurde taub.

Hustend und fluchend kämpfte sie sich unter dem Schutt hervor; der einsetzende Regen spülte ihr den Staub aus den Augen und den Dreck aus der Wunde.

Mit einem dumpfen Stöhnen richtete sie sich auf und zog den Ziegelsplitter aus dem Fleisch, schleuderte ihn davon und erhob sich. Grigorij dürfte die neue Wunde später nähen, und seltsamerweise dachte sie daran, dass sie ihm einen erneuten Blick auf ihre seidene Unterwäsche gewähren würde.

Die Glocke des Erzengels schlug, dann stimmten weitere Glocken in das Dröhnen ein. Das konnte nur bedeuten, dass Arsènie Drachen gesichtet hatte.

Silena kämpfte sich den Aufstieg hinauf und traf auf das Medium. »Wo sind sie?«

Arsènie zeigte nach Nordwesten. »Da habe ich etwas gesehen, unterhalb der Wolken«, rief sie gegen das anschwellende Brüllen des Sturms, der oben auf dem Mont-Saint-Michel noch mehr Kraft besaß als in den geschützten Gassen. »Ich habe den Leuten im Turm gesagt, sie sollen die große Glocke ständig läuten …«

»Nein«, widersprach Silena sofort. »Wir lassen die Teufel näher rankommen, damit wir so viele wie möglich von ihnen erwischen.« Sie legte eine Hand an den Säbelgriff und schaute in die Wolken über dem Meer.

»Finden Sie es nicht merkwürdig, dass sie einen offenen Angriff unternehmen, obwohl sie genau wissen, dass die Glocke sie töten kann?« Arsènie hatte das Fernglas wieder an die Augen gesetzt. »Es ist doch reiner Selbstmord.«

»Ich halte es für ein Ablenkungsmanöver. Aus irgendeinem Grund wollen sie, dass wir denken, sie würden angreifen, Madame. Und ich …« Sie hielt inne, weil sie sah, dass einer der Gargoyles plötzlich neben ihr auftauchte. Das Wesen war groß wie ein irischer Wolfshund, hatte jedoch den Körper einer Katze, drei hundeähnliche

Köpfe und einen gezackten Schwanz; anstelle von Pfoten besaß es lange, handähnliche Klauen. Die braun leuchtenden Augen wanderten zwischen ihr und Arsènie hin und her. »Verschwinde zum Tor«, gab sie Anweisung und deutete zum Fuß des Berges.

Der Gargoyle duckte sich und knurrte – in Richtung der Französin.

Arsènie bemerkte das Wesen jetzt erst, setzte das Glas ab und schaute es an. »Was gibt es, kleiner Zerberus? Du magst wohl mein Parfüm nicht.«

Silena ging auf den Gargoyle zu. »Benimm dich, oder ich sage es Cyrano. Er wird sich eine Strafe für dich ausdenken.« Sie eilte in die Kathedrale und befahl den Männern an den Glockenseilen, die Stimme des Engels schweigen zu lassen. Dann begab sie sich an ein Fenster, nahm ihr Fernglas und spähte hinaus aufs Meer.

Und tatsächlich erkannte sie vier geflügelte Drachen, zwei weiße, einen grünen und einen braunen, die knapp unterhalb der Wolkendecke segelten und sich für einen Angriff bereit machten. Es waren alles Einender und der Größe von geschätzten sieben Metern nach junge Exemplare. Folglich zog es Eris vor, sich selbst nicht in Gefahr zu bringen. Er sandte seine Verbündeten an die Front.

Silena hielt es für einen Test. Sie war sich sicher, dass noch mehr der geflügelten Teufel in den Wolken lauerten und zusahen, wie es den vier bei ihrer Attacke auf den Mont erging.

Die Drachen flogen aufgereiht wie an einer Schnur, dann stieß einer einen Schrei aus und sie flogen parallel nebeneinander, beschrieben einer Kurve und gingen in den Sturzflug über, um maximale Geschwindigkeit zu erreichen.

»Bereit machen!«, rief Silena nach unten, ohne die Augen von den heranschießenden Drachen zu wenden.

Vierhundert Meter.

Die Drachen flogen knapp über die aufgepeitschte See, ihre Schwingen berührten die Wellenkämme und schlugen hohe Gischtfontänen. Die sich auf dem Wasser spiegelnden Blitze erzeugten den Eindruck, als entstünden Energiebahnen zwischen der Unterseite der geschuppten Leiber und dem Meer.

Dreihundert Meter.

Wieder erklang ein Schrei, und Silena erkannte, dass sie gleich auseinander fächern würden, um den Berg aus verschiedenen Richtungen anzugreifen.

Zweihundert Meter.

»Jetzt!«, schrie sie. Sie hörte, wie das Seil, das hinter ihr senkrecht nach oben lief, knirschte und sich spannte, es sich zuerst nur langsam, dann immer stärker bewegte. Es dauerte, bis die schwere Glocke genügend Schwung bekommen hatte und Kontakt mit dem Klöppel hatte.

Einhundert Meter.

Noch schwieg die Glocke, während drei der Teufel aus ihrem Blickfeld verschwunden waren. Der braune Drache zog nach oben und hielt genau auf die Kathedrale zu.

Fünfzig Meter.

»Verdammt!« Silena sprang und griff mit beiden Händen nach dem Seil, zog es mit ihrem Gewicht nach unten – und der Engel sprach mit seiner tiefen, erschütternden Stimme.

Silena schaute hinaus, um zu sehen, was mit dem Angreifer vor dem Fenster geschah.

Der Drache hatte sich bis auf zehn Meter angenähert, riss sein gewaltiges Maul auf und stand im Begriff, sein Feuer in den Turm zu speien, als ihn der Klang der Glocke traf.

Es sah aus, als sei er gegen ein unsichtbares Hindernis geprallt. Der mächtige Leib zuckte und krampfte, mit viel zu hektischen Schwingenschlagen versuchte er, in die Luft zu entkommen. Silena erkannte schwarzes Blut, das ihm aus den Augen, den Ohren und dem Maul schwappte. Sämtliche inneren Gefäße mussten geplatzt sein.

Mit dem nächsten Glockenschlag explodierte der Schädel in einer Blutwolke, Spritzer flogen bis zum Turm; der Drachenkadaver stürzte ins Meer, wo er von den Fluten verschlungen wurde.

Etwas Schweres prallte gegen die Decke der Kathedrale, eine immense Erschütterung lief durch den Turm. Dreck und Staub rieselten auf Silena herab, und sie rannte nach unten. »Läutet weiter«, befahl sie den Männern. »Es sieht gut für uns aus.«

Sie begegnete Arsènie im Hauptschiff der Kathedrale. »Was ist mit den Drachen geschehen?«

»Sie sind beim zweiten Läuten … einfach gestorben«, sagte sie aufgeregt. »Einer ist über dem Meer niedergegangen, einer ist im Sterben auf die Kirche gestürzt, der andere aufs Dorf, und der vierte ist vor dem Tor auf dem Damm aufgeschlagen.«

»Das nächste Mal lasse ich sie früher läuten. Es wäre beinahe schiefgegangen.« Silena sah zur Decke, die einige kleinere Risse aufwies; vor den teilweise gesprungenen Fenstern an der Südseite lief eine schwarze, zähe Substanz herab. Drachenblut. »Aber es funktioniert.«

»Und wie.« Arsènie fuhr sich durch die nassen, weißblonden Haare. »Fürst Zadornov verlangt nach Ihnen am Tor. Es gibt Schwierigkeiten mit den Gargoyles. Sie scheinen seit dem Glockenläuten durchzudrehen und die Dörfler anzufallen.«

»Verflucht.« Silena rannte hinaus. »Gehen Sie ans Fenster und behalten Sie die Umgebung im Auge. Und die Glocke soll weiter geläutet werden.«

Arsènie nickte und lief zum Turm.

Silena kehrte zurück in den Sturm und den peitschenden Regen. Der Sprung ans Glockenseil hatte ihrer verletzten Schulter nicht gutgetan.

Von weitem sah sie, dass die Männer an der Mauer die Drachenanbeter nach wie vor in Schach hielten, auch wenn sie selbst einige Verluste erlitten hatten.

Ein toter weißer Drache lag quer über der Dammstraße, auch ihm hatte die Stimme des Engels den Kopf zerrissen und nichts als Fetzen übrig gelassen; Hautlappen hingen lose über dem gesprengten Schädelknochen, ein Auge baumelte am Sehnerv herab.

»Ihr seid zu töten wie jedes andere Ungeziefer auch«, murmelte Silena bei dem Anblick. Diese Glocke war immens wertvoll, und sicherlich würde das Officium Ansprüche darauf erheben, wenn der Kampf um die Insel und den Schädel entschieden war.

Sie hetzte die Treppe zu Grigorij hinauf, der sich einen Karabiner genommen hatte. »Eine schöne Vorstellung, Großmeisterin«, sagte er grinsend. »Obwohl ich befürchtet habe, dass das grüne Ungetüm durch die Decke der Kathedrale brechen könnte.« Er zeigte nach oben.

Der Kadaver hing aufgespießt auf den kleinen Ziertürmchen der Kathedrale und erinnerte von seiner Haltung her an eine Kreuzigung.

»Was ist mit den Gargoyles?«, verlangte Silena zu wissen.

»Ich habe sie rausgeschickt, um die Drachenanbeter im Nahkampf niederzumachen oder sie uns vor die Flinte zu treiben.« Er lachte. »Es funktioniert nicht schlecht. Und dass die Artillerie nicht mehr feuert, sehe ich als gutes Zeichen.«

Silena starrte ihn an. »Keine Schwierigkeiten mit ihnen?«

Grigorij sah sie verwundert an. »Nein. Wie kommen Sie darauf?«

»Geben Sie mir die Luger zurück.« Sie hielt die offene Hand hin. »Ich muss eine Französin erschießen.« Ohne ein Wort reichte er sie ihr, und Silena eilte die Stufen hinab und hastete zur Kathedrale.

»Warten Sie!« Grigorij folgte ihr.

Arsènie nickte den Männern zu, die im Turm standen und unablässig das Glockenseil bedienten, ging an ihnen vorbei und nahm die schmale Treppe, die nach oben führte. Dabei riss sie ihr Taschentuch entzwei, knüllte die Fetzen zusammen und schob sie sich in die Ohren. Sie hatte keine Lust, taub zu werden.

Bald darauf erreichte sie die Etage, in der sich die Glocken und allen voran das gewaltige Geläut befand, das Drachen mit einem einzigen Schlag zu töten vermochte. Langsam pendelte die Stimme des Erzengels hin und her, und trotz der Stopfen im Ohr vernahm sie die Töne noch immer sehr laut, von den Schwingungen im Körper ganz zu schweigen.

Arsènie konzentrierte sich und hob beide Arme, die Handflächen waren aufgerichtet. Ein weißer und ein dunkler Strom Ektoplasma jagten aus ihnen hervor und griffen nach dem Klöppel.

Unvermittelt wurde sie von einem Schatten angesprungen und zu Boden gerissen. Sie musste den Zauber unterbrechen, um sich gegen den Angreifer zu wehren.

Über ihr ragte der dreiköpfige Gargoyle auf, die Mäuler weit geöffnet. Geifer floss über die Lefzen auf ihr Gesicht.

»Du Missgeburt wirst mich nicht aufhalten!« Arsènie setzte einen Plasmastoß frei und traf in den mittleren der Schädel, der daraufhin Risse bekam und zersprang.

Doch der Gargoyle ließ sich dadurch nicht aufhalten. Er schnappte mit den verbliebenen Mäulern nach ihr, und sie schaffte es gerade noch, eine Barriere knapp vor ihre Kehle zu legen, sonst wäre ihr Hals zerfleischt worden.

Arsènie fand es anstrengender als sonst. Vielleicht lag es daran, dass sie ungewöhnlich oft auf ihre Kräfte zurückgriff, aber jedenfalls stellte sie der Kampf auf eine harte Probe.

Der Gargoyle stemmte sich mit aller Macht gegen das Hindernis, die scharfen Klauen zerfetzten ihre Kleidung und hinterließen tiefe Furchen in ihrer weichen, weißen Haut; Blut quoll hervor und bildete einen starken Kontrast.

Die Schmerzen wirkten anfeuernd auf Arsènie. Sie sandte schreiend einen weiteren dunklen und hellen Strahl aus ihren Händen gegen die Kreatur und traf beide Häupter gleichzeitig. Sie verwandelten sich auf der Stelle in Staub, der vom Wind weggetragen wurde. Der Kadaver fiel auf sie und wurde zu Stein.

»Runter von mir«, ächzte sie und schob die Überreste zur Seite, zog sich auf die Beine und betastete den verletzten Bauch. Die Wunden brannten feuergleich, ihre Bluse bestand nur noch aus Fetzen, und um ein Haar wäre auch der teure rote Büstenhalter beschädigt worden. »Verdammtes Vieh.«

Arsènie riss sich zusammen und mobilisierte erneut das Ektoplasma, packte den Klöppel. Mit einer ruckartigen Bewegung riss sie ihn durch ihre Kräfte aus der Verankerung in der Glocke. Das Dröhnen endete, der Engel hatte seine Sprache verloren.

Sie ließ den Klöppel zu sich heranschweben und sah, dass sie Cyranos leise gesprochene Andeutung richtig gedeutet hatte: Oberhalb der Verdickung, mit der er gegen die Innenwand der Glocke schlug, war ein Schädel mit einer Schnur festgebunden worden.

Arsènie senkte den Schwengel auf den Boden und löste die Schnur, nahm den Schädel an sich und fuhr mit dem Zeigefinger über die Augenpartie, die Nase, die Zähne bis zum Kinn. »Habe ich dich, Aubert.«

Sie sandte einen weißen Strahl Ektoplasma gegen die Halterung der gewaltigen Glocke. Knirschend gaben die Bolzen, das Holz und das Metall nach. Die Glocke schoss in die Tiefe, stürzte den Turm hinunter und durchschlug die verschiedenen hölzernen Zwischendecken. Sie zerstörte den Treppenaufgang, prallte klingend gegen die Wände, bis sie am Boden aufschlug und mit einem Scheppern zerschellte. Schreie von Männern gellten auf.

Arsènie ließ die restlichen Glocken folgen und hoffte auf größtmögliche Zerstörung und Opfer. »Auch das war recht einfach.« Sie wandte sich nach Norden, schaute in die Gewitterwolken. *Ich habe meinen Teil erfüllt, nun erfülle deinen.*

Du hast zu spät eingegriffen. Ich habe vier meiner Gefolgsleute verloren, bekam sie zur Antwort.

Es ging nicht früher. Ich habe den Schädel. Halte dein Wort und mach mich zur Impériatrice, wie ich es mir gewünscht habe.

Sicher, Arsènie. Wir beide sind unschlagbar. Und ich bin immer noch sehr glücklich, dass du zur Vernunft gekommen bist, auch wenn ich nach deinem Angriff auf mich zuerst Bedenken hegte.

Ich war durcheinander, wiegelte sie die Attacke auf dem Saint Michael's Mount herab. *Jetzt erscheine und bringe mich von hier fort. Danach mache mit dem Mont-Saint-Michel, was immer du möchtest.*

Spring, Arsènie, Impériatrice der Alten Welt.

Sie stutzte. *Ich soll* was *tun?*

Spring. Es ist einfach. Ich will sehen, ob du mir vertraust.

Natürlich vertraute Arsènie dem Drachen nicht, aber sie hatte keine andere Wahl, um von der Insel und der Kathedrale zu entkommen. Sie stellte sich auf den Fenstersims, packte den Schädel fest mit beiden Händen und stieß sich ab.

Sie fiel wie ein Stein, die Wand huschte an ihr vorbei, und Arsènie konnte sich nicht dagegen sträuben, einen schrillen Schrei auszustoßen. Die Empfindungen waren zu gewaltig.

Die Luft verwirbelte um sie herum. Ein lang gestreckter Körper schoss unter ihr durch, und sie prallte gegen einen Rücken aus schwarzen Drachenschuppen.

Ihr Sturz hatte ein Ende gefunden.

Silena und Grigorij hatten die Kathedrale fast erreicht, da sahen sie, wie eine Frauengestalt aus dem Turm sprang.

»Um Himmels willen! Das ist Arsènie!« Grigorij blieb stehen. »Was tut sie da?«

Da tauchte der sechsköpfige schwarze Drache aus den Wolken über der Kirche auf. Die Schwingen lagen eng an den Leib gepresst, und er stürzte sich wie ein Raubvogel auf die Frau.

»Mandrake«, fluchte Silena.

Anstatt sie mit einem seiner Mäuler zu schnappen, tauchte er unter ihr hindurch und fing sie auf, bevor sie gegen den Fels prallte. Es gelang ihr, Halt auf dem Rücken der Kreatur zu finden, und der Drache zog sofort wieder nach oben in Richtung Wolken; dabei stieß er einen triumphalen Schrei aus.

»Sie hat uns verraten, Fürst«, sagte Silena bitter. »Und ich habe ihr sogar noch alles abgekauft, was sie uns an Lügen auftischte.«

Grigorij weigerte sich offensichtlich, an die Schuld der Französin zu glauben. »Er wird sie mit seinen Drachenfähigkeiten gezwungen haben, Großmeisterin.« Überzeugt klang er nicht.

»Sie wird sich mit seiner Hilfe einen Wunsch erfüllen: Herrscherin zu sein. Und sie ist in ihrer Überheblichkeit nicht in der Lage zu erkennen, dass er sie nur benutzt, so wie er es gerade benötigt.« Silena schaute hinunter zum Damm. Die Gargoyles sprangen zwischen den Lastwagen umher und suchten nach überlebenden Drachenanbetern, während die Männer auf der Mauer sich erhoben hatten und zur Kathedrale blickten.

Ihre Schlacht hatten sie gewonnen – allerdings ergab der Sieg keinen Sinn mehr. Die eigentliche Entscheidung war zu Gunsten des Feindes gefallen.

Der schwarze Drache verschwand vor dem dunklen Horizont. Dafür tauchten drei weitere Flugdrachen auf, zwei dunkelgelbe und ein violettfarbener, alle höchstens vier Meter lang.

Gefährlich waren sie dennoch. Die Einender stießen von verschiedenen Seiten auf den Mont herab und überzogen alles, was sie fanden, bei ihrem ersten Überflug mit Feuer.

Gelb, blau und grün schlugen die Flammen aus den Mäulern, setzten Häuser in Brand und vernichteten einen Großteil der Tapferen am Eingang zum Dörfchen; zu allem Überfluss wand sich ein großer, tiefseeblauer Wasserdrache aus den Fluten und kroch blitzschnell auf das Tor zu.

»Großmeisterin, Cyrano und die Gargoyles kehren zurück!« Grigorij zog den Kopf ein, als der violettfarbene Drache über sie hinwegflog und sich einen Bewohner, der ein Stückchen weiter oben durch die Gasse gerannt war, mit einer schnellen Bewegung schnappte. Er hörte das Brechen der Knochen, und der Schrei des Mannes endete. Gleich darauf folgten die schwingenbewehrten Gargoyles und setzten ihm nach.

»Damit bleiben die beiden gelben für uns, Fürst.« Silena zog ihren Säbel. »Fangen wir an.«

»Und wie?« Er bekreuzigte sich nach der Art der Orthodoxgläubigen. »Ich unterstütze Sie gern, wenn ich wüsste, dass wir Aussichten auf einen Erfolg haben.«

»Dann begleiten Sie mich auf das nächste Dach.« Sie eilte auf ein Haus zu, das dem Feuer entkommen war.

»Und dann?«

»Die Dämonen haben offensichtlich Hunger. Und wenn Sie sich denen als Happen anbieten, werden sie unvorsichtig sein.« Silena stürmte hinein, vorbei an den verängstigten Bewohnern, und erklomm die Stufen hinauf zum Dach.

»Wie kommen Sie darauf, dass es sich so verhält?«

»Es sind kleine Drachen. Sie sind nicht mehr als Fressmaschinen ohne Verstand.« Sie stieß die Luke auf und schwang sich hinaus. »Um den Seedrachen mache ich mir mehr Sorgen. Er sieht erfahren aus.« Silena duckte sich hinter einen Kamin und deutete auf den First. »Da hinauf, Fürst.«

Er kletterte ins Freie. »Und was tue ich, wenn einer kommt?«

»Rufen Sie und lassen sich fallen. Den Rest erledigen ich und mein Schwert. Wenn sie im Tiefflug kommen, ist ihr Bauch ungeschützt. Die Schuppen haben ihren vollen Härtegrad noch nicht erreicht.«

Grigorij zuckte zusammen, als einer der gelben Drachen mit seinen Hinterläufen ein Hausdach zerschlug und den Kopf hineinsteckte. Laute Schreie erklangen, die bald danach endeten; als der Drache seinen Schädel hob, war er vollständig von Menschenblut bedeckt, die Kiefer zermalmten die Knochen des Opfers, und ein Unterarm hing seitlich aus dem Maul. Durch die Kaubewegungen hüpfte er auf und ab und erweckte den Eindruck, als winke der Tote. »Das gefällt mir nicht«, brummte der Fürst und zeigte sich dem Drachen.

Die kleinen Augen richteten sich auf ihn, und das Wesen stieß einen Schrei aus. Zwischen den langen, spitzen Zähnen sah Grigorij die Überreste eines Kinderkopfes. Dann drückte sich der Drache ab und kam im Segelflug auf ihn zu.

Der Russe nahm all seinen Mut zusammen, hob den Karabiner und schoss nach ihm. Die Kugel traf in das rechte Auge, und der Drache kreischte auf. Der Glaskörper war tatsächlich geplatzt. »Ich habe ihn erwischt!«, jubelte er und lud nach. Dabei vergaß er völllig, dass er sich fallen lassen sollte.

Silena ahnte, dass Grigorij das Jagdfieber gepackt hatte. Sie hörte das Rauschen der Flügel und sprang hinter ihrer Deckung auf. »Weg, Fürst!« Sie stieß ihn zur Seite, er geriet aus dem Gleichgewicht und schlitterte das Dach hinab, ehe er in die Luke stürzte. Dadurch verfehlten ihn die langen, scharfen Klauen um eine Handbreit.

Silena gelang das Kunststück, genau zwischen den Hinterläufen des Drachen zu stehen. Sie packte den Schwertgriff mit beiden Händen und hielt ihn senkrecht nach oben, stemmte sich mit den Stiefeln gegen den First und hoffte, dass die Ziegel hielten oder sie auf der nassen Oberfläche den Halt nicht verlor.

Die Schneide drang in den hinteren Teil des Unterleibs ein und schlitzte ihn bis zum After auf; rosafarbene, braune und grüne Gedärme quollen aus dem Schnitt und verfingen sich am Kaminschlot des nächsten Hauses und am Giebel.

Der Drache brüllte grässlich und schlug mit den Schwingen, als könne er den Schmerzen an seinem Unterleib entkommen, doch damit riss er sich noch mehr Innereien heraus, die sich über zwei Hausdächer verteilten. Sterbend stürzte er vor der Stadtmauer ab.

Gelbliche Schwaden stiegen auf, wo sich die Mägen des Drachen fanden. Die Säure ätzte sich durch den Stein und würde sich bis zu den Grundmauern fressen. Silena erinnerte sich daran, dass einige Exemplare diese Säure auch speien und als Waffe einsetzen konnten.

»Haben wir es geschafft, Großmeisterin?« Grigorijs Kopf erschien in der Luke, er hatte eine Platzwunde an der Stirn. »Ich hätte mich ungern sinnlos verletzt.«

»Wir haben einen erledigt, Fürst.« Sie winkte ihm zu. »Kommen Sie. Das machen wir gleich noch einmal.« Ihr Blick wanderte nach rechts, und sie erkannte, dass sich weitere Fahrzeuge auf dem Damm näherten, trotz des hohen Wellengangs. »Noch mehr Drachenanbeter!«

»Vorsicht, hinter Ihnen!«, hörte sie den Fürsten schreien, und im nächsten Moment wurde sie gepackt. Das Dach fiel unter ihr zurück, sie stieg und stieg, während der Mont-Saint-Michel immer kleiner wurde.

Silena sah nach oben und erkannte den violettfarbenen Drachen, der mit weit geöffnetem Maul nach ihrem Kopf schnappte.

XXII.

»Drachentöter haben etwas Enervierendes. Die meisten von ihnen kleiden sich wie Gentlemen, geben Geld aus wie Könige und benehmen sich wie Ferkel. Das Schlimme ist, dass ich ihre Rechnungen bezahlen darf.«

Königin Viktoria die Zweite,
Herrscherin des British Empire

26. Januar 1925, Avranches (Normandie), Königreich Frankreich

Silenas Instinkte und ihre Ausbildung halfen ihr.

Anstatt sich zu ducken, stieß sie das Schwert tief in den Rachen des Drachen, der sofort zurückwich. Schwarzes Blut lief ihm aus dem Maul, dann öffnete er einfach seine Klaue und ließ die widerspenstige Beute fallen.

Silena raste der Erde entgegen und fiel mit den Regentropfen um die Wette.

Das Dach der Kathedrale wuchs, sie konnte den Kadaver des großen, darauf liegenden Drachen in allen Einzelheiten erkennen. Sie schätzte, dass sie dicht neben ihm aufschlug. Seltsamerweise dachte sie daran, dass sie im Flugzeug immer einen Fallschirm trug. Er hätte ihr in diesem Fall das Leben gerettet.

»Ich habe dich«, rief jemand, und schon wurde sie wieder gepackt, dieses Mal jedoch unter den Achseln hindurch. Zwei Arme verschränkten sich über ihrer Brust, und aus dem senkrechten Fall wurde ein gezieltes Gleiten.

Silena musste sich nicht umdrehen, um zu wissen, dass es sich bei ihrem Retter um Cyrano handelte. Der Eindruck, den sie vom kurzen Flug mit ihm bekam, war unvergesslich, denn er stellte alles, was sie in einem Flugzeug erlebte, in den Schatten. Sie vergaß sogar die Schmerzen in der Schulter und im Rücken.

Es kam ihr vor, als hätte sie selbst Flügel. Weder gab es störende Motorengeräusche noch eine Windschutzscheibe, sirrende Spanndrähte und das Flattern des Stoffes. Alles, was sie hörte, waren das Pfeifen des Sturms und das Grollen des Donners. Sie beneidete den Gargoyle, der keine Maschine brauchte, um sich emporzuschwingen.

»Wir haben ihn gleich, und danach kümmern wir uns um den Seedrachen«, sagte Cyrano. »Die Laster auf dem Damm sind deine Leute. Sie haben die Abzeichen des Officiums auf ihren Mänteln.«

»Dann waren sie schneller als angekündigt.«

»Eine Falle, um uns glauben zu machen, es sei Verstärkung?«, meinte er warnend.

Silena deutete auf den Damm. »Flieg mich hin. Ich kenne viele Drachentöter, also kann ich leicht herausfinden, ob es sich um einen Schwindel handelt oder nicht.«

Cyrano beschrieb eine harte Rechtskurve, die ein Flugzeug unmöglich hätte fliegen können. Es stimmte schon: Die Gargoyles waren die vollendeten Drachenjäger.

Sie verfolgte, wie zwei andere geflügelte Wasserspeier den violettfarbenen Drachen in der Luft angriffen. Einer stürzte sich von oben auf seinen Rücken und riss ihm einen Flügel aus, und aus dem Flug des Drachen wurde ein Trudeln. Der Zweite hatte eine der eisernen Türmchenverzierungen der Kathedrale abgerissen und rammte sie dem Drachen seitlich durch die Schnauze, als dieser nach dem ersten Gargoyle schnappen wollte.

Brüllend bäumte sich der Drache auf und versuchte, seinen Sturz abzufangen, aber es gelang ihm nicht. Mit einem letzten grünen Flammenstrahl, den er den beiden in sicherer Entfernung fliegenden Gargoyles hinterher sandte, krachte er gegen die Felswand unterhalb des Klosters und zerschmetterte sich den Hals und die Brust. Sodann rutschte er auf die untere Befestigungsanlage und fiel ins Meer.

Die Gargoyles kümmerten sich um den letzten der gelben Drachen, der sich mit Feuer zur Wehr setzte.

Silena hatte inzwischen den Damm erreicht und wies Cyrano an, knapp über die Lastwagen hinwegzufliegen. Sie hatte sich als Kind immer ausgemalt, an den bunten Drachen aus Papier zu hängen, die im Herbst über den Stoppelfeldern standen und im Wind tanzten. Genauso fühlte es sich nun an.

Schon der erste Überflug brachte die beruhigende Gewissheit, dass es sich um Unterstützung und nicht um neue Gegner handelte. Sie winkte den Drachentötern zu, und es waren vorneweg mindestens zehn aus drei verschiedenen Heiligenlinien, wie man an den Abzeichen und der Bewaffnung erkannte. Jetzt gab es für den Seedrachen kein Entkommen mehr.

Auch wenn es dunkel war und das Meer rings um den Damm wogte und sich mit Gewalt gegen die Befestigung warf, glaubte sie einen Schatten unter der Oberfläche gesehen zu haben. »Zurück«, wies sie Cyrano an. »Mehr nach rechts.«

Sie ließ den Gargoyle über der Stelle kreisen und machte die Kolonne aufmerksam. Ein Suchscheinwerfer auf einem der Lastwagen flammte auf und beleuchtete das Meer. Er enthüllte der entsetzten Drachentöterin einen zweiten Drachen, der mit enormer Geschwindigkeit wie ein Torpedo unter der Wasseroberfläche entlangschoss und genau auf den Damm zuhielt.

»Flieg mich rüber zu ihnen. Ich muss sie vor dem Ding warnen«, rief sie Cyrano zu und winkte mit den Armen, um auf sich aufmerksam zu machen.

In dem Augenblick sprang der Drache. Der gewaltige, stromlinienförmige Schädel brach zwischen den Wellen hervor, das Maul öffnete sich und setzte im Flug vernichtendes weißes Feuer frei, das die hinteren drei Lastwagen der Kolonne erfasste und sofort in Brand steckte. Die sich entzündenden Treibstoffdämpfe sorgten dafür, dass der Tank des letzten Wagens in einer großen Verpuffung verging und eine zusätzliche Explosionswolke schuf.

Der Wasserdrache stand wie ein Rundbogen über dem Damm, ehe er wieder vollständig ins Meer eintauchte und verschwand, als hätte es ihn niemals gegeben.

»Eine Falle für das Officium.« Cyrano hielt Abstand zu den Fahrzeugen. »Ich fürchte, er wird zurückkehren und einen zweiten Angriff wagen.«

Silena sah, dass die Drachentöter anhielten und Vorbereitungen trafen. Sie hatten nicht damit gerechnet, noch im Anmarsch attackiert zu werden, zudem es sich bei den zerstörten Fahrzeugen nicht um Wagen des Officiums handelte. Es mussten geliehene gewesen sein, vielleicht auch nur welche zur Ablenkung. »Es wird ihm nicht mehr gelingen.« Sie sah zu den ungeflügelten Gargoyles, die unschlüssig herumstanden und die Neuankömmlinge misstrauisch betrachteten. »Sie werden sich friedlich verhalten?«

»Solange ihr sie nicht angreift, ja.«

Die verbliebenen Lastwagen gaben Gas und hielten auf den kleinen Parkplatz zu.

Erst als sie das Tor erreicht hatten, erschien der zweite Drache erneut. Er hob den Kopf aus den Wellen und überschüttete die Wagen mit seinen Lohen. Aber die Aufbauten aus stabilem Eisen mit dem Überzug aus Drachenhaut hielten den Flammen stand und beschützten die Insassen vor dem Tod. Wütend brüllte der Drache und schlängelte sich an Land, um die Wagen mit seinen Kiefern zu knacken.

Bevor er sie erreichte, klappten die Seitenwände nach unten, und nahezu antik aussehende Katapulte beschossen ihn. Er schreckte zurück, als er die Holzspieße in sein Antlitz und in den Hals bekam. Dann öffnete er das Maul, um die Menschen ein weiteres Mal mit Feuer zu überziehen.

Da eilten zwei Drachentöter heran, ausgestattet mit Schildern und Speeren, und drangen auf ihn ein, während ein Dritter in einem merkwürdig anzusehenden gepanzerten Anzug erschien, der mehr an einen Tiefseetauchanzug erinnerte, und sich viel zu weit nach vorn wagte; auch er war bewaffnet, aber mit dem Schwert sah er eher hilflos als mutig aus.

»Das wird er wohl nicht überleben«, kommentierte Cyrano und setzte Silena auf ihren Wunsch hin vor dem Tor bei ihren Leuten ab.

»Geh und kümmere dich zusammen mit den anderen Gargoyles um den zweiten Wasserdrachen. Wenn ihr unsere Verbündeten sein wollt, muss das Officium sehen, dass ihr etwas taugt.«

Unterdessen hatte der Gepanzerte, dessen Ganzkörperharnisch aus einer glasähnlichen Substanz bestand, den Drachen erreicht – und wurde von ihm verschlungen, ohne mit der Waffe überhaupt zugeschlagen zu haben.

Cyrano flog lachend davon, und auch Silena grinste, wenngleich nicht aus Schadenfreude, sondern weil der Gargoyle die Lage falsch eingeschätzt hatte. Sie kannte Sebastian aus Berichten, nicht persönlich, aber er gehörte – wie einst die selige Martha – zu den Drachentötern, welche die Bestien von innen bekämpften und ihnen durch die Gedärme hindurch ein Ende bereiteten.

Der Drache machte sich indessen zu einem Angriff bereit. Der breite, kraftvolle Schlangenleib rollte sich wie eine Eisenfeder zusammen, die Spitze fegte heran, um die Männer von den Beinen zu wischen und sie ins Meer zu schleudern.

Unvermittelt stiegen graue Rauchschwaden zwischen den Schuppen im vorderen Drittel seines Körpers empor. Der Drache brüllte auf und fuhr herum, starrte auf die qualmende Stelle und kroch auf das Wasser zu, um sie zu kühlen. Laut zischte das Wasser; unvermittelt klaffte ein breites Loch in den Drachenschuppen, und darunter wurde verätzte Haut sichtbar. Hastig kroch er auf den Damm zurück und versuchte, auf ihm nach Avranches und weg von den Gegnern zu kriechen. Er kringelte sich wie ein Regenwurm und wurde bald von drei Drachentötern eingeholt, die ihn mit ihren Speeren zur Strecke brachten.

Die Zersetzung des Drachenleibs schritt weiter voran. Silena sah, wie Drachenschuppen, die Haut und das Fleisch darunter mit unglaublicher Geschwindigkeit aufgelöst wurden, bis nur noch das Knochengerüst übrig war.

Dahinter wurde ein Schutzanzug sichtbar, und der Drachentöter schlug sich mit dem Schwert den Weg in die Freiheit. Von der Gischt ließ er sich den Schmutz von seiner ungewöhnlichen Rüstung spülen; wieder zischte und qualmte es, als das Wasser mit ihm in Berührung kam. Es dauerte eine Weile, bis die Reaktion nachließ, dann nahm er den Helm ab und kehrte zum Wagen zurück, aus dem er gestiegen war. Der Wasserdrache war besiegt – durch eine Säure, die ihm von innen in die empfindlichen Gedärme geschüttet worden war.

Ein weiterer, dem Aussehen nach sehr erfahrener Drachentöter hatte sich in der Zwischenzeit genähert. Auch er trug eine Schuppenrüstung, und auf seinem Helm, den er unterm Arm trug, war ein weißes Kreuz mit einem daran genagelten Drachen gemalt worden. »Sie sind Großmeisterin Silena, wie ich sehe.« Die Blicke aus den klaren, graugrünen Augen waren gefühlslos. Als sie bejahte, fuhr er fort. »Mein Name ist Prokop. Berichten Sie mir in aller Kürze, was sich ereignet hat.«

Sie zweifelte nicht daran, dass er zum Officium gehörte, doch dass er ihr so vollkommen unbekannt war, sowohl vom Namen als auch vom Aussehen her, verblüffte sie. Eigentlich kannte sie jeden, zumindest die Älteren und Altgedienten, zu denen sie ihn zählte. Rasch fasste sie die Geschehnisse für ihn zusammen. »Und greifen Sie die Gargoyles nicht an. Sie sind unsere Verbündeten«, betonte sie.

Prokop lächelte sie an wie ein kleines Kind, mit dem man nachsichtig sein musste. »Kattla hat mich über alles in Kenntnis gesetzt, Großmeisterin. Ich weiß Bescheid.« Er gab Befehle, und die Truppe aus Drachentötern rückte durch das Tor in die engen Gassen von Mont-Saint-Michel vor.

Sie schaute zu den rauchenden Lastwagenwracks, die auf dem Damm standen und von dem tosenden Meer und seiner Gischt gelöscht wurden. »Wie viele Verluste haben wir erlitten?«

»Keinen einzigen, Großmeisterin. Aber Avranches benötigt einen neuen Bürgermeister, fürchte ich.« Prokop klang unbeeindruckt. »Wollen Sie uns begleiten oder der Flut beim Auflaufen zuschauen?«

Silena ahnte, warum er ihr zur Hilfe gesandt worden war: Er nannte den Leiter des Officiums beim Vornamen, und daraus schloss sie, dass es sich bei ihm um einen alten Freund des Erzbischofs handelte. Kattla wollte sicherstellen, dass alles so geschah, wie er es wollte, und nicht wie eine aufrührerische Großmeisterin. Ein gewisser Ruf war nicht immer von Vorteil.

Silena folgte der kleinen Gruppe in das Dörfchen, in dem es nichts mehr zu besiegen gab und das zum Großteil in Trümmern lag. Lediglich die Kathedrale erhob sich äußerlich unversehrt auf der Bergspitze und stellte den Drachenkadaver wie eine Trophäe aus.

Prokop winkte Silena zu sich. »Wir treffen uns im Lesesaal des Klosters, Großmeisterin. Bringen Sie Ihren Russen und die Wasserspeier mit. Ich möchte, dass wir uns über die weitere Vorgehensweise beraten, um den Weltenstein zu finden.« Er befahl den Fußtruppen, mit dem Ausschlachten der umherliegenden Drachenkadaver zu beginnen. »Es sieht nach einer Sturmflut aus, wir können die Insel ohnehin derzeit nicht verlassen.«

»Wir werden die Erlöse aus den Drachenkadavern benutzen, um den Menschen zu helfen, die ihre Häuser verloren haben, nehme ich an, Großmeister?«, fragte sie spitz, um keinen Zweifel daran zu lassen, wie sie die Sache sah. Sie mochte die Art des Mannes nicht, der sich wie ein Feldherr und nicht wie ein Gleichrangiger benahm.

Prokop pochte gegen die nächste Hauswand. »Das hier, Großmeisterin, ist französisches Territorialgebiet, und es handelte sich um einen unabwendbaren Einsatz gegen die Drachen gemäß dem Drachenvernichtungsgesetz Paragraf zwölf. Somit schicken wir die Rechnung an Charles den Unerreichten.« Er sah sie streng an. »Eines noch: Mein Titel ist Prior, nicht Großmeister.« Er ging zum Kadaver des violettfarbenen Drachen und betrachtete die Zähne.

Silena verstand die Welt nicht mehr. Prior – ein unmittelbarer Vertreter des Leiters vom Officium, das hatte es schon lange nicht mehr gegeben.

Sie hielt einen von den einfachen Soldaten aus den Drachentötereinheiten am Arm fest und nickte zu Prokop. »Können Sie mir sagen, wann er in das Amt des Priors berufen wurde?«

Der Soldat salutierte. »Kurz vor unserem Abmarsch, Großmeisterin. Er wird der Nachfolger von Erzbischof Kattla und ist sein Stellvertreter im Feld, wurde uns gesagt.«

»Danke. Sie können wegtreten.« Sie verfolgte Prokop, der den Eindruck eines reinen, nicht denkenden Kriegers machte und allein den Willen des Erzbischofs erfüllte, mit Blicken. Die Berufung des Mannes richtete sich eindeutig gegen sie. Nun gab es jemanden, dessen Anordnungen sie sich ohne zu zögern fügen musste. Keine Ausreden mehr am Telefon.

Fluchend machte sie sich auf den Weg zum Lesesaal.

26. Januar 1925, nahe des Galdhøpigg,
Hochgebirgsregion Jotunheimen, Königreich Norwegen

Grendelson lag im Eingang zu seiner Höhle, schaute in die Sonne und verspürte keine Lust mehr, neutral zu sein. Er fand es sehr schwer, sich ruhig zu verhalten. Bald müsste er es nicht mehr.

Er züngelte, suchte nach Gefahr oder Abwechslung in der Langeweile.

Schnee rieselte ihm von oben auf die Schnauze, überrascht hob er den Kopf. Gleich darauf sprang er fauchend auf die Beine und bereitete einen Flammenstoß vor: Auf dem Felsen über ihm saß ein merkwürdig anzuschauender Drache, der ihn aus orangefarbenen Augen betrachtete.

Er besaß den gewundenen, gut zehn Meter langen Leib eines Wurms, gleichzeitig vier Beine mit fünf Klauen und filigrane Schwingen; die Hornschuppen glänzten gleich poliertem Gold. Die Hörner erinnerten entfernt an ein Geweih, und zudem wirkte er auf Grendelson, als bestünde der Kopf aus einer Montage verschiedener Lebewesen. Allerdings wirkte er in seiner Gesamtheit nicht lächerlich, sondern eher erhaben, und nicht zuletzt verschafften ihm die Zähne enormen Respekt.

Ich werde dir zeigen, was es bedeutet, mir aufzulauern! Grendelson sprang den Unbekannten an, der unzweifelhaft zu den Asiaten gehörte. Anscheinend hatte der Krieg bereits begonnen.

Ich habe dir nicht aufgelauert. Der goldene Drache wich dem Angriff aus und schlang sich um Grendelsons Leib. *Die Menschen meiner Heimat nennen mich Nie-Lung.* Zwei prankenähnliche Hände legten sich um die Schnauze und drückten die Kiefer des Gegners zusammen, damit er nicht gebissen wurde. *Ich möchte mit dir sprechen und nicht gefressen werden.*

Grendelson stieß sich ab und ließ sich den Hang hinabrutschen; er zog den Drachen einfach mit sich. *Ihr werdet meine Länder nicht so einfach bekommen.* Er spürte, dass der Asiate ihm an Kraft und Gewicht unterlegen war, auch wenn er seine Flinkheit bewundern musste.

Sie rollten weiter und weiter; um sie herum geriet der Schnee in Bewegung, große Flächen rutschten ab und begleiteten sie auf dem Weg nach unten, bis sich die ringenden Drachen im Mittelpunkt einer immensen Lawine befanden. Umschlossen vom Weiß, eingehüllt in funkelnde Schneewolken rasten sie talwärts.

Das Gewicht, das die Naturgewalt auf beide ausübte, nahm zu und wurde allmählich auch für die gigantischen Wesen bedrohlich. Grendelson stieß sich von Nie-Lung ab und legte sich wie ein Fisch in die Strömung, schwamm mit dem Schnee und ließ sich an die Oberfläche treiben, wo er endlich nach Atem ringen konnte.

Ein breiter Felsvorsprung tauchte vor ihm auf und teilte die Lawine, das Weiß brach sich daran und sprühte viele Meter gleich einem Geysir in die Höhe.

Grendelson gelang es, sich dahinter zu schieben und die Schneemassen an sich vorbeitreiben zu lassen, ohne dem malmenden Druck ausgesetzt zu sein.

Endlich ließ das Rumpeln nach, die Lawine verebbte.

Du trauerst der Zeit nach, als deine Wikinger die halbe Welt erobert hatten, doch dann ging es mit deinem Einfluss bergab. Skandinavien spielt keine große Rolle im Konzert der Mächtigen, und weil du dir deiner geringen Stärke bewusst warst, hast du dich aus dem Weltkrieg herausgehalten, vernahm er Nie-Lungs einlullende Stimme in seinem Verstand. *Norwegen, Dänemark und Schweden waren schwach genug, man musste sie nicht unnötig durch ein Kriegsunterfangen in den Staub treten. Habe ich Recht?*

Schade, dass du überlebt hast. Grendelson schwang sich auf den Felsbrocken und überblickte das weiße Meer um sich herum. *Zeig dich, und ich fetze dich in Stücke!*

Es ist gut für dich, dass ich noch lebe. Ich weiß, dass der Germane einen Aufstand gegen Vouivre anzettelt. Aber weder er, Ddraig, Vouivre noch der abtrünnige Gorynytsch kennen dein Geheimnis. Grönland ist der Schlüssel gewesen, wisperte es.

Nichts von alledem stimmt, grollte Grendelson und konnte sein Erschrecken schwer verbergen. Denn leider stimmte alles, was der Asiate von sich gab. Er wurde sich klar, dass er nicht als Erster von den Altvorderen das Opfer eines Angriffs geworden war, sondern dass sich etwas Größeres anbahnte. Ob es besser wurde, wusste er noch nicht.

Urplötzlich detonierte die Schneedecke neben ihm, der Schlangenleib schoss hervor und fegte ihn von seinem Aussichtspunkt.

Kaum landete er im Schnee, war Nie-Lung über ihm und drückte ihn mit seinen vier Pranken nieder, so gut es ihm möglich war. *Der Schlüssel für die schleichende, heimliche und bald abgeschlossene Eroberung Kanadas. Der gesamte Norden, von der West- bis zur Ostküste, ist bereits von deinen Vertrauten unterwandert.*

Grendelson stieß mit dem Kopf zu und brachte den Asiaten dazu, von ihm abzulassen. *Woher willst du das wissen?*

Nie-Lung lachte und versetzte ihm einen weiteren Hieb mit dem Schweif, der die vor langer Zeit verwundete Stelle in seiner Seite traf. Die Narbe schmerzte immer noch, wütend zischte Grendelson. *Ich weiß es. Und ich biete dir einmalig ein Abkommen an.* Der Drache versank im Schnee, als wäre es Treibsand, und verbarg sich wieder.

Es stimmt. Vouivre mit seinen Franzosen, Ddraig mit ihren Briten – sie sind alle gescheitert und halten sich nicht auf Dauer in dem Land. Grendelson verließ den viel zu weichen Schnee und begab sich auf eine Felsgruppe. Hier konnte er nicht von unten angegriffen werden.

Du hast vor einigen Jahren einen Generalstreik in Winnipeg angezettelt und für den Sieg der Liberalen Partei bei den Parlamentswahlen 1921 gesorgt. Premierminister Mackenzie King führt das Land nach und nach in die Souveränität, wie du es möchtest, sagte Nie-Lung aus seinem Versteck heraus.

Nicht mehr lange, und die Unterordnung des kanadischen Parlaments unter britische Institutionen ist endgültig beseitigt. Dann ist Kanada mein, und du, lass deine Klauen davon!

Nie-Lung grub sich aus dem Schnee und verharrte in vier Meter Entfernung von ihm, sein Leib blinkte wie massives Gold. *Dagegen habe ich auch nichts. Allerdings möchte ich dafür dein Wort, dass die Vereinigten Staaten von dir unbehelligt bleiben.*

Grendelson wurde hellhörig. Darum ging es dem Asiaten – hatte er die Macht entdeckt, welche die USA in Wirklichkeit leiteten? *Weswegen sollte ich darauf eingehen?*

Weil ich dich in Kanada in Ruhe lassen werde. Andernfalls müsste ich dich erneut besuchen, und am Ende lägest du tot in deiner Höhle, Grendelson. Nie-Lung sprach noch immer freundlich. *Bleibe in Kanada und erfreue dich an der neuen Macht, die du mit Vouivres Tod erhältst. Alles andere bringt dir Unheil.* Der goldene Drache breitete die Schwingen aus, schüttelte den Schnee ab. *Und sollte es wegen Gorynytsch tatsächlich zu einem Krieg kommen, werde ich Skandinavien verschonen. Ein besseres Angebot kannst du nicht erwarten.*

Verschwinde!

Nie-Lung rollte mit den Augen und schnüffelte. *Halte dich von Amerika fern, oder die anderen von deiner Sorte werden das kleine kanadische Geheimnis erfahren. Danach wärst du der Nächste, der durch eine Intrige stürzen würde.* Er erhob sich mit schnellen Schlägen in die Luft, rollte und wirbelte um die eigene Achse und verdrehte den Leib, wie es Grendelson bei keinem Flugdrachen zuvor gesehen hatte. Schon schwang er sich weiter hinauf und war bald nichts weiter als ein gleißendes Leuchten zwischen den Wolken, ehe Grendelson ihn ganz aus den Augen verlor.

Nachdenklich betrachtete er die Kratzer, welche die fünf Klauen auf seinem Panzer hinterlassen hatten. Er würde es wohl in einigen Jahren auf einen Versuch ankommen lassen. Niemand drohte ihm! Schon gar nicht ein Leichtgewicht wie Nie-Lung.

26. Januar 1925, Avranches (Normandie), Königreich Frankreich

Grigorij schaute auf das karge Mahl, das ihnen gebracht worden war: eine warme Suppe mit Fischeinlage, dazu etwas Brot und Käse. »Dieser Prior ist also so etwas wie ein Feldherr, dem sich alle anderen Drachenheiligen unterordnen müssen. Das habe ich richtig verstanden?«

»Ja, Fürst. Leider.« Silena löffelte ihre Suppe, die ausgezeichnet schmeckte. Prokop hatte sich noch nicht blicken lassen, er organisierte die Aufteilung der Ausbeute. Mit dem Geld, das sich durch den Verkauf verdienen ließ, waren die Kosten für die nächsten Jahre des Officiums gedeckt. »Eine solche Einberufung geschieht nur in besonderen Ausnahmefällen, wenn es im Verband gegen einen besonders mächtigen Drachen oder eine ganze Drachenplage geht.«

»Für mich klingt es vernünftig. Einer muss den Überblick behalten. Bei den Militärs gibt es auch Generale, die eine Schlacht koordinieren. Weswegen sollte es bei Ihnen anders sein?« Er kaute, spürte mit der Zunge eine Gräte auf und entfernte sie mit Daumen und Zeigefinger aus dem Mund.

»Im Prinzip gebe ich Ihnen Recht, Fürst.« Silena seufzte und gestand sich ein, dass sie die Sache zu persönlich nahm. Sie suchte Halt bei ihrer Münze und schickte sie zwischen ihren Fingern auf Wanderschaft.

Grigorij sah sie an, und die blauen Augen sogen ihr die Gedanken aus dem Verstand; rasch wich sie dem Blick aus. »Aber Sie verstehen es als Maßregelung. Oder als Strafe dafür, dass es Ihnen nicht gelungen ist, den schwarzen Drachen zu stellen oder zumindest den Schädel zu beschützen«, sagte er ihr auf den Kopf zu.

»Ja.« Sie schob sich einen Bissen Brot in den Mund und kaute auf der Kruste herum, als seien es die Selbstvorwürfe. »Ich kann es dem Erzbischof auch nicht verdenken. Ich habe im Grunde unentwegt versagt. Von Anfang an.«

»Na, na. Das ist schon etwas zu hart, meinen Sie nicht?«

»Nein, meine ich nicht, Fürst. Nichts von dem, was mir aufgetragen wurde, konnte ich erfüllen.« Silena wünschte sich zum ersten Mal in ihrem Leben, eine Flasche Wein für sich allein zu haben und sich zu betrinken, um an nichts mehr denken zu müssen. Jedenfalls berichteten genügend Soldaten aus ihrer Einheit von dieser Wirkung. Sie sah neidisch auf das Glas neben dem Russen, in dem rubinroter Wein schimmerte.

»Andererseits wüsste das Officium doch gar nichts von den Gargoyles, der Verschwörung der Drachen, dem Weltenstein und dem bevorstehenden Krieg mit dem Osten. Ganz zu schweigen von einer möglichen Apokalypse.« Grigorij hob sein Glas und leerte es in einem Zug. »Ohne Sie, Großmeisterin, wäre die Welt jetzt schon verloren.«

Sie lächelte ihm dankbar zu. »Ohne Sie, Fürst. Sie waren es, der mich mit dem irrwitzigen Anliegen aufsuchte und mich erst auf die wahre Gefahr aufmerksam machte.«

Er verneigte sich und warf die schwarze, lockige Haarsträhne wieder zurück über die Schulter. »Dann hat die Welt doch immerhin zwei Menschen, die sie nach abgewendeter Katastrophe feiern kann.« Er lachte auf seine sehr sympathische Art, und Silena fühlte sich gleich wieder etwas wohler. Sie erlaubte es sich, die Wirkung dieses Mannes auf sich zu spüren, und betrachtete ihn. »Meine Güte, Großmeisterin. Sie haben mich für einen Spinner gehalten, als ich Ihnen im Restaurant gegenübersaß, oder?«

Silena überlegte, wie sie diplomatisch antworten konnte, doch das Grinsen des Russen brachte sie zum Lachen. »Sie haben Recht. Aber ich …«

Die Tür wurde ohne ein höflich warnendes Klopfen aufgerissen, und Prior Prokop trat ein. Er trug noch immer eine Rüstung aus

Drachenhaut, darunter eine Soldatenuniform in Schwarz. Hinter ihm erschienen zwei Bewaffnete, die Karabiner in den Händen hielten, und ein Adjutant. »Guten Tag.« Er blieb vor einem freien Stuhl am Tisch stehen und sah Silena abwartend an.

Es dauerte etwas, bis sie verstand, warum er stumm verharrte. Ihr blieb nichts anderes übrig, als sich zu erheben und militärisch zu grüßen; dass er darauf bestand, zeigte ihr, wie ernst er sein Amt nahm. Zumindest ihr gegenüber. Der Erzbischof musste ihn entsprechend instruiert haben.

»Danke. Sie können Platz nehmen, Großmeisterin.« Prokop bedachte den sitzenden Grigorij mit einem herablassenden Blick. »Sie auch.«

»Danke. Ich stehe ungern«, erwiderte er nonchalant. »Suppe?« Er deutete auf die große Schüssel und die leeren Teller.

Prokop hob den Finger, und sofort eilte sein Adjutant herbei, um ihm zu servieren. Silena wusste spätestens jetzt: Er war einer von den Drachentötern, die erstens eingebildet und zweitens auch noch stolz darauf waren. Einer, der sich für etwas Besseres hielt. »Wir haben die Biester zerlegt und werden neue Lastwagen aus Avranches und der Umgebung herbeischaffen lassen, die uns die Einzelteile zum nächsten Bahnhof bringen. Das wird den Kämmerer des Officiums freuen.« Er kostete von der Suppe. »Nun möchte ich einen Bericht über die Vorgänge der letzten Stunden. In allen Einzelheiten.« Prokop zeigte mit dem Löffel auf den Fürsten. »Und danach von Ihnen.«

Grigorij bleckte die Zähne, die vom Rotwein leicht eingefärbt waren. »Damit Sie wissen, mit wem Sie es zu tun haben, da Sie es anscheinend vergessen haben, werter Prior: Ich bin Grigorij Wadim Basilius Zadornov, ein Knjaz und damit ein Fürst, keiner Ihrer Soldaten, die Sie anbrüllen können, kein Adjutant, der Ihnen den Arsch abwischt, wenn Ihnen danach ist, und kein Drachentöter, dem Sie Befehle erteilen können.« Er deutete an sich herunter. »Und durch meine Vision, Prior, die ich dem Officium mitteilte, sind Sie erst zum Prior geworden. Sollte mir Ihr Ton nicht gefallen, werde ich jedwede Kooperation mit Ihnen einstellen und ausschließlich mit ihr sprechen.« Er zeigte auf Silena. »Das wäre alles.«

Prokop riss eine Scheibe Brot auseinander und schien sich zu wünschen, das Rückgrat des Hellsehers zwischen den Fingern zu haben. »Danke für die überflüssige Belehrung, Fürst. Ich werde mich Ihrer Worte bei passender Gelegenheit erinnern«, versprach er mehrdeutig, dann nickte er Silena zu, und sie begann zu erzählen. Anschließend berichtete auch Grigorij von seinen Erlebnissen.

Prokop vernahm die Berichte schweigend, sein Adjutant notierte eifrig mit. »Das bedeutet, dass der Teufel in Menschengestalt, der auf den Namen Gorynytsch hört, sowohl das Artefakt als auch die Reliquie des Aubert besitzt, wir aber keine Ahnung haben, wohin er damit geflogen sein kann?«, fasste er zusammen. »Dazu kommt, dass sich die Spiritistin auf seine Seite geschlagen hat.«

»Wir können jetzt gern den Begriff Magierin gebrauchen, Prior«, warf Grigorij ein. »Was wir gesehen haben, lässt durchaus den Schluss zu, dass es diese übernatürlichen Kräfte gibt.«

»Was auch immer«, kanzelte ihn Prokop ab.

»Können wir die Theben … Was ist eigentlich mit der Theben?«, fiel es Silena ein.

»Sie ist abgestürzt. Fischer haben die Überreste aus der Ostsee gezogen. Es gab sieben Überlebende, darunter auch Hauptmann Litzow. Er liegt mit gebrochenen Armen im Krankenhaus und wird aber wieder gesund werden«, sagte Prokop in seiner teilnahmslosen Art. »Sie sind gegen die Cadmos ohne eine Aussicht auf Erfolg geblieben.« Er nahm sich Nachschlag von der Suppe. »Sie wurde über Sankt Petersburg gesehen, danach verliert sich ihre Spur.«

Silena war beruhigt, dass ihr Freund nicht zu den Toten zählte. »Haben wir wenigstens einen Hinweis auf die Entführer bekommen?«

»Nein.« Er aß weiter. »Fürst, Sie erwähnten ein russisches Märchen?«

»Nichts von Bedeutung. Kinderkram.« Dabei zwinkerte er Silena zu. Es war ihr vorhin bereits aufgefallen, dass er seine Informationen zurückhielt. Anscheinend traute oder mochte er Prokop ebenso wenig wie sie.

»Dann bleibt uns nichts anderes übrig, als zum St. Michael's Mount zu fahren und nach Spuren zu suchen.« Prokop zog die Nase hoch. »Es wird Zeit für Resultate.«

Grigorij grinste und verbarg sein leises Lachen in einem künstlichen Hüsteln, auf das der Prior aber sogleich reagierte.

»Was möchten Sie mir damit sagen, Fürst?«

»Dass ich Sie für einen eingebildeten Besserwisser halte«, antwortete er ehrlich. »Sie sind der Meinung, dass Sie den schwarzen Drachen schon lange besiegt hätten und wir uns deswegen erst gar nicht in dieser Lage befänden.«

Prokop sah zu Silena. »In der Tat. Das bin ich. Erzbischof Kattla zögerte zu lange, mich in das Amt einzusetzen.« Dann wanderte der Blick aus den graugrünen Augen zurück zum Fürsten. »Wenn ich es recht bedenke, benötige ich Ihre Hilfe nicht mehr. Sie können gehen, sobald der Damm passierbar ist. Das sollte in einer halben Stunde der Fall sein.«

»Prior, wir brauchen den Fürsten …«

»Wofür, Großmeisterin?«, donnerte er sie an. »Um einen Drachen ausfindig zu machen? Wohl kaum. Wir sind das Officium, und ich brauche keinen Mann in meinen Reihen, der sich weigert, meinen Befehlen zu gehorchen, und sich wie ein aufsässiges Kind benimmt. Er wird uns nicht nach Michael's Mount begleiten, und sollte er mir wieder begegnen, lasse ich ihn von der örtlichen Polizei abführen.«

Grigorij erhob sich von seinem Stuhl, nahm Silenas Hand und gab ihr einen vollendeten Kuss darauf. Sie spürte, dass darin mehr lag, und auch sie fühlte erneut das Kribbeln im Magen, das nicht von der Fischsuppe herrührte. »Wir sehen uns wieder, Großmeisterin. Schon bald«, flüsterte er zum Abschied und verließ den Raum.

Im ersten Moment hatte sie aufstehen und ihm folgen, ihn zum Bleiben überreden wollen, dann aber wurde sie sich gewahr, dass sie damit gegen den Befehl ihres Vorgesetzten verstieß. Und mehr von ihren geheim gehaltenen Gefühlen zeigte. »Das war kein guter Zug, Prior«, meinte sie.

»Überlassen Sie mir das Denken.« Er zeigte auf die Tür. »Sie werden im ehemaligen Dormitorium erwartet. Bis Sie fertig sind, sind unsere Schiffe da, die uns nach Cornwall bringen.«

Sie runzelte die Stirn. »Fertig? Womit?«

»Mit Ihrer Untersuchung.«

Silena begriff die Worte nicht. »Sollten Sie es vorziehen, in ganzen Sätzen zu sprechen, Prior, könnte ich verstehen, was Sie meinen.«

»Das müssen Sie nicht, Großmeisterin.« Prokop wischte sich den

Mund mit einer Serviette ab. »Sie handeln nach meinen Anordnungen, und ich erwarte von Ihnen, dass Sie augenblicklich in das einstige Dormitorium gehen und mit den Leuten sprechen, die Sie erwarten.«

»Ich habe Ihnen einen Bericht …«

Er schleuderte die Serviette auf den Tisch. »Gehen Sie, Großmeisterin!«

Wütend stand sie auf und verließ das Zimmer. Sie wandelte durch das einstige Kloster, bis sie vor dem Raum stand, in dem einst die Mönche geschlafen hatten. Vor der Tür standen zwei Bewaffnete, einer öffnete den Eingang und ließ sie hinein.

Silena betrat den großzügigen Raum und stand vor einem quergestellten, langen Tisch, hinter dem zwei Männer und eine Frau in schwarzen Anzügen saßen; die weißen Kragen und das Kreuz am Revers verrieten, dass es sich um Geistliche handelte; auf ihrer Seite stand ein Stuhl.

Das Licht der aufgehenden Sonne brach durch die Scheiben und beleuchtete sie von hinten, sodass ihre Gesichter unkenntlich blieben und Silena blinzeln musste.

»Setzen Sie sich, Großmeisterin«, wurde sie aufgefordert, ohne dass der Mann sich ihr vorstellte. Keinerlei Freundlichkeit lag in seiner Stimme. »Wir werden Ihnen einige Fragen zu Eris Mandrake stellen, zu dem Sie einen langen und auch privaten Kontakt hatten, wie uns zugetragen wurde.«

Die Frau lehnte sich nach vorne und verschränkte die Finger, ihre Nägel reflektierten den Sonnenschein. »Es gibt einige Menschen im Officium, die darüber sehr besorgt sind. Wir möchten deren Sorge zerstreuen, Großmeisterin. Helfen Sie uns dabei mit ehrlichen Antworten.«

Silena schluckte. Sie befand sich vor einem Tribunal der Inquisition. »Ja«, wollte sie sagen und krächzte stattdessen unverständlich. Kein guter Anfang.

26. Februar 1925, Marazion (Cornwall), Königreich England

Silena saß mit einer Decke um die Schultern auf einer Anhöhe am Strand und betrachtete die kahle Insel, auf der bis vor einigen Wochen noch der Saint Michael's Mount gestanden hatte. Jetzt erhoben sich Gerüste wie abgestorbene kahle Äste, Planen flatterten im Wind; teilweise hatten sie sich gelöst und waren davongeflogen.

Die Anwohner von Marazion und der umliegenden Dörfer waren entsetzt, als beim Auftauchen der Drachentöter klar wurde, dass sich unter den Segeltüchern, mit denen die Burg während der angeblichen Sanierungsarbeiten vor der Witterung geschützt worden war, nichts mehr befand. Und es hatte Tote gegeben, wie den Verwalter Tobias und Sir Jasper Aubyn. Den *vermeintlichen* Sir Jasper.

Es stellte sich bald heraus, dass es sich um einen Schauspieler gehandelt hatte. Der echte Schlossbesitzer kehrte am gleichen Tag von einer langen Seereise nach Marazion zurück und war *not amused*, sein gesamtes Anwesen und die Angestellten verloren zu haben. Sie waren vermutlich zu Drachenfutter geworden.

Niemand konnte sich die Vorgänge erklären.

Auch nicht Silena, die den Auftrag bekommen hatte, den Berg für den Fall nicht aus den Augen zu lassen, falls Mandrake aus irgendeinem Grund zurückkehrte.

Der Prior war nach kurzem Aufenthalt mit den restlichen Drachentötern abgereist. Jetzt saß sie da, ließ die Münze zwischen den Fingern wandern und sinnierte. Sinnlos.

Schritte näherten sich ihr, sie wandte sich nicht um.

»Ich kann mir vorstellen, dass Sie sich einen Hellseher wünschen«, sagte eine dunkle Männerstimme, und schon setzte sich Grigorij neben sie. Er hatte sich den Bart rasiert und die Haare gestutzt, außerdem trug er die Sachen eines einfachen Fischers. Die Gummistiefel und die Pfeife im Mund ließen ihn wie einen Einheimischen aussehen. Und dennoch umgab ihn eine Aura, die ihn auf der Stelle aus einer Ansammlung von Fischern hervorheben würde.

Sie starrte ihn an. »Sind Sie das wirklich, Fürst?«

Er grinste und stocherte mit einem eisernen Häkchen in der Pfeife herum, bis Rauch gleichmäßig und voll aus dem Kopf stieg. »Ich lasse mir nichts von dem Abenteuer entgehen, Großmeisterin. Sie …«

Sie hob die Hand. »Tun Sie mir einen Gefallen, Fürst, und nennen Sie mich nicht *Großmeisterin*«, unterbrach sie ihn. »Ich habe seit dem Auftauchen von Prior Prokop eine Abneigung dagegen entwickelt.«

»Wie Sie möchten ... Dann sagen Sie aber Grigorij, und wir vergessen die Titel gänzlich.« Er hielt ihr die Hand hin, sie schlug ein und hielt seine Hand lange fest. Silena war froh, den Mann an ihrer Seite zu haben. Jemand, mit dem sie über die vergangenen Tage reden konnte. »Was ist nach meiner Abreise geschehen? Nur an Ihrem neuen Vorgesetzten wird es nicht liegen.«

Sie schaute auf die Wellen, die in gleichmäßigem Turnus den Strand hinaufliefen, zurückfielen, hinaufliefen, zurückkehrten ... »Er hat mir die Inquisition auf den Hals gehetzt«, wisperte sie und schluckte schwer.

»Wer?«

»Der Erzbischof.«

»Wegen mir?«

»Wegen allem.« Sie sah ihn an und lächelte ihm zu. »Aber in erster Linie, weil ich Kontakt zu Eris Mandrake hatte. Oder Gorynytsch. Und dann gab es noch Sie, Fürst ...«

»... Grigorij.«

»... und Sàtra. Weil sie offenkundig unter den Einfluss von Mandrake geriet, wollte man bei mir sichergehen, dass es sich nicht so verhält.« Silena schüttelte sich. »Dass ich frei von allem Übel bin. Unbefleckt, wie die es nannten.«

»Verzeihen Sie mir, wenn ich so direkt danach frage, aber hat die Inquisition des Officiums noch in irgendeiner Weise etwas mit der frühneuzeitlichen Vorgehensweise zu tun?« Er schenkte ihr einen mitfühlenden Blick. »Folter?«

»Nein, glücklicherweise. Sonst gäbe es an vielen Stellen meines Körpers Wunden. Heutzutage machen sie es mit Verhören. Endlosen, stundenlangen Verhören, ohne dass man etwas zu essen und zu trinken bekommt, während die gleichen Fragen wieder und immer wieder gestellt werden.« Sie presste die Lippen zusammen und betrachtete die See. »Das Schlimme daran ist, dass ich maßlos enttäuscht bin. Ich habe den Erzbischof immer für einen Freund gehalten. Er kennt mich von Kindesbeinen an, daher sollte er wissen, wie es um mich bestellt ist.« Sie schloss die Augen für eine Weile. »Ich fühle mich verraten. Von meinen eigenen Leuten, Grigorij.«

Er blickte den Strand entlang, und als er sicher war, dass keiner zu ihnen schaute, nahm er ihre Hand und drückte sie. »Es tut mir leid, Silena.«

Sie wandte ihm den Kopf zu, dabei hob sie die Lider und ließ das Grün erstrahlen. Es war einer von diesen Augenblicken, die entweder genutzt wurden oder aber vorbeizogen und an die man ewig zurückdachte.

Grigorij hasste Verschwendung. Er ließ ihre Hand los, legte den Arm um ihre Schulter und zog sie zu sich heran. Sie lehnte den Kopf an seine Schulter und weinte, während er ihr Halt und Trost gab.

Minuten verstrichen, bevor Silena sich beruhigt hatte. Er reichte ihr ein Taschentuch, sie wischte sich die Tränen von den Wangen und schnäuzte sich die Nase.

»Das hättest du nicht gedacht?«, lächelte sie verlegen. »Dass ich einmal in deinen Armen liege?«

Beinahe hätte er eine Bemerkung gemacht. »Ich bin Hellseher, Silena«, erwiderte er nur. Er berührte ihre braunen Haare, die vom rauen Wind zerzaust waren. »Wir sind seit meiner Vision aneinander gebunden. Wie es für uns endet, weiß ich nicht.«

»Werde ich dich nicht töten?«, erinnerte sie sich an seine Vision.

Grigorij schwieg. »Ich hatte eine neuerliche Vorhersehung, die mir den Michael's Mount so zeigte, wie er vor mir steht: nackt, ohne ein Schloss.«

»Hat sie dir auch erklärt, warum Mandrake es stahl?«

Er atmete tief ein und aus. »Ich weiß es nicht. Ich sah die Burg, allerdings stand sie auf einem anderen Berg, einem hohen, trostlosen Berg. In der Ebene davor sammelte sich ein Heer aus Drachentötern und anderen Bewaffneten, während Gargoyles aus allen Enden der Welt herbeiströmten und um das Schloss kreisten. Dann erschienen drei Drachen, ein grüner, ein roter und ein weißer – und die Schlacht begann.«

Silena war enttäuscht. Sie hatte sich mehr von dem Hellseher versprochen. »Weißt du, wie sie endet?«

»Nein.« Grigorij betrachtete den Mount. »Wir haben etwas in den Klosterschriften übersehen. Etwas, das mit dem Fluch zu tun hat«, meinte er nach einer Weile und schnippte kleine Steinchen die Anhebung hinunter. »Braucht er das Schloss, um den Bann zu brechen? Wenn ja: Warum hat er ihn nicht von hier aus zerstört?«

Sie sah, wie einige Boote am Strand ablegten und Einheimische zu der Insel fuhren. Es entwickelte sich ein wahrer Ansturm auf das schreckliche Wunder. Cornwall war seines Wahrzeichens beraubt.

»Ich kann es erklären.« Ein Windstoß fegte von hinten über sie, Flügelschlag erklang, und das Licht verdunkelte sich kurz. Sie wandten sich beide um und erkannten Cyrano, der hinter ihnen gelandet war und sich nun zu ihnen gesellte. »Ich muss um Entschuldigung bitten, Drachentöterin«, sagte er, als er neben ihr stand. Den Russen würdigte er keines Blickes. »Ich habe dir verschwiegen, dass ich wusste, wozu er das Schloss benötigte.«

»Was?« Silena erhob sich. »Das fällt dir etwas zu spät ein …«

»Hör mir zu: Als die Drachen den Bann über uns Gargoyles warfen, konnten sie das nicht vom Mont-Saint-Michel oder Avranches aus tun. Die Gefahr, durch die Glocke getötet zu werden, war zu groß. Nachdem sie den Schädel geraubt hatten, griffen wir sie an; sie flüchteten und gelangten über den Kanal auf den Mount. Im Augenblick unseres Angriffs gelang es ihnen, den Fluch auszusprechen. Der Angriff ist das Letzte, an das ich mich erinnern kann, ehe ich zu Stein wurde und die Jahrhunderte überdauerte, bevor mich die Fügung erlöste und ich nach der Befreiung aller streben konnte.«

»*Das* erklärt es!« Grigorij klatschte in die Hände. »Dann hat er das Schloss benötigt, um den Fluch aufzuheben, und es deswegen abtragen lassen.«

»Damit er den Spruch an einem verborgenen Ort vorbereiten kann und nicht dabei gestört wird. Er musste annehmen, dass einer von euch, Cyrano, um die Geschichte des Bannes wusste«, vervollständigte Silena den Gedanken. So rasch wie die Euphorie über sie kam, so rasch ging sie wieder. »Es bringt uns nichts, solange wir den Ort nicht kennen.«

»Wir sehen an den Gargoyles, ob er den Fluch aufgehoben hat oder nicht.« Cyrano blickte zuerst sie, dann den Russen an. »Ich kann versichern, dass es ihm noch nicht gelungen ist.«

»Wohin würde Mandrake die Burg bringen?«

»Gorynytsch lebte in der Gegend um Kiew«, warf Grigorij ein. »Vielleicht sollten wir …«

»Großmeisterin Silena!« Ein Junge, der sich ihr bereits am Tag ihrer Ankunft als Sean vorgestellt und sich seither als ebenso geschäftstüchtig wie zuverlässig erwiesen hatte, kam den Hügel vom Land her hochgerannt und hielt einen langen Papierstreifen in der Hand. Cyrano duckte sich an den Hang, damit ihn der Junge nicht sah. Er wollte ihn nicht erschrecken. »Mister Miles von der Post schickt mich. Er hat etwas für Sie bekommen, das er Ihnen nicht eher hatte geben dürfen.« Keuchend reichte er ihr den Zettel. »Eine Botschaft. Von einem Onslow Skelton.«

»Skelton? Ich dachte, er sei tot«, wunderte sich Grigorij.

»Das sagte zumindest Sàtra.« Sie nahm den Streifen entgegen, der aus einer Telegrafiermaschine stammte. Sie las die Nachricht aufmerksam durch, während Grigorij Sean ein paar Pennies in die Hand drückte und ihn zurückschickte.

»Eine Falle von Mandrake, nehme ich an.« Er stopfte die Pfeife nach.

»Nein. Ich lese es vor:«

BIN NICHT TOT – STOPP – HOFFE, DASS SIE NACH MIR
SUCHEN UND DAS LESEN – STOPP –
SÀTRA NICHT TRAUEN – STOPP – VERFOLGTE MAN-
DRAKE NACH RUSSLAND – STOPP –
BIN IN NÄHE VON KIEW – STOPP – BURG AUF TRIGLAV
AUFGETAUCHT – STOPP –
MANDRAKE GESEHEN – STOPP – HAT EINEN KOPF
MEHR – STOPP – ERBITTE HILFE – STOPP –
TREFFEN UNS IN KIEW – STOPP
ONSLOW SKELTON

»Wieso schickt er die Nachricht nach Marazion?«, wunderte sich Silena. »Wir hatten ausgemacht, das Officium zu informieren.«

»Das hat er vielleicht.« Grigorij erbat sich den Zettel. »Doch du bist in der Gunst des Erzbischofs gefallen. Es kann Absicht sein, dass du nichts von unserem tapferen Onslow Skelton hörtest.« Er sah nach dem Datum. »Die Nachricht ist zwei Wochen alt. Mister Miles musste sie zurückhalten, so etwas in der Art sagte der Junge doch, oder?«

»Diese ...« Sie sparte das unflätige Wort aus. Jetzt erklärte sich, warum man sie mit einer Saint und einer Hand voll Drachentöter allein in Cornwall hatte sitzen lassen. Der Rest des Heeres befand sich unter der Leitung von Prior Prokop längst in Kiew. Man wollte sie und die Gargoyles nicht dabei haben.

Sie sprang auf, warf die Decke auf den Boden und stürmte zu dem geparkten Automobil. »Hast du Lust, mit nach Kiew zu kommen, Grigorij?«, rief sie, ehe sie den Motor startete. »Mit meiner Maschine ist das schnell zu schaffen.«

»Sicher. Gern, Silena.« Er rannte zum Wagen und sah nach Cyrano.

Das Wesen war verschwunden.

XXIII.

»Manchmal frage ich mich schon, warum wir das Officium benötigen. Wir haben eine hervorragende Armee, die mit jedem Drachen fertig wird... Ach? Wir haben noch keinen besiegt? Keinen großen? Gut, dann streichen Sie die letzte Bemerkung, und notieren Sie stattdessen, dass wir schon bald dazu in der Lage sind. Denken Sie sich was aus, Sir, Sie sind doch der Journalist. Sie können besser lügen als ich.«

Lord Edward Charles Nightingale
Oberst der Royal Ground Forces

26. Februar 1925, am Pic de Aneto (Pyrenäen), an der Grenze der Königreiche Spanien und Frankreich

»Ich nenne das Gebiet auch gern die Mutter des Lebens.« Vouivre sah in die Drachengesichter von Ddraig, Iffnar und Grendelson und deutete mit der Schnauze unter sich, wo zahlreiche kleine Seen in einigem Abstand zueinander zu erkennen waren. »Flüsse in Spanien und in Frankreich nehmen hier ihren Ursprung und bringen den Regionen Fruchtbarkeit. Wasser ist Leben.«

»Und Feuer ist Herrschaft«, ergänzte Iffnar, der den massigen grauen Leib auffällig nahe an der Felswand hielt. »Darum sind wir hier, Vouivre. Es steht mir nicht der Sinn danach, Eure Landschaften zu bewundern.«

Grendelson schnaubte zustimmend und wanderte zurück in die Kare, eine tiefe, nischenartige Einbuchtung im Pic de Aneto, die einst ein gewaltiger Gletscher in den Hang gegraben hatte. »Ich mag es nicht, so im Freien zu stehen.«

Ddraig verfolgte verwundert, wie sich der grüne und der graue Drache in die schützende Vertiefung begaben. »Man könnte meinen, Ihr fürchtet das Licht.«

»Nicht das Licht. Die Heimtücke. Es ist seit unserem letzten Treffen zu viel passiert«, deutete Iffnar an. »Ich schiebe es auf unseren umtriebigen und nach wie vor unauffindbaren Gorynytsch, dass ich Besuch von Drachentötern bekam, die es auf meine Haut abgesehen hatten.« Er verschwand durch den schmalen Durchgang im hinteren Bereich der Kare, wo er in den Sitz von Vouivre gelangte; der Hausherr und die rote Drachin folgten ihnen.

Den Eingang bildete eine verschiebbare Felswand, die auf eisernen Rollen lief und von Dienern mit Muskelkraft bewegt wurde. Hier gab es keine Technik, keine hydraulischen Systeme, keine Elektrizität. Keinen Fortschritt.

Von da ging es durch einen kleinen Gang in den Thronsaal. In diesem ausgehöhlten Bereich des Pic de Aneto erschloss sich der Luxus, mit dem sich Vouivre gerne umgab. Die Eingangshalle, die allen vier Drachen gleichzeitig genügend Raum bot, war einem Kreuzgratgewölbe nachempfunden, die Wände mit Silber, die Kuppeldecke mit Blattgold verziert; dazwischen prangten Fresken, die Vouivre in verschiedenen Posen zeigten, mal beim Bad in einem See, mal als Herrscher, vor dem ein halbes Dutzend europäischer Könige auf die Knie sanken, mal als Feldherr, der beobachtete, wie Schlachten aus verschiedenen Epochen zwischen Menschen ausgetragen wurden. Öllampen und Kerzenleuchter spendeten Wärme und Licht.

Ddraig und Iffnar schauten einander an und verstanden sich. Hier gab es viele schmerzliche Hinweise auf die Niederlagen, die sie dem silbernen Wurmdrachen zu verdanken hatten.

»Ein Aufschneider, nach wie vor«, meinte die rote Drachin und ließ sich in der Mitte nieder. Sofort eilten Diener herbei, die ohne Scheu zwischen den gewaltigen, uralten Wesen umherliefen, ausgeweidete und vom Fell befreite Schafe anboten, Rinderhälften anschleppten und entborstete Schweine hübsch angerichtet präsentierten.

»Ist es nicht mehr erlaubt, sich im Glanz des Ruhmes zu sonnen, liebe Ddraig?«, gab Vouivre süffisant zurück und nahm sich eine Rinderhälfte. »Gebt es zu: Ihr habt auch solche schönen Malereien von Euren glorreichsten Siegen.«

»Mir gefällt das Bild von Waterloo in meiner Sammlung fast am besten«, bemerkte Iffnar mit einem Grinsen. »Und auch der tapfere

Arminius bekam ein passendes Gemälde für seinen Triumph über die Römer.«

»Varus war vor meiner Zeit«, wischte Vouivre den Hinweis weg, auch wenn es ihn traf. »Kommen wir zu einer nicht weniger bedeutsamen Schlacht …«

»… wie der von Waterloo«, schlug Iffnar nochmals in die Kerbe und schlang ein Schwein hinunter. Ddraig musste lachen. Sie wusste, wie sehr Vouivre den Untergang von Napoleon bedauerte.

»Hört mit diesen Kindereien auf«, polterte Grendelson und verschmähte die angebotenen Leckereien. »Pratiwin hat versagt und ist vermutlich gegen Gorynytsch gefallen, habe ich Recht?« Die Augen richteten sich auf Vouivre. »Euer Verbündeter hat nichts getaugt.«

»Das würde ich so nicht sagen.« Der silberne Drache bemühte sich um Haltung und zog die Périgord-Trüffeln zu sich heran. »Er hat immerhin herausgefunden, dass Gorynytsch sich in Gestalt von Eris Mandrake unter den Menschen bewegt und wohin er sich mit seinen Verbündeten begeben hat.« Er nannte ihnen den Ort. »Soweit ich weiß, hat das Officium bereits seine Leute ausgesandt.«

»Gut. Dann nehmen sie uns die Arbeit ab.« Iffnar ließ Vouivre nicht aus den Augen. »Da Pratiwin tot ist, sollten wir über die Aufteilung des Zarenreichs …«

»Ihr seid zu schnell. Die Menschen werden es nicht alleine schaffen. Gorynytsch wird sie zusammen mit seinen Verbündeten auslöschen.« Ddraig hatte keine Hemmungen, dem grauen Drachen ins Wort zu fallen. »Wir sollten ihnen helfen. In unserem eigenen Interesse.«

»Niemals!«, fauchte Grendelson. »Das Officium wird die Gelegenheit nutzen, uns ebenfalls anzugreifen, sobald Gorynytsch besiegt ist.«

»Zudem ist es nicht gut, dass wir uns ihnen zeigen«, warf Vouivre ein. »Wir würden sie und vor allem die Menschheit aufschrecken.«

»Andernfalls steht uns der Krieg gegen die Asiaten bevor«, warnte sie. Dabei glaubte sie zu bemerken, dass Grendelsons Augen sich rasch von ihr abwandten. »Lieber nehme ich in Kauf, dass die Menschen von uns wissen, als alles zu verlieren.«

Iffnars Schweif peitschte. »Ihr malt sehr schwarz.«

»Ich sehe es, wie es ist, Iffnar.« Ddraig nahm sich ebenfalls von den

Trüffeln und spie sie nach kurzem Probieren aus. »Widerlich«, ächzte sie und wählte ein Schwein, um den Geschmack des Pilzes von der Zunge zu bekommen. »Wie könnt Ihr nur so etwas mögen, Vouivre?«

»Er ist Franzose. Sie essen auch verschimmelten Käse«, fügte Iffnar spitz hinzu.

Grendelsons Kopf schnellte herum, die Augen sahen zum Eingang. »Es kommt jemand. Ich höre …«

Schon gab es eine gewaltige Detonation.

Der Eingang verschwand in einem Feuerblitz. Felsbrocken und herausgerissene Eisentrümmer flogen durch den Gang bis hin zu ihnen, beschädigten die Malereien, rissen das Blattgold vom Gestein und zerstörten etliche Ölleuchten. Auf der Stelle brach Feuer aus. Vier Diener waren von der brennenden Flüssigkeit überschüttet worden und taumelten als lebendige, schreiende Fackeln umher.

Die Drachen erhoben sich, bereiteten sich auf den kommenden Angriff vor – und sahen nichts als drei menschengroße, aus Eisenblech geformte Kugeln, die zu ihnen in den Thronsaal rollten. Gleich darauf ereigneten sich die nächsten Explosionen, noch bevor einer der Diener oder Drachen etwas unternehmen konnte.

Die Sprengladungen waren gewaltig. Die Druckwellen reichten aus, um die Altvorderen von den Beinen zu fegen und sie an die Wände der Halle zu schleudern.

Der Pic de Aneto war auf eine solche Attacke nicht vorbereitet, und bei aller Festigkeit des Berggesteins brach der riesige Raum an einigen Stellen ein. Drachenglieder wurden getroffen, und durch das dröhnende Krachen erklang ihr wütendes, hasserfülltes Brüllen, in das sich das Rufen der überlebenden Diener mischte.

Ddraig wühlte sich aus dem Schutt hervor, sie verspürte am Rücken enorme Schmerzen; ein scharfkantiges Bruchstück hatte das Schuppenkleid durchbohrt und ihr eine Wunde zugefügt.

»Das wird Gorynytsch mir büßen!«, schrie sie und strengte sich an, um aus der Kare zu gelangen. Kaum hob sie die Schnauze und schob die Trümmer zur Seite, schoss eine weiße Lohe auf sie zu und überzog sie mit Hitze.

Rasch schloss die rote Drachin die Augen und schob die Schutzdeckel über die Nasenöffnungen. Weiße Flammen ließen sich ertragen und standen weit unter ihrem vernichtenden Feuer. Als der Angriff verebbte, hob sie die Lider und erkannte einen bräunlich weißen Drachenschädel, der sich durch den Gang in die eingestürzte Höhle schob. Gorynytschs Verbündete überprüften wohl, ob die Altvorderen dem Anschlag zum Opfer gefallen waren.

Ddraig schnappte nach dem Hals des unerfahrenen Gegners und riss ihn zur Hälfte auf. Aufkreischend zuckte der Drache zurück und starb durch den Klauenhieb, den Ddraig folgen ließ. Mit zerschmettertem Genick brach er im Gang zusammen.

Die rote Drachin wollte über den Kadaver hinwegsteigen – als zwei weitere Kugeln zu ihr geschleudert wurden. Sie waren noch größer als die ersten.

4. März 1925, sieben Kilometer nördlich von Kiew,
Zarenreich Russland

Der etwa zwanzig Meter lange Zeppelin Staaken R-VI rauschte auf Geheiß von Silena im Tiefflug über die Ebene und näherte sich Kiew unaufhaltsam.

Der umgebaute ehemalige Bomber lag stabil in der Luft und transportierte anstelle von Sprengkörpern nun Menschen, und das recht komfortabel. Einst war er im Weltkrieg für das deutsche Kaiserreich über England gezogen und hatte bei jedem Überflug zwei Tonnen Bomben auf die britischen Städte geworfen. Die sieben MG-Kanzeln in Bug-, Rücken- und Bauchpositionen erinnerten an die Luftkämpfe. Dieses beeindruckende Modell mit einer Spannweite von mehr als zweiundvierzig Metern hatte jedoch kurz vor Ende des Krieges notlanden müssen und war von der Royal Air Force sichergestellt worden. Nun verkehrte es gewöhnlich zwischen London und Berlin.

Das Brummen der vier starken Mercedes-Reihenmotoren und das Röhren der Propeller erzeugten ein einschläferndes Geräusch. Grigorij musste mit sich ringen, um nicht einzudösen.

»Es war eine gute Entscheidung, die restlichen Drachentöter mitzunehmen«, sagte er zu Silena und rührte in seinem Kaffee. Die Staaken besaß einige Annehmlichkeiten, darunter auch einen Bordservice mit einer Flugbegleiterin. Es war die neueste Errungenschaft, die den Flug gleich viel angenehmer machte – auch wenn alle Passagiere geistig beim bevorstehenden Kampf waren.

»Wir hatten Glück, dass wir in London diese Maschine von der Royal Air Force auftreiben konnten. Eine gute Idee, einen alten Bomber umzubauen und damit Menschen durch die Gegend zu fliegen.« Silena bedauerte, dass sie nicht in der Saint saß, doch es hatte sich herausgestellt, dass der Motor einen nicht schnell zu reparierenden Schaden aufwies. Sie glaubte nicht an einen Zufall. Prior Prokop hatte dafür sorgen wollen, dass sie am Boden blieb.

»Ich kann mich nicht beschweren«, stimmte Grigorij ihr zu und kostete von dem Getränk. Es war einer der seltenen Augenblicke, in dem Silena ihn keinen Alkohol trinken sah. Sie wartete darauf, dass er gleich einen Flachmann mit Wodka aus dem Gehrock zog oder sich einen Whiskey von der Flugbegleiterin erbat. »Ich bemerke, dass ich dich verwundere«, meinte er und grinste über den Rand des Bechers hinweg. »Weil ich nüchtern bin wie schon lange nicht mehr?«

»Ja. Ich muss mir deswegen keine Sorgen machen, oder, Grigorij?« Sie sagte es halb im Ernst und halb im Scherz. »Wenn du schon enthaltsam bist, was kommt dann auf dem Triglav auf uns zu?«

»Eine Schlacht, wie es zuvor noch keine gab, fürchte ich.« Er schaute aus dem bullaugengroßen Fenster, vor dem nette, kleine Vorhänge baumelten und dem Flugzeuginnenraum einen häuslichen Eindruck gaben. »Ich möchte all meine Sinne zusammenhaben.«

Silena rutschte tiefer in ihren Sitz. »Jetzt habe ich doch Angst«, meinte sie grinsend und sah zu der kleinen Schar der Ausgestoßenen, die mit ihnen reiste.

Sie hätte es schon viel früher merken können, dass Kattla und Prokop sie vor dem Michael's Mount abgeschoben hatten. Die Namen ihrer Truppe lasen sich wie eine Liste von Aufrührern und aufgeblasenen Angebern: Großmeister Ademar stand im Verdacht, mehrmals mit Drachenjägern zusammengearbeitet zu haben, Brieuc hatte sich geweigert, die Anordnungen des Königs von Spanien zu befolgen, und war allein in den Kampf gegen einen Drachen gezogen, der daraufhin die Gegend verwüstet hatte – weil er verwundet entkommen war. Donatus sollte sich sogar an Drachenhorten bereichert und Kunstgegenstände für sein eigenes Haus entwendet haben. Dennoch waren es allesamt hervorragende Drachentöter und Kämpfer, die man unmöglich aus dem Officium verbannen konnte: Sie würden sich sofort auf die Seite der mundanen Jäger begeben.

Wie Silena.

»Was hat Kattla bei deinem Telefonat gesagt?«

Sie sah dem Russen in die blauen Augen, und das Kribbeln im Magen kehrte auf der Stelle zurück. »Nichts. Ich hatte ihn nicht erreicht, sondern nur Kleinhuber am Apparat. Eine Lüge, um sich nicht erklären zu müssen, schätze ich.« Ihre Wut war maßloser Enttäuschung gewichen. »Er weiß, dass es nicht richtig ist, mich so zu behandeln. Ein schlechtes Gewissen macht stumm.«

Grigorij hob den Becher, und die Dame brachte ihm frischen Kaffee. »Demnach sind wir ohne die Zustimmung des Officiums unterwegs?«

»Es gibt weder eine klare Verneinung noch eine Ablehnung. Kleinhuber hat getobt und mit allen möglichen Dingen gedroht, danach hat er versucht zu argumentieren. Ich konnte jedoch alles entkräften. Schließlich musste er zugeben, dass ein Heer nach Kiew unterwegs ist und zum Triglav vorstößt.« Sie schüttelte den Kopf. »Mich einfach in Cornwall zu lassen. Dabei benötigen sie jeden von uns.«

»Das Officium wird sich noch nicht im Klaren darüber sein, wie gefährlich die Lage ist und wie viele Verbündete Mandrake tatsächlich besitzt. Es werden sie einige Drachen erwarten, und vielleicht hat er bis dahin sogar die Gargoyles vom Bann befreit.« Grigorij bekam Kaffee gereicht, er kippte Milch und Zucker hinein.

Vor Silenas innerem Auge sah sie das Heer gegen ein nicht minder großes Heer aus Teufeln und ihren erwachten Dienern ziehen. »Wir werden mehr benötigen als die dreihundert Kämpfer«, ahnte sie.

Er berührte sie am Arm. »Zuversicht, Silena. Bewahre dir diese, sonst brauchen wir nicht anzutreten. Gegen die Drachen auf dem Mont-Saint-Michel haben wir gesiegt. Und das waren schon gefährliche Biester.«

»Leider nur zu spät.«

»Wir hatten eine Verräterin in den eigenen Reihen. Dagegen ist jede Streitmacht der Welt machtlos.« Er deutete auf eine Bergkette am Horizont. »Weißt du, dass der Triglav ein ganz bekannter Berg ist?«

»In Kiew vielleicht.«

Grigorij lachte. »Nein, beinahe auf der ganzen Welt. Wer Modest Mussorgsky und seine *Nacht auf dem kahlen Berg* kennt, kennt auch den Triglav.«

Sie dachte nach. »Ich weiß nicht, ob …«

Er schmetterte ansatzlos das Hauptthema des Stückes und wirbelte mit den Armen, als sei er der Dirigent eines großen Orchesters.

Ademar drehte sich zu ihm um. »Die Nacht auf dem kahlen Berg? Ist das eine Botschaft?«

»Genug, Grigorij!«, lachte Silena. »Du hast dein Ziel erreicht. Wie du siehst, bin ich ungebildet genug, nichts darüber zu wissen.« Sie senkte die Stimme. »Selbst Ademar hat erkannt, was du da so schön schräg gesungen hast.«

»Das war nicht schräg, das soll so sein. Frag Mussorgsky, was er sich dabei dachte«, gab er zurück. »Der Triglav ist ein absolut ödes, totes Stück Fels, ein Berg mit flacher Kuppe, auf dem sich in den Legenden schon immer Teufel, Hexen und Dämonen in Sturmnächten getroffen haben. Mussorgskys Stück bringt das sehr schön zum Ausdruck. Wir sollten, wenn das alles vorbei ist, gemeinsam ein Konzert besuchen, dann wirst du sehen, was ich meine.«

»Ich weiß nicht, ob ich nach dem, was uns bevorsteht, den Namen Triglav noch einmal hören möchte.« Silena schenkte ihm einen freundlichen, warmen Blick. »Aber wir können dennoch gerne ins Konzert gehen.« Ihr Herz pochte etwas schneller, als sie sagte: »Es würde mich sehr freuen.«

Er verneigte sich und gab ihr einen Handkuss. »Auch mich freut es, Silena.« Er räusperte sich. »Um noch einmal auf den Berg zurückzukommen: So stelle ich mir den Mond vor.«

Ihre grünen Augen verengten sich. »Woher kennst du den Triglav eigentlich so gut?«

»Nicht persönlich. Aber ich bin in der Nähe vorbeigereist, und wenn man abends in einer Schenke sitzt und sich die Leute Geschichten erzählen, hört man so manches.« Er klopfte sich mit dem

Griff des Gehstocks gegen die Stirn. »Ich hätte schon viel früher daran denken können. Spätestens beim Namen Gorynytsch hätten mir Kiew und der kahle Berg einfallen müssen.«

»Wir haben ihn dank des guten Mister Skelton auch so entdeckt.« Silena fuhr sich durch die braunen Haare, und Grigorij grinste. »Was?«, wollte sie wissen.

»Nichts.«

»Weil ich mir durch die Haare gefahren bin?«

Er nickte. »Es sah richtig feminin aus, Silena.« Grigorij bemerkte, dass sich ihr Gesicht verdüsterte. »Herrje, versteh mich nicht falsch, du bist eine durchaus attraktive Frau, aber bislang hast du keinen Wert darauf gelegt, als eine solche zu erscheinen. Diese Bewegung allerdings hat mich überzeugt.«

»Überzeugt?«

»Dass du im Kleid, das du tragen wirst, wenn wir das Konzert besuchen, alle anderen Frauen im Saal blass erscheinen lassen wirst.« Er verneigte sich wieder. »Ich weiß, was du jetzt denkst: Der Fürst macht wieder seine üblichen Sprüche.« Grigorij sah ihr fest in die Augen. »Doch glaube mir: Ich meine es ernst.«

Sie erwiderte seinen Blick, sah in das Ozeanblau und erkannte die Wahrheit darin. Sie musste keine Hellseherin sein, um zu wissen, dass er sich in sie verliebt hatte. Sie errötete.

Die Staaken legte sich in die Kurve, neigte sich nach rechts, und Silena erhaschte durch das Fenster neben ihnen einen Blick an der Tragfläche vorbei auf die Erde: Der Boden war schwarz, verbrannt und qualmte.

Silena glaubte nicht an einen Waldbrand oder eine Feuersbrunst. Sie sprang auf und rannte zum Cockpit, um eine bessere Sicht zu haben.

»Habe ich etwas Falsches gesagt?«, rief ihr Grigorij hinterher.

»Schau aus dem Fenster«, rief sie und öffnete die Tür zu der mit Glas versehenen Kanzel, wo zwei Piloten den Bomber auf Kurs hielten.

Sie sah eine Ebene von zwei Quadratkilometern, die vollkommen von Feuer eingeäschert worden war; nicht einmal mehr verkohlte Baumstümpfe standen dort, und nur eine Straße sowie eine Bahnlinie hoben sich als noch schwärzere Bänder von der Umgebung ab.

Wenn Silenas Augen sie nicht allzu sehr täuschten, befanden sich darauf die Überreste von Fahrzeugen.

»Gehen Sie tiefer runter«, befahl sie dem Piloten. »Fliegen Sie so knapp über das Gebiet, wie es geht.«

»Aye, Großmeisterin.« Der Mann zog den Steuerhebel nach hinten. Schwerfällig schob sich die Nase nach unten. Erst knapp über der Erde fing er sie ab und ließ sie parallel zu Straße fliegen.

Silena hatte sich nicht getäuscht. Einige wenige Überreste von Lastwagen waren geblieben, irgendwelche geschmolzenen Gestänge mit Fetzen von Drachenhaut daran.

Die vier Propeller der Staaken wirbelten die Asche auf und zogen sie als dicken, schwarzgrauen Streifen wie einen fetten Abgasstrahl hinter sich her.

Grigorij erschien hinter ihr und blieb wegen der Enge des Cockpits in der Tür stehen, drückte sich aber gegen sie, damit er über ihre Schulter blicken konnte. »Waren das die Drachentöter?«, flüsterte er. Das Entsetzen hatte ihm die Stimme geraubt.

»Ich hoffe, dass es nur ein Versorgungstrupp war, sonst ist alles verloren«, gab sie leise zurück und verlangte einen zweiten Überflug.

»Wie viele Drachen benötigt man für ein solches Inferno?«

Silena wusste keine Antwort und fürchtete die Wahrheit. Sie sah vor ihrem geistigen Auge eine Phalanx aus feuerspeienden Drachen vorrücken. Dicht an dicht flogen und liefen sie und arbeiteten so effizient wie die Flammenwerfer, die im Weltkrieg zum Einsatz gekommen waren. Mit höherer Reichweite und größerer Hitze. »Sehr viele«, sagte sie nach einer Weile.

Die Staaken hatte gedreht und senkte sich wieder. Es ging durch die Aschewolken, dieses Mal von Westen nach Osten über den vernichteten Landstrich. Hier und da lagen abgebissene Gliedmaßen und größere Körperstücke in der Asche und sahen merkwürdig rosa und unverbrannt aus.

»Sie sind ihnen beim Fressen aus den Maulern gefallen«, schätzte Silena und nahm ein Fernglas. Sie suchte an den Überresten nach Hinweisen auf die Herkunft der Toten. Schließlich erspähte sie Teile einer Rüstung, wie sie die Drachentöter trugen. Einige Meter weiter steckte ein angesengter Wimpel in der Asche und ragte wie zum Trotz aus der Wüste; daran flatterte ein verbrannter Stofffetzen, an dem sie das Zeichen des Officiums zu erkennen glaubte.

Grigorij lenkte ihre Aufmerksamkeit nach rechts. »Sieh mal! Das da drüben kommt mir vor wie ein zerstörter Zug mit einer Kanone darauf.«

Sie schwenkte das Fernglas in die angegebene Richtung. »Du hast Recht.«

Es war ein langer Zug gewesen, der in der Mitte ein Haubitzengeschütz transportiert hatte. Das Drachenfeuer hatte die Wagons geschmolzen; zwei waren vollständig zerrissen worden, als sich die darin befindliche Munition vermutlich wegen der immensen Hitze selbst entzündet hatte.

»Das war einmal eine dicke Berta, Grigorij. Da unten haben die Cask's Cannons ihre letzte Schlacht geschlagen.« Sie sah, dass der Stahl an einigen Stellen noch immer glühte; neben der Kanone lagen Menschen als Aschebilder, die durch den Wind der Propeller verweht wurden.

»Wer?«

»John the Cask MacIntire und seine dreihundert Mann. Er hatte sich eine Haubitze besorgt«, erklärte Silena beim Überflug. »Das Geschütz verschießt Granaten von vierhundert Kilogramm, die mehr als zwölf Kilometer weit fliegen. Damit haben die Deutschen im Weltkrieg belgische Forts geknackt. Wirkt auch gegen unbewegliche Hortdrachen, wie man hört.«

»Und wenn eine nicht trifft?«

»Barnsdale, östlich von Stoke-on-Trent, ein kleines Dörfchen. Die Granate kam lotrecht nach unten geschossen und rauschte neben der Kirche in den Friedhof. Die Kirche ist durch die Wucht der Explosion eingestürzt und hat die halbe Gemeinde erschlagen, die gerade Gottesdienst feierte, während man die Gebeine aus den gesprengten Gräbern noch in vier Kilometern Umkreis fand.« Silena konnte sich vorstellen, wie sinnlos das Geschütz gegen den Angriff dieser schnellen Drachen gewesen war.

Grigorij hob die Augenbrauen. »Das Officium hat sich Hilfe geholt. Sehr weise vom Erzbischof.«

»Oder sie sind aneinander geraten.« Silena ordnete an, die Maschine nach Kiew zu steuern und ein geeignetes Landefeld zu suchen. »Wir werden in der Stadt hoffentlich mehr erfahren.«

Als die Maschine drehte, tauchte in weiter Entfernung der Triglav auf. Oben auf der flachen Spitze war eine Anzahl von Gebäuden zu erkennen.

Silena spähte mit dem Fernglas. »Wir sind richtig«, gab sie ihre Entdeckung weiter. »Da drüben ist die Burg, die Mandrake von Michael's Mount hat abbauen lassen.« Über der Burg kreisten vier kleine Drachen, und an den Hängen saßen noch mehr von ihnen. »O Gott!«

Die Felswände starrten vor Blut, es lief überall herab und stammte von den unzähligen Leichen, die verstreut umherlagen. Anscheinend hatten sich die Drachen Vorräte angelegt. Einige waren noch mit Fressen beschäftigt, andere stritten sich um die Kadaver und rissen sie in Stücke.

Mehr vermochte sie nicht mehr zu erkennen, die Maschine hatte eine neue Route ausgewählt. Aber es genügte Silena, um gegen den Brechreiz ankämpfen zu müssen.

Hastig verließ sie das Cockpit, eilte zurück an ihren Platz und schaffte es noch, eine der Papiertüten unter dem Sitz hervorzuziehen, in die sie ihr Essen spuckte. Grigorij brachte ihr ein Glas Wasser, das sie dankbar entgegennahm.

Stockend erzählte sie, was sie durch das Fernglas am Triglav gesehen hatte. »Ich frage mich, wie wir bisher gegen die Drachen bestehen konnten.« Silena rang mit den Tränen. »Sie haben unsere besten Kämpfer einfach ausgelöscht, als seien sie nichts weiter als einfache Soldaten.« Grigorij setzte sich neben sie und nahm ihre Hand.

»Sie haben sicherlich gekämpft ...«

»Ich habe keinen einzigen Kadaver von einem der Teufel gesehen. Sollen sie keine Verluste gegen das Officium davongetragen haben?« Sie schluchzte und drückte seine Hand. Er zog ihren Kopf an seine Schulter, aber sie sträubte sich. »Nein, Grigorij. Danke für deinen Trost, aber jetzt ist nicht die Zeit dafür, Schwäche zu zeigen.« Silena lächelte und trocknete die ersten Tränen, die über den Lidrand gesprungen waren, dann nickte sie ihm zu. »Danke.« Sie legte ihre zweite Hand auf seine.

Ein harter Schlag traf das Flugzeug, die Staaken sackte weg und ging in den Sturzflug. Lose Gegenstände flogen geschossgleich durch die Kabine, klirrend gingen Flaschen zu Bruch, Kaffee ergoss sich auf den Boden.

Grigorij sah aus dem Fenster. »Ein Drache! Direkt neben uns!«

Silena starrte hinaus und sah ein hellblau-schwarzmarmoriertes Monstrum, das zu ihnen aufschloss und nach der Tragfläche schnappte. Sie überlegte fieberhaft, was sie gegen den Angreifer ausrichten konnten, und erinnerte sich an die Geschützkuppeln des Bombers.

Eine kurze Anweisung genügte, und die übrigen Drachentöter verließen die Kabine, um die Parabellum-Maschinengewehre zu besetzen. Auch wenn das Kaliber vermutlich nicht ausreichte, um den Drachen zu töten, würde es genügen, ihn von der Maschine zu vertreiben. »Wir müssen heil runterkommen«, rief sie auf dem Weg zum Heck. »Denkt daran: Wir sind der letzte Widerstand gegen die Dämonen.«

Sie schlüpfte durch die kleine Tür und nahm in der winzigen Auslegergondel unter dem Leitwerk Platz. Es waren Doppelmaschinengewehre, zur Verteidigung eingebaut – und sie waren geladen. Darunter befand sich ein dickerer Lauf für Luftschiffpfeile. Die ideale Waffe gegen die Teufel!

In der Gondel neben ihr tauchte Grigorij auf und eröffnete sofort das Feuer, als der Drache am Heck erschien. Silena streifte sich die Kappe mit dem eingebauten Funkgerät auf, schwenkte das Fadenkreuz auf den schlanken Kopf der Bestie und betätigte die Doppelabzüge; klingelnd regneten die leeren Hülsen in den Auffangsack.

Es gab keine Alternative zu einem Sieg.

Der Drache wich den Geschossen zunächst nicht aus.

Sie prallten gegen das Schuppenkleid und spritzten ab, doch als Silena direkt auf die Augen zielte, brüllte er wütend auf und glitt nach links außerhalb ihres Schussfeldes. Anhand des Dröhnens schloss sie, dass die nächste Maschinengewehrstellung in Aktion getreten war und die Kreatur mit stählernem Stakkato bearbeitete.

Gleich darauf erschütterte ein neuerlicher Schlag die Staaken, woraufhin sie sich zur Seite legte und einmal um die eigene Achse zu rotieren drohte. Was mit einem schnellen Jagdflieger ein einfaches Manöver gewesen wäre, bedeutete für einen Koloss wie den alten Bomber das unweigerliche Aus. Die Gefahr, dass die langen Tragflächen unter der Belastung abbrachen, war enorm hoch; dann zog das Flugzeug eine schwarze Bahn hinter sich her.

»Die linken Triebwerke sind zerstört«, bekam sie über Funk von einem der Drachentöter mitgeteilt. »Das Vieh hat uns gerammt.«

»Gut für uns, dass es offenbar kein Feuer speien kann«, antwortete Silena. Sie betrachtete den Zusatzlauf für den Luftschiffpfeil. »An alle: Treibt mir den Teufel wieder ans Heck. Zielt auf die Schnauze.« Silena bereitete den armlangen, massiven Eisenstab vor, der an einen überdimensionalen Armbrustbolzen erinnerte.

Es war nichts anderes als eine große Feuerwerksrakete, die in ihrem Inneren außer der Treibladung eine gehörige Portion Magnesium besaß. Im Weltkrieg waren diese Geschosse vor allem von Bodentruppen genutzt worden, um die anfänglichen Luftschiffe damit zu beschießen, die noch mit Wasserstoff für Auftrieb gesorgt hatten. Ein guter oder zwei schlechte Treffer mit einem solchen brennenden Pfeil hatten ausgereicht, um den Wasserstoff zu zünden und sie verglühen zu lassen. Innerhalb von Sekunden waren die Luftschiffe vergangen und brennend abgestürzt.

Silena betrachtete den Pfeil. Das Magnesium würde seinen Teil dazu beitragen, den Drachen von innen heraus zu verbrennen. Sie ärgerte sich, dass noch keiner vor ihr auf diesen Gedanken gekommen war – oder war es schon ohne Erfolg versucht worden?

Um sie herum röhrten die Maschinengewehre in den Kuppeln und deckten den Drachen mit unaufhörlichem Hagel ein.

Wie ein lästiger Bienenschwarm, der einen Bären verfolgt, tauchte das Wesen wieder am Heck auf. Aus den Nüstern lief tatsächlich schwarzes Blut, die Kugeln hatten an den weicheren Stellen Wunden geschlagen, blieben jedoch ohne nachhaltige Wirkung.

Die Piloten hatten die Staaken abgefangen und einen Absturz verhindert, die Maschine näherte sich jedoch sehr rasch dem Boden; eine normale Landung war fast nicht vorstellbar.

Daran verschwendete Silena derzeit auch keinen Gedanken.

»Nicht schießen, Grigorij.« Sie schwenkte das Fadenkreuz auf den Drachen. »Er soll näher herankommen. Tu so, als wäre dein MG beschädigt.« Auch sie rüttelte an dem Verschluss ihrer rechten Waffe herum, um den Drachen glauben zu machen, er hätte leichtes Spiel.

Mit einem lauten Schrei tat er einen Flügelschlag mehr, dann klappte er die Schwingen beinahe vollständig ein und sauste wie ein Geschoss an das Leitwerk heran; die Kiefer öffneten sich, um danach zu schnappen und es abzureißen.

Silena schwenkte den Lauf herum und zog den dritten Abzug.

Es gab einen leisen Knall, als die Treibladung zündete, beißender Rauch füllte die Kanzel – aber der Pfeil startete nicht.

»Grigorij, schieß!«, rief Silena und bückte sich, um nach dem Rohr zu sehen. Ratternd feuerten die Maschinengewehre nach dem Drachen, um ihn im letzten Augenblick am Zubeißen zu hindern.

Silena erkannte das Problem: Ein Sicherungsriegel war nicht entfernt worden und hielt den Luftschiffpfeil arretiert.

Hustend löste sie den Splint und wurde vom Zusammenprall mit dem Drachen aus dem kleinen Sitz geschleudert. Sie fiel auf den Boden und sah vor lauter Qualm gar nichts mehr. Der ätzende Rauch brannte sich in ihre Lungen, und sie kroch auf allen vieren durch das Türchen raus aus der Gondel.

Silena hörte, wie es hinter ihr laut klirrte, das Geräusch von einströmender Luft wurde überlaut; auch das Feuer der Maschinengewehre, die Grigorij ohne Unterlass betätigte, erklang trommelfellsprengend, so als stünde sie unmittelbar vor den Mündungen.

Sie schaute über die Schulter und sah den eingeschlagenen Geschützausleger; der Wind hatte den Rauch längst hinausgeblasen. Der Drache hatte sich bei seinem Angriff mit einer Kralle in einer Verstrebung verfangen und zog ruckartig daran, während er selbst wie ein Segler über der Staaken schwebte und mitgezogen wurde; die Belastung ließ das Metall des Flugzeuges ächzen.

»Jetzt entkommst du mir nicht.« Silena sprang zurück in die zerstörte Gondel, richtete den Pfeillauf neu aus und schlug mit Wucht dagegen. Die Erschütterung löste die Blockade, und das Geschoss zischte davon.

Es traf den Drachen in den Unterleib, durchschlug die Schuppen und verschwand beinahe vollständig im Leib.

Aufkreischend befreite sich das Monstrum mit einem mörderischen Ruck der Kralle, wobei der Bomber einen Teil des Leitwerks verlor. Der Drache schlug mit den Schwingen und versuchte, den Pfeil mit der Schnauze aus dem Körper zu ziehen, doch es gelang ihm nicht. Aus der Wunde schlugen grelle Flammen, und die Hornschuppen vergingen in dichtem, weißem Qualm. Plötzlich erschlaffte das Ungeheuer und stürzte wie ein Stein dem Erdboden entgegen.

Der Staaken erging es ähnlich. Zwei verlorene Motoren und ein beschädigtes Leitwerk verlangten dem Piloten alles ab, damit sich der Bomber nicht senkrecht in den Boden bohrte.

Grigorij kam zu Silena. »Eine Meisterleistung«, rief er und reichte ihr die Hand, schüttelte sie, dann umarmte er sie im Überschwang. »Ach was: Das war großmeisterlich!«

Sie freute sich, immer noch hustend, dass ihr die Rettung gelungen war. Dann wurde ihr Blick starr: Am Heck erschien ein weiterer Drache, ein größeres braunes Exemplar mit zahlreichen Hörnern auf der Stirn. Sie erkannte deutlich, dass Rauch aus der Nase quoll. Das Monstrum bereitete sich auf einen gezielten Feuerstoß gegen die Staaken vor.

»Es ist aus, Grigorij«, flüsterte sie und hielt seine Hand.

Da erklang ein lautes Kreischen, als flögen Sirenen durch die Luft.

Zwei Schatten huschten dicht hintereinander über den Drachen hinweg. Das Kreischen wurde überlaut, sodass Silena und Grigorij die Hände auf die Ohren pressten. Der Drache brüllte und faltete die Schwingen zusammen, sackte weg vom Flugzeug und verschwand aus ihrer Sicht.

Silena hatte das charakteristische Surren der Doppeltriebwerke sofort erkannt. »Das waren zwei Saints«, rief sie aufgeregt, stand auf und rannte zur Kuppel, in welcher der Fürst vorhin gesessen hatte. Aufgeregt suchte sie den Himmel ab.

Was sie sah, begeisterte sie und versetzte ihr einen wahren Euphorierausch. »Die Cadmos!«, schrie sie. »Da oben ist sie!« Sie deutete zum Himmel über ihnen, wo ein beeindruckend großes Luftschiff mit einer langen Gondel darunter schwebte.

Die beiden Saint-Maschinen zogen eine Runde um das Schiff und bereiteten sich auf die Landung auf der kurzen Bahn vor. Die erste setzte zur Landung an, während die zweite sicherte.

Der Drache blieb verschwunden, er hatte den Lärm der Sirenen, den Hauptmann Litzow damals bei der Präsentation so angepriesen hatte, nicht ausgehalten.

»Der Erzbischof hat uns Nachschub gesendet!« Kaum hatte sie den Satz ausgesprochen, sah sie, dass das Emblem des Officiums von der Seite der Cadmos entfernt worden war. Die Räuber des auf der Welt einmaligen Luftschiffes waren über Kiew aufgetaucht.

Grigorij hatte ebenfalls verstanden, dass es sich nicht um Drachentöter handelte, die ihnen zu Hilfe gekommen waren. »Jetzt bin ich neugierig«, sagte er leise.

Unter ihren Füßen erklangen merkwürdige Geräusche, als kehre jemand mit tausend Besen den Rumpf der Staaken ab. Unter dem Glasausleger flogen die Wipfel von jungen Birken entlang, die sich im Luftzug bogen und wiegten.

Das Flugzeug wurde abrupt gebremst, Silena und Grigorij wurden gegen die Abtrennungswand geschleudert; gleich darauf setzte der Bomber auf.

9. März 1925, Kiew, Zarenreich Russland

»Sie kommt wieder zu sich. Ich habe gesehen, wie ihre Lider sich bewegt haben.«

Silena hörte die dunkle Stimme und wusste genau, dass Grigorij rechts neben ihr stand.

»Es ist möglich, dass sie träumt, Fürst«, erwiderte eine Frau, deren Stimme ihr fremd vorkam. »Oder aber, dass sie nie mehr erwacht. Es sieht nach einer üblen Kopfwunde aus, und seit dem Absturz sind einige Tage verstrichen.«

»Ich …«, krächzte Silena und schluckte trocken. So sehr sie ihren Lidern befahl, sich zu heben, sie reagierten zunächst nicht.

»Hat sie etwas gesagt?« Leder knarrte, Parfüm wehte ihr entgegen. Sie sah durch den Spalt einen Schatten, der sich über sie beugte.

»Ich bin mir nicht sicher.« Grigorij hörte sich verzweifelt an. »Dabei benötigen wir sie so dringend.«

»Eigentlich nicht.« Die Frau klang abwertend und kühl. »Meine Flieger sind ebenso gut wie die des Officiums, wie Sie bei der Rettung des Bombers gesehen haben. Von mir aus kann sie hier liegen und sich ausruhen, wenn wir in zwei Tagen ausrücken und ihre Arbeit erledigen.« Sie lachte düster. »Wer hätte das gedacht. Dass das Schicksal der Welt von Drachenjägern entschieden wird und nur der Abschaum des Officiums den Angriff der Drachen überlebt hat.«

»Mit Verlaub, aber ich habe nicht gesehen, dass Ihre Piloten den Drachen erledigt haben. Sie haben nicht einmal den Versuch unternommen, die Lanzen einzusetzen.«

»Wir sind nicht so wahnsinnig, Fürst. Wir haben andere Mittel. Die Idee mit den Luftschiffpfeilen war schon in Ordnung. Da hatte die Großmeisterin mal einen guten Einfall.« Leder knarrte, die Frau richtete sich auf. »Wie gesagt, Fürst: Ich brauche sie nicht, und es wird mir eine Freude sein, Ihnen zu zeigen, dass ich sehr gute Flieger habe, die dem schlafenden Schönchen hier das Benzin abgraben können.«

»Zur Hölle mit Ihnen, Havock!« Jetzt schnellten Silenas Lider in die Höhe, denn sie hatte die Stimme zusammen mit den Behauptungen endlich einordnen können. Vor ihr stand die blonde Drachenjägerin mit gekreuzten Armen und grinste sie an; die entstellte Gesichtshäfte war wie immer hinter vielen Strähnen verborgen. Und im gleichen Augenblick wusste sie, dass ihre Rivalin das alles nur gesagt hatte, um sie aus dem Schlaf zu wecken.

Leída lachte und wandte sich an Grigorij. »Sehen Sie, Fürst?«

Er wirkte erleichtert. »Ich hätte es nicht für möglich gehalten, und die tausend Mark zahle ich Ihnen gern, Frau Havock.«

»Misses Havock.«

»Zahlen?« Silena betastete den Kopf und fühlte einen dicken Mullverband. Wie auf Knopfdruck schoss ihr der Schmerz durch den Schädel, gerade so als tobe sich eine Gewitterwolke darin aus und wolle das Gehirn mit kleinen elektrischen Entladungen quälen.

»Eine Wette, nichts weiter. Er meinte, dass es mir nicht gelingen würde, Sie ins Reich der Lebenden zurückzuholen.« Sie bleckte die Zähne. »So leicht habe ich noch niemals Geld verdient.«

Auf Grigorijs Wink eilte eine Krankenschwester herbei, half Silena beim Aufrichten und reichte ihr ein Glas Wasser.

Nachdem sie es geleert hatte, fühlte sie sich schon eher in der Lage zu sprechen. »Was ist …«

»Du bist im Fadorin-Krankenhaus in Kiew. Die Staaken ist beim Versuch einer Notlandung auseinander gebrochen, aber alle haben es mehr oder weniger schwer verletzt überstanden«, erklärte Grigorij. »Misses Havock ist mit der Cadmos aufgetaucht und hat uns gegen den Angriff des zweiten Drachen verteidigt.«

»Sie und Ihre Leute waren es? Sie haben die Cadmos aus Stuttgart gestohlen?« Silena fühlte trotz ihrer Schwäche und der Kopfschmerzen den dringenden Wunsch, von ihrem Lager aufzuspringen und die Frau zu schlagen.

Leída senkte angriffslustig den Kopf. »Wie Sie bemerken, Fürst, wird sie immer lebhafter.«

»Jetzt kommen zu den illegalen Drachenjagden auch noch Raub und Mord hinzu, Havock.« Silena sah die brennende Generatorenhalle vor sich, die Schießerei und die vielen Verwundeten und Toten, die nach dem Überfall auf die Luftschiffhalle des Officiums zurückgeblieben waren. »Das bricht Ihnen das Genick. Im wahrsten Sinne des Wortes.«

Sie hob die Arme. »Ich hatte damit nichts zu tun. Mein Bruder hatte die Entführung organisiert und mir nichts gesagt. Es muss einiges dabei schiefgelaufen sein. Ihm war gesagt worden, dass der Stützpunkt so gut wie verlassen sei.«

»Scheint, als habe Ihr Bruder bereits seine Strafe für diese Tat in Edinburgh erhalten«, merkte Silena an und trank noch ein Glas.

»Sie ist ebenso ein Opfer wie wir. Sie hat Eris Mandrake kennen gelernt, Silena«, warf Grigorij ein. »Er hatte sich der Gruppe in Edinburgh als Führer angeboten und sie gleich danach auf dem Arthur's Seat ausgelöscht. Sie und zwei ihrer Leute waren die einzigen Überlebenden.«

»Wir haben mit ihm lange vorher schon zusammengearbeitet. Er hat uns des Öfteren Hinweise auf Drachen gegeben, die wir dann zur Strecke brachten. Es gab keinen Grund, ihm zu misstrauen.« Leída ließ sich ebenfalls ein Glas Wasser geben. »Ich finde es nach wie vor unglaublich, dass sich ein Drache in einen Menschen verwandeln kann.«

»*Er* kann es.« Silena empfand nach wie vor kein Mitleid und fand es äußerst befriedigend, dass auch andere auf seine Maskerade hereingefallen waren. Sie freute sich darauf, den schwarzen Drachen zu töten.

Leída verzog die Mundwinkel, hakte die rechte Hand hinter die Gürtelschnalle, auf der inzwischen sieben Kerben prangten. »Ich erkenne Ihre Gedanken, Drachentöterin. Es wird einen Wettstreit zwischen uns geben, wer ihn vernichtet. Und ich bin bereit, das gewonnene Geld auf meinen Sieg zu setzen.«

»Ich bin dabei«, sagte Silena sofort und nahm die Wette an.

»Erzählen Sie ihr, wie es in Edinburgh weiterging«, forderte Grigorij die Drachenjägerin auf.

»Nachdem Sie den Zug entführt hatten, mussten wir mit Autos aus der Stadt flüchten. Mandrake begleitete uns eine Weile, bis er sich absetzte und versprach, dass er sich wieder bei uns melden werde. Er wollte unbedingt wissen, wo genau sich die Cadmos befand.« Leída stellte das Glas ab. »Heute ist mir klar, weswegen. Ich dachte damals, er wolle das Luftschiff für die Queen stehlen, jetzt weiß ich, dass er es zerstören wollte.«

Silena nickte. »Aber er meldete sich nicht mehr?«

»Nein. Ich hätte es ihm ohnehin nicht gesagt.«

»Und wenn er Ihnen als Drache gegenübergestanden und Sie bedroht hätte?«

Leída verzog verächtlich den Mund. »Dann erst recht nicht, Drachentöterin.« Sie schritt auf den Ausgang zu. »Wach sind Sie. Jetzt kommen Sie auf die Beine und tun Sie Ihre heilige Pflicht – oder wie immer Sie das nennen. Wir sehen uns im Hotel *Batu Khan*.« Sie verließ den Raum.

Grigorij setzte sich neben Silena aufs Bett und nahm wieder ihre Hand, selbstverständlich und ohne zu fragen. »Es sieht nicht gut in Kiew aus. Die Menschen verlassen die Stadt, weil sie natürlich die Drachen auf dem Triglav gesehen haben und wissen, was mit Edinburgh geschehen ist. Der Zar hat Truppen auf den Weg geschickt, aber ich habe von Unruhen im Heer gehört, weil sich niemand sehenden Auges in einen sinnlosen Tod stürzen möchte. Nach der Vernichtung der Drachentöter bestehen sowieso mehr Zweifel als alles andere. Drei Offiziere der Armee sind bereits hier, um die Vorgehensweise mit uns zu besprechen.«

Sie war glücklich, dass er ihr Halt gab. »Ist wenigstens die Cadmos unbeschädigt?«

»Die Cadmos ja. Aber von den vier Saints sind nur drei geblieben. Eine haben sie verloren, weil ihr Pilot nicht mit der Steuerung zurechtkam und abstürzte. Der Erzbischof hat aber die defekte Maschine, die in Marazion stand, hierher schaffen lassen. Damit sind wir wieder bei vier.«

»Immerhin etwas.« Silena sah zum Fenster, vor dem sie den Schädel eines steinernen Wasserspeiers entdeckte. »Was ist mit den Gargoyles und vor allem Mister Skelton?«

»Mister Skelton geht es gut. Wir treffen ihn später im Hotel. Was die Gargoyles angeht: Sie sind vor zwei Tagen in Kiew angekommen. Im Geheimen. Sie haben sich nur mir gezeigt. Cyrano hat nicht gesagt, was er in der Zwischenzeit unternommen hat, aber er versicherte, dass er und seine Leute jederzeit bereit seien, uns bei einem Angriff zu unterstützen.« Er rieb sich über den Stoppelbart, den er nun wieder trug. Silena gefiel er so besser. »Wir werden im Kampf ein wachsames Auge auf sie werfen müssen. Sonst schnappen sie sich den Stein und den Schädel.« Er zögerte, bevor er sagte: »Wir sollten die Havock einweihen. Wir sind zu wenige, um die Gargoyles unter Kontrolle zu halten.«

»Wie viele sind wir überhaupt, und mit wie vielen Drachen haben wir zu tun?« Ihre Lebensgeister erwachten mehr und mehr, sie verlangte einen schwarzen Tee mit Sahne und Zucker.

Er zog einen kleinen Block hervor und blätterte hin und her, bis er seine Notizen gefunden hatte. »Havocks Einheit besteht aus vierzig Mann, darunter sind vier Piloten. Wir haben sieben Drachentöter, und die Zarentruppe kommt mit fünftausend Mann und schwerem Gerät nach Kiew. *Falls* sie kommt.« Er blätterte um. »Drachen sind es … nach den letzten Beobachtungen dreiundzwanzig, davon fünf große und vier mehrköpfige.«

»Dreiundzwanzig.« Silena musste die Zahl auf sich wirken lassen. »Ich verstehe das nicht. Wenn sie sich viel früher in der Form organisiert hätten, wie sie es jetzt tun, hätten sie uns schon längst von der Erde gefegt.«

»Ihnen hat vielleicht ein Wesen wie Mandrake gefehlt. Eine Persönlichkeit, mal Drache, mal Mensch.« Grigorij nickte nachdenklich. »Ich denke, das wird es gewesen sein.« Er beugte sich nach vorne. »Es würde sich sehr gut mit unserer Version der Apokalypse decken: Der Drache als Wegbereiter für das Tier.«

Silena wollte sich erheben und bemerkte, dass sie nichts am Leib trug. Gerade noch rechtzeitig hielt sie mit dem Aufstehen inne, bevor sie sich Grigorij vollkommen nackt gezeigt hätte. »Würdest du bitte?«, bat sie ihn freundlich und winkte einer Krankenschwester zu, damit sie ihr die Sachen brachte, die sie über dem Stuhl entdeckt hatte.

»Aber sicher.« Er lächelte, strich ihr über die Wange und verließ das Zimmer.

Silena sah ihm nach. Und lächelte ebenfalls.

Grigorij wartete vor der Tür auf sie. »Wie gut fühlst du dich?«

»Gut genug, um die Schlacht zu planen. Wir haben großes Glück gehabt, dass Mandrake den Fluch noch nicht gebrochen hat.« Sie marschierte so schnell, wie es ihr möglich war, den breiten Flur entlang. Der Russe lotste sie zum Ausgang, wo ein Automobil des Militärs auf sie wartete. »Haben wir Karten vom Triglav?«

»Ja. Die Kartographen des Zaren haben gute Arbeit geleistet. Den Grundriss des Michael's Mount besitzen wir ebenfalls, und wenn wir beides kombinieren, können wir uns hoffentlich einigermaßen vorbereiten.«

»Sehr gut, Grigorij.« Sie stieg ein, er setzte sich neben sie. Schweigend verbrachten sie die Fahrt. Silena war mit ihren Gedanken überall: in der Vergangenheit bei ihren Brüdern, bei der getöteten Martha, bei der bevorstehenden Schlacht, bei den ausgelöschten Drachentötern … Ihr wurde schwindelig.

Grigorij störte sie nicht, sondern machte sich weiter Aufzeichnungen, trotz der ruckelnden Fahrt durch Kiews Straßen. »Wir werden aber nichts von dem Weltenstein sagen, oder?«, vergewisserte er sich vorsichtshalber.

»Nein. Das Geheimnis muss unseres bleiben. Die anderen sollen denken, dass die Ausrottung der geflügelten Höllenbrut genügt.«

Sie betraten das *Batu Khan*, ein im mongolischen Stil gehaltenes Hotel, an dessen Wänden Erinnerungsstücke an den Eroberer prangten. Die Decken waren Baldachinen nachempfunden, Schilder und Säbel hingen an den Wänden. Grigorij führte sie in den Salon.

Leída stand am Kartentisch, hinter ihr hatten zwei ihrer Leute Aufstellung genommen. Cyrano bevorzugte den Platz in der Ecke und sah in seiner Regungslosigkeit wie eine Statue aus; vier Offiziere der russischen Armee unterhielten sich und deuteten auf verschiedene Stellen des aufgezeichneten Triglav. Vier der Drachentöter waren ebenfalls im Raum, sie standen weit entfernt von Leída und ihren beiden Begleitern.

»Ich nehme an, dass die Anwesenden Cyrano für ein Standbild halten?«, wisperte sie Grigorij zu.

Er griente boshaft. »Ja. Ich habe es mit ihm so abgesprochen. Es wird den Offizieren und der Havock einen herrlichen Schrecken einjagen.«

Silena blieb nach vier beherzten Schritten stehen und wartete, bis sich die Aufmerksamkeit aller auf sie gerichtet hatte. »Es wird Zeit, dass wir etwas unternehmen, meine Herrschaften. Schmieden wir also zusammen einen Plan, wie wir die Drachen bezwingen.«

Leída nahm einen Zeigestock, der am unteren Ende der Karte lag. »Das sollte einfach sein. Wir können die Cadmos mit Bomben ausstatten und sie sozusagen aus großer Höhe auf die Festung regnen lassen. Sie werden uns auf einer Höhe von vierundzwanzigtausend Fuß nicht vermuten und auch nicht sehen, bis die ersten Explosionen stattfinden.« Sie kreiste die Festung ein. »Damit zerblasen wir die Mauern und alles, was sich darin befindet. Die Drachen, die entkommen, sind Opfer für die Saints und die Drachentötereinheit. Von mir aus kann die Armee Flugabwehrkanonen aufbauen, um Drachen unter Feuer zu nehmen.« Sie stützte sich auf den Stock. »Ein guter Plan, oder?«

Silena und Grigorij wechselten kurze Blicke. So würden sie den Weltenstein und den Schädel verlieren. Oder zumindest wäre es sehr schwer, Artefakt und Reliquie aus den Trümmern zu bergen – falls überhaupt etwas übrig bliebe.

»Ich weiß nicht«, sagte Grigorij und wollte etwas hinzufügen.

Die Tür zum Saal wurde aufgestoßen, und Onslow Skelton eilte herein, ein Telegramm schwenkend. Wie üblich trug er eine karierte Garderobe, als gäbe es in seinem Leben nichts anderes. »Sie wollen sich uns anschließen!«, rief er aufgeregt.

»Mister Skelton! Ich hatte Sie schon vermisst«, sagte Silena freudig. »Ihnen haben wir zu verdanken, dass wir rechtzeitig von Mandrakes Aufenthaltsort wussten.« Sie nahm das Schreiben entgegen, das er ihr hinhielt. »Was ist das?«

Er strahlte sie an, rückte die Brille zurecht. »Totgesagte leben länger, Großmeisterin. Ich erzähle Ihnen später, wie es sich zugetragen hat. Aber zuerst habe ich etwas anderes: eine Unterstützungszusage!« Onslow schaute in die Runde. »Von Drachen!«

XXIV.

»Auch wenn es mir schwer fällt, es zuzugeben, aber es muss etwas Übernatürliches bei den Drachentöterinnen und -tötern im Spiel sein. Wie sonst kann es möglich sein, dass eine einzelne Person oder eine kleine Einheit ein Wesen bezwingt, das zuvor eine Kompanie ausgebildeter Soldaten samt Fahrzeugen vernichtet hat?
Ich würde nicht von Gott sprechen, sondern von einer übernatürlichen Macht, die auch den Helden aus den Sagen und Märchen beistand. Eines Tages werde ich diese Macht messen und nachweisen können. Ich nenne es: den Herosfaktor.«

Prof. Dr. Lady Geraldine MacIntosh,
Society of Psychical Research

9. März 1925, Kiew, Zarenreich Russland

»Das ist ein Scherz.« Silena konnte die Augen nicht von Onslow Skelton wenden, so sehr sie sich auch zwang.

»Es wäre der schlechteste Scherz, den ich jemals in meinem Leben gemacht habe, Großmeisterin. Dazu noch zum denkbar schlechtesten Zeitpunkt.« Onslow zeigte auf das Papier. »Allerdings kann ich nicht dafür garantieren, dass es sich bei dem Verfasser nicht um einen schlechten Spaßmacher handelt.«

Leída kam auf sie zu. »Ich möchte wissen, was da steht.«

»Ich lese es vor«, meinte Silena.

MENSCHEN,

WIR HABEN DIE NOT ERKANNT, IN DER IHR STECKT, UND WIR EILEN EUCH ZU HILFE.
ES DARF GORYNYTSCH NICHT ERLAUBT WERDEN, EINE SOLCHE MACHT ZU ERLANGEN, UND BEI ALLER FEINDSCHAFT ZWISCHEN UNSEREN RASSEN IST ES UNSERER

MEINUNG NACH DRINGEND AN DER ZEIT, DASS WIR GEMEINSAM KÄMPFEN.
WIR ÜBERLASSEN DIE WAHL JEDOCH EUCH: WÄHLT UNS ALS VERBÜNDETE ODER ALS FEINDE. SO ODER SO SEHEN WIR UNS IN DER SCHLACHT WIEDER, DIE MORGEN BEGINNEN WIRD. DIE ZEICHEN SPRECHEN DAFÜR.
SENDET UNS GROSSMEISTERIN SILENA, UM UNS EURE ENTSCHEIDUNG MITZUTEILEN. WIR ERWARTEN SIE AN DER AUSFALLSTRASSE NACH NORDEN, DREI MEILEN VON KIEW ENTFERNT. UM MITTERNACHT.

UNTERZEICHNET
DIE MÄCHTE DES FEUERS

»Eine Falle«, sagte Leída sofort. »Was soll das sein, *die Mächte des Feuers*?«

»So bezeichnen sich die Drachen selbst«, erklärte Skelton. »Wir hatten die Ehre, mit einem von ihnen zu sprechen. In Innsbruck.« Leída, ihre Begleiter und die Offiziere lachten gleichzeitig los, was Skelton jedoch nicht erschütterte, weil er wusste, dass Silena und Grigorij ihn verstanden. »Ich erinnere mich genau, wie Gessler davon sprach, dass es mächtige Drachen gebe, die aus dem Verborgenen über die Geschicke der Menschen entscheiden.«

Leída hatte an den ernsten Gesichtern der Drachentöterin und des Fürsten abgelesen, dass Onslow die Wahrheit sprach, und sie hob die Hand, um das Grölen ihrer Männer zu ersticken. »Warten Sie. Was erzählt unser Versicherungsvertreter da?«

»Sie haben es gehört, Misses Havock.« Nun war es Grigorij, der herablassend lächelte. »Sie sind seit Jahrzehnten ein Spielball der Mächtigsten unter den Drachen, die Sie glauben lassen, Sie hätten sie im Griff. In Wirklichkeit ist es umgekehrt.« Er ging auf sie zu, fixierte sie mit den blauen Augen. »All Ihre Siege, die Ihres Bruders«, er deutete mit dem Spazierstock auf Silena, »leider auch ihre Siege und die der anderen Drachentöter waren nichts anderes als Bauernopfer. Einkalkulierte Verluste, um die Macht zu erhalten und uns in Sicherheit zu wiegen.«

Leída schüttelte langsam den Kopf, und die Bewegungen wirkten so, als fielen sie ihr sehr schwer und als wäre der Kopf mit zusätzlichen Gewichten behängt. »Unmöglich«, flüsterte sie. »Das ist unmöglich.« Sie schaute Silena an. »Das Officium muss doch etwas davon gewusst haben.«

»Nein. Wir alle waren blind. Besser gesagt: Wir wurden absichtlich in Blindheit gehalten. Wie hätten wir da suchen sollen?« Es fiel ihr nicht leicht, die Niederlage vor aller Augen und Ohren einzugestehen, aber sie zu verleugnen, funktionierte ebenso wenig. Es lag auf der Hand, dass die Drachen übermächtig waren. »Wenn Sie mir nicht glauben«, sie zeigte auf Cyrano, »fragen Sie ihn.«

Auf das Stichwort hin erwachte der Gargoyle und ließ die Augen grün aufleuchten. Dann machte er einen Schritt und stand mitten unter den Offizieren.

Die Männer sprangen laut rufend auseinander und griffen nach ihren Pistolen. Leída langte an ihren Holster, auch ihre Begleiter machten sich kampfbereit.

»Keine Angst, er tut nichts«, beruhigte Silena feixend die Männer und die Drachenjägerin. »Er ist einer unserer Verbündeten gegen die Drachen.«

Leída hatte die Hand am Waffengriff und staunte den Gargoyle an. »Eine lebendige Statue! Was, zum Teufel, geht hier vor?«

»Ich bin keine Statue, sondern ein Wesen, das von euch den Namen Gargoyle bekam«, erklärte Cyrano mit tönender Stimme. »Wir waren einst die Diener der Drachen, ehe sie uns verfluchten und zu Stein verwandelten. Dafür wollen wir Rache.«

Sie blinzelte verwundert. »Das soll jetzt heißen, dass all diese Wasserspeier und anderen Steinfiguren an den Kirchen, auf den Dächern und sonst wo in Wirklichkeit lebendig sind und nur darauf warten, sich auf die Drachen zu stürzen?«

»Nein, nicht alle.« Cyrano ging an den murmelnden Offizieren vorbei und sah auf die Karte. »Wenn wir die Festung erreichen und dort den Fluch brechen können, haben die Drachen ihre Leben verwirkt.«

Leída entspannte sich etwas. »Ich verstehe nicht einmal die Hälfte von dem, was ich eben gehört habe, aber solange es bedeutet, dass wir Kreaturen wie dich zur Verfügung haben, ist es gut. Über den

Rest mache ich mir nach der Schlacht Gedanken.« Sie schaute auf die Muskeln. »Bist du stark?«

Cyrano streckte den Zeigefinger aus und hob damit so mühelos den Kartentisch an, als bestünde er aus Papier.

»Na schön. *Das* ist stark.« Leída wies ihre Begleiter an, die Waffen zu verstauen. »Wie viele von euch haben wir?«

»Wir sind insgesamt noch sieben. Vier von uns können fliegen, die drei anderen müssen laufen. Aber sie sind sehr schnell.« Er hatte den Tisch nicht abgestellt, um seine Kraft zu demonstrieren, nichts in seiner Stimme verriet, dass es ihn anstrengte. »Und um dich zu verbessern, Menschenfrau: Ihr *habt* keinen von uns. Wir sind Kampfgefährten, keine Diener.« Jetzt klang er einschüchternd düster. »Wir werden niemals mehr jemandes Diener sein.« Cyrano ließ den Tisch los. Krachend landeten die Beine auf dem Boden.

Silena fragte sich, wie sehr sie die Drachenjägerin wegen ihrer Bedenken zu den Gargoyles ins Vertrauen ziehen durfte.

»Sie werden heute Abend nicht allein gehen, oder?« Leída sah sie an. »Nicht, dass ich Sie besonders gut leiden könnte, aber wir benötigen Ihre Pilotierfähigkeit.«

»Das war mir schon klar, Misses Havock.« Silena deutete auf Cyrano. »Er und seine geflügelten Freunde werden in der Nähe sein und mir Deckung geben, außerdem habe ich den Fürsten an meiner Seite.«

Einer der Offiziere trat vor. »Mit Verlaub, Großmeisterin, aber wir könnten die Artillerie anweisen, auf diesen Punkt, an dem Sie warten, auf Ihr Funkzeichen hin zu feuern. Damit wäre es uns möglich, eines der Scheusale auszuschalten. Was meinen Sie dazu?«

Silena sah sich auf einem freien Feld, umgeben von unaufhörlichen Explosionen, scharfkantigen Schrapnellen und haushohen Dreck- und Staubwolken. »Nein, das ist kein sonderlich verlockender Gedanke, Oberst. Selbst wenn mich Cyrano hinaustlöge, wäre mir das Risiko zu groß, dabei verletzt zu werden.« Sie schob die Karte zurecht, die durch den Aufprall des Tisches ein wenig verrutscht war. »Befassen wir uns mit einer ersten Planung, was die Strategie angeht. Wenn es an der Zeit ist, werde ich mich auf den Weg zum Treffpunkt machen.« Sie nickte Grigorij zu. »Ich bin sehr gespannt, was uns da erwartet.«

Cyrano ballte eine Faust. »Vergessen Sie nicht: Egal, was Sie hören, Großmeisterin, die Drachen werden ihr Wort nicht halten. Sie mögen uns tatsächlich in der Schlacht gegen Gorynytsch unterstützen, aber was wird geschehen, wenn wir siegen? Sie werden sich die Gelegenheit nicht entgehen lassen, auch den Rest des Officiums zu vernichten.«

»Deswegen zähle ich auf dich, Cyrano. Und deine Gargoyles.« Silena beugte sich über die Karte, und die anderen im Raum Versammelten taten es ihr gleich.

9. März 1925, Kiew, Zarenreich Russland

Silena und Grigorij standen auf der breiten Straße und suchten die Umgebung ab, soweit es das Licht der Nachtgestirne zuließ. Sie hatten absichtlich darauf verzichtet, eine Lampe anzuschalten, um keine unnötige Aufmerksamkeit auf dem Triglav zu wecken.

Nicht weit von ihnen entfernt, etwa zwanzig Meter hinter ihnen, lagen die Gargoyles auf dem Boden verborgen und wachten über sie. Dennoch fühlte sich Silena nicht wohl, auch wenn sie nicht an eine Falle glaubte. Es war die Unterredung mit dem Wurmdrachen in Innsbruck, die sie sicher machte, es mit einem echten Unterstützungsangebot zu tun zu haben.

»Aber warum wollen sie mit dir sprechen?«, führte Grigorij ihre Gedanken fort, als wären es seine eigenen gewesen.

Silena wandte sich zu ihm um. »Weißt du, dass du mir manchmal unheimlich bist?«

Er machte ein unschuldiges Gesicht. »Was habe ich denn getan?«

»Du hast mehr als einmal meine Gedanken erraten. Das kann kein Zufall sein.«

»Ich bin ein Hellseher. So etwas erwartet man doch von mir, nicht wahr?« Er lächelte entschuldigend. »Was wäre ich wohl für ein Vertreter meiner Profession, wenn ich das nicht könnte?«

»Für meinen Geschmack geschieht in den letzten Wochen zu viel in dieser Hinsicht. Hellseherei, die wirklich funktioniert, und Magie, die es zu geben scheint.« Sie trat nach einem Steinchen. »Drachen, die im Hintergrund lauern und behaupten, dass sie unsere Geschicke bestimmen. Alles, was mir vertraut war, hat sich seit Anfang des Jahres gewandelt.«

»Verstehe es als eine Herausforderung.«

»Was bleibt mir denn anderes übrig?« Silena blickte ihm ergründend ins Gesicht. »Was war das mit der Wette zwischen dir und Sàtra?«

Er lachte auf. »Das beschäftigt dich aber ziemlich.«

»Ich hatte den Eindruck, dass es dabei um mich ging. Neugier ist eine der Eigenschaften einer Drachentöterin.«

»Und ich dachte immer, dass es die Neugier ist, die Menschen umbringt.«

»Nein. Das waren die Gargoyles und die Drachen«, gab sie leise zurück und wandte den Kopf zum Himmel. Sie hatte ein Rauschen vernommen, als setze ein großes Wesen mit Schwingen zum Landen an. Gleich darauf traf sie ein kräftiger Wind, wirbelte Dreck auf und wehte ihnen durch die Haare. Dann senkte sich ein Schatten aus dem Himmel.

Die Umrisse eines gewaltigen Drachen wurden sichtbar, der die Ausmaße von Gorynytsch noch übertraf. Die Farbe konnte Silena nicht einordnen, im silbrigen Sternenschein sahen die Schuppen schwarz aus, doch ein zweiter Ton schimmerte durch. War es rot?

Silena starrte den vierbeinigen Teufel an, der die gezackten Schwingen zusammenfaltete und an den Schuppenleib legte. Wie die meisten Vertreter der Flugspezies hatte er einen schlanken Kopf, und ein Paar glutrote Augen schauten aus acht Metern Höhe auf sie herab. Die lange Schnauze war leicht geöffnet, matt schimmerten die Zähne auf. Eine eindeutige Drohung.

Ich bin Y Ddraig Goch, hörten beide eine weibliche Stimme in ihrem Verstand sagen. *Die Mächte des Feuers bieten euch Unterstützung, nicht den Frieden an. Ohne uns werdet ihr unterliegen.*

»Und ohne uns werdet ihr ausgerottet«, sagte Silena. »Wir wissen, dass Gorynytsch plant, einen Krieg anzuzetteln, der den Osten gegen den Westen führt und die Gargoyles von ihrem Bann befreit.« Sie zeigte auf ihn. »Deine Tage und die aller anderen Teufel wären gezählt.«

Ddraig lachte. *Denkst du, wir wären so schwach?*

»Da du hier bist, um uns einen Beistandspakt anzubieten, denke ich das sehr wohl. Sonst würden du und deine Freunde einfach über Kiew eure Bahnen ziehen und zuerst Gorynytsch und danach uns vernichten. Beides ist bislang nicht geschehen, und ich frage mich, warum.« Silena dachte nicht daran, untertänig oder in irgendeiner Weise diplomatisch zu klingen. Sie verhandelte mit einer Kreatur, die sie eigentlich angreifen und vernichten müsste.

Ich habe Iffnar schon immer gesagt, dass er die Menschen unterschätzt. Ddraig klang amüsiert. *Du sollst wissen, dass ich eine Verehrerin von dir bin, Silena. Deine Taten sind ausgesprochen mutig, und wie du den dreiköpfigen Groszny erledigt hast, verdient meine Bewunderung. Die anderen dagegen hassen dich.* Ihr Kopf beugte sich herab, die Augen schwebten nur noch einen Meter über ihnen. *Das ist der Grund, weswegen ich erschienen bin. Ich wollte dich kennen lernen, bevor du in der Schlacht fällst. Du bist eine Legende, Silena.*

»Ich bin eine Drachentöterin wie viele andere Frauen und Männer vor mir und viele weitere nach mir«, entgegnete sie. »Auch wenn es eine Enttäuschung für dich bedeutet, aber ich werde nicht im Kampf um den Weltenstein fallen.«

Du weißt, dass du mit Schuld daran trägst, dass die Welt vor dem Abgrund steht?

»Ich trage keine Schuld. Ihr Drachen habt das ausgelöst.«

Du hast den dreiköpfigen Drachen erlegt, erinnerst du dich? In Russland.

»Ja. Was ist mit ihm gewesen?«

Durch seinen Tod rückte Gorynytsch auf die frei gewordene Stelle im Rat und hat uns getäuscht. Ddraigs Kopf befand sich genau vor den beiden Menschen. *Und damit trägst du meiner Ansicht nach schon eine gewisse Mitschuld.*

»Du machst es dir sehr einfach.« Grigorij hielt sich nicht länger zurück.

Es ist *einfach, Hellseher,* korrigierte die Drachin ihn und richtete sich auf; die lange Schnauze zeigte auf den Triglav. *Morgen wird es so weit sein. Die letzten seiner Verbündeten sind eingetroffen. Zusammen mit dieser Sàtra wird er versuchen, den Bann zu brechen. Es wird um die Mittagszeit geschehen. Was bedeutet, dass der Angriff beim ersten Sonnenstrahl beginnen muss.* Ddraig schwenkte den Kopf auf Kiew.

Die jämmerlichen Soldaten, die der Zar sandte, taugen allenfalls als Happen zur Stärkung zwischendurch. Ihre Waffen werden gegen die Drachen kaum etwas ausrichten.

»Selbst wenn sie uns nur Sekunden verschaffen, haben sie eine gute Leistung vollbracht.«

Und was wollt ihr in diesen Sekunden ausrichten?

Grigorij machte einen Schritt nach vorne, das Ende seines Spazierstocks zielte auf die Drachin. »Nur einmal nebenbei bemerkt: Was habt ihr uns eigentlich zu bieten? Die Mächte des Feuers, das klingt zwar schön, aber was verbirgt sich dahinter?«

Genaues über uns werde ich dir sicherlich nicht anvertrauen, Hellseher, aber es werden vier mächtige Drachen bei Sonnenaufgang erscheinen und sich zusammen mit dem Officium, den Soldaten und Havocks Leuten gegen Gorynytsch werfen.

»Vier?«, lachte Grigorij verächtlich auf. »Mandrake hat beinahe zwei Dutzend …«

Dampf schoss aus der Nase und hüllte ihn ein, keuchend und hustend wankte er rückwärts, um aus dem heißen Odem zu entkommen, der seine Kleidung durchfeuchtete, die Haare nass herabhängen und die Brille beschlagen ließ.

Ddraigs Schädel schnellte schlangengleich vorwärts und hielt eine halbe Armlänge entfernt von ihm an. *Wir, Hellseher, sind die mächtigsten vier Drachen der Alten Welt. Wir haben Jahrhunderte überdauert. Ich herrsche über das Britische Empire, Iffnar über das Deutsche Reich und Österreich-Ungarn, der gute Grendelson über die nordischen Länder und Vouivre über den Rest im Süden und Westen. Wir haben viele Helden überstanden, die man gegen uns aussandte. Siegfried und Beowulf sind vor uns gestorben. Ihre Namen kennt man aus Sagen, wir herrschen über ihre Nachfahren.*

»Und Gorynytsch besaß einst Russland, nehme ich an?« Grigorij war mit dem Ergebnis seiner Provokation zufrieden; die aufgebrachte und selbstherrliche Ddraig hatte mehr offenbart, als sie vermutlich gewollt hatte. Er sah eine imaginäre Landkarte vor sich, auf der die Grenzlinien der Menschen verschwammen und sich stattdessen blutrote Linien formten, welche die Drachenreiche symbolisierten.

Er hat Groszny verraten, damit der Platz für ihn frei wird. Danach verriet er uns, und in der Gestalt von Eris Mandrake besaß er viele Möglichkeiten, Einfluss auf die Welt der Menschen zu nehmen und Drachenjäger wie Drachentöter zu lenken, wie es ihm beliebte. Schneller und wirkungsvoller als wir. Ddraig verstummte, hob die Nase in den Wind und witterte. *Es sind Gargoyles in der Nähe.*

»Unsere Verbündeten, Ddraig. Sie achten auf uns«, sagte Silena.

Wieder lachte die Drachin. *Aus ihnen werden niemals freie Geister. Sie müssen immer jemandem dienen. Das ist ihre Bestimmung.*

Schnelle Schritte erklangen hinter ihnen, plötzlich stand Cyrano zwischen Silena und Grigorij. »Du wirst bald sehen, wie frei wir sein können!«, grollte er und hatte die Fäuste geballt. »In der Schlacht mag Waffenstillstand gelten, doch danach jagen wir euch alle, Y Ddraig Goch!«

Du denkst, dass du den Weltenstein erlangst? Die Drachin fauchte. *Du wirst sehen, dass du dich irrst, Sklave.* Sie breitete die Flügel aus, Wind kam erneut auf, und der Schatten verdunkelte das Licht der Nachtgestirne. Sie sah beeindruckend aus, unbesiegbar. *Wir greifen morgen früh an, Silena. An deiner Stelle würde ich auf die Gargoyles achten. Sie sind tückisch und vergessen gern, auf welcher Seite sie stehen.*

»Aber du kennst unseren Plan noch gar nicht!«, wollte Silena Ddraig zum Bleiben bewegen, um sich mit ihr abzusprechen.

Es bedarf keines Plans mehr. Wir fallen über sie her, bevor sie es tun können, vernichten Gorynytsch und seine Magierin. Wenn das geschafft ist, sehen wir, wie es mit uns weitergeht. Die Drachin spannte die Muskeln und bereitete sich vor abzuheben. *Aber ich verspreche, dass wir bis zum Tod von Gorynytsch und Sàtra keinen von euch angreifen werden.* Ddraig schlug mit den Schwingen und entfachte einen Sturm, auf dem sie davonflog und in die Nacht verschwand.

Silena schaute Cyrano an, der wütend und mit grün leuchtenden Augen Ddraigs Flug verfolgte.

10. März 1925, Kiew, Zarenreich Russland

»Misses Havock?«

Leída schreckte aus dem Schlaf hoch und sah einen ihrer Männer an ihrem Bett stehen; hinter ihm warteten Silena und Grigorij. »Geht es los?«, murmelte sie und schaute auf den Wecker. Kurz vor ein Uhr morgens.

»Nein. Aber wir müssen dringend mit Ihnen sprechen«, sagte Silena aus dem Hintergrund.

»Alleine«, fügte Grigorij hinzu.

Leída setzte sich auf. Es machte ihr nichts aus, dass sie von den Fremden im Unterhemd und einer Schlafanzughose gesehen wurde; dafür kämmte sie rasch ein paar blonde Strähnen über ihre entstellte Gesichtshälfte. Das war das Einzige, worauf sie immer achtete. Sie entließ den Mann mit einem Nicken. »Was gibt es?«

Silena wartete, bis sie wirklich nur zu dritt im Zimmer waren. »Es wird sofort bei Morgenanbruch losgehen, Misses Havock. Den Angriff beginnen vier große Drachen, die es sich nicht bieten lassen möchten, dass sie von einem scheinbaren Emporkömmling wie Mandrake ihrer Macht und ihres Lebens beraubt werden sollen.«

Sie schwang sich aus dem Bett, setzte sich an den kleinen Tisch und goss sich Wasser ein. »Aber unser Plan ...«

»Vergessen Sie den Plan. Die Drachen fliegen voraus, danach werden sich die Gargoyles in den Kampf stürzen. Wenn die ersten Teufel gefallen sind, kommen die Saints zum Einsatz und greifen ausschließlich Mandrake an. Die Drachentöter und Ihre Leute müssen in die Burg gelangen und dort nach dem Weltenstein und dem Schädel suchen. Das hat absolute Priorität«, schärfte sie ihr ein. »Überlassen Sie die Drachen den Fliegern und unseren Verbündeten. Wenn das geschafft ist, können Sie und Ihre Leute tun, was Sie möchten.«

Leída trank von dem Wasser. »Was wäre denn so schlimm, wenn diese Gargoyles vom Fluch erlöst würden – was immer das bedeuten mag? Haben wir es dann mit einer zweiten Plage zu tun?«

Silena und Grigorij tauschten rasche Blicke, dann setzte sich die Drachentöterin ihr gegenüber. »Was ich Ihnen jetzt sage, Misses Havock, darf diesen Raum nicht verlassen. Versprechen Sie mir das?«

»Warum sollte ich?«

»Es geht um mehr, als es den Anschein hat, und dieses Wissen könnte für sehr viel Unruhe sorgen. Selbst wenn die Schlacht gut ausgeht.« Silena suchte den Blick der Frau, die schließlich nickte. »Schön. Jetzt sollen Sie erfahren, weswegen ich Sie ins Vertrauen ziehe.«

Eine Stunde lang berichtete Silena einer erstaunten Leída Havock, was sich hinter dem Weltenstein, Auberts Schädel, der Feindschaft der Drachen und Gargoyles sowie dem drohenden Unheil verbarg, das sie und Grigorij befürchteten: die Apokalypse.

Leída hörte aufmerksam zu, bis der letzte Satz gesprochen war, dann lehnte sie sich zurück, schaute gegen die Decke und schwieg.

»Um Himmels willen: Sagen Sie etwas, Misses Havock!«, drängte Grigorij.

»Ich suche ein Wort, mit dem ich beschreiben könnte, was gerade in mir vorgeht«, sagte sie nachdenklich. »Ich bin keine Poetin und war auch niemals sonderlich gut, was den Umgang mit Sprache angeht, deshalb dauert es. Ich schwanke zwischen Erschütterung, Unglaube und Entsetzen.« Sie schnalzte unzufrieden mit der Zunge. »Nein, das trifft es auch nicht.« Leída richtete den Oberkörper wieder auf, sah zuerst zu Silena, dann zum Russen. »Jedenfalls müssen wir verhindern, was geschehen könnte.« Sie streckte die Hand aus. »Was immer dafür zu tun ist, ich bin dabei.«

Silena schlug ein. »Sie haben mir damit sehr geholfen. Nicht jeder hätte meiner Geschichte Glauben geschenkt.«

»Keiner könnte so lügen.« Leída grinste. »Außer mir vielleicht. Wie gehen wir vor?«

»Ich hoffe einfach, dass es uns gelingt, den Weltenstein vor allen anderen in unseren Besitz zu bringen. Dann ist schon viel erreicht. Sollten unsere Einheiten allerdings aufgerieben werden und es sich abzeichnen, dass der schlimmste Fall eintreten wird, brauchen wir einen Ersatzplan.«

Leída nickte. »Mir ist klar, was Sie meinen.« Sie stand auf, schlüpfte in die Kleidung und bereitete sich zum Aufbruch vor. »Damit ist die Nacht für mich zu Ende. Ich hoffe, dass ich genug Kaffee bekomme, um in der Schlacht die Augen offen halten zu können.«

Grigorij langte in seine Westentasche. »Ich hätte da etwas Besseres, Misses Havock. Ich brauche es nicht mehr.«

10. März 1925, Kiew, Zarenreich Russland

Silena schritt durch die menschenleeren, dunklen Straßen Kiews.

Nur selten entdeckte sie ein Licht hinter den Fenstern, denn wenige Menschen waren in der Stadt geblieben. Wind wehte lose Blätter umher und jagte die Wolken am Himmel davon.

Sie hatte gehofft, dass es nicht regnete, denn sonst wäre ein Luftkampf nicht eben leichter. Ihre Lederkleidung knirschte, und sie bewegte sich etwas ungelenk, weil sie über ihrer Fliegerkombination noch einen Anzug aus Drachenhaut trug, der ihr zusätzlichen Schutz vor möglichen Flammen bot. Die Saint besaß zwar eine geschlossene Kanzel, aber sie konnte durchaus zerstört werden.

Silena blickte nach Osten, wo sich der Himmel erhellte. Die Sonne verkündete ihr Nahen mit einem zarten Rosa, und sobald sie richtig zu sehen war, würde der Tanz beginnen.

Ihr fehlte jegliche Vorstellung, wie ein Massengefecht gegen Flugdrachen verlief. Bei einem einzelnen Gegner war es überschaubar, aber umringt wie von einem Bienenschwarm, hatte sie noch nie gekämpft.

»Siebenundzwanzig«, wiederholte sie die Zahl der heute gesichteten Drachen auf dem Triglav und zog die Handschuhe fester. Ein Höllentanz mit Dämonen und Teufeln auf dem kahlen Berg.

Grigorij hatte es sich nicht nehmen lassen, eine Schallplatte aufzutreiben und ihr Mussorgskys Stück vorzuspielen. Es passte. Es passte unglaublich gut zu diesem Stück Fels und zu dem, was sich darauf abspielte.

Silena erkannte die Saint, die startbereit am Ende der breiten Straße auf sie wartete. Die Bodencrew, die ihr der Erzbischof gesandt hatte, traf soeben die letzten Vorbereitungen und hielt darin inne, um die Drachentöterin salutierend zu grüßen.

Sie ließ es sich nicht nehmen, die wichtigsten Teile der Saint selbst zu inspizieren, darunter auch die Lanzenhalterung und die drei Lanzen, mit denen sie sich in den Kampf gegen die Drachen stürzte. Drei Versuche hatte sie, danach musste sie landen und neue Lanzen laden; dass die an den Tragflächen montierten Sirenen eine verstörende Wirkung auf die Wesen hatten, war bereits unter Beweis gestellt worden.

»Wo sind die Explosivspitzen für die Lanzen?« Silena sah auf den Fallschirm, den man ihr reichte, und lehnte ab. »Nein, den benötige ich nicht.«

Der Mann sah sie entsetzt an. »Großmeisterin, in dieser Schlacht mehr denn je!«

Sie lächelte. »Ich gehe davon aus, dass ich gegen die Teufel gewinne. Wenn nicht«, sie tippte gegen den Fallschirm, »wird der mir auch nichts mehr nützen.« Sie schwang sich in die Kanzel. »Die Explosivspitzen?«

»Es gab Schwierigkeiten bei der Herstellung. Sie werden mit den herkömmlichen vorliebnehmen müssen.«

»Na, das passt aber hervorragend.« Sie zog das große Kabinenfenster zu und verriegelte es von innen. Auf Knopfdruck erwachten die Heckmotoren und versetzten die Propeller in Drehung. Erst als sie merkte, dass die Saint nach vorne drückte, löste sie die Bremsen und gestattete ihr, Fahrt aufzunehmen.

Silena beschleunigte, bis die notwendige Geschwindigkeit erreicht war und sie die Nase der Saint nach oben zog. Gleichzeitig spürte sie das geliebte Kribbeln im Bauch, das sich jedes Mal einstellte, wenn sich Maschine und Erdboden voneinander trennten und sie in das Element Luft eintauchte. Hier galten andere Gesetze als am Boden.

Sie flog eine Schleife über Kiew, um sich die Stadt noch einmal anzusehen. Sie traute den Drachen durchaus zu, dass sie über sie herfallen und alles verwüsten würden.

Die Stadt sah wundervoll aus. Sie war zum größten Teil auf den Hügeln oberhalb des Dnjepr errichtet worden, und im alten Stadtkern am rechten Flussufer überragten Kirchen und die Ruinen von alten Schlössern und Befestigungsanlagen die Hügel.

Silena zählte etliche Kathedralen, sah das Perchersky-Kloster, das als eines der heiligsten Gebäude der russisch-orthodoxen Kirche galt, zahlreiche große Gebäude, Theater, Universitäten und andere

Bauwerke. Dazwischen gab es grüne Flächen und riesige Plätze. Hier war eines der Zentren gegen den Zaren gewesen, ehe er die aufkeimende Revolution niedergeschlagen hatte. Bis vor fünf Jahren hatte sich der Widerstand gegen die harte Hand des Herrschers in Kiew gehalten.

»Großmeisterin, wir sind gleich bei Ihnen«, hörte sie in ihrem Funkgerät, und schon schnellten drei weitere Saints an ihr vorbei, zogen in einer Pfeilspitzenformation über die Kathedrale hinweg und schlugen einen Bogen.

»Bestätigt.« Silena wusste, dass es gute Piloten waren – sie aber nichts gegen Drachen taugten. Sie hätten mindestens zwei Jahre benötigt, um sich mit den Tricks und Kniffen vertraut zu machen, die man einfach brauchte, um am Himmel gegen die Teufel zu bestehen. So waren sie bessere Hilfskräfte, die entweder als Ablenkung oder als Treiber dienten. Keiner von ihnen würde es wagen, sich mit der Lanze gegen einen Drachen zu werfen. »Ihnen allen viel Glück und klare Himmel. Bestätigen.«

»Negativ. Wir fliegen nicht im Verband?«

»Negativ. Das macht es für die Drachen nur einfacher. Jeder für sich allein, aber erst, nachdem unsere Verbündeten die schwersten Brocken unserer Gegner ausgeschaltet haben. Bestätigen.«

»Bestätigt. Woran erkennen wir unsere Verbündeten? Bestätigen.«

Silena sah die Sonne sich über den Rand des Horizonts erheben. »Schauen Sie nach rechts. Es sollten vier große Drachen sein. Bestätigen.« Sie drehte selbst den Kopf und war gespannt, was sie erkennen würde.

Vorneweg flog die Drachin, mit der sie gestern Nacht gesprochen hatte, und sie war tatsächlich rot. Ihr folgte ein krokodilähnlicher grauer Drache, dessen Schwingen im Vergleich zu ihren kümmerlich und klein wirkten; er glitt mehr dahin, als dass er flog. Unter ihnen rannte ein smaragdgrüner Drache, der sie an einen Waran erinnerte; er hatte keinerlei Schwierigkeiten, ihrem Tempo zu folgen. Der versprochene vierte fehlte.

Silena schwenkte die Saint, um auf gleiche Höhe mit Ddraig zu gelangen. Die lässigen, leichten Flügelschläge täuschten über die enorme Geschwindigkeit hinweg. Die rote Drachin musste ein uraltes Exemplar sein, wie sie an der Größe und an den tiefen Rillen in den Schuppen erkannte; die Narben und Kratzer darauf zeugten von etlichen Kämpfen gegen Artgenossen oder Drachentöter.

Ddraig wandte ihr den schlanken Kopf zu und funkelte sie mit den roten Augen an. *Es ist selten, dass sich unsere Arten so annähern, ohne dass sie sich angreifen.*

»Das wird sich bald ändern, wenn wir näher an den Triglav gekommen sind«, sagte Silena und wurde sich gleichzeitig bewusst, dass ihre Stimme nicht durch das Kanzeldach drang. Sie sah sich noch einmal um und benutzte die Spiegel, um hinter sich zu schauen. Es waren noch immer nur drei Drachen. »Sollten es nicht vier von euch sein?«

Ddraig verstand sie dennoch. *Drei von uns werden es auch tun.* Die Antwort klang ungehalten, und ohne zu viel hineindeuten zu wollen, nahm Silena an, dass sich einer der Altvorderen um den Kampf gedrückt hatte. Feiglinge gab es auch unter den Drachen. *Dieser Tag ist entscheidend für uns alle.* Ddraig richtete ihre Aufmerksamkeit wieder nach vorne. *Viel Glück.*

Silena zog die Saint senkrecht nach oben, ließ sie über den rechten Flügel um 180 Grad in einer halben Rolle kippen und flog zurück nach Kiew. Sie hatte Ddraig absichtlich keine guten Wünsche mitgegeben. »An alle: Fertig machen«, befahl sie über Funk, während sie knapp über die Dächer der Stadt brauste, um nach den aufgestellten, abmarschbereiten Einheiten zu sehen.

Die auf zehntausend Mann angewachsene Soldatentruppe des Zaren besetzte die Lastwagen und Fahrzeuge, sogar schwere Panzer mit kleinen Haubitzen befanden sich darunter. Was martialisch aussah und mit noch martialischerem Lärm auszog, würde als Erstes fallen. Silena bedauerte die Soldaten.

Sie wackelte mit den Flügeln, der alte Fliegergruß, als sie über die Truppen hinwegfegte, und zog wieder nach oben, wo die anderen Saints schwirrten.

Aus dieser Höhe erkannte sie die verschiedenen kleineren Einheiten von Drachentötern und Drachenjägern, die noch in der Nacht um den Triglav herum aufmarschiert waren und sich jetzt auf die Hänge zubewegten. Es würde ein harter Aufstieg werden, und gerade wenn sie die oberen Regionen passierten, wo das Blut geflossen war und die Leichenteile der Gefallenen aus der ersten Schlacht lagen, würde sich zeigen, wer Nerven besaß und wer nicht.

Der rote und der graue Flugdrache hatten die Festung erreicht und warfen sich sofort auf die kleineren Exemplare, die auf den Außenmauern saßen und zunächst nichts bemerkt hatten. Wie erfahrene Piloten waren Ddraig und ihr Begleiter aus der Sonne gekommen.

Die Drachin spie blaue Flammen gegen zwei Angreifer und brannte ihnen die Schädel vom Hals. Zuckend fielen die enthaupteten Leiber in den Burghof; heißes schwarzes Blut sprudelte aus den verkohlten Stümpfen und rann dampfend über den Stein.

Der graue Drache schnappte im Tiefflug nach seinen Feinden, und jeder Biss seiner breiten Schnauze zermalmte die Köpfe der Scheusale, als bestünden sie aus weichem Gebäck und nicht aus harten Knochen und Hornplatten. Bei dieser ersten Attacke verloren fünf von Mandrakes Verbündeten ihr Leben.

Silena schluckte. Hier zeigten sich die Unterschiede zwischen den jungen und alten Drachen deutlich.

Allerdings waren jetzt die Erfahreneren auf den Plan gerufen worden. Sie schwangen sich brüllend in die Lüfte und schleuderten verschiedenfarbige Flammen aus den Mäulern gegen den roten und den grauen Angreifer; beide verschwanden in der Feuerwolke, in der die Lohen zu einer dunklen, undefinierbaren Farbe verschmolzen.

Doch Ddraig und Iffnar stießen nach zwei Atemzügen wieder daraus hervor. Sie zogen helle Qualmwolken hinter sich her, doch mehr hatte der Angriff nicht gegen sie ausrichten können. Dafür warfen sie beide sich mit noch mehr Grimm gegen die Widersacher.

Inwischen hatte auch der waranartige Drache unter ihren Verbündeten die Festung erreicht und klomm unglaublich schnell über die Mauer, glitt in den Hof und sprang an den Hinterleib eines Flugdrachen, der eben aufsteigen wollte. Die langen, spitzen Zähne hobelten den Schuppenpanzer samt der Haut darunter ab, dann verhakten sie sich am rechten Hinterlauf – und durchtrennten ihn!

Aufkreischend stürzte der Flugdrache ab, schlug mit den Flügeln und stierte auf den Beinstummel, aus dem das Blut spritzte.

Damit gab sich der grüne Drache nicht zufrieden. Er schlich wie ein Fuchs geduckt an der Innenmauer entlang und zerrte den nächsten der jungen Drachen am Schwanz von der Mauer. Ehe dieser sich zur Wehr zu setzen vermochte, riss ihm der Drache die Kehle auf; gleichzeitig schlug der dünne, lange Schwanz nach einem heranstürmenden Feind und zerschlitzte ihm mit den scharfen, klingenartigen Enden den Wanst.

Silena sah zum ersten Mal, wie Drachen untereinander kämpften. Es hatte eine ungemeine Anziehungskraft, die Bestien dabei zu beobachten – diese Urgewalt und Kraft, die kein anderes Lebewesen auf der Erde besaß.

Ein Schatten in ihrem Rückspiegel erzwang ihre Aufmerksamkeit, sie musste sich auf ihre Umgebung konzentrieren. Hinter ihr flog einer der kleineren Drachen, der sie als Beute auserkoren hatte.

Für Silena bedeutete das kein Problem. Er war anscheinend unerfahren und noch nie gegen ein Flugzeug angetreten.

Silena rollte nach links um die eigene Achse und drückte die Saint der Erde entgegen, und als sie sich sicher war, dass der Drache ihr folgte, fing sie die Maschine ab und beschleunigte, bis sie einen Vorsprung herausgeholt hatte. Dann wendete sie mit einer halben Rolle um 180 Grad und kam der Kreatur entgegen.

Mit einem Knopfdurck wurde die Lanze ausgefahren, die Spitze ragte sieben Meter vor der Nase des Flugzeugs hinaus. Die entsprechende Markierung auf dem Cockpitglas zeigte ihr an, wo sich das Lanzenende befand.

Der Drache öffnete den Mund zu einem lauten Schrei und versuchte, unter der Saint hindurchzutauchen, doch sie konterte die Ausweichbewegung mit einem minimalen Manöver und jagte im rechten Winkel auf den Rücken des Drachen zu.

Sie rammte ihm die Lanze unmittelbar neben dem Rückgrat in den Leib; die Arretierung löste sich sofort und verhinderte, dass sich Maschine und Drache nicht voneinander lösen konnten. Silena zog die Saint senkrecht nach oben, weg von der sterbenden Kreatur.

Der Anpressdruck, der dabei entstand, stellte ihren Kreislauf wie immer auf eine harte Probe; ungewohnte oder untrainierte Menschen fielen bei solchen Manövern in Ohnmacht. Sie hatte sich einmal den Spaß gemacht und einen Spiegel vor sich montiert, um bei extremen Flugmanövern ihr eigenes Gesicht beobachten zu können. Sie hatte dabei vollkommen entstellt ausgesehen, alles hatte sich in

Falten gelegt. Sie hatte dabei an eine Figur aus einem Gruselkabinett denken müssen.

Im Rückspiegel verfolgte sie, wie der Drache sterbend der Erde entgegenstürzte und zwei lange, schwarze Linien hinter sich herzog. Es war das Blut, das aus den Wunden sprühte.

Silena legte die Saint wieder gerade und orientierte sich neu. Sie suchte nach Mandrake, konnte ihn aber nicht entdecken. Wenn es wahr war, was Ddraig ihr gestern gesagt hatte, befand er sich sicherlich irgendwo in der gestohlenen Festung und bereitete die Aufhebung des Fluches vor. Mit der Hilfe von Sàtra.

Sie verfolgte, wie eine der Saints mit Maschinengewehrfeuer Jagd auf einen kleineren Drachen machte und ihn durch die Luft vor sich hertrieb. Die Chancen, ihn damit zu töten, standen eins zu tausend, bei älteren Exemplaren war es völlig vergebens.

Der Pilot bemerkte in seinem Jagdfieber nicht, dass sich ein großer Drache senkrecht von unten auf ihn zubewegte. Zwar gab es das Spiegelsystem, das dem Flieger einen Blick unter den Rumpf erlaubte, aber er nutzte es offenbar nicht.

Bevor Silena ihn warnen konnte, prallte der Drache mit seinen langen Schädelhörnern gegen die Maschine und zerteilte sie in der Luft in zwei Hälften.

Das Heck mit dem Doppelmotor donnerte einige Meter weiter, bis die Propeller stehen blieben und es brennend nach unten sackte. Das Vorderteil trudelte ebenfalls nach unten. Die Kanzel wurde aufgeschoben und der Pilot sprang hinaus; um Haaresbreite verfehlte ihn dabei das um sich selbst kreiselnde Trümmerstück. Noch während sich der Fallschirm öffnete, schnappte sich ein Jungdrache den Mann und biss ihm die Beine ab.

Wütend über so viel Frechheit, brüllte ihn der größere Drache an und sandte ihm zur Warnung eine Lohe hinterher, dann schnappte er sich die Reste. Den Fallschirm zerrte er dabei hinter sich her, bis er die Schnüre durchbiss und die Ballonseide wie eine flache, weiße Wolke im Wind trieb.

»Dir wird der Hunger vergehen.« Silena betätigte den Mechanismus für die Ladetrommel unter der Saint, die nächste Lanze wurde ausgefahren. Sie setzte das schnelle Flugzeug schräg über den Drachen und öffnete die Luftdüsen für die Sirenen.

Aufgeschreckt durch das Kreischen, wandte er den Kopf.

In diesem Moment erhöhte Silena die Motorleistung und jagte nach unten. Mit etwa fünfhundert Stundenkilometern durchbohrte sie den hässlichen Schädel des Drachen, der geistesgegenwärtig zur Seite auswich. Damit ging die Lanze nicht durch das Gehirn, sondern durchbrach das Maul und verband Ober- und Unterkiefer miteinander wie eine überdimensionale Nadel.

»Scheiße!« Silena ließ die dritte und letzte Lanze herausschnappen und folgte dem verwundeten Monstrum. Jetzt war es doppelt so gefährlich.

Der Drache versuchte, mit Feuerspucken die Lanze zu verbrennen, aber die verstärkenden Eisenbänder hielten der Hitze stand. Die Flammen fuhren klein, aber sehr grell aus seinen Nasenöffnungen und erinnerten an Schneidbrenner; immer wieder sah er über die Schulter nach Silena und flog im Zickzack, um ihr den nächsten Angriff zu erschweren.

»Abdrehen!«, schrie Silena in ihr Mikrofon, um die Saint zu warnen, die auf der Flucht vor zwei kleinen Drachen die Bahn des Großen kreuzen würde.

Der Pilot versuchte, die bevorstehende Kollision zu verhindern, aber die Ausweichbewegung war zu spät eingeleitet worden. Er krachte mit vierhundert Stundenkilometern gegen den Leib des Drachen. Durch den Aufprall bohrten sich alle drei Lanzen in den Bauch der Kreatur. Die Saint wurde vollkommen zerstört und verging zu unzähligen Wrackteilen, der Drache erschlaffte und fiel wie ein Stein vom Himmel. Er krachte mitten in die Burg und brachte eines der kleineren Häuser zum Einsturz.

Silena schlug ein Kreuz und wünschte der Seele des verunglückten Piloten Erlösung. Es war eine material- und lebensvernichtende Weise, Drachen zu erlegen. Wirkungsvoll, doch unsinnig.

Sie flog Spiralen über dem Berg, die Saint dabei leicht zur Seite geneigt, um zu beobachten, was sich rund um den Triglav tat.

Drachentöter und -jäger hatten die Spitze fast erreicht und kämpften an verschiedenen Stellen bereits mit Drachen; auch die Soldaten vor dem Berg mussten sich mit allem, was sie an Waffen mit sich führten, gegen die Attacken von drei kleineren Drachen zur Wehr setzen.

Als die ersten gelben und grünen Lohen aus den Mäulern flogen und die vorderen Reihen der Truppen zu verkohlten Leichen und Asche verwandelten, war Silena sich sicher, dass keiner der Männer den Abend erleben würde, nicht einmal die Besatzungen der Panzer. Die erfahrenen Drachen kannten die Schwachstellen der stählernen Ungetüme: die Rohre und die Motoren. Einen Feuerstoß da hinein, und die Insassen wurden gegrillt wie Hähnchen in einer Backröhre.

Silena lenkte die Saint zurück nach Kiew. Sie wollte zwei Lanzen nachfassen und auftanken, die sinkende Treibstoffanzeige machte sie nervös. »Ich habe gleich gesagt, dass die Dinger einen größeren Tank benötigen«, grummelte sie und setzte auf der breiten Straße zur Landung an.

Kaum stand die Saint, rannte die Bodencrew herbei. Es wurde getankt und nachgerüstet, während Silena eine Flasche mit Wasser gereicht bekam.

Sie legte den Kopf zum Trinken in den Nacken, und dabei fiel ihr Blick auf einen verwitterten Gargoyle, der unter dem Dach einer schön anzusehenden Villa angebracht war und den First stützte.

Sie hielt inne. Ein silbriges Glühen lag auf der Statue, blaue Blitze jagten wie Elektrizität über den Körper. Die Augen leuchteten weiß auf, und die moosbewachsenen Finger lösten sich langsam vom Balken.

XXV.

»Ich schwöre, dass ich einen zehn Meter langen, braunschwarzen Drachen gesehen habe, der im Wald auf einer Lichtung saß und sich gesonnt hat. Um ihn herum sprangen vier hübsche junge Mädchen, die für ihn sangen und tanzten. Plötzlich hat er sich eine von ihnen geschnappt und mit einem Bissen verschlungen. Die anderen drei sangen weiter, als sei nichts geschehen. Schwarze Magie, sage ich. Diese Teufel beherrschen schwarze Magie, um den Verstand der Lebenden zu verblenden. Wer würde freiwilig einem Drachen dienen?«

Simone Wendner, Hausfrau

aus der Serie »Drachentöterinnen und Drachentöter
im Verlauf der Jahrhunderte«
Im »Münchner Tagesherold«, Königlich-Bayerisches Hofblatt
vom 4. August 1924

10. März 1925, Triglav, Kiew, Zarenreich Russland

Der Boden unter Arsènie bebte, weil ein Drache in den Burghof gestürzt und gegen die Mauer des Gebäudes geprallt war. Der Kampf um den Berg tobte mit aller Macht, und wenn sie es richtig einschätzte, standen die Aussichten für die Angreifer besser.

»Woher, zum Teufel, kommen diese drei Drachen?«, fragte sie Eris. »Sie machen mit so ziemlich all Ihren geschuppten Freunden kurzen Prozess.«

»Sie waren nicht vorgesehen, liebe Arsènie«, gab er missgelaunt zurück und verfolgte, wie eines der Flugzeuge einem seiner Verbündeten eine Lanze durch die Schnauze rammte. Er ballte die Fäuste. »Kümmern Sie sich nicht weiter darum, sondern bringen Sie die Gargoyles zum Leben!«

Arsènie nickte und wandte sich dem Schädel und dem Weltenstein zu. Bis auf eine Kleinigkeit hatten sie und Eris die Formel entschlüsselt – aber es fehlte ein Wort. Nichts wies im Schädel darauf hin, dass es sich einmal darin befunden hatte. Es gab keine Kratzspuren, keine Farbreste. Nichts.

»Wie komme ich an dein Geheimnis?«, fragte sie den Schädel und drehte ihn zum elften Mal hin und her, ohne etwas zu finden. Dann sah sie zum Weltenstein, nahm ihn in die Hand und wendete ihn ebenso. »Oder hast du es verborgen?«

Sie stülpte die Oberseite des Schädels, die man abnehmen konnte, auf den Weltenstein und sah durch das Loch, dann schob sie den Stein unschlüssig herum. Durch das Loch hatte man den Stein unmöglich herausbekommen, welchen Sinn ergab es also? Um das Gehirn des Toten abzusaugen und den Stein freizulegen? Aber dazu hätte man ebenso die Nase nehmen oder den Schädel gleich zerschlagen können.

Dieses Mal war das Beben näher bei ihnen, auf dem Hof erklang ein lauter Drachenschrei, der das Kreischen anderer Drachen überlagerte. Das Rauschen, das danach erklang, war das Feuer, das gespien wurde. Arsènie fühlte, wie die Wand in ihrem Rücken unvermittelt sehr heiß wurde und die einzelnen Quader knackten.

»Verflucht!« Eris eilte zur Tür. »Machen Sie weiter, liebe Arsènie. Ich werde nachsehen, warum meine Freunde es nicht schaffen, unsere Feinde aufzuhalten.« Er rannte hinaus.

Arsènie sah nicht auf, sie hatte den Eindruck, dass sie etwas auf der Spur war. Plötzlich fügte sich der Stein so genau in den Schädel, dass er sich nicht mehr bewegen ließ. »Aha«, meinte sie aufgeregt und sah wieder durch das Loch: Sie erkannte den Südpol.

Bei noch genauerem Hinsehen meinte sie eine Vertiefung zu erkennen. Rasch zog sie ihr Taschenmesser, drückte in die Kerbe, und ein deutlich vernehmbares Klicken ertönte. Auf der anderen Seite hatte sich ein Schlitz geöffnet und ein dünnes, pergamentartiges Streifchen Papier hervorgeschoben; darauf stand ein lateinisches Wort. »Ubique«, lachte sie auf. Damit war die Formel komplett. Übersetzt bedeutete sie:

DIENER, DIE IHR WART
DIENER, DIE IHR SEIN WERDET –
GENOMMEN SEI EUCH DIE STRAFE,
DIE WIR ÜBER EUCH GEWORFEN HABEN.

FOLGT MEINEM RUF UND GEHORCHT,
WO IMMER IHR EUCH BEFINDET:
STADT FÜR STADT,
LAND FÜR LAND,
WO ES AUCH NUR SEI.

Viel besser hätte es sich nicht fügen können. Sie war im Besitz der Formel – und ohne Aufsicht durch Mandrake.

Wenn sie eines wollte, dann sicherlich nicht, dass Europa in Schutt und Asche versank oder sich Drachen zu den offenkundigen Herrschern aufschwangen, denen sie sich beugen musste.

Arsènie nahm den Weltenstein in die Rechte, schob sich den Papierstreifen in den Mund und kaute ihn. Das alte Papier schmeckte furchtbar und zerfiel sofort, löste sich auf ihrer Zunge auf wie eine dünne Oblate.

Damit kannte niemand außer ihr die Formel.

Sie hatte jedoch ebenso wenig Lust, keinerlei Vorteil aus ihrer Entdeckung zu ziehen. Den Titel Impériatrice fand sie nach wie vor sehr reizvoll. Eine Armee aus Gargoyles sollte ihr dabei helfen, ihr Ziel zu erreichen.

Sie rannte aus dem Raum, lief hinauf in den obersten Stock und suchte sich das Zimmer aus, das keinerlei Fenster besaß. Dann warf sie die Tür ins Schloss und verriegelte sie.

Arsènie setzte sich hinter eine große Truhe, nahm den Weltenstein in beide Hände, schloss die Augen. »Ihr Geister des Jenseits, ich rufe euch! Wacht über mich und stürzt euch auf jeden, der durch diese Tür kommt«, beschwor sie ihre eigenen Verbündeten.

Erst als sich zwei fahle, gespenstische Figuren zeigten, die sich als Mister Walsh und Misses Deromina vorstellten und sich vor dem Eingang postierten, sprach sie die Formel.

Da sie nicht wusste, was sie sonst noch tun musste, gab sie etwas von ihrem Ektoplasma frei und schickte es durch die Fingerspitzen in den Drachenstein.

Er leuchtete sofort auf und erwärmte sich, doch mehr ereignete sich zunächst nicht.

Arsènie gab noch mehr von ihrer Energie in den Stein, bis die milchig-trübe Konsistenz sich wandelte und zu rauchfarbenem Glas wurde. Im Innern leuchteten funkelnde Punkte wie eingeschlossene kleine Sterne, und zwischen ihnen entstanden Verbindungslinien, die immer weiter zunahmen.

Je mehr Ektoplasma sie freisetzte und dem Stein spendete, umso mehr von diesen Fäden entstanden und woben ein dichtes Geflecht. Es sah wunderschön aus und fesselte Arsènie voll und ganz.

Es klopfte laut gegen die Tür. »Arsènie, sind Sie da drin?«, rief Eris.

Sie kümmerte sich nicht darum, sondern versorgte den Stein weiter mit Energie. Dabei wiederholte sie unentwegt die Formel. Sie spürte Schwindel, gleichzeitig nahm ihre Aufmerksamkeit ab. Hatte sie zunächst das Artefakt mit Ektoplasma versorgt, zapfte es sie jetzt rücksichtslos an und nutzte sie gegen ihren Willen als Quelle.

Es rumpelte, und die Tür bekam einen langen Riss, durch den Eris schaute. »Ich sehe Sie doch, Arsènie. Warum haben Sie das Zimmer verlassen?« Ein weiterer Schlag, und der Eingang wurde freigesprengt, Trümmerteile flogen bis zur anderen Seite des Raumes. »Sie hintergehen mich doch nicht etwa, Arsènie?«

Sie verstand ihn kaum, sie war schwach wie nach einer zweiwöchigen Fastenkur. Halb bewusstlos sackte sie zusammen und fiel gegen die Wand. So sehr sie sich bemühte, ihre Fingerspitzen lösten sich nicht mehr vom Weltenstein.

»Das nehme ich Ihnen äußerst übel. Ich werde mir eine Strafe ausdenken, die Ihnen nicht gefallen wird.« Eris setzte einen Fuß in das Zimmer.

Sofort stürzten sich Mister Walsh und Misses Deromina auf ihn.

10. März 1925, Kiew, Zarenreich Russland

»Gargoyles!« Silena warf die Wasserflasche aus dem Cockpit und zog das Dach zu. »An alle: Die Gargoyles sind erwacht! Nehmt sie euch erst dann vor, wenn sie euch angreifen. Erst dann, keinesfalls vorher. Bestätigen.« Sie hatte die Einschränkung absichtlich erlassen, um ihre eigenen Verbündeten zu schonen. Noch war der Pakt zwischen Cyrano und seinen verbliebenen Kämpfern nicht aufgekündigt.

Sie startete die Motoren der Saint, um sie in die Luft zu bekommen, bevor die Gargoyles sich auf sie stürzen konnten. Sie hatte keine Ahnung, wie viele Verfluchte in den nächsten Minuten durch das Zutun von Sàtra erwachen und sich in den Kampf werfen würden. In ihren schlimmsten Vorstellungen waren sie Legion.

Im Anrollen sah sie den Gargoyle von seinem Aussichtspunkt springen und auf dem Tankwagen landen. Er schlug ein Loch in den Behälter, und der Treibstoff ergoss sich gluckernd auf die Straße.

Die Bodencrew eilte in alle Richtungen davon, während zwei Soldaten nach dem Gargoyle schossen, um ihn an weiterem Unheil zu hindern.

Die Kugeln trafen, ohne ihn zu verletzen. Fauchend hielt er einen Arm vor die weißen Augen, ein Querschläger traf irgendetwas Metallisches und entzündete das Benzin.

Die Saint hielt genau darauf zu. Silena erhöhte den Schub, um die Flammenwand schnell zu durchstoßen.

Zur ihrer Rechten sah sie Grigorij rennen, er winkte in ihre Richtung. »Was macht er denn hier?«, murmelte sie. Eigentlich hätte er bei einer Abteilung von Drachentötern und auf dem Weg zum Gipfel sein sollen. Kurz vor der Flammenwand brachte sie die Saint zum Stehen, öffnete die Kanzel. »Was ist los?«

»Ich will mit dir fliegen.« Er rannte auf die Maschine zu und machte sich daran, den Flügel zu erklimmen und zu ihr ins Cockpit zu steigen.

»Das geht nicht«, rief sie. »Die Saint ist ein Einsitzer ...« Sie legte die Rechte an den Griff, um das Cockpit zu schließen.

Es rumpelte, und das Flugzeug wippte, weil es auf der anderen Tragfläche einen weiteren Besucher erhalten hatte: den Gargoyle.

»Das haben wir davon«, fluchte sie und zog die Luger aus dem Achselholster, aber Grigorij stürmte an ihr vorbei.

»Ich erledige das«, rief er und sprang mit den Füßen voran gegen das Wesen, das ihm nun entgegengelaufen kam. »Gib Gas, Silena! Oder wie immer man bei Flugzeugen sagt.«

Die Art des Angriffs überraschte den Gargoyle derart, dass er mit beiden Füßen getroffen wurde. Grigorij prallte von ihm ab und fiel der Länge nach auf die Tragfläche, während das Wesen nach hinten geschleudert wurde; aufbrüllend stürzte es vom Flügel und verschwand.

»Komm rein!« Silena beschleunigte und legte die Saint in die Kurve. Die Bewegung genügte, um den Fürsten in das Cockpit rutschen zu lassen. Sie zog das Glasdach zu und steigerte die Treibstoffzufuhr. Eine Tragfläche der Saint huschte durchs Feuer, aber da die Hülle aus Drachenhaut bestand, konnten die Flammen keinen Schaden anrichten.

Grigorij lag halb auf Silena und grinste, ehe er versuchte, irgendwo einen Flecken zu finden, wo er weniger im Weg war. »Verzeihung, Silena. Es war nicht der Versuch, dich näher berühren zu dürfen.«

»Setz dich in den Fußraum, zieh die Beine an und halte dich von allen Hebeln fern, die du hier siehst.«

Grigorij kauerte sich auf das nackte Metall, der Steuerknüppel zwischen den Beinen, und wenn Silena sich nach vorn beugte, berührten ihre Brüste seinen Hinterkopf. »Es tut mir leid, dass ich Schwierigkeiten mache, aber es muss sein«, erklärte er.

»Eine Vision?«, mutmaßte sie sofort.

»Ja. Ich habe den Weltenstein gesehen, und er war aktiviert. Und ich sah außerdem, wie man ihn abschalten kann.«

Silena sah den erwachten Gargoyle wieder. Er tauchte vor ihnen auf, schwang etwas, das an einen Laternenmast erinnerte. Wenn das Eisen in einen Propeller geriete, wäre die Saint fluguntauglich. Aber es gab noch eine Art, wie sie sich zur Wehr setzen konnte.

Sie schob die Schutzkappe auf dem Steuerknüppel zur Seite und betätigte den Auslöser für die Maschinengewehre. Die 08/15er röhrten auf, es dröhnte gewaltig im Cockpit, und Grigorij hielt sich in einem Reflex die Ohren zu.

Die Salven trafen das Wesen und prallten gegen den Oberkörper, wo sie zahlreiche kleine Löcher hinterließen. Silena lenkte die Saint mehr nach rechts, sägte eine Linie in den Gargoyle und zerfetzte ihm mit der Wucht der Projektile den linken Arm. Dann beschleunigte sie und fuhr die Lanze aus.

»Was tust du da?«, erkundigte sich Grigorij beunruhigt.

»Halt den Kopf unten, Grigorij.«

Die Lanze wollte sich in die Brust des Gargoyle bohren und zerbarst daran. Er stemmte sich dagegen und hielt dem Druck zunächst Stand. Zentimeter um Zentimeter des Holzes zersplitterte, die Eisenbeschläge verbogen sich und schoben den Gargoyle rückwärts über die Straße. Die langen Klauen zogen Furchen in den Teer – bis die Wucht ausreichte, um den Stein zu sprengen.

Als die Saint abhob, donnerte sie über die auf der Straße verteilten Überreste des Gargoyles hinweg.

Was Silena sah, jagte ihr Schauder über den Rücken.

An vielen Stellen Kiews erhoben sich Wesen in den Morgenhimmel, unter ihnen sprangen groteske Kreaturen durch die Straßen oder von Dach zu Dach. Sie kam auf etwa dreißig Gargoyles, die von der Macht des Weltensteins und durch die Magie von Arsènie zum Leben erweckt worden waren. »Mehr als lebendiger Stein«, sagte sie. Sie ahnte, warum es so viele waren. Cyrano hatte die Tage genutzt, um weitere seiner versteinerten Freunde nach Kiew zu schaffen.

Es ergab keinen Sinn, im Tiefflug über Kiew hinwegzudonnern und sich auf die Jagd zu begeben. Sie war eine Drachentöterin, und ihre Talente an diesen Wesen auszutoben, wäre reine Verschwendung. »Saint drei, bestätigen.«

»Hier Saint drei, Großmeisterin.« Die Stimme klang sehr angespannt, und das Heulen der Motoren verriet ihr, dass der Pilot die Maschine mit höchster Geschwindigkeit flog.

»Ich brauche Sie in Kiew. Machen Sie Jagd auf die befreiten Gargoyles. Ich wiederhole: Machen Sie Jagd auf die befreiten Gargoyles.«

»Hatten Sie nicht angeordnet, dass …«

»Diese Biester greifen uns an«, unterbrach sie ihn. »Das wird nicht eher enden, bis wir … den Verantwortlichen dafür erledigt haben. Machen Sie Tontaubenschießen, Saint drei, und halten Sie der Armee den Rücken frei. Bestätigen.«

»Bestätigt, Großmeisterin. Ich bringe Ihnen was mit.«

Silena näherte sich wieder dem Triglav und sah die Maschine auf sich zukommen. Hinter ihr und mit einigem Abstand folgte ein großer, weißer Drache mit zwei Köpfen.

»Er wird nach links abtauchen«, sagte Grigorij abwesend.

»Was?«

»Der weiße Drache, der auf uns zufliegt. Er wird nach links abtauchen und uns von hinten angreifen«, wiederholte er.

Silena warf einen Blick auf die montierten Spiegel. Nein, er konnte nicht sehen, was vor der Schnauze der Saint geschah.

»Ich bin ein Hellseher, Silena«, rief er belustigt.

»Das sehen wir gleich.« Sie hatte beschlossen, sich auf Grigorijs Ankündigung einzulassen, und verlangte von der Maschine ein sehr abruptes, hartes Abwärtsmanöver. Gleichzeitig ließ sie die Lanze hervorschnellen.

Im selben Moment änderte der Zweiender seine Flugbahn, und die Lanze versenkte sich in den linken Hals, durchstieß ihn und bohrte sich dazu noch in den Leib. Wie festgenagelt war der Kopf nach hinten gebogen, und das schwarze Blut sprudelte zwischen den Schuppen hervor.

Der andere Kopf des Zweienders wandte sich ihnen zu. Gleich darauf verschwand der Himmel in einer roten Feuerwolke, die Silena die Sicht raubte. Grigorij beobachtete, welche verschiedenen Färbungen das Feuer hatte und einmal orange, dann fast zinnoberfarben erschien.

Fluchend lenkte sie die Saint aus dem Drachengruß, und der Himmel kehrte zurück. Zwei rote Lämpchen blinkten auf ihrem Armaturenbrett, die Hitze in den Motoren war empfindlich gestiegen. »Wieso hast du *davon* nichts gesagt?«, sagte sie zu ihm.

»Das habe ich nicht gesehen.« Er zuckte zusammen. »Nach rechts, sofort!«

Silena fragte nicht einmal, sie tat, was er ihr sagte.

An der schräg gestellten Tragfläche zischte ein zerfetzter Drachenkadaver vorüber, sein sprühendes Blut prasselte als schwarzer Regen gegen die Saint und traf auf das Glasdach. Ohne Grigorijs Warnung wäre ihnen der Leichnam unmittelbar auf die Kanzel geknallt.

»Unter uns ist einer. Pass auf, sonst ...«

Allmählich hasste Silena es, Grigorijs Stimme zu vernehmen. Die Maschinen liefen auf gedrosselter Kraft, also setzte sie auf Abschreckung. Sie betätigte einen Hebel, und die Verschlüsse vor den Sirenen schwangen zur Seite.

Der blaue Drache, der ihnen mit ausgestreckten Hinterläufen und greifbreiten Klauen entgegenkam, änderte seine Route und stieß einen gequälten Schrei aus; die gelben Flammen verfehlten sie glücklicherweise.

»Das war gut. Noch mehr Hitze, und die Motoren hätten angefangen zu brennen. Dann wollen wir …« Entgeistert verstummte sie.

Was zuerst wie schwarze Schleierwolken am Horizont wirkte, entpuppte sich mit einem Mal als Flug der Gargoyles. Die schwingengerüsteten Exemplare trugen diejenigen, die nicht fliegen konnten, hin zum Triglav. Wieder andere stürzten sich auf die Truppen des Zaren und begannen ein Gefecht mit den Soldaten, und an den Hängen befanden sich die ersten Drachentöter im Kampf mit den steinernen Wesen.

»Beim Allmächtigen!« Silena sah, wie die Saint 3 bei einem erneuten Angriff auf einen fliegenden Pulk selbst Opfer wurde. Zwei Gargoyles gelang es, sich auf den Tragflächen zu halten. Gemeinsam rissen sie das Dach des Cockpits weg, packten den Piloten und schleuderten ihn wie eine Puppe davon. Das führerlose Flugzeug dirigierten sie beim Absturz so, dass es in die Fußtruppen stürzte und in einer Detonation verging.

»Sie werden uns kriegen«, sagte Grigorij.

»Sei ruhig!«, schrie sie ihn an und ging in einen mörderischen Steigflug über. »Hier Saint vier. Plan B. Bestätigen.«

»Plan B bestätigt. Widerruf innerhalb zehn Minuten möglich. Bestätigen.«

»Bestätigt.« Silena wollte noch etwas sagen, doch da erklang ein lautes, metallisches Kreischen. Beide Motoren waren ausgefallen, und die Beschleunigung endete abrupt.

Für einen kurzen Augenblick hatten Silena und Grigorij das Gefühl, dass sie schwebten, ehe die Saint auf die Erde zustürzte.

Eris wurde von der Wucht des Angriffs überrascht.

Es half nichts, dass er die Arme zur Abwehr erhob, denn die Geistergestalten kümmerten sich um solche Widerstände herzlich wenig.

Er wurde von ihnen angehoben und rückwärts aus der Tür geschleudert. Nach nicht weniger als sieben Metern Flug prallte er gegen die Wand und rutschte auf den Boden.

»Verdammte Tote.« Er sprang auf die Füße und wollte seine menschliche Hülle abwerfen, um sich ihnen als schwarzer Drache zu stellen – den diese harmlosen Kreaturen aus Nichts keinesfalls aufhielten. Es durfte nicht angehen, dass sich Arsènie seiner Verbündeten bediente. Alles geriet durch diese Frau in Gefahr, er würde den Raum mit schwarzem Feuer fluten und notfalls auch den Weltenstein opfern, bevor die Situation gänzlich aus dem Ruder lief.

Die Faust eines Giganten brachte die Wandseite, an der er stand, zum Einsturz, und ein lautes Brüllen erklang.

Eris fiel zusammen mit dem einbrechenden Boden nach unten und sah dabei die breite, lange Schnauze eines grauen Drachen vor sich erscheinen. Er ließ seiner wahren Gestalt freien Lauf, um dem ersten echten Gegner gegenüberzutreten.

Iffnar, rief er grimmig. *Du bist zu spät, um mich aufzuhalten.* Rasend schnell wuchs sein Körper, die sechs Hälse wucherten in die Höhe, an deren Enden die Schädel wie fleischige Knospen wuchsen. *Und genau rechtzeitig, um als Erster von den Altvorderen zu sterben.* Er schob sich unter dem Schutt hervor.

Der Burghof war übersät mit Drachenkadavern und Gargoyleteilen, zwischendrin sprangen Menschen umher und kämpften gegen kleinere Drachen. Sie stellten sich geschickt an, Eris erkannte sie als Drachentöter, und am anderen Ende machte eine Schar Drachenjäger einem angeschlagenen Exemplar den Garaus.

In der Luft ging der Kampf weiter. Überall sirrten kleine und große Gargoyles umher, wurden gejagt oder jagten. Sie warfen sich zu mehreren gegen die Drachen und hockten auf ihnen wie Ameisen auf einer scheinbar unbezwingbaren Beute. Mitunter hielten sie Waffen in den Händen, die aus den Raubzügen in den Museen stammten.

Eris verfluchte Arsènie und schalt sich selbst, sie aus den Augen gelassen zu haben. Dabei war ihm klar, dass sie ihn erneut hintergehen würde. Dafür würde sie sterben. Später. Erst war Iffnar an der Reihe.

Ich hatte dir vertraut! Ich habe für dich bei den anderen gesprochen, und du hast mich hintergangen! Der graue, gewaltige Drache schlug mit dem Schwanz nach ihm und sprang gleichzeitig nach vorn; die Schnauze klaffte auseinander und legte das immense Gebiss frei. *Der Drachenrat betrachtet mich beinahe als einen ebenso großen Verräter wie dich.*

Eris gelang es nicht mehr, dem stürmischen Doppelangriff auszuweichen.

Iffnars Schnauze bekam drei Hälse auf einmal gepackt und riss sie aus. Der Schwanz traf ihn an der linken Seite und warf ihn gegen das Haus, das daraufhin zu einem großen Teil einstürzte. *Ich lasse nichts mehr von dir übrig, Verräter!* Iffnar spie die Hälse aus, das Blut färbte Unterkiefer und Hals.

Eris schrie mit seinen verbliebenen drei Mäulern und überzog den Feind mit schwarzem Feuer, was Iffnar zum Aufbrüllen brachte. Seine Schuppen qualmten weiß, es stank, und die Augen tränten. Halb blind schlug er wieder mit dem Schwanz zu und kappte einen weiteren Hals, stieß graues Feuer nach Eris und hechtete im Schutz der heranrollenden Flammenwalze gegen ihn.

Aber Eris befand sich nicht mehr dort.

Er hatte die Flügel ausgebreitet und die heiße Luft dazu genutzt, sich davontragen zu lassen. Auf einen körperlichen Schlagabtausch durfte er sich nicht mit Iffnar einlassen, an Kraft und Panzerung war der andere ihm überlegen.

Die Schmerzen, die durch seinen Körper rasten, brachten ihn zum Brüllen; knirschend bildeten sich neue Wirbelfragmente, die Stummel wuchsen in die Länge, Fleisch und Muskeln legten sich darum, und die eben abgebissenen und abgeschlagenen Hälse regenerierten sich innerhalb einer knappen halben Minute.

Währenddessen zog Eris Kreise, krümmte sich und schrie seine Qualen hinaus. Nicht einmal die Gargoyles wagten sich an den schwarzen Drachen heran, der zu stark und zu gereizt war. Sie lauerten auf eine bessere Gelegenheit und beschäftigten sich stattdessen weiter mit den Feinden am Boden und in der Luft.

Eris sah, dass sie sich auch auf den angeschlagenen Iffnar warfen. Er erkannte Cyrano, der eine mächtige Keule in den Fingern hielt und sich damit auf den breiten Kopf des grauen Drachen stürzte.

Bereits mit dem ersten Schlag brachen die Hornplatten über dem Schädel. Iffnar schüttelte sich; er machte einige unbeholfene Schritte und entfaltete die kleinen Flügel, um sich vom Triglav in die Tiefe zu stürzen und davonzugleiten.

Die übrigen Gargoyles zerschlitzten ihm die Haut, brachen ihm die Knochen und beraubten ihn seiner bescheidenen Flugfähigkeit. Iffnar schnappte um sich, zermalmte zwei von ihnen und konnte den kräftigen Cyrano doch nicht abschütteln. Der nächste Keulenhieb brach die lange Schnauze ab, Blut rann aus dem Maul.

Eris lachte. *Das wird nichts mit deiner Rache.* Seine Hälse und Köpfe waren nachgewachsen, er stürzte sich pfeilschnell nach unten, um den grauen Drachen von oben zu packen und ihm den Nacken zu brechen. Es war wichtig, dass Iffnar ihm zum Opfer fiel und er ihn auffraß. Nur so bekam er einen weiteren Kopf und stieg in der Hierarchie unaufhaltsam nach oben.

Eris achtete nicht auf die Gargoyles, die auf dem Widersacher herumsprangen und ihn zu spät bemerkten. Die kräftigen Hinterbeine schlugen sich in den Nacken und den Kopf des Drachen, wo er ohnehin eine Verletzung hatte. Die Hornplatten zerbrachen, der Schädel verformte sich und sackte zusammen; die Augen wurden aus den Höhlen gedrückt, und aus dem Maul schwappte eine unglaubliche Menge Blut.

Iffnar zuckte nicht mehr einmal, das Gehirn war zerstört.

Eris fraß mit vier Köpfen gleichzeitig, während sich zwei immer wieder umschauten und Gargoyles, die sich heranwagten, mit schwarzen Flammen auf Abstand hielt. Niemals in seinem Leben hatte er so rasch gefressen.

Und während er sich durch die weichen Innereien wühlte und sie verschlang, nahmen seine eigenen Schuppen eine neue Färbung an. Die Schwärze verlor sich mehr und mehr.

Grigorij wurde ihnen zum Verhängnis.

Da er nicht wie Silena angeschnallt war, wurde er durch jede neue Bewegung der Saint in eine andere Richtung geschleudert und rollte im Cockpit umher. Mal hing er an der Glaskanzel, mal lag er quer über den Instrumenten – Silena hatte nicht einmal mehr den Hauch einer Chance, den beschädigten Flieger zu steuern.

»Zum Teufel, halt dich an irgendetwas fest, Grigorij!«, schrie sie ihn schließlich an und packte ihn im Nacken. »Ich muss unseren Sturz abfangen!«

Er klammerte sich an sie, sie sah seine blauen Augen dicht vor ihren. »Verzeih mir«, flüsterte er – und küsste sie auf den Mund. Zwei, drei Sekunden lang.

Sie fand es nicht unangenehm, genoss das Prickeln in ihrem Nacken, die Gänsehaut, die auf ihren Armen entstand, und die Leichtigkeit im Magen. Silena hatte lange darauf gewartet und sich ein wenig nach einer solchen intimen Berührung gesehnt. Allerdings fand sie den Moment unpassend.

Als er den Kopf zurückzog, bemerkte sie zu spät, was er tat: Er öffnete das Dach und wurde sogleich hinausgeschleudert, auch die Glaskuppel riss ab und trudelte davon.

»Grigorij!« Silena griff nach ihm, bekam seinen Schuh zu fassen und verlor ihn gleich wieder. Der Russe war weg.

Die Saint wirbelte und drehte sich immer noch, tanzte wie eine zu schwere Feder im Wind. Silena zwang sich, die Maschine abzufangen, was jetzt keinerlei Schwierigkeiten mehr bedeutete. Es gab nichts, was sie dabei behinderte.

Im Gleitflug hielt sie auf den Triglav zu, über dem weitere Maschinen auftauchten; sie trugen das Emblem des Zaren und beharkten die Gargoyles und Drachen sofort mit ihren eingebauten MGs. Sie hatten offenkundig den Befehl erhalten, so viel Ablenkung wie möglich zu schaffen, um die Einheiten am Boden zu entlasten.

Das alles kümmerte Silena nicht. Mit Tränen in den Augen flog sie die Saint, ließ die nächste Lanze nach vorn rutschen und durchbohrte einen von Eris' Verbündeten, der vor ihr aufgetaucht war. Ohne die Motorengeräusche gab es keine verräterischen Laute, welche die Drachen warnten.

Das nachfolgende Ausweichmanöver gestaltete sich als sehr schwierig, der sich im Todeskampf aufbäumende Drache schlug nach ihr, und ein Teil der rechten Tragfläche bekam einen langen Riss. Die Saint sackte nach rechts, genau auf einen Dreiender zu.

Sie sah das rote Feuer, das aus seinen Mäulern flog und auf sie zuhielt. Es blieb ihr nichts anderes übrig, als sich tief nach vorn zu beugen und im Cockpit abzutauchen, die Luft anzuhalten und auf den schützenden Effekt ihrer Spezialkleidung zu hoffen.

Es wurde glühend heiß um sie herum, es fauchte und knisterte.

Silena schrie. Aus Angst, aus Wut und aus Trauer um Grigorij.

Blind hielt sie die Saint auf Kurs und ließ die nächste Lanze ausfahren. Sie würde mit der Maschine zusammen sterben und diesen Dreiender auf jeden Fall mit in den Tod nehmen.

Die Hitze verschwand, und sie wagte es, sich aufzurichten.

Der Dreiender erschien groß wie eine Felswand vor ihr und versuchte, sich mit schnellen Flügelschlägen aus der Bahn des Flugzeugs zu bringen.

Silena löste den Gurt, stellte sich in den Sitz und zog ihr Schwert. Wenn sie beim Aufprall gegen den Drachen geschleudert würde, wollte sie ihn mit der Klinge voran begrüßen und durchbohren. Ganz nach der Art des heiligen Georg.

Das Flugzeug raste in den Drachen und perforierte dessen Brust. Das Monstrum schrie auf.

Aber bevor sie gegen den geschuppten Leib prallte, wurde sie von einer roten Kralle an der Schulter gepackt. *Du wirst mir nicht sterben, Silena. Erst erfüllst du deine Aufgabe.*

Sie erkannte Ddraig und sah nach oben zu der Drachin, die aus verschiedenen kleineren Wunden blutete.

Du musst dafür sorgen, dass der Zauber endet. Finde denjenigen, der ihn aufrechterhält, und töte ihn. Ohne magische Energie kann er sich nicht weiter ausbreiten. Ddraig beschrieb einen Bogen, hängte zwei Gargoyles ab und setzte Silena auf der Ruine des Haupthauses ab, ehe sie sich auf den sechsköpfigen schwarzen Drachen warf, der den grauen zu zwei Dritteln verzehrt hatte. Sie flog durch das schwarze Feuer, das er ihr entgegenschnaubte, und riss ihn von den Beinen. *Du musst die Gargoyles auf unsere Seite ziehen.*

Silena sah, dass auch der warangleiche smaragdene Drache tot war. Viele kleine Gargoyles sprangen auf ihm herum und stachen unablässig auf ihn ein.

Inzwischen hatten sowohl Drachentöter als auch Jäger ihre Vorbehalte aufgegeben und kämpften im Burghof Rücken an Rücken gegen die kleineren Drachen. Leída stand in der Mitte und koordinierte die verbliebenen Männer und Frauen.

»Hilfe!«, kam der schwache Ruf aus der Ruine, auf der sie sich befand. Der Stimme nach handelte es sich um Arsènie.

Silena folgte dem Klang, bewegte sich vorsichtig an den Bruchkanten entlang und lauschte. Sie nahm den Geruch von verbranntem Fleisch wahr und dachte sich zunächst nichts dabei. Das Schlachtfeld befand sich in unmittelbarer Nähe. Doch er wurde stärker, und als sie eine Tür öffnete, fand sie dahinter einen Raum, in dem Arsènie stand. Teilweise war die Decke eingebrochen, große Balken hingen in den Raum, aber der Boden bewahrte sich noch eine gewisse Tragfestigkeit.

Das Medium sah zu Silena, hob bittend die Arme. »Helfen Sie mir, Großmeisterin!«, bat sie wimmernd.

Silena würgte. Der Weltenstein hatte eine enorme Hitze entwickelt und die Hände der Frau verbrannt. Die Fingerkuppen waren nichts anderes als schwarze Stummel, die allmählich zerfielen; das übrige Fleisch bestand aus einer einzigen rohen, rotschwarzen Masse; Brandblasen zogen sich die Arme hinauf bis zum Gesicht. Ihre Kleidung schmorte an verschiedenen Stellen und stand kurz vor der Selbstentzündung.

»Hören Sie auf, ihn mit Kraft zu versorgen!«, befahl Silena und machte einen Schritt in den Raum.

»Es geht nicht!«, rief Arsènie gequält. »Er saugt mich aus! Er nimmt sich mein Ektoplasma.« Sie kam auf Silena zu, die Hitze wanderte mit ihr. »Tun Sie etwas, bei allen Heiligen!«

Silena hob einen Holzstab vom Boden auf, der einmal als Teppichhalterung gedient hatte, und holte zum Schlag aus, um den Weltenstein wegzudreschen.

»Halt!« Grigorij sprang in den Raum. Seine Haare waren zerzaust, die Schulter blutig, aber er war am Leben.

»Du?« Silena hielt inne.

Er schenkte ihr im Vorbeigehen ein Zwinkern. »Wir werden Ihnen erst helfen, wenn Sie die Gargoyles auf die Drachen hetzen«, verlangte er dann von Arsènie. »Ich kenne einen Weg, den Weltenstein auszuschalten …«

»Dann tun Sie es!«, kreischte sie und starrte auf die Fingerkuppen, unter denen die blanken Knochen zum Vorschein kamen. »Es frisst mich auf!«

»Die Gargoyles, Arsènie!«, brüllte er sie an. »Auf der Stelle!«

»Und zwar auf alle Drachen«, fügte Silena hinzu.

Sie schloss die Augen, ihre Lippen bewegten sich lautlos, während dicke Tränen unter den Lidern hervorrannen und sich dabei rot färbten. Sie besaß kein Wasser mehr im Körper, also schied der Leib aus, was er noch geben konnte. »Sie ziehen sich zurück.«

»Silena, sieh nach, was draußen vor sich geht«, bat er angespannt.

Sie lief zur Tür hinaus und schaute von der Ruine auf den Burghof. »Es stimmt!«, jubelte sie. Die Wesen ließen von den Menschen ab, kümmerten sich auch nicht mehr um die arg dezimierten Flugzeuge, sondern einzig um die Teufel, ganz gleich in welcher Gestalt. Aber es waren nicht mehr viele von ihnen übrig, auch die Diener hatten im Kampf gegen ihre alten Herren starke Verluste erlitten. Es waren höchstens zwanzig, und unter ihnen befand sich auch Cyrano.

Sie eilte zurück ins Zimmer. »Sie hat ihr Wort gehalten. Hilf ihr, Grigorij.«

»Sehr gern.« Er kniff die Augen zusammen, weil er sich der Hitze näherte, holte aus und verpasste Arsènie einen gewaltigen Kinnhaken, sodass sie rückwärts taumelte und mit dem Kopf gegen die Wand schlug; bewusstlos rutschte sie auf die Bretter.

Das Leuchten im Drachenstein erlosch auf der Stelle, er fiel aus ihren Fingern und rollte über den Boden, genau vor Silena, die verwundert auf das Artefakt starrte.

»So einfach ist das?« Sie lachte auf.

Er ging auf sie zu, hob den Stein auf und reichte ihn ihr. »So einfach ist das. Es war nur leider keiner in ihrer Nähe, der das hätte tun können.« Er sah zu der regungslosen Französin. »Cyrano hat mich aufgefangen und abgesetzt. Er sagte mir, was zu tun ist, auch wenn ich denke, dass er mit *ausschalten* eigentlich *umbringen* meinte.« Er betrachtete seine Faust. »Ich habe noch niemals eine Frau geschlagen. Aber es tut ebenso weh.«

»Dafür sah es gekonnt aus.« Silena verstaute den Stein in einer Tasche unter ihrer Weste und gab Grigorij einen Kuss auf den Mund. Dabei berührte sie zärtlich seine Stirn und verließ das Zimmer.

Er sah nach der schnell atmenden Arsènie, von der er fest annahm, dass sie ihre Brandwunden nicht überstehen würde. Bedauern spürte er keines.

Dann folgte er Silena. Der Kampf gegen die Drachen näherte sich dem Ende, und das wollte er nicht verpassen.

XXVI.

»Fazit: Das Officium muss aufgelöst und die Drachenbekämpfung in die Hände der Allgemeinheit gegeben werden. Allein das Volk besitzt als Ganzes die Macht, diese Drachen mit einem Schlag aus der Welt zu schaffen. Nur dann sind wir sie los. Und wenn wir die Drachen besiegt haben, sind die Könige Europas an der Reihe.«

Alexander Lenin

aus dem Bericht »Das Officium – Die heimliche Macht« in »Kommunistische Wahrheit« vom 6. September 1924

10. März 1925, Kiew, Zarenreich Russland

Eris wurde von Ddraigs Angriff zur Seite gefegt, dennoch beschäftigten sich vier seiner Köpfe noch immer mit Schlingen; gleich hatte er es geschafft.

Genieß das Mahl. Es ist dein letztes, Gorynytsch. Ddraig schlug mit dem Flügel nach ihm, trieb ihn zurück und schob sich vor Iffnars Kadaver. *Selbst ein Mensch besitzt mehr Verstand als du. Wie konntest du annehmen, dass dein Plan gelingen würde?*

Eris musterte sie, die Hälse fächerten auseinander wie ein Pfauenschweif und suchten nach einer Möglichkeit, die letzten Bissen zu ergattern. *Noch hast du nicht gewonnen.* Doch bemerkte er, dass die Gargoyles plötzlich ihr Verhalten änderten. Sie ließen von den Menschen ab und stürzten sich ausschließlich auf seinesgleichen. Arsènie war tot. *Willst du die Stunde des Sieges unseren Sklaven und Dienern überlassen?*

Nein. Doch ich werde erst gehen, wenn ich dich zerfetzt habe. Ddraig beugte sich nach vorn und spie ihr blaues Feuer gegen ihn – doch es richtete nichts aus! *Was geht hier vor?* Sie betrachtete seine Schuppen, die an vielen Stellen dunkelrot schimmerten und das Schwarz verloren hatten. Da sprang sie ein Gargoyle an, und sie musste nach hinten schnappen, um sich ihn vom Rücken zu pflücken, bevor er mit seiner Lanze zustechen konnte.

Das genügte Eris.

Alle sechs Köpfe schnellten vor, drei von ihnen bekamen Drachenbrocken zu fassen und schlangen sie hinab, während er sich aufrichtete und ebenfalls die Flügel ausbreitete.

Damit ist es vollkommen. Er wartete auf die Schmerzen, die den siebten Hals und Kopf ankündigten, und öffnete seine Mäuler, aus denen rötlichgelber Dampf stieg.

Die verbliebenen Gargoyles umringten ihn, sie interessierten sich nicht mehr für Ddraig. Cyrano landete auf der Mauer, schwang das Zepter des Marduk. »Wir werden schon bald alle frei sein, Gorynytsch, und die Ära der Drachen beenden, aber du wirst es nicht mehr erleben.«

Wer will mich aufhalten? Ein angeschlagener Diener und seine zwanzig lumpigen Freunde?, lachte ihn Eris aus; die Heiterkeit schwang um in ein Stöhnen, und die sechs Drachenhäupter schrien voller Qual auf.

Nein. ICH! Ddraig schnappte und biss ihm dabei vier Hälse durch, die rasiermesserscharfen Zähne schnitten durch die weichen Schuppen, Haut, Fleisch und Knochen; sich windend und ringelnd rutschten sie über den Stein.

Eris schrie auf, brach in die Knie, und Ddraig biss erneut zu: Noch ein Hals fiel.

Silena kam an der Spitze der vereinten Drachenjäger und -töter angelaufen, an ihrer Seite folgten Grigorij und sogar Onslow Skelton. Sie hielten Abstand zur Drachin, auf ihren Gesichtern stand die Entschlossenheit, die Gefahr, die von Eris ausging, ein für allemal auszuschalten. »Es wird dein letzter Tag auf Erden, Teufel«, rief ihm Silena entgegen, die nun einen Speer in der Hand hielt. »Haltet euch bereit«, rief sie nach hinten, und Leída nickte.

Macht euch nicht lächerlich, sondern nutzt die Gelegenheit, euch mir zu unterwerfen, bevor ich zum Herrscher über Europa aufsteige. Die Halsansätze ragten bereits aus den Wunden hervor, und ein weiterer bildete sich soeben aus.

»Arsènie kann dir nicht mehr helfen!« Silena nahm das Amulett mit dem glühenden Eisensplitter ab und wickelte es um ihre Speerspitze. Es hatte dem heiligen Georg geholfen, nun würde es ihr helfen, dieses Monstrum zu erlegen.

Ich weiß, aber ich brauche sie nicht. Es gibt andere wie sie. Alles, was ich benötige, ist der Drachenstein. Eris ächzte auf. *Du hast ihn, Silena. Ich spüre es.* Er machte einen Schritt auf sie zu. *Gib ihn mir, und alles ist vergessen. Wir werden gute Freunde sein.*

Silena hob den Speer. »Das ist das Einzige, was du von mir bekommen wirst«, versprach sie.

Skelton trat neben sie. »Außerdem müssten Sie mit mir darüber verhandeln, Mister Mandrake. Ich bin der Bevollmächtigte des Museums, wenn Sie so möchten.« Er wandte sich an die Drachentöterin. »Dürfte ich das Eigentum meiner Mandanten bitte ausgehändigt bekommen, Großmeisterin?« Er hielt ihr die ausgestreckte Hand entgegen.

Sie starrte ihn an. »Das ist nicht Ihr Ernst, Mister Onslow?«

Menschen! Ihr seid so lustig, wenn man gar nicht damit rechnet! Eris lachte und klang dabei äußerst gereizt.

»Das ist mein voller Ernst. Weiß ich denn, ob Sie den Kampf überleben?« Onslow zwinkerte nicht, seine Mundwinkel blieben starr, und es lag nicht einmal andeutungsweise ein Lächeln auf seinem Gesicht. »Großmeisterin, bitte. Sie tragen viele Millionen Pfund in Ihrer Tasche herum, deren Ausgabe ich Hamsbridge & Coopers ersparen …«

Genug davon! Eris' beide Köpfe stießen nach unten und schnappten zum einen nach Onslow, zum anderen nach Silena.

Sie stieß aus einem Reflex heraus mit der Lanze in den riesigen Rachen und ließ sich fallen. Gewaltige Kiefer prallten gegen den Boden, ohne sich zu schließen, und damit rammte sich der Drache die Lanze selbst durch den Gaumen ins Gehirn; das rötlichgelbe Leuchten in den Pupillen endete, und der lange Hals erschlaffte. Der Kopf fiel auf die Seite, und rasch kroch sie darunter hervor, zog den Speer hinter sich her.

Silena hatte die Schwachstelle entdeckt: Da es nichts nachzuwachsen gab, blieb der Kopf tot. Sie erlaubte sich einen Triumphschrei und sah nach dem verbliebenen zweiten Schädel.

Ihr stockte der Atem: Onslow hing mit dem Arm, in dem sich der Drachenknochen befand, zwischen den Zahnreihen und wurde von Eris geschüttelt, doch der Arm ließ sich nicht durchtrennen.

»Greifen wir an!«, rief Silena, hob den Speer in Richtung Cyrano, um ihm zu zeigen, dass die Attacke begann, und schaute zu Ddraig. »Noch haben wir einen Pakt!«

Ich weiß. Die Drachin schlug mit dem Schwanz nach Eris.

Gargoyles, Menschen und die Drachin stürzten sich auf Gorynytsch, der zurückwich und seinen toten Kopf einem geknickten Stängel gleich hinter sich herschleifte. Er hielt den Briten noch immer im Maul, dann öffnete er seine Fänge, um Feuer zu speien.

Er hatte nicht mit Onslow Skelton gerechnet. Anstatt sich fallen zu lassen, langte er in die Zahnreihen und schwang sich auf die dünne, lange Zunge.

Was danach geschah, verstand keiner: Er packte sie mit beiden Armen, bog sie nach hinten, bis sie aus dem Fleisch riss und stopfte sie Eris in den Schlund. Das schwarze Blut besudelte ihn, heiß und tödlich überschüttete es ihn – und verletzte ihn nicht. Dunkler Rauch kräuselte aus dem Hals, das Feuer gelangte nicht bis nach oben.

Der Drache schüttelte sein Haupt, würgte, doch er bekam keine Luft, während die Menschen und Gargoyles genügend Gelegenheiten hatten, über ihn herzufallen.

Cyrano drosch mit dem Zepter auf das rotschwarze Haupt ein, Silena rammte den Speer in die Seite und traf das Herz. Ächzend wankte der Drache und brach unter dem lauten Jubel von Gargoyles und Menschen zusammen; dumpf krachte es, als der schwere Körper zu Boden fiel, und ein Beben lief durch den Triglav.

Silena gönnte sich nur ein kurzes Lächeln, hob die Lanze und zielte dorthin, wo Ddraig gestanden hatte. Doch die Drachin war bereits nichts mehr als ein Schemen am Himmel. »Geflüchtet«, sagte sie enttäuscht und senkte ihre Waffe.

»Sie war zu geschwächt für einen Kampf gegen uns alle.« Cyrano landete neben ihr. »Wir machen Jagd auf sie, wenn auch unsere Wunden verheilt sind.«

Silena drehte sich zu dem getöteten schwarzroten Drachen um. Vier Köpfe waren stummelhaft nachgewachsen, die anderen beiden lagen wie tote Schlangen da. »Das gibt es doch nicht!«, entfuhr es ihr.

Onslow stieg aus Eris' Schnauze. Das Einzige, was an ihm gelitten hatte, war seine Kleidung, die vom Drachenblut verätzt an ihm herabhing. »Es hat Vorteile, wenn man den Knochen eines Drachen in sich trägt«, meinte er müde, wankte und setzte sich auf ein Mauerstück.

»Sie haben das mit Absicht getan! Sie wollten, dass er Sie verschlingt«, verstand Grigorij und lachte auf. »Mister Skelton, Sie sind mir ja ein Held!«

Onslow grinste. »Ich wusste, dass ich ihm nur Schwierigkeiten bereiten kann, wenn er mich nahe an sich heranlässt. Er wusste nicht, wozu ich in der Lage bin.« Er hielt wieder die Hand in Richtung Silena. »Kann ich bitte jetzt den Drachenstein bekommen, Großmeisterin?«

»Wir wussten das auch nicht, Mister Skelton.« Grigorij zog seinen Handschuh aus und schlug ein. »Lassen Sie sich gratulieren, Sir. Sie haben …« Die blauen Augen weiteten sich, er ließ die Finger los und machte zwei Schritte rückwärts. »Oh, mein …« Er sah gehetzt zu Silena. »Töte ihn!«, raunte er panisch.

»Was?« Sie sah ihn verwirrt an.

Onslow stand langsam auf. »Was haben Sie denn, Fürst?«

Leída näherte sich mit zweien ihrer Leute, auch die Drachenheiligen kamen herbei. »Welch ein Sieg über die Drachen!«, rief sie von weitem. »Die Kadaver werden uns viel Geld einbringen.«

»Sie gehören dem Officium«, entgegnete Brieuc, einer der Drachentöter. »So ist das Gesetz.«

»Das kümmert mich überhaupt nicht.« Leída wandte sich ihm zu. Keiner hatte bemerkt, dass sich der Russe merkwürdig benahm.

»Silena, töte ihn, bevor es zu spät ist!« Grigorij zog seine Waffe und schoss das Magazin leer, die Kugeln drangen in Brust und Kopf des Versicherungsdetektivs.

Doch es störte den Mann nicht. Er packte Silena bei der Kehle und drückte zu, mit der anderen langte er unter ihre Jacke und suchte nach dem Stein; dabei veränderten sich seine Augen, die Pupillen bekamen Schlitze.

»Du hast meinen Vater Groszny getötet«, zischelte er. Die Haut über seinem Gesicht platzte ab, darunter kamen schwarze Hornschuppen zum Vorschein. »Jetzt bekomme ich meine Gelegenheit, ihn zu rächen und größte Macht zu erlangen.« Er zerrte die Tasche mit dem Weltenstein unter ihrer Weste hervor. »Ich hatte schon beinahe nicht mehr daran geglaubt, seit ich für die Altvorderen nach ihm suche.« Er drehte sich, damit er Menschen und Gargoyles im Blick hatte. »Zurück mit euch!«

Silena keuchte. Niemand wagte, etwas zu tun, solange sie sich in seinen Klauen befand. »Ddraig …«

Er schüttelte den Kopf. »Sie kennt mich nicht als Mensch. Vouivre ist der Einzige von ihnen gewesen, der um mein Geheimnis wusste. Irgendwann beschloss ich, dass ich sehr gut selbst mit der Macht umgehen kann, die der Weltenstein verleiht.« Er lachte und zeigte Reißzähne. »Der künftige Herrscher über Europa wird Pratiwin heißen.« Er entriss ihr die Tasche und schleuderte sie gegen Cyrano und Grigorij. Sie fiel, der Russe fing sie auf.

Zwei Gargoyles sprangen auf den Drachen zu, der sich mehr und mehr verwandelte, aber seine schnellen Schläge sandten sie tot auf den Boden des Hofs.

»Ich habe es zu spät gesehen«, entschuldigte Grigorij sich bei Silena. »Erst eben, als ich ihn berührte …«

Sie hielt sich an ihm fest. »Wie spät ist es?«, fragte sie. Er sah sie verständnislos an.

Pratiwin packte den Weltenstein aus. »Wer sich rührt, wird sterben! Lasst mich gehen, und ich gewähre euch das Leben!«

»Wie spät?«, verlangte sie harsch zu wissen.

Grigorij zog seine Taschenuhr hervor und wollte es ihr eben sagen, da erklang ein leises Pfeifen, zu dem sich rasch weiteres gesellte. Es wurde lauter und lauter, und es näherte sich rasend schnell. Von oben.

Dann explodierte unmittelbar hinter Pratiwin die erste von zahllosen Bomben, welche die Cadmos aus sechstausend Metern auf den Triglav abgeworfen hatte.

Die Druckwelle katapultierte Pratiwin nach vorn, direkt auf die Menschen und Gargoyles zu.

Silena sah ihn auf sich zukommen, packte den Speer mit dem Eisensplitter der Georgslanze und rannte ihm schreiend entgegen, während um sie herum immer mehr Detonationen stattfanden.

Unmittelbar vor dem Zusammenprall stellte sie das hintere Ende auf den Stein, fixierte mit dem Fuß den Schaft und zielte auf den breiten Brustkorb des sich verwandelnden Drachen.

Er befand sich im Übergang von Mensch zu Monstrum und zeigte sich damit in einer besonders grotesken Form, mehr als doppelt so groß wie Cyrano, der Kopf verformt und die Arme überlang mit mächtigen scharfen Krallen.

Dann stießen sie zusammen.

Die hellblau leuchtende Spitze durchbrach den Schuppenpanzer und drang in das Herz. Dann trat die Klinge auf dem Rücken neben der Wirbelsäule in einem Blutschwall aus.

Pratiwin schrie gellend und gab die Tasche mit dem Weltenstein frei. Da die Waffe keinen Fanghaken besaß, rutschte er den Schaft entlang und schlug mit beiden Armen nach Silena. *Ich töte dich, Mensch! Ich sterbe nicht allein!*

Einer Attacke entging sie, aber die andere streifte ihren Hals, und das Blut spritzte aus der Schlagader.

Sie ließ den Speer los, zog ihr Schwert und trennte ihm den rechten Arm ab, der wieder nach ihr zuckte. Dann schlug sie ihm den echsenhaften Kopf von den Schultern. »Aber du stirbst«, krächzte sie und brach in die Knie. »Das ist sicher.«

So sehr sie versuchte, das sprudelnde Blut mit ihren Fingern aufzuhalten, es gelang ihr nicht. Sie rollte auf den Rücken, und die gewaltigen Bombenexplosionen um sie herum wurden leiser und leiser.

Silena schaute in das Blau über sich, vor dem die Wolken zogen, dann erschien Grigorijs Gesicht vor ihr. Ein Schrapnell hatte seine Wange aufgeschlitzt. »Du weinst ja«, flüsterte sie und streckte die Hand nach ihm aus. »Meinetwegen?«

Er nahm ihre Finger und küsste sie. »Nein.«

»Du Lügner.« Sie lächelte, und plötzlich waren ihre Schmerzen verschwunden. Sie fühlte sich federleicht, drehte den Kopf etwas.

»Schau«, hauchte sie. »Klare Himmel.« Dann verließ sie die Kraft.

21. April 1925, München, Königreich Bayern, Deutsches Kaiserreich

»Ich trauere mit Ihnen, Fürst.« Erzbischof Kattla stand in der Eingangshalle des Officiums, wo er den ungewöhnlichen Gast begrüßte und davon absah, ihm die Hand zu geben. Keine gute Idee bei einem Hellseher. »Wir haben eine sehr gute Drachentöterin verloren, ich eine außergewöhnliche Frau, die ich mein ganzes Leben lang kannte, und Sie eine gute Freundin.«

Grigorij, entgegen seiner sonstigen Angewohnheit in einen schlichten schwarzen Gehrock gekleidet und mit einem hohen schwarzen Zylinder auf den Locken, verneigte sich. Die dunkelrot getönte Brille machte es schwer, etwas von seinen Augen zu erkennen. »Danke.« Er sah sich um, lässig auf den Gehstock gestützt. »Ich gestehe, dass Ihr Angebot mich neugierig gemacht hat.«

Kattla deutete auf eine Tür, die zu einem Besprechungsraum führte, damit Außenstehende nicht lange durch das Gebäude am Marienplatz wandeln mussten. »Die Jagd nach dem Weltenstein ist leider noch nicht zu Ende.«

Er ließ dem Russen den Vortritt und bedeutete ihm, sich an den kleinen Tisch zu setzen. Eine Angestellte brachte ihnen Kaffee und verließ den Raum wieder.

Der Erzbischof betrachtete ihn. »Das Officium hätte ihn gerne in seinem Besitz, um ihn sicher zu verwahren, Fürst. Nirgends wäre er sicherer verwahrt als bei uns.«

Grigorij roch an dem Kaffee, zog einen Flachmann hervor und schüttete eine grüne Flüssigkeit hinein. »Das Officium besteht derweil aus … sind es elf oder zwölf Drachentöter, Exzellenz?«

»Elf«, antwortete Kattla säuerlich.

»… elf Drachentötern.« Er kostete und nickte. »Mir erscheint Ihre Aussage ein wenig gewagt, Exzellenz.«

»Wir haben gute Freunde gefunden.« Der Erzbischof setzte sich.

»Na, so würde ich es nicht unbedingt nennen. Nur weil sich sieben Gargoyles dem Officium angeschlossen haben, kann man nicht von Freunden sprechen.« Grigorij zog die Brille ab und betrachtete den Mann eingehend. »Wir hatten Glück, dass Arsènies magische Energie oder ihr Können bei weitem nicht ausreichten, den Fluch auf einen Schlag zu lösen. Er kroch mehr über das Land, als dass er flog. Stimmt es, dass Cyrano und einige andere dieser Wesen in Leída Havocks Dienste getreten sind?«

»Ja. Zu uns kamen die vom Weltenstein Erweckten, die Freien entschieden sich für die Drachenjäger«, erklärte Kattla freimütig. Es freute ihn, dass er dem Fürsten Fragen beantworten konnte. »Sie helfen uns, um sich ihre eigene Freiheit zu sichern. Denn wenn jemand den Weltenstein findet, müssten sie ihm gehorchen.«

»Verständlich. Ich würde dasselbe tun«, erwiderte Grigorij mit einem knappen Lächeln. »Außerdem schwächen sie sich damit selbst, indem sie sich spalten, nicht wahr?«

»Sie erraten genau meine Gedanken.«

»Tja.« Grigorij seufzte. »Also, Sie haben keinen Hinweis auf den Weltenstein in der Nähe des Triglavs gefunden?«

»Nein, Fürst. Nachdem die Cadmos, die sich – wie Sie wissen – wieder in unseren Händen befindet, endlich das Bombardement eingestellt hatte, war von der Spitze des Berges und der Festung nahezu nichts mehr übrig.« Er trank ebenfalls von dem Kaffee. »Da können wir froh sein, dass die Gargoyles alle Überlebenden so rasch in Sicherheit flogen.«

»Ich bin Cyrano bis ans Ende meiner Tage dankbar, Exzellenz. Ihm und Gott.« Grigorij deutete ein orthodoxes Kreuzzeichen an. »Was macht Sie so sicher, dass es den Weltenstein überhaupt noch gibt? Ich meine, die Cadmos hat Tonnen von Bomben abgeworfen.«

Kattla langte unter sein schwarzes Gewand, nestelte ein Kästchen hervor und schob es in die Mitte des Tisches. »Ich werde es öffnen und Sie den Inhalt berühren lassen, wenn Sie einen Kooperationsvertrag mit uns eingehen, Fürst.«

Zadornov lehnte sich neugierig nach vorn. »Ist das etwa ein Splitter davon?«

Kattla zuckte mit den Achseln, machte ein unbeteiligtes Gesicht und sagte: »Ja.« Er erschrak über das Wort, das seinen Mund verlassen hatte. Obwohl er nicht wollte, bewegten sich seine Lippen weiter. »Man fand ihn etwas unterhalb der Nordseite des Triglavs. Es war reiner Zufall, dass er zu uns gelangte. Wenn Sie ihn berühren, erhalten wir Gewissheit, was mit dem Stein geschehen ist.« Er langte nach dem Telefonhörer neben sich. »Schicken Sie bitte Herrn Kleinhuber herein«, sagte er.

Der Fürst grinste. »Haben Sie Angst vor mir, Exzellenz?«

»Eine Vorsichtsmaßnahme. Ihre blauen Augen entlocken mir zu viel, und das würde ich gern durch eine zweite Person verhindern lassen.« Er schaute absichtlich an ihm vorbei gegen die Wand. »Doch es spricht für Sie und Ihre Fähigkeiten.«

»Welche die Kirche anzweifelt. Ebenso wie Magie.«

»Ich bin das Officium, Fürst. Meine Aufgabe ist es, Drachen zu vernichten. Seit der Schlacht vor Kiew darf ich in der Wahl meiner Mittel nicht mehr kritisch sein. Solange es mir hilft, die Teufel zu vernichten, ist beinahe alles erlaubt.« Kattla runzelte die Stirn. »Es ist besser, wenn wir erst weitersprechen, sobald Herr Kleinhuber da ist.«

»Gern.« Grigorij trank von seinem Kaffee und zog die Brille wieder auf. »Die vielen Toten«, meinte er bedauernd.

»Sie starben nicht umsonst. Ohne sie wäre die Welt am Abgrund. Und dabei hat die Welt nicht einmal gemerkt, wie knapp sie vor dem Untergang stand. Vor der Apokalypse.« Der Erzbischof schüttelte sich. »Der Papst wird in Absprache mit dem Zaren und Vertretern der Ostkirche aus Triglav einen Wallfahrtsort machen, damit die gefallenen Drachentöter ihre Anerkennung und Anbetung erfahren.«

»Die Gebeine …«

»Es gibt keine Gebeine mehr auf dem Triglav. Die Bomben der Cadmos haben alles pulverisiert. Spätestens nach dem Abwurf der Brandbomben sind die Toten zu Asche verbrannt.« Er bekreuzigte sich. »Mögen sie Frieden finden.«

»Amen«, sagte Grigorij aufrichtig. »Eines noch: Wie passt in all die Selbstlosigkeit und Aufrichtigkeit der Drachentöter denn der Verrat der Großmeisterin, die mit Gorynytsch in Edinburgh gemeinsame Sache machte? Wie hat die Öffentlichkeit darauf reagiert, nachdem die Zeitungen berichteten?«

»Es stellte sich heraus, dass es sich dabei nicht um die echte Großmeisterin handelte. Wir haben Leas Leichnam an anderer Stelle gefunden. Gorynytsch benutzte gern seine eigenen Gefolgsleute, wie auf dem Michael's Mount, um die Umgebung zu täuschen.« Kattla sprach, als hätte er die Erklärung schon tausendmal abgegeben, sie klang eingeübt und leidenschaftslos. »Wir nehmen an, dass er Leída Havock absichtlich am Leben ließ, damit sie den scheinbaren Verrat mit anhörte und davon berichtete. Das Officium sollte in Misskredit geraten.«

Die Tür öffnete sich. Ein langer, hagerer Mann betrat das Zimmer und wurde als Kleinhuber vorgestellt.

»Haben Sie sich entschieden, Fürst?« Kattlas Zeigefinger legte sich auf den Deckel. »Sie müssen begreifen, dass Sie quasi eine moralische Verpflichtung haben, uns bei der Suche zu helfen. Stellen Sie sich vor, der Weltenstein fällt wieder in die Hände eines Mediums, wie es diese Sàtra war. Alles begänne von vorne.«

Grigorij betrachtete das Kästchen. »Sie vergessen, dass die Formel mit ihr untergegangen ist.«

»Aber sie wurde zuvor ausgesprochen. Vielleicht genügt es, wenn man den Weltenstein mit neuer Energie füttert? Und wir reden eben nicht nur von Gargoyles. Wir reden von Magie.« Kleinhuber legte die Hände zusammen und musterte ihn wie ein Lehrer seinen aufsässigen Schüler. »Das darf nicht sein. Und was, wenn er in die Hände eines Drachen geriete?«

Grigorij sah über den Glasrand und fing Kleinhubers Blick. »Die Altvorderen sind doch vernichtet worden. Die rote Drachin wurde von einem Ihrer Gargoyles erschlagen, wenn ich richtig gehört habe?«

Der Sekretär nickte – und wirkte dabei erschrocken.

»Schauen Sie ihm nicht in die Augen«, mahnte Kattla scharf und leise.

»Dann ist doch alles in bester Ordnung.« Grigorij stand auf. »Meine Herren, ich empfehle mich.«

Der Erzbischof erhob sich. »Fürst, Sie müssen uns helfen!« Kleinhuber sprang auf und stellte sich vor die Tür.

Langsam wandte sich der Russe um und betrachtete Kattla. »Oder sonst tun Sie was, Exzellenz? Hetzen Sie die Inquisition auf mich?«

»Wenn es sein muss, ja.« Kattla reckte das Kinn. »Entweder sind Sie für oder gegen uns.«

»Dann bin ich wohl gegen Sie.« Er drehte sich zu Kleinhuber, hob den Gehstock und schob den Mann mit dem Griff zur Seite. »Zu schade, dass ich dem Officium immer einen Schritt voraus sein werde.« Er drückte die Klinke hinab. »Sie wissen ja: Ich bin ein Hellseher.« Grigorij tippte sich an den Zylinderrand und spazierte hinaus, durchquerte die Halle und trat hinaus in die Frühlingssonne.

Auf dem Marienplatz tummelten sich viele Menschen. Einheimische und Fremde streiften umher, saßen in den Cafés, liefen um die aufgebauten Marktstände und betrachteten die Auslagen. Man flanierte und genoss den Frühling.

Grigorij setzte sich in Bewegung und verschmolz mit dem Strom. Wie er dahintrieb, so flossen auch seine Gedanken, bis er seinen schwarzen Horch am Straßenrand geparkt sah; er setzte sich in den Fond des Stadt-Coupés. »Zum Bahnhof.«

Das Automobil setzte sich in Bewegung.

Er sah aus dem Fenster, nahm den Flachmann hervor und goss die grüne Flüssigkeit aus. Gefärbtes Wasser. Die anderen sollten ruhig denken, dass er sich immer noch von Absinth und Haschisch ernährte.

»Es ist nach wie vor die Vision, Knjaz?«, wurde er gefragt.

»Ja. Sie hat mich einfach sehr beunruhigt.« Er konzentrierte sich auf die Bilder, um jede Einzelheit zu erkennen. »Da war Arsènie, von ihren Brandwunden genesen, in einem dunklen Zimmer. Sie hat mit Auberts Schädel gespielt. Und gleich darauf habe ich diesen einäugigen, silbrigweißen Wurmdrachen gesehen, der einem seiner Sklaven eine Einladung an die Französin diktiert hat, sie doch einmal zu besuchen.«

»Nichts Neues, Knjaz?«

»Nein.« Er grübelte. »Aber seitdem frage ich mich, was diese Bilder sollten. Arsènie ist tot, nichts ist den Bomben entkommen – vielleicht ein Blick in die Vergangenheit?« Grigorij polierte den Griff seines Stocks. »Und ich frage mich: Wenn zaubernde Drachen ein magisches Organ im Kopf haben, wie verhält es sich mit zaubernden Menschen?«

»Das kann ich nicht beantworten. Dazu hätte man Madame Sàtra finden müssen, Knjaz.« Der Horch hielt neben dem Eingang zum Bahnhof an, Grigorij wurde die Tür geöffnet. »Wir sind da.«

»Vielleicht sind es meine schlimmsten Ängste. Und wir wissen beide seit der Schlacht am Triglav, dass meine Visionen sich nicht immer erfüllen müssen.« Er schwang sich ins Freie und winkte einen Träger herbei. »Hören Sie doch auf, mich Knjaz zu nennen, Oberst Litzow.«

Der Mann grinste, fuhr sich über den Schnurrbart und zwirbelte die Enden in die Höhe. »Es gebührt Ihnen. Ich halte es nur für sehr höflich. Außerdem haben Sie viel für einen alten Soldaten getan.«

»Und ich bin geehrt, dass Sie bei mir mitmachen.« Grigorij lächelte ihn an und klopfte ihm auf die Schulter. »Kommen Sie, unser Zug wartet. Ihnen wird Ihre neue Aufgabe gefallen. Ich habe einen Luftschiffhangar in Cardington aufgetan, in dem Sie Zigarren bauen können, die doppelt so groß wie die Cadmos sind.«

Der Hauptmann strahlte. »Das werde ich, Knjaz.«

Sie schritten den Bahnsteig entlang, wandelten durch weißen Wasserdampf und stiegen in die Wagen der ersten Klasse, wo Grigorij zwei Abteile gemietet hatte. Er wünschte Litzow eine gute Fahrt und verschwand in seinem Abteil.

»Du bist spät dran.« Silenas Stimme klang vorwurfsvoll. Sie saß neben dem Fenster, vor dem die Vorhänge zugezogen waren. »Ich dachte schon, das Officium hätte dich doch auf seine Seite gezogen.« Sie stand auf. In dem weißen Kleid sah sie unglaublich elegant aus. Der breitkrempige, geschwungene Hut in Beige verdeckte ihr Gesicht bis zum Kinn. Eine bessere Maskerade für sie, die Frau, die man ansonsten nur in Hosen gesehen hatte, gab es nicht.

»Mich? Wo die schönste, klügste und beste Frau der Welt auf mich wartet?« Er nahm sie in die Arme, ihre Lippen trafen sich zu einem langen, liebevollen Kuss. Er öffnete die Augen und sah die Narbe an ihrem Hals, das Andenken an Pratiwin. »Niemals. Auch wenn ich sie in dieser Aufmachung kaum erkannt hätte.«

Silena lachte. »Das geht hoffentlich allen so.« Sie nahm den Hut ab und legte ihn auf die Ablage.

Grigorij löste sich von ihr und schlüpfte aus dem Gehrock, dann streifte er die Schuhe ab. »Ah, das wird eine lange Fahrt.«

»Wir werden uns die Zeit schon vertreiben.« Silena grinste vieldeutig. Sie fühlte sich unglaublich erleichtert, das Officium verlassen zu haben. Es war kein Ort mehr, an dem sie sich geborgen gefühlt hätte. Das bedeutete für sie jedoch nicht, dass sie das Schlachtfeld verließ. Eine dritte Front wurde eröffnet, abseits von Drachentötern und Drachenjägern.

»Nicht doch«, meinte Grigorij gespielt entsetzt. »Der gute Litzow ist direkt nebenan.« Er lockerte den Hemdkragen, öffnete den obersten Knopf und warf sich gegen sie; zusammen landeten sie auf dem weichen Polster. »Aber ich denke, er hört sowieso nicht mehr gut.« Wieder küssten sie sich. »Du siehst unbeschreiblich glücklich aus.«

»Und es täuscht dich nicht.« Sie lächelte. »Es war eine gute Idee, mich auf dem Triglav sterben zu lassen.«

Er hob den Zeigefinger. »Wir haben sie im Glauben gelassen, dass du gestorben bist. Ein feiner Unterschied«, verbesserte er ernst. »Wie gut, dass mir in Kiew noch einige Leute einen Gefallen schuldeten.« Grigorij fuhr mit dem Finger über ihren Nasenrücken. »Bereust du es nicht, das Officium verlassen zu haben?«

»Ich habe kein Vertrauen mehr. Lieber jage ich die Drachen auf eigene Rechnung und im Namen meines Vorfahren.« Silena betrachtete liebevoll sein Gesicht. Dann schluckte sie, denn sie spürte etwas Furcht vor der Frage, die sie ihm zu stellen gedachte. »Willst du mich heiraten, mein Fürst?«

Er lachte auf. »Du bist unglaublich. Das wollte ich dich fragen.«

»Ich weiß. Deshalb bin ich dir zuvorgekommen.« Sie schlang die Arme um seinen Nacken und zog ihn zu sich herab. »Deine hellseherischen Fähigkeiten färben auf mich ab.«

»Ach ja?«

»Ja«, neckte sie ihn. »Ich sage dir voraus, dass wir viele Kinder haben werden. Lauter kleine Drachentö… Drachenvernichter.«

Er lächelte. »Natürlich will ich, Silena. Dann bekommst du endlich einen Nachnamen. Und einen fürstlichen Titel.« Grigorij küsste zärtlich ihre Narbe, und sie erschauderte, fuhr ihm auffordernd durch die Haare.

Er hoffte sehr, dass sein Talent nicht abfärbte. Sonst würde sie eines Tages herausfinden, dass sie ein Stück Drachenknochen in ihrem Halswirbel trug. Ohne die unfreiwillige Gabe von Pratiwin wäre sie nicht mehr am Leben.

»Was ist?« Silena bemerkte, dass er gedanklich woanders war.

»Ich habe nur an unsere Kinder gedacht«, beruhigte er sie, und seine Hand fuhr über ihre Hüfte bis zum Bein. Er ertastete ein Strumpfband. »Sie kommen alle nach dir.« Grigorij küsste sie erneut. »Die Drachen werden nichts zu lachen haben.« Er öffnete die Verschlüsse an ihrer Bluse.

Mit einem schrillen Pfiff verkündete die Lokomotive, dass die Reise begann.

Nachwort

Ein Zufall, mehr war es nicht.

Als ich im Rahmen einer ganz anderen Recherche immer wieder Hinweise wie »die katholische Kirche kennt mehr als 80 Drachenheilige« entdeckte, machte mich dies stutzig – und schon begann der Film vor meinen Augen abzulaufen. Warum gab es so viele Heilige? Was, wenn es sie noch immer gäbe? Wie wären sie wohl organisiert? Und wie verhielten sich die Drachen?

So kam der Stein ins Rollen.

Die Zwanzigerjahre und ihr Flair – ich mag sie einfach. Luftschiffe, Doppeldecker, Séancen, formschöne Autos. Die Schwelle zwischen Modernität und Zauber liegt für mich genau dort. Passende Filme wie »Die tollkühnen Männer in ihren fliegenden Kisten« oder »Das große Rennen rund um die Welt« aus meiner Jugend taten ihr Übriges dazu. Warum nicht dort den Schauplatz eines Buches hinverlegen?

Ich recherchierte über die Zwanziger, schuf meine eigenen Drachen, veränderte die Geschichtsschreibung ein wenig und griff auf ein Seminar aus meiner Studienzeit zurück: »Der Drache im russischen Volksmärchen«. Dazu kamen etliche historische Zitate und Ansichten über Drachen, aber eben auch Pseudohistorisches.

So entstand dieses Buch.

Sicher ist es ein Wagnis: keine High Fantasy, Sagengestalten in einem neuen Umfeld, viele neue Wunder für die Lesenden, die sie so noch nicht zu Gesicht bekommen haben.

Dennoch – es musste sein. Ich sehe es als meine Aufgabe, Neues in der Fantasy zu entwerfen und mit viel Spaß zum Leben zu erwecken. Oder besser gesagt: Die Bilder verlangten von mir, zum Leben erweckt zu werden. Diesen Spaß wünsche ich nun den Leserinnen und Lesern. Vielleicht gibt es ein Wiedersehen mit Drachen, Hellsehern und Silena.

Mein Dank geht an das Österreichische Museum für Volkskunde, Nicole Schuhmacher und Carina M. Heitz, meine Lektorin Angela Kuepper und Carsten Polzin vom PIPER Verlag.

Die Drachenheiligen
(Quelle: Österreichisches Museum für Volkskunde)

Adelphus
Afra
Agapitus von Praeneste
Amandus von Maastricht
Ambrosius
Andreas
Antonius Abbas / der Große
Armel/Armaglius
Arnold
Arsakios
Barlaam
Beatus
Christophorus
Callupan
Coelestin
Crescentius vin Città di Castello
Cyriakus von Rom
Demetrius
Domitian von Maastricht
Donatus von Arezzo
Eleutherius
Erasmus
Eucharius
Felix
Florentinus
Fridolin
Georg
Gereon
Germanus der Schotte
Goar
Godehard
Hilarion der Eremit

Hilarius von Poitiers
Hypatius von Gangra
Ignatius von Loyola
Inflananus
Juliana
Julianus von Anazarbus
Julianus von Le Mans
Justus von Triest
Konstantin der Große
Leo IV.
Liphard von Meung
Longinus
Ludwig Bertrand
Magnus von Füssen
Marcellus von Paris
Margareta von Antiochien
Maria Magdalena
Marina von Orense
Martha von Bethanien
Martin von Monte Massico
Matthäus
Mauritius von Agaunum
Maurus
Mercurialis von Forli
Michael (Erzengel)
Narzissus
Olav II. von Norwegen
Petrus von Alexandrien
Petrus Damiani
Philipp
Pirmin von der Reichenau
Prokop
Quirinius von Malmedy
Romanus
Romanus von Rouen
Satyrus
Sentius von Bieda

Servatius von Tongern
Silvester I.
Stephanus
Syrus von Genua
Theodor
Theodor Stratilates
Theodor Tiro von Euchaïta
Timoteus
Trudo
Trugdal von Tréguier
Veranus von Cavaillon
Vigor von Bayeux
Viktor von Marseille
Viktor von Xanten
Viton von Verdun
Wilhelm von Maleval

Drachenkaiser

PIPER

Für diejenigen, die damals neuen Pfaden gefolgt sind und sich nun wieder aufmachen

Dramatis personae

Die Menschen

Grigorij Wadim Basilius Zadornov: russischer Fürst (*Knjaz*) und Hellseher

Silena aka Anastasia Zadornova: letzte Nachfahrin des heiligen Georg, Grigorijs Gemahlin und Anführerin der Drachenjäger-Einheit *Skyguards*

Oberst Litzow: Erfinder und Techniker der *Skyguards*

Doktor Eisenbeis: Arzt der *Skyguards*

Leída Havock: Anfuhrerin von *Havock's Hundred*, einer Drachenjäger-Einheit

Cyrano: Gargoyle und Anführer der »alten« Gargyoles

Lady Ealwhina Snickelway: Medium

Sir Shamus: ihr Bekannter

Ichneumon: Drachentöter

Erzbischof Kattla: Anführer des Officium Draconis

Prior Prokop: sein Stellvertreter und Befehlshaber im Feld des Officium Draconis

Wilhelm Voss: deutscher Industriemagnat

Kasimir Voss: sein Sohn

Weiß und Müller: Buchhalter von Kasimir Voss

Alexandra Fjodorowna: Zarin *(Zaritsa)* von Russland

Charles Tourant De Bercy: Unterhändler

Piotr und Vlad: Handlanger von De Bercy

Igor Vatjankim: Mitglied der Ochrana

Wassilij: Taxifahrer

Zoja Sigorskaja: Oberst der Zarenarmee

Sergij Wachholder: Bibliothekar

Wu Li: chinesischer Akrobat und Illusionist

Torben Quinn: Angestellter der Stadtverwaltung Hamburg

Maximilian Redelmaier: Ermittlungsbeamter des Officium Draconis

Mahud Nagib: Ägyptologe

Nitokris: seine Sekretärin

Dr. Ahmat Fayence: Psychologe
Thomas Edward Grant der Fünfte: brit. Gentleman
Li Zhiao: chinesischer Geschäftsmann
Tilda, Lasse, Bengt, Olof, Knut: Dorfbewohner von Väddo
Lord Craig Canterburry: Übersetzer
Eric Tremaine: Medium und Mitglied der Society of Psychical Research
Aisin Gioro Pǔ Yí: Kaiser von China, Qing-Dynastie
Kaiserinwitwe Cíxī: seine Vorgängerin
Prinz Zhu Zaihou und seine Mutter Wan: Ming-Dynastie
Humbleman und Coopers: zwei Bobbies

Die Drachen
Vouivre: französischer Altvorderer
Y Ddraig Goch: walisische Altvordere
Tugarin: russischer Drache
Florin: holländischer Drache
Gwalchgwyn: walisischer Drache
Nie-Lung: chinesischer Drache

Begriffe
Altvordere: uralte europäische Drachen
Lǎozǐ: chin. Anrede *alter Meister*
Ochrana: zaristischer Geheimdienst
Bolschewiki: Fraktion der Sozialdemokratischen Arbeiterpartei Russlands (SDAPR), die einen Umsturz schnell und mit Gewalt umsetzen wollte
Ulanen: Lanzenreiter
Prospekt: russ. Bez. für eine sehr breite Prachtstraße
Tawarisch: russ. *Genosse*
Prastiti pashalusta: russ. *Entschuldigen Sie bitte!*
Spasiba: russ. *Danke!*
Nitschiwo straschnawa: russ. *Nichts passiert!*
Gaspascha: russ. Anrede für *Frau*
Stoi: russ. *Halt*
Suka: russ. *Schlampe*
RAF: Abkürzung für Royal Air Force

Sûreté: französischer Geheimdienst
Pint: engl. Bierglas mit 0,568 Liter Inhalt
Ladypint: engl. Bierglas, halbes Pint
Midnight: Getränk aus Guinness (engl. Stoutbier) mit einem Schuss Portwein
Nǐ yéye de: chin. Fluch *Verdammt*!
Kào: chin. Fluch, hartes Wort für *Fäkalie!*
Dàngfù: chin. *Schlampe*
Tā mā!: chin. *Zum Teufel!*
Fèiwù!: chin. *Missgeburt*
Nǐ mā bī: chin. derb *weibliches primäres Geschlechtsteil*
Jī: chin. derb *Prostituierte*
Fèihuà: chin. *Blödsinn*
Běijīng: Peking
Stockholms-Tidningen: größte schwed. Tageszeitung
Society of Psychical Research: Gesellschaft zur Erforschung übersinnlicher Phänomene

Die Musikstücke zum Buch

Paul Whiteman – Whispering (1920)
George Olson & Orchestra – Who? (1925)
Howard Lanins Dance Orchestra – Don't Wake Me Up (1925)
Howard Lanin and His Orchestra – Black Bottom (1926)
Lee Morse – Yes, Sir! That's My Baby! (1925)
Eddie Cantor – If You Knew Susie (Like I Know Susie!) (1925)
Savoy Orpheans – When You and I Were Seventeen (1925)
Whispering Jack Smith – Me and My Shadow (1927)
Whispering Jack Smith – Crazy Rhythm (1928) – *des Autors Liebling!*
Whispering Jack Smith – There Ain't No »Maybe« in My Baby's Eyes (1926)
Whispering Jack Smith – When the Red, Red Robin Comes Bob-bob-bobbin' Along (1926)
Jan Garber's Orchestra – Baby Face (1926)
Savannah Syncopators – Wa Wa Wa (1926)
Ben Bernie Orchestra – Ain't She Sweet (1927)

Wisconsin Roof Orchestra – Black Maria (1927)
Ipana Troubadours – My Strongest Weakness (1927)
Charlie Fry and His Million Dollar Pier Orchestra – Happy Days, Lonely Nights (1928)

außerdem Songs von: Original Dixieland Jazz Band, Harry Archer, Comedian Harmonists, Yale Whiffenpoofs und Max Raabe (keine Eigenkompositionen)

und:
»Klein Zack« aus: Hoffmanns Erzählungen von Jacques Offenbach
»Steuermann, lass die Wacht!« aus: Der Fliegende Holländer von Richard Wagner

Prolog

23. Dezember 1926, Freie Hansestadt Hamburg, Deutsches Kaiserreich

Riesige Masten stemmten den schweren roten Stoff des pagodenförmigen Zelts in schwindelerregende Höhe. Innen und außen erleuchteten es Pergamentlampions; vom warmen Licht illuminiert, zog es die Blicke magisch an. Durch seine Außergewöhnlichkeit und all die Ornamente war es ein Blickfang sondergleichen.

Eintausend Menschen hatten den Weg hineingefunden. Im Innern roch es nach Holz, nach Jasmin und frittiertem Essen, das von livrierten Chinesen mit Bauchläden in Tütchen während der Vorstellung an die Zuschauer verkauft wurde. Unermüdlich liefen sie die Tribünentreppen hoch und runter, lächelnd und freundlich. Den Tee, in dem Jasminblüten schwammen, gab es gratis in kleinen Tonschälchen zu jeder Order.

Die Besucher waren von den rasch wechselnden Darbietungen gefangen genommen. Eine gebannte Stille herrschte, die Gesichter von Männern, Frauen und Kindern waren auf die Manege gerichtet, und die Spannung löste sich nach jedem Kunststück in einem tosenden Applaus.

Während die Menschen rings um Alfred Groote mitfieberten, starrte er unbeteiligt in die Manege, in der sich zehn junge Chinesendamen in weißen Seidengewändern zum Abschluss ihrer Akrobatik zu einer Pyramide aufgetürmt hatten. Dabei verbogen und verrenkten sie zusätzlich ihre zarten Leiber. *Ich halte es für unmöglich, sich dabei als normaler Mensch nicht das Rückgrat zu brechen*, dachte er. *Schlangenmenschen.*

Zur Krönung und gegen die Gesetze der Physik hielten sich die Mädchen gegenseitig an den Hüften und streckten jeweils ein Bein weg, sodass das Bauwerk aus Menschen lediglich auf schmalen, dünnen Zehenspitzen stand. Und hielt, ohne auch nur im Ansatz zu schwanken.

»Famos«, tönte es aus der Reihe vor Alfred. »Ganz famos!«

Doch auch als die grazilen Mädchen die Pyramide auflösten und sich aufrecht hinstellten, um ihren Applaus entgegenzunehmen, klatschte der Zweiundzwanzigjährige nicht. Feindselig blickte er von seinem hintersten Rang hinab, über die Köpfe der begeisterten Menschen, die im Gegensatz zu ihm nicht mit Beifall sparten.

Er spürte einen Ellenbogen in seiner Seite. »Mach schon«, raunte ihm Klara von links ins Ohr. Sie trug ein schlichtes schwarzes Kleid und eine lange Glasperlenkette, die kurzen blonden Haare lagen in einer modischen Wasserwelle am Kopf an. Sie hatte die Gelegenheit genutzt und sich eigens für das Zusammentreffen mit *ihm* schön gemacht. »Willst du, dass wir auffallen? Benimm dich wie ein normaler Zuschauer.«

Widerwillig schlug Alfred die Handflächen gegeneinander, doch der finstere Ausdruck wich nicht von seinem Gesicht. Für ihn waren diese chinesischen Turnerinnen Abschaum, wie der ganze Rest des verfluchten Zirkus, den seine lange Reise von Peking ins deutsche Kaiserreich geführt hatte.

Er verabscheute sie nicht, weil sie anders aussahen oder einer fremden Kultur angehörten. Seinen Hass hatten sie einem ganz anderen Umstand zu verdanken.

Die jungen Akrobatinnen liefen durch den portalähnlichen Manegenausgang hinaus; Sägemehl wirbelte hinter ihren blanken Füßen auf und flirrte im bunten Licht der fünf Richtscheinwerfer. Ihnen kam wieder der Conferencier des Abends entgegen, ein Chinese im klassischen Smoking und mit Zylinder, hinter dem sich der dunkelrote Vorhang schloss. Alfred fand immer noch, dass ihm die westliche Kleidung nicht stand. Den Namen hatte er vergessen. *Wozu auch merken?*

»Vielen herzlichen Dank, hochverehrtes Publikum«, rief er und verneigte sich. »Die Töchter der Schlange haben Ihr Wohlwollen redlich verdient. Kommen wir nun zu unserem Höhepunkt der Weihnachtsvorstellung in der schönen Hansestadt: Meister Wu Li und seine Traumkugeln!« Er deutete auf den Eingang, wo die Stoffbahnen erneut aufgezogen wurden. Ein lauter Gongschlag ertönte und hallte lange nach.

Ein hünenhafter Chinese in einem traditionellen knielangen

Gewand aus schwarzer Seide tat den ersten Schritt in das Rund und verharrte in den Strahlen der Scheinwerfer. Die roten und weißen Schriftzeichen darauf leuchteten regelrecht. Die Arme hatte er auf den Rücken gelegt. Er musterte die voll besetzten Ränge in aller Ruhe, ehe er in die Mitte der Manege trat.

»Meine Güte, der ist ja riesig«, hörte Alfred Klara verwundert sagen. »Mindestens zwei Meter, oder? Ich dachte, die Chinesen seien alle klein!«

»Nicht die aus dem Norden, habe ich gehört«, gab er zurück und wartete ungeduldig, was Meister Wu Li zu bieten hatte. Es interessierte ihn letztlich ebenso wenig wie die vergangenen Darbietungen der Mädchen, der Tellerjongleure, der Clowns, der exotischen Tierdressuren, der Hochseilakrobaten, der Contorsionisten, der halbnackten Tänzerinnen und alles, was er sonst noch hatte erdulden müssen. Alfred und seine Freunde waren nur aus einem Grund hier.

Meister Wu Li berührte die weiße, halbkugelförmige Mütze, die eine Bronzespitze an der höchsten Stelle aufwies. Helfer trugen daraufhin einen Tisch mit einer flachen, breiten Schüssel herein, in der Wasser schwappte. Er selbst sah gelassen dabei zu und strich sich über den langen, schwarzen Kinnbart, der das Gesicht noch schmaler machte.

»Schneller«, murmelte Alfred und sah auf die Taschenuhr. Kurz nach zehn am Abend. Viel zu spät für seinen Geschmack. Die Vorstellung hätte vor einigen Minuten zu Ende sein sollen.

Wu Li bekam eine Drahtschlinge von einer Armlänge Durchmesser gereicht und tauchte sie in die Flüssigkeit.

Das Licht verlosch bis auf einen einzelnen Scheinwerferstrahl.

Wu Li hob den gebogenen Draht ruckartig an, und eine große Seifenblase formte sich. Zitternd blieb sie vor dem Chinesen in der Luft stehen, dehnte sich und wallte, drohte zu bersten. Er legte den Draht nieder, tauchte die Hände in die Flüssigkeit und berührte die Blase, hielt sie zwischen den Fingern – und ließ sie an Ausmaß zunehmen!

»Wie macht er das?« Klara packte Alfred am Ärmel der groben beigefarbenen Kordjacke.

»Das ist mir so was von gleich«, antwortete er, obwohl er sich zumindest wunderte über das, was er da sah. Dass die Seifenblase nicht barst, konnte er akzeptieren. Warum sie größer wurde, verstand er nicht.

Wu Li hatte die schillernde Sphäre freigegeben. Sie waberte aufwärts, höher und höher, dem Dach der Zeltpagode entgegen, bis sie wie auf einen geheimen Befehl hin stehen blieb. Der Scheinwerfer folgte ihr, Wu Li fiel ins düstere Gemisch aus Licht und Schatten zurück.

»Als der grausame Eroberer Dschingis Khan meine Heimat angriff«, sprach der Chinese mit Bassstimme, und Alfred rann unwillkürlich ein Schauder über den Rücken, »ritt seine wilde Horde an der Hütte einer Seifenmacherin vorüber.«

In der Blase wurden … Bilder sichtbar!

Die Menschen sahen Tartarenkrieger auf kleinen, zotteligen Pferden, die ihre Säbel und Speere schwangen. Ein erschrockenes und zugleich begeistertes Raunen lief durch die Reihen der Zuschauer. Eine Hütte tauchte auf, umgeben von Bambus und einem kleinen Bachlauf, an dem eine Chinesin kniete.

»Die grausamen Krieger wollten die hübsche Lin Wei entkleiden und sich an ihr vergehen.« Die Seifenblase zeigte die hilflose junge Frau, die von den Kriegern überrascht wurde, die sich auf sie stürzten. Sie leistete Gegenwehr, spuckte und schlug um sich.

Wie … geht das? Alfred wandte sich verblüfft um, drehte den Kopf und versuchte den Filmprojektor zu entdecken, mit dem sie den Trick absolvierten. Er hatte schon ein paar Vorführungen im Lichtspielhaus gesehen, aber was ihn stutzig machte, war, dass er das Geschehen in Farbe sah. *Ist das möglich? Eine neue Technik?*

Wu Li hatte unterdessen eine zweite Blase entstehen lassen, die emporschwebte, sich mit der ersten verband und sie an Volumen verdoppelte. Nun wurden die Szenen überlebensgroß dargestellt, und wer genau hinhörte, vernahm das dunkle Lachen der Krieger und die verzweifelten Rufe der Frau; einige Zuschauer stöhnten mitfühlend auf.

»Sie warfen sie in den Trog mit Seifenlauge, um sie zu waschen. Doch Lin Wei blieb im Trog verschwunden. Stattdessen stiegen Blasen empor, die den schrecklichen Soldaten Angst einflößten«, dröhnte Wu Lis Stimme. Die gigantische Sphäre wurde von Dutzenden kleiner Bläschen umspielt, deren Inneres unerklärlicherweise mit Rauch gefüllt war. »Sie verdunkelten die Umgebung, und die Pferde nahmen Reißaus. Sobald sie barsten, gaben sie Nacht frei und brachten den Kriegern dämonische Gestalten.«

Prompt platzten die Gebilde, der Rauch entwich und formte Monstrositäten, die über die Menschen in der Pagode hinwegflogen. Nicht wenige zogen die Köpfe ein oder hielten die Hüte fest, einige kleine Kinder fingen an zu weinen. Klara stieß einen spitzen Schrei aus, als tintenschwarze Schattenfinger nach ihr griffen, ehe sie zerstoben und vergingen.

Wie macht er das? Alfred konnte sich der Faszination nicht länger erwehren. *Er erweckt die Einbildung zum Leben!* Mit neuartigen Projektoren oder anderen Taschenspielertricks hatte das nichts mehr zu tun. *Ein Massenhypnotiseur? Ein Medium?*

»Die Letzten der Horde ergriffen die Flucht«, rief Wu Li, »als der gefürchtete Drache Nie-Lung erschien!«

In der großen Sphäre erschien der goldgeschuppte Kopf eines chinesischen Drachen, der sein zahnreiches Maul weit aufgerissen hatte und voller Hass fauchte. Auf seinem Rücken entfalteten sich filigrane Schwingen, und sein Hornpanzer glänzte; entlang der Wirbelsäule saßen gezackte, aufgerichtete Schuppen, die bis zum Schweifende verliefen. Die Hörner wirkten mehr wie ein Geweih und hatten wenig mit denen der europäischen Monster zu tun. Orangefarbene Augen starrten durch die Blase in das Pagodenzelt.

Jetzt schrien die Zuschauer vor Schrecken auf – aber Alfred blieb stumm, seine Augen funkelten vor Glück. *Meister!* Er bewunderte den langen, gewundenen Leib, an dem vier Beine mit je fünf Klauen saßen. *Schöner, als ich ihn mir vorgestellt habe!*

»Nie-Lung fuhr auf sie nieder und wütete schrecklich!«, erzählte Wu Li beschwörend, und der Drache in der Sphäre schnappte wild um sich, wand den biegsamen Körper um die Männer, zerquetschte sie und zerbiss die Krieger, wie er sie zu packen bekam.

Alfred hörte die Knochen brechen, das Blut auf den Boden plätschern und das Metall sich verbiegen. *Die Schreie klingen echt!* Die Härchen auf seinen Armen richteten sich auf.

Plötzlich zerbarst die Seifenblase, und Nie-Lung war frei!

Er schoss unter dem Zeltdach entlang, flog eine Runde und

zog mit seinen zehn Metern Länge brüllend über die Männer, Frauen und Kinder hinweg. Sein Atem schwappte heiß ins Zelt und brachte die Luft zum Flimmern. Lose Papiere stoben davon, einige Mützen und Hüte wurden den Besitzern von den Schöpfen gefegt.

Die ersten Besucher sprangen von den Sitzen auf und wollten in Panik aus dem Zirkus flüchten.

Mit einem lauten Fauchen verging Nie-Lung zu harmlosem weißem Rauch, kleine Kringel formten sich und trieben in die Höhe, während das letzte Kreischen des Drachen verhallte. Das Licht erwachte und vertrieb mit seiner gleißenden Helligkeit die letzten Reste des Zaubers.

Wu Li stand regungslos in der Manege, die Hände wieder auf den Rücken gelegt, und lächelte in den Tumult, der sich langsam legte. Er wartete, bis auch die letzten an ihre Plätze zurückgekehrt waren, bevor er mit ruhiger Stimme sagte: »Die Horde konnte nicht wissen, dass Lin Wei die Braut des Drachen war, der sie mit seinen magischen Kräften beschützte. Fortan lebte sie in Sicherheit. Bis an ihr Lebensende.« Er machte eine lange Pause, dann kam er um das Tischchen herum und verneigte sich.

Der Applaus explodierte regelrecht. Den Zuschauern stand die Begeisterung auf die Gesichter geschrieben. Manche rangen noch mit den Auswirkungen des Schreckens, den der Scheindrache ausgelöst hatte, aber dennoch gewährten sie ihm stehende Ovationen. Blumen wurden dem Chinesen zu Füßen geworfen, und die Hoch-Rufe wollten gar nicht mehr enden.

Alfred atmete tief durch. *Meine Güte! Da darf ein Herz nicht schwach sein.* Er brauchte eine halbe Minute, bis er sich aus dem Bann der Bilder gelöst hatte. *Schluss mit dem Mumpitz.* Er nahm die frenetisch klatschende Klara am Arm und zerrte sie hinter sich her. »Los. Wir müssen die Ersten sein!«

Sie drängelten sich durch die Reihen, während der Conferencier zu den Tönen leiser chinesischer Musik verkündete, dass die Tierschau gleich öffnen würde. Alfred sah, dass sich fünf weitere junge Männer und Frauen auf den Durchgang zubewegten, der sie zu den Käfigen führte. *Sehr gut.*

Gemeinsam gelangten sie an das Gittertor, wo der lächelnde Kartenabreißer in einem bunten chinesischen Gewand ihre Eintrittsbillets entgegennahm und sie anschließend mit einer Verbeugung und einer einladenden Geste in den Innenhof hinter der Pagode ließ.

Alfred, Klara und ihre Mitstreiter standen im Freien. Dreißig Wagen waren im Karree aufgestellt worden, in der Mitte befand sich ein Zaun, hinter dem verschiedene Lamas, Büffel, Dromedare und Kamele auf frischem Stroh der Besucher harrten und vor sich hin kauten. Auch hier sorgten weiße Lampions für Licht.

»Wo ist er?«, fragte Klara aufgeregt und blickte sich um.

»Das werden wir gleich herausfinden. Sie haben ihn irgendwo auf dem Gelände ausgestellt wie eines ihrer schnöden Tiere.« Alfred sah in die angespannten Mienen der Gleichgesinnten. »Was immer mit uns geschehen wird, *er* hat Vorrang. Schießt, wenn sie uns aufhalten wollen. Wir geben unser Leben für *ihn*, wenn es sein muss. Der Zeppelin ist bereit, falls der Meister zu schwach ist, um selbst zu fliehen. Und jetzt ausschwärmen«, befahl er. »Wenn ihn einer findet, gibt er das Pfeifsignal.« Sie nickten stumm.

Er und Klara gingen nach links, an den Käfigen der Tierschau vorbei, die anderen teilten sich auf und huschten davon.

Alfred spürte, wie seine Wut auf den Zirkus immer weiter wuchs. Sie zeigten den Drachen in der Vorführung in seiner ganzen Schönheit, doch in Wahrheit lag er in einem unwürdigen Käfig und wurde für ein paar Münzen extra als ein Kuriosum vorgeführt. *Von Asiaten, die Drachen doch eigentlich verehren und anbeten!* Dieser Verrat wog in seinen Augen doppelt so schwer. *Ihr werdet eure Strafe bekommen.*

Es war Klara, die den Eingang entdeckte. »Da«, sagte sie und zeigte auf den schwarzen Vorhang, über dem ein Schild mit chinesischen Schriftzeichen hing; darunter war ein Drache gemalt. Sie lief los, ohne auf Alfreds Reaktion zu warten, der den vereinbarten Pfiff mehrmals hintereinander ausstieß und ihr folgte.

Hinter dem Vorhang mussten sie in schummrigem Licht mehrere Stufen hinaufgehen und dann wieder durch einen schwarzen Vorhang treten, bevor sie in einem kleineren Pagodenzelt standen. Zehn rote und weiße Lampions hingen von der Decke und spendeten Helligkeit; zwei Scheinwerfer warfen ihre Kegel auf einen geräumigen Käfig mit mannsdicken Stahlstäben, hinter denen der

Gesuchte lag und mit geschlossenen Augen döste: der goldene Drache Nie-Lung.

»Meister!«, rief Alfred ergriffen und schluckte, dann eilte er zum Käfig und sank auf die Knie; Klara tat es ihm nach. »Göttlicher«, sprach er ehrfurchtsvoll und verneigte sich vor dem Wesen, das bis auf die kleinste Schuppe der Illusion im Zirkus glich. Er holte einen Zettel aus der Tasche, faltete ihn auseinander und schob ihn durch das Gitter. Auf Chinesisch stand geschrieben, was er nun in Lautschrift vorlas und heißen sollte: »Wir sind gekommen, um Euch zu befreien.«

Es war wichtig, dem Drachen zu zeigen, was sie beabsichtigten. Die Befreiung blieb ein gefährliches Unterfangen, nicht nur wegen der Chinesen. Im Fall eines Missverständnisses seitens der Kreatur konnte es den Tod der gesamten Gruppe bedeuten. *Apropos, wo bleiben sie eigentlich?*

Der Drache hob das rechte Lid, eine geschlitzte Pupille musterte zuerst das Papier, dann ihn. Der Kopf blieb weiterhin auf den Vordertatzen liegen.

»Ahnte ich es doch: Er ist geschwächt. Er kann nicht einmal mehr das Haupt erheben«, sagte Alfred entrüstet. »Die Reisfresser geben ihm nicht, was ein stolzes Wesen wie er zum Leben benötigt. Schon allein dafür jagen wir ihren Zirkus in die Luft!«

»Meister, wir sind die Drachenfreunde. Wir hörten vor einem Monat, dass der Zirkus es wagt, Euch zur Schau zu stellen, und sind gekommen, um dem ein Ende zu bereiten«, erklärte Klara beseelt von Glück, weil sie in der Nähe des verehrten Wesens sein durfte. »Ihr habt sicherlich von uns vernommen. Auch in China, nicht wahr? Wir kämpfen dafür, dass die Europäer Drachen nicht länger als Feinde, sondern als anbetungswürdige Geschöpfe ...«

»Das kannst du ihm später haarklein berichten«, fiel Alfred ihr maßregelnd ins Wort. Dass ihre Freunde noch nicht zu ihnen aufgeschlossen waren, ließ ihn Ungutes für ihr Schicksal vermuten. *Jede Sekunde zählt.* Er packte das dicke Schloss, mit dem die Doppeltür zusätzlich gesichert war, langte mit der freien Hand unter seine Jacke und zog einen Bund Dietriche hervor. »Eure Flucht ist vorbereitet, Meister. Ihr sollt nicht länger unwürdig zur Schau gestellt werden und zur Ergötzung derer dienen, die Euch verabscheuen.« Wieder zitierte er, was auf dem Blatt geschrieben stand. Da sie nicht wussten, ob er Deutsch verstand, hatte Alfred es lieber übersetzen lassen. Nicht, dass der Meister sie tragischerweise angriff. Es klickte mehrmals, doch noch weigerte sich der Mechanismus. »Verdammt!«

Jetzt öffnete sich Nie-Lungs zweites Auge, und der Drache hob langsam den Kopf und schaute den Menschen bei ihren Bemühungen zu.

»Meister, welche Freude!«, rief Alfred erleichtert. »Die nahe Freiheit bringt Euch die nötige Kraft zurück.«

»Lass mich es versuchen.« Klara bewegte den Dietrich leicht hin und her.

Das Rumpeln von Stiefeln erklang auf der Treppe; gleichzeitig schnappte der Bügel des Schlosses auf.

Alfred riss die Tür des Käfigs auf und winkte dem Geschöpf, dessen goldene Schuppen schimmerten und funkelten. »Meister, kommt! Wir haben Euer Entkommen gut geplant …«

»Alfred!«

Klaras Schrei ließ ihn herumwirbeln: Durch den Eingang kamen chinesische Arbeiter gestürmt, die lange Holzlatten, Hämmer und Schwerter mit sich trugen. Aus ihrer Mitte ragte Wu Li stumm empor, während die anderen riefen und brüllten.

Klara stand vor ihnen, in den Händen hielt sie zwei Revolver. »Bleibt stehen, verdammte Schlitzaugen!«, schrie sie und schwenkte die Läufe umher. »Ich lasse nicht zu, dass ihr den Meister länger so schäbig behandelt.«

Alfred zog seine beiden Mauser C96 Halbautomatik und richtete die langen Läufe ebenfalls auf die unvermutet aufgetauchten Angreifer. *Dann haben es die anderen wohl nicht geschafft.* Er überlegte. Noch konnte ihnen die Befreiung des Göttlichen gelingen. »Meister, Ihr müsst uns beistehen«, sagte er. »Versteht Ihr mich?«

Ja, vernahm er die Stimme des Drachen in seinem Kopf. Wie alle mächtigen Geschuppten verständigte er sich mit Menschen auf telepathische Weise.

Alfred war erleichtert und überrascht zugleich. Zum ersten Mal wurde ihm diese Ehre leibhaftig zuteil. Wie es schien, bedienten sich die Geschöpfe dabei einer universellen Sprache. »Könnt Ihr … in … Eurem geschwächten Zustand … fliegen?«, stotterte er zu seiner Verärgerung. Eine fremde Stimme im eigenen Verstand zu hören, machte ihn trotz der Vorbereitung darauf perplex. Er fokussierte seine Gedanken auf den Befreiungsplan.

Ich müsste es versuchen.

»Das braucht ihr nicht. Wir haben vorgesorgt: Auf der Wiese neben dem Zirkus wartet ein Zeppelin, in dessen Gondel Ihr hineinpasst.« Alfred gratulierte sich selbst zu der Entscheidung, das Luftschiff in den ausgeklügelten Plan einzubinden. »Bitte, Ihr müsst uns mit Eurem Feueratem Deckung geben, bis wir beim Luftschiff angelangt sind.« Er ging rückwärts, um den Drachen hinauszulassen. »Mit ihm bringen wir Euch zu einem Freund, der bereits viele Eurer Art um sich herum versammelt hat.«

Wenn es so ist. Der Drache erhob sich auf seine vier Beine und blieb dabei geduckt, um mit dem Rücken nicht gegen die Decke des Gefängnisses zu stoßen. *Du meintest es ernst, als du davon sprachst, den Zirkus in die Luft zu jagen?*

Alfred nickte. »Alles ist vorbereitet. Wir haben in der Pagode Bomben verteilt, um Eure Kerkermeister für deren frevelhafte Taten zu strafen! In knapp zwanzig Minuten gehen sie hoch, Meister. Kommt!«

Wu Li hob die Arme, und die chinesischen Arbeiter verstummten. »Wenn ihr zwei jetzt nicht geht, wird es ein böses Ende nehmen«, sagte er mit seiner dunklen Stimme. »Drachen sind sensible Wesen, die Störungen nicht mögen, egal in welcher Absicht sie geschehen.«

»Sei still!« Alfred hielt die Läufe der Pistolen noch immer auf die Meute gerichtet.

Der riesige Chinese lächelte unverbindlich. »Wir haben deine Motivation falsch eingeschätzt und dachten, du und deine Freunde wolltet dem Geschöpf etwas antun. Für deine Begleiter kommt diese Erkenntnis leider zu spät, aber dir und der Frau kann es das Leben retten.«

»Sie sind tot?«, rief Klara und spannte die Hähne ihrer Revolver klickend. »Ihr Bastarde! Wir haben Munition für euch alle!« Sie schoss zwei der Arbeiter nieder, mitten durch die Brust. Ächzend fielen sie zu Boden, während die Umstehenden sich erschrocken niederbeugten, um ihnen beizustehen.

Wu Li hielt die Übrigen zurück, die sich auf die Frau stürzen wollten. »Das war unklug.«

»Wieso? Klara hat recht: Ihr habt den Tod verdient«, sagte Alfred düster und hob seine Waffen. »Ihr habt unsere besten Leute getötet und den Meister beleidigt. Ihr …«

Klara sah aus den Augenwinkeln, dass der Leib des Drachen blitzartig nach vorn zuckte, dann knackte und krachte es. Ein Körper fiel, es plätscherte leise.

Mit einem Laut des Entsetzens wandte sie sich um. »Meister, was tut Ihr?« Sie sah Alfreds entsetzlich zugerichtete Leiche auf den Brettern liegen. Der Oberkörper war flach gequetscht worden; vier breite Löcher klafften in seiner Brust, aus denen das Blut in Strömen auf die groben, schmutzigen Dielen lief. An Nie-Lungs rechter Klaue troff das Blut herab, seine Augen leuchteten golden und strahlten auf sie nieder.

Er hat ihn umgebracht? Klara konnte nicht fassen, was geschehen war. Ein Missverständnis oder Betrug an ihnen? Ihre Arme senkten sich, sie zitterte vor Abscheu und Furcht. »Meister … wieso?«

Ich kann nicht zulassen, was du und dein übereifriger Freund tut. Nie-Lung sah auf seine verschmierte Klaue. *Ich muss euch verschwinden lassen.*

Klara nahm seine Worte wahr und konnte sie dennoch nicht verstehen. Es war ihr unbegreiflich, welch ungerechten Lohn sie für ihre Tat erhielten. Die Wochen der Planung, die umfangreichen Vorbereitungen, um den Göttlichen aus der Gefangenschaft zu holen … *Und jetzt lässt er mich dafür umbringen?* Sie wich zwei Schritte vor der abwartenden Kreatur zurück. »Nein«, flüsterte sie geschockt. Ihr Leben und ihre Ideale, die sie in den Dienst der Drachenfreunde gestellt hatte, erschienen auf einen Schlag sinnlos und vergeudet.

Jemand hielt ihre Kehle von hinten fest und schlug ihr in den Rücken. Zumindest dachte Klara das, bis sie die lange Spitze aus ihrer Brust ragen sah, an der Blut haftete. *Ihr* Blut! Dann kam der peinigende Schmerz und gleich darauf der zweite Stich zusammen mit dem erlösenden Tod, bevor sie etwas zu sagen vermochte.

Wu Li machte achtlos einen Schritt über die junge Frau hinweg, die er soeben beiläufig ermordet hatte, und schritt auf Nie-Lung zu. Dabei veränderte sich seine Haltung, er wurde regelrecht kleiner und zeigte seine Unterwürfigkeit, seine Schuld. »Vergebt mir und meinen Männern, dass Euch diese Menschen belästigt haben, Lǎozǐ.« Er verneigte sich tief vor ihm.

Ich vergebe dir, Wu Li. Der Drache kehrte in den Käfig zurück, rollte sich halb zusammen und legte den Kopf auf die geschuppten Vorderläufe. *Auch du konntest nicht damit rechnen, dass sich Drachenfreunde berufen fühlen, mich befreien zu wollen.* Dann lachte er leise. *Schade, dass wir sie töten mussten, doch auf die Schnelle gab es keine bessere Lösung. Es wimmelt draußen nur so von Besuchern. Wir brauchen nicht noch mehr Aufmerksamkeit. Keine solche.*

»Ja, Lǎozǐ.« Wu Li gab mit einer Handbewegung Anweisung, die Leichen wegzuschaffen und die Lache aufzuwischen. Ein Chinese trat in den Käfig und säuberte Nie-Lungs blutige Klaue. »Die Bomben lasse ich sofort suchen. Um den Zeppelin kümmere ich mich ebenfalls.«

Ich habe volles Vertrauen in dich.

Wu Li verneigte sich erneut; auf dem langen, schmalen Gesicht zeigte sich ein Anflug von Stolz. »Wir machen nach Weihnachten also weiter wie bisher, Lǎozǐ?«

Sicher. Eine bessere Tarnung als diesen Zirkus gibt es nicht für unsere Mission. Nie-Lung schloss die Lider und schnaubte; es roch bitter und schwefelig im Zelt. *Lass die Menschen zu mir kommen, sobald das Blut aufgewischt ist. Sie sollen einen echten Drachen aus Asien zu Gesicht bekommen. Doch schärfe ihnen nochmals ein, keine Steinchen nach mir zu werfen, während ich mich schlafend stelle, damit ich ihren Anblick nicht ertragen muss. Sollte eines der Bälger es dennoch tun, werde ich mich noch vergessen!*

Wu Li lächelte und verbeugte sich. »Gewiss, Lǎozǐ. Niemand wird Euch belästigen.« Er sah nach den Arbeitern, die soeben die letzten Flecken aufgewischt hatten. »Tragt die Leichen zu den anderen«, befahl er. »Sie sollen zu Löwen- und Krokodilfutter verarbeitet werden.«

Er scheuchte sie hinaus, trat ins Freie und öffnete den dunklen Vorhang. »Verehrte Herrschaften«, rief er mit getragener Bassstimme. Die Aufmerksamkeit war ihm sicher. »Kommt und seht Nie-Lung! Den *wahren* Nie-Lung. Doch erinnern Sie sich an das Schicksal der Hunnen: Wer seinen Schlaf stört«, er sah drohend einen kleinen Jungen an, dessen spitzbübisches Grinsen abrupt erlosch, »wird von ihm verspeist!« Wu Li zwinkerte den Eltern entwarnend zu, die daraufhin lachten und ihren verunsicherten Sprössling durch den Eingang schoben.

Der Meister der Traumkugeln blickte über den Platz, auf dem Männer, Frauen und Kinder von Wagen zu Wagen gingen und die fremdartigen Tiere bestaunten, und strich über seinen Kinnbart. »Gafft nur«, murmelte er lächelnd. »Gafft, ihr eingebildeten Europäer. Nicht lange, und *ihr* gehört zu *uns*!«

I.

23. Dezember 1926, Neu-Edinburgh, Provinz Schottland, Königreich Großbritannien

Kalter Regen nieselte auf Neu-Edinburgh nieder; dazu kroch der Nebel durch die Straßen und Gassen und brachte den Gestank der Kanalisation und nach erloschenen Bränden mit. Das penetrante Odeur von Verfall passte so gar nicht zu der ehemals so stolzen Stadt.

Grigorij Wadim Basilius Zadornov stand auf dem Gehweg der belebten Queen Street und betrachtete die Baugerüste, die sich überall schemenhaft erhoben: In jedem Winkel wurde renoviert oder neu erbaut. Lastwagen, Automobile und Kutschen fuhren die Straße entlang. Das bisschen Schnee, das vor zwei Tagen gefallen war, hatte sich in unansehnlichen grauen Matsch verwandelt und wurde vom Nieselregen zersetzt.

Auld Reekie wird allmählich. Der Spitzname der Stadt, schottisch für *die alte Rauchige,* rührte ursprünglich von den vielen Kaminen und den Kohle- und Torffeuern her. Jetzt bekam er eine neue Bedeutung: Nach dem verheerenden Feuer, das von einem Drachen ausgelöst worden war, gaben sich die Schotten Mühe, ihrem Wahrzeichen den alten Glanz zurückzugeben. Doch viele Mauern dünsteten noch immer Rauch und damit eine Erinnerung an die Tragödie aus. Sie mahnten, nicht zu vergessen, was mit Edinburgh geschehen war.

Es wird wieder kälter. Grigorij ging weiter, schlug den Mantelkragen hoch und rückte den Zylinder zurecht. *Der Wettergott könnte sich endlich entscheiden.* Er mochte die schwankende, feuchte Witterung überhaupt nicht, und entsprechend schlecht stand es um seine Laune.

Nach ein paar Schritten blockierte ein korpulenter und teuer gekleideter Mann den schmalen Gehweg, zum einen durch seine Fülle, zum anderen durch die auseinandergefaltete Zeitung.

Auch das noch! »Aus dem Weg, Sir. Sie werden einen anderen Platz finden müssen, um Ihre Nachrichten zu lesen.« Grigorij hatte die Hoffnung, ihn mit seiner dunklen Stimme zur Seite zu scheuchen. In den Klang legte er etwas Forderndes.

Der Mann rührte sich nicht, der Kopf senkte sich nach unten. Er las ungerührt weiter.

Grigorijs Lippen wurden schmal. Unter anderen Umständen, wie bei Sonnenschein oder herrlichem Schnee, wäre er irgendwie an dem breiten Mann vorbeigelangt. Heute jedoch nicht. Ihm fehlte noch ein passendes Präsent für seine Gemahlin, die Feuchte schlug sich auf seinem schwarzen Pelzmantel und den dunkelrot gefärbten Brillengläsern nieder. Und auf sein Gemüt. »Ich bin auf dem Weg, meine letzten Weihnachtsgeschenke zu erstehen, und ich gedenke nicht, Ihretwegen auf die belebte Straße und in die Pferdeäpfel zu treten. Es liegt mir fern, überfahren und beschmutzt zu werden, mein Lieber.«

Es schien, als prallten seine Worte wirkungslos gegen die weiche Wand aus Mantel und Mann. »Halt die Schnauze, langhaariger Idiot, und geh außen rum«, murmelte er auf Deutsch, das Grigorij trotz seiner russischen Herkunft sehr wohl verstand.

»Sir?«, wiederholte er seine Aufforderung und stampfte mit dem Stock auf. Es war fast schon zu viel verlangt, Gentleman zu bleiben.

Der Dicke faltete endlich die Zeitung zusammen. Die größte Schlagzeile, das nahm Grigorij beiläufig wahr, fragte nach der Zukunft des Sudans, der unter ägyptisch-britischer Verwaltung stand. Gleich darunter stand zu lesen: *Zar lässt auf Volk schießen – quo vadis, Russland?*

»Verzeihung, Sir«, gab der Mann auf Englisch mit bekanntem Akzent zurück und sah gelangweilt nach ihm. »Ich war beim Lesen.«

Erst jetzt wurde die brünette Dame sichtbar, die vor ihm an den Auslagen gestanden hatte. Sie gehörte, ihrer aufwendigen Garderobe nach zu urteilen, der gehobenen Schicht der schottischen Provinzhauptstadt an.

Anhand des Ausdrucks in ihren dunkelgrünen Augen und der Art, wie sie den Kopf leicht zur Seite drehte, sich an die Haare fasste und dabei leicht errötete, schloss Grigorij, dass sie ihn erkannt hatte. Und dass sie um seinen Ruf als perfekter Liebhaber wusste. Er deutete die Signale der Frau zumindest als Interesse an ihm und grinste draufgängerisch.

Dabei sah er mit seinen etwas mehr als zwanzig Jahren recht jung und unerfahren aus für jemanden, der so viel erlebt hatte: einst gehetzt von den Mördern des Zaren, Held im Kampf am Berg Triglav gegen zahlreiche Drachen, ein Hellseher, dessen Prophezeiungen so gut wie jedes Mal eingetroffen waren.

Er rieb sich über die schwarzen, dichten Koteletten und die Stoppeln des Drei-Tage-Barts am Kinn. *Welch ein Fluch. Selbst als verheirateter Mann habe ich meine Attraktivität wohl nicht verloren. Die Avancen enden nie.*

Der Dicke hatte den Blick seiner Begleiterin nicht bemerkt und versuchte indes, bis zu den Auslagen des Geschäfts zurückzuweichen, doch es war immer noch zu wenig Platz. Die Fuhrwerke, Droschken und Automobile ratterten gefährlich dicht an ihnen vorbei.

»Sie müssen Knjaz Zadornov sein«, hauchte die Dame, glitt an ihrem korpulenten Begleiter vorbei und hielt die Hand ausgestreckt. Sie buhlte regelrecht um seine Gunst, musterte seine schlanke Figur.

Eine, die sich aufdrängt. Abgesehen davon, dass Grigorij in festen Händen war, konnte er diesen Typus Frau, der ihn anhimmelte und alles für ihn tun würde, nicht leiden. »Was immer Sie über mich gehört haben«, antwortete er, »früher hätte es gestimmt.« Trotz seiner leichten Abneigung juckte es ihn herauszufinden, was er bei ihr auslösen konnte. Er nahm die behandschuhten Finger und deutete einen Kuss an. Strähnen seiner langen schwarzen Haare rutschten von der Schulter nach vorn, die restlichen wurden vom Zylinder gebändigt. »Ich hätte Sie umgehend zu mir eingeladen, wir hatten Haschisch geraucht und uns mit Absinth trunken gemacht, um uns danach hemmungslos im Rausch zu lieben«, sprach er leise. Sie schluckte, ohne die Augen von ihm abzuwenden, wie es schicklich gewesen wäre.

»Sir?«, sagte der Dicke und klang alarmiert. Was gesagt wurde, verstand er offenbar nicht, aber spürte auch so, dass sich vor seinen Augen etwas abspielte, das nicht rechtens war.

»Sie wären auf Ihre Kosten gekommen wie ich auf meine.« Grigorij lächelte und gab sie frei. »Dabei wäre es mir gleich gewesen, ob der Gentleman neben mir Ihr Gatte, Ihr Verlobter, Ihr Bruder oder sonst wer ist. Auf ein Duell mehr oder weniger kommt es mir nicht an. Ich würde ohnehin siegen und Sie, Teuerste, gleich wieder ins Schlafzimmer entführen.«

Die Frau hauchte etwas Unverständliches.

»Verzeihen Sie, Sir?«, hob der Dicke wieder an und tippte ihm auf die Schulter. »Sie wollten doch an mir vorbei. Dann gehen Sie endlich, Sir!«

Grigorijs blaue, ozeantiefe Augen hatten ihren Blick angezogen und erlaubten kein Ausweichen. Er wusste: Seine nahezu hypnotische Stimme schuf in ihrem Verstand Bilder der Wollust. »Da diese Zeiten jedoch vorüber sind …« Grigorij beließ es grinsend bei der Andeutung und unterbrach den Blickkontakt. Mehr als Illusionen und falsche Versprechungen gab es nicht mehr. *Ich kann es noch!*

»Oh«, entschlüpfte es ihr seufzend. Sofort schlug sie sich errötend die Hand vor den Mund.

»Sie sagen es, Teuerste.« Grigorij zeigte mit seinem Stock auf den Dicken. »So wird das nichts, Sir. Würde es Ihnen etwas ausmachen, ein paar Schritte nach hinten zu gehen? Bis zum Eingang? Wenn Sie sich hineinmanövrieren, könnte ich vorbeiziehen wie ein schnittiger Segler an einem behäbigen Dampfer.«

Ein Automobil fuhr dicht vorbei, Wasser spritzte aus einer braunen Pfütze gegen seine von Gamaschen gezierten Lackschuhe.

»Dann segeln Sie mal schön weiter, dreckig, wie Sie sind.« Der Korpulente grinste schadenfroh und wich bis in den Eingang zurück. »Sollten Sie Duraluminium für Ihre Luftschiffe oder Ihre abenteuerlichen Neukonstruktionen benötigen, Fürst Zadornov«, sagte er, als Grigorij an ihm vorbeischritt, und streckte ihm eine Karte hin, »lassen Sie es mich wissen. Wir liefern alle Formen, die Sie benötigen.«

Grigorij blieb stehen und nahm die Karte aus den Wurstfingern entgegen. »Wilhelm Voss«, las er halblaut und wechselte dabei ins Deutsche. »Aus Berlin? Das ist weit weg.«

»Das Wetter ist das Gleiche«, gab der Mann zurück. Er wirkte kurz verunsichert, zumal er sich seiner deutschen Worte von vorhin erinnerte.

»Geschäftlich hier, Sir?«

»Man braucht deutsches Metall beim Wiederaufbau von Edinburgh. Ich bin hier, um letzte Verhandlungen zu führen. Die Dame, mit der Sie sich so eindringlich flüsternd und meines Erachtens unhöflich mir gegenüber unterhielten, ist Lady Susan MacCarthy. Sie unterstützt mich bei den Treffen.«

Und ist erfreulicherweise nicht an dir interessiert, Voss. Grigorij sah in die dunkelgrauen Augen des Deutschen, in denen er Abneigung gegen sich las: Der Geschäftsmann nahm ihm einerseits sein Benehmen krumm und witterte andererseits die Gelegenheit, ein einträgliches Geschäft anzubahnen. »Dann wünsche ich Ihnen Erfolg. Es ist noch immer viel zu tun.«

»Wem sagen Sie das?! Neu-Edinburgh wird anders aussehen, wenn ich hier fertig bin. Moderner«, erwiderte Voss selbstgefällig. »Wir haben den Stadtoberen und Queen Viktoria der Zweiten Pläne vorgelegt, die es wie New York erscheinen lassen werden. Die Flammen haben der Stadt im Grunde etwas Gutes gebracht.«

»Wirklich?« Grigorij zuckte mit den Achseln. »Mir gefiel der alte Charme besser.«

Die Abneigung gegen ihn war nun noch deutlicher auf Voss' Zügen zu lesen, dennoch sagte er: »Sie können mich jederzeit anrufen oder mir ein Telegramm senden. Es wäre mir eine Freude, die *Skyguards* zu meinen Kunden zählen zu dürfen.« Mit diesen Worten lupfte er kurz den Hut von den vollen grauen Haaren und drängelte sich an Grigorij vorbei. Er ging zu seiner Begleiterin, die mit ratloser Miene danebengestanden hatte, dann machten sie sich auf den Weg. Voss lief dabei hinter ihr, weil sie nicht nebeneinander auf den Bürgersteig passten. Schließlich sah er noch einmal über die Schulter zum Fürsten. Dieses Mal fehlte jeder Anflug von Freundlichkeit. Die Kälte, die aus seinen Augen schlug, schien sogar die Temperaturen in Edinburgh zu senken. Es wurde tatsächlich eisig.

Ich hätte wohl etwas zurückhaltender sein sollen. Grigorij tat sein Benehmen mäßig leid, aber der Deutsche war ihm einfach unsympathisch. Für die Beschimpfung zu Anfang hatte er sich auch nicht entschuldigt.

Grigorij sah Voss und die Lady im Nebel verschwinden. Es hatte ihm großen Spaß bereitet, ansatzweise das alte Spiel zwischen Mann und Frau zu spielen, auf das er sich so hervorragend verstand. In diesen Tagen kam jedoch nur eine in den vollen Genuss seiner Liebe und Leidenschaft.

Er steckte die Karte in die Tasche und sah nun erst auf die Auslagen. Schlagartig hob sich seine Laune. »Sieh mal einer an: Whisky! Litzow, wenigstens dein Geschenk habe ich«, murmelte er und betrat pfeifend den Laden.

Zwei Stunden später packte Grigorij die Geschenke auf die Rückbank des Ford Modell T *Phaeton.* Er hatte alles beisammen, was er für das Fest der Liebe benötigte: eine Flasche schottischen Whisky einer einmaligen Abfüllung für Litzow sowie den dezenten, aber geschmackvollen Schmuck für seine Gemahlin, den er vor zwei Wochen bestellt hatte. Und nicht zuletzt ein seidenes, außergewöhnlich besticktes Strumpfband für die Sammlung für Anastasia, wie er sie in der Öffentlichkeit nannte. Denn ihren eigentlichen, wahren Namen Silena gab es nicht mehr. Die *Person* Silena gab es nicht mehr: Sie war am Triglav gegen die Drachen gefallen. Nur so konnten sie beide in Ruhe vor der Vergangenheit leben.

Die verpackten Geschenke lagen beruhigend vor ihm, und er schloss die Tür. Auch wenn er seit einem Jahr das Motorradfahren für sich entdeckt hatte, bevorzugte er bei einer solchen Witterung das Automobil.

Starker, eisiger Wind hatte den Nebel vertreiben.

Grigorij sah zum dunklen Himmel, aus dem die ersten, dicken Schneeflocken fielen. *Zeit, dass ich nach Hause komme. Eine Sache fehlt mir noch.* Er verschloss den Wagen und ging auf den Tabakladen zu, *ye Smokin Aces*, der sein Lieblingskraut verkaufte. Es handelte sich um einen milden, mit Rotwein, Nelken und Vanille aromatisierten Tabak, der ein unglaubliches Aroma entfaltete. Von den vielen Lastern aus seiner Vergangenheit, wie Frauengeschichten, Absinth, Haschisch und Alkohol jeglicher Art, hatte er sich getrennt. Bis auf seine Wasserpfeife.

Schnee. Die Heimfahrt kann ja heiter werden. Ich hätte mich vorhin nicht über den Nebel beschweren sollen. Er hielt den Zylinder am Rand fest, damit er nicht davongeweht wurde.

Ein Schatten näherte sich ihm, und Grigorij wich zur Seite aus.

Aber der Mann folgte seinen Bewegungen und stand unvermittelt vor ihm. Die einfache Kleidung und die fleckige Cordschirmmütze wiesen ihn als Arbeiter aus. In seiner Rechten hielt er einen Schlagstock, mit dem er ohne Vorwarnung nach dem Fürsten hieb.

»Ho, Bursche! So nicht!« Grigorijs Reflexe waren gut genug, um die Attacke mit dem Spazierstock abzufälschen. »Verdiene dir dein Weihnachtsgeld mit anständiger Arbeit.« Dann schlug er dem Unbekannten gegen den Hals. »Touché!« Hustend und geräuschvoll nach Luft ringend, sank der Mann vor ihm nieder – da griff der nächste an.

Er kam direkt aus dem Gestöber, schwang einen Prügel und warf sich mit einem wütenden Schrei gegen den Fürsten.

Grigorij sprang zur Seite, und die grob in Form geschnitzte Latte krachte gegen die Motorhaube des Coupés, wo sie eine deutliche Beule hinterließ. »He! Das wirst du mir bezahlen!«

Sein Gegner kümmerte sich nicht um den Einwurf und setzte seine Attacken schnell und ungestüm fort. Grigorij wich immer wieder aus, bis er ihm den Fuß in den Bauch trat und ihn gegen eine Straßenlampe schleuderte. Eine der schweren Glasscheiben löste sich aus der Halterung. Sie fiel dem Mann auf den Kopf und zerschellte klirrend. Stöhnend sank er nieder.

Das Platschen eines Fußes in eine Pfütze warnte Grigorij; er wirbelte herum und hob den Stock. Klirrend traf das Hartholz gegen eine Eisenstange, die ihm ansonsten in den Nacken gerauscht wäre. Vor ihm standen zwei weitere Männer, die ihre Gesichter hinter Schals verborgen hatten.

»Ach, umbringen wollen mich die *Un*gentlemen?« Er machte einen Schritt zurück, packte seinen Stock, entriegelte die Sperre und zog die armlange Degenklinge aus der verborgenen Scheide. »Ihr werdet verstehen, dass ich in diesem Fall zu anderen Waffen als stumpfem Holz greife!« Grigorij nahm die klassische Fechterhaltung ein. »Wer schickt euch? Der Zar? Hat er immer noch nicht aufgegeben?«

Der erste Mann griff an.

Grigorij parierte, Metall schabte über Metall. Mit einem raschen Ausfall stach er seinem Angreifer durch das Handgelenk, woraufhin dessen Finger sich öffneten. Klirrend fiel die Eisenstange auf das Kopfsteinpflaster, und der Mann hüpfte schreiend nach hinten. Blut tropfte in den Schnee.

Plötzlich klirrte berstendes Glas, und Feuerschein loderte auf der Straße.

»Mein *Phaeton*!«, rief Grigorij wütend, als er die brennenden Umrisse erkannte. »Du hast meinen Wagen angezündet?« Der Zorn über die Ungeheuerlichkeit und grobe Unsportlichkeit versetzte ihn in Rage. *Die Geschenke!*

»So ein Pech, was?« Der letzte Gegner hob die Waffe auf und setzte dem Fürsten mit zwei Stangen gleichzeitig zu.

Die Wucht der Schläge war kaum abzufangen, und so musste Grigorij immer weiter zurückweichen. Der Kämpfer stellte sich geschickter an als die drei vorher, das Duell war ausgeglichen.

Grigorij riss den linken Fuß in die Höhe und schleuderte Schnee sowie Wasser ins Gesicht des Mannes. Die Sekunde der Verwirrung genügte, um ihm zuerst einen tiefen Stich in die Schulter zu versetzen und ihm dann die Faust gegen die Schläfe zu hämmern. Ächzend sackte er zusammen.

Die sind erledigt. Grigorij rannte zum brennenden Wagen und öffnete die hintere Tür, um Whisky, Schmuck und Seidenband zu retten. *Hoffentlich ist es nicht zu spät.* Das Feuer war auf den Vordersitzen und im Fußraum gelegt worden, es stank nach Kraftstoff.

Ein harter Schlag in den Rücken raubte ihm die Luft und ließ ihn tanzende Sternchen sehen. Noch bevor er sich umwenden konnte, um sich gegen den heimtückischen Angreifer zur Wehr zu setzen, sauste ein harter Gegenstand auf seinen Schädel. Benommen rutschte er am Türrahmen herab.

Der Fürst konnte nichts dagegen tun, als ihn starke Hände packten, ihn in den Fond des brennenden Wagens schoben und die Tür hinter ihm schlossen.

Grigorij sah unter Aufbietung seiner letzten Kräfte zum Fenster, wo er ein vermummtes Gesicht erblickte und ein Finger ein dickes *V* mit Blut auf die Scheibe malte: *Victory*. Seine Feinde sahen sich bereits als Sieger. Dann wurde der Rauch zu dicht, das Zeichen verschwand.

Die Flammen schlugen hoch, leckten am Wagendach entlang und schienen sich nach hinten in den Fond zu biegen, um ihn zu erreichen. Grigorijs Lungen füllten sich mit Qualm, er musste husten. Orientierungslos tastete er um sich.

23. Dezember 1926, Bilston (ca. fünf Meilen südlich von Neu-Edinburgh), Provinz Schottland, Konigreich Großbritannien

»Um zu verhindern, dass ein Flugdrache sich Ihnen aus dem Schutz der gleißenden Sonne nähern kann«, Silena hob den Helm, damit alle die Vorrichtung an der rechten Seite sahen, »klappen Sie das gefärbte Glas vor die Brille. Damit können Sie für einige Sekunden ungeblendet in die Sonne schauen und mögliche Bestien erkennen. Das gilt selbstverständlich ebenso für Maschinen. Wie Sie feindliche Jagdflieger mit den Maschinengewehren abschießen, wissen Sie.«

Ihre Blicke schweiften über die fünf Männer und vier Frauen im Saal, die vor ihr in dunkelblauen Uniformen ohne Rangabzeichen saßen und sich Notizen machten. Die nächste Generation der *Skyguards* erhielt von ihr persönlich die weiterführende Ausbildung zum erstklassigen Kampfpiloten.

Derzeit verfügte die Einheit über nur mehr elf Flieger-Asse. Sieben hatten sie bei Einsätzen gegen die Bestien verloren, wodurch die Schulung des Nachwuchses umso wichtiger wurde. Was Silena bislang bei den Flugmanövern gesehen hatte, stimmte sie überwiegend hoffnungsvoll. *Mindestens die Hälfte der Rekruten taugt für den Kampf gegen die Drachen.*

Der Saal war einer von mehreren Unterrichtsräumen, die in dem Gebäude ebenso zu finden waren wie Schlafsäle, eine Bibliothek, Arbeitszimmer, Mensa und eine Sporthalle. Es hatte sie und Grigorij eine Menge Geld gekostet, das alles aus dem Boden zu stampfen.

Silena sah hinaus, wo die Hangars und das Rollfeld durch den nachlassenden Schnee zu erkennen waren. Darin standen die Zeppeline, Simulatoren und Flugzeuge ihrer Drachenjäger-Einheit. In einem brannte Licht. Litzow und seine Ingenieure waren unermüdlich bei der Arbeit und tüftelten an Verbesserungen der Jagdmaschinen.

»Gibt es dazu noch Fragen?« Sie richtete die Augen auf die schwarzhaarige Rekrutin vor sich. Angèlique, so hieß sie, war mit dreiundzwanzig Jahren die Älteste von ihnen. Die zielstrebige Französin drängte darauf, die schwarzrote Uniform der *Skyguards* zu tragen, die dem Schnitt der Royal Scots Greys angelehnt war. *Dazu wird sie noch viel üben müssen.* Silena nahm die schwere Silbermünze aus der Tasche und ließ sie mit geschickten Bewegungen über die Fingerknöchel der rechten Hand wandern. Diese Münze war ein Geschenk ihres ermordeten Bruders Demetrius, das sie hütete, als säße seine Seele darin.

»Verzeihung, mir will nicht in den Kopf, dass uns andere Flieger während eines Einsatzes abschießen wollen«, vernahm sie die Stimme der blonden Ivana. Die junge Frau bekam zustimmendes Gemurmel.

»Glauben Sie mir: Sie wollen nicht nur, sie tun es auch. Vier unserer Verluste gehen auf Abschüsse zurück, nicht auf Dracheneinwirkung.« Silena blickte sie an. »Ivana, die *Skyguards* sind eine Drachenjäger-Einheit, die nicht den Segen des Officium Draconis besitzt – und was habe ich Ihnen dazu beigebracht?«

»Dass wir nach deren Verständnis gegen das Gesetz verstoßen«, kam es von ihr.

Silena deutete mit der Münze auf einen jungen Mann mit abstehenden Ohren, der die braunen Haare mit Brillantine unvorteilhaft nach hinten gelegt hatte. »Rupert?«

Er sprang auf, salutierte und legte die Hände an die Hosennaht. »Gemäß Paragraf eins a, Absatz vier des Europäischen Gesetzes zur Allgemeinen Abwehr von Drachentieren hat das Officium Draconis das alleinige Anrecht auf das gezielte Verfolgen und Töten von Drachen jeglicher Art«, ratterte er herab. »Es darf seinen Anspruch mit Gewalt gegen jeden durchsetzen, der sie vor Ort behindert. Somit ist es wahrscheinlich«, er sah zu Ivana, »dass man bei einem Einsatz an das Officium gerät.« Rupert setzte sich langsam und lächelte stolz.

Er wird ein hervorragender Geräteverwalter werden. Silena hob den Zeigefinger. »Danke, Rupert. Sie haben glänzend referiert. Auch wenn wir am Himmel die Einzigen sind, die Flugdrachen in ihrem natürlichen Element bekämpfen, heißt es nicht, dass das Officium uns keine Söldner auf den Hals hetzen kann, um die Eigeninteressen zu wahren. Achten Sie auf *alles*, wenn Sie in der Luft sind, Ivana! Sie können nicht anhalten und sich umschauen. All Ihre Sinne müssen aufmerksam sein. Und letztlich geht es dem Officium neben dem Stolz auch ums Geld. Sie wissen, wie viel man mit einem Drachenkadaver verdienen kann.«

Ivana nickte und sah dabei sehr nachdenklich aus.

Für Silena gehörte es dazu, dass die Rekruten jeden Aspekt und jede Gefahr ihrer Berufung kannten. Verharmlosung brachte nur den Tod. »Dann würde ich sagen, dass es für heute ausreichen soll«, schloss sie den theoretischen Unterricht. Sie zeigte hinter sich auf die Tafel, an der sie Zeichnungen zum Zielen mit den Sprenglanzen im Flug angefertigt hatte. »Haben das alle in die Hefte übertragen?« Sie erhielt Kopfnicken zur Antwort. »Fein. Bis zum Abendessen sind es noch gute zwei Stunden. Aufgrund des schlechten Wetters müssen wir das Schießen aus der Simulatorkanzel auf morgen verschieben. Ich schlage vor, dass die Gruppe in die Turnhalle marschiert und der Leibesertüchtigung nachgeht. Rupert lässt sich ein paar Übungen einfallen.« Sie verstaute die Münze, grüßte und ging zur Tür. Die Rekruten sprangen auf, salutierten.

Silena verließ den Saal, eilte den Gang hinab und die Treppe hinunter in den Bunker, wo die Mannschaftsquartiere und ihre Privaträume getrennt voneinander lagen.

Sie betrat ihr Reich, das in einer Mischung aus russischer Opulenz, einer gehörigen Portion Art déco und ein wenig Bauhaus-Stil eingerichtet war. Erstaunlicherweise ergänzten sich die einzelnen Elemente recht gut und verbanden sich zu etwas Neuem. Grigorij nannte es *adin-dwa-tri*, was Russisch war und so viel wie eins-zwei-drei bedeutete. Silena mochte ihre Wohnung gerade wegen des Ungewöhnlichen.

Im Wohnzimmer stand bereits eine Teekanne auf dem Stövchen, dazu gab es selbst gebackene Scones, Clotted Cream und Bitterorangenmarmelade.

Darauf habe ich mich schon seit einer Stunde gefreut. Sie zog die Stiefel aus, setzte sich in den Sessel und legte die Füße auf den Schemel, während sie sich Tee eingoss.

In der Scheibe des Bilderrahmens ihr gegenüber spiegelte sich ihr Gesicht. Silena fand es nach wie vor ungewohnt, sich mit langen, dunklen Haaren anstatt mit dem gewohnten Pagenschnitt zu sehen. Ihre Züge waren reifer geworden. Grigorij nannte es attraktiver, weiblicher und weniger mädchenhaft, sie fand es einfach nur älter. *Die Verantwortung schlägt mir Falten.*

Sie drehte den Kopf ein wenig, um die Augenpartie besser betrachten zu können – und durch ihren Nacken zuckte ein stechender Schmerz. Die Finger ihrer rechten Hand zitterten, beinahe hätte sie die Kanne fallen lassen. Obwohl sie den Schmerz zur Genüge kannte, überrumpelte er sie immer wieder aufs Neue.

Schon wieder! Silena fuhr mit der linken Hand über den Hals zum Genick und ertastete die unscheinbare Narbe, die sie seit ihrer schweren Verwundung am Triglav trug. Der Preis, den sie für ihr Leben zu entrichten hatte, waren die gelegentlichen Qualattacken und das Zittern der Hand. Im Zimmer war es nicht weiter schlimm, im Gefecht aber könnte es tödliche Folgen haben.

Am Tee nippend, entsann sie sich an den Tag, an dem sie gegen Gorynytsch und seine Drachenbrut gekämpft hatte.

Unterstützt von Gargyoles und deren Anführer Cyrano, von Truppen des Zaren, vom Officium Draconis und sogar von Drachen, die sie normalerweise abschlachtete, hatte sie einen Sieg errungen und verhindert, dass das magische Artefakt, der Weltenstein, in Gorynytschs Drachenklauen und die seiner Verbündeten geraten war.

Silena sah Arsènie Sàtra vor sich, das französische Medium, das sich zur Helferin des russischen Drachen gemacht hatte, um selbst an den Weltenstein zu gelangen. Auch sie war tot, verbrannt am Triglav.

Gestorben wie ich. Silena hatte die Gelegenheit genutzt und sich für tot erklären lassen. Grigorij war zu ihren Vorgesetzten gegangen und hatte von ihrem Tod berichtet sowie die notwendigen

Beweise erbracht. Als Tote gehörte sie nicht länger dem Officium Draconis an, für das sie als letzte Nachfahrin des heiligen Georg die Geschuppten in der Luft gejagt hatte. Ihre Akte war damit für alle geschlossen. Die gelegentlich aufkommenden Zweifel, mit dieser List auch wirklich durchgekommen zu sein, verdrängte sie beharrlich.

Heimlich war sie im Zug mit ihrem Mann nach England aufgebrochen und als Anastasia Zadornova im Königreich Großbritannien angekommen, wo sie ihre eigene Drachenjäger-Einheit ins Leben gerufen hatte: die *Skyguards*.

Silena konnte trotz des Risikos, erkannt zu werden, schwere Verletzungen oder gar den Tod zu erleiden, nicht ohne das Fliegen und Jagen leben. Finanziert wurde ihr Vorhaben zum einen mit dem Erlös aus dem Verkauf der Drachenstücke, zum anderen mit dem Gewinn, den Grigorijs Transportunternehmen machte. Seine Zeppeline beförderten Fracht und Passagiere in der Alten Welt sowie über den Atlantik in die Vereinigten Staaten.

Ein gutes Leben. Silena bewegte den Kopf und sah auf den Stapel Briefe, den die Einheit erhalten hatte. Auch wenn sie einen eigenen Verwalter eingestellt hatte, sichtete sie jegliche Korrespondenz zuvor selbst. *Was haben wir denn alles?*

Sie öffnete und überflog die Schreiben, während sie von einem der Scones abbiss und Tee trank: Bewerbungen von Neulingen und einstigen Kampfpiloten des Weltkriegs, Deserteure aus den unterschiedlichsten Armeen Europas, die um eine Anstellung baten, und ein Brief mit dem Siegel von … »Großmeister Brieuc?«

Silena hörte vor Überraschung auf zu kauen. Ihre Vergangenheit beim Officium Draconis meldete sich einen Tag vor Heiligabend. Das klang gar nicht gut. *Was kann er von mir wollen?*

Sie riss den Umschlag auf.

Hochverehrte Mistress Anastasia Zadornova,
Wäre ich ein Heuchler, müsste ich schreiben: Sieht man Sie auf den wenigen Bildern, die es von Ihnen gibt, könnte man wirklich dem Irrtum erliegen, dass Sie die Zwillingsschwester einer viel zu früh verstorbenen Großmeisterin seien. Silena war ihr Name, die letzte Nachfahrin des heiligen Georg.

Ich bin jedoch weit entfernt von dem, was man einen Heuchler nennt.

Und ich denke, wie übrigens alle im Officium Draconis, dass Sie es sind, Großmeisterin, die meinen Brief in Händen hält.

Silena wurde schlecht. Ihre Selbsttäuschung fand ein jähes Ende.

Sie spürte, dass die Scones ihr aufstießen und der letzte Schluck Tee gefährlich weit nach oben stieg. *Grigorij hat mich oft genug gewarnt.* Wäre es nach ihrem Gemahl gegangen, hätte sie die Einheit aus dem Hintergrund geleitet. *Aber ich musste ja unbedingt fliegen!*

Schnell las sie weiter.

Warum Sie damals unter Vortäuschung Ihres Todes gingen, kann ich mir denken: Die Auseinandersetzung mit Erzbischof Kattla über Ihre Zukunft und seine Erwartungen an Sie müssen daran schuld sein. Hierüber erlaube ich mir kein Urteil.

Der Grund, weswegen ich Ihnen schreibe, ist ein Appell, eine Bitte, ein Flehen – nennen Sie es, wie Sie möchten.

Lassen Sie mich jedoch zunächst unsere Lage erklären.

Der Glanz des Officium Draconis hat schwer nachgelassen, die Zeit der Heiligen scheint vorbei.

Es ist Ironie, dass die Unbefleckten am Triglav ins Gefecht zogen und starben, während die Aufrührer, Bonvivants und aufgeblasenen Angeber überlebt haben: Großmeister Ademar, der offen mit Drachenjägern zusammenarbeitet; Donatus sucht sich seine Bilder und Statuen noch immer aus Drachenhorten; und ich, dem man vorwirft, einen Landstrich in Valencia entvölkert zu haben, weil ich einen verwundeten Drachen entkommen ließ, der sich grausam an den Menschen rächte.

Uns schützt vor dem Ausschluss, dass das Officium über keine Alternative zu uns verfügt. Unsere Kinder sind noch nicht so weit.

Weitaus schwerer wiegt der Umstand, dass ein geheimer Kampf hinter den Kulissen entbrannt ist, und zwar zwischen Erzbischof Kattla und Prior Prokop über den Kurs des Officiums. Diese Lagerbildung schadet der Organisation und birgt Gefahren für Leib und Leben der Drachenheiligen. Ohne die Gargoyles aus der Zucht des

Officiums wäre mancher Drache, gegen den ich zog, nicht zu besiegen gewesen.

Doch: Wir haben eine große Anzahl kriechender und laufender Drachenbrut erlegt!

In vielen Gegenden Europas sind sie nahezu ausgerottet, wie Sie gewiss im fernen Neu-Edinburgh vernommen haben. Für unsere Verdienste gab es bereits mehrere Auszeichnungen verschiedenster Königshäuser. Und des Papstes.

Es ist inzwischen schon so weit, dass es unter uns Drachenheiligen beinahe zu Wettläufen kommt, sobald ein Drache gesichtet wird. Auch die Konkurrenz mit den Drachenjägern hat an Heftigkeit zugenommen.

Aber ein echtes Mittel gegen die fliegenden Teufel fehlt uns – seitdem Sie gegangen sind, Großmeisterin. Einige Einheiten haben wir bereits durch deren Attacken verloren.

Also bitte ich Sie ohne das Wissen des Erzbischofs und des Priors, doch im Namen aller Drachenheiligen: Kehren Sie zurück!

Wir brauchen Sie und Ihre begnadete Kunst! Verhindern Sie, dass weitere tapfere Recken sterben, und schließen Sie unsere Reihen, auf dass wir die Drachen ausrotten!

Nur mit Ihrer Hilfe vermögen wir dies.

Wir finden eine Lösung für Ihre Wiederaufnahme.

Silena senkte das Schreiben. Sie zitterte vor Aufregung, ihr war kalt. *Was soll ich tun?*

Tausend Gedanken gingen ihr gleichzeitig durch den Kopf, warnten sie vor einer List, rieten ihr von einer Antwort ab, verlangten gleichzeitig, die einstigen Kampfgefährten nicht im Stich zu lassen. Die vielen Jahre beim Officium und ihre elterliche Erziehung hatten den Korpsgedanken und den Zusammenhalt geprägt. Hätte Erzbischof Kattla einen solchen Brief an sie gesandt, sie hätte ihn nicht einmal angefasst. Es konnte natürlich sein, dass Brieuc ihn im Auftrag von Kattla verfasst hatte …

Ich kann das nicht alleine entscheiden. Sie legte den Brief oben auf den Stapel mit wichtiger Korrespondenz, um ihn Grigorij sofort nach seiner Rückkehr zu zeigen.

Es klopfte an der Tür, wild und hektisch.

»Herein.« Silena hörte ihre eigene Stimme und fand, dass sie gereizt klang. Wie so oft in den letzten Wochen.

Ivana streckte den Kopf herein. »Madam, kommen Sie! Der Fürst, er … es ist … ein Überfall in der Stadt auf offener Straße …«

Nein! Silena sprang auf. »Wer? Was haben sie ihm angetan?«

Die Rekrutin sah verstört aus. »Ich weiß es nicht.« Sie senkte den Blick.

In Silena krampfte sich alles zusammen. Silena hetzte los, stieß Ivana grob zur Seite, die daraufhin gegen die Wand prallte und einen Schmerzenslaut von sich gab.

Es kümmerte Silena nicht.

II.

23. Dezember 1926, Freie Hansestadt Hamburg, Deutsches Kaiserreich

Nie-Lung hielt die Augen fest geschlossen und stellte sich in seinem Käfig schlafend, wie er es Wu Li angekündigt hatte.

Er wollte nichts sehen. *Schlimm genug zu wissen, dass sie da sind.* Er roch die vielen Menschen um sich herum mit allem, was sie hereinschleppten. Und es waren keine Gerüche, die er als angenehm empfand: feuchte Kleidung, fürchterliche Duftwässer, Schweiß in schrecklichen Varianten, klebrige Süßigkeiten und Frittiertes, Schnupftabak und Zigarettenqualm … Seiner empfindlichen Nase entging keine peinigende Nuance. Dazu gesellten sich das unentwegte Getrappel der Schuhsohlen, die penetranten Stimmen, die schreckliche polternde Sprache. Auch das schrille Gelächter der kleinen Kinder und deren erstaunte Rufe verlangten ihm enorm viel Selbstbeherrschung ab.

Am liebsten hätte er die Gitter beiseitegestoßen und wäre über sie hergefallen: mit Hieben davongeschleudert, mit Schwanzschlägen zerschmettert, mit Tritten zermalmt und an seinen Klauen aufgespießt, damit er sie zappeln lassen konnte. Oh, wie gern hätte er das getan!

Bleib ruhig, sagte er zu sich selbst und schnaubte – was zur Folge hatte, dass wieder irgendwelche Kinder vor Schreck und Vergnügen aufkreischten.

Dann spürte er den sanften Einschlag eines weichen Gegenstandes über seinem linken Auge. Erneut hatte es jemand unter Ignorieren der Warnschilder gewagt, ihn zu bewerfen. Nie-Lung harrte aus und hoffte, dass einer der chinesischen Aufpasser einschritt.

»Nein, Ernst August! Lass das!«, vernahm er die strenge Stimme einer Frau. Er inhalierte ungewollt ihren Veilchenduft, der zusammen mit ihrem Atem zu ihm wehte.

In so etwas würde er nicht einmal beißen können. Der Geruch des Drachenfreundes haftete noch immer an seinen Nägeln. Menschen waren nicht nur widerlich, sie schmeckten auch noch ekelhaft. *Wie gut, dass ich ihn nicht gefressen habe. Wer weiß, wo er sich überall herumgetrieben hat. Außerdem wird ihr Fleisch überschätzt.*

»Aber Mama, das Drachenviech soll mal was machen«, verteidigte sich der Junge weinerlich, der gerade eben eine gebackene Banane mit Honig gegessen haben musste.

»Es hat geschnaubt. Reicht dir das nicht?«

Es sollte ihm reichen, wenn er sein Leben liebt, denn wenn ich mich bewege, ist die Wanze tot, dachte Nie-Lung. *Wo sind die Aufpasser?*

»Das kann auch … eine Attrappe sein, liebe Mama«, sagte Ernst August besserwisserisch. »Und sie haben ihr einen Blasebalg eingebaut, damit es echt aussieht.«

»Das glaube ich nicht«, erwiderte sie. »Asiatische Drachen sind eben fauler.«

Nie-Lung bewunderte sich für seine Gelassenheit. *Wir besitzen die Weisheit des Ostens, schäbige, dumme Menschenfrau.* Er züngelte herablassend.

»Riechst du denn nicht, wie er stinkt, Mama? Das Viech ist bestimmt schon tot und verwest hier.«

Ich stinke nicht! Nie-Lung hob das Lid und heftete den Blick auf Ernst August: ein dickliches Kind mit einem Topfhaarschnitt, auf dem eine Mütze saß, umgeben von einem marineblauen Mantel und mit schwarzen Schuhen an den Füßen. In seinem rechten Mundwinkel hing noch etwas Honig. *Hinfort, fetter Plagegeist!*, wisperte er in die Gedanken des Jungen. *Oder ich komme und reiße dir deinen Darm raus, um dich damit zu erwürgen!*

Ernst August machte einen Schritt nach hinten. »Der Drache hat etwas Böses zu mir gesagt!«

Die Frau mit dem einfachen schwarzweißen Kleid und dem alten Mantel darüber lachte und tätschelte seine Wange. »Nee, nee, der Lütt«, sagte sie. »Was du dir wieder für Sachen ausdenkst.«

Der Junge streifte ihre Hand zur Seite. Er langte in die Tasche und nahm eine Murmel hervor. Es war unstrittig, was er im Sinn hatte.

HINFORT, FETTE, HÄSSLICHE WURST! BIST DU NICHT AUGENBLICKLICH VERSCHWUNDEN, LASSE ICH DICH DEINEN EIGENEN MAGEN FRESSEN UND DEN DEINER MUTTER

DAZU!, donnerte Nie-Lung. Seine Worte würden im Kopf des Jungen dröhnen, als wären sie der Schwengel in einer Glocke, während niemand sonst im Zelt diese Botschaft erhielt.

Ernst August schrie gellend, ließ die Murmel fallen und presste sich die Hände gegen die Ohren. Gegen die mentale Kraft des Drachen richtete er damit jedoch nichts aus. Unentwegt wimmernd und heulend ging er zurück, bis zum Eingang, von dem eben ein Chinese angelaufen kam. Seine Mutter folgte ihm; sie konnte ihn nicht beruhigen und schon gar nicht überzeugen, die Ohren freizugeben.

Das soll dir eine Lehre sein. Ich hätte dir ebenso deine Trommelfelle platzen lassen können. Sehr mit sich zufrieden, hob Nie-Lung auch das andere Lid, um zu sehen, wie die Menschen reagierten. *Vielleicht sollte ich es sogar tun.* Für die Tarnung wäre es besser gewesen, er hätte sich friedlich verhalten, doch sein Stolz verbot es ihm, eine derartige Schmähung unbeantwortet zu lassen.

Die etwa einhundert Personen, vom Mann bis zum Säugling, starrten Ernst August an, als habe er den Verstand verloren, und machten ihm Platz, damit er aus dem Zelt gehen konnte. Lediglich zehn Augenpaare schauten vorsichtig, ängstlich zu ihm. Offenbar wurde der Drache nicht direkt mit dem Vorfall in Verbindung gebracht.

Das wäre erledigt. Nie-Lung schüttelte sich und ließ die goldfarbenen Schuppen aneinanderreiben, wirbelte mit dem Schweif und züngelte den chinesischen Aufpasser vor seinem Käfig an. *Bring mir Obst*, befahl er ihm. Da Fremde um sie herumstanden, verzieh er ihm, dass er sich nicht unterwürfig verbeugte. *Ich habe Hunger.*

Der Chinese lief hinaus. Bald darauf kehrte er mit zwei Helfern zurück, die einen geflochtenen Korb voller geschälter Bananen, Orangen, Zitronen, Äpfel, Datteln und Feigen schleppten. Eine Klappe wurde im Gitter geöffnet, das Behältnis durchgeschoben und dabei so getan, als sei der Drache für die Männer extrem gefährlich.

Nie-Lung fand das wiederum amüsant. Er nahm sich die Früchte einzeln mit den Krallen aus dem Korb und warf sie sich genießerisch ins Maul. *Und wieder glotzt ihr*, dachte er gut gelaunt. Es hatte ihm Spaß bereitet, dem fetten Jungen einen Schrecken einzujagen. Dennoch blieb es ein geringer Trost. *Ich hätte zu gern gesehen, wie er den noch warmen Magen seiner Mutter in sich hineinstopft.*

»Schaut euch mal an, wie die Bestie frisst!«, rief ein Mann verwundert. »Wie gut sie das macht.«

Du solltest mich sehen, wie ich meine Krabben pule.

»Und warum vertilgt er keine Schafe und Kühe?«, rief ein anderes Kind enttäuscht. »Das ist ja Obst!«

Weil es gesund ist und zu viel Fleisch meiner Verdauung nicht bekommt, gab Nie-Lung die Antwort, ohne dass er sie einen der Menschen hören ließ. *Ich wette, dass du mehr Fleisch in dich hineinstopfst als ich, Balg.* Er warf eine Orange hoch und piekste sie mit der anderen Klaue im Flug auf. Einige schnelle Bewegungen, und schon fielen die Schalen zu Boden, und er fraß die Frucht. Nur die Kerne der Datteln kaute er knirschend mit; sie reinigten die Zähne. Nie-Lung achtete auf sich und seine Gesundheit.

So leicht lasst ihr Menschen euch beeindrucken und auf die falsche Fährte locken. Gitter müssen nichts zu bedeuten haben. Für eure unentwegte Respektlosigkeit werde ich euch bald büßen lassen. Grausam büßen lassen! Der Drache züngelte noch einmal in die Runde, was die dummen Menschen wieder Oh und Ah sagen ließ, um sich zusammenzurollen und den Kopf von ihnen wegzudrehen. *Scheuche sie hinaus. Ich habe genug*, ließ er den Chinesen wissen, der sofort verkündete, dass man nun schließen müsse.

Die Besucher verließen langsam und widerwillig den Raum, wie Nie-Lung an den schlurfenden Schritten hörte. Es dauerte eine geraume Zeit, bis die Gespräche verstummt waren und er ganz allein für sich war.

Endlich! Er entrollte sich. Sein Schweif drückte gegen einen Stab an der breiten Seite seines Käfigs, und die gesamte Front klappte einfach nach vorne um. Er schritt hinaus und begab sich in die Mitte des Raumes, dann entfaltete er die Flügel und streckte sie. Der Wind, den er dabei entfachte, genügte, um die Zeltwände sich aufblähen zu lassen. *Ich bin schon viel zu lange nicht mehr geflogen. Ich vermisse es so sehr.*

Doch solange sie in einer Großstadt gastierten, durfte er sich diesen Luxus nicht erlauben. Nachts in einsamen Gebieten aber schwang er sich in den finsteren Himmel und umschwirrte die Gestirne.

Im neuen europäischen Jahr brechen wir auf. Nie-Lung zog mit der Kralle die Abdeckung vor einem Fenster zur Seite und lugte hinaus. Die letzten Gäste des Zirkus schlenderten soeben vom Areal der Tierschau. *Heute sind sie zäh.* Sobald es keine unwissenden Augen mehr gab, durfte er wenigstens hinaus und sich bewegen, damit seine Muskeln nicht verkümmerten. Der stolze Drache tat sich schwer, die vorgetäuschte Gefangenschaft zu akzeptieren.

Er sah den hünenhaften Wu Li auf das Zelt zukommen, der noch immer die Manegengarderobe trug; in seiner Linken hielt er einen Zettel. *Aha? Was könnte es wohl Neues geben?*

Bald darauf stand der Meister der Traumkugeln vor ihm. Er verneigte sich tief vor dem Drachen, die Hände hatte er dabei in die weiten Ärmelaufschläge versenkt. So mochte Nie-Lung das: Respekt gegenüber seiner Art und vor allem ihm. »Lǎozǐ, ich muss mich für die erneute Nachlässigkeit des Aufpassers entschuldigen. Sein Leib dient den Hyänen bereits als Mahl. Es wird den anderen Mahnung genug sein, sich mehr um Euer Wohl zu kümmern.«

Das ist mein treuer Wu Li. Immer rasch, wenn es um das Bestrafen geht. Nie-Lung sah aus seinen orangefarbenen Augen auf ihn nieder. *Du hast gut daran getan, ein Zeichen zu setzen. Ich hoffe, es war auch grausam genug?*

»Das war es. Ein Lob aus Eurem Mund ist wie ein sanfter Tee am Morgen im Angesicht der aufgehenden Sonne, Lǎozǐ.« Er hielt den Wisch halb in die Höhe und den Schopf noch immer gesenkt. »Wir haben Kunde von der roten Drachin.«

Nie-Lung wand sich einmal um ihn herum und pflückte das Telegramm aus seinen Fingern. Ein Husten, ein Zucken, und die Kontraktion seiner Muskeln hätten ausgereicht, um Wu Lis Gedärme aus dem Mund sprühen zu lassen, doch der Chinese zeigte keine Furcht. Er vertraute ihm und war ergeben bis in den Tod. Der Drache las die Zeilen, züngelte und ließ den Schweif mehrmals hintereinander gleich einer Peitsche knallen. *Ausgezeichnet! Unsere Spione haben also recht behalten. Das Officium Draconis hat gelogen!*

»So ist es, Lǎozǐ.«

Nie-Lung gab den Mann frei. Er kringelte seinen Leib mehrmals vor Freude. *Oh, wie sehr wünschte ich, diese gute Nachricht mit wilden Kreisen am Himmel feiern zu dürfen.*

»Lǎozǐ, das wäre ...«

Ich weiß, Wu Li, ich weiß. Unsere Tarnung. Ihm war nach einem lauten Jubelschrei, wenn er schon nicht zu den Sternen aufsteigen durfte, doch auch das verbot er sich. Die Tiere der Menagerie würden sonst in Panik verfallen und sich bei Fluchtversuchen selbst verletzen, während schwache Menschen in der Umgebung vor Schreck sterben könnten. Drachenschreie richteten verheerenden Schaden an. Das Harmloseste war, dass jegliche Milch stocken und sauer werden würde. *Was nehme ich nur alles in Kauf?,* dachte er seufzend.

»Wie gehen wir weiter vor, Lǎozǐ?«

Nie-Lung atmete tief ein, um zur inneren Ruhe zurückzufinden. *Findet heraus, wo der Franzose steckt. Ich muss mich mit ihm treffen, und zwar rasch! Ich nehme an, dass es ihm nach Beistand dürstet.* Er schnupperte. *Sind alle Großaugen und Langnasen weg?*

»Ja, Lǎozǐ«, gab Wu Li zurück. »Ich habe den letzten hinausbegleitet.«

Du bist dir sicher?

Der Mann nickte.

Nie-Lung fragte sich beiläufig, welch merkwürdigen Geruch er wahrnahm. Er konnte nicht einmal zuordnen, worum es sich dabei handelte, doch er passte nicht in die Umgebung und war fremd. Äußerst fremd, so wie chinesische Räucherstäbchen in einer Kathedrale. Schließlich wandte er sich wieder Wu Li zu. *Y Ddraig Goch hält sich in der Provinz Schottland auf.*

»So sagen es unsere Augen und Ohren. Sie ist in ihrem angestammten Gebiet Großbritannien gesichtet worden, und wie es den Anschein hat, sucht sie nach einem Bullen, um sich zu paaren. Es wäre wohl an der Zeit.« Wu Li lächelte. »Sie ist eine mächtige Drachin, jetzt, wo nur sie und der Franzose von den Altvorderen übrig geblieben sind. Sie kann sich ihre Verehrer aussuchen.«

Und wen hat sie in Schottland? Das steht nicht im Telegramm. Ist es einer, den wir für unsere Sache gewinnen können, mein treuer Wu Li?

Der Chinese blickte unglücklich drein. »Die Schotten, Lǎozǐ, sind ein ganz besonderes Völkchen, und das gilt für deren Drachen nicht minder. Eher trocknet der Atlantik aus, als dass ein Schotte sich uns anschließt.«

Nie-Lung schnaubte. *Dann werden wir beweisen müssen, dass die Krallen eines asiatischen Drachen schärfer sind und präziser zustoßen als die eines jeden anderen.* Er trabte zu einem verborgenen Durchgang, der hinaus in den Hof führte. *Finde heraus, wo ich den Franzosen treffen kann. Mit ihm muss ich zuerst sprechen, bevor ich mich nach Schottland begebe.*

Er huschte hinaus in die kühle Nacht und blickte auf der Stelle in den Himmel. Es war bewölkt; einzelne Schneeflöckchen trudelten umher, als könnten sie sich nicht entscheiden, wo sie landen sollten.

Die Tiere in den Wagen um ihn herum, mochten sie noch so wild und kräftig sein, verstummten beim Anblick des Drachen. *So soll es sein.* Ein Herrscher hatte sich ihnen gezeigt, der über den Menschen stand. *Selbst die Einfältigsten unter ihnen wissen, dass wir die Krone der Schöpfung sind.*

Da! – Die unbekannte Duftnote drang wieder in seine Nase. Räucherstäbchen in einer Kathedrale. Gleichzeitig knurrten die Mähnenwölfe los und fletschten die Zähne, die sibirischen Tiger legten die Ohren an und grollten warnend.

Wu Li! Nie-Lung hob den Kopf und sog die Luft tief ein. *Wu Li, wir haben einen ungebetenen Gast. Und die Tiger sind hungrig. Wie passend.* Er ging zu den Käfigen, in denen die mächtigsten Raubkatzen der Welt saßen – die im Vergleich zu ihm nichts weiter als harmlose Schmusetierchen waren. *Zeigt mir den Eindringling, meine Schönen.*

Wu Li erschien auf dem Hof, umringt von vierzig Artisten und Arbeitern, die in den Händen Knüppel, Speere und Schwerter trugen. »Lǎozǐ, überlasst ihn uns. Ihr solltet …«

Eine knöcherne Lanzenspitze stieß zwischen einer schmalen Lücke zwischen den Wagen hervor und traf Nie-Lung unterhalb der rechten Schwinge in den Leib. Dort waren die goldenen Schuppen dünner, um den Flügeln eine höhere Beweglichkeit zu verleihen. Eine winzige Schwachstelle, aber sie genügte.

Der Drache brüllte vor Schmerz auf, und die gesamte Menagerie des Zirkus stimmte furchterfüllt mit ein. Das heiße blaue Drachenblut spritzte aus der Wunde und benetzte die Tiger. Die Flüssigkeit brachte ihnen Wunden bei, die an Verätzungen erinnerten. Fauchend rannten sie durch ihr Gefängnis und griffen sich rasend vor Angst und Pein gegenseitig an.

Nie-Lung sprang zurück, sein Schweif fuhr zischend in den Spalt und traf ins Leere. *Wo steckst du?*

»Lǎozǐ!«, hallte Wu Lis warnender Ruf und drang mit Mühe durch das Gebrüll und Gekreische der Tiere.

Vom Dach eines benachbarten Wagens warf sich eine gerüstete Gestalt auf ihn, einen vier Schritt langen Spieß gegen seinen Hals gerichtet. Ohne Wu Li hätte der Drache ihn nicht bemerkt. *Da bist du!* Er öffnete das Maul und schnappte nach dem Schaft.

Der Unbekannte riss die Waffe zur Seite und nutzte sie nun wie ein Hochspringer, um seinem Flug eine andere Richtung zu geben. Hinter Nie-Lung landend, stach er sofort wieder zu. Klirrend rutschte die Spitze, die aus Drachenbein gemacht war, über die goldenen Schuppen, ohne sie zu durchdringen.

Gegen mich nützt dir das Stäbchen nichts, höhnte der Drache und versuchte, den Angreifer mit der Klaue zu packen. Doch der Mann befand sich schon an einer anderen Stelle, zehn Schritte entfernt, als habe er sich auf magische Weise durch die Luft bewegt. *Wie machst du das?*

Der Mann richtete sich furchtlos auf, hielt den Spieß stolz in der Rechten und störte sich nicht daran, dass Wu Li und seine Männer ihn bald erreicht hatten. Unter dem Umhang aus schwarzem Leder trug er eine Drachenhautrüstung. Eine weiße Haube mit einem Sehschlitz barg seinen Kopf, darüber saß ein dunkler Helm aus gehärtetem Leder. Die Augen wurden von einer dicken Scheibe geschützt, ähnlich wie bei Schweißern. »Mein Name ist Ichneumon. Ich verfolgte die Drachenfreunde, weil ich annahm, dass sie mich zu einem der üblichen Scheusale führen würden. Du asiatische Schlange bist eine echte Überraschung«, sagte er dumpf.

Nie-Lung wusste, was er gerochen hatte: die Drachenhaut. Der Mensch selbst roch unerklärlicherweise nach – nichts? *Ich muss einräumen, dass mir ein Exemplar wie du noch nicht begegnet ist.* Er erkannte erst bei genauerem Hinsehen ägyptische Hieroglyphen auf der Rüstung und ähnliche auf dem Schaft des Spießes. *Du gehörst zu keiner Drachenjäger-Einheit?*

»Mit diesem Abschaum habe ich nichts zu tun.« Ichneumon ging leicht in die Knie und stieß sich ab, um im hohen Sprung und mit Hilfe seiner Lanze auf dem nächsten Wagendach zu landen, außerhalb der Reichweite von Wu Li und seinen Helfern. »Was treibst du für ein Spiel, Asiate? Warum machst du die Menschen glauben, du seiest ein gefangenes Untier?«

Nie-Lung lachte. *Komm zu mir, damit ich es dir ins Ohr flüstern kann.* Er ärgerte sich, dass er keinen Flammenstoß einsetzen durfte. Erstens wegen der Tiere, zweitens wegen der Wagen, drittens wegen seiner Tarnung. Wie sollte man den Hamburgern erklären, dass ein angeblich gebrochener Drache plötzlich wieder Feuer spie?

Noch ehe er einen weiteren Vorschlag machen konnte, griff ihn der Mann schon wieder an. Die Lanze flog heran, und Nie-Lung wich aus – um unvermittelt ein Gewicht in seinem Nacken zu spüren.

»Hier bin ich, Schlange!« Ichneumon saß ihm im Genick und hielt sich mit einer Hand an dem Gehörn fest, mit der anderen holte er aus, um einen Dolch ins linke Auge des Drachen zu rammen.

Nie-Lung schüttelte sich und hoffte, seinen ungewollten Reiter abzuwerfen. *Hinab mit dir, Unwürdiger!*, rief er und stieß ein ungestümes Brüllen aus. Die Wut befahl es ihm.

Das Gewicht verschwand, und er sah einen Schatten durch die Luft wirbeln, der mehrere Salti und Drehungen schlug, von denen die Turnerinnen des Zirkus nur träumen durften.

Ichneumon landete inmitten von Wu Lis Truppe, die ihn auf der Stelle mit ihren Waffen angriff.

»Ich bin nicht euer Feind!« Der Maskierte wich den heranzischenden Spitzen und Klingen unfassbar schnell aus, fälschte sie mit Schlägen gegen die flache Seite ab, bis er sich bückte und seinen eigenen Spieß vom Boden aufnahm. »Die Schlange ist es!« Mit dem Schaft teilte er furchtbare Hiebe aus, die Knochen zertrümmerten und die Getroffenen zu Boden sinken ließen, doch er tötete keinen der Chinesen, wie Nie-Lung verwundert registrierte. »Sie kontrolliert euren Verstand, wie es alle Drachen mit den Menschen tun!«

Seine atemlosen Appelle verhallten ungehört, während sich die Reihen lichteten. Niemandem gelang es, ihn zu packen und zu überwältigen.

Nie-Lung machte sich bereit, einen Flammenstoß gegen ihn zu schleudern. Zwar würden dabei zehn seiner Leute verbrennen, doch er wäre den mehr als pfeilschnellen Menschen los. *Mein Geheimnis muss bewahrt bleiben.* Er spürte das Prickeln im Maul, mit dem die Drüsen, aus denen das Feuer schoss, angeregt wurden. *Zur Seite, Wu Li.* Er klappte die Schnauze auf, um durch ein Zusammenziehen der Muskeln die brennbare Flüssigkeit freizugeben, die sofort mit der Luft reagieren und zu einer gebündelten, waagrechten Lohe werden würde.

Ichneumon schien nur darauf gewartet zu haben: Er schleuderte seinen Spieß erneut, da er wohl wusste, dass Nie-Lung die Schnauze nicht mehr schließen konnte, oder die Flammen würden durch die Nüstern entweichen. Aber das würde zu schweren Verbrennungen führen.

Während die dunkelgrüne Feuerlanze niederstach, den Maskierten und die Chinesen einhüllte, flog der Spieß durch die Hitze und traf!

Dieses Mal gab es keine goldenen Schuppen, die ihn vor Schaden bewahrten. Die Spitze aus Drachenbein durchbohrte das Maul von innen, perforierte das dünne, empfindliche Fleisch, die Knochen darüber und trat wieder aus. Schuppen wurden emporgeschleudert, einige flogen davon, und das kochende Blut ergoss sich aus den Wunden. Die Spitze selbst kam eine Fingerlänge vor dem rechten Auge zum Stehen. Der brodelnde Lebenssaft spritzte dagegen, Dampf stieg auf, und brüllend schloss Nie-Lung die Lider. *Tötet ihn endlich!*

Blind schlug er mit den Vorderläufen um sich, die Krallen zerfetzten zwei der Artisten. Das Geschrei der Tiere um ihn herum machte ihn nur noch aufgeregter.

»Da ist er!«, rief Wu Li. Schüsse hallten, die Menschen hatten endlich die Gewehre gebracht, um Ichneumon mit einer Kugel zu erlegen, anstatt sich auf sinnlose Gefechte gegen den überlegenen Gegner einzulassen.

Das Krachen endete nicht. Nie-Lung hörte die Einschläge im Holz, das Pfeifen von Querschlägern, von denen einige an seinem Panzerkleid herabfielen, und das Jaulen getroffener Tiere. Der Geruch von verbranntem Pulver drang in seine Nase, und er musste niesen. Ohne etwas zu sehen, zog er sich den Speer aus dem Maul und grollte dabei laut. *Erledigt ihn!*

Als die Schmerzen in den Augen nachließen, öffnete er sie und sah sich um.

Wu Li hatte sich mit zehn Mann um ihn verteilt. Sie schirmten ihn mit vorgehaltenen Gewehren ab, der Rest rannte umher und versuchte, den Brand zu löschen, der auf einen Käfig übergesprungen war. Auf einem Fleck verbrannter Erde sah er verkohlte menschliche Überreste, deren Gebeine durcheinanderlagen.

Nie-Lung musste nicht fragen. Er sah am Verhalten seiner Leute, dass der Maskierte entkommen war. Dafür hätte er sie gern getötet und sich neue Diener gesucht, doch der Nachschub in Europa war dürftig. *Räumt auf,* befahl er Wu Li unter Aufbietung seiner ganzen Beherrschung. *Die Polizei wird bald kommen. Sagt ihnen, dass einer der Tiger ausgebrochen sei und sich bei der Jagd ein Teil der Küche entzündet hätte.*

»Ja, Laozi.« Der Hüne verneigte sich. »Ich bin untröstlich, dass uns der Frevler entkommen ist und den Angriff auf Euch nicht mit seinem Leben bezahlen musste.«

Es wird eine neue Gelegenheit geben. Da bin ich mir sehr sicher. Der Drache fuhr mit der Zunge von innen gegen die schmerzhafte Wunde. Mit einer Kralle drückte er die blutigen, hochstehenden Schuppen auf seiner Schnauze behutsam zurück. Es knisterte und knackte, und er biss die Kiefer fest aufeinander, um nicht erneut zu brüllen; an den kahlen Stellen würden bald neue Schuppen gewachsen sein. *Was deine anderen Aufträge angeht: Beeil dich, Wu Li! Und finde heraus, was es mit Ichneumon auf sich hat.* Er ließ kein Wort des Bedauerns über die eigenen Opfer verlauten, die er verursacht hatte. Das musste er auch nicht.

Er schlug ein paarmal mit den Flügeln und löschte durch den enormen Winddruck die letzten Flammen. Die rauchenden Trümmer des Tigerkäfigs fielen in sich zusammen, die Arbeiter sprangen mit ihren Wassereimern in den Händen rückwärts. Dann kehrte er in seine Unterkunft zurück.

Nie-Lung wurde sich bewusst, dass er kurz vor dem Tod gestanden hatte. Das machte ihn deswegen so unruhig, weil er seine eigentliche Mission noch lange nicht erfüllt hatte.

Die Wunde pochte, und das hob seine Laune nicht gerade. Aber den Zorn konnte er leider nicht an seinem Diener oder der nahen Stadt auslassen. Um sich abzulenken, dachte er über den Zwischenfall nach.

Was könnten die Ägypter gegen mich haben? Er wusste nichts von einem westlichen Drachen, der sich im Land der Pyramiden niedergelassen hätte und Ansprüche auf Europa erhob. An eine zufällige Begegnung, wie Ichneumon ihm weismachen wollte, glaubte er nicht. *Was steckt wirklich hinter dem Angriff?*

So oder so: Diese neue Wendung musste sein Herr erfahren.

23. Dezember 1926, Bilston (ca. fünf Meilen südlich von Neu-Edinburgh), Provinz Schottland, Königreich Großbritannien

Die Ängste hielten Silena im Würgegriff der schlimmsten Vorstellung, die es für sie geben konnte: Sie sah einen Friedhof mit einem Grabmal darauf, auf dem Grigorijs Name stand, ohne dass sie sich gegen das Bild wehren konnte, während sie die Stufen hinaufhastete. Der imaginäre Anblick erschütterte sie zutiefst. *Nein. Ich will das nicht!*

Doch ihre Ängste kannten kein Mitleid und sandten ihr grausame Eindrücke von einer Trauerfeier im überfüllten Saal mit allen möglichen Freunden und Unbekannten, die nacheinander an den Sarg mit ihrem Mann traten. Das Liebste aufgebahrt und vergangen …

»Nein«, schluchzte Silena. Keuchend wurde sie langsamer und hielt sich die Seite. Ihre ansonsten ausgezeichnete Kondition ließ sich von dem Schock beeinflussen.

Als Nächstes sah sie seine gebrochenen blauen Augen vor sich, denen jegliches Leben und das Leuchten von einst fehlte. Das Leuchten, das sie so sehr in ihrem Leben brauchte.

Mit einem verzweifelten Aufstöhnen kämpfte sie sich die Stufen hinauf, um Grigorij *zu sehen*, anstatt weiter von ihrer Vorstellungskraft gefoltert zu werden. Um keinen Beweis für das Unmöglichste, Schrecklichste zu erhalten, was seit seiner Geburt als unvergängliche Drohung über ihm geschwebt hatte.

Silena stieß die Tür zur Eingangshalle auf und prallte vor dem Anblick zurück, der sich ihr bot: Ihr Gemahl, deutlich an Kleidung, Haaren und Haut vom Feuer gezeichnet, saß auf der Trage, die man dort abgestellt hatte, und trank hastig aus einem großen Glas Wein. Neben ihm stand Oberst Litzow in seiner ölverschmierten Mechanikeruniform. Der untersetzte Mann mit dem prächtigen braunen Schnurrbart im gealterten Gesicht sah erleichtert sowie besorgt aus.

»Du …« Silena vermochte nicht mehr zu sagen. Das Glück traf in ihrem Innersten auf Zorn und Schmerz und schuf noch mehr Verwirrung. Ohne ein weiteres Wort warf sie sich Grigorij in die Arme. Der intensive Gestank nach verbranntem Horn und Stoff machte ihr nichts aus.

»Silena, vorsichtig«, sagte er gepresst und schien Schmerzen zu unterdrücken.

»Verzeih.« Behutsam löste sie sich von ihm, streichelte sein geschundenes, verrußtes Gesicht und küsste ihn zärtlich auf den Mund. Selbst seine Lippen schmeckten nach Rauch und Feuer. Sie sah in seine blauen, so lebendigen Augen und wischte sich selbst die Tränen weg. »Die Erleichterung«, erklärte sie mit einem dicken Kloß im Hals. *All ihr Heiligen, ich danke euch!* »Ich dachte für einen Moment …«

Grigorij lächelte. »Viel hat nicht gefehlt. Ich dachte, ich verbrenne in dem Phaeton«, sagte er. Er legte ihr hustend einen Arm um den Hals. »Hilf mir aufzustehen. Ich möchte mich umziehen.«

»Warten Sie, Fürst.« Litzow eilte auf die andere Seite und unterstützte sie. Die mit Wachs aufgestellten Enden des Bartes, die bis zu den Ohren reichten, bewegten sich dabei nicht. Sie waren unerschütterlich wie der alte Haudegen selbst. »Was ist denn geschehen?«

Rasch fasste Grigorij sein Abenteuer zusammen; dabei humpelten sie die Treppen hinunter zu den Gemächern. »... und dann riss ein Passant die Tür auf, packte mich an den Stiefeln und zerrte mich hinaus. Eine Ambulanz wartete bereits, und ich bat sie, mich hierherzufahren. Mir ist nicht viel geschehen.« Entschuldigend sah er zum Oberst, hustete. »Aber ich fürchte, der gute Whisky ist verbrannt. Dreißig Jahre war er alt.«

»Eine Schande, Fürst.« Litzow klang, als leide auch er Schmerzen.

»Er sollte Ihr Geschenk werden.« Dann blickte er seine Frau an. »Und das seidene ...« Er räusperte sich. »Dieser verdammte Rauch«, krächzte er.

Silena öffnete die Tür, die in den gemeinsamen Wohntrakt führte. »Die Geschenke sind mir egal. Auch das Automobil ist mir egal, solange du am Leben bist.« Sie nickte dem Oberst zu, der salutierte und nach oben zurückkehrte. »Du hast wirklich keine schlimmeren Verletzungen?« Sie gingen hinein, ins Bad.

»Nein, meine Gemahlin. Bis auf das Husten und meinen angeschlagenen Stolz«, antwortete er schwach grinsend und setzte sich auf den Rand der großen, freistehenden Badewanne, deren Füße im Boden verschraubt waren. Sie hatten sie eigens anfertigen lassen. »Ich müsste ja fast Mama zu dir sagen, so wie du dich anhörst.« Grigorij zog sich die verbrannten Kleidungsstücke aus; nacheinander fielen sie auf die hellen Fliesen. Rußstückchen schwebten hinterdrein. »Und bitte mach das Wasser nicht zu heiß.«

Er ist und bleibt ein Kindskopf. Silena ließ ihm ein Bad ein. »Ich werde dir später die Haare schneiden müssen, damit du einigermaßen geordnet aussiehst.«

»Niemals! Die Frauen sind verrückt danach«, erwiderte er lachend.

»Sind sie das?«, gab sie mit erhobenen Augenbrauen zurück. »Dann ist es in Mode gekommen, sich mit der glühenden Lockenschere Löcher in den Schopf zu brennen?«

Er betrachtete sich im Spiegel. »Heiliger Rasputin!«, entfuhr es ihm erschrocken, als er die verschmorte schwarze Mähne sah. »Es hat sogar meine linke Kotelette und die Augenbraue erwischt!« Das Lausbubenhafte schwand, Nachdenklichkeit zeigte sich in seinem

Gesicht. Er schluckte und wandte sich ihr zu. »Ich dachte in den Flammen irgendwann nur noch daran, dass ich dich nicht mehr wiedersehen könnte«, flüsterte er. »Und ich war verzweifelt. So sehr, dass ich nicht aufgegeben habe.«

Silena versuchte zu lächeln, die Tränen stiegen ihr von selbst in die Augen. »Es war fürchterlich, als Ivana mir sagte, dass dir etwas geschehen wäre. Ich sah ... schreckliche Bilder«, flüsterte sie. »Dein Leben ist immer in Gefahr ...« Sie musste sich unterbrechen, wischte die Tränen mit dem Handgelenk weg. »Es fiel mir zu leicht, diesen Bildern zu glauben, Grigorij. Nicht, weil ich dich tot sehen möchte, sondern weil die Wahrscheinlichkeit so hoch ist, dass du eines Tages wirklich umgebracht wirst.« Sie legte die rechte Hand gegen seine schmutzige Wange. »Dabei kann ich nicht ohne dich leben.«

Er streichelte ihre Finger, küsste sie. »Denkst du, für mich ist es einfacher?«, gab er mit belegter Stimme zurück. »Du ziehst immer wieder gegen die Drachen aus, kämpfst gegen sie und gegen Söldner, die das Officium gegen die freien Drachenjägereinheiten hetzt.« Er legte die andere Hand in ihren Nacken und zog sie zu sich. Stirn berührte Stirn, sie schlossen die Augen. »Ich zähle jedes Mal die Maschinen und bete zu den Heiligen, wenn die Zahl nicht stimmt, dass der Tod dich verschont hat.«

Sie verharrten stumm, spürten die Wärme des anderen. Aber auch die Verzweiflung: Es ließ sich nichts an ihrem Leben ändern. Die Angst, den anderen an dem Tag zu verlieren, an dem sie aufstanden, würde bleiben, solange es Drachen und Grigorijs mächtige Feinde in Russland gab. Allen voran den Zaren.

Grigorijs Geheimnis, der Sohn Rasputins und der Zarin zu sein, war schon lange keines mehr. Nikolaus der Zweite wollte den Nachfahren des toten Rivalen vernichtet wissen, damit kein lebender Beweis für die Liaison seiner Gattin existierte.

Gäbe es einen Weg, dich vor ihm zu beschützen, ich würde es tun. Worte genügten nicht, um ihn ihre übergroße Angst spüren zu lassen. Ohnmächtige Angst, die in letzter Zeit ungewollt und rasch in Vorwürfe und Gemeinheiten gegen ihn umschlug. Silena neigte ihr Gesicht nach vorn, küsste ihn lange und sanft, ehe sie sich von ihm löste. »Nun haben wir genug gejammert. Dein Wasser wird kalt.«

Sie gab etwas Öl ins lauwarme Wasser, und sofort verbreitete sich sinnlicher Duft im Raum: Moschus und Zimt. »Und du hast keinerlei Vorstellung, wem du das zu verdanken hast?«

»Ich weiß, was du denkst.« Grigorij hielt eine Hand prüfend in die Wanne. »Aber zu deiner Überraschung glaube ich nicht, dass es der Zar war. Es waren irgendwelche Schläger, die mir eine Abreibung verpassen wollten. Keine Sorge, es wird keine weiteren Attentate aus Russland auf mich geben.«

»Was macht dich so sicher?« *Er wird es niemals lernen.* Sie blitzte ihn aus grünen Augen an. »Die Schläger können von ihm angeheuert worden sein!«

»Nein. Ich habe darüber nachgedacht.« Grigorij streifte die Unterhose ab und ließ sich nach hinten in die Wanne sinken. Wasser schwappte über die Ränder und platschte auf den Boden. Er war sofort untergetaucht; prustend kehrte er nach einigen Sekunden an die Oberfläche zurück. »Wenn der Zar mich endlich tot sehen wollte, hätten die Männer keine Prügel, sondern Pistolen oder Gewehre dabeigehabt«, sprach er weiter und wischte sich die schwarzen Strähnen aus dem Gesicht. »Oh, sieh nur: Ich habe sogar noch langes Haar!«

Silena war mit seiner Antwort nicht einverstanden. »Aber *ich* denke, dass er es war. Wenn dir jemand von deinen alten Duellgegnern eine Abreibung verpassen ließ, wieso haben sie dich in den Wagen gestoßen, in dem du verbrennen solltest?«

Grigorij seifte sich ein; an den geröteten Stellen, die von der Hitze und der Schlägerei stammten, wusch er sich vorsichtiger und biss die Zähne zusammen. »Weil ich sie wütend gemacht habe. Der Mann hat seine Contenance verloren, und da schlug er über die Stränge.«

Ich sollte dich packen und schütteln, bis du es begreifst! Von einer Sekunde auf die nächste wallte Wut in ihr auf. »Wie kann man nur so sorglos sein!?« Sie ballte die Fäuste.

Er spielte den Unbeteiligten und hielt ihr hustend die Seife hin. »Würdest du dich um meinen Rücken kümmern?«

»Sicher.« *Du wirst dir gleich wünschen, mich nicht gebeten zu haben!* Als sie die Hand ausstreckte, schnappte er ihren Unterarm und zog sie zu sich ins Wasser. Noch mehr Nass ergoss sich auf die Fliesen, dann tauchte sie prustend vor ihm auf. »Ich sollte dich …«

Grigorij hielt ihr Gesicht mit beiden Händen zärtlich umfangen. »Ich brauche dich, Silena. Aber schreibe mir nicht vor, was ich zu denken habe.«

Zuerst war sie richtig erbost über sein Tun, aber die Wut verrauchte so unerklärlich rasch, wie sie gekommen war. »Kindskopf.« Wie aus dem Nichts flammte Lust in ihr auf.

Silena schob seine Hände weg, legte eine Hand in seinen Nacken und zog ihn zu sich, um ihm einen leidenschaftlichen Kuss auf den Mund zu drücken. Sie genoss es mehr als sonst, seine Hände auf ihrem Körper zu spüren.

Eine Stunde später saßen sie beim Abendbrot.

Beide waren in Bademäntel gehüllt und grinsten sich gegenseitig an, wie es Verliebte taten; dann langte Silena nach einem Brief und überflog ihn.

Grigorij biss in ein Brötchen mit Kaviarbelag und betrachtete sie. Zwar lächelte er dabei, doch seine Gedanken gingen andere Wege.

Er spürte die vielen Kratzer ihrer Fingernägel auf dem Rücken brennen, die sie ihm beim leidenschaftlichen Liebesspiel beigebracht hatte. Etwas derart Wildes kannte er nicht von ihr. Litzow hatte ihm berichtet, dass sie einen Rekruten verprügelt hatte. Aus nichtigem Grund. *Das ist nicht die Frau, die ich geheiratet habe.*

Ihm entging nicht, dass sie mit einer Hand ihren Nacken massierte. Der Zeigefinger verharrte im Genick, und sie verzog das Gesicht. »Schmerzen, meine Liebe?«

»Verspannungen, nehme ich an«, antwortete sie abwesend. »Sie gehen nicht mehr weg. In letzter Zeit leide ich derartige Qualen im Kopf und im oberen Rücken, dass ich denke, mir bleibt das Herz stehen.«

Grigorij wurde kalt. *Sie ist launisch, neigt zur Gewalt. Soll es das Erbe des Drachen sein?* Silena ahnte nichts davon, aber sie hatte ihre Gefechtsverletzung aus einem einzigen Grund überstanden: weil ihr der Arzt auf sein Geheiß hin ein Stück Drachenbein in ihren zerschmetterten Halswirbel eingesetzt hatte.

Die magische Kraft des Wesens heilte die tödliche Wunde und bewahrte die Frau vor dem Tod. Die letzte Nachfahrin des heiligen Georgs und berühmtesten Drachentöters trug ironischerweise einen Teil ihrer Erzfeinde in sich und verdankte einem Scheusal, dass sie lebte.

Grigorij nahm einen Schluck starken Mokka und strich sich dünn Butter auf die nächste Scheibe Toast. *Ist es möglich, dass die Boshaftigkeit des Geschöpfs durch das Fragment in sie übergeht?*

Diese Frage stellte er sich nicht zum ersten Mal. Entfernen lassen konnte man es nicht – das Gewebe hatte sich schon lange untrennbar verbunden. Und niemand würde ihm auf seine Vermutung eine sichere Antwort geben können. Er kannte die Geschichten, dass Fragmente von Drachengebeinen, die Menschen illegalerweise eingesetzt wurden, ihren Träger verändert hatten. Wesensfestigkeit bedeutete den größten Schutz dagegen, und so hatte er Silena kennengelernt.

Eigentlich hatte er vorgehabt, ihr eines Tages die Wahrheit zu erzählen. Doch er vermochte es nicht, da er fürchtete, dass sie sich etwas antun würde.

Die Schuld, sie zu ihrem eigenen Glück hintergangen zu haben, lastete jeden Tag von Neuem auf ihm. Dieser Druck flüsterte ihm mehr als einmal zu, wieder Absinth zu kosten oder Haschisch und Schlimmeres zu rauchen. Die Flucht in den süßen, herrlichen Rausch, der ihm unvergleichliche Leichtigkeit brachte, wurde immer verlockender. Doch er widerstand ihr.

Er hob den Toast an, ließ ihn wieder sinken und seufzte, während er ihr hübsches Gesicht betrachtete. *Ich weiß, es war nicht rechtens. Aber wie hätte ich dich sterben lassen können?*

Silena sah von ihrer Lektüre auf. »Du starrst mich an. Was ist denn?« Sie klang ungewohnt aggressiv.

Grigorij langte in die Tasche des Bademantels und nahm zur Ablenkung einen Umschlag hervor. »Nun, du bist nicht die einzige Person, die Briefe bekommt«, sagte er leichthin. »Im Gegensatz zu dir mache ich keine Geheimnisse daraus.« Glücklicherweise war ihm sein fast vergessenes Anliegen in den Sinn gekommen. »Er ist von meiner Mutter.«

Silena legte ihr Schreiben auf den Tisch. »Oh, wie schön! Ich wollte eben mit dir über meinen Brief sprechen, aber ich denke, dass ich zuerst hören möchte, was Alexandra Fjodorowna mitzuteilen hat.«

Er hörte ihr an, dass sie das Schreiben als Bestätigung ihrer Vermutung sah, dass der Zar hinter dem neuesten Anschlag steckte. *Oh, wie schön* hatte falsch geklungen. Grigorij wurde nervös, als er fortfuhr: »Sie lädt mich ein. Zu sich. Nach Sankt Petersburg.«

»Ha!«, stieß Silena hervor und warf sich gegen die Rückenlehne, dabei klatschte sie in die Hände. »Siehst du es nicht? Die nächste Falle, um dich auszumerzen!«

»Unsinn«, erwiderte er unverzüglich. »Der Brief erreichte mich lange vor der Schlägerei. Ich musste nur darüber nachdenken, bevor ich mit dir darüber reden wollte.«

Sie fuhr sich durch die feuchten dunkelbraunen Haare. »Du hast dich schon entschieden«, sagte sie düster und vorwurfsvoll. »Jetzt willst du, dass ich deinen Ausflug gutheiße.«

»Nein«, sagte er. »Nein, ich möchte mit dir …«

Silena beugte sich nach vorn; der Bademantel klaffte auseinander und gab den Blick fast vollständig auf ihre Brüste frei. Früher hätte sie den Stoff aus Anstand zusammengerafft, jetzt kümmerte es sie nicht. »Du willst nach Russland, ob mit oder ohne Zustimmung von meiner Seite.« Sie deutete mit einer herablassenden Geste auf den Brief. »Was hat die Zaritsa geschrieben, dass du bereitwillig in den Tod rennst? Geht es um eine Familienzusammenführung? Wirst du deine Halbgeschwister bei Tee aus dem Samowar und Marmeladen-Blinis kennenlernen? Oder braucht sie Rasputins Spross, um ihren Blutersohn mal wieder zu heilen?«

Grigorij sprang auf und warf seine Serviette hin. »Silena, wie redest du mit mir?«, fuhr er sie an – und machte sich gleichzeitig Vorwürfe. *Ich habe sie verändert. Sie kann nichts dafür. Aber wie vermag ich es ungeschehen zu machen?*

Sie kreuzte die Arme vor der Brust. »Wie es sich für einen Verblendeten gebührt«, erwiderte sie trotzig. »Ich hoffe, ich kann dir zu Einsicht verhelfen.«

Er hob das Schreiben. »Meine Mutter fürchtet um den Bestand des russischen Reiches. Die Umstürzler geben nicht auf und erhalten Unterstützung aus dem Ausland. Jede Reform, die Nikolaus erlässt, ist ihnen nicht genug. Die Bolschewiki wiegeln die Soldaten auf und streuen Gerüchte.«

»Ach, und du kannst das alles mit einem einzigen Besuch beenden? Der große Hellseher soll ergründen, wie es um die Romanows und ihre Dynastie steht?« Silena lachte ihn aus. Es schmerzte Grigorij, Opfer ihres Spotts zu werden. »Erwache, mein Gemahl! Der Brief kommt aus der Feder des Zaren. Er wird dich von seinen Schergen erledigen lassen, sobald du einen Fuß auf russischen Boden setzt.« Sie erhob sich ebenfalls, beugte sich nach vorn und stützte die Hände auf den Tisch. »Du, Grigorij Wadim Basilius Zadornov, bist der Beweis, dass die Zaritsa eine Nacht mit Rasputin verbracht hat. Ein Schandfleck auf zwei Beinen. Wäre ich der Zar, kämst du nicht lebend aus meinem Lande.«

»Du hast eine merkwürdige Art, mich warnen zu wollen. Es klingt nach Beleidigungen«, entgegnete er harsch, weil er ihre Ratschläge nicht länger ertrug. »Ich kann sie nicht im Stich lassen! Sie ist meine Mutter, die mich viele Jahre vor dem Zaren beschützt hat. Jetzt braucht sie meinen Rat und meinen Beistand, um die Revolution zu verhindern.«

»Auf einen Herrscher mehr oder weniger kommt es nun wirklich nicht mehr an. Europa hat so viele davon.« Ihre Augen wurden schmal. »Und wenn du herausfindest, dass sie und der Zar Marionetten eines Drachen sind, dessen Befehlen sie gehorchen?«

»Selbst wenn sie es gewesen wären, wir haben die stärksten russischen Drachen am Triglav getötet. Ich denke eher, dass die Revolutionäre von einem Geschuppten Hilfe erhalten«, gab er mürrisch zurück. *Es macht keinen Sinn, mit ihr diskutieren zu wollen.* »Was ist mit deinem Brief?«, fragte er, um von sich abzulenken.

Silena setzte sich absichtlich langsam auf ihren Stuhl. »Er ist von Großmeister Brieuc.« Sie klang gereizt, und doch sprach sie langsam und sehr deutlich. »Er bittet mich darum, zum Officium Draconis zurückzukehren.« Sie hob den Kopf und sah Grigorij kühl an. »Ich hatte mit dir darüber sprechen wollen, aber da ich sehe, dass du Entscheidungen einfach so fällst, werde ich es ebenso halten.«

Grigorij stieß die Luft aus. »Du bist alles andere als gerecht, meine Liebe. Schlimmer noch, du …«

Sie hob die Hand und unterbrach ihn damit. »Ich mache es kurz: Reist du nach Sankt Petersburg, werde ich dem Officium wieder beitreten und den *Skyguards* den Rücken kehren.«

»*Was?* Du bist von Sinnen! Wie kannst du die beiden Dinge miteinander vergleichen?«

»Von Sinnen? Ich?«, rief sie. »Einer von uns beiden irrt sich gewaltig, und ich bin es nicht! Ich fürchte um dein Leben, solltest du töricht genug sein und auf diesen Familienunsinn und das Revolutionsangstgerede hereinfallen. Sie werden dich töten, Grigorij! Um dich zu erpressen und von deiner Reise abzuhalten, ist mir jede Drohung recht. So groß ist meine Angst schon!«

Sein verletzter Stolz und Trotz wehrten sich gegen die bevormundende Art seiner Frau. »Ich sagte schon einmal, dass du mir nicht vorschreiben sollst, was ich zu denken habe. Überlege, was du mir androhst«, warnte er sie eindringlich, »und zu was es führt.«

»So halte ich es immer.«

Grigorij atmete tief ein. »Silena, es tut mir leid, aber ich *muss* nach Sankt Petersburg. Mein Luftschiff wird morgen aufsteigen.«

Schlagartig lächelte sie ihn an. »Fein. Ich wünsche dir von Herzen Glück und jeden Schutz, den dir irdische Mächte geben können.« Erst jetzt zog sie den Bademantel zusammen, und ihre makellose Haut verschwand hinter weißer Seide. Ein Zeichen. Silena stand auf und schickte sich an, den Raum zu verlassen. »Entschuldige mich, aber ich muss telefonieren.«

Er war völlig verwirrt. »Wen willst du denn jetzt anrufen?«

»Brieuc. Er hat sicherlich einen Plan, wie ich wieder zum Officium dazustoßen …«

»Das kannst du nicht tun!« Grigorij eilte ihr nach und stellte sich ihr in den Weg. »Ich bitte dich: Lass es! Was soll aus den *Skyguards* werden, wenn du beim Officium bist? Wer leitet die Einsätze? Und was denkst du, wird Kattla sagen, wenn du einfach wieder auftauchst …«

Silena schob ihn zur Seite, wie man etwas Störendes von der Tischplatte wischte. »Er weiß es schon lange. Flieg du nach Sankt Petersburg, ich fliege nach München. Die Entscheidung«, wieder blitzte sie ihn an, »hast alleine du getroffen, mein Gemahl. Vielleicht braucht Leída ja unsere Piloten für ihre Einheit. Ich schenke sie meiner Freundin.« Sie ging hinaus und schloss die Tür mit einem leisen Klicken.

Wie kann sie das ernsthaft in Erwägung ziehen? Sie hat die Einheit gegründet und zum Erfolg geführt. Grigorij setzte sich an den Tisch. Ihn verlangte es nach Wodka, nach Absinth, nach allen Drogen, die er mehr als ein Jahr nicht mehr genommen hatte. Der süße Rausch, in dem das Wichtigste nebensächlich wurde und die größten Sorgen in bunten Mustern verpufften. Eine Erlösung auf Stunden. Stattdessen trank er Wasser, zuerst ein Glas, dann noch eins, und stellte sich vor, es sei Kartoffelschnaps.

Er nahm an, dass sie in ihrer Sorge um ihn bluffte. *Wenn ich aus Sankt Petersburg zurückkomme, wendet sich unser Streit zum Guten.* Seine Mutter, die ihn über viele Jahre hinweg vor dem Zaren beschützt hatte, brauchte ihn dringend. Er konnte sie nicht im Stich lassen!

Und er hatte kein gutes Gefühl gehabt, als er ihren Brief angefasst hatte …

Der schwache Hauch einer Vision? Er musste zu ihr, um sich ein eigenes Bild von der Lage zu machen. Alles andere könnte er sich nicht verzeihen.

III.

28. Dezember 1926, York, Grafschaft Yorkshire, im Nordosten des Königreichs Großbritannien

Charles Tourant De Bercy, gekleidet in einen langen, schweren Kutschermantel und einen robusten Hut auf dem blonden Schopf, wich fluchend einem vorüberrumpelnden Gespann aus, auf dem sich Bierfässer stapelten.

»Quel idiot extraordinaire!«, schrie er dem Fahrer nach, bückte sich und hob einen Stein auf. »Du bist dümmer als die Pferde, die dich ziehen.« Mit einem raschen Wurf sandte er seinen harten Gruß auf die Reise. Er verfehlte den Mann. »Merde.«

Die wenigen Menschen, die bei dem ungemütlichen Schneeregen unterwegs waren, sahen ihn verwundert an.

De Bercy, der ein schmales, verwegenes Oberlippenbärtchen trug, machte scheuchende Handbewegungen. »Sch, vas y! Es gibt nichts zu glotzen«, sagte er und marschierte daraufhin selbst los, die letzten Schritte durch die engen Gässchen der Stadt, geradewegs auf den Eingang des Pubs zu, der im Herzen von York lag: *The Golden Fleece.*

Von außen sah er klein, etwas schief und uralt aus, eingepfercht zwischen zwei größeren Fachwerkgebäuden, die ihn scheinbar erdrücken wollten. De Bercy konnte fast Mitleid mit dem Pub bekommen, neben dessen Eingangstür die Zahl 1503 in den Stein gekratzt worden war.

Gemütlich, hoffe ich. Und nicht zu heruntergekommen, um sich mit einer Lady zu treffen. Rasch trat er ein und lief gegen eine Wand aus übermäßiger Wärme, dem Geruch von altem Bier, das in die dunklen Holzbänke und den Tresen eingezogen war, muffiger Kleidung und Unmengen an Zigaretten, Zigarren und Pfeifen, die im Pub geraucht worden waren.

Ein Albtraum. De Bercy hustete demonstrativ, wedelte mit der Hand und trat ein. Dunkle Holzpaneele an den krummen Wänden und wenige entzündete Lampen machten das *Golden Fleece* zu einem Lieblingsort für Melancholiker.

Um diese frühe Stunde, es war gegen fünf Uhr am Nachmittag, fanden sich bereits jede Menge Gäste. Die meisten hatten Pints mit dem britischen schwarzen Stoutbier vor sich stehen, einige tranken Tee, andere hatten Whisky geordert, der in bauchigen Gläsern schwamm. Ein Geiger spielte leise zur Unterhaltung auf, und manche sangen die traditionellen Folksongs mit.

De Bercy zog den Hut ab, zwängte sich durch die Lücken und suchte verzweifelt einen freien Tisch, wo er sich gleich mit der Lady setzen konnte. *Mir ist es ein Rätsel, dass man sich als Frau von Stand an einem solchen Ort treffen möchte.*

»Das ist recht einfach erklärt«, sagte eine Frau hinter ihm, und er wandte sich ein wenig erschrocken um. »Ich mag es.« Vor ihm stand eine Frau von Anfang dreißig; sie trug ein wunderschönes, hellbraunes Kleid mit grünen, keltischen Stickereien darauf. Die lockigen braunen Haare hatte sie hochgesteckt; der freie Blick betonte ihren schlanken Hals sowie die Perlenohrringe. »Sie sind Mister De Bercy.« Die hellbraunen Augen leuchteten neugierig, als sie ihm die Hand hinstreckte. »Ich bin gespannt, wie ich Ihnen helfen kann.«

Kann sie Gedanken lesen? Das wäre schlecht. Er nahm den Hut in die andere Hand, fasste ihre Finger, drückte einen Kuss auf die Knöchel. Einige der Yorker hielten mit dem Gespräch inne und starrten ihn an, als hätte er eine Dummheit hinausgeschrien. »Hoppla. Gute Manieren ist man hier wohl nicht gewohnt«, murmelte er und grinste sie an. »Lady Ealwhina Snickelway, enchanté.«

»So? Verzaubert habe ich Sie?« Sie lachte auf eine Weise, die ihn ihre Fröhlichkeit spüren ließ. »Jetzt schon?«

»Warum lügen, Mylady?« De Bercy konnte sich gegen die ansteckende Lebensfreude der Frau nicht wehren. Solche Personen traf man nicht allzu oft. Seine bewährte Strategie, den harten Geschäftsmann zu geben, wie er es sonst tat, warf er spontan über den Haufen. Er wünschte sich das Wohlwollen dieser Frau, um ihr Lächeln, so oft es ging, zu sehen. »Ich versuchte bereits, uns einen Platz zu sichern, aber …«

Sie winkte ab. »Ich habe schon etwas für uns.« Snickelway zeigte in eine Ecke, wo ein alter Mann mit mürrischem Gesichtsausdruck vor einem Pint saß und von einem Besucher zum nächsten starrte.

De Bercy zögerte. »Nun, es ist eine geschäftliche Unterredung, wie Sie wissen, Mylady.«

»Stören Sie sich nicht an ihm. Er ist ein Freund und redet niemals.« Sie zwinkerte und nahm seine Hand. »Kommen Sie. Er hält uns die Bank nicht ewig frei.«

Gegen so viel Charme und sanften Druck vermochte er sich nicht zu wehren. Nein, er *wollte* es nicht. Aus den Augenwinkeln meinte er einen einäugigen Mann in einem altertümlichen Aufzug, der ohne Weiteres ins siebzehnte Jahrhundert gepasst hätte, an der Bar vorbeistapfen zu sehen; eine Hand lag an einer Steinschlosspistole, und er wirkte dabei sehr bedrohlich. »Äh«, machte er verwundert, doch da war die Gestalt schon wieder verschwunden. *Einbildung?*

Als er sich zu Lady Snickelway wandte, sah sie ihn belustigt an. »Das war der einäugige Jack. Ein Schauspieler.« Sie setzte sich und klopfte auf die Sitzfläche neben sich. Der alte Mann verzog keine Miene und starrte weiterhin unfreundlich in die Gegend. »Wir haben sehr viele Schauspieler im *Golden Fleece*. Wundern Sie sich nicht, wenn ein Junge in Kleidern aus der Zeit von Queen Viktoria der Ersten herumläuft.«

»Das dachte ich mir, Mylady«, sagte De Bercy und rückte an ihre Seite. Eine gute Gelegenheit, ihr näherzukommen. Er fand ihr Gesicht außergewöhnlich, eine Mischung aus natürlicher Schön heit und dezentem Make-up. »Was darf ich Ihnen bringen?«

»Danke, nichts. Ich bin nicht durstig.« Sie legte die Hände übereinander. »Gehen Sie nur, Mister De Bercy, und holen Sie sich ein Pint.«

Er lächelte schief. »Nein, danke.« Er sah wieder zum Greis, dann zur Lady, die ihn mit einem Blick aufforderte, sein Anliegen zu erläutern. »Ich will beileibe nicht unhöflich sein, aber mir ist nicht wohl bei dem Gedanken, dass der Herr unser Gespräch verfolgt. Es ist keine Banalität, sondern von höchster Bedeutung.«

Snickelway neigte den Kopf leicht und lächelte verständnisvoll. »Ich vertraue ihm, als wäre er mein Vater. Mein Beichtvater. Und Beichtväter müssen schweigen.«

Daraufhin öffnete De Bercy seinen Kutschermantel und nahm einen großen Umschlag hervor. Er legte zehn Bilder gestapelt vor ihr hin; mit dem Hut bildete er einen provisorischen Sichtschutz gegen die übrigen Gäste. Schlimm genug, dass der alte Mann davon erfuhr.

Snickelway blätterte die Bilder durch, betrachtete jedes einzelne gewissenhaft. Zu sehen waren eine Ebene, ein verbrannter und in Stücke gesprengter Berg, Absperrungen, Panzer und viele Soldaten sowie eine schmale Straße durch das Trümmerfeld zu einer Art Gedenkstätte, wo zahllose Kerzen brannten.

»Wissen Sie, was da ist, Mylady?«

»Ich lese Zeitung, Mister De Bercy. Das ist der Triglav. Oder besser gesagt das, was von ihm übrig ist, nachdem er von Bomben dem Erdboden gleichgemacht wurde. Es hält sich hartnäckig das Gerücht unter den Spiritisten, dass der Weltenstein nicht vernichtet sei und noch immer in den ausgebrannten, zerbombten Resten des Triglavs liege.« Sie zeigte auf die Aufnahmen mit den Soldaten. »Dafür spricht, dass das Areal von der russischen Armee abgeriegelt wird und zur Sperrzone erklärt wurde. Lediglich eine kleine Schneise führt zu einem Wallfahrtsort, an dem die gefallenen Drachenheiligen angebetet werden können.«

»Ausgezeichnet, Mylady. Dann kann ich mir diese Erklärung sparen.« Er suchte einen kleinen Umschlag aus der anderen Tasche und legte ihn vor sie. Ungeöffnet. »Darin befindet sich ein Scheck von der Royal Bank of Britain über zehntausend Pfund. Die bezahle ich Ihnen, wenn Sie die Suche nach dem Weltenstein aufnehmen.«

Snickelway machte nun ein ernstes Gesicht, was ihn enttäuschte. Wo blieb das Lächeln für ihn? »Das ist viel Geld. Sehr viel Geld. Aber auch sehr viel Gefahr, die Sie einer Frau zumuten. Ich verlasse York nicht gern.« Sie sah an ihm vorbei und hob grüßend den Arm.

De Bercy sah über die Schulter eine ältere Frau in einem altertümlichen Kleid durch die Schankstube laufen. Sie winkte der Lady zu und schien gleich darauf durch die Wand zu gehen. Er blinzelte. *Habe ich mich getäuscht? Wo ist die Alte hin?*

»Das war Lady Alice Peckett, eine sehr gute Freundin von mir.

Sie *Alte* zu nennen, ist unschicklich«, erklärte Snickelway frostig. Schon wieder schien sie seine Gedanken gelesen zu haben. »Sie war einmal die frühere Besitzerin des Pubs und hat sich vor etlicher Zeit zurückgezogen. Aber man kommt eben als Wirtsfrau nicht so einfach von einem Haus los, in dem man so lange gearbeitet hat.«

»Vermutlich ist da eine Tür?« Er schaute sie wieder an; dabei roch er ein süßliches Parfüm, das er, ohne es zu wollen, Lady Alice zuordnete.

»Ja. Man sieht sie nicht von hier aus, weil sie in der gleichen Farbe wie die Wand gestrichen ist.« Snickelway pochte auf die Fotos. »Wieso ich?«

De Bercy lächelte und wollte endlich eine Erwiderung von ihr bekommen. Er wäre sogar bereit, noch mehr Geld auf den Tisch zu legen, notfalls aus eigener Tasche. »Sie gelten als treffsicheres Medium, wenn es darum geht, verschollene Personen aufzuspüren. Und ich hege die Hoffnung, dass Sie die Suche nach verschollenen Gegenständen ebenso beherrschen. Ich möchte keine Séance oder so einen Unfug mit Toten. Das überlasse ich anderen.«

»Oh, lieber Mister De Bercy. Achten Sie auf Ihre Sprache«, entgegnete sie geheimnistuerisch. »Wenn die Toten uns nun aber hören könnten?«

»Mumpitz, Mylady Snickelway.« Er sah wieder zu dem unfreundlich blickenden Greis, der offenbar in eine Starre verfallen war und nicht einmal mit den Lidern zuckte. »Haben Sie Interesse?«

Sie musterte ihn, ihre Blicke schienen durch die Stirn in seinen Verstand zu dringen und darin zu lesen. »Was beabsichtigen Sie mit dem Artefakt?«

Jetzt würde es unschön werden, denn seine Aufgabe verlangte von ihm, auf Unwissen ihrerseits zu bestehen. »Bei allem gebotenen Respekt, das muss Sie bei dieser Summe nichts …«

»Das geht mich sehr wohl etwas an«, zischelte sie scharf, und ihre Stimme wurde unangenehm. »Der Weltenstein birgt für einen Kundigen, ein Medium oder jemanden, der sich Magier nennt, ungeahnte Kräfte. Wer die Energie freisetzen und sich zunutze machen kann, besitzt mehr Macht, als wir beide uns ausmalen können. Damit ließe sich enormer Schaden für die Welt anrichten, Mister De Bercy. Nicht umsonst wurde mit einem immensen Aufwand verhindert, dass der Weltenstein in falsche Hände gerät. Oder besser gesagt: in die Klauen von Drachen.«

De Bercy betrachtete sie. Soeben hatte sich eine Komponente an ihr gezeigt, die nicht so recht zu der netten, freundlichen Lady passen wollte. *Sie scheint mehr zu wissen, als man in Zeitungen lesen kann.* »Sehr engagiert vorgetragen, Mylady.«

»Danke, Mister De Bercy. Das, was Madame Arsènie Sàtra vorhatte, sollte jedem Menschen, der Spiritist oder Medium oder übersinnlich begabt ist, eine Warnung sein: Macht korrumpiert. Um mich dieser Gefahr nicht auszusetzen, habe ich jeden Gedanken an das Artefakt weit von mir geschoben. Der Umstand, dass ich nicht gern reise, kam dem sehr entgegen.« Die Härte auf ihrem Gesicht wich, das Liebreizende gewann die Oberhand.

»Und gerade deswegen bin ich auf Sie gekommen, Mylady«, stieg De Bercy begeistert ein. »Sie hören sich genau so an, wie mir versprochen wurde.« Er strahlte und fühlte sich bereit, sich auf der Stelle in sie zu verlieben. »Sie würden den Weltenstein suchen und ihn mir bringen oder einfach nur seinen Fundort melden. Ich wiederum gedenke, ihn zu vernichten!«

Sie schenkte ihm ein verzeihendes Lächeln, das sein Herz schneller schlagen ließ. »Mister De Bercy, das ist ein nobles Ansinnen, welches ich äußerst gern unterstütze. Doch nochmals: York zu verlassen, fällt mir sehr schwer.«

»Und ich schwöre Ihnen, Mylady, dass die Welt es erfahren wird, wenn wir ihn haben. Vor den Augen zahlreicher Reporter, Fotografen und Kameraleute lösche ich das Artefakt aus und nehme der Welt eine lauernde Bedrohung.« Er hielt ihr seine Rechte hin. »Schlagen Sie ein, Mylady?«

»Angenommen, ich zöge es in Betracht, mich auf Reisen zu begeben: Gibt es so etwas wie einen Bonus, wenn ich den Weltenstein finde?«

»Einhunderttausend Pfund«, kam es augenblicklich aus seinem Munde. »Sie werden berühmt durch das, was wir vollbringen. Und reich.«

»Ihnen genügt mein Handschlag? Sie sind ein vertrauensseliger

Geschäftsmann. Sehr schön!« Snickelway ergriff langsam seine Hand und schüttelte sie sanft und ladylike. »Natürlich wird es mir eine Freude sein, Ihnen einen Vertrag zu unterzeichnen, denn er gibt auch mir Sicherheit.«

Ausgezeichnet! Er löste seine Hand von ihrer und nahm einen zweiten Umschlag aus dem Mantel. »Hier drinnen habe ich die Papiere, Mylady. Wir können sozusagen zur Tat schreiten.« Er nahm das Dokument aus dem Umschlag und reichte ihr seinen Füllfederhalter. »Wenn Sie Ihr Signum hinterlassen?«

Snickelway las sich die Zeilen sorgsam durch. »Ich schließe einen Vertrag mit einer Kanzlei und nicht mit Ihnen, Mister De Bercy?«, fragte sie neugierig. »Das erscheint mir ungewöhnlich.«

»Für den Fall, dass mir etwas zustoßen sollte, bevor Sie von Ihrer Aufgabe zurückkehren, ist somit gewährleistet, dass Sie dennoch Ihr Honorar erhalten.« De Bercy sah zu, wie sie rasch unterzeichnete, über die Tinte blies und ihre Ausfertigung dem Greis hinschob, der sie wortlos einsteckte. »Oh, das muss ein sehr guter Freund sein, Mylady.«

»Nichts anderes sagte ich über ihn.«

»Wann brechen Sie auf, Mylady? Ich habe gehört, dass ein Zeppelin von Edinburgh aus direkt nach Russland fliegt. Darf ich Ihnen dieses Ticket erstehen?« De Bercy fühlte sich großartig und in Feierlaune, als besäße er das Artefakt bereits.

»Ja, das wäre durchaus angenehm. Ein schöne Methode, um sich beschwerliche Fahrten mit Bahn, Schiff und Automobil zu ersparen.« Snickelway erhob sich, und De Bercy stand auf, wie es sich für einen Kavalier gehörte. »Mister De Bercy, darf ich Ihnen zur Feier des Geschäftsabschlusses etwas zeigen, was zu sehen nur sehr wenigen Gästen des *Golden Fleece* vergönnt ist?«

»Oh, außerordentlich gern, Mylady.«

Snickelway lachte auf, und der Klang wärmte sein Herz; er musste sich über sich selbst wundern. Sie nahm erneut seine Hand und lief los, quer durch den Pub, schiefe und schräge Korridore entlang, bis sie allein waren und vor einer Treppe nach unten standen. »Da hinab, bitte.« Sie nahm eine brennende Lampe vom Haken, ging die Stufen hinunter und zog ihn hinter sich her.

»Wollen Sie mich verführen, Mylady?«, sagte er halb im Spaß

und halb als Wunsch. »Gäbe es dazu nicht anheimelndere Orte als einen feuchten, kalten Keller?«

»Wünschen Sie es sich denn, Mister?«, gab sie neckend zurück. »Außerdem wissen Sie gar nicht, wie der Keller aussieht. Vielleicht verbergen sich hier geheime, warme Zimmer mit bequemen Betten?«

De Bercy sah die schlanke Taille der Frau vor sich. »Sie machen mich neugierig, Mylady. Doch wecken Sie bitte keine falschen Hoffnungen«, setzte er lachend hinzu. »Das würde ich nicht überleben.«

Sie erreichten das Ende der Treppe. Es ging weiter, vorbei an Fässern, aus denen der Geruch von Bier, eingelegtem Gemüse und Fleisch stieg. Das Licht der pendelnden Lampe machte die Schatten von Mann und Frau riesig und ließ sie an den Steinwänden tanzen.

»Was werde ich denn gleich sehen?« De Bercy fand es nicht gemütlich unter dem Pub. Sein Hoffen auf ein amouröses Abenteuer mit dem Medium schwand.

Snickelway blieb stehen und ließ ihn los, dann drehte sie den Docht kleiner und grinste dabei.

Es war ein Grinsen, das den Mann alarmierte und ihm unvermittelt Unbehagen bereitete. »Mylady, ich hörte von dem merkwürdigen Humor, den man auf der Insel pflegt …«

»Pst«, machte sie und legte einen Finger an die Lippen – und das schwache Licht verlosch.

De Bercy atmete entnervt aus. »Mylady, kommen Sie zur Sache. Was darf ich denn sehen – oder sitze ich gerade einem Scherz auf?« Er lauschte in die völlige Dunkelheit und in die absolute Stille. Weder hörte er Gepolter noch Musik, noch Geräusche aus dem Schankraum des Pubs, der sich über ihnen befinden musste. »Mylady?« *Wo, zur Hölle, ist sie abgeblieben?* Leise zog er seinen Revolver, obwohl er nicht damit rechnete, von ihr angegriffen zu werden. Die Waffe gab ihm Sicherheit. *Verdammter englischer Humor!*

Ein lautes Schnauben ließ ihn zusammenfahren. *Wie kommt denn ein Pferd hier runter?* Hufschlag näherte sich ihm, und er wich zurück, bis er gegen ein Fass stieß.

Es trabte auf ihn zu, und er vernahm die wütende Stimme eines

Mannes, der auf die Kreatur eindrosch. Das Knallen der Riemen war deutlich zu hören.

Spricht der Latein? De Bercy kroch das Fass hinauf und spürte den Luftzug, als das Pferd mit seinem tobenden Reiter vorbeidonnerte. *Es ist wirklich Lateinisch!* Unvermittelt herrschte wieder Stille im Keller. »Mylady?«

»Habe ich Ihnen zu viel versprochen, Mister De Bercy?« Sie konnte nicht weit von ihm entfernt stehen. »Das, was Sie eben hörten, war der Geist eines römischen Kavalleristen, der auf einer alten Römerstraße entlangprescht. Wir wissen nicht, warum er das tut, aber es kann einen ganz schön erschrecken, nicht wahr?«

»Ja, das gebe ich gerne zu.« *Zum Glück sieht sie mich nicht. Es wäre zu peinlich.*

»Sie sitzen auf dem Fass, richtig? Ihre Stimme kommt von einem erhöhten Punkt.«

»Es erschien mir besser«, gab er zerknirscht zu. »Auch wenn ich niemals an Spuk geglaubt habe. Sie haben das Licht gelöscht, damit ich nicht sehe, wie der Trick funktioniert.« Er rutschte herab. »Leuchten Sie mir bitte?«

Snickelway lachte. »Ich schwöre, dass es ein echter Spuk war. Das *Golden Fleece* ist berühmt für seine Schreckgestalten.«

Kaum sprach sie es aus, da fühlte er eine Berührung an seinen Schultern.

De Bercy wurde eiskalt. Die Temperatur um ihn herum fiel um mehrere Grade, und im nächsten Moment legte sich eine Schlinge um seinen Hals, die sich blitzartig zuzog.

Was ... De Bercy griff danach, um sie zu weiten, aber an seiner Kehle ertastete er nichts. Er spürte nur die Einschnürung der Haut. »Mylady«, krächzte er bittend. Die Luft wurde ihm bereits knapp. »Was tun Sie mir an?«

»Ich?«, sagte sie unschuldig aus der Dunkelheit. »Sie hören doch, dass ich weit von Ihnen weg bin. Wie gelänge es mir, Sie anzurühren?« Wieder lachte sie leise, aber ihre Stimme hatte sich gewandelt: maliziös und voller Boshaftigkeit. Erwartungsvoller Sadismus, der ihm die fürchterliche Gewissheit vermittelte, dass es noch lange nicht ausgestanden war. »Es sind die Geister von Verbrechern, deren Leichname man nach der Hinrichtung im Keller aufbewahrte. Man hatte sie gehängt. Ihre Familien sollten kommen und sie abholen, aber sie erschienen nicht. Sie verrotteten. Niemals bestattet, niemals in heilige Erde gelegt. Gelegentlich sieht man Knochenstückchen zwischen den Platten herausragen. Was vergehen kann, verging. Aber ihre verdorbenen Seelen verfingen sich im Gemäuer und warten bis heute und voller Hass auf den Tag, an dem jemand erscheint, der sie abholt. Unglücklicherweise scheinen Sie es nicht zu sein.«

De Bercy wand sich vergebens in dem Griff, spürte kräftige Hände, die ihn an Armen und Beinen hielten. »Mylady …« Die Schlinge um seinen Hals lockerte sich leicht, und er hustete, würgte und atmete gleichzeitig.

»Mister De Bercy«, sagte sie, und dieses Mal befand sie sich dicht vor ihm. »Sie waren so freundlich, einen Vertrag zu unterschreiben, der Sie entbehrlich macht. Geld und Bonus sind mir sicher.« Eine zärtliche Hand berührte ihn an der Stirn. »Ehe ich mich an meine Nachforschungen begebe, möchte ich von Ihnen wissen, wer mein wirklicher Auftraggeber ist.«

Verdammtes Weib! Die einnehmende Wirkung, die sie auf ihn gehabt hatte, war schon lange verflogen. »Sie irren …«

»Ich kann Ihre Gedanken lesen, Mister De Bercy. Mäßigen Sie sich«, fuhr sie ihn an. »Fluchen hilft Ihnen nicht weiter.«

»Wie kommen Sie darauf, dass ich es nicht bin, der Sie anheuert?« Sosehr er sich bemühte, gegen die Kraft seiner Aufseher kam er nicht an.

»Ich lese in Ihrem Unterbewusstsein, dass Sie mir nicht alles gesagt haben. Ihre Empfindungen passten nicht zu Ihren Formulierungen. Um an diese verborgenen Informationen zu gelangen, muss ich Sie dazu bringen, an denjenigen zu denken, für den Sie aus dem französischen Königreich zu mir gereist sind.« Snickelway klang harmlos, aber etwas schwang in ihren Worten mit. Etwas, das Angst in ihm auslöste. Ein angedeutetes Versprechen, ihm Dinge anzutun, die er sich nicht einmal vorstellen konnte.

De Bercy versuchte schwitzend, nicht an seinen Herrn zu denken. »Nein, das schaffen Sie nicht!«

Ein reibendes Geräusch erklang, ein Streichholz flammte auf und blendete De Bercy. Als er wieder etwas erkennen konnte, stand

Snickelway eine Armlänge entfernt und hielt die Lampe auf Augenhöhe. »Mister, Sie wissen nicht, was Ihr Herr mit dem Weltenstein in Wahrheit beabsichtigt?«

De Bercy räusperte sich, seine vom Strick malträtierte Kehle fühlte sich roh an. »Mir wurde gesagt, was ich Ihnen sagte«, sprach er heiser. »Mein Herr fürchtet den Missbrauch und möchte das Artefakt zerstört wissen.« Er sah sie bettelnd an, die Furcht vor dem Ungewissen brachte ihn zum Zittern. »Lassen Sie mich gehen, Mylady! Ich bin nichts weiter als ein Diener. Ich werde Ihnen auch nicht heimlich zum Triglav folgen, wie es mir aufgetragen wurde.«

Sie schien nachzudenken, während sie ihn von den Schuhen bis zum Scheitel betrachtete. Er glaubte, diesen Blick bei Metzgern gesehen zu haben, bevor sie Schlachtvieh zerlegten. »Das stimmt, Mister De Bercy. Sie sind nur ein Diener. Von denen hat Ihr Herr so viele, dass es ihm nicht auffallen wird, wenn ihm einer abhandenkommt.« Sie langte in seinen Mantel und zog den Vertrag hervor. »Ich werde ihn zur Kanzlei bringen, damit alles seine Ordnung hat.«

Um ihn herum wurde es noch kälter, und der Druck der Schlinge nahm zu. »Snickelway!«, schrie er voller Hysterie und sah seinen Atem als weiße Wolke. Sie verwirbelte und formte sich zu einem Männergesicht, das sich in eine Fratze verwandelte. »Snickelway, um Himmels willen, lassen Sie mich nicht hier bei den Geistern!« Sie zogen den Strick noch enger. Was er sonst noch rufen wollte, wurde zu undeutlichem Gekeuche.

Die Frau blieb stehen und drehte sich halb zu ihm um. »Und ich dachte, Sie glauben nicht daran!«, sagte sie spöttisch. »Sollen die Geister entscheiden, was aus Ihnen wird, Mister De Bercy.« Sie setzte ihren Weg fort, und mit ihr schwand das Licht im Keller. »Ich habe ein Geschäft zu erledigen. Wenn ich in ein paar Tagen im *Golden Fleece* sitze, bin ich gespannt, wie viele Spukgestalten ich zähle.« Sie schritt die Stufen hinauf, und auch der letzte Schimmer verging.

Das kann sie nicht tun! De Bercy wollte seine Verzweiflung hinausbrüllen, bäumte sich auf und warf seinen Leib hin und her, um den Griff zu sprengen. Er wollte leben!

Als er den Mund weit aufriss und nichts als ein dünnes Hecheln über seine Lippen gelangte, schlüpfte Frost zwischen seinen Zähnen hindurch, strich den Gaumen entlang und warf sich den Schlund hinab. In der Mitte angelangt, breitete er sich nach allen Seiten aus und durchdrang die Organe.

Charles Tourant De Bercys Herz gefror innerhalb eines Wimpernschlags.

29. Dezember 1926, unweit von Wimereux,
Departement Pas-de-Calais, Königreich Frankreich

Kalter Wind, Gischt und nochmals kalter Wind. Dass Vouivre sich an diesem zugig-nasskalten Ort aufhielt, verdankte er dem Umstand, sich mit seiner Rivalin treffen zu müssen. *Ich hielt Wimereux für einen Badeort. Hier würden nicht einmal Seedrachen ins Meer steigen, so ungastlich ist es.*

Er, der heimliche Herrscher von fast ganz Westeuropa, lungerte auf einer Düne mitten in der Nacht an der französischen Kanalküste herum und musste warten. *Wie ein Bittsteller!*

Dabei regierte der französische Altvordere, wie sich die alten Drachen nannten, durch seine menschlichen Gefolgsleute in Spanien, Portugal, Frankreich, Holland und Belgien ebenso wie schon in Teilen des Deutschen Kaiserreichs und des Kaiserreichs Österreich-Ungarn. Aber ihm reichte das noch lange nicht aus.

Die Gefahr, von den *Pas-de-Calaisiens* entdeckt zu werden, war bei dem Wetter mehr als gering. Außerdem hatte er sich eine Vertiefung gesucht, die allein vom Meer her einsehbar war.

Er schüttelte die Gischt von seinen Schuppen, die im Sternenlicht glitzerten, als seien sie mit Diamanten bestäubt worden. *Widerlich feuchter Sand!* Nacheinander streckte er seine vier Beine aus und achtete darauf, dass sein acht Schritt langer Leib nicht in Berührung mit dem Boden kam. Mit den dünnen Flügeln auf dem Rücken vermochte er trotz seiner Größe die gewagtesten Manöver in der Luft zu absolvieren. Hätte er nicht den klassischen Kopf eines westlichen Drachen besessen, wäre so mancher Betrachter geneigt gewesen, ihn fast schon als asiatisch zu bezeichnen.

Ich hätte mir etwas zu essen mitnehmen sollen. Vouivre sah zu dem bewölkten Himmel und suchte nach der Silhouette eines Flugdrachen. Auf dem Flug zur Kanalküste hatte er eine Herde mit Schafen gesehen. *Die Salzwiesenlämmer haben einen herrlichen Geschmack, wenn nur nicht diese lästige Wolle wäre. Sie kratzt im Hals.* Er verwarf sein Vorhaben, rasch zurückzufliegen und sich ein, zwei Lämmer abzugreifen.

Seine Gedanken schweiften ab.

Ganz in der Nähe befand sich der Geburtsort eines seiner besten Strategen unter den Menschen: Philippe Pétain, der Held von Verdun, der die anstürmenden Germanenhorden zurückgeschlagen hatte, indem er sich auf eine so simple wie effektive Strategie besonnen hatte: Verteidigung und den Feind anrennen lassen. Tief vorstoßende Gegenangriffe wären das Ende von Frankreichs Freiheit gewesen.

Der Altvordere Fafnir hatte seine Deutschen damals in den Krieg gesandt, ohne zu wissen, dass sie dem Machtstreben eines Drachen dienten. Und sie kämpften verbissen. *Das waren harte Zeiten.* So hielten es die Altvorderen schon immer: im Hintergrund beeinflussen, regieren und lenken, während sie die Menschen für ihre Zwecke einsetzten.

Vouivre fand es nach den Jahrhunderten, in denen er herrschte, immer noch komisch: Die Menschen jagten kleine Drachen, die Dörfer und Städte mit ihrer Fressgier oder der Sucht nach Schätzen heimsuchten, als seien sie die schrecklichsten Übel der Welt. *Die wahren Ausmaße unserer Drachenmacht erkennen sie nicht und werden es nie tun. Und denjenigen, die mahnen, glauben sie nicht.*

Silena oder Anastasia Zadornova, wie sie sich heute nannte, hatte es versucht. Er erinnerte sich an ihre Artikel, ihre Interviews in den Zeitungen, in denen sie die Menschen auf die Macht der Altvorderen hatte aufmerksam machen wollen. Sie hatte dafür Spott und Witze geerntet.

Vouivre lachte leise. *Armes Ding. So verhallt die Wahrheit ungehört.*

Jetzt war Fafnir tot, eines von vielen Opfern der Schlacht am Triglav. Und es gab offenbar keinen Drachen im deutschen Kaiserreich, der mächtig genug wäre, die Nachfolge anzutreten.

Gut für mich. Vouivre hatte dem französischen König Charles befohlen, die sogenannte Maginot-Linie nach Westen zu errichten: eine kilometerlange Reihung von Bunkern, Stellungen und Geschützen im Wert von fünf Milliarden französischer Francs, wie Schätzungen ergaben. Die Umsetzung würde Jahre dauern. *Und das alles nur, falls einem teutonischen Drachen wieder in den Sinn kommt, Krieg gegen mich und Frankreich zu führen. Oder einem größenwahnsinnigen Menschen.*

Es rauschte plötzlich, der Wind frischte auf.

Vouivre wusste, dass die Böe nicht natürlichen Ursprungs war. *Oh, welch süßer Duft!* Er sah über das Meer, hob das Karfunkelauge, das schwach rot glomm, wie die Glut in einer Feuerstelle, die jederzeit auflodern konnte. *Da sehnt sich eine Dame nach Herrenbesuch, um ihr Verlangen zu stillen.*

Die Umrisse einer mächtigen, vierbeinigen Drachin wurden sichtbar. Sie landete fast senkrecht vor ihm. Die Schuppen waren bei Tageslicht rot, doch unter den Nachtgestirnen wirkten sie dunkel, fast schwarz.

Ich werde dieser Aufgabe sicherlich nicht nachkommen. Dünensand wirbelte auf, das Gras duckte sich, und Vouivre schloss das Lid und wandte den Kopf ab, um nichts in die Nase zu bekommen. Nachdem sich der Wind gelegt hatte, sah er in ihre leuchtend roten Augen.

»Hier bin ich.« Sie legte die gezackten Schwingen an den kräftigen Leib. »Was willst du?«

»Ddraig! Ich danke dir, dass du dich aus Wales zu mir begeben hast. Du bist noch immer wütend, weil ich nicht am Triglav erschien, um mit euch zu kämpfen«, sagte er freundlich.

»Dafür«, Ddraig bewegte den schlanken Kopf, als dehne sie sich für einen Kampf, »müsste ich dich töten.«

»Oh, getötet wurden andere: Iffnar, Grendelson, Gorynytsch. Und wir beide wissen, dass es uns nicht leidtut.« Vouivre musste sensibel vorgehen, um die Drachin nicht weiter zu verärgern. Sie roch zudem nach Brunft, die sie noch aggressiver machte. *Kein guter Zeitpunkt, um mit ihr zu verhandeln.* »Meinen Tod hättest du sicherlich auch nicht beweint. Doch mir passte er nicht in den Kram, und deswegen verzichtete ich darauf …«

»Du verschwendest meine Zeit, Vouivre.« Ddraigs Schweifende zuckte wie das einer angespannten Katze. »Du ließest mich wissen, dass du verhandeln möchtest? Also, verhandeln wir.« Sie bleckte die kräftigen Zähne, die lange Schnauze schnappte klackend zu. Eine unmissverständliche Drohgebärde.

Vouivre achtete darauf, dass sein Kopf immer unter dem von Ddraig blieb, um unterwürfig zu wirken und außerhalb ihrer Reichweite zu sein. »Die zwei Altvorderen Iffnar und Grendelson haben keinen Nachfolger hinterlassen, der ihr Reich weiterführt. Meinen Informationen nach gibt es Kämpfe um Regionen und Landstriche unter aufstrebenden Drachen, aber keiner besitzt Einfluss auf wichtige Menschen.«

»Wie auch?« Ddraig hörte sich an, als wüsste sie genau, was er vorschlagen wollte, aber sie ließ ihn zappeln und seine Demut bezeugen.

»Ganz recht, ganz recht! Skandinavien, das Grendelson gehörte, und Fafnirs Deutsches Kaiserreich sowie Österreich-Ungarn und Italien liegen brach. Nicht zu vergessen das Zarenreich und einige andere Ostreiche.« Er machte sich noch kleiner, um ihr zu schmeicheln. »Wollen wir es uns gerecht aufteilen, bevor die ansässigen Geschuppten ihre Kämpfe ausgetragen haben? Halten wir sie klein, ersparen wir uns und unseren Untertanen viel Krieg und Leid. Unser Reichtum wird wachsen!«

Jetzt sah die Drachin wahrlich überlegen aus, als sie sich nach vorn beugte und Dampf aus den Nasenlöchern stieß. »Skandinavien *gehört* bereits mir«, grollte sie. »Die Könige von Schweden, Norwegen und Dänemark haben mir Treue geschworen, und die Mächtigen Finnlands unterwarfen sich meinem Schutz, damit ich sie vor Russland behüte.« Sie schnaufte. »Das wusstest du doch, Franzose? Du hast Angst, weil ich schneller mit dem Zaren verhandeln könnte als du. Ich habe dich im Norden umgangen.«

»Dann behalte du Russland und lass mir die Deutschen, Österreicher, Ungarn und Italiener«, hob Vouivre sogleich an. »Der Zar besitzt ein derart gewaltiges Reich, dagegen wäre das, was ich dafür bekomme, armselig.«

»Ein Reich mit einer Grenze zu den Asiaten«, erwiderte sie unverzüglich. »Du würdest eine Abwehrschlacht auf mich abwälzen und im Falle eines Angriffs abwarten. Wäre ich geschwächt«, sie stampfte in den Sand, und die Dünen um sie herum bebten, »würdest du nicht zögern, mich zu vernichten.«

»Ist das deine größte Sorge?«

»Ja. Denn ich stieß bereits auf einen asiatischen Spion. In Finnland. Sie wissen, dass es viel Durcheinander in Europa gibt, und wittern ihre Gelegenheit.« Ddraig sprach ernst, ohne Überheblichkeit.

»So weit sind sie bereits vorgedrungen?« Vouivre ärgerte sich. *Sie sickern ein wie Wasser in einen Stein.*

»Es würde ihnen passen, wenn wir zwei uns in eine Fehde verwickeln würden, Franzose.« Sie kniff die Augen leicht zusammen und ließ das Rot aufleuchten. »Wollen wir das?«

»Nein«, stimmte er erleichtert zu. »Europa braucht Stabilität. Unsere Stabilität.« Vouivre richtete sich ein wenig mehr auf. »Dann sind wir uns einig, Ddraig?«

Die Drachin lachte lauthals. Ihr Atem erschuf eine heiße Böe, die über die Dünenspitzen hinwegfegte, dabei Eis und Schnee schmolz. »Nicht so schnell, Feigling. Ich werde Russland und den Zaren gern betreuen und ihm gegen die Revolutionäre beistehen, die Fafnir einst unterstützt hat. Aber ich will Albanien, Bulgarien, Serbien, Griechenland und Montenegro.«

»Von mir aus.« Vouivre hatte keinerlei Interesse daran. *Zu viele Volksgruppen, zu viele Süppchen.* Dass sie ihn Feigling genannt hatte, nahm er ihr übel, doch er würde ihr diese Bemerkung bei passender Gelegenheit heimzahlen.

»Und das Osmanische Reich.«

Jetzt wird es gefährlich. In seiner Vorstellung sah er, wie sich aus ihren Ländern Raubtierkiefer bildeten, die sein Reich wie eine Nuss knackten. »Was hast du vor, Ddraig?« Er gab seine geheuchelte Demut auf und reckte sich zu seiner vollen Größe. »Du wirst doch nicht etwa Alleinherrscherin werden wollen?«

»Dann wäre ich heute erschienen, um dich wirklich zu töten, Vouivre«, gab sie zurück.

»Sicher würdest du auch gewinnen«, retournierte er herablassend, konnte jedoch nicht verhindern, dass Spannung durch seinen Körper lief.

Sie erfreute sich offen an seinem Misstrauen. »Ich möchte diesen Teil befrieden, und das gelingt mir nur, wenn ich die Menschen alle kontrolliere. Ist mir das gelungen, schmiede ich Allianzen gegen den Osten, die undurchdringlich sind.« Sie entfaltete ihre Schwingen. »Es ist in deinem Interesse, Franzose. Sag ja, und wir sind uns einig. Lehne mein Gesuch ab, und wir verfallen in einen Kampf um Europa, wie du ihn dir weder mit Grendelson noch mit Fafnir geliefert hast. Die Alte Welt wird brennen, ohne aus der Asche aufzuerstehen.« Ddraig tätigte einen Schwungschlag, und wieder peitschte der Wind die Gräser und den Sand.

»Einverstanden.« Vouivre züngelte aufgeregt und bekam Sand in den Mund. *Verflucht.*

»Sehr gut!« Die Drachin stieß sich von dem weichen Untergrund ab und flog in die Höhe, wo sie sich in den Nachthimmel schraubte. Dann war sie verschwunden.

Vouivre starrte auf das Meer hinaus, lauschte dem Rauschen der Brandung. *War das nun ein Erfolg für mich oder nicht?* Auf den ersten Blick ja. Auf einen zweiten Blick verzichtete er lieber. *Das Herz Europas wird mir gehören!* Jetzt bekam er doch noch Appetit auf ein, zwei saftige Lämmchen.

Vouivre sprang den Abhang hinauf – genau vor einen Mann mit asiatischen Zügen in einfacher Kleidung, der sich in den hohen Binsen verborgen hatte. *Ach, Besuch? Und unhöflich noch dazu!* Er griff mit der rechten Klaue nach ihm. *Bist du etwas anderes als ein asiatischer Spion?*

Der Mann kauerte sich zusammen und haspelte schwer verständliche Worte.

Sprich so, dass ich dich verstehe, gelbes Menschlein!

Das Sprachkauderwelsch endete, und der Drache verstand Worte in schlechtem Französisch. »Haltet ein! Ich bitte Euch, hört mich an!« Der Mann hob abwehrend die Arme. »Ich bin Yan-Su Po. Es kostete mich viele Mühen, Euch zu finden und Euch bis ans Meer zu folgen. Mein Herr sendet mich zu Euch, mächtiger Vouivre!«, schrie er gegen Wind und Angst an. »Mein Herr möchte …«

So bist du ein Chinese? Geh zu Ddraig, der roten Drachin, die eben fortgeflogen ist. Ich habe mit dem Osten nichts zu schaffen.

Der Bote war überrascht. »Oh? Nun … Wo … finde ich sie?«

Warte. Ich helfe dir, sie einzuholen. Vouivre zerquetschte ihn ansatzlos. Knackend brachen die Knochen, splitterten und zerfetzten die Innereien oder stachen aus der Haut, Blut ergoss sich in den Sand. *So, jetzt fliegst du besser.* Er schleuderte den Toten weit hinaus auf die offene See und wischte die Klaue im Gras ab. *Richte ihr meine Empfehlung aus.*

Vouivre ärgerte sich, dass er den Chinesen nicht eher bemerkt hatte. Und dass man ihn offensichtlich aufspüren und verfolgen konnte. Das barg eine nicht unerhebliche Gefahr.

29. Dezember 1926, Neu-Edinburgh, Provinz Schottland, Königreich Großbritannien

Grigorij legte den Kopf in den Nacken und sah zu den zwei titanischen grausilbernen Tragkörpern des Doppelluftschiffs auf; mit der Rechten hielt er den Zylinder fest, die andere war auf den Stock gestützt. *Litzow hat sich mit dieser Konstruktion selbst übertroffen!*

Jedes Mal war er von dem Anblick aufs Neue beeindruckt, obwohl er sie schon zum fünfzigsten Mal sah. Ähnlich wie bei einem Katamaran hatte man von den beiden Antriebsgondeln Verbindungsstege gebaut, die zu einer riesigen dritten Gondel führten. Sie erstreckte sich mit zweihundert Metern fast auf der gleichen Länge wie die Schwebekörper der Zeppeline und beinhaltete drei Stockwerke: Kabinen, zwei Restaurants, eine Bar, ein Casino, Aufenthaltsräume sowie eine Bibliothek. Schicker, luxuriöser und schneller konnte man derzeit nicht reisen als mit der *LS IV Zadornov*. Wegen seiner Ausmaße musste das Schiff noch auf freiem Feld beladen werden, die passende Halle befand sich im Bau.

Die dreihundert Passagiere, die an Bord gingen, waren auf einer Reise nach Sankt Petersburg und von dort weiter zur Arktis, um die kalte Schönheit in wohliger Wärme zu betrachten. Für Grigorij würde die Fahrt jedoch in der Hauptstadt des russischen Zarenreichs zu Ende sein.

Seine Sorgen um die eigene Sicherheit würden erst enden, wenn er Bilston wieder erreicht hatte. Nach Jahren begab er sich erstmals wieder in das Reich seines Todfeindes, wo ihm nicht nur Nikolaus der Zweite nach dem Leben trachtete. Zu viele Duelle, zu viele Frauen, zu viele russische Gatten und Familien, die auf Rache sannen. Dennoch musste er dorthin. Zu seiner Mutter, um ihr zu zeigen, dass er sich um sie kümmerte, und um sich selbst zu beweisen, dass sein schlechtes Gefühl nur eine Täuschung und kein verkappter Anfall von Hellsicht gewesen war.

Silena versteht mich einfach nicht. Er sah eine Frau Ende zwanzig, die in ihrer Handtasche kramte und sich dabei mit einem weiß gekleideten Steward unterhielt, der die Tickets kontrollierte. Sie redete aufgebracht und deutete immer wieder auf das Doppelluftschiff, das sich hörbar zum Ablegen bereit machte: Nacheinander erwachten die zwölf Maybach-Motoren am Heck der Tragkörper und dröhnten dumpf im Leerlauf. Jeder von ihnen würde die *LS IV* mit siebenhundert PS antreiben und auf bis zu einhundertzwanzig Stundenkilometer beschleunigen; bei den passenden Luftströmungen erhöhte sich das Tempo sogar. Eine unglaubliche Geschwindigkeit für eine solche Konstruktion.

Der Steward verwehrte der Dame den Zutritt in die Reisegondel, von der soeben die Rampe weggerollt wurde. Sie schlug aufgelöst die Hände vors Gesicht.

Weint sie? Grigorij trat zu dem Steward. »Was gibt es?«, rief er, um das laute Summen der Motoren zu übertönen.

Der Mann verbeugte sich vor ihm. Er hatte seinen Arbeitgeber sofort erkannt. »Knjaz Zadornov, die Dame besitzt kein Ticket und möchte dennoch zusteigen, Sir.«

»Ich *habe* ein Ticket«, widersprach sie verzweifelt. »Ich finde es nur nicht.«

Dem Akzent nach war sie eine Britin aus dem Norden Englands. Grigorij betrachtete sie, wie sie dastand in ihrem beigefarbenen Reisemantel und mit dem modischen Hütchen auf dem Kopf. Sie ähnelte wohl kaum einer Dame, die sich die Fahrt erschleichen wollte. In ihren hellbraunen Augen bemerkte er zudem einen Ausdruck, der seine Neugier weckte.

Die ersten Rotoren nahmen Drehung auf, die *LS IV* bewegte sich schaukelnd. »Sir, der Kapitän hat mir strikt befohlen, keine

Sekunde länger zu warten. Das Wetter schlägt um«, rief der Steward bedauernd. »Auch Sie müssen an Bord gehen, Sir.«

So sei es. Ich habe eine neue Bekanntschaft. Grigorij sprang in die geöffnete Ladeluke, durch die eben die letzten Postsäcke geworfen wurden. Die Leinen des Luftschiffs baumelten lose von den Halterungen, pendelten im Wind. »Es ist in Ordnung, mein Lieber«, rief er und streckte die Hand aus. »Kommen Sie, Lady. Sie sind mein Gast.«

»Danke«, rief sie und machte einen Hüpfer hinein. Der Steward stellte den Koffer gerade noch so in die Öffnung, bevor das Luftschiff mit voller Kraft in den grauen Himmel von Edinburgh aufstieg. Die Luke wurde von der Crew geschlossen, das laute Dröhnen der Maschinen wurde schlagartig leise.

Grigorij und die Unbekannte stiegen durch den Laderaum, in dem sich das Gepäck der Passagiere sorgsam stapelte und mit Netzen gegen Umherfliegen gesichert war, hinauf zum Kabinendeck. Dabei suchte sie noch immer in ihrer Handtasche.

»Bemühen Sie sich nicht, Madame. Ich glaube Ihnen und lasse den Quartiermeister holen. Er wird Ihnen eine Unterkunft zuweisen. Eine Kabine müsste ja frei sein«, sagte er lächelnd. »Begleiten Sie mich nach oben? Ich spendiere Ihnen einen Drink. Wegen der Unannehmlichkeiten.«

Sie sah ihn verblüfft an und lachte dann. »Donnerwetter! Sie sind wirklich ein sehr generöser Mann.« Jetzt besah sie sich ihn, den Pelzmantel, den Zylinder, die Gamaschen. »Sie können es sich leisten, nehme ich an. Modisch, teurer Stoff und etwas übertrieben.«

»Sie sind Näherin?« Er zog die Handschuhe aus und sah das Ticket aus ihrer rechten Manteltasche spitzen. »Darf ich?« Grigorij zog das Blatt hervor. »Bitte sehr, Ihr Ticket.«

»Da ist es ja«, sagte sie erleichtert. »Danke sehr. Ich hab es wohl …« Sie schwieg verwundert. »Verzeihen Sie mir, dass ich mich nicht vorgestellt habe: Lady Ealwhina Snickelway aus York.« Sie reichte ihm die Hand. »Ihren Namen habe ich vor lauter Lärm nicht richtig verstanden, Mister … Knatz?«

Grigorij lachte amüsiert. »Nein, das ist mein Titel. Knjaz ist russisch und bedeutet Fürst. Mein Name ist Zadornov.«

Bevor er ihre Finger berühren konnte, um einen angedeuteten Handkuss anzubringen, zog sie den Arm hastig zurück. »By Jove!«

Grigorij erkannte tatsächlich Angst in ihren rätselhaften Augen, die plötzlich die Farbe gewechselt hatten: hellgrau, fast weiß. *Wie geht das?* Doch als er wieder hinsah, waren sie hellbraun, so wie zuvor. »Was ist mit Ihnen, Mylady?«

»Ich will nichts mit Ihnen zu tun haben«, antwortete sie eilig und wich vor ihm zurück. »Man hört so vieles über Sie und Ihre … merkwürdigen Kräfte.« Snickelway sah den Quartiermeister kommen und lief zu ihm. Sie zeigte dem uniformierten Mann ihr Ticket, woraufhin er sie zu ihrer Kabine geleitete.

Grigorij blickte ihr nach und war erschrocken von der Reaktion der Frau und vom Anblick ihrer Augen. *Ich habe schon viel erlebt, wenn ich meinen Namen nannte, aber dass die Damen vor mir Reißaus nahmen, das gab es noch nie.*

Das Doppelluftschiff vollführte eine Drehung, und die Motoren röhrten unter dem Manöver lauter. Der Kapitän suchte eine günstige Luftströmung, mit der sie rascher nach Osten gelangten.

Er ging die Stufen hinauf ins vordere der Restaurants, von wo Musik erklang. Grigorij hatte Howard Lanin und sein Orchester engagiert. Sie spielten *Black Bottom*, eines der beliebtesten Lieder.

Die ersten Tanzwütigen tobten sich bereits aus, während livrierte Kellner Champagner und Häppchen zu den mit feinstem Geschirr und Kristall eingedeckten Tischen brachten. Grigorij nahm sich das Hotel Adlon in Berlin als Vorbild, was die Diensteifrigkeit seiner Angestellten anging. Wäre die spektakuläre Aussicht aus den Fenstern und das Gefühl des Schwebens nicht gewesen, hätte man durchaus glauben können, man säße in einem ausgezeichneten internationalen Nobelrestaurant in Berlin, New York oder London.

Grigorij platzierte sich an einem freien Tisch dicht am Fenster und schaute hinab auf Neu-Edinburgh. So sehr er sich auch bemühte, an den letzten Streit mit Silena zu denken, den er ausgerechnet an Heiligabend gehabt hatte, tauchte doch immer wieder das Bild von Lady Snickelway vor seinem geistigen Auge auf. Seine

»rätselhaften Kräfte«, wie sie es nannte, schienen sie in die Flucht geschlagen zu haben.

Woher rührt die Furcht? Hat sie Angst, dass ich ihre Zukunft vorhersehe? Grigorij ließ sich einen starken Schwarztee und ein Wasser bringen. *Was könnte ich darin entdecken?*

Aber er hatte den Drogen nicht zuletzt seiner Gattin zuliebe abgeschworen, und somit waren seine Visionen beim Berühren anderer Menschen oder von Gegenständen geschwunden. Das Leben war auf diese Weise angenehmer, sagte er sich jedes Mal, wenn er es vermisste. Seine Gabe hatte jedoch schon sehr früh zu seinem Lebensgefühl dazugehört, und somit war auch ein Teil verschwunden, der ihn sehr reich gemacht hatte.

Als eine tellerförmige Ruine unter ihm vorbeizog, musste er daran denken, dass Silena ihn voller Hitzigkeit mit Geschirr und dem Essen darauf beworfen hatte, und als es kein Porzellan mehr gegeben hatte, waren Messer und Gabeln geflogen. Danach hatte sie ihn gemieden und nicht mehr sehen wollen. Ein Abschied ohne Kuss und Umarmung.

Ihm war durchaus klar, dass seine Reise nach Sankt Petersburg der Auslöser für ihre Ehezwistigkeiten gewesen war. Ginge es nach ihm, wäre dies auch der Grund dafür, und nichts anderes. *Gott, ich hoffe so sehr, dass nicht das Drachenwirbelstück schuld an ihrer Wesensveränderung ist! An allem anderen kann man einfacher etwas ändern.*

Grigorij wusste jedoch, dass er sich etwas vormachte. Auch wenn er sich zutiefst wünschte, dass bei seiner Rückkehr die Welt in Bilston in Ordnung wäre, nahm er nicht an, dass es so sein würde. *Ich werde es ihr sagen müssen,* entschied er. *Es ist nicht mein Recht, sie im Unklaren zu lassen.* Er sorgte sich, wie sie auf sein Geständnis reagieren würde. Würde sie ihn verfluchen, verlassen, ihn sogar im Affekt angreifen? Er wusste, dass sie eine gute Kämpferin und Schützin war.

Es machte keinen Sinn, sich eine Strategie auszudenken.

Sobald die Worte der Wahrheit seinen Mund verlassen hätten, würde er sich mit seiner Beziehung im freien Fall befinden. Silena allein würde dann entscheiden, ob sie seine Frau bleiben und ihm das Schweigen über die Nackenwunde verzeihen würde.

Sind die guten Jahre schon vorbei? Grigorij rieb sich mit den Händen über das Gesicht, über die Stirn und die Haare, als könnte er so die schlechten Gedanken abstreifen.

Die *LS IV* schob sich aufs dunkle Meer, die helle Küstenlinie fiel zurück. In einigen Stunden würden sie in Sankt Petersburg angekommen sein.

IV.

29. Dezember 1926, München, Königreich Bayern, Deutsches Kaiserreich

Silena wunderte sich noch immer, dass sie sich überwunden und ihre Drohung wahr gemacht hatte. *Da drüben ist der Ort, den ich niemals mehr habe wiedersehen wollen.*

An diesem herrlichen Wintertag, an dem es kalt, aber sonnig war, saß sie in dem kleinen Café am belebten Marienplatz schräg gegenüber des Officium Draconis. Sie aß Schokoladenkekse und trank Tee, als wäre es nichts Besonderes für sie, ihrer Vergangenheit zu begegnen.

Für das Treffen mit Brieuc hatte sie einen knielangen grauen Rock, eine schwarze Bluse mit Krawatte und ein graues Sakko ausgesucht; die Füße steckten in flachen Stiefeln. Den Hut hatte sie auf den Stuhl neben sich zu dem schwarzen Mantel gelegt.

Der Anblick des mehrstöckigen, sinistren Gebäudes mit seinen vielen Wasserspeiern und christlichen Ornamenten hatte schon ausgereicht, um eine Bilderflut in ihrem Kopf auszulösen. Sie wusste, wo Erzbischof Kattla sein Büro hatte, und stellte sich vor, wie er just in diesem Moment aus dem Fenster sah. Sie kannte die Korridore mit den verschiedenen Abteilungen, die sie unendlich oft entlanggegangen war: Drachensichtungen, Drachenjagd, Personal, Abrechnungsstelle, Materialverwaltung, diplomatische Verwicklungen, Entschädigungsstelle und vieles, vieles mehr. Silena vermochte sogar den Geruch des Hauses zu beschreiben.

Sie spielte mit der Silbermünze, ihre Blicke wanderten über den Marienplatz.

Vor fast zwei Jahren hatte ihr Abenteuer begonnen, das alles in den Schatten stellte, was sie als Drachenheilige erlebt hatte. Und obwohl es geraume Zeit zurücklag, hätte sie noch immer beschreiben können, in welcher Position Großmeisterin Marthas Leichnam dort drüben gelegen hatte. Draußen, im Schneegestöber, unweit des Eingangs zum Officium. Mit dem zerschmetterten Schädel und dem Gesicht, das nichts weiter gewesen war als eine blutige Masse mit Knochensplittern.

Schrecklich. Aber es ist vorüber. Silena schauderte und trank schnell von ihrem Tee. Das Gemurmel der anderen Gäste, das Klappern von Löffeln und Klirren von Kuchengabeln verjagte die Erinnerung an die Tote. Als jedoch ein breiter Schatten über den Platz zog, zuckte sie zusammen, weil sie sofort an einen Drachen dachte – was mitten über München natürlich Unsinn war. Es wäre schon lange Alarm gegeben worden.

Ein Zeppelin schwebte über die Stadt hinweg, und ihre Gedanken wanderten zu Grigorij.

Ich hätte mich mit ihm versöhnen sollen, dachte sie, seufzte und stützte die linke Wange auf die Handfläche. *Es ist mir unerklärlich, woher diese Gefühlsschwankungen kommen. Bin ich überarbeitet und überlastet? Habe ich mir mit den* Skyguards *zu viel zugemutet?*

Nicht nur, dass Grigorij und ihre Ehe darunter litten. Sie wurde darüber hinaus immer mehr zu einer unberechenbaren Vorgesetzten und Ausbilderin, die von einem Tobsuchtsanfall in die Beschämung glitt und gleich darauf erneut die Fassung verlor. Sie wusste, dass nicht alle Nachfahren der Drachenheiligen gleichermaßen gut mit den Erlebnissen bei der Jagd zurechtgekommen waren und manche die Verluste oder todgefährlichen Situationen schlecht verkraftet hatten. Bislang hatte sie sich von einer Anfälligkeit dafür verschont gefühlt.

Sie legte den Kopf schief, dehnte den Hals, bis es knackte. *Der Nacken tut heute besonders weh. Das Wetter wird sich ändern.*

Sie sah zwei Männer in der zerschlissenen Uniform der kaiserlichen Armee auf dem Marienplatz in der Kälte stehen. Einem fehlten das rechte Bein und das linke Auge, dem anderen beide Arme. Vor dem Bauch trugen sie Schilder, auf denen sie um Geld baten. Silena kannte das Schicksal, wie es Tausende Soldaten getroffen hatte: Sie hatten ihre Gliedmaßen im Weltkrieg verloren und konnten keiner Arbeit mehr nachgehen. Das bisschen an Rente und Ausgleichszahlung war schon lange aufgebraucht. Folgen des Kriegs. *Bedauernswerte Kerle. Ich werde ihnen später etwas geben.*

Der Anblick der beiden Verstümmelten brachte ihre Gedanken

wieder auf die gefährlichen Einsätze für das Officium. Im Stillen fragte sie sich, was sie überhaupt in München tat. Außer ihrem Trotz, die Drohung gegen Grigorij wahr zu machen, war sie der Sentimentalität gefolgt. Der Brief hatte Erinnerungen an ihre toten Brüder geweckt, an den Ehrenkodex, das Böse in Gestalt der Drachen zu bekämpfen, wie es ihre Vorfahren getan hatten. Der Glaube an den Kodex schien noch nicht tot zu sein. Ihre Reise war der beste Beweis dafür.

Harte Schritte näherten sich ihrem Tisch, Absätze hämmerten auf den Boden, leise klingelte Metall. »Wen haben wir denn da? Die Toten kehren unter besonderen Umständen also doch zurück.«

Sie sah auf zu dem Mann, der sich soeben vor ihr aufbaute und die Hände in die Hüften stemmte. Unter dem Mantel trug er die weiße Ausgehuniform der Drachenheiligen mit dem hohen, bestickten Stehkragen. Ehrenschärpe und die sieben Orden an seiner Brust lenkten die Blicke wie von selbst auf ihn, und sie erinnerte sich genau daran, wie sehr er dies genoss.

»Großmeister Brieuc. Sie sind zurückhaltend wie eh und je.«

Er war groß und breit gebaut und hantierte in erster Linie mit einem Zweihänder, wenn er mit seiner Mannschaft gegen einen Drachen zog. Der Säbel an seiner Seite diente einzig der Repräsentation. Die braunen Haare trug er dank viel Pomade mit einem linken Seitenscheitel; einige verwegene Locken hingen ihm in die Stirn. »Sie haben Ihr Aussehen verändert: lange Haare, ein damenhaftes Äußeres – muss ich Ihnen einen Handkuss geben?«

Silena grinste und zeigte auf den Kragenspiegel. »Wie haben Sie es denn geschafft, zwei große Exemplare zu erlegen? Vermutlich starben die Biester beim Anblick Ihrer Frisur.« Mit dem Fuß schob sie den Stuhl für ihn zurück. »Setzen Sie sich. Alle starren zu uns.«

Er sah auf ihr Bein. »Das war wiederum nicht sehr damenhaft. Ich bin erleichtert darüber.« Brieuc nahm Platz und winkte nach der Bedienung. »Im Übrigen mag ich Bewunderung. Es tut meinem Selbstbewusstsein gut.« Sein nächster Wink galt dem Diener, der am Eingang mit einem Paket wartete. Der Mann eilte heran, stellte es neben Brieuc auf den Boden und verschwand wieder. »Ein Geschenk für Sie. Falls Sie sentimental werden sollten.«

»Danke.« Sie betrachtete den großspurigen Mann, der trotz

mancher Desaster zu den treuesten Drachenheiligen des Officiums gehörte. Seinen schwarzen Mantel mit dem weißen Pelzbesatz hielt er einfach in die Luft, damit eine Bedienung das teure Stück aufhing; dadurch wurde die Luger im Achselholster sichtbar. Ein wenig wunderte sie sich schon, dass Brieuc sie zurückhaben wollte. *Die Karten müssen wirklich schlecht stehen.* »Ich schaue es mir später an.«

Als die Kellnerin sich näherte, verlangsamte sie ihre Schritte und starrte Silena ungläubig an. »Großmeisterin Silena? Sie?« Sie nahm Brieucs Mantel.

»Vorsicht, Mädchen. Der kostet mehr als dein Jahresgehalt«, sagte der Großmeister herablassend und zupfte die Handschuhe von den Fingern.

»Guten Tag, Marie«, grüßte Silena freundlich zurück. Ihre Maskerade hatte die junge Frau nicht täuschen können. Sie war es gewesen, die ihnen vor beinahe zwei Jahren einen entscheidenden Hinweis auf der Suche nach dem Weltenstein gegeben hatte. »Sie sehen gut aus. Das freut mich.«

Marie verstand offenkundig die Welt nicht mehr und sah zwischen ihr und dem ungeduldig werdenden Brieuc hin und her. »Aber … die Zeitungen schrieben über Ihren Tod!«

»Das Wenigste, was die Schmierfinken drucken, stimmt«, sagte der Großmeister unfreundlich. »Behalten Sie für sich, was Sie gesehen haben. Bringen Sie mir einen Kaffee, dazu einen Weinbrand. Den besten, verstanden?« Sie tat einen Knicks, warf Silena einen verstohlenen Blick zu und verschwand sichtlich irritiert.

Brieuc lehnte sich vor. »Nun zu Ihnen, Großmeisterin.«

»*Nun zu mir*?«, wiederholte sie. »Sie sind mir ein wenig zu forsch, Großmeister. Das haben weder Marie noch ich verdient.«

Er verzog den Mund. »Verzeihen Sie. Zu Ihnen wollte ich es gewiss nicht sein. Wie ich Ihnen schrieb: Das ganze Officium weiß, dass Sie gesund und munter sind. Sie werden sich vorstellen können, dass Kattla und Prokop Ihnen jede erdenkliche Krankheit an den Hals wünschen.«

»Und wie wollen Sie denen meine Rückkehr schmackhaft machen, wenn sie mich inbrünstig hassen?« Silena nahm mit der Linken einen Keks und biss ab, die Rechte spielte mit der Münze. *Ich wette, es kostet ihn all seine Mühe, die gewohnte Überheblichkeit mir gegenüber nicht zu zeigen.*

Brieuc lächelte, und es wirkte tatsächlich etwas gequält. »Eine echte Heilige täte unserem Ansehen gut. Kattla musste bereits auf den bayerischen Orden des heiligen Georg zurückgreifen, damit wir genügend Leute haben.«

Silena staunte. »Sie meinen diesen Wohltätigkeitsverein, den König Ludwig der Zweite zu neuen Ehren gebracht hatte?«

»Das mit der Wohltätigkeit hat sich größtenteils erledigt. Ludwig der Dritte führt den Orden fort, steht ihm als Großmeister vor und hat ihn in den zwei Jahren nach Ihrem Ausscheiden nahe an das Officium gebracht«, klärte Brieuc sie auf. »Aus der Organisation ist ein milizionärer Arm geworden, der sogar Drachentötungen vornehmen darf.« Er nahm ein Blatt Papier aus der Tasche, auf dem Zahlen geschrieben standen. »Es gibt noch einen Grund. Wir haben im gleichen Zeitraum genau einunddreißig Drachen getötet, darunter lediglich vier größere Exemplare. Dazu kommen nochmals so viele, die durch Drachenjägerabschaum zur Strecke gebracht wurden.«

»Drachenjägerabschaum wie ich«, fügte sie hinzu.

Brieuc überhörte es lieber, doch sein kurzes Zucken hatte sie sehr wohl bemerkt. »Darunter befand sich nicht ein einziger Flugdrache, obgleich uns mehrere Sichtungen vorliegen. Unsere Luftschiffe sind aufgestiegen, aber die Teufel sind zu gewitzt. Sie entkommen unseren Zeppelinen.« Er sah nach Marie. »Wo bleibt mein Weinbrand?«, rief er fast schon zornig. »Ich warte nicht gerne. Bringen Sie mir besser gleich zwei.«

Zweiundsechzig Stück. Silena überschlug, welche Quoten sie gewöhnlich erreicht hatte. *So viele hatten wir früher in drei Monaten.* »Abgesehen davon ist der Rückgang der Drachenpopulation doch ein guter Erfolg«, sagte sie nachdenklich. »Das Officium scheint die Bullen dezimiert zu haben. Die Fortpflanzung gerät ins Stocken.«

»Aber was bringt es uns, wenn dafür die Zahl der fliegenden Geschuppten steigt? Sie bilden eine erhöhte Gefahr für den Luftverkehr, was auch Ihrem Mann zu schaffen machen wird. Luftschiffe sind leichte Beute.«

»Nicht seine«, erwiderte sie. »Wir sind vorbereitet und haben verborgene Geschützkanzeln eingebaut.«

»Andere werden weniger Glück haben.« Brieuc nahm seine Bestellung entgegen. »Na, endlich«, fuhr er Marie an und stürzte den ersten Weinbrand hinunter. Er stellte das leere Glas ab und nahm sich das zweite, während er Marie wegscheuchte.

»Sie wirken sehr aufgeregt«, sagte Silena langsam.

»Ich bin beunruhigt, und das wiederum lässt mich fahrig und aufbrausend werden. Wir brauchen Sie, Silena. Ihre Flugkunst, um die Flugdrachen auszurotten und den Triumph perfekt zu machen.« Die Augen erhielten einen fanatischen Glanz. »Das Officium wird mit Ihrer Hilfe Europa vom Bösen befreien! Welch ein Sieg!«

»Und ich weiß immer noch nicht, wie Sie Kattla und Prokop dazu bringen werden, mich aufzunehmen.«

Der Großmeister lächelte. »Einer von beiden *wird* es tun. Um seine Macht zu stärken.«

Sie runzelte die Stirn. »Erklären Sie mir das.«

»Prokop will unseren Einfluss unverzüglich über den Atlantik ausdehnen. Ihm sind wir in Amerika zu wenig präsent, um die Vernichtung der dortigen Drachen zu kontrollieren. Dazu möchte er einen alten Kohlefrachter zum Flugzeugträger umbauen, damit die Luftschiffe Entlastung erfahren.«

Silena staunte. »Die USA haben uns … das Officium angefordert? Bislang hieß es immer, sie wollten ihre Drachenbekämpfung selbst regeln. Es gibt genug Drachenjäger, die sich dort tummeln, wie uns gesagt wurde.«

»Ach, die *Skyguards* haben den Präsidenten gefragt?«

»Ja. Er lehnte ab und nannte es eine Innere Angelegenheit, für die man keine Ausländer benötigen würde.« Silena bestellte mit einem Wink einen zweiten Tee.

»Daran hat sich nichts geändert. Prokop ist gewillt, sich notfalls mit den Staaten anzulegen, da er Europa hinter sich weiß.« Brieuc kippte den zweiten Weinbrand hinunter, als brauche er mehr Mut, um fortzufahren. Mit jedem Wort, das er sprach, nahm seine Rastlosigkeit zu. Die Finger spielten mit dem leeren Glas. »Kattla dagegen möchte in Europa bleiben und die Grenzen zum Osten hin gegen die asiatischen Teufel absichern.« Er machte eine kleine Pause. »Wir haben zwei Chinesendrachen erlegt. Einen in Berlin, den anderen in Warschau. Der Erzbischof vermutet, dass sie eine Offensive planen, um die Westdrachen auszumerzen und an deren Stelle zu treten.« Er setzte das Weinbrandglas nochmals an und ließ die letzten Tropfen in den Mund rinnen.

Silena horchte in sich hinein und versuchte zu ergründen, welchen Plan sie für den besseren hielt.

»Großmeisterin!«, rief Marie in diesem Augenblick vom Tresen aus und drehte das Radio lauter. »Das bringen sie eben im Rundfunksender München.«

Schlagartig wurde es still im Café. Alle wollten die Durchsage hören, die blechern aus dem Lautsprecher schepperte. Silena war froh, dass niemand sie anstarrte.

»… unterbrechen wir unser Unterhaltungsprogramm. Wir werden mit Waffengewalt gezwungen, das Manifest der Drachenfreunde Europas zu verlesen«, sagte ein Mann mit zitternder Stimme. »Wir, die Drachenfreunde Europas, erklären sämtlichen Frevlern den Krieg, die das heilige Geschöpf Drache jagen und töten.«

Brieuc lief augenblicklich rot an. »Stellen Sie das ab!«, rief er quer durch das Café. Silena sah den ohnehin angespannten Mann bereits aus der Haut fahren.

»… Weder das Officium Draconis noch die freien Jäger sind sicher vor uns. Lange Zeit wurde das heilige Geschöpf von der Kirche als Teufel verbrämt. Nimm dir ein Beispiel an Asien, deutsches Volk!«

Der Großmeister sprang von seinem Stuhl auf. Er reckte drohend den Finger gegen Marie. »Hörst du nicht, du dumme Gans? Im Namen des Officium Draconis. Schalte den Empfänger aus, oder ich sorge dafür, dass du im Zuchthaus verschwindest!«

Marie sah ihn eingeschüchtert an, zögerte jedoch, seinem Befehl nachzukommen.

»… Bete den Drachen an, und er wird uns zu Glück, Wohlstand und Zufriedenheit führen.«

»Los, verdammt! Diese Verbrecher dürfen kein Gehör finden!« Er zog die Luger aus dem Holster. »Oder soll ich es tun?«

»Brieuc«, zischte Silena. »Sie übertreiben! Weg mit der Waffe!«

»... geben wir schon bald ein Zeichen, das nicht missverstanden werden kann«, las der Sprecher vor. »Erkennt die Göttlichkeit des Drachen an und ...«

»Ruhe!« Brieuc hob den Arm, zielte und schoss; die Menschen schrien erschrocken auf. Die Kugel jagte durch das Gehäuse des Empfängers, es knallte dumpf, und die Übertragung endete.

Silena atmete durch. Für eine Sekunde hatte sie geglaubt, dass der Großmeister auf Marie schießen wollte.

»Gott verdammt!« Der schwer atmende Brieuc steckte die rauchende Luger ein und setzte sich. »Das wird ihr eine Anzeige einbringen«, sagte er wütend. »Wie kann sie es wagen, sich meinen Befehlen zu widersetzen? Ich bin das Officium Draconis.«

Die alte Hybris. Der letzte Hauch von Sentimentalität, den Silena anfangs empfunden hatte, verschwand. Sie hatte niemals ernsthaft in Erwägung gezogen, sich dem Officium wieder anzuschließen, und Brieucs Tat bestätigte sie in ihrer Entscheidung. *Ich würde mich ständig mit ihnen prügeln, anstatt gegen Drachen zu kämpfen. Ich kann mit ihrem Dünkel und ihrer Selbstverherrlichung nicht umgehen. Der Kampf gegen die Drachen dient doch nur ihrer eigenen Erhöhung.* Auf einmal tat es ihr sehr leid, dass sie Grigorij überhaupt vor diese alberne Entscheidung gestellt hatte.

Brieuc schüttelte den Kopf, die Locken wippten vor der Stirn. »Wie steht es um Ihre Entscheidung, Großmeisterin? Wem darf ich melden, dass Sie auf seiner Seite sind: Prokop oder Kattla?«

»Wen ziehen Sie vor?«

»Keinen von beiden. Mir ist es gleich. Eine klare Linie, das will ich. Ob ich in Amerika Drachen töte oder an der Grenze zu China, spielt keine Rolle.« Brieuc sah ihr fest in die Augen. »Ihre Wahl?«

Sie bekam den Tee gebracht und nickte der sehr bleichen Marie aufmunternd zu, deren Hände zitterten, als sie die Tasse abstellte. *Das arme Ding.* »Großmeister, ich bleibe bei meinen *Skyguards*«, sagte sie ruhig.

Seine Augen blitzten böse. Er wirkte auf sie, als wolle er über den Tisch hechten und sie gleichzeitig erschießen und erstechen. »Tun Sie das nicht, Silena. Sie gehören zum Officium, wie Ihre Ahnen zu uns gehörten«, flüsterte er beschwörend und drohend zugleich.

»Entscheiden Sie sich für Prokop oder Kattla, aber kehren Sie zurück! Ich flehe Sie an, beim heiligen Georg, Ihrem Urahnen!« Sein Gesicht verzerrte sich. Er war mit seiner Freundlichkeit am Ende.

»Großmeister, ich will es nicht«, entgegnete sie. *Ich hätte niemals nach München kommen sollen.* Silena erhob sich. »Ich wünsche Ihnen …«

Brieuc erhob sich, dabei kippte er den Stuhl nach hinten um. »Großmeisterin, tun Sie's nicht«, wiederholte er. »Lassen Sie uns nicht im Stich! Wir sind nur noch sieben und eine Handvoll hässlicher Gargoyles …«

»… einen schönen Tag«, vollendete sie ihren Satz und ging an ihm vorbei. *Ich Närrin! Weder er noch das Officium haben sich verändert.* Sie drückte Marie vier Mark in die Hand. »Zwei sind für Sie, die anderen für die Veteranen auf dem Platz. Seien Sie so gut und bringen Sie denen das Geld.« Sie verließ das Café und warf dem Officium-Gebäude einen letzten Blick zu. *Seht, wie ihr damit klarkommt. Ich kümmere mich auf meine Weise um die Teufel und werde mich nicht euren vorgetäuschten Idealen beugen.*

Silena stieg in ein Taxi. »Zum Flugplatz.« Sie wollte zu Hause sein, wenn ihr Gemahl von seiner Reise zurückkehrte. Inzwischen bereute sie es bitter, ihn nicht begleitet zu haben.

Bevor das Automobil anfuhr, klopfte es plötzlich gegen die Scheibe. Brieuc stand da, das Geschenk in den Händen. Zuerst wollte sie es nicht annehmen, doch er öffnete die Beifahrertür und warf es beinahe achtlos hinein. »Kommen Sie zur Besinnung!«

»Niemals war ich so bei Sinnen wie in diesem Moment.« Seinen Blick, der voller Verachtung und Vorwürfe war, konterte sie mit einem überlegenen Kopfschütteln. »Fahren Sie«, wies sie den Fahrer an.

Erst als sie außer Sichtweite waren, schaute sie in das Paket. *Meine alten Uniformen!*

Sie roch das Waschmittel, die Stärke, strich über den Stoff und drückte die Ehrenschärpe.

Vorbei. Sie beschloss, die Sachen vor Grigorijs Augen zu verbrennen.

»Und?« Erzbischof Kattla stand an dem großen Fenster seines Büros und sah Großmeister Brieuc mit einer Mischung aus Ungeduld und Unwohlsein an. Er trug sein schwarzes Kardinalsgewand mit dem weißen Spitzenkragen. In den vergangenen Monaten hatte er sich einen grauen kurzen Bart stehen lassen, der den Zweiundsechzigjährigen älter wirken ließ. Älter und härter. Das kurze Haupthaar hatte sich dagegen gelichtet. »Was hat sie zu Ihnen gesagt? Hat sie sich auf meine Seite geschlagen?«

Brieuc zuckte mit den Schultern. »Sie macht weiter wie bisher, Exzellenz. Als Anastasia Zadornova. Großmeisterin Silena scheint tot zu bleiben.«

Prior Prokop, der es sich in Kattlas Ohrensessel bequem gemacht hatte, sah zum Erzbischof. »Exzellenz, so haben wir beide keinerlei Nutzen von ihr.« Er trug die weiße Ausgehuniform, die ihm ausgezeichnet stand. Im Gegensatz zu Brieuc verfügte der ältere Drachentöter über natürliches Charisma. »Nutzloses bringt keinem etwas.«

Widerwillig nickte Kattla. »Und die Konsequenzen daraus kennen wir.« Er deutete auf Brieuc, danach zur Tür. »Sie können gehen. Ich möchte Sie nicht zwingen, bei einem Gespräch anwesend zu sein, das Ihre Moral und Ihr Gewissen auf die Probe stellt.«

Der Großmeister salutierte und verließ den Raum.

Prokop legte die Finger zusammen und starrte auf den Kamin. Kattla sah durch die Scheibe auf den Marienplatz, dann zu den Figuren am Rathaus gegenüber. Beide Männer schwiegen mehrere Minuten lang.

»Ich kann es wenden, wie ich will, doch ich komme immer wieder zu dem Schluss: Die Moral wird durch unsere Überzeugungen ersetzt«, sagte Prokop leise und rieb sich mit den Zeigefingern die grauen, kurz geschorenen Schläfen.

»Und durch die Gebote des Officium Draconis«, ergänzte der Erzbischof. »Es darf keine Nachfahren der Heiligen außerhalb unserer Organisation geben. Stimmen Sie mir dabei zu?«

»Sie rechnen ernsthaft damit, dass ich etwas anderes sage?« Prokop atmete aus. »Wir mögen über den Kurs des Officiums nicht einer Meinung sein, doch was sie angeht, haben Sie meine Zustimmung. Großmeisterin Silena ist vor beinahe zwei Jahren am Triglav gestorben.« Er tippte sich gegen das glatt rasierte Kinn. »Wie wäre es, aus der Lüge eine Wahrheit zu machen, Exzellenz?«

Kattla lächelte boshaft. »Was fliegt, kann leicht abstürzen, Prior. Finden Sie nicht auch?«

»Und die Welt ist voller Habgier. Man stelle sich vor, wozu rivalisierende Drachenjäger alles fähig sind«, sagte Prokop.

Kattla schwieg und sah auf den Marienplatz hinab. »Ist es so weit gekommen, dass wir nun Hand an unsere eigenen Heiligen legen?«, raunte er.

»Für Zweifel ist es zu spät. Sie hat sich selbst für tot erklärt, Exzellenz. Wertlos ist sie in ihrer heutigen Position für uns ohnehin. Sie ist keine mehr von uns«, entgegnete der Prior leise, doch scharf. »Wir gaben ihr die Gelegenheit. Gott und alle Heiligen sind meine Zeugen, wenn ich sage: Mir wäre es ebenfalls lieber gewesen, hätte sie sich für einen von uns entschieden. Die Folgen trägt *sie*, Exzellenz, und diese resultieren aus ihrer freien Entscheidung.«

Kattla hob den Blick, die Augen richteten sich auf den blauen Himmel über Bayern.

Prokop nahm seine Taschenuhr heraus, ließ den Deckel aufschnappen. Im Innern war sein Wappen eingraviert: ein Drache, der, von unzähligen Nägeln durchbohrt, an ein Kreuz geschlagen war. »Die Zeit reicht aus. Ich kann etwas veranlassen, Exzellenz. Niemand wird uns im Verdacht haben.«

Die Entscheidung wurde bei blendendem Sonnenschein verhängt. »Tun wir es, Prior, und machen uns für unsere Überzeugungen und das Officium zu Mördern«, sagte Kattla langsam. »Leiten Sie alles in die Wege, damit Anastasia Zadornova nicht lebend in Bilston ankommt.«

Prokop grüßte und wandte sich zur Tür um, gleich danach war er verschwunden.

Kattla ließ sich in den Sessel sinken, in dessen Polster noch die Körperwärme des Priors steckte, und bedeckte die Augen mit der rechten Hand. »Herr, steh mir in dieser schweren Stunde bei«, betete er. »Weise Silena den rechten Weg, und ich verschone sie.« Er sah auf das Telefon auf dem Tisch.

Es klopfte, und ein Bediensteter brachte ihm ein geöffnetes Paket.

»Ein Geschenk von Herrn Wilhelm Voss«, las er die beigefügte Karte vor. »Als Dank für die neuen Fertigungsaufträge sendet er Ihnen ein Präsent.« Der Mann nahm eine wuchtige Uhr aus schwarzem Marmor aus der Verpackung, welche die Form des Officiumgebäudes besaß. »Er wünscht Ihnen und dem Officium ein erfolgreiches 1927 und eine weiterhin gute Zusammenarbeit. Jedes Büro hat eine bekommen.«

»Sehr großzügig von Herrn Voss. Danke, Rilke. Stellen Sie die Uhr«, suchend blickte Kattla sich um, »auf den Sims am Kamin.« Der Bedienstete tat es und wollte den Raum verlassen, als ihn der Erzbischof zurückrief. »Ziehen Sie sie bitte noch auf und prüfen Sie, ob sie die Zeit korrekt anzeigt.«

»Sehr wohl, Exzellenz.« Rilke kam der Aufgabe sorgsam nach.

Kattla setzte sich aufrecht hin, langte nach dem Telefon und rief im Personalbüro an. »Schicken Sie mir Brieuc noch einmal in mein Arbeitszimmer. Sagen Sie ihm, dass ich ihn nach den neuesten Erkenntnissen zu dem rätselhaften Drachenjäger namens Ichneumon befragen möchte, mit dem er vor zwei Wochen aneinandergeraten ist.« Sein Blick richtete sich auf den Bediensteten, der an den Zeigern der Uhr wackelte. »Was tun Sie da?«

»Sie klemmen«, antwortete Rilke. »Ich kann sie nicht über zwölf Uhr hinausdrehen, Exzellenz.«

»Beschädigen Sie die Mechanik nicht.« Kattla hängte den Hörer auf die Gabel. »Bringen Sie das gute Stück lieber in die Werkstatt.«

»Ah! Jetzt hat es geklickt«, rief Rilke erleichtert. »Soll ich sie fünf Minuten vorstellen, Exze…«

Die Uhr gab ein weiteres Geräusch von sich, und der Stundenzeiger fiel aus der Halterung. Dann explodierte sie und flutete den Raum mit grellen Phosphorflammen. Alles, was sich darin befand, fing Feuer. Der Druck blies die Scheiben aus den Rahmen und ließ Fetzen der brennenden Vorhänge sowie glimmende Papiere ins Freie trudeln.

Weitere Explosionen in sämtlichen Stockwerken des Officiums erschütterten das Gebäude.

30. Dezember 1926, Sankt Petersburg, Zarenreich Russland

Grigorij saß in einem mit einem Leintuch abgedeckten Sessel im Obergeschoss des Sommer-Palais und blickte auf den Fluss hinaus, der behäbig vorbeiströmte und eine Eisscholle an der nächsten mit sich führte. Die nahe Ostsee verhinderte noch, dass die Temperaturen so tief unter Null sanken wie in Moskau, wo die Menschen unter der Eiseskälte stöhnten. Aber lange würde es nicht mehr dauern, und die Newa war zugefroren. Schiffe fuhren schon jetzt nicht mehr auf ihr.

Die Kälte wird den Motoren meines Luftschiffs zu schaffen machen. Aber der Kapitän ist erfahren genug, um damit zurechtzukommen. Grigorij stand auf und schlenderte weiter in den Salon, in dem einst Katharina die Erste ihre Besucher empfangen hatte. Das Gebäude im Sankt Petersburger Sommergarten wurde von früheren Herrschern wegen seiner dünnen Wände ausschließlich von Mai bis Oktober genutzt.

Ich weiß, weswegen. Er streckte die Hände gegen den kleinen Ofen aus, den man aufgestellt hatte, und wärmte sich. Die Kälte sollte nicht zu tief in das Gemäuer und die Möbel dringen.

Um ihn herum war sämtliches Mobiliar gegen Schmutz und Staub mit Tüchern bedeckt worden; irgendwie hatte sich welkes Laub in den Salon geschmuggelt, daneben lag etwas Mäusekot. Niemand kümmerte sich derzeit um das Palais, das angeblich zu einem Museum umfunktioniert werden sollte. Der ideale Ort für ein Treffen mit seiner Mutter. Einsamkeit inmitten von Trubel.

Grigorij machte sich ernsthafte Sorgen und sah das schlechte Gefühl, das ihn ergriffen hatte, seit er das Briefpapier berührt hatte, bereits bestätigt. *Ich müsste sie mitnehmen. Hier ist sie nicht sicher.*

Auf dem Weg vom Flugfeld in die Innenstadt hatte er immer wieder Demonstranten gesehen. Arbeiter, Soldaten, einfache Bürger und Kinder. In großen Haufen waren sie mit Schildern über die Prospekte und Straßen gezogen und forderten Reformen, Nahrung und mehr Mitbestimmung.

Das Ende des zaristischen Systems wurde greifbar, die Ausbeutung durch die Adligen und Mächtigen sollte enden. Der ermordete Lenin hatte die Idee einer neuen Staatsform, einer neuen

Lebensweise ausgerufen, in der alle gleich waren und es keinerlei Unterdrückung mehr gab.

Natürlich fielen solche Parolen bei einem darbenden Volk auf fruchtbaren Boden. Manche murrten im Geheimen, andere witterten die Zeit des Wandels und waren bereit, dafür zu kämpfen. Mal mehr, mal weniger friedlich. Lenins Tod hatte nichts geändert.

Bewacht und umringt wurden die Unzufriedenen dabei stets von Polizeihundertschaften, und beide Seiten trugen ihre Waffen offen zur Schau. Die Stimmung war aufgeheizt. Ein versehentlicher Schuss, und wenn er harmlos in die Luft ginge, könnte ein Massaker auslösen.

Der Zar ist ein sturer Hund. Das wird in eine Katastrophe münden. Das Empfinden, das ihm üblicherweise Visionen schenken konnte, schwieg zwar unverändert, aber ein ungutes Gefühl warnte ihn davor, zu lange in Sankt Petersburg zu verweilen. Grigorij würde darauf hören.

Die Eingangstür im Erdgeschoss wurde quietschend geöffnet und geschlossen, schnelle Schritte erklangen auf der Treppe.

Grigorijs linke Hand legte sich an den Griff der Luger. Die Nachricht von seiner Ankunft könnte bereits zum Zaren vorgedrungen sein, der ihm durchaus gedungene Schläger oder Schlimmeres sandte.

Der Eingang öffnete sich, und seine Mutter stand auf der Schwelle. Sie trug die Uniform des Ulanenregiments, das ihr als Garde diente, die Haare waren unter den Helm gesteckt. Ein falscher Schnurrbart saß unter ihrer Nase, ein dicker, locker fallender Umhang schützte sie vor der Kälte und verbarg ihre weibliche Figur.

Sie riss den Bart ab und breitete die Arme aus. »Grigorij!«

Er nahm die Hand von der Waffe, warf den Zylinder weg und flog ihr entgegen.

Sie umarmten einander, hielten sich sekundenlang fest, ehe sie sich trennten und die Hände reichten. Er konnte vor Rührung und Freude nichts sagen. Und dennoch fiel ihm auf: *Die Sorge hat sie stark altern lassen.*

»Du siehst gut aus, Junge«, sagte sie stolz. »Dass du die Finger von Absinth und allem anderen lässt, schadet dir nicht.« Sie bemerkte die gekürzten Haare. »Ein neuer Schnitt!«

»Ungewollt. Und du musst neuerdings dienen?«, neckte er und zeigte auf die Uniform. »Gehen deinem Mann die Soldaten aus?«

Alexandra Fjodorowna, die Zaritsa von Russland, lächelte bitter. »Du weißt, warum ich mich maskiere.« Sie zog ihn zu einer verhüllten Chaiselongue; beide setzten sich, ohne die Finger des jeweils anderen loszulassen. »Er hat bereits davon erfahren, dass du in der Stadt bist. Und natürlich wittert er Verrat.« Sie sah unglücklich aus. »Er ist so schrecklich verblendet, dass er denkt, *du* würdest im Namen Rasputins die Macht an dich reißen wollen. Ich bitte dich: Komm mit mir und sage ihm selbst, dass du nicht und niemals nach dem Thron des Zaren streben wirst! Das ist ein Grund, weswegen ich dich zu mir bat: Ich will Frieden zwischen euch beiden. Du wärst nicht länger in Gefahr, und er hätte eine Sorge weniger.«

Grigorij wurde von ihrem Vorschlag überrumpelt und schüttelte aus einem ersten Impuls heraus den Kopf. »Er würde mir nicht glauben.«

Sie sah ihn bittend an. »Aber du könntest ihn davon überzeugen. Zusammen mit mir!«

Das ungute Gefühl, das ihn befallen hatte, schwand nicht, auch nicht durch ihre Worte – obwohl sie Grigorij eine große Entlastung versprachen, sollte der Zar wirklich Frieden mit ihm schließen.

»Nein, Mutter«, sagte er ruhig. »Ich glaube, mein Anblick und unser Anliegen würden ihn noch wütender machen, und seine Wut würde sich gegen dich richten, weil er meiner nicht habhaft werden kann. Das werde ich keinesfalls in Kauf nehmen.« Er drückte ihre Hände. »Rede mit ihm über das, was auf den Straßen geschieht. Romanow ist sich selbst sein größter Feind. Wenn er den einfachen Russen nicht gibt, was sie fordern, werden die Soldaten und Arbeiter wahrlich eine Revolution anzetteln. Lenins Tod hat die Unzufriedenheit im Land nicht ausgelöscht.«

»Das weiß ich doch«, rief sie verzweifelt. Er sah ihr an, dass sie den Plan zur Versöhnung nicht so schnell aufgegeben hatte. »Die Bolschewiki drucken einen Flugzettel nach dem anderen. Ihr neuer Führer heißt Dschughaschwili und hat sich den Kampfnamen Stalin gegeben. Es … macht mir Angst, was geschieht. Auch deswegen wollte ich dich sehen. Verzeih mir meinen Egoismus, aber deine Anwesenheit gibt mir neue Kraft. Es ist die gleiche Macht, wie sie von deinem Vater ausging.«

Er lächelte sie an und umarmte sie erneut. »Nimm dir so viel davon, wie du brauchst, Mutter.« Grigorij war sich nicht sicher, doch er glaubte, dass sie heimlich in seinen Armen weinte.

Es dauerte eine Weile, bevor sie ihn losließ. »Jetzt fühle ich mich gleich viel besser. In dir steckt wahrlich die gleiche Energie, die ich in deinem Vater spürte.« Fjodorowna atmete aus. »Gott weiß, dass ich sie brauche! Die Ochrana hat bereits drei Attentäter gefasst, bevor sie ihre Vorhaben in die Tat umsetzen konnten. Deine Geschwister, der Zar, wir alle sind in Gefahr.«

»Dann kommt mit mir«, sagte er, aufgewühlt von ihren Worten, die eine Bestätigung seines Empfindens waren.

Sie schluckte. »Nein. Bald wird sich die Lage ändern. Nikolaus bringt den Friedensvertrag mit dem chinesischen Kaiser zum Abschluss, und dann können wir uns endlich um die Unruhestifter und die Veränderungen kümmern.«

»Ich fürchte, dass du nicht mehr viel Zeit hast. Kannst du nicht mehr auf den Zaren einwirken?«

»Wenn ich es weiter forciere, wird er mich auch noch zu den Verrätern zählen, die er überall zu sehen glaubt.« Die Zaritsa seufzte. »Deine Nähe tut mir gut, Grigorij. Ich wünschte, wir könnten uns öfter sehen.«

Er drückte sie nochmals und ließ sie nur zögernd los. Am liebsten hätte er sie sofort zum Luftschiff gebracht. »Eines Tages vielleicht, Mutter.« *Wenn der Zar tot ist und du Zaritsa bist.*

Sie nickte. »Du würdest dich hervorragend mit deinen Halbgeschwistern verstehen.«

»Wissen sie von mir?«

»Natürlich kennen sie die Gerüchte über deinen Vater und mich, aber sie geben nichts drauf. Nur Alexej hat einmal gesagt, dass er dich sehr gerne kennenlernen würde. Alexej und du, ihr seid vom Alter her nicht weit auseinander. Ihr wärt wunderbare Brüder.« Sie streichelte ihm über die rechte Wange. »Du hast Rasputins Augen, mein Sohn. Und seine Gabe.«

Auch wenn er wusste, dass sie sein Angebot nicht annehmen würde, bat er erneut: »Komm mit mir nach England. Nur bis die Unruhen enden und Stalin mitsamt seinen Genossen festgesetzt ist.«

Sie lachte auf. »Kind! Auch wenn du mich hundertmal ...«

»Mutter, ich habe eine Vorahnung, dass sich Stalin nicht mehr länger mit Flugzetteln zufriedengeben wird!«

Fjodorowna sah ihn ergründend an. »Hattest du eine Vision, Grigorij?«

Wenn ich jetzt lüge ... »Nein«, räumte er widerwillig ein. *Keine echte.* Er hasste das Gefühl der Ohnmacht. Sie weigerte sich, und er konnte nichts dagegen unternehmen.

»Dann muss ich an seiner Seite bleiben. Wenn ich jetzt zu Königin Viktoria reise, würde man es Nicki als Zeichen der Schwäche und Vorbereitung zur Flucht auslegen. Die Bolschewiki erfahren von mir sicherlich keine derartige Unterstützung.« Die Zaritsa gab Grigorij einen Kuss auf die Stirn. »Wünsche uns Glück, dass der chinesische Kaiser diese Woche noch den unterschriebenen Vertrag sendet. Es ist das wichtigste Dokument seit dem Ende des Weltkriegs: Es verhindert einen weiteren.«

Grigorij konnte das Gefühl nicht richtig greifen, das in ihm tobte und immer lauter wurde, je länger er seine Mutter anschaute. Es ging weit über Sorge hinaus. Rasch zog er einen Handschuh aus und berührte sie am bloßen Hals. Nichts geschah. *Ohne Drogen geht es nicht.*

»Du wolltest meine Zukunft ergründen.« Fjodorowna war überrascht. »Kind ...«

»Zu deiner Sicherheit.«

»*Zu meiner Sicherheit* habe ich die Ulanen und die Ochrana«, gab sie zurück. »Wie ergeht es deiner wunderschönen Frau? Werde ich in aller Heimlichkeit bald Großmutter?«

»Nein, sicherlich nicht. Und Anastasia geht es gut.«

»Ich bewundere sie. Es hat sie bestimmt Überwindung gekostet, dich in das Land reisen zu lassen, in dem dir so viele Gefahren drohen.« Fjodorowna seufzte. »Ein viel zu kurzes Wiedersehen. Aber wer weiß, wann wir das nächste Mal die Gelegenheit dazu haben?«

Sag nichts dazu. Grigorij hüstelte. »Ich soll dich von ihr grüßen«, schwindelte er. »Sie freut sich darauf, dich kennenzulernen.«

»Sie muss ein besonderer Mensch sein.« Fjodorowna erhob sich. »Ich muss leider gehen. Bliebe ich länger weg, würde Nicki mich suchen lassen. Die Ochrana ist schon nervös genug. Sollte sie uns zusammen sehen, würde man uns beide wegen Konspiration gegen den Zaren verhaften. Vermutlich ist deine Weigerung, dich mit ihm zu treffen, wirklich die bessere Entscheidung.«

Er wusste nichts darauf zu antworten, deswegen kniff er den Mund zusammen, was man mit viel Mühe als Lächeln deuten durfte. Wieder umarmten sie sich.

Sie streichelte seinen Kopf, die Hand verharrte wie zum Segen, dann ging sie hinaus. »Gott schütze dich, mein Sohn. Gott und deine eigene Kraft.«

Er erhob sich, hörte ihre Schritte durchs Haus hallen, die Tür sich öffnen und wieder schließen. Die Stille kehrte zurück, die ihm das Herz schwer machte. *Wir sehen uns viel zu selten.* Er trat ans Fenster und beobachtete, wie sie durch den Garten ging und sich den Schnurrbart wieder andrückte.

Erinnerungen aus Grigorijs Jugendzeit schossen bei ihrem Anblick aus den tiefsten Winkeln seines Gedächtnisses.

Sie hatte ihn einer treu sorgenden Familie übergeben, war, so oft es ging, bei ihm gewesen und hatte mit ihm gespielt und gelacht, ihm vorgelesen. Eine ganz normale Frau. Erst als er vierzehn war, hatte sie ihm ihre wahre Identität offenbart. Bis dahin hatte er geglaubt, dass sie eine reiche Schwester seiner Ziehmutter sei, die der Zarin zufällig ähnelte.

Mit Rasputins Tod hatte seine Odyssee quer durch Europas Internate begonnen. Die Flucht vor der Ochrana und dem Zarewitsch war mit dem Geld des Zaren finanziert worden.

Ich habe viel erlebt, dachte Grigorij. *Durchlebt, dank des Zaren. Das werde ich ihm nicht vergessen.* Er sah seine Mutter in einen geschlossenen Schlitten steigen, der gleich darauf losfuhr. *Von mir aus kann Stalin ihn erledigen. Aber ihr darf er nichts antun.*

Grigorij setzte den Zylinder auf die schwarzen Haare und verließ das Palais. Nein, er hatte überhaupt kein gutes Gefühl.

Er schlenderte gedankenversunken die verschneiten Wege entlang, ohne auf die Passanten zu achten. Hier gab es keine Revolutionäre. Der Garten täuschte Frieden vor.

Das änderte sich, als er die Anlage verließ und auf einen Prospekt gelangte. Lastwagen mit Arbeitern und Soldaten tuckerten auf der Straße entlang, die Männer schwenkten rote Flaggen und sangen Lieder, in denen sie die Absetzung des Zaren heraufbeschworen. Andere warfen Flugblätter hoch in die Luft, die vom Winterwind emporgewirbelt wurden und sich verteilten.

»Bolschewiki«, sagte ein dick eingepackter Passant neben Grigorij und spuckte aus. »Chaoten, die mit ihren Umtrieben unser Land schwächen.«

Als hätten sie seine Worte vernommen, hielten die Lastwagen mitten auf dem Prospekt an und stellten sich zu einer Sperre auf. Die Seitenwände klappten herunter, und die Männer sprangen auf die Straße, verteilten Zettel und Brot an die Petersburger. Wegen der Waffen wagte es niemand, die Gaben abzulehnen.

Schließlich stand ein Bolschewik in Marineuniform vor Grigorij. »Hier, Tawarisch. Ein Geschenk für das Volk.« Er drückte ihm einen Laib Brot gegen den Körper. »Schließ dich uns an und entmachte den Zarewitsch, damit es uns allen besser geht.«

»Sehe ich so aus, als brauchte ich dein Bestechungsgeschenk?«, entgegnete er, eine Hand auf den Stock gestützt, die andere in der Manteltasche. »Geh und gib es einem Bettler.«

Der Mann machte einen Schritt zurück. »Oho! Ich habe es mir doch gleich gedacht, dass du einer von denen bist, die den Tyrannen stützen.« Er pfiff laut durch die Zähne, und vier weitere Männer in Uniform kamen zu ihm gerannt; dem Alter nach handelte es sich um Veteranen des Weltkriegs. »Der da«, sagte der Bolschewik, »ist ein Anhänger des Zaren. Verpasst ihm eine Abreibung!«

Die Soldaten hoben die Gewehre, um mit den Kolben auf Grigorij einzuschlagen.

Er hob langsam die Arme. »Von mir aus könnt ihr den Zaren tot schlagen, aber mich lasst ihr in Ruhe.«

Die Soldaten lachten ihn aus und griffen ihn an.

Grigorij sprang rückwärts in eine Seitenstraße, um ihren Attacken auszuweichen. »Lasst das! Ich möchte euch nicht verletzen.

Ihr habt den Weltkrieg überstanden, nun sollt ihr nicht meinetwegen sterben müssen.«

»Der Kerl nimmt das Maul aber voll.« Einer der Männer pflanzte mit einer fließenden Bewegung sein Bajonett auf. »Ich gebe dir Eisen zu kauen!«

Neuerliches Motorengeräusch erklang, dieses Mal von der anderen Seite des Prospekts, die Grigorij nicht einsehen konnte. Signalpfeifen ertönten, und die Soldaten ließen sofort von ihm ab.

»Polizei!«, rief einer von den quer gestellten Lastwagen herunter, hob sein Gewehr und legte über das Dach der Führerkabine zum Zielen an. Kurz darauf hallte der Schuss, der von einer anhaltenden Salve beantwortet wurde.

Grigorij sah, wie der Mann von vielen Kugeln zersiebt wurde und fiel. Die Scheiben zerplatzten, die Motorhaube erhielt Unmengen Löcher. *Maschinengewehre!* Er hatte sich geirrt. Die Polizei war mit geballter Feuerkraft gegen die Umstürzler aufgetaucht.

Schreiend suchten die Menschen Deckung in Hauseingängen, hinter Automobilen und sogar hinter Straßenlaternen, während die Soldaten hinter die Barrikaden sprangen und das Feuer erwiderten. Aber der Beschuss aus den Maschinengewehren war zu übermächtig. Die Projektile durchdrangen alles, was ihnen im Weg stand, Querschläger sirrten neben Grigorij in die Wand. Putz spritzte ab.

Nach wenigen Minuten war es vorbei, das Röhren endete.

Mein Gefühl hat mich nicht getäuscht. Er sah auf dem Prospekt die durchlöcherten Leichen der aufständischen Soldaten liegen, deren Kleidung sich mit Blut vollsog. Sie waren so gut wie überall getroffen worden. Rot sickerte der Lebenssaft in den Schnee, tropfte von der Ladefläche auf die umherliegenden Brote und tränkte die Flugblätter. Vereinzelt tauchten die ersten Petersburger aus ihrer Deckung auf, zwei hatte es erwischt.

Stiefelschritte eilten heran, Befehle wurden gebrüllt, und dann tauchten die Polizisten vor der Seitenstraße auf. Sie hielten Gewehre mit Bajonetten in den Händen und trugen Armbinden mit dem Wappen der Romanows, um sich von den Aufständischen zweifelsfrei zu unterscheiden. Sie stachen auf die Überlebenden ein und warfen die Toten auf den Lastwagen, der nicht zerstört war.

Ich sollte zum Flugfeld. Grigorij ging rückwärts und sah drei Männer in schwarzen, langen Mänteln und mit Hüten um die Ecke biegen, als hätten sie genau gewusst, wo er sich befand.

Der Mittlere, der beinahe zwei Meter groß und breit wie ein Ringer war, hob einen Ausweis. »Ochrana! Grigorij Wadim Basilius Zadornov, Sie sind verhaftet«, rief er. »Im Namen des Zaren, bleiben Sie stehen und ergeben Sie sich!«

»So? Was wirft er mir vor?«

Der Geheimdienstler nickte nach hinten. »Konspiration und Beteiligung an einem Umsturzversuch. Wir haben gesehen, wie Sie mit den Soldaten sprachen.« Er grinste. »Aber wir brauchen eigentlich keinen Grund, Knjaz. Wir sind die Ochrana.«

Grigorij tippte sich an den Zylinder. »Meine besten Empfehlungen an den Tyrannen, doch meine Frau erwartet mich. Und Sie wissen, dass man Frauen nicht warten lassen darf.« Mit diesen Worten warf er sich unmittelbar nach rechts, gegen eine spaltbreit geöffnete Tür.

Er sprang in einen Korridor, in dem ein ängstlicher alter Mann wohl darauf gewartet hatte, wie die Straßenschlacht verlief. »Verzeihung, Väterchen.« Er rannte weiter und hörte das Getrappel von Sohlen. »Kommen Sie, meine Herrn von der Ochrana«, rief er gut gelaunt. »Fangen Sie mich!«

Es entspann sich eine wilde Jagd durch das Haus, zum Hintereingang hinaus, viele Straßen entlang, bei der sich seine drei Verfolger nicht abschütteln ließen.

Gut, dass ich mit dem Haschisch aufgehört habe. Mit vernebeltem Geist hätte ich das nicht durchgestanden. Grigorij sah ein Automobil, das sich mit langsamer Fahrt zum Abbiegen bereit machte, und hüpfte aufs Trittbrett der Beifahrerseite. »Zum Flugfeld«, bat er den erschrockenen Fahrer seelenruhig. »Ich gebe Ihnen fünfzig Silberrubel.« Er hielt sich mit einer Hand am Dach fest, in der anderen hatte er den Spazierstock. »Und fahren Sie nicht langsamer, bis ich es Ihnen sage.«

Seine Verfolger tauchten dreißig Meter hinter ihnen auf und erkannten, dass er sich absetzen wollte. Alle zogen langläufige Pistolen unter den Mänteln hervor.

»Schneller, guter Mann«, sagte Grigorij und machte sich klein.

»Wieso?«

Es knallte mehrmals, die Kugeln verfehlten ihn, einige krachten in den Wagen.

»Ah, ich verstehe. Deswegen.« Der Fahrer trat aufs Gas und bog ab.

Grigorij kletterte bei voller Fahrt in den Innenraum. »Ich ersetze Ihnen natürlich den Schaden«, sagte er äußerlich ruhig, doch mit rasendem Herzen.

Seine Bedenken, dass ihn die Ochrana bei seinem neuesten Luftschiff *LS V Anastasia* erwartete, erwiesen sich als unbegründet. Der Zeppelin hatte in Sankt Petersburg Passagiere aus Deutschland abgesetzt und letzte Hochgeschwindigkeitsversuchsfahrten unternommen. Er stand ihm allein zur Verfügung.

Rasch bezahlte er seinem unfreiwilligen Chauffeur fünfzig Rubel und stürmte in die kleine Gondel. »Abheben«, befahl er knapp und sah aus den Fenstern zur Straße, ob sich die Automobile der Verfolger näherten.

»Sehr wohl, Knjaz.« Der Kapitän ließ sich seine Verwunderung nicht anmerken und gab Befehle, die Bodenmannschaft löste die Vertäuung. Knatternd beschleunigten die Rotoren, ihr Surren klang wütender als das der *Zadornov* oder eines anderen Luftschiffs.

LS V war gebaut worden, um lange Strecken schneller als Schiffe und herkömmliche Zeppeline überbrücken zu können. Der schnittige Heliumkörper glich einem Torpedo und hob nur eine Last von zehn Passagieren sowie deren Gepäck; dafür erreichte das Schiff mit eigenem Schub satte einhundertsechzig Stundenkilometer.

Als sie sich bereits auf vierhundert Meter Höhe befanden und das Flugfeld weit hinter ihnen lag, durchschnitten die Scheinwerfer von vier Wagen die Nacht.

Grigorij grinste. »Und das ist der Grund, warum der Zar die Umstürzler nicht in den Griff bekommt«, sagte er. »Die Ochrana ist zu langsam.« Er wandte sich zum Kapitän. »Haben Sie unsere Passagiere aus Deutschland gut abgesetzt?«

»Ja, Knjaz. Es gab keine Beschwerden auf dem Flug. Sie haben viele Fragen gestellt, aber ich habe nichts beantwortet, aus dem die Ingenieure von Herrn Voss etwas ableiten können.«

Voss! Grigorij sah den feisten Geschäftsmann vor sich. »Es waren Ingenieure?«

»Ja, Knjaz.« Der Kapitän grinste. »Bergbauingenieure, sagten sie. Sie kaufen alte, ausgebeutete Minen, nach allem, was ich so hörte. Keine Ahnung, was Voss damit will. Aber einer von denen hat sich verdächtig lange umgeschaut. Ich denke schon, dass er Ahnung von Luftschifftechnik hatte. Aber ich nannte ihm nur falsche Zahlen.«

Grigorij legte dem Mann eine Hand auf die Schulter. »Gut gemacht.«

»Wohin darf ich Sie fliegen, Knjaz?«

»Nach Hause. Nach Bilston.« Er zog Mantel und Zylinder aus und reichte beides einem Steward, der ihm dafür ein Glas Limonade gab.

Grigorij sah die vielen Lichter der Festungsinsel Kronstadt, also befanden sie sich bereits dreißig Kilometer westlich von Sankt Petersburg. *Hoffentlich ist Mutter ihr Treffen mit mir nicht übel bekommen.* Während er sich in Sicherheit befand, war sie in dem Hexenkessel zurückgeblieben.

Er machte sich selbst Vorwürfe, sie nicht dazu gedrängt zu haben, mit ihm zu kommen, doch er verstand auch ihre Ansicht. Er wäre am liebsten geblieben, hätte ihr Beistand geleistet. Gegen Romanow und die Aufständischen, die er hinter sich ließ.

Plötzlich löste sich eines der Lichter vom Boden und ritt auf einem gleißenden Strahl himmelwärts. *Eine Rakete!*

»Kapitän, hart Steuerbord!«, schrie Grigorij und ließ das Glas fallen. »Volle Kraft zurück!« Er sah zu, wie das Geschoss immer näher kam. Die Rotoren wurden langsamer und wurden gebremst, ehe sie anders herum anliefen.

Die Rakete schoss am Bug des Tragkörpers vorbei und verschwand aus dem Sichtfeld der Männer.

Der Kapitän fluchte. »Was haben wir denen getan?«

»Neue Rakete«, meldete der Steward von Backbord. »Nein, es sind zwei … drei!« Seine Stimme wurde schrill vor Angst. »Eine von denen wird uns treffen!«

Grigorij sah vor sich ebenfalls zwei Raketen aufsteigen. *Der Zorn des Zaren auf mich und meinen Vater muss unerbittlich sein.* »Fallschirme nehmen und abspringen«, befahl er. »Eine andere Chance gibt es nicht.« Er riss den Kapitän weg vom Steuer. »Los!«

Da schlug die sechste Rakete ein, die lange vor den anderen gestartet war.

Sie bohrte sich durch den Gondelboden, und ihr Aufschlagzünder detonierte mit leichter Verzögerung.

Ein gleißender Blitz blendete Grigorij, der Druck warf ihn um. Ein Körper landete auf ihm und bewahrte ihn vor den Schrapnellen, die in der Gondel hörbar umherzischten. Glas sprang, Metall ächzte, es zischelte elektrisch. »Nach hinten«, schrie er blind und hoffte, dass ihn jemand hörte. »Zu den Fallschirmen!«

Er hörte weitere entfernte Einschläge.

Die Kabine sackte nach unten und senkte sich mit der Nase voraus.

Der Tragkörper ist beschädigt. Wäre die Gondel mit hochexplosivem Wasserstoff gefüllt gewesen, wie es Zeppeline anfangs waren, wären sie schon lange verglüht. Langsam sah Grigorij die Umgebung wieder. Beißender Qualm brachte ihn zum Husten, und er dachte an die schrecklichen Minuten im Fond des *Phaeton*. Er wälzte den gespickten toten Leib von sich und brauchte zwei Sekunden, um den Kapitän zu erkennen, der ihn gerettet hatte. Wegen des Schocks bemerkte er erst jetzt, dass ihm ein Splitter im Unterschenkel steckte. Sein Knie hatte sich verdreht, er konnte nicht aufstehen.

Die Vorsehung will mich demnach heute umbringen, dachte er. *Mit dem ersten Versuch in Sankt Petersburg gibt sie sich nicht zufrieden. Fast ein Déjà-vu.*

Die Abwärtsbeschleunigung erhöhte sich, alles Lose rutschte nach vorne – Grigorij mit eingeschlossen. Die Kabinenspitze deutete senkrecht nach unten, und er stemmte sich gegen den Instrumententisch. Sobald das Luftschiff vornüber kippte, würde er aus dem zerstörten Panoramafenster fallen.

Silena. Wie gut, dass du nicht mitgekommen bist.

Rauschend zog eine weitere Rakete heran, schoss durch das Fenster, durch die Gondel und hinten wieder hinaus; glühender Ruß streifte sein Gesicht.

Eine neuerliche Explosion erfolgte, einer der Antriebe verging in einem Feuerball, der die Kabine rotgelb erhellte. Aufkreischend gaben die Streben aus Duraluminium im Inneren der Tragkörper nach. Kabel rissen und peitschten weitere Schlitze in die Hülle.

Grigorij wusste, dass das Luftschiff zerbrach. *Soll ich dieses Mal verloren sein?* Es gab nichts, was er gegen den Untergang tun konnte. Er sah Silenas Gesicht vor sich. *Nein, ich gebe nicht auf! Ich …*

Austretender Treibstoff der beschädigten Motoren benetzte die Hülle und entzündete sich durch einen Funken. Kometengleich und voller Schönheit vergehend, warf sich die *LS V Anastasia* dem Meer entgegen, einen langen Schweif hinter sich herziehend.

V.

30. Dezember 1926, Schloss Chanteloup, Departement Indre-et-Loire, Königreich Frankreich

Vouivre kreiste dreihundert Meter über dem winterlichen Garten von Schloss Chanteloup und witterte dabei in die eisige Luft. *Hoffentlich entdecke ich dich bald.*

Wenn er nicht musste, vermied er Flüge bei dieser Kälte, die seine Muskeln rasch ermüdete und die Körpertemperatur zu schnell senkte. Aber die Übersicht war aus dieser Höhe am besten.

Auf dem Rückweg von seiner Unterredung mit Ddraig hatte ihn die Nachricht erreicht, dass sich seltsame Dinge in Chanteloup ereigneten, das man auch *Klein Versailles* nannte: Ein Angestellter war zerquetscht aufgefunden worden, als sei er in die Hand eines Riesen gefallen, der ihn mit einem kräftigen Druck ausgepresst hatte. Die Leiche war im halbkreisförmigen See in der Mitte des Parks gefunden worden, am Fuß des Pagodenturms.

Vouivre hätte gewöhnlich nichts darauf gegeben. Morde geschahen immer wieder unter den Menschen, auch unter denen, die sein Eigentum verwalteten. Aber einen Tag zuvor hatte er an der Kanalküste einen Chinesen auf die gleiche Art getötet, und so vermutete er in dem Mord eine Retourkutsche und ein Zeichen an ihn.

Wo steckst du? Der Altvordere ging etwas tiefer und zog über das barocke Jagdschloss hinweg, das Herzog Choiseul zu Zeiten von Louis dem Fünfzehnten hatte errichten lassen. Vouivre hatte es nach einem Brand vor knapp einhundert Jahren wieder aufbauen lassen und einen Verwalter eingesetzt, der dachte, einem reichen Nachfahren des Herzogs zu dienen. Während Vouivre dafür sorgen ließ, dass niemand das Schloss betrat, erlaubte er den Anwohnern den Spaziergang in der immensen Parkanlage.

Um diese Zeit lag sie verlassen da. Der frisch gefallene Schnee war jungfräulich unberührt und glitzerte.

Keine Spuren. Er flog über die Pagode hinweg, als ihn ein Schneeball mitten aufs Karfunkelauge traf. Er fauchte wütend auf und züngelte, warf sich herum und kehrte zu dem imposanten Bauwerk zurück, das sich mit sieben Stockwerken etliche Meter in die Höhe reckte. Es hatte bei den Jagden des Herzogs als Aussichtsplattform gedient.

»Komm heraus!«, rief Vouivre erbost und landete. Flirrende Wolken aus losem Schnee stoben auf und wirbelten nach allen Seiten davon. »Damit ich dir Manieren beibringen kann!«

Aus dem vierten Stock schob sich der Kopf eines asiatischen Drachen, Hals und Leib waren goldgeschuppt. Die Hörner erinnerten ihn an einen Hirsch, die Züge ähnelten seinen ein wenig. Ein leises Lachen erklang. »Du hast Schnee auf der Schnauze, Altvorderer.«

»Und du gleich meine Krallen im Leib!« Vouivre schüttelte das Weiß ab. »Wie ist dein Name, und was willst du?«

»Nie-Lung heiße ich.« Der Drache schob sich hervor, wand sich um die Pagoden herum nach unten und kam vor ihm zum Stehen. »Ein ungewöhnlich zarter Körperbau für einen Altvorderen. Wir könnten verwandt sein, wenn du nicht nur ein Auge hättest.«

»Der Westen und der Osten sind nicht miteinander verwandt.« Vouivre schnaubte. Aus dem Mund des Chinesen klang *Altvorderer* nach einer Schmähung. »Euer Blut hat eine andere Farbe als unseres. Ich habe keine Ahnung, aus was ihr hervorgekrochen seid.«

Nie-Lung schaute zur Pagode. »Du hast meinen guten Yan-Su Po getötet«, sagte er bedauernd. »Er war einer der besten Artisten im Zirkus. Wegen deiner sinnlosen Tat müssen sie das Programm umstellen.«

»Sie werden einen Besseren finden.«

Nie-Lung fuhr mit der Kralle über das Dach des unteren Stockwerks und ritzte ein chinesisches Symbol hinein. »Ich vergebe dir, was du getan hast, und warne dich: Kanada gehört uns.«

»Kanada gehörte Grendelson, so weit meine Spione mich informierten, und da Grendelson tot ist, steht es offen«, gab Vouivre säuerlich zurück. *Wie kann es diese Missgeburt wagen, mir Vorschriften machen zu wollen?*

»Eine ähnliche Unterredung habe ich schon einmal geführt, vor etwa zwei Jahren. Mit Grendelson. Damals riet ich ihm, Amerika nicht in seine Eroberungspläne einzubeziehen. Inzwischen haben wir die Zeit genutzt und weite Teile des nördlichen Nachbarn gesichert.« Nie-Lung strich über die Pagodenwand. »Es reden zwar sehr viele Kanadier Französisch, ich weiß, aber das ist kein Grund für deinen Anspruch.«

Vouivre hatte schon immer geahnt, dass sich in Amerika mehr tat, als sie in der Alten Welt nachvollziehen konnten. Es war ein Fehler, sich nicht weiter darum gekümmert zu haben. »Wer ist *wir*?«

»Das Pendant zu dem, was ihr Altvordere nennt«, antwortete Nie-Lung gelassen und betonte es dennoch so, dass sofort klar wurde, wer über wem stand. »Ich mache dir das Angebot, dich gegen Ddraig zu unterstützen und dir die alleinige Macht in Europa zu sichern. Dafür wirst du jegliche Aktionen in Kanada einstellen.« Er zeigte auf die Pagode. »Ich habe eine Karte mitgebracht, auf der eingezeichnet ist, was du gefahrlos zu deinem Eigen machen darfst. Von den rot schraffierten Ländern lässt du die Krallen, Altvorderer.«

Vouivre mochte die Art nicht, mit der das Hirschgeweih zu ihm sprach. Er schnaufte scheinbar gelangweilt, um Nie-Lung seine Verstimmung spüren zu lassen. »Was sollen die Spione in Europa? Ihr bereitet einen Angriff vor, und ich soll glauben, dass man mit euch Bündnisse eingehen kann?«

Nie-Lung klimperte mit den Wimpern und stieß schweflige Wölkchen aus. »Wir sehen das Durcheinander und wollen nur sichergehen, dass wir es rechtzeitig bemerken, wenn uns Gefahr droht. Früher, als ihr Altvorderen euch einig wart und die Gebiete aufgeteilt hattet, herrschte Ordnung. Aber derzeit fürchten wir, dass manche Menschen eurer Kontrolle entgleiten und auf eigene Faust handeln. Der russische Zar zum Beispiel. Er ist verzweifelt und vom Verfolgungswahn gebeutelt genug, um zur Ablenkung von inneren Unruhen einen Krieg mit China anzufangen. Eine unberechenbare Langnase.« Er deutete eine Verbeugung an. »Ich versichere dir, dass man unserem Bündnis trauen kann.«

»Dann möchte ich einen Beweis«, sagte Vouivre sofort.

Nie-Lung lachte wieder und blickte ihn wissend an. »Es ist nicht schwer, deinen Wunsch zu erahnen: Du wirst den Kopf der roten Drachin erhalten. Wenn er zu deinen Füßen liegt, wirst du das Abkommen mit uns eingehen?«

»Wenn mir gefällt, was ich auf der Karte sehe, ja«, erwiderte er. *Perfekt. Wenn sie tot ist, kann ich Europa in aller Ruhe zu einer Festung ausbauen. Und falls Ddraig den Anschlag des Hirschgeweihs überleben sollte, wird sie ihren Hass auf die Chinesen anstatt auf mich richten.* Er musste ein selbstzufriedenes Lachen unterdrücken. »Ist das annehmbar?«

»Da ich weiß, wie großzügig wir in der Zuteilung der Territorien sind, hege ich keinerlei Bedenken, dass wir uns schon bald Verbündete nennen werden.« Nie-Lung breitete die filigranen Flügel aus. »Wo kann ich dich finden?«

»Schicke einen deiner Chinesen nach Bitche, wenn es so weit ist. Er soll in der Festung einen Brief mit dem Treffpunkt abgeben, adressiert an Marschall Frank Lacastre.« Vouivre betrachtete den Körperbau des Drachen und musste ihm recht geben. Es gab durchaus Übereinstimmungen zwischen ihnen.

»So wird es geschehen.« Nie-Lung reckte sich. »Nochmals, Altvorderer: Wir haben keinerlei Interesse an Europa. Vor Kurzem hatten wir es versucht, aber es lief nicht so, wie wir dachten. Seitdem bleiben wir im Rahmen unserer Grenzen.«

Vouivre konnte sich beim besten Willen nicht erinnern, wenn man von Dschingis Khan oder Attila einmal absah. Und auch nach den Maßstäben von Drachen lagen deren Kriegszüge einige Zeit zurück. »In Russland, nehme ich an? Es drang jedenfalls nichts bis zu mir.«

Nie-Lung lachte lauthals. »Du stehst daneben.« Er wies mit dem Schwanz auf die Pagode. »Chinoiserie, du erinnerst dich? Seide, Papiertapeten, Möbel, Lacke, Porzellan, alles wollten die Europäer von uns. Wir haben die Menschen mit unserer Kunst, mit Gärten und Architektur von unserem Land begeistert. Wir wollten sie auf unser Erscheinen vorbereiten, und es lief sehr gut.«

Bei Leviathan! Sie sind clever. Vouivre entsann sich genau an diese Modeerscheinung, eine Phase nach der Mitte des achtzehnten Jahrhunderts und den Jahren danach. Voltaire hatte von China geschwärmt, die Briten hatten sich ihre Häuser mit asiatischen

Möbeln zugestellt, und die Deutschen hatten sogar in ihrer Bewunderung ein chinesisches Dorf nachgebaut. *Viel cleverer, als wir dachten! Und ich Idiot freute mich noch, weil ich mit dem Import der Waren viel Geld verdiente! Ich habe ihnen geholfen.*

»Man sah beinahe überall unsere Abbilder. Sogar auf Papiertapeten haben sie uns gemalt.« Nie-Lung amüsierte sich über die Betroffenheit des Altvorderen. »Oh, ich habe dir das Auge geöffnet, nicht wahr? Ein Angriff muss nicht immer mit Armeen erfolgen. Es gibt andere Mittel, um zu erobern.« Er erzeugte mit der Zunge ein peitschenknallartiges Geräusch. »Aber leider, leider verhinderte die Französische Revolution, dass wir auf der Welle der Begeisterung Einzug halten durften.«

Schlagartig wurde sich Vouivre bewusst, wie knapp sie an einer Katastrophe vorbeigeschlittert waren. »Wir haben die Revolution nur deswegen geschehen lassen«, log er. »Die Menschen haben die Chinoiserie in den Wirren vergessen.«

Nie-Lung schwang sich in die Lüfte. »Wie schön, dass wir bald Verbündete sind und alle Fragen der Macht geregelt sein werden«, rief er und flog nach Westen. »Du wirst von meinem Boten hören.« Der rauschende Flügelschlag verebbte.

Ich brauche mehr Informationen über asiatische Drachen. Man muss seine Feinde kennen, um sie zu besiegen. Vouivre nahm die Karte aus der Pagode, stieß sich ab und flog ebenfalls los.

Er hatte schon lange Zeit nichts mehr von einem seiner englischen Spione gehört, was eine gewisse Nervosität in ihm auslöste. Und der Gedanke daran, dass die Altvorderen durch die Möbel und Seide beinahe entmachtet worden wären, ließ ihn ebenso wenig los.

Nie Lung konnte noch so brillant säuseln, Vouivre würde auf das Bündnis nichts geben und jeden asiatischen Drachenspion ausrotten lassen. *Sobald ich die Macht in Europa habe, werde ich Tee verbieten lassen. Er macht sicher ebenso abhängig wie Opium.*

30. Dezember 1926, Ärmelkanal zwischen den Königreichen Frankreich und Großbritannien

Silena ließ die schwarz gestrichene Macchi M.39 mit halber Geschwindigkeit über das Meer donnern. Auf knapp dreihundert Metern Höhe schnurrte das modifizierte Rennflugzeug mit gemütlichen zweihundert Stundenkilometern dahin. Der Wind wehte ihr kalt entgegen, und trotz geschlossener Lederhaube, dickem Wollschal, Fliegerbrille und Lammfellfutter hatte sie das Gefühl, dass ihr Gesicht langsam gefror.

Litzow hatte die Originalpläne von dem befreundeten Konstrukteur Mario Costaldi gesandt bekommen, um sie zu überarbeiten, damit die Maschine im Rennen um die begehrte Schneider-Trophy in den USA teilnehmen und gewinnen konnte. Während die Italiener noch bauten, hatte Litzow einen Prototypen fertiggestellt. Zur schnellsten Beförderung, die derzeit für eine einzelne Person möglich war: über vierhundert Sachen, wenn die beinahe neunhundert Pferdestärken des Motors voll ausgereizt wurden.

Sie bewegte Arme und Beine, damit die Muskeln arbeiteten und sich erwärmten. Sie gab nichts auf die Kälte. *Sobald ich Land unter mit habe, fliege ich mit voller Geschwindigkeit.* Silena freute sich darauf, bald wieder in Bilston zu sein, um darauf zu warten, dass Grigorij zurückkam, und ihn wieder in die Arme zu schließen. Sie hatte sich kindisch benommen, und es tat ihr schrecklich leid. *Ich werde mich entschuldigen, ihn zum Essen ausführen und den restlichen Abend im Tingle-Club ausklingen lassen.*

Grigorij und sie liebten den Tingle-Club, in dem bald Whispering Jack Smith und sein Orchester auftreten würden. Sie mochte die unaufdringliche, melodiöse und einzigartige Stimme des Baritons.

Silena unterdrückte ein Aufstoßen. Etwas von dem, was sie gegessen hatte, war ihr wohl nicht bekommen.

Unter ihr huschten träge Schiffe vorbei, während sie *There Ain't No »Maybe« in My Baby's Eyes* von Whispering Jack Smith summte. Frachter, Passagierdampfer, Fischerkähne bevölkerten den Kanal an diesem Tag, manche ließen ihre Schiffssirene ertönen, wenn die Macchi sie passierte. Die Gäste auf den Oberdecks der Kreuzer winkten ihr zu.

Grinsend führte Silena den Steuerknüppel kurz nach rechts und links und wackelte dadurch mit den Tragflächen. Ein flüchtiger Gruß an die Bemitleidenswerten, die sich nicht durch die Lüfte schwingen durften; dann sah sie nach vorne, um auf mögliche entgegenkommende Fracht- und Passagierflugzeuge oder Luftschiffe zu achten.

Und da ist auch schon einer. Einem umgebauten, schweren Doppeldecker-Bomber *Handley Page 0/400*, der im leuchtenden Rot der Royal Mail gestrichen und mit den Insignien der Queen versehen war, wich sie aus, indem sie die Macchi einfach tiefer drückte. Mit der Spannweite von dreißig Metern war er dreimal so breit wie ihre Maschine.

Als ihr Flugzeug wieder nach oben zog, sah sie drei Abfangjäger der Royal Air Force auf sich zukommen: Doppeldecker des Typus Spad XIII. *Auf Patrouille, Jungs?* Sie entbot ihnen den Fliegergruß.

Hinter deren Propellern blitzte es in schnellem Wechsel rechts und links auf.

Es prasselte knapp neben ihr und ringsherum: Die Kugeln aus den synchronisierten Maschinengewehren stanzten Löcher in die Tragflächen. Klirrend prallten einige Geschosse ab, und sie hörte sehr genau, dass der Klang ihres Motors sich verändert hatte. Erst jetzt vernahm sie das Röhren der automatischen Waffen.

Verflucht! Silena zog die Macchi hoch und beschleunigte, wobei der angelegte Fallschirm in den Rücken drückte. Angestrengt sah sie in den Rückspiegel.

Die Spads fächerten hinter ihr auseinander und absolvierten halbe Loopings, um an Höhe zu gewinnen; sie drehten sich an der höchsten Stelle um die eigene Achse, damit die Piloten wieder aufrecht zum Horizont flogen.

So sehr Silena mehr Leistung vom beschädigten Motor verlangte, der Tachometer blieb bei zweihundert stehen. Spads flogen unglücklicherweise bis zu zweihundertzwanzig. Entkommen konnte sie ihnen nicht. Nicht durch Geschwindigkeit. Auf ihre Funksprüche reagierten sie nicht. Es konnte gut sein, dass diese Maschinen noch keinen Funk eingebaut hatten.

Schon wieder sah sie es hinter den Propellern blitzen, die Kugeln bohrten sich in die Macchi.

»Was ist denn in euch Idioten gefahren?«, schrie sie ihre Wut hinaus und ließ sich trudelnd nach unten sinken, um ihnen ein weniger einfaches Ziel zu bieten. Ihre Maschine war auf Geschwindigkeit ausgelegt und nicht auf besondere Wendigkeit; Bewaffnung fehlte gänzlich. Sie musste zeigen, was sie zu einer weltweiten Ausnahmepilotin machte.

Silena fing die Macchi auf dreißig Metern über dem Wasser ab und sah vierzig Segeleinmaster auf Backbord. *Eine Regatta ist ein guter Ort, um sich zu verbergen.* Den Fahnen an den Hecks der Schiffe nach zu urteilen, waren es britische Schiffe.

Ein Blick in den Spiegel zeigte ihr, dass zwei Spads ihr folgten, die dritte blieb auf gut dreihundert Metern über ihnen und schien sie überholen zu wollen, um von vorne anzugreifen. »Dover Kanalüberwachung«, sprach sie ins Funkgerät, »Dover Kanalüberwachung, kommen!«

In ihrem Kopfhörer knackte es. »Hier Dover Kanalüberwachung, sprechen Sie.«

»Hier ist Anastasia Zadornova von der Drachenjäger-Einheit *Skyguards.* Ich werde irrtümlich von drei Spads der RAF angegriffen. Können Sie denen Zeichen zumorsen oder etwas, was mich vor dem Abschuss bewahrt?«

Die Kanalüberwachung schwieg.

Silena sah rechts und links neben sich kleine Wasserfontänen aufspritzen, die immer weiter auf sie zuwanderten. Die Piloten schossen sich ein.

Mit einer ruckartigen Bewegung stellte sie die Macchi senkrecht, sodass ihre rechte Tragfläche beinahe die flachen Wellenkämme berührte, und fegte mitten ins Teilnehmerfeld der Regatta. *Sie werden ja wohl nicht riskieren, ihre Landsleute versehentlich zu treffen.* Ihre Maschine reagierte zäh; nur haarscharf raste sie am ersten Segler vorbei.

Die Spads verzichteten auf ein derart gewagtes Manöver, drosselten die Geschwindigkeit und setzten sich über die Schiffe.

Silena wollte es nicht glauben, als sie das stakkatohafte *Tack-Tack-Tack* der MGs schräg hinter sich hörte. Sie waren auf fünfzig Meter herangerückt und hörten gar nicht mehr auf zu schießen.

Die Schiffe vor ihr hatten plötzlich Löcher in den Segeln, in manche Oberdecks frästen die Salven regelrechte Linien. Splitter flogen umher, Seile wurden gekappt, Menschen fielen nieder. Silena konnte nicht sagen, ob sie tot oder verwundet waren.

Ich muss hier raus, sonst sterben Unschuldige. Sie zog die Macchi senkrecht nach oben, aus dem Beschuss, ließ sich zurückfallen und die Spads unter sich durchziehen.

Gegen euch brauche ich nicht mal Bordwaffen. Gleich einem Raubvogel stieß sie nun auf den rechten Angreifer herab, zielte mit dem Propeller auf das Höhenruder und ließ ihr Flugzeug kurz vor dem Zusammenprall nach links wegschmieren. Ihr Rad touchierte das Heck und riss Teile des Leitwerks ab.

Die Spad vibrierte unter dem Einschlag und verlor ihre stabile Flugbahn, geriet ins Kreiseln und senkte sich dem Meer entgegen. Sie zerschellte zwischen zwei Segelbooten, Dampf und Wasser stiegen auf.

Silena grinste böse. *Pech.* Der kurze Kontakt hatte ihr ausgereicht, einen Blick auf den Piloten werfen zu können, und was sie gesehen hatte, machte sie stutzig. *Lange Haare sind bei der RAF nicht üblich. Schwarze Lederjacken noch viel weniger.* Es musste sich aufgrund des Könnens und der Vorgehensweise der Angreifer um Kampfpiloten handeln, aber gehörten sie wirklich zur Luftwaffe? *Was geht hier vor?*

Sie sah die zweite Spad schräg über sich, die langsamer wurde. Offenbar wollte der Pilot sich überholen lassen, um sie von hinten abzuschießen. *Den Gefallen tue ich dir sicherlich nicht.* Sie gab Gas, der Motor dröhnte und sprühte schwarzes Öl aus zwei Löchern, das von der beschädigten Scheibe jedoch aufgefangen wurde. Lange würde es die Macchi nicht mehr machen.

Silena griff unter ihren Sitz, wühlte in der Notfalltasche, was wegen der Gurte und des Fallschirms nicht so einfach war. Sie zog die Signalpistole hervor, drehte sich nach hinten und hob den Arm. Nach knappem Zielen drückte sie den Abzug.

Eine weiße Spur aus Qualm hinter sich herziehend, jagte das Leuchtgeschoss in den Propeller des V8-Reihenmotors, den es daraufhin mit einer kleinen Explosion zerriss. Flammen schlugen aus dem Block, knatternd verging die Munition der Maschinengewehre, und die Spad stürzte ab.

Dieses Mal hatten die Regattateilnehmer weniger Glück, wie Silena im Spiegel sah. Der Doppeldecker raste durch einen Mast und warf das erste Boot um, brennend landete das Flugzeugwrack in einem weiteren Schiff und setzte es in Flammen. Auch wenn sie nicht direkt etwas dafür konnte, fühlte sie sich schuldig. Sie stieg auf eintausend Meter, um einen besseren Überblick zu bekommen. *Wo ist die dritte Maschine?*

Die Küste tauchte auf, die weißen Felsen leuchteten in der Sonne.

In ihren Ohren rauschte es. »Hier Dover Kanalüberwachung. Zadornova, bitte kommen.«

Endlich. »Hier Zado…« Silena sah die dritte Spad von der Seite auftauchen, die Mündungsfeuer blinkten unaufhörlich. Es gelang ihr, den Kopf einzuziehen und die Macchi über den rechten Flügel rollen zu lassen. Wieder klang es, als sei ihre Maschine in dicken Hagel geraten.

Die Salve hatte unglaublich gut gesessen. Ihr Motor setzte aus, mit einem Knall flog die Abdeckung davon, und schwarze, fette Rauchschwaden hüllten sie ein. Die schwere Macchi sackte sofort nach unten weg. Ein Gleiten war nicht möglich.

Blind und hustend lud Silena die Signalpistole nach. Im Cockpit zusammengekauert, spürte sie die Hitze der Flammen, die im dichten Rauch loderten.

Die Spad griff nochmals an, wie sie am Dröhnen des Motors hörte, setzte eine Salve knapp an ihr vorbei in die Tragflächen und zog über sie hinweg.

Silena schoss auf gut Glück nochmals mit der Signalpistole nach dem Feind. Durch den immer dichter werdenden Qualm sah sie, wie das Geschoss gegen das Heck schlug, ohne etwas auszurichten. Ein Brandfleck entstand, mehr nicht.

Raus! Sie schnallte sich ab und öffnete die kleine Klappe zum Stauraum hinter ihr, wo sie Brieucs Geschenk gelagert hatte. *Das geht mit. Es verbrennt erst, wenn ich es will.* Kurz vor Erreichen der Küstenlinie sprang sie aus der Maschine und streifte die ölverschmierte Brille ab.

Der Wind zerrte brutal an ihr, pfiff trotz der Kappe in ihren Ohren. Sie machte, so gut es ihr möglich war, ein Hohlkreuz und spreizte einen Arm und die Beine nach oben ab, um sich nach vorne tragen zu lassen. Den Fallschirm würde sie erst öffnen, wenn sie sich über Land befand.

Der Pilot der letzten Spad verfolgte die nach rechts driftende Macchi und deckte sie ständig mit Salven ein, bis das schöne, einmalige Flugzeug schließlich zerbrach und in brennenden Teilen in den Ärmelkanal fiel; daraufhin nahm die Spad Kurs auf Frankreich.

Also keine Royal Air Force. Gut, dass ich den Schirm nicht geöffnet habe, sonst hätte er mich gesehen. Silenas Augen tränten wegen des Windes, aber wenigstens musste sie nicht mehr husten.

Ihre Einschätzung erwies sich bald als richtig: Aufgrund der Höhe, in der sie ausgestiegen war, und ihrer Vorwärtsbewegung gelangte sie bis über die Klippen und öffnete ihren Fallschirm.

Als sie im weichen Gras landete, schossen fünf weitere Spads von der Insel über sie hinweg in Richtung offenes Meer. Die echte Air Force hatte es offenbar auf den Überlebenden des Luftkampfs abgesehen.

Wer wollte mich töten?, grübelte sie und legte das Geschirr ab, damit sie der Schirm nicht über den Rand zerrte. *Das Officium? Oder will mich der Zar jetzt ebenso tot sehen wie Grigorij?*

Der Gedanke an ihren Gemahl ließ Silena die Sorgen um die eigene Sicherheit nebensächlich erscheinen. Sie hetzte keuchend mit dem Paket vorwärts und gelangte bald schon außer Atem an eine Straße, wo sie ein Automobil mit einer jungen Fahrerin mitnahm und sie zur Polizeistation brachte; unterwegs versuchte sie, ihre Gedanken und ihre Vorgehensweise zu ordnen. Ihrer Fahrerin sagte sie nur, dass ihr Flugzeug abgestürzt sei.

Nach fünfzehn Minuten hatten sie das Ziel erreicht. Silena bedankte sich bei der jungen Frau und stürmte in die Polizeistation, die aus einem einzigen Amtszimmer bestand und mehr an eine gute Stube erinnerte. Es roch nach Gebäck.

»Guten Tag, die Herren«, grußte sie die beiden älteren Männer in der Bobby-Uniform und kam zu ihnen an den Tresen. Es waren Prachtpolizisten, einer mit einem dicken Schnauzer, der andere mit einem Backenbart, der noch der Mode von vor vierzig Jahren entsprach. »Dürfte ich Ihr Telefon benutzen? Es handelt sich um einen Notfall.«

»Sicher, Madame«, sagte der Schnauzer hellhörig. »Können wir Ihnen helfen?«

»Möchten Sie einen Tee?«, fragte der Backenbart zuvorkommend und trat zu dem kleinen Herd, um den Kessel herunterzunehmen.

»Danke«, lehnte sie ab, ging zum Fernsprecher und ließ sich zur Air Force durchstellen. Doch man wimmelte sie ab, und so gab Silena das Geschehen bei den netten Bobbies, Humbleman und Coopers, zu Protokoll, die sie letztlich doch mit Tee und Scones versorgten.

»Etwas derart Aufregendes haben wir noch niemals erleben dürfen«, sagte Backenbart-Coopers, als sie geendet hatte. »Das macht es für Sie nicht besser, ich weiß, aber wir können davon Jahre zehren.« Er nahm seinen Helm. »By Jove! Ich sollte wohl los und die Stelle sichern.« Er nickte ihr zu und verließ die Station.

»Ich darf nochmals telefonieren?« Silena stand auf, ließ sich nach Bilston verbinden und sprach mit Litzow. »Versetzen Sie die *Skyguards* in Alarmbereitschaft«, befahl sie, nachdem sie knapp berichtet hatte.

»Das tue ich sofort, Fürstin. Ich sende Ihnen ein Luftschiff samt Flugeskorte für den Rückweg«, gab er zurück.

»Ist mein Mann schon zurück?«

»Nein. Aber in München gab es einen Anschlag auf das Officium. Wussten Sie das?« Rasch berichtete er, was das Radio vermeldet hatte: Bomben, Tote, Einsturzgefahr.

Drachenfreunde! Das ist eine Lösung, die ich nicht in Betracht gezogen habe. Für sie war damit klar, wem sie ihren Beinahetod zu verdanken hatte. Ihre Sorge um Grigorij wuchs. Er war an den *Skyguards* als Geschäftsmann mit beteiligt und für die Fanatiker sicherlich ebenso ein Ziel wie sie. *Neue Feinde sind nicht das, was er unbedingt brauchen kann.* »Danke, Oberst. Ich warte hier, bis ich abgeholt werde.«

Schon stand Humbleman bereit, als sie auflegte. »Tee?

Sie schüttelte den Kopf und musste ein erneutes Aufstoßen unterdrücken. Ihr war nicht zum Plaudern zumute, also verbrachte sie das Warten damit, zuerst die Zeitung zu lesen und immer wieder bei der Royal Air Force anzurufen. Aber bei den Fliegern der Queen gab es kein Durchkommen für sie.

Endlich erschienen das Luftschiff und fünf Flugzeuge, alles Einflügler des Typus Saint und für Kampfeinsätze gegen Drachen gebaut, über der Station.

»Vielen Dank, Mister Humbleman. Richten Sie meinen Dank auch Mister Coopers aus.« Silena nickte dem Bobby zu und verließ das Gebäude, während der Zeppelin niederging, um sie aufzunehmen. Mehrere Bodenanker wurden für die improvisierte Landung ausgeworfen, die Gondel schwebte einen Meter über dem Boden. Die Saints blieben in der Luft und sicherten.

Sie dachte sich zunächst nichts, als Litzow mit ernstem Gesicht und einem ihrer Ärzte aus der Frachtluke sprang und auf sie zukam. »Das wäre nicht nötig gewesen, Oberst«, grüßte sie ihn. »Ich bin unverletzt.«

Der Mann blieb zwei Meter vor ihr stehen und grüßte militärisch. »Fürstin, ich freue mich sehr, Sie wohlbehalten zu sehen.«

»Und Sie klingen, als wäre Ihnen das Gegenteil lieber.« Silena mahnte sich zur Ruhe. Sie konnte nicht in allem ein schlechtes Zeichen sehen. Dennoch musste sie einfach fragen. »Welchen Grund gibt es, dass Sie mitgekommen sind? Sie wären in Bilston besser aufgehoben, falls die Drachenfreunde angreifen.«

Er schluckte und winkte den Arzt nach vorn, der eine große Ledertasche mit Behandlungsutensilien dabeihatte. »Fürstin, das Luftschiff Ihres Gatten ist kurz nach dem Abheben aus Sankt Petersburg von Unbekannten abgeschossen worden. Wir haben die Nachricht eben erhalten …«

Silena sah, wie sich der Mund des Obersts bewegte, doch sie hörte die Worte nicht mehr. Ihr wurde schlecht, dann schwindlig, sodass Litzow und der Arzt sich drehten und wie in einem Kaleidoskop vervielfältigten. Schließlich wurde ihr schwarz vor Augen.

Sie schlug die Augen auf und erkannte die Deckenlampe über sich sofort. *Ich bin in Bilston!*

»Bleiben Sie ruhig, Fürstin«, sagte eine Frau neben ihr, und als Silena den Kopf drehte, sah sie Schwester Mary, die Pflegerin der

Einheit. Sie trug die graue Tracht mit der weißen Schürze darüber. »Doktor Eisenbeis hatte Ihnen ein leichtes Beruhigungsmittel gespritzt, damit Sie sich ausschlafen und den ersten Schrecken abklingen lassen.«

Grigorij kann nicht tot sein. Sie setzte sich mit klopfendem Herzen auf. »Wie kann ich jetzt schlafen?«, gab sie zurück und fühlte sich zugleich schwach, müde und ausgelaugt. Das Mittel wirkte offenbar noch. »Ich muss ihn sehen. Erst dann glaube ich, dass er tot ist.«

Schwester Mary versuchte sich an einem Lächeln. »Fürstin, ich rufe den Oberst und Doktor Eisenbeis. Sie wissen mehr als ich.« Sie erhob sich. »Versprechen Sie mir, im Bett zu bleiben.«

Silena nickte. Ihre Beine spürte sie so gut wie nicht, ihr Nacken war ein Inferno, und wenn sie den Kopf schnell drehte, brauchte das Bild lange, bis es scharf wurde.

Mary verschwand, und keine zwei Minuten darauf standen die Männer an ihrem Bett. Die Mienen sprachen Bände, sie hatten den Tod des Fürsten bereits akzeptiert.

Niemals. »Einzelheiten, Litzow«, sagte Silena und klang zu ihrer eigenen Verwunderung, als stünde sie vor Rekruten und würde sie zum Thema Fliegerei abhören.

»Die russische Kriegsmarine meldete den Abschuss von der Festungsinsel Kronstadt aus. Es wurden Raketenvorrichtungen auf einem Hausdach gefunden«, sagte der Oberst. »Der Zeppelin selbst ging über Oranienbaum und dem Meer nieder. Einige Wrackteile konnten wegen des Wetters nur teilweise geborgen werden. Man fand«, er stockte und musste sich sammeln, »man fand die Leiche des Fürsten. Aufgrund der starken Verbrennungen wurde er durch seinen Mantel identifiziert.«

»Ich glaube es nicht. Ich glaube es nicht! Nicht bevor ich die Leiche selbst gesehen habe.« Silena krallte sich in die Decke, als wäre sie mit Hoffnung gefüllt. »Sie kennen doch sein Glück, Oberst! Vielleicht …«

»Fürstin, bitte, regen Sie sich nicht auf«, unterbrach er sie mit väterlicher Stimme. »Das letzte Mal ist er davongekommen, und ich bin der Letzte, der ihn sich nicht lebendig nach Bilston wünscht. Doch als Soldat und als Ingenieur muss ich mir selbst eingestehen, dass es unmöglich ist, eine solche Katastrophe zu überstehen. Ein solches Glück hat kein Mensch auf Dauer gepachtet.«

»Schweigen Sie, wenn Sie nichts Besseres zu sagen haben«, fuhr Silena ihn an. »Ich will das nicht hören!«

Litzow atmete tief ein. »Fürstin, ich tue das als Ihr langjähriger Freund und nicht, um Sie zu verletzen. Je eher wir uns alle mit dem Verlust vertraut machen, desto besser.«

»Die eisige Nacht, das kalte Wasser, die Höhe des Absturzes«, zählte Eisenbeis dumpf auf. »Dass jemand überlebt, ist aus medizinischer Sicht unmöglich.«

»Er ist nicht tot!«, unterbrach sie ihn wütend. Sie ertrug die Vorstellung nicht, ihn dieses Mal wirklich verloren zu haben. Sie verbot sich die Trauer oder jeden Gedanken an eine Beerdigung. *Ich habe ihn schon einmal zu früh aufgegeben.*

»Man ließ mich wissen, dass die Polizei von einem Anschlag der Drachenfreunde ausgeht.« Litzow kam noch näher zu ihr. »Bitte, vergrößern Sie den Schmerz nicht noch und geben Sie sich keinen falschen Hoffnungen hin.« Er lächelte zurückhaltend, die Schnurrbartenden schossen in die Höhe. »Es gibt jedoch auch einen kleinen Trost. Einen Lichtblick in dieser dunklen Stunde des Verlustes.« Er sah auffordernd zum Arzt. »Doktor Eisenbeis, Sie …«

»*Was*?«, fragte Silena gereizt. »*Was* gibt es noch?«

»Fürstin, Sie müssen in Zukunft darauf verzichten, in eine Maschine zu steigen. Sicherheitshalber«, begann Eisenbeis und lächelte dabei, als sei dies etwas Großartiges. »Luftschiffe sind in Ordnung, wegen ihrer geringen Beschleunigung, aber keine tollkühnen Manöver mehr.«

Silena rieb sich das schmerzende Genick. »Wegen meines Nackens?«

»Nein, Fürstin.« Eisenbeis zeigte auf ihren Bauch. »Ich tastete Sie ab, um innere Verletzungen auszuschließen, und stieß dabei am Unterbauch auf Auffälligkeiten.«

»Was ist mit meinem Unterbauch, zum Teufel?!«

»Für intimere Untersuchungen sollten Sie einen Kollegen von mir aufsuchen. Selmar Aschheim und Bernhard Zondek arbeiten zurzeit an einer neuen Nachweismethode, wie sie mir kürzlich schrieben. Sie nehmen den Urin …«

»Eisenbeis, sagen Sie es ihr!«, fiel Litzow ihm ins Wort.

»Verzeihen Sie, Gynäkologie ist nicht mein Fachgebiet. Doch es besteht die sehr große Wahrscheinlichkeit, dass Sie Mutter werden, Fürstin«, sagte der Arzt in aller Deutlichkeit. »Das Erbe Ihres Mannes wird fortbestehen.«

»Meinen Glückwunsch«, fügte der Oberst hinzu. »Möge Ihnen die Nachricht Kraft geben.«

Die beiden Männer erwarteten gewiss, dass sie ein Anzeichen von Freude zeigte. Doch alles, was sie dachte, war: *Gott, nein! Nicht jetzt!* »Litzow, machen Sie ein Trägerluftschiff klar«, befahl sie ihm wispernd. »Die *Skyguards* fliegen nach Sankt Petersburg und suchen meinen Mann. Und bei der Gelegenheit überwachen wir die Ermittlungen. Ich lasse keine Schlamperei zu.«

»Sehr wohl, Fürstin«, sagte der Oberst und trug seine Enttäuschung über ihre nüchterne, freudlose Reaktion auf die Nachricht offen zur Schau.

31. Dezember 1926, in der Nähe von Kiew, Zarenreich Russland

Lady Ealwhina Snickelway musste den Blick mit aller Macht nach vorn auf den grauen Hinterkopf ihres Fahrers Wassilij gerichtet halten. *Das ist mehr, als ich ertragen kann.*

Rechts und links, abseits der schlaglochübersäten Straße, breitete sich das Schlachtfeld aus, auf dem Menschen gegen Drachen gekämpft hatten. Eine plane, morastige Fläche, ohne Leben, ohne Natur. Einst bearbeitet von Granaten, Bomben und Feuer, hatte die Witterung mit Wind und Regen den Sand glatt gezogen, aus tiefen Kratern waren Mulden geworden.

Es war ein ungleiches Gefecht gewesen, wie die zahlreichen ausgebrannten Fahrzeuge kündeten. Die eisernen Überreste von Lastwagen und Automobilen, Haubitzen und Geschützen ragten skelettgleich aus dem Boden, als wüchsen sie daraus empor. Umherliegende rostende Panzerwracks, sogenannte Tanks, und rußgeschwärzte Flugzeugtrümmer vervollständigten die Impressionen des Gemetzels. Von den Menschen war nichts außer Asche geblieben, die der Wind längst über die Welt verteilt hatte. Ealwhina fuhr durch ein übergroßes Mahnmal.

Und sie hatte ein weiteres Problem: Sie sah die Geister der Toten, als seien es lebendige Menschen!

Hunderte Verbrannte und Verstümmelte in zerfetzten Uniformen irrten auf dem Feld umher, hielten ihre Waffen fest und wussten nicht, wohin sie sollten. Verlorene Seelen, denen der Zugang in eine bessere Welt aus ungewissen Gründen verweigert blieb.

Ealwhina schloss die Augen. *Sie müssen unbedingt Geistliche hierherschicken, um das Feld zu segnen, sonst finden die Toten niemals ihre Ruhe.*

Leises Trommeln gegen Scheiben und Dach setzte ein. Ein heftiger Regen ging auf das Land nieder, das Quietschen der Scheibenwischer erklang.

Eine absolute Ungewöhnlichkeit, denn eigentlich müsste sich der Schnee ein, zwei Meter rechts und links der Straße auftürmen, wie er es bis vor einer Viertelmeile noch getan hatte. Doch je näher sie dem Triglav kamen, desto milder wurde es. Mild im Vergleich zu den Minusgraden, die im übrigen Zarenreich herrschten.

Als sie Wassilij danach fragte, bekam sie die lakonische Antwort, dass die Gegend seit der Schlacht verflucht sei. In Kiew schien man sich mit der ebenso einfachen wie übernatürlichen Erklärung zufriedenzugeben.

Verlorene Seelen haben keine Auswirkung auf das Wetter, dachte sie. *Experimentieren die Russen? Ist es der Weltenstein?*

»Madame, halten Sie Ihren Ausweis bereit«, sagte der Fahrer in gebrochenem Englisch.

Sie musste die Lider heben, um nach dem Dokument und dem Visum zu suchen. Dann schaute sie nach vorne, die schnurgerade Straße entlang.

Eine Meile vor dem, was einst der Triglav gewesen war, tauchte die dritte Kontrollstation der russischen Armee auf. Von hier aus durfte nur derjenige bis zum Denkmal der gefallenen Drachenheiligen weiterfahren, der eine Genehmigung von den zaristischen Behörden erhalten hatte.

Der Geist eines Infanteristen stand mitten auf der Strecke und hob bittend die Hand, als er das Automobil näher kommen sah.

Die rechte Hälfte seines Oberkörpers war von einem Drachenbiss abgetrennt worden, Blut lief aus der Wunde. »Gnade«, wimmerte er. »Gnade! Bringt mich weg von hier. Ich kann nicht …«

Das Automobil fuhr durch ihn hindurch, ohne dass etwas geschah. Ganz dicht huschte er an Ealwhina vorbei, und sie glaubte, das Blut riechen zu können. Es waren nur wenige Sekunden, in denen sich ihre Blicke trafen, doch selten hatte sie eine solch verzweifelte Verlorenheit und den Wunsch nach Erlösung bei jemandem wahrgenommen. Gerade noch rutschte sie zur Seite, seine schmutzige Hand verfehlte sie. Den Ausdruck in den Augen würde sie niemals mehr vergessen. Absichtlich blickte sie nicht aus dem kleinen Rückfenster. *Ich kann euch nicht helfen. Mir ist solche Macht nicht gegeben.*

Nach dreihundert Metern hielten sie vor einem massiven Tor an, dahinter befanden sich zwei weitere Eisenschranken. Sogar ein Lastwagen würde von dem Hindernis aufgehalten werden.

Vier Soldaten kamen aus dem Wachhäuschen durch den strömenden Regen, Tropfen rannen von den Helmen in ihr Gesicht. Einer von ihnen sprach mit dem Fahrer, der seine und Ealwhinas Papiere vorzeigte.

Sie nutzte die Gelegenheit und starrte nach vorn, zu den sich auftürmenden Steintrümmern.

Die Armee hatte einen doppelten Sperrzaun um das Areal gezogen; der Mittelstreifen war vermint, wie ihr gesagt worden war. Überall patrouillierten Wachfahrzeuge, um jeden ungewollten Besucher auf der Stelle zu fangen.

Man könnte meinen, sie möchten etwas verbergen, anstatt zu beschützen. Ealwhina sah zwei große Kasernen, die aus dem Boden gestampft worden waren, auf deren Dächern Geschützkuppeln mit Flugabwehrkanonen und Harpunen saßen. Ihre Informanten hatten ihr zugetragen, dass es von diesen Feuerstellungen zehn Stück gab. Die Tatsache, dass sie keine Geister innerhalb der Bannmeile sah, schien die Annahme ihres Auftraggebers zu bestätigen, dass sich etwas Übersinnliches, Kraftvolles in den Trümmern befand. *So mächtig, dass es das Wetter beeinflusst?* Ealwhina konnte nichts Besonderes an dem Ort erkennen. *Merkwürdige Sache.*

Wassilij drehte den Kopf zu ihr. »Er sagt, dass wir heute die Einzigen wären, die diese Gedenkstätte hier besuchen wollen, und dass sie sich die Umstände deswegen nicht machen wollen. Wir sollen wieder fahren.«

»Welche Umstände?«

»Uns Begleiter mitgeben. Niemand darf ohne Truppen hinein.«

Ealwhina wusste, was die Ankündigung zu bedeuten hatte. Sie langte wieder in die Handtasche und zog ein Bündel britische Pfund heraus. »Das sollte genügen, hoffe ich.« Sie reichte es dem Fahrer, und das Geld landete in den Händen des Offiziers, der es einsteckte und Befehle brüllte.

Aus einer nahen Baracke kamen vier Soldaten angerannt, einer stieg in die Kabine eines geparkten Lastwagens, die drei erklommen die planengeschützte Ladefläche. Brummend startete der Motor, aus dem Auspuff drang dunkler Qualm.

»Unsere Eskorte?«

»Ja«, sagte Wassilij und legte krachend den Gang ein. »Er hat gesagt, wir dürfen ausnahmsweise wegen des schlechten Wetters fahren und müssten nicht laufen. Und wir sollen uns nicht zu lange bei dem Denkmal aufhalten. Die Kantine des Lokals hat nur noch eine Stunde geöffnet, falls wir etwas essen wollen.« Er fuhr los, dem Lastwagen nach.

Ealwhina nahm das Foto hervor, das den Triglav vor seiner Zerstörung zeigte. Ein Berg mit flacher Kuppe, unfreundlich und abweisend. Sie hatte sich erkundigt und Legenden über Hexen, Dämonen und Teufel gefunden, die sich in mondlosen Nächten auf ihm getroffen hatten. Modest Mussorgsky hatte seine »Nacht auf dem Kahlen Berge« dem Triglav gewidmet: wild, stürmisch und düster-feurig klangen die Töne, deren Wirkung sie sich nicht entziehen konnte. Sie hatte es zufällig vor ihrer Reise nochmals im Radio gehört.

Wo sie sich wohl heute treffen? Sie sah auf das hinaus, was die Bomben und chemisch erzeugten Flammen aus dem Ort gemacht hatten, an dem die finsteren Mächte einst miteinander getanzt hatten. Unwillkürlich dachte sie an einen schwarzen Eisberg, der in viele Teile zerbrochen war, dann an Caspar David Friedrichs Bild *Eismeer*.

Einzelne Segmente ragten aufrecht, mit langen Spitzen an den

Enden, als wollten sie markieren, wo der Triglav gestanden hatte. An anderen Stellen lagen die Trümmer unsortiert wie in einem Steinbruch, in dem eben gesprengt worden war. Dann wiederum erkannte sie Elemente, die in ihrer eigentlichen Form erhalten geblieben waren, doch durch die Brandbomben mit einer dicken schwarzen Schicht überzogen waren. *Welch bizarrer Anblick!*

Der Lastwagen fuhr die sehr schmale Straße entlang, vorbei an einem Rasthof, den man für die Besucher errichtet hatte, und geradewegs zwischen den ersten Steinbrocken hindurch, die durch die Wucht der Explosionen davongeschleudert worden waren. Bald wurden die Stücke höher, überragten die Fahrzeuge; sie bildete sich ein, dass es wärmer im Wagen wurde.

Die Armee hatte einen geraden Weg angelegt, der wie durch eine Schlucht führte. Lackspuren an den Wänden zeugten davon, dass nicht jeder Fahrer mit der Enge so gut umgehen konnte wie die Soldaten des Zaren. Wasser rann an den Felsen hinab.

Der Lastwagen hielt auf einem schmalen Parkplatz an, die Soldaten sprangen von der beplanten Ladefläche herab. Der Matsch spritzte an ihren Stiefeln und langen Mänteln hoch. Einer winkte schlecht gelaunt zu ihrem Wagen.

»Warten Sie«, sagte Ealwhina. »Es reicht, wenn ich nass werde.« Sie stieg aus, spannte den Schirm auf und watete durch den Morast zu ihren Begleitern. *Es ist wirklich viel wärmer. Die Steine scheinen die Hitze der Phosphorbomben gespeichert zu haben.* Sie hatte für ihre Erkundung pragmatische Kleidung gewählt: einen kurzen grauen Rock mit schwarzen Stiefeln und Gamaschen, die bis zu den Oberschenkeln reichten und vor Schmutz schützten. Darüber trug sie einen braunen Kurzmantel und einen weißen Hut mit schmaler Krempe.

»Dawai, dawai«, sagte einer der Soldaten und zeigte auf den einen Schritt breiten Pfad, der mit Bruchstücken ausgelegt und somit schlammfrei war. Er tippte sich gegen das linke Handgelenk als Zeichen, dass er keine Zeit und Lust hatte, lange im Regen zu stehen.

Ealwhina lächelte ihm zu und betrat den Weg. Er wand sich an den größten Steinstücken vorbei und führte zu dem Ort, an dem das Denkmal für die gefallenen Drachenheiligen errichtet worden war. Sie sah den ausgetretenen Platten an, dass schon viele Menschen darübergegangen waren. Bei ihrer Vorbereitung hatte sie auch von Wunderheilungen gelesen, die sich immer wieder sporadisch ereigneten. Die Besucher pilgerten in Scharen an den Ort des massenhaften Todes, als sei es Lourdes oder eine weitere, wesentlich schönere Stätte des Glaubens.

Hinter ihr marschierten die Soldaten; Teile ihrer Ausrüstung schlugen im Takt metallisch aneinander, Leder knirschte, und sie vernahm die leise Unterhaltung der Männer.

Streng dich an. Ealwhina lief den Weg immer weiter; dabei suchten ihre sensiblen, empathischen Antennen nach Hinweisen auf Übernatürliches.

Sie war ein Medium im allerklassischsten Sinne, das nicht mit Ektoplasma um sich warf und Dinge bewegte oder Séancen abhielt. Sie sah die verlorenen Seelen um sich herum, ohne welche heraufbeschwören zu können. Sie vermochte mit ihnen zu kommunizieren, aber nicht, ihnen zu befehlen. Im Grunde betrachtete Ealwhina die Geister als Menschen, deren Leib gerade durchscheinender, heller war. Anfangs hatte sie Geister und Menschen noch verwechselt. Nachts fiel die Unterscheidung wesentlich leichter.

Und sie hatte die Fertigkeit erhalten, verlorene Dinge aufzuspüren. Sie wusste nicht, wie es funktionierte, aber die Erfolge bei der Wiederbeschaffung von Gegenständen und dem Auffinden von Menschen und Tieren sprachen Bände und hatten sie zumindest in York bekannt gemacht. Ein gutes Geschäft. Dann gab es da noch ein paar andere kleine Tricks, die mehr mit dem menschlichen Verstand zu tun hatten.

»Dawai!«, wurde ihr ungehalten zugerufen. Ealwhina ging den Soldaten zu langsam.

»Da«, rief sie zurück und hob den Arm. *Jetzt schwitze ich auch noch! Es sind mindestens zehn Grad über Null.*

Vor ihr führte der Weg zu einer geräumten Fläche von zehn mal zehn Schritten. Genau im Zentrum erhob sich ein Podest mit einem überlebensgroßen Standbild. Dargestellt waren verschiedene Drachenheilige, die gemeinsam einen Geschuppten erlegten. Einer von ihnen schwenkte triumphierend eine Fahne mit einem

Kreuz darauf. Am Rand hatte man einen russischen Soldaten eingebaut, der ihnen zujubelte.

Eine merkwürdige Art, den verstorbenen russischen Soldaten zu gedenken. Ealwhina mochte die übersteigerte Darstellung und Selbstbeweihräucherung des Officiums nicht. Sie ging näher an das Denkmal heran und senkte den Kopf, ein Gebet imitierend. Dabei intensivierte sie ihre Bemühungen, eine Spur vom Weltenstein zu erfassen.

Nichts.

Ich muss mich frei bewegen können. Sie drehte den Kopf und warf ihren ungewollten Begleitern einen entschuldigenden Blick zu. »Prasstiti pashalussta«, sagte sie laut und sehr freundlich, um die Aufmerksamkeit der drei auf sich zu ziehen. Die Soldaten sahen sie an. Ealwhina nutzte ihre manipulatorischen Kräfte, um das Bewusstsein der Männer zum Schlafen zu bringen, während die Körper aufrecht standen und sich nicht mehr bewegten.

»Spasiba.« Ealwhina ging auf den Vordersten zu und klemmte ihm den geöffneten Schirm unter den Arm, sodass er vor dem Regen geschützt war. Ein kleiner Trick, der jedoch von begrenzter Dauer war. Eile tat not.

Sie schritt an ihnen vorbei und erklomm die kleineren Brocken, kletterte von da weiter und immer höher, bis sie einen recht guten Überblick besaß. Die Steine fühlten sich kalt an, sie waren für die unnatürliche Wärme nicht verantwortlich, und trotzdem traf der Ausdruck frühlingshaft zu. *Zeig dich, Weltenstein!* Sie schloss die Augen und breitete die Arme aus. *Zeige dich!*

Ohne die permanente Störung durch die Soldaten gelang ihr das Konzentrieren wesentlich besser.

Sie empfing viele übersinnliche Impulse, die jedoch gleicher Natur waren und aus einer Ecke der Trümmerlandschaft zu ihr drangen. Es fühlte sich nicht gut an und war in etwa vergleichbar mit einer Melodie von einer Schelllackplatte, auf der die Nadel vor und zurück sprang und die mit Kratzern durchzogen war … Nein, bei der ganze Stücke fehlten!

By Jove! Er ist zerbrochen! Vielleicht konnte ihr Auftraggeber etwas mit den Splittern anfangen, sofern ihr der inzwischen verstorbene Charles Tourant De Bercy die Wahrheit sagen würde. Aber ihre Freunde im Keller des *Golden Fleece* hatten ihm bestimmt alles an Informationen entrissen, was sie wissen wollte.

Ealwhina sah nach den Soldaten, die erstarrt verharrten. *Gut. Aber lange werde ich sie nicht mehr damit halten können. Beeilung!* Mit großen Sprüngen, die sie viele Schritte weit durch die Luft und von Stein zu Stein trugen, überwand sie die Distanz zu der Stelle, von der sie die stärkste Schwingung erhielt. Und je näher sie kam, desto intensiver wurde sie.

Über dem Ort angekommen, hüpfte sie die vierzig Schritte in die Tiefe und landete zwischen den Ruinen einer Behausung. Ein weiterer kleiner, wenn auch anstrengender Trick, den nur sie beherrschte. Behauene Steinblöcke, Metallscharniere und Holzsplitter lagen herum. Offenbar hatte sich eine Festung auf dem Triglav befunden.

Sie hielt die Hände ausgestreckt, als fühle sie nach Temperaturschwankungen oder einem Luftstrom.

Schwingungen trafen sie, mal leichte, mal heftige, vergleichbar mit den verschiedenen Schallwellen, die unterschiedliche Instrumente verursachten: druckvoll, schmeichelnd, kaum wahrnehmbar, dann wieder kräftig. Sie verfolgte das intensivste Vibrieren. Tatsächlich wies ihr dieses Empfinden den genauen Weg.

Hoffentlich finde ich die Stücke recht weit oben. Sie wühlte sich durch den Schutt, so gut es ihr möglich war.

Dann hielt Ealwhina einen menschlichen Schädel in den Fingern; seine Abstrahlung war unglaublich stark. Vorsichtig drehte sie ihn und hörte ein leises Klappern, als säße in seinem Inneren ein loses Teil.

Heraus mit dir! Sie schmetterte ihn mit Macht gegen den Fels, sodass die Knochen zersprangen. In den weißen Stücken auf ihrer Hand sah sie eine murmelgroße Kugel, die von letzten Geweberesten umhüllt war. Rasch rieb sie das verrottete Fleisch ab.

Es sah unscheinbar aus: beschmutzter, ungeschliffener Bernstein mit Einschlüssen darin. *Was immer du bist, ich nehme dich mit.* Hastig steckte sie den Fund in die Tasche und suchte weiter. Sie spürte die Kraft, die von der Kugel ausging, tatsächlich als intensive Wärme, die über die schwache Hitze eines einfachen Feuerchens hinausging.

Dann fand sie größere, teils polierte Splitter in der gleichen Farbe wie die Murmel und mit deutlichen Brandspuren daran. Die schwache Kraft, die sie verbreiteten, stand nicht im Vergleich zur kleinen Kugel.

Habe ich alles, an das ich so ohne Weiteres gelangen kann? Sie konzentrierte sich erneut auf die Schwingungen. *Da!* Ganz leichte Wellen schlugen gegen sie und verrieten ihr den Standort von weiteren Teilen. Mehr an Abstrahlung konnte sie nicht spüren. Wenn es weitere Fragmente gab, lagen sie zu tief unter dem Geröll vergraben.

Ihr gelang es, die größten Splitter auf die Schnelle zu bergen. Anschließend säuberte sie die Finger in einer Pfütze und kehrte zu den Soldaten zurück.

Ob es jetzt anfängt zu schneien? Habe ich unter Umständen das magische Gefüge des Ortes verändert? Ealwhina sah hinauf zu den Wolken und nahm den Schirm in dem Augenblick an sich, als der Soldat mit den Augen zwinkerte und sie groß anstarrte. Seine Freunde benahmen sich ähnlich: Sie musterten sich, die Waffen, die sie in den Händen hielten, die Umgebung, als seien sie aus einem Tagtraum erwacht und zum ersten Mal an diesem Ort. Keiner von ihnen wagte es, eine Frage zu stellen.

»Nitschiwo straschnawa«, sagte sie herzlich lächelnd und zeigte auf den Weg. »Dawai?« Sie lief los. Verunsichert folgten ihr die Männer.

Ihre Suche war zumindest in Teilen erfolgreich, und das im wahrsten Sinn des Wortes. Den eigentlichen Weltenstein als Ganzes gab es nicht mehr, und seine restlichen Splitter lagen so tief unter den Tonnen von Gestein, dass niemand an sie herankam. Es wäre die Suche nach der Nadel im Heuhaufen. Zudem besaßen sie vernachlässigbare Energie – im Gegensatz zu dem, was sie aus dem Schädel geholt hatte.

Was mir wohl De Bercy zu erzählen hat? Ealwhina war neugierig, für wen die Überreste des Artefakts in Wahrheit bestimmt waren. *Spätestens wenn ich ihn bearbeite, wird er die Wahrheit herausschreien.*

Die Temperatur sank, wie sie glaubte, und sie streckte die Hand aus, um die Tropfen auf die blanke Haut zu bekommen: Der Regen kühlte ab.

VI.

31. Dezember 1926, Rhossili, County Glamorgan, Provinz Wales, Königreich Großbritannien

Die Bucht von Rhossili sah von der *LS II Lena* aus betrachtet malerisch aus. Trotz des Winters wirkten der Strand, die grünen Dünen und sogar das Meer, als könnte man sich in Badekleidung ins Wasser stürzen, ohne innerhalb weniger Minuten zu erfrieren. Der Sonnenuntergang tauchte die vereinzelten Wolken in dunkles Rot.

Die *Lena* war der Flugzeugträger der *Skyguards.* In ihrer großen, zweistöckigen Gondel befanden sich ein Hangar für vier Maschinen, Ersatzteile, Treibstoff, Unterkünfte sowie Proviant für vierzig Personen. Dazu war sie vom Bug bis zum Heck eine waffenstarrende Festung, die sich mit Maschinengewehren, Geschützen und Harpunen gegen Drachen und irdische Gegner zu verteidigen wusste. Auf knapp tausend Metern näherte sie sich dem Ziel.

»Da vorne, dieser Felsausläufer im Meer, ist der *Worm's Head*, Fürstin«, sagte Litzow und überwachte die Anzeigen des Luftschiffs mit einem schnellen Blick. Flughöhe und Gasdruck in den verschiedenen Kammern des Tragkörpers waren in Ordnung. Regen hatte die Außenhaut der *Lena* getränkt und schwerer gemacht, was sie mit mehr Motorenleistung und Heliumsteigerung kompensierten.

Außer dem Oberst, dem Steuermann und Silena befanden sich zwei weitere Offiziere auf der Brücke, deren Aufgabe es war, den Kurs am Kartentisch abzugleichen, den Horizont und das Wetter zu beobachten.

»Die Stadt davor ist Rhossili, oben, über der Bucht.« Litzow zeigte nach links, wo ein Hangar und ein großes Gebäude standen. »Gleich daneben ist die Basis von *Havock's Hundred.*« Er sah Silena besorgt an. »Sie sind blass. Wollen Sie sich nicht lieber …«

»Danke, Oberst«, lehnte sie kühl ab. Es tat ihr leid, dass sie ihn wie einen Rekruten abkanzelte, aber ihr war nicht danach, sich hinzulegen oder einen anderen guten Ratschlag zu befolgen. Sie konnte nicht einmal die traumhafte walisische Landschaft genießen. Im Sommer musste es in Rhossili noch herrlicher sein, ein Paradies für die Liebhaber von Natur, Spaziergängen und Meeresrauschen.

Es machte für sie keinen Unterschied, ob sie auf Gras oder auf verbranntes Land starrte. Sie hatte nur Grigorij im Kopf. Die Hoffnung, ihren Mann lebend vor wem auch immer zu retten, rang schwer mit der Vernunft. Niemand überlebte einen solchen Absturz.

Und ich habe mich auch noch vor seiner Abreise mit ihm gestritten! Sie legte die rechte Hand auf den Bauch. Noch war er unter ihrer schwarzroten Uniformjacke schlank, aber bald würde er wachsen und sich zu einer Kugel wölben. Der Nachfahre eines Drachenheiligen reifte in ihr zu einem äußerst ungelegenen Zeitpunkt.

Grigorij hätte sich über die Nachricht so sehr gefreut. Sie schluckte, rang mit den Tränen und rieb mit der anderen Hand den Nacken, wo die Narbe zog. So schnell hätte sie früher nicht zu weinen begonnen. Wenigstens hatte sie endlich eine Erklärung, weswegen ihre Stimmungen so sehr schwankten.

»Hier *Havock's Hundred* Bodenkontrolle«, kam es aus dem Funkgerät. Der Stimme nach war es die Anführerin selbst, die zu ihnen sprach: Leída Havock. »Wir freuen uns über die Ankunft der *Skyguards*. Ist Zadornova auf der Brücke?«

Silena bekam die Sprecheinheit vom Offizier gereicht. »Ich bin da, Leída«, sagte sie und räusperte sich. Die Stimme war belegt. »Schön, dass wir uns sehen.«

Die Frau lachte »Ja, wer hätte gedacht, dass *wir* das mal sagen? Es müssen schon wieder Wochen seit dem letzten Tee vergangen sein.«

»Ich freue mich sehr.« Silena musste wieder schlucken. »Wir haben einiges zu besprechen, und ich habe eine Bitte.«

»Was immer es ist«, sagte Leída sofort, »ich helfe dir. Alles Weitere, wenn ihr hier seid. Over?«

»Over.« Sie gab die Sprecheinheit an den Offizier zurück.

Silenas Gedanken schweiften zurück zu dem Zeitpunkt, als sich die Frauen kennengelernt hatten.

Leída hatte nach dem Tod ihres Bruders die Drachenjäger-Einheit übernehmen müssen, während Silena noch zum Officium Draconis gehört hatte. Aus den Rivalinnen waren am Triglav Freundinnen geworden. Man besuchte sich gelegentlich, tauschte bei Tee und Sandwiches Erfahrungen in Sachen Drachenjagd aus.

Und sie sah Cyrano vor sich, den erweckten Gargoyle. Einst war er eine lebendige Kreatur und ein Diener der Drachen gewesen, bis die Drachen alle Gargyoles verflucht und zu Stein gemacht hatten. Einige von ihnen, darunter Cyrano, waren durch eine Fügung von dem Zauber befreit worden und verfolgten ihre ehemaligen Gebieter mit unbändigem Hass. Er hatte sich mit drei weiteren seiner Art Leída angeschlossen, um die Geschuppten zu vernichten.

Ob er und Leída sich lieben? Silena glaubte, Anzeichen dafür bemerkt zu haben: Blicke, Berührungen, die Stimmlage. Aber welche Zukunft hatte eine solche Beziehung zwischen einem erwachten Stein und einer Frau aus Stahl? Sie lachte bitter auf. *Eine bessere als meine mit Grigorij*, beantwortete sie sich die Frage und kämpfte schon wieder gegen das Weinen an. *Meine Güte. Hoffentlich hört diese Geflenne bald auf!*

Der Landeanflug der *Lena* begann.

Auch wenn es inzwischen elektrische Hilfsmittel zur Überwachung der Motorgondeln, Funkpeilung für die Navigation oder Funkgeräte mit mäßiger Reichweite gab, um sich mit dem Boden zu verständigen – die Reise hatte immer noch etwas von einer Fahrt mit einem alten Schiff. Es war viel Hand- und Kopfarbeit zu bewerkstelligen. Das Luftschiff ließ minimal Treibgas ab, die sechs Propeller verringerten ihre Umdrehungen, und sie schwebte langsam dem Feld entgegen. Das Helium in den Kammertanks der Traghülle würde den Verlust vor dem Start wieder ausgleichen. Die regenschwere Außenhülle sorgte für ein rasches Absenken.

Eine Bodenmannschaft stand bereits parat, um die dicken Anlegeseile der *Lena* mit den Haltevorrichtungen zu verbinden. Über Motorwinden und Ketten würde das Luftschiff sicher auf der Erde vertäut und gegen das Abdriften geschützt werden. Anleinen nannten sie das.

Ihre brennenden Augen, die sie abwesend auf den Horizont gerichtet hatte, registrierten eine schnelle Bewegung am Himmel. Sie wischte hastig darüber und nahm das Fernglas vom Instrumententisch.

Ein kurzer Blick genügte ihr, das einzelne Flugzeug zu erkennen, das von Osten angeschossen kam. *Eine Spad XIII!* Es mochte nichts weiter zu bedeuten haben, dass sich eine Maschine der Royal Air Force hierherbewegte. Vielleicht hatte der Pilot eine vertrauliche Nachricht dabei und war ihnen hinterhergesandt worden. Doch Silenas Eingebung hatte noch eine weitere Version parat. »Oberst, Schiff klar zum Gefecht«, sagte sie, ohne das Glas zu senken.

»Aye, Fürstin«, antwortete Litzow, und sie hörte, dass er salutierte, bevor er ihre Befehle weitergab; zwei Sekunden danach hallten die Sirenen. Keine Fragen, kein Zweifel an ihrer Entscheidung. Er vertraute ihr.

Die Spad näherte sich.

Silena suchte nach einem Zeichen – und fand es: ein Brandfleck am Heck, den ihre Leuchtkugel hinterlassen hatte. Sie musste die Beharrlichkeit des Attentäters bewundern. Er hatte sie garantiert nach dem missglückten Angriff bei Dover verfolgt und gehofft, eine bessere Gelegenheit zu bekommen. Anscheinend hatte er Angst davor, bald gegen zwei Luftschiffe antreten zu müssen, und wagte nun das Unmögliche. *Er erwischt uns mitten im Landemanöver. Der Pilot hat mehr vor, als zu schießen.*

»Die Backbordschützen sollen die Spad auf Abstand halten, Oberst. Wenn sie mich mit einer einzelnen Maschine in einem überlegenen Luftschiff angreifen wollen, haben die Drachenfreunde was dabei, das der *Lena* gefährlich werden kann.«

Litzow hob sein Fernglas und sah nach dem Flugzeug. »Sollen wir unsere Maschinen starten?«

»Das kläre ich mit Leída. Wir landen.« Sie rief die Bodenkontrolle und erklärte, dass es sich bei der Spad trotz ihrer Kennzeichnung nicht um ein Flugzeug der *RAF*, sondern um einen Gegner handelte.

Leise hörte Silena das gedämpfte Röhren der Maschinengewehre aus den Geschützkanzeln, die entlang und unter der Gondel sowie auf dem Tragkörper saßen. Selbst in den Antrieben hatten sie synchronisierte Bewaffnung, die durch die sich drehenden Propeller zu schießen vermochte.

Für die Spad bedeutete der Anflug ein sinnloses Experiment: Es war, als wolle man rasend schnell durch Regen fliegen und hoffte dabei, nicht von einem Tropfen getroffen zu werden.

Du hast nicht damit gerechnet, dass wir auch Geschütze in den Motoren haben, was? Silena besah sich das Spektakel. *Verrecke, Drachenfreund!*

Jede zehnte Patrone war ein Leuchtspurgeschoss, damit die Schützen besser sahen, wohin ihre Salven gingen. So entstand der Eindruck, dass die *Lena* mit dünnen Scheinwerfern nach dem Doppeldecker leuchtete. Dort, wo das vermeintliche Licht auf den Flieger traf, zeigten sich Löcher.

Die Spad hatte zunächst unbeirrt auf die Breitseite der *Lena* zugehalten, aber das massive Sperrfeuer war zu beeindruckend. Sie drehte ab und ging in den Bodenangriff über.

»Aufpassen!«, rief Silena in die Sprecheinheit. »Sie kommt zu euch!«

Die Spad schoss auf die Flugzeuge der *Havock's Hundred*, die eben auf die Startbahn rollten. Ihre MG-Garben zerlegten die Maschinen und Piloten im ersten Überflug; dann erfolgte eine Detonation im Hangartor, Flammen stiegen empor. Der Gegner hatte eine Handbombe abgeworfen.

»Helium ablassen«, befahl Silena. »Oberst, holen Sie mir die Spad sofort vom Himmel.«

»Aye.« Litzow gab Anweisungen an die Offiziere, und die Lena sank ruckartig und schnell; dazu orgelten die Motoren und drückten die Nase tiefer nach unten.

Die Spad flog im Zickzack, unter ihr explodierten weitere Bomben und legten Brände. Anscheinend wollte der Feind größtmögliche Verwüstung bei den *Havock's* anrichten, da er an die *Lena* nicht heranreichte.

Silena sah brennende Punkte, die am Hangar umhertaumelten. Menschen starben in dem Feuer. »Litzow!«

Die Spad flog mitten in eine MG-Salve der Verteidiger hinein, und der Motor löste sich in einer weißen Wolke auf. Gleichzeitig wurde das Heck von einem Lichtstrahl der *Lena* getroffen, der sich bis zur Kanzel vorarbeitete und den Menschen darin in Fetzen schredderte.

Führerlos und ohne Antrieb sackte der Doppeldecker nach unten und krachte in das Hauptgebäude.

Die wuchtige Explosion, die beim Einschlag erfolgte, konnte nicht allein vom verbliebenen Treibstoffvorrat kommen. Nach dem Blitz fiel der rechte Flügel des Bauwerks in sich zusammen, ein schwarzer Qualmpilz stieg in den dunkler werdenden Himmel auf.

Die Maschine hatte noch mehr Bomben dabei! Silena sah hohe Flammen in den Himmel steigen, und eigentümlicherweise trudelten unzählige Federn von zerfetzten Decken durch die Luft, als sei ein Entenschwarm in die Luftschiffrotoren geraten.

Mit einer weiteren Detonation wurden brennende Menschen aus dem zerstörten Gebäude geschleudert. Betten und Schränke stürzten ins Freie, Habseligkeiten verteilten sich am Boden und zwischen dem Schutt. *Gott sei ihrer Seele gnädig.* Dieses Mal ließ Silena ihre Tränen fließen.

»Zur Hölle mit den Drachenfreunden«, knurrte Litzow angesichts des Infernos, das um sie herum tobte, und fing den Sinkflug des Luftschiffs sanft ab.

Umgeben von Vernichtung und Flammen, landete die *Lena*.

»Verdammte Arschlöcher!«

Silena zuckte nicht einmal mit der Wimper, als Leída den Fluch mit Inbrunst ausrief. Sie hätte sicherlich nichts anderes von sich gegeben, wenn ihrem Stützpunkt in Bilston dieses Schicksal widerfahren wäre. Sie war erleichtert, dass der Drachenfreund es nicht versucht hatte. Vermutlich wusste er um den Bunker, den eine Bombe nicht erschüttern konnte. Es blieb das Gefühl von Schuld, den Attentäter zu ihrer Freundin gelockt zu haben.

Die beiden ungleichen Frauen standen im Freien, zwischen Hangar und Hauptgebäude. Leída steuerte die Lösch- und Bergungsarbeiten, zu denen sogar die Feuerwehr und freiwillige Helfer aus Rhossili gekommen waren. Die *Lena* schwebte bereits wieder mit einer Notbesatzung in der Luft und übernahm die Sicherung, falls die Drachenfreunde eine weitere Fliegerattacke planten. Der Rest der *Skyguards* half am Boden.

Silena hatte die Schäden gesehen und wusste, dass das Gebäude neu errichtet werden musste. »Es tut mir leid.« Sie presste die Lippen fest zusammen. »Er war mir auf den Fersen, und jetzt habe ich dafür gesorgt, dass …«

»Dich trifft keine Schuld.« Leída trug einen Mantel aus braunem Leder mit einem weichen Lammfellkragen, darunter einen schwarzblau gestreiften Männerpyjama und Lederschaftstiefel. Über die linke Gesichtshälfte fielen lange, blonde Strähnen kinnlang herab, damit man die Verbrennungen durch Drachenfeuer nicht sah. Sie war einst eine bildhübsche Frau gewesen. »Sie wären so oder so zu mir gekommen.«

»Nicht, wenn ich ihn über dem Ärmelkanal ausgetrickst hätte«, gab sie zurück.

Leída sah ihr lange in die Augen. »Dann wäre ein anderes Kommando gekommen und hätte seine Sprengsätze möglicherweise heimlich angebracht. Auf die Art hätte es noch mehr Tote gegeben.« Sie legte ihr die rechte Hand auf die Schulter. »Es ist gut, dass du da bist. Und sobald ich das Chaos einigermaßen im Griff habe, begleite ich dich nach Sankt Petersburg.« Sie sah auf ihre Armbanduhr. Die kräftigen Hände hätten ebenso einem Ausbeiner gehören können. »Schätzungsweise sollte es in den Morgenstunden so weit sein.«

Silena machte ein erstauntes Gesicht. »Woher weißt du …«

»Wohin solltest du sonst wollen? Auf Drachenjagd? Ich weiß, was Grigorij zugestoßen ist, es stand in den Zeitungen und kommt als eigene Meldung sogar im Radio.« Sie sah zur *Lena* hinauf. »Mir ist nicht ganz klar, warum du mich brauchst. Dein Luftschiff ist eine Festung.«

»Ich möchte Eindruck machen. Der Zar soll sehen, dass ich nicht gewillt bin, ihm etwas zu verzeihen, falls er in den To… in den Abschuss verwickelt ist.« Silena blickte ihre Freundin ernst an. »Ich lege mich womöglich mit einem mächtigen Herrscher an, Leída.«

Sie grinste. »Mächtiger als ein großer Geschuppter kann er nicht sein, und von denen habe ich inzwischen zehn erlegt. Ich fürchte mich vor keinem Mann, Zar oder nicht.« Auf einen Ruf ihrer Leute hin wandte sie den Kopf nach rechts; der Feuerschein beleuchtete die Haarsträhnen und drang hindurch. Schwach erkannte Silena die schrecklichen Verbrennungen, die ihr unheilbare Narben hinterlassen hatten. »Hey! Nein, nicht *den* Sand! Den *feuchten* Sand! Der andere schmilzt. Ich hatte nicht vor, eine gläserne Landebahn zu errichten!« Leída drehte sich wieder zu Silena. »Was, wenn der Zar nichts damit zu tun hat?«

»Dann werden wir die Drachenfreunde jagen. Wer könnte sonst dahinterstecken?« Silena vermochte nicht in Worte zu fassen, wie froh sie über den Beistand war. »Diese Verbrecher müssen zur Strecke gebracht werden.«

»Dein Mann hatte schon viele Feinde.« Leída brüllte weitere Anweisungen. »Kämen vielleicht Geschuppte für den Anschlag infrage? Die Altvorderen und ihre Handlanger?« Dann grinste sie. »Nein. Wir haben sie ja so gut wie ausgerottet.«

»Das denkt das Officium auch.« Rasch berichtete Silena der Freundin vom Zusammentreffen mit Brieuc. »Sie sehen sich am Ziel ihrer Wünsche.«

»Sie *dachten* es zumindest, bis die Drachenfreunde sie angegriffen haben.« Die blonde Drachenjägerin, deren breites Kreuz sich mit dem eines Mannes messen konnte, verzog das Gesicht. »Aber die Viecher sind deutlich weniger geworden.« Sie wies auf den Hangar, aus dem noch immer starker Rauch quoll. »Kümmerst du dich mit deinen Leuten darum? Ich würde gern aus dem Haus retten, was noch zu retten ist, ehe die Mauern zusammenbrechen.«

»Ist gut.« Silena eilte los. Dabei fiel ihr auf, dass sie Cyrano nicht gesehen hatte. Weder ihn noch andere Gargoyles. Sie wandte sich um, um Leída nach ihnen zu fragen, aber die Freundin war schon verschwunden, um die Bergung zu koordinieren.

31. Dezember 1926, nahe der Ortschaft Ruhtin, County Denbighshire, Provinz Wales, Königreich Großbritannien

Ddraig mochte das verträumte Clwyd-Tal mit seiner sanften Auenlandschaft und den verstreuten Dörfern.

Es war kühl, sanfter Nebel schwebte über dem morgendlichen

Fluss und sickerte in die Umgebung. Der roten Drachin am nächsten lag Ruthin, die kleine Ortschaft mit der verfallenden Burg aus rotem Sandstein, die sich wie einige der ältesten Häuser auf dem Hügel befand; die neueren Gebäude ordneten sich um die Erhebung an.

Seit vielen Hundert Jahren kam sie hierher und genoss die Landschaft und deren Verschwiegenheit, die Magie des Nebels. Alles verlief hier langsamer und weniger modern. In vielen Meilen Umkreis gab es niemanden, der sich ein Automobil leisten konnte, geschweige denn überhaupt eines wollte. Fortschritt herrschte woanders.

Seit Neuestem führten Ddraig zusätzlich zu der Ruhe jedoch auch ihre Gelüste in den südlichen Teil des Tals.

Sie hob den Kopf, sog die Luft ein. Ganz in der Nähe hatte sie die Witterung eines jungen Bullen aufgenommen. *Wo ist mein Schöner? Weit kann er nicht sein.* Sie strich das Flussufer entlang.

Außerhalb der Paarungszeit hatte sie ihn schon einmal gestellt und ihm in einem kurzen, heftigen Kampf deutlich gemacht, dass es ihr Land war, auf dem er sich bewegte. Das war vor fünfzig Jahren gewesen. Sie benötigte keine Geschuppten, die Angst und Schrecken unter der Bevölkerung verbreiteten, schon gar nicht in ihrer Heimat Wales.

Heute durfte er Schonung erwarten. Zumindest, was das Kämpfen anging. Ihr stand der Sinn nach anderen Dingen.

Dabei ärgerte sich Ddraig über diese Phase, die sie alle paar Jahre befiel. Sie wurde unaufmerksam, reizbar und viel zu empfänglich für Ablenkung durch die Bullen. Aber sie konnte sich bei aller Schläue und trotz des Wissens, was in ihr vorging, nicht dagegen wehren. Es lag in ihrer Art.

Wieder schnupperte sie und bekam eine frische Spur. *Er riecht gut. Sehr gut! Und stark.* Ddraig beschleunigte ihren Lauf.

Für sie, die sich lieber in der Luft bewegte als am Boden, bedeutete es ein Zugeständnis, sich mit einem Laufdrachen einzulassen. Normalerweise hielt Ddraig sie für unter ihrer Würde, aber sie musste Abstriche machen. In Wales gab es keinen Flugdrachen, der ihr ebenbürtig war. Der Bulle in Schottland war vor ihr geflüchtet. Und in ihren neuen skandinavischen Gebieten kannte sie sich noch nicht genügend aus, um sich auf Brautschau zu begeben.

Er sollte gut aussehen, mindestens so gut, wie er riecht. Ddraig blieb stehen und witterte ein weiteres Mal, senkte den Kopf tiefer, immer weiter auf die Oberfläche des Clwyd zu, in dessen Wellen sie sich verzerrt spiegelte. Es dauerte, bis sie verstand, dass es nicht ihr Gesicht war, das sie erblickte. Sie wich zurück und hielt sich bereit.

Der Drachenbulle tauchte schnaubend und fauchend aus dem Clwyd auf. Dampfwolken stiegen auf und mengten sich unter den Nebel. Das Wasser rann über sein hellgelbes Schuppenkleid und plätscherte in den Fluss zurück. Die Farbe wurde den Hals hinauf dunkler, sodass der Kopf in sattem Gelb gehalten war. Ddraig schätzte ihn auf elf Schritt Länge; auf dem Schädel saßen neun Hörner, drei davon überragten die anderen.

Er sah sie aus blauen Augen an, musterte sie vorsichtig. Seine Nüstern blähten sich, und er öffnete die flache Schnauze, um ihr zur Einschüchterung sein kräftiges Gebiss zu zeigen.

»Was willst du in meinem Tal?«, fuhr er sie an. Klickend richteten sich die Schuppen entlang des Kamms auf, und er hob die Vorderläufe mit den handähnlichen Klauen leicht aus dem Wasser.

Oh, er sieht wirklich gut aus. Ddraig versuchte, ihre Begeisterung für ihren Fund zurückzuhalten. Sie wollte es ihm nicht zu leicht machen. »Dein Tal?«, gab sie peitschend zurück. »Du weißt, wer vor dir steht?« Sie breitete ihre Schwingen aus und richtete sich auf. »Ich erteile dir gern eine weitere Lektion!«

»Y Ddraig Goch!«, entfuhr es ihm. »Verzeiht, dass ich Euch so unpassend grüßte, Altvordere.« Er neigte das Haupt. »Ich bin Gwalchgwyn, o Beherrscherin von Wales und Gebieterin über Großbritannien.« Mit einem listigen Augenaufschlag fügte er hinzu: »Nur dieses Tal, das gehört mir. Aber ich schwöre bei meinem Schweif, dass ich es in Eurem Namen verwalte.«

Schon besser. Er leistet Widerstand. Sie hatte schon enttäuscht sein wollen, da er sofort vor ihr kuschte. Aber er ließ sich offenbar nicht ganz so leicht von ihr beeindrucken. Gwalchgwyn hatte längst gerochen, weswegen sie hier war. Das Spiel begann.

»Du denkst, du wärst imstande, es gegen jegliche Bedrohung zu verteidigen?«, schnarrte sie sanft und lachte ihn aus. »Du magst ein

Drache sein, aber du bist noch sehr jung. Was wäre, wenn der Franzose seine Drachen schickte? Wie geschickt bist du im Kampf?«

Gwalchgwyn stieg langsam aus dem Fluss; er wusste um die Anziehungskraft, die von ihm ausging. Das Wasser glitt von seiner Panzerung und rann auf die Erde, und Ddraig bewunderte das Spiel seiner Muskeln. Für einen Laufdrachen war er ungemein hübsch und wohlgestalt. »Wie soll ich mich Euch beweisen?«

Vor einem halben Jahrhundert wirktest du noch wie ein Kind. Gut, dass ich gewartet habe. »Ich denke nicht, dass du es vermagst, einen Baum mit dem Schweif zu teilen«, sagte sie und sah ihn lockend an.

Gwalchgwyn schnaubte und bot ihr seine breite Brust. Der Schweif zuckte, beschrieb einen leichten Bogen und schoss mit einem hellen Pfeifen herab. Sie sah, wie sich sein Leib spannte, um den nötigen Druck aufzubauen.

Es krachte, als das Ende einschlug und in das Holz fuhr. Zu ihrer hellen Begeisterung spaltete er eine Weide – und zwar der Länge nach! Während sie zerbrach, drosch er nochmals zu und kappte sie knapp über den Wurzeln. Rumpelnd fiel der Baum nieder. Mit einem dritten Schwanzschlag beförderte er den Stumpf aus der Erde. Die dicken Wurzeln rissen einfach ab, ohne der Kraft etwas entgegensetzen zu können.

»Genügt Euch das, Altvordere?«, fragte er in einem Tonfall, der durchscheinen ließ, dass er um seine Stärke wusste.

»Es ist gut zu sehen, dass du kein schwaches Exemplar bist.« Ddraig blickte zum Clwyd. »Was suchtest du im Wasser? Wolltest du dich darin verstecken?«, neckte sie.

»Nein, Altvordere. Ich mag es nur nicht, zu schmutzig zu sein«, erklärte er. »Ich war lange Zeit auf Wanderschaft, um mein Gebiet zu erweitern, und der Dreck vieler Meilen haftete an mir.« Er kam auf sie zu, der Gang war kraftvoll und männlich. »Mag sein, dass ich Euer Kommen ahnte.«

Ddraigs Augen glommen auf und verrieten ihr Begehren. »So? Wir haben die Prüfung aber noch nicht abgeschlossen«, sagte sie leise.

»Tragt mir etwas auf, und ich tue es schneller, als Ihr denkt.«

»Ein Wettrennen.« Die Drachin ließ sich auf alle Beine nieder. »Bis zur Weide am Ende der Aue.«

»Das ist unfair, Altvordere: Ich werde gegen Euch gewinnen.« Gwalchgwyn klang arrogant. »Ihr wollt doch nicht absichtlich gegen mich verlieren?«

»Wer sagt, dass ich laufe?« Ddraig breitete ihre gezackten Schwingen aus und schlug einmal damit. Der Wind brachte die Äste und Zweige der Weiden zum Wehen. »Der Sieger darf verlangen, wonach auch immer ihm der Sinn steht.« Sie drückte sich ab und schwang sich lachend in die Höhe.

»Ich bin dennoch schneller!«, rief er ihr nach und sprintete los.

Ddraig ließ sich vom kühlen Morgenwind emportragen und blieb über Gwalchgwyn, um ihn beobachten zu können. *Er läuft meisterlich!* Seine Bewegungen strotzten vor Kraft und Eleganz, ein Bulle auf dem Höhepunkt seiner Juvenilität. Die Krallen schleuderten Erde auf, er wich Hindernissen gekonnt aus und blieb mit dem Körper dicht am Boden. Sie freute sich auf den Tag mit ihm und darauf, ihren besonderen Hunger zu stillen. Gegen Abend würde sie sich von ihrem erschöpften Auserwählten zurückziehen.

Die Weide kam rasch näher, und Ddraig tat ein, zwei Schläge mit den Schwingen, um sich einen Vorsprung zu erarbeiten. *Ich weiß schon, was ich von dir …*

Ein Schatten fiel auf sie; im nächsten Moment schlugen sich spitze Krallen in ihren Nacken. Knisternd bohrten sie sich durch die Hornplatten ins Fleisch, messerscharfe Zähne legten sich um ihren Hals und bissen zu.

Die Drachin stieß vor Schmerz und Überraschung einen Schrei aus und versuchte, den Angreifer mit hektischen Flugbewegungen abzuschütteln. Sie hörte seine Schuppen klirrend aneinanderreiben, roch ihn und wusste, dass sie bislang keine vergleichbare Witterung aufgenommen hatte: Es war ein ihr unbekannter Drache.

Ddraig schwand der Atem. Heiß lief ihr das eigene Blut den Schlund hinab. Durch die umklammerte Kehle bekam sie nicht mehr genügend Luft, aus ihrem Flug wurde ein Trudeln, das sie geradewegs in den Clwyd stürzen ließ. Der Einschlag war hart, doch der unbekannte Feind ließ nicht von ihr ab. Das Wasser schäumte, wirbelte und war aufgewühlt, Bläschen stiegen auf und raubten ihr die Sicht.

Schwach drehte sie sich um die eigene Achse, um den Angreifer am Grund oder an der Seite des Flussbettes abzustreifen. Sie sog das Nass ein, das in ihrer verwundeten Kehle zischend auf ihr heißes Blut traf. Erhitzte Luft schoss blubbernd aus den Nüstern. Ddraigs Gegenwehr erlahmte.

Plötzlich schwanden Druck und Krallen, die Klauen wurden mit Gewalt aus ihr gezogen, und ihr wurden schwere Wunden geschlagen. Sie schrie und spie gasflammenfarbenes Feuer vor Qualen.

Der Clwyd explodierte in einer Dampferuption. Für mehrere Augenblicke gab es den Fluss nicht mehr; die Böschung und die Steine standen in Flammen, bevor das nachdringende Wasser die Drachin wieder umschloss und die Lohen löschte.

Ddraig breitete die Schwingen aus und wurde von der Strömung emporgetrieben; prustend kam sie an die Oberfläche und kroch ermattet an Land. Ihr Kopf kam ihr viel zu schwer vor, schwarzes Drachenblut tropfte auf die Erde und brannte sich in den Boden. Sie schwankte, brach in die Knie. *Ich bin leichte Beute.*

In einiger Entfernung vernahm sie ein dunkles Gebrüll, das von Gwalchgwyn stammte und sich rasch näherte.

Der Drachenbulle ging rückwärts, die Augen gen Himmel gerichtet. Auch er war von etlichen Bisswunden fürchterlich gezeichnet. Der Feind hatte ihm Panzerung samt Fleisch herausgerissen, Ddraig sah die Knochen hervorstehen oder schwach unter dem Blut schimmern.

Ein goldenes Flirren stürzte senkrecht auf Gwalchgwyn herab und warf ihn nieder. Der Bulle schnappte um sich und jagte gelbes Feuer aus seinem Rachen gegen den Feind.

Ddraigs Sicht verschwamm. Sie erkannte undeutlich, wie die Flammen gegen das goldene Schuppenkleid brandeten und daran abglitten. *Ich muss ihm helfen.* Sie stemmte sich auf die Beine und machte einige Schritte vorwärts. *Ein chinesischer Drache!*

Die schlangenhaft-grazile Statur des Feindes war unbestritten asiatisch. Der merkwürdig anzusehende Kopf und die Flügel beseitigten jeglichen Zweifel, es mit einem westlichen Drachen zu tun zu haben.

Gwalchgwyn wollte sich herumwälzen, der Schweif zischte heran und sollte den Gegner, der auf ihm saß, in den Rücken treffen.

Doch der Asiate hörte das Surren und warf sich in allerletzter Sekunde zur Seite. Gwalchgwyn schlug sich das scharfe Ende selbst tief in den Leib und schnaufte auf.

Du wirst mit deinem Leben bezahlen! Ddraig hatte die Kämpfenden fast erreicht und schleuderte einen blauen Flammenstrahl gegen den Angreifer.

Ihr extrem heißes Feuer brachte den Asiaten dazu, mit mehreren Flügelschlägen Abstand zu nehmen und wütend auf sie herabzufauchen. An seiner Schnauze und seinen vier Klauen haftete Gwalchgwyns und ihr Blut.

»Das wird dich nicht vor dem Tod bewahren, Y Ddraig Goch!«, schrie er und wirbelte durch die Luft. »Und dein Liebchen erst recht nicht.« Ansatzlos stieß er wieder nieder und knackte den Schädel des Bullen mit zwei seiner Klauen; Blut schwappte zu den Ohren und dem Maul hinaus. Er riss das zertrümmerte Haupt vom Hals und schleuderte es lachend in den Fluss. »Ist das die Macht der Altvorderen?«, höhnte er. »Mehr vermögt ihr nicht? Vielleicht sollte ich Vouivre umbringen, anstatt mit ihm einen Pakt einzugehen! Ihr seid es nicht wert, dass man euch schont.« Er flog eine Schleife und setzte zu einem neuen Angriff an.

Ddraig starrte auf Gwalchgwyns Leichnam, dann zu dem nahenden Asiaten und wieder zum toten Bullen. Sie war verwirrt, zu viel spielte sich in ihr ab – und deswegen drehte sie sich um und rannte. Hektisch schlug sie mit den Schwingen, mähte dabei kleinere Bäume um, als seien es Streichhölzer, und riss tiefe Furchen ins Gras.

In einem Hügel vor ihr erschien der Eingang in eine Erdhöhle, obenauf erhoben sich die Steinquader eines Hünengrabes. Der Geruch, der herausdrang, war noch deutlich in ihrer Erinnerung. Sie hatte Gwalchgwyns Behausung gefunden.

Die Rettung! Sie zwängte sich in den Spalt, schob sich tiefer und tiefer in den Gang, der steil nach unten führte, bis sie eine Kammer erreichte. Dort wandte sie sich um und stieß mit letzter Kraft eine Lohe in den Schacht aufwärts, woraufhin ein lautes Brüllen erklang. Sie hatte den Asiaten erwischt. *Vergeh zu Asche!*

Aus einiger Entfernung hörte sie hastiges Scharren, und so setzte sie eine zweite Lohe hinterher.

Erschöpft lehnte sie sich an die kühle Wand und lauschte.

Es blieb still.

Wer immer du warst, für deine Taten finde und vernichte ich dich! Ddraig brüllte ihre Schmerzen und ihren Hass hinaus, was die Kammer und den Gang zum Beben brachte.

Sobald sie genesen war, würde sie die Spur des Asiaten aufnehmen. Vouivre würde ihr verraten, wo sie ihn finden konnte. *Für den Pakt mit dem Asiaten wirst du sterben, Franzose. Das Maß ist voll.*

31. Dezember 1926, in der Nähe von Kiew, Zarenreich Russland

Ealwhina sah den Lastwagen vor sich durch die Überreste des Triglav fahren und die Soldaten auf der Ladefläche sitzen. Die drei Männer stierten sie an, als sei sie ein Ungeheuer, und rauchten unaufhörlich. Sie waren bleich, ab und zu redeten sie miteinander, um sie dann wieder mit undefinierbarem Ausdruck in den Augen anzustarren.

Ihr war es gleichgültig, was Menschen über sie dachten, die sie nicht zu ihren Freunden zählte. Auf das Glotzen gab sie nichts, sie war es gewohnt. Lästig wurde es erst nach einer Stunde, und so lange würde sie nicht in Gegenwart der Soldaten sein.

»Was haben Sie denen getan, Mylady?«, erkundigte sich Wassilij besorgt und schlug gegen den Motor des Scheibenwischers, damit sich die Metallstangen bewegten; sie verhakten sich unentwegt. Der Regen hatte zugenommen und verwandelte die Piste in eine Rutschbahn; das Schlittern des Automobils fing er mit Gegensteuern ab. Schlamm spritzte von den Lkw-Reifen bis zu ihnen, klatschte als Schlieren und Punkte gegen die Scheibe.

»Das frage ich mich allerdings auch«, log sie und spürte die Murmel sowie die Splitter des Weltensteins in der Tasche ihres Kleides. *Erwärmen sie sich, oder bilde ich mir das ein?*

»Das ist nicht gut«, sagte er dumpf und wurde hinter dem Lenkrad kleiner. »Gar nicht gut. Die behalten uns hier.«

Ealwhina antwortete nichts darauf.

Bald erreichten sie die freie Fläche und schauten auf den Haupteingang mit der Kaserne und den Garagen. Die schweren Doppelschranken aus Eisenträgern waren geschlossen.

Der Lastwagen hielt vor den Garagen an. Die Soldaten sprangen von der Ladefläche herab in den Matsch. Zwei liefen in die Unterkunft, nicht ohne die Frau nochmals angestarrt zu haben, während der dritte ins Wachhaus eilte.

Damit bin ich euch los. »Fahren Sie bis an die Schranke.« Ealwhina sah abwartend zu den großen Fenstern, hinter denen sie die Männer erkannte. Der Soldat erstattete den Offizieren Bericht; zu ihrem Missfallen schien er dabei sehr ausführlich vorzugehen. Dann marschierten sie gemeinsam zur Tür, die aufschwang und insgesamt acht Männer ins Freie entließ. *Habe ich mich zu früh gefreut?*

»Gar nicht gut«, wiederholte Wassilij. »Mylady …«

Der Wagen wurde von den Soldaten umstellt, sie legten auf die Insassen an. Einer der Offiziere trat ans Fenster und zeigte an, dass die Scheibe heruntergekurbelt werden sollte. Zitternd kam Wassilij der Aufforderung nach. Dem Gespräch zwischen den beiden Männern konnte Ealwhina nicht folgen. Mehr als ein paar Floskeln in der fremden Sprache beherrschte sie nicht.

Mehrfach verlangte sie zu erfahren, was los sei, aber der russische Offizier beachtete sie gar nicht, sondern redete auf ihren Fahrer ein, der zusehends hilfloser wirkte.

Schließlich drehte sich Wassilij zu ihr um. »Ich bin gefragt worden, ob ich gesehen hätte, was Sie taten, Mylady«, sprach er. »Der Oberstleutnant ist der Ansicht, dass etwas nicht mit rechten Dingen zugegangen sei. Er möchte Sie deswegen verhören und Sie von einem Medium überprüfen lassen.«

Ealwhina zuckte zusammen. *Gar nicht gut!* »Sagen Sie ihm, dass mein Flugzeug in Kiew wartet und ich es dringend erreichen muss. Ich bezahle Lösegeld, wenn es darum geht.« Sie nahm ihre Handtasche und suchte nach Scheinen.

»Soll ich das wirklich sagen?«

»Ja. Ich kann es leider nicht.« Ealwhina hielt verstohlen Ausschau nach einer Person, die ein Medium sein könnte. *Wer hätte damit rechnen können, dass die russische Armee sich der Hilfe eines*

Parapsychologen bedient? Sie wartete, bis ihr Angebot übermittelt worden war.

Der Oberstleutnant schlug den Kragen hoch und betrachtete sie eingehend. Er zeigte auf ihre Tasche.

Ealwhina reichte sie ihm, und er wühlte darin herum, bis er ihr ganzes Vermögen herausgefischt hatte. Grinsend warf er sie ins Automobil zurück und winkte. Surrend schwenkte die Straßensperre in die Höhe.

»Er hat angenommen«, sagte Wassilij erleichtert.

»Was Sie nicht sagen.« Ealwhina lächelte und hob die Hand zum Gruß.

Aus der Kaserne traten die Soldaten, die sie vorhin begleitet hatten. In ihrer Mitte befand sich eine Frau, die eine Uniform mit weißen Abzeichen auf den Ärmeln und Schulterklappen sowie Kragenspiegeln trug. Die Brille, die in ihrem Gesicht saß, schien aus Kristall geschliffen zu sein.

Das Medium. Ealwhinas und ihre Blicke trafen sich. *Sie hat es erkannt!* »Fahren Sie!«, befahl sie harsch.

»Aber wir …«

Das Medium schrie etwas und wies mit der Hand auf das Fahrzeug.

»Los!«, rief Ealwhina. »Oder wollen Sie sterben?«

Wassilij trat aufs Gaspedal. Der Wagen schoss los, obwohl die Schranken nicht ganz in die Höhe geschwenkt waren. Es gab einen Ruck; metallisch ächzend verbog sich das Dach. Ein Stückchen davon wurde gar abgerissen.

Der Oberstleutnant gab Befehle, und die Soldaten schossen nach den Flüchtenden. Kugeln knallten ins Heck des Wagens, pfiffen durchs Innere. Front- und Rückscheibe gingen zu Bruch.

Wassilij machte sich klein und spähte nach vorn, während sie über die Bank hinweg zum Stützpunkt zurückschaute. *Verflucht. Hätte ich von dem Medium gewusst …*

Sirenen gellten auf, grelle Scheinwerfer erwachten zum Leben und sandten ihnen Lichtkegel nach. Das Automobil war ein hervorragendes Ziel.

»Zickzack!«, rief Ealwhina. »Fahren Sie zickzack, sonst sind Sie gleich tot!« Der Fahrer kam ihrer Aufforderung nach.

Prompt verfehlten sie die ersten Maschinengewehrgarben und ließen den Matsch in die Höhe spritzen.

»Gut so! Und runter von der Straße«, forderte sie und sah, dass ihnen zehn Scheinwerferpaare folgten.

Und noch etwas bemerkte sie. Je weiter sie sich vom Stützpunkt entfernten, desto mehr Geister erschienen. In der Dunkelheit leuchteten sie hell wie bemalte Laternen. Für Ealwhina waren die sogenannten Gespenster noch niemals fahl und bleich gewesen. Somit beleuchteten sie für die Flüchtenden das karge, leere Feld. »Licht aus. Ich lotse Sie.«

»Es ist stockfinster, Mylady!«, begehrte Wassilij ängstlich auf.

»Tun Sie es. Ich sehe genug.« Sie blickte nach vorn, warnte ihn vor Schlaglöchern, Panzerwracks und Flugzeugruinen, während das Automobil in voller Fahrt raste und sich durch den Schlick wühlte. Noch drei Autos hingen ihnen an den Reifen.

Sobald sie sich den Geistern näherten, drehten sie ihnen die Köpfe zu und staunten, manche vor Entsetzen, andere voller Unglaube. Freude suchte Ealwhina vergebens. *Die Seelen spüren, dass ich die Splitter bei mir trage.*

Unter ihr krachte es, das Heck sackte abwärts, und Funken stoben hinter ihnen auf.

Ealwhina wollte gerade fragen, was passiert war, da wurde das Fahrzeug abrupt herumgerissen, und das Automobil hob ab. Mehrfach überschlug es sich und schüttelte die Insassen durch, bis es auf der rechten Seite neben einem ausgebrannten Panzer zum Liegen kam und der Motor mit einem letzten Tuckern erstarb.

Raus hier! Ealwhina benötigte nicht mehr als drei Sekunden, um sich zu orientieren, und glitt zum Fenster hinaus. Sie sprang in dem Augenblick auf den rutschigen Boden, als die Scheinwerfer der Verfolger heran waren. MGs röhrten auf und zersiebten den Wagen; sieben flackernde Mündungsfeuer zeigten, mit welch vernichtender Feuerkraft die russische Armee zwei Unbewaffnete bedachte.

Sie rollte sich unter das Panzerwrack, grub sich in den weichen Boden und öffnete die untere Ausstiegsluke des Tanks, die nun als Sichtschutz vor ihr hing.

Der Beschuss aus den automatischen Waffen hielt an. Es klingelte und sirrte um sie herum, blubbernd fuhren die Projektile in die Erde. Der Befehlshaber wollte sichergehen, dass niemand entkommen war. Endlich schwiegen die Maschinengewehre.

Ealwhina vernahm die Befehle, das Schmatzen der Stiefelsohlen im Morast, kleinere Lichtkegel von Handlampen huschten umher. *Hoffentlich denken sie, ich sei früher ausgestiegen.*

Licht drang unter den Panzer, russische Flüche hallten ihr entgegen, und ein Soldat kroch auf sie zu. Es wurde im Schlamm gestochert, die Klinge eines Bajonetts fuhr knapp an ihrer linken Schulter vorbei. Das Licht erlosch, der Soldat rief etwas und zog sich zurück.

Die Götter mögen mich. Ealwhina wartete, bis die Lastwagen losgefahren waren, und verließ ihr feuchtes Versteck, indem sie durch die Luke in den Tank kletterte und vorsichtig aus dem Turm schaute.

Der prasselnde Regen spielte eine sehr eintönige Melodie auf dem rostenden Eisen. Die Laster hatten sich bis zur Straße zurückgezogen, wo weitere Fahrzeuge warteten. Starke Scheinwerfer erhellten die Nacht, die Lichtlanzen schwenkten in unregelmäßigen Abständen nach rechts und links. Die Armee hatte nicht aufgegeben. Weit enfernt schimmerte es weiß, wo aus dem Schlamm Eis und Schnee wurden. Ihr erstes Etappenziel.

Das wird keine leichte Reise bis nach Kiew. Ealwhina sprang auf der abgewandten Seite herab – und stand vor ihrem Fahrer. Tatsächlich schrak sie zusammen, weil er zu unerwartet aufgetaucht war. »Wassilij«, sagte sie erleichtert. »Schön, dass Sie …« Sie unterbrach sich, weil sie bemerkte, dass seine Gestalt von innen leuchtete. Das bedeutete …

»Sie haben mich auf dem Gewissen«, sagte Wassilij anklagend. »Was wird aus meiner Familie, wenn ich sie nicht mehr ernähren kann?«

»Sagen Sie mir, wo sie wohnen, und ich lasse ihnen eine stattliche Summe zukommen«, versprach sie.

Er nannte ihr eine Adresse in Kiew. »Aber das spricht Sie nicht von Ihrer Schuld frei«, beharrte er. »Hätte ich geahnt, wie gefährlich Ihr Auftrag ist, hätte ich ihn niemals angenommen!« Der Geist war wütend.

Ealwhina verneigte sich. »Sie haben recht. Das tut mir auch sehr leid – aber denken Sie darüber nach, warum Ihre Seele nicht in den Himmel durfte, sondern sich bei den anderen Geistern aufhalten muss. Sie haben eine schwere Sünde begangen.« Sie wollte an ihm vorbeigehen.

Wassilij stellte sich ihr in den Weg. »Halt! Was soll das bedeuten? Ich muss bleiben und für immer ein Geist sein?«

Ealwhina sah zu den Lastwagen. »Ihr Lebenslauf scheint einen gravierenden Makel zu besitzen, finden Sie nicht? Ein Unrecht, weswegen Ihnen die Einkehr ins Jenseits verwehrt wird. Mord? Betrug? Vergewaltigung?« Sie lächelte verkniffen. »Ich drücke Ihnen die Daumen, dass Sie Erlösung finden.«

Er wich nicht zur Seite. »Vielleicht muss ich meine Mörderin ja töten, um Erlösung zu erlangen?«, raunte Wassilij drohend und senkte den Kopf.

»Das würde ich an Ihrer Stelle nicht versuchen.« Ealwhina wich zurück. »Es vergrößert Ihre Schuld.«

»Sei's drum! Es verschafft mir Genugtuung!« Er sprang mit ausgestreckten Händen auf sie zu.

»Verschwinde!«, rief sie und machte sich bereit, den Geist mit bloßen Händen abzuwehren. »Geh!«

Im Flug wurden die Konturen des Geistes schwächer, sein Gesicht verzerrte sich, und er wollte schreien – doch da hatte sich Wassilij bereits aufgelöst. Ein bisschen Rauch, der in der Luft stand, erinnerte an ihn. Mehr nicht.

Was … war das? Ealwhina machte einen Schritt nach vorn, wedelte mit der Hand und brachte den Rauch zum Verfliegen. In ihrer Tasche spürte sie eine enorme Wärme, und als sie hineinlangte und die Splitter des Weltensteins sowie die Murmel ertastete, waren sie beinahe so heiß wie eine glühende Herdplatte. Sie hatte einen Eindruck von der Macht des Artefakts bekommen. *Was habe ich mit der Seele gemacht: sie vernichtet oder erlöst?*

Der leuchtende Geist eines verstümmelten Soldaten kam auf sie zu und reckte bittend die Armstümpfe gegen sie. Sein Russisch verstand sie nicht, aber die Geste war eindeutig. Ealwhina hörte das Wispern und Rufen, das sich von allen Seiten näherte. Es hatte sich rasch herumgesprochen, was sie vermochte. Die Toten wollten endlich Ruhe.

Sie schluckte. »Ich kann dir nicht sagen, was mit dir geschieht«, bereitete sie den Armlosen vor und sagte befehlend: »Du bist frei!«

Die Züge des Soldaten entspannten sich, verloren ihren Schmerz, und der Kummer in seinen Augen wich Dankbarkeit, ehe er sich ebenso auflöste wie die Seele ihres Fahrers. Ealwhina spürte sein Glück, das als kleine Welle gegen sie rollte und ihr einen Freudenschauer bescherte. Es war der Lohn für ihre ungeahnte Barmherzigkeit.

Es gab für sie keinerlei Zweifel, dass sie Gutes tat. *Dank des Weltensteins.* Sie wusste nicht einmal, wie sie es anstellte, aber es gelang. *Das kann ich nicht mit jedem Einzelnen dieser armen Teufel machen. So viel Zeit habe ich nicht.*

Kurz entschlossen kletterte Ealwhina auf den Tank zurück, sodass sie beste Rundumsicht hatte, und duckte sich. Die Geister der Gefallenen strömten auf sie zu und erhellten die Nacht.

Die Lastwagen indessen zogen sich zurück und verließen das Gebiet, in dem sich die Seelen tummelten. Anscheinend fürchteten die Lebenden, dass sich Dinge anbahnten, die für herkömmliche Sterbliche nicht gut enden würden. Sie wollten Distanz zwischen sich und den Ort bringen. Lediglich ein einzelner Wagen blieb auf der Straße stehen.

Ealwhina sah zum Automobil und spürte regelrecht, dass sich das russische Medium darin befand. Es hatte noch nicht aufgegeben und zeigte sich resistenter gegen die Auren der Toten. *Ich tue es einfach.* Sie stellte sich aufrecht hin und hob die Arme. »Ihr alle: Geht! Ihr seid frei!«, sagte sie befehlend. In ihrer Tasche wurde es heißer, es stank nach verschmortem Stoff.

Dafür verging ein Geist nach dem anderen. Gleich einer Welle, die kreisförmig durch einen Teich läuft, löste sich eine Seele nach der anderen auf und gab im Gegenzug ihrer Erlöserin Ealwhina ein unvergleichliches Glücksgefühl. Wohlig warm rann es durch sie hindurch und ließ sie zufrieden seufzen.

Das Automobil wendete rasch und fuhr in höchster Geschwindigkeit die Straße zurück zum Stützpunkt.

Ealwhina hatte noch niemals solche Macht besessen! *Meine Güte, ist das wunderbar!* Sie verfolgte den flüchtenden Wagen mit

Blicken und musste sich hinsetzen, sonst hätte sie vor Überwältigung den Halt verloren und wäre gestürzt.

Ohne dass sie es in ihrem Rausch bemerkte, fing ihr Mantel an der Stelle Feuer, wo sie die Splitter des Weltensteins und die Murmel verwahrte. Nur der heftige Regen verhinderte, dass Ealwhina, die nicht mehr aufhören konnte zu lächeln, sich in eine lebende Fackel verwandelte.

Leise klingelnd fielen die Fragmente durch das Loch im Stoff auf den eisernen Leib des Panzers; sie zischten, als sie mit dem nassen Metall in Berührung kamen.

Durch die schnelle Abkühlung geschah es: Die Splitter platzten auseinander und zerfielen in noch kleinere Einzelteile.

Einige davon wurden vom Wasser davongespült, ehe Ealwhina es bemerkte und den Rest mitsamt der Kugel rasch aufklauben konnte. *Ich sollte besser aufpassen!*, schalt sie sich. *De Bercy hat mir noch viel mehr zu erklären.* Sie sprang hinab und eilte los.

Plötzlich war sie sich nicht mehr sicher, ob sie ihren Fund abliefern sollte, wer auch immer hinter De Bercy stand. Sie würde eine außergewöhnliche Macht aus ihren Händen geben.

Nach ein paar Metern rieselten Schneeflocken auf sie herab.

VII.

1. Januar 1927, Oranienbaum, 40 Kilometer westlich von Sankt Petersburg, Zarenreich Russland

Hätte ihr der Sinn danach gestanden, wäre Silena sicherlich in der Gartenanlage umhergestreift, anstatt wie angewurzelt auf der Treppe im Freien zu verharren.

Sie hatte nur Augen für das, was mitten im unteren leeren Garten lag und einen merkwürdig anzuschauenden Fremdkörper bildete, als sei es aus einer anderen Welt mitten hinein gestürzt: die Überreste der *Anastasia*. Zertrümmerte Statuenreste lagen umher, Duraluminiumstreben hatten sich tief durch Schnee und Erde gebohrt, Fetzen der Hülle hingen in den Bäumen und flatterten in der eisigen Brise, die von der See her wehte.

Über Oranienbaum schwebten die Luftschiffe der beiden Drachenjäger-Einheiten, deren deutlich sichtbare und vor allem waffenstarrende Präsenz manchem Einwohner der nahen Stadt Unwohlsein bereitete.

Ihr war es gleich, sie kümmerte sich nicht um die Belange anderer. »Gehen wir näher«, sagte sie schleppend zu Leída und Litzow, die neben ihr standen. Sie schritten die Stufen in den unteren Garten hinab. Die Furcht, ihren Gemahl doch als Toten vorzufinden, wuchs und trieb ihr kalten Schweiß in die Hände.

Er ist nicht tot!, herrschte sie sich selbst an. Ihr Herz schmerzte ungewohnt.

Eine Absperrung war um das Wrack errichtet worden, Polizisten liefen in dem Areal umher, schossen Fotos, untersuchten die Trümmer oder standen Zigaretten rauchend zusammen und unterhielten sich. Drei Gestalten stachen durch ihre schlichten schwarzen Mäntel aus der Masse der Uniformierten hervor.

»Ich wette, dass es der Geheimdienst ist«, sagte Leída. »Man sollte ihnen sagen, dass man durch schwarze Kleidung nicht automatisch unauffälliger wirkt. Es sei denn, man befindet sich auf einer Bee…« Sie unterbrach ihre unpassende Bemerkung mit einem künstlichen Husten.

Sie näherten sich der Absperrung, und ein Polizist kam auf sie zu, sprach sie an.

»Er sagt, wir hätten hier nichts verloren und sollten verschwinden«, übersetzte Silena für ihre beiden Begleiter. Dank Grigorijs Bemühungen verstand und sprach sie Russisch. »Holen Sie mir Ihren Vorgesetzten. Ich bin Anastasia Zadornova und verlange, auf den neuesten Stand der Untersuchungen zum Verbleib meines Mannes und den Vorgängen gebracht zu werden, die zum Absturz führten«, sagte sie zu ihm. Ihre Unsicherheit verbarg sie hinter Schroffheit und hoffte, dass ihre Maskerade nicht durchschaut wurde.

»Ich weiß, wer Sie sind, Gaspascha Zadornova.« Einer der Männer in den schwarzen Mänteln löste sich aus der Gruppe und stapfte durch den Schnee zu ihnen. »Ihre Luftschiffe lassen keinen Zweifel daran.« Er streckte ihr die Hand hin. »Mein Beileid.«

Sag das nicht! Silena reagierte nicht. »Noch habe ich den Leichnam meines Mannes nicht gesehen, also ist das Kondolieren etwas verfrüht«, blaffte sie ihn an. »Außerdem haben Sie sich nicht vorgestellt. Ich nehme an, Sie gehören der Ochrana an?«

Er verbeugte sich leicht und steckte die Hand in die Manteltasche. »So ist es, Gaspascha Zadornova. Igor Vatjankim ist mein Name. Ich betreue die Ermittlungen zum Tod Ihres Gatten.«

»Zum *Verschwinden*«, verbesserte sie automatisch mit zitternder Stimme. Sie demaskierte sich selbst. »Zum Verschwinden«, sagte sie, dieses Mal fest.

Vatjankim bedeutete dem Soldaten, die beiden Frauen durchzulassen, und schritt auf das Wrack zu. »Kommen Sie. Sie sind die Fachfrau, wenn es um die Zeppeline geht. Mit Ihrer Hilfe wissen wir bestimmt mehr und schneller etwas. Der angeforderte Ingenieur aus Sankt Petersburg verspätet sich.«

»Reden wir Englisch, damit meine Freunde etwas verstehen.« Silena folgte ihm, Leída und Litzow liefen neben ihr her. »Wieso wollte man uns wegschicken?«

»Der Polizist wusste es nicht besser.« Vatjankim zündete sich eine Zigarette an. »Sie machen uns mit Ihren Zigarren am Himmel ganz schön nervös«, sagte er über die Schulter und stieß den blauen Dunst aus. »Der Zar hat seine Luftwaffe in Bereitschaft versetzen lassen. Nur damit Sie es wissen.«

»Schön für den Zaren«, gab Silena eisig zurück. »Hat er Angst, dass ich herausfinde, er könnte an dem feigen Anschlag beteiligt sein? Oder die Ochrana?«

Vatjankim lachte auf. »Gaspascha Zadornova, ich wollte Ihren Mann in Sankt Petersburg verhaften, und es wäre mir beinahe gelungen. Hätte ich ihn erschießen wollen«, er blieb stehen und sah sie an, »so wäre es mir gelungen. Er stand fast so dicht vor mir wie Sie jetzt.« Er sog am Mundstück.

»Sie werden mir sicher den Grund für die angeordnete Verhaftung nennen.« Insgeheim dachte sie, dass die Ochrana ihr eine Komödie vorspielte, um sie und den Rest der Welt glauben zu machen, Grigorij sei tot. In Wahrheit saß er gewiss in einer Zelle.

»Beteiligung an revolutionären Unruhen und Konspiration gegen den Zaren«, antwortete Vatjankim. »Wir beschatteten ihn, seit er gelandet war. Aber wir haben ihn nicht abgeschossen, auch wenn er sich auf der Flucht vor mir befand. Der Zar möchte der Welt zeigen, dass in seinem Land alles mit rechten Dingen zugeht. Und so ermitteln wir die wahren Schuldigen am Tod von Zadornov.«

»Um ihnen einen Orden zu verleihen«, warf Litzow trocken ein.

Vatjankim hob die Schultern und stieß den blauen Rauch aus. »Ich habe gesagt, warum wir hier sind. Sie müssen es nicht glauben.« Er blieb stehen. »Schauen Sie sich in aller Ruhe um und teilen Sie mir mit, was Sie denken, dass geschehen ist. Danach sage ich Ihnen, was wir wissen.« Er warf Silena einen nachdenklichen Blick zu. »Ich muss Sie enttäuschen, was Ihren Glauben an ein Überleben Ihres Gatten angeht: Wir haben seine Leiche und die anderen Toten im Palais aufbewahrt. Ich bringe Sie zur Identifizierung dorthin. Aber bereiten Sie sich auf einen furchtbaren Anblick vor.« Er zeigte mit dem glühenden Ende der Zigarette auf die ausgebrannten Trümmer.

Als ob ich mir das nicht vorstellen könnte. Es kommt euch nur recht, um mich zu täuschen. »Danke. Aber wir sehen uns zuerst um.

Ich möchte herausfinden, was *wirklich* geschehen ist.« Silena hatte sich die Spitze nicht verkneifen können. Sie strich durch die Unglücksstelle, zückte Block und Bleistift. Leída und Litzow taten es ihr nach und machten sich Notizen zu dem, was sie sahen. Jede Kleinigkeit wurde festgehalten; der Oberst fotografierte fleißig.

Ein Soldat brachte ihnen ein Tablett mit Kaffee und Tee, das sie dankbar annahmen. Sie stellten sich in den Windschatten eines Gondelfragments und tranken.

»Die Kälte im Sankt Petersburger Umland ist eine andere als in Wales oder Schottland«, sagte Litzow, in dessen Schnurrbart sich durch die Atemluft Eiskristalle gebildet hatten. Er sah auf seine Stichpunkte. »Ich beginne, wenn es den Damen recht ist?« Er erntete Kopfnicken. »Die *Anastasia* wurde von mehreren Explosivkörpern getroffen, die keine besonders große Sprengkraft hatten, aber in ihrer Summe genügten, sie zum Absturz zu bringen.« Er nahm einen geschwärzten Metallsplitter aus der Tasche und hielt ihn hoch. »Standardraketen, gedacht für die Luftschiffabwehr, feststoffgetrieben, mit Aufschlagzünder. Jedes europäische Land baut diese Dinger.«

Leída nahm das Schrapnell. »Die *Anastasia* muss nicht sehr hoch geflogen sein, sonst wäre sie nicht getroffen worden.«

»Wir wissen, dass sie schnell aus Sankt Petersburg abgereist ist. Bis nach Kronland sind es geschätzte dreißig Kilometer – Zeit genug, auf eine große Höhe zu steigen«, resümierte Silena. Obwohl es eisig kalt war, war sie froh, im Freien zu sein, abseits der Leichen. Jede Minute, die sie von der Gegenüberstellung trennte, war eine gute Minute, denn allmählich meldeten sich auch bei ihr Zweifel, dass ein Mensch diese Tragödie überleben konnte. Sie schob die Vernunft zur Seite. *Ich will da nicht hin.* »Warum taten sie es nicht?«

»Eis«, sagte Litzow und schlürfte Kaffee. Der aufsteigende Dampf schmolz den Reif in seinem Bart. »Die werden absichtlich nicht zu hoch gestiegen sein, um die Maschinen zu schonen. Die kalten Motoren auf Höchstgeschwindigkeit zu jagen, war schon ein Wagnis an sich«, referierte Litzow mit wachsender Begeisterung. »Der Tragkörper hat mehrere Einschläge hinnehmen müssen, auch die Gondel hat eine Rakete in den Rumpf bekommen. Die *Anastasia* muss durch den Heliumverlust abgestürzt sein, dazu hat sich die Hülle entzündet. Ich habe Phosphor- und Kraftstoffgeruch bemerkt, was erklärt, warum die schwer brennbare Haut in Flammen aufging.«

Er schien am Ende seines Vortrages angekommen zu sein, was Silena gar nicht gefiel. Die Leichen warteten auf sie, und sie wollte deswegen noch mehr Minuten schinden. »Ihrer Meinung nach kam das Luftschiff *wie* bis nach Oranienbaum?«

Er blätterte. »Die Ruder waren so eingestellt, dass das Luftschiff in seiner Gleitbewegung nach Süden zog und erst in Oranienbaum aufschlug anstatt in der Ostsee.« Er berührte die Gondel. »Gutes Mädchen. Hast mehr ausgehalten, als sie angenommen haben.« Der Stolz des Konstrukteurs schlug durch.

Silena steckte ihre eigenen Aufzeichnungen weg. Sie hatte viel weniger notiert als der Oberst. *Er hat alles gesagt.* Was ihr nicht gefiel, war, dass er ihr keinen Ansatz auf Hoffnung geliefert hatte, Grigorij könnte am Leben sein. *Aber ich empfinde nicht so, als hätte ich ihn verloren,* dachte sie trotzig. *Er muss einfach leben! Wenn ich ihn zwischen den Toten liegen sehe, weiß ich nicht, wie es weitergehen soll!*

»Scheint ein normaler Absturz zu sein.« Leída trank ihren Kaffee. »Ich habe mir die zwei Leichen angeschaut, die sie noch nicht abtransportiert haben. Die Verletzungen weisen nicht darauf hin, dass sie nachträglich ermordet wurden.« Sie schaute zu den Männern der Ochrana. »Das hätte ich denen durchaus zugetraut. Wer seine Verwundung durch Raketenschrapnelle überstanden hatte, kam durch den Aufschlag ums Leben. Sie zeigten die klassischen Brüche.« Sie atmete durch.

»Hattest du den Eindruck, dass man einige Leichen nachträglich so zugerichtet hat, um uns zu täuschen?« Silena gab nicht auf, eine Lücke in den Erkenntnissen zu suchen. *Es muss etwas geben!*

»Nein.« Leída leerte ihr Getränk. »Silena, auch wenn ich mir gewünscht habe, es nicht sagen zu müssen: Grigorij ist mit Sicherheit tot. Es tut mir leid.«

Schweigend standen sie in der Kälte.

Ein Schwarm Krähen zog über sie hinweg und ließ sich auf den Bäumen um sie herum nieder. Ihre heiseren Stimmen übertönten die leisen Gespräche der Soldaten und Geheimdienstler.

Todesvögel. Silena fürchtete sich vor dem, was ihr bevorstand. Wenn der Leichnam, den Vatjankim ihr zeigen würde, wirklich Grigorij war … *Es gibt kein Wenn.* Ihre Hoffnung, den Mann ihres Lebens aus einer Zelle zu retten, war gestorben, ausgelöscht durch die nüchternen Worte ihrer Freunde, geschmolzen wie das Eis in Litzows Bart im heißen Kaffeedampf. Sie legte die Hand wieder auf den Bauch. *Er hatte sich so sehr Nachwuchs gewünscht, und jetzt, wo sein Traum in Erfüllung gehen wird, bin ich damit allein.* Tränen kündigten sich mit Brennen in den Augen an.

Leída sah, dass Silena um Fassung rang, und legte einen Arm um sie. »Soll ich mitkommen?«

»Nein«, antwortete sie mit stockender Stimme und trank hastig von ihrem Tee. Sie ging zu Vatjankim.

Er nickte ihr nur zu, sah das Begreifen in den geröteten Augen. »Mein Beileid«, sagte er nochmals.

Gemeinsam schritten sie durch die Gärten auf das Palais zu. Pulvriger Schnee knirschte laut unter den Sohlen, das Geschrei der Raben verfolgte sie.

Silena dachte nichts mehr. Der schwerste Schlag seit dem Tod ihrer Brüder kündigte sich an; dazu war ihr wieder schlecht. *Was tue ich? Wie soll es weitergehen?* All ihre Stärke, ihre Abgebrühtheit im Kampf, ihre Entschlossenheit als Anführerin brach zusammen und stürzte sie in einen Abgrund, den Grigorijs Tod geschaffen hatte. Die Klammer um ihr Herz wurde enger.

Vatjankim schritt auf die Verandatür zu, vor der zwei Polizisten standen und ihnen öffneten. »Wenn Sie …«, setzte er an, aber sie hob abwehrend die Hand und trat ein.

Sie ging an den Tischen entlang, auf die man die gefrorenen Toten gelegt hatte: Eine Uniform der Luftflotte ihres Gemahls folgte auf die andere, die Gesichter sagten ihr nichts. Schließlich stand sie an dem bis zur Unkenntlichkeit verbrannten, zerschmetterten Körper, um den sich Grigorijs zerfetzter Mantel legte.

So furchtbar der Anblick auch war, sosehr ihr der Geruch des verkohlten Fleischs auf den Magen schlug, Silena fühlte eine unerklärliche Erleichterung: *Das ist er nicht!*

Sie umrundete die Leiche mit pochendem Herzen, betrachtete sie.

O ihr Heiligen! Ihr wart gnädig: Er ist es wirklich nicht! Es war nicht mehr als ein Gefühl, aber von solcher Sicherheit, dass sie nicht daran zweifelte. Die Ochrana hatte Grigorijs Mantel, der anscheinend an der Leiche gefunden worden war, mitsamt den Habseligkeiten danebengelegt. Daran hatten sie ihn zu identifizieren geglaubt.

Silena zitterte vor Aufregung und vor Überschwang der Gefühle. Sie war sich schlagartig bewusst, dass sie ihren Mann von all seinen Feinden befreien konnte, wenn sie jetzt seinen Tod verkündete. *War das sogar sein Plan?* Eine kühne Theorie, die sie ihm dennoch zutraute: Aus einer brenzligen Situation hatte er einen Vorteil errungen. Sie nahm eine silberne Zigarettenspitze auf und drehte sie zwischen den Fingern. *Meldet er sich bei mir? Soll ich ihn finden?* Sie hatte keine Ahnung, wie es weitergehen sollte.

Schritte näherten sich ihr, Vatjankim stellte sich neben sie. »Gaspascha Zadornova, wie geht es Ihnen?«

Silena konnte sich nicht mehr beherrschen. Obwohl sie vor Erleichterung hemmungslos weinte, würde der Strom aus Tränen seinen Zweck gegenüber dem Geheimdienstler erfüllen. »Sie hatten recht«, sagte sie undeutlich und nahm ein Taschentuch aus dem Mantel. »Es ist mein Mann.« Sie putzte sich die Nase.

Aber Vatjankim ließ sie nicht aus den Augen. »Woran machen Sie das fest, Gaspascha Zadornova? Bitte haben Sie Verständnis, dass ich Sie das fragen muss.«

Sie gab zunächst die Empörte, die schließlich stammelnd erklärte, woran sie ihren Gatten erkannt haben wollte.

Er schrieb alles mit und ließ sich sein Protokoll von ihr gegenzeichnen. »Damit ist Ihr Mann offiziell identifiziert und für tot erklärt«, sprach Vatjankim nachdenklich und ließ ein Tuch über der Leiche ausbreiten. »Ich danke für Ihre Bereitschaft, die Bürde auf sich genommen zu haben, Gaspascha Zadornova. Wenn ich etwas für Sie tun kann?«

»Den Mörder meines Mannes ausfindig machen«, erwiderte sie und versuchte, kalt und gnadenlos zu sein. Sie musste fortführen, was sie begonnen hatte: die trauernde, nach Rache verlangende Witwe. »Sollte er dabei zu Tode kommen, würde ich mich erkenntlich zeigen. Die Ochrana vermag das gewiss.« *Nicht zu dick auftra-*

gen, bremste sie sich. Sie musste schnellstens herausfinden, was mit Grigorij geschehen war, wer auch immer dahintersteckte.

»Ich verstehe Ihre Gefühle, Gaspascha Zadornova, aber ich kann Ihren Wunsch nicht akzeptieren, was eine gezielte Tötung angeht.« Vatjankim blickte sie bedauernd an. »Wegen der Öffentlichkeit. Auch einen Unfall würde man uns nicht abnehmen. Aber ich schwöre, dass wir den Täter finden, ihn in Russland vor Gericht stellen und er mit Sicherheit zum Tode verurteilt wird. Mord bleibt Mord.«

Nun war es Silena, die den Mann eindringlich ansah. *Er scheint mich nicht anzulügen. Aber ein Geheimdienstler muss die Unwahrheit überzeugend aussprechen können.* »Danke«, sagte sie. »Würden Sie mir die Stelle zeigen, wo Sie seine Leiche gefunden haben?«

Vatjankim nickte. »Sie können Ihren Mann gern in Ihre Heimat überführen, Gaspascha Zadornova.«

Das hätte ich beinahe vergessen. »Davon ging ich aus«, fing sie ihre Nachlässigkeit ab. »Lassen Sie ihn bitte zusammen mit den anderen Gefallenen zum Flugfeld bringen.«

»Sicherlich.« Er wandte sich zum Ausgang. Sie kehrten über die Veranda in die Gärten zurück. »Er lag etwas abseits. Wir vermuten, dass er vor dem Aufschlag abgesprungen oder aus der Gondel gerutscht ist.«

»Die Vorstellung bricht mir das Herz.« Silena musste achtgeben, dass sie ihn nicht zu sehr aushorchte. *Sei die trauernde Witwe!*

Vatjankim führte sie zu einer Stelle im oberen Garten. Der Schnee war niedergedrückt und blutig, grob konnte man die Umrisse eines Menschen erkennen; darum herum waren viele Sohlenabdrücke zu sehen. »Hier war es, Gaspascha Zadornova.«

»Danke.« Sie wusste nicht genau, wonach sie suchte, aber der Mann sollte nicht sehen, dass es ihr um mehr als Abschiednehmen ging. »Lassen Sie mich bitte allein.«

Vatjankim stutzte, dann tippte er sich gegen die Fellmütze und zog sich einige Schritte zurück. Passenderweise kam ein zweiter Geheimdienstler herbei, der ihn dringend sprechen wollte. »Ich bin gleich wieder da«, verabschiedete er sich und eilte zum Palais.

»Von mir aus nicht«, murmelte sie und ging in die Hocke. *Hast du mir hier ein Zeichen hinterlassen, Grigorij?* Silena fuhr mit den

Fingern durch den gepressten, roten Schnee. Sie merkte sehr rasch, dass die Suche an diesem Ort keinen Sinn ergab, also erhob sie sich und kämpfte gegen den Schwindel an. Ihr Kreislauf war angeschlagen.

Sie betrachtete die Spuren im Schnee genauer, ihre Blicke schweiften weiter umher, doch sie erhielt keinerlei Aufschlüsse. *Wie bist du von der* Anastasia *entkommen?*

Sie spazierte los, durch den oberen Garten, und betrachtete die Absturzstelle von der erhöhten Position aus. Bald erschien es Silena, dass etwas nicht stimmte, ohne sagen zu können, was sie an dem Bild störte. Litzow und Leída sahen zu ihr hinauf, und sie winkte ihnen zu.

Ihr Spaziergang weitete sich aus; gelegentlich huschte der Schatten eines Luftschiffs über sie.

Die Sonne sank, die Temperaturen fielen rasch.

Silena fand weder Spuren noch Zeichen, die von Grigorij stammten. *Verdammt! Wo steckst du? Was haben sie mit dir gemacht?* Sie sah zum entfernten Palais und schritt unter einer uralten Tanne hindurch. Die breiten, mächtigen Äste hatten ein Dach gegen das Weiß gebildet. Unter ihren Stiefeln knackten und knistern die braunen Nadeln – und ein leises Klirren ertönte.

Silena hob den Fuß und sah zu Boden. *Ein Armband?* Sie bückte sich, hob es auf.

Es bestand aus neun Gliedern, die aus Horn gemacht waren, die Verbindung bildeten silberne Drähte. Sie zog die Handschuhe aus und fuhr mit den bloßen Fingern darüber. *Das sind Drachenschuppen!* Auf der unteren Seite erkannte sie eingeschnitzte Zeichen. *Hieroglyphen? Was haben die darauf zu suchen?* Nun war sie doch sehr erstaunt.

Rasch steckte sie ihren Fund ein, streifte die Handschuhe wieder an. Dass ein Schmuckstück mit ägyptischer Schrift auf Drachenschuppen in Oranienbaum auftauchte, konnte kein Zufall sein. Es sah zu neu aus, um vor langer Zeit von seinem Träger oder seiner Trägerin verloren worden zu sein. Auch wenn sie nicht wusste, ob es etwas mit Grigorij zu tun hatte, war es unerklärlich genug.

Sie sah sich nochmals um.

Und genau in der Übergangszone, wo der Schnee begann, erkannte sie Abdrücke eines runden Gegenstandes, der die Größe einer Taschenuhr besaß. *Wer das Armband verloren hat, kann diesen anderen Gegenstand mitgenommen haben. Sollte es Grigorijs Uhr gewesen sein?*

Sie sah in den Baum über sich. Ein paar Zweige waren zerbrochen, Fetzen der Luftschiffhülle hatten sich darin verfangen. *Groß genug, um ihm als Fallschirm gedient zu haben!* Die wüstesten Theorien überfielen sie. *Wenn er hier heruntergegangen und von dem Unbekannten entführt worden ist? Wenn er verletzt worden ist?*

Doch es gab keine passenden Spuren.

Silena kehrte rasch zu Leída und Litzow zurück. »Ich habe etwas, was wir untersuchen müssen«, sagte sie atemlos. Das ständige Umherlaufen im Schnee kostete Kraft, die zunehmende Kälte erschöpfte sie zusätzlich; ihre Zehen spürte sie nicht mehr.

»Du siehst nicht aus, als wäre Grigorij der Tote im Palais«, sagte Leída überrascht.

»Das stimmt. Ich denke, dass es ein Crewmitglied ist, dem Grigorij seinen Mantel angezogen hat, um seinen Tod vorzutäuschen«, flüsterte sie und sah offenen Widerspruch in den Augen ihrer Freundin. »Wirklich! Mehr dazu sage ich an Bord der *Lena.*« Zu dritt entfernten sie sich von der Absturzstelle.

Als sie in die Wagen stiegen und die Motoren starteten, kam Vatjankim mit wehendem Mantel zu ihnen gelaufen. »Gaspascha Zadornova!«, rief er winkend. »Einen Moment!«

Silena ließ den Fahrer, der eben Gas gab, anhalten und klappte die Scheibe herunter. »Ja?«

»Im Namen des Zaren«, er öffnete die Tür, »würden Sie bitte aussteigen und mitkommen?«

Leída hatte ihr Automobil verlassen und war neben den Russen getreten. Sie verstand nicht, was Vatjankim sagte, aber sie langte nach Silenas Oberarm. »Ärger?«

»Ich weiß es nicht«, meinte sie, und an den Mann gewandt: »Was soll das bedeuten?«

»Gaspascha Zadornova, es gab einen Zwischenfall am Triglav.« Vatjankim deutete auf das Palais. »Möglicherweise hat der Anschlag etwas damit zu tun. Wir brauchen Ihre Hilfe. Wären Sie so freundlich, mich zu begleiten?«

Unmöglich. Oder? Silena stieg aus und wies die anderen beiden an, in den Wagen zu warten.

»Höre ich dich schreien, lasse ich es Bomben auf Sankt Petersburg regnen«, sagte Leída drohend und schaute böse zu Vatjankim. »Übersetz es ihm.«

Der Geheimdienstler sah die feindseligen Blicke der Drachenjägerin. »Was meinte sie?«

Silena musste sich beherrschen, um nicht zu grinsen. »Dass Sie mir nichts tun sollen.« Sie stieg aus und folgte ihm.

Leída verfolgte Silena und Vatjankim mit ihren Blicken. »Das gefällt mir nicht«, sagte sie. »Oberst, ich fahre los und treffe Vorkehrungen. Sie bleiben und achten auf sie. Melden Sie mir über Funk, ob ich eingreifen muss.« Sie lief zu ihrem Wagen und setzte sich hinters Lenkrad.

»Bleiben Sie! Was haben Sie vor, Mrs. Havock?« Litzow wusste nicht, was er tun sollte. Er besaß keinerlei Befehlsgewalt über die Frau.

Leída achtete nicht auf ihn. In sehr schneller Fahrt ging es zu dem freien Feld, wo sie ihr Luftschiff landen lassen konnte.

Die *Havock's Hundred* hatten einen Zeppelin gekauft, der es fast mit der Größe der *Cadmos* aufnehmen konnte, dem ersten Luftschiff-Flugzeugträger, den das Officium gebaut hatte: Dreißig Meter Durchmesser, zweihundert Meter Länge, siebzehn Gasbehälter und Kraftstofftanks lagen im Rumpf gebettet. Getauft auf den Namen *Ramachunder,* diente er den Drachenjägern als mobile Basis, von der aus sie in die ganze westliche Welt fliegen konnten. Die Bewaffnung reichte aus, um sich aufdringliche Flugdrachen vom Hals zu halten, doch gegen die *Lena* war sie nahezu lächerlich.

Der Vorteil war, dass die *Ramachander* nicht unbedingt landen musste, wenn es um die Aufnahme von Ladung ging. Ein Teil der Gondel wurde ausgeklinkt und an Ketten heruntergelassen, sodass man diesen Container beladen und hinaufziehen konnte.

Leída sah den Container am Boden stehen. Sie hatte Proviant

aufnehmen müssen, da die Abreise aus Rhossili ungeplant schnell verlaufen war. Die Arbeiter verstauten die letzten Kisten, als sie eintraf. *Ich hoffe, sie haben eine Ecke für das Automobil frei gelassen.*

»Alles klar, Boss«, rief ihr einer ihrer Leute entgegen und hob die Hand. »Wir sind fertig. Platz für die Karre ist auch. Schiff kommt gleich.«

»Gut!«, rief sie zurück. Sie mochte es, »Boss« und nicht »Madam« genannt zu werden, denn es zeigte ihr, dass die Männer sie in ihrem Job akzeptierten. Sie ließ den Wagen parken, stieg aus und kletterte auf das Dach des Containers, auf dem vier Männer darauf warteten, die Ketten in den Fanghaken des Zeppelins einzuhängen. »Habt ihr alles bekommen?«

Brummend näherte sich die *Ramachander*, die Lastkette mit dem Haken hing bereits aus dem Loch in der Gondel.

»Ja, Boss. Brot, Gemüse, gepökeltes Fleisch, alles da. Und Wodka.« Der Lademeister stampfte auf das Duraluminiumdach. »Das Gewicht sollte kein Problem sein.«

Sie zogen die Köpfe ein, als die Kette heranschoss. Mit Bootshaken fischten die Männer sie herbei und verbanden den Container mit dem Luftschiff; gleich darauf ging es ruckartig aufwärts.

Leída blieb im Freien bei den Männern und sah die verschneite Landschaft unter sich kleiner werden. Sie mochte das Gefühl des Schwebens, hielt sich an der Kette fest und betrachtete Oranienbaum von oben. Der Wind zerrte an ihr, aber sie geriet nicht ins Wanken. Auch die sanfte Rotation des Containers bereitete ihr keine Furcht.

Sie sah auf das Palais hinab, in dem Silena bei den Geheimdienstlern saß. *Lass dir nichts vormachen und nichts anhängen.*

Leída sorgte sich um die Frau, die für sie zu einer echten Freundin geworden war. Das Verhältnis zu ihr war sehr eng geworden. Silena hatte ihr sogar von dem Kind erzählt, das sie in sich trug, und ihr das Versprechen abgerungen, das Geheimnis für sich zu behalten. In den harten Zeiten, die Silena durchlitt, gab es ihr Hoffnung und eine Erinnerung an Grigorij. *Ein schönes Geheimnis.*

Leída wünschte ihr und dem heranwachsenden Leben von Herzen, dass Grigorij noch lebte, aber sie wusste, dass er tot war und irgendwo im Meer trieb. Oder der Tote im Palais war eben doch der

Fürst, und Silena machte sich etwas vor. Aus Angst. Aus Verzweiflung.

Leída dachte an den Tod ihres Bruders. *Ich kann sie verstehen.* Sein Verlust hatte ihre Welt grau werden lassen, bis sie wieder Liebe fand, wo sie sie nicht vermutet hatte. Alles sprach dagegen, dass der Fürst noch lebte. Und sie hatte weiß Gott schon genug an Tod und Verderben gesehen, um die Lage in Oranienbaum richtig einschätzen zu können. Silena irrte sich. *Ich hätte ihr das Glück so sehr gegönnt.*

Der Container wurde zurück in die Gondel gezogen, Haltebolzen rasteten ein.

Leída stand im Ladebereich und sprang auf den Boden. »Die *Ramachander* klar zum Gefecht machen«, befahl sie und sah die staunenden Augen der Besatzung. »Nur für den Fall, dass sie Zadornova etwas antun. Ich bin auf der Brücke.«

Sie eilte nach vorn, gab die Bereitschaftsmeldung via Funk auch an die *Lena* weiter und ließ das Luftschiff über dem Palais in Stellung gehen. *Die Ochrana weiß ja nicht, dass die Bombenschächte leer sind.* Der Schatten, den sie auf den Boden warfen, verdunkelte die Fenster zur Meeresseite hin.

Sie setzte sich an das Kontrollpult und legte die Füße hoch, schloss die Augen und hielt das Gesicht in die untergehende Sonne.

Leída mochte die Wärme auf ihrer Haut. Wärme, die auch von einem Körper herrühren konnte. Sie dachte unvermittelt an Cyrano, den Gargoyle mit dem zerstörten Gesicht.

Als Silena nach ihm gefragt hatte, hatte sie leider lügen müssen. »Er untersucht eine Drachensichtung«, hatte sie ihrer Freundin gesagt.

In Wahrheit wusste sie selbst nicht, wo er sich herumtrieb. Er war eines Morgens verschwunden, mitsamt den anderen beiden Gargoyles. Am Abend vorher hatte er geheimnistuerisch getan und ihr eine Überraschung versprochen. Aus ihrer Verwunderung war Ärger und nun Sorge geworden. Die Drachenfreunde hatten es mit Sicherheit auch auf Cyrano abgesehen.

Höchstens Silena ahnte, dass sie und ihn mehr verband als der Hass auf Drachen. Nicht einmal ihre besten Männer wussten von den zarten Banden, die sich Leída nur als Liebe erklären konnte, die jegliche Hindernisse und Unterschiede zwischen den Arten überwand. Es herrschte tiefes Verständnis zwischen ihnen, eine unausgesprochene Übereinstimmung, welche die Seelen wärmte.

Ich hätte niemals gedacht, dass mir Blicke und Nähe genügen, um Glück zu erfahren. Leída sehnte sich nach ihm. *Was hat dich fortgetrieben? Bist du in Schwierigkeiten?*

Sie hörte einen Warnton. Als sie die Lider erschrocken hob, sah sie ein rotes Kontrolllicht auf dem Steuerpult flackern.

»Motorgondel zwei meldet Drachensichtung!«, rief der Wachoffizier, und schon leuchteten die Signallampen der übrigen Gondeln auf.

»Geben Sie der *Lena* Bescheid.« Leída nahm das Fernglas in die Hand und suchte zusammen mit den drei Unteroffizieren den Himmel ab. Und suchte und suchte … »Ich sehe nichts! Sind die verrückt, oder bin ich blind geworden?«

Der Wachoffizier schaute ebenfalls hinaus. »Keine Drachen, Boss.« Ratlos sah er auf die Leuchten. »Ein Defekt in der Verkabelung, fürchte ich. Kann sein, dass Kondenswasser gefroren ist und …«

Leída und die Brückenbesatzung zuckten zusammen, als das Bug-MG das Feuer eröffnete. *Auf was, zur Hölle, schießt der Mann?* Sie verfolgte die Spur der Leuchtgeschosse.

Die Kugeln flogen hinüber, direkt auf die Gondel der *Lena*.

»Shit, er *ist* verrückt geworden!«, rief sie. »Holt den Kerl aus dem Ausleger und …« Sie hielt inne, weil sie nicht glaubte, was sie auf einmal sah und hörte: Sämtliche Bordgeschütze der *Ramachander* hatten das zweite Luftschiff gegenüber als Ziel erkoren!

Auf der anderen Seite gingen die ersten Scheiben zu Bruch und regneten glitzernd und funkelnd auf Oranienbaum nieder. Leída sah die Besatzung aufgeregt durcheinanderrennen, einige von ihnen wurden von den Kugeln getroffen und verschwanden aus ihrem Sichtfeld.

Sie überlegte blitzartig. Rebellion kam nicht infrage, und von selbst schossen die Kanoniere nicht auf Freunde. Also gab es lediglich eine Erklärung: *Wir sind geentert worden.*

»Los!«, schrie sie den Offizier an. »Volle Kraft auf die Motoren. Bringen Sie die *Ramachander* außer Reichweite der MGs. Und Sie«, ihr Finger wies auf einen anderen Offizier, »nehmen sich Waffen und Männer und holen mir diese Arschlöcher aus den Gondeln, tot oder lebendig!«

Der Container mit der Ware! So haben sie sich an Bord geschmuggelt. Ochrana? Drachenfreunde? Egal! Sie hastete ans Pult und nahm das Funkgerät. »Hier spricht Leída Havock, ich rufe die *Lena*. Wir sind geentert worden, ich wiederhole, wir sind geentert worden! Bitte nicht das Feuer erwidern! Wir kümmern uns darum.«

Mit einem lauten Knall war die Harpune der *Ramachander* abgefeuert worden, in deren Spitze eine Explosivladung saß. Sie war gegen Drachen gedacht, um sich durch die Schuppen zu bohren oder wenigstens stecken zu bleiben und dann zu detonieren. Leída hatte mehrmals gesehen, wie die Körper von der Wucht zerfetzt wurden.

Dieses brandgefährliche Geschoss sirrte nun auf die Gondel der *Lena* zu.

»Nein!«, brüllte Leída – und sah die Spitze kurz vor dem Einschlag mit einem gewaltigen Feuerball verpuffen. Das Abwehrfeuer der Maschinengewehre hatte sie rechtzeitig erwischt; die Druckwelle brachte die Scheiben zum Beben.

Dann musste sich die Drachenjägerin selbst in Deckung werfen, als das überlegenere Luftschiff seine vernichtenden Geschütze auf die *Ramachander* richtete und sie mit einem stählernen Hagel bedachte, aus dem es kein Entkommen gab. Ihr Funkspruch hatte keine Wirkung erzielt.

Das wird die härteste Prüfung, die das Schiff mitgemacht hat. Sie legte die Hände zum Schutz über den Kopf.

Die Fenster der Brücke barsten, Querschläger sirrten umher, das Kontrollpult erhielt etliche Einschläge, bevor Funken sprühten, eine helle Qualmwolke austrat und es nach verschmortem Plastik sowie glühendem Draht stank. Menschen schrien auf, einige fielen verwundet zu Boden, andere suchten Schutz hinter den elektrischen Geräten.

Weg hier, sonst sind wir Geschichte. Leída schob die Hebel für die Motoren mit dem Fuß nach vorne, auf volle Kraft, und bekam prompt eine Kugel durch den Mittelfuß. Ächzend zog sie ihn zurück und spürte, wie die *Ramachander* beschleunigte.

Euch werde ich es zeigen! Sie achtete nicht weiter auf die Schmerzen und kroch zum Ausgang, während die Projektile um sie herumzischten. *Ich erschieße euch Piraten alle eigenhändig!*, dachte sie und zog ihre Pistole.

Vatjankim führte Silena in die beheizten Räumlichkeiten des Palais. Es roch nach Essen und kaltem Zigarettenrauch. Auf den Tischen verteilt lagen Akten, Konstruktionszeichnungen von Luftschiffen, Meereskarten und andere Papiere, die sie nicht lesen konnte; durch eine angelehnte Tür sah sie Feldbetten. Die Ochrana hatte ihr Lager für die Dauer der Untersuchungen hier aufgeschlagen. *Sie untersuchen mehr, als sie mich glauben machen wollten.*

»Hier wären wir.« Vatjankim lotste sie in einen Raum mit einem Schreibtisch, der ebenso überladen aussah wie diejenigen, an denen sie vorbeigekommen waren. Schnell holte er Klappstühle aus dem Zimmer nebenan. In der Ecke brodelte ein Samowar vor sich hin.

Silena setzte sich, der Mann bot ihr erneut Tee an, was sie ablehnte. *Jetzt wird es spannend. Der Triglav ist doch nichts weiter als ein verbranntes Grab.* Da sie unglaublichen Hunger verspürte, nahm sie die Kekse in Beschlag. »Was ist geschehen?«

»Unschönes.« Vatjankim ging zum Samowar, goss sich tiefbraune, kräftige Teebrühe aus der kleinen Silberkanne zur Hälfte in die Tasse und füllte den Rest mit heißem Wasser aus dem Kessel auf. Danach gab er viel Zucker und Milch hinein und kehrte an den Tisch zurück. »Sie wissen, dass wir den Berg und das Gebiet drum herum gesperrt haben.«

»Weil der Zar fürchtet, dass der Weltenstein nicht vernichtet ist«, ergänzte sie und aß einen weiteren Keks. Die andere Hand wollte die Silbermünze aus der Tasche ziehen, um die glänzende Scheibe auf den Knöcheln entlangwandern zu lassen, doch sie ließ es bleiben. Sie richtete ihre gesamte Aufmerksamkeit auf den Mann. Vielleicht wollte er sie nochmals auf die Probe stellen, ob sie ihm vorhin die Wahrheit gesagt hatte. *Sei wachsam!* »Glauben Sie mir,

Vatjankim, die Hitze der Bomben hat sicherlich ausgereicht, das Artefakt zu verbrennen. Das Material hält nicht allzu viel aus.«

Vatjankim zog seine Fellmütze ab. Kurzes schwarzes Haar kam zum Vorschein, das im Nacken stark ausrasiert war; den linken Seitenscheitel gab es fast nicht mehr. Er knöpfte sich den Mantel auf, darunter trug er ein schwarzes Jackett und ein weißes Hemd mit schwarzer Krawatte.

»Was ich Ihnen nun sage, sollten Sie für sich behalten, Gaspascha Zadornova. Sie als Aussteigerin beim Officium Draconis …«

Nicht die Ochrana auch noch! »Woher wollen Sie das wissen?«

»Machen Sie Scherze? Wer Sie sieht und die Bilder von Großmeisterin Silena, muss nicht mal beim Geheimdienst arbeiten, um daraus die korrekten Schlüsse zu ziehen.« Vatjankim tunkte ein Plätzchen in den Tee. »Wir nehmen an, dass es sich bei dem Weltenstein um einen bearbeiteten Drachenstein handelt, was wiederum nichts anderes als das Magieorgan eines sehr alten Drachen ist.« Er sah sie an, als wollte er ihre Zustimmung und damit die Bestätigung von einer Expertin hören.

»Da sollten Sie das Officium befragen«, gab sie gleichmütig zurück. *Aber recht hat er dennoch.*

»Und wer von denen sollte mir Antworten geben?« Vatjankim lächelte kaum merklich. »Sagen wir einfach, es ist so. Und dass dieses Magieorgan seine Macht mit dem Tod des Trägers nicht vollständig verliert.«

Silena spielte die Ungläubige. »Vatjankim, Sie wollen mir allen Ernstes sagen, dass die Ochrana und der Zarewitsch an das Übernatürliche glauben? Hat Houdini nicht bewiesen, dass Séancen und Ektoplasma reine Erfindungen von Schwindlern sind?« Sie wusste es selbstverständlich besser.

Er aß den Keks langsam, als brauche er Zeit zum Nachdenken. »Was nicht heißt, dass diese Kräfte nicht existieren. Wir wussten, dass das berühmte Medium Arsènie Sàtra manche Dinge für die Sûreté überprüfte. Mit nachweisbarem Erfolg, wohlgemerkt. Warum sollte sich die Ochrana an einem solchen erfolgreichen Modell nicht ebenfalls versuchen? Wir haben aus den Vorfällen am Triglav gelernt.«

»Dann anscheinend nicht genug, Vatjankim.« Silena schnappte

sich den letzten Keks, bevor er ihn sich greifen konnte. »Die sind sehr lecker.«

»Ich werde es meiner Frau ausrichten. Sie freut sich bestimmt über das Lob.« Er blinzelte und lehnte sich zurück. Anscheinend wurde er aus ihr nicht schlau, was sie freute und beruhigte. Sie wollte für ihn die Witwe bleiben. Das Thema, das er anschnitt, bot die gute Gelegenheit, von Grigorij abzulenken. »Drachensteine wurden schon früher gefunden und galten als Heilmittel. Sie waren immer sehr beliebt. Dass sich das Officium per Gesetz alle Drachenteile gesichert hat, offenbart, dass man auch dort an Drachensteine glaubt.«

»Johann Leopold Cysat, 1661, Reiskius, 1688, und Konrad von Megenberg um 1350«, sagte Silena, die beschlossen hatte, ihre Zurückhaltung aufzugeben. Da Vatjankim so weit ausholte, wollte er sie auf etwas Bestimmes vorbereiten. Etwas *Unschönes*, wie er es genannt hatte. »Sie haben Drachensteine beschrieben. Sàtra hatte die Meinung vertreten, es handele sich bei den Drachensteinen um eine Art Katalysator, welche die Magie eines Wesens zu bündeln vermögen.«

Vatjankim grinste wissend. »Schön, dass Sie mir doch zustimmen, Gaspascha Zadornova.«

»Und was hat das mit dem Triglav zu tun?«

»Der Weltenstein ging dort verloren. *Sie* glauben, dass er verbrannt ist. Weil es jedoch keine Sicherheit gab, beschloss der Zar, das Areal besonders zu schützen.« Er nahm eine Fotografie aus der Schreibtischschublade. Silena sah eine Frau darauf, die aus großer Entfernung aufgenommen worden war. Die Konturen verschwammen. »Das ist Lady Ealwhina Snickelway, soweit wir wissen. Die Dame tauchte am Triglav unter dem Namen Lesandra Carmichael auf, um den Wallfahrtsort zu besuchen. Die Soldaten, die sie begleitet hatten, berichteten von einer unerklärlichen Gedächtnislücke. Als unser Medium, Oberstin Zoja Sigorskaja, besagte Snickelway kontrollieren wollte, flüchtete sie. Ihr Fahrer kam dabei ums Leben, sie ist verschwunden.«

»Und?«

Vatjankim stellte ihr eine Tüte mit noch mehr Naschwerk hin. »Hier, essen Sie. Sie scheinen richtig ausgehungert zu sein.«

»So etwas Leckeres bekommt man nicht oft.« Der Heißhunger ließ sie zugreifen, sobald er die Tüte für sie geöffnet hatte.

Er grinste kurz, dann wurde er ernst. »Snickelway stammt aus York und flog mit der *LS IV* Ihres Mannes von Edinburgh aus nach Sankt Petersburg, um von dort nach Kiew zu gelangen. Zuvor kam es beim Betreten des Luftschiffs zu einer Art Streit zwischen ihr und Zadornov.« Er rührte den Tee um. »Ich frage mich: Warum?« Er nahm den Löffel heraus, klopfte ihn am Tassenrand ab und legte ihn auf den Unterteller. »Ich sage Ihnen, wieso: Ihr Gatte, Gaspascha Zadornova, war einmal der berühmteste und beste Hellseher der westlichen Hemisphäre. Sollte er sie berührt und ihr Vorhaben erkannt haben, geriet er in große Gefahr.«

»Welches Vorhaben denn? Und warum hat sie ihn nicht schon auf dem Flug umgebracht?«, hielt Silena dagegen. Ihr Herz schlug schneller. Die Neuigkeiten regten sie auf. *Es kann ebenso eine Ablenkung sein, um mich auf eine falsche Fährte zu setzen.*

»Ich muss noch etwas mehr ausholen. Snickelway hatte vor ihrem Aufbruch nach Edinburgh Besuch von einem Franzosen namens Charles Tourant De Bercy. Wir haben den gebürtigen Niederländer schon längere Zeit beobachtet, nachdem er ebenfalls am Triglav aufgetaucht war und Fragen gestellt hatte, die uns aufmerksam werden ließen.« Vatjankim trank und stellte die Tasse ab. »Auch wenn die Sûreté behauptete, er sei ein unbescholtener französischer Bürger, der Im- und Export betreibt, stellte sich heraus, dass er einige Geschäfte anleierte, die ihn zumindest zwielichtig erscheinen lassen. Unsere Erkenntnis: Er arbeitet für eine sehr einflussreiche Person, die viele Kontakte in Frankreich, Italien, Spanien und Portugal unterhält.«

Silena atmete ein und sah auf die Tüte. *Gibt es das? Jetzt ist mir wieder schlecht.* »Die Ochrana hat Monsieur De Bercy bestimmt befragt.«

»Nein, haben wir nicht. Er ist verschwunden, seit er in York einen Fuß über die Schwelle des Pubs *Golden Fleece* gesetzt hat. Unauffindbar.« Vatjankim tippte auf das Foto von Snickelway. »Sie ist für De Bercys Hintermann zum Triglav gereist und hat den Weltenstein gesucht. Ihrem Verhalten nach hat sie ihn gefunden. Unser Medium erkannte, dass sie eine magische Kraftquelle mit sich führte.«

Alles, nur das nicht! Silena unterdrückte das Aufstoßen, Magensäure gurgelte in ihrem Hals. Sie erinnerte sich an die Unterredung mit dem Wurmdrachen Gessler in Innsbruck, der ihr gegenüber angedeutet hatte, dass in Wahrheit uralte Drachen, die Altvorderen, die Geschicke der Menschheit bestimmten. War De Bercy einer dieser Drachendiener?

Sie wusste, dass es in Wales eine Drachin gab, Ddraig, mit der sie sich am Vorabend der Schlacht getroffen hatte. Einige Altvordere waren damals erschienen, um sich auf der Seite der Menschen, aber zu ihrem eigenen Vorteil in die Schlacht zu stürzen. Zwei hatten nicht überlebt, Ddraig war geflüchtet. Und ein Altvorderer war erst gar nicht erschienen. *Er könnte durchaus dahinterstecken. Oder Ddraig. Doch was bringt mir diese Erkenntnis? Sàtra hatte es ebenso auf den Drachenstein abgesehen. Jedes Medium, das nach mehr Macht strebt, kommt damit in Verdacht.*

»Ich fragte: Was sagen Sie dazu, Gaspascha Zadornova?«

»Meine Güte«, ächzte sie. »Ein reicher Sammler? Ein größenwahnsinniges Medium? Es gibt so viele Verdächtige.«

Vatjankim schüttelte den Kopf. »Sie haben mir nicht zugehört. Ich fragte, ob Sie zum Triglav reisen, um sich umzusehen. Sie haben mit dem Weltenstein mehr Erfahrung als jeder andere Lebendige. Ich weiß, dass es viel verlangt ist, so kurz nach dem Tod Ihres Mannes.«

Silena dachte nach. »Nein.«

»Aber der Zar es …«

»Ich sehe keinen Sinn darin. Und warum hätte Snickelway oder ihr Auftraggeber aus Frankreich das Luftschiff meines Mannes *so spät* abschießen lassen sollen?«, fiel sie ihm ins Wort.

»Nun ja. Weil es nicht leicht ist. Es sind Vorbereitungen zu treffen und Raketen herbeizuschaffen, um …«

Wieder unterbrach Silena ihn. »Nein, Vatjankim. Ich halte es nicht für wahrscheinlich, dass die Dame etwas mit dem Anschlag zu tun hat. Die Drachenfreunde sind die wahrscheinlichsten Schuldigen, und danach«, sie erhob sich, »steht der Zar ganz oben auf der Liste meiner Verdächtigen. Sie wissen, aus welchem Grund. *Sie* sagen mir, die Ochrana habe damit nichts zu tun. Schön. Bleibt immer noch die Armee oder eine andere Organisation, die alles für den Zaren tun würde.« Sie nickte ihm zu. »Ich wünsche Ihnen einen guten Tag und viel Erfolg bei Ihren Untersuchungen. Ich verlasse mich auf Sie.« Silena wandte sich zum Gehen, schritt durch die anderen Zimmer, die Treppen hinab und zur Tür hinaus.

Wo beginne ich die Suche nach Grigorij? Ich könnte zudem einen Detektiv anheuern. Sie verschwendete keinen weiteren Gedanken mehr an die Episode am Triglav. Es war eine Angelegenheit der Russen. Eine Ablenkung von ihrem vermissten Gatten erlaubte sie sich nicht, so sehr sich der Zar das vielleicht wünschte. Verwundert sah sie, dass nur noch Litzows Wagen geparkt stand.

Sie lief zu dem Automobil und stieg ein. »Wo ist Leída?«

»Vorgefahren, Fürstin. Sie wollte Vorbereitungen treffen, falls Ihnen etwas zustößt, auch wenn ich sagte, dass es nicht notwendig sei.« Der Oberst versuchte, aus ihrem Gesicht zu lesen. »Was gab es?«

»Neuigkeiten.« Sie fasste die Unterredung mit Vatjankim zusammen. »Und Ihre Einschätzung dazu lautet?«

Litzow rieb sich nacheinander die Bartspitzen. »Ich pflichte Ihnen bei.« Er wollte noch etwas sagen, da machte sie der Fahrer auf das Spektakel am Himmel aufmerksam.

Sie sahen zum Fenster hinaus – und schauten zu, wie Havock's Zeppelin qualmend nach Westen zog, während die *Lena* Tod und Vernichtung gegen sie spie.

»Um Himmels willen!«, rief Litzow entgeistert. »Was geht denn da oben vor sich?«

Silena öffnete den Mund – und erbrach sich.

VIII.

3. Januar 1927, York, Grafschaft Yorkshire, im Nordosten des Königreichs Großbritannien

Lady Ealwhina Snickelway betrat das *Golden Fleece* und atmete das warme Durftgemisch aus Tabak, Bier, verschiedensten Menschen- und Essensgerüchen tief ein. »Zu Hause«, murmelte sie erleichtert und grüßte den Wirt mit einem Winken. Er grinste und nickte ihr zu.

Ealwhina wusste, dass De Bercys Seele im Keller auf sie warten würde. Die Gehenkten hielten sie fest, wie sie es immer taten, bis sie ihnen erlaubte, den oder die Unglückliche gehen zu lassen. »Ein Pint Midnight, Thomas. Kein Ladypint«, orderte sie laut und ging an den Tresen, um ihr Glas zu empfangen. »Zur Feier des Tages.«

»Erfolgreiche Reise?«

»Kann man so sagen.« Sie legte ihm eine Münze hin und griff nach dem Glas. Die andere Hand blieb um die Splitter und die kleine Kugel in ihrer Rocktasche geschlossen. Sie hatte sich umgezogen, war in die weiße Bluse geschlüpft, hatte den hellen, knielangen Rock dazu gewählt und sich die schwere Tweedjacke übergeworfen; die brünetten Haare wurden von einem Hut bedeckt. »Und sie war vor allem lang.«

Sie durchquerte den Raum, freute sich über bekannte Gesichter und wechselte ein paar kurze Worte, bis sie an ihrer Bank neben dem mürrischen alten Greis saß. »Na, hast du mich vermisst?« Sie prostete ihm zu und trank einen Schluck von ihrem Guinness, in das ein großzügiger Schuss Portwein gemischt war. »Viel los heute«, sagte Ealwhina dann, nachdem sie abgesetzt hatte. »Ist was Besonderes?« Sie rechnete nicht damit, dass der mürrische alte Mann ihr antwortete. Für ein Schwätzchen wandte sie sich normalerweise an Lady Alice. Mit dem Greis war es, als spreche man zu einem Hund und gebe sich selbst die Antworten. Aber er gehörte einfach für sie dazu.

Ealwhina sah viele Fremde unter ihren Bekannten und Freunden. *Schnüffler*. Sie nahm an, dass sie wegen De Bercys Verschwinden erschienen waren. *Es war vielleicht ein Fehler, ihn gleich hier umzubringen.*

Gewöhnlich interessierte sich niemand für die Menschen, die sie in den Keller führte. Aber der Franzose musste sie für einen mächtigen Mann angeheuert haben, der Verwendung für einen Gegenstand hatte, dem man definitiv übersinnliche Kräfte bescheinigen konnte.

Ealwhina betrachtete zwei der Unbekannten genauer und sah die Pistolen, die sie halb unter den Jacken verbargen. Die Pints vor ihnen rührten sie nicht an. *Ich sollte De Bercy befragen.* Sie nahm einen Schluck Midnight und erhob sich.

»Bleib sitzen«, raunte der Greis und packte blitzartig ihr Handgelenk.

Ealwhina war so erstaunt, dass sie sich tatsächlich setzte. »Du kannst ja sprechen, mürrischer alter Knochen.«

Er sah sie an, und die Blicke drangen durch sie hindurch. »Sie sind seit gestern hier und tun so, als wären sie Reisende, die sich York anschauen möchten. Sie reden in einer unverständlichen Sprache miteinander. Klingt nach Balkan.« Er hatte sie noch immer nicht losgelassen. »Der Rechte von ihnen hat Thomas gestern ein unscharfes Bild gezeigt und behauptet, er sei ein Bekannter von dir.«

»Thomas hat nichts gesagt.« Sie sah zum Wirt, der den Hahn der Zapfanlage putzte und gleich danach ein Pint mit Guinness füllte. *Er tut unbeteiligt.*

»Weil sie ihn beobachten und er sehen möchte, ob sie dich ohne seine Hilfe erkennen.« Der Greis senkte den Kopf und starrte auf die Tasche. »Du hast etwas bei dir, was … ich fühlen kann. Es erscheint mir … die Wärme …«

Ealwhina sah Lady Alice neben sich erscheinen, und auch sie stierte auf die Stelle, wo sie die Splitter und die Kugel aufbewahrte. »Oh, hallo, Lady Alice. Lust auf einen Plausch?«

Sie erhielt keine Erwiderung. Stumm stand die Frau da.

Aus dem Nichts tauchte der Junge in der viktorianischen Kleidung hinter ihr auf. Der Räuber, der wie aus einem anderen Jahrhundert erschien, bahnte sich einen Weg durch die Menge und steuerte auf ihren Tisch zu; im Gehen zog er seine uralte Pistole. Als auch noch die Gehenkten aus dem hinteren Teil des Pubs kamen und sich ihr näherten, wurde es Ealwhina zu viel. *Sie haben den Keller noch nie verlassen!*

»Du hast etwas bei dir, was uns nützen kann«, flüsterte der Greis schaurig. »Jedem von uns in York!«

»Ich habe es gefunden, es gehört mir!«, entgegnete sie und riss sich los, stand auf.

Die beiden bewaffneten Männer erhoben sich ebenfalls und sahen sie alarmiert an. Offenbar glaubten sie, dass sie flüchten wollte.

»Verstehst du nicht? Es kann uns allen nützen!«, bettelte der Alte.

»Ich weiß nicht, wie es funktioniert!« Ealwhina betrachtete die Versammlung um sich herum. »Es könnte auch …«

Die Tür wurde mit sehr viel Schwung aufgestoßen und krachte gegen die Wand, kalter Januarwind fuhr schneidend in den warmen Pub. Die Gemütlichkeit erhielt einen jähen Dämpfer. Wer so in ein Haus trat, wollte die Aufmerksamkeit zum Eingang zwingen. Auf der Schwelle sah Ealwhina die Frau, die sie am Triglav aus den Unterkünften hatte kommen sehen. *By Jove! Deswegen Balkan. Das Medium und seine Leute haben mich bis hierher verfolgt!*

Die Russin sondierte den Raum, und die Augen hinter der Brille wurden dabei immer größer. Sie hatte sofort verstanden, wer sich im *Golden Fleece* alles aufhielt. Hastig langte sie unter ihren Mantel und hängte das silberne Orthodoxenkreuz gut sichtbar darüber, bevor sie weitere Schritte in den Pub machte. Auf die merkwürdigen Blicke achtete sie nicht, sondern bewegte sich genau auf Ealwhina zu. »Snickelway, geben Sie mir auf der Stelle, was Sie dem Zaren und dem russischen Volk gestohlen haben«, sagte sie leise, doch Ealwhina verstand die Worte so deutlich, als wären sie in ihre Ohren geschrien worden.

Ealwhina ging rückwärts, stieß den Jungen zur Seite und öffnete das Fenster. Hastig kletterte sie hinaus und rannte los, die Shambles hinab, wo die Schlachter ihre Läden hatten, in denen sie die Ware vor den Augen der Kundschaft frisch zerlegten, und wo das

Blut in die Gosse sickerte. Im Gewirr der Gässchen kannte sie sich bestens aus und rechnete fest damit, ihre Verfolger abzuschütteln.

Doch sie stellte bei jedem Schulterblick fest, dass sie unentwegt Begleiter hatte.

Es liegt an der Kugel oder an den Splittern des Weltensteins. Es muss das Leuchtfeuer für das Medium sein. Ealwhina griff sich im Vorbeihasten eine schwere, kurzstielige Axt aus einem Hauklotz, mit dem die Metzger die Wirbel und andere große Rinderknochen aufbrachen.

Hinter der nächsten Biegung blieb sie in einer leeren Gasse stehen und sah sich um. Für wenige Minuten würde sie darauf verzichten müssen, eine Lady zu sein, und dafür auf die ungeliebte, gefürchtete Vergangenheit zurückgreifen.

Das da drüben ist der ideale Flecken! Sie erklomm ein paar Fässer, balancierte eine kurze Mauer entlang und stieg auf ein lang gestrecktes Vordach. Die Axt halb unter ihrem Mantel verborgen, wartete sie über der Gasse auf ihre Verfolger. *Ich will es nicht, aber es geht nicht anders!* In ihr gärte eine Mischung aus Angst und verdrängter Vorfreude.

Als die Russin um die Ecke gerannt kam, zückte Ealwhina die Waffe und schlug damit zu, bevor das Medium ihren genauen Standort erfühlte.

Die Schneide drang der Frau zwischen Hals und Schulter in den Leib. Das Schlüsselbein brach unter der Wucht, und sie sackte aufschreiend in die Knie.

Es ist Notwehr. Ealwhina sprang vom Dach, zog die Axt aus der Wunde und spaltete der Frau mit einem zweiten Hieb den Schädel. Das Geschrei verstummte. Ealwhina sah das Blut auf dem Pflaster und fühlte sich viel zu gut für das, was sie gerade getan hatte. Was sie gerne getan hatte. »Sie haben mich dazu gezwungen!«, rief sie vorwurfsvoll. »Mich trifft keine Schuld! Ich musste es tun!« *Und es war viel zu schnell vorüber.* Sie ließ den Stiel los und eilte weiter, zurück ins Gewirr der Shambles, um über Umwege zurück zum *Golden Fleece* zu gelangen. *Ich will wissen, für wen De Bercy arbeitete.*

Durch den Kohleschacht des Pubs glitt sie in den Keller.

»Mister, wo stecken Sie?«, rief sie aufgewühlt. Sie hatte schon lange mehr keinen derartig bestialischen Mord mehr begangen. Nicht mehr seit fünfzig oder sechzig Jahren, und es machte ihr nur aus einem Grund zu schaffen: Sie wollte mehr! Die Vorwürfe waren verstummt.

Ich habe vergessen, wie viel Spaß es macht, wenn ich es selbst tue. Die Lust daran ist zurückgekehrt. »Mister De Bercy, kommen Sie schon. Sie können sich nicht vor mir verstecken, mein Lieber. Ich sehe Geister in der Dunkelheit als einen leuchtenden Menschen. Früher oder später …« Der Franzose trat hinter einem Fass hervor. »Et voilà, wie man bei Ihnen sagt.« Ealwhina machte einen Schritt auf ihn zu und packte ihm am Kragenaufschlag. »Ich *sehe* Sie nicht nur, Mister De Bercy, ich kann Sie auch anfassen!«

Er sah sie gar nicht an – sondern starrte wie alle anderen auf ihre Tasche. »Mon dieu! Sie waren am Triglav!«, stieß er hervor. »Sie haben … nein, das ist nicht der Weltenstein, oder? Aber es ist so ähnlich …« Sein Blick wurde gierig. »Zeigen Sie es mir.«

»Sagen Sie mir, für wen Sie mich nach Russland geschickt haben und warum die russische Armee hinter mir her ist!«

Er lachte leise. »Aha. Dann hat Sigorskaja Sie auch entdeckt?«

»Sie waren schon mal dort?«

»Ja. Ich habe versucht, den Weltenstein oder seine Überreste zu finden, aber ich wurde …«

Ealwhina drückte fester zu. Wie gern würde sie jetzt auch ihn enthaupten oder ihm Schlimmeres antun. *Eins nach dem anderen.* »Für wen, De Bercy, arbeiteten Sie?«

Der Geist lächelte sie auf überhebliche Art und Weise an, wie es nur Franzosen vermochten. »Was ist denn das für eine Drohung? Wollen Sie mich nochmals töten?«

»Es reicht mir, wenn ich Ihnen wehtun kann!« Sie schlug ihm mitten ins Gesicht. Sein Kopf schnappte zurück.

»Mon dieu«, sagte er verblüfft und hielt sich das Kinn. »Kann ich Ihnen das Gleiche antun?« Seine Faust landete kraftvoll auf ihrer Nase, und Ealwhina musste ihn loslassen, ging zwei Schritte rückwärts. »Formidable!«, jubelte er. »Das kann ich auch!« Böse grinsend kam er auf sie zu. »Das ist das erste Mal, dass ich mich mit einer Frau prügele. Aber da Sie meine Mörderin sind, mache ich eine Ausnahme.«

Keine gute Idee, ihn auf diesen Gedanken zu bringen. Sie langte in die Tasche und griff nach Splittern und Kugel. Sie wollte den Geist freisetzen, wie sie es mit den Soldatenseelen am Triglav gemacht hatte. *Ich finde jemand anderes zum Spielen und Quälen.* »Gleich bin ich Sie los, De Bercy!«

»Je ne crois pas.« Er sprang auf sie zu und wollte sie packen.

Ealwhina wich ihm aus – und wurde von einem Gegenstand hart am Kopf getroffen.

Zwar wurde sie nicht ohnmächtig, war aber abgelenkt genug, um in den Hieb des Franzosen hineinzulaufen. Sein Schwinger landete an ihrem Kinn, und sie spürte, wie sie die Augen verdrehte. Seufzend brach sie vor ihm zusammen, fiel auf den Kellerboden aus gestampfter Erde. Modergeruch stieg ihr in die Nase.

De Bercy schob sich in ihr Blickfeld. »Merci, Madame, für den Tipp. Ich hätte sonst nicht gewusst, wie wir Sie kaltstellen könnten.« Er zeigte neben sich, und zwei weitere Männer erschienen. Die Pintverweigerer. »Die Herren kennen Sie ja: Vlad und Piotr. Sie arbeiten für den gleichen Auftraggeber und haben sich Sorgen um mich gemacht.«

Ealwhina war benommen. *Ich lag vollkommen daneben.* Suchende Finger tasteten sie ab, berührten sie überall, ohne dass sie sich gegen die Männer wehren konnte. Sie fand es widerlich. Als sie ihre Tasche leerten und ihr die Splitter und die Kugel abnahmen, begehrte sie schwach auf, was ihr einen Tritt gegen den Kopf einbrachte.

De Bercy ging neben ihr in die Hocke, packte ihr Gesicht mit der rechten Hand. »Die Herrschaften nehmen die Artefakte an sich und verlassen York. Ich muss ja, dank Ihnen, hierbleiben! Doch ich denke, dass wir gleich viel Spaß haben werden.«

Piotr und Vlad berieten sich kurz. Ealwhina verstand die Worte *Amsterdam* und *Herengracht*, bevor sie durch den Kohleschacht ins Freie kletterten. Ihren Bewegungen nach taten sie das nicht zum ersten Mal.

Der Franzose beugte sich nach vorn. »Sagen Sie: Ist das Blut auf Ihrem Mantel?«

Ich muss das Artefakt zurückbekommen. Ealwhina gelang es, die Benommenheit abschütteln. *Ich habe nicht die vielen Meilen zu-*

rückgelegt und die Gefahren überstanden, um mich schnöde berauben zu lassen!

Absichtlich murmelte sie eine unverständliche Antwort, sodass er näher herankam. Sie hämmerte De Bercy mit dem Knie an den Unterkiefer, woraufhin er weggeschleudert wurde, dann warf sie sich mit einem wilden Schrei auf ihn. Die Hände hatte sie zusammengelegt und schlug mit einer kraftvollen Bewegung von oben nach unten, als führe sie einen Dolch zwischen den Fingern.

De Bercy sah das Unheil kommen, konnte sich aber nicht mehr schnell genug herumwälzen. Der Schmetterhieb brach seinen Geisterschädel – und seine Konturen verblassten; das Licht in ihm erlosch, und er löste sich auf.

Ealwhina setzte sich auf den Boden. *Das hat gutgetan*, dachte sie grimmig. *Nicht das Gleiche wie bei einem Menschen, aber es tat gut.* Sie mochte es lieber, das echte Blut zu riechen und zu sehen, und wie es danach verrann und das Leben des Opfers mit sich nahm. Das Vernichten einer Seele besaß keinen so großen Reiz, jedenfalls nicht auf diese Weise.

Licht fiel durch einen Spalt die Kellertreppe hinab, sie hörte Menschen, die sich näherten.

Rasch sprang sie auf und rannte zum Kohleschacht, nur um direkt davor abzubremsen: Zwei Paar Hosenbeine und Stiefel waren vor dem Schacht erschienen und stehen geblieben, die Strahlen zweier Taschenlampen leuchteten auf. Hier konnte sie nicht hinaus, trotz ihrer Tricks. Sie stand unvermittelt im Hellen.

»Bleiben Sie stehen«, befahl ihr eine weibliche Stimme. »Langsam umdrehen.«

Ealwhina tat es – und konnte es nicht verhindern, dass sie die Frau auf der Kellertreppe dämlich anglotzte, die leibhaftig und nicht als Geist vor ihr stand: das russische Medium! Sigorskaja zeigte nicht einmal leiseste Spuren einer Verletzung, keine hastig angelegten Verbände oder Blut auf ihrer Kleidung. *Wie geht das vor sich? Sie ist anscheinend sehr mächtig.*

Die Russin kam die Treppe hinunter, ihr folgten fünf Männer, durch den Schacht glitten zwei weitere. Ealwhina war eingekreist.

Sigorskaja betrachtete sie argwöhnisch durch die Brille. »Wo haben Sie das Artefakt versteckt? Und spielen Sie mir nichts vor! Ich sehe, dass Sie es nicht mehr bei sich tragen.«

»Ich wurde beraubt«, antwortete sie ehrlich und spreizte die Arme als Zeichen, dass sie sich ergab. »Von zwei Russen. Sie sind seit gestern hier und passten mich ab. Fragen Sie Thomas, den Wirt.« Sie sah die Männer und Frauen der Reihe nach an. »Wer sind Sie?«

Das Medium setzte sich auf ein leeres Fass. »Zoja Sigorskaja, ich bin Oberst der Armee des Zaren und habe den Auftrag, das gestohlene Gut zurückzuholen. Das sind meine Leute.« Sie zeigte in die Runde. Dann sagte sie etwas auf Russisch, und drei Männer rannten die Treppe hinauf. Wahrscheinlich nahmen sie die Verfolgung auf. »Meine Schwester fehlt noch, aber wir werden sie bald erwarten.«

Zwillinge. Ealwhina ließ sich nichts anmerken. *Ich werde den Mord wohl besser De Bercy in die Schuhe schieben.* »Wir sollten uns beeilen, um …«

»*Wir* sicherlich nicht«, unterbrach sie Sigorskaja. »Unser Geheimdienst hat herausgefunden, wer Sie sind, was De Bercy alles getan hat und welche Kontakte er pflegte. Kennen Sie einen von ihnen?« Sie nahm einen Block aus dem Mantel, las davon eine Reihe von Namen herunter und sah nach jedem erwartungsvoll zu Ealwhina, die aber stets den Kopf schüttelte. »Schade. Damit sind Sie für uns enorm nutzlos geworden.« Sie erhob sich und gab den beiden Leuten hinter ihr ein Zeichen.

Ealwhina wurde heiß und flau. »Warten Sie, Oberst!«, rief sie. »Ich weiß, wohin Piotr und Vlad wollen.«

»Denken Sie nicht, dass es der Geheimdienst nicht auch herausfinden könnte?«, entgegnete sie gelangweilt. »Vielleicht haben meine Männer sie schon gestellt.«

»Und wenn nicht?« Ealwhina setzte auf die Gefühle und die Rachsucht ihrer Gegenspielerin. »Ich hätte nicht gedacht, dass Sie die Mörder Ihrer Schwester auf den Tod warten lassen wollen.«

Sigorskaja runzelte die Stirn.

»Ich habe gehört, wie sie sagten, dass sie die *Suka* mit einem Beil erschlagen haben.« Ealwhina sah an Sigorskajas entsetzten Zügen, dass sie gewonnen hatte. »Es muss in den Shambles passiert sein, nicht weit von hier.«

Die Russin sandte einen weiteren ihrer Begleiter hinaus und wartete schweigend. Und es dauerte nicht lange, bis er zurückkehrte und Sigorskaja etwas ins Ohr flüsterte. Sie stand auf, ihre Kiefer mahlten, und eine Ader am ihrem Hals trat deutlich hervor. Sie war voller Hass und Wut auf die vermeintlichen Mörder. »Also gut, Snickelway. Wohin wollten sie?«

Ealwhina atmete ein. »Wir müssen nach Amsterdam.«

»Und wo dort?«

»Das«, sie fixierte Sigorskaja, »sage ich Ihnen, wenn wir dort sind.«

Draußen gellten die zweitönigen Pfeifen der Bobbies. Die Leiche war offiziell entdeckt worden.

Wortlos wandte sich die Russin um und ging die Treppe hinauf.

Ealwhina bekam einen Stoß in den Rücken, damit sie sich in Bewegung setzte. Ihre Bedingung war akzeptiert worden. *Ich hoffe, die Herengracht ist nicht lang und ich finde dort irgendeinen Hinweis.* Sie rieb sich über den Mantel und verwischte das Blut des getöteten Mediums, bevor sie ins Helle kamen. Es tat ihrer Lüge nicht gut.

1. Januar 1927, Oranienbaum, 40 Kilometer westlich von Sankt Petersburg, Zarenreich Russland

Silena achtete nicht auf das Erbrochene und stieg aus, die Augen auf den ungleichen Kampf über ihren Köpfen gerichtet. *Was ist vorgefallen?*

Die *Lena* hatte das Feuer aus allen Maschinengewehren eröffnet und bescherte der Gondel der *Ramachander* Loch um Loch. Die Schweife der Leuchtspurmunition verdeutlichten, wo der Zeppelin überall getroffen wurde, dessen MG-Kanzeln eine nach der anderen in Stücke geschossen wurden. Ein Motor des kleineren Luftschiffs hatte bereits Feuer gefangen. Angeschlagen versuchte es, aus der Reichweite des Gegners zu gelangen. Das Knattern der Waffen klang am Boden leise, beinahe harmlos.

Um Silena herum zischte der Schnee, heiße Patronenhülsen regneten unaufhörlich herab. Litzow reichte ihr das Fernglas, und sie sah hinauf. »Ihre Einschätzung, Oberst?«

»Keine, Fürstin«, antwortete er unsicher. »Wir sind Verbündete, und Sie vertrauen Mrs. Havock, wie ich es tue. Es gibt keinen Grund für ein Gefecht.«

Sie suchte die Hülle der flüchtenden *Ramachander* ab und entdeckte viele Treffer, die ihr einen starken Heliumverlust bescherten. In einer Geschützkanzel erkannte sie eine Gestalt, die eine Hand am Abzug des MGs hatte; mit dem anderen Arm zielte sie hinter sich und schoss mit einer Pistole auf den Einstieg.

»Ich ahne, warum es zum Kampf gekommen ist«, sagte sie und beobachtete, wie der Schütze mehrmals in den Körper und in den Kopf getroffen wurde. Von hinten. *Sie haben ihn durch die Luke erschossen.* Gleich darauf zerfetzte eine Salve der *Lena* den Ausleger. Die Leiche stürzte zusammen mit den Trümmern hinab.

»Entweder es gab eine Meuterei gegen Leída, was ich nicht glaube, oder sie hat Gäste an Bord, die versuchen, die *Ramachander* zu übernehmen.« Vorsichtshalber schwenkte Silena das Fernglas zu ihrem Luftschiff. Die Besatzung, die sie in den Kanzeln und hinter den Fenstern sehen konnte, war die eigene.

Der Luftkampf endete. Die *Lena* hielt ihre Position bei und sah von einer Verfolgung des Gegners ab, während die *Ramachander* qualmend und sehr langsam nach Westen flog.

Silena und Litzow kehrten in den Wagen zurück und ließen sich zum Flugfeld fahren, wo die *Lena* niedergehen würde. Bald darauf senkte sich die fliegende Festung für ihre Kommandantin dem Boden entgegen.

Während das Auto und die Leichen zusammen mit dem toten, falschen Grigorij verladen wurden, gingen Silena und Litzow an Bord und ließen sich vom Wachoffizier auf der Brücke berichten, was geschehen war. Er erklärte militärisch knapp, doch präzise, was aus seiner Sicht vorgefallen war.

»Und sie haben das Feuer ohne Vorwarnung eröffnet?«, vergewisserte sich Silena.

»Ja, Madam. Es gab unmittelbar danach einen kurzen Funkspruch von Leída Havock, dass das Schiff geentert worden sei, weswegen wir uns nach einer Breitseite entschlossen hatten, das Feuer auf die Geschütze der *Ramachander* zu konzentrieren und von der Zerstörung des Luftschiffs abzusehen«, erklärte der Mann. »Es ist nicht möglich, Funkkontakt herzustellen. Auf Lichtmorsezeichen reagiert derzeit keiner.«

Silena befahl ihm, wegzutreten und die Schadensmeldungen entgegenzunehmen, bevor sie sich an Litzow wandte. »Wer könnte die *Ramachander* geentert haben?«

»Ochrana oder Drachenfreunde«, kam es sofort von dem alten Haudegen. »Man wollte, dass sich die Luftschiffe gegenseitig vernichten.« Er blickte mit versteinerter Miene auf die Löcher in der Wand und die geborsteten Fenster. »Wir sind glimpflich davongekommen. Die leichte Panzerung der Gondel hat das Schlimmste verhindert, aber wir müssen die Hülle und die Kammern alle auf Löcher prüfen, bevor wir eine weite Reise in Betracht ziehen, Fürstin.« Litzow schüttelte den Kopf und berührte zärtlich das große, malträtierte Steuerrad. »Mein armes Kind.«

»Gut. Wir schicken eine Maschine los, die Anschluss an die *Ramachander* halten und Nachrichten aufnehmen soll«, entschied Silena. »Ich bin neugierig, was wir zu hören bekommen. Sie, Oberst, kümmern sich um unser Schiff.« Sie setzte ihren Hut auf und schritt auf den Ausgang zu. »Ich bin hoffentlich bald wieder zurück.«

Silena war unvermittelt die Idee gekommen, dass der Besitzer des gefundenen Armbands etwas mit dem Zwischenfall zu tun haben könnte. Demzufolge war es höchste Zeit, sich mit dem Fund und den Symbolen darauf näher zu beschäftigen. Unter Umständen bot ihr die Stadt die Möglichkeit dazu, und genau das wollte sie jetzt herausfinden.

Sie nahm sich zwei Bewaffnete als Leibwächter mit und fuhr mit dem Automobil nach Oranienbaum. Eine freundliche Seele hatte den Wagen in der kurzen Zeit vom Erbrochenen gereinigt und Parfüm versprüht, um den Geruch zu überdecken.

Als sie die Stadt erreichten, hielt Silena von der Rückbank des Wagens aus ungeduldig Ausschau. Oranienbaum war schon immer Sitz des Adels und der Zarenfamilie gewesen, wie es den Anschein hatte: Paläste, Villen und Prachtbauten zogen an ihr vorbei. Sogar die Stadt an sich wirkte gediegen, Elend und Armut, wie man es andernorts in Russland sah, gab es hier nicht. Von Unruhen weit und breit keine Spur.

Silena las die wenigen Hinweisschilder, bis sie auf das stieß, was sie suchte: eine Bibliothek.

Jetzt müssen sie nur noch etwas Brauchbares in ihren Regalen haben. Zwar zweifelte sie daran, aber mit ein wenig Glück würde sie einen Hinweis finden. Sie ließ den Wagen anhalten, stieg aus und marschierte mit ihren Begleitern auf das wuchtige Haus zu. Natürlich war der Eingang am Abend abgeschlossen, also klingelte sie stürmisch.

Nach wenigen Minuten wurde die Tür geöffnet, und ein junger, blonder Mann in einem gefütterten, bunt gemusterten Hausmantel sah sie verschlafen an. »Was?«

»Ich wollte in die Bücherei. Jetzt«, sagte sie freundlich, doch unnachgiebig. Sie dankte Grigorij, dass er ihr Russisch beigebracht hatte. *Ich klinge, als wäre ich noch immer beim Officium.*

»Geschlossen«, antwortete er ungläubig und wollte die Tür zuschieben.

Schnell stellte Silena einen Fuß in den Spalt. »Haben Sie Bücher über Hieroglyphen?« Sie war sich bewusst, dass sie keinerlei Sonderrechte mehr besaß, schon gar nicht im Zarenreich. Doch ein Notfall blieb ein Notfall. »Es ist dringend. Möglicherweise hängt ein Menschenleben davon ab. Bitte.« Silena sagte es so, dass er es als Entschuldigung für ihr Verhalten nehmen konnte.

Die Tür wurde wieder ein wenig geöffnet.

»Ein Menschenleben, sagen Sie?« Der junge Mann sah sie jetzt genauer an, taxierte ihre schwarzrote Uniform, die beiden Bewaffneten hinter ihr. »Und wer sind Sie? Zur Armee des Zaren gehören Sie jedenfalls nicht.« Dann kniff er ein Auge zusammen. »Sie gehören zu diesen Drachenjägern!«

»Lassen Sie mich rein? Bitte, es ist wirklich wichtig.«

Jetzt wirkte er neugierig, doch noch trat er nicht vom Eingang zurück. »Welche Hieroglyphen suchen Sie denn? Und können Sie mir verraten, wieso in Russland ein Menschenleben von ägyptischen Schriftzeichen abhängen soll? Oder sind es andere Hieroglyphen?« Er kratzte sich über den kurzen, hellen Bart.

Silena atmete tief durch. »Ich vermute, es sind ägyptische.« Sie überlegte, wie viel sie dem Mann anvertrauen konnte, und kam zu dem Entschluss, dass sie ihm eigentlich nichts sagen durfte. Die Ochrana würde von ihrem Besuch bei ihm erfahren und ihn verhören.

Aber noch stand er abwartend auf der Schwelle und verweigerte ihr den Zutritt. Es wäre leicht, ihn einfach niederzuschlagen und auf eigene Faust zu suchen. Da er sich jedoch mit Sicherheit bestens zwischen den Regalen auskannte, brauchte sie ihn. »Ich verstehe Ihre Aussage in der Richtung, dass Sie Bücher darüber haben.«

»Möglich.« Er rührte sich nicht. »Sie sind diese Zadornova«, sagte er. »Ich erinnere mich an das Bild in der Zeitung.« Er gab einen nachdenklichen Laut von sich. »Schon merkwürdig, wonach Sie suchen. Hat es etwas mit dem Absturz zu tun?«

»Ja. Wir sind einigen Rätseln auf der Spur«, antwortete sie vage. Sie sah sich um, ob Fahrzeuge in ihrer Nähe auftauchten, aus denen heraus sie beobachtet wurden. »Können wir das bitte drinnen besprechen?«

»So, so.« Endlich machte er den erlösenden Schritt rückwärts. »Reden wir. Und mein Beileid zum Verlust Ihres Mannes.«

Silena und ihre Begleitung traten ein. »Danke«, sagte sie schlicht. »Ihr Name ist?«

»Sergij Wachholder. Bibliothekar, Verwaltungsangestellter, Leiter der kleinen Post von Oranienbaum und eigentlich Lehrer«, zählte er auf und ging voran. »Kommen Sie. Hier ist so wenig los, dass ein kleines Rätsel gerade recht kommt. Aber ich muss Sie warnen. Ich leite die Bibliothek erst seit einem halben Jahr und bin immer noch dabei, mir einen Überblick zu verschaffen. Mein Vorgänger hat wenig katalogisiert. Zu allem Überfluss wurde uns vor drei Monaten eine Schenkung gemacht. Nichts gegen Bücher, Gott bewahre, doch es sind eintausend neue Bände, die ich alle noch sichten muss.«

Dann hätte ich dich doch niederschlagen können, anstatt freundlich zu sein, dachte sie belustigt.

Er führte sie durch seine Wohnung eine knarrende Holztreppe hoch. Es roch nach Pflegemitteln, frisch gebackenem Brot und Knoblauch. Wachholder stieß eine Durchgangstür auf. »Bitte sehr, der Buchhort.« Er schaltete die Lampen ein. »Geschichtsbücher stehen im vierten Gang.« Er steckte die Hände in die Taschen des weiten Mantels. »Haben wir einen ägyptischen Drachen in Oranienbaum?«

Silena musste lachen. »Das ist eine sehr abwegige Vorstellung, Herr Wachholder.« Sie befahl einem Bewaffneten, an der Tür zu wachen. »Sie begleiten uns, bitte. Und wenn die Ochrana später auftauchen sollte, wissen Sie nicht mehr, wonach ich suchte.«

Wachholder erbleichte. »Die Ochrana? Heiliger Borschtsch!« Er folgte ihnen zu den Regalen. »Warum?«

»Weiß ich selbst nicht.« Silena sah die magere Ausbeute an orientalischen und afrikanischen Büchern. *Das wird nichts.* Sie nahm die drei Werke, die sie als brauchbar ansah, von ihren Plätzen und legte sie nacheinander auf den Tisch, dann setzte sie sich. »Haben Sie vielleicht noch ein paar Reiseführer oder Erlebnisberichte aus dem ägyptischen Raum?« Sie blätterte und suchte im Register nach passenden Einträgen zu Hieroglyphen.

»Bestimmt.«

»Dann holen Sie sie, bitte.« Silena bedeutete dem anderen Bewaffneten, Wachholder zu begleiten, und machte sich an die Arbeit. Dabei legte sie das Armband so, dass sie die Zeichen jederzeit betrachten konnte, jedoch nicht der Bibliothekar.

Die Zeit verging.

Sie las und verglich, während Wachholder acht weitere Bände anschleppte. Manche trugen noch keinen Stempel und stammten aus der kürzlich erhaltenen Bücherspende. Den Tee und das würzige Brot, das er ihr anbot, nahm sie dankend entgegen. Nach zwei Stunden hatte sie gerade einmal ein Buch durchgearbeitet. Und Appetit verspürte sie nach wie vor, trotz des halben Laibs, den sie verschlungen hatte.

Das wird noch länger dauern. Silena rieb sich die brennenden Augen.

»Ich kann Ihnen helfen, wenn Sie mir sagen, wonach wir suchen. Ich bin kein Ägyptologe und verstehe mich nicht auf Hieroglyphen, aber manche Reiseberichte geben etwas her«, sagte Wachholder freundlich und setzte sich ihr gegenüber. »Sie sehen sehr müde aus.«

Sie lächelte ihm zu. »Ich möchte nicht, dass Sie von der Ochrana in die Mangel genommen werden.«

»Das werden sie so oder so tun.« Wachholder grinste. »Ich wäre so stolz, wenn ich einen Beitrag zur Lösung des Rätsels beitragen könnte, von dem ich einmal meinen Enkeln berichten kann.«

Die Zeit wird knapp. Ich kann jede Hilfe brauchen. Silena nickte. »Na, gut.« Sie legte das Armband in die Mitte, sodass er es sah. »Es gehörte einem guten Freund, der sich auf dem abgestürzten Luftschiff meines Gatten befand. Ich sollte es mitnehmen und übersetzen lassen«, log sie.

Wachholder grinste und setzte sich. »Ich glaube Ihnen kein Wort. Die Wahrheit höre ich sowieso nicht, also was soll's?« Er nahm sich ein Buch und begann das Stöbern.

In der Bibliothek war es sehr leise. Der Wind säuselte gelegentlich durch undichte Stellen, mal fuhr ein Wagen draußen vorbei oder ein schellengeziertes Gespann; ansonsten erklang das Rascheln der Seiten, ein gelegentliches Räuspern oder ein Schlürfen, wenn der Tee aus dem Samowar zu heiß war. Der eine der Skyguards hatte es sich neben dem Fenster bequem gemacht und behielt die Straße im Auge, der andere wachte an der Eingangstür weit von ihnen entfernt.

Silena bemerkte nicht, wie die Minuten verflogen. Als sie irgendwann nach dem zweiten Buch mit Nackenschmerzen aufblickte, sah sie, dass Wachholder schon drei Bücher durchgearbeitet hatte und beim letzten angelangt war. Auf dem Schmierzettel neben ihm standen Notizen. *Hoffentlich ist er so gründlich, wie er schnell ist.* »Was gefunden?«

»Ja«, entgegnete er abwesend und schrieb wieder etwas auf. Er drehte das Werk so, dass sie beide hineinschauten.

Silena erkannte eine Zeichnung von einer Landschaft mit verschiedenen Tieren darauf, darunter waren Zeichnungen von ägyptischen Schriftzeichen zu sehen. »Wo ist der Zusammenhang?«

Wachholder zeigte auf ein einfaches Symbol auf dem Armband, dann auf das zweite Bild. »Treffer!«

Silena atmete auf und unterdrückte ein Gähnen. »Haben Sie auch herausgefunden, was es bedeuten soll?«

»Ja, habe ich. Wenn man das übersetzen würde, käme so etwas wie *Aufspürer* heraus. Im Griechischen heißt das Tierchen Ichneumon, die Franzosen nennen es *rat des pharaones*: Pharaonenratte.« Wachholder kratzte sich am blonden Schopf. »Die Inder würden das Viech Mungo nennen. Es wird heilig genannt.«

Jetzt war Silena verwundert. »Aha?! Warum heilig?«

Der Bibliothekar suchte in dem Abschnitt nach der Erklärung. »Der Ichneumon findet sich auf Fresken und Reliefs, sowohl in der Zeit der Ptolemäer als auch aus dem Alten Reich. Und verehrt wurde er wegen seines Könnens als Schlangenbekämpfer.« Er blätterte. »Mh.«

Silena sah auf ihre eigenen Aufzeichnungen. »Passen da irgendwo Horus und Apophis hinein? Das habe ich nämlich bei meinen Hieroglyphen gefunden.«

Wachholder nickte und schaute rasch auf sein Blatt. »In dem Buch über Archäologie habe ich gelesen, dass im Grab von Ramses dem Sechsten ein schwarzes Ichneumon gefunden und mit dem Horus von Letopolis gleichgesetzt wurde – was immer es bedeuten mag. Und ich fand irgendwo noch ein Symbol auf dem Armband, das als Uto zu deuten ist.« Er sah sie hilflos an. »Bringt Ihnen das etwas?«

»Klingt, als sollten wir uns mit ägyptischer Sage befassen.« Silena sah ihn bittend an.

»Schon unterwegs.« Er stand auf und verschwand in den Regalwelten der Bibliothek.

Sie lehnte sich nach hinten und spürte das beginnende Sodbrennen. Rasch trank sie Tee, das Brennen ließ nach. »Und bringen Sie bitte noch etwas Brot mit?« Es war ihr ein wenig peinlich, dass sie so verfressen wirkte.

Erklären konnte sie sich ihren Fund noch nicht, trotz der ersten Erkenntnisse. Grigorij besaß kein solches Armband. Jemand Unbekanntes hatte den Absturz beobachtet und nichts unternommen. *Gehörte er womöglich zu denjenigen, die ihre Raketen abge-*

feuert hatten? Drachenfreunde würden kein Armband mit einem Schlangenfeind darauf anlegen. Sie trugen eher asiatische Zeichen mit sich, um ihre Verehrung für die Ungeheuer zu zeigen. *Wer also?*

Wachholder kehrte mit Brot und weiteren Büchern zurück. »Hier, frisch aus dem Ofen«, er warf den warmen Laib auf den Tisch, »und frisch aus der Sagen- und Mythenabteilung der Bücherspende.« Laut knallten die Bücher auf die Platte, Staub wirbelte auf. Er wirkte kein bisschen müde, zog ein Messer aus dem Hausmantel und schnitt das Brot an. »Essen Sie, Gaspascha Zadornova. Ich suche schon«, sagte er zuvorkommend.

»Danke.« Silena blickte auf die Taschenuhr. *Weit nach Mitternacht.* Sie nahm sich eine dicke Scheibe, aß und sah dem Mann beim Arbeiten zu. Ihre Gedanken schweiften zu Leída. Sie hoffte, dass der Zeppelin ihrer Freundin keine vernichtenden Schäden eingesteckt hatte. *Nicht noch ein Absturz.*

»Das war leicht«, sagte er nach wenigen Minuten. »Ichneumon stand dem Gott Horus als Helfer zur Seite, als er die Apophisschlange bekämpfte. Und Apophis war …«, Wachholder wühlte sich durch die Seiten, »… die Verkörperung von Auflösung, Finsternis und Chaos. Er ist der Widersacher des Sonnengottes Re und wird als riesige Schlange dargestellt, meistens von übernatürlichem Ausmaß und mit etlichen Windungen.«

Apophis ist nichts anderes als ein Wurmdrache! Silena kam aus dem Staunen nicht mehr heraus. Das Armband war der perfekte Talisman für einen Drachenheiligen – wenn sie nicht alle für die katholische Kirche arbeiten würden. Undenkbar, dass sich einer von ihnen mit ägyptischen Symbolen behängen würde. *Eine andere Drachenjägereinheit vielleicht.* Es blieb mysteriös. »Noch etwas?«

»Der Legende nach wird die Sonnenbarke des Re auf der Reise durch die Unterwelt von der Schlangengottheit angegriffen. Und das jede Nacht. Apophis muss besiegt werden, damit die Sonne aufgehen kann.« Wachholder hielt den Finger unter der Stelle. »Apophis hat die Fahrt der Barke mit den Windungen seines riesigen Schlangenkörpers behindert. Er vermag mit seinen Blicken zu hypnotisieren, aber das Ichneumon widersteht dem Zauber und hilft Re beim Kampf. Woanders steht, dass Re sich in einen Ichneumon verwandelt hat, um die Schlange zu besiegen.«

Silena schluckte. »Ausgezeichnet! Aber was hat es mit Uto auf sich? Sie erwähnten das.«

»Uto. Richtig.« Wachholder blätterte wie ein Besessener. »Hier … nein … doch! Uto hat viele weitere Namen und ist eine altägyptische Schlangengottheit, die oft als aufgerichtete Kobra oder als Frauengestalt mit Krone abgebildet und außerdem mit der Feuer speienden Uräusschlange gleichgesetzt wird.« Er klappte den Wälzer zu. »Der Hauptunterschied ist, dass Uto seit dem vierten Jahrtausend vor Christus verehrt wurde, aber der Glaube an Re erst um zweitausend vor Christus ins Spiel kommt.« Er atmete tief ein, rieb sich den Bart. »Mehr habe ich nicht finden können.«

»Das ist sehr ordentlich, Herr Wachholder.« Silena hatte viel gehört, doch ihr fehlte die Verbindung zu Grigorij. Wie der Bibliothekar zu ihrer Begrüßung im Grunde schon gesagt hatte: Russland und das uralte Ägypten verband nichts.

Die ungeplanten Nachforschungen waren in Oranienbaum an ihre Grenzen gestoßen. Hier konnte sie nichts mehr ausrichten. Die Suche nach ihrem verschollenen Gemahl im gigantischen Zarenreich glich der Suche nach einem schwarzen Faden in einem stockdunklen Kohlenkeller – sofern er sich überhaupt in Russland aufhielt. Grigorijs Lage wurde gewiss mit jedem Tag schlimmer.

Ich kenne einen Ort, an dem ich mehr erfahre. Sie stand auf und reichte dem Bibliothekar die Hand. »Vielen Dank. Ich stehe in Ihrer Schuld.« Sie zog die Börse hervor. »Was bin ich Ihnen schuldig?«

»Für das Brot geben Sie mir ein paar Kopeken, der Tee geht auf mich, und meine Zeit habe ich sehr gern mit Ihnen verbracht, Gaspascha Zadornova«, erwiderte er und erhob sich, um eine kleine Verbeugung anzudeuten. »Die Ochrana wird nichts von mir erfahren.«

Sie lächelte und legte ihm weit mehr Münzen auf den Tisch, als er vorgeschlagen hatte, sammelte seine Blätter und die eigenen ein und wandte sich zum Ausgang. Der Skyguard stand auf.

»Danke! Sie sind sehr großzügig.« Wachholder ging an ihr vorbei und übernahm die Führung. Sein Hausmantel raschelte leise. »Reisen Sie heute noch ab?«

»Mal sehen.« Mehr wollte sie ihm nicht sagen.

Sie kamen um die Ecke – und sahen den anderen von Silenas bewaffneten Begleitern neben der Tür liegen, die zur Treppe in Wachholders Wohnung führte.

Silena und ihr Skyguard zückten sofort die Waffen, der Bibliothekar schaute sich ängstlich um. Da fiel die Haustür mit einem lauten Krachen zu.

»Wer immer hier war, er scheint gegangen zu sein.« Silena pirschte sich vorwärts zu dem Liegenden; der Skyguard gab ihr Deckung und folgte ihr. Der Mann am Boden atmete noch, am Hinterkopf sah sie eine kleine Platzwunde. *Wir sind belauscht worden.* Sie drehte sich zu Wachholder um. »Offenkundig hat uns die Ochrana zugehört. Wenigstens müssen Sie keine Angst haben, von den Herren besucht zu werden.«

Wachholder sah nicht so aus, als könne ihre Vermutung ihn trösten.

Silena erhob sich und musste sich am Türrahmen abstützen. Ihrem Kreislauf schien es Spaß zu machen, ihr erst funkelnde Sternchen und danach ein Flimmern vor den Augen zu bescheren.

»Ich hole Wasser für ihn.« Wachholder eilte in seine Wohnung, der zweite Skyguard legte das Gewehr weg und kümmerte sich um den Niedergeschlagenen.

Silena blickte aus dem von Reif gekränzten Fenster. Auf der Straße hetzte eine Gestalt in einem schwarzen Mantel davon. Sekunden danach röhrte ein Automobil durch die Nacht. *Ich hoffe nicht, dass die Nachhilfestunde in ägyptischer Mythologie denen etwas an die Hand gegeben hat, was ihnen einen Vorteil vor mir verschafft.* Sie lehnte die Stirn ans Glas, die Eisblumen schmolzen von der Wärme. *Denk nach! Es geht um Grigorij!*

Sie musste nach München, auch wenn ihre Gefühle und ihre Ängste sie zwingen wollten, jeden Stein in Oranienbaum umzuwenden und nach ihrem Gemahl zu suchen. Sie verbot sich das sinnlose Tun. Es würde nichts bringen. Der beste Anhaltspunkt, so sagte sie sich, war das Armband. Im Keller des Officium Draconis lagerte das Wissen, das sie benötigte: Aufzeichnungen über Aufzeichnungen über die Drachen und deren Belange.

Schon wieder würde sie an die Stätte zurückkehren, an der sie jahrelang gedient hatte. Nur durfte es dieses Mal keiner wissen. Sie müsste sich in die baufälligen Überreste des Officiums schleichen, was nicht gerade leicht und dazu auch gefährlich werden würde. Bei ihrem Glück würden sicher die Mauern einbrechen, sobald sie sich zwischen ihnen befand.

Zuerst muss ich noch Kontakt zu Leída herstellen und ihr von meinem Vorhaben berichten. Sie zog den Kopf zurück und sah nach den Männern, die den Ohnmächtigen mit einem nassen, kalten Tuch im Gesicht aus seinen Träumen rissen.

Wie konnte ich das nur vergessen? Brieucs Vorschlag! Sie lächelte. *Die verlorene Tochter des Officiums wird in den Zeiten höchster Not zurückkehren. Damit erspare ich mir viel Ärger.* Niemand würde ihr den Zutritt verwehren. Die ganze Heimlichtuerei konnte sie sich damit sparen.

IX.

3. Januar 1927, Freie Hansestadt Hamburg, Deutsches Kaiserreich

Nie-Lung hatte schon kein gutes Gefühl gehabt, als er in seinem falschen Gefängnis gelegen und den Schlussapplaus sowie das Gejohle aus dem Pagodenzelt vernommen hatte.

Man sollte meinen, dass sie mit ihrer halbwegs vorhandenen Intelligenz andere Formen der Begeisterungsbekundung ersinnen könnten. Aber nein, sie benehmen sich wie die Affen, von denen sie abstammen. Er war unglaublich enerviert. Jeder Ton, den die Menschen produzierten, strapazierte sein Gemüt. Am liebsten wäre er frei, nein, am allerliebsten würde er tötend durch die blökende Meute im Zelt ziehen und die Herrschaft der Drachen einläuten – was ihm jedoch nicht zustand. *Der Abend bringt Ungutes.*

Es dauerte nicht lange, und das bekannte und verhasste Trampeln der Stiefel und Schuhe näherte sich ihm. Wu Lis Traumkugeln hatten die Menschen einmal mehr in ihren Bann geschlagen und sie zum Staunen gebracht, jetzt wollten sie den grausamen, gebrochenen Drachen vor ihren kleinen, dummen Äuglein sehen.

Am besten, ich schaue wieder nicht hin. Hässliche Dinge sollte man meiden. Er rollte sich im Käfig auf die Seite, richtete den Kopf zur Wand hin und schnaubte lange.

Der Drache ärgerte sich außerdem wegen des misslungenen Attentats auf Ddraig. Sie hatte ihn beinahe mit ihrem blauen Feuer getroffen, und selbst seine goldenen Schuppen hätten ihn dann vor schlimmen Verbrennungen nicht beschützt. *Aber ihr Liebchen habe ich getötet. Bedauerlich, dass ich ihn nicht gänzlich vertilgen konnte. Er schmeckte köstlich. Das rührt von der anderen Ernährung her.*

Nie-Lung hoffte, dass die brünftige Drachin durch ihren Zustand und ihre Wut reichlich Fehler beging, die er ausnutzen konnte. Noch schuldete er Vouivre den Kopf der Herrscherin von

Wales. Er selbst würde niemals mit dem Franzosen paktieren, aber sein Herr hatte es ihm aufgetragen.

In drei Tagen sollten wir endlich aus Hamburg aufbrechen. Es muss noch ein weiteres Bündnis vertieft und eine wichtige Sache besprochen werden.

Der Eingang wurde geöffnet, wie er hörte, und die ersten Mutigen betraten den Raum. Wie immer waren es die Kinder, die ihn sehen wollten und ihre Eltern hineinzerrten. Und wie immer würden es die Kinder sein, die als Erste hinauswollten.

Das Gemurmel und die Laute des Staunens nahmen zu, immer mehr Menschen drängten sich vor den Gittern. Die provozierend aufdringlichen Geräusche zwangen ihn zu verfolgen, was geschah: Finger und Kleidung rieben an den Stangen. Die Besucher wähnten sich sicher vor ihm, da er sie nicht ansah, und versuchten, so nahe wie möglich an ihn heranzukommen. Manche kicherten, manche riefen ihre Kinder oder Liebsten zurück, manche beschwerten sich über seine Regungslosigkeit.

Ihr ödet mich an, Langnasen! Jedes Mal das Gleiche. Nie-Lung grollte, und schon gellten Schreie durchs Zelt, gefolgt von erleichtertem Lachen. Er fand es an der Zeit, dass er seine Mission rasch zum Abschluss brachte. *Noch mehr Gafferei von diesen niederen Kreaturen ertrage ich nicht.*

»Sie sehen den mächtigen Nie-Lung«, rief Wu Li mit seiner tiefen Stimme durch das Gemurmel. »Er wurde gefangen. Meine Traumkugeln brachen seinen Willen. Er ist keine echte Gefahr für die Menschen, wenn auch sehr gefährlich, sollte er von jemandem gereizt werden.«

»Was geschieht denn dann?«, rief ein Rundauge neugierig.

Du stirbst als Letzter, Einfältiger! Nein, du bist so dumm, ich berühre dich nicht einmal, Menschlein, falls es abfärben sollte.

»Das Schlimmste, Schrecklichste und Unvorstellbarste«, gab Wu Li schauderhaft zurück. »Reizt man den mächtigen Nie-Lung bis aufs heiße, blaue Blut, könnte er versuchen, seinen Käfig zu zerstören und …«

»Entschuldigung, aber wie können Sie denn den Willen eines Drachen brechen?«, fragte derselbe Mann ungläubig. »Es sind wilde Bestien! Bei Ihnen in China mag man das vielleicht nicht ganz so sehen, aber wir in Europa sind froh, dass sie so gut wie ausgerottet sind.« Er lachte auf. »Das ist doch der beste Beweis: Wir müssen sogar schon zahme Viecher importieren, um einen zu sehen.«

Nie-Lung mochte dieses Exemplar noch weniger. *Das Gefasel strengt mich an.*

»Ja, wie haben Sie ihn gebrochen?«, wollte eine Frau wissen. »Macht man das bei den Drachen wie bei den Hunden? Oder gibt man ihnen was zu fressen, was sie ... beeinflusst?«

Ich habe euren Ahnen unrecht getan: Ihr seid wirklich so dämlich, dass jeder Affe euch bemitleidet.

»Ich habe eine spezielle Methode mit meinen Traumkugeln entwickelt«, erklärte Wu Li. »Und es funktioniert auch nicht bei allen Geschuppten. Mehr darf ich dazu nicht sagen.«

Das empfehle ich dir, Wu Li, sagte Nie-Lung zu dem Chinesen in Gedanken. *Bleib mystisch. Das mögen die Langnasen. Erzähle ihnen noch was vom uralten Wissen Asiens.*

»Hypnose?«, hakte da der Mann von vorhin wieder nach. »Sind Drachen unter Umständen so klug, dass diese Methode greift? Mesmerismus?«

»Das ist doch völlig gleich«, griff eine ältere Frau, wie Nie-Lung an der Stimme hörte, ungehalten ein. »Das Biest ist nicht mehr gefährlich. Basta.«

»Sie haben ihm bestimmt die Hoden abgeschnitten«, krähte ein Jugendlicher vorlaut, was zu Gelächter und Empörung gleichzeitig führte. »Schnipp, schnapp, und schon ist er ein lieber Drache!«

Entmannt? Das ertrage ich nicht mehr! Nie-Lung fuhr zischend in die Höhe und wandte sich der Meute zu, dabei ließ er seine orangefarbenen Augen aufleuchten; ratternd fuhr das Gehörn die Stäbe entlang.

Drei Frauen fielen sofort in Ohnmacht, die Kinder und Damen kreischten auf und rannten zum Ausgang. Die meisten Männer zuckten zusammen und machten einen Schritt zurück. Bis auf einen, der sich gar nicht bewegt hatte, sondern interessiert schaute und sich Notizen auf einem Block machte. Er trug ein schwarzes Sakko, darunter ein weißes Hemd und braune Knickerbocker.

Auch wenn seine Kleidung unverfänglich wirkte, besaß der Mann die Aura eines Querulanten, eines Schnüfflers.

Was bist du denn für einer? Nie-Lungs ungutes Gefühl verstärkte sich. *Hast du die Unerschrockenheit gegessen?*

»Bleiben Sie ruhig, Herrschaften.« Wu Li hob die Arme und lachte. »Das sind die Scherze, die sich Drachen gern erlauben. Ein letztes Aufbäumen ihres verkümmerten Stolzes.«

Der Mann mit dem Block meldete sich zu Wort. »Verzeihung, aber das *sah* gefährlich aus.« Die Spitze des Bleistifts zeigte auf den Käfig. »Ich sehe, dass die Haltebolzen nur sehr nachlässig angezogen sind.« Er setzte sich in Bewegung und schritt an dem Hünen vorbei. »Wenn wir gerade dabei sind: Wo ist das Schloss, mit dem das Gatter vor dem Aufschwingen bewahrt wird?« Er überflog die Seite, die er beschrieben hatte. »Es gibt etliche Verstöße gegen die Sicherheitsbestimmungen, was die Präsentation von wilden Großtieren angeht.«

Auch das noch. Nie-Lung rollte mit den Augen und züngelte. *Deutscher Vorschriftenwahn.*

Die Menschen kehrten ins Zelt zurück und lauschten dem sich anbahnenden Disput.

»Wie meinen Sie das? Und wer sind Sie überhaupt?« Wu Li sah verwundert aus.

»Torben Quinn, Stadtverwaltung und Beauftragter für die Sicherheit sogenannter fliegender Bauten von Schaustellern«, ratterte er herunter.

»Wir wurden überprüft, Herr Quinn«, sagte Wu Li lächelnd. »Es sollte alles in Ordnung sein.«

»Ich mag Prüfungen im laufenden Betrieb, Herr Li. Erst dann zeigen sich die Nachlässigkeiten.« Quinn lächelte zurück. »Und ich hatte recht. Ich will die Genehmigungen sehen. Bitte sofort.«

Schaff ihn hinaus, Wu Li! Er macht mir die Leute zu unruhig. Schleif ihn zu den Getränken oder sonst was, aber …

»Heißt das«, sagte ein Besucher verunsichert, »dass wir in Gefahr sind?« Die Menschen murmelten aufgeregt und tuschelten.

»Nein«, entgegnete Wu Li sofort und mit Nachdruck. »Herr Quinn, können wir das draußen besprechen?«

Quinn zeigte sich unbeeindruckt von den Zuschauern und der

Auseinandersetzung. »Ich setze meine Inspektion fort«, erwiderte er kühl. »Außerdem bin ich nicht alleine hier.« Laut rief er: »Herr Redelmaier?« Ein Mann in einem schwarzen Anzug und einem weißen Mantel darüber, auf dem die Embleme des Officium Draconis deutlich sichtbar waren, betrat das Zelt. »Das ist Herr Maximilian Redelmaier, seines Zeichens Ermittlungsbeamter des Officium Draconis. Ich habe die Spezialisten um Rat gebeten, Herr Li.«

Nie-Lung konnte nicht verhindern, dass er laut schnaubte und dabei verächtlich klang. Sehr verächtlich. *Das wird schiefgehen. Ich sage den Männern, dass sie sofort mit dem Abbau beginnen sollen.*

Redelmaier schritt durch die Menge, genau auf den großen Chinesen zu. »Guten Tag. Importerlaubnis seiner Kaiserlichen Majestät und des Officium Draconis, bitte.« Er reckte den Arm und musste sich ein wenig strecken.

Wu Li lächelte sein schönstes Lächeln und ging zu einer kleinen Kiste in der rechten Ecke des Zelts, langte hinein, nahm die Papiere hervor und reichte sie weiter. »Bitte sehr. Da sind auch die übrigen Genehmigungen.«

Redelmaier machte zwei Schritte zurück und studierte die Blätter. »Herrschaften«, sagte er beiläufig, »die Drachenschau ist vorerst beendet, bis der Sachverhalt geklärt ist. Verlassen Sie bitte das Zelt.« Während er sprach, marschierten unvermittelt acht Männer und Frauen in weißen Uniformen auf, auf denen das münzgroße Abzeichen mit dem gespaltenen Drachenkopf prangte. Sie trugen Pistolen und Gewehre mit sich und ließen keinerlei Zweifel daran, dass der Aufforderung Folge zu leisten war. »Die Georgswächter achten darauf, dass Ihnen nichts geschieht.«

Nie-Lung fiel es schwer, den tragen Eindruck aufrechtzuerhalten. Ohne Gefecht würde es nicht vonstatten gehen. *Die Tarnung des Zirkus ist nichts mehr wert.*

Kaum waren die Männer, Frauen und Kinder gegangen, gab Redelmaier einem der Männer einen Wink, der daraufhin hinausging und gleich danach mit vier weiteren Begleitern zurückkehrte, die einen langen Stab mit einem Gewinde und eine Kiste schleppten.

»Darf ich erfahren, was das wird, Herr Redelmaier?« Wu Li verschränkte die Arme und steckte die Hände in die weiten Ärmel. »Was habe ich mir zuschulden kommen lassen?«

Nie-Lung hielt sich bereit, seinen Käfig sofort zu verlassen.

Als wäre er gar nicht vorhanden, richtete Redelmaier sich an Quinn. »Nochmals vielen Dank für den Hinweis. Ohne Sie wäre diese Bestie weiterhin unbemerkt von uns im Kaiserreich umhergezogen.« Er sah Wu Li an, öffnete die Finger und ließ die Unterlagen fallen. »Ich habe keine Ahnung, wer Ihnen diese Fälschungen besorgt hat, doch er hätte darauf achten sollen, dass das Officium Draconis in seiner langen Existenz noch niemals eine Ausnahmegenehmigung für den Import eines Geschuppten dieser Größe erteilt hat. Und dies auch niemals tun würde.« Ein Bewaffneter trat nach vorn und hielt Handschellen bereit. »Sie sind verhaftet, Herr Li, wegen Urkundenfälschung und mutmaßlicher Spionage und Konspiration gegen Seine kaiserliche Majestät. Gott allein mag wissen, was Sie mit dem Drachen zu tun beabsichtigten.«

Quinn sah über den Rand der Brille. »Ganz zu schweigen von den baulichen Mängeln!«

Wu Li blickte zu Nie-Lung. »Was würde ein Drache jetzt sagen, Lǎozǐ?«

Ein sehr hässliches Schimpfwort. Nie-Lung bemerkte, dass die Männer die Kiste öffneten und eine Lanze mit einer Explosivspitze auf den Stab schraubten. *Sie wollen mich an Ort und Stelle hinrichten.*

Von draußen erklang plötzlich lautes Geschrei. Schüsse krachten, und das Rufen wurde lauter, panischer.

Redelmaier gab den Georgswächtern Anweisung, das Zelt zu verteidigen, und wies die Männer mit der Harpune an, den Drachen zu töten. »Und macht schnell!«

Zu dritt nahmen sie den Stab und holten Schwung.

Wu Li, halte sie auf, bis ich so weit bin. Nie-Lung breitete die Schwingen aus und schleuderte das aufgesteckte, lose Dach seines Käfigs davon.

»Wie Ihr befehlt, Lǎozǐ.« Der Illusionist zog die Hände hervor und schlug sie zusammen. Das Klatschen war so laut, tief und dröhnend wie ein Kanonenschuss. Er streckte sie nach vorn und richtete den nachschwingenden Schall gegen die Männer und Frauen des Officiums, die ächzend auf die Knie sanken und sich die Ohren zuhalten mussten. Bei einigen lief Blut zwischen den Fingern den Hals hinab.

Seht meine Macht! Nie-Lung entfaltete die Flügel, so weit es ging, sprengte das Zelt auseinander und blies den Stoff davon.

Wu Li spreizte die Arme ab, drückte sie nach hinten und neigte den Oberkörper nach vorne. Aus seinem Mund drang Seifenblase um Seifenblase. Doch sie hatten ihre Sanftheit verloren und bewegten sich schnell und genau wie Geschosse, trafen die Gegner gegen Kopf und Brust. Klirrend zerschellten sie und spickten die Haut sowie das Fleisch mit dünnen Splittern.

Der Drache sah, dass seine chinesischen Gefolgsleute auf dem Hof gegen eine Schar Soldaten kämpften, welche die Farben des Kaisers trugen. *Zu ärgerlich. Noch ein paar Tage mehr, und ich wäre in aller Ruhe nach Amsterdam gereist, anstatt unter diesen Umständen aufbrechen zu müssen.* Er stieß einen lauten Schrei aus, der die Menschen und Tiere zusammensacken ließ. Die Furcht, die er verströmte, konnte keine Kreatur ertragen – außer Wu Li, der zu seinen Füßen stand und sich aufrichtete.

Das hast du gut gemacht, mein treuer Wu Li. Nie-Lung neigte das Haupt. *Steige auf. Du kommst mit mir. Ich brauche dich, um die Mission unseres Herrn zu Ende zu bringen.*

»Ich fühle mich geehrt, Lǎozǐ.« Er schwang sich auf den schuppengepanzerten Kopf und hielt sich an dem Gehörn fest. »Ich danke Euch!«

Nie-Lung sandte vernichtende smaragdfarbene Flammenstrahlen gegen Freund und Feind gleichermaßen und steckte die Zelte, die Wagen und die Tiere des Zirkus in Brand. Die Lohen stiegen meterhoch in die Dunkelheit, Asche trudelte umher. Geschmolzenes Metall troff auf die verbrannte Erde. Eine kleine Schar Kinder, Frauen und Männer, die bei aller Gefahr neugierig ausgeharrt hatten, rannten um ihr Leben. *Nichts wird zurückgelassen.* So lautete die Order seines Gebieters. Das grüne Feuer hüllte sie ein und verwandelte sie innerhalb von Lidschlägen in graue Flöckchen.

Mit schnellen Schwingenschlägen stieg er in den Nachthimmel auf und flog nach Osten davon. Die dummen Menschen sollten glauben, dass er in die Heimat zurückkehrte.

4. Januar 1927, Amsterdam, Provinz Nord-Holland, Königreich Holland

Ruckelnd fuhr der Zug an.

Ein lautes Pfeifen schrillte, und Wasserdampfschwaden schossen vor dem Fenster hoch. Die Sicht verschwand für einige Sekunden, ehe man die flache Umgebung wieder zu sehen bekam.

Ealwhina mochte das Reisen mit dem Zug nicht. Sie verlor dabei so viel Zeit. Und Zeit bedeutete außerhalb von York für sie etwas Besonderes, was das russische Medium und die Mitglieder der zaristischen Armee nicht wissen konnten: ihr geheimes Handicap.

Das Großraumabteil gehörte ihnen allein.

Ihr Blick streifte über die jungen Männergesichter um sie herum, in denen Schnurr-, Schnauz- und Vollbärte zu bewundern waren. Oberst Sigorskaja und deren auf zivil getrimmte Truppe fielen durch ihre militärische Steifheit sofort auf und vereitelten so jeden Versuch, in der einfachen Kleidung bürgerlich-harmlos zu wirken. Das unbehagliche und vor allem bedrohliche Schweigen hatte jeden Reisenden aus dem Waggon vertrieben. *Und ich sitze mittendrin.*

»Das mit Ihrer Schwester tut mir leid«, sagte Ealwhina, weil sie die Stille nicht länger ertragen mochte. »Sie hatte den Tod nicht verdient.«

Verwundert sah die Russin von ihrem Büchlein auf, in das sie handschriftliche Aufzeichnungen machte. »Womit habe ich denn Ihre Anteilnahme verdient, nachdem ich Sie entführt habe?«

»Ich bedauere jeden Mord.«

»Ach, tun Sie das?« Sie klappte die Seiten zu. »Das klingt ein wenig so, als hätten Sie *eigene* Morde zu bedauern.« Der Blick des Mediums durch die Gläser wurde schärfer, tat förmlich weh. »Snickelway, haben Sie auch schon getötet? Das hätte ich nicht gedacht. Ich sehe zwar, dass Sie mit etwas belastet sind, aber wie eine Mörderin wirken Sie nicht.« Sie zuckte mit den Achseln. »Andererseits, die wenigsten Mörder erscheinen wie welche.«

Ealwhina überlegte blitzschnell, wie sie sich aus dem Gesprächsthema winden konnte. »Belastet, so? Bestimmt mein Familienfluch.« *Angriff ist die beste Verteidigung. Und es lenkt sie vom Mord ab.*

Tatsächlich sah Sigorskaja sie abschätzend an. »Soll ich versuchen, ihn zu ergründen?«

»Können Sie das?«

»Es ist eine gute Übung.« Sie zog einen Handschuh aus und legte ihre Hand in Ealwhinas Linke.

Sehr kräftig. Ihre Haut ist rau und voller Hornhaut. Die russische Armee schont Frauen nicht. Ealwhinas Aufregung stieg, ihr wurde wärmer. Sie flüchtete sich in ein Lächeln.

»Es ist Ihnen unangenehm, dass ich in Ihr Privatleben eindringe«, sagte Sigorskaja zufrieden. »Sie versuchen in diesem Augenblick, Dinge vor mir zu verbergen. Wahrheiten zu verbergen …«

»Wollten Sie nicht den Fluch ergründen?« Sie zog ihre Finger etwas zurück. »Alles andere möchte ich nicht!«

Sigorskaja lachte. »Ich bin zu neugierig. Es liegt an meiner Arbeit. Anfangs sind alle davon überzeugt, dass ich ihre Geheimnisse nicht aufspüre, und je mehr sie sich wehren, desto besser werde ich. Wie ein Wolf auf der Jagd, an der Kehle eines Schafs. Wenn Sie schon so viele Menschen verhört hätten wie ich …« Sie ließ den Satz offen, die Augen richteten sich auf Ealwhinas rechte Schläfe. »Ich fühle eine starke Verbindung zu einem Ort«, sagte sie. Ihre Stimme wurde heiser, brüchig. »Es ist York. Natürlich. Der Fluch, von dem Sie sprachen …« Sie packte die Finger fester, doch ihr Blick wirkte abwesend. »Ich sehe ihn als weißliche Linie, eine Art … Leine aus Ektoplasma! Sie sind an diese Stadt gebunden wie ein Hund an seinen Herrn.« Ihr Blick klarte auf. »Sie tragen wirklich einen Fluch auf sich. Das hat mich überrascht. Was passiert, wenn diese Leine reißt?«

Ealwhina konnte darauf nicht antworten.

»Sie wissen es nicht. Aha. Aber Sie sind bis zum Triglav gereist und wieder zurück«, sinnierte die Russin. »Das bedeutet, dass vermutlich nicht die Entfernung eine Rolle spielt, sondern die Dauer, habe ich recht?«

Ealwhina bereute es bereits, überhaupt das Wort an sie gerichtet zu haben. Das Schnüffeln lag dem Medium im Blut. »Danke«, sagte sie und löste sich von ihr – oder besser gesagt, sie wollte es. »Was genau ist der Nutzen der Brille, die Sie …«

Aber Sigorskaja ließ nicht los, im Gegenteil. Die kräftigen Finger packten zu. »Ich bin besessen davon, mehr über meine Mitmenschen herauszufinden«, sagte sie mit leuchtenden Augen. »Es ist ein Zwang, und ich gebe mich ihm gerne hin.«

»Oh, *ich* möchte es aber nicht!« Ealwhina versuchte es mit mehr Gewalt. Noch erschien es ihr zu früh, auf ihre besonderen Fertigkeiten zurückzugreifen, sonst wäre die Überraschung in einer gefährlicheren Lage dahin.

Die Russin hielt eisern dagegen, ein Schraubstock war kein Vergleich zu ihrem Griff. »Sie wissen es wirklich nicht«, sagte sie mit Verwunderung. »Finden wir es doch heraus. Wie viele Tage können Sie es abseits von York aushalten?«

»Mehr als eine Woche war ich niemals weg.«

»Und was geschieht mit Ihnen, wenn Sie der Leine nicht folgen können?« Sigorskaja berührte mit ihrer freien Hand Ealwhinas Kehle. »Schnürt es Ihnen die Luft ab? Bekommen Sie fürchterliche Ängste? Was tut der Fluch mit Ihnen, Snickelway?«

»Ich sagte schon …«

»Wenn es ein Familienfluch ist, wird es doch Aufzeichnungen geben, die Sie gelesen haben.« Das Medium legte den kleinen Finger an Ealwhinas Schläfe. »Lassen Sie mal sehen.«

Sie zuckte zurück. »Hören Sie sofort auf damit!«, schnauzte sie.

»Mir ist nicht danach.« Sigorskaja sagte etwas auf Russisch, und die Soldaten hielten Ealwhina fest. Noch mehr Schraubstöcke. Kaum hatte die Frau mit ihrer mentalen Suche begonnen, veränderten sich ihre Züge. Ein Schatten verfinsterte ihr Gesicht und gab ihr etwas Gefährliches. Sie wirkte nahezu diabolisch.

Bleib ruhig, sagte sich Ealwhina und spürte Furcht. *Warte noch mit deinem Befreiungsschlag.*

»Sie haben den Fluch als Rache erhalten«, sagte Sigorskaja mit säuselnder Stimme, die so gar nicht zu ihrer Miene passte. »Sie allein, nicht Ihre Familie.«

Ein Druck breitete sich in Ealwhinas Kopf aus, der ein Brennen in ihrem Gehirn verursachte. Sie glaubte, ihr Verstand schwimme in einem Backofen, der unentwegt schrumpfte, während gleichzeitig ihre Gedanken und Erinnerungen nach außen gepresst wurden. *Das reicht!* »Das reicht!«

»Sie haben Morde begangen, Snickelway«, sprach die Russin angestrengt mit kindlicher Stimme und blieb mit ihr verbunden. »Vier...und...achtzig Morde. Männer, Frauen und sogar ... Kinder. Weil Sie Gefallen an den Schreien fanden.« Sie legte den kleinen Finger einige Zentimeter weiter nach rechts, als könne sie durch den Schädel die Gedanken empfangen. »Sie waren einmal eine angesehene Bürgerin in York ...«

»*Das reicht!*« Ealwhina riss sich mit aller Kraft los. Die Soldaten wurden in die Sitze geschleudert, ergriffen sie jedoch gleich wieder.

Keuchend sank Sigorskaja in die Polster und starrte sie an. »Sie ... sind ein echtes Monstrum«, keuchte sie entsetzt und fasste sich an die Schläfe. »Solche Bilder habe ich niemals gesehen, und ich bin vieles gewohnt.« Sie neigte den Kopf. »Kinder! Sie haben sie ausgebeint wie ... Lämmer!«

»Ich bin in den Shambles groß geworden, ehe ich einen Lord heiratete«, erwiderte sie kalt. »Ich verstehe mich darauf.«

Sigorskaja sagte etwas zu einem Soldaten, der ihr daraufhin einen Flachmann reichte. Sie nahm drei kräftige Schlucke. »Gegen Sie bin ich harmlos«, raunte sie und wischte sich den Alkohol von den Lippen. Sie schüttelte sich, aber nicht wegen des Wodkas. »Und Sie besitzen die Abgebrühtheit, mir zu sagen, dass Sie jeden Mord bedauern?«

»Jeden«, antwortete Ealwhina und bekräftigte es mit einem Nicken. »Ich hatte keine Wahl. Der Zwang zu töten kam über mich. Zu verschiedenen Tages- und Nachtzeiten, und ich habe keinen Unterschied zwischen Arm und Reich, Jung und Alt gemacht.« Sie schauderte wohlig bei den Erinnerungen an früher. »Todesschreie klingen wunderschön, denn sie sind die letzten Laute eines Menschen. Etwas Einmaliges.« Ein langes Seufzen entwich ihr. »Ich kam ins Sanatorium, wo man mich behandelte. Eine Lady wird nicht hingerichtet.« Sie beugte sich nach vorn, was die Soldaten erst nach einem Wink ihres Obersts zuließen, und strich die braunen Locken etwas zur Seite. »Die Narben stammen von der Operation. Doktor Withman war der Meinung, dass man mir das zwanghafte Töten aus dem Verstand treiben kann. Er und sein Assistent taten etwas, an das ich mich nicht mehr erinnern kann. Aber es wirkte.«

Sigorskaja atmete tief ein. Sie beruhigte sich langsam wieder. »Den Fluch hat Ihnen jemand aus einer Opferfamilie angehängt, schätze ich.«

»Nein, das war Withman. Er besaß vielerlei Talente und starb viel zu früh.«

»Durch Sie!«

»Nein«, wehrte Ealwhina ab. »Ein Unfall, wie ich hörte. Ich befand mich an einem anderen Ort, als er ums Leben kam.« *Wie gut, dass sie mich nicht mehr lesen kann.*

Der Zug fuhr langsamer; sie hatten nicht bemerkt, dass sie in den Bahnhof von Amsterdam einfuhren.

Gerade passend. Die Lady lächelte wieder. »Ich bin geheilt. Ehrlich.«

Sigorskaja erhob sich und erteilte Befehle auf Russisch. Gepäck wurde genommen, militärisch effizient wurde der Ausstieg vorbereitet. »Ob Sie geheilt sind oder nicht, das ist mir gleichgültig«, erwiderte sie. »Sie führen mich dorthin, wo ich die Mörder meiner Schwester und das Artefakt finde.« Sie streifte die Handschuhe über. »Wohin sollen diese Männer namens Vlad und Piotr gegangen sein?«

»Suchen wir zuerst die Herengracht.« Ealwhina wurde von den Soldaten ruppig auf die Beine gestellt.

Sigorskaja betrachtete sie. »Und dann?«

Sie grinste. »Haben Sie das nicht in meinen Gedanken lesen können?« Sie konnte der Versuchung nicht widerstehen. »Sie sind wohl doch nicht so gut.«

»Oh, ich habe vieles in Ihrem Kopf gesehen. Sogar die Gesichter der Mörder meiner Schwester, denke ich. Aber Amsterdam kam in Ihrer Erinnerung nicht vor. Auch nicht die Herengracht.« Das

Medium deutete auf die Zugtür. »Entweder haben Sie es vor mir verbergen können, oder Sie haben mich angelogen.«

»Denken Sie, dass ich in einer solchen Situation lügen kann?«

»Sie haben über achtzig Menschen getötet. Sie können mehr als nur lügen.« Sigorskaja ging voraus und sprang aus dem stehenden Zug, vor dem die ersten Soldaten warteten. Auch wenn sie Kleider trugen, die eine unterschiedliche soziale und berufliche Herkunft vortäuschen sollten, erkannte ein halbwegs guter Beobachter, dass sie zusammengehörten.

Ealwhina wurde in die Mitte des ein Dutzend Mann starken Trupps geschoben, dann bewegten sie sich auf den Ausgang zu.

Während sie durch den Bahnhof gingen, dachte sie die ganze Zeit darüber nach, wie sie entkommen konnte. Die Erfahrung mit dem Medium hatte sie vorsichtig werden lassen. *Sie kann mich bestimmt schneller aufspüren, als mir lieb ist.* Spätestens in der Herengracht würde ihr Schwindel auffliegen. *Von mir aus kann sie am anderen Ende der Stadt sein. Bleiben mir weitere Minuten zum Nachdenken.*

Sie traten ins Freie.

Amsterdam war eine pulsierende Stadt. Unzählige Automobile und Pferdegespanne bevölkerten die schmalen Straßen, überall fuhren Fahrradfahrer, und Ealwhina sah die unzähligen Brücken und das ganze Wasser, das in Grachten dahinfloss. Auf den Kanälen wimmelte es von großen und kleinen Booten. Waren wurden verschifft, Ladungen im nahen Hafen gelöscht und in die Stadt gefahren; Giebelhaus reihte sich an Giebelhaus.

Das sonnige Wetter konnte nicht über die eisigen Temperaturen hinwegtäuschen, der Wind trieb die kühle Luft unter Kleider. Die Russen schienen eine ganz andere Kälte gewohnt zu sein, sie hatten die Knöpfe ihrer Jacken und Mäntel nicht geschlossen und trugen keine Handschuhe.

Fröstelnd entsann sie sich, gelesen zu haben, dass Amsterdam um die siebenhunderttausend Menschen beherbergte. Zwei davon waren wichtig für ihr weiteres Leben. *Es wird irgendwie gehen. Es muss!*

Sigorskaja hatte sich einen Taxifahrer gesucht und redete auf ihn ein. Geld wechselte den Besitzer, und das Gespräch wurde fortgesetzt. Sie kehrte zu ihrer Gruppe zurück, sagte etwas auf Russisch, und gleich darauf ging der Marsch los.

Ealwhina lief umschlossen von einer lebendigen Mauer. »Und? Ist es weit?«, erkundigte sie sich.

»Nein. Die Straße runter, bis zum Königspalast, dann rechts«, erklärte die Russin.

Es ging an den Giebelhäusern entlang, über Brücken hinweg, am Palast vorbei, wieder über die Grachten, bis sie die Straße erreicht hatten. *Herengracht* stand auf dem Schild zu lesen. Und zu Ealwhinas Erleichterung war sie sehr, sehr lang.

»Wohin?«, wollte Sigorskaja wissen.

Woher soll ich das wissen? Ealwhina deutete nach links. »Vielleicht da entlang.«

»Vielleicht? Haben die beiden Männer keine Hausnummer genannt?« Die Russin schickte die Hälfte ihrer Leute auf die andere Seite der Gracht. »Sie sind ein Fingerzucken von Ihrem Tod entfernt, Snickelway.«

»Ich muss einräumen, dass ich lediglich ›Herengracht‹ verstanden habe.« Sie sah auf die Wellen. »Ich kann Sie nur bitten, mir mein Leben zu lassen. Ich habe ebenso Interesse daran, meinen eigentlichen Auftraggeber zu finden. Immerhin schuldet er mir noch Geld.« Wieder eine Lüge, doch darauf kam es nicht an. Ealwhina hielt sich zur Flucht bereit.

Sigorskaja lachte auf. »Sie machen mir Spaß, Snickelway. Sie haben in Russland eine Straftat von beträchtlicher Schwere begangen und erwarten, dass ich Sie laufen lasse?«

»Ich helfe Ihnen doch, das Artefakt zu besorgen!«

Die Russin dachte eine Weile nach. »Schön. Sie haben es am Triglav gefunden, also tun Sie es ein zweites Mal.« Sie zückte ihre halb automatische Pistole und richtete, vom Mantel verborgen, den Lauf auf sie. »Ich gebe Ihnen eine Stunde. Andernfalls wird man Sie tot in den Grachten finden.«

Was bleibt mir auch sonst? Ich will meinen Fund zurück. Ealwhina nickte. »Gut.« Sie schloss die Augen und konzentrierte sich auf ihre empathischen Kräfte.

Sie kannte die ektoplasmische Signatur der Artefakte und deren magische Abstrahlung, von denen die Russen nicht wussten, dass es sich um mehrere handelte. Der perfekte Ansatz, um Sigorskaja zu täuschen und mit heiler Haut davonzukommen. Vielleicht gab es Amsterdamer Geister, die sich vor dem Haus versammelt hatten, weil sie die Kraft spürten. *Das würde es mir erleichtern.*

Ealwhina hob die Arme, die Handflächen waren nach vorn gerichtet. »Ich fühle etwas«, sagte sie spröde. »Wir müssen wirklich nach links.«

»Los.« Die Russin lief voran, ihre Soldaten schoben Ealwhina vorwärts.

Der unsichtbare Kontakt riss nicht ab, sie näherten sich Kugel und Splittern.

Unvermittelt spürte Ealwhina eine weitere, sehr mächtige Präsenz, die sich ihrer Suche entgegenstemmte. Sie sah das Haus kurz vor sich, in dem sich die gesuchten Gegenstände befanden, dann riss die empathische Verbindung ab.

Verflucht! Was war das denn? Sie öffnete die Augen, blickte sich suchend um – und erkannte es. »Hausnummer 356«, sagte sie erleichtert. »Gleich vor uns.«

Sigorskaja gab den Begleitern den Einsatzbefehl. »Irgendeine Besonderheit, die uns erwarten könnte?«

»Nein«, log sie und dachte dabei an die Präsenz. *Ihr werdet es nicht überleben.* »Nichts. Nur Piotr und Vlad.«

Sie hatten das Haus erreicht. Eine Treppe führte nach oben zu der Tür, wo die Herrschaft wohnte, drei Stufen ging es hinab zum Gesindeeingang. Verlorene Seelen hatten sich nicht eingefunden, vermutlich waren sie von der starken Präsenz verscheucht worden.

»Oben oder unten?« Sigorskaja hob den Arm, klickend wurden Waffen durchgeladen, der zweite Trupp Soldaten stieß zu ihnen.

»Oben«, hauchte sie. »Sie sind oben.«

»Da alles ungefährlich ist, gehen Sie vor, Snickelway«, befahl Sigorskaja und schickte zwei Soldaten mit ihr zusammen die Stiege hinauf; einer betätigte die Klingel.

Ihr Geister von York, steht mir bei! Ealwhina vernahm Schritte auf der anderen Seite der Tür.

4. Januar 1927, München, Königreich Bayern, Deutsches Kaiserreich

Es hatte länger gedauert, die *Lena* zu überprüfen und zu reparieren, als sie angenommen hatten. Die Schäden an der Gondel und in den Kammern der Traghülle waren nicht gravierend, wie Litzow betonte, aber sie konnten zur unpassenden Zeit arge Probleme bereiten.

Silena entschied schweren Herzens, die Instandsetzung vor Ort abzuwarten. Sie vertraute der Einschätzung des Obersts. Auf eigene Faust und mit einem Flugzeug wollte sie wegen ihrer Schwangerschaft nicht fliegen, mit dem Zug bedeutete es keine Zeitersparnis. Aber sie engagierte die renommierte britische Detektei Wimsey, Bunter & Vane, um rund um Oranienbaum nach Grigorij forschen zu lassen. Geld spielte dabei keine Rolle.

Leída hatte ihr mitteilen lassen, dass sie die *Ramachander* bis nach Preußen fliegen wollte, um sich dort einen Hangar zu suchen. Sie traute den Russen nicht. Die Männer, die den Zeppelin teilweise besetzt hatten, seien alle getötet worden. Es habe keine Hinweise auf ihre Herkunft gegeben. Und keine ägyptischen Armbänder. Silena teilte die Einschätzung ihrer Freundin, dass es sich um Drachenfreunde gehandelt hatte.

So stand sie erst drei Tage später auf dem Marienplatz, vor dem schwer beschädigten, von Feuer und Rauch gezeichneten Hauptquartier des Officium Draconis.

Es sollte durch die Bomben einstürzen. Das erkannte sie auf den ersten Blick. Die Zimmer im Erdgeschoss wiesen die größten Löcher in den Außenwänden auf. Angelegte Stahlträger und Gestänge bildeten das provisorische Korsett, welches das Haus zusammenhielt; handbreite Risse zogen sich durch die Mauern. *Trotzig wie das Officium selbst hat es dem Anschlag standgehalten.*

Das Areal war weiträumig abgesperrt worden, die Aufräumarbeiten liefen.

Silena wunderte sich nicht, dass die Helfer das Abzeichen des bayrischen Georgsordens auf den Armbinden trugen. *Brieuc hatte recht. Der Glanz ist fort, und die Nachfahren der echten Heiligen werden bald ersetzt sein.*

Sie musste sich überwinden, näher an das Gebäude zu treten.

Plötzlich zweifelte sie, ob sie sich ins Archiv schleichen oder eine Rückkehr zum Officium vortäuschen sollte. *Erst einen Tee.* Sie schwenkte herum und betrat das vertraute Café.

Es herrschte kaum Betrieb, einige Tische an den Fenstern waren frei. Im Radio lief eine Übertragung mit Tanzmusik; Silena erkannte die *Comedian Harmonists.* Dazu erklangen die typischen Geräusche eines Cafés mit seinen leisen Unterhaltungen, dem Klirren von Geschirr. Jemand rauchte Zigarre.

Prompt lief sie Marie in die Arme. »Oh, Groß…« Sie sah Silenas abwehrende Geste. »Groß ist meine Freude, Sie zu sehen, gnäd'ge Frau«, fing Marie ihre Begrüßung ab und führte sie an einen Tisch am Fenster. »Nehmen Sie Platz. Einen schwarzen Tee mit Milch und Zucker, dazu ein paar Kekse, richtig?«

»Richtig.« Sie lächelte.

»Kommt sofort, gnäd'ge Frau!« Marie eilte davon.

Silena beobachtete, wie Laster vor dem Sitz des Officiums anhielten. Einige wurden mit Schutt beladen, andere dagegen mit angesengten Schränken, verrußten Ordnern und Kartons.

Marie brachte ihr die Bestellung. »Schön, dass Sie hier sind«, sagte sie wieder.

»Danke. Sie sind eine freundliche Seele, Marie. Haben Sie den peinlichen Auftritt von Großmeister Brieuc verwunden?«

Marie zeigte ein verkniffenes Lächeln. »Ich musste dem Herrn Cafébesitzer den zerstörten Empfänger bezahlen und mich bei Brieuc entschuldigen.«

Silena schüttelte den Kopf. *Der Orden lernt es nimmermehr.* »Das wiederum bedauere ich. Sie trifft keine Schuld, denn der Schuss war nicht nötig.«

»Danke.«

»Ich müsste Sie etwas fragen.« Sie bedeutete Marie, sich zu ihr zu setzen.

»Gern. Aber viel Zeit habe ich leider nicht. Sonst verliere ich meine Arbeit.« Marie knickste und nahm ihr gegenüber Platz. »Was kann ich für Sie tun, gnäd'ge Frau? Wieder eine geographische Aufgabe?«

»Nein. Dieses Mal ist es einfacher.« Silena zeigte hinaus. »Das Officium zieht um?«

Marie bejahte und wischte sich die Hände an der Schürze ab. »Solange die Aufräumarbeiten laufen, verlegt Prior Prokop den Sitz an eine andere Stelle, habe ich von den Georgswächtern gehört, die ihre Kaffeepause bei uns machen.«

»Ist denn Krieg, oder weswegen führt Prokop die Geschäfte?«

Marie wirkte erstaunt. »Wussten Sie es nicht? Der Erzbischof ist bei dem Anschlag ums Leben gekommen. Sämtliche Gargoyles des Officiums sind vernichtet worden.«

Silena horchte in sich hinein und spürte ein leichtes Bedauern über den Tod, mehr aber auch nicht. Kattla hatte sie zu sehr gereizt und ihr zu viel abverlangt. *Er starb im Kampf. Das mag ihm sogar gefallen haben.* »Das muss an mir vorbeigegangen sein. Ich hatte genug eigene Sorgen«, gab sie zurück. »Wohin verlegt das Officium denn seinen Sitz?«

»Tja, die Frage ist nicht so einfach. Es ist nämlich geheim. Niemand weiß, wohin sie die Unterlagen bringen.« Marie strich die Tischdecke glatt. »Niemand.«

»Wissen Sie etwas?«

»Ich, gnäd'ge Frau?«, erwiderte Marie mit falscher Betonung.

Silena lächelte. *Gut, dass ich einen Tee trinken wollte.* »Helfen Sie mir wieder, Marie.«

»Ich … kann Ihnen nur sagen, dass ich einen von ihnen in der Hohenzollernstraße in einen Hof habe fahren sehen.« Sie nannte die Hausnummer. »Und da hatte er seine Ladung noch, wie ich vermute.«

Silena ergriff ihre Hand und drückte sie. »Vielen, vielen Dank!«

Marie stand auf. »Wie immer sehr gern, gnäd'ge Frau.« Sie nahm ihre Arbeit wieder auf.

Gemütlich lehnte sich Silena zurück und hob die Tasse, mit der anderen Hand langte sie nach den Keksen. *Heute Abend wird es Zeit für einen Hausbesuch. Ich hoffe, dass Maries Vermutung stimmt. Schnelle Erfolge, mehr will ich nicht, um Grigorij zu finden.*

Der Winter im Herzen des bayrischen Königreichs zeigte sich von seiner schneereichen Seite. Kaum senkte sich die Nacht herab, schütteten die Wolken dicke, weiße Flocken über der Stadt aus.

Silena war von ihrem Hotel zu Fuß in die Hohenzollernstraße

gegangen und wunderte sich. Das Wetter hielt die Münchner nicht davon ab, an diesem Abend auszugehen und sich in Clubs oder Bars zu begeben, um die neueste Musik von den bekanntesten Musikern und deren Orchestern zu hören.

Der Jazz faszinierte Silena wie die meisten Menschen, vor allem die Jüngeren, und ließ sie die angespannte wirtschaftliche Lage des Kaiserreichs vergessen. Die Auswirkungen des Weltkriegs waren trotz des Aufschwungs nicht ausgestanden. Musik und Tanz richteten mehr aus als die Versprechen des Kaisers auf eine baldige Besserung. Aus einigen der beschlagenen Fenster, an denen Silena vorbeistapfte, drangen buntes Licht und verschiedenste Klänge: Charleston, Shimmy, Ragtime, Fox.

Ungewollt musste Silena an den Mann in ihrem Leben denken, der sie hintergangen und bei einer Tanzveranstaltung geküsst hatte. Nahm man es genau, war es ein Drache in Menschengestalt gewesen, ein Verführer, der sie ausgenutzt hatte.

Dafür habe ich wirklich keine Nerven. Sie rieb sich den schmerzenden Nacken und schob die aufsteigenden Erinnerungen zur Seite.

Silena trug einen schwarzen Mantel, darunter ihre alte Ausgehuniform des Officium Draconis. *Für das Geschenk muss ich Brieuc dankbar sein.* Sollte sie entdeckt werden, konnte sie immer noch versuchen, die Wachen damit zu beeindrucken. Die Luger steckte im Holster, und sie hatte sogar an eine Taschenlampe gedacht, damit sie heimlich in den Archiven suchen konnte.

Es war nicht leicht, in dem Gestöber die Hausnummer zu erkennen.

Kurz nach dem Hohenzollernplatz wurde sie fündig. Die Einfahrt zu dem großen, hohen Gebäude war mit einem Eisengitter verschlossen, vier Meter dahinter wartete ein zweites, hölzernes Tor. Hier gab es kein Durchkommen.

Silena betrachtete die angrenzenden Häuser, sah auf die vorspringenden Simse, auf denen sich das Weiß türmte. *Gefährlich. Aber machbar.*

Rasch trat sie in den Eingang des Nachbarhauses, in dem laut den Klingelschildern fünf Familien lebten. Die Tür war verschlossen, aber drei harte Tritte sprengten das Schloss aus seiner Verankerung, und Metallteile sprangen klirrend über die schwarzweißen Fliesen. Silena stand im halb dunklen Flur und lauschte. Niemand hatte ihr grob-lautes Eindringen bemerkt.

Leise schlich sie sich durch das Treppenhaus in den ersten Stock. Es gab einen Flur, der auf die Rückseite führte. Silena ging ihn entlang und sah aus dem Fenster.

Unter ihr öffnete sich ein Hof, in dem zwei Männer mit den obligatorischen Georgsbinden am Arm um einen Feuerkorb herumstanden. Der Schein der Flammen verriet sie trotz des Schneetreibens.

Sie grinste. *Geheim ist es nicht unbedingt, wie ihr euch benehmt.* Behutsam öffnete sie das Fenster. Schneeflocken wurden hereingetrieben und fielen auf den Boden, wo sie sofort schmolzen.

Einer der Georgswächter sah hinauf und langte in die Manteltasche.

Silena konnte rechtzeitig zurückweichen und sich vor den Blicken verbergen. Sie spähte hinab und sah, dass der Mann seine Pistole einsteckte und der andere ihm lachend auf die Schulter schlug. Die Worte *nervös* und *entspannen* drangen zu ihr.

Die Wächter gingen nach rechts und verschwanden aus ihrer Sicht, gleich danach quietschte eine Tür und fiel laut ins Schloss.

Mir gefielen sie besser, als sie noch eine Wohltätigkeitsorganisation waren. Silena schwang sich hinaus, balancierte auf dem Sims bis zur Regenrinne und rutschte daran herab. Sicher landete sie auf der Erde, eilte zum Durchgang und drückte die Klinke nieder. *Abgeschlossen!* Die Scheiben der kleinen Fenster waren vergittert. Also musste sie warten, bis sich eine Gelegenheit ergab.

Sie löschte das Feuer, um sich besser verbergen zu können. Frierend stand Silena im Schnee und harrte aus.

Als sie schon gar nicht mehr daran glauben wollte, dass jemand das Haus verließ, öffnete sich die Stahltür. Silena stellte sich dahinter und hielt ihr Portemonnaie bereit.

Der Spalt zwischen Tür und Angel vergrößerte sich, sie hörte Männer leise miteinander reden, dann traten sie ins Freie. Schnell schob Silena das Portemonnaie in die Lücke, um zu verhindern, dass sich die Tür gänzlich schloss. Sobald die Männer im Schneetreiben verschwunden waren, huschte sie hinein, zog das Portemonnaie zu sich durch den Spalt und schloss den Eingang. *Das hat geklappt.*

Sie stand in einem Vorraum, von dem zwei Türen abgingen. Die Fußspuren führten zu der rechten, also ging sie durch die linke und gelangte in einen Korridor, in dem eine Tür neben der anderen lag. *Jetzt muss ich nur noch die Informationen finden, die ich brauche. Heiliger Georg, steh mir bei und leite meine Hand.*

Silena zog die Taschenlampe. Sie drang in den ersten Raum ein und stieß dabei auf die Schränke, Ordner und Kartons, wie sie sie bereits vom Café aus gesehen hatte. Da sie nicht wusste, wo sich welche Aufzeichnungen befanden, musste sie alles durchstöbern, was sie wiederum viel Zeit kostete.

Das schaffe ich niemals in einer einzigen Nacht! Mit steifen Fingern wühlte sie sich durch die Ablagen aller möglichen Abteilungen des Officiums. Knisternd rieben die Blätter aneinander. In all den Jahren war einiges zusammengekommen. Sie las von besonders auffälligen Drachenexemplaren, von seltenen Sichtungen, vom Fortpflanzungszyklus der Kriechdrachen und vieles mehr, was ihr momentan nicht weiterhalf. Bis auf ein paar allgemeine Abhandlungen über asiatische Drachen, die sie einsteckte.

Wo sind die Aufzeichnungen der Abwehr? Ihr war immer noch kalt, und sie hatte Appetit auf Hartwurst. *Schon wieder. Dabei esse ich unentwegt und passe bald in keine Flugzeugkanzel mehr.*

Silena richtete sich auf. Dieses planlose Suchen würde zu nichts führen. *Sie werden der Abwehr ein eigenes Zimmer eingerichtet haben.*

Sie ging los und beschränkte sich darauf, nacheinander einen kurzen Blick jeweils in den ersten Schrank eines Raumes zu werfen. Je länger sie suchte, umso größer wurde ihre Befürchtung, entdeckt zu werden. Ihr Glück sollte nicht zu lange strapaziert werden.

In der fünften Kammer, die zwar groß, aber fensterlos war, wurde sie endlich fündig: die Abwehr, zuständig für das Aufspüren der Drachenfreunde und die Überwachung der Aktivitäten von Drachenjägereinheiten.

Die alphabetische Sortierung der Akten machte es ihr einfach. *Da ich schon mal so weit vorgedrungen bin, sollte ich die Fügung nutzen.*

Sie fand detaillierte Eintragungen zu ihren *Skyguards* und den Vermerk, dass sie von Großmeisterin Silena geführt wurden, aber auch vieles zu *Havock's Hundred* und den noch existierenden Einheiten. Der Geruch von kaltem Rauch ging von den Seiten aus.

Sie haben die Baupläne von meinen Hangars und dem HQ in Bilston! Silena steckte die Unterlagen ein. *Die lasse ich euch gewiss nicht.* Sie verfluchte die Kälte, die ihren Atem in der Luft sichtbar machte.

Unter der Rubrik *Orient/Europa/Deutsches Kaiserreich* mit dem Vermerk *nicht bestätigt* wurde sie auf lediglich kleinere Einträge aufmerksam, die wohl ein nicht vertrauenswürdiger Informant geliefert hatte. Dieser Mann aus Hamburg hatte Drachenfreunde zur Anzeige bringen wollen, die in einem Keller angeblich ihrem Kult nachgingen.

»Bei genauerer Überprüfung vor Ort stellte sich heraus, dass es sich um eine private Kunstsammlung ägyptischer Exponate handelte. Hausbesitzer unverdächtig, veranstaltet darin Lesungen und Ausstellungen«, las sie im Schein der Taschenlampe. Staub schwebte im hellen Licht vorbei. »Mehrtägige Observierung ohne Ergebnis abgebrochen. Stichproben ergaben kein Verdachtsmoment und keinerlei verbotene Aktivität.«

Den kleinen Berichten waren Bilder beigefügt, die ein Ermittlungsbeamter des Officiums heimlich geschossen hatte. Silena erkannte ganz deutlich die Statuette eines katzenartigen Tieres, auf dessen Sockel die Hieroglyphe für das Ichneumon eingraviert war; um das Tier herum lagen tote Schlangen.

Das könnte eine Spur sein. Sie las weiter und entdeckte einige Seiten später einen ebenfalls unbestätigten Bericht aus Lüneburg, in dem eine Zeugin von einem Drachen heimgesucht wurde und noch vor Eintreffen des Officiums Hilfe erhielt.

»Die Frau sagte aus, dass eine einzelne Person in einer Rüstung den Drachen mit einer langen Lanze bei der ersten Attacke erstochen habe. Aussage unglaubwürdig, da sich zur Tatzeit keiner unserer Heiligen auf dem Hof befand. Drachenblut und Spuren wurden gefunden, nicht aber der Kadaver.« Silena wischte sich über die kalte Nase und schniefte. Den Brandgeruch nahm sie schon nicht mehr wahr. »Wir gehen davon aus, dass der Drache bereits verletzt war und die Flucht ergriff, als er Motorengeräusch vernahm. Angaben zur Rüstung konnte sie nicht machen. Es sei zu dunkel gewesen.«

Silena hörte Schritte vor der Tür und löschte die Lampe. *Verflucht!* Ihr fiel ein, dass diese Kammer kein Fenster besaß, durch das sie flüchten konnte.

»Hier ist Wasser auf dem Boden«, sagte ein Mann aufgeregt.

»Ist doch eine Bruchbude«, brummelte ein zweiter in breitem bayrischen Dialekt.

»Sind das Fußspuren? Wenn das Schmelzwasser ist, haben wir einen Einbrecher!«

Silena hielt den Atem an. *Ich hatte noch mehr Zeit benötigt.* Sie stopfte die Akten unter ihre Uniform, erhob sich und stellte sich hinter die Tür.

»Hier«, sagte der erste Mann wieder. »Siehst du? Die gehen von Raum zu Raum!«

»Sichere den Korridor«, befahl der andere. »Ich hole die anderen.«

Sie schloss kurz die Augen. *Auch das noch.* Silena rieb sich das Genick und öffnete den Mantel, sodass ihre weiße Officiumuniform unübersehbar war, zog ihre Luger, öffnete die Tür und sprang rückwärts aus dem Raum; die Hutkrempe warf einen tarnenden Schatten auf ihr Gesicht. »Hab ich dich, Drachenfreund!«, schrie sie und schoss zweimal in die Kammer. Sie tat so, als bemerke sie den Georgswächter erst jetzt. »Sie da! Kommen Sie her und geben Sie mir Deckung!«

Der Mann sah sie unsicher an, trat aber zu ihr. Er hielt einen Revolver in der Hand. »Großmeisterin …?«

Silena schoss ein drittes Mal. »Kommen Sie, Mann! Mir geht die Munition aus. Ich verfolge ihn schon durch das ganze Gebäude!«

Er eilte heran und drehte ihr den Rücken zu, um die Waffe in Anschlag zu bringen. Sofort schlug sie ihm den Knauf in den Nacken, ächzend brach er zusammen.

Es lebe die List! Silena nahm ihm die Schlüssel ab, rannte den Gang hinab, durch den Vorraum und öffnete die Tür in den Hof, während hinter ihr Stimmen erklangen. Scheinwerfer leuchteten auf, doch die Helligkeit kam gegen die Flocken nicht an. Es wurde einfach nur hell.

Keuchend hangelte Silena sich an der Regenrinne hinauf, schwang sich durchs Fenster und drückte es wieder zu.

Schüsse hallten, die Scheibe zersprang. Schnell duckte sie sich, stolperte die Treppe hinab, stürmte aus dem Haus und lief die Hohenzollernstraße hinab. *Geschafft!* Das Seitenstechen wurde immer schlimmer, doch sie lachte.

Rasch bog sie um eine Ecke und lief langsamer, um nicht aufzufallen, schloss ihren Mantel und wurde zu einer ganz gewöhnlichen Passantin, die sich zwei Schritte weiter neben einer Laterne übergeben musste.

X.

4. Januar 1927, Amsterdam, Provinz Nord-Holland, Königreich Holland

Die Tür wurde geöffnet, und Ealwhina sah ein Hausmädchen in schwarzem Kleid und weißer Schürze mit der dazu passenden Haube auf den blonden Haaren. »Goeden dag.«

»Guten Tag«, antwortete sie auf Englisch. »Ich suche den Königspalast.«

Die Bedienstete schaute sie groß an und zuckte mit den Schultern, deutete auf das Ohr. »Ik versta u niet.«

Ealwhina schielte schräg nach unten, wo Sigorskaja am Fuß der Treppe wartete. »Oh. Ja, dann … Palais?«

»Sind wir richtig oder nicht, Snickelway?«, sagte die Russin ungehalten.

»Ja, das sind wir.«

Das Hausmädchen machte zwei Schritte nach vorn und spähte über das Geländer nach unten. »Goeden dag.« Sie bemerkte die Männer um sich herum, sah die Waffen und erschrak. »Opgelet! Help!«, stammelte sie – und wurde prompt von einem der Russen niedergeschlagen.

»Rein mit Ihnen«, rief Sigorskaja und gab einen Befehl.

Ihre Begleiter drangen in die Wohnung und schoben Ealwhina vorwärts, als wäre sie ein Schild. Es roch nach Kaffee und frisch gebackenem Kuchen, geklöppelte Vorhänge zierten die Fenster und alte Bilder die Wände, Spitzendeckchen lagen auf den dunkelbraunen Möbeln. Es wirkte alles sehr bürgerlich und anständig auf Ealwhina. *Habe ich mich geirrt?*

Immer weiter rückten sie vor, sahen viele verlassene Zimmer und erreichten eine Stube, in der vier Frauen um einen Tisch herumsaßen, auf dem die Köstlichkeiten standen, die den Duft verbreiteten. Zwei Soldaten hielten die Damen mit Pistolen in Schach, was unverhältnismäßig bedrohlich aussah.

»Vlad und Piotr, ja?« Sigorskaja gab Ealwhina einen Stoß gegen die Schulter. »Ich sehe ein Quartett netter alter Damen. Ich hatte Sie gefragt, ob sie sicher sind, dass wir in dem richtigen …«

Auf dem Flur erklang ein lauter Ruf, dann krachten mehrere Schüsse. Ein Russe fiel zu Boden, und Ealwhina sah, wie seine Seele durch die Decke aufwärtsfuhr.

»Sie sind in der Bedienstetenwohnung, Snickelway! Nicht oben!« Sigorskaja schob sie am Kragen auf den Gang, die Soldaten folgten ihnen. »Sie werden als Erste sterben, wenn es sein muss. Der Lohn für Ihre schlechte Arbeit.«

Ealwhina ließ sich auf die Treppe zuschieben, deren Stufen nach unten führten. »Aber …« Ehe sie sichs versah, flog sie die Stiege hinab.

Das Treppenhaus drehte sich um sie herum, mal sah sie die Wand, das Holz, das Geländer, dann Sigorskajas Gesicht und schließlich zusammen mit dem Aufschlag auf dem Boden: Piotr. Er zielte mit einem Revolver auf sie. »Niet!«, stöhnte sie benommen und spürte die Schmerzen, die ihr der Sturz verursachte.

Es knallte zweimal, und in Piotrs Hals und auf der Stirn zeigten sich Löcher, aus denen das Blut schoss. Er sackte rückwärts gegen die Wand und löste im Rutschen seine Waffe mehrmals aus. Die Kugeln sirrten umher, trafen aber niemanden.

Ealwhina wurde am Rücken gepackt und auf die Beine gestellt. »Sehr gute Ablenkung, Snickelway«, lobte Sigorskaja ätzend.

Ealwhina fühlte sich schwerfällig, ihre Schläfen pochten. »Da hinten«, sagte sie und hob den Arm. »An der Tür rechts geht es abwärts. Da müsste das Artefakt sein.« Und schon wurde sie wieder vorwärtsgeschoben. »Nein, bitte«, stöhnte sie und taumelte mehr, als sie ging.

Die Tür erschien, zwei Soldaten traten sie auf und stürmten hindurch, Sigorskaja folgte mit Ealwhina.

Wieder krachten Schüsse, doch sie hallten sehr laut und klangen äußert verzerrt. Ealwhina roch das brackige Wasser, bevor sie es sah, erkannte ein gemauertes Gewölbe und die zuckenden Reflexionen an der Decke, die von den Wellen zurückgeworfen wurden.

Ein russischer Fluch ertönte, und Ealwhina wurde losgelassen und zur Seite gestoßen. Noch mehr Soldaten betraten den Raum und feuerten aus ihren Pistolen nach unten. Der Geruch der verbrannten Treibladungen biss in die Nase, ihr Rauch trübte die Sicht.

Ealwhina stolperte über die eigenen Füße und fiel auf eine schmale Balustrade. Drei Meter unter sich sah sie einen großen, gemauerten Raum mit einem schmalen Bassin, in dem schwarzes Wasser schwappte. Verteilt gestapelt worden waren Kisten und Säcke, hinter denen sich Vlad verschanzt hatte und auf die Angreifer feuerte. An den Wänden leuchteten zwei Lampen.

Ealwhina blieb unten, um kein Ziel zu bieten. *Welche Funktion hat diese Kammer?*

Vlad hatte zwei der Soldaten bereits zu Boden gestreckt, er selbst blutete an der Schulter und brüllte die ganze Zeit russische Beschimpfungen. Zweimal versuchte er, seine Deckung zu verlassen und zum Bassin zu gelangen, aber der Kugelhagel zwang ihn zum Rückzug.

Es sollte eine sichere Sache werden. De Bercys Handlanger trug Kugel und Artefakte mit sich, die Abstrahlung verriet es ihr. Die starke Präsenz aber, die sie vor dem Haus gespürt hatte, war verschwunden. *Was tue ich, um daran zu kommen?*

Während sie nachdachte, wie sie ihre Kräfte einsetzen und sich die Kugel sichern konnte, erschien eine der netten alten Damen des Kaffeekränzchens in der Tür. Sie hielt etwas in den dünnen, krallenartigen Händen, das weder mit Kaffee noch mit Gebäck zu tun hatte: eine abgesägte Schrotflinte. *Träume ich?* Ealwhina kroch noch weiter weg und hielt sich die Hände über den Kopf, rief eine Warnung.

Die Soldaten aber reagierten zu spät.

Dumpf krachend entluden sich beide Läufe, und die vier Russen auf dem oberen Absatz schrien gleichzeitig auf, ehe sie fielen und gegen ihre Kameraden stürzten. Blut spritzte gegen die Wände und auf die Treppe.

Die ältere Dame wurde beschossen und fiel mitten im Nachladen auf den Steinboden. Klackernd rollten die Patronen davon. Ihre Seele sackte nach unten weg.

Wo immer du hingehen musst, es möge dir wehtun. Ealwhina sah die nächste der Damen mit einer Schrotflinte um die Ecke biegen, und auch sie feuerte mit einem wütenden Ruf auf die Russen. Ihr eigenes Leben schien ihr egal zu sein. Sie starb in dem Moment, als auch sie abdrückte. *Bleiben noch zwei.*

Der Überfall der netten alten Damen hatte unerwartete Lücken in die Reihen der Soldaten gerissen, und Vlad erledigte eben einen von ihnen mit einem spektakulären Kopftreffer. Er lachte nun grimmig. Die Übermacht bestand nur noch aus sieben Gegnern.

Sigorskaja schickte zwei Soldaten in den Gang, um einem dritten Angriff aus dem Hinterhalt entgegenzutreten. »Snickelway! Nehmen Sie sich eine Waffe und erschießen Sie den Typen!«, rief sie ihr zu. »Sie haben von da oben ein besseres Schussfeld.«

Womit habe ich denn das Vertrauen verdient? Sie dachte gar nicht daran, ihre Deckung zu verlassen. »Verschaffen Sie sich selbst eine Ablenkung«, erwiderte sie. *Ich muss nachdenken, wie ich an euch vorbeikomme und mir die Artefakte nehme.*

Ealwhina versuchte, den genauen Ort zu bestimmen, wo Vlad die Gegenstände trug. Sie sah das Leuchten in der Körpermitte. *Er wird sie doch wohl nicht verschluckt haben?* Sie seufzte. *Das wird dich nicht retten. Ich weiß, wie man ausweidet.*

Plötzlich war die mächtige Präsenz wieder da!

Ealwhina schrie vor Schreck und Überwältigung auf. *Ihr Geister von York! Nicht das!*

Das Wasser im Bassin brodelte und schäumte, Wasserfontänen stiegen auf und spritzten bis an die Decke.

Der kobaltblau geschuppte Kopf eines Wasserdrachen schob sich empor, der kräftige Hals folgte, an dem andeutungsweise Kiemen zu erkennen waren. Er erinnerte an eine Muräne, die Farbe seiner Panzerung leuchtete wunderschön. Drei kurze, gedrehte Hörner wie die eines jungen Narwals ragten über den Augen empor, ein viertes saß vorne auf der Nase. Eine lange, kräftige Zunge kam zischelnd zum Vorschein; die gelben Augen blickten sich um, orientierten sich.

»Snickelway, töten Sie Vlad!«, rief Sigorskaja und stürmte auf die Deckung zu, dabei gab sie Schuss um Schuss auf ihn ab. »Er will das Artefakt an seinen Herrn übergeben!«

Das Drachenmaul öffnete sich, doppelte Zahnreihen blitzten

auf, und er brüllte die Menschen zornig an. Das Gewölbe erbebte unter der Stimme, Dreck rieselte herab.

Zwei Steine lösten sich aus der Decke und polterten neben Ealwhina nieder. *Ein verdammter Wasserdrache.* Noch hatte das Monstrum sie auf der Balustrade nicht bemerkt. *Wie kommt er in die Grachten? Oder lebt das Biest hier?*

Die Soldaten sprangen von Deckung zu Deckung und versuchten dabei, Vlad zu erschießen.

Ealwhina sah ihn nicht mehr. Entweder war er bereits getroffen worden, oder er hatte keine Munition mehr und behielt den Kopf unten. *Der Drache passt niemals vollständig durch das Bassin. Es ist zu schmal. Eine Art Guckloch.*

Der Geschuppte schnappte sich einen unvorsichtigen Soldaten, biss kräftig in seinen Oberkörper und schleuderte den Sterbenden gegen die Verschanzung seiner Freunde. Mit viel Wucht schlug er dagegen; zwei Mann wurden von den Beinen gerissen, und der Kastenstapel brach über ihnen zusammen.

Darauf hatte Vlad gewartet. Er tauchte hinter seiner Deckung auf und rannte auf den Drachen zu, langte unter seinen Gürtel und nahm ein Säckchen hervor.

Sigorskaja schoss auf ihn, traf ihn in die bereits blutende Schulter, doch er hetzte vorwärts. Vom Bassin war er nur wenige Schritte entfernt. Der Wasserdrache neigte das Haupt und öffnete erwartend das Maul.

Jetzt oder niemals mehr! Ealwhina drückte sich ab und katapultierte sich von der Balustrade auf Vlad zu. Ihre Kräfte ließen sie acht Meter weit durch die Kammer fliegen und gegen den Mann prallen.

Gemeinsam gingen sie zu Boden und schlitterten über die Steinplatten. Der Aufschlag hatte Vlad das Bewusstsein genommen, und so konnte sich Ealwhina im Rutschen das Säckchen nehmen.

Dabei achtete sie nicht auf die Bahn, die sie eingeschlagen hatte. Die Platten verschwanden – und das schwarze Wasser schlug über ihr zusammen!

Panik befiel sie. Orientierungslos paddelte sie, ohne zu wissen, ob sie nach oben oder unten tauchte. Mehrmals streifte sie etwas Hartes und rechnete damit, die Zähne des Wasserdrachen zu spüren. Sie schälte die Kugel aus dem Säckchen und ließ es fallen, die Splitter des Weltensteins besaßen im Vergleich dazu geringen Wert.

Intuitiv griff sie auf ihre Kräfte zurück. *Ich muss herausfinden, wo ich bin.* Die Sicht hellte sich für Sekunden auf, als habe jemand eine starke Wärmelampe unter Wasser angeschaltet. Sie sah die gemauerten Wände einer Röhre, in der sie trieb. *Raus!* Sie schwamm vorwärts in die Finsternis, so schnell es ihr möglich war.

Erneut wurde es hell, und Ealwhina blickte hinter sich.

Es war keine Lampe gewesen. Es war das Feuer, welches der Geschuppte unter Wasser spie! Die grellen roten Lohen kamen rasend näher, schlugen Blasen um sich herum und endeten eine Armlänge vor ihr, ehe sie erloschen.

Ealwhina spürte keine Hitze, sondern siedend heißes Wasser, das urplötzlich auf sie zuschoss und sie umspülte. Ein Hummer musste sich in einem Kochtopf ähnlich fühlen. *Ihr Geister!* Sie tat einen weiteren Beinschlag, dann schimmerte Tageslicht durch die Oberfläche. Sie wurde von einer eisigen Seitenströmung erfasst und nach rechts gezogen, sah Bootsrümpfe und quirlende Schiffsschrauben über sich vorbeiziehen.

Sie strampelte sich nach oben, rutschte hustend an der Kanalwand entlang, bis sie gegen ein vertäutes Boot trieb. Zitternd zog sich Ealwhina aus den frostigen Fluten und rutschte auf die Planken, zog die Beine ein und machte sich klein. *Er soll mich nicht finden!* Sie schloss die Augen und presste die Kugel fest an sich. *Er soll mich nicht finden!*

Ihr war schlecht, sie fühlte sich ausgelaugt und restlos verausgabt. Kraft besaß sie kaum mehr. Die Kälte des Wassers, der Einsatz ihrer Macht und die eisige Luft lähmten sie von Lidschlag zu Lidschlag stärker.

Das Boot erhielt einen leichten Schlag gegen den Rumpf und schaukelte; es blubberte, und Spritzwasser schwappte über den Rand zu ihr. Sie schlug sich schnell die Hand vor den Mund, um den spitzen Schrei zu unterdrücken.

»Brauchen Sie Hilfe?«, wurde sie auf Englisch angesprochen. »Kommen Sie rauf, bevor Sie sich den Tod holen.«

Ealwhina hob den Kopf und sah über sich mehrere Menschen, die zu ihr hinabschauten. *Oder der Tod holt mich.* Sie ergriff die

Hand, die sich ihr entgegenstreckte, und ließ sich hinaufziehen. Aus eigenem Antrieb hätte sie es niemals geschafft.

»Danke. Ich bin ausgerutscht und hineingefallen«, erklärte sie bibbernd. Jemand legte ihr einen Mantel um und stützte sie.

Es krachte, Holz splitterte, und ein kleiner Junge, der auf einer nicht weit entfernten Brücke stand, schrie aufgeregt und rief etwas auf Holländisch.

Ealwhina sah das Boot in zwei Hälften versinken und einen blaugeschuppten Leib im dunklen Wasser abtauchen. *Sehr knapp.*

»In welches Hotel darf ich Sie bringen?«, fragte der Gentleman, dessen Mantel sie trug. Er sah über den Grachtenrand. »Morsch, nehme ich an. Länger hätten Sie da nicht sitzen dürfen.«

»Ich habe keine Unterkunft«, sagte sie schlotternd. »Ich bin eben erst angekommen. Mein Gepäck ging mit mir baden.«

Der Mann lupfte seinen Hut. »Es ist mir eine Ehre, einer Lady in Not beistehen zu können. Mein Name ist Grant. Darf ich Ihnen meine Hilfe anbieten? Ich bin im Hotel Ambassade abgestiegen, nicht weit von hier.«

Ealwhina zögerte nicht eine Sekunde und ließ sich von ihm zu seiner Unterkunft bringen. Ihre Knie zitterten, die nasse Kleidung klebte an ihr, und sie fühlte sich, als würde sie in den nächsten Minuten zusammenbrechen. Das kannte sie nicht von sich.

5. Januar 1927, Freie Hansestadt Hamburg, Deutsches Kaiserreich

Es war leicht gewesen, das Haus mit der kleinen ägyptischen Kunstsammlung im Keller ausfindig zu machen, das in den Akten der Abwehrabteilung des Officiums beschrieben worden war. Es stand in der Altstadt, nahe der Binnenalster, und machte einen unauffälligen Eindruck. Ein Patrizieranwesen durch und durch.

Silena, die einen schwarzen Hosenanzug mit braunem Mantel und passendem Hut trug, stand fünfzig Meter davon entfernt vor dem beeindruckenden Rathaus, dem man ansah, dass es noch nicht allzu viele Jahre auf dem Buckel hatte, und wartete auf Leída.

Per Telefon und Telegramm hatten sie Pläne geschmiedet, jetzt würden sie wieder gemeinsam zuschlagen.

Ihre Ungeduld wuchs, die Sorge um Grigorij ebenfalls. Es ging ihr alles zu langsam, doch sie riss sich zusammen. Ihre Unbesonnenheit konnte ihrem Gemahl Schaden zufügen, wo immer er gerade steckte und in wessen Gewalt er sich befand.

Nach wie vor war sie überzeugt, die Drahtzieher seines Verschwindens in diesem Haus vorzufinden. Andere Menschen würden es *an die Hoffnung klammern* nennen. Sie wollte nicht genauer darüber nachdenken, dass sie in den Mauern durchaus eine Enttäuschung erwarten könnte und sie über unbescholtene Bürger hereinbrachen. Das Officium hatte sie als harmlos eingestuft.

Das Fischbrötchen, das Silena gegessen hatte, verursachte ihr Magengrimmen. Oder es war die Schwangerschaft. *So viel erbrochen habe ich mich nicht mehr seit meinen ersten Tagen im Kunstflugtraining.* Zwischen den Fingerknöcheln der linken Hand wanderte die Silbermünze rastlos hin und her.

Zehn ihrer Leute hatte sie in unauffälligem Zivil auf dem Platz verteilt. Sie trugen Pistolen mit sich, denn der Besuch sollte zu einem Ergebnis führen, das Silena notfalls mit Waffengewalt erzwingen würde. Mit Leída zusammen. *Heiliger Georg, danke, dass sie glimpflich davongekommen ist.*

Sie musste aufstoßen. *Eingelegter Fisch war wirklich keine gute Idee. Ein trockenes Brötchen wird die Säure binden.*

Sie schlenderte in eine Konditorei und erstand gegen ihre eigentliche Absicht einen Krapfen, einen Beutel Schokoladenkekse und kandierten Ingwer mit Schokoladenüberzug. Silena wunderte sich beim Essen über sich selbst, vertilgte den Krapfen, zwei Kekse und hörte nach drei Stückchen Ingwer auf. Das Brennen im Hals hatte geendet. Dafür war ihr nun schlecht.

Leída, die in ihrer khakifarbenen Kleidung an eine Großwildjägerin erinnerte, steuerte humpelnd auf sie zu. Die Frauen umarmten sich. »Da bin ich wieder. In Fleisch und Blut und nicht mehr nur am Telefon.«

»Sehr gut! Ich bin froh, dich zu sehen.« Silena bot ihr ein Ingwerstäbchen an. »Wirst du überhaupt mit deinem Fuß …«

»Mein Fuß gehorcht mir«, fiel Leída ihr in den Satz. »Die

Schmerzen des Drachenfeuers, das mir das Gesicht verbrannte, waren hundertmal schlimmer.«

Kämpferherz. Silena grinste. »Neue Erkenntnisse, was an Bord der *Ramachander* geschehen ist?«

»Nein. Ich kann dir nur sagen, dass sie mit der Ladung an Bord gelangt sind, die MG-Kuppeln besetzt und sofort auf die *Lena* geschossen haben.« Leída sah man die Verärgerung an. »Keine Ahnung, wer sie waren, aber nach wie vor denke ich, dass es sich um Drachenfreunde handelte. Nichts Ägyptisches, bei keiner ihrer Leichen. Und danke, dass du die Kosten für die Reparaturen übernommen hast.«

Silena hob die Hand. »Das ist das Mindeste. Meine Leute haben dich ja beinahe aus dem Himmel geblasen. Außerdem bin ich in *Vorlage* getreten. Wir holen uns das Geld eines Tages von den Schuldigen wieder. Samt Zinsen und Entschädigung.« Sie drehte sich leicht zur Seite. »Das vierte Haus von links, das ist es.«

»Und warum müssen wir da hinein? Weil sie Grigorij entführt haben? Du klangst am Fernsprecher leicht … durcheinander.«

»Sei nicht so skeptisch«, bat Silena und aß ein weiteres Ingwerstückchen. »Es ist meine einzige Hoffnung, dass mein Mann noch lebt.« Seufzend packte sie die Tüten in den Mantel. »Ich weiß, es ist mehr als vage. Eigentlich irrwitzig anzunehmen, dass man ihn hierhergebracht hat. Mir fehlt es selbst an Gründen.«

Leída lächelte ihr aufmunternd zu. »Wer weiß das schon? Klopfen wir und sehen nach. Ich habe meine zehn besten Männer dabei. Wir kommen rein. So oder so.«

Silena erwiderte das Lächeln. »Danke.« Gemeinsam gingen sie los, die Männer folgten ihnen versetzt und blieben vorerst auf Abstand.

Die Frauen erreichten das Haus. Ein Klingelschild mit drei Knöpfen war in der Wand eingelassen; neben dem untersten Klingelknopf stand »Privatmuseum für ägyptische Kleinodien – Zutritt nach Terminvereinbarung«, dazu eine Telefonnummer. Zu finden waren außerdem ein Doktor Harthans und eine Familie namens Ratebeker.

»Ob man uns auch ohne Anmeldung einen Blick in die Ausstellung gewährt?« Silena betätigte die Klingel des Museums. Ein leises

Schrillen erklang aus dem Keller, doch mehr ereignete sich nicht. *Ich gehe hier sicherlich nicht unverrichteter Dinge wieder weg.* »Vielleicht weiß der Arzt etwas.« Und schon drückte sie auf dessen Messingknopf.

Nach kurzem Warten wurde die Tür geöffnet. Ein junger, stark gebräunter Mann in einem offenen Arztkittel, unter dem ein schickes beigefarbenes Hemd mit roter Krawatte und eine schwarze Hose zu sehen waren, erschien und musterte sie durch seine Nickelbrille. »Guten Tag, die Damen«, grüßte er sie mit leichtem arabischem Akzent und wirkte verwundert. Er hatte wohl mit jemand anderem gerechnet. »Was kann ich für Sie tun?«

»Sagen Sie, gibt es eine Möglichkeit, das Museum jetzt zu besuchen?«, fragte ihn Silena direkt. »Wir sind nur noch heute in Hamburg. Ich habe geklingelt, aber es hat niemand geöffnet.«

»Sie brauchen einen Termin«, antwortete er angestrengt, als hätte er diesen Satz schon sehr oft sagen müssen. »Schönen Tag.« Er wollte die Tür ins Schloss drücken.

»Moment.« Leída streckte den Arm aus und hielt dagegen. Von der Statur her war sie dem Arzt an Kraft überlegen. »Haben Sie ein Telefon? Dann würden wir diese Nummer rasch anrufen.« Sie zeigte auf das Messingschild.

»Ich darf doch sehr bitten, meine Dame«, sagte der Arzt ungehalten, in den braunen Augen stand Ablehnung. »Ich muss zurück zu meinem Patienten.« Seine Stirn legte sich in Falten, doch dann öffnete er die Tür unvermittelt. Es war, als sei ihm etwas eingefallen. Oder aufgefallen. »Kommen Sie. Es wird ja schnell gehen.« Er zog Silena am Ärmel herein, Leída folgte ihnen und lehnte die Tür an, damit ihnen die *Skyguards* und *Havock's* folgen konnten.

Es ging einen Absatz hinauf; zu ihrer Linken führten Stufen zu einer eisenbeschlagenen Tür hinab ins Museum.

»Bitte sehr.« Der Arzt gab der Eingangstür zu seiner Praxis einen Stoß und ließ ihnen den Vortritt. »Das Telefon ist direkt vorne bei meiner Sekretärin.«

Wieso hat sie uns nicht geöffnet? Silena fand das Verhalten des Arztes auffällig, was in ihr wiederum die Hoffnung nährte, an der richtigen Adresse zu sein. Vom Teint und vom Akzent her konnte er aus dem arabischen Raum stammen. Ihr Misstrauen war geweckt. »Gib acht«, raunte sie Leída zu, die unmerklich nickte.

Sie betraten die hohen Räume, deren weiß gestrichene Decke sicherlich fünf Meter über ihnen schwebte. Blattgoldverzierter Stuck gab dem Ganzen ein edles Äußeres, der Empfangstisch war in Mahagoni gehalten. Dahinter saß eine junge Frau in einem weißen Kleid, die ihre langen schwarzen Haare unter einer Haube zusammengefasst hatte.

»Was für ein Arzt ist das?«, sagte Leída zu Silena.

»Einer für Reiche«, gab sie zurück und bekam das Telefon gereicht. Es war ein Selbstwähltelefon, das die Vermittlungsstelle für Anrufe innerhalb einer Stadt nicht nötig machte. Sie betätigte die Scheibe, es ratterte, und sie lauschte in den Hörer.

Leída sah sich weiter im Vorraum um. »Was macht Doktor Harthans?«, fragte sie die Sekretärin.

»Das war nicht Doktor Harthans. Sie sprachen mit Doktor Fayence«, erklärte sie. »Die Herren Doktoren sind Psychiater.«

Silena roch den aufdringlichen Duft von Räucherstäbchen und musste unvermittelt würgen. »Nimmt man die, um die Krankheiten aus den Köpfen zu zwingen?«, knurrte sie. Nach einer langen Phase von passabler Laune kehrte das Grantige zurück. Die Schwangerschaft machte aus ihr eine unstete Person. »Tut mir leid. Ich wollte Sie nicht anfahren.« Sie hängte ein und versuchte es wieder. »Es geht keiner ran.«

Die Sekretärin schenkte ihr einen mitleidigen Blick. »Gut ist, was dem Patienten guttut«, antwortete sie getragen.

»Sie würden in den Keller passen. Als Sphinx«, flüsterte Leída grinsend. Ihre gute Laune war nicht unbedingt vorgetäuscht, aber da Silena sie kannte, spürte sie die Anspannung der Freundin. Eine Hand hielt sie immer in der Nähe der verborgenen Waffe.

»Ja?«, sagte es plötzlich in Silenas Ohr. Ein Mann hatte sich gemeldet.

»Oh, hallo, guten Tag. Mein Name ist … Smith«, stotterte sie. Weder *Zadornova* noch *Silena* waren harmlose Namen. »Wir möchten gern das Museum besuchen und sind nur noch heute in Hamburg. Wir stehen in der Praxis von Doktor Fayence. Wäre es möglich, dass wir die Exponate sehen können?«

»Wie viele Personen?«

»Zwei.«

»Mh. Das ist nicht viel. Das wird Sie ein paar Mark kosten«, sagte die Männerstimme.

»Das geht vollkommen in Ordnung«, beeilte sich Silena zu versichern. *Das läuft viel zu einfach.* »Sie sind …?«

»Es wird eine halbe Stunde dauern. Wir treffen uns vor dem Eingang. Gehen Sie noch einen Kaffee trinken oder essen Sie ein Fischbrötchen.«

Bei dem Gedanken daran stieß es Silena wieder auf. »Wir werden pünktlich sein. Und vielen Dank für Ihre Mühe.«

»Keine Ursache.« Der Mann legte auf.

Silena hängte ebenfalls ein. *Wir sind in diesem Haus genau richtig!* Sie sah zu den Türen. *Welche Art Falle werden sie uns stellen?* Sie gab Leída ein verborgenes Zeichen, noch aufmerksamer zu sein.

»Wir haben eine Verabredung?« Leída grinste. »Das hast du toll gedeichselt.« Sie schaute sich in dem kostspielig hergerichteten Raum demonstrativ um. »Können wir hier warten, Fräulein? Draußen ist es so kalt.«

»Da muss ich den Herrn Doktor fragen. Einen Moment bitte.« Sie stand auf und verschwand in dem Behandlungszimmer.

Sofort wurde Silena aktiv und zog die Schubladen am linken Ende des Schreibtischs auf. Stifte, Papier, Bürobedarf. »Sieh du auf der anderen Seite nach.«

Leída hatte sich halb auf den Tisch gesetzt, ein Fuß blieb am Boden, der andere schwebte in der Luft. »Prüfen wir mal, was sie gerade liest.« Sie sah über die Bücher, die Aufzeichnungen und machte plötzlich große Augen. »Das Fräulein kann anscheinend Altägyptisch.«

Silena kam zu ihr, um sich anzusehen, was ihre Freundin entdeckt hatte. Auf einem Notizzettel waren Hieroglyphen gemalt, einige davon kamen ihr bekannt vor. Sie verzichtete darauf, das Armband herauszuholen und sie zu vergleichen. »Also steckt sie mit drin!«

»Steckt der Doktor mit drin?«, weitete Leída die Frage aus. Sie ließ den Fuß pendeln. »Ich spiele mal des Teufels Advokat: Es könnte sein, dass das Fräulein Sekretärin sich einfach nur für

Ägypten interessiert. Sie ist bestimmt öfter in der Ausstellung. Ich würde das tun, wenn ich ein Museum zu meinen Füßen hätte.« Sie lachte auf. »Nein, würde ich nicht.«

Silena hielt das Namensschild in die Höhe, das sie in der Ablage gefunden hatte. *Frl. Nitokris* stand darauf zu lesen. »Ist das Ägyptisch?«

Eine Tür wurde geöffnet, Silena kehrte rasch auf die Seite vor dem Empfang zurück.

Die Sekretärin kam und sah Leída tadelnd an. »Doktor Fayence erlaubt es Ihnen«, sagte sie verschnupft. »Suchen Sie sich bitte einen Stuhl für Ihre Kehrseite.«

Leída grinste und stand auf, hielt das Schildchen vor ihre Nase. »Griechin?«

»Nein. Wieso ...«

»Fräulein Nitokris, kommen Sie bitte noch mal?«, drang die Arztstimme aus dem Zimmer. Sie ging los, nicht ohne der muskulösen Drachenjägerin einen warnenden Blick zugeworfen zu haben. Die Tür schloss sich hinter ihr.

Wir sind aufgeflogen! Silena verließ sich auf ihr Gefühl und hängte ihr Amulett, das einen Splitter der Lanze des heiligen Georg barg, über das Hemd. Sollte sich ein lebendiger Drache in ihrer Nähe befinden, würde es aufleuchten. So wäre sie schneller gewarnt. »Wir warten besser draußen«, flüsterte sie und eilte zur Tür hinaus. »Falls unsere Verabredung überhaupt auftaucht.«

»Verstärkung von unseren Leuten wird nicht schaden.« Leída folgte ihr. »Wir lassen sie rein und nehmen den Laden auseinander. Der Psychiater und sein Fräulein werden uns erzählen, was sie wissen.«

Als sie beide vor der Praxis standen, sahen sie einen Mann die Haupttür hereinkommen. Er zog sie hinter sich zu und schloss sie mehrmals ab, dann ließ er einen eisernen Querriegel einrasten und sicherte sie mit einem Vorhängeschloss.

Silena und Leída tauschten einen raschen Blick. Ein- und Ausbruch gestalteten sich offenbar recht schwierig. »Der Tower von London hat eine dünnere Tür«, wisperte Leída.

Der Mann wandte sich summend um und entdeckte die beiden. »Aha! Sie müssen Frau Smith sein«, rief er freundlich. »Ich erwartete Sie später.« Er streckte die Hand aus. »Mein Name ist Mahud Nagib. Ich verwalte das Museum.« Er war von kleiner Gestalt und dunklerer Hautfarbe, die kurzen schwarzen Haare kräuselten sich auf dem Kopf. Schnauzbart und Kinnbärtchen waren sehr gepflegt. Mit einem dunklem Wollmantel, Handschuhen und einem weißen Schal schützte er sich vor der Kälte.

Wiegen wir ihn vorerst in Sicherheit. Silena hatte sich in wenigen Sekunden entschlossen, das Spiel der Täuschung mitzumachen, obwohl sie ihm gern die Pistole an die Stirn gedrückt und ihn ausgefragt hätte. Doch die Sorge um Grigorij hielt sie zurück. Sie schlug ein. »Danke sehr«, sagte sie und lächelte. *Auch wenn er harmlos aussieht, er kann alles Mögliche sein.* Das Amulett vor ihrer Brust blieb dunkel. *Aber wenigstens kein Drache.*

»Gern geschehen. Für die Freunde der Kultur meines Landes machen wir das selbstverständlich.« Er schritt die Stufen hinab, nachdem er auch Leídas Hand geschüttelt hatte. »Ich bin gespannt, was Sie dazu sagen werden.« Sie folgten ihm die Treppe hinunter. Aus einer Jackentasche nahm er einen Schlüssel und öffnete die drei Schlösser. »Sie sind Expertinnen und wissen genug, oder soll ich Ihnen etwas zu den Exponaten erklären?«

»Erklärungen wären hilfreich, Herr Nagib« sagte Silena und gab Leída ein Zeichen, zur Haustür zurückzukehren. *Wir müssen die Männer hereinbekommen.*

»Oh, ich glaube, ich habe meinen Schirm vor der Tür stehen lassen«, sagte die Drachenjägerin. »Würden Sie bitte nochmals für mich aufschließen?«

Nagib verharrte für zwei Sekunden an den Schlössern, die Schlüssel klirrten gegeneinander.

Silena hatte eine Hand bereits am Griff ihrer Luger.

»Aber sicher. Am Ende wird er noch gestohlen.« Nagib stieß die Tür zum Museum auf, aus dem würzig-orientalischer Parfümduft drang, der an Weihrauch und Ambra erinnerte. »Gehen Sie schon mal hinein, Frau Smith.« Dann eilte er die Stufen hinauf zu Leída.

Silena musste erneut würgen. Die Räucherstäbchen waren im Vergleich dazu eine harmlose Nuance gewesen. *In was übergebe ich mich notfalls?* Sie betrat den dunklen Raum, tastete nach dem Lichtschalter und drehte ihn. Mit einem *Klack* sprangen zwei Dutzend Leuchten an und rissen die Ausstellungsstücke aus der Dunkelheit. Sie entdeckte die Statuette des Ichneumon auf Anhieb und ging darauf zu.

Nagibs Schritte erklangen, er gesellte sich zu ihr. »Da bin ich, Frau Smith. Mrs. Miller wollte noch die Toilette aufsuchen, wie sie mir sagte, und kommt gleich nach.«

Gut. Leída spielt auf Zeit, um die Männer reinzuschmuggeln. Sie nickte. »Sehr schön und sehr beeindruckend haben Sie es hier.«

»Danke.« Er öffnete einen Wandschrank, in dem Gläser und eine gelbe Karaffe standen, und stellte sie auf einen kleinen Tisch, um den Stühle gruppiert waren. Er goss sich aus der Karaffe ein, nahm ein Fläschchen und träufelte davon einige Tropfen hinein. Der Geruch von Rosenbluten verbreitete sich. »Ich mag diese Limonade«, sagte er seufzend und prostete ihr zu. »Man sagt, dass schon die alten Pharaonen die Erfrischung genossen.« Er zeigte auf die Karaffe. »Für Sie auch?«

Um Himmels willen, niemals! »Nein, danke. Ich hatte schon genug Zucker für heute.« Silena lächelte und wartete. »Wieso richtet man denn ein Privatmuseum ein?«

»Oh, wenn man nicht genug Ausstellungsstücke für ein großes Museum besitzt und die eigenen Schätze nicht aus den Händen geben möchte, bleibt nur das.« Nagibs Gesichtsausdruck wurde verträumt. »Diese Schönheit darf nicht nur einem allein zugänglich sein. Deswegen wurde entschieden, sie einer überschaubaren Menschenmenge zu präsentieren.«

»Sind zwei überschaubar genug?« Silena betrachtete den Ichneumon.

»Ja. Sehr«, erwiderte Nagib lachend. »Gefällt Ihnen das Tier?«

»Ein Mungo?«, tat sie unwissend.

»Ein Verwandter des Mungo«, verbesserte er sie. »Ichneumon, der Aufspürer und Feind aller Schlangen. Heiliges Tier, Freund der Pharaonen und Mitstreiter des Gottes Re. Dieses Standbild stammt aus dem Jahr eintausendelf vor Christus, gefunden im Nil-Delta. In Ägpyten wurde das Böse schon vernichtet, als man in Europa nicht einmal Kultur besaß.« Er betrachtete sie. »Oder Ritter hatte, die den großen Drachen nachstellten. Wie der heilige Georg.«

Silena bekam mehr und mehr den Eindruck, dass Nagib und sie

um die Wahrheit herumtänzelten wie um eine Schlange. »Nach dem, was ich so hörte, sind Bänder mit Ichneumon-Symbolen neuerdings der Exportschlager«, gab sie zurück. »Man findet sie sogar schon in Russland. In Oranienbaum.«

Er ließ sich nichts anmerken und trat näher. »Tapfere Katzenartige, diese Ichneumons. Ganz allein gegen eine übermächtige Feindin und doch schnell genug, sie zu vernichten.«

»Wie die Ritter und Nachfahren der Drachenheiligen. Auch sie zögern nicht und kämpfen.« Silena sah zur Tür. *Wo bleibt sie?* Sie legte den Sicherungshebel der Luger um. »Denken Sie, dass meine Freundin sich verlaufen hat?«

»Nein. Sie kommt gleich.« Er setzte sich an den kleinen Tisch. »Ihre fast zwei Dutzend bewaffneten Freunde aber nicht. Sie werden vor dem Haus warten müssen.« Nagib prostete ihr wieder zu. »Verzeihen Sie, dass wir Ihnen ein bisschen Theater vorgespielt haben, aber wir benötigten Zeit, um uns vorzubereiten. Das Haus ist eine Festung, müssen Sie wissen.«

Silena zog die Pistole und hielt sie locker am herabhängenden Arm. »Sie wissen, wer ich bin.«

»Nicht zu einhundert Prozent«, gab der Ägypter zu und schaute an ihr vorbei zum Eingang, von wo Geräusche erklangen. Ein Schüssel drehte sich im Schloss, dann kamen Fayence und Nitokris herein. Leída ging hinkend in ihrer Mitte. »Deswegen hätten wir gern von Ihnen die Wahrheit erfahren.«

»Für wen halten Sie mich, Herr Nagib?«

»Sie sind Fürstin Anastasia Zadornova. Eigentlich kannte man Sie früher als Großmeisterin Silena, und Sie gehörten dem Officium Draconis an.« Fayence näherte sich ihr und zog dabei den Arztkittel aus. »Eine derart berühmte Person kann nicht einfach unter einem anderen Namen in Europa weiterleben, Frau Zadornova. Das hätten Sie wissen müssen.«

Das habe ich schon einmal gehört. »Meinen Nachnamen bekam ich bei meiner Hochzeit mit Knjaz Grigorij Wadim Basilius Zadornov«, antwortete sie gelassen. Nicht einer der drei wirkte angespannt oder bedrohlich, und so blieb auch sie ruhig. Fast schien es, es träfen sich Bekannte. »Und genau diesen Mann suche ich.« Sie griff langsam in die andere Tasche, zog das Armband heraus und hielt es in die Luft. »Das hier habe ich an der Absturzstelle gefunden.« Sie warf es Nagib vor das Glas. »Meine Recherchen führten mich zu Ihnen.«

»Dann haben Sie vermutlich im Officium eingebrochen und sich unsere Akte durchgelesen?« Nagib lachte. »Kattlas Spione haben sich nicht viel Mühe gegeben. Diese Überheblichkeit wird die Einrichtung eines Tages untergehen lassen. Bedeutungslos ist sie beinahe schon.« Er nahm den Schmuck und warf ihn zu Fayence. »Da hast du es wieder.«

Silena schwankte zwischen Zuversicht und Ärger. *Wo ist Grigorij?* Ihre Selbstbeherrschung löste sich mehr und mehr auf. *Ich will Antworten!* »*Sie* waren in Oranienbaum!«

Fayence wischte das Armband mit dem Kittel ab, küsste jedes einzelne Segment und legte es mit Nitokris' Hilfe an. »Das war ich.«

Silena explodierte, eine Wutträne rann aus ihrem Auge. »Wohin haben Sie meinen Mann gebracht?«, rief sie. »Warum haben Sie ihn abgeschossen?«

Er schüttelte den Kopf. »Ich? Warum sollte ich?«

»Ihre ... Organisation«, sagte sie zornig und zielte mit der Luger auf Nagib. »Antworten Sie mir! Was ist das für eine Gesellschaft? Wo ist Grigorij? Ich zähle von drei rückwärts: eins ...«

Nagib starrte auf den Lauf, Fayence fixierte Silena.

»Zwei ...« Silena zog den Hahn zurück. »Dr...«

»Halt!« Nitokris hob den Kopf wie eine Königin, die eine Verlautbarung zum Volk sprechen wollte. Die Fassade der einfachen Sekretärin bröckelte zusammen, ihre Züge erhielten eine unvermutete Erhabenheit. »Wir kämpfen für die gleiche Sache: die Vernichtung der Schlange. Ihr nennt sie Satan oder Drache, wir nennen sie Apophis und meinen doch beide Chaos und Zerstörung. Nur dass unsere Kultur diese Bestien Tausende Jahre früher gezielt jagte als ihr in Europa.« Sie zeigte mit einer tänzerisch-anmutigen Bewegung auf die Statuette. »Als Mitstreiter der Götter erwählte unser Bund das Ichneumon als Schutzwesen. Wie der Aufspürer die Giftschlangen stellt und tötet und die Menschen vor ihrem Biss beschützt, so halten wir es mit den Drachen.«

»Wir können das auch allein«, sagte Leída abwertend. »Geht zurück an den Nil.«

»Nein, das könnt ihr nicht. Nicht mehr, nachdem das Officium geschwächt wurde.« Fayence schob Silena einen Stuhl hin. »Wir«, er beschrieb einen Kreis, der Nitokris und Nagib einschloss, »wurden entsandt, um Europa zu beobachten. Denn die Asiaten sind erwacht und hungrig.«

»Was hat das mit meinem Mann zu tun?« Silena sah zu Nitokris. »Sind Sie diejenige, die hier die Befehle gibt?«

»Ich habe Ihren Mann nicht bei der Absturzstelle gefunden«, sagte Fayence. »Ich habe Nachforschungen in Sankt Petersburg über die Asiaten und ihren ausbreitenden Einfluss angestellt und erlebte zufällig mit, wie die Raketen das Luftschiff trafen. Ich eilte nach Oranienbaum und wollte sehen, ob ich helfen kann. Aber es hatte keiner überlebt.«

Silena weigerte sich, den nächsten Schluss aus dem Gehörten zu ziehen. Sprach Fayence die Wahrheit, bedeutete es, dass Grigorij auf dem Grund der Ostsee lag. Tot. Das war genau die Vorstellung, die sie ihren Gedanken verboten hatte, seit sie den falschen Grigorij als Leiche im Palais gesehen hatte. »Nein«, hauchte sie und musste sich setzen. Ihr wurde schlecht, die Kraft schwand, und so senkte sie den Arm. *Er darf nicht tot sein! Er ist mein Leben!* »Sie lügen«, wisperte sie und sicherte die Luger. Es war ihr gleich, ob sie überwältigt wurde oder nicht. Der Schock wurde von Sekunde zu Sekunde größer.

»Nein, Fürstin. Ich lüge nicht.« Fayence trat vorsichtig nach vorne. »Ich war nicht der Einzige an der Absturzstelle.« Er nickte Nagib zu, der die Schublade des Tischchens öffnete und ein Kästchen herausnahm.

Um Silena drehten sich die Wände. Ihre Gedanken überschlugen sich, Sachlichkeit mischte sich unter die Trauer und den Schmerz. Alles Sichwehren brachte nichts. Ihr Verstand schrie, dass ihr Gemahl tot sei, und sie ergab sich der Wahrheit. *Wie soll ich sein Unternehmen weiterführen? Was wird damit? Welchen Sinn macht das, was ich tue?* Sie langte nach einem Glas, Nagib goss ihr Wasser aus der weißen Karaffe ein. *Alles vorbei. Alles gleichgültig …*

Nitokris löste Leídas Fesseln. »Wir sind nicht *Ihre* Feinde. Wir haben den *gleichen* Feind«, betonte sie.

»Was haben Sie gefunden?« Silena sah Fayence von unten an. Sie erinnerte sich an den Abdruck im Schnee.

Er öffnete das Kästchen und nahm eine Taschenuhr heraus. »Dies hier.«

Ihr Heiligen! Sie nahm sie verwundert entgegen, drehte und wendete sie in den Fingern. Das Siegel des Officium Draconis war in den Deckel getrieben worden. Sie besaß eine baugleiche, ein Geschenk des Erzbischofs, das jedem Heiligennachfahren zur Volljährigkeit gemacht wurde. Auf der Innenseite befand sich das Signum der Linie.

Welches Wappen werde ich gleich sehen? Wer ist noch da gewesen?

Silena ließ die Taschenuhr aufschnappen.

XI.

5. Januar 1927, Schloss Chanteloup, Departement Indre-et-Loire, Königreich Frankreich

Auch wenn das, was er las, streng genommen keine guten Nachrichten bedeutete, amüsierte sich Vouivre dennoch großartig.

Er hatte einen Brief von Marschall Frank Lacastre aus Bitche bekommen, dem wiederum die Botschaft von Nie-Lung beigelegt war. Ungeöffnet, natürlich.

Die alte Dame hat es ihm schwer gemacht, sie zu töten. Vouivre lag auf einem Lager aus weichen, edlen Matratzen und Seide im Kellergewölbe des Schlosses, genoss die frischen Trüffeln aus dem Périgord und überflog die Zeilen des Asiaten zum zweiten Mal. Nie-Lung hatte den Kampf gegen Ddraig und den auserwählten Bullen genau beschrieben.

Doch unter dem Strich bleibt, dass er es nicht geschafft hat. Da kann er noch so sehr angeben, wie er den anderen Drachen zugerichtet hat. Nie-Lung versprach ihm, bald einen zweiten Versuch zu unternehmen und den Pakt damit gültig zu machen. *Muss er auch. Er möchte mich als Verbündeten nicht verlieren und kann es sich auch gar nicht leisten.*

Vouivres Spione hatten die Gegend um Ruthin abgesucht und ihm anhand der Spuren den Kampf bestätigt. Das Dorf war in Aufruhr, weil die Bewohner das Brüllen und Rumpeln des Drachengefechts meilenweit vernommen und ebenso die zerstörten Wiesen, die zerbrochenen Bäume und die aufgerissene Erde gesehen hatten. Die Queen, so schrieben sie ihm, habe das Officium um Ermittlungen gebeten.

Ein bisschen weniger Aufsehen, mein lieber Nie-Lung, wäre angebracht. Sonst geht die Hatz wieder stärker los. Vouivre schob sich eine der schwarzen Knollen ins Maul und lutschte sie genüsslich. *Ausgezeichneter Geschmack! Der Frost hat sie reifen lassen.*

Er legte den Brief zur Seite und widmete sich seinen Angelegenheiten.

Dazu glitt er von den mit seidenen Laken überzogenen Matratzen in den Teil des Gewölbes, wo die Karten an den Wänden aufgehängt waren. Die neuen Grenzen seiner Länder und zukünftigen Besitztümer hatte er bereits eingezeichnet, wenn auch nur mit Kreide, die er abwischen konnte. Zwar war er zuversichtlich, was den Sieg über Ddraig anging, aber wenn Nie-Lung patzte, hätte er sich die Karte ruiniert. Sie stammte aus dem 18. Jahrhundert, und er mochte sie sehr.

Vouivre betrachtete die Ländergrenzen.

Langweilig wurde es in Europa mit dem Ende von Fafnir und Grendelson für ihn nicht. Abgesehen von der Auseinandersetzung mit der walisischen Drachin und der sich andeutenden Gefahr aus China war ihm noch etwas zu Ohren gekommen, das ihm nicht gefiel.

Sein rubinrotes Stirnauge richtete den Blick auf das Zarenreich. *Überall Aufstände. Nicht gut. Romanow kann die Lage ohne die Unterstützung eines Altvorderen nicht mehr kontrollieren. Das bringt zu viel Unruhe ins Gefüge.*

Mit der linken Klaue nahm er die Kurznachricht auf, die ihm ein russischer Spion gesandt hatte.

Zadornova, oder besser gesagt die einstige Großmeisterin Silena, hatte sich nach Hamburg begeben, ihr Luftschiff schwebte deutlich sichtbar am Flughafen. *Sie sucht etwas, sonst wäre sie längst schon nach Bilston zurückgekehrt.* Angeblich war ihr Mann tot, sie hatte ihn identifiziert. Zu Hamburg gab es in ihrem Lebenslauf und bei den aktuellen Ereignissen keinerlei Verbindung. Was sie dort wollte, würden ihm seine Spitzel bald sagen.

Eine heruntergekommene Drachenheilige bereitete ihm jedoch weniger Sorgen als die Neuigkeiten über den Zaren.

Der Mann war in den letzten zwölf Monaten öfter alleine unterwegs, was in diesen unruhigen Zeiten auffällig war; der Ort Festov, nicht weit von Kiew gelegen, wurde mehrfach erwähnt.

Und bei Kiew liegt der Triglav. Vouivre war unzufrieden. Romanows Ausflüge konnten harmloser Zerstreuung dienen, oder er hatte sich über den Zustand des Berges erkundigt – aber musste ein

Zar deswegen mehrmals in einem Jahr dorthin reisen? Außerdem mochte der Herrscher Sankt Petersburg zu gerne, um es so oft zu verlassen.

Von Natur aus misstrauisch und immer auf der Hut vor möglichen neuen Konkurrenten um die Macht in Europa, hatte Vouivre alle Sagen, Legenden und Märchen Russlands nach Drachen durchsuchen und herausschreiben lassen: Orte, Art der Drachen, alles war fein säuberlich aufgelistet. Er wollte wissen, wo mögliche starke Feinde lauerten.

Triglav und Kiew. Vouivre hatte das Märchen von einem Helden entdeckt, der in dieser Stadt geboren war und sich mit dem Drachen Tugarin anlegte, um ihm das von den Menschen gestohlene Gold zu entreißen. Gerade wenn es um Geschuppte ging, trugen Erzählungen meist einen wahren Kern. Er wusste das selbst zu gut.

Vouivre dachte nach. *Tugarin. Nur kurz von ihm gehört.*

Das konnte daran liegen, dass Gorynytsch und sein Vorgänger selten über Nebenbuhler im eigenen Einflussbereich berichtet hatten, um den westlichen Altvorderen keine Verbündeten aufzuzeigen. Oder Tugarin besaß genug Schläue, sich so lange bedeckt zu halten, bis er stark genug geworden war.

Er blätterte weiter und fand viele weitere Namen: *Zmey Tugarin, Zmey Tugaretin, Zmeishche Tugarishche und andere, die so ähnlich klingen.* Die Namenszusätze bedeuteten nichts anderes als *Drache.* Es gab über Tugarin ebenso viele Geschichten und Bücher wie über den toten Gorynytsch. Seinem Verhalten und der Vorliebe für Gold nach handelte es sich um einen Hortdrachen mit großen Ambitionen.

Was bedeutet, dass er gewisse Macht besitzt. Der Zar konnte einen so starken Verbündeten brauchen, um die Aufständischen zu besiegen. Vouivre wusste, dass Nikolaus der Zweite unter stärker werdendem Verfolgungswahn litt und in seiner Furcht und unter dem zunehmenden Druck zu allem fähig wurde. *Er würde einen Drachen sicherlich gegen seine Feinde hetzen, um sie zu vernichten.*

Aber genau das stellte eine große Gefahr für die heimliche Herrschaft der Altvorderen in Europa dar.

Es war eine Sache, wenn kleine Fressdrachen die Menschen

ärgerten. Es war eine andere, wenn sich die großen Drachen offen zeigten und sich als Mitsouverän präsentierten. Ein Aufschrei der Massen wäre in ganz Europa zu hören, Regierungen wären gezwungen zu handeln.

Dabei waren die vielen unangenehmen Fragen, die nach der Schlacht am Triglav aufgetaucht waren, eben erst verstummt. Das Officium und der Zar hatten dafür gesorgt, dass der Vorfall zu einer Massenattacke von kleineren Drachen heruntergespielt wurde. Die wahren Ausmaße der Beinahekatastrophe blieben im Verborgenen.

Es wäre mehr als schlecht, wenn nun ein großer Drache an der Seite eines europäischen Regenten auftauchen würde. Die Menschen würden sich zu viele Gedanken machen und nachforschen. Was sichtbar wird, ist angreifbar. Vouivre starrte auf den Punkt der Karte, der Kiew darstellte.

In ihm reifte der Entschluss, die Allianz zwischen Romanow und Tugarin präventiv zu vereiteln, auch wenn die russischen Aufständischen die Oberhand gewannen. *Ich kann leicht einen neuen Zaren auf den Thron hieven, wenn es so weit ist. Aber einen großen Drachen möchte ich nicht auf dem Foto neben dem Herrscher sehen!*

Er wandte sich um und schrieb neue Befehle an seine Augen und Ohren im Zarenreich, die Kiew und vor allem Festov genau prüfen sollten. Gäbe es nur einen Hauch von Drachenspuren, müsste er Tugarin eine Einheit Drachenjäger auf den Hals hetzen.

Halbwegs zufrieden kümmerte sich Vouivre danach um die neuen Nachrichten, die aufgelaufen waren. Er sichtete sie schnell und sorgfältig.

Es hatte einen Vorfall mit dem chinesischen Zirkus in Hamburg gegeben. Der widerrechtlich eingeführte Drache war entflohen, nachdem er alles abgefackelt hatte.

Meinen Respekt, Nie-Lung. So verwischt man Spuren, mein Bester. Vouivre nahm sich eine Trüffel. *Ihr Chinesen gebt nicht viel auf Zurückhaltung, selbst bei geheimen Missionen.*

Schnell verglich er noch die Wirtschaftsdaten und Börsenkurse. Es lief nicht eben optimal, wie er fand. Die Werte des Deutschen Kaiserreichs schwankten nach oben und unten. *Das gilt es, im Auge zu behalten.*

Zwei Seiten weiter musste er schon wieder Kiew und Triglav lesen.

Was hat es mit diesem verdammten Berg auf sich, dass sich alle Welt da herumtreibt!? Der Drache las, dass ein Medium aus York, eine Lady Ealwhina Snickelway, unter falschem Namen dort aufgetaucht sei und von der Armee des Zaren gejagt werde, seitdem sie das Trümmerfeld verlassen hatte.

Vouivre dachte sofort an den Weltenstein. *Sie möchte in die Fußstapfen von Sàtra treten: magische Macht!* Aktuellsten Berichten zufolge sei sie in York gesichtet worden.

Mylady muss befragt werden. Sollte sie wirklich das Artefakt in die Finger bekommen haben, benötige ich es! Nur ein Altvorderer konnte mit dieser Macht umgehen. *Sterblichen bekommt so etwas nicht. Sie stellen Unsinn damit an. So war es doch schon immer mit den Artefakten, vom Gral bis zu Excalibur.*

York lag leider mitten auf der Britischen Insel und gehörte somit zu Ddraigs Kernland. *Sie hat gewiss ebenso davon erfahren. Meine Leute müssen noch heute aufbrechen. Jede Sekunde ist kostbar.*

Vouivre schrieb weitere Befehle und sah danach ungehalten auf den kleinen Stapel Nachrichten, die er noch nicht gelesen hatte. *Es reicht mir für heute*, versuchte er sich selbst zu überreden – und griff dennoch nach dem nächsten Blatt.

Wer Macht besitzt und halten will, muss sie ausüben. Sonst wird sie zur Ohnmacht.

5. Januar 1927, Freie Hansestadt Hamburg, Deutsches Kaiserreich

Mit einem leisen Klicken schnappte der Deckel der Taschenuhr auf und blitzte dabei wie ihre Silbermünze.

Silena wagte es nicht, nach dem Wappen der Drachenheiligen sowie dem Namen auf dessen Innenseite zu schauen. Sie verfolgte den Weg des Sekundenzeigers bei seinem eintönigen, ewig gleich bleibenden Kurs auf dem Zifferblatt. *Wenn es kein Trick sein sollte, war einer der Drachenheiligen an der Absturzstelle. Bliebe die Frage nach dem Anlass.*

Sie schluckte, bewegte die Augen nach links: ein Zweihandschwert, auf dem die Spitzen von vier Drachenzungen steckten … *Brieuc!* Sie sah genauer hin und musste jeden Zweifel ausschließen.

»Es ist leicht zu verstehen, dass Sie die Person kennen, welcher die Uhr gehört.« Nitokris stand vor ihr. »Hilft es Ihnen weiter?«

»Nein«, entgegnete Silena leise und trank wieder von dem Wasser. Ihr inneres Durcheinander hatte sich mit dem Fund noch weiter erhöht, Theorien blitzten auf und versanken in dem Gedankenbrei. *Das kann niemals im Leben sein. Nicht Brieuc. Jemand will mich glauben machen, dass das Officium etwas mit der Sache zu tun hat. Eine List entweder von den Ägyptern oder von den Drachenfreunden. Oder von der Ochrana?* Es gab nichts Greifbares, mit dem sie diese Erklärungsversuche füttern konnte.

Das Schlimmste jedoch war, dass sie die Suche nach Grigorij abschließen musste. Lieber hätte sie sich hundert Schießereien gegen tausend Feinde angetan, um ihn am Ende befreit zu haben, als die Gewissheit, ihn verloren zu haben.

Sie schloss die Uhr und steckte sie ein. Nachdem ihr jeglicher Ansatz für neue Ermittlungen zu seinem Tod fehlte, wollte sie das Naheliegendste tun. *Ich werde Brieuc fragen und abwarten, was er mir sagt.* Sie sah Fayence an. »Sie erzählten, Sie hätten die Raketen beim Aufsteigen beobachtet?«

»Insgesamt elf Stück, alle von der Festungsinsel abgefeuert. Ich sah die Strahlen, auf denen sie geritten sind.« Er räusperte sich. »Wie gesagt: Ich habe Ihren Mann nicht in dem Wrack entdeckt. Die Position der Uhr erschien mir so weit abseits von der Absturzstelle ungewöhnlich, und so nahm ich sie mit, um herauszufinden, was das Officium dort gewollt hat.«

Silena war zu keiner Unterhaltung fähig. Sie sah Grigorijs Züge vor sich, dann seinen Leib, wie er im Meer dümpelte und kraftlos mit den Armen ruderte, um an der Oberfläche zu bleiben, ehe er doch sank und für immer verschwand.

Nein! Ich muss die Zuversicht bewahren! Solange es einen letzten Funken Hoffnung gibt … Sie klammerte sich daran, dass Brieuc ihr etwas sagen konnte. *Er hat Grigorij mitgenommen. Mein Mann könnte dem Officium als Druckmittel dienen, um mich zur Rückkehr zu zwingen!*

Sie traute Prokop diese Taktik zu. Als Prior war er der General, der Feldherr, der alles tat, um eine Schlacht zu gewinnen. Niemals war ihr der Gedanke an ihren Gatten in Gefangenschaft so erleichternd erschienen. *Ihr Heiligen!* Alles war besser als die Bilder von einem ertrinkenden Grigorij.

»Was hat das vorhin mit den Asiaten und dem Erwachen gesollt?«, fragte Leída. »Wir haben unsere Monster so gut wie ausgerottet, und da beschließen die Schlitzaugen, ihre zu uns zu schicken, weil mehr Platz in Europa ist?«

Nitokris und Fayence mussten lachen, Nagib verzog den Mund. »Es wird etwas komplizierter sein, was die Feinheiten angeht, aber im Kern stimmt Ihre Vermutung«, antwortete die Frau. »Wir hatten in Ägypten mit dem chinesischen Reich niemals viel zu tun, dafür waren sie zu weit von uns entfernt.«

»Vor zwei Jahren«, übernahm Fayence das Wort, »bereiste ich zum ersten Mal Europa und suchte nach großen Geschuppten, um sie zu vernichten und euch die Arbeit abzunehmen. In meiner Heimat haben wir sie ausgemerzt.«

»Bis auf die Krokodile«, warf Nagib trocken ein. »Die Ausländer mögen sie zu sehr.«

Fayence schmunzelte. »Bald merkte ich, dass ich allein nicht in der Lage war, die Großen auszulöschen. Sie sind gefährlicher, anders als unsere Geschuppten. Es bedurfte mehr Logistik. Im Geheimen.«

Nitokris nickte. »Der Bund des Ichneumon sandte uns ins Deutsche Kaiserreich, weil man von hier aus sehr schnell in die verschiedensten Winkel Europas reisen kann, und beauftragte uns, ebenfalls Drachen zu jagen.«

»Wir sind uns niemals begegnet«, warf Leída ein. »Ich hätte eine ägyptische Drachenjägereinheit bemerkt.«

»Der Ichneumon jagt die Schlange allein«, gab Nagib stolz zurück. »Wir brauchen keinen Tross wie Sie, Mrs. Havock.« Er hob die Arme. »Ein kleines Refugium wie dieses, zur Erholung und zum Verbinden der Wunden, das ist alles, was wir benötigen.«

Leída lachte ungläubig. »Dass manche Drachenheiligen wahnsinnig genug sind, sich so gut wie allein einem Geschuppten zu stellen, wusste ich ja. Aber sie haben wenigstens ihre Leute dabei, genauso wie ich. *Viele* Leute.« Sie hob drei Finger in die Luft. »Mehr nicht?« Sie lachte wieder. »Verzeihung, aber keiner von Ihnen sieht aus wie ein unbesiegbarer Drachenschlachter.«

»Das ist die beste Tarnung«, gab Fayence lächelnd zurück und steckte die Hände in den Kittel. Er wirkte harmlos wie ein kleiner Junge.

»Ihr Besuch bei uns kam überraschend«, schaltete sich Nitokris ein, »aber nicht ungelegen. Wir hätten Sie, Frau Zadornova, bald kontaktiert. Wegen einer Zusammenarbeit.«

Silena sah sie abwesend an. Sie verfolgte die Unterhaltung mit halbem Verstand, die andere Hälfte drehte sich um Grigorijs Verbleib und ließ sich nicht befreien. *Er lebt, er lebt, er lebt,* sagte sie sich unentwegt. Wie gern würde sie Brieuc auf der Stelle anrufen!

»Das geht ein bisschen sehr rasch«, meinte Leída. »Noch haben wir keine Beweise, dass irgendetwas von dem, was wir gehört haben, auch stimmt.«

»Sie halten uns immer noch für Schlangenanbeter?«, brauste Nagib gekränkt auf.

»*Das* habe ich nicht gesagt.« Sie verschränkte die kräftigen Arme, die im Vergleich zu denen der Sekretärin wie Baumstämme wirkten. »Zeigen Sie mir doch mal Ihre Ausrüstung.«

Silena brauchte für ihre Erwiderung länger. »Was für eine Zusammenarbeit soll das sein?«

Fayence sah zwischen ihnen hin und her. »Was möchten Sie als Erstes: Ausrüstung oder Erklärung?«

»Ich habe zuerst gefragt«, bestand Leída auf ihrer Position. »Sie könnten Ihre freundlichen Absichten untermauern, indem Sie die Haustür öffnen und mich kurz mit meinen Leuten sprechen lassen, ehe sie einen Weg in Ihre Festung finden. Glauben Sie mir: Wir haben alles dabei, was eine Wand weich macht oder wegfegt.«

»Sie würden sterben«, sagte Nagib überzeugt. »Wir sind auf Überfälle von Drachenfreunden vorbereitet.«

»Dann sollten Sie sich beeilen. Geschieht meinen Männern etwas, so geschieht auch Ihnen was«, entgegnete sie drohend und humpelte zum Ausgang.

Nitokris nickte dem älteren Ägypter zu, der sich stöhnend aus dem Sessel stemmte und die blonde Drachenjägerin begleitete. Als sie den Raum verlassen hatten, sprach sie: »Es ist mir ganz recht, dass Ihre Freundin uns für einige Minuten verlässt. Sie muss nicht hören, was wir vermuten. Sollten Sie der Meinung sein, dass Havock eingeweiht werden sollte, steht es Ihnen frei.«

Silena zwang sich zu mehr Aufmerksamkeit. *Hör zu. Es kann wichtig sein.* »Schießen Sie los.«

»Europa steht vor einer immensen Gefahr. Fayence ist bei seiner Jagd auf europäische Großdrachen bereits fünfmal auf kleinere asiatische gestoßen, an ganz verschiedenen Orten. Wir sind übereingekommen, dass es sich um Aufklärer handelt, um Spione, die den großen Schlag vorbereiten sollen«, erzählte Nitokris. »Eine Invasion.«

Silena rieb sich die Schläfen. »Nein, das können sich diese Scheusale nicht erlauben. Europas Armeen sind stark, sie würden die Drachen ausschalten, wenn auch mit Verlusten.« Von Litzow und seinen alten Kontakten wusste sie, dass die Generäle nach der Schlacht am Triglav an neuer Munition geforscht hatten, um die dicken Platten der Drachen schneller zu durchschlagen. So unvorbereitet wie damals würde kein Heer mehr ins Feld ziehen.

»Sie unterschätzen die Organisationskraft. Die Sabotageaktionen der Drachenfreunde werden weitergehen. Das Officium Draconis ist so gut wie handlungsunfähig, und nahezu alle Drachenjägereinheiten sind angegriffen und geschwächt worden«, zählte Fayence auf. »Die Professionellen sind bald keine Gefahr mehr. Was vermögen träge Panzerfahrzeuge denn gegen einen wendigen Drachen auszurichten?«

Silena behielt vorerst für sich, was Gessler damals über die Altvorderen gesagt hatte, die uralten Geschuppten, die im Geheimen die Fäden in Europa zogen. *Sie werden sich den Angreifern entgegenstellen wie damals am Triglav. Ich kann mir nicht vorstellen, dass Ddraig nichts davon weiß.* Dabei kam ihr eine Idee. *Aber natürlich! Ich sollte mit ihr sprechen. Wenn die Lage wirklich derart dramatisch wird, brauchen wir ihre Hilfe.* »Ich verstehe nicht, warum die Asiaten nicht gleich über Europa herfallen, wenn sie in der Übermacht sind?«

Nitokris hob die Augenbrauen. »Wenn wir *das* wüssten.«

»Also steckt mehr dahinter als eine simple Invasion«, schloss Silena daraus. »Die Drachenfreunde sind bestimmt in Teile des Plans eingeweiht. Schließlich ist es ihr Ziel, dass die Drachen bei uns so verehrt werden wie in Asien. Wir sollten schleunigst einen von denen in die Finger bekommen.«

»Ich habe es bereits mehrmals versucht«, erhob Fayence die Stimme. »Doch sie gehen lieber in den Tod, als etwas zu verraten.«

»Es kommt auf die Mittel an.«

Er und Nitokris tauschten kurze Blicke. »Wir haben Mittel«, sagte sie dann langsam. »Bewährte Mittel aus der Zeit der Pharaonen. Aber auch diese versagten.«

Silena rieb sich die Hände. »Könnten wir dann einen der chinesischen Spiondrachen verhören?«

Fayence schüttelte den Kopf. »Ich bin nicht ausgebildet, die Schlangen zu überwältigen. Ichneumon tötet.«

»Mmh. Ich kenne jemand, dem das gelänge.« Silena dachte wieder an Ddraig. *Die rote Drachin muss uns beistehen.* »Ich sage Ihnen, wenn die Verbündete bereit dazu ist.«

Die Tür schwang auf, Nagib und Leída kehrten zurück. »Alles in Ordnung«, sagte sie sofort. »Die Männer wissen Bescheid, dass es uns gut geht und wir nicht gegen unseren Willen festgehalten werden. Herr Nagib hat sie in die Praxis gelassen, wo sie sich etwas zu trinken nehmen können.«

Silena sah die Männer nacheinander an. »Sie sind nicht wirklich Ärzte, oder?«

Nagib griente. »Ohne anerkanntes Diplom, würde ich sagen.«

Leída blickte zu Fayence. »Sie scheinen ja wohl derjenige zu sein, welcher auf die Drachenjagd geht. Kann ich nun Ihre Ausrüstung sehen oder nicht?«

Nitokris ging zur Statuette des Ichneumon und drückte einen Schlangenkopf nieder. Ein Teil der Wandvertäfelung schwang zurück, dahinter flammte elektrisches Licht auf und beleuchtete einen großen Raum. Der schwache Geruch von sehr speziellem Leder breitete sich aus. Drachenleder. »Ich zeige Ihnen, wie wir vorgehen.« Sie schritt voran, die übrigen folgten ihr.

Silena sah lederne Rüstungsteile auf dem Tisch. »Drachenhaut?« Das durchsichtige Visier erkannte sie als Teil eines Drachenauges. Das Cockpit ihrer Saint-Jagdmaschinen war aus demselben Material verglast.

»Ja.« Fayence trat auf die andere Seite. »Sie stammt von der Stelle unmittelbar unter den Rückenplatten und ist besonders beständig. Wir haben verschiedene Häute miteinander kombiniert, die oberste Schicht stammt von einem sehr alten Exemplar. Allerdings speien die europäischen Alten heißeres Feuer. Einmal wäre beinahe etwas schiefgegangen.«

Leída wartete eine Erlaubnis erst gar nicht ab. Sie nahm die verschiedenen Segmente in die Hand, fühlte und rieb.

»Haben die Zeichen eine Wirkung, oder sind es Zierelemente?« Silena besah sich die Hieroglyphen.

»Wenn man fest daran glaubt, können sie helfen«, antwortete Fayence mit einem Lächeln. »Sicherheitshalber geht mein Schutz noch weiter.« Er deutete auf eine weißliche Hose, Hemd, Handschuhe und Haube, die auf einem Ständer hingen und die Silena auf den ersten Blick für Unterwäsche gehalten hatte. »Die Garnitur unter der Rüstung ist ebenfalls aus Drachenhaut, allerdings von der Lage, die über dem Fleisch und Fett liegt. Sie bietet zusätzlichen Schutz vor Feuerangriffen.«

Leída warf den Brustpanzer zurück. »Davon hätte ich gern einhundert und fünfzig auf Reserve. Wie schnell können Sie liefern?«

Nitokris lachte herzhaft. »Ichneumon nutzt sie, niemand sonst. Fayence hat Ihnen erklärt, wie Sie hergestellt werden. Den Rest müssen Sie selbst machen.«

Dann ist das auch geklärt. Silena erinnerte sich an den Bericht des Officiums, demzufolge ein Mann in einer hieroglyphenverzierten Rüstung bei Lüneburg einen Drachen erlegt hätte. Angeblich. *Er ist es gewesen.* »Sie arbeiten mit einem Spieß oder etwas in der Art?«

»Richtig.« Fayence ging ein paar Schritte zur Wand und zog die Laken herab, die über einem Ständer hingen. Die Stangen sahen aus, als bestünden sie aus Stahl. Er nahm eine herunter und warf sie Silena zu, die sie auffing.

Sie machte einen Schritt nach hinten. *Das Gewicht ist ordentlich, mindestens acht Kilogramm. Aber Stahl kann es nicht sein.* An einem Ende befand sich ein Gewinde. »Was halte ich in der Hand?«

»Drachenbein, das unsere Erfinder mit einer dünnen Schicht einer geheimen Legierung überzogen haben, um es stabiler zu machen.« Fayence öffnete einen Schrank, in dem lange Spitzen von einem Meter Länge standen. »Reines Drachenbein, kleinste Stücke und miteinander verleimt, um eine größere Beständigkeit zu erhalten. Die Klingen durchdringen jeden Panzer. Auch den eurer ältesten Schlangen.«

»Davon hätte ich auch gerne einhundert«, sagte Leída und zeigte, dass sie beeindruckt war. »Nichts gegen Sie, Fayence, aber wie schaffen Sie es *alleine*, die Drachen zu erlegen? Meine Einheit heißt nicht umsonst *Havock's Hundred*.«

Silena war ein Panzerschrank aufgefallen, der an der Wand festgeschraubt und zur Hälfte darin eingemauert war.

Auf ihn bewegte sich Nitokris zu. »Sehen Sie es als Zeichen meines Vertrauens in Sie beide und in das Bündnis, das wir eingehen werden«, sprach sie und öffnete die drei Zahlschlösser. Geräuschlos schwang die dicke Tür auf und gab den Blick auf mehrere fingerhutgroße Glasbehältnisse frei. Sie nahm eines heraus und reichte es Silena. »Es ist ein Trank, der dem Ichneumon seine Geschwindigkeit und Stärke, seine Reflexe verleiht, die er benötigt, wenn er sich der Schlange stellt.«

»Aus was hergestellt?« Sie hielt das Gefäß gegen die Lampe. Eine grünliche, ölige Flüssigkeit schwappte gegen die Ränder, winzige Partikel schwebten darin.

»Das müssen wir wirklich nicht offenlegen.« Nagib war anzuhören und anzusehen, dass er es nicht billigte, wie Nitokris mit den Geheimnissen des Bundes umging. »Ein paar Kräuteressenzen aus dem Nil-Delta, mehr nicht.« Er nahm es ihr aus der Hand, stellte es in den Tresor und drückte ihn zu.

»Ach so.« Silena lächelte. *Lügner.*

Und Leída sagte natürlich: »Davon hätte ich gerne auch einhundert. Liter.«

Nitokris legte die Hände zusammen und hielt sie vor der Gürtelschnalle. »Nun kennen Sie unsere Geheimnisse, Fürstin und

Fräulein Havock. Sind Sie bereit, mit Ichneumon zusammenzuarbeiten?«

»So gut wie. Damit ich es richtig verstanden habe: Sie sind eine Abordnung dieses Bundes, der in Ägypten sitzt. Weil man sich dort Sorgen um Europa und letztlich auch um Nordafrika gemacht hat, sind Sie gesandt worden.« Silena fühlte etwas von der Flüssigkeit an ihren Fingern. Es klebte. »Insgesamt gibt es wie viele Kämpfer in diesem Bund?«

»Außer mir noch zehn«, sagte Fayence. »Sie wachen in unserer Heimat, ob sich die chinesischen Spione auch da blicken lassen.«

»Die Frage, die sich mir stellt, ist: *Wer* schickt sie?« Leída nahm sich ebenfalls einen der Spieße und wirbelte damit herum. Ihr bereitete es wenig Mühe, doch es sah sehr ungeschickt und tölpelhaft aus. »Darauf haben wir noch keine Antwort erhalten. Ich für meinen Teil interessierte mich nicht für China oder diese anderen Reiche im Osten, weil sie Drachen anbeten und nicht jagen. Da ist kein Geschäft zu machen.«

»Entweder es gibt Altvordere wie in Europa«, meinte Silena und ärgerte sich, noch nicht in das gestohlene Dossier über asiatische Drachen geschaut zu haben, »oder einen Herrscher.« Sie sah zu Nitokris. »Haben Sie Erkenntnisse dazu?«

»Nein. So wenige wie Sie. Ich kann nur raten und das Offensichtliche annehmen: Chinas weltlicher Herrscher nennt sich *Drachenkaiser* und sitzt auf einem *Drachenthron*«, meinte sie. »Wer sagt, dass der Kaiser von China *nicht* die Hilfe der Drachen in Anspruch nimmt?«

»Wir kannten Drachen, die sich in Menschen verwandelten, um uns zu täuschen.« Silena sah Eris Mandrake mit einem Lächeln aus ihrer Erinnerung auferstehen, als wollte er sagen: *Siehst du?* »Der Kaiser könnte durchaus die gleiche Gabe besitzen.« Für ihren Geschmack war genug geredet worden. Grigorijs Spur führte dank der Uhr plötzlich nach München, und genau da musste sie unverzüglich hin. Sie streckte Nitokris die Hand entgegen. »Dass eine Bedrohung aufzieht, ist unbestreitbar. Ich nehme das Bündnis zwischen Abendland und Morgenland gerne an, um sie abzuwenden.« Die Ägypterin schlug ein. Silena schüttelte auch Fayences und Nagibs Hände.

»Sieh sich einer das an. Die Nachfahrin eines Kreuzritters verbrüdert sich mit einer Ungläubigen«, kommentierte Leída.

Fayence nahm den Spieß an sich und hängte ihn an seinen Platz. »Wie gehen wir weiter vor?«

Zuerst muss ich mit Brieuc sprechen. Silena schlenderte zurück in das kleine Museum. Ihr Tatendrang war zurückgekehrt. »Ich reise nach München, gehe der Herkunft der Taschenuhr auf den Grund und versuche herauszufinden, wo wir eine Altvordere finden.« Sie hatte es sich erspart, Leída zu verbessern. Georg war kein Kreuzritter gewesen. Eine Unerheblichkeit.

Leída sah sie an, als habe die Drachenheilige den Verstand verloren. »Du sprichst von *Ddraig*? Hast du allen Ernstes vor, die rote Drachin über die Asiaten zu befragen?«

»Die Drachenheiligen, die es einst vermochten, sind tot. Kennst du jemanden, der uns einen von denen lebend fängt? Sind deine Leute dazu in der Lage?«, gab sie zurück.

Leída verzog die Mundwinkel. »Wie finden wir sie?«

Fayence wollte etwas sagen, doch er schwieg, als Silena weiterredete. »Sie drei packen«, dabei deutete sie auf die Ägypter, »und fliegen mit Leída nach England. Ich treffe mich in München mit einem Mann des Officiums, der mir bestimmt Hinweise geben kann, wo wir Ddraig aufspüren. Die Spione sollten noch arbeiten, hoffe ich, auch wenn das Hauptquartier beschädigt wurde.« Sie sah in die Runde. »Alle einverstanden? Andere Vorschläge?«

Keiner rührte sich.

»Wir treffen uns also in England. Ich rufe dich an, Leída, und sage dir, wo.« Sie verabschiedete sich von ihnen und ging die Stufen hinauf, rief ihre Männer und verließ das Gebäude.

Unerwarteter Beistand, den wir bekommen haben, dachte Silena. *In einem sehr günstigen Augenblick.* Wie sehr sie dem Bund des Ichneumon trauen konnte, würde sich bald unter Beweis stellen. Alternativen dazu sah sie keine. *Grigorij, halte durch!*

5. Januar 1927, Amsterdam, Provinz Nord-Holland, Königreich Holland

Ealwhina saß gegenüber von Thomas Edward Grant dem Fünften, der sich als waschechter Londoner erwies, und frühstückte entgegen den Geboten des Anstands im Morgenmantel. Sie besaß derzeit nichts anderes. Ihre Kleidung wurde inzwischen gewaschen und getrocknet. Er trug Hemd, Fliege und eine bestimmt nicht billige Stoffhose, sein klassisch-würziges Aftershave wehte zu ihr herüber.

Das Ambassade war ein nettes, kleines Hotel unmittelbar an der Herengracht, verwinkelt und verbaut bis in den letzten Korridor, doch die Zimmer protzten mit Gemütlichkeit. Als britischer Gentleman und Landsmann hatte Grant darauf bestanden, ihr die Übernachtung zu zahlen.

Ich muss verrückt sein, nicht von hier verschwunden zu sein. Immer wieder blickte sie auf die belebte Gracht hinaus und erwartete den Kopf des Wasserdrachen vor dem Fenster zu sehen, der die Kugel rauben wollte. *Gestern war ich einfach zu erschöpft.* Mit etwas Glück hatte sich der Drache mit den Splittern des Weltensteins zufriedengegeben. Sie wusste nicht, was der Geschuppte mit dem Artefakt wollte. *Vermag er zu zaubern?*

»Wie sehen Ihre Pläne aus, Mylady?«, erkundigte sich Grant und winkte den Kellner zu sich, um Tee nachgeschenkt zu bekommen. »Ihr Gepäck hat sich nicht finden lassen, obwohl die guten Amsterdamer, die ich anheuerte, sich Mühe gaben.«

»Ich kehre heute noch nach England zurück«, sagte sie. Er konnte nicht wissen, dass sie kein Gepäck dabeigehabt hatte. »Meine Kleidung sollte trocken sein, und mein Ticket trug ich am Leib.« Sie langte über den Tisch und drückte seine Hand. »Ich danke Ihnen, Mister Grant, viel-, viel-, vielmals. Ohne Sie hätte ich nicht gewusst, was ich tun sollte.«

Er winkte ab und strahlte. »Es war mir eine besondere Freude. Eine ebensolche Freude wäre es mir, wenn Sie sich bald bei mir meldeten. In einem Monat werde ich von meiner Geschäftsreise zurückgekehrt sein und würde Sie gern bei einem Tee auf meinem Anwesen sehen.« Er reichte ihr seine Karte mit Adresse und Telefonnummer. »Bitte sehr, Mylady.«

Sie stand auf, und sofort erhob er sich. »Sie hören gewiss von mir.« Sie reichte ihm die Hand, und er gab ihr einen angedeuteten Kuss. »Ihnen einen angenehmen Tag und beste Geschäftsabschlüsse.«

»Möge Gott Sie schützen, Mylady Snickelway.«

Sie lächelte. »Er kann es versuchen.« Sie schritt hinaus, verließ den Frühstücksraum und ging auf ihr Zimmer, wo sie sich umzog. Ihre Kleidung roch frisch und leicht nach Seife. Der Schmutz der Reise war aus Rock, Bluse und Mantel verschwunden. *Viel besser.*

Fünfzehn Minuten später stand sie in der Herengracht und wählte den gleichen Weg zum Bahnhof, den sie tags zuvor genommen hatte. Die Kugel hielt sie fest umschlossen in ihrer linken Hand in der Tasche vergraben.

Ealwhina marschierte über die belebten Straßen, hörte die verschiedensten Sprachen um sich herum, und zu ihrer großen Erleichterung war kein Russisch dabei. Sie erkannte Geister zwischen den Passanten, die sie anstarrten, verlangend und furchtsam zugleich. Die verlorenen Seelen spürten, dass sie etwas Besonderes mit sich führte, wagten sich jedoch nicht an sie heran. *Oder sie wissen, dass der kobaltblaue Wasserdrache das Artefakt will, und machen ihm den Anspruch nicht streitig*

Das Rumpeln der Loks und Waggons wurde hörbar, sie näherte sich dem Bahnhof. Sie hatte kein Ticket, doch sie sah die Chancen als sehr gut an, entweder eines zu ergaunern oder als blinder Passagier bis nach London zu gelangen. Von dort rollten weitere Züge in knappen Abständen nach York.

Sie betrat das große Gebäude, orientierte sich und stieg kurzerhand in den ersten Zug nach London, ohne sich um einen Fahrschein zu kümmern.

Ich finde schon eine Möglichkeit, dem Schaffner zu entkommen. Ealwhina setzte sich in die erste Klasse und blickte aus dem Fenster. *Zeit zum Nachdenken.*

De Bercy hatte für den Drachen gearbeitet, dessen Namen sie nicht kannte. Aber dem Bassin nach zu urteilen, aus dem er im Keller des Hauses aufgetaucht war, und dem Verhalten der älteren Damen nach lebte er mit dem Wissen einiger Amsterdamer in den Grachten. Von den Kanälen aus gab es Zugänge in die Häuser.

Drachenfreunde womöglich, die ihn bei seinem geheimen Leben unterstützten.

Diese Müdigkeit und die Kopfschmerzen! Ealwhina sah die Hüte an der Fensterscheibe ihres Abteils vorbeitreiben, Männer und Frauen mit ganz unterschiedlichen Modegeschmäckern liefen vorüber. Leise drangen ihre Stimmen herein, Dienstboten hetzten mit roten Gesichtern und Gepäcktürmen vorbei, Uniformierte der British Railroad wiesen Passagiere zu den Wagen mit ihren Reservierungen.

Ein Drache in Amsterdam. Besser kann er es gar nicht haben: immer etwas zu essen. Wer in die Gracht fällt, gehört ihm. Unbemerkt lebte er unter den Menschen. *Was seine Beweggründe sein mögen? Er verhält sich nicht wie einer der Schädlinge, die den Bauern die Ställe leer fressen.* Sie wunderte sich aufrichtig und rieb dabei über die Kugel. Seine Außergewöhnlichkeit hatte der Drache mit dem versuchten Erwerb des Artefakts unter Beweis gestellt. *Einerlei. Ich bin ihm entkommen. Nach York wird er mir nicht folgen.*

Ealwhina wusste noch nicht genau, was sie mit ihrer Beute anstellen sollte.

Ihre Freunde im Pub hatten sich ganz sonderbar verhalten und das Artefakt »für alle« verlangt. *Das sagt sich so einfach. Ich habe ja nicht einmal eine genaue Vorstellung, was ich damit tun kann.* Sie seufzte. *Ich werde mit ihnen reden müssen.*

Sie wusste, dass sie nicht vor neuen Verfolgern sicher war. Der Zar würde weitere Soldaten schicken und sie in York suchen lassen, der Drache auch.

Ihr Geister! Sie werden sich im Golden Fleece *die Klinke in die Hand geben. Ich werde mein geliebtes Midnight bald nicht mehr in Ruhe trinken können.* Verstohlen nahm sie das Artefakt aus der Tasche und betrachtete es. *Wegen dir.*

Die Kugel wirkte zwischen ihren Fingern vollkommen harmlos. Läge sie auf dem Boden, würden Kinder sie als bräunliche Murmel ansehen und Erwachsene als Bernsteinkugel, die aus der Fassung einer Kette gefallen war. Die wahre Macht erschloss sich einigen wenigen Auserwählten.

Endlich verkündeten eine laute Trillerpfeife und sofort darauf das schrille Pfeifsignal der Lok, dass die Fahrt begann. Stampfend arbeiteten die Kolben, ruckelnd setzte sich der Zug in Bewegung und nahm Geschwindigkeit auf.

Die Tür zu ihrem Abteil öffnete sich, schnell verstaute sie die Kugel in der Tasche.

Zwei vornehm gekleidete Männer und zwei wohlhabende Damen um die dreißig kamen herein, grüßten Ealwhina auf Holländisch. Bedienstete der *Rail Road* verstauten deren leichtes Gepäck auf den vorgesehenen Halterungen über den Sesseln. Die vier gehörten wohl zu einer Familie, wie Ealwhina anhand der Ähnlichkeit der Gesichter mutmaßte.

Unter ihnen entspann sich ein Gespräch, das Ealwhina nicht verstand, weshalb sie lieber aus dem Fenster sah. Von dem Quartett drohte ihr keinerlei Gefahr.

Sie hatten den Bahnhof schnell verlassen. Das flache Land zog vorbei, durchzogen von Gräben und Kanälen und voller grüner Weiden mit Schafen und Kühen, trotz des Winters. Schnee hielt sich hier unter dem Meeresspiegel nicht lange.

Sie dachte an den Wasserdrachen. *Holland ist für seine Art wie geschaffen. Überall Verbindungen, Anschluss ans Meer. Und sie ringen der See jedes Jahr wieder neues Land ab, um es mit Grachten zu durchziehen.* War sie eben noch Gefahr gelaufen, durch das Gemurmel der Menschen und das eintönige Rattern in einen leichten Schlaf zu versinken, erwachte sie nun bei dem Gedanken, dass der Drache sie spielend durch die Kanäle verfolgen konnte. *Ich wünschte, ich wäre schon in York.*

Doch bis dahin waren es geschätzte achtzehn Stunden, sollte ihre Reise optimal verlaufen und sie in London einen Anschlusszug erreichen.

Ist es besser, wenn ich die Kugel im Zug verstecke, anstatt sie bei mir zu tragen? Es müsste ein Ort sein, an dem sie niemand vermutete, den sie allerdings kontrollieren konnte. Sie würde darüber nachdenken, sobald sie von der Toilette zurückgekehrt war.

»Excuse me«, sagte sie zu ihren Mitreisenden und erhob sich, schob sich durch das Beingewirr und verließ die Kabine.

Der Gang war leer, das Hinweisschild verwies sie nach rechts.

Ealwhina ging los; sie musste die Bewegungen des Zuges ausgleichen und sich hin und wieder an den Wänden abstützen. Dabei sah sie in die anderen Abteile. Hier in der ersten Klasse fiel sie in ihren einfachen Kleidern schon sehr auf. Der Schaffner würde ihr eine Lüge über ein verlorenes Ticket nicht glauben. Nicht in diesem Aufzug.

Sie gelangte zur Toilette, schloss die Tür hinter sich und betrachtete ihr Gesicht im Spiegel. Es sah bleich aus, ihre Augen waren rot geädert. Schlagartig fühlte sie sich noch müder. *Als wäre ich eine Woche von York weg. Wie kann das sein?* Sie nahm die Kugel wieder in die Hand. Nebenwirkungen oder Zeichen der Verausgabung, die sie seit ihrer Flucht aus dem Tunnel fühlte? Sie hatte ihre Kräfte nicht mehr als sonst eingesetzt.

»Es hat mit dir zu tun. Du bist zu gefährlich, um dich zu behalten«, sagte sie zu dem Artefakt.

Es klopfte laut gegen ihre Tür, eine Dame rief etwas auf Holländisch.

»Einen Augenblick«, gab sie laut auf Englisch zurück. Zwei Minuten darauf öffnete sie die Tür und schlüpfte an einer Frau vorbei, die sie musterte, als hätte Ealwhina sie bestohlen und beschimpft. Sie tat sich schwer, die Toilette zu betreten, und warf ihr nochmals einen bösen Blick zu, bevor sie die Tür hinter sich schloss.

Ealwhina kehrte zu ihrem Abteil zurück – und sah den uniformierten Schaffner.

Er war ein Abteil von ihrem entfernt und unterhielt sich angeregt auf Holländisch mit einem Fahrgast. Dabei warf er ihr einen schnellen Blick zu und tippte sich an den kurzen Schirm seiner Mütze.

Sie lächelte ihm zu und ging an ihm vorbei, in den Teil des Zuges, den er ihrer Einschätzung nach schon kontrolliert hatte. *Nicht umdrehen*, mahnte sie sich.

Sie erreichte den Übergang zum nächsten Waggon und wechselte in die zweite Klasse, durchquerte den Wagen und marschierte noch weiter, bis sie genügend Abstand zwischen sich und den Kontrolleur gebracht hatte.

Die zweite Klasse war voll besetzt. In den Großraumabteilen roch es nicht eben angenehm, und je weiter sie nach hinten ging, desto schlechter wurde die Luft und umso mehr stank es nach ungewaschenen Körpern, nach Dreck und Staub, nach Essen und nach Vieh.

Die Menschen erzählten laut, lachten und tranken Schnaps und Bier, andere spielten Karten. Kinder weinten oder neckten sich und schafften es, trotz der Enge Fangen zu spielen. Deutlicher als in diesem Zug konnten soziale Unterschiede nicht zutage treten.

Ealwhina schlug das Angebot eines Mannes in schäbiger Kleidung aus, sich auf sein Knie zu setzen, und suchte nach einem bisschen Platz, wo sie sich hinquetschen konnte.

Achtzehn Stunden halte ich das niemals durch. Hoffentlich steigen sie aus, bevor es auf die Fähre geht. Es wimmelt bestimmt vor Dieben. Aber wenn sie einschlafen sollte, konnte sie nicht auf die Kugel aufpassen. Zumal: Sollte sie eventuelle Verfolger im Zug haben, die sie nicht bemerkt hatte, so würden diese das Artefakt logischerweise bei ihr vermuten. *Ein Versteck muss her.*

Neben der Tür entdeckte sie einen becherartigen, leeren Metallhalter für eine Petroleumlampe. Tagsüber benötigte das Abteil kein Licht.

Das wäre was. Sie nutzte das nächste Zugruckeln, um sich gegen den Rahmen fallen zu lassen und die Kugel darin zu deponieren; leise klirrend verschwand das Artefakt darin. *Hier bist du vor Langfingern sicher.*

Ealwhina ging weiter und suchte sich ein Fleckchen zwischen zwei älteren Damen, um sicherzugehen, dass sie von Männern unbelästigt blieb, und hielt die Augen auf den Eingang gerichtet.

Eine Stunde lang war sie tapfer, bis jemand Bleigewichte an ihre Lider zu hängen schien. Sie konnte sich nicht mehr gegen die Müdigkeit wehren und schlummerte ein.

Sie träumte, eine sanfte Berührung an ihren Taschen zu spüren, aber sie konnte den Schlaf nicht durchbrechen. Die Kugel war sicher, und sie besaß nichts als ihre Kleidung. Ihr konnte nichts mehr gestohlen werden. *Sucht doch*, dachte sie und lächelte schadenfroh im Schlaf.

Aus den sanften Berührungen wurde unvermittelt ein schmerzhaftes Rupfen und Wühlen.

»He!« Wütend öffnete sie die Augen und erhielt eine harte Ohrfeige, bevor sie erkennen konnte, wer ihr gegenübersaß. Sie flog mit dem Kopf gegen die hölzerne Banklehne, Feuerräder drehten sich vor ihren Augen und machten die Umgebung unscharf. Als sie die Arme zur Abwehr heben wollte, musste sie feststellen, dass sie festgehalten wurde. *Handschellen!*

»Hallo, Snickelway«, sagte eine nur allzu bekannte Frau mit unterdrückter Wut. »Ich bin auch überrascht, Sie hier zu treffen. Ich wollte nach York, um Sie zu suchen.«

Die sprühenden Kreise schwächten sich ab. Ealwhina sah wieder etwas, und aus den grellen Umrissen wurde Sigorskaja, die auf der Bank gegenüber saß und einen Dolch in der Hand hielt. *Geister von York! Wie ist das möglich?*

Die Klinge zuckte nach vorn und legte sich kühl an ihren Hals. »Reden wir über das Artefakt. Wo ist es?«

XII.

6. Januar 1927, München, Königreich Bayern, Deutsches Kaiserreich

Silena spielte mit ihrer Silbermünze und betrachtete die Fassade des Officiums einmal mehr vom Café aus.

Es kam ihr vor, als habe die Zerstörung noch weiter um sich gegriffen. Weitere rußige Mauerteile waren trotz der Stützen zusammengebrochen oder abgerissen worden. Arbeiter errichteten zum Schutz der Passanten einen Bretterzaun, hinter dem zumindest ein Teil des ramponierten, geschändeten Bauwerks verschwand.

Es bröckelt und zerfällt. Silena verstand dies als Zeichen für den Niedergang des Officiums. Aber unterschätzen würde sie die Organisation nicht. Immerhin hatte es genügend Macht besessen, den Abschuss des Zeppelins und die Entführung ihres Mannes in die Wege zu leiten. Sie würde Brieuc zum Reden bringen, auf welche Weise auch immer. Ihr Telefonat mit der britischen Detektei hatte nichts Neues erbracht.

Die ersten Töne der herrlichen Arie von *Klein Zack* aus der Oper *Hoffmanns Erzählungen* kämpfte sich durch das Klappern von Besteck und Geschirr um sie herum und brachte sie dazu, der Stimme des Tenors zu lauschen. Die Musik kam aus dem neuen Radioempfangsgerät und übertrug das Spiel der Münchner Symphoniker zu den Gästen.

Silena mochte das Lied über den sonderbaren Kerl. *Es war einmal am Hof von Eisenack, ein missgestalteter Zwerg, der hieß Klein Zack*, sang sie in Gedanken mit, die Augen noch immer auf den entstehenden Bretterzaun gerichtet.

Die Ablenkung hielt nur eine kleine Weile.

Ob Brieuc kommt? Es gelang ihr nicht, die Aufregung in den Griff zu bekommen. Die Silbermünze wanderte mit einer bislang unerreichten Geschwindigkeit über ihre Fingerknöchel hinweg und flirrte dabei hektisch. Das Edelmetall war angelaufen, sie hatte keine

Zeit gehabt, das Andenken an ihren verstorbenen Bruder zu polieren. Nicht auszudenken, wenn sie sich auch noch Memorabilien für Grigorij zulegen müsste. Das wollte sie auf keinen Fall. Sie war nicht bereit, weitere Verluste an geliebten Menschen hinzunehmen.

»Er hatte einen Buckel statt eines Bauches, statt eines Bauches. Seine dünnen Beine kamen wie aus einem Sack, wie aus einem Sack«, sang der Tenor sich in ihre Gedanken.

Silena lehnte sich zurück, sah auf den Eingang des Cafés. In ihrer Sorge hatte sie verschiedenste Strategien für das Gespräch mit dem Großmeister ersonnen und immer wieder verworfen. *Was mache ich denn, wenn er nicht kommt?* Hilflosigkeit pirschte sich an sie heran. Um sich selbst Mut zu machen, legte sie eine Hand an den Griff der Luger. *Irgendjemand vom Officium wird mir Auskünfte geben! Wie auch immer ich es anstellen muss.*

Gebäckgeruch stieg ihr in die Nase. Marie hatte ihr vor geraumer Zeit Tee und frisch gebackene Kekse gebracht, was sie vor lauter Grübeln verdrängt hatte.

Sie senkte den Blick auf die Zeitung vor ihr, die vor weiter steigenden Arbeitslosenzahlen warnte. Sie las, dass im Verlauf einer Woche die Zahl der Arbeitslosen um neuntausend Menschen in die Höhe geschnellt war. Von den etwa achtundvierzigtausend beim Münchner Arbeitsamt registrierten Arbeitssuchenden erhielten etwa dreiunddreißigtausend Unterstützung. Und die Lage verschlechterte sich weiter. *Überall deprimierende Aussichten.*

Sie schob das Blatt etwas zur Seite. Unter der Zeitung lag der Aktenauszug aus dem Officium verborgen, in dem es um die allgemeine Spezies der asiatischen Drachen ging. Allerdings, das hatte sie zu spät bemerkt, war es nur ein kleiner Teil einer größeren Untersuchung. Der Rest lagerte noch im Officium.

Silena hatte sich vorher nicht mit diesen Exemplaren beschäftigt, da sie sich außerhalb ihres Einsatzgebietes aufhielten. Da die *Lung*s, wie sie in China genannt wurden, nun aber zu ihnen kamen, musste sie sich in ihren wenigen freien Minuten fortbilden. Mit Brieuc würde sie spontan sprechen.

»Seine Nase war schwarz vom Tabak, und sein Kopf machte krick-krack!«, schmetterte es beherzt aus dem Empfänger. »Das war Klein Zack! Krick-krack! Krick-krack! Das war Klein Zack!«

Silena sah die Szene vor sich, wie der Sänger über die Bühne fegte und den Zwerg schilderte. *Ich werde mit Grigorij in* Hoffmanns Erzählungen *gehen,* beschloss sie und widmete sich der Akte.

Kapitel II: Allgemeine Anmerkungen
Der asiatische Drache, Lung genannt, vereint verschiedene Eigenschaften anderer Tiere in sich, was manche Exemplare grotesk wirken lässt; einige wiederum sehen wie unsere Drachen aus.

Je nach Land hausen im asiatischen Raum Geschuppte mit einer unterschiedlichen Anzahl von Krallen. Je mehr ein Drache davon besitzt, desto mächtiger ist er. Farbe und Größe variieren wie bei den europäischen, doch hat er ein goldenes oder rotes Schuppenkleid, so zählt er zu den sehr mächtigen. Deswegen raten wir jedem, die Klauen vorher aus sicherer Entfernung genau in Augenschein zu nehmen.

Als völligen Unfug sehen wir die Legenden seiner Vermehrung an.

Angeblich legen die Weibchen Eier, aus denen die Brut erst nach eintausend Jahren schlüpft, und diese Brut durchläuft nochmals verschiedene Wachstumsphasen im Verlauf von dreitausend Jahren, ehe ein Lung ausgewachsen ist.

Das würde uns zwar freuen, da wir der Plage im Nu Herr werden würden, aber richtig ist dies auf keinen Fall. Stattdessen geht Professor Hammlin (vgl. Hammlin, Prof. Eberhard: Von den Asiaten und Exoten der Geschuppten. Hamburg, 1921) von einer regulären Vermehrung wie in Westeuropa auch aus.

Man stelle sich vor: Generell betrachten die Asiaten den Drachen als eine Art Naturgewalt und ein Symbol für Glück. Das ist geradezu absurd und gegen jede Lehre des Officiums!

Zerstört ein Geschuppter bei seinem Auftauchen etwas, ist das bedauernswert, aber anscheinend nehmen die Menschen es ihm nicht übel. Ebenso könnte man dem Meer einen Vorwurf machen, wenn Menschen auf See sterben. Nach deren bemitleidenswertem Verständnis handelt es sich um Kreaturen, die ihrer Natur nach leben.

Der Anblick eines Drachen bedeutet in Asien Glück, ganz gleich, was danach geschieht! Sie stehen unsinnigerweise für Frieden, für Wohlstand, Vorwärtskommen und langes Leben, vorausgesetzt, man überlebt eine Begegnung.

Daran kann man erkennen, wie kindlich die Asiaten denken. Wie gänzlich unzivilisiert.

Der törichte Aberglaube reicht jedoch viel weiter!

Den Lungs werden Kräfte zugeschrieben, die sie nicht haben. Drachen werden mit Wind und Wetter in Verbindung gebracht, bringen verheerenden oder segensreichen Regen. Sogar alle Seen und Flüsse besitzen angeblich Drachenwächter. Unsere Prüfungen, soweit es unseren Spionen möglich war, fanden nichts derlei.

Was auch sonst? Nichts als Märchen!

Das Schlimmste: Nicht zuletzt betrachten sich die chinesischen Herrscher als Söhne und Nachfahren der Geschuppten!

Drachenthron, Drachenkaiser – diese und andere Begriffe zeugen von der gefährlich engen Verzahnung des Irrglaubens mit der Landesführung und dem alltäglichen Leben des Volkes. Im schlimmsten Fall wird eines Tages Krieg gegen die Länder mit diesem Wahn geführt werden müssen, um sie davon zu befreien. Ein neuer Kreuzzug im Namen des Christentums und der Aufklärung!

»… und das Monstrum machte flick-flack! Das war Klein Zack! Flick-flack! Flick-flack! Das war Klein Zack!«, drängte sich die Stimme des Tenors in Silenas Gedanken.

Sie erinnerte sich nur zu genau, was ihr von den Ausbildern des Officiums beigebracht worden war: Der Drache ist das Abbild des Teufels, die Verkörperung des Schlechten und stets der Feind des Menschen und des Guten. *Unterschiedlicher können Ansichten nicht sein.*

Ihre Eltern hatten sich über die Art eines Drachen selten geäußert. Silena glaubte sich zu entsinnen, dass ihre Mutter sie als Schädlinge bezeichnet hatte, und ihr Vater verglich sie gern mit zu groß geratenen Raubtieren, die keinen Platz zwischen den Menschen hätten. Obwohl sie dem Officium angehörten und an die Sache glaubten, hatten sie meistens auf eine Gleichsetzung der Drachen mit dem Teufel verzichtet. *Mitleid haben sie dennoch nicht gezeigt.*

Silena blätterte weiter und dachte wieder an Gesslers Worte, dass alle Geschicke der Europäer von den Altvorderen aus dem Hintergrund gesteuert würden. *In China geschieht es offen, und die Men-*

schen begrüßen es sogar. Der Kreuzzug müsste zuerst in Europa geführt werden, gegen die eigenen Drachen, die aus ihren Verstecken agierten. *Ich habe es versucht, aber es hat niemand auf mich gehört.*

Sie betrachtete die nächsten Seiten, die in erster Linie aus kommentierten chinesischen Zeichnungen bestanden. Silena sah darauf Drachen, die mit flammenumschlossenen Kugeln spielten, sie verschluckten und ausspuckten. Daneben standen Hinweise auf die »Drachenperle« und »Perle der Unsterblichkeit« geschrieben.

Diese Zeichnungen, so hässlich sie auch sein mögen, müssen sehr ernst genommen werden!

Ausnahmsweise handelt es sich dabei nicht *um einen Aberglauben, denn die Parallelen zu den Vorkommnissen um den sogenannten Weltenstein sind zu deutlich.*

Unserer festen Überzeugung nach trägt der männliche Lung diese sogenannte Drachenperle im oberen Teil des Nackens oder im unteren Teil des Schädels. Sie leuchtet und besitzt wohl unerklärliche Kräfte, die man getrost als Hexerei bezeichnen kann.

Der Sage nach verwandelt sich ein Mensch in einen Drachen, wenn er sie schluckt – allerdings muss dieses Organ dem Lung lebend entrissen werden. Hierbei raten wir zur Vorsicht.

Doch die Beschreibungen der Drachenperle decken sich weitgehend mit den Erkenntnissen, die das Officium um die europäischen Drachensteine gesammelt hat. Denn auch sie müssen dem lebenden Drachen aus dem Kopf gerissen werden und verleihen unchristliche, ab lehnenswerte Attribute, die nicht konform mit der Lehre der Kirche gehen.

Also müssen wir davon ausgehen, dass die chinesischen Drachen bei überwiegender äußerer Andersartigkeit

1. dennoch mit den europäischen Geschuppten verwandt sind und

2. sie Kräfte zum Einsatz bringen können, die sie zu gefährlichen Gegnern machen.

Wir empfehlen daher eine genauere Untersuchung der chinesischen Drachensteine.

Klare Hinweise auf das Magieorgan eines Drachen, das in den Weltenstein umgearbeitet worden ist!, dachte Silena, als sie das Ende des

Aktenauszugs erreicht hatte. Damit wusste sie nicht viel, aber immerhin mehr als die meisten Einwohner des Kaiserreichs und vermutlich auch mehr als die durchschnittlichen Europäer.

Sie sah aus dem Fenster, trank von ihrem Tee. *Da ist er ja!* Sofort wurde ihr flau; die Aufregung, die sich durch die Lektüre gelegt hatte, kehrte ansatzlos und mächtig zurück. *Wie fange ich es an?*

Umgeben von mehreren Männern mit Bauplänen in den Händen, trat Brieuc aus den Trümmern des Officiums durch die letzte Lücke im Bauzaun. Perfekt gekleidet mit Hut und Mantel, sah er aus, als verließe er einen Ball oder einen Empfang. Er sprach mit den Männern, nahm einen der Pläne an sich, schlenderte über den Marienplatz und studierte ihn dabei.

Silena faltete die Zeitung zusammen und legte die Akte hinein. Ihre Hände umklammerten die Silbermünze. *Ich schaffe das. Es geht um Grigorij!*

Brieuc betrat das Café und entdeckte sie sofort. Marie würdigte er keines Blickes; im Vorbeigehen gab er ihr Mantel und Hut, bestellte etwas und setzte sich zu Silena. Mit einer raschen Bewegung schob er die braunen Locken, die sich aus der Pomade befreit hatten, aus der Stirn. Den Bauplan legte er auf den Tisch. In der rechten oberen Ecke stand der Name des Planungsbüros: Voss & Voss.

»Schön, Sie wiederzusehen, Frau Zadornova«, grüßte er sie, doch er klang gespielt freundlich. Er vermittelte ihr den Eindruck, einem aufgezwungenen und unangenehmen Treffen beizuwohnen. Dass er sie nicht mit Großmeisterin anredete, verdeutlichte, was er von ihr hielt.

»Danke, dass Sie auf meine Nachricht geantwortet haben«, gab sie zurück und tat so, als sei sie die Ruhe in Person. Langsam legte sie die Münze auf den Tisch und verschränkte die Finger ineinander. »Neue Pläne für das Officium?«

»Meinen Sie die Zeichnungen?« Brieuc lächelte unwillig. »Oder etwas anderes?«

»Die Zeichnungen.« Silena gab Zucker in ihren Tee und zeigte mit dem Löffel darauf. Harmloses Geplauder brachte ihr etwas mehr Ruhe und Sicherheit. Sie konnte ihn nicht einfach an der

Uniform packen und ihn mit Gewalt zum Sprechen bringen. »Wird das Gebäude aussehen wie früher?«

»Ein Entwurf. Die Experten von Voss & Voss meinten, die Fassade könne man stehen lassen. Den Rest, die interne Struktur, müssten sie abreißen und neu hochziehen«, erläuterte er. »Über Einzelheiten darf ich nicht mit Ihnen reden, Frau Zadornova, aber das Officium Draconis wird sich bald in eine Festung verwandelt haben.« Er rollte den Plan zusammen. »Sie wollten mit mir sprechen, ließ man mich wissen.«

»Ja …«

Er hob unterbrechend die Hand. »Eine Frage soll ich Ihnen von Prior Prokop vorab stellen: Werden Sie dem Officium wieder beitreten, Frau Zadornova?«

Ich wusste es. Jetzt bereitet er die Verhandlungen vor und bietet mir den Austausch von Grigorij an! Wut schoss in ihr hoch, sie ballte eine Hand zur Faust. »Das hängt davon ab.« Sie versuchte, sich um eine direkte Antwort zu drücken, um zu verhindern, dass ihr Nein die Unterhaltung beendete.

»Von was?«

»Sagen Sie es mir!«, presste sie hervor und löste die Finger.

Marie brachte Kaffee und fingerlange, salzig-süße Brezenstücke, die doppelt ausgebacken und zu einer Hälfte mit Schokolade überzogen waren.

Brieuc wartete, bis die junge Frau gegangen war. »Vor Kurzem wurde in das Ausweicharchiv eingebrochen«, erzählte er nonchalant, als habe er ihre Antwort nicht gehört. »Die Wache hat geschworen, dass die Diebin sich anmaßte, eine Uniform des Officiums zu tragen und damit Verwirrung zu stiften, in der sie entkommen konnte. Trotz des Hutes, der das Gesicht beschattet hat, meinte er, Sie erkannt zu haben.« Er holte einen kleinen Block hervor. »Die Liste der gestohlenen Akten ist noch nicht vollständig, da durch den Umzug einiges durcheinandergeriet, aber ich erspare es mir, sie Ihnen vorzulesen. Sie wissen, was fehlt.« Er lächelte sie verwirrenderweise an, als fände er es witzig, was sie getan hatte.

»Es … ging nicht anders.«

»Aber, meine Liebe, natürlich ging es anders!« Brieuc lehnte sich unerwartet nach vorn und legte die rechte Hand auf ihre. »Warum haben Sie nicht mich gefragt?«, sagte er vorwurfsvoll. »Sie haben sich unnötig in Gefahr begeben. Ein Wort hätte genügt, und es wäre mir eine Freude gewesen, Ihnen zu helfen.«

Versucht er, mich reinzulegen? Silena stutzte. »Ich dachte, ich bin in Ihren Augen eine Verräterin.«

Brieuc hob die Arme. »Um Himmels willen! Sie haben die Seiten gewechselt, ja, und Prokop mag Sie deswegen hassen, Frau Zadornova, aber doch nicht *ich!* Keiner von uns Drachenheiligen tut das. Uns verbindet die Abstammung, die Besonderheit.« Er lächelte sie an, und dieses Mal sah es ehrlich aus.

Brieuc hatte es geschafft, sie durch seine Freundlichkeit und Offenheit völlig durcheinanderzubringen. War sie vorhin wütend und entschlossen gewesen, die Wahrheit über die Uhr aus ihm herauszuprügeln, bot sich ihr nun eine unerwartete Variante des Beistands. *Aber kläre zuerst die Sache mit seiner Uhr.* »Sie fragten mich nach meiner Rückkehr«, begann sie vorsichtig. »Wenn ich nun Nein sage, werden Sie dann gehen?«

»Nein, meine Liebe. Ich sollte die Frage nur im Namen von Prokop stellen und ihm die Antwort übermitteln.«

»Er weiß von unserem Treffen, weil Sie es ihm gesagt haben?«

»Ja. Das zumindest sah ich als meine Pflicht an, weil ich dachte, dass er Ihnen etwas Besonderes mitteilen möchte, um Sie zur Rückkehr in diesen bitteren Stunden zu bewegen. Leider wurde ich enttäuscht.« Er biss von dem Brezengebäck ab und spülte mit Kaffee nach. »Was wir beide bereden, wird er nicht erfahren. Erzählen Sie mir, wie ich Ihnen helfen kann, meine Liebe.«

Silena registrierte die Unverkrampftheit des Großmeisters, wobei sie sich selbst davor warnte, ihm zu viel zu verraten: Die Spitzel des Officiums hatten aus dem Verlust der Akten sicher bereits ihre Schlüsse gezogen und auf Anweisung Prokops etwas in die Wege geleitet. Sie würde Brieuc auf die Probe stellen, um herauszufinden, ob er die Wahrheit sprach und ob das Officium Grigorij in seiner Gewalt hatte. »Sie wollen mir helfen? Gut! Dann sagen Sie mir, was Sie in Oranienbaum zu suchen hatten!«

Die Ansatzlosigkeit ihres Themenwechsels überraschte den Großmeister. »Liegt das in Holland?«, fragte er nach leichtem Zögern.

»Russland. In der Nähe von Sankt Petersburg.«

Brieuc führte die Tasse erneut zum Mund, schlürfte. »Da Sie mich so dezidiert fragen, gibt es wohl einen Verdacht gegen mich. Was ist in Oranienbaum geschehen und …« Er schwieg zwei Sekunden. »Ist das nicht der Ort, an dem der Zeppelin Ihres Mannes runterging?« Er stellte die Tasse ab. »Bei den Heiligen! Was soll ich denn da gesucht haben?«

Wortlos langte sie in die Tasche und legte seine Uhr auf den Tisch, genau in die Mitte. *Was tust du jetzt, Großmeister?*

Brieuc legte den Kopf leicht schief. »Darf ich mal sehen?«

Sie deutete darauf. »Bitte sehr. Es ist Ihre.«

Er hob sie auf, drehte und wendete sie, öffnete den Deckel und strich über das Glas. »Ja, es ist meine«, stellte er verblüfft fest. »Abgesehen von meinem Wappen erkenne ich sie deutlich an dem Kratzer im Glas. Und auch an der Einkerbung auf dem Deckel.« Er steckte sie ein. »Sie haben sie in Oranienbaum gefunden? Vermutlich an der Absturzstelle, richtig? Sonst hätten Sie mir die Uhr nicht auf diese Weise übergeben.« Er wirkte weder ertappt noch beunruhigt, was für ihn sprach. »Sie wurde mir gestohlen, schon vor längerer Zeit, mitten auf der Straße. Ein sehr dreister Dieb.«

Silena musste sich einen spöttischen Kommentar verbeißen. *Keine gute Ausrede.*

»Wir haben den Dieb zwar geschnappt, aber er hatte sie schon weiterverkauft, wie er den Gendarmen sagte«, redete Brieuc weiter. »Ich dachte eigentlich, dass sie im Glaskasten eines kriminellen Sammlers von Officium-Devotionalien verschwindet.« Er sah ihr in die Augen. »Was ist Ihre Vermutung?«

»Ich hatte keine und wusste es mir nicht zu erklären.« Silena verschwieg ihm ihre anfänglichen Überlegungen, dass er in den Anschlag verwickelt sein könnte. Ihre Hoffnung aber, Grigorij aus den Fängen des Officiums zu befreien und nicht eines Tages seine Leiche am Strand sehen zu müssen, starb ein wenig mehr. Die Angst vor dem Verlust drohte übermächtig zu werden. »Brieuc«, sagte sie mit gesenkter Stimme. »Ich flehe Sie an, mir die Wahrheit zu sagen: Sie waren nicht dort, um meinen Mann zu fangen und mich damit zur Rückkehr ins Officium zu erpressen?«

Er starrte sie entgeistert an. »Frau Zadornova … nein!«, brach es aus ihm heraus.

»Schwören Sie«, setzte sie nach, »schwören Sie, dass Prokop Ihnen niemals einen solchen oder ähnlichen Befehl gegeben hat!«

»Ich bekämpfe die Geschuppten und nicht die Familien einer einstigen Drachenheiligen, die ich für ihre Taten bewundere«, gab er eindringlich zurück. »Meine Hand soll mir abfaulen, wenn nur ein Wort davon gelogen ist! Und ich schwöre, dass keiner von uns einen solchen Auftrag bekam.« Er hielt ihrem Blick stand.

Dann gibt es keine Hoffnung mehr. Silena schluckte, stürzte ihren Tee hinunter und rang mit den Tränen. *Heule nicht! Nicht vor ihm.* »Sie fragten nach meiner Vermutung bezüglich der Uhr«, sagte sie heiser.

»Ja.«

»Jetzt würde ich sagen, dass der Dieb sie Ihnen im Auftrag der Attentäter stahl, um Sie damit zu belasten und uns gegeneinander auszuspielen.« Sie nahm ein Taschentuch hervor und schnäuzte sich. Silena merkte, dass ein Teil ihres Verstandes schon wieder einen neuen Hoffnungsschimmer suchte, um nicht an den Tod ihres Mannes glauben zu müssen.

»Die Drahtzieher wussten um das angespannte Verhältnis und hofften, dass Sie sich auf das Officium und mich konzentrierten, anstatt anderen Spuren zu folgen.« Brieuc hob die Tasse in die Höhe, um Marie zu zeigen, dass er noch mehr Kaffee wünschte. »Das ist perfide und genial zugleich. Diese Drachenanbeter sind schlauer, als ich …« Er überlegte. »Oder haben Sie jemand anders in Verdacht?«

»Nein. Ich bin zu der gleichen Einsicht gelangt, Großmeister.« Sie lächelte Marie zu, die Brieuc nachschenkte und ihn dabei mit gleicher Nichtbeachtung strafte, soweit sie es sich als Kellnerin erlauben durfte.

»Sie haben die Luftschiffe vielleicht verwechselt und dachten, dass Sie an Bord sind«, spann er die Theorie weiter.

»Oder sie haben meinen Mann absichtlich getötet, um mich zu verletzen und eine Reaktion hervorzurufen, die ihnen in die Hände spielt.« Noch immer war ihre Kehle so eng wie ein Strohhalm. Das Schlucken gelang ihr kaum.

»Haben Sie deshalb die Akten über das ägyptische Museum gestohlen?«

Silena brauchte einen Moment, um zu verstehen, was er meinte. »Ja. Ich habe sie überprüft, aber es sind wirklich keine Drachenfreunde. Zu schade, dass die Abwehr des Officiums nichts Konkreteres über sie hat.«

Er sah sie eindringlich an. »Nochmals, Frau Zadornova: Ich stehe Ihnen jederzeit zur Verfügung, wenn Sie Hilfe benötigen. Ich bin nicht Prokop.« Er lächelte ihr zu und ergriff ihre Hände. »Verstehen Sie?«

Silena atmete tief durch und beschloss, sein Hilfsangebot anzunehmen. »Ich bin auf der Suche nach Y Ddraig Goch«, offenbarte sie. »Können Sie mir über unsere britische Niederlassung Hinweise auf ihren vermuteten Aufenthalt mitteilen? Ich werde heute noch nach London fliegen.«

Er lachte auf eine herzliche Weise, drückte ihre Finger und ließ sie los. »Da muss ich nicht einmal in London anrufen, meine Liebe. Es stand in einer englischen Zeitung, dass die Bewohner von Ruthin einen Drachenkampf verfolgt hätten. Einer beschrieb einen Geschuppten, den wir als das Exemplar identifizierten, das in Hamburg ausbrach und den chinesischen Zirkus abfackelte. Und unseren Ermittlungsbeauftragten, eine Handvoll Georgswächter und die Soldaten des Kaisers gleich mit.«

Silena ärgerte sich. *Dabei war ich doch erst in Hamburg. Wie konnte das an mir vorübergehen?* »Wann war das?«

»Vor drei Tagen. Wir haben erfahren, dass ein chinesischer Zirkus einen asiatischen Drachen eingeschmuggelt hatte, um ihn auszustellen. Angeblich sei sein Wille gebrochen worden. Die Untersuchung mündete in eine Katastrophe«, berichtete Brieuc. »Den Beschreibungen der Zeugen nach kommt nur er für die Sichtung in England infrage. Die Asiaten scheinen sich nach neuen Orten umzuschauen. Aber wir sind wachsam.«

»Wissen Sie, welcher Art sein Schuppenkleid war?«

»Golden, glaube ich.«

Auch das noch, dachte Silena. Dem Dossier nach gehörte der entkommene Drache damit zu den mächtigsten asiatischen Exemplaren.

Brieuc langte nach einem weiteren Brezenstück. »Was wollen Sie von der rotgeschuppten Bestie?«

»Mich auf die Lauer legen«, erwiderte sie. »Sie hat sich den Unmut der Queen zugezogen, die ein höheres Kopfgeld auf sie aussetzte. Havock und ich möchten sie zur Strecke bringen.«

»Die Queen oder Ddraig?«, warf er belustigt ein.

»Mir wäre es lieber, wenn wir die Geschuppte vernichten.« Sie berührte ihn am Arm und erhob sich. »Ich fliege nach England. Achten Sie gut auf die Drachen.«

Er hob die Tasse. »Es gibt ja kaum noch welche. Ich jage lieber Drachen*anbeter*. Viel Erfolg!« Brieucs Blick fiel aus dem Fenster. »Ach, diese Trottel von Handwerker! Sie werden die Stützen gleich einreißen, wenn sie so weitermachen.« Er sprang auf, nahm im Vorbeigehen seine Garderobe und lief hinaus, quer über den Platz.

Silena zog ihren Mantel an, beglich bei Marie die Rechnung für beide und ging zu ihrem Wagen.

Die Welt drehte sich ein bisschen, die Übelkeit kehrte zurück. Sosehr sie sich anstrengte, ihr wollte nichts einfallen, um weiter an Grigorijs Überleben glauben zu können. Jede noch so kleine Hoffnung zerstob.

Ich trage eine Halbwaise aus. Und die Mörder kenne ich immer noch nicht. Als sie sich auf die Rückbank setzte und das Automobil anfuhr, bekam sie einen Heulkrampf und wollte sich nicht mehr beruhigen lassen. Die Schmerzen der Seele mussten herausgespült werden.

4. Januar 1927, Amsterdam, Provinz Nord-Holland, Königreich Holland

Nie-Lung sah Amsterdam von hoch oben und wusste, dass er die Stadt nicht mochte. Für seinen Geschmack viel zu viel Wasser und kaum eine Möglichkeit, irgendwo unbemerkt zu landen. *Wieder muss ich auf die Nacht warten.*

Der Drache war gereizt. Zwei Tage war er mit Wu Li unterwegs gewesen, hatte den Chinesen wichtige Botengänge erledigen lassen und die Drachenfreunde mit neuen Instruktionen versorgt. Jetzt musste er seinem wichtigen Verbündeten eine Nachricht zukommen lassen. Abgesehen von dem Vorfall in Hamburg verlief ansonsten alles nach Plan. *Mein Herr wird stolz auf mich sein. Ich habe mich seiner würdig erwiesen.*

Er kreiste und suchte nach einem Ort, an dem er keine Häuser erkennen konnte.

Wu Li, sagte er zu seinem Diener, *wieder einmal benötige ich dich. Du wirst nach Amsterdam gehen, in die Herengracht 356. Sag, dass ich dich schicke, und nenne meinen Namen, vereinbare ein Treffen mit Florin außerhalb der Stadt. Sie ist mir zu belebt. Wenn du dem Kanal folgst, der unmittelbar an die Weide dort drüben grenzt, kommst du zu einem kleinen Hafen. Von da gelangst du nach Amsterdam.*

»Ja, Lǎozǐ.«

Nie-Lung senkte sich abseits der Stadt auf einer Wiese nieder. Eine Herde Schafe nahm blökend Reißaus vor dem Drachen. Der Mann sprang auf den weichen Boden, verneigte sich vor seinem Herrn und eilte auf den Kanal zu.

Ein guter Diener. Ich werde ihm ein eigenes kleines Grafentum verschaffen, sobald wir Europa eingenommen haben. Nie-Lung sah den Schafen hinterher und spürte seinen Hunger. Er hatte schon lange nichts mehr gegessen. *Bleibt stehen und lasst mich euch einmal zählen. Wenn ich dabei einschlafe, werdet ihr leben.* Er machte sich an die Verfolgung der Tiere.

Wu Li gelangte an den Hafen, und dort schlich er sich auf einen Frachtkahn, der nach Amsterdam schipperte. Durch die Heimlichkeit ersparte er sich Blicke und Fragen. Und während der Kapitän auf der kleinen Brücke stand und den Kahn steuerte, durchsuchte Wu Li die Kajüten und tauschte sein auffälliges Manegenkostüm gegen ein kurzes weißes Hemd, eine zu kurze schwarze Hose und eine knappe dunkelblaue Jacke; nur seine schwarze Kappe behielt er.

Bald erreichte der Kahn Amsterdam. Die Stadt beeindruckte Wu Li kaum. Für jemand, der in Shanghai, Hongkong und anderen asiatischen Großstädten zu Hause gewesen war, bevor er die

Mission angetreten hatte, war Amsterdam sehr beschaulich und verhältnismäßig klein.

Das barg den Vorteil, dass sich seine Suche nach der Herengracht als weniger kompliziert erwies als befürchtet. Vier Stunden nach seinem Aufbruch von der Weide eilte er mit schnellem Schritt die fragliche Gracht entlang, immer die Hausnummern im Blick.

Je näher er der Zahl kam, desto näher kam er auch an einen Menschenauflauf, der sich vor einer Polizeiabsperrung drängte. Er wurde langsamer und fluchte leise: Genau in dem Haus, wo sich seine Informanten befanden, schien sich ein Verbrechen abgespielt zu haben.

Nǐ nǎinai de! Das wird Lǎozǐ nicht gefallen. Er mischte sich unter die Leute, hörte zu und versuchte, aus dem Holländischen schlau zu werden. Da es glücklicherweise dem Deutschen ähnelte, reimte er sich zusammen, dass es einen brutalen Überfall auf die Bewohner gegeben haben musste, die er im Auftrag des Drachen hatte aufsuchen sollen. Und er staunte, als er vernahm, dass es sich dabei um vier alte, unbescholtene Schwestern namens Cornelissen handelte. Großmütter als Kontaktleute, das fand er ungewöhnlich.

Uniformierte trugen eine Bahre mit einem Toten die schmale Treppe hinab, ein anderer Toter wurde die engen Stufen der Bedienstetenwohnung hinaufgeschleift. Zimperlich war man im Umgang mit den Leichen nicht.

Wu Li hörte, dass bereits zwei hinausgebracht worden waren. Er sah die jungen Gesichter der Angreifer und die Schussverletzungen an ihren Körpern, die von Schrotladungen herrührten. *Sehr viele Männer, um alte Damen zu berauben.*

Wu Li beschloss, mehr über den Vorfall in Erfahrung zu bringen. Er machte einen der Polizisten hinter der Absperrung auf sich aufmerksam.

»Verzeihung«, sagte er auf Deutsch. »Verstehen Sie mich?« Der Mann nickte, auch wenn man ihm die Verwunderung ansah, dass ihn ein Chinese in dieser Sprache anredete. »Ich möchte zu den Schwestern Cornelissen.«

»Aus welchem Grund?«

»Eine Nachricht aus der Reinigung.«

»Das geht jetzt nicht. Es sind schreckliche Morde geschehen. Drei der alten Damen sind tot. Das Letzte, was die Überlebende braucht, ist eine Nachricht aus der Reinigung.« Der Polizist musterte ihn.

Tot? »Es ist aber wichtig, *tā mā!*«

Der Polizist machte eine scheuchende Bewegung. »Fall mir nicht auf die Nerven.«

Wu Li bat um Stift und Papier. »Bringen Sie der Frau Cornelissen bitte die Nachricht, damit sie weiß, dass ich hier war.« Er schrieb den Namen seines Herrn darauf. »Sagen Sie ihr, dass ich noch eine halbe Stunde warte und sonst morgen wiederkomme.«

Grummelnd nahm der Uniformierte das Blatt entgegen und ging ins Haus.

Wu Li glaubte nicht an einen Zufall. *Hat man herausgefunden, was Lǎozǐ plant? Wer steckt dahinter?*

Es dauerte nur wenige Minuten, und der Polizist erschien auf der Treppe, deutete auf ihn und winkte ihn zu sich. »Schwing deine gelben Beine.«

Für die unentwegten Unfreundlichkeiten hätte er den Polizisten gerne büßen lassen, aber er hielt sich zurück. Persönliche Gekränktheit spielte keine Rolle.

Er duckte sich unter der Absperrung hindurch, ging die Stufen hinauf und folgte dem Mann, der ihn in die Stube der Geschwister brachte. Dort saß eine ältere Dame in einem geblümten Kleid vor einer Kaffeekanne, eine Flasche Weinbrand stand neben ihrer Tasse. Sie wirkte klein und verloren auf dem Sofa. Drei weitere Gedecke verrieten, was vor dem Überfall geschehen war: eine harmlose Runde bei Kaffee und Kuchen.

Wu Li zog die Mütze von den kurzen schwarzen Haaren und trat näher. »Mein Beileid«, sagte er. »Ich weiß, dass es Ihnen schwer …«

»Wir haben alle russischen Bastarde erledigt«, sagte sie grimmig lächelnd und leerte die Tasse in einem Zug. Er hatte gesehen, dass Alkohol darin geschwommen war. Die Dame war bereits angetrunken, der Schock kam noch hinzu. »Wir haben unseren Keller verteidigt, Wu Li. Mit Schrotflinten haben wir sie kaltgemacht und verjagt.« Sie kicherte und schenkte sich nach. »Sie auch?«

»Nein, danke, Frau Cornelissen.« Er setzte sich ihr gegenüber. »Was ist geschehen?«

Sie lachte. »Ach, nicht weiter wichtig. Es betrifft Nie-Lung nicht. Nur unseren Meister.« Sie zwinkerte umständlich. »Sie wollen Florin treffen.«

»Ja.« Er sah zur Tür, an der eben eine Bahre mit einer jungen Frau darauf vorbeigetragen wurde. Jemand breitete ein Tuch über sie, dann war sie verschwunden. »Unter diesen Umständen würde ich es normalerweise nicht verlangen, aber der Lǎozǐ hat es mir aufgetragen. Es gab bereits Ärger in Hamburg, und wir wollen kein Wagnis mehr eingehen. Er muss unbedingt mit Florin sprechen, Frau Cornelissen.«

»Jetzt geht das nicht«, schnarrte sie und trank wieder von dem Weinbrand. »Er jagt gerade einen von ihnen durch die Grachten.«

»Es soll nicht bei helllichtem Tage geschehen. Heute Nacht. Außerhalb von Amsterdam, damit der Lǎozǐ nicht landen muss und entdeckt wird.«

»Aha.« Sie leerte die zweite Tasse. »Das kann ich machen. Sobald die Polizisten weg sind«, verkündete Cornelissen mit schwerer Zunge, »trete ich mit ihm in Kontakt und lasse es ihn wissen.«

Bis dahin bist du voll wie ein Reissack, meine faltige Lotusblüte. Wu Li lächelte nicht mehr. »Gibt es eine andere Möglichkeit? Einen Ort, wo ich ihn finde, um es ihm selbst zu sagen?«

Die alte Dame sah ihn an und brach in schallendes Gelächter aus. »Sie? Denken Sie, ich verrate Ihnen die Orte meines Meisters?«

Das wirst du. Wu Li benötigte keine Seifenblasen, um Menschen mit Illusionen zu beeindrucken. Die Schwierigkeit bestand für ihn darin, dass es nicht jeder sehen sollte, was in einem Haus voller Polizisten nicht gerade die einfachste Übung war. Er sah ein Bild der Schwestern auf der Anrichte stehen und griff auf seine Kräfte zurück. Normalerweise verstärkte der Lǎozǐ die Macht der Bilder durch seine eigene Magie, doch eine Person anstatt eines Zeltes voller Menschen bekam Wu Li noch hin.

Vor Cornelissens Augen wurde er zu einer ihrer Schwestern. »Sage mir, wo ich Florin am schnellsten finde!«

»Mareike?« Sie glotzte und griff sich die Flasche. »Aber du bist …«

»Sag mir, wo ich den Drachen finde«, zischte Wu Li und stand auf, um sich neben die Tür zu stellen, damit ihn niemand vom Flur aus sah. »Rasch! Ich muss ihn um etwas bitten.«

»Hast du es denn vergessen?«

»Ja. Mach schon!« *Ist das zu glauben?* Er hörte, dass sich viele Schritte näherten.

»Im Hafen, in der alten Lagerhalle, zum Beispiel. Die wegen Einsturzgefahr geschlossen ist.« Sie sah ihre scheinbare Schwester verwirrt an. »Du hattest doch ein Loch in der Stirn. Wo ist es hin?«

»Verheilt.« Wu Li hatte nicht die Muße, sich mit Feinheiten und Taktgefühl aufzuhalten. »Wer waren noch gleich die Leute, die uns umbringen wollten?«

»Ich weiß es nicht. Vlad kam herein und hatte etwas, was er dem Herrn geben wollte, dann klingelte es, und diese impertinenten Kosakenrussen drängelten sich herein.« Cornelissen trank den Weinbrand aus der Flasche. »Ich habe dich doch tot gesehen, Mareike«, lallte sie und schwankte. Dann sah sie auf den Weinbrand. »Gespenster«, flüsterte sie ängstlich. »Eben war der Chinese noch da.«

Russen. Spione des Zaren unter Umständen. Aber sie sagte, es habe nichts mit dem Plan zu tun. Wu Li ließ gedankenlos seine magische Maskerade fallen. *Es wäre besser gewesen, mehr über den Hintergrund des Überfalls zu erfahren. Lǎozǐ würde es gefallen.*

Die Frau verschluckte sich an dem Weinbrand, schrie gellend auf und brüllte etwas auf Holländisch.

»Nein, nicht! Ich bin es, der Chinese!«, versuchte er ergebnislos, Cornelissen zu beschwichtigen.

Der Polizist erschien in der Tür. »Was hast du getan, Wäschemann?« Er zog seinen Knüppel.

»Nichts, mein Herr«, rief er, hob die Arme und mimte den Unschuldigen.

Vor dem Haus fielen mehrere Schüsse. Die Menge der Schaulustigen rief durcheinander, dann setzte das Getrappel von vielen Schuhen ein. Die Menschen flohen, während weitere Schüsse erklangen.

Wu Li und der Polizist liefen gemeinsam durch den Flur, um aus den vorderen Fenstern schauen zu können.

Sie sahen, dass eine Bahre am Boden lag. Die junge Frau, die kurz zuvor an dem Zimmer vorbeigetragen worden war, kauerte halb hinter einem Baum und feuerte auf den letzten Polizisten, der sich eben an die Schulter griff und stürzte; drei Uniformierte lagen bereits auf dem Pflaster und regten sich nicht.

Der Polizist zog seine Pistole und zielte durch das Fenster.

Aber die junge Frau schien die Bewegung gesehen zu haben. Schnell wirbelte sie herum und sandte zwei Kugeln auf die Reise.

Wu Li tauchte hastig ab, der Mann neben ihm war zu langsam. Zuerst fiel seine Pistole vor dem Chinesen auf den dicken Teppich, gleich darauf krachte er nieder.

Wu Li nahm die Waffe, kroch zum Seitenfenster, öffnete es und sprang hinaus. *Du darfst mir nicht entkommen.* Er landete geschickt, ohne sich zu verletzen, und sah sich nach ihr um. *Ich muss wissen, wer du bist und was du wolltest.*

Die junge Frau sprang kraftvoll vom Rand der Gracht auf einen vorbeifahrenden Kahn und lief bis zu dessen Spitze, hüpfte von da auf ein schnelleres kleines Motorboot und richtete die Pistole auf den Kopf des Steuermanns.

Wu Li rannte auf der Gracht entlang, doch er verlor bald den Anschluss. Den nächstbesten Holländer, der ihn auf seinem Rad überholen wollte, riss er vom Sattel und schwang sich selbst darauf. Jetzt vermochte er das Tempo zu halten.

Die Frau ließ das Boot in einen Seitenkanal abbiegen, in dem es keine Wege rechts und links gab.

Wu Li musste improvisieren.

Es entspann sich eine Verfolgungsfahrt zwischen Velo und Boot, wobei der Illusionist darauf achtete, nicht von der Unbekannten bemerkt zu werden. Es waren glücklicherweise so viele Radler unterwegs, dass er nicht weiter auffiel. Es kostete ihn jedoch große Mühe, Zusammenstöße zu vermeiden, da er sich nicht mit Verkehrsregeln aufhielt, sondern rücksichtslos an dem Boot blieb und manchen Umweg in Kauf nehmen musste.

In den Beinen verbreitete sich ein Brennen, Körperertüchtigung war er nicht gewohnt. Aufgeben kam jedoch nicht infrage.

Das Boot wurde langsamer, die Frau steckte ihre Pistole weg, sprang ans Ufer und lief weiter.

Endlich. Wu Li wischte sich den Schweiß von der Stirn und radelte gemächlich hinter ihr her. Er beobachtete, dass sie in Richtung Bahnhof eilte, als wüsste sie, was als Nächstes zu tun sei.

Im Bahnhof angelangt, verfolgte er sie durch die Halle zum Fahrkartenschalter; das Rad schob er dabei. Er stellte sich in die Schlange, in der auch sie stand, und als er an der Reihe war, verlangte er die gleiche Fahrkarte wie sie.

Der Beamte schaute ihn verwundert an, sagte aber nichts und löste ihm eine Karte für den Expresszug nach London am nächsten Morgen.

»Sind Sie sicher?«, erkundigte sich Wu Li mit dem klassischen chinesischen Unverbindlichkeitslächeln, bei dem er ebenso gut töten, foltern oder sich bedanken konnte, und musste sich sehr nach vorne beugen. »Wollte sie nicht in den Osten?«

»Ich bin sicher. Gefragt hat sie nach einem Zug nach York, aber wir haben nur den Zug, der von hier mit der Fähre nach London geht. Dort, habe ich ihr gesagt, muss sie umsteigen.«

»Danke«, sagte Wu Li und ging, bevor er Rückfragen beantworten musste. Als er sich umdrehte, war die Russin verschwunden. *Nǐ yéye de!*

Aber er wusste, wo er sie morgen früh finden würde. Wenn der Lǎozǐ keine bessere Aufgabe für ihn hatte, würde er ihn um Erlaubnis bitten, sie verfolgen zu dürfen.

Wu Li fuhr in den Hafen und fragte sich von Pier zu Pier nach dem alten Lagerhaus durch, das wegen Einsturzgefahr geschlossen war. Anfangs wusste ihm keiner zu helfen, doch am frühen Abend hatte er endlich eine Halle gefunden, der man ansah, dass sie bald in sich zusammenbrechen würde. Der Gedanke, da hineinzumüssen, bereitete ihm keine große Freude.

Er stellte das Rad ab und umrundete sie einmal, so weit es ging. Die Ostseite mündete ins Wasser, alle Fenster waren vernagelt, über dem Eingang hing das Schild mit der Aufschrift *Ostindische Handelskompanie*. Nachdem er sich vergewissert hatte, dass ihn niemand beobachtete, riss er zwei Latten vor einem der Fenster ab und zwängte sich durch die Lücke ins Innere.

Es war kalt, die Luft roch alt und verbraucht. Das wenige Licht, das von draußen hereinfiel, zeigte ihm eine große, leere Halle; Haken und Ketten hingen von der Decke, und das Wasser plätscherte leise.

Ich hoffe, Florin kommt bald. Aber warum sollte er an einem solchen Ort erscheinen? Wu Li streifte vorsichtig umher und fand außer zerschlagenen Kisten, einem Brecheisen und einem Fass mit ranziger Butter eine zerkratzte Flöte neben dem Wasserbecken. *Seltsam.*

Ihm kam ein Gedanke. *Sollte es kein Zufall sein, dass die Flöte hier liegt?* Wu Li nahm sie und spielte ein paar Töne, um ein Gefühl für das Instrument zu bekommen, dann spielte er eine kleine Melodie und lauschte.

Der Drache ließ sich nicht blicken.

Mein Einfall war doch nicht so gut wie … Sein Blick richtete sich auf die hereinschwappenden Wellen. Er hatte von Walgesängen gehört, die man unter Wasser auf Meilen hinweg vernahm. *Vielleicht auf diese Weise!* Er hielt die Flöte mit gespitzten Lippen unter Wasser und blies hinein.

Er wiederholte es, variierte die Töne und setzte sich an den Beckenrand, um zu warten, was sich tat. Gelegentlich sah er auf seine Uhr.

Eine Stunde verging, und Wu Li wiederholte das Gepfeife – da wurde ihm das Instrument aus den Händen gerissen!

Ein Schatten prallte gegen ihn und schleuderte ihn meterweit durch die Halle. Er landete auf dem Boden und rutschte bis zum Eingang, hustete und ächzte vor Schmerzen. Sein Rücken fühlte sich gar nicht gut an.

Aus dem Bassin kroch ein schlangenhafter Drache, von dem er nur die Umrisse und die leuchtend gelben Augen sah. Er war nicht länger als drei ausgewachsene Männer und nicht dicker als zwei Meter im Durchmesser, aber seine Bewegungen waren extrem schnell und gewunden, was Wu Li an seinen Herrn denken ließ; hell und angriffslustig fauchend kam er auf ihn zu.

»Halt! Nein, wartet, mächtiger Florin! Tut mir nichts!« Er sah die Kreatur vor sich und glaubte, seine letzte Stunde sei gekommen. Wassertropfen trafen ihn. »Tut mir nichts, bitte! Nie-Lung schickt mich!«, rief er rasch und reckte die Arme. Die Furcht brachte sein

Herz zum Pochen. »Florin, hört Ihr? Nie-Lung sendet mich. Er ist in Amsterdam und möchte mit Euch sprechen!«

Der Drachenkopf, der ihn an den einer Muräne erinnerte, ruckte nach unten, und die Spitze eines Horns schwebte vor Wu Lis Nase. *Du spielst schrecklich, Chinese.*

»Ich … kannte Eure Vorlieben nicht, anbetungswürdiger Florin.«

Es war das tiefe E gewesen, auf das ich normalerweise höre. Du hast mich fast wahnsinnig mit dem Gedudel gemacht. Florin schnaufte, und Wasser schoss aus den vier Nasenlöchern in Wu Lis Gesicht. *Wer hat dir diesen Ort verraten?*

»Eine von den Cornelissen-Schwestern. Die Überlebende des Überfalls.« Er berichtete dem Drachen von seinem Abenteuer in der Herengracht und der Verfolgung der Russin.

Ich weiß. Ich war dort und habe versucht zu verhindern, dass ihnen etwas geschieht. Florin wand seinen Leib mehrmals locker um den Mann. Die Schuppen waren leuchtend blau. *Warum soll ich dir trauen?*

»Wie könnte ich es wagen, einen Drachen zu belügen?«

Das soll ein guter Grund sein, dir zu glauben? Die Schlingen zogen sich zu und pressten die Luft aus Wu Lis Lunge. *Dass Nie-Lung nach Amsterdam kommt, ist sehr töricht, nachdem er in Hamburg ein solches Feuerwerk veranstaltet hat. Jedes Kind in Europa hat von ihm gehört, und die Drachenjäger brennen darauf, ihn zu fangen. Eine solche Gelegenheit bekommt man nicht alle Tage.*

»Es ging nicht anders, anbetungswürdiger Florin.« Wu Li fühlte sich in der drückenden, nassen Umarmung unwohl. Der Stoff sog sich voll, er konnte nur noch kurz atmen. »Der Lǎozǐ bittet Euch um ein Treffen außerhalb der Stadt, um Euch zu instruieren.«

Gut. Da gibt es eine blaue Windmühle, etwa drei Meilen nördlich von Amsterdams Toren. Dorthin komme ich um Mitternacht. Florin ließ von ihm ab und kroch zum Wasser. *Ich werde wachsam und auf alles vorbereitet sein.* Gluckernd versank er.

Mitternacht. Wu Li bewegte Arme und Beine, die Gelenke schmerzten durch die Umarmung leicht. Er schaute auf die Uhr. *Jetzt brauche ich ein sehr schnelles Automobil, um rechtzeitig bei dem Lǎozǐ zu sein.*

Nie-Lung erreichte die blaue Mühle kurz nach Mitternacht.

Wu Li hatte seinen Auftrag erfüllt, ihn über alles in Kenntnis gesetzt, doch in der Nacht eine blaue Mühle zu finden, war nicht einfach. Sein Diener hatte ihm die Richtung angegeben, zwei Gebäude hatten sich bereits als die falschen erwiesen.

Der Drache landete und sah Florin im selben Moment aus dem Kanal steigen, dessen Wasser das Mühlrad zum Laufen brachte. Rauschend schob die Strömung das Rad an, sodass es sich rumpelnd drehte. Schaum hatte sich durch das unentwegte Wirbeln auf dem Wasser gebildet und trieb kanalabwärts. Stampfende Geräusch drangen aus der Mühle und übertönten das Klappern und das Rauschen. Die Müller arbeiteten zu später Stunde, was auch immer sie mahlten.

»Ich grüße Euch, Florin.«

»Und ich Euch, edler Nie-Lung.« Beide verzichteten auf eine Verbeugung. »Ihr seid derzeit bekannter als jedes andere Wesen in Europa. Es ist ein Wagnis, sich mit Euch zu treffen, anstatt wie sonst Nachrichten auszutauschen.«

»Es ist besser so. Eure besten und ältesten Dienerinnen wurden ausgeschaltet«, gab Nie-Lung zurück, der es nicht einsah, sich Vorwürfe machen zu lassen. »Wisst Ihr, wem Ihr das zu verdanken habt?«

»Nein. Doch ich erforsche es. Es wird nicht lange ein Geheimnis bleiben. Amsterdams Augen und Ohren gehören mir. Das Wasser fließt überall und schwemmt Neuigkeiten und Informationen zu mir.« Florin züngelte. »Wir sind allein. Also sagt, was Ihr mir bestellen sollt.«

Wie unfreundlich du bist. Für jemand, der in Abwasser schwimmt, solltest du weniger eingebildet daherkommen. »Mein Herr hat mir befohlen, Euch wissen zu lassen, dass er von Euch Taten erwartet, nachdem er Euch in den letzten Jahrzehnten die vielen Zuwendungen erteilt hat: Geld, Waren jeglicher Art und Opium. Eine Gegenleistung ist fällig, die sich in den Plan einfügt.«

Florins Augen funkelten erwartungsvoll. »Mit größtem Vergnügen!«

»Das hoffe ich doch. Vernichtet den Franzosen!«

Das Leuchten erlosch. »Ihr meint den Altvorderen?« Florin

lachte ihn aus. »Wenn Euer Herr meinen Tod verlangt, kann er es ruhig aussprechen und muss mich nicht gegen einen Feind senden, gegen den ich nicht bestehen kann.«

Du klingst nach Feigling, blauer Drache. »Ihr macht Eure Flamme kälter, als sie ist. Kokettiert nicht.« Nie-Lung ließ es wie eine Beschimpfung klingen. Eine Ablehnung des Auftrags nahm er nicht hin.

»Ich kokettiere sicherlich nicht, Nie-Lung!« Florin öffnete das schmale Fischmaul und sog Luft ein. »Ich bin nicht von besonders starkem Wuchs und dem Altvorderen um mindestens zweihundert Jahre hinterher. Er ist ein hinterhältiger Kämpfer. Die Abmachung mit Eurem Herrn besagte, dass wir ihn zusammen angreifen. Nicht ich allein!«

Dann werde ich dem Feigling etwas Mut geben. »Beruhigt Euch, werter Florin«, sprach Nie-Lung. »Ihr habt mich missverstanden. Mein Herr verlangt nicht, dass Ihr *jetzt* auszieht, sondern den Franzosen dann tötet, wenn sich eine Gelegenheit bietet. Er wird bald bei Euch auftauchen, und dann … lasst Euch etwas einfallen. Was Euch an Kraft fehlt, macht Ihr mit Hinterlist wett, das weiß ich. In Euch wird Vouivre seinen Meister finden. Wie Ihr es anstellt, ist meinem Herrn gleich.«

Florins abgeflachtes Schweifende streifte durch das Gras. »Ihr hattet versucht, Ddraig zu töten, was Euch nicht gelang. Es kann nicht sein, dass ich Eure Scharte auswetzen soll, indem ich Euch davor bewahre, Vouivre noch länger hinhalten zu müssen.«

Du kleines blaues Nichts! Ich stehe weit über dir und zerfetze so etwas wie dich mit Leichtigkeit! Nie-Lung zischte ungehalten. »Die Weisungen stammen von meinem Herrn!«

»Und sie passen *wie* in den Plan?«, fragte Florin mit Unschuldsstimme. »Erklärt es mir, damit sich die Genialität Eures Herrn auch mir erschließt. Die Weisheit des Ostens ist für einen einfachen Wasserdrachen nicht leicht zu verstehen.«

Das könnte an deinem kleinen Verstand liegen. Nie-Lung bedauerte es sehr, dass er auf solche Verbündete angewiesen war. Dennoch benötigte sein Herr ihn, deswegen erklärte er einen Teil des Vorhabens. »Sobald Vouivre tot ist, werdet Ihr mit der Unterstützung meines Herrn und seiner Streiter all dessen Posten übernehmen. Das deutsche Kaiserreich wird dank der zweiten Stufe in seinem Gefüge geschwächt sein, und Ihr wiederum könnt es Euch einverleiben und die Lücken in Eurem Herrschaftsgebiet schließen«, sagte Nie-Lung. »Ist Europa unter Eurer und unserer Kontrolle, schalten wir Ddraig aus und nehmen uns Skandinavien. Ganz ohne Aufsehen.« *Selbst du hast es nun verstanden, hoffe ich.*

Florin lachte. »Solange Ihr dabei nicht zum Einsatz kommt, habe ich keine Bedenken. Man sieht Euch in Hamburg, in England, vermutlich hat Euch ein Flieger oder Zeppelin auch schon über Amsterdam gesichtet, Nie-Lung.« Der Tonfall wurde wieder schärfer. »Tut Eurem Herrn und mir den Gefallen und verschwindet aus Europa. Ihr bringt den Plan in Gefahr.«

Nie-Lung hätte dem Wasserdrachen am liebsten die Krallen in den dünnen Leib geschlagen, ihn in die Höhe getragen und dann fallen lassen. *Fèiwù!* »Das werde ich auch«, antwortete er herablassend und so beleidigend wie möglich.

»Und ich werde mir ausdenken, wie ich den Einäugigen vernichte.« Florin wandte sich zum Kanal. »Richtet Eurem Herrn meine besten Grüße aus. Ich werde ihm gern Amsterdam zeigen.« Er glitt ins Wasser und verschwand.

Du wirst dich wundern, was er dir zeigen wird. Nie-Lung schlug mit den Schwingen und stieg in den dunklen Himmel auf. Dieses Mal führte ihn sein Kurs nach Deutschland. Die nächste Phase des Vorhabens musste in die Wege geleitet werden.

Florin schwamm zurück nach Amsterdam.

Dieser Nie-Lung ist ein Narr. Er ärgerte sich, von dem Drachen wie ein Handlanger behandelt worden zu sein. *Ich wünsche mir, dass er einer Einheit von Drachenjägern in die Hände fällt. Ich brauche das Geweih nicht mehr.*

Sein Plan war: Vouivre sollte zum Schein als Verbündeter von Nie-Lung gewonnen werden. Nachdem der Asiate mit dem Anschlag auf Ddraig versagt hatte, herrschte bei ihm die Angst, dass der Franzose sich nicht an den Pakt gebunden fühlte und seine Aufmerksamkeit mehr auf sein eigenes Reich richtete anstatt auf die mögliche Expansion und die Kämpfe mit der Drachin.

Florin glitt durch eine Schleuse und trieb auf Amsterdam zu. *Ich habe einhundert Jahre benötigt, um Vouivre davon zu überzeugen, dass ich nichts weiter als sein kleiner Statthalter in Holland bin. Es wäre schlecht, wenn er erkennen würde, wie weit meine Bestrebungen gediehen sind. Und das nur wegen Nie-Lung, diesem golden leuchtenden Porzellanpüppchen*!

Dazu kam noch das Debakel um das Artefakt. Schon der Gedanke daran machte ihn zornig.

Zwar hatte Vlad ihm nicht den Weltenstein gebracht, doch diese kleinere Version, die aus einem menschlichen Schädel stammen musste, besaß ebenfalls beachtliches Potenzial. *Damit wäre es möglich gewesen, Vouivre zu schlagen.*

Und da tauchten diese Russen auf und stahlen es ihm vor seiner Nase. Buchstäblich! Um die drei Cornelissens tat es ihm leid. Sie hatten ihn angebetet, seit sie elf Jahre alt gewesen waren.

Die Frau, die er als Snickelway erkannt hatte und mit der etwas nicht stimmte, war ihm in letzter Sekunde entkommen. Doch seine Leute überwachten die gesamte Stadt. *Ich kriege mein Artefakt.* Florin rätselte, was aus De Bercy geworden war. Auch das hätte er Snickelway gerne gefragt. Und was sie mit den Russen zu schaffen hatte.

Morgen erwische ich sie. Als er in die Stadt einschwamm, hegte er bereits wieder Zuversicht für all seine Vorhaben.

XIII.

5. Januar 1927, Amsterdam, Provinz Nord-Holland, Königreich Holland

Ealwhina fühlte, wie sich das kalte Metall an ihrer Haut erwärmte. Sie bewegte sich nicht, sondern sah Sigorskaja verschlafen in die Augen. »Ich habe das Artefakt nicht. Ich habe es in der Herengracht verloren.« Sie wusste im gleichen Moment, dass die Russin ihr nicht glauben würde.

Die Menschen rechts und links von ihnen waren stumm und verharrten reglos an ihren Plätzen. Niemand wollte die lange Klinge selbst zu spüren zu bekommen.

»Das ist Unsinn. Ich hatte Sie vorhin kurz gesehen, ehe Sie in den Zug stiegen«, herrschte Sigorskaja sie an. »Ich konnte deutlich erkennen, dass Sie es noch bei sich trugen. Wo haben Sie es versteckt?«

»Aus dem Fenster geworfen.«

Die Schneide fuhr leicht ins Fleisch, und Ealwhina sog zischend Luft durch die Zähne ein.

»Hören Sie mit dem Theater auf. Ich kann Sie abstechen und selbst suchen. Ich möchte es Ihnen einfacher machen.«

»Es *Ihnen* einfacher machen und mich *danach* abstechen.« Ealwhina überschlug hektisch ihre verschiedenen Möglichkeiten. Sie fühlte sich nicht mehr ganz so elend wie vorhin. Der leichte Schlummer hatte ihr etwas Kraft zurückgegeben, aber mit einem Dolch am Hals gab es für eine Ablenkung mit anschließender Flucht nur einen einzigen Versuch. Wohin konnte man zudem in einem fahrenden Zug flüchten? Weiter als bis zur Lokspitze ging es nicht. *Bleibt der Sprung aus dem Fenster vom Waggon aus.*

»Ich werde Ihnen nichts tun, wenn ich das Artefakt habe, das dem russischen Zaren gehört«, betonte Sigorskaja. »Bei ihm ist es besser aufgehoben als bei Ihnen. Sie könnten alles Mögliche damit anstellen.«

Ealwhina sah an ihr vorbei zu dem Lampenhalter; sie hatte einen sehr großen Mann in zu kleiner Kleidung bemerkt, der mit dem Rücken zu ihnen stehen geblieben war. Er sah in den Lampenhalter und streckte die Hand durch die Öffnung. »He!«, rief sie aufgebracht. »He, lassen Sie das!«

»Ruhe!«, fuhr sie Sigorskaja an.

Der Mann – ein Chinese, wie Ealwhina bemerkte – drehte sich um und grinste sie an. Dann hielt er die Kugel zwischen Daumen und Zeigefinger in die Höhe, ließ sie in die andere Hand fallen und öffnete die Durchgangstür des Abteils.

»Er stiehlt das Artefakt!«, rief sie entsetzt und trat der Russin ansatzlos mit beiden Füßen gegen den Unterleib. Die Frau wurde nach hinten geschleudert und prallte mit dem Oberkörper hart gegen die Bank. Ealwhina sprang in die Höhe und hetzte dem Mann hinterher.

Ein Schlag und ein heißer Schmerz fuhren ihr in den Rücken, sie hing plötzlich an etwas fest und riss sich mit einer Schulterdrehung los. Die Qualen steigerten sich und brachten sie zum Aufschreien, warme Flüssigkeit lief ihr am Rückgrat entlang. Aber sie lief weiter und sah den Chinesen durch das kleine Fenster in der Tür winken. Sie kannte das Gesicht nicht.

»Halt!«, schrie sie.

Jetzt wurde es laut im Abteil. Die Männer und Frauen riefen durcheinander und wichen vor ihr zurück, sie sah Sigorskajas Schatten über sich fallen und versuchte, sich vor der nächsten Attacke wegzuducken.

Doch die Russin beschränkte sich darauf, sie zur Seite zu stoßen.

Kopfüber flog Ealwhina zwischen die Mitreisenden, die sie halb auffingen, halb von sich stießen; einige von ihnen hatten daraufhin blutige Finger. Entsetzensschreie hallten durch das Abteil.

»Danke«, keuchte sie den unfreiwilligen Helfern zu und heftete sich an die Hacken der Frau, die mehr und mehr Abstand gewann und eine Pistole zog.

Es ging durch den nächsten Wagen der zweiten Klasse. Die Passagiere sahen die Waffe und sanken unter die Bänke, so gut es ging, oder suchten hinter sperrigen Gepäckstücken Deckung.

»Stoi!« Sigorskaja schoss auf den Chinesen und traf ihn in der rechten Schulter. Sein Blut spritzte gegen die nächste Durchgangstür.

Er wandte sich um, hob den linken Arm und formte mit der Hand eine Pistole. Zeige- und Mittelfinger richteten sich auf die Russin, dann drückte er mit dem Daumen ab.

Laut krachte der erste Schuss!

Ealwhina hielt es zuerst für Einbildung. Drei weitere Detonationen folgten. Sigorskaja griff sich an den Hals, den Kopf und die Brust, ihre Beine knickten ein, und sie fiel röchelnd auf den Gang.

Der Chinese zielte mit den Fingern nun auf sie. »Verschwinden Sie!«

»Sie haben mein Artefakt gestohlen!« Sie war unsicher, was sie erwartete. *Es kann nur ein Trick sein. Eine Handprothese mit einer Waffe darin?*

»Nachdem Sie es gestohlen hatten.« Der Chinese machte einen Schritt rückwärts durch die Verbindungstür. »Sie haben kein Recht, sich zu beschweren.« Mit dem Fuß schob er eine Bodenabdeckung nach oben, das Rattern der Räder schwoll an. Er bückte sich und machte sich in dem Hohlraum zu schaffen.

Ealwhina befürchtete, dass er die Wagen abkuppeln wollte. »Nein!« Sie machte zwei Schritte vorwärts, und der Chinese klappte den Daumen nach vorne.

Es krachte erneut, aber der Einschlag blieb aus.

Der Mann ließ sich rückwärts fallen, schloss die Tür.

Ealwhina eilte zum Durchgang, rüttelte am Griff. *Blockiert.* Sie sah nach Sigorskaja, die sich stöhnend krümmte und an sich herumtastete. Die Wirkung der unsichtbaren Kugel ließ nach. *Dann muss es anders gehen.* Sie rannte an ihr vorbei, öffnete ein Fenster und schwang sich ins Freie.

Der Wind zerrte an ihrem Kleid, sie musste sich mit aller Kraft an dem Rahmen festklammern und zog sich hinauf auf das Dach. Dort rutschte sie auf allen vieren vorwärts. *So etwas wollte ich niemals machen.*

Geschickt glich sie die Schwankungen des Zuges aus und glitt über das verbeulte, korrodierte Blech bis zur Kante. Wagemutig erhob sie sich und sprang auf den Waggon vor ihr. Dort sicher gelandet, schloss sie die Augen und streckte die Handflächen aus, um die Abstrahlung des Artefakts zu spüren: Es befand sich vor ihr, bereits auf dem Weg in die erste Klasse. *Der Chinese weiß offenbar, was er tut.*

Gedämpft fielen von unten Schüsse. Ealwhina schätzte, dass Sigorskaja die blockierte Tür gewaltsam geöffnet hatte. Sie hob die Lider und kroch auf dem Dach weiter, immer der Abstrahlung folgend.

Um sie herum flog das morgendliche Holland vorbei. Sie sah weniger Windmühlen als erwartet, viel flaches Land und immer wieder Kanäle, Kanäle und nochmals Kanäle.

Vor ihnen tauchte ein breiter Flussarm auf, der sich in ein Delta verwandelte. Die Schienen wurden auf einen halb fertigen Damm und von da auf eine provisorische Holzbrücke geführt, die mehrere Hundert Meter lang war. Die oberen Balken, die als Stütze und zum Zusammenhalt dienten, waren sehr niedrig.

Ich muss runter, sonst fegen sie mich davon! Ealwhina stand auf, rannte nach vorn und sprang auf den Tender. Leise pfeifend schoss die erste Strebe über ihren Kopf weg.

Die Kleidung und Hände schwarz gefärbt von der Kohle, rutschte sie zum ersten Wagen und öffnete die Tür.

Der Chinese stand in der Mitte des Abteils. In nächsten Moment tauchte Sigorskaja auf der gegenüberliegenden Seite des Wagens auf. Er sah zu Ealwhina, dann zur Russin und reckte die Hand mit dem Artefakt. »Ich werde es vernichten, wenn mich einer von Ihnen angreift«, drohte er.

»Dazu hast du nicht die Macht, Schlitzauge!« Sigorskaja hob die Waffe.

Ealwhina sah die Situation in eine gewaltige Katastrophe münden. »Nein! Sigors…«

»Verschwinden Sie, Snickelway.« Die Russin feuerte.

Der Chinese wich dem Projektil mit einer blitzschnellen Bewegung aus, sodass die Kugel dicht neben Ealwhina durch die Tür fuhr. Bevor er auf die Attacke reagieren konnte, gellte das warnende, schrille Pfeifen der Lok.

Was hat das zu bedeuten? Die folgende harte Bremsung warf Ealwhina gegen die Tür; der Aufprall trieb ihr die Luft aus den Lungen. Besteck klapperte, Gläser zerschellten auf dem Boden, und furchterfüllte Rufe erklangen. Die Russin und der Chinese wurden von den Beinen gerissen und verknäulten sich ineinander. Sofort entbrannte ein Schlagabtausch zwischen ihnen, bei dem Sigorskaja mehrmals abdrückte. Kein einziges Geschoss traf sein Ziel, das Magazin war leer. So drosch sie dem Mann den Griff der Pistole hart gegen die Nase. Er stöhnte, verlor seine Kraft.

»Hab ich sie!« Sigorskaja schnappte sich die Kugel. »Jetzt kann sie …«

Es knirschte laut, schließlich krachte es. Der Waggon senkte sich nach vorn und ging in eine Fallbewegung über, dabei drehte er sich um die eigene Achse.

Die Brücke stürzt zusammen! Ealwhina sah Sigorskaja auf sich zustolpern und hob ein Messer vom Boden auf.

Der Wagen hatte eine solche Schräglage erreicht, dass Menschen und Gegenstände nach rechts rutschten. Ealwhina hielt sich am Türrahmen fest, Sigorskaja fiel gegen einen Tisch und klammerte sich daran; die Schreie wurden noch lauter.

Der Waggon legte sich noch weiter auf die Seite, dann folgte der Einschlag. Die Fenster zerbrachen, und Wasser und Schlick schossen in grauen Fontänen ins Abteil.

Ealwhina schwamm inmitten der zähen Brühe, die sie unaufhaltsam zu den Scheiben gegenüber spülte. Da sie den Himmel durch das gerissene Glas erkannte, konnte das Wasser, in das sie gestürzt waren, nicht sehr tief sein.

Ohne den federnden Morast wäre es schlimmer gekommen. Sie zerschlug die Scheibe mit dem Messergriff, schnitt sich dabei und kämpfte sich ins Freie. Sie wuchtete sich auf den Wagen und sah sich hechelnd vor Anstrengung um.

Der Zug war in mehrere Teile geborsten und lag auf der Seite. Reste der hölzernen Rampe fielen nieder, schlugen auf den Zug oder im Schlick ein. Die Pfeiler ächzten unter dem verlagerten Druck und der fehlerhaften Belastung. Das Bauwerk war instabil.

Passagiere kletterten wie Ealwhina aus den Fenstern, einige Menschen lagen regungslos um den Zug verteilt oder trieben im seichten Wasser, hinausgeschleudert oder vor Angst im Sturz aus den Fenstern gesprungen. Ealwhina sah die ersten Seelen aufsteigen, doch es war weder der Chinese noch die Russin darunter.

Sie warf der Brücke einen abschätzenden Blick zu und wich einem herabfallenden Flaschenzug aus, der mit einem lauten Krachen in die Seite des Waggons einschlug. Arbeiter rannten nach rechts und links auf dem maroden Bauwerk davon. Sie hatten begriffen, dass es nicht mehr lange hielt.

Mit einem Husten erschien Sigorskajas Kopf im Fenster. Sie schob die Arme aus der Öffnung, eine Hand war zur Faust geballt.

Welch glücklicher Zufall! Bevor Ealwhina einen weiteren Gedanken fassen konnte, sah sie ihre Hand mit dem Messer zustoßen. *Das Artefakt soll mir gehören!* Die schmutzige, stumpfe Klinge fuhr unterhalb des Ohrs in den Hals, und die Seele der Russin schoss aus dem Körper. Die Leiche sank wieder zurück ins Abteil.

Ealwhina schnappte nach dem Arm, öffnete die Finger und wand die Murmel heraus. Reue wegen ihrer Tat fühlte sie nicht. *Sie hätte mich sonst getötet.* Sie war froh, das Artefakt gegen alle Erwartungen in ihrem Besitz zu haben. *Fort von hier.*

Sie rannte nach vorn, balancierte über den Tender, von dort die Lok entlang, um nahe ans Ufer zu gelangen, und sprang in das kalte Wasser.

Ihr raubte es den Atem, aber sie bewegte Arme und Beine. Es waren noch etwa einhundert Meter, die sich unglaublich zogen. Den Grund fühlte sie unter den Füßen nicht, und durch den aufgewirbelten Morast war es, als schwimme sie in zähem Brei.

Sie spürte eine Berührung am Fuß, ein großer Körper streifte ihre Beine.

»Was …?« Erschrocken hielt sie mit den Schwimmbewegungen inne und sah über das trübe Wasser, das verwirbelte und kleine Strudel an der Oberfläche bildete. *Das war kein Fisch!* Sie änderte ihre Richtung und tat zwei schnelle Schläge. Die Brücke war ihr näher als das Ufer.

Ealwhina hörte das Wasser hinter sich gluckern. Etwas näherte sich ihr sehr schnell.

Der Drache! Ihre Hand schloss sich um die Strebe, sie nahm die Kugel in den Mund, um die Linke ebenso nutzen zu können. Wieder versuchte sie, auf ihre Fertigkeiten zurückzugreifen. Mit Mühe gelang es ihr, und sie hangelte sich übermenschlich schnell aus den Fluten in die Höhe.

Unter ihr krachte es. Durch die Strebe lief ein Zittern, das Holz ächzte.

Ealwhina wusste jetzt, dass die Tragödie um den Zug nicht durch einen Unfall entstanden war: Es war der Drache gewesen, und er wollte das Artefakt um jeden Preis.

Das Wissen, dass sie keinerlei Schonung erwarten durfte, elektrisierte sie. Sie arbeitete sich, so rasch es ihre Arme hergaben, nach oben, während die Erschütterungen nicht nachließen.

Als sie auf der hölzernen Brücke stand und die Arbeiter an sich vorbeirennen sah, gab das provisorische Bauwerk in seiner geschwächten Mitte nach und stürzte in sich zusammen. In einem Dominoeffekt setzte sich der Zusammenbruch nach rechts und links fort. Die Überlebenden kreischten auf, als sie begriffen, dass ein tödlicher Regen aus mannsdicken Pfeilern, Latten und Brettern auf sie niederging.

Ealwhina nahm die Murmel aus dem Mund und rannte auf das sichere Land zu. Um sie herum rissen knallend Seile, peitschend flogen die Enden umher, und Nägel zogen sich ächzend aus dem Holz. *Ihr Geister von York!* Der Untergrund schwankte, brach auf und kippelte wie auf einem Schiff, das im Sturm auf einen Felsen lief.

Sie schaffte es zusammen mit dem letzten Bauarbeiter, den tiefer liegenden Damm aus Erde zu erreichen, und wandte sich um.

Die Brücke existierte nicht mehr. Vereinzelte standhafte Pfähle hatten durchgehalten und ragten wie abgeschnittene Beine empor. Das Wasser schäumte, umspülte die Hindernisse und war noch aufgewühlter als zuvor. Der Zug lag unter den Trümmern begraben.

Ealwhina wrang den Saum ihres Kleides aus. Vorerst war sie dem Drachen entkommen. Sie betrachtete die Unglücksstelle und vermochte vor Entkräftung nichts zu sagen. In ihrer Hand spürte sie das Artefakt, das sie dringend nach England bringen musste. Dazu müsste sie übers Wasser reisen. Sie glaubte nicht daran, dass die unerbittliche Kreatur unter den ganzen Holzstücken begraben lag. *Ich denke, ich werde fliegen.*

Wu Li wollte einatmen – und schluckte Wasser. *Kào!*

Er hielt die Luft an und versuchte sich zu orientieren, was in der Dunkelheit nicht leicht war. Er ertastete umgekippte Bänke und drückte sich davon nach oben ab. Prustend und schnaubend durchbrach er die Oberfläche.

Gleichzeitig tauchte vier Meter weiter die Russin aus dem Wasser auf und entdeckte ihn sofort. Sie trieben unterhalb der Fenster des umgekippten Waggons, und er vernahm deutlich, dass die Brücke, die er durch die Scheiben sah, knirschte. *Sie stürzt ein!*

Wu Li richtete seine Aufmerksamkeit auf die Frau. Er stieß sich von der Wand ab und schnellte auf sie zu. Aber sie sprang aus dem Wasser und wollte sich aus einem zerstörten Fenster katapultieren. »Bleib!« Er bekam sie zu fassen und zog sie wieder zurück.

Beide tauchten unter, und er schlug ihr zweimal in den Bauch, um ihr den Sauerstoff aus den Lungen zu drücken. Schon nach seinem ersten Hieb erschlaffte sie. *Ausgezeichnet!*

Er stellte sich auf eine Bank, sodass sein Kopf aus dem brackigen Nass ragte, und zog die Russin zu sich. Ein Messer ragte aus ihrem Hals. Es sah nicht so aus, als hätte sie sich die Verletzung durch einen Zufall im Handgemenge zugezogen.

Jemand saß auf dem Dach, als sie rausklettern wollte! Er durchsuchte sie rasch, fand die Kugel jedoch nicht. *Kào, kào, kào!*

Wu Li schwang sich durch ein zweites Fenster auf den Waggon und sah dieselbe Frau, die vorhin im Abteil von der Russin bedroht worden war, von der Lok ins Wasser springen und davonschwimmen.

Dàngfù! Er hetzte los und wollte ihr nachhechten, als er den blau geschuppten Körper des Drachen dicht unter der Oberfläche entlanggleiten sah. *Florin will sie sich schnappen.*

Bevor der Illusionist nachdenken konnte, kündigte sich das Ende der Brücke an.

Die ersten dicken Balken stürzten nieder, das Platschen war laut und Furcht einflößend. Wellen entstanden und schwemmten das Treibgut umher. Die Schwimmenden schrien auf und versuchten, sich vor den Trümmern in Sicherheit zu bringen. Noch mehr Streben fielen ins Wasser und erschlugen vier der paddelnden Menschen.

Bis zum anderen Ufer würde er es nicht mehr schaffen, und im Wasser lauerte der Drache, von dem Wu Li nicht wusste, wie er auf ihn reagierte. *Der Tender!*

Wu Li schwang sich von der Lok in den Tender, aus dem die Kohlen gefallen waren. Somit schuf der Stahl einen geeigneten Unterstand, der sicherlich mehr aushielt als jeder Waggon.

Die ersten Schläge herabstürzender Streben gingen auf den Tender nieder, es dröhnte wie in einer Glocke. Wu Li hielt sich die Ohren zu, während sich die Welt um ihn herum verdunkelte: Die Brücke stürzte nun gänzlich ein.

Die Lok wurde durch die schiere Masse nach unten in den weichen Schlick gedrückt. Der Chinese musste tauchen, um unter seinem Schild aus Stahl bleiben zu können. *Lass es schnell geschehen sein, sonst ersticke ich.*

Nach endlosen Sekunden hörte das Rumpeln auf.

Wu Li wagte sich an die Oberfläche und kletterte über ein Dickicht aus ineinander verkeilten dicken und dünnen Holzstangen nach oben. Mehrmals rutschte er an den nassen Planken ab und fing sich Splitter.

Es dauerte lange, bis er aus dem Chaos ins Freie gelangte. So würde er die Frau mit dem Artefakt nicht einholen. Er blickte sich um. *Sie ist schon lange weg.*

Der Zug lag unter einem meterdicken Berg aus Holz begraben, zerschmetterte und verstümmelte Leichen schwammen in einem Meer aus Planken. Die Brücke war verschwunden. Rechts und links auf den Dämmen reihten sich die Schaulustigen, deuteten nach unten. Mit einer solchen Katastrophe hatte niemand gerechnet.

Ich habe überlebt. Gelobt seien die Ahnen, dass ich meine Mission fortsetzen kann! Er wusste, dass die Russin eine Fahrkarte nach London gekauft und nach einer Verbindung nach York gefragt hatte. Daraus schloss er, dass die derzeitige Besitzerin dieser merkwürdigen, sehr viel Energie abstrahlenden Murmel in York lebte oder sie zumindest etwas damit verband.

Und der Name der nǐ mā bī lautet Snickelway. Er zog sich die störenden Splitter aus der Haut. *Schön. Dann eben nach York.*

Er sprang geschickt von Treibgut zu Treibgut und gelangte zum Ufer, an dem sich die ersten Retter einfanden.

Wu Li eilte an den verdutzten Männern vorbei, nahm sich im Vorbeigehen eine Decke und schritt auf die Treppe zu, die nach oben führte. Es gab keinen Grund, sich weiter in Holland aufzuhalten. Sein Auftrag war eindeutig.

10. Januar 1927, nahe der Ortschaft Ruhtin,
County Denbighshire, Provinz Wales,
Königreich Großbritannien

Die Luftschiffe von *Havock's Hundred* und *Skyguard* schwebten in der Dämmerung wie falsche Monde über der Auenlandschaft. Die Lichter in den Gondeln leuchteten hell und verkündeten die Wachsamkeit der Besatzungen, für den Fall, dass Ddraig sich entgegen aller Wahrscheinlichkeit für einen Angriff entschied.

Starke Suchscheinwerfer strahlten von oben herab und beleuchteten den Boden, wo Silena, Leída und Fayence zusammen mit zehn Mann standen.

Fayence trug einen weiten weißen Mantel mit Kapuze, unter dem er seine Rüstung verbarg, alle anderen hatten die übliche Drachenlederpanzerung der Einheit angelegt. Zu den großkalibrigen Gewehren und Pistolen führten sie Drachenzahnschwerter und Schilde mit sich, die mit Drachenhaut bespannt waren und einen Wall gegen eine Feuerlohe bilden konnten.

Die aufgewühlte Erde und das getrocknete, eingebrannte Blut um sie herum, die Flammenspuren und die zerstörte Vegetation kündeten von dem heftigen Drachenkampf, der stattgefunden hatte.

Silena hatte die rotschuppige, stattliche Drachin noch immer vor Augen, als sie damals mit ihr am Triglav gesprochen und das kurze Bündnis geschlossen hatte, um Gorynytsch aufzuhalten. Gegen sie anzutreten, hatte sich die Drachenheilige als unangenehm vorgestellt. Mit ihr schien sie auf einen harten Widersacher gestoßen zu sein.

Fayence ging in die Hocke, fuhr mit den Fingern durch den Dreck. »Drei Drachen. Zwei Flugdrachen, einer war zu schwer und ein Laufdrache, wie ich an den Abdrücken sehe«, berichtete er und hob einen gelben, fasrigen Splitter auf. »Der Teil einer Hornschuppe, mit einem Druckabdruck. Die Krallen des Asiaten sind ungewöhnlich kräftig. Sie schneiden und bohren gleichzeitig.« Er erhob sich. »Der Hauptkampf hat hier stattgefunden. Ich nehme anhand der tiefen Fußabdrücke an, dass sich ein Flugdrache von oben auf den Laufdrachen geworfen hat. Durch Gewicht und Schwung wurde er nach unten gepresst. Es ging hin und her, wobei der Laufdrache keine Aussichten hatte, als Sieger vom Platz zu gehen.« Er deutete nach rechts, wo der Kadaver des Verlierers lag.

Silena bemerkte die Fressspuren daran. *Da hat jemand seinen Hunger gestillt. Nicht eben gewöhnlich. Die meisten Drachen belassen es dabei, ihre getöteten Feinde wegzuschaffen oder sie zu versenken.*

»Der Kopf fehlt«, bemerkte Leída.

»Er ist abgerissen worden. Vielleicht als Trophäe mitgenommen?« Fayence interessierte sich nicht weiter für die Überreste. »Aber dort verläuft eine Spur, die nach einer überhasteten Flucht aussieht.« Er wies auf die abgebrochenen Äste an den umstehenden Bäumen und den Furchen im Gras. »Ich vermute, der zweite Flugdrache versuchte, sich in Sicherheit zu bringen und abzuheben, was ihm nicht gelang.«

»Zu geschwächt oder verletzt.« *Ddraig und Flucht.* Silena konnte es sich kaum vorstellen.

»Ja.« Fayence ging mit glänzenden Augen los, im Rausch wie ein Jagdhund. Der Rest folgte ihm. »Das Blut stammt von unterschiedlichen Drachen«, referierte er dabei. »Das kann man an den Farben erkennen, nachdem es abgekühlt ist. An den …«

Leída lachte. »Wir wissen das. Wir sind vom Fach, so wie Sie.« Sie hinkte so gut wie nicht mehr.

Fayence grinste jungenhaft. »Verzeihung. Ich wollte nicht belehrend wirken.«

Sie gingen durch das feuchte Gras, immer verfolgt von Lichtkegeln. Im Umkreis von siebzig Schritt gab es keinen dunklen Fleck und keine Möglichkeit, sich vor den Augen der Drachenjäger zu verbergen.

Die Spur führte sie zu einem stollenähnlichen Eingang, die Ränder waren versengt und schwarz. Fayence musste ihnen nicht erklären, was sich abgespielt hatte.

Silena suchte nach Spuren. »Zwei Drachen gingen rein, aber nur einer kam raus«, sagte sie dann fragend zu dem Ägypter. »Sehe ich das richtig?«

»Bodendrachen, egal ob es Kriech-, Wurm- oder Laufdrachen sind, legen meistens einen zweiten Ausgang an, damit sie … Ich habe es schon wieder getan«, sagte er verwundert. »Verzeihen Sie, das ist eine Angewohnheit, weil ich oft mit Nitokris und Nagib unterwegs bin. Sie begleiten mich zwar schon längere Zeit, doch ich achte darauf, dass sie niemals ausgelernt haben.«

»Wir wissen es zu schätzen«, gab Silena lächelnd zurück. Auch wenn sie mit dem *Bund des Ichneumon* noch nicht viel anzufangen wusste, erhielt der falsche Arzt immerhin ihre Sympathie. Sie fand es unvorstellbar, dass ein einzelner Krieger ohne Begleiter, besondere Herkunft, Tross oder Mannschaft gegen einen Drachen bestehen konnte. An die Legende von Siegfried hatte sie im Kindesalter geglaubt, danach nicht mehr. Auch sie benötigte bei allem Können Leute, die ihre Maschinen warteten und sich um die Logistik kümmerten. »Wer geht hinein?«

Leída sah in die Runde. »Ich hätte ja gesagt, Fayence macht die Vorhut, aber da Ddraig dich kennt, Silena, meine ich, du bist die Erste. Wir sind direkt hinter dir.«

»Gute Überlegung. Aber wenn ein anderer Drache auf mich wartet?« Sie grinste und ließ sich einen Schild geben. »Ich rufe euch, wenn ich euch brauche.« Sie trat in den Stollen und setzte vorsichtig einen Fuß vor den anderen. Auch hier roch es verbrannt, die Wände waren schwarz. Geräusche vernahm sie keine.

Das wäre das zweite Mal, dass ich mit einem Drachen, einem Altvorderen, einen Pakt eingehen müsste, anstatt ihn zu töten. Silena hing sich das Amulett vor die Brust, schaltete die Taschenlampe ein und hob den Schild schräg vor sich.

Die heimlichen Gebieter Europas. Sie erinnerte sich an das Gefühl, gnadenlos ausgelacht worden zu sein, als sie ihr Wissen über die alten Drachen und deren Marionettenherrscher auf den Thronen der Menschheit an die Journalisten weitergegeben hatte. Damals hatte sie tatsächlich gedacht, dass wenigstens einer von ihnen ihr Glauben schenken würde. Heute schwieg sie und beschränkte sich auf den Kampf, darauf hoffend, einen Altvorderen zu stellen.

Da habe ich einen nach fast zwei Jahren Suche vor mir und passend in die Enge getrieben, und dann darf ich ihn nicht töten.

Der Weg verlief steil bergab und würde sie in eine Höhle führen, so viel wusste sie noch aus ihrer theoretischen Ausbildung beim Officium. Da sie die Drachen in der Luft stellte, hatte sie sich niemals intensiv mit dem Bodenkampf auseinandergesetzt.

Ich hätte Brieuc mitnehmen sollen. Er kennt sich aus. Insofern fühlte sich Silena verunsichert: Dies war unbekanntes Terrain.

Der Lanzensplitter in ihrem Talisman blieb dunkel. Sollte er leuchten, wusste sie, dass sich ein Drache in ihrer Nähe befand.

Es ging tiefer und tiefer.

Der Brandgeruch ließ nach, dafür bemerkte sie die strenge Note in der Luft. Moschus, nur wesentlich intensiver, Ambra und Veilchenduft mit Spuren von Harn. Sie hustete und sog noch mehr des Gestanks ein. Hier hatte ein Bulle gehaust, der sich bereit für die Paarung gefühlt hatte, bevor ihn der asiatische Drache getötet hatte.

Gott, nicht jetzt! Durch die intensiven Gerüche wurde ihr mit einem Schlag übel. Sie konnte den Kopf gerade noch zur Seite drehen und erbrach sich.

Silena spuckte aus, sah an den Wänden und der Decke dünne Kratzspuren und vermutete, dass Ddraig hier mit den Schwingen entlanggeschrammt war.

Nach zwei weiteren Schritten erreichte sie die Höhle.

Sie leuchtete umher, bis sie einen weiteren Gang gefunden hatte. »He, ihr da oben«, rief sie in die Richtung, aus der sie gekommen war. »Mir nach.«

Sie bekam eine stark hallende Antwort, die sie als Ja verstand. Daraufhin bewegte sie sich auf den zweiten Durchgang zu und leuchtete hinein, aber der Strahl der Taschenlampe verlor sich in der Dunkelheit, ohne das Ende erreicht zu haben. Sie ging weiter.

Der Geruch des Bullen schwächte sich langsam ab, das Atmen bedeutete keine Mutprobe mehr. Dafür roch es nach Drachenblut, an dem stets eine Spur Schwefel haftete, nach warmer Erde und verbranntem Fleisch.

Je weiter sie in den Stollen hineinlief, desto mehr spürte sie, wie die Wände Wärme abstrahlten. Die Stiefel wateten durch Asche, gelegentlich trafen sie auf etwas Metallisches.

Da leuchtete ihr Talisman schwach auf.

Sie ist da und lauert! Sofort blieb sie stehen und hob den Schild vor sich, damit sie dahinter abtauchen konnte. »Y Ddraig Goch«, rief sie in den dunklen Gang und richtete die Lampe auf den Boden. »Hier ist Großmeisterin Silena. Erinnerst du dich an mich?«

Es blieb ruhig, aber der Splitter an ihrer Kette glomm: Die Drachin näherte sich.

»Wir haben gemeinsam gegen Gorynytsch gefochten. Vor zwei Jahren, am Triglav. Es hat den Anschein, dass das Schicksal uns wieder zu Verbündeten machen könnte.« Silena schluckte, ihr Unwohlsein hatte sich noch immer nicht gelegt. *Ich hoffe, ich muss ihr nicht vor die Füße kotzen.*

Die Stille dauerte an.

»Y Ddraig Goch, wir wissen von deinem Kampf gegen den asiatischen Drachen. Er ist auch unser Feind«, rief sie. »Es steckt mehr dahinter als ein Überfall auf dich.« Das Leuchten des Talismans hatte sich nochmals verstärkt. *Ein paar Meter, weiter ist sie nicht entfernt.* Silena leuchtete mit der Lampe nach vorne.

Augen so groß wie Räder funkelten auf. Der Schädel der roten Drachin füllte beinahe den gesamten Stollen aus. Sie öffnete das Maul und stieß ein warnendes Fauchen aus. *Natürlich erinnere ich mich an dich, Drachentöterin. Ich beobachte dich, seit du auf meiner Insel lebst.*

Silena hielt den Griff des Schilds umschlossen. »Du hast meine Worte gehört?«

Ja. Und ich glaube dir sogar. Ddraig schloss die Kiefer klackend. *Sind das Freunde, die sich nähern, oder noch mehr Drachenjäger, die meinen Tod wollen? Die Ersten, die kamen, stellten sich dumm an.*

»Freunde, Ddraig.« Silena konnte sich gut vorstellen, dass die Nachricht über den Drachenkampf einige Männer angelockt hatten, die gutes Geld mit einem Kadaver verdienen wollten. Pech für sie, dass sich die rote Bestie als überaus wehrhaft erwiesen hatte.

Sag ihnen, dass sie in der Höhle bleiben sollen. Wir brauchen sie nicht.

»Leída«, rief Silena. »Bleibt, wo ihr seid, hörst du? Ddraig möchte euch nicht in ihrer Nähe haben.« Wieder erhielt sie eine kurze Bestätigung und wandte sich erneut Ddraig zu. »Wir suchen nach dem Drachen, der dich angegriffen hat«, erklärte sie und schilderte, was sie, das Officium und Fayence in den letzten Monaten bemerkt hatten. »Um Genaueres zu erfahren, brauchen wir einen dieser Spione lebend. Wir sind nicht dazu in der Lage, ihn zu fangen. Du schon.«

Ich tue es. Die Drachin klang gereizt.

Silena senkte dennoch den Schild, da die Wut nicht gegen sie gerichtet war. »Es freut mich sehr, dass du uns helfen möchtest …«

Ich helfe nicht euch. Ich helfe mir selbst, unterbrach sie die Drachenheilige. *Ihr werdet im Gegenzug den Drachen, den sie im Zirkus Nie-Lung nannten, für mich aufspüren und töten, sollte es mir selbst nicht gelingen. Wenn ich mit eurer Arbeit zufrieden bin,* Ddraig schob sich etwas mehr nach vorn, *liefere ich dir einen Altvorderen, Drachentöterin.*

Silena wusste sofort, wen sie meinte. »Es ist der gleiche Drache, der damals nicht zur Schlacht am Triglav erschien.«

Ja. Du hast es dir gut gemerkt. Ddraig grollte zornig. *Er war es, der mir Nie-Lung sandte. Dieses fliegende Geweih hat es mir selbst offenbart, weil es dachte, es könnte mich besiegen.* Ihre Augen richteten sich auf Silena. *Das sage ich dir, Drachentöterin, damit du vor dem Franzosen gewarnt bist: Sein Name ist Vouivre, er trägt sein karfunkelrotes Auge auf der Stirn, und seine Schuppen glitzern in der Sonne diamantengleich. Solltest du ihn treffen, höre nicht auf das, was er dir sagt oder verspricht. Er kennt keine Ehre.*

»Kein Drache kennt Ehre«, rutschte es Silena heraus.

Habe ich mich am Triglav an unser Bündnis gehalten?, gab Ddraig beleidigt zurück. *Ich hätte eure armselige Armee und die restlichen Heiligen vernichten können. Doch ich tat es nicht.*

Silena verkniff sich eine Erwiderung, um die Drachin nicht zu reizen. »Ich danke dir für deine Warnung«, sagte sie und senkte den Schild. »Betrachte das neue Abkommen zwischen uns beiden als geschlossen.«

Kannst du mir einen Ort nennen, an dem ich einen der kleineren

Spione finde? Sobald meine Wunden genesen sind, werde ich mich auf den Weg begeben und ihn dir bringen. Ddraigs Nüstern blähten sich. *Nach Bilston?*

»Nein. Lieber zu den *Havock's Hundred* nach …«

Rhossili, ergänzte die Drachin. *Ich lasse keinen von euch aus den Augen.* Sie blies warme Luft gegen Silena, und es roch leicht schweflig, nach Phosphor, ätzend und nach rohem Fleisch. *Geh. Sobald ich einen Fang gemacht habe, wirst du es erfahren.*

»Ich sage dir bald, wo du möglicherweise leicht einen Asiaten findest.« Sie deutete eine Verbeugung an und wandte sich um, eilte den Stollen entlang zurück in die Höhle, wo sie von ihren Mitstreitern erwartet wurde.

Gefasst, aber schnell erzählte sie von dem Zusammentreffen mit Ddraig. »Ich werde mit Brieuc telefonieren«, sprach sie weiter. »Das Netzwerk des Officiums weiß möglicherweise von einer neueren Sichtung.«

»Sollten wir sie nicht nach den Drachenfreunden in Hamburg fragen?«, schlug Leída vor und befahl ihren Leuten, sich mit den Schilden vor dem Ausgang zu postieren, um einem Überraschungsangriff vorzubeugen.

Auch Fayence ließ die dunkle Öffnung nicht aus den Augen. Er bewegte die gepanzerten Finger, ballte sie zur Faust und streckte sie.

Er würde die Drachin zu gerne stellen. Silena trat vor ihn und versperrte ihm die Sicht. »Ddraig muss in Ruhe gelassen werden, so schwer es uns allen fällt.«

»Sie ist verwundet«, entgegnete er abwesend. »Ich kann es riechen.«

»Verwundete Geschuppte sind die schlimmsten Gegner. Sie kann hundert von uns mit ihrem Feuer vernichten, und wir sind nicht einmal in ihre Nähe gelangt«, gab Leída zu bedenken und trat an Silenas Seite. »Vergessen Sie es, Fayence.«

»Mir macht es nichts aus«, raunte er erregt.

»Ihr Spieß wird Ihnen in dem Gang ebenso wenig nützen wie Ihre angebliche Geschwindigkeit, Fayence.« Silena überlegte, ob eine Ohrfeige angebracht war, um den Mann zur Vernunft zu bringen. »Ddraig untersteht meinem Schutz.«

Er wandte ihr langsam den Kopf zu und lachte. »Eine Drachenheilige, die ihre Hände über eine Altvordere hält«, japste er. »Das ist *zu* komisch.«

»Sie waren mit dem Plan einverstanden«, fuhr Leída ihn an und reckte ihm warnend den rechten Zeigefinger entgegen. »Außerdem liefert sie uns einen Altvorderen.«

»Ja, sicher, vertrauen Sie der roten Schlange.« Fayence streifte den weißen Mantel ab. Er nahm sein Schwert vom Gürtel, das in der gleichen Weise gefertigt war wie die Lanzenspitze. Seine braunen Augen hatten sich eingetrübt, ein Schleier lag vor ihnen. »Ich werde …«

Silena schlug ihm die Faust gegen das Kinn und zog ihm die Beine weg. Stumm kippte er in den weichen Sand und blieb ohnmächtig liegen. »Verzeihung.«

»Ichneumon hat ein Problem«, kommentierte Leída. »Das Töten scheint zwanghaft zu sein, wenn er es sich einmal in den Kopf gesetzt hat.« Sie zeigte auf Silenas Faust. »Ich wusste nicht, dass du eine harte Rechte schlägst?«

»Russischer Boxunterricht«, meinte sie lakonisch. »Gehen wir nach oben.«

Vier Leute trugen den Ägypter, zwei sicherten nach hinten, und die Gruppe marschierte zurück ins Mondlicht. Unterwegs erlangte Fayence das Bewusstsein wieder und lief aus eigener Kraft, doch er strafte die Männer und Frauen mit Schweigen; selbst Silenas Entschuldigung nahm er wortlos hin. Innerlich aber kochte er vor Wut, das war ihm anzusehen.

Im Freien angelangt, wurden die zehn Männer abgestellt, um den Horteingang zu bewachen und vor anderen Drachenjägereinheiten zu schützen. Die Frauen und Fayence gingen zu einer Lichtung, damit ein Lastenkorb vom Zeppelin herabgelassen werden konnte, der sie aufnahm.

»Es wäre mir recht, wenn du mit deinen Leuten hierbleiben und Ddraig verteidigen würdest. Nur für den Fall, dass nochmals Drachenjäger auftauchen«, sagte Silena zu Leída. »Gegen die *Havock's Hundred* wird niemand einen Angriff wagen.«

»In Ordnung. Was macht ihr?«

»Zuerst mit Brieuc telefonieren. Danach wird sich zeigen, wie nützlich uns Ddraig sein kann. Alles andere hängt von den Erkenntnissen ab, die wir von einem gefangenen asiatischen Drachen erhalten.« Silena sah zu ihr, wie sie die vom Wind verwirbelten Haarsträhnen vor die verbrannte Stelle des Gesichts legte. »Neues von Cyrano?«

»Nichts, was uns hilft«, erwiderte Leída ausweichend und sah hinauf zum Luftschiff. Sie wollte keine weiteren Fragen zu ihm gestellt bekommen.

Der Lastencontainer schwebte aus dem Bauch der *Ramachander.* Die drei stiegen schweigend ein und wurden in die Höhe gezogen.

Fayence starrte nach unten, zu den Drachenspuren. Er lehnte den Kopf gegen eine Eisenstrebe, seine Finger krümmten und öffneten sich. Er murmelte unentwegt Worte in einer fremden Sprache, als wolle er etwas Furchtbares heraufbeschwören.

XIV.

11. Januar 1927, Bitche, Departement Moselle, Königreich Frankreich

Es ist also doch passiert! Vouivre befand sich tief im Herzen der Sandsteinfestung, die auf dem Berg über dem Städtchen Bitche thronte und die im Krieg 1870/71 den bayrischen Truppen so ausgezeichnet standgehalten hatte. Das hatte die Deutschen aber nicht daran gehindert, gegen den sogenannten Erbfeind Frankreich zu siegen.

Nach dem Ende des Weltkrieges vor knapp zehn Jahren hatte er es geschafft, Fafnir sowohl das Elsass als auch Lothringen im Austausch für eine lächerlich geringe Summe wieder abzukaufen. Der deutsche Altvordere hatte dringend Geld in die untergehenden Kolonien pumpen müssen. Gebracht hatte es ihm nichts.

Vouivre mochte die Gegend sehr, die deftige Küche und gute, einfache Weine bot. Er würde das Experiment wagen, Trüffeln anzubauen, um eine Alternative zum Périgord zu haben. Den Keller der Festung hatte er in ein für sich angenehmes Refugium umgebaut, mit etlichen Annehmlichkeiten wie wärmenden Öfen, einem weichen Lager und einem vierfach gesicherten Raum, in dem er wichtige Nachrichten, Karten und Dokumente sowie Urkunden lagerte, die niemand sonst sehen durfte. Über einen Aufzug wurden ihm die Speisen hinabgelassen, sodass ihn niemand zu Gesicht bekam. Der Zugang erfolgte durch einen unterirdischen Gang, quer durch den Berg. Bitche war sein Tresor, hier lagerten Vergangenheit und die Voraussetzungen für die Zukunft.

Und ausgerechnet die Zukunft bereitete ihm Sorgen.

Eigentlich hatte Vouivre gedacht, dass er Trüffelgebiete in Italien und Österreich-Ungarn erhielt, bis er den Brief gelesen hatte, der ihn in seinen Vermutungen bestätigte: Im Osten gab es einen neuen Mitspieler, was die Machtverteilung in Europa anbelangte.

Vouivre hielt in der rechten Klaue eine Mitteilung, die ihn sehr aufbrachte. Überschrieben war der Brief mit »Geschätzter Bruder«, und ihm fehlte jede Art des Respekts. Der Verfasser wagte es, sich auf eine Stufe mit ihm zu stellen, ohne ein Altvorderer zu sein!

War die Anrede allein schon eine Frechheit und Anmaßung sondergleichen, so war dies der Inhalt noch mehr.

Geschätzter Bruder,
Du wirst erfahren haben, dass ich der neue Herrscher des Ostens bin und die Nachfolge von Gorynytsch angetreten habe.

Ich brenne darauf, dich bald kennenzulernen, damit ich deine Glückwünsche entgegennehmen darf und wir auf eine friedliche Nachbarschaft trinken können.

Lass mich dir sagen: Wir Mächtigen müssen zusammenhalten, wollen wir die Stabilität in Europa bewahren! Vor allem in Russland ist ein hartes Durchgreifen notwendig, um die revolutionären Kräfte in Schach zu halten. Ich habe dem Zarewitsch bereits ein entsprechendes Angebot unterbreitet.

Von dir, geschätzter Bruder, erwarte ich, dass du Ruhe gibst und nicht versuchst, deinen Herrschaftsbereich auf meine Kosten auszudehnen. Mir ist allerdings zu Ohren gekommen, dass du das bereits getan hast.

Ich nehme es dir nicht weiter übel, möchte jedoch in aller Form bekräftigen, dass ich Österreich-Ungarn für mich beanspruche und auch das preußische Reich mein Eigen nenne. Du magst hingegen glücklich mit dem restlichen deutschen Kaiserreich sein. Der kleine Verlust bedeutet kein Opfer für dich.

Es soll dir gesagt sein, dass ich vor einer Auseinandersetzung mit dir nicht zurückschrecke, solltest du nicht geneigt sein, meine rechtmäßigen Forderungen anzuerkennen. Auch ich habe bereits Verbündete gefunden und um mich geschart.

Auf bald!

Tugarin

Vouivre schnappte zu und wünschte sich, den Hals des Russen zwischen den Zähnen zu spüren. Aber es klickte nur laut, er biss in die Luft.

Was weiß ich inzwischen von diesem Tugarin? Der Altvordere streifte durch den Keller, vorbei an den stoffverkleideten Säulen, den Wandteppichen und den altmodischen Petroleum- und Ölleuchten. Endlich in seiner Wissenskammer angekommen, suchte er in den ewig langen Regalen die Erkenntnisse seiner Spione heraus. Die Klauen bewegten sich mit sehr viel Feingefühl und Exaktheit, um die Aufzeichnungen nicht beschädigen. *Viel ist es nicht.*

Tugarin wurde auf nicht einmal zweihundert Jahre geschätzt und war den ersten Spuren nach ein Gleitdrache mit vier Beinen. Er hatte zu Grosznys Lebzeiten Sibirien verwaltet, unter der kurzen Regentschaft von Gorynytsch war er nicht weiter aufgefallen. Vouivre wusste nicht einmal, ob er auf dessen Seite am Triglav gekämpft hatte. *Wohl eher nicht, sonst wäre er tot. Er ist also schlau.*

Sein Lebensmittelpunkt befand sich anscheinend in der Nähe von Kiew, wo man den Zaren öfter gesehen hatte. Aber seine Spitzel hatten keinerlei Spuren von ihm ausmachen können. Was verwunderlich war. Gleitdrachen mussten sich gelegentlich am Boden bewegen und hinterließen Zeichen, denen man folgen konnte.

Wo, zur Hölle, versteckt er sich? Vouivre ging einige Schritte tiefer in die Kammer bis zur Landkartensammlung und suchte die Detailkarte zu Kiew heraus. Er mochte den Geruch der alten Karten, die aus Papier oder Pergament bestanden. Relikte, Dinge, die so alt waren wie er, weswegen er sich mit ihnen verbunden fühlte. Die Karte über das Umland von Kiew war nicht ganz so alt. Er hatte mehrere verdächtige Orte eingekreist, die seine Spione vorsichtig untersuchten.

Er hat ein Bündnis mit dem Zaren. Vouivre fragte sich, wie er es eingegangen war. Die Altvorderen hatten es stets so eingefädelt, dass niemand von ihrer Existenz wusste. Briefe und diplomatische Schreiben wanderten hin und her, größere Summen flossen, Erpressungen wurden ausgesprochen, kurzum: Die Herrscher der Menschen wurden auf vielfältige Weise manipuliert, damit sie das taten, was die Altvorderen wollten.

Aber es war ein Tabu, sich einem Herrscher zu zeigen und damit einzugestehen, wie klug die Drachen in Wahrheit werden konnten, sollten sie ein höheres Alter erreichen. Je weniger ein König wusste, für wen er an den Strippen tanzte, desto besser.

Tugarin ist eine Gefährdung für mich. Nicht auszudenken, was geschieht, wenn er mit dem Zaren zusammen in Sankt Petersburg Hof hält und sich gar wie ein zweiter Zar benimmt. Europa würde aufschreien.

Vouivre dachte nach. *Ich werde ihm seinen lächerlichen Anspruch bestätigen und so tun, als ginge ich auf sein Angebot ein. Vermutlich treffe ich mich sogar mit ihm, um keinen Argwohn zu wecken.*

Zur selben Zeit würde er den revolutionären Zellen in Russland neue Gelder sowie Waffen zukommen lassen, um die Aufständischen in ihrer Arbeit zu unterstützen. Romanows Reformen beschwichtigten die lautesten Schreihälse im Volk, was Vouivre nun nicht mehr recht war. Die Pläne hatten sich geändert.

Stürze ich den Zaren, entmachte ich meinen impertinenten russischen Aufschneider. Auch wenn es ihm nicht passte, den Kräften des Chaos seinen Beistand zu gewähren, konnte er nicht anders handeln. Es ging um seine Macht.

Vouivre schob die Karte zurück und verließ die Wissenskammer, um sich zu seinem Schreibpult zu begeben, wo sich nicht nur ein Telefon, sondern auch eine Telegrafenstation befand, die früher dem Kommandanten der Festung gehört hatte.

Seine Befehle flogen durch den Draht zu seinen Spionen: Sie sollten den Nachfolger suchen, der nach dem Tod des Zaren auf den Thron steigen würde und nicht den Namen Romanow trug.

Und genau diesen nächsten engen Verwandten werde ich mir schnappen und zu meinem Mann machen. Vouivres Ärger wandelte sich zu Eigenlob und Selbstzufriedenheit. *Russland wird mir gehören! Ich lasse Ddraig doch nicht vom Geweih aus dem Weg räumen, damit ich meine Macht mit diesem Dahergelaufenen teile.*

In bester Laune ging er in den Weinkeller, wo ein ganz besonderer Gewürztraminer lagerte. Ihm war nach einem guten Tropfen und dazu einer leckeren Trüffel. Da sah die Welt doch gleich ganz anders aus.

Zur Vollendung seines Triumphes mussten ihm seine Leute den Weltenstein bringen. Noch war Snickelway nicht in York aufgetaucht.

Vouivre nahm einen großen Pokal, zapfte sich Wein aus dem Fass, auf dem in geschwungener Schrift *Pour le plaisir* geschrieben stand, und trank schlürfend. *Köstliches Gesöff und viel zu schade für Menschen.*

Er schlenderte zum Kistchen mit dem Trüffelvorrat und wählte sich eine davon, rieb behutsam über die unebene Oberfläche, schnupperte daran und freute sich auf den Geschmack, den er gleich am Gaumen kosten durfte. *Ausgezeichnete Qualität!* Er musste dringend in Erfahrung bringen, ob es in Russland etwas Vergleichbares zu diesen unterirdischen Schätzen gab. Kaviar überließ er gern den Menschen.

12. Januar 1927, München, Königreich Bayern, Deutsches Kaiserreich

Silena sah zu Brieuc, der den schwarzen *Elite S18* zur Hofeinfahrt steuerte, anhielt und den beiden Georgswächtern seinen Ausweis zeigte.

Sie salutierten und öffneten das Tor. Einer der Männer in den dunklen Mänteln sah sie lange an, als versuche er, sich an ihre Züge zu erinnern. Sie hatte ihn genau erkannt: Es war der Georgswächter, den sie in der Nacht bei ihrem Einbruch niedergeschlagen und bestohlen hatte.

Heute fuhr sie hochoffiziell mit Fayence und Brieuc in das umgelagerte Archiv des Officiums, ohne ihre Drachenheiligenuniform angelegt zu haben. Der Ägypter trug einen hellen Anzug, sie ein Kleid mit einfachem Streifenmuster und einen eleganten Hut. Brieuc hatte sich sein protziges Auftreten in Ausgehuniform und Pelzkragenmantel dagegen nicht nehmen lassen.

»Was haben Sie Prokop erzählt, dass er mich hineinlässt?« Silena erblickte den Gebäudekomplex zum ersten Mal bei Tageslicht. Er war im Stil der Gründerzeit erbaut. Reinen Jugendstil sah man selten, an den meisten Gebäuden hatte er sich mit Elementen der Gotik verbunden. Abgeplatzte Stellen in der Fassade und Löcher rund um ein Fenster erinnerten an ihre Verfolgung und dass die Männer nach ihr geschossen hatten. *Es hätte auch anders ausgehen können. Der heilige Georg war mit mir.*

»Prokop weiß nichts davon«, sagte Brieuc und parkte den Wagen.

»Großmeister Brieuc, Sie machen gerade Ihrem Namen als bester Insubordinärer im Officium alle Ehre!«, rief sie grinsend.

»Wir bekämpfen das Böse. Das wirklich Böse, Frau Zadornova. Da habe ich keine Zeit für kleinliche Paragrafenreiterei und persönliche Ressentiments des Priors Ihnen gegenüber.« Er richtete seine verwegenen braunen Locken und stieg aus. Fayence und Silena folgten ihm zum Haupteingang, der zwanzig Meter entfernt von der Tür lag, durch die sie eingedrungen war. »Sie fragten mich nach Aktivitäten der Drachenfreunde. Ich nehme sie beide mit in die entsprechende Abteilung und lasse Sie selbst suchen. Sie verfügen bestimmt über mehr Wissen als ich.« Mit diesen Worten öffnete er ihnen die Tür.

Silena ging neben ihm her, Fayence marschierte hinter ihnen. Er hatte nicht mehr als drei Worte mit ihr gewechselt, seitdem sie ihn in der Höhle niedergeschlagen hatte. Dabei wüsste sie zu gern, was es mit seinem Verhalten auf sich hatte. *Ist er beleidigt, wütend?*

»Ziehen Sie beide das an.« Brieuc zog Georgswächterarmbinden aus der Tasche und reichte sie ihnen.

Nach einigen Metern Gang und zwei Treppenhäusern blieb Brieuc vor einer Eisentür stehen, in der ein Guckfenster installiert war; der Schlitz darunter sah verdächtig nach Schießscharte aus. Er klopfte.

Und wirklich klappte der Schlitz auf, die Doppelmündung einer Schrotflinte erschien, und dann wurde der Schieber darüber geöffnet. Ein Frauengesicht in einer Gasmaske tauchte auf.

Brieuc zeigte ihr seinen Ausweis und nannte ein Codewort, woraufhin zuerst die Frau und danach die Waffe verschwanden. Es klickte mehrmals, bis der Eingang sich schließlich öffnete. Silena schätzte die Dicke der Stahltür auf eine halbe Armlänge.

Auf der Schwelle stand die Wächterin, die einen schwarzen Rock, ein weißes Hemd und einen grauen Rüschenschal um den Hals trug; sie zog die Gasmaske ab. »Willkommen, Großmeister Brieuc.«

»Einen guten Tag, Gerthild«, grüßte er freundlich. »Meine Freunde und ich suchen etwas.

Gerthild, deren Wasserwelle bombenfest saß, musterte Silena, dann Fayence. »Es sind zwar Georgswächter, aber hier haben nur direkte Mitglieder des Officiums Zutritt, Großmeister«, sagte sie bedauernd.

»Bitte, liebe Gerthild«, sagte Brieuc und zeigte sein Eroberergrinsen. »Ich bin zu faul zum Suchen.«

Die Blondine rang mit sich. »Prior Prokop hat uns nach dem Überfall neulich angewiesen …«

»Und genau darum geht es«, mischte sich Silena ein. »Der Großmeister lässt uns nach den Verstecken von Drachenfreunden und deren Aktivitäten suchen.«

Gerthild hob die hellen Augenbrauen. »Seit wann ist es Aufgabe eines Großmeisters, nach denen zu suchen? Die Abwehr kümmert sich darum.«

»Es ist etwas Persönliches«, antwortete Brieuc und machte einen Schritt nach vorn. »Bitte. Wir haben nicht viel Zeit.«

Gerthild ließ sich halb zurückdrängen, halb wich sie aus. »Ich werde niemals bestätigen, dass Sie hier waren, Großmeister«, machte sie deutlich. »Und ich werde keinerlei Vermerk in das Wachbuch vornehmen.«

»Ausnahmsweise.« Brieuc schob Silena und Fayence hinein.

Es war ein schlauchartiger, schmaler Gang, rechts und links türmten sich die Regale auf. Zwei Lampen beleuchteten die Akten spärlich, man sah dem Raum an, dass dies nur eine vorübergehende Lösung war.

»Die neusten Meldungen lagern vorne, Register 234/B/I«, erklärte Gerthild und setzte sich wieder an ihren Schreibtisch. Sie packte die Schrotflinte zurück in die Halterung an der Wand, daneben hing eine *Bergmann MP18*, der sogenannte Grabenfeger. Die kompakte vollautomatische Maschinenpistole hatte sich durch ihre Schussfrequenz im Weltkrieg einen Schreckensnamen unter den Alliierten gemacht. Gerthild wusste sich zu verteidigen. Sie warf die Gasmaske in den Kasten neben ihrem Stuhl, zog sich Kopfhörer an, nahm Stift und Papier. »Sie entschuldigen, Großmeister. Eine Nachricht.«

Silena war beeindruckt. Das Officium hatte bereits eine eigene Leitung verlegt, um die geheimen Nachrichten per Morsecode in die Abteilung senden zu lassen.

»Fangen wir an«, sagte Brieuc und trat zu dem Regal, wo er die passende Nummer vorfand. Er legte den Mantel ab, zog die Schublade heraus und stellte sie auf den kleinen Tisch.

Zu dritt durchsuchten sie die Nachrichten der letzten Monate nach bekannten Aufenthaltsorten der Drachenfreunde. Aber es waren meistens vage Hinweise auf Häuser und Personen, denen bei genauerer Prüfung durch den Geheimdienst der kaiserlichen Majestät nichts nachgewiesen werden konnte. Unbescholtene Bürger, die ihre wahren Ansichten und ihre Gesinnung womöglich verschleierten.

Es dauerte eine Stunde, zwei Stunden, ohne dass einer von ihnen eine brauchbare Spur fand.

»Großmeister!« Gerthild kam zu ihnen und reichte Brieuc einen Zettel. »Das kam soeben rein. Der kaiserliche Geheimdienst meldet, dass in Dresden zwei Männer festgenommen wurden, in deren Wohnung sich Materialien für den Bau von Bomben befanden.«

»Könnten verkappte Revolutionäre sein, die ihre Sympathie zu den Aufständischen in Russland bezeugen wollten. Oder aber Drachenfreunde.« Silena sah abwartend zu den Männern. »Ich bin der Meinung, dass wir uns die Burschen vorknöpfen sollten.«

»Ich auch«, sagte Fayence.

Gerthild schaute sie verwundert an. »Das ist ja schön, dass Sie beide die Aufgaben von Großmeister Brieuc übernehmen wollen.« Dem Ton nach mochte sie keine Georgswächter oder fand zumindest, dass sie weit unter den Bediensteten des Officiums und noch weiter unter den Drachenheiligen standen.

»Es ist die einzige frische Spur, die wir verfolgen können«, stimmte Brieuc zu und gab Gerthild einen Kuss auf die Wange. »Danke sehr. Sie sind ein Schatz.« Er öffnete die Tür, und sie verließen den Raum. »Wie schnell können wir in Dresden sein, Frau Zadornova?«

»Es wäre ein Fehler, mit dem Luftschiff der *Skyguards* zu reisen. Zu auffällig«, warf Fayence ein. Sie gingen zurück zum Automobil. »Wir sollten einen regulären Zeppelin nehmen. Und auf viele Begleiter verzichten, um nicht weitere Aufmerksamkeit zu erregen.«

Silena musste eingestehen, dass er recht hatte. »Guter Hinweis.

So machen wir es.« Sie zog ihre Taschenuhr hervor. »Ich finde heraus, wann der nächste Zeppelin fliegt oder ob wir mit dem Zug schneller sind.« Sie reichte Brieuc die Hand. »Danke für Ihre Hilfe.«

»Die werden Sie immer bekommen, wenn Sie sie benötigen.« Er ergriff ihre Finger und lächelte. »Wenn Sie etwas in Dresden gefunden haben, was das Officium als wichtig einstuft, sagen Sie mir Bescheid. Ich rate Ihnen, schnell zu reisen. Prokops beste Leute der Abwehr werden schon auf dem Weg dorthin sein. Ich bringe Sie rasch zum Flugfeld.« Sie stiegen in den Wagen und fuhren los.

Nicht einmal eine Stunde später saßen Silena und Fayence im Zug nach Dresden; das eigene Luftschiff sollte ihnen mit einer Verzögerung von zwei Stunden folgen.

Da das Abteil in der zweiten Klasse voll besetzt war, konnte sich Silena nicht mit dem Ägypter über sein Verhalten in England unterhalten. Es war kein Thema, dass sie vor fremden Ohren erörtern wollte.

Sie vermutete, dass er wirklich in eine Art Jagdzwang verfiel, sobald er einen Drachen sah. Möglicherweise war es ein Gesetz des Ichneumonbunds, dass seine Kämpfer nicht eher von einem Geschuppten ablassen durften, bis sie ihn besiegt hatten.

Es ist müßig, darüber zu spekulieren. Ich muss ihn fragen, sobald es geht. Silena spielte mit der Münze und sah zu dem Koffer, den er mitgenommen hatte.

Beide trugen die notwendigste Ausrüstung mit sich. Fayence hatte seine Rüstung angelegt und darüber den weißen Mantel. Ihr fiel auf, dass sehr wenige Menschen weiße Mäntel trugen. Zusammen mit der dunkleren Haut war der Mann so auffällig wie ein heller Punkt an einem nachtschwarzen Himmel. Sie sah es an den Blicken der Mitreisenden, dass er Aufmerksamkeit erregte.

Schweigend saßen sie sich gegenüber, Fayence blickte zum Fenster hinaus.

Das Schaukeln des Zuges brachte Silena die Übelkeit zurück. Und von dem Gedanken an das ungeborene Leben hin zu Grigorij bedurfte es nur den Bruchteil einer Sekunde.

Jedes Mal, wenn sein Gesicht vor ihrem inneren Auge entstand, rangen Vernunft und Hoffnung miteinander. Mal war sie fest davon überzeugt, dass er tot in der See schwamm, mal, dass er sich in der Hand der Drachenfreunde befand, dann fürchtete sie, er liege irgendwo auf dem Areal der Absturzstelle, an einem Ort, wo ihn keiner fand und er erfroren war. Nicht zu vergessen die Ochrana des Zaren, die sie ebenso gut hatte anlügen können und ihr mit Absicht den falschen Toten präsentiert hatte, während ihr Gemahl in einem Verlies saß oder sich schon unter falschem Namen in Sibirien befand. In Verbannung.

Silena rieb sich die Augen, wischte die zwei Tränen weg, die sich gebildet hatten. *Mach dich nicht selbst verrückt. Sei stark! Du findest heraus, was wirklich mit ihm geschehen ist, und am Ende lebt er.* Sie betete, dass die britische Detektei endlich Hinweise auf ihn fand.

Das Ziel war erreicht, der Zug hielt in der Stadt, die man gemeinhin wegen ihrer Schönheit, der Brücken und der Lage am Fluss auch Elbflorenz nannte. Sie stiegen aus, das Gepäck ließen sie von einem Träger zu den Schließfächern am Bahnhof bringen.

Silena wollte die Sache erledigt wissen, bevor sie ihre weitere Mission antraten. »Herr Fayence, ich habe mich schon für meinen Schlag entschuldigt«, sagte sie beim Verstauen des Koffers.

»Ja, das haben Sie. Und ich habe die Entschuldigung angenommen«, antwortete er passenderweise kühl.

»Und dennoch verhalten Sie sich mir gegenüber sehr abweisend. Ich hatte Ihnen erklärt, warum ich handeln musste.«

Er sah sie an, die braunen Augen blitzten. »Ichneumon ist ein Jäger, ein Feind der Schlange in all ihren Formen. Wenn ich einen Drachen sehe, ist es meine Pflicht, ihn anzugreifen und ihn nach Möglichkeit zu töten.« Er ballte die Hände. »Es nicht zu tun, bedeutet eine große Schmach, solange der Angriff nicht einem Selbstmord gleichkommt«, flüsterte er. »Ddraig war so gut wie wehrlos. Ich habe damit den heiligen Ichneumon beleidigt. Es kann sein, dass er mir im nächsten Kampf seinen Schutz verwehrt.«

»Auch wenn ich es war, die Sie daran gehindert hat? Sie trifft keine Schuld, ich habe Sie niedergeschlagen«, erwiderte Silena, um ihm einen Ausweg zu zeigen. *Ich lag demnach richtig mit meiner Vermutung.*

Aber Fayence schüttelte den Kopf. »Ich war rechtzeitig wach, um wieder zurückgehen zu können und meiner Pflicht nachzukommen. Dass ich es nicht getan habe, liegt daran, dass Sie die Schlange namens Ddraig unter Ihren Schutz gestellt haben.« Er seufzte. »Diese Vorgehensweise ist mir fremd, Frau Zadornova. Ich suche Drachen, ich stelle sie und töte sie. Meistens. Aber Geschäfte mit ihnen zu machen, das widerstrebt mir. Nicht nur wegen Ichneumon.«

»Oh, das verstehe ich. Glauben Sie mir, Herr Fayence, ich verstehe das sehr gut.« Sie dachte an ihre toten Eltern, die einem Drachen zum Opfer gefallen waren. »Aber wir tun das, um eine weit größere Bedrohung auszuschalten.«

»Das weiß ich doch!«, rief er verzweifelt. »Aber es ändert nichts daran, dass ich gegen die Gesetze des Bundes von Ichneumon verstoße.«

»Das müssen Sie allein mit Ihrem Gewissen …«

»Nagib und Nitokris sind nicht nur meine Ärzte und meine Begleiter. Sie melden meine Aktivitäten an den Obersten des Bundes in Ägypten«, unterbrach er sie mit dumpfer Stimme. Er nahm sein Schwert aus dem Koffer und barg es unter dem Mantel. »Ich werde eine Bestrafung erhalten. Das ist sicher.«

»Was sehr ungerecht wäre. Bringt es Ihnen etwas, wenn ich mich für Sie einsetze?« Silena tat es sehr leid, doch zu ändern vermochte sie nichts.

»Nein.« Er atmete tief ein und drückte die Tür des Schließfachs zu. »Nun, vergessen Sie meine Schwierigkeiten. Sie haben getan, was Sie tun mussten, um dieser großen Bedrohung auf die Spur zu kommen. Ich leiste meinen Beitrag. So einfach ist das.«

Sie verließen den Bahnhof und nahmen ein Taxi, um sich zu der Adresse bringen zu lassen, die ihnen Gerthild genannt hatte. Bevor sie die Drachenfreunde bei der Polizei aufsuchten, wollten sie sich deren Heim näher ansehen.

Es war ein freistehendes Haus, umgeben von einem zwei Meter hohen Zaun. Dahinter erstreckte sich ein kleiner Garten, in dem ein Schuppen stand. Das Gebiet sah nach einem Wohnsitz für die reicheren Menschen der Stadt aus. Automobile befuhren die Straße, Pferdekutschen sahen sie nicht. Ein sicheres Zeichen für den Wohlstand der Bewohner.

Sie verließen das Taxi und wiesen den Fahrer an zu warten.

»Was tun wir?« Fayence schob das Schwert in eine Halterung an der Rüstung und drückte die Klinke des Tores nach unten. Es schwang auf. »Offen!«

»Ich nehme das als Einladung.« Silena blickte sich um. »Wir sind vor dem Officium angekommen. Das finde ich sehr gut.« Sie ging mit ihm durch das Tor, den Kiesweg entlang bis zum Treppenaufgang. Vorsichtig öffnete sie die Tür, die gehorsam aufschwang und ihr den Zutritt gewährte. »Die Polizei scheint sich sehr sicher, dass niemand versucht, in das Haus einzubrechen.« Sie zog die Luger. *Das geht mir zu glatt.*

Fayence nahm einen versilberten Revolver aus der Manteltasche. »Schauen wir nach, ob wir etwas finden.«

Sie drangen in das Haus ein.

Die Eingangshalle machte ihnen deutlich, dass die Besitzer über Geld verfügten: Übergroße Gemälde von Drachen in verschiedensten Positionen hingen an den Wänden des Treppenhauses, chinesische Drachensymbole und -ornamente zierten die Säulen und die Vertäfelungen. Gold und Silber glänzte, und Silena zählte nicht weniger als sieben Statuetten von Geschuppten.

»Jedenfalls haben sie ihren Glauben an Drachen und ihre Verehrung nicht verborgen.« Fayence zeigte auf zwei Gemälde, die mit einem schwarzen Schleier verhangen waren. Darunter standen die Namen *Fafnir* und *Grendelson*. »Sie trauern sogar um die toten Bestien.«

Silena hatte den Eindruck, dass die Besitzer aus dem Gebäude, das in klassizistischem Stil errichtet worden war, einen Tempel nach griechischem Vorbild gemacht hatten. *Ein Wunder, dass sie so lange unbemerkt leben konnten.* »In dem Bericht hieß es, dass die Kellerräume zum Bombenbau genutzt worden seien.« Sie sah sich immer noch um: Der gewaltige Leuchter an der Decke war in Form eines asiatischen Drachen gestaltet. *Verrückt.* »Wir sollten uns die anderen Räume vornehmen.«

Fayence ging zur Treppe. »Sie suchen unten.«

»Halten Sie es für eine gute Idee, dass wir uns aufteilen?«

Er hob den Revolver. »Was soll uns schon geschehen?« Dann eilte er die Treppe hinauf.

Die Luger halb im Anschlag, durchstreifte Silena zunächst das Untergeschoss und wartete darauf, dass ihre Intuition ihr einen Hinweis gab.

Sie sah, dass die Polizei die Räume schon durchsucht hatte: Schränke und Türen standen offen, die großen, dunklen Sekretäre waren durchwühlt worden, sogar die Töpfe in der Küche hatten die Ermittler ausgeräumt. Überall gab es Hinweise auf die Verehrung von Drachen in Form von weiteren Gemälden, Kunstgegenständen und Vasen; viele davon trugen asiatische Motive.

An der richtigen Adresse sind wir. Silena setzte sich in einen Sessel. *Aber etwas stört mich.* Sie blickte auf den Garten, wo der Schuppen im goldenen Schein der untergehenden Sonne badete. *Gutes Versteck.*

Sie ging hinaus, öffnete die abgesperrte Holztür mit einem kräftigen Tritt. Es roch nach Laub, Feuchtigkeit und altem Rasen. Säuberlich geordnet hingen Gartenwerkzeuge an der Wand, in den Regalen lagerten Scheren, Setzhölzer und andere Utensilien, die ein Gärtner benötigte, um Pflanzen zu pflegen.

Dieses Mal sagte Silenas Intuition, dass sie richtig war. Sie stampfte mit dem Fuß auf. Der Untergrund klang solide. Aber nachdem sie den gesamten Raum durchmessen hatte und unermüdlich fest aufgetreten war, bemerkte sie ein hohles Geräusch.

Wusste ich es doch! Sie nahm die Spitzhacke von der Wand und hebelte die Dielen auf. Darunter kam ein Griff zum Vorschein, an dem sie sogleich zog.

Es klickte, dann senkte sich ein Teil des Bodens hinab. Nach Erde riechende, unnatürlich warme und feuchte Luft stieg empor. Es erinnerte sie an ein Reptilienhaus. Und Verwesung. Sofort wurde ihr schlecht. Dieses Mal wäre ihr auch ohne Schwangerschaft zum Erbrechen gewesen.

An der Wand sah sie Vertiefungen, die als Leiter dienten. Sie leuchtete mit der Taschenlampe hinunter und sah, dass es nicht mehr als zwei Meter nach unten ging. Der Überraschungseffekt gefiel ihr besser, also sprang sie. Dass dies wegen ihrer Schwangerschaft und der Erschütterung vielleicht kein so guter Einfall gewesen war, fiel ihr zu spät ein. Beim Aufkommen federte Silena leicht in den Knien nach, richtete den Lichtstrahl und die Luger nach vorn. Trotz aller Anspannung registrierte sie erleichtert, dass es kein Ziehen in ihrem Unterleib gab.

Der Raum besaß gemauerte Wände mit Symbolen und Mosaiken daran, der Boden war mit Rindenmulch ausgestreut, Äste und Stämme lagen darin verteilt, und am hinteren Ende glitzerte ein Wasserbecken. Sie schätzte seine Ausmaße auf fünf mal fünf Meter, schwach glimmende Lampen hingen an den Wänden. Das vielfache Zischen wusste sie unverzüglich einzuordnen. *Schlangen!*

Silena leuchtete umher und riss ein Reptil nach dem anderen aus der Dunkelheit. Sie war keine Expertin, doch es handelte sich den verschiedenen Größen nach um Würge- und Giftschlangen, die hier unten versammelt waren. *Ich wusste nicht, dass sie so groß werden!* Sie sah auch die verrottenden Kadaver, die einmal Menschen gewesen waren und in denen sich die geschuppten Leiber wanden.

Die ersten Schlangen krochen auf sie zu, züngelten und hatten den Kopf erhoben.

Silena fand neben sich einen Hebel in der Wand und betätigte ihn, die Plattform mit ihr darauf fuhr in die Höhe, zurück in die sichere Hütte. *Das muss ich Fayence erzählen.* Für sie sah es nach einem Schlangenkult aus.

Sie öffnete die Tür des Schuppens – und blieb stehen: Drei Männer schlichen sich durch den Garten auf die Tür zu, durch die Silena hinausgegangen war. Sie trugen Pistolen in den Händen. Silena hob die Luger.

Einer von ihnen hatte die Bewegung bemerkt und sah zu ihr. »Achtung!« Er schwenkte die Waffe in ihre Richtung und feuerte.

Dicht neben Silena schlug das Geschoss ein und riss ein Loch in die Wand des Schuppens. Sie drückte ab und machte sich keine Gedanken darüber, ob es möglicherweise Georgswächter des Officiums, die Geheimpolizei des Kaisers oder Drachenfreunde waren. Wer sie und ihr Kind töten wollte, musste sterben. Die Kugel traf den Mann mitten in die Brust, er fiel um und regte sich nicht mehr.

Der Erste hetzte ins Haus und dachte nicht daran, seinem Begleiter beizustehen, der sich hinter einen steinernen Kübel warf und auf sie feuerte.

Silena zog sich in den Schuppen zurück. *Ich hoffe, dass Fayence gewarnt ist,* dachte sie und hörte noch mehr Schüsse, die aus dem Gebäude zu ihr drangen. Der Mann, der geflüchtet war, konnte unmöglich bereits auf Fayence getroffen sein. Es befanden sich demnach noch mehr Gegner auf dem Grundstück.

Die Kugeln durchschlugen die Bretter, aber da der Feind nicht wusste, wo sie stand, traf er nicht.

Sie nutzte die Löcher. Durch eines sah sie hinaus, an ein anderes setzte sie den Lauf der Luger und wartete, bis der Mann sich hinter dem Kübel hervorwagte. Sobald er aufstand und geduckt ins Haus rennen wollte, schoss sie nach ihm.

Das erste Projektil traf ihn ins Bein, das zweite in die Hüfte. Stöhnend fiel er um.

Damit haben wir schon mal einen, den wir befragen können. Silena eilte aus dem Schuppen und schlug den Mann ohnmächtig, dann lief sie an ihm vorbei ins Haus, aus dem noch immer heftiger Schusswechsel erklang.

Silena lud nach, arbeitete sich Raum für Raum vorsichtig voran und gelangte ins Treppenhaus. Zwei Männer lagen tot am Fuß der Stufen, zwei weitere kauerten auf den Stiegen und nahmen das obere Geschoss unter Beschuss. Eine Handgranate flog hinauf.

Die Detonation fegte die Bilder von der Wand, Schrapnelle beschädigten die Statuetten und zerschlugen Vasen und Glas.

Silena hatte den Kopf rechtzeitig zurückziehen können, die Splitter schossen an ihr vorbei und fuhren in den Rahmen. *Das war knapp.* Noch bevor sie nachschauen konnte, was mit Fayence geschehen war, explodierten zwei weitere Granaten, die Verwüstung in der Eingangshalle schritt voran. Metall klirrte, es krachte, und ein Schrei gellte. Eine Qualmwolke drang zu ihr in den Nebenraum.

Silena duckte sich, rollte sich über die Schulter ab und kniete in der Halle, die Luger dahin gerichtet, wo sie die Feinde zum letzten Mal gesehen hatte. Zu ihrer Überraschung stand sie nun drei bewaffneten Männern und einer Frau gegenüber.

Fayence kam aus dem oberen Geschoss gesprungen und landete zwischen ihnen, in den Händen hielt er das Drachenschwert. Schneller, als die Gegner handeln konnten, zuckte die Klinge nieder und tötete sie nacheinander mit gezielten Stichen durch die Oberkörper. Fast gleichzeitig stürzten sie auf die Marmorplatten.

Silena starrte Fayence an. Sein einst weißer Mantel wies zahlreiche Risse und Löcher auf, an manchen Stellen haftete Blut, und seine Rüstung war gespickt mit Eisensplittern. Nur an den ganz dünnen Stellen hatten sie die Panzerung durchdrungen und ihm Verletzungen zugefügt. Aus zwei tiefen Schrammen an der Stirn und an der Wange quoll das Rot. »Bei den Heiligen«, entfuhr es ihr. Sie ging auf ihn zu. »Sind Sie sehr verletzt?«

Er wischte sich das Blut weg. »Nein«, sagte er abwesend, die Pupillen waren klein wie Stecknadelköpfe. »Der Segen von Ichneumon war mit mir.«

Silena vermutete, dass er die Substanz eingenommen hatte, die Nitokris ihr gezeigt hatte. Die übermenschliche Geschwindigkeit hatte ihm das Leben gerettet. Sie beugte sich über die Toten und durchsuchte sie rasch. »Ich beeile mich. Ich nehme an, dass die Polizei sich bald blicken lassen wird.« Sie sammelte die Geldbörsen ein, die sie in aller Ruhe untersuchen wollte. Jeden Fetzen Papier, den sie bei ihnen fand, steckte sie ein. »Unter dem Gartenschuppen ist eine Schlangengrube. Man hat diesen Viechern Menschen zum Fraß vorgeworfen.«

Zufällig entdeckte sie bei einem der Männer eine Tätowierung am Unterarm: ein asiatischer Drache und eine Schlange waren miteinander verschlungen. Silena atmete auf. Sie hielt den Arm hoch, damit Fayence das Bild sah. »Damit haben wir den Beweis, die Richtigen getötet zu haben.«

Fayence zeigte zum Fenster. »Eben humpelt einer vorbei.«

»Das ist bestimmt der Kerl, den ich angeschossen und dann niedergeschlagen habe.« Zuerst wollte sie ihm hinterher, um auch ihn zur Strecke zu bringen, dann aber hielt sie inne. »Wir lassen ihn entkommen.«

Fayence drehte den Kopf ruckartig, als wäre er ein mechanisches Wesen; die kleinen Pupillen machten es nicht besser. Er wirkte zutiefst unheimlich. »Nein.«

»Doch. Denn er wird uns zu denen führen, die sie geschickt haben.« Sie ging zur Tür und spähte durch einen Spalt hinaus.

Der Mann hinkte aus dem Tor auf einen abgestellten Kleinlaster zu.

»Ich denke nicht, dass es die Hausbewohner waren, die uns

überfallen haben.« Sie wartete, bis sie den Motor starten hörte, dann lief sie hinaus. »Unser Taxi hat sich aus dem Staub gemacht!«

Silena hielt das nächste Automobil mit vorgehaltener Luger mitten auf der Straße an. Die Scheinwerfer blendeten sie, und sie konnte nur hoffen, dass es ein schnelles Fahrzeug war.

Der Wagen kam zum Stehen und hupte anhaltend. »Sie sind ...«

»Ruhe!« Silena stieg auf den Beifahrersitz, Fayence in den Fond. »Folgen Sie dem Lastwagen«, befahl sie dem uniformierten Chauffeur, der mit weißen Handschuhen steuerte.

»Entschuldigen Sie, aber ich muss die Herrschaften abholen ...«, stotterte er überfordert, ohne die Luger aus den Augen zu lassen, und wurde bleich.

»Das können Sie hinterher machen«, fiel sie ihm ins Wort. »Im Namen des Officium Draconis, geben Sie Gas und verlieren Sie den Laster nicht aus den Augen. Aber bleiben Sie auf Abstand, damit er uns nicht bemerkt.«

Der Chauffeur schluckte, sah auf die Straße und legte krachend den Gang ein. Er folgte dem Lastwagen, ohne fortan ein einziges Wort zu sagen. Dafür lief ihm der Schweiß in Strömen den Nacken hinunter.

Es ging zurück in die Stadt, quer durch das brückenreiche Dresden und auf der anderen Seite wieder aus Dresden hinaus. Mehr und mehr fiel die Stadtgrenze hinter ihnen zurück, die Automobile wurden weniger. Die Nacht war vollends hereingebrochen, die Lichtkegel der Scheinwerfer wurden zu verräterischen Zeichen in der Dunkelheit. Langsam wurde ihre Verfolgung auffällig.

Aber der Lastwagen behielt seine Geschwindigkeit bei. Der Fahrer machte keinerlei Anstalten, sie abhängen zu wollen. Plötzlich schwenkte er auf eine Allee ein, die zu einem großen Anwesen führte.

Silena ließ das Automobil anhalten. »Wir gehen zu Fuß weiter.« Sie sah den Chauffeur an, der mit einem Taschentuch sein glänzendes Gesicht, Hals und Nacken abtupfte. »Sie warten auf uns.«

»Sicherlich nicht«, stieß er hervor, was ihm durch den Kopf ging, und sah sie dann erschrocken an.

Silena lächelte ihm zu und zog den Schlüssel ab. »Sicherlich doch.« Sie stieg aus und rannte los; hinter sich hörte sie Fayence laufen.

Sie bewegten sich im Schutz der Bäume, während der Lastwagen auf das Tor des herrschaftlichen Backsteinhauses zufuhr, das von selbst für ihn aufschwang. Vor der großen Treppe blieb er stehen, und der Mann fiel mehr aus dem Führerhaus, als dass er ausstieg. Zwei Diener kamen herbei, stützten ihn, brachten ihn hinein.

Silena und Fayence erreichten die Mauer, liefen an ihr entlang, um näher an das Haus zu gelangen, und kletterten hinüber. Der Ägypter hatte seinen weißen Mantel ausgezogen und war mit seiner Rüstung nach wie vor auffällig. Die Eisensplitter, die darin steckten, verliehen ihm etwas Martialisches.

Gemeinsam überwanden sie das Hindernis und schlichen zu der Villa. Dort kauerten sie sich neben dem Dienstbodeneingang an die Wand und lauschten.

»Entweder hat uns niemand bemerkt, oder sie warten drin auf uns«, sagte Silena schwer atmend.

Ohne zu erklären, was er beabsichtigte, kletterte Fayence an der Fassade hinauf.

»He«, machte Silena leise und musste zusehen, wie er sich durch ein oberes Fenster schwang. Sie betrat das Haus durch den Dienstboteneingang.

Von Weitem hörte sie mehrere Stimmen, aus der Küche drang das Klappern von Geschirr. *Wo haben sie dich hingebracht?* Silena sah Blutspuren auf dem Boden und folgte ihnen. Draußen erklang das Dröhnen eines Motors, der Laster war angesprungen, dann näherte sich das Geräusch. *Sie haben ihn vom Hof gefahren.*

Die Blutspur endete vor einer Kammer, hinter der lautes, schmerzvolles Stöhnen erklang.

»Stellen Sie sich nicht so an«, sagte ein Mann harsch auf der anderen Seite der Tür. »Was tun Sie erst, wenn der Arzt hier ist und Ihnen die Kugeln aus dem Leib schneidet?« Es war eine kleine Weile still. »Sie haben wirklich Nerven, zu mir zu kommen.«

»Wo sollte ich sonst hin?«, gab der andere ächzend zurück.

»Was weiß ich denn? Jedenfalls nicht zu mir. Mein Haus ist kein Stützpunkt«, brauste der Mann auf. »Mein Vater hätte Sie weggeschickt, nein, erschossen hätte er Sie für Ihre Dummheit und Ihre Unfähigkeit. Gerade *jetzt*, gerade *heute!*«

»Sie hätten es sehen müssen, Herr Voss. Dieser Ägypter war unglaublich schnell! Ich sah durchs Fenster, wie er drei Meter durch die Luft flog und meine Freunde tötete. Binnen eines Herzschlags!«

Voss! Es konnte Zufall sein, dass der Mann, mit dem sich Grigorij in Edinburgh angelegt hatte, Voss geheißen hatte. Doch daran zu glauben, fiel ihr schwer.

»Sie halluzinieren ja, Friedrichs! Reißen Sie sich zusammen.«

»Sie hätten es sehen müssen!«, rief der Mann verängstigt und aufgebracht zugleich. »Das *kann* kein Mensch sein!«

»Ja, schon gut, trinken Sie noch was.« Voss schwieg wieder. »Besser?«

»Ja, danke.« Friedrichs klang erleichtert und unterwürfig. »Bitte, wann kommt der Arzt?«

»Jede Minute. Kann ich Sie allein lassen?«

»Natürlich, Herr Voss.«

Voss ... Stand sein Name nicht auch auf den Plänen des Neubaus für das Officium? Schritte näherten sich der Tür. Silena hielt Ausschau, wohin sie sich in Sicherheit bringen konnte. Der Besenschrank erwies sich als geräumig genug, um ihr als Versteck zu dienen. Gerade als sie die Tür bis auf einen Spalt schloss, trat Voss auf den Gang. Er trug eine schwarze Hose und passende Schuhe mit Gamaschen; über dem weißen Hemd mit Krawatte saß ein hell grünes Gilet mit asiatischen Mustern. Die Kette einer Taschenuhr baumelte vom Knopf bis zu einer Tasche. Die Haare standen in wirren Locken vom Kopf; er fuhr mit den Fingern hindurch, ohne sie bändigen zu können. »Halten Sie sich tapfer, Friedrichs«, sagte er und ging den Korridor entlang.

Folge ich ihm oder schnappe ich mir den Drachenanbeter? Auch wenn ihr Bauchgefühl ihr sagte, dem Hausherrn auf den Zahn fühlen zu sollen, entschied sie sich für Friedrichs. Er war das leichtere Opfer.

Silena betrat den Raum, die Luger in der Hand und auf die Liege gerichtet. Der Mann hatte die Augen geschlossen, eine Flasche Scotch im Arm und rührte sich nicht.

Er wird doch nicht … Vorsichtig prüfte sie seinen Puls. *Tot!*

Keine Zeit verschwendend, verließ sie den Raum und suchte nach Voss. Während sie den Gang entlangeilte, fragte sie sich, was Fayence gerade trieb. Da es keinen Aufruhr in der Villa gegeben hatte, schien er nicht entdeckt worden zu sein.

Sie entschied sich für die Treppe nach oben und gelangte in einen weiteren Gang mit zahlreichen Türen; eine davon war angelehnt.

»Hubert, haben Sie alles?«, hörte sie Voss von dort sagen. Dem Klang der Schritte nach kam er auf den Ausgang zu.

Schnell öffnete sie die Tür unmittelbar neben sich, drückte sich in den dunklen Raum dahinter und wartete ab.

»Sehr wohl, der Herr. Alles ist vorbereitet«, gab Hubert Antwort. »Ich habe den Männern gesagt, dass sie den Wagen an der Auffahrt kontrollieren sollen.«

»Gut. Schalten Sie jetzt die Lichter ein. Ich bin im Garten.«

Schuhsohlen trafen auf den gefliesten Boden, dann sah Silena ihn vorbeilaufen. Er trug jetzt einen hellgrünen Kimono mit einer weißen Schärpe über der rechten Schulter; auf seinem Kopf saß ein hoher Hut aus durchsichtigem Garn, an den Füßen steckten Schnabelschuhe. Er ging zur Hintertür und öffnete sie.

Sieht nach einer Zeremonie aus. Sie hörte das leise Summen, das Deckenlicht im Gang flackerte und wurde schwächer. Im Garten flammten dafür unzählige Lampions in den Bäumen auf. *Was wird das für ein Ritual?*

Silena pirschte sich hinaus, kroch in den Schutz eines Gebüschs.

Voss stand am Rand einer freien Fläche, hatte die Hände in die Ärmel des Kimonos versenkt und sah in den Himmel.

Er wartet auf einen Drachen. Silena schaute über die Schulter zur Villa. *Wenn Fayence das mitbekommt …*

Heftiger Wind brachte die Äste und Zweige zum Schwanken. Die bunten Lampen hüpften, tanzten, als freuten sie sich über die Ankunft des Gastes, der sich aus den Wolken zu ihnen herabließ.

Silenas Amulett leuchtete grell auf. Schnell umfasste sie es mit der Hand.

Ein asiatischer Drache mit goldenen Schuppen glitt spielerisch wirbelnd auf die Lichtung nieder und tat einen letzten Schlag mit den filigranen Schwingen, um das Aufsetzen auf die Erde weich abzufangen. Die orangefarbenen Augen richteten sich auf den Mann.

Voss neigte das Haupt vor ihm. »Lǎozǐ Nie-Lung«, rief er. »Euer ergebener Diener erwartet Euch bereits.«

XV.

13. Januar, York, Grafschaft Yorkshire, im Nordosten des Königreichs Großbritannien

Ealwhina strich durch die Shambles wie ein nervöses, aufgeregtes Raubtier. Sie hatte es nicht gewagt, ins *Golden Fleece* zu gehen.

Sie wusste, dass zumindest die Männer des Zaren auf sie warten würden; und dass der Chinese wiederum für jemand ganz anderen arbeitete, lag auf der Hand. Dann war da noch der kobaltblaue Wasserdrache, der Auftraggeber von De Bercy, Vlad und Piotr, der auch die Kugel haben wollte. Er verfügte sicherlich über weitere Getreue.

Sie hatte mit Thomas, dem Wirt, telefoniert und sich von ihm durchgeben lassen, welche fremden Gesichter sich im Pub aufhielten. »Jeden Tag andere«, hatte die Antwort gelautet. So hatte sie es immer wieder verschoben, ihre Stammkneipe aufzusuchen. Und sie war von einem Freund gewarnt worden, dass mehrere Ausländer sich nach ihr erkundigt hätten. Darunter auch ein sehr großer Chinese.

Dann sind ja meine Jäger versammelt, dachte sie verbittert. Aber das Band aus Ektoplasma, das sie mit York verband, verlangte von ihr, dass sie ins *Golden Fleece* ging. Es gab keinen Ausweg. Die Löwen warteten darauf, dass das Lamm in die Arena getrieben wurde.

Ealwhina trug die Kugel bei sich. Noch immer fühlte es sich an, als sauge das Artefakt an ihrer Kraft, aber da sie sich in York befand, ging dies wenigstens nicht mit einer verfluchten Schwächung einher. *Ich werde sie nicht freiwillig hergeben.*

»Lady Snickelway«, sagte ein Mann hinter ihr. »Endlich habe ich Sie gefunden!«

Sie drehte sich um und machte einen Schritt zur Seite, um näher an einen Hackklotz zu kommen, in dem ein Messer und ein Beil steckten. Das Gute an den Shambles war, dass man die Waffen überall greifen konnte.

Anstatt sich dem Chinesen oder einem anderen ihrer Verfolger gegenüberzusehen, blickte sie ihrem alten Bekannten Sir Shamus in die Augen. Wie immer trug er seine Edelmanngarderobe, die aus dem letzten Jahrhundert stammte und die ihn sehr auffällig machte. Doch er mochte die Kleidung und konnte sie auch nicht wechseln.

»Oh, Sie haben mich erschreckt«, sagte sie erleichtert und legte die Hand an die Brust.

»Das tut mir leid.« Er tippte sich mit dem Gehstock an die Hutkrempe. »Ich habe Sie schon lange nicht mehr gesehen. Waren Sie auf Reisen?«

»Ja. Ein bisschen auf dem Festland«, gab sie lächelnd zurück. »Aber ich bin sehr froh, wieder hier zu sein.«

»Sie sehen strapaziert aus, Mylady«, sagte er besorgt. »Was ist los?«

»Ich …« Ealwhina bemerkte die vier Männer ein Stück hinter Shamus, die so taten, als suchten sie sich Fleisch aus den Auslagen eines Schlachters. Die Schuhe verrieten ihr, dass sie nicht aus England stammten: Kein britischer Schuster würde solche Nähte machen. »Entschuldigen Sie mich, Shamus.« Sie zog das Messer und das Beil aus dem Holz und ging auf die Männer zu. *Kommt her!*

Zuerst versuchten sie so zu tun, als gehe es sie nichts an, aber je näher sie ihnen kam, desto häufiger warfen sie sich Blicke zu. Bei einem Abstand von zwei Metern zogen sie Pistolen.

»Meine Herren?« Ealwhina lächelte böse. Hitze strömte durch sie hindurch, drang in jede kleinste Zelle ihres Körpers. Sie fühlte Lust einer ganz besonderen Art, die sie in letzter Zeit häufiger, intensiver erlebte. Und sie wollte ihr endlich nachgeben! *Mir ist nach Morden zumute.*

»Händigen Sie uns das Artefakt aus«, sagte der vorderste der Männer und streckte zielend den Arm mit der Waffe. »Oder ich erschieße Ihren Freund.«

Sie lachte und blieb stehen. »Shamus, haben Sie gehört? Geben Sie acht«, grollte sie wölfisch.

Shamus zupfte das Hemd zurecht, stützte die Hände lässig auf seinen Gehstock und grinste. »Das gebe ich, Mylady Snickelway.« Er bewegte sich nicht von der Stelle.

Die Menschen in der engen Gasse suchten ihr Heil in der Flucht oder huschten in die Geschäfte, um nicht getroffen zu werden; einige riefen nach den Bobbies.

Macht schon! Die Klingen wollen euer Blut! Ealwhinas Spannung erreichte ihren Höhepunkt wie die eines Sprinters vor dem Startschuss. *Ich will euer Blut!*

»Her mit der Kugel!«, befahl der Mann, und die Pistolenmündungen seiner drei Begleiter richteten sich auch auf den Yorker.

»Nein.« Ealwhina wartete nicht länger darauf, dass sie etwas taten, sondern machte einen Schritt auf sie zu

Vier Schüsse krachten, die Kugeln schwirrten an ihr vorbei und trafen Shamus – aber sie fanden keinen Widerstand! Sie flogen durch ihn hindurch und prallten gegen die Hauswand dahinter, wo sie kleine Stückchen aus dem Stein heraussprengten.

Die Zeit ist reif zum Schlachten! Ealwhina schleuderte ihre Waffen gleichzeitig. Das Beil traf den Anführer in den Kopf, das Messer fuhr dem Mann zu seiner Linken bis zum Heft in die Brust. »Ich bewundere Ihre Skrupellosigkeit«, knurrte sie. Es bereitete ihr Genugtuung, die Seelen aus den Leibern fahren zu sehen. Und sie wollte *mehr!* »Doch Geister kann man mit Ihren Waffen nicht töten!« Sie lief auf die Männer zu, die Finger zu Klauen gekrümmt, als wolle sie die Nägel in deren Fleisch schlagen und es zerfetzen.

Shamus lachte dröhnend und streckte ihnen die Brust ihn. »Wie sieht es aus, Gentlemen? Wollt ihr mich nochmals kitzeln?«

Aus dem Gewirr der Shambles erklangen die Signalpfeifen der Ordnungshüter, die Polizei Ihrer Majestät war auf dem Weg.

Die beiden Überlebenden wandten sich um und rannten das Gässchen entlang.

Lasst mich euer Blut sehen! Ealwhina eilte zum nächsten Schlachterstand und griff sich zwei Messer, holte aus und warf sie. Noch während die Klingen durch die Luft schwirrten, nutzte sie ihre Kräfte, um überschnell zwei weitere zu greifen und sie auch zu schleudern. »Ihr entkommt mir nicht!«, schrie sie ausgelassen.

Alle Messer trafen. Tödlich verwundet stürzten die Männer in die Gosse, und die Seelen verließen die sterbliche Hülle. Ealwhina starrte auf das Blut, das unter den Leichen hervorrann. *So wunderschön rot …*

»Gute Würfe, Mylady«, sagte Shamus und tippte sich wieder an den Hut. »Sie sollten gehen, bevor die Bobbies auftauchen.«

Ealwhina zuckte zusammen, sie musste sich zwingen, die Augen weg vom Blut zu lenken. »Das sollte ich.« Sie nickte ihm zu und eilte stolpernd davon. Der Rausch verließ sie nur widerwillig, die blanke Mordlust hatte sie wieder ein Stück im Griff. Niemand würde sie in ihrer Heimatstadt so schnell aufstöbern, wenn sie es nicht wollte. Aber die Bindung an das *Golden Fleece* verlangte von ihr, wenigstens einmal über die Schwelle getreten zu sein.

Ealwhina sah den Pub, schaute die Straße nach rechts und links, überquerte sie und wollte durch die Tür treten.

»Stoi!«, wurde sie von der Seite angebrüllt.

Sie blickte nach rechts, von wo der Ruf gekommen war. Drei junge Männer in langen grauen Mänteln rannten auf sie zu. *Die Soldaten des Zaren.* Zwei glatt rasierte Gesichter erschienen am Fenster neben dem Eingang und verschwanden wieder, dann wurde die Tür aufgerissen, und zwei weitere Männer drangen auf sie ein.

Ealwhina machte drei Schritte zurück und hörte das Klappern eines Fuhrwerks. Haarscharf rauschte die Bierkutsche an ihr vorbei. *Wie gerufen.* Sie sprang auf und ließ sich mitnehmen, während die Russen hinterherliefen. Die Geschwindigkeit ihres Fluchtgefährts war nicht besonders hoch, doch es genügte, die Männer auf Abstand zu halten.

Das kann nicht so weitergehen. Ich will nicht in ständiger Besorgnis und Wachsamkeit leben, nur weil ich das Artefakt besitze. Ealwhina verfluchte bereits, dass sie die Kugel nicht jemandem gegeben oder sie weggeworfen hatte. Andererseits barg sie viele Möglichkeiten, die ihren Freunden in York zugute kommen könnten. Ihr selbstverständlich auch.

Ein Automobil tauchte hupend hinter den Russen auf und hielt an. Die stellten sich auf das Trittbrett, und die Verfolgung ging weiter. Sie holten rasch auf.

Ich kann es ihnen nicht überlassen. Wer weiß, was mit seiner Macht alles angerichtet wird. Ealwhina war eine Mörderin, doch sie unterschied zwischen den Einzeltaten, die sie beging und begangen hatte, und dem, was ein Medium mit der Kugel auslösen konnte. Ganz genau wusste sie nicht, was alles im Bereich des Möglichen lag, doch die Erinnerung an das, was am Triglav geschehen war, ließ vieles erahnen. Gutes und Schlechtes.

Sie konnte sich nicht darauf verlassen, dass der zukünftige Besitzer des Artefakts nur Gutes tun wollte. *Einmal noch werde ich dich nutzen.* Die linke Hand schloss sich um die Kugel. *Danach zerstöre ich dich.*

Die Russen fuhren parallel zu der Kutsche und versuchten, sie an ihrem Kleid zu packen.

Ealwhina wechselte die Seite und sprang aus voller Fahrt auf den Bürgersteig, ohne zu stürzen oder zu stolpern. Sie hatte sich einen Plan zurechtgelegt, und dazu musste sie auf den höchsten Turm des bekanntesten Gebäudes von York und die größte mittelalterliche Kirche des Kingdoms gelangen. Von dort oben würde sich die Kraft des Artefakts am besten und sichersten entfalten.

Sie rannte in eine Querstraße, die zu schmal für ein Automobil wurde.

Was wird das? Wieso läufst du weg?, wisperte ihre Mordlust. *Bleib doch einfach stehen und mach sie kalt! Du kannst es!*

Sie gab dem Verlangen nicht nach, auch wenn der Gedanke verlockend war. Immer wieder wurde sie gerufen, mal auf Russisch, mal in schlechtem Englisch. Als sie sich nicht darum scherte, krachten wieder Schüsse. Rechts und links von Ealwhina schlugen die Kugeln ein, zwei trafen sie in den Arm und in die linke Seite.

Sie ignorierte die Schmerzen, so gut es ging, und lief im Zickzack, von Deckung zu Deckung. Wieder gellten die Pfeifen der Bobbies, was die Russen aber nicht weiter störte. Sie feuerten noch immer und blieben der Frau auf der Spur.

Doch Ealwhina näherte sich ihrem Ziel: Über die Häuser hinweg erhoben sich die Türme des Minsters.

Tu es!, meldete sich die Mordlust lockend und fühlte sich stärker. *Nutze die nächste Gelegenheit! Töte für die gute Sache und leide endlich keinerlei Reue!*

Und schon tauchte die Gelegenheit vor ihr auf: ein Laden für

Haushaltswaren. Das Paradies für jemanden, der Werkzeuge des Todes suchte.

Ealwhinas Schritte verlangsamten sich. Eine Ausrede hatte sie sofort parat. *Die Russen sind zu dicht an mir dran. Ich kann nicht zulassen, dass sie mir in die Kirche folgen.* Schnell betrat sie das Geschäft.

Der Verkäufer, gerade beim Notieren in sein Geschäftsbuch gestört, sah die Kundin erstaunt an. »Guten Tag. Was darf ich für Sie tun, Madame?«

»Messer«, keuchte sie und blickte zur Eingangstür, durch die soeben die ersten ihrer Häscher traten.

Der Mann stellte sich auf die Zehenspitzen, den Arm hebend. »Gentlemen, bitte, benehmen Sie sich. Ich bin sofort bei Ihnen.« Dann sah er deren Pistolen und wich blass zurück. »Mein Gott!«

Ealwhina hatte die Küchenmesser entdeckt, nahm sich zwei und aktivierte ihre Kräfte. Das Artefakt schien zu ihrer freudigen Überraschung ektoplasmische Energie in sie zu pumpen und verlieh ihr zusätzliche Stärke.

Sie fuhr wie ein Blitz unter die Soldaten, die Klingen zischten durch die Luft, geführt von ihren kundigen Händen, und trafen die fünf Männer innerhalb weniger Lidschläge tödlich in Hals und Brust. *Sterben sollt ihr!*

Die Schüsse, die die Russen in ihrer Not schreiend abfeuerten, trafen sie nicht. Sie bewegte sich viel zu schnell. Die Körper fielen auf die groben Dielen, das Röcheln und Gurgeln endete.

»Viel zu schnell«, murmelte sie und sah den Verkäufer an, der sich an die Regalwand hinter ihm drückte. Ealwhina machte einen Schritt auf ihn zu und hob die Klingen. »Da ist noch einer!«, sagte sie zu ihm und lächelte fein. Doch ein Blick in die entsetzten Augen des Mannes brachte ihre brennende Mordlust auf unerklärliche Weise zum Erlöschen. *Nein! Nicht er! Er hat damit nichts zu tun! Ich töte für das Gute!*

Sie drückte den blutigen Messerrücken senkrecht gegen die Lippen als Zeichen für ihn, nicht zu schreien, woraufhin er mit weit aufgerissenen Augen nickte.

Ealwhina ließ die Klingen fallen, wischte sich über den Mund und fühlte sich schlagartig wie ernüchtert. Nachdenklich betrachtete sie die Seelen der abgeschlachteten Russen, von denen zwei auf der Erde blieben. »Willkommen in eurer Hölle«, sagte sie und lief aus dem Laden. Aus den Augenwinkeln registrierte sie die Bobbies, die aus einer Straße einbogen, und sie lief langsamer, um keine weitere Aufmerksamkeit zu erregen.

Das Minster lag vor ihr, jenes altehrwürdige Gebäude, das eine Bauzeit von zweihundertfünfzig Jahren bis zu seiner Fertigstellung benötigt hatte. Sie blickte hinauf zum höchsten Turm. Von da oben wollte sie wirken.

Wie immer sah sie die vier verfluchten Seelen, die als leuchtendes Abbild ihrer menschlichen Hülle um die Mauern strichen: zwei Priester, ein Kind und eine junge Frau. Die Menschen waren hier ums Leben gekommen und hofften auf Erlösung von ihrer Gefangenschaft auf Erden, die sie sich zu einem großen Teil ihren eigenen Taten zu Lebzeiten zuzuschreiben hatten.

In mir bebt alles. Ealwhina spürte, dass in ihr eine starke Energie floss.

Das bemerkten auch die vier Seelen. Sie wandten sich ihr zu, kamen neugierig näher und bedrängten sie stumm.

»Geht und lasst mich durch«, befahl sie ihnen. Sie wunderte sich über ihre herrschaftliche Stimme, die Autorität verströmte und die Geister in der Tat zurücktrieb. »Bald wird es uns allen besser ergehen.« Die Seelen zogen sich fügsam zurück, sie schritt zwischen ihnen hindurch.

Ihre Aufregung stieg, als sie in das Innere der langen Kirche trat. Die eindrucksvollen, riesigen Fensterfronten sorgten für ein geheimnisvolles Licht im gesamten Gotteshaus.

Das Minster war bekannt für seine Glaskunst. Westfenster, Jesse-Fenster, Glockengießer-Fenster, Saint-William-Fenster, Saint-Cuthbert-Fenster und Rosenfenster sorgten dafür, dass Neulinge niemals wussten, wohin sie zuerst blicken sollten. Sie war schon so oft hier gewesen, und immer noch nahmen sie die Bilder und Ornamente gefangen, sodass sie sich in ihrer Betrachtung verlor.

Die Zeit schien mit ihrem Eintreten langsamer zu verlaufen, Ruhe breitete sich nach den vergangenen aufregenden Minuten in ihr aus.

Eahlwhina sah Betende, die auf den Bänken saßen und mit

gefalteten Händen Zwiesprache mit Gott suchten. Auch Besucher bewegten sich im Minster umher, bestaunten die Pracht der gotischen Baukunst.

Wenn es mir helfen würde, würde ich auf der Stelle beten. Sie seufzte und schlenderte regelrecht durch die Kirche. Auf dem Weg zum Aufgang in den höchsten der drei Türme sah Ealwhina zu ihrem Lieblingsfenster, dem Five-Sisters-Window, dem Fenster der Fünf Schwestern. Es bestand aus fünf lang gestreckten Lanzettfenstern, viele Meter hoch und sehr schmal. Das mittlere gefiel ihr am besten. Es zeigte im untersten Feld Daniel in der Löwengrube.

Genau so fühle ich mich. Aber nicht mehr lange. Ich werde den Löwen ihren Grund nehmen, mich jagen zu wollen. Ealwhina erinnerte sich daran, dass das an Handarbeiten erinnernde Ornament den Schriftsteller Charles Dickens inspiriert hatte. *Hatte er es nicht in seinem Roman Nicholas Nickleby eingebaut*?

Sie stieg bedächtig die Stufen hinauf, während sich in ihr die Kraft staute und aufzutürmen schien. Es war ein Druck, der sich unter ihrer Haut aufbaute und schmerzhaft wurde. Das Artefakt erwärmte sich, die Hitze nahm sie durch die Kleider hindurch wahr. Die Zeit der Ruhe war vorbei.

Ealwhina beeilte sich, stieg höher und höher. Durch die Luke ging es nach oben, wo ein scharfer Wind sie begrüßte.

York sah, aus der Höhe betrachtet, atemberaubend aus. Die Kamine und Schlote stießen Rauchwolken aus, es roch nach Feuer und Fluss, von dem sanfter Nebel aufstieg; sie würde den Anblick vermissen.

Zeit, etwas Gutes zu tun, nachdem ich den Menschen in der Stadt so viel Leid zugefügt habe. Keine Seele soll länger ihr Dasein unter den Lebenden fristen müssen. Sie nahm die fast schon heiße Kugel in die rechte Hand und legte die Linke darüber. Sie vibrierte leicht, als wollte sie fliegen oder zerspringen. *Wie habe ich es am Triglav gemacht?*

»Ihr Geister von York«, flüsterte sie und erschrak vor ihrer eigenen, harten Stimme. »Ihr verlorenen und gepeinigten Seelen!«, rief sie dann und drehte sich dabei, um den Blick über die gesamte Stadt schweifen zu lassen. »Mit der Macht des Artefakts in meinen Fingern befreie ich euch von euren Fesseln!«

Sie sah eine golden-bernsteinfarbene Sonne in ihren Händen leuchten. Die Strahlen schossen in geschwungenen, chaotischen Kurven zwischen den Fingerlücken hervor und tauchten in die Stadt hinab. Sie suchten die Geister und Spukgestalten, und sobald sie welche getroffen hatten, knisterte es. Die Verbindung zwischen dem Artefakt und den verlorenen Seelen wurde aufrechterhalten. Zehn, dreißig, fünfzig, neunzig – es waren mehr als *fünfhundert* Energiestrahlen!

Ealwhina wurde durchgeschüttelt, als stünde sie unter Strom, aber sie fühlte keinerlei Schmerzen. »Ihr verlorenen Seelen«, schrie sie die Kraft hinaus, die sie zum Bersten bringen wollte, »streift die Fesseln ab, die Flüche und die Sünden, die euch auf der Erde halten!« Sie machte sich bereit. »Ich sende euch …«

Wu Li, der ein dunkelblaues Hemd über einer schwarzen Hose trug, das er sich direkt nach seiner Ankunft samt neuen Schuhen und Mantel in York gestohlen hatte, erstand eben in den Shambles einen Teller deftigen Eintopf, als er die Schüsse und gleich darauf die schrillen Pfeifen der Bobbies hörte.

Es mochte ein ganz anderes Verbrechen sein, das sich in den kleinen Gassen abspielte, doch irgendwie war er sich sicher, dass die Schießerei nur einer Person galt: *Snickelway!* Fluchend stellte er den Teller ab und eilte los.

Das Feuern endete nicht. Kurzerhand folgte Wu Li zunächst den Polizisten, die sich in York besser auskannten als er, dann verlagerten sich die Schüsse an einen anderen Ort. Snickelway wurde durch die Stadt gejagt.

Zuerst kam er an einer Menschenmenge vorbei, die sich um Männer scharten, in deren Rücken Messer steckten. Als er weiterlief, kam er zu einem Laden, vor dem zwei Bobbies standen und Schaulustige abdrängten. Im Vorbeihasten sah er weitere Leichen, auch sie waren mit Messern traktiert worden.

Nǐ nǎinai de! Wu Li sondierte die Umgebung. *Keine Spur von ihr.* Sein Blick blieb am Minster hängen. Wenn er sich richtig entsann, galten Gotteshäuser als ein Rückzugsort bei den Christen.

Seiner Intuition folgend, lief er zum Minster und betrat es.

Es dauerte wenige Sekunden, und er bemerkte die bekannte

Frauengestalt, welche die Treppen des Mittelturms hinaufging, als hätte sie alle Zeit der Welt. *Das ist sie!* Er lächelte und machte sich an ihre Verfolgung. *Was hat sie vor? Von dem Turm wird es kein Entkommen für sie geben.*

Sie bemerkte ihn nicht und sah nicht einmal nach hinten. Für sie schien es nur den Weg nach oben zu geben. Höher und höher schraubten sich die Stufen hinauf. Schließlich öffnete Snickelway eine Luke und schwang sich ins Freie.

Wu Li konnte sich keinen Reim darauf machen, was sie auf dem Minster wollte. Behände folgte er ihr und näherte sich gerade dem Ausstieg, als das gelbgoldene Licht aufleuchtete. *Tā mā!* Er beeilte sich und schaute vorsichtig hinaus.

Snickelway stand mit dem Rücken zu ihm und rief nach Yorks Geistern. Zwischen ihren Fingern erstrahlte die Kugel und sandte Hunderte geschwungener Energiebahnen hinab in die Stadt. Die Luft knisterte vor Spannung, bläuliche elektrische Entladungen schossen umher.

Sie hat den Verstand verloren! Wu Li konnte sich vorstellen, was sie tat. *Die törichte Frau vergeudet die Macht des Artefakts.* Er zog seinen Revolver und legte auf ihr Herz an. Zweimal drückte er ab und traf sie.

Snickelway hielt inne und hustete, dann wandte sie sich zu ihm um. Aus großen Augen starrte sie ihn an, aber die Kugel in ihren Fingern hörte einfach nicht auf zu leuchten.

Dàngfù! Wu Li schoss sein Magazin leer. Snickelway taumelte und lehnte sich gegen die Brüstung, aber sie gab die Kugel nicht frei. Sie zitterte, ihre Lippen versuchten, Worte zu formen, doch sie brachte lediglich Gestammel hervor.

»Gib her!« Wu Li warf den nutzlosen Revolver weg und griff auf seine magischen Kräfte zurück. Er schleuderte einen Strahl weißen Ektoplasmas gegen sie, der sie hart gegen den Stein presste. Die Energie drang in sie ein und brachte sie zum Leuchten. Das Knistern verstärkte sich. »Her damit, sage ich!« Er unterbrach seinen Angriff für einen Herzschlag, um Kraft zu sammeln, und jagte eine weitere Attacke gegen ihre Arme, um ihren Griff zu sprengen.

Die Finger der Frau gaben das Artefakt frei, es fiel auf den Boden und erlosch.

Endlich! Er langte danach – und schrie vor Schmerzen auf. Die Oberfläche hatte sich derart erhitzt, dass er sich schwere Verbrennungen zuzog und die Kugel sich in seinem Fleisch festbrannte. Sosehr er die Hand schüttelte, das Artefakt löste sich nicht von ihr. Stöhnend drosch er es gegen die Brüstung und kreischte schrill, als sich die Pein steigerte: Die Kugel fraß sich tiefer in ihn hinein und bewegte sich dabei in Richtung Handgelenk.

Abgesehen von den immensen körperlichen Schmerzen setzte sie Bilder in seinem Kopf frei. Sie blitzten in rascher Folge auf und bestanden aus grellen, peinigenden Farben, und er vernahm dämonische Stimmen, die seine Seele schreckten. So ähnlich klang sein Herr, wenn er mit ihm sprach, nur tausendfach boshafter, beängstigender.

Er wollte nichts davon sehen und hören, schlug um sich, als könne er Bilder und Stimmen zerschmettern, dann drosch er sich mit der Faust gegen den Schädel. »Nein! Nein!« Stinkender, heller Qualm schoss aus der Wunde. Das Artefakt wanderte weiter in den Unterarm, verbrannte den Knochen, die Adern und Muskeln.

Dem tobenden Wu Li war inzwischen alles gleich, er musste sie loswerden: die Kugel, die Bilder und die Stimmen. Er fühlte, dass ihm sein Verstand entglitt. Snickelway hockte apathisch auf dem Boden, das Kinn sank auf die Brust. »Tu was, *Jī*!«, schrie er sie an und wimmerte. Blut rann ihm aus Mund und Nase. »Ich verbrenne! Ich halte es nicht mehr aus! Diese Stimmen …!«

Die Kugel hatte den Ellbogen erreicht; zischend verdampfte Gelenkschmiere. »Aufhören! Das muss auf…« Wu Lis Rufe gingen in seinem erneuten, hysterischen Kreischen unter. Er ertrug nicht mehr und wuchtete sich über die Brüstung. *Es muss aufhören!*

Nach dreißig Metern endete sein Sturz auf dem Dach des Minsters, diesen Aufprall spürte er noch. Er rutschte von dort die Schräge hinab, glitt über den Rand und schlug mit dem Gesicht voran auf dem Kopfsteinpflaster auf.

Die Qualen und sein Leben fanden ein Ende.

12. Januar 1927, Dresden, Königreich Sachsen, Deutsches Kaiserreich

Silena kauerte hinter dem dichten Busch und umklammerte ihr Amulett, regte sich nicht und verfolgte, was Voss mit dem Drachen zu besprechen hatte. Sie hoffte, dass der Mann dabei möglichst viel redete. *Wenn sich die Asiaten ebenso geistig mit Menschen unterhalten wie die europäischen, muss ich mir vieles zusammenreimen.*

Nie-Lung neigte den Kopf.

»Lǎozǐ, alles ist vorbereitet. Mein Vater hat mir heute am Telefon versichert, dass die Drachen in Sicherheit sind. Er wartet auf Euren Befehl, Lǎozǐ, und er wird sie in die Freiheit entlassen.«

Nie-Lung legte das Haupt leicht schräg.

»Nein«, sagte Voss. »Lǎozǐ, es bedarf keiner großen Anstrengung. In wenigen Tagen haben wir die restlichen faulen Wertpapiere in Umlauf gebracht, und Vater wird über Mittelsmänner Kredite einfordern. Es wird kaum mehr aufzuhalten sein. Die Investoren sollen sich bereithalten.« Er schien dem Drachen zu lauschen. »Ja, Lǎozǐ.« Jetzt wirkte er peinlich berührt. »Nein, wir haben sie nicht ausgeschaltet. Wir haben sie zwar in eine Falle locken können, doch sie ist ihr entkommen. Sie hatte einen Mann bei sich, einen Ausländer, wie mir einer meiner Leute sagte. Er bewegt sich schneller als ein sterbliches Wesen und trägt ägyptische Zeichen auf seiner Rüstung. Kennt Ihr ihn, Lǎozǐ?«

Der Drache bewegte den Kopf verneinend von rechts nach links und wieder zurück.

Das ist gut zu wissen, dachte Silena. *Je weniger über Fayence bekannt ist, desto besser.*

Wieder schwieg Voss. »Wir wissen nicht, wo sie abgeblieben ist«, sagte er. »Aber was immer sie vorhat, sie wird Euren Plänen nicht gefährlich. Nach dieser Unterredung mit Euch, Lǎozǐ, rufe ich umgehend meinen Vater an. Er wird die zweite Welle auslösen. Die Drachenjäger, die bisher überlebt haben, werden ausgemerzt werden. Und vom nächsten Schlag wird sich das Officium nicht mehr erholen. Der Untergang der Drachenfrevler wird mit dem wirtschaftlichen Untergang des Kaiserreichs einhergehen, damit unser aller göttlicher Herr ein Zeichen setzen kann.« Er verneigte sich tief. »Ich bedanke mich für Euer Lob, Lǎozǐ, doch ich bin nur ein Werkzeug des Göttlichen, das ich in Eurer Gestalt vor mir sehe.«

Silena wurde eiskalt. *Was haben sie noch vorbereitet?* Sie konnte es kaum abwarten, dass sie den Mann in die Finger bekam, um ihn zu befragen.

Der Drache schlug mit den Schwingen und hob ab.

Voss verharrte in der vorgebeugten Haltung, der hellgrüne Kimono flatterte, Blätter wirbelten in dem künstlichen Sturm umher. Als Nie-Lung verschwunden war, kehrte Voss ins Haus zurück.

Silena kroch aus dem Gebüsch, rannte ihm nach und hob die Luger. Er hatte ihre Schritte gehört und wandte sich halb um.

»Keine schnelle Bewegung, Voss«, sagte sie zu ihm und trat näher. »Ich habe zwar nur Ihre Hälfte der Unterredung mitbekommen, aber sie war aufschlussreich genug.« Silena packte seinen Ärmel. »Sie gehen mit mir ins Haus und sagen, welche Pläne Sie verfolgen und wer Ihnen dabei geholfen hat, mich in die Falle zu locken.«

»Sie haben den Lastwagen verfolgt, richtig?«, entgegnete er kaum überrascht, als habe er sie erwartet.

»Kann sein.«

Er atmete ein. »Friedrichs, dieser Idiot. Dass er tot ist, tröstet mich dabei nur wenig.« Voss sah auf die Luger. »Wenn Sie hier sind, ist Ihr ägyptischer Freund auch nicht weit. Aber was immer Sie mit mir tun, Sie können von diesem Anwesen nicht mehr entkommen.«

Silena stieß ihn an, sodass er auf das Haus zustolperte. »Solange Sie einen Telefonanschluss haben, und den haben Sie, *muss* ich nicht entkommen.« Sie presste ihm die Mündung in den Nacken. »Falls einer Ihrer Handlanger auftaucht, sollten Sie ihm sagen, dass ich Sie sofort erschieße, wenn man mich angreift.«

»Was wäre denn, wenn ich gar nicht so viel auf mein Leben geben würde?« Er versuchte, teilnahmslos zu klingen.

Silena lachte. »Oh, das glaube ich nicht. Sie und Ihr Vater helfen dem Geschuppten nicht aus Spaß. Sie wollen Geld, Macht, was auch immer. Da Sie denken, Sie könnten als Sieger aus unserer Begegnung hervorgehen, werden Sie leben wollen.«

Gemeinsam betraten sie die Villa, Silena ließ sich in das Arbeitszimmer führen. Unterwegs begegneten sie niemandem, was Silena nicht weiter störte.

Sie gelangten in einen hohen, großen Raum, in dem viele Regale mit Büchern und Ordnern standen. Am Fenster befand sich ein schwerer Arbeitstisch mit drei Telefonen darauf. Silena wies Voss an, auf dem Stuhl vor dem Tisch Platz zu nehmen, sie selbst setzte sich in seinen Sessel.

»Schau einer an: viele Telefone«, sagte sie gespielt überrascht. »Damit wäre der Kontakt zur Außenwelt sichergestellt.« Ihr Blick wanderte zu Voss. »Wie kann ich Sie dazu bringen, mir zu verraten, was Sie, Ihr Vater und die Drachenanbeter planen?«

Voss legte ein Bein über das andere und rückte den Kimono zurecht. »Das würde ich mich an Ihrer Stelle ebenso fragen.« Er grinste und zog den Hut ab. »Sie haben keine Ahnung, was bald geschehen wird«, sagte er heiter und rieb sich die Hände. »Diese Vorfreude ist unglaublich beglückend.«

»Sie haben eines vergessen: Sie müssten Ihren Vater anrufen, um diese zweite Welle auszulösen.« Sie richtete die Luger auf seine Stirn. »Kein Anruf, keine zweite Welle.«

Er sah auf die Standuhr neben dem offenen Kamin. »Mein Vater pflegt mich anzurufen, meistens gegen kurz nach sieben Uhr abends. Wir haben vereinbart, dass er in dieser wichtigen Phase unserer Mission die nächsten Schritte einleitet, wenn ich mich nicht melden sollte.« Er legte die Hände entspannt hinter den Kopf. »Wir rechnen mit möglichst vielen Eventualitäten, und dazu gehört auch, dass die Polizei oder der Geheimdienst einem von uns auf die Schliche kommen.«

»Dass ich lebe, war nicht eingeplant.«

»Nicht zum derzeitigen Augenblick«, stimmte er ihr zu. »Aber so lange werden Sie nicht mehr auf der Erde weilen. Ihr ägyptischer Freund wird Sie in den Tod begleiten.«

»Denken Sie?« Silena hob den Hörer ab und wählte die Nummer des Officiums in der Hohenzollernstraße.

»Was machen Sie da?«, wollte er wissen, nun nicht mehr ganz so souverän wirkend.

Silena legte den Hahn nach hinten. »Hier ist Zadornova«, sagte sie, als sie die Stimme der Telefondame vernahm. »Ich möchte Großmeister Brieuc sprechen.«

»Ich verbinde.«

Voss biss die Zähne fest zusammen, als er verstand, mit wem sie reden würde, aber er wagte nicht, sich zu bewegen.

»Hallo?«, hörte sie Brieuc sagen.

»Hier ist Zadornova«, sagte sie rasch. »Hören Sie mir zu: Die Drachenfreunde planen einen neuerlichen Anschlag auf das Officium.« In aller Kürze berichtete sie, was sie im Garten vernommen hatte. »Ich werde aus Voss aber in der Kürze der Zeit wohl nicht herausbekommen, was geplant ist. Kümmern Sie sich um das Officium, Großmeister.«

»Das tue ich sofort«, antwortete er aufgeregt. »Bei den Heiligen! In was sind Sie denn da geraten?«

»Eine Verschwörung, deren Ausmaße ich noch nicht kenne«, antwortete sie.

»Haben Sie eine Ahnung, wer der Verräter in unseren Reihen ist?«

»Sie meinen, wer mich in die Falle locken wollte?« Silena dachte blitzartig nach. »Finden Sie heraus, wer Ihnen die Nachricht von den Drachenfreunden gesandt hat. Denjenigen sollten Sie unverzüglich festnehmen und verhören. Vielleicht kennt er weitere Geheimnisse.«

»Ich veranlasse es auf der Stelle.«

»Und, Brieuc: Senden Sie ein Telegramm in das walisische Dörfchen Ruthin, in den örtlichen Pub. Sie sollen Leída vor einem möglichen Angriff warnen.«

»Gut. Geben Sie auf sich acht!« Er legte auf.

»Wie niedlich«, kommentierte Voss. »Sie wollen Ihre narbengesichtige Freundin retten?« Er lachte, schlug die Hände zusammen. »Machen Sie nur! Dennoch werden Sie auch deren Ableben nicht verhindern.«

»Reden Sie nur, was immer Sie wollen, Voss.« Silena erlaubte sich einen erleichterten Atemzug. *Leída und Brieuc sind gewarnt. Jetzt musste sie herausfinden, was es mit den faulen Wertpapieren, Krediten und Investoren auf sich hatte, die für Nie-Lung auf eine Gelegenheit lauerten.*

»Sie sehen erleichtert aus«, meinte Voss gelangweilt. »Sie freuen sich zu früh. Das kann ich Ihnen schon mal versichern.«

»Ich gebe Ihnen die Gelegenheit, mir zu erklären, was Sie mit den Wertpapieren beabsichtigen. Wieso soll das deutsche Kaiserreich geschwächt werden, und von welchem Zeichen, das gesetzt werden soll, war die Rede?«

Voss hatte sein Grinsen nicht verloren. »Sie erinnern mich an eine Ratte, die durch ein Labyrinth rennt und auf der Suche nach dem Käse ist.« Er lehnte sich wieder betont lässig nach hinten. »Dabei geht es gar nicht um den Käse. Das Wichtige ist *außerhalb* des Labyrinths. Dahin werden Sie niemals gelangen.«

Silena wusste nicht, wie sie Voss zum Sprechen bringen sollte. Ihre Blicke richteten sich auf die Ordner, die sich meterhoch stapelten. Das Geheimnis lag zwischen ihren Deckeln verborgen, aber sie hatte weder das Wissen über Wirtschaft noch die Zeit, alle Unterlagen zu durchsuchen. *Eine Sackgasse.* Böse funkelte sie Voss an. »Herr Voss, Sie sind hiermit wegen Konspiration gegen den deutschen Kaiser festgenommen«, sagte sie. »Ich überstelle Sie der nächsten Gendarmerie ...«

»So? Zeigen Sie mir mal Ihre Beweise«, fiel er ihr ins Wort und lehnte sich nach vorn.

»Ich werde meine Zeugenaussage zu Papier bringen.«

»Sicher!« Voss wieherte vor Lachen.

»Danach wird der Geheimdienst Seiner Majestät Sie verhören, die Villa durchsuchen und auch Ihren Vater festnehmen«, zählte sie entschlossen auf. *Wenn er nicht gleich aufhört zu lachen ...*

»Ausgezeichent! Sie sind köstlich!« Voss wischte sich die Heiterkeitstränen vom Gesicht. »Mein Vater ist ein persönlicher Freund des Kaisers«, sagte er glucksend. »Er hat ihm im letzten Jahr eine Million Mark gegeben, einfach so. Für persönliche Ausgaben. Ein Drittel der deutschen Wirtschaft wird von meinem Vater direkt beherrscht, in einem weiteren Drittel hat er Anteile, die ihn zu einer entscheidenden Figur machen.« Er putzte sich die Nase. »Wissen Sie, wer an Macht gleich nach dem Kaiser kommt?« Er tippte sich an die Brust. »*Dieser* Name. Und nicht einer wird sich daran vergreifen wollen.«

»Ich werde es darauf ankommen lassen müssen.« Silena ärgerte sich über die Selbstverliebtheit des jungen Mannes und die Tatsache, dass er vermutlich recht hatte. Er hielt in diesem Spiel alle Trümpfe in der Hand, sie selbst dagegen war die Außenseiterin, die Großmeisterin mit dem falschen Namen. Sie hob den Hörer ab.

»Was macht Ihre verlorene Liebe? Haben Sie Ihren Gatten schon gefunden?«, sagte er mit einem vorgetäuscht mitfühlenden Tonfall. »Die Detektei, die Sie angeheuert haben, scheint hilflos zu sein.« Er stieß ein boshaftes Lachen aus. »Sie werden ihn niemals aufspüren!«

Silena fühlte sich, als habe ihr jemand das Herz zusammengepresst. Sie hängte wieder ein. »Sie haben etwas mit dem Anschlag zu tun?«

Voss lachte meckernd. »Es ist ja sehr leicht, Sie die Fassung verlieren zu lassen. Eine kleine Anspielung, und Ihre Contenance geht den Bach hinunter. Von einer so bekannten Kämpferin hätte ich etwas mehr erwartet.«

Sie sprang auf und schlug ihm mit der Luger gegen die Stirn, sodass er seitlich vom Stuhl kippte. Blut spritzte aus der Platzwunde auf den teuren Teppich. »Was ist mit meinem Mann geschehen?«, rief sie außer sich.

»Was wohl?« Voss hatte sich auf alle viere gestützt, er kämpfte mit Schwindel. »Er ist verglüht. Wie alle anderen, die sich in dem Zeppelin befunden haben. Es war so einfach, das Ding vom Himmel zu schießen.«

Sie umrundete den Tisch und trat ihm in die Seite, Rippen knackten. »Halten Sie das Maul!«

Voss schien Gefallen an Schmerzen und Provokation zu haben, denn er schwieg nicht. »Wir dachten, dass wir Sie damit ein bisschen beschäftigt halten und Sie nach Russland reisen werden, um seinen Tod zu erforschen. Es war der Einfall meines Vaters.« Er lachte. »Zadornov hat eine tolle Fackel abgegeben, wie ich hörte.«

»Halt's Maul!« Sie schlug von oben zu, mit dem Knauf an seinen Hinterkopf.

In dem Augenblick öffnete sich die Tür, und ein Diener stand auf der Schwelle.

»Sie bleiben!« Silena hob die Luger. »Kommen Sie …«

Voss zog ihr die Beine weg, und sie fiel neben ihm auf den Boden.

Sofort schwang er sich auf sie, bog ihr die Hand nach hinten, und ihre Finger öffneten sich von selbst. Die Pistole wechselte den Besitzer. »Rufen Sie die Männer, Kalthaupt. Sie sollen die Villa von oben bis unten durchsuchen. Hier läuft jemand herum, der hier nichts zu suchen hat. Und den ich tot sehen möchte. Schicken Sie mir außerdem Müller und Weiß. Wir gehen.«

Silena rührte sich nicht. Er saß auf ihrem Bauch, auf dem ungeborenen Leben. Auch wenn er davon nichts spürte, *sie* wusste es und hatte Angst um das Kind.

Der Diener nickte und verschwand.

»So schnell ändern sich die Vorzeichen.« Voss drückte die Mündung gegen ihre Schläfe und simulierte das Geräusch eines Schusses. »Sie haben es bald hinter sich. Ich hatte zwar kurz mit dem Gedanken gespielt, Sie als meine Gefangene am Leben zu lassen und Ihnen bald den neuen Kaiser von Deutschland präsentieren zu dürfen, aber es wäre zu gefährlich.« Er stand auf und hielt weiterhin auf sie angelegt.

Die Tür öffnete sich nach knappem Klopfen. Sechs Männer betraten das Büro, vier von ihnen waren mit MP18 bewaffnet, die anderen zwei trugen Aktenkoffer mit sich. »Herr Voss, Sie haben uns rufen lassen?«, sagte einer der Bewaffneten.

»In der Villa ist ein Mann. Findet ihn und bringt ihn um, aber passt auf. Er ist äußerst gefährlich. Friedrichs hat er schon erledigt.« Er winkte die Männer mit den Koffern näher, die anderen verschwanden hinaus. »Weiß, Müller, einpacken. Nur die wichtigsten Unterlagen und Schuldverschreibungen. Sie wissen, worauf es ankommt.«

Die beiden nickten und gingen zu den Regalen, zogen zielsicher Ordner und Mappen heraus, öffneten sie und entnahmen ihnen Blätter.

Voss bedeutete Silena, sich zu erheben. »Hoch mit Ihnen. Ich zeige Ihnen den Garten ein letztes Mal.«

Silena stemmte sich in die Höhe. Ihr wollte nicht einfallen, was sie gegen den Mann ausrichten konnte. Notfalls blieb ihr nur der direkte Angriff.

»Wissen Sie, was ich witzig finde?«, sagte er und führte sie zur Tür hinaus. »Dass Sie mir die Sache mit Ihrem Mann geglaubt haben.«

Sie spie auf den Teppich.

Voss versetzte ihr einen Tritt. »Lassen Sie das!«

Sie torkelte gegen eine Säule, glitt ab und klammerte sich an eine Ritterrüstung. Das Scheppern und Reiben des Metalls war sehr laut; sie konnte sich gerade noch festhalten, bevor sie die Treppe hinabgestürzt wäre. *Wenn er näher kommt, werde ich ihm die Luger entreißen.* Silena hielt sich bereit und packte den Brustharnisch der Rüstung, um ihn als Waffe einzusetzen.

Aber sie vernahm keine Schritte. Voss war stehen geblieben.

Sie sah hinter sich. »Fayence!« Ihr fiel mehr als ein Stein vom Herzen.

Der Ägypter stand über Voss, der gekrümmt am Boden lag, Blut rann von dem Schwert, dessen Spitze zu Boden zeigte. »Ich kümmere mich um die Männer«, sagte er und klang noch immer mechanisch.

Ich habe ihn nicht gehört. Er tötet sogar lautlos. »Sind Sie sicher?« Sie wollte ihn in dieser Lage nur ungern allein lassen.

»Ich bin sicher.« Er sprang auf das Geländer und drückte sich ab, verschwand in der Tiefe.

Weiß und Müller! Die Beweise, die ich brauche, um den Kaiser zu überzeugen! »Kommen Sie danach ins Arbeitszimmer!«, rief sie ihm nach. »Ich erwarte Sie dort.« Silena machte kehrt, nahm ihre Pistole wieder an sich und stürmte geradewegs in den Raum zurück.

Weiß und Müller arbeiteten noch immer an den Regalen, aber sie erschraken, als sie die Drachenheilige vor sich sahen. Sie hoben beide die Hände, in denen sie Blätter hielten.

Silena zeigte auf die Koffer. »Was hat es mit diesen Unterlagen auf sich?«

Sie wechselten schnelle Blicke.

Sie sind unsicher. Und garantiert nicht bereit, für diese Sache zu sterben. »Voss ist tot, wie Sie sich denken können.« Sie visierte Müller an. »Sie können Ihrem Chef folgen oder mir ein paar Fragen beantworten.«

»Sag kein Wort«, zischte Weiß seinen Kollegen an.

Silena schoss ihm daraufhin in den Oberschenkel. Mit einem Schrei fiel er um und hielt sich stöhnend die Wunde. »Lassen Sie

Ihren Kollegen reden, wenn er möchte. Zu Ihnen komme ich noch.« Sie sah Müller streng an und richtete die Mündung auf ihn. »Was hat Voss vor?«

Die große Standuhr verkündete mit vier dröhnenden, satten Schlägen, dass die volle Stunde erreicht war, danach folgten sieben hellere.

In das Verklingen des letzten Tons hinein schrillte das mittlere Telefon: Wilhelm Voss wollte seinen Sohn sprechen.

XVI.

13. Januar, York, Grafschaft Yorkshire, im Nordosten des Königreichs Großbritannien

Ich … ich fühle keine Schmerzen. Ealwhina stemmte sich in die Höhe und sah über die steinerne Brüstung auf den Platz vor dem Minster, wo Menschen aus verschiedenen Richtungen angelaufen kamen. Erneut rannten Polizisten herbei. Das musikalisch schlichte Konzert der Zweitonpfeifen war in dieser Höhe nur leise zu hören.

Eine breite, dunkle Blutspur führte vom Schieferdach bis zur Kante und kennzeichnete die Strecke, die der Chinese nach seinem ersten Aufschlag gerollt war. *Wenn er das überlebt hat, wird ihm der zweite Sturz das Leben gekostet haben.*

Ealwhina ließ den Blick über York schweifen und wartete darauf, dass sich die Silhouetten der Geister und Spukgestalten zeigten. Sie war sich nicht sicher, ob ihr die Befreiung in gleichem Maße gelungen war wie am Trigalv. Möglicherweise hatte sie den Auszug der verlorenen Seelen verpasst, weil sie zu lange gebraucht hatte, um sich von der Attacke zu erholen.

Sie senkte den Blick auf ihre leeren Hände. *Die Kugel! Er hat sie mit in die Tiefe gerissen.* Sie eilte zur Luke. *Ich muss das Artefakt vernichten. Es hat seinen Dienst getan und soll keinen weiteren tun.*

Bevor sie den Ausstieg erreichte, erschien die schwarze Helmspitze eines Bobbies im viereckigen Loch. Er erklomm die letzten Sprossen und kletterte hinaus, ein betagter Kollege folgte ihm.

Sie zögerte, war unschlüssig. Der einzige Ausweg war ihr versperrt. *Sei eine gute Schauspielerin. Du bist noch zu schwach, um dich mit ihnen anzulegen.* »Guten Tag, Gentlemen«, sagte Ealwhina. »Ich bin äußerst …«

Der Rechte hob den Arm und zeigte mit dem Schlagstock auf sie, die Blicke gingen jedoch durch sie hindurch. »By Jove! Da liegt eine!«

»Zehn zu eins, dass sie tot ist«, gab der andere Polizist zurück und ging direkt auf sie zu.

»Entschuldigen Sie?«, rief sie. »Gentlemen, ich …«

Der Mann beachtete sie nicht – und marschierte durch sie hindurch!

Ealwhina hatte die Luft angehalten und drehte sich verwirrt um. *Ihr Geister von …* Sie sah sich selbst auf dem Boden hocken, die Beine ausgestreckt und den Rücken gegen die Brüstung gelehnt. Aus ihrem Oberkörper lief das Blut aus vielen Löchern und sickerte über die Steinplatten, ihr Kopf war zur Seite geneigt.

Ich bin … tot!? Sie schaute an sich herab. *Oh mein Gott. Ich bin eine von ihnen geworden! Wie ist … Aber wie? War an seinen Geschossen etwas Besonderes?*, dachte sie verzweifelt.

»Tot«, sagte der Bobby, der neben ihrer Leiche stand und ihren Puls am Hals gesucht hatte.

»Ist das ein Wunder, bei der Menge an Einschusslöchern?« Der zweite Polizist betrachtete ihr Gesicht. »Sag mal, Ruthington, sieht sie nicht aus wie die junge Lady Snickelway?«

»Du hast recht!« Der Ältere pfiff durch die Zähne. »Aber sie hieß nicht Snickelway, und eine echte Lady war sie schon mal gar nicht. Ihr Name ist Molly Smith. Sie war eine Hure, die im *Golden Fleece* auf ihre Freier wartete, hat mir Bishop erzählt. Eine schillernde Frau, immer in den Snickelways unterwegs. Bis Seine Lordschaft kam und sie heiratete. Sie konnte sich noch so sehr Lady Blackburn nennen, beim Volk war sie Lady Snickelway. Man hat sie für den Rest ihres Lebens unter Hausarrest gestellt.« Der Bobby sah auf ihre erstarrten Züge. »Die Mörderin müsste steinalt sein. Wenn sie eine Tochter hat … na, die hier könnte es sein.«

»Wohl eher nicht.« Sein junger Kollege schob sich den Helm ins Genick und sah über den Rand des Turms. »Ah, da ist der Chinese runtergefallen. Aufgeschlagen und weitergerollt.«

Ich wurde niemals wegen Mordes verurteilt!, rief Ealwhina empört, ohne von ihnen gehört zu werden.

»Sie wurde nicht wegen Mordes verurteilt«, sagte Ruthington gleich darauf zu ihrer Freude. »Die Indizien sprachen zwar alle gegen sie, aber der entscheidende Beweis fehlte. Ihr Mann hat sich auf einen Handel mit dem Lordrichter eingelassen, hieß es.« Er drückte der Toten die Augen zu. »Auf die Geschichte, die sich hier auf dem Turm abgespielt hat, bin ich neugierig. Ob das mit den Vorfällen in der Stadt zusammenhängt?«

»Zehn zu eins, dass ja«, erwiderte der andere. »Ich habe gehört, dass der Ladenbesitzer sagte, eine junge Frau habe die Männer umgebracht.«

»Vielleicht kann uns Seine Lordschaft etwas dazu sagen. Was für eine Tragödie, wenn das Snickelways Tochter ist.« Ruthington erhob sich und ging zur Luke. »Bleib du oben und pass auf, bis der Inspektor da ist. Ich sage Bescheid, dass es zwei Leichen gibt.«

Ealwhina wusste noch immer nicht, was sie tun sollte. *Meine Taten halten mich nach wie vor in York.* Das Band aus Ektoplasma war jedoch verschwunden.

Was die Bobbies nicht ahnen konnten: Ealwhina besaß die Fertigkeit, ihren Astralleib in ihrer jungen Gestalt auf Wanderschaft zu schicken, während ihr gealterter Körper zu Hause in dem Anwesen ihres Gemahls auf dem Krankenbett lag und von Ärzten versorgt wurde.

Wenn sie mit ihrem Astralleib und ihrer Seele unterwegs war, senkte sich ihr körperlicher Herzschlag ähnlich dem indischer Gurus fast auf Null. Die Ärzte, die das Phänomen für ein jahrelanges Leiden und schwerste Narkolepsie hielten, zwangen dem Körper Essen und Trinken in den Schlund und bewahrten ihn vor dem Tod. Andernfalls hätte sie keine Reisen von fünf Tagen unternehmen können.

Ealwhina hatte es durch Zufall herausgefunden und ihre Fertigkeit in aller Heimlichkeit geschult und perfektioniert. Der lebenslange Hausarrest verschaffte ihr die nötigen Stunden, Tage und Wochen dazu. Ihre Seele nahm Gestalt an und bewegte sich umher, als reale Person mit vielen Vorteilen gegenüber einem normalen Menschen. Aber auch mit Nachteilen: Kehrte sie nicht rechtzeitig zurück, trennten sich Seele und Leib für immer, hatte sie in den Büchern lesen müssen. Was das für sie bedeutete, hatte sie niemals herausfinden wollen.

Heute jedoch war es noch schlimmer gekommen: Ihr Astralleib war zerstört worden. Dabei verhielt er sich gegenüber äußeren Einflüssen sonst äußerst widerstandsfähig und scherte sich nicht zu sehr um Verletzungen … Plötzlich fiel ihr eine mögliche Lösung ein. *Der Chinese hat mich mit Ektoplasma angegriffen! Diese Energie war in der Lage, meinen Astralleib zu vernichten.*

Der Bobby sah auf die vermeintliche Leiche, die plötzlich flackerte und verschwand. »Was, zum …« Er bekreuzigte sich. Leise klirrend fielen die Pistolenkugeln auf den Stein, und nur das Blut des Körpers blieb. »Ruthington!«, schrie er in die Luke. »Ruthington, um Himmels willen, komm sofort wieder zurück!«

Ealwhina drückte sich ab und flog vom Minster, senkte sich langsam auf den Boden, neben die Leiche des Chinesen. *Du hast mich getötet! Getötet und zum Geist gemacht!* Sie sah sich um, ob sie seine Seele entdecken konnte. Wenn es jemand verdient hätte, ihr als Spukgestalt Gesellschaft zu leisten, dann er.

Bobbies drängten die Menschen ab, die sich neugierig um die Leiche scharten.

Ealwhina hegte die Hoffnung, dass sie mit dem mächtigen Artefakt etwas gegen ihre Vernichtung unternehmen konnte, was ihren Astralleib zurückbrachte. *Nein!* Sie stierte auf die feinen karamellfarbenen Splitter, die sich um den verschmorten Armstumpf des Mannes verteilt hatten und teilweise im schwarz verbrannten Fleisch steckten.

Es ist zerstört! Sie schlug die Hände vors Gesicht und wollte weinen. Aber es gelang ihr nicht. Sie konnte es nicht. Der Schmerz blieb in ihr stecken, es gab keine Linderung für sie.

»Ealwhina«, vernahm sie eine Stimme. »Ealwhina, da bist du!«

Sie wandte sich um, nahm die Finger von den Augen.

Lady Alice kam auf sie zu, und hinter ihr folgten die Bekannten aus dem *Golden Fleece*. Sogar der römische Soldat und der griesgrämige alte Mann hatten sie begleitet. De Bercy, Sir Shamus und sämtliche Spukgestalten, die Ealwhina kannte, strömten auf das Minster zu.

Bei den … Geistern von York, hatte sie innerlich sagen wollen, als ihr eingefallen war, dass sie fortan eine von ihnen war. Offenbar nahm man es ihr übel, dass die Befreiung der Seelen gescheitert war. *Können sie mich zerreißen?*

Lady Alice blieb vor ihr stehen – und strahlte sie an, schloss sie mit einem glücklichen Lachen in die Arme. »Wir sind Ihnen so dankbar«, jauchzte sie.

Sie versuchte sich an einem Lächeln. »Ach ja?«

Die Menschen auf dem Platz konnten die Geister nicht sehen, aber sie spürten deren Anwesenheit. Sie fröstelten, ihnen wurde sichtbar unwohl, einige Kinder begannen zu weinen und zerrten an den Armen ihrer Mütter, um den Ort verlassen zu können.

»Aber sicher! Wir haben alle gesehen, dass Sie es waren, die vom Turm aus die Strahlen sandte, die uns befreiten.« Lady Alice herzte sie erneut. »Und Sie haben ihr Leben gegeben, um uns diese Freiheit zu schenken. Das werden wir Ihnen niemals vergessen.«

Bloody heavens! Ich habe versagt. Ealwhina war am Boden zerstört. Sie hatte ihr Leben gegeben und es nicht einmal geschafft, wenigstens die Geister von York zu erlösen und in den Himmel zu senden. Auch dass sie ihnen Bewegungsfreiheit verliehen hatte, war kein Trost.

»Wir können tun, wonach immer uns der Sinn steht!«, rief der Junge in der viktorianischen Kleidung aufgeregt. »Ich kann überall hin. Oh, ich werde endlich jeden noch so kleinen Winkel der Stadt erkunden.«

Der Römer sagte etwas, und einer der Geister übersetzte das Latein. »Es ist von nun an unsere Stadt!« Der Legionär reckte den Kopf. »Wir alle sind schon viel länger hier als die Menschen, die in den Mauern von Eboracum leben. Ich finde, dass sie es wissen sollten, *wer* die Herrscher von York sind.« Er hob das Pilum. »Wir, die Unsterblichen!«

Die Geister johlten und riefen ihre Zustimmung.

Ealwhinas Verzweiflung schwand angesichts dessen, was sich da andeutete. Sie schaute nach den echten Menschen, die sich vom Minster zurückzogen, ohne dass die Bobbies sie weiter ermahnen mussten. Aus einer Attraktion für Besucher war unversehens mehr geworden. Eine Revolution bahnte sich an.

»Mylady Snickelway, Sie, als unsere Wohltäterin, sollen uns führen.« Sir Shamus trat nach vorn. »Es ist nur ein Vorschlag, von dem wir hoffen, dass Sie ihn annehmen werden. Sehen Sie es als Anerkennung für Ihr großes Opfer.« Er verbeugte sich vor ihr, die restlichen Geister taten es ihm nach.

Sie wusste nicht genau, was man von ihr erwartete. Noch hielt sie sich für eine Versagerin. Ausgerechnet sie wollten die Seelen nun als ihre Führerin? Ealwhina betrachtete die Gesichter der Wesen, unter denen sie schon so lange lebte. *Es ist durch mich geschehen. Somit trage ich Verantwortung für ihre Existenz.* Sie lächelte. *Ja, warum nicht? Wenn ich schon ewig leben soll, dann unter den besten Umständen.*

»Sir Shamus, ich fühle mich geehrt«, erwiderte sie nach einer Weile und sah zum Legionär. »Und du hast recht, Römer. Es ist eure Stadt und von diesem Tag an auch meine. Ihr habt sie über Jahrhunderte …«

»Jahrtausende«, rief eine Gestalt, die in einer archaischen Stoff- und Pelzaufmachung erschien und sie an die Gewandung und Bemalung der Männer beim Pikten- und Keltenfest erinnerte.

»… Jahrtausende hin begleitet, in guten und schlechten Jahren.« Ealwhinas alte Lust erwachte. Die Lust, Macht auszuüben und sie auszukosten. Einst hatte sie das getan, indem sie gnadenlos gemordet und ihre Überlegenheit bewiesen hatte. Das Schicksal bot ihr einen neuen Weg an. »Es ist an der Zeit, uns den Oberen der Stadt zu zeigen und ihnen zu sagen, wer in Yorks Straßen regiert.«

Die Geister jubelten.

Ealwhinas Angst und Besorgnis waren vergangen. Sie streifte ihre Vergangenheit als Hure, als Mörderin, als Lady und vor allem als Mensch ab. Eine neue Berufung erfüllte sie. »Meine Freunde: Zeigen wir uns den Yorkern! Sie sollen Gewissheit bekommen, dass es uns gibt. Niemand kann und wird unsere Existenz länger leugnen können.« Sie versuchte, mit der gleichen Konzentration, mit der sie früher ihren Astralleib gebildet hatte, von ihrer unsichtbaren Gestalt zu einer erkennbaren zu wechseln. Menschliche Augen sollten sie als Kontur wahrnehmen.

Die Spukkreaturen materialisierten sich ebenfalls.

Die Bobbies starrten die Geister an, die aus der tiefsten Vergangenheit der Stadt emporstiegen. Sie wichen aschfahl vor ihnen zurück und rannten ins Minster hinein, weil sie dachten, der heilige Boden würde sie schützen; die letzten Schaulustigen stoben schreiend davon.

Ealwhina stieß sich ab. »Hoch mit euch!«, rief sie. »Zehntausende sollen uns sehen! Erhebt eure Stimmen, dass alle aus den Fenstern blicken.«

Emporgetragen vom Rufen und Heulen aus unzähligen Kehlen, stieg sie über die Dächer von York und drehte sich dabei um die eigene Achse. Ealwhina sah die ängstlichen Gesichter der Menschen hinter den Scheiben ihrer vermeintlich sicheren Behausungen und das Begreifen in den Augen, dass es keine Einbildung war: York wurde wahrhaftig zur Stadt der Geister.

Fèihuà. Wu Li beteiligte sich nicht an dem lächerlichen Spektakel.

Er stand neben seinem Leichnam, den sogar die Polizisten allein gelassen hatten und der schutzlos auf dem Pflaster lag. Er wollte Snickelway nicht begegnen und hatte sich lieber vor ihr verborgen.

Kào. So hätte es niemals enden sollen. Ihm war als Geist ebenfalls der rechte Arm bis zum Ellbogen genommen worden. *Ich gehöre nicht nach Britannien, nǐ nǎinai de!*

Während die Spukgestalten mit ihrer neuen Herrscherin an dem trüben Winterhimmel schwebten und die Yorker in Angst und Schrecken versetzten, drückte er sich ab und flog nach Süden. Wu Li wollte zu seinem Herrn, der ihm in seiner Macht und Weisheit einen Ausweg zeigen würde.

Aber schon an den Stadtmauern endete sein Flug. Eine unsichtbare Sperre verhinderte, dass er York verließ.

Sosehr er sich anstrengte, die Barriere zu durchbrechen, es gelang ihm nicht. Als liefe er gegen gepolsterte Wände, die er ohne Werkzeug niemals bezwingen würde.

Resignierend sank er zu Boden. Es bedurfte keines Bands aus Ektoplasma, das ihn an die Stadt fesselte. Das ungeschriebene Gesetz, dass ein Schuldiger an dem Ort bleiben musste, wo er starb, ließ sich nicht täuschen. *Ich bin zu einem Yorker Geist geworden.*

Tā mā. Diese kleine Jī. Wu Li seufzte. Jetzt blieb ihm nur die Hoffnung, dass sein Herr bald Europa erobern würde und eines Tages auch nach York käme. Dann würden sie staunen und wahre Macht kennenlernen, vor denen die Welt der Sterblichen und der

Geister zitterte! Und er würde endlich seinen Lohn für das große Opfer erhalten, das er seinem Herrn gebracht hatte. Daran gab es keinen Zweifel. *Ich werde warten, Lǎozǐ.*

12. Januar 1927, Dresden, Königreich Sachsen, Deutsches Kaiserreich

Silena hielt die Luger auf die Männer gerichtet und ging zum Telefon, hob den Hörer ab. »Ja?«

Stille am anderen Ende.

»Herr Wilhelm Voss?«

»Wer sind Sie?«, fragte der Mann überrascht und barsch zugleich. »Was haben Sie im Arbeitszimmer meines Sohnes verloren?«

»Herr Voss, Sie reden mit Anastasia Zadornova.« Ihre Stimme zitterte vor Aufregung, schlagartig war ihr speiübel. »Ihr Sohn befindet sich in meiner Gewalt.«

»Aha.«

»Herr Voss, ich habe damit nichts zu tun!«, rief Müller ängstlich und schwieg, als Silena auf seinen Kopf zielte.

Aha? Mehr sagt er nicht dazu? Silena wunderte sich über die nüchterne Reaktion. »Ich rate Ihnen …«

»Sie raten mir gar nichts, Frau Zadornova«, fiel er ihr ins Wort. »Ich möchte mit meinem Sohn sprechen.«

»Nein.«

Es klickte. Voss hatte aufgelegt.

Silena lauschte dem Rauschen in der Leitung und hörte andere, leise Unterredungen, die von anderen Telefonaten stammten und deren Signale sich eingeschmuggelt hatten. Aber Voss war verschwunden. *Sein Sohn hat mich gewarnt, dass sie für jeden Fall Vorbereitungen getroffen hatten.* Sie ärgerte sich. Er hatte vermutlich aufgelegt, weil er überzeugt davon war, sie in der Hand zu haben. Um die nächste Stufe des Plans der Drachenanbeter aufzuhalten, musste sie Voss senior aufhalten. »Von wo hat Voss angerufen, Müller?«

»Er lebt in Flensburg«, antwortete der Mann sogleich. Schweißperlen sammelten sich auf seiner Oberlippe. »Ich nehme an, dass er von dort telefoniert hat.«

Flensburg war weit weg. Zu weit für sie. *Brieuc muss mir wieder helfen. Er muss Leída noch eine Nachricht übermitteln.* Sie wählte das Officium an, erreichte den Großmeister jedoch nicht. Ihr wurde schmerzlich bewusst, wie sehr ihr Grigorij fehlte, der ihr in dieser Lage Halt und Sicherheit gegeben hätte. Stattdessen blieben nur Sorge und Angst, die mit seinem Namen verknüpft waren.

Hastig dachte sie nach, an wen sie sich wenden konnte, wem sie vertrauen durfte. Zu ihrer Überraschung fiel ihr nur ein Mensch ein, auch wenn ihr die Wahl selbst ungewöhnlich vorkam. *Warum nicht? Sie hat mir schon mehr als einmal geholfen.*

Silena ließ sich von der Vermittlung verbinden, da sie keine Nummer besaß, sprach schnell in den Hörer, was sich ereignet hatte, und bat darum, ein weiteres Telegramm an Leída zu senden: »Sie soll mit ihren Leuten zur Voss'schen Villa in Flensburg fliegen und sie stürmen. Wichtig ist: Sie soll mehr über die Manipulationen des Industriemagnaten herausfinden.« *Zu gern hätte ich das selbst getan.* Silena ließ ihre Gefangenen nicht aus den Augen, die stumme Zeugen ihres Tuns wurden; ab und zu stöhnte Weiß auf, die Hände umklammerten die Schusswunde, um die Blutung aufzuhalten. »Ich komme mit den *Skyguards* sofort nach. Haben Sie das alles verstanden?«

»Ja, habe ich«, antwortete eine Frauenstimme aus dem weit entfernten München. »Sie können sich auf mich verlassen.«

»Danke. Sie haben mehr als einen Gefallen gut bei mir!« Silena legte auf und fühlte sich etwas beruhigter, sofern man das in ihrer Lage überhaupt sein durfte. Ihr Blick fiel auf Müller, der ihr redewilliger als Weiß zu sein schien. »Wir sind unterbrochen worden. Was läuft hier mit der Manipulation der Wirtschaft?«

Er schrak zusammen. »Oh … ich … Herr Voss …«

»So, dass ich es verstehe, Müller.«

»Wenn ich … grob zusammenfasse: Seit einigen Jahren haben die Herren Voss Papiere und Kredite in Umlauf gebracht, die nichts wert sind.« Er wirkte fahrig, die Pistole machte ihn nervös. »Alles diente dem Zweck, dass an einem bestimmten Tag diese

Blase zerplatzen soll und die deutsche Börse zusammenbricht. Um bei dem Bild zu bleiben: Er hält die Nadel dazu in der Hand.«

Silena hegte kein Mitleid, weder für Müller noch für den verletzten Weiß, der sich den Gürtel aus der Hose zog und die Wunde abband. Aus Furcht vor einer weiteren Kugel blieb er still.

»Würde er dann nicht ebenfalls sein gesamtes Vermögen verlieren?«, überlegte Silena.

»Ja, das würde er zu einem sehr großen Teil. Ich schätze, er hat aber eine Million Mark in Gold abgesichert.« Müller zuckte mit den Achseln. »Soweit ich weiß, arbeitet er mit einem Investor zusammen, der die Wertpapiere und Beteiligungsscheine an den deutschen Unternehmen für einen Spottpreis aufkaufen wird. Sie können sich denken, dass er davon einen größeren Nutzen haben wird als zum jetzigen Augenblick. Der Partner soll ihm die Leitung der Firmen überlassen.« Er nahm die Brille ab, putzte sie mit ungelenken Bewegungen. »Es ist alles bis ins Letzte vorbereitet. Der deutsche Aktienmarkt wird einbrechen und die Börse abstürzen lassen, wie es noch niemals da gewesen ist. Die schlimmste Wirtschaftskatastrophe seit Ende des Weltkriegs. Das wird viele Menschen um Lohn und Brot bringen.«

»Und Sie unterstützen ihn dabei.«

Müllers Gesicht verzerrte sich, dann brach er in Tränen aus. »Er hat meine Familie in der Gewalt«, schluchzte er. »Er hat gedroht, sie umzubringen, wenn ich ihm dabei nicht zur Hand gehe.« Er sah elend aus.

Weiß rollte mit den Augen; ihn interessierte das Schicksal seines Arbeitskollegen nicht. Doch er schwieg noch immer.

»Ich verstehe. Deswegen haben Sie gerufen, dass Sie nichts mit ihm zu tun haben.« Silena hasste es, dermaßen hilflos zu sein. Sie war auf ein Gebiet geraten, auf dem sie sich nicht auskannte und wo die Waffen andere als Flugzeug und Lanze waren. Aktien, Anleihen und Wechsel. Wie sollte sie etwas dagegen ausrichten können?

Nur, indem ich Voss stelle. Sie sah auf die Aktenordner. *Da sind die Beweise, um mich dem Kaiser gegenüber zu rechtfertigen. Die Anklage wegen Hochverrats ist ihm sicher.*

Die Tür öffnete sich, Silena legte an und sah Fayence mit dem

Schwert in der Hand. Am Heft und an der Schneide hafteten noch mehr Blut. »Ich bin fertig«, sagte er. »Sie auch?«

Er hat sie getötet, ohne dass ich einen Schuss gehört habe. Silena zeigte auf Müller, der daraufhin ein Stück mehr in sich zusammensackte. »Den nehmen wir mit, zusammen mit den Akten. Damit haben wir den Beweis, dass die Herren Voss Schlimmeres planen als das, was die Anschläge der Drachenfreunde bewirken könnten.« Silena wies den Buchhalter an, sich die Taschen mit den Ordnern zu schnappen. »Gehen wir. Draußen werden wir ein Automobil finden.« Sie riss die Leitungen der Telefone aus den Apparaten und ließ den verwundeten Weiß liegen. Er war ihr gleichgültig.

Zu dritt durchquerten sie das erste Stockwerk der Villa, eilten die Treppe hinab und liefen auf den Hof. Die Garagen befanden sich neben der Einfahrt.

»Wären Sie so freundlich, Herr Fayence, und würden uns einen Wagen besorgen? Ich kann kein Automobil fahren.« Silena war es zum ersten Mal etwas peinlich. Sie war die beste Pilotin des deutschen Kaiserreichs, vermutlich die beste Europas und dennoch nicht in der Lage, einen Wagen zu steuern. Grigorij hatte sie schon damit aufgezogen, und sie hatte es immer lernen wollen.

»Das wundert mich jetzt.« Fayences Gesicht sagte noch viel mehr, und er lief los. »Sie warten an der Treppe.«

Silena blickte zu Müller, der sich die Augen rieb. Sie glaubte ihm die Geschichte, und schon dachte sie an Grigorij und das eigene Kind, das in ihr heranwuchs. »Ich bete, dass Ihrer Familie kein Leid geschieht«, sagte sie mitfühlend.

»Danke. Ein frommer Wunsch.« Er schluckte. »Voss, diese Teufel! Nach außen hin geben sie beide die Gutmenschen, aber was ich alles erfahren musste, lässt mich vor denen erschaudern.« Er stockte und sah auf ihr Dekolleté. »Ihr Hemd … leuchtet?«

Sie holte den Talisman hervor. Der Splitter leuchtete gleißend und warnte sie vor einem Drachen, der sich in ihrer unmittelbaren Nähe befinden musste. *Verflucht!* »Müller, zurück ins Haus!«, befahl sie und riss die Tür auf. »Fayence! Achtung! Ein Drache ist hier!«

Der Buchhalter duckte sich und sprang in die Villa, Silena

schleuderte die Aktenkoffer hinterher. Ihnen durfte noch weniger etwas geschehen als dem Mann.

Heftiger Wind kam auf, und ein Schatten senkte sich auf die Garage nieder. Silena sah, wie der goldene Drache mit seiner linken Kralle ein Loch in das Dach schlug und grünes Feuer hineinblies. Die smaragdfarbenen Lohen schossen zu den Fenstern und dem großen Tor hinaus; Benzindämpfe verpufften in großen Flammenbällen.

»Fayence!« *Das wird hart!* Sie besaß keinerlei Waffen, die gegen Nie-Lungs goldenen Panzer wirken würden. Hoffentlich hatte der Ägypter diesen Flammenangriff überstanden. Durch welches Wunder auch immer.

Der Drache sandte zwei weitere Lohen hinein. Knirschend gab das Dach unter seinem Gewicht nach. Er sackte nach unten und badete in Feuer und Funken. Die orangefarbenen Augen richteten sich auf sie, dann hörte sie seine Stimme im Kopf dröhnen. *Das ist also die berühmte Frau, die einmal Großmeisterin Silena war. Es wird mir eine Freude sein, dich zu töten!* Er schnellte aus den Trümmern hervor, reckte den Hals.

Sie wusste, was das bedeutete, sprang zurück, schlug die Tür zu und stellte sich hinter eine Säule. Die Aktenkoffer zog sie schnell mit dem Fuß zu sich. »Deckung, Müller!«

Die Wucht, mit der das sattgrüne Feuer gegen die Tür traf, riss die schweren Flügel aus den Angeln und schleuderte sie bis auf die andere Seite der Eingangshalle. Hitze brandete herein. Silena hielt die Luft an, damit die Lungen keinen Schaden nahmen.

Durch ihre Ausbildung war sie in der Lage, ihre Ängste weit nach hinten zu schieben und kaltes Handeln in den Vordergrund zu rücken. *Bodenkampf gegen einen Drachen. Dazu brauchte ich Brieuc und die anderen Drachenheiligen.* Sie sah durch das Fenster nach der brennenden Garage. Darin lag Ahmats Schwert. Die einzige Waffe, die gegen den Geschuppten half. *Oder*?

Vor der Tür erklang ein lautes Brüllen, ein zweiter Angriff folgte. Nie-Lung hob ab und landete auf dem Dach der Villa, wie sie aus dem Rumpeln schloss. Schläge erschütterten das Gebäude, Stuck platzte ab und krachte nieder.

Durch die Tür kommt er nicht. Er will uns von oben erledigen.

Sie sah sich um. Die Lohen hatten einige der Teppiche in Brand gesteckt, den Marmor mit Ruß geschwärzt und zum Platzen gebracht. Das Glas einer Schrankvitrine war geschmolzen, der Inhalt erregte Silenas Aufmerksamkeit. Es waren Reißzähne, von der Länge und Dicke eines Fingers bis zu einem Unterarm, die in einer Halterung aus schwarzem Holz eingefasst waren. *Drachenzähne!* »Müller?«

»Ja?«, kam es hinter der Treppe hervor.

»Sehen Sie die Leiste mit den Zähnen drauf?«

»Ja.«

»Rennen Sie hin und schleudern Sie die zu mir.« Silena stellte sich an die Tür, wich einem herabstürzenden Stück Dekor aus. Ein rascher Blick hinaus zeigte ihr: Die Garage kokelte noch, kleine Flämmchen tanzten auf den Resten.

Ein schleifendes Geräusch erklang, und die Leiste mit den Zähnen rutschte gegen ihren rechten Fuß. Silena fühlte sich an einen gespickten Cricketschläger erinnert. Sie nahm das Ende und schwang ihre improvisierte Waffe. *Es muss irgendwie gehen.* »Müller, laufen Sie in den Keller und warten Sie, bis der Lärm aufgehört hat.« Sie schob ihm die Koffer hin. »Los.«

Er gehorchte.

Sie lief vorsichtig ins Freie, blieb auf dem Treppenabsatz stehen und suchte nach dem Drachen: Er hockte tatsächlich auf dem kupfergedeckten Kuppeldach der Vorhalle und riss es auseinander.

Silena richtete die Luger auf sein rechtes Auge und drückte zweimal ab. Leise klatschend trafen die Bleikugeln mitten in die Pupille, was schmerzte, die Bestie aber nicht ernsthaft verletzte. Schmerzen machten wütend, und Wut verdrängte das Überlegen.

Damit erreichst du nichts! Nie-Lung tauchte und öffnete das Maul.

»Ich habe Verstärkung gerufen«, rief sie. »Bald kommen Freunde, und dann wollen wir sehen, was du gegen Drachenheilige ausrichtest.« Silena flüchtete in die Villa zurück und stellte sich dieses Mal neben die Tür.

Nie-Lung lachte. *Bist du denn keine Drachenheilige? Du siehst doch, wie ich mit dir spiele.* Eine Böe kam auf, ein Schatten verdunkelte den Eingang. *Ich habe dich für gefährlicher gehalten. Aber es stimmt: Ohne ein Flugzeug bist du nicht einmal die Hälfte wert. Ich hegte meine Bedenken umsonst.* Schon wieder flutete er die Vorhalle mit smaragdfarbenem Feuer.

Silena sah, wie sich die Schnauze vorsichtig ins Innere schob. Kopf und Hals passten durch die Tür.

Darauf hatte sie gehofft und gewartet.

Sie schwang sich zum Fenster hinaus und landete neben dem Drachen, auf Höhe der Vorderbeine.

Nie-Lung zog instinktiv den Schädel zurück. Dadurch bot er ihr für ein paar Sekunden seinen schlanken Hals schutzlos dar.

Silena drosch die Leiste mit den Drachenzähnen von unten gegen den Schuppenpanzer. Die längsten Spitzen durchbrachen die goldenen Platten. Schreiend riss sie die Waffe wie eine Säge senkrecht zu sich und raspelte Stückchen des Panzers ab. Plättchen zersprangen – aber auch die Haut darunter riss. Heißes blaues Blut troff aus der Wunde.

Nie-Lung brüllte und hüpfte zur Seite.

Silena hatte nur eine Chance: Sie durfte sich nicht abschütteln lassen, auch wenn sie Gefahr lief, von dem kochenden Lebenssaft getroffen zu werden. *Stirb!* Sie setzte nach, schwang die Leiste erneut und hackte ihm damit in den unteren Hals.

Der Drache beging den Fehler, den Kopf ruckartig nach hinten zu ziehen – damit riss er sich selbst die Zähne durch die Haut.

Silena stemmte sich mit beiden Beinen gegen den Boden und spannte die Muskeln an, versuchte mit aller Macht, den kantigen Griff nicht loszulassen, doch er rutschte ihr durch die Finger. Der Feind war ihr an Kraft berghoch überlegen. Sie stürzte auf den Bauch, und in ihrem Unterleib tat es einen schmerzhaften Stich. *Mein Kind!*

Aus Nie-Lungs aufgeschlitztem Hals sprudelte das Blut und sprühte auf die Stufen der Vortreppe. Blubbernd und zischend sickerte es in den Kies und in die Fugen, brannte sich hindurch. Er bäumte sich auf, die Krallen drückten die ausgefransten Wundränder zusammen, vermochten die blauen Fluten jedoch nicht zu bändigen. Die Leiste mit den Zähnen fiel aus den Schuppen und prallte nach kurzem Flug neben Silena auf das Plateau.

Sie wälzte sich auf den Rücken und rutschte rückwärts, während Nie-Lung auf sie zukam, das Maul weit zum tödlichen Biss geöffnet.

Es muss klappen. Mit der Rechten bekam sie die Leiste zu packen und schleuderte sie zielgenau in den Rachen; gleichzeitig zog sie die Beine an.

Klackend schlossen sich Nie-Lungs Kiefer, die Stiefel verfehlte er um einen halben Zentimeter, doch mit den Nüstern schob er sie an, sodass sie auf der anderen Seite des Aufgangs die Stufen hinabrutschte und ihn aus den Augen verlor.

Sie hörte einen schweren Körper fallen, die Treppe gab unter der ruckartigen Belastung nach und brach zusammen.

Die Heiligen waren mit mir! Stöhnend stemmte sich Silena auf die Beine, bewegte ihre Glieder. Ihr Rücken fühlte sich aufgescheuert an, das Rückgrat tat ihr unglaublich weh und schmerzte in Steißhöhe.

Sie sah auf die eingestürzten Stufen. Umgeben von großen und kleinen Platten und geborstenen Backsteinen lag Nie-Lung. Das orangefarbene Leuchten in seinen Augen war erloschen, das Blut aus den Halswunden versiegt. Die Drachenzähne, die er sich beim Zubeißen in den Gaumen getrieben hatte, hatten ihn endgültig getötet.

Silena stieß einen erleichterten Schrei aus, der in ein lautes Lachen überging. *Ich habe ihn vernichtet!* Sie hustete und fasste sich an den Unterleib. Das Ziehen darin bereitete ihr Sorgen.

Schnell lief sie zur Garage und suchte mit Blicken die Trümmer ab. »Fayence?« Mit einer langen Latte stocherte sie im Geröll und den Ziegeln herum. »Fayence, wo …« Sie hatte einen Handschuh entdeckt, keine zwei Meter von ihr entfernt, der unter Ziegeln hervorragte. Schnell tippte sie gegen die Finger – und sie schnappten zu. *Er lebt noch!* »Ich komme und hole Sie!«

Silena drehte sich um und rannte beinahe gegen einen Chinesen, der ungefähr ihre Größe hatte.

Er trug einen grauen, eleganten Anzug und einen modischen Hut sowie ein unverbindliches Lächeln auf dem Gesicht. Sie hätte ihm ebenso gut in einem Club begegnen können. »Ah, Sie machen Ihrem Namen alle Ehre«, sagte er mit leichtem Akzent. Auf dem

Weg stand ein Automobil, aus dem drei weitere seiner Landsleute sprangen und auf sie zugestürmt kamen.

Verdammte Drachenfreunde! Sie wartete nicht und schlug mit der Latte nach ihm. »Ihr bekommt mich nicht!«

Der Chinese vollführte eine Armbewegung und leitete den Hieb an sich vorbei.

Einer Kugel wirst du nicht ausweichen können. Silena ließ das Holz los, zückte die Luger und wollte die Angreifer erschießen.

Aber die Chinesenfaust, die auf ihre Körpermitte zuraste, war schneller.

Der Aufprall der stahlharten Knöchel gegen ihr Sonnengeflecht raubte ihr die Luft und gleich danach die Besinnung.

16. Januar 1927, Amsterdam, Provinz Nord-Holland, Königreich Holland

Vouivre landete mitten in der Nacht bei der blauen Windmühle, dem vereinbarten Treffpunkt. Er hatte Florin, seinem Statthalter im Königreich Holland, wichtige Mitteilungen zu machen.

Ein Brief über die üblichen Mittelsmänner hätte es nicht getan. Gewisse Vorfälle mussten geklärt werden, und dazu musste er den Wasserdrachen sehen, riechen und ihm in die Augen sehen. Als Meister der Lügen erkannte Vouivre, wann ihm die Unwahrheit aufgetischt wurde.

Der Altvordere sog die feuchte Luft ein, die ihn an das Meer erinnerte. Ein ehrgeiziges Deichprojekt wurde in Holland nach dem anderen umgesetzt.

Das war ein Grund, weshalb er erschienen war. Das neueste Vorhaben hatte ihn hellhörig werden lassen: Der König plante einen Süßwassersee, indem er eine Meeresbucht eindeichen wollte. Das schuf auf der einen Seite neues Land, auf der anderen Seite sollte ein neunundzwanzig Kilometer langer und neunzig Meter breiter Deich entstehen, der die Nordsee aussperrte. Ausgesucht hatte sich der König eine schmale Stelle zwischen den Küsten von Friesland und Nord-Holland.

Das war jedoch nicht von Vouivre angeordnet worden. *Mein Statthalter entwickelt Allüren.*

Das Wasser des Kanals geriet in Bewegung, und Florins Muränenkopf schob sich hervor.

Vouivre hatte Wasserdrachen niemals ausstehen können, gerade diese Mischform aus Fisch und Drache nicht, halb Muräne und mit dem flachen, ungestalteten Kopf hässlich wie sonst was. Da half auch das hübsch anzusehende Kobaltblau nichts. Sie entsprachen einfach nicht seinem ästhetischen Empfinden. Doch sie besaßen gerade in einem Reich wie Holland Vorzüge: Sie konnten sich in Flüssen, Seen und Kanälen durch die Welt der Menschen bewegen, ohne dabei aufzufallen und Spuren zu hinterlassen.

»Ich grüße Euch, Altvorderer!« Florin schlängelte heran und neigte demütig den blau geschuppten, gehörnten Schädel. »Es ist mir eine Ehre, Euch willkommen zu heißen.«

»Meinen Dank.« Vouivre sah zur Mühle. »Sie steht leer, nehme ich an?«

»Im Winter lebt niemand darin. Es ist ein ungestörter Ort, Altvorderer. Sie verrichtet ihren Dienst, ohne dass jemand nach ihr schaut. Man walkt Leder darin.«

Vouivre züngelte. Er konnte keine Hinweise auf andere Lebewesen in der Umgebung riechen, abgesehen von den flüchtenden Schafen. »Du musst dir einige sehr unbequeme Fragen gefallen lassen, mein geschätzter Florin«, eröffnete er schneidend. »Doch zuallererst, da es mich sehr grämt: Was hat es mit diesem Vorhaben auf sich, bei dem der König ein Binnenmeer aus Süßwasser erschaffen möchte?«

Florin zögerte nicht. »Eine Überraschung für Euch, Altvorderer. Es sollte in drei Jahren fertiggestellt sein. Damit gewinne ich wichtiges Land, flute einige unfruchtbare Gebiete, und wir können den Handelsverkehr unabhängig von Rotterdam forcieren.«

»Ohne meine Anweisung«, stellte Vouivre fest.

»Ja, Altvorderer. Wie ich schon sagte: eine Überraschung.« Florin klang nicht unaufrichtig.

»Ist das der gleiche Grund, aus dem du die Grachten in aller Heimlichkeit auf fast zehn Meter Tiefe hast ausbaggern lassen?«, setzte er liebenswürdig hinzu. »Du möchtest aus dem beschaulichen Amsterdam ein zweites Rotterdam machen und damit mich, die Einwohner und alle Besucher überraschen?« Sein Tonfall wurde böse. »Wer baut keilförmige Handelsschiffe, die so klein sind und einen solchen Tiefgang hätten? Was sollte das?«

Das flache Ende von Florins Schwanz bewegte sich leicht und verriet seine Unruhe. Der Wasserdrache suchte nach Ausflüchten. »Die Kanäle sind rasch voller Schlick, Altvorderer. Das Wasser wird einmal die Woche ausgetauscht, damit es nicht zu stinken anfängt, und dabei fällt viel Sediment an. Die zehn Meter sorgen nur dafür, dass es bis zur nächsten Ausschachtung länger dauert.«

Vouivre begutachtete die Statur seines Statthalters. »Sollte der wahre Grund sein, dass du gewachsen bist, guter Florin? An Umfang und Länge? Dir geht es in Amsterdam zu gut.«

»Ich bin jung, ja, und daher wachse ich noch, Altvorderer. Es ist kein Verbrechen. Die Dinge kommen sich ganz gut entgegen.« Florin rutschte langsam rückwärts, zum Kanal hin.

Kalt wie ein Fisch, huschte es durch Vouivres Gedanken, und er folgte ihm. Eine Flucht würde er nicht zulassen. »Schön. Es mag angehen, dass du dir Eigenheiten herausnimmst, die in unser beider Interesse sind. Aber frage mich in Zukunft.« Das rote Karfunkelauge glomm drohend. »Nun aber zu einer unschönen Geschichte. Ich gebe dir die Möglichkeit, dich zu erklären. Solltest du es mit einer Lüge versuchen, warst du die längste Zeit mein Statthalter.«

»Altvorderer, ich verstehe nicht.« Der Kanal war fünf Meter entfernt.

»Stell dich nicht dumm!« Vouivres Stimme krachte donnergleich. »Du hast meinen guten De Bercy losgeschickt, nach York, wie ich inzwischen erfahren habe. Von dort kehrte er niemals mehr zurück. De Bercy war einer meiner hervorragendsten Agenten mit den besten Kontakten in die Herrschaftshäuser des französischen Königreichs.«

Florin kroch weiter zurück. »Davon weiß ich nichts.«

»Lügner!«, zischelte der Altvordere. »Du besitzt die unverzeihliche Frechheit und lügst mich an?« Er näherte sich dem Wasserdrachen. »Meine Spitzel berichteten, dass De Bercy eine Frau treffen wollte und sie auch getroffen hat: Ealwhina Snickelway, ein Medium und eine Finderin.«

»Nein! Ich habe De Bercy nicht …«

»In seinem Auftrag ist sie nach Russland gereist, an den Triglav, und hat etwas von dort mitgebracht.« Vouivres Auge strahlte scheinwerfergleich. »Hast du versucht, den Weltenstein zu finden?«

Florin wurde von rotem Schimmer eingehüllt, aber er blieb noch immer besonnen, als müsse er sich vor dem Zorn und den Zähnen seines Herrn nicht fürchten. »Ihr bringt mich in die Lage, jede noch so kleine Überraschung für Euch selbst zu verderben«, antwortete er und rückte bis dicht an den Rand des Kanals. »Ich bin Euer Statthalter, Altvorderer, und in meinem Amt möchte ich mich hervortun. Ich möchte Euch überraschen und erfreuen. Ich weiß, dass Ihr damals …«

»Du kommst mit deinem Geschwätz nicht weiter, Florin«, unterbrach ihn Vouivre. »Denn ich weiß noch mehr! Snickelway fand etwas, deine Leute haben es ihr abgenommen, aber sie schaffte es wieder zurück in ihre Stadt.« Er verriet nicht, dass er seine eigenen Leute ausgesandt hatte, um an das Artefakt zu gelangen. »Die britischen Zeitungen sind voll mit Nachrichten über die Stadt der Geister. Du weißt, was diese Spukgestalten befreit hat!«

»Ich räume ein, dass einiges bei meinem Unterfangen fehlging, Altvorderer.« Florins Zerknirschung wirkte falsch, die gelben Augen wichen Vouivres Blick aus.

»Du hast deine Leute auf die Insel gesandt. Das ist Ddraigs Reich! Was wäre wohl geschehen, wenn sie bemerkt hätte, dass einer *meiner* Statthalter hinter den Vorgängen steckt?«

»Es hätte zu einem Krieg mit der roten Drachin kommen können.«

»Genau, Florin! Ganz genau! Und das nur wegen …?« Vouivre senkte die Stimme und gab ihm Gelegenheit, die Wahrheit zu sagen. »Wegen *was,* Florin? Weil du dich berufen fühltest, mich stürzen zu wollen? Hast du geglaubt, das Artefakt werde dir so viel Macht verleihen, dass du es mit einem Altvorderen aufnehmen könntest?«

Er hatte offenbar den Nerv des Wasserdrachen getroffen. Trotzig reckte er sich. »Vielleicht brauche ich nicht einmal das Artefakt?«

Vouivres loderndes Auge wurde zu einem schmalen Schlitz, ein Sichtspalt in einen glühenden Ofen hinein. »Ich wusste es!«

»Gar nichts weißt du«, giftete Florin zurück. »Du hast mich behandelt, als wäre ich dein Eigentum. Dabei verteidigte ich das Königreich, schaffte Ordnung und brachte es nach vielen Jahren des Niedergangs, den deine Nachlässigkeit verschuldete, wieder zu neuer Kraft. Aber bekam ich es gedankt?«

»Und da wolltest du dir selbst danken!« Vouivre spannte die Muskeln an. »Du kleiner …«

Florin schnappte überraschend zu, packte den rechten Vorderlauf des Altvorderen und warf sich herum; gemeinsam stürzten sie in den eisigen Kanal.

XVII.

Ort und Zeit unbekannt

Der Schleier um Silenas Verstand hob sich.

Sie erwachte aus dem trägen Dösen und konnte nicht sagen, wie viel ihrer kostbaren Zeit sie in diesem Zustand verschwendet hatte. Durch die Fenster wechselten sich Licht und Nacht ab, Tage vergingen, das wurde ihr bewusst. Aber zu zählen vermochte sie nicht.

Sie stützte sich in dem Bett auf und hatte den Geschmack von Reis und Gewürzen im Mund. *Wann habe ich gegessen?*

Zum ersten Mal erkannte sie das Zimmer, in dem sie lag. Die Wand gegenüber dem Bett bestand aus Papier, hinter der sie die Umrisse von Menschen sah, die anderen Wände waren massiv und mit Teppichen geschmückt, auf denen asiatische Drachen abgebildet waren; zwei schwarz lackierte Schränkchen befanden sich ebenfalls in ihrem Zimmer. Tassen und zwei Teekannen waren auf einem abgestellt worden, es roch nach Jasmin und Rosen. Für einen winzigen Moment keimte die Hoffnung in ihr auf, sich am selben Ort wie Grigorij zu befinden.

Sie schaute an sich herab, unter die Decke und stellte fest, dass sie nackt war und mehrere dünne Verbände an den Armen und Beinen trug, gleichermaßen im Gesicht.

Die Erinnerung an den Chinesen, der ihr den Fausthieb verpasst hatte, kehrte zurück. *Verdammt! Ich bin in die Hände der Drachenfreunde gefallen.* Was sie mit ihrer Gefangennahme bezweckten, wusste sie nicht. *Sie werden sich bald wünschen, mich in Dresden getötet zu haben.*

Silena legte eine Hand auf den Bauch, horchte in sich auf das Kind. *Die Schmerzen im Unterleib sind weg. Hoffentlich geht es ihm gut.* Sie versuchte aufzustehen, aber ein Schwindelanfall ließ sie zurück auf das Lager sinken.

Schritte näherten sich der Papierwand.

»Grigorij?«, sagte sie schwach.

Ein Teil der Wand wurde zurückgezogen. Eine zierliche Chinesin in einem weiten, kimonohaften Gewand betrat das Zimmer und hielt ein Tablett mit Essen in der Hand. Sie blieb stehen, als sie bemerkte, dass Silena erwacht war, und rief etwas.

Und nun? Sie sah zur Chinesin, die die Mahlzeit abstellte und sich mit einem scheuen Lächeln näherte, um die Fenster zu öffnen. Sie wirkte weder bedrohlich noch feindlich. *Taktik?* »Was wollen Sie von mir?«, fragte sie, ihre Stimme brach mehrmals.

Die Frau reichte ihr schweigend eine Tasse kalten Tee.

»Sie verstehen mich nicht?« Silena trank davon, lauschte und vernahm Stimmengewirr, das fremdländisch durch das Fenster drang. *Wohin haben sie mich gebracht?*

Drei Chinesen gesellten sich zu ihnen, einer von ihnen war derjenige, welcher sie niedergeschlagen hatte. Er trug noch immer einen grauen Anzug, die anderen beiden wirkten auf sie wie einfache Arbeiter in blauen Jacken und Hosen sowie mit Strohhüten auf dem Kopf.

»Bitte vergeben Sie uns die Umstände unseres Zusammentreffens«, sagte der Anzugträger und verneigte sich. »Mein Name ist Li Zhiao.«

»Schön, Herr Zhiao. Meinen Namen kennen Sie ja«, gab sie bissig zurück. »Was immer Sie und Ihre Drachenanbeter als Lösegeld erpressen wollen oder welche Forderungen Sie stellen, um …«

Zhiao lächelte. »Nein, Großmeisterin. Wir sind keine Drachenanbeter. Wir sind das genaue Gegenteil von ihnen. Deswegen haben wir Sie und Ihren Freund mitgenommen.«

Sie stutzte. »Sie können mir viel erzählen, Zhiao. Haben Sie etwas mit dem Verschwinden meines Mannes zu tun?«

»Nein. Es ist die Wahrheit, die Sie mir glauben werden, wenn ich Ihnen die ganze Geschichte erzählt habe.« Er wechselte einige Worte mit der Chinesin, die schließlich zusammen mit den beiden anderen den Raum verließ. »Ich habe sie geschickt, damit sie Fayence zu uns holen. Bis er hier ist, habe ich Ihnen alles erklärt.«

»Er kennt Ihre Lügen schon?«

»Ja. Er war nicht so schwer verletzt wie Sie, auch wenn man das im ersten Moment nicht geglaubt hätte.« Zhiao nahm einen Stuhl und setzte sich an ihr Bett. »Die alte Hua ist eine sehr gute Heilerin. Sie hat die Blockade Ihres Chis beseitigen und stärken können, Großmeisterin. Ihrem Kind geht es wieder gut.« Er lächelte. »Sie haben im Schlaf von Ihrem Nachwuchs geredet. Sonst wäre es schwer geworden, ihn zu bemerken.«

Wieder legte Silena die Hand auf den Bauch. »Wohin haben Sie mich gebracht? Klingt für mich nach ... Chinatown. Sind wir im Londoner Limehouse District?«

Zhiao musste lachen. »China stimmt, aber das *town* können Sie streichen, Großmeisterin. Sie sind in Běijīng, im Herzen der Stadt und in unmittelbarer Nähe zur Kaiserstadt. Was Sie da hören«, er deutete zum Fenster hinaus, »sind die Bewohner und Marktleute. Ich bin einer von ihnen und handele mit Kunstgegenständen, die ich nach Europa verkaufe.«

Silena musste um Fassung ringen. »Sie haben mich entführt und mich in das Land verschleppt, in dem die Drachen als göttliche Geschöpfe verehrt werden«, fasste sie für sich selbst zusammen. »Sie werden einen ausgezeichneten Grund dafür haben, nehme ich an?« Sie setzte sich auf und zog das Laken mit, um ihre Blöße zu bedecken. Tausend Fragen und Gedanken gingen ihr gleichzeitig durch den Kopf, und sie tat sich schwer, die Prioritäten zu verteilen.

Zhiao goss ihr frischen, heißen Tee aus der rechten Kanne ein. »Ich muss etwas ausholen. Ich gehöre einer Organisation an, die Sie mit *Drachenwärter* bezeichnen würden. Wir glauben nicht daran, dass *Lung*s göttlich sind und Gutes vollbringen, sondern sind überzeugt davon, dass sie grässliche Geschöpfe darstellen, die ihre Macht ausnutzen. Unsere Mittel, direkt etwas gegen sie zu unternehmen, sind begrenzt, aber wir versuchen, ihre Vorhaben zu sabotieren«, erzählte er. »Wir haben dabei die Entdeckung gemacht, dass von diesen Bestien ein Unternehmen in die Wege geleitet wurde, das Europa betrifft. Man hat sich mit den Drachenfreunden dort zusammengetan, die den Boden für die Übernahme bereiten sollen.«

»Voss«, sagte Silena grimmig.

»Dieser Name fiel mehrmals«, bestätigte Zhiao besorgt. »Nur mit seiner Hilfe ist es möglich, diesen Plan in die Tat umzusetzen.«

»Ich habe Beweise für Finanzmanipulationen gefunden«, wagte sie eine Andeutung.

»Ja. Schwere Manipulationen. Das deutsche Kaiserreich hatte bis vor ein paar Jahren ernsthafte wirtschaftliche Probleme. Wissen Sie noch?«

»Sehr gut. Die Daimler-Benz AG kostete Anfang der Zwanziger genauso viel wie etwa dreihundertdreißig ihrer Automobile.« Silena erinnerte sich an die starke Inflation, die der Wirtschaft und den Menschen zu schaffen gemacht hatte. Der Kaiser hatte zudem bis vor vier Jahren immer wieder mit politischen Gegnern zu kämpfen gehabt, Putsche von rechts und links hatten Deutschland bedroht. »Keine guten Zeiten für die Börse.«

»Aber die Mark stabilisierte sich, und es gab einen Zustrom ausländischer Kredite, der vor knapp drei Jahren einsetzte. Das erzeugte Konjunktur und Wachstum, auch wenn es immer starke Höhen und Tiefen gab.« Zhiao nippte am Tee, Silena genoss das nach Jasmin schmeckende Gebräu. »Es war schon die Rede von der spektakulärsten Erholung in der Wirtschaftsgeschichte der Welt. Die Aktien schossen in die Höhe wie niemals zuvor.«

»Sie haben sich eingehend damit beschäftigt.«

»Ich musste! Sonst wären wir niemals draufgekommen, was der *Lung* plant. Er ist ein Finanzgenie, Großmeisterin.« Zhiao sah an die Decke und referierte weiter. »Von Dezember 1925 bis heute stiegen die Aktienkurse um einhundertzwanzig Prozent, und sie tun es immer noch. Die Dividenden haben aber nur um die Hälfte zugelegt, und einer unserer Leute kam zu dem Schluss, dass die Kurssteigerungen lediglich Spekulationen seien.« Er sah Silena in die grünen Augen. »Was denken Sie, was geschieht, wenn diese Blase platzt? Und zwar zu einem gesteuerten Moment?«

»Die ausländischen Kredite kamen aus China? Von Drachen?« Silena staunte. Auch die Tatsache, dass sie vom Einfluss der Altvorderen wusste, bewahrte sie nicht davor.

»Über Umwege und Mittelsmänner, ja. Voss war nur einer von vielen, aber der wichtigste. Da er ein Freund Wilhelm des Zweiten ist«, stellte Zhiao richtig. »Was das Kaiserreich in den letzten zwei Jahren an Aufschwung erlebte, erlebte es auf Pump. In Wahrheit stehen der Wohlstand und das Reich auf sehr dünnen Beinen.«

»Voss will sie brechen und damit die Börse zum Einsturz bringen. Und dann? Wissen Sie, wie er vorgehen will?« Silena war keine Fachfrau in Sachen Wirtschaft. Das brauchte sie nicht zu interessieren, wenn sie ihre Rekruten im Luftkampf ausbildete. Grigorij hätte es gewusst und die gesamte Tragweite erfasst.

Zhiao stellte die Tasse ab. »Wir haben ein Schreiben abfangen können, das an Hjalmar Schacht, den Präsidenten der Reichsbank, gehen sollte. Darin steht, dass er die Direktoren der Berliner Kreditbanken zu einer Besprechung einladen soll, vermutlich am 12. Mai dieses Jahres. Schacht hat den Auftrag, die Kreditvergabe an Wertpapierinvestoren drastisch zu reduzieren. Wir haben den Entwurf eines Kommuniqués gefunden, in dem die Kreditbanken daraufhin die Verringerung der Wertpapierkredite um ein Viertel bis Anfang Juli ankündigen. *Das* wird die Börse zum Absturz bringen!«

Silena entsann sich der Worte von Müller. »Die Aktien der deutschen Firmen werden spottbillig und können für Investoren aus dem Ausland ein Schnäppchen sein.« Sie hatte verstanden.

»Und wieder wird der Drachenkaiser zuschlagen und kaufen. Das deutsche Kaiserreich wird ihm gehören, ohne dass er eine einzige Kugel abfeuern muss.« Zhiao nickte ihr zu. »Voss wird sein Stellvertreter in Deutschland sein und sich feiern lassen. Zuerst als Retter, dann als Herrscher. Doch das Schlimmste ist: Es ist nur eine Generalprobe.«

Silena trank ihren Tee. »Was meinen Sie damit?«

»Das gleiche Spiel, wenn auch in viel größerem Ausmaß, wird *Lung* vermutlich in den Vereinigten Staaten betreiben. Wir haben noch kein Datum, aber es wird nicht zu viel Zeit vergehen, bis er die Börse dort in den Ruin jagen wird.«

Silena fand, dass die Altvorderen in Europa im Vergleich zu den Asiaten nahezu primitiv ihre Macht verteidigten oder ausweiteten. »Ich verstehe nicht, was meine Rolle dabei ist. Ich bin keine Wirtschaftsexpertin, die dagegensteuern könnte. Und mein Wort wiegt nichts beim Kaiser. Voss hat ihm die Augen verblendet.« *Müller*, durchfuhr es sie, und sie fragte Zhiao nach dem Buchhalter.

Der Chinese schüttelte den Kopf. »Wir haben nur Sie und Ihren

Begleiter mitgenommen. Verzeihen Sie, aber ich konnte nicht ahnen, dass Sie …«

»Meine Beweise sind verloren!« Sie ärgerte sich. Mit den Akten hätte sie den Kaiser von Voss' abgekartetem Spiel überzeugen können. *Ich muss dringend Leída erreichen. Vielleicht hat sie ihn ausschalten können.* »Was erwarten Sie von mir?«

»Voss mag eine wichtige Figur sein, aber alles steht und fällt mit dem Drachenkaiser.«

»Der Kaiser von China ist eine Marionette der Drachen.«

Zhiao schüttelte betrübt den Kopf. »Nein. Er *ist* ein Lung. Alle Kaiserdynastien, die auf Chinas Thron saßen, gehen auf traditionsreiche Drachenfamilien zurück.«

»Dann sind sie in der Lage, menschliche Gestalt anzunehmen?« Sie dachte an die Unterlagen aus dem Officium, in denen sie gelesen hatte.

»Ja und nein. Sie erscheinen als Menschen, tragen den Drachen aber in sich und können ihn jederzeit erwecken und seine Form wählen. Sie könnten sich allerdings in ein beliebiges anderes Wesen verwandeln, wenn sie es möchten.« Er legte ihr ein Bild des chinesischen Monarchen vor.

Aisin Gioro Pǔ Yí, der Drachenkaiser, hatte ein traditionelles, sehr aufwendiges chinesisches Gewand und einen Kopfschmuck angelegt. Er trug eine dicke Brille, wirkte sehr jung und harmlos wie ein Pennäler.

Plötzlich begriff Silena, was die chinesischen Drachenhasser von ihr und Fayence erwarteten. »Ich soll für Sie den Kaiser von China töten.« Sie atmete tief ein und aus.

»Ja, das sollen Sie. Aber nicht für uns. Zum Wohle der Menschheit.« Zhiao stand auf und zeigte hinaus. »Wenn sein Plan gelingt, besitzt er die Menschheit! Er lacht über die Drachen, die die Menschen mit Feuer unterjochen, und hat eine Peitsche gefunden, vor der sich alle ducken: Geld. Asien besitzt er schon, bald das deutsche Kaiserreich, danach kommen die Vereinigten Staaten an die Reihe – wer soll ihn aufhalten? Wer kann den wirtschaftlichen Kampf gegen ihn aufnehmen? Wenn er erst die Menschheit so weit in seinen Klauen hält, darf er sich ihr getrost offen zeigen. Viele werden ihm folgen.«

Furchtbare Vorstellung. Silena sah die Ausmaße des Plans in aller Deutlichkeit vor sich. »Er ist vermutlich abgeschirmt. Ich hörte, dass er in der Verbotenen Stadt lebt und von einer Armee beschützt wird.«

Zhiao machte ein ernstes Gesicht. »Das ist leider nicht erfunden, Großmeisterin.«

Es klopfte, und Fayence trat ein.

Er trug einen Kimono in Schwarz und ein weißes Untergewand, an den Füßen saßen dünne Schuhe. Seine aufrechte Haltung erinnerte Silena an einen Samurai, auch wenn Hautfarbe und Gesicht nicht passen wollten. Ein Ägypter im tiefsten Asien erschien ihr ebenso fehl am Platz wie sie.

»Ihnen geht es gut«, sagte er freudig und eilte an ihr Bett. »Zhiao hat Ihnen berichtet?«

»Ja. Es tut gut, ein bekanntes Gesicht zu sehen«, antwortete sie und freute sich ebenfalls, Fayence wiederzusehen. Sehr sogar – und das machte sie misstrauisch gegenüber sich selbst. *Es wird die Schwangerschaft sein.* »Wir beide gegen den Drachenkaiser und seine Armee. Was halten Sie davon, Fayence?«

»Eine unlösbare Aufgabe«, erwiderte er mit einem aufrichtigen Lächeln. »Für mich. Aber die Frau, die einen Lung allein ohne eine echte Waffe tötet, *wird* damit fertig. Ich stehe Ihnen zur Verfügung.«

Zhiao reichte ihm eine Tasse Tee. »Ganz so schlimm, wie Sie beide befürchten, wird es nicht sein. Wir haben einen Weg erkundet, Sie in die Verbotene Stadt zu schmuggeln. Aber um den Kampf mit dem Drachenkaiser und seine engsten Vertrauten kommen Sie nicht herum.«

»Nun gut. Dennoch sind mir zwei zu wenig.« Silena wusste um ihre Schwäche im Bodenkampf. Einmal hatte sie das Glück der Mutigen gehabt, ein zweites Mal wollte sie es nicht herausfordern. »Wir brauchen das Officium.«

»Nein«, lehnte Zhiao sofort ab. »Wir haben uns aus Verzweiflung an Sie gewandt, weil wir diese Leistung nicht selbst vollbringen können und weil Sie eben *nicht mehr* zum Officium gehören, Großmeisterin. Der Drachenkaiser würde außerdem davon erfahren. Er ist gut informiert.«

»Ich brauche Großmeister Brieuc und die wenigen Drachenheiligen, die noch übrig sind. Zur Sicherheit.« Silena fiel die Lösung unverzüglich ein. »Lassen Sie sie entführen, Herr Zhiao, wie Sie mich entführt haben. Fingieren Sie Unfälle und schieben Sie die Schuld den Drachenanbetern in die Schuhe. Sind Brieuc und die anderen erst hier, kann ich sie leicht überzeugen. Ihnen ist es gleich, gegen welche Art Drache sie in den Kampf ziehen, solange es einen Drachen zu töten gibt.«

Zhiao nahm einen Stift und einen Zettel aus dem Sakko. »Das bespreche ich mit den anderen. Aber es klingt, als könnten wir es versuchen.« Er machte sich Notizen.

»Dann benötige ich eine Fernmeldestation, um mich über die Suche nach meinem Mann zu erkundigen und eine Nachricht an Leída Havock …«

»Nein«, sagte Zhiao höflich, aber sehr ablehnend. »Wir können Ihnen keinerlei eigene Kontakte nach draußen gewähren. Sie sind offiziell tot, und das sollen Sie auch bleiben. Sie sagen mir, was Sie wünschen, und ich stimme ab, ob wir es möglich machen können. Wie wir Ihren Wunsch umsetzen, müssen Sie uns überlassen.« Er bemerkte ihre Wut. »Sie sind keine Gefangene, Großmeisterin. Der Drachenkaiser hat seine Spitzel überall und würde sofort bemerken, wenn wir etwas gegen ihn planen. Das können wir nicht riskieren.« Zhiao verneigte sich. »Ich bitte um Ihr Verständnis und in Anbetracht der Sache um Ihre Einwilligung.«

Widerstrebend gab sie nach. »Ich möchte wissen, was mit Leída Havock geschehen ist. Ich habe sie ausgesandt, um Voss zu stellen. Finden Sie das heraus?«

»Mit Sicherheit, Großmeisterin.« Er wirkte sehr erleichtert. »Wir beeilen uns. Sonst noch etwas?«

»Schokolade, Dauerwurst und etwas Senf«, wünschte sie sich. »Kein Brot.«

Fayence verzog das Gesicht. »Das ist eine … widerliche Mischung.«

»Nicht für eine Schwangere.« Silena fuhr sich mit der rechten Hand über den Bauch. Noch war so gut wie nichts zu spüren. »Wir müssen uns beeilen, sonst werden wir mit dem Angriff bis nach der Entbindung warten müssen«, sagte sie halb im Scherz.

»Nein, wir können nicht so lange warten. Die Heilerin hat die Ankunft des neuen Lebens im Juli gesehen.« Zhiao rechnete ihr vor, wie lange es noch zur Niederkunft war. »Sobald wir Ihre Freunde in Běijīng versammelt haben, sollten wir losschlagen. Ich lasse Ihnen alle Pläne der Verbotenen Stadt bringen, damit Sie sie auswendig lernen können.« Er packte Stift und Blatt weg. »Ich muss mich noch einmal bedanken, dass Sie uns beistehen. Wer einen Nie-Lung tötet, kann auch den Drachenkaiser bezwingen.«

»Ich dachte, Nie-Lung wäre sein Name?«

»Nein. Es ist eine Bezeichnung für einen besonders gefährlichen, schrecklichen Drachen, der auch andere Drachen frisst. Es ist die schlimmste Sorte, die wir in China kennen.« Er verneigte sich erneut und ging hinaus.

»Meine Sachen werden sie mir auch bringen. Ich hoffe, dass sie die Ausrüstung stehlen können, ohne an Nitokris und Nagib zu geraten. Besser wäre es, ich könnte ihnen eine einfache, unverbindliche Nachricht senden, um Zwischenfälle zu vermeiden.« Fayence setzte sich auf den frei gewordenen Stuhl. »Hätten Sie geahnt, wohin uns das Schicksal führen wird?«

Silena betrachtete sein gebräuntes Gesicht, in dem sie wie bei Nitokris etwas Herrschaftliches, Stolzes entdeckte, das ihrer Meinung nach einem Pharao sehr gut gestanden hätte. *Er und ich sind grundverschieden, doch teilen wir die gleiche Aufgabe.* Als sie merkte, dass sie ihn durchaus attraktiv fand, fühlte sie sich ertappt und bekam ein schlechtes Gewissen. »Ich hatte vieles von dem, was mir in den letzten Wochen zugestoßen ist, nicht für möglich gehalten.« Sie gähnte und drückte ihm die Tasse in die Hand. »Lassen Sie mich noch ein wenig ruhen, danach komme ich zu Ihnen, und wir gehen die Pläne durch«, sagte sie schläfrig.

»Aber natürlich.« Fayence erhob sich und stellte die Tasse auf das Schränkchen, dann wandte er sich zum Gehen.

Silena legte den Kopf auf das Kissen, die linke Hand auf den Bauch und sah dabei auf die Wand mit dem Ornamentteppich, auf dem zwei Drachen miteinander kämpften.

Gegen einen Kaiser habe ich noch nie gefochten, dachte sie und dämmerte weg. Sie würde sich erst sicherer fühlen, wenn Brieuc hier wäre.

Aber wahre Sicherheit konnte ihr nur ein Mann geben, den sie vom fernen China aus gar nicht mehr suchen konnte. Auch der Kontakt zur Detektei, um nach dem neuesten Stand zu fragen, würde ihr von Zhiao bestimmt nicht gewährt werden. Fragen würde sie ihn dennoch, und zwar so lange, bis er vor ihrer Sorge und ihrer Hartnäckigkeit einknickte.

Bei aller Unsicherheit über Grigorijs Schickal barg es den Vorteil, dass sie noch immer daran glauben durfte, ihn lebend in die Arme schließen zu können. *Und wenn sie mir eines Tages doch berichten müssen, seine Leiche gefunden zu haben?*

Dieses Gefühl, den Anflug von Verlorenheit, kannte sie nicht von sich. Der Schlaf rettete sie vor Tränen.

13. Januar 1927, Flensburg, Provinz Schleswig-Holstein, Deutsches Kaiserreich

Leída Havock, wieder in ihr Großwildjägerdress gekleidet, beobachtete das Anwesen von Wilhelm Voss aus einem kleinen, trägen Passagierzeppelin heraus, der über Flensburg pendelte.

Los, zeig dich schon! Sie hatte sich gewundert, als sie ein Telegramm von einer Marie aus München bekommen hatte. Zuerst hatte sie die Nachricht für eine neuerliche Falle gehalten, doch die Anweisungen, die Marie im Auftrag von Silena übermittelte, klangen haargenau nach der Drachenheiligen. Glücklicherweise erinnerte sie sich an das Mädchen aus den Erzählungen ihrer Freundin, und durch einige Details in der Botschaft, die nur sie und die Großmeisterin kannten, wurde die Glaubwürdigkeit hergestellt. Leída fand die ungewöhnliche Botin passend.

Mit Silena selbst hatte sie keinen Kontakt mehr. Deren letzter Standort war die Villa von Kasimir Voss in Dresden gewesen, seitdem blieb es totenstill. Keine Nachricht, nicht einmal ein kurzer Funkspruch. Auch die *Skyguards* hatten nichts von ihrer Anführerin gehört.

Leída sah durch das Fernglas, betrachtete die Fensterfronten und das Dach der Stadtvilla. Als sie in der Zeitung lesen musste, dass die Villa mitsamt dem jungen Voss einem Brand zum Opfer gefallen sei, glaubte sie nicht an dessen Tod. *Du hast Silena gefangen genommen, Voss, und deinen Sohn in Sicherheit gebracht, während der Rest der Welt ihn für tot hält. Kluger Schachzug.* Irgendwann würde Kasimir Voss auftauchen und behaupten, er sei auf einem Ausflug gewesen oder etwas anderes Abstruses.

Leída hatte nicht als Einzige ein Fernglas dabei. Touristen nutzten das Luftschiff gerne, um sich einen besseren Eindruck von der Provinz zu verschaffen und die Sehenswürdigkeiten Flensburgs von oben zu betrachten. Sie fiel somit nicht auf, und es flog auf einer Route, bei der das Voss'sche Haus permanent zu sehen war. Der Zeppelin war das optimale Beobachtungsvehikel. *Mh. Niemand zu sehen.*

Am Boden hatten sich ein Dutzend Männer ihrer Einheit um die Villa verteilt, um jeden Schritt zu überwachen, den Voss tun würde. Drei Wagen hatte sie gemietet, falls der Magnat mit dem Automobil verschwinden wollte.

Ich würde ja das Haus zu gern stürmen und mir den Fettsack vornehmen. Seit ihr der Gedanke gekommen war, ließ er sich nicht mehr verdrängen. *Warum eigentlich nicht?*

Leída stand auf, als der Zeppelin sich dem Andockmast näherte. Er würde anlegen, die Passagiere aus seinem untergeschnallten Bauch spucken, neue aufnehmen und seine ewig gleiche Tour erneut beginnen.

Sie schob sich mit den anderen zusammen hinaus und fuhr mit dem Fahrstuhl nach unten, wo sie sich in dem kleinen Ausflugscafé mit Litzow und ihren Leuten traf. »Herrschaften, heute Nacht machen wir zur Abwechslung mal etwas anderes als Drachenjagen: Wir steigen bei Voss ein«, verkündete sie. Die Hände um den breiten Gürtel gelegt, grinste sie breit wie ein Schuljunge, der einen Streich ausgeheckt hatte. »Jeder maskiert sich und malt sich gut sichtbar das Zeichen der Drachenanbeter auf den Rücken.«

»Wie viele werden Sie begleiten, Mrs. Havock?«, fragte Litzow.

Leída grinste noch breiter. »Alle.«

Wer Leída kannte, der wusste, dass sie nicht zu der Sorte Frau gehörte, die Dinge langsam anging. In diesem Punkt ähnelten sie und

Silena sich, nur dass Silena mehr Wert auf Recht und Ordnung legte.

Leída betrachtete den Überfall auf Wilhelm Voss als Notfall, bei dem sie bereit war, gegen viele Gesetze zu verstoßen und dabei noch ihren Spaß zu haben.

Sie fuhren von zwei Seiten in Lastwagen auf die Villa zu. Fünfzig Mann würden auf der Rückseite, fünfzig auf der Vorderseite einsteigen; aus der Luft erhielten sie unauffällige Rückendeckung: Die ganze Zeit über würden die *Ramachander* und die *Lena* in sicherer Höhe über dem Gebäude schweben. Die Piloten saßen startbereit in den Flugzeugen und würden sich sofort an die Verfolgung derer machen, die dem Angriff entkamen.

Voss wird Augen machen. Sie verdrängte, dass sich Cyrano noch immer nicht gemeldet hatte und sie voller Unsicherheit zurückließ. *Ich hätte ihn heute sehr gut brauchen können. Nicht nur wegen seiner Fertigkeiten als Gargoyle.*

Der Lastwagen, in dem sie saß, hielt pünktlich um zwei Uhr morgens vor dem Haus an. Die Männer sprangen von der Ladefläche und liefen, so leise es ging, die Treppen hinauf, brachen die Tür mit einem mitgebrachten Holzklotz auf und stürmten die Villa.

Leída hatte die Leute genau aufgeteilt, jeder Einzelne wusste, wohin er zu gehen hatte. Zwar waren alle bewaffnet, aber eine Schießerei sollte vermieden werden.

Sie rannte mit dem vordersten Team in die Etage, dorthin, wo ihren Beobachtungen nach das Schlafzimmer lag.

Persönlich trat sie die beiden Flügel auf, das Stechen im verletzten Fuß inorierend, und polterte in den hohen Raum, in dem ein weißes, mit Blattgold verziertes Bett stand. Darin schreckte Voss aus dem Schlaf hoch, gleich darauf kreischte die junge Frau an seiner Seite los. Sie war nackt, er trug einen hellgelb-braun karierten Pyjama, was seine Körperfülle optisch nicht kaschierte. Die grauen Haare standen verstrubbelt ab.

»Halten Sie den Mund!«, fuhr Leída die Frau an. »Sie!« Die Luger zeigte auf den Magnaten. »Raus aus den Federn.«

Voss bewegte sich nicht, die Blicke richteten sich auf Leída. »Was wollen Sie?«

»Wissen, wo Sie Ihren Sohn und Zadornova versteckt haben.«

Er grunzte. »Ein schlechter und geschmackloser Scherz. Mein Sohn ist verbrannt! Übermorgen ist seine Beerdigung.«

»Das glaube ich nicht«, hielt Leída dagegen.

»Dann kommen Sie vorbei und öffnen den Sarg«, bellte er zurück. »Und was diese Zadornova angeht, weiß ich nicht, was *ich* mit ihr anfangen sollte.« Er hob den Arm. »Raus hier! Sie hatten Ihren Auftritt, Havock. Und er war mies. Ihre Gürtelschnalle hat Sie verraten. Ich muss Ihre entstellte Visage nicht sehen, um zu wissen, wen ich vor mir habe.«

Er hat mich erkannt! Sie zog sich die Maske vom Gesicht und streifte die blonden Haare über die Verbrennungen. »Ich werde nicht gehen, bevor ich von Ihnen die Wahrheit gehört habe, Fettsack. Meine Freundin hat einiges über Sie herausgefunden, Voss. Sie haben krumme Dinger an der Börse gedreht. Zu welchem Zweck?«

Voss lachte schallend und wollte sich gar nicht mehr beruhigen. »Sie müssten sich hören«, hechelte er. »Selbst wenn ich es Ihnen erklären würde, verstünden Sie es nicht! Sie haben keine Ahnung, was gerade vor sich geht.« Er stieg behäbig aus dem Bett und warf sich einen Bademantel über. »Sie brechen in mein Haus ein, fuchteln mit der Waffe herum und hoffen, dass mich das in irgendeiner Weise beeindruckt. Aber da haben Sie sich mehr als getäuscht, Drachenjägerin! Man wird nicht zu einem Magnaten, indem man Angst vor Menschen und Situationen hat.« Zwei Meter von ihr entfernt blieb er stehen, steckte die Hände in die Taschen. »Ich habe mich schon weitaus schlimmeren Gegnern gegenübergesehen als einer bewaffneten Frau und auch damals nicht nachgegeben. Mein Tod würde nichts mehr ändern. Das, was meine Aufgabe war, läuft. Unaufhaltsam.« Voss wippte auf den Zehenspitzen. »Einen schönen Abend.«

»Gut gebrüllt, Drache.« Leída gab ihren Leuten ein Zeichen. »Sie müssen wissen, dass ich auch schon weitaus schlimmeren Dingen als einem fetten Industriellen gegenübergestanden habe und mich weder durch Ihren Anblick noch Ihren Mundgeruch, noch Ihre faulen Worte beeindrucken lasse.« Sie wandte sich an die Nackte. »Wer immer Sie sind, Schätzchen: Vergessen Sie, was Sie gesehen habe. Alles andere tut Ihnen nur weh.«

Die Frau starrte sie an, nickte verängstigt.

Leída ging hinaus, die Stufen hinunter. Dabei sah sie auf die Uhr. *Keine zehn Minuten.*

»Was haben Sie vor?«

»Ich nehme Sie mit, Voss, und spendiere Ihnen einen Rundflug mit der *Ramachander*. In etwa dreitausend … nein, sagen wir viertausend Meter Höhe werde ich Sie mit einem Fallschirm auf dem Rücken hinauswerfen, und die Jagdpiloten werden Schießübungen auf Sie absolvieren. Das«, sie lächelte über die Schulter, »ist schon alles. Sehen Sie? Ich habe nicht mal weitere Fragen an Sie.«

»Pah«, machte er abfällig. »Sie machen mir keine Angst.«

»Das habe ich auch nicht nötig.« Ihre restlichen Männer befanden sich bereits auf dem Rückzug und schleppten bergeweise Akten und Pläne hinaus. Sie wechselte ein paar leise Worte mit einigen von ihnen. »Oh, Herr Voss! Sie hatten einen Tresor hinter der Vertäfelung im Kaminzimmer! Und einen weiteren im Billardraum«, sagte Leída fröhlich. »Wir haben uns die Freiheit genommen, diese Dinger mitzunehmen. Ich bin sicher, dass wir aus den Unterlagen schlauer werden als aus den Lügengeschichten, die Sie uns auftischen.«

Bevor sie die Villa verließen, wurde Voss geknebelt und bekam einen Sack über den Kopf. Sie erreichten den Lastwagen und schwangen sich hinauf, Voss wurde hochgehievt und hingesetzt. Die Einheit rückte ab und fuhr zum Flughafen.

Leída fand, dass es eine rundum gelungene Aktion war. Niemand war verletzt worden, und sie hatten jede Menge Papier erbeutet, von dem sicherlich etwas wichtig sein würde.

Gleichzeitig mit der *Ramachander* gelangten sie auf das freie Feld. Der Lastkorb wurde heruntergelassen und die erste Fuhre der *Havock's Hundred* in die Höhe gezogen; derweil wachte die *Lena* über das Beladen.

Nachdenklich sah sie zu, wie ihre Leute nach oben in das Luftschiff gehievt wurden. Das Hauptproblem hatte sich noch nicht gelöst. *Wo stecken Silena und Fayence?*

Sobald auch sie an Bord war, schweißten die Techniker die beiden Panzerschränke mit viel Feingefühl auf, damit der Inhalt nicht Feuer fing.

Leída freute sich, dass ein Teil ihrer Hoffnung erfüllt worden war: Sie fand jede Menge Quittungen, Belege und Wechsel, aus denen ein Finanzexperte gewiss Voss' Manipulationen erkennen konnte. *Was tue ich damit? Dem Geheimdienst des deutschen Kaisers bringen?*

Litzow sichtete in der Zwischenzeit mit einigen Offizieren weitere Papiere. »Mrs. Havock«, rief er sie zu sich an den Kartentisch, auf dem sich die Blätter türmten. »Haben Sie eine Vorstellung, was das zu bedeuten hat?« Er legte eine Karte hin, auf der eine römische Eins aufgemalt war. Sie zeigte Deutschland und verschiedene Stollenanlagen sowie Bergwerke, deren Namen durchgestrichen waren.

»Ich habe zu zwei Bergwerken Hinweise gefunden, dass die Fördermenge des Erzes zu gering sei und der Abbau eingestellt wurde. Mit dem Bernsteinbergwerk Anna verhält es sich ähnlich«, sagte er und hielt ihr das Blatt hin. »Aber gleichzeitig fand ich eine bestätigte Anweisung, dass die Schächte vertieft werden sollen.« Litzow reichte ihr seinen Fund. »Sowie eine Aufstellung, wie viel Dynamit für Sprengungen vorgesehen ist.«

»Er macht also weiter.« Leída sah auf die Karte. »Das schauen wir uns an. Für mich klingt das nach einem optimalen Versteck für die Drachenfreunde, um in aller Ruhe ihre Anschläge vorzubereiten und Bomben zu bauen. Voss kommt leicht an die Substanzen.« Sie tippte auf Palmnicken. »Angeblich wurde es vor zwei Jahren geschlossen. Sehen wir uns den Stollen an.«

»Palmnicken, sehr wohl!« Litzow eilte auf die Brücke, um der Mannschaft den neuen Kurs der Luftschiffe anzugeben.

Halte durch, Silena. Ich will nicht zu spät kommen. Leída drehte sich um, stapfte auf Voss zu und nahm ihm den Sack vom Kopf. Das dicke Gesicht war wutverzerrt. *Er ärgert sich ja mächtig.* Sie nahm einen Fallschirm aus der Wandhalterung. »Bereit für Ihre Flugstunde?«

16. Januar 1927, Amsterdam, Provinz Nord-Holland, Königreich Holland

Als die Fluten des Kanals über Florin zusammenschlugen, wusste er, dass er Vouivre überrumpelt hatte. Tödlich überrumpelt.

Der Flugdrache versuchte sich vor dem Untergehen zu bewahren, indem er die Schwingen ausbreitete, um dem Wasser Widerstand zu bieten oder sich am Ufer festzuhalten, aber Florin hatte ihn zu schnell zu fassen bekommen.

Dass mein Vorhaben gelingen würde, hätte ich niemals für möglich gehalten! Das laute, trockene Knacken, das er unter Wasser vernahm, ließ ihn vermuten, dass er seinem einstigen Herrscher einen seiner empfindlichen Röhrenknochen gebrochen hatte. Flugdrachen besaßen eben nicht das härteste, schwerste Skelett, um sich durch die Luft schwingen zu können.

Du hast mich zum letzten Mal so herablassend behandelt. Florin schlug mit dem kräftigen, flachen Schwanz und schoss durch den Kanal, zerrte Vouivre hinter sich her, der sich nicht zu wehren wusste. Er befand sich in einer Hochstimmung, da er in der Tat nicht damit gerechnet hatte, Vouivre in tödliche Bedrängnis bringen zu können. Mit jedem Meter, den er schwamm, stieg die Euphorie. Die Kälte des Wassers, das unter das Schuppenkleid bis auf die Haut drang, machte dem Altvorderen offenbar zu schaffen. Seine Bewegungen wurden schleppender.

Florin wurde zwar von den Krallen des Flugdrachen getroffen, aber er behielt seine Geschwindigkeit bei. Zwei Flammenlohen schossen auf ihn zu, doch er wich den Attacken aus.

»Was willst du, Florin?«, schrie Vouivre erstickend in Todesangst und spuckte, schluckte und hustete. »Sag es! Es soll dein sein!«

Florin lachte. Nun wusste er, dass er seinen Feind besiegt hatte. »Der große Vouivre befürchtet, in dem Kanal abzusaufen wie ein Stück Vieh!«

»Ich bitte dich, Florin!«

Florin bremste und schlängelte sich um den Flugdrachen, damit er seine Schwingen nicht benutzen konnte. Dann ließ er sich auf den Grund sinken. Es wurde unvermittelt leise, das Planschen endete. Sie schwebten in eisiger Schwärze; eine Luftblase entwich blubbernd Vouivres Maul. »Ich will das, was nach dem Tod von

Fafnir an dich fiel«, verlangte er. »Oder ich warte einfach, bis du ersoffen bist, und nehme mir alles.«

»Das schaffst du nicht. Ddraig würde dich vernichten«, würgte der Altvordere schwach hervor. »Du brauchst mich als deinen Verbündeten.« Er zappelte, aber Florin hatte achtgegeben und ließ ihn nicht los. »Du hast gewonnen. Ich lasse dir Deutschland.«

»Und Österreich-Ungarn«, setzte Florin hinzu. »Alle Beneluxländer und das, was ich im Osten für mich einnehmen kann.«

»Meinetwegen, meinetwegen!« Vouivre verstummte und erschlaffte.

»Hör auf mit dem Theater. Ich weiß, dass du das Bewusstsein nicht verloren hast«, sagte Florin und presste seinen Leib fester um Vouivre, der aufschrie und wieder kostbaren Sauerstoff verlor. Knorpel bog sich, Knochen knisterten und standen kurz vorm Brechen. »Welche Garantien bekomme ich von dir, Altvorderer?«

»Mein Wort! Was soll ich dir in diesem Kanal mehr geben können?«

»Dein Auge! Ich gebe es dir wieder, wenn ich erkenne, dass du dich an die Abmachung hältst.« Florin wusste nicht genau, ob seine Forderung erfüllbar war. Er hatte von verschiedenen Sagen über Vouivre gehört, in denen er seinen Karfunkel herausnehmen und einsetzen konnte, wie es ihm beliebte. Er war nicht allein durch sein Schuppenkleid eine Besonderheit. *Jetzt müssen die Märchen über ihn zu einem Teil noch stimmen.*

»Wie kommst du darauf, dass ich es könnte?«

»Frag die Menschen, die diese Legenden über dich berichten.« Florin spürte, dass sie auf dem Grund des Kanals aufsetzten. Sie senkten sich in den weichen Schlick. Er drückte noch fester zu. »Um auf Ddraig zurückzukommen: Ich kann mich mit ihr sicherlich einigen, wenn ich ihr Frankreich, Spanien und Portugal überlasse.«

Vouivre strampelte ein letztes Mal und schien zu begreifen, dass er nicht entkam. »Ja, ja, ich überlasse dir mein Auge. Gib meinen rechten Arm frei.« Florin tat es, und ein brotlaibgroßer Rubin leuchtete in der Dunkelheit des Wassers auf. »Ich habe es herausgenommen. Wohin soll ich es tun?«

»Lass es fallen. Ich finde es«, befahl Florin. »Im Gegensatz zu dir.« Das Rot glitt an ihm vorbei, er spürte den Einschlag des Steins neben sich. »Kluge Entscheidung, Altvorderer. Sie sichert dir weitere Jahre der Existenz.« Florin drückte sich ab und zog Vouivre mit, der Oberfläche entgegen. Er schleuderte ihn wie einen nassen Lappen an Land und blieb am Rand des Kanals, um jederzeit abtauchen zu können.

Vouivre lag zunächst still und erbrach würgend einen Schwall brackiges Wasser nach dem anderen, bevor er sprechen konnte. »Genieße den Tag, an dem du mich besiegt hast«, grollte er und stemmte sich bebend auf die Beine, die zu schwach zu sein schienen, um ihn zu tragen. Schlaff hingen die Schwingen herab, die linke war in der Tat gebrochen! Aus der Höhle, in der einst der Karfunkel gesessen hatte, rannen Wasser und Blut; das Loch dampfte.

Florin hätte am liebsten laut gebrüllt, um seinen Triumph auszukosten, aber er verzichtete, um den Altvorderen nicht weiter zu demütigen. In einer Sache hatte dieser die Wahrheit gesprochen: Gegen Ddraig würde er allein nicht bestehen – aber die ersten Verhandlungen hatte er bereits geführt, um sich ihre Gunst zu sichern. Ihm kam entgegen, dass sie Vouivre inzwischen abgrundtief hasste. Die Niederlande und England waren so gut wie Freunde. *Dein Tod kommt früh genug.* »Das tue ich«, gab er zurück. »Sehr sogar.«

Der Flugdrache knurrte unentwegt, vermutlich um seine Schmerzen zu überspielen. »Unsere Abmachung gilt«, gab er gequält von sich. »Wann erhalte ich mein Auge zurück?«

»Wenn ich zu der Überzeugung gelangt bin, dass unser Abkommen stabil genug ist, Altvorderer.« Florin schnaubte. »Du kannst gehen. Ich lasse den Karfunkel an den Ort deiner Wahl bringen.«

»Wie soll ich unbeschadet nach Hause gelangen? Wie soll ich meinen Weg finden?«, lamentierte Vouivre. »Du hast mich geblendet und mir eine Schwinge gebrochen! Selbst Bauern könnten mich mit ihren Mistgabeln erstechen, so wehrlos bin ich.«

Florin gab einen Laut von sich, der Mitleid heuchelte. »Dann wirst du dir etwas einfallen lassen müssen, Altvorderer. Sonst bekomme ich deine Ländereien doch noch.« Er sank in den Kanal und tauchte unter, um den Karfunkel zu bergen.

Der Stein leuchtete schwach und wies Florin den Weg zu ihm. Er nahm das noch warme Schmuckstück und schwamm zurück nach Amsterdam. Das Warten auf den rechten Augenblick für seine Rache hatte sich gelohnt.

Vouivre hörte, wie Florin ins Wasser sackte und verschwand. Erst jetzt erlaubte er seinem Hass, sich offen zu zeigen: Er öffnete das Maul und schickte eine gewaltige Lohe in die Nacht, dazu brüllte er. Die Menschen würden glauben, ein Komet wäre vom Himmel gestürzt und in die Weide eingeschlagen.

Florin wird sterben! Schneller, als er denkt! Vouivre lief los, witterte, züngelte und orientierte sich anhand der Gerüche.

Ihm blieben noch einige Stunden, bevor es hell würde und man ihn schon auf kilometerweite Entfernung sehen könnte. Ausgerechnet in Holland, in diesem flachen Land, musste er sich befinden! Nichts, wo er sich verbergen konnte.

Vouivre wusste zum ersten Mal in seinem langen Leben nicht, was er tun sollte. *Ich bin dermaßen erniedrigt, hintergangen und überrumpelt worden – und das an einem einzigen Tag! Diese Schmach muss ausgemerzt werden!* Was hatte er nicht schon alles für Schlachten geschlagen! Und wie oft war er als Sieger hervorgegangen, sowohl bei den Kriegen von seinen Residenzen aus als auch gegen andere, aufstrebende Drachen, die ihm im eigenen Land die Herrschaft hatten streitig machen wollen.

Ich war mir einfach zu sicher! Dabei habe ich doch gewusst, dass er mich zu betrügen versucht! Fieberhaft suchte er nach einem Ausweg aus seiner Lage, aber es wollte ihm nichts einfallen. Florin hatte ihn den Menschen preisgegeben, was einem Todesurteil gleichkam.

Er roch, dass er sich einer Scheune oder einem ähnlichen Bauwerk näherte, in dem Schafe gehaust hatten. Den Geruch von Menschen nahm er nicht wahr, und so tastete er sich voran, bis er sich in den Unterstand geschoben und in den hintersten, geschützten Winkel verkrochen hatte. Jetzt fühlte er sich zumindest nicht mehr ganz jeglichen Blicken ausgesetzt.

Bleibt die Frage, wie ich von hier verschwinde. Vouivre versuchte die gebrochene Schwinge zu bewegen und schnaufte vor Qual. Er sah sich bereits von brüllenden Bauern mit schmutzigen Mistgabeln umzingelt, die ihn abstachen wie ein Schwein. Oder ihn fingen, in Ketten legten und bei lebendigem Leib zerschnitten. Es würde eine Woche dauern, bis der Knochen für einen sanften Flug ohne schwierige Manöver belastbar war.

Blind fliegen konnte er. Die Schwierigkeit bestand darin, dass er eine Woche lang in diesem Unterstand festhing. Das würde problematisch werden.

Ohne Augenlicht! Wie ein Maulwurf oder andere niedere Kreaturen! Er grollte und musste sich beherrschen, die Hütte nicht vor lauter Hass auf Florin in Splitter zu schlagen und anzuzünden. Sie war sein einziger Schutz.

Reiß dich zusammen!, fuhr er sich an. *Du entkommst aus dieser Lage. Und du wirst dem blauen Verräter zeigen, wer der Meister der Intriganten ist.*

Zur Ablenkung von den Schmerzen begann er, Pläne zu schmieden.

Was Florin an Ländern und Territorium im Osten verlangt hatte, gab er ihm nur zu gern. *Soll er sich mit Tugarin streiten. Das macht es mir einfacher. Sie sind beide jung und sollen sich austoben.*

Er würde dafür sorgen, dass die Drachen aneinandergerieten. *Ich schicke den Revolutionären Briefe, in denen von der Unterstützung ihrer Sache die Rede ist und die auf Florin hindeuten werden.*

Vouivre würde Tugarin gleichzeitig wissen lassen, dass der holländische Drache ihm durch einen Akt der Barbarei und der abgründigen Hinterhältigkeit einen Teil der Macht und der Länder entrissen hatte.

Vouivre bastelte in Gedanken an den Kleinigkeiten seines neuerlichen Ränkespiels, und er genoss dies trotz der schrecklichen Schmerzen in seinem Kopf. Er hatte das Karfunkelauge schon mindestens einhundert Jahre nicht mehr ablegen müssen. Bald war sein Plan aufgestellt, und er gefiel ihm außerordentlich gut.

Also, dachte er mit wesentlich besserer Laune, *wie entkomme ich diesem unwürdigen Stall?*

XVIII.

16. Januar 1927, Insel Väddo, Ost-Schweden, Königreich Schweden

Die Hände taten ihm nach drei Stunden Holzhacken weh, sein Rücken schmerzte. Das zeigte ihm, dass er es nicht gewohnt war, körperlich hart zu arbeiten. Der Kopf pochte, Nadeln schienen sich durch die Schläfen ins Hirn zu bohren.

Der Stapel Scheite, der sich zu seiner Linken in die Höhe schraubte, war dennoch beeindruckend. Maß nehmen, ein Schlag, und wieder purzelten die Hälften den Hackklotz hinab. *Vielleicht habe ich zu schnell gearbeitet?* Er versenkte die Schneide in dem dicken Klotz und löste die Finger vom Axtstiel. Sie waren rot, Blasen deuteten sich an.

Nein. Das ist nicht mein Leben. Er sah auf die Ärmel des abgetragenen Mantels in dem er steckte. *Und das ist auch nicht mein Mantel.* Er wandte sich um und schaute zu der Fischerhütte, aus deren Kamin Rauch quoll. *Kaffee wäre gut.*

Er stapfte durch den Schnee, atmete die eisige Luft ein und versuchte, durch die Mauer zu dringen, die um seinen Verstand lag.

Er wusste kaum etwas von sich. Anstelle von Erinnerungen waren da schwarze Löcher. *Wasser*. Das war das Einzige, an das er sich erinnern konnte. Ein Aufprall, aber überwiegend Wasser, Nebel und eine Barke, an die er sich geklammert hatte, bevor ihn Olof an Bord des Fischkutters gezogen hatte. Seinen Namen hatte er seinem Retter bibbernd vor Kälte entgegengestammelt: Grigorij.

Olof gebrauchte eine Sprache, die nicht die seine war, die er jedoch verstand. Aber es war ihm unmöglich, sich mit ihm zu unterhalten. Ein Riegel lag vor dem Können, sich zu artikulieren und mit den Leuten in dem Dorf zu verständigen.

Was tue ich hier? Wie bin ich ins Wasser gekommen? Fragen über Fragen quälten Grigorij, der das Gefühl hatte, wichtige Dinge zu verpassen. Lebenswichtige Dinge. Man brauchte ihn dringend an einem ganz anderen Ort. Aber er hatte keine Ahnung, wohin er ohne Anhaltspunkte gehen sollte, um mehr über sich herauszufinden. Dieses Dorf war so gut wie jeder andere Ort auf der Welt.

Er betrat die Hütte, in der Tilda und Olof saßen. Grigorij nickte ihnen freundlich zu und deutete auf den Herd, wo der Kaffeekessel brodelte.

»Was hast du ihm gesagt? Dass er erst wieder ins Haus darf, wenn er die restlichen Stücke auch gespalten hat?« Olof gab seiner Frau einen Kuss auf den blonden Hinterkopf. »Gutes Mädchen! Dann muss ich es nicht tun.« Er lachte, nahm den Kaffeekessel und goss Grigorij eine Tasse ein, die er auf den Tisch stellte. So zwang er ihn, sich zu den beiden zu setzen. Dann entkorkte er eine Flasche mit Wodka und gab einen Schuss dazu.

Als der Fischer seiner Gemahlin einen Kuss gegeben hatte, hatte Grigorij unvermittelt gewusst, dass es auch in seiner Welt eine Frau gab. Seinem Gefühl nach musste er sie sehr lieben. Angst befiel ihn, quetschte sein Herz. *Was tue ich, wenn sie ertrunken ist?*

Er betrachtete sich in der schwachen Spiegelung der Scheibe. Er trug einen schwarzen, dichten Dreitagebart und lange Koteletten, die halb langen schwarzen Haare waren von der salzigen Luft leicht gekräuselt. Die alten Sachen des Fischers waren ihm etwas zu weit, weshalb er verloren und unsicher erschien. An seiner Stirn prangte die lange Narbe mit dem schwarzen Garn darin, die von einer Platzwunde stammte. Tilda hatte ihn eigenhändig genäht. *Nein, das bin ich nicht. So bin ich nicht.*

»Olof, das ist nicht nett«, erteilte Tilda ihrem Mann einen Tadel. »Ich hatte bloß erwähnt, dass wir wieder Brennholz benötigten, und da ist er raus und hat angefangen.« Sie zog die helle Fransenstola um ihre Schultern. »Wie war der Fang?«

»Nicht gut. Wir haben nach einem Wal Ausschau gehalten, aber nichts ausmachen können. Also haben wir ein paar Robben erlegt und ein paar Fische aus dem Wasser gezogen.« Er schlürfte den heißen Kaffee und verzog das Gesicht. »Weib, seit wann steht der schon da? Der ist bitter wie Galle!«

Sie reichte ihm Milch und Zucker. »Das ist schade.«

»Bitterer Kaffee ist immer schade.«

»Ich meinte, dass ihr nichts gefangen habt.«

Grigorij verfolgte die Unterhaltung gespannt. *Ich habe euch auf der Karte eingezeichnet, wo ihr etwas finden könnt. Ihr hättet auf mich hören sollen.* Er trank von seinem Kaffee, genoss die Wärme des Alkohols und des Getränks. Der schwache Schnapsgeschmack weckte etwas Bekanntes, das er lange nicht mehr genutzt hatte. Wie von selbst setzte er die Hellsicht ein, auch wenn sie ihm nicht verhalf, seine eigene Herkunft zu ergründen. Dagegen schien sie sich zu sträuben.

Tilda spielte mit dem Löffel, den sie vorhin benutzt hatte. »Ihr hättet also doch auf ihn hören sollen«, sagte sie zufrieden-vorwurfsvoll.

»Es war Zufall, dass es so kam, wie er auf der Karte eingezeichnet hat«, brummte Olof.

»Glaube ich nicht. Es ist etwas in seinen Augen, was mich glauben lässt, dass er mit dem, was er vorhersagt, richtigliegt. Hat er dir einen Wal auf die Seekarte gemalt, und habt ihr dort einen entwischen lassen oder nicht?«

»Ja, Weib«, erwiderte Olof genervt, weil er wusste, dass sie recht hatte.

Sie lächelte, berührte seine Hand. »Zu schade, dass wir ihn nicht verstehen.«

Ja. Zu schade. Grigorij leerte den Kaffee in einem Zug und bekam sofort beides nachgeschenkt. Er hoffte, dass der Alkohol Türen in seiner Kopfmauer öffnen würde, durch die er nicht hindurchgelangte.

Einen kleinen Erfolg hatte er bereits gehabt: Er hatte sich in einem sehr feudalen Haus gesehen, an einem geldbeladenen Tisch mit fünf anderen Männern, die Smokings trugen. Eine Pistole ging reihum, die Trommel wurde gedreht. Abwechselnd hielten sie sich die Waffe unters Kinn und drückten ab. Die Hellsicht hatte ihm jedes Mal gesagt, wo sich die Patrone befand. Er war dem Tod mehrmals entkommen, aber immer ruhig geblieben.

Am Ende des grausamen Roulettespiels hatte der letzte der anderen Männer weinend aufgegeben und war hinausgerannt, während Grigorij sich das Geld genommen hatte. Mit dem Gewinn war er in ein anderes Haus gegangen, wo ihn leicht bekleidete Frauen empfangen hatten. Nacheinander hatte er es mit ihnen getrieben, vier Stück. In einer Nacht voller Leidenschaft, voller Opiumrausch.

Grigorij nippte wieder am Kaffee. *Liebe, nein, Liebe war es nicht gewesen. Die habe ich bei meiner Frau gefunden.*

»Bald schon. Ich habe Ole gefragt, und dessen Cousin spricht Russisch. Er kommt heute Nachmittag vorbei, und dann wird er diesen komischen Fisch ausfragen.« Olof trank von dem Gebräu, das Unmengen von Milch und eine Prise Zucker enthielt. »Danach kann er endlich von hier verschwinden.«

»Eifersüchtig, Olof?«

»Auf den? Ha! Schau dir den jungen Hänfling mal an. Du bist doppelt so alt wie er und magst echte Männer. Nicht solche halben Hemden wie ihn.« Der Fischer erhob sich und nahm sich von dem harten Dauergebäck aus der blauen Dose, das er in den Kaffee stippte, damit es aufweichte und essbar wurde. »Ein Wunder, dass er die kalte Ostsee und seine Verletzungen überhaupt überlebt hat.« Er kaute den Keks. »Er ist bestimmt von einem Dampfer gefallen, auf dem die Reichen durch die Ostsee schippern, und sich die Küste ansehen, Kaviar in sich hineinstopfen und Champagner saufen.«

Das könnte passen, dachte Grigorij. *Es wäre zumindest ein Ansatz.* Doch er wurde den Eindruck nicht los, dass dieses ausschweifende Leben, das er gesehen hatte, auch nicht seins war. Nicht mehr. *Warum sollte ich demnach an Bord gegangen sein?*

»Das wäre doch gut. Vielleicht würde er dir Geld für seine Rettung bezahlen, und wir wären unsere Sorgen los.« Tilda seufzte. »Ich sollte besser aufhören zu träumen.«

»Ja, das solltest du, mein Weib.« Er deutete auf ihre Finger.

Sie lachte. »Du bist doch eifersüchtig! Wegen des Handkusses, den er mir gestern gegeben hat?«

»Pah«, machte Olof wieder und tunkte den nächsten Keks ein. Dabei sah er Grigorij tatsächlich etwas eifersüchtig an.

Abwehrend hob er eine Hand, zeigte auf sich, dann auf Tilda und machte verneinende Gesten. *Ich hoffe, er versteht, was ich damit sagen will.*

Es klopfte, und auf ihren Zuruf hin, trat Ole mit einem weiteren Mann in die Stube. Auch sie trugen dicke Fischerjacken, Wollhosen und hohe schwarze Stiefel. Die Säume hatten sie in den Schaft gesteckt, damit sie nicht dreckig wurden. »Hier habe ich euren Dolmetscher: Lasse«, rief er. »Oh, Kaffee. Da nehmen wir beide einen.«

Olof verteilte Tassen und schenkte aus.

»Erzähl doch mal, wie du ihn gefunden hast«, forderte ihn Ole auf. »Lasse kennt die Geschichte noch nicht.«

»Da gibt es nicht viel zu erzählen. Ich habe ihn vor einigen Tagen aus dem Wasser gezogen. Er hatte sich an eine Signalboje geklammert. Er hat vor sich hin gebrabbelt, als ich ihn gefunden habe, und geschrien hat er die ganze Zeit.« Olof setzte neuen Kaffee auf und stellte die Dose auf den Tisch. »Da habe ich ihn gehörig abgefüllt, und plötzlich wurde er richtig zutraulich.« Er setzte sich. »Das war's.«

Grigorij seufzte. *Nein, nicht spannend und auch nicht aufschlussreich.* Wieder hatte er seine Tasse geleert, und dieses Mal ließ er sich nur noch Wodka einschenken. Der Rausch sollte ihn beflügeln. Nun wartete er ungeduldig, dass ihm der Übersetzer präsentiert wurde, mit dem er hoffentlich sprechen konnte.

»Das ist aber nicht spannend«, befand Lasse enttäuscht, die Jacke öffnend. »Mein Cousin hat was von einem Wal erzählt, den er dir beschrieben hat.«

»Ach ja, das. Zufall. Er hat mir die Karte vollgeschmiert. Sollte ein Wal sein. Ich bin spaßeshalber hingefahren, und da war wirklich einer. Reiner Zufall.«

»Dann frag ihn mal, wer er ist, woher er kommt und so was.« Tilda reichte auch Grigorij eine Handvoll Kekse. »Das hast du dir verdient«, sagte sie zu ihm.

»Wichtiger ist: wann er gehen möchte«, warf Olof ein, und die beiden Männer lachten.

Wenn ich wüsste, wohin …

Lasse nickte Grigorij freundlich zu und fragte ihn: »Woher kommt du?«

Er lehnte sich nach vorn und beobachtete Lasses Lippen. Etwas erwachte in ihm. Die Antwort kam von selbst, ohne dass er nachdenken musste. Denn es war eine Sprache, die er verstand und in der er antworten konnte! »Ich habe keine Ahnung, wie ich in die

Ostsee gelangt bin. Aber ich habe schreckliches Kopfweh und weiß, dass ich gegen irgendetwas geprallt bin. Und du sprichst mit schrecklichem Akzent.« Doch ausgerechnet jetzt machte ihm der Alkohol die Zunge schwer, die Worte fehlten ihm mitunter oder wollten sich nicht formen lassen. »Zettel und Stift, bitte. Ich will aufmalen, was ich nicht sagen kann.« Der vertraute Ton hatte ein neues Bild in seinem Verstand erhellt, aber er kam nicht auf das passende Wort.

»Was hat er gesagt?«, drängte Tilda.

»Hat er Geld?«, fügte Olof hinzu. »Gibt er uns was?« Er bekam einen Rempler von seiner Frau.

Lasses Mundwinkel hingen herab. »Er sagte, dass mein Russisch furchtbar sei, und korrigierte meine Aussprache.«

»Wie aufmerksam von ihm«, sprach Ole lachend. »Das war alles?«

»Nein. Er sagte, er habe keine Ahnung, wie sein Name lautet, und wüsste auch nicht, wie er in die Ostsee gelangt wäre. Aber er hat Kopfweh und weiß, dass er gegen irgendetwas geprallt ist. Jetzt will er Zettel und Stift.«

»Oh, jetzt malt er uns zum Dank ein Bild«, frotzelte Olof.

»Na, und? Wenn es gut ist.« Tilda brachte Grigorij, was er verlangt hatte. »Was will er damit?«

»Aufmalen, woran er sich erinnern kann, weil ihm die passenden Worte fehlen.« Lasse sah wie alle gespannt zu, was der Fremde zu Papier brachte. »Ich wette, dass ihm der Schlag das Gedächtnis genommen hat.«

Grigorij malte indessen, was er erlebt hatte. Ein Luftschiff, ein schlankes Luftschiff, auf dessen Brücke er stand. Seine Bewegungen wurden langsamer, weil die Erinnerung immer stärker wurde und ihm nicht nur die Bilder, sondern auch die Geräusche und Gerüche der Nacht brachte, in der er ... Es stank nach Feuer, nach schmorenden Kabeln. Die Unterhaltungen seiner Retter wurden leiser und gingen in den Schreien von Verletzten und Sterbenden unter, die er hörte. Laut krachte es, eine Detonation schien sich direkt vor ihm zu ereignen. Er meinte, die Druckwelle zu spüren. *Bleib ruhig. Es ist nur Einbildung*, sagte er sich und zwang sich, die Erinnerungen zu Papier zu bringen, aber die Striche wurden krakelig, kindlich. Alkohol und Koffein verschlimmerten die Wirkung. Die Eindrücke nahmen ihn zu sehr mit. *Habe ich meine Frau schreien hören?*

»Nennt sich das nicht Amnestie?«, grübelte Ole laut.

»Amnesie«, verbesserte ihn Olof und betrachtete die Zeichnungen. »Ach, er malt schon wieder einen Wal.«

»Einen Wal mit einer Gondel am Bauch?« Lasses Gesicht hellte sich auf. »Das soll ein Luftschiff sein, wie sie von Stockholm nach Sankt Petersburg fliegen!«

Grigorij sah ihn an. *Sankt Petersburg!* Das Gesicht einer älteren Frau erschien vor ihm, die nicht seine Gemahlin war, das spürte er. Dennoch liebte er sie ... Und schon sah er sich auf einem freien Feld stehen, mit einem schweren Säbel in der Rechten, bei strömendem Regen. Ihm gegenüber stand ein Offizier, wie er an der Uniform erkannte. Sekundanten in langen schwarzen Mänteln und mit Hüten auf dem Kopf beobachteten sie schweigend. Grigorij und der Mann entboten sich den Fechtgruß, dann attackierte der Gegner ihn mit Wut im Gesicht und Kraft im Arm. Grigorij stieß die Spitze zur Seite, schlug dem Mann den Handschutz des Säbels ins Gesicht und stach ihm die Klinge durch den rechten Arm. Das Duell war gewonnen. Achtlos ließ er die Waffe fallen und drehte sich zur Kutsche um, die seine war. Hinter dem Fenster sah er das Gesicht einer jungen blonden Schönheit, die ihm zulächelte, während er einen Flachmann aus seiner Tasche zog, ihn aufdrehte und einen langen Schluck daraus nahm. Er knöpfte sich das Hemd auf ... *Nein, das ist nicht meine Frau.* Grigorij rieb sich die Stirn und fluchte, weil er die Narbe berührt hatte. *Es sind Erinnerungen aus verschiedenen Zeiten.* Er wunderte sich, was er alles getan hatte. *Duelle, ein ständiger Liebhaber schöner Frauen und der Drogen.* Grigorij zeichnete weiter.

Tilda brachte den neuen Kaffee. »Dann hat man ihn aus einem Zeppelin geworfen. Ein Mordanschlag! Das ist doch spannend.«

»Niemals. Der Aufschlag hätte ihn umgebracht«, gab Lasse zu bedenken. »Schaut mal, jetzt malt er noch Feuerwerk dazu.«

»Einen Augenblick!« Tilda schlug auf den Tisch. »Ich habe eine Meldung gelesen, vor einigen Tagen, in der *Stockholms-Tidningen.*

Ist nicht erst ein Zeppelin abgeschossen worden? Vielleicht will er uns das mitteilen.«

Grigorij nickte. »Ja«, sagte er begeistert zu Lasse und trank Wodka. Der Schnaps floss in die Erinnerungslöcher und spülte das Versunkene nach oben. »Ja, ein Zeppelin.« Jetzt konnte er das Wort aussprechen und grinste.

»Ich suche die *Tidningen!*« Olof lief zum Stapel der alten Zeitungen, die sie zum Feuermachen benutzten. »Ich habe sie!« Er schlug die Seite auf, auf der ein Illustrator ein brennendes Luftschiff gezeichnet hatte, das auf einen Garten stürzte. »Hier steht, dass die *Anastasia* in Oranienbaum niedergegangen ist, nachdem sie von Kronstadt aus mit Raketen beschossen worden war. Laut dem Verfasser kamen alle Passagiere ums Leben, inklusive Grigorij Wadim Basilius Zadornov. Ein russischer Fürst«, er senkte die Zeitung und sah ihn an, »und bekannter Hellseher.«

Grigorij schluckte, sein Herz schlug schneller. Bei dem Namen *Anastasia* hatte in ihm etwas geschwungen, war etwas erklungen wie das Echo einer herrlichen Melodie. Er setzte sich aufrecht auf seinen Stuhl. *Meine Frau trägt diesen Namen!*

»Ha!«, machte Tilda freudig. »Habe ich es dir nicht gesagt, Mann? Hättest mal auf ihn hören sollen.«

Olof drehte die Zeitung, sodass er die Zeichnung des Zeppelins sehen konnte. »Deins?«

»Da!«, rief er und sprang auf. »Da!« Noch mehr Bilder tauchten auf. Er sah wieder die ältere Frau. *Sie ist meine Mutter. Ich habe sie in der Stadt besucht, und auf dem Rückweg nach … wohin habe ich gewollt?*

»Das heißt Ja«, übersetzte Lasse fachkundig.

»So weit hätte ich es auch noch verstanden.« Tilda war erleichtert. »Ich halte es für gesichert, dass wir Zadornov gefunden haben.«

Ole machte ein ratloses Gesicht. »Und warum ist er nicht mit dem Zeppelin abgestürzt?«

»Ist das meine Sorge?«, gab Olof zurück und strahlte. »*Fürst*, Weib. Hast du gehört? Er ist ein *russischer Fürst!*« Er blätterte weiter. »Hier haben sie einen Nachruf und einige Stationen aus dem bewegten Leben des jungen Mannes abgedruckt.« Er las die Zeilen quer, und seine Aufregung stieg. »Weib, er ist reich! Ihm gehören mehr als ein Dutzend Zeppeline, die …«

»Ja, Mann. Beruhige dich. Erst sollten wir ihn zur Polizei bringen.«

Grigorij packte Lasse bei den Schultern. »Steht da, wo ich zu Hause bin?«

»Bilston. In der Nähe von Edinburgh, wird hier geschrieben«, sagte er nach einigem Suchen. »Schottland.«

»Und ist da irgendwas über meine Frau geschrieben?«, schrie er Lasse lallend an. »Lebt sie noch?«

Lasse überflog den Artikel mehrmals. »Nein, ich kann nichts von einer Frau lesen, die ums Leben gekommen ist.«

Grigorij schloss erleichtert die Lider. *Dann lebt sie noch!* Die Liebe zu seiner Gemahlin war gewaltig, das spürte er. Und er brauchte sie an seiner Seite, vermisste sie und sehnte sich nach ihr. *Ich hatte einen Streit mit ihr …*

Ole sah auf die Uhr. »Die Telegrafenstation beim Pfarrer hat noch eine halbe Stunde geöffnet. Damit können wir eine Nachricht senden.«

»Oh, ich freue mich für dich … Sie … Eure Hoheit!« Tilda schlug die Hände zusammen. »Der Anblick seiner Frau wird ihm bestimmt bald seine Erinnerung bringen.« Sie erhob sich. »Lasse, sag ihm, dass wir wissen, wer er ist, und wir seine Familie benachrichtigen. Sie warf sich den einfachen Mantel über. »Wir gehen zur Telegrafenstation.«

Seine Erinnerungen versuchten, ihm ihr Gesicht zu zeigen, aber noch schufen sie nur die Umrisse. *Bald sehe ich sie!* Grigorij öffnete die Augen, sprang von seinem Stuhl auf und umarmte die Männer und die Frau der Reihe nach. »Wenn ich wirklich reich bin, wie es heißt, bezahle ich euch allen so viel Geld, dass niemand mehr arbeiten muss!«

»He, Olof, das wird dich freuen: Er hat gesagt, dass er seinem Retter so viel Geld bezahlen will, dass er ein gemachter Mann ist«, sprach Lasse.

»Da ist dir aber mal ein Goldfisch ins Netz gegangen«, meinte Ole neidlos und prostete ihm mit der Tasse zu.

»Und er hat ein wertvolles Leben gerettet«, fügte Tilda hinzu und gab ihrem Gatten einen schmatzenden Kuss. »Das zählt mehr als jeder Schein, den er uns geben wird.«

»Sicher, sicher.« Olof stülpte sich die Kappe auf den Kopf. »Nehmen werde ich sein Geld dennoch. Es ist schön, wenn Ehrenhaftigkeit und Gutes belohnt werden.«

Langsam ergibt sich ein Bild! Grigorij folgte ihnen zur Telegrafenstation und nahm kurzerhand die Flasche Wodka mit.

Aber eine Empfindung hatte sich bei allem größer werdenden Glück und aller Erleichterung nicht gelegt: Jemand brauchte ihn dringend, und er nahm an, dass es sich dabei um seine Gemahlin handelte. Es musste schnell gehen.

17. Januar, York, Grafschaft Yorkshire, im Nordosten des Königreichs Großbritannien

Lady Ealwhina Snickelway wanderte durch die Shambles, Seite an Seite mit Sir Shamus und dem römischen Legionär, dessen Name Marcus Hoplitus Augustus lautete, wie sie inzwischen wussten; hinter dem Legionär marschierte der Geist von Lord Craig Canterburry, eines Professors für Altertum und römische Geschichte, der fließend Latein sprach und als Übersetzer diente. Er trug einen Smoking und einen hohen Zylinder. Sie musste grinsen. *Wir sind ein bunt-spleeniges Epochentrüppchen.*

Ein schneidender Wind heulte durch die einsamen Gassen, der die vier Gestalten jedoch nicht weiter störte. Nichts Irdisches vermochte ihnen etwas anzuhaben.

Ealwhina störte, dass sie durch ihren Tod und ihr Dasein als Spuk ihre Garderobe nicht mehr wechseln konnte. Aber es hätte schlimmer kommen können. An ihre neue Aufgabe hatte sie sich gewöhnt, und sie sah diese inzwischen als große Ehre und nicht als Bürde, trotz der sehr verschiedenen Strömungen und Ansichten, die es innerhalb der fünfhundert Geistwesen gab. Fingerspitzengefühl und Durchsetzungsvermögen brachte sie mit, angesehen war sie unter den befreiten Seelen ebenfalls. Das angemessene Amt für eine Lady. »Mir scheint, York ist zu einer *echten* Geisterstadt geworden«, sagte sie nach einer Weile. »Kaum mehr Lebende innerhalb der Mauern.«

»Wundert Sie das, Mylady?« Sir Shamus grüßte einen der bunt bemalten Kelten, der an ihnen vorbeilief. »Die Menschen haben Geister akzeptiert, solange sie um Mitternacht auftauchen und eine Stunde später verschwinden. Aber sich eine Stadt mit ihnen zu teilen, rund um die Uhr, ist für die meisten zu viel des Guten.«

»Der Unterhändler sollte bald eingetroffen sein, Mylady«, meldete sich Canterburry. »Wir sollten pünktlich sein.«

»Werden wir, Lord Craig. Wir sind ja fast da«, beruhigte sie ihn.

Sie waren auf dem Weg zum Bootham Bar, wobei Bar Tor und nicht Pub bedeutete, was Fremde gelegentlich bei ihrem ersten Aufenthalt verwirrte. Sie hatten es als Treffpunkt ausgewählt, weil sich einst eines der vier Eingangstore des ehemaligen römischen Kastells an dieser Stelle befunden hatte. Hoplitus hatte es sich gewünscht: eine Toranlage, die beinahe zweitausend Jahre auf dem Buckel hatte. Natürlich war das Bar über die Jahrhunderte verändert worden, doch seine Geschichte zählte.

Schon von Weitem sahen sie die fünf Männer, die sie treffen wollten. Vier trugen Smoking, einer bevorzugte den sportlichen, hellen Dress. Sie standen mitten auf dem Pflaster und sahen sich um. Sie konnten wohl nicht fassen, dass die belebte Stadt in wenigen Tagen wie ausgestorben dalag. Und die Queen konnte es ebenso wenig und schien es nicht dulden zu wollen.

Hoplitus sagte etwas, der Professor übersetzte. »Einer von ihnen ist ein Medium. Er nimmt an, es ist der Mann, der in der Mitte steht, der zweite rechts vom eigentlichen Vermittler.«

Shamus wunderte sich. »Woher weiß unser alter römischer Freund, dass der Vermittler nicht in der Mitte steht?«

»Als Taktiker würde er niemals den wichtigsten Mann in die Mitte stellen und ihn zu einem besonderen Ziel machen«, kam es prompt. Shamus und Ealwhina grinsten.

Sie blieben zwei Meter vor der Delegation der Queen stehen und deuteten eine Verbeugung an.

Jenseits des Tores wartete eine Meute von Reportern und Kameramenschen hinter einer Absperrung, die das Militär errichtet hatte. Fotoapparate klickten unablässig, leise ratterten die Filmspulen. Scheinwerfer wurden auf sie gerichtet. Die Lichtkegel gingen durch die Geister hindurch und beleuchteten die Straße und Häuser hinter ihnen.

Soldaten hatten sich auf der anderen Seite der Absperrung postiert, umklammerten sichtlich unwohl ihre Gewehre in dem Wissen, dass sie nichts gegen diese Gestalten taugten.

»Guten Abend, Gentlemen«, begrüßte Ealwhina die Abordnung. »Wir haben von Ihrem Wunsch erfahren, mit uns zu sprechen.«

»Sie sind die Anführerin dieser ... Phänomene?«, erkundigte sich der Mann in der Mitte voller Liebenswürdigkeit. Er war um die vierzig, trug helle Hosen, ein weißes Hemd und ein beigegrau kariertes Sportsakko. Auf den kurzen schwarzen Haaren saß eine Schirmmütze, um den offenen Kragen lag ein locker geknotetes Halstuch. Sein Gesicht war glatt rasiert.

Du gefällst mir. »Sie haben mich dazu auserkoren. Snickelway ist mein Name, das sind die Herren Shamus, Canterburry und Augustus, die mich beraten werden und als Zeugen fungieren. Wir sind vermutlich die demokratischste Stadt im gesamten Kingdom«, fügte sie mit einem Lachen hinzu. »Und Sie sind?«

»Eric Tremaine, Medium und Mitglied der Society of Psychical Research sowie von Ihrer Majestät bestellter Gutachter zu den Vorgängen in York.« Er zeigte nach links. »Meine Kollegen Forbes und Bernau«, der Arm schwenkte herum, »die Männer Ihrer Majestät, Sir Pommeroy und Sir Fitzgerald, die uns als Zeugen dienen.« Er sah Ealwhina an. »Lassen Sie mich sagen: Sie sind ein ganz außergewöhnliches Geschöpf, Lady Snickelway! Ich bin begeistert!«

»Wie wahr«, warf Shamus schmunzelnd ein. »Sie haben einen neuen Bewunderer, Mylady.« Der Professor übersetzte lachend, und sogar Hoplitus fiel in die Heiterkeit ein.

Tremaine freute sich. »Das nenne ich doch einen guten Anfang! Nun, Ihre Majestät sorgt sich um die Stadt, die ein Schmuckstück in ihrem Reich ist, und möchte erfahren, was die Geister zu tun gedenken.«

»Wir bleiben in York. Verlassen können wir es nicht, das wurde bereits von uns untersucht.« Ealwhina sah zu den Fotografen und winkte. *Ihr werdet kein einziges Foto von mir bekommen. Geister kann nicht jeder ablichten.*

»Aber die Menschen, die hier lebten: Was wird aus ihnen?« Tremaine wies auf die Häuser. »Wie sollen sie in ihre Heimat zurückkehren?«

»Wir haben nichts gegen die Sterblichen. Sie müssen sich mit unserer Existenz arrangieren, das ist alles«, erwiderte sie freundlich. »Es wird Ihre Majestät freuen zu hören, dass wir den Beschluss gefasst haben, mit York weiterhin im British Empire zu verbleiben und uns nicht loszusagen. Im Gegenzug fordern wir einen Sonderstatus: Wir anerkennen die Herrschaft von Viktoria der Zweiten und führen entsprechende Steuern an sie ab, die wir wiederum von den Menschen erheben, die in York leben.« Ealwhina wandte sich an Shamus, der ihm einen Stapel vollgetippter Blätter reichte. »Darin steht alles.«

Tremaine lachte leise. »Bloody hell! Sie haben Mut!«

»Was soll uns geschehen?« Sie lachte. »Die Geister gehören seit Anbeginn der ersten Tage von York in diese Mauern, sie sind sogar älter als die ältesten Drachen. Wenn jemand einen Herrschaftsanspruch erheben kann, dann ist es unsere Gemeinschaft.« Sie deutete auf die Papiersammlung, die er inzwischen an Sir Pommeroy übergeben hatte. »Wir verpflichten uns darin, sorgsam mit York umzugehen und für Prosperität zu sorgen. Zum Wohle der Menschen und der Geister.«

»Und bedenken Sie, Mister Tremaine, dass auch unsere Einwohnerzahl wachsen wird«, warf Shamus ein. »Nicht alle Seelen der Yorker Verstorbenen gelangen ins Jenseits. Wir geben ihnen ein neues Zuhause und bewahren sie davor, spukend über die Menschen herzufallen.«

Der Mann betrachtete die Geister. »Ja, von mir aus sehr gerne. Aber ich bin lediglich der Gutachter. Fitzgerald und Pommeroy vertreten die Krone.« Er deutete eine Verbeugung an. »Darf ich mir die Freiheit nehmen, Sie alle näher zu untersuchen? Die Queen möchte die Gewissheit, dass es sich um ein *echtes* übernatürliches Ereignis und nicht um die Scharlatanerie ausgebuffter Halunken handelt.«

Ealwhina stimmte sich mit ihren Begleitern kurz ab. »Sie dürfen, Mister Tremaine.«

»Besten Dank.« Er winkte in Richtung der Absperrung, und zwei

Handkarren wurden von Helfern herangerollt. Darauf standen Apparaturen, deren lange Stromkabel bis zum Stadttor reichten. »Das sind verschiedene Messinstrumente«, erklärte er und schaltete sie der Reihe nach an. Sie quietschten, fiepten und brummten. »Einige von ihnen habe ich selbst entwickelt. Der große Houdini war so freundlich und half mir dabei. Ich war einer seiner besten Schüler, was das Aufspüren von Betrügern angeht.« Er umwanderte die vier, berührte sie an verschiedenen Stellen ihres Körpers. »Interessant. Kalt, aber real. Würden Sie sich bitte demanifestieren, Lady und Gentlemen?«

Sie taten ihm den Gefallen und wurden vor seinen Augen durchscheinend. Damit sahen sie aus wie ein klassischer Spuk, der in vielen britischen Gruselgeschichten beschrieben wurde.

Dieses Mal gingen seine ausgestreckten Finger durch sie hindurch. Tremaine atmete einmal durch und schritt beherzt durch alle Geister; dabei schauderte er jedes Mal. Zugleich diktierte er, was er empfand und was er sah, und Kollege Bernau schrieb mit. Pommeroy und Fitzgerald prüften indes den Vertrag, den die neuen Herrscher aufgesetzt hatten.

Ealwhina sah, mit welcher Akribie Tremaine vorging, wie er nach alter, bester Detektiv- und Forschermanier die unmöglichsten Täuschungserklärungen ausschloss, bis nur noch das Unwahrscheinlichste eine Tatsache sein konnte.

»Well, well«, sagte Tremaine nach einer guten Stunde, in der er unablässig gefilmt und fotografiert worden war. »Es ist unschwer zu erkennen, dass ich vier übernatürliche Phänomene vor mir stehen habe, wie immer man sie auch bezeichnen möchte«, schloss er seine Untersuchung. »Das haben sowohl die physikalischen als auch die optischen als auch meine eigenen medialen Überprüfungen ergeben. Ich verzichte auf die Inaugenscheinnahme sämtlicher weiterer Phänomene in York, da ich weiß, dass die Erkenntnis die Gleiche sein wird.« Er zog seine Handschuhe an. »Danke. Sie können sich wieder manifestieren, wenn Sie es wünschen.«

Er klingt wie ein Arzt. Ealwhina fand Tremaine sehr sympathisch. *Er wird ja nicht ewig leben. Und wenn er sterben sollte, könnte er das in York tun.* Notfalls würde sie dafür sorgen. »Wir haben gern geholfen, um der Wahrheit zu dienen«, erwiderte sie und wurde für die Umstehenden wieder zu einer scheinbar normalen Frau.

Tremaine unterzeichnete das Protokoll, das Bernau verfasst hatte, und Forbes unterschrieb ebenso. Alle waren sich einig. »Haben Sie etwas dagegen, wenn ich mich öfter in York blicken lasse? Die berufliche Neugier.«

»Nein«, sagte sie rasch. »Sie sind herzlich willkommen, Mister Tremaine.«

»Ich werde nicht der Einzige sein, der in York Untersuchungen anstellen möchte«, warnte er sie. »Sie sollten daran denken, Einreisebeschränkungen für Medien und Parapsychologen einzuführen. Es gibt gewiss jede Menge Blender auf diesem Gebiet, aber vielleicht auch jemanden, der Macht über Geister erlangen kann.«

»Danke sehr.« Ealwhina war angenehm überrascht von ihm. Sie erinnerte sich sehr gut, welche Macht sie mit dem Artefakt über die Seelen gehabt hatte. »Sie haben etwas Wahres sehr gelassen ausgesprochen, Mister Tremaine.«

Er zwinkerte ihr zu. »Ich bin daran interessiert, noch oft und lange nach York zurückzukehren, um zu forschen. Die Grundstückspreise sind derzeit im Keller. Vielleicht sollte ich mir ein Haus zulegen. Können Sie eines empfehlen?«

Pommeroy beendete die leise Unterhaltung mit Fitzgerald und trat nach vorn. Er deutete eine Verbeugung an. »Lady Snickelway, wir haben den Vertrag, den Sie und Ihre Freunde vorschlagen, gelesen und können ihn im Namen Ihrer Majestät leider nur ablehnen.«

»Oh, kommen Sie, Pommeroy!«, rief Tremaine auffordernd. »Was wird das für ein Spiel?«

Pommeroy tat, als habe er den Parapsychologen nicht vernommen. »Ihre Majestät hat uns nicht befugt, einen Sonderstatus zu gestatten. Die Vorstellung Ihrer Majestät ist es vielmehr, dass sich die Geister vom heutigen Tag an wieder an ihre üblichen Gepflogenheiten halten und spuken wie in den Jahren zuvor und wie es Tradition hatte. Dies ist der Wille Ihrer Majestät.«

Ealwhina und Shamus wussten nicht, was sie sagen sollten, Canterburry übersetzte leise.

Hoplitus lachte daraufhin dröhnend los und drängte sich nach vorn, um sich vor Pommeroy aufzubauen. Zwar war der Römer kleiner als der Brite, aber das störte ihn nicht. Er war beeindruckender. Ein Wortschwall ging auf die Vertreter der Queen nieder, den Canterburry haspelnd übersetzte.

»Wenn es uns gefällt, reißen wir alles nieder, was einige von uns zu Lebzeiten mit ihren Händen erbauten. *Wir* sind Yorks Herren, die Bewohner von der ersten Stunde an. Und nachdem wir alles vernichtet haben, suchen wir uns einen Weg, um diese Stadt zu verlassen und über die Insel ziehen, wie es uns gefällt.« Hoplitus reckte sich, streckte den Arm aus und deutete mit dem Zeigefinger auf Pommeroy. »Wer würde uns aufhalten? Die warmen Worte der Königin? Eine Handvoll Medien?« Seine Stimme wurde lauter und tiefer, trug weit wie Donner. »Sollten wir nicht erhalten, was wir fordern, und – bei Merkur – es ist nicht viel, werden wir Schrecken über das Herz des britischen Empires bringen und es erobern, wie es mein Volk damals getan hat. Unsere Herrschaft würde ewig währen. Denkt noch einmal nach, Gentlemen, und antwortet ein zweites Mal.« Hoplitus senkte den Arm und starrte Pommeroy in die Augen, wartete.

Fitzgerald stellte sich hinter ihn und flüsterte ihm etwas ins Ohr, dann kehrte er im Laufschritt zum Stadttor zurück.

»Wir gehen telefonieren«, sagte Pommeroy blass wie Papier. »Ihre Majestät muss die Gegebenheiten nochmals abwägen.« Hastig folgte er seinem Kollegen.

Tremaine schaltete seine Gerätschaften ab. »Hatten Sie nicht am Anfang gesagt, dass Sie die Stadt nicht verlassen können?«, sprach er beiläufig. »Es handelt sich doch nicht um einen Bluff, Lady Snickelway?«

»Um einen halben«, gestand sie gut gelaunt. »*Noch* können wir sie nicht verlassen. Aber mit der Zeit wird sich bestimmt ein Schlupfloch finden. Spukgestalten sind erfinderisch.«

Hoplitus lachte erneut und reckte den Arm, als habe er eine Schlacht gewonnen.

»Wie gut, dass es in England kaum Katholiken gibt. Befände sich York in Italien, wäre es bereits von den Exorzisten des Papstes belagert.« Tremaine veranlasste, dass die Karren zurückgeschoben wurden. »Ich drücke Ihnen die Daumen, dass Sie mit Ihren Forderungen durchkommen. Sie werden sicherlich wagemutige Männer und Frauen finden, die in York leben wollen.«

»Wir senken die Steuern. Dann kommen die Menschen von selbst.« Ealwhina grinste. »Und nicht zu vergessen, dass die Kinder bei uns Latein von echten Römern lernen. Hoplitus ist nicht der einzige Muttersprachler hier. Wir haben viele Seelen exquisiter Wissenschaftler unter uns. Bessere Universitäten wird man im ganzen Land kaum finden. Nicht zu vergessen die erzbischöfliche Bibliothek, das Museum der philosophischen Gesellschaft, das Institut für Kunst und Wissenschaft und viele weitere Einrichtungen der Bildung.«

»Ich sehe schon: *Geistes*wissenschaftler.« Tremaine lachte und reichte ihnen die Hand. »Ich freue mich auf unser Wiedersehen.«

»Sie wollen schon gehen?« Ealwhina klang enttäuscht, und Shamus warf ihr einen wissenden Blick zu.

»Meine Arbeit ist getan. Die Queen muss entscheiden, was mit York geschieht. Sobald alles unterschrieben ist und ich mich nicht mehr strafbar mache, wenn ich einen Fuß über die Stadtgrenze setze, kehre ich zu Ihnen zurück.« Tremaine las an den Zügen der Geister ab, dass sie es nicht gewusst hatten. »Oh, die Queen hat untersagt, dass Briten, die vorher nicht hier lebten, nach York ziehen dürfen.«

»Dieser Passus«, schnarrte Shamus, »muss geändert werden.«

Ealwhina kam ein Einfall, aber sie behielt ihn für sich und wartete, bis Tremaine sich außerhalb der Hörweite befand. »Ich ahne, wie wir einfacher der Grenzbindung entgehen: Wir lassen York einfach wachsen und sich ausdehnen!«

»Verstehe«, sagte Canterburry unverzüglich. »Je mehr sterbliche Einwohner die Stadt hat, umso mehr Platz brauchen sie. Der Rat kann das Stadtgebiet erweitern lassen und diese neuen Areale bebauen.«

»Eine Theorie, mehr ist es nicht«, meinte Shamus dazu. »Es kann funktionieren. Wir kämen nur sehr langsam voran.«

»Das hängt davon ab, wie viel Land die Stadt kauft, oder?« Ealwhina war mit ihrer Eingebung zufrieden. »Aber Sie haben recht, Sir Shamus. Wir sollten die klügsten Köpfe darauf ansetzen, wie wir uns weiter bewegen können als bis zur Stadtmauer.« Sie sah

Pommeroy und Fitzgerald zurückkehren. *Was werden wir wohl zu hören bekommen?*

Die beiden Lords blieben vor den Geistern stehen und deuteten erneut eine Verbeugung an. »Ihre Majestät, Queen Viktoria die Zweite, hat York die von Ihnen verlangte Eigenständigkeit zugesichert, wenn die Stadt weiterhin im Verband des Empires bleibt«, sprach er getragen. »Sollte sie sich, aus welchen Gründen auch immer, dafür entscheiden, sich loszusagen oder sich gar einem anderen Land anzuschließen, hat dies die sofortige Zerstörung zur Folge. Ihre Majestät ist der festen Überzeugung, dass damit auch das Ende der Geistwesen besiegelt ist.« Pommeroy sah ihnen der Reihe nach ins Gesicht. »Sie tragen damit Verantwortung für sehr viele Menschen und ihre Heimat, Mylady und Gentlemen. Sind Sie sich dessen bewusst und wollen Sie diese in der Tat übernehmen?«

»Ja«, antwortete Ealwhina stellvertretend für alle.

Pommeroy streckte die Hand aus. »Dann beglückwünsche ich Sie hiermit im Namen Ihrer Majestät und heiße York im Verband des Vereinten Königreichs herzlich willkommen. Den zusätzlichen Vertrag, den Sie mit Ihrer Majestät abschließen, lasse ich Ihnen zukommen.«

»Danke sehr, Lord Pommeroy. Nachdem unser schönes York nun ein rechtmäßig zugehöriges Mitglied des Empires und des Commonwealth ist, wird es den Menschen sicherlich wieder erlaubt sein, hierherzuziehen?«

»Selbstverständlich, Mylady Snickelway.« Er schüttelte auch die Hände der anderen drei. »Doch nehmen Sie mir es nicht übel, wenn ich offen sage: Wer möchte in einer Stadt leben, in der über fünfhundert Seelen von Selbstmördern, Verurteilten und anderen traurigen Menschen umhergehen? Mir wäre es zu gefährlich.«

»Wir sind alle harmlos. Jetzt. Wir haben gelernt, Lord Pommeroy.« Ealwhina brachte die beiden Unterhändler bis zum Tor und zeigte sich den Reportern und Kameramännern aus der Nähe. Rasch verkündete sie das Ergebnis der Verhandlungen und die Zukunft der Stadt, während die Lords sich aufs Nicken beschränkten. »York ist ein freier Ort und heißt jeden Mann, jede Frau und jedes Kind willkommen. Keine Stadt ist sicherer, denn unsere Verbrecher wurden bereits hingerichtet. Es kann Ihnen gar nichts mehr geschehen. Ich schwöre, dass tote Verbrecher harmlose Verbrecher sind.« Sie erntete die ersten Lacher für so viel Selbstironie. »Bald geben wir bekannt, in welchem Maße wir die Steuern senken, um einen Umzug in unsere Stadt möglichst interessant zu machen. Abweisen werden wir höchstens neue Geister. Davon haben wir schon genug.« Wieder lachten die Journalisten, dieses Mal lauter. Sie lächelte ihnen zu. »Ladies und Gentlemen, ich sehe schon: Sie haben nicht damit gerechnet, dass eine Spukgestalt sich völlig normal verhalten kann. Ich stehe Ihnen gern zur Verfügung, wenn Sie Fragen haben.«

Viele Arme flogen in die Höhe, die Reporter riefen ihre Fragen alle gleichzeitig. Der Chor der Schreiber sang das ewig gleiche Lied der Wissbegier.

14. Januar 1927, nahe Palmnicken (Ost-Preußen), Königreich Preußen, Deutsches Kaiserreich

Das Bernsteinbergwerk Anna, das Leída ausgesucht hatte, steuerten sie nicht direkt an. Der Ort Palmnicken war viel zu klein, mehr als zwei- oder dreitausend Einwohner hatte er gewiss nicht, und landende Luftschiffe bedeuteten in dieser Region eine Seltenheit. Daher flogen sie weiter nach Königsberg.

Leída hatte die Gelegenheit genutzt und die Unterlagen über die Finanzmanipulationen genauer durchgelesen. Ihr fehlte das Wissen, einen exakten Schluss aus den Zahlen zu ziehen, doch dabei fiel ihr etwas anderes auf: ein vermutlich typisches Beispiel für die Machenschaften von Wilhelm Voss.

Das Bernsteinbergwerk Anna war von der Preußischen Bergwerks- und Hütten-Aktiengesellschaft nach etwa fünfundzwanzig Jahren abgestoßen worden. Hatte die Förderung anfangs jährlich fünfzig Tonnen Rohbernstein betragen und war stetig gestiegen, galt sie seit zwei Jahren plötzlich als erschöpft. Voss hatte das Bergwerk zu einem Spottpreis erhalten – denn er saß im Vorstand der Preußischen Bergwerks- und Hütten-Aktiengesellschaft, die erst 1923 gegründet worden war, wie Litzow ihr sagte. In ihr wurden die

Stollen und Minen des preußischen Staates verwaltet und in ihrer Ausbeutung optimiert.

Ein Staatsbetrieb als Aktiengesellschaft ist die perfekte Angriffsfläche für seine Masche. Deswegen konnte Voss Stollen und Bergwerke aufkaufen, wie er wollte. Als protegierter Freund des Kaisers und Verfüger über die AG besaß er alle Möglichkeiten. Laut den Voss'schen Unterlagen betrieb die AG den Abbau von Bernstein in Palmnicken nun über Tage, was mit weniger Kosten verbunden wäre. Er verdiente mit. *Perfider Hund!*

Die *Ramachander* und die *Lena* gingen in Königsberg nieder. Leída übertrug Litzow die Befehlsgewalt, wählte sechs ihrer besten Leute und drei Deutsche aus den Reihen der *Skyguards* aus und fuhr die vierzig Kilometer mit den Autos nach Palmnicken. Voss begleitete sie. Im Kofferraum.

Es ging die Bernsteinküste entlang, immer mit einem wundervollen Blick auf die teilweise zugefrorene Ostsee. Eissegler und Schlittschuhläufer tummelten sich an den Stränden. Palmnicken war als Badeort auf den Hinweisschildern gekennzeichnet. Somit fielen Fremde nicht zwangsläufig auf. *Ob das auch im Winter zählt?*

Aus dem Kofferraum rumpelte es.

»Voss muss mal«, rief Grimson, einer ihrer Leute und ein Schrank von einem Mann.

Leída steuerte das Automobil an den Straßenrand und sah sich um. Weit und breit kein Wagen und keine Menschen. »Raus mit ihm. Grimson, Sie gehen mit und achten darauf, dass er wieder zurückfindet.«

Sie sah den dicken Magnaten noch vor sich, im Bauch der *Ramachander*, als sie ihm dem Fallschirm umgelegt und gesagt hatte, dass der Schirm einhundert Kilogramm spielend trage. Unbemerkt hatten sie den Auslösemechanismus blockiert und ihn an das Drahtkabel der Lastgondel gehängt. Als sie Voss aus der Luke geworfen hatten, hatte er wie ein Schwein geschrien. Nachdem sie ihn am Kabel wieder an Bord gezogen hatten, hatte er sich eine neue Hose anziehen müssen. Er hatte sich vor Angst zugeschissen.

Ja, der reiche und mächtige Industrieherr. Leída grinste und betrachtete die Straße hinter ihnen im Rückspiegel. Ein Fuhrwerk näherte sich ihnen, auf dem sich Brennholz stapelte. Von diesem drohte keine Gefahr.

Voss und Grimson kehrten zurück, die Fahrt ging weiter nach Palmnicken, das sie am frühen Nachmittag erreichten.

Menschen flanierten die Straße entlang, alles drängte zur überschaubaren Strandpromenade mit den kleinen Holzbuden und dem langen Steg.

»Nicht anhalten«, befahl Leída, als sie ein Schild passierten, auf dem *Bernsteinbergwerk Anna* stand. »Wir fahren in die Dünen, lassen dort die Wagen stehen und gehen zu Fuß weiter.« Sie orientierte sich auf der Karte. »Es ist nicht weit von hier.«

Sie parkten zwischen den Sandbergen und suchten sich eine Kuhle aus, damit sie von Spaziergängern nicht sofort bemerkt wurden. Die Pistolen waren in den Taschen ihrer Mäntel verborgen.

Leída entschied, dass zwei Deutsche und einer von ihren Männern beim Wagen und bei Voss blieben, der Rest begleitete sie. »Wir sondieren die Lage, und sobald wir etwas entdecken, kommen wir zurück und holen den Fettsack. Er ist unser Schlüssel.«

Die kleine Gruppe stapfte durch den Wind, auf den Kuppen der Dünen entlang. Noch gab es keinen Grund, sich zu verbergen. Mit Feldstechern sahen sie sich immer wieder um und entdeckten schließlich die Anlage, wo Bernstein geschürft wurde.

»Landeinwärts liegt der Stollen Anna«, sagte Leída und lief den Hügel hinunter. Der Frost und die Feuchtigkeit hatten den feinen Sand hart werden lassen, er brach in kleinen Brocken unter ihren Sohlen weg.

Nach kurzem Marsch endeten sie vor einem Zaun, auf dem eine dreifache Reihe Stacheldraht saß. Einer ihrer Begleiter nahm eine kleine Zange aus der Ausrüstungstasche und schnitt einen Schlitz in den Zaun, durch den sie sich nacheinander zwängten. Wegen des harten Sands hinterließen sie keine leicht erkennbaren Spuren.

Spärliches Unterholz gab ihnen ein bisschen Deckung – bis sie den Wachturm sahen, der sich vor ihnen keine zehn Meter entfernt erhob und vor dem es steil nach unten ging. Auf der Plattform war jedoch niemand zu sehen.

»Vorwärts, kriechen«, befahl Leída leise. »Bis unter den Turm.«

Sie robbten über felsigen Boden bis an die Kante, über der sich der Ausguck erhob und von dem aus man die gerodete Fläche dahinter überblicken konnte.

Rund um den Eingang in den Stollen war alles an Pflanzen entfernt und betoniert worden. Schienen erinnerten an die Zeit, als Geröll und Rohbernstein mit Loren herausgeschafft wurden. Unmittelbar in die Wand waren vier große Türen eingelassen, hinter denen es laut brummte; aus einer Vielzahl von kleinen Schloten stiegen schwarzgräuliche Qualmwolken.

Gleich vier Rohre verliefen aus dem gewaltigen Tunnel und führten meerwärts zur Tagebauanlage. Gelegentlich hatten sich unter den Nahtstellen der Rohre vereiste Pfützen gebildet.

»Stromaggregate«, sagte Grimson und rückte die abgetragene Mütze auf seinen braunen Haaren zurecht. Sein Glücksbringer. »Sie betreiben damit Pumpen, um das Grundwasser aus den Schächten zu bekommen.«

»Was eine sinnlose Sache für ein Bergwerk ist, das offiziell nicht mehr betrieben wird.« Leída ballte die rechte Hand zur Faust. »Wusste ich es doch! Ein Versteck für die Drachenanbeter.«

»Versteck?« Grimson zeigte nach links, wo ein Haus stand, aus dem Arbeiter ein und aus gingen. »Richtig verstecken kann man sich nicht. Es sei denn, die ganzen Männer da gehören zu Voss.«

»Scheint fast so.« Leída hob das Fernglas und betrachtete sie.

Sie trugen alle schlickverschmierte einfache Kleidung, Gummistiefel und Wachsmäntel, um sich gegen die Kälte und das Wasser zu schützen. Alles in allem sahen sie harmlos aus. Der Sinn des Wachturms erklärte sich ihr nicht ganz.

»Lastwagen«, zischte Grimson. »Von der Einfahrt.«

Gleich darauf kam der Laster angefahren, auf dessen Seite sich die Aufschrift *Großschlachterei Libowitz, Königsberg* befand. Er hielt schnurstracks auf den Tunnel zu, wendete kurz davor und setzte rückwärts hinein. Der Wind trug ihnen den Geruch von altem, vergammeltem Fleisch zu.

»So transportieren sie ihre Bomben«, vermutete Leída angewidert. »Den Polizisten will ich sehen, der in einen Wagen voller Abfälle steigt, um nach Verdächtigem zu suchen.«

»Was machen wir jetzt, Boss?«, fragte Grimson. »Wir haben

noch keinen festen Beweis gesehen. Wir sollten runter und mal in den Stollen schauen oder uns eine von den Ameisen schnappen.«

Leída überlegte nicht lange. »Wir schnappen uns welche. *Und* gehen in den Stollen.« Sie kroch rückwärts und führte ihre Männer zum Strand, wo der Bernstein an der Oberfläche abgebaut wurde. Hier gab es die unauffällige Kleidung, die sie benötigten. Die derzeitigen Träger würden sie zwar noch daraus entfernen müssen, aber sie hatte keine Zweifel, dass es ihnen gelang. *Wir räumen bei Voss ordentlich auf.*

XIX.

31. Januar 1927, Hauptstadt Běijīng, Kaiserreich China

Silena starrte auf den Kalender, ohne ihn richtig wahrzunehmen.

Ihre Gedanken waren bei ihrer Freundin Leída, von deren Taten sie in der Zeitung gelesen hatte. *Großartig! Großartige Leistung! Es wird den Menschen im Kaiserreich die Augen über Voss geöffnet haben.*

Jetzt, nach der Entdeckung, die Leída gemacht hatte, erklärte sich so einiges, was bis dahin als Erfolg der Drachentöter des Officiums gefeiert worden war. Ernüchterung und Bestürzung hatten sich in der Folge breitgemacht, und das nicht nur in Deutschland. Man hatte den Drachenanbetern vieles zugetraut, aber eine derartige Raffinesse, eine derartige kriminelle Energie, konspirative Kraft und exzellente Logistik – niemals! *Eine sträflich unterschätzte Gefahr. Sogar von mir.*

Silena senkte den Blick auf die Zeitung, die ihr Zhiao besorgt hatte; sie war schon einige Tage alt. Sie betrachtete das Bild der Zeppeline, die über Palmnicken schwebten. Fotos von Leída und den anderen Beteiligten gab es nicht oder wurden wegen der schrecklichen Verletzungen nicht gezeigt. Das wollte man den Lesern doch nicht zumuten.

Da wäre ich gern dabei gewesen. Es hätte mit Sicherheit weniger Verluste gegeben.

In derselben Ausgabe stand der nicht minder große Bericht über die Entführung des Großmeisters Brieuc mitten aus einem Theatersaal heraus.

Brieuc hatte in der Ehrenloge gesessen, als ihn mehrere Maskierte mit vorgehaltener Waffe zum Mitkommen aufforderten. Da er sich zunächst geweigert hatte, war er niedergeschlagen und weggeschleppt worden. Silena grinste. *Das wird ihm nicht gefallen haben. Ich hoffe mal, dass sich Zhiao bei ihm entschuldigt hat.* Ein

Großaufgebot an Georgswächtern, Polizei und Gendarmerie hatten ihn trotz des schnellen Eingreifens nicht auffinden können. Zwei Zeugen hatten behauptet, dass die Entführer Chinesisch gesprochen hätten, und natürlich spekulierte der Verfasser des Artikels: »Strecken sich die Krallen des Drachenkaisers nach Europa aus? Gott schütze uns vor der Gelben Gefahr!«

Gut, dass er die Wahrheit nicht kennt. Sie hatte Bedenken, dass Chinesen oder allgemein Asiaten, die in Europa lebten, bald unter Generalverdacht gestellt werden würden. *Der Mob ist unberechenbar. Je schneller sie die Sache zu einem Erfolg geführt hatte, desto weniger Unschuldige mussten sterben.*

Sie legte die Zeitung beiseite. Die Gedanken an die Freundin zogen unweigerlich die Sorgen um Grigorij nach sich. Da Silena offiziell als verschollen galt, bezweifelte sie, dass die Detektei Wimsey, Bunter & Vane ihre Recherchen fortführte. Zwar hatten die privaten Ermittler viel Geld im Voraus für ihre Dienste erhalten, aber fühlten sie sich auch einer Verschollenen verpflichtet? *Es sind Briten. Sie sind korrekt genug, um ihre Arbeit fortzuführen.*

Silena sah auf die Notizen, die sie sich gemacht hatte. Notizen zum Wesen der asiatischen Drachen und deren Wahrnehmung der Bevölkerung, die so gar nichts mit dem europäischen Verständnis gemeinsam hatten. Doch sie konnte sich nicht auf die Zeilen konzentrieren.

Wenn ich doch nur wüsste, wie weit ihre Nachforschungen gediehen sind! Zhiao weigerte sich nach wie vor, sie mit Wimsey, Bunter & Vane in Kontakt treten zu lassen. Bei aller Wichtigkeit der kommenden Mission hätte sie zu gern Sicherheit über Grigorijs Schicksal gehabt. Nein, sie wollte hören, dass ihr Gatte noch lebte. Alles andere würde sich regeln lassen.

In letzter Zeit schob sich das Gesicht des Ägypters automatisch in ihr Denken, sobald sie sich mit Grigorij beschäftigte. Silena sagte sich, dass es deswegen geschah, weil er in der Fremde ihr einziger Beistand und Freund war. Seit zwei Wochen duzten sie sich.

Um zu verhindern, dass sie zu sehr ins Grübeln und nutzlose Ängste versank, nahm sie ihre Notizen zur Hand.

Die hiesigen Drachen wurden in Pagoden und Tempeln verehrt, es gab diese reich verzierten und aufwendig dekorierten Gebäude überall im Land. Da sie nach der Vorstellung der Chinesen das Wetter beeinflussten, konnte man sie beispielsweise um Regen bitten, indem man eine Opfergabe in einen Fluss warf. Silena erinnerte sich, dass jeder Fluss und jeder See einen Drachen als Schutzherrn besaß. Es ging sogar so weit, dass Frauen geopfert wurden, was sie sehr an mittelalterliche europäische Praktiken erinnerte. *Das könnte den Drachenfreunden so passen, die alten Zeiten wiederaufleben zu lassen.*

Was ihr arge Probleme bereitete, war die komplexe Mythologie um die Lungs, die verschiedenen Tiereigenschaften, die ihnen zugesprochen wurden, Dinge wie Yin und Yang, die sich in ihnen widerspiegelten. Zhiao hatte es ihr zu erklären versucht, doch erschien es ihr zu kompliziert und auch nicht notwendig für ihre Mission.

Sie blätterte weiter.

Hatte die Farbe des Schuppenkleids bei den westlichen Bestien selten etwas zu sagen, gehorchte sie bei den Asiaten einem strengen Kodex. Gelbe Schuppen besaßen die meisten, sie wurden mit den letzten Sommermonaten in Verbindung gebracht. Blau und grün gefärbte standen für den Frühling, rote für die meisten Sommermonate und Stürme, und die schwarzen kamen ins Spiel, wenn es um verheerende Stürme und Hitzeperioden ging. Die weißen standen für den Herbst. Die Kopplung an Naturgewalten sprach für die Selbstverständlichkeit, mit denen Lungs zum alltäglichen Leben gehörten.

Silena überflog ihre Mitschriften und war sich in einem immer klarer: *Der Westen und der Osten werden sich, was die Geschuppten angeht, niemals einig werden.*

Zhiao hatte ihnen nicht sagen können, welche Drachen noch in der Verbotenen Stadt lebten, um den Kaiser zu schützen. Bestätigt wurde ihr, dass ein Lung seine Statur und seine Gestalt ändern konnte, wenn er wollte.

Asiatischen Drachen wurden Funktionen zugesprochen, an denen man sie zusätzlich unterschied. Es gab die himmlischen Drachen, die Tian Lung, die den Himmel bewachten und angeblich taub waren. Geisterdrachen, die Sheng Lung, kontrollierten den Regen, den Wind und die Fluten, aber sie waren stinkfaul. Sie versteckten sich gern, um nicht arbeiten zu müssen. Es gab außerdem Erddrachen, Wasserdrachen, Unterweltdrachen und natürlich die teuflischen, die Nie-Lung.

So etwas kennt man in Europa nicht. Bei uns sind alle schlecht. Silena fand den Einblick in die fremde Denkweise eines Volkes sehr wichtig. Die chinesische Tradition hatte auch nichts mit den Forderungen der westlichen Drachenfreunde zu tun, die eine Schreckensherrschaft im Namen der Geschuppten ausüben wollten. Für Chinesen waren Drachen in der Tat göttlich. *Ob die Altvorderen verwandt mit den Lungs sind?* Manche von ihnen besaßen einen Drachenstein, wie sie wusste.

Silena nahm die Pläne der Verbotenen Stadt zur Hand, doch ihr Blick schweifte ab. Ein Gedanke beschäftigte sie, über den sie mit Ahmat sprechen musste: Sie wollte nicht zu einem Werkzeug chinesischer Politik werden.

Just da klopfte es, und Zhiao trat ein. »Großmeisterin, der erste Drachenheilige ist da.«

»Niedergeschlagen, ja?«, sagte sie zu ihm und hob die Zeitung an. »Und mitten aus der Vorstellung gezerrt. Hätten Sie mich vorher gefragt, hätte ich Sie warnen können, wie sehr Brieuc den *Fliegenden Holländer* liebt.«

Er verneigte sich, die Handflächen waren dabei gegeneinandergepresst. »Ich bin untröstlich, Großmeisterin, aber es ließ sich nicht anders bewerkstelligen. Jede weitere Verzögerung barg die Gefahr, dass die Menschen sich überwanden und ihm beisprangen. Er ist soeben eingetroffen. Ich habe mich bereits mehrfach entschuldigt.«

»Hat er angenommen?«

Zhiao lächelte das unergründliche chinesische Lächeln. »Die Beschimpfungen haben nicht nachgelassen, aber sie werden weniger drastisch«, gab er zur Antwort. »Es mag sein, dass er mir langsam verzeiht. Kommen Sie, ich bringe Sie zu ihm.«

»Ich werde ihm sagen, dass er auf mich wütend sein soll.« Sie folgte ihm. »Schließlich gab *ich* die Anregung dazu.«

»Danke, Großmeisterin.«

»Bis wann werden Ademar und Donatus uns erreicht haben?«

»Wir haben auch sie bereits überwältigt und verschifft. Mehr als zwei Wochen sollten sie nicht brauchen.« Er sah ihre Unzufriedenheit. »Es ist der sicherste Weg, glauben Sie mir. Wir müssen das Officium und den Drachenkaiser gleichzeitig narren. Schlimm genug, dass öffentlich bekannt wurde, die Täter könnten Chinesen sein.

»Noch mehr Verzögerungen.« Sie seufzte und hielt sich am Handlauf fest, als sie die Treppe abwärts nahmen. »Das bedeutet für uns, dass wir die Unternehmung auf mindestens Mitte Februar verschieben müssen.«

»Ja, leider«, sagte Zhiao. »Ich fürchte, es wird sogar Ende des Monats. Wir haben den Plan mit seinen Audienzen und Tagesabläufen erhalten. Vorher geht es nicht, es sind stets zu viele Menschen um ihn herum.« Er sah auf ihren Bauch. »Ich weiß, dass jeder Tag, der verstreicht, es gefährlicher für Sie und Ihr Kind macht. Es ist eine große Sorge.«

Silena erging es nicht anders. »Es bleibt uns nicht anderes übrig. So wird mein Kind gleich an die Arbeit seiner Mutter gewöhnt«, versuchte sie einen halbherzigen Scherz.

Sie schritten ins Freie und liefen eine Arkade entlang, die zum zweiten Trakt des Gebäudes führte.

Im überdachten Hof stand Ahmat Fayence und absolvierte Kampfübungen mit dem Schwert; einige von Zhiaos Männern dienten ihm als Gegner.

Silena musste einfach stehen bleiben und zusehen.

Die Bewegungen des dunkelhaarigen Ägypters unterschieden sich deutlich von denen der Chinesen, wirkten wesentlich überlegter und energischer, als entscheide er sich stets im letzten Augenblick, wie er auf einen Angriff reagieren oder wie er selbst zuschlagen wollte. Doch das täuschte. Vor allem im Umgang mit dem Spieß war er allen Kämpfern voraus.

Es faszinierte sie zu sehen, wie Ahmat die gesamte Umgebung in das Gefecht einbezog, wenn er mit den überlangen Speeren hantierte. Sie dienten ihm als Sprunghilfe, er drückte und stützte sich damit ab, sodass es seinen Gegnern schwerfiel, ihn überhaupt zu fassen zu bekommen.

Mitten im Gefecht winkte er ihr und kam zu ihr gelaufen. »Silena«, grüßte er sie und wirkte kaum angestrengt. »Gibt es etwas Neues?«

Sie fand es merkwürdig, dass sie von einem Mann bei dem Namen gerufen wurde, den in den letzten zwei Jahren nur Grigorij gebraucht hatte. Aber unangenehm war es ihr nicht, ganz im Gegenteil. »Zhiao bringt mich zu Brieuc«, gab sie zurück.

»Die Verstärkung rückt also allmählich an.« Er lächelte sie an, und sie freute sich drüber. Zu ihrer eigenen Verwunderung. Ahmat sah zum Chinesen. »Wann greifen wir an?«

»In einem Monat.«

Es war nicht schwer, die Enttäuschung aus dem Gesicht des Ägypters abzulesen. »Das ist nicht gut. Die Schwangerschaft der Großmeisterin hält nicht einfach vier Wochen an, nur weil uns die Zeit in den Fingern verrinnt.«

»Es geht nicht anders.« Zhiao erklärte es ihm, wie er es vorhin Silena erklärt hatte. »Außerdem müssen die Drachenheiligen die Lagepläne ebenso auswendig können wie Sie beide«, fügte er als Argument hinzu. »Falls Sie in der Verbotenen Stadt getrennt werden, ist es überlebenswichtig.«

Ahmat nickte stumm, aber mit zusammengezogenen Augenbrauen. Es passte ihm nach wie vor nicht; ändern konnte er es noch weniger. Schweigend kehrte er zu seinen Übungsgegnern zurück und nahm das Scheingefecht auf. Silena hatte den Eindruck, dass er härter zuschlug als vorher.

Sie versuchte, sich ein paar seiner Finten und Angriffe zu merken. Ihre Ausbildung mit dem Säbel und dem Schwert waren klassisch verlaufen, eine Mischung aus altem deutschem und modernem italienischem Stil. Brieuc, der den Zweihänder führte, hatte sich dagegen immer auf den deutschen Stil beschränkt. *Gegen Drachen sicherlich effektiver.*

Silena konnte sich am Gefecht nicht sattsehen. Dass es noch einen anderen Grund als Bewunderung für seine Kampfkunst geben könnte, verdrängte sie. *Waffengeschwister, mehr sind wir nicht.*

»Großmeisterin, sagen Sie mir, wann wir ...«, warf Zhiao vorsichtig ein.

»Sicher, sicher. Brieuc«, erwiderte sie hastig und ging weiter.

Am anderen Ende der Arkade traten sie durch eine Tür und schritten an mehreren Papierwänden entlang, bis sie zu einer Tür gelangten, hinter der sie eine laute Stimme hörten.

»Er flucht noch immer«, sagte Zhiao seufzend.

»Gleich nicht mehr«, erwiderte sie und öffnete die Tür.

Brieuc, der seine weiße Ausgehuniform trug, die deutlich unter den Strapazen der ungewollten Reise gelitten hatte, hatte drohend den Zeigefinger gegen eine Chinesin gereckt, die ihn mit großen Augen anstarrte und ein Tablett mit Essen in der Hand hielt. Als er Silena sah, hellten sich seine Züge sogleich auf.

»Großmeisterin!«, rief er freudig. »Nicht mehr lange, und ich hätte jedes heidnische Schlitzauge umgebracht, das mir noch einmal Reis bringt! Ist es so schwer, in diesem riesigen Land Kartoffeln anzubauen?« Er kam auf sie zu und streckte die Hand aus. »Was bin ich froh, Sie zu sehen! Anfangs wollte ich die Geschichte nicht glauben.«

Silena schüttelte seine Hand und warf Zhiao einen kurzen Blick zu. »Welche Geschichte, Großmeister?«

»Die mir erzählt worden ist: Sie säßen in China fest und bräuchten meine Hilfe. Ich war erst davon überzeugt, als Sie eben zur Tür hereinkamen.« Brieuc breitete ostentativ die Arme aus. »Können Sie mir einen guten Schneider besorgen, der meine Uniform wieder auf Vordermann bringt? So möchte ich nirgendwo auftauchen und gesehen werden.« Er fuhr sich mit der rechten Hand durch die unpomadierten Haare, mit der anderen nahm er die Fleischschale vom Tablett der Chinesin und scheuchte sie hinaus. »Verzeihen Sie, aber ich bin wirklich hungrig. Wobei soll ich Ihnen helfen? Und warum die Geheimniskrämerei?«

»Es geht um eine Sache von größter Wichtigkeit, und niemand, nicht einmal das Officium, darf im Vorfeld unserer Unternehmung etwas davon wissen. Jede noch so kleinste Vorbereitung kann die Gegenseite warnen. Und uns bleibt nur ein Versuch.« Silena nickte Zhiao zu, der Brieuc erklärte, was sie über Voss, die manipulierten Finanzen und den geplanten Börsenzusammenbruch sowie die Zusammenhänge mit dem Drachenkaiser wussten.

Brieuc setzte sich und aß abgelenkt, ohne zu murren; dabei goss er sich Jasmintee ein. Er nahm die Eröffnung erstaunlich gelassen und konzentriert auf und war mit dem Essen fertig, als der Chinese seine Erläuterung beendete. »Jetzt verstehe ich es«, sagte er daraufhin zu Silena. »Sie und ich gegen den Drachenkaiser.«

»Sie, ich, Ichneumon, Ademar und Donatus«, zählte sie auf.

»Ichneumon sagt mir nichts. Und es klingt nicht chinesisch.«

»Ein Freund aus Ägypten, der einer ähnlichen Organisation wie wir angehört.« Mehr wollte Silena ihm nicht sagen. Es war Ahmats Sache, ihm mehr über den Bund zu erzählen.

Doch Brieuc war neugierig. »Ein Freund. Ihr Freund? Er hat einen merkwürdigen Namen.«

Sie lächelte. »Sie können ihm vertrauen. Ohne ihn würde unser Vorhaben ungleich schwerer werden.«

»Nichts gegen Ihr Wort, aber erlauben Sie mir, dass ich mir ein eigenes Bild von ihm mache.« Brieuc trank von seinem Jasmintee. »Wann lerne ich ihn kennen, Großmeisterin?«

»Er ist gerade mit seinen Kampfübungen beschäftigt, aber danach …«

»Ausgezeichnet!« Brieuc sprang auf die Beine. »Dann will ich sehen, was er kann, unser ägyptischer Verbündeter. Der Araber an sich neigt zur Faulheit, Großspurigkeit und Feigheit. Das möchte ich bei dem Mann ausschließen.«

Silena ärgerte sich über die Bemerkungen. »Das sind drei Eigenschaften, die ich schon bei anderen Drachenheiligen entdecken musste«, sagte sie leise und vermied es, ihn anzusehen. »Es hat nichts mit der Herkunft zu tun, Großmeister. Denken Sie nicht?«

»Nein«, gab er mit schmalem Mund zurück. »Das denke ich nicht.« Er ging zur Tür. »Komm, mein kleiner schlitzäugiger Freund. Bring mich zum Kameltreiber.«

Silena biss sich auf die Zunge, um nichts zu sagen. *Sollte er sich weiterhin so aufführen, muss ich ihn zurechtweisen.* Sie kannte die überhebliche Einstellung, die unter manchen Europäern grassierte und die sie normal nannten. Brieuc trieb es wegen seiner Herkunft als Angehöriger einer weiteren Elite gerne auf die Spitze. *Das Beleidigen bereitet ihm Spaß.*

Sie folgte den Männern zurück auf den Hof und ahnte, dass Brieuc einen Beweis seiner Überlegenheit erbringen wollte, um Ahmat zu zeigen, wohin er gehörte. *Er wird hoffentlich eine Lektion von ihm erhalten.*

»Da ist er ja«, tönte Brieuc und sprang in den Hof. Dabei streifte er die Uniformjacke ab und gab sie ohne einen Blick zurück an

Zhiao, als sei er ein Bediensteter. »Ho, Wüstensohn! Ich habe gehört, du darfst uns bei unserer Mission unterstützen?«

Ahmat hielt mit seinen Angriffen inne, auch die Chinesen unterbrachen die Übung. Fragend sah er zu Silena, die nur die Arme hob und lautlos »Angeber« mit den Lippen formte.

»Ja, das darf ich wohl«, gab er zur Antwort und stützte sich auf das Schwert. »Ich bin glücklich, dass ich Euch, Großmeister Brieuc, zur Hand gehen darf. Anscheinend seid Ihr ja nicht in der Lage, alleine mit dem Drachenkaiser fertig zu werden.«

»Ha! Er spricht mich an wie einen König. *So* gehört sich das.« Brieuc krempelte sich die Ärmel hoch. »Araber, du wirst gleich sehen, dass *ich* dich nicht brauchen würde. Großmeisterin Silena legte jedoch ein gutes Wort für dich ein.« Er dehnte sich. »Sie hat nach *mir* geschickt, Wüstensohn. Also braucht sie mich wohl, da du alleine nichts taugst.« Brieuc lächelte herablassend. »Bring mir meinen Zweihänder«, sagte er verlangend zu Zhiao, der mit den Augen rollte und einen der Kämpfer lossandte, die Waffe zu holen.

»Was soll das?«, sagte Silena. »Ich brauche Sie beide unverletzt!«

»Wenn ich mit ihm fertig bin, kann er immer noch kämpfen, Großmeisterin«, wiegelte er ihren Einwand ab. »So, Perle der Wüste.« Brieuc stellte sich vor Ahmat und maß ihn von oben herab. Die körperlichen Unterschiede traten deutlich zutage. »Wo hast du kämpfen gelernt?«

»Bei meinem Großvater«, erwiderte er gelassen.

»Ha! Auf deine Geschwindigkeit bin ich gespannt.« Er rief laut und ungehalten nach seinem Zweihänder. »Ich werde dir jetzt zeigen, warum die Großmeisterin mich braucht.«

Ich hatte vergessen, wie unangenehm er sein kann. Silena bereute es zwar nicht, ihn hergeholt zu haben, doch sie nahm sich vor, ihn nach seiner Einlage zur Seite zu nehmen und ihn an den Respekt zu erinnern, den er seinen Gastgebern und Ahmat schuldete.

Brieuc schwang den Zweihänder. »Wagst du dich gegen eine scharfe Waffe, Wüstensohn?«

Ahmat wiegte den Kopf hin und her. »Ich überlege noch.« Er legte die rechte Hand ans Herz. »Ich spüre die Angst, die du mir mit deinen Worten einflößt.« Er duzte den Großmeister absichtlich, der Respekt war vergangen. »Es bebt, ich schlottere vor deinem übermächtigen Mund, aus dem die Worte der Weisheit sprudeln und wie aus einem Wasserfall herabstürzen. Wie wird es dann erst um deine Schwertkunst bestellt sein? Ich zittere.« Dabei stand er vollkommen ruhig. »Ich glaube, ich wage es.« Er nahm ein Eisenschwert von einem der Chinesen. »Sei zärtlich zu mir, Großmeister Brieuc. Ihr Europäer seid uns doch so sehr überlegen. Falls nicht, wärst du ein Groß*maul*meister, und das kann ich nicht glauben.«

Silena lachte laut auf und erhielt von Brieuc einen bösen Blick, von Ahmat ein Zwinkern. Sie unterbrach das Spektakel nur deswegen nicht, weil sie davon ausging, dass Ahmat das Spiel vorzeitig und vor allem unblutig beenden würde. Zudem besaß sie keine echte Befehlsgewalt über Brieuc.

Ahmet ging rückwärts bis in die Mitte des Hofs. »Komm und lehre mich Demut.«

»Das werde ich, Kamel …«

»Großmeister Brieuc!«, rief Silena. »Denken Sie an Ihren Anstand!«

»Kamelzüchter, wollte ich sagen«, vollendete er den Satz mit einem gehässigen Grinsen. Er folgte Ahmat und hob den Zweihänder, schwang ihn. Die lange, schwere Klinge surrte dunkel. »Bereit?«

»Bereit.« Ahmat verbeugte sich.

Brieuc sprang vorwärts und stach senkrecht nach vorn. Ahmat bewegte sich kaum, doch die Spitze verfehlte ihn.

Silena verfolgte den Kampf mit gemischten Gefühlen. *Sie werden daran denken, dass ich sie lebend und unverletzt brauche?* Sie war unruhig, als sie die Männer beobachtete, die sich nichts schenkten.

Brieuc hatte nach einer Serie von Ausfällen seine Kraft zurückgenommen und wartete, was sein Gegner tat. »Was ist, Wüstenperle? Muss ich warten, bis du erwachst? Wie schreit man ein Kamel an, damit es schneller läuft?«

»Wie wäre es mit: Brieuc?« Ahmat hob sein Schwert. Er griff mit einem Kopfschlag an, der von oben genau auf die Schädeldecke zielte.

Überrascht von der Geschwindigkeit, schlug Brieuc das Schwert zur Seite und musste nochmals springen, weil er nicht schnell genug umgreifen und nur ausweichen konnte; den Tritt sah er gar nicht kommen. Die Sohle traf ihn gegen die Brust und schleuderte ihn rückwärts gegen die Waffenhalter.

»Ich bin erwacht«, sagte Ahmat und bewegte die Schulter, mit der er seine Waffe geführt hatte. »Du auch, Großmeister?«

Brieuc drückte sich mit einem Schnaufen ab, legte die Haare zurecht. »Danke«, knurrte er und griff wieder an.

Silena erkannte, dass der Großmeister nun all seine Zurückhaltung hatte fallen lassen. Er attackierte mit voller Geschwindigkeit und trieb Ahmat immer mehr zurück. Sie bekam erste Zweifel, dass dieses Duell ein harmloses Ende nehmen würde, und hielt sich bereit einzugreifen.

Die Wucht des Zweihänders, kombiniert mit der beeindruckenden Stärke des Drachenheiligen, brachte den Ägypter schneller in Bedrängnis, als sie geglaubt hatte, und schließlich gab er den Kampf zu ihrer Erleichterung auf. Er warf sein Schwert auf den Boden und hob die Arme. »Das genügt, Großmeister«, sagte er keuchend.

Brieuc zielte mit der Spitze auf seine Kehle, auf seinen Zügen lagen Verachtung und Zufriedenheit. »Ich zweifelte niemals daran, Araber.« Er senkte die Waffe und warf sie Zhiao zu, der ebenso gebannt zugeschaut hatte wie Silena. »Aber du bist gut genug, um uns begleiten zu dürfen. Wir können dich zumindest als Ablenkung brauchen, während wir das Oberschlitzauge erledigen.« Er wandte sich um. »Ping, bring mich zu meiner Unterkunft«, sagte er zu Zhiao, »und besorg mir einen Schneider.« Er warf Silena einen triumphierenden Blick zu und verließ ohne ein weiteres Wort den Hof.

Ahmat hob das Schwert auf, aber er sah nicht im Mindesten niedergeschlagen oder gedemütigt aus.

Silena ging mit schnell schlagendem Herzen zu ihm. »Ist alles in Ordnung mit dir?«

»Ja. Kein gebrochener Stolz oder zerschmetterte Selbstachtung, wenn du das meinst«, antwortete er heiter.

Sie atmete auf. »Du hast ihn gewinnen lassen.«

»Nein, das habe ich nicht. Ich habe den Kampf abgebrochen,

bevor einer von uns beiden ernsthaft verletzt wurde«, sagte er und zwinkerte ihr zu. »Wir brauchen unsere Kräfte gegen den Drachenkaiser und nicht, um zu beweisen, wer der bessere Kämpfer oder Mensch ist. Wenn wir unsere Aufgabe erfüllt haben, setze ich den unterbrochenen Kampf gegen Brieuc fort. Es könnte sein, dass der Großmeister eine Überraschung erlebt. Aber heute war nicht der richtige Tag dafür.«

»Du bist ein weiser Mann, Ahmat.«

»Mag sein. Ich denke nur weiter als Brieuc.«

Silena räusperte sich. »Er wird jetzt natürlich der Meinung sein, dass er mindestens einhundertmal mehr taugt als du. Du wirst noch öfter solche Sprüche zu hören bekommen. Donatus und Ademar werden bestimmt in das gleiche Horn stoßen, wenn Brieuc sie dazu anstachelt. Kannst du das ertragen?«

»Ja.« Er legte ihr die Hand auf die Schulter. »Mach dir keine Sorgen. Ich gehe keinem von ihnen an die Gurgel.« Sein Lächeln wirkte auf sie anders als sonst. Direkter, offener und von einer ganz besonderen Art.

Sie schenkte ihm ebenfalls ein Lächeln und berührte seine Hand. Es war als freundschaftliche Geste gedacht, doch als Haut auf Haut traf, hatte Silena das Gefühl, dass sich plötzlich mehr abspielte. Ihr Herz schlug nicht allein vor Sorge so rasch in ihrer Brust, und ein warmer Schauer rann durch ihren Körper. Es kribbelte, als sie in seine Augen blickte. *Das darf nicht sein!* Die Situation erforderte einen klaren Kopf. *Es müssen die verdammten Schwangerschaftsgefühle sein, die mich so verwirren.*

Sie nahm die Finger wieder weg und machte einen Schritt zurück. »Eine Sache, über die ich mit dir sprechen muss«, sagte sie, um sich abzulenken. »Was ist, wenn wir nur als ausländische Attentäter dienen sollen?«

Ahmat hob fragend die Augenbrauen.

Silena seufzte. »Angenommen, der Kaiser von China ist kein Drache in Menschengestalt. Angenommen, Zhiao hat sich diese sehr stimmige Geschichte ausgedacht, damit wir den Herrscher umbringen und er die Schuld auf den Westen schieben kann. Wäre dann ein Krieg nicht unausweichlich?« Sie betrachtete sein Gesicht. »Das bereitet mir Kopfzerbrechen, Ahmat.«

Er legte die Rechte auf die Brust. »Mein Herz ist überzeugt von Zhiaos Worten, aber ich verstehe deine Zweifel sehr gut. Letztlich müssen wir entscheiden, wenn wir dem Kaiser gegenüberstehen.« Er zeigte auf ihr Amulett mit dem Lanzensplitter. »Es wird uns den Weg weisen.«

»Du hast recht. Wenn es nicht leuchtet und mir verrät, dass ich vor einem Drachen stehe, brechen wir die Mission ab.«

»So soll es sein«, antwortete er lächelnd.

Silena strahlte ihn an und hatte das Verlangen, ihn zu berühren. Einfach so. »Bis später«, verabschiedete sie sich hastig und wusste nicht, warum sie ging.

»Ich werde noch ein wenig üben. Brieuc hat mir ja bewiesen, dass ich schlecht bin«, sagte er lachend. »Bis nachher, Silena.«

Sie lief in ihren Raum, schloss die Schiebetür und setzte sich auf den Stuhl, starrte die Pläne der Verbotenen Stadt an, obwohl sie die Zeichnungen und Bilder bereits auswendig konnte. Sie massierte sich die Schläfen.

Schlagartig erschien ihr alles zu viel: die Aufgabe, das Leben in dem fremden Land, in dem man Drachen verehrte wie Götter, die Reibereien zwischen Brieuc und Ahmat, die leisen Gefühle, die sie für den Araber entwickelte, Grigorij, ihre Schwangerschaft, der Gedanke an ein Leben als Mutter …

Silena musste ansatzlos losheulen und konnte nicht mehr aufhören. Die Tränen regneten auf die Bilder und Pläne nieder und wässerten die Verbotene Stadt.

13. Januar 1927, nahe Palmnicken (Ost-Preußen), Königreich Preußen, Deutsches Kaiserreich

Leída ging mit ihren Leuten den Tunnel entlang, in dem der Lastwagen verschwunden war.

Sie trugen Wachsmäntel wie die Arbeiter in dem Bernsteinbergwerk. Sie hatten sieben Männer überwältigt, ihnen die dreckigen Kleider abgenommen und sie gefesselt in ein Gebüsch geworfen. In ihrer neuen Tarnung liefen sie offen über das Gelände und hatten sich dazu noch Schaufeln und Eimer genommen, um glaubwürdig zu wirken. Bislang funktionierte es.

In dem Tunnel sahen sie niemanden. Lampen an den Wänden sorgten für Licht, und in einiger Entfernung erkannten sie den Lastwagen. Männer waren zugange, luden große Kisten aus. Es roch stark nach vergammeltem Fleisch.

»Was machen wir, Boss?«, fragte Grimson und stolperte über eine der Bahnschwellen. Die alten Gleise lagen noch immer darin; dicht an die Wand gepresst verliefen die Rohre. Auch hier tropfte das Wasser.

»Wir sagen einfach, wir wären für das Beladen der Bomben abgestellt worden.« Sie näherten sich zügig dem Ende des Tunnels. »Tümmelmann, Sie reden mit den Typen. Ich könnte das zwar auch, aber mein Akzent würde denen sofort auffallen.«

Der Deutsche nickte.

Sie kamen um den Lastwagen herum und sahen ein Dutzend Männer, die Schlachterschürzen trugen und mit dem Abladen beschäftigt waren. Auf der Ladefläche stapelten sich die Kisten, im hinteren Abschnitt türmten sich die Rinder- und Schweinehälften bis zur Decke.

»Hallo«, sagte Tümmelmann zu einem der Männer. »Wir sollen euch helfen, damit ihr rechtzeitig fertig werdet.«

»Ihr kommt wie gerufen. Hat der alte Ringsmacher mitgedacht.« Der Mann deutete auf die Kisten. »Schnappt euch die und bringt sie zum Fahrstuhl.« Er sah auf die Uhr. »Die Lok mit den Neuen kommt in einer halben Stunde, bis dahin muss der Tunnel frei sein.«

»Alles klar.« Tümmelmann erklomm den Lastwagen und schob die erste Kiste nach vorne. Aus den Ritzen lief stinkendes Wasser, es roch intensiv nach Verwesung.

Leída überwand den leichten Ekel spielend. Sie war von der Drachenjagd ganz anderen Gestank gewohnt und neugierig, was mit dem Fleisch geschehen sollte.

Sie ging los, unmittelbar in den Seitengang, der zu einem Schacht führte. Jemand hatte »Anna, Stollen I, 20 Meter. Stollen II, 27 Meter. Stollen III, 59 Meter« mit Kreide auf ein Schild geschrieben. *Die Zahlen scheinen sich zu verändern*. In den Aufzeichnungen hatte sie nur von einem Stollen gelesen, also war in den letzten zwei Jahren seit der angeblichen Stilllegung einiges geschehen. *Sie haben sich eine mehrstöckige Bombenschmiede errichtet!*

An den Wänden lehnten Säcke und stapelten sich Kästen, auf denen chemische Formeln und Warnungen geschrieben standen. Als Hersteller war IG Farben aus Frankfurt angegeben.

Von da beziehen sie ihr Rohmaterial. Leída gelangte an den Fahrstuhl, stellte die Kiste auf eine andere und blieb in dem Korb stehen, der zehn auf zehn Meter maß und kein Dach hatte. An manchen Stäben erkannte sie tiefe Rillen. »Ringsmacher hat gesagt, ich soll mit runterfahren«, erklärte sie dem verwunderten Mann an der Bedieneinheit frech und gab sich Mühe, ihren Akzent zu verbergen.

»Von mir aus«, sagte er und kümmerte sich nicht weiter darum.

Nach zehn Minuten war die Kabine voll bis auf den letzten Raummeter, und jetzt wurde Leída der Geruch doch etwas zu stark. Glücklicherweise begann die Fahrt abwärts; ihre Leute warteten oben und sahen ihr nach, wie sie nach unten verschwand.

Die Kabine sackte an Führschienen nach unten. Zu den Wänden, aus denen lange, nach unten gekrümmte Haken herausschauten, hatte sie etwa einen Meter Abstand.

Es wird schwierig, notfalls hinauszuklettern. Sie haben die Werkstatt gut gesichert. Als es über ihr klickte und gleich danach rumpelte, hob sie den Kopf und sah hinauf: Zwei Klappen hatten sich von unten hydraulisch vor den Ausgang gelegt, auch an ihnen bemerkte sie lange Eisenspitzen. Es gab keinerlei Möglichkeit für ihre Leute, ihr unbemerkt zu folgen. Je tiefer sie kamen, desto wärmer wurde es.

»Zum ersten Mal hier unten?«, fragte der Mann grinsend.

»Ja.«

»Angst?«, erkundigte er sich und grinste noch breiter. »Dein Gesicht sieht aus, als hättest du versucht, mal einen Drachen zu küssen.«

»Das habe ich auch«, entgegnete Leída. Sie hatte sich entschieden, die Flucht nach vorn anzutreten. »Es war ein großes Exemplar, und es war ein überwältigendes Erlebnis. Mein ganzes Leben hat sich dadurch geändert!«

Jetzt schaute der Mann sie ehrfürchtig an. Natürlich verstand er es anders, als sie es meinte. »Du kannst dich glücklich schätzen.« Ruckend hielt die Kabine an, obwohl sie den Boden noch nicht erreicht hatten.

Es zischte hydraulisch, und Leída vermutete, dass unter dem Aufzug eine zweite Sperre wegklappte. »Verdammt gut gesichert«, sagte sie.

»Ja. Sicherheit geht vor. Gerade bei dem, was wir hier lagern«, gab er zurück. »Ein Fehler, und die Hölle bricht los.«

Die Kabine setzte ihre Fahrt fort, und tatsächlich schloss sich über ihnen eine Abdeckung. Sie hielt einen Meter über dem Boden an, davor standen Loren auf Schienen.

Ein abschüssiger Stollen ging hinab in die Dunkelheit. Rostige Eisenstreben stützten die Decke und auch die Seitenwände. Zwei Schienenstränge führten hinein und verliefen im Bogen an dem Fahrstuhl vorbei; auf dem linken standen die leeren Loren. Licht gab es nur am Schacht selbst. Aus einem Seitentunnel flackerte es unregelmäßig, und das Zischen erinnerte sie an eine Lötlampe. In der Bombenschmiede wurde gearbeitet.

»Gut. Fangen wir an. Willst du beladen oder abfertigen?«

»Beladen«, sagte sie sofort, weil sie keinen Schimmer hatte, was vorging. Sie hatte noch immer den Geruch des faulenden Fleischs in der Nase. Leída hatte im Kampf gegen Geschuppte schon in mancher Höhle gestanden, aber hier fand sie es beklemmend. Das Wissen, fünfzig Meter Gestein zwischen sich und dem Tageslicht zu haben, machte es nicht besser.

Sie lauschte und hörte rhythmisches Wummern, das von den Pumpen stammte, dann eine Art Gewittergrollen. Gelegentlich gab es einen Schlag von einem sehr schweren Gegenstand. *Der Stollen wird an einer anderen Stelle erweitert.*

»Alles klar.« Der Mann sprang in die Lore und von da auf den Boden, dann ging er zu einer weiteren Schalttafel, die sich in einem mannsgroßen Käfig befand. Er öffnete die Tür, trat ein und schloss sie hinter sich. »Brauchst du keine Ohrenschützer?« Er streifte sich eine Fliegerkappe über und überprüfte den Sitz des Mikrofons.

»Wieso?«, antwortete sie. »Wird gleich gesprengt?«

Er drückte lachend einige Knöpfe.

Klackend leuchteten Lampen an der Wand auf und rissen den Gang aus der Schwärze. Leída schätzte, dass er mindestens einen Kilometer weit reichte und über zahlreiche Abzweigungen verfügte. Die Schienen führten in jeden dieser Stollen.

Kaum war es hell geworden, ertönte ein vielstimmiges dumpfes Brüllen.

Ein Brüllen, dass Leída sehr genau kannte. *Drachen!* Vereinzelt hörte sie erwartungsvolles Fauchen aus weiter Entfernung, das sie als die Laute von kleineren, jüngeren Geschuppten identifizierte. Der Fels bebte von den Stimmen der Geschuppten, die Loren vibrierten auf den Schienen. Entsetzt hielt sie sich die Hände auf die Ohren. *Was geht hier vor?*

Jemand berührte sie an der Schulter, drehte sie und machte sie auf die verkabelte Fliegerkappe aufmerksam, die außerhalb des Käfigs an einer Wandhalterung hing. Leída zog sie sich hastig auf, und das Kreischen der Bestien wurde erträglich. Sie wandte sich zu dem Mann um und hob den Daumen.

Er grinste und kehrte an die Schalttafel zurück. »Lore eins: heute eine Kiste, zwei Rinderhälften«, funkte er aus seinem Käfig heraus.

Sie hatte schlagartig begriffen, dass dies hier keine Bombenschmiede war. *Das erklärt, weswegen es kaum mehr Drachen gibt*, dachte sie. *Sie haben sie vor unserer Nase weggeschnappt und sie in Sicherheit gebracht.* Sie erinnerte sich an die vielen Bergwerke, die Voss gekauft hatte. *By Jove! Er hat sie alle mit Geschuppten vollgestopft!* Sie warf die Bestellung nach kurzem Zögern in das Vehikel. *Ich füttere Drachen, anstatt sie zu töten.*

Kaum war sie fertig, drückte der Mann einen Knopf, und die Lore wurde von einem Haken so weit gezogen, dass sie die abschüssige Strecke hinabrauschte. Sie fuhr bis zur ersten Abzweigung und bog nach rechts ab.

»Lore zwei: drei Kisten, vier Hälften.«

In ihrem Kopf schwirrte es durcheinander. Leída wollte am liebsten sofort handeln, nach oben fahren und das Bergwerk sprengen ... Sie mahnte sich zur Ruhe. *Ich brauche Gewissheit. So lange spiele ich mit.*

»He! Ist der Empfang schlecht?«, hörte sie die ungehaltene

Stimme des Mannes. »Ich will wieder hoch. So schön ist es auch wieder nicht hier unten.«

Leída hob wieder den Daumen. »Wackelkontakt«, sagte sie knapp.

»Alles klar: Lore zwei: drei Kisten, vier Hälften.«

So ging es immer weiter, bis selbst Leída trotz ihrer Muskeln und Ausdauer am Ende ihrer Kräfte und die letzte Lore auf den Weg gebracht worden war. Ratternd verschwand das Vehikel in einem Seitenschacht.

Da leuchtete eine rote Lampe auf. »Scheiße«, rief der Mann.

»Was ist?« Leída starrte in den Gang und wartete darauf, dass eine Horde Drachen auf sie zustürmte.

»Das Drecksding hat sich verhakt. Ist wieder die Weiche in Gang sieben.« Er drückte ein paar Schalter und drehte an Knöpfen. »Scheiße. Nichts zu machen. Du musst raus und nachschauen. Zum Glück ist Gang sieben nicht weit weg. Und es sind nur die Kleinen.« Er deutete den Stollen hinab. »Werkzeugkiste ist da im Spind, und jetzt los. Beeil dich! Wenn sie das Fleisch schon riechen können, aber nicht kriegen, werden sie ungemütlich.«

Das war die Gelegenheit, sich Gewissheit zu verschaffen. Leída wollte sehen, was ihre Ohren ihr schon lange übermittelten. »Die *Kleinen* …?« Sie zog das Kabel ab, damit sie die Kappe aufbehalten konnte. Ihr Gehör war schon schlecht genug und musste nicht gänzlich verloren gehen.

»Mach schon. Ich warte und fahre nicht ohne dich«, sagte er lachend und blieb an der Anzeige stehen.

Leída nahm die schwere Kiste aus dem Spind und lief los, den abschüssigen Stollen hinab. Ihr verletzter Fuß schmerzte, das Herumwuchten der Fleischbrocken hatte der Wunde nicht gutgetan. An Gang sieben bog sie ab.

Es war feuchtwarm, und aus einiger Entfernung bemerkte sie den typischen Geruch der Geschuppten, der an Reptilienhäuser erinnerte. Hätte sie ihn früher wahrgenommen, wäre sie nicht so überrascht gewesen.

Leída trabte weiter, die Werkzeuge klapperten im Kasten. *Ein paar Schraubenzieher und Zangen. Tolle Waffen gegen Geschuppte.*

Sie näherte sich den Bestien. Das Schmatzen und Krachen von

Knochen hallte von den Wänden wider, gelegentlich brüllte eine gereizt auf, eine zweite antwortete.

Die störrische Lore stand tatsächlich an einer Weiche, die Abzweigung führte in einen neuen Gang. Leída schob sie an und stellte sich auf den äußeren Rahmen, ließ sich mitrollen.

Sie gelangte auf eine frei tragende Brücke aus Eisen, der Boden lag zehn Meter unter ihr. Sie sprang auf die Brücke und blickte auf eine Grube voller kleiner Laufdrachen herunter, keiner länger als zwei oder drei Meter.

Die Lore schrammte über einen Haken hinweg, der den Kippmechanismus auslöste. Fleischbrocken regneten in die Tiefe und klatschten auf den Stein. Die Drachen hopsten auf allen vieren in Richtung Beute, um sie gegen die Artgenossen zu verteidigen.

Diese Arschlöcher züchten die Bestien! Leída schüttelte sich und ging zum Eingang in die Höhle zurück. *Da kann ich lange versuchen, die Biester auszurotten.*

Zwei der Drachen, die leer ausgegangen waren, hatten die Frau gerochen. Sie hoben die Köpfe und züngelten zu ihr hoch, grollten und schnaubten und machten die Meute aufmerksam.

Neugierig sammelten sie sich unter Leída, schoben und drängelten sich schwänzelnd, bis der erste Geschuppte auf die Schultern der anderen stieg und seine Klauen in die weiche Wand schlug. Er fauchte und zischte.

Ich habe keine Waffen dabei. Sie trat den Rückzug an. Unterwegs streifte sie den Helm ab, es war sehr ruhig in dem Stollen geworden.

»Meine Güte«, rief der Mann angespannt. »Du brauchst ja ewig.« Er schaltete die Lampen aus, die Dunkelheit kehrte in das Drachenlager zurück.

»Tut mir leid. Sie hatte sich verklemmt.« Leída packte die Kiste in den Spind und stieg in die leere Kabine. Die Fahrt ging aufwärts. »Wie viele haben wir jetzt eigentlich hier in Stollen eins?«, fragte sie harmlos. »Ich habe den Überblick verloren.«

»Ich auch. Da musst du Ringsmacher fragen. Aber ich schätze mal, es dürften so um die dreihundert sein. Die haben sich vermehrt.« Er grinste. »Wir behandeln sie ja auch bestens.«

Sie passierten die erste Schleuse. *Also haben sie bestimmt fast ein-*

tausend Drachen in dem Bergwerk Anna! »Und der Neuzugang heute, warum kommt der mit dem Zug?«

»Weil er nicht in den Lastwagen gepasst hat. Ist ein größeres Exemplar.« Jetzt sah er prüfend an. »Du bist neu. Ich meine, an dein Gesicht hätte ich mich sicherlich erinnert.«

»Ja, ich bin neu. Komme von der Zeche Mühlheim«, sagte sie ruhig, um sich nicht zu verraten.

»Mühlheim? Haben wir da auch eine Station?«

Leída wurde bewusst, dass Voss der Mann war, der die Fäden in der Hand hielt. Vermutlich wussten nur sehr wenige, wo die verschiedenen Stützpunkte der Drachenanbeter lagen. So blieb garantiert, dass sie andere nicht verraten konnten. Sie hatten sich mit dem Überfall auf den Magnaten nicht nur den dicksten, sondern auch den wichtigsten Fisch geschnappt. »Ja, haben wir. Mehr darf ich dir aber nicht sagen. Das wirst du verstehen.«

»Ja, verstehe ich.« Sie passierten die zweite Schleuse und gelangten an den Ausgangspunkt zurück. »Waren es mehr Leute und Drachen als hier?«

»Wie viele sind es hier noch mal?«

»Wir sind einhundert und, wie gesagt, nach den Drachen musst du Ringsmacher fragen«, bekam sie zur Antwort.

»Dann waren es dort mehr«, erwiderte Leída. »Wir werden die Welt beherrschen!«, fügte sie hinzu.

Der Mann lachte, rumpelnd hielt die Kabine an. »Die Drachen, nicht wir. Wir sind nicht göttlich.« Gemeinsam stiegen sie aus.

Leída kehrte zu ihren Leuten zurück und ging mit ihnen aus dem Tunnel hinaus. Der Lastwagen war schon wieder gefahren, und abgesehen von dem Mann, der den Fahrstuhl bediente, waren sie allein.

»Vergesst die Bomben. Es ist viel schlimmer«, sagte sie zu ihnen. »Wir sind in einem Drachenhort, und ich meine es genau so!« Sie zeigte auf den Boden. »Unter uns wimmelt es von Geschuppten!« In aller Knappheit erzählte sie, welche Ungeheuerlichkeit sie anstelle der Werkstatt entdeckt hatte.

Zuerst sagten die Männer nichts. Sie schwiegen und versuchten zu begeifen, was sie eben vernommen hatten. Vor dem Schock, den ihnen die Tatsachen bereiteten, waren sie bei all ihrer Abgebrühtheit nicht gefeit. Unter ihren Füßen tummelten sich mehr Drachen, als die Besten von ihnen in einhundert Jahren erlegen konnten.

»Bloody shit«, stieß Grimson schließlich hervor und rückte an seiner Mütze herum. »Wisst ihr, was das bedeutet?«

»Dass die Drachenanbeter schlauer sind, als wir angenommen haben.« Leída dachte darüber nach, wie sie die Pläne durchkreuzen konnten. Die Abkopplung der einzelnen Standorte untereinander würde sich für die Schurken als Nachteil herausstellen. »Wir nehmen einen nach dem anderen hoch. Schnell und hart«, entschied sie. »Wie gut, dass wir die Luftschiffe haben.« Es durfte ihnen dabei kein Fehler unterlaufen, sonst würden Hunderte von Drachen auf einen Schlag von ihren vollständig wahnsinnigen Widersachern freigesetzt werden.

»Das meinte ich nicht, Boss«, sagte Grimson feixend. »Ich dachte an die fette Prämie.« Er klatschte sich begeistert in die Hände. »Eintausend von den Viechern! Stellt euch mal vor, was wir dabei verdienen!«

Die Männer lachten leise, und auch Leída konnte sich das Grinsen nicht verkneifen. *Pragmatisch wie immer, Grimson.* Aber sie durchschaute ihn. Er machte sich mit Galgenhumor über ihre Situation lustig. Zwar steckte ein Hauch Wahrheit in seinen Worten, ernst gemeint waren sie jedoch nicht. Ein Witz gegen den Schock.

»Die laufen frei herum, Boss? Habe ich Sie richtig verstanden?«, erkundigte er sich ernsthafter. Sie nickte. »Das wird nichts. Wir können uns nicht auf Nahkämpfe einlassen. Die sind zwar klein, aber uns dennoch überlegen.«

Leída gab ihm recht. *Havock's Hundred* waren auf Großdrachen ausgelegt, um sie mit Harpunen zu spicken, die an Ketten hingen. Diese Ketten waren fest im Boden verankert. Rannte der gespickte Drache davon, riss er sich selbst in Fetzen. Aber der Kampf gegen wendige kleine Exemplare in verwinkelten Höhlen, der kostete Leben. Menschenleben. »Ich weiß, was wir tun. Mir nach.«

Sie traten zurück ins Tageslicht und atmeten die frische Seeluft ein. Endlich wich Leídas Beklemmung, sie fühlte sich befreiter.

Ein schriller Pfiff erklang aus weiter Entfernung. Der Rauch aus dem Schornstein der Lokomotive verriet, wo genau sie sich befand.

»Der Neuzugang.« Leídas Überlegungen wurden halbwegs durcheinandergebracht, sie improvisierte. »Grimson, zurück zum Wagen und fahren Sie zur nächsten Gaststätte. Sie rufen den Flughafen in Königsberg an und holen die *Ramachander* und die *Lena* her. Die Piloten der Jagdflugzeuge sollen sofort starten und Bomben mitnehmen. Das ganze Gelände soll plattgemacht werden, einschließlich des Zugs. Er steckt voller Drachen, sagen Sie denen das!«

Er blinzelte. »Äh, und was wird aus Ihnen und dem Rest, Boss?«

»Wir gehen auch gleich. Aber zuerst müssen wir noch was erledigen. Abmarsch, Grimson.«

Der Mann rannte los.

Leída zeigte auf die Türen in der Wand neben dem Stollen, hinter denen die Generatoren und Pumpen untergebracht waren. »Ich weiß, wie wir die Drachenbrut erledigen. Auf einen Schlag, ohne dass einer von uns in die Schächte steigen muss. Wir lassen die Natur die Arbeit verrichten. Ich glaube nicht, dass Voss hier drin Wasserdrachen bunkert.« Sie ging auf die erste Tür zu. »Lasst die Aggregate laufen, damit sie nicht zu schnell Verdacht schöpfen. Es reicht, wenn wir die Pumpen unbrauchbar machen.«

Das Schloss der Tür war rasch mit einer Spitzhacke aufgebrochen. In Windeseile zog Leída mit den Männern von Pumpenhaus zu Pumpenhaus und demolierte die Anlagen gründlich, sodass an eine schnelle Reparatur nicht zu denken war. Kein Schalter blieb in der Konsole, Drähte wurden gekappt und herausgerissen.

Als sie fast fertig waren, erschallte eine Sirene. Der Ausfall des Systems war bemerkt worden.

»Ladies, zurück in den Tunnel«, befahl Leída und sah auf die Uhr. »Gute Arbeit. Die Flieger müssten jeden Augenblick hier sein. Da drin sind wir vor den Bomben sicher.«

Sie verließen das hintere Pumpenhaus und hetzten an der Wand entlang, während die Lokomotive auf das Gelände fuhr. Sie hatte zehn überlange Güterwaggons angehängt, auf denen *Preußische Bergwerks- und Hütten-AG* geschrieben stand. Niemand würde

Verdacht schöpfen, während Drachen vor aller Augen quer durchs Kaiserreich gekarrt und in Sicherheit gebracht wurden.

Aber nicht nur das: Auf dem Wachturm standen plötzlich vier Männer und pflanzten zwei Maschinengewehre auf, Bewaffnete rannten vom Strand her hinauf. Das Eindringen der Fremden war bemerkt worden.

»Verteidigt den Fahrstuhl. Ich komme nach.« Leída rannte auf den Zug zu, der jetzt in Schrittgeschwindigkeit fuhr.

Leída lief parallel zum ersten Waggon und öffnete das Schloss mit zwei Schüssen, sprang auf eine Trittstufe und schob die Tür auf.

Darin lag ein Drache, ein halb junges Exemplar von geschätzten sieben, acht Metern, das sich zusammengerollt hatte. Es hatte die Augen geöffnet, die Pupillen glänzten und waren riesig. *Sie haben ihn für den Transport betäubt.* Sie richtete die Pistole auf das Auge. *Bringen wir dich mal auf die Beine, Bestie.* Sie schoss das Magazin in das empfindliche Sinnesorgan leer.

Der Drache zuckte beim zweiten Treffer zusammen, grollte und richtete sich benommen auf. Brüllend warf er sich nach vorn, auf die Frau zu. Der Waggon geriet ins Kippen.

Leída sprang ab und tauchte unter dem rollenden Zug hindurch, entging knapp den Rädern und sah, wie der Waggon umkippte. Rumpelnd krachte er auf den Beton und wurde einige Meter Funken sprühend weitergeschleift, bis die Lok angehalten hatte.

Der Zugführer gab ein Dauersignal ab, um Hilfe herbeizurufen.

Ein wütendes Brüllen erklang, dann splitterte die Wand des Waggons, und die Schnauze des erwachten Drachen durchbrach sie. Das grelle Pfeifen machte ihn zorniger.

Die ersten Kugeln surrten Leída um die Ohren, sie zog den Kopf ein. Der Eingang zum Tunnel lag plötzlich weit entfernt. Sie musste einen Wettlauf gegen einen Geschuppten und etliche Drachenfreunde gewinnen. Sie rannte los.

In dem Augenblick donnerten vier Doppeldecker über das Gelände hinweg und absolvierten einen Orientierungsflug. *Keine Sekunde zu spät.* Leída erkannte das Zeichen der *Havock's Hundred* unter den Tragflächen.

Die Maschinengewehre auf dem Wachturm eröffneten sofort das Feuer auf die Doppeldecker, die zurückkehrten und die ersten Handbomben aus den Cockpits nach unten warfen. Zwei hatten den Zug zum Ziel erkoren, einer den Wachturm, der letzte deckte die gegnerischen Kämpfer ein.

Die Detonationen erklangen überlaut, und Leída presste instinktiv die Hände gegen die Ohren. *Ich hätte die Kappe mitnehmen sollen.* Betonstücke, Dreck und gefrorene Klumpen stiegen meterweit in die Luft und prasselten gleich darauf auf die Umgebung nieder.

Der vorletzte Waggon verging in einer Explosion, heißes Blut besprengte die Umgebung und traf einige der Drachenanbeter, die schreiend zu Boden gingen. Das Blut war wie Säure auf der menschlichen Haut.

In diesem Chaos schlug sich Leída geduckt zum Stollen durch und lud dabei die Luger nach. Zwei der Drachenanbeter, die vor ihr auftauchten und auf sie anlegten, sandte sie mit gezielten Kopfschüssen in den Tod.

Hinter ihr brach der Drache aus seinem Gefängnis und stürzte sich rasend auf die nächstbesten Männer. Es kümmerte ihn nicht, dass er diejenigen tötete, die ihn schützen wollten.

XX.

17. Januar 1927, Insel Väddo, Ost-Schweden, Königreich Schweden

Ein Tag war seit dem Telegramm nach Bilston vergangen.

Grigorij saß in Olofs und Tildas Hütte, trank Kaffee und Wodka und wartete ungeduldig auf die Ankunft des Luftschiffs, mit dem man ihn abholen wollte. Seine Laune hatte sich nicht gebessert. Auch wenn sie im Dörfchen auf der kleinen Insel herausgefunden hatten, wer ihr Unbekannter in Wirklichkeit war, schafften sie es nicht, ihm mehr von seinem Gedächtnis zurückzubringen. Also versuchte er es mit Alkohol.

Grigorij, wie sie ihn alle nur nannten, weil er ihnen sagte, dass sie ihn nicht als Fürst ansprechen sollten, tat sich schwer. Lasse war immer in ihrer Nähe und übersetzte jedes Wort.

»Bald bist du wieder bei deinen Freunden«, sagte Tilda freundlich und schob ihm einen Teller mit frischem, sauer eingelegtem Fisch hin, in den gekochte, sehr pikante Gemüsestücke eingewickelt waren. »Dein Gedächtnis kommt schon wieder.«

»Danke. Ich hoffe es. Mein Kopfweh ist inzwischen zwar vergangen, aber es … fühlt sich an, als steckte etwas … in meinem Verstand und blockiere meine Gedanken!« Grigorijs Ungehaltenheit wurde größer und wandelte sich in Zorn, ohne ihm ein Ziel bieten zu können. So vieles war ungeklärt und lag in den Löchern in seinem Verstand verborgen. Das Schlimme war: Er *wusste*, dass es sich dort befand.

Zeigt euch! Er langte nach dem Wodka, den ihm Olof hingestellt hatte. Er vertrug sehr viel, wie er feststellen musste, und hatte mit dem Trinken sofort nach dem Aufstehen begonnen. Er kippte sich einen großen Schluck in die Tasse und füllte mit Kaffee auf, gab Milch, Zucker und einen Löffel Marmelade hinein. Wie er auf die Marmelade gekommen war, wusste er nicht. Er mochte es.

»Du denkst, dass du dir damit etwas Gutes tust?« Tilda erlaubte sich den strengen Ton.

»Ich fühle, dass ich es gewohnt war«, gab er zurück und lächelte. »Es kann mir helfen, mein Gedächtnis zu verbessern. Denn eine Sache *macht* es leichter.« Er nahm die Seekarte, legte die Hand darauf und schloss die Augen. Es kostete ihn kaum mehr als einen intensiven Gedanken, um seine Hellsicht zu erwecken. Sie brach mit Lust und Macht über ihn herein, fuhr in ihn und nahm Besitz von ihm. Das Gefühl war unbeschreiblich und zusammen mit der Wirkung des Wodkas unglaublich euphorisierend.

Dann erschienen die Bilder von einer Unterwasserwelt: Giganten der Meere schwebten in den eisigen Fluten, das Licht fiel von oben herein und gab ihnen etwas Überirdisches. Seine Finger verkrampften sich, das Papier wurde zusammengezogen. Grigorij sah vier von ihnen, dazu noch eine Wolke aus glitzernden Fischleibern. Er schoss senkrecht aus dem Meer, sah die Stelle unter sich zurückfallen, klein und kleiner werden …

Grigorij keuchte auf und riss die Augen auf; dann nahm er sich einen Bleistift und zeichnete vier Punkte in der Nähe der Insel ins Meer ein. »Wale«, sagte er schwer atmend. Um einen Punkt zog er einen Kringel. »Und ein Fischschwarm. Ich kann nicht sagen, welche Fische es sind, aber sie sind groß. Olof soll ein festes Netz nehmen.« Er schmatzte zufrieden, leerte die Tasse und schenkte sich nochmals die gleiche Mischung ein. »Doch, es funktioniert ganz gut.«

Tilda sah aus dem Fenster, durch das sie die Ostsee sehen konnte. »Olof müsste bald zurückkehren. Er wird sich freuen, dass er einen großen Fang machen kann. Dieses Mal wird er auf dich hören, Grigorij.« Sie fuhr ihm durch die schwarzen Haare. »Du bist ein guter Junge. Ich kann mir nicht vorstellen, weswegen man dir den Tod wünscht.«

»Tragisch, dass er hier sitzt und seine junge, hübsche Frau vermisst wird«, sagte Lasse und klang für seine Verhältnisse mitfühlend. »Aber wenigstens ist nicht sicher, dass sie tot …«

»Was?« Grigorij hatte die Tasse beinahe umgestoßen, seine Hände zitterten. »Was ist mit meiner Frau!?« Er sprang auf und kam auf ihn zu. »Rede!«

»Du verstehst Schwedisch?« Lasse rückte mit dem Stuhl zurück, weil er sich offenkundig bedroht fühlte. Er sah zu Tilda, als könnte sie den ungestümen Mann aufhalten.

Sie stand auf und hielt Grigorij sanft an den Schultern fest. »Beruhige dich!«

Er lachte verzweifelt auf. »Wie kann ich das?«, rief er schmerzvoll. »Wisst ihr, wie es ist, jemanden zu vermissen, an dessen Gesicht man sich nicht erinnern kann? Aber die Gefühle sind da!« Er sah ihr in die Augen. »Was ist mit meiner Frau?« Er ließ sich von ihr wieder auf den Stuhl drücken, schnappte nach der Tasse und leerte das Kaffee-Wodka-Gemisch ungeachtet der Temperatur in sich hinein.

Tilda setzte sich neben ihn. »Ich habe mich erkundigt, nachdem wir herausgefunden hatten, wer du bist.« Sie nahm eine kleine Zeitungsnotiz aus ihrer Tasche und legte sie vor ihn.

Lasse übersetzte ihm vorsichtshalber, dass es um das rätselhafte Verschwinden von Anastasia Zadornova ging. Die Vermutungen des Verfassers gingen dahin, dass sie sich bei einem Einsatz zu weit von ihrer Gruppe entfernt hätte oder aber in die Hände der Drachenanbeter gefallen sei.

»Wir haben dir diese Nachricht bislang verschwiegen, weil wir dachten, sie sei nicht gut für dich«, sagte sie entschuldigend.

Das ist sie! Die Worte des Artikels waren für Grigorij nicht das Entscheidende. Das Bild war es. Das Bild von seiner wunderschönen, geliebten Frau, das sie neben den Zeilen abgedruckt hatten! *Das ist sie!* Er berührte ihre Züge sanft, als könne er sie wirklich streicheln. *Nun ist sie verschwunden – weil sie mich gesucht hat?* Ein schrecklicher Gedanke, der ihn auf der Stelle mit Vorwürfen überhäufte. Er wollte unverzüglich los und ihre Spur nachverfolgen. *Anastasia braucht mich.* Ihr Name erschien ihm falsch, er hatte sie immer anders genannt.

»Mein Gott, lass sie bald wieder auftauchen«, sagte Tilda neben ihm. Ihr Herz schien mit ihm zu fühlen, und sie musste tief seufzten. »Herr im Himmel, wenn du ein Herz hast, dann führe die Liebenden wieder zusammen!« Sie lächelte ihn freundlich an. »Ich …«

Es klopfte, laut und energisch. Aufdringlich und ungeduldig.

Tilda runzelte die Stirn. Grigorij sah, dass sie sich darüber wunderte. »Ja?«, rief sie.

Die Tür wurde geöffnet, und mehrere Männer in langen schwarzen Mänteln und mit Pelzmützen auf den Köpfen drängten sich vor dem Eingang. An ihren Armen trugen sie Binden mit einem militärisch wirkenden Abzeichen, an den Gürteln hingen Pistolen. Grigorij kam der Anführer der Männer bekannt vor. *Endlich! Mein Flug nach Hause!*

»Guten Tag«, sagte der Mann in schlechtem Schwedisch. »Ich bin Jim Smith. Hauptmann Litzow von den *Skyguards* schickt mich. Wir sind hier, um den Fürsten nach Hause zu bringen.«

»Oh, Sie sprechen Schwedisch?« Tilda war erstaunt. »Wie kommt das?«

»Wir sind eine internationale Truppe«, sagte er, trat mit einem Lächeln ein und schritt auf Grigorij zu. Seine Begleiter folgten ihm und verteilten sich im Raum, als wollten sie einen Ausbruch der Dörfler verhindern. Er wechselte ins Russische: »Ich kann sogar ein paar Worte Russisch. So sehen wir uns also wieder, Zadornov.«

Grigorij, der sich bis eben noch gefreut hatte, die Truppe zu sehen, die seiner Ansicht nach der Einheit seiner Frau angehörte, kam das Verhalten verdächtig vor. Es klang, als begrüße Smith einen alten Feind und nicht seinen Vorgesetzten. Das Triumphale und das Verächtliche in der Stimme unterstützten den Eindruck; er hörte, dass Lasse und Tilda sich leise unterhielten. *Nein, ich sehe bestimmt Gespenster.* Es war gut möglich, dass Smith ihn noch nie hatte leiden können. Ein weiterer Gedanke formte sich in ihm. *Oder aber Smith gehört zu denjenigen, die den Zeppelin abgeschossen haben.* Oder er täuschte sich vollkommen in seiner Einschätzung, was den Mann anging. *Was mache ich jetzt?*

»Wie sind Sie denn auf unsere schöne Insel gekommen?«, wollte Tilda wissen. Sie schien ein Verhör zu beginnen.

»Mit dem Luftschiff, der *Lena*. Wir müssen weiter, meine Dame. Das Wetter droht umzuschlagen, halten Sie mich bitte nicht für unhöflich.« Smith wehrte ihren Versuch höchst logisch ab. Er streckte die Hand auffordernd in Richtung Grigorij aus. »Kommen Sie bitte mit, Fürst? Ihre Frau erwartet Sie schon, sie kommt fast um vor Sorge.«

»Meine Frau?«, antwortete Grigorij und wusste, dass Lasse heimlich übersetzte. »Ich bin verheiratet?« Er tat so, als wüsste er nicht, was ihm Tilda gesagt hatte. Gleich würde sich zeigen, ob er Smith trauen konnte oder nicht.

»Ja. Mit einer wunderschönen Frau, Fürst.« Smith lächelte auffordernd. »Kommen Sie. Oberst Litzow hat uns angewiesen, schnell zurückzukehren.«

Tilda rührte sich nicht. Sie war wohl verunsichert und dachte nach, wer die Männer sein mochten, wenn sie nicht zu den *Skyguards* gehörten.

Grigorij sah zu seinen Wohltätern. Wieder wechselte Tilda mit Lasse einen kurzen Blick. Die Männer waren bewaffnet, und unter den Mänteln konnten sich alle moglichen weiteren Waffen verbergen. Sie schielte zu dem alten Gewehr, ein Einzellader, der neben dem Eingang hing. *Sie ist misstrauisch und scheint eingreifen zu wollen. Das wird gegen die vielen Männer schiefgehen!* Er überwand sein schlechtes Gefühl und nickte Smith zu. »Gehen wir«, sagte er und schüttelte Tilda und Lasse die Hände. »Ich stehe auf ewig in eurer Schuld!« Er hielt den Abschied absichtlich knapp, denn er wollte die *Skyguards* von der Hütte weglotsen.

»Sie zuerst.« Smith ließ ihm den Vortritt, wirkte zufrieden und gelöst. Anscheinend hatte er sich die Übernahme schwieriger vorgestellt. Er langte in seinen Mantel und holte ein Bündel Scheine hervor. »Bitte sehr, Frau Harulson. Als Dankeschön von Frau Zadornova.« Er legte sie auf den Tisch.

Lasse starrte auf das Geld. »Das ist … unglaublich viel«, sagte er krächzend.

»Sie haben auch viel geleistet. Ich soll Ihnen die aufrichtigsten Grüße der Fürstin bestellen.« Er nickte ihnen zu und ging dicht hinter Grigorij hinaus.

Sie eilten los.

Grigorij sah beim Blick durchs Fenster, dass die Fischersfrau zum Telefon griff. Er war sich inzwischen sicher, dass Smith und die Leute nicht zu den *Skyguards* gehörten. Nicht nur sein Bauchgefühl sagte das, sondern auch der Umstand, dass die Belohnung niemals von seiner Frau stammen konnte und die Grüße schon gar nicht. Aber wie sollte er den Männern entkommen? Wer waren sie?

Umbringen können hätten sie ihn auch gleich in der Hütte, anstatt Tilda viel Geld zu geben. »Warum so schnell? Sind wir auf der Flucht?«

Sie gingen rasch an den Häusern vorbei, immer die Dorfstraße entlang. Grigorij lief wie ein Gefangener in der Mitte und nicht wie ein Mann, dessen Rückkehr Freudenstürme auslösen sollte.

»Nein, Zadornov. Wir haben es eilig. Denn Sie werden sehnlichst erwartet«, gab Smith angespannt zurück und blickte sich unentwegt um; die Rechte lag am Pistolengriff.

Grigorij sah das Luftschiff nicht mehr allzu weit von ihnen entfernt. Ein Lastkorb wurde herabgelassen, ihr Fahrstuhl nach oben. Was ihm sofort auffiel: Es hatte keinerlei Kennung aufgemalt, nicht einmal das Abzeichen, das die Männer auf den Armbinden trugen. Spätestens jetzt war er sich sicher, in die falschen Hände geraten zu sein. Aber eingekeilt zwischen den kräftigen Männern und mit dem ganzen Wodka im Blut würde das Entkommen schwer werden.

Glockentöne erklangen.

Die Dorfbewohner rannten aus ihren Häusern und versammelten sich an der Kirche.

»Das gilt uns«, sagte Smith gedämpft. »Sie haben Wind von der Täuschung bekommen. Los, wir müssen auf der Stelle zum Zeppelin!« Die fremden Männer in den schwarzen Mänteln liefen schneller. Der Lastkorb, den sie erreichen mussten, um nach oben in den Bauch des Zeppelins zu gelangen, befand sich noch fünfhundert Meter von ihnen entfernt.

»Smith, stehen bleiben!«, schrie Lasse auf Russisch. »Geben Sie Grigorij frei!« Die Menge setzte sich in Bewegung. Sie wollten ihn unter allen Umständen befreien.

»Lassen Sie mich gehen!« Grigorij wollte stehen bleiben, aber Smith versetzte ihm einen Stoß, sodass er weitergehen musste. Er setzte sich empört mit einem Schlag zur Wehr, den Smith blockte, und bekam für seinen Mut einen Faustschlag mitten ins Gesicht. Grigorij sah nur noch Sternchen und ging zu Boden.

Die Befehle, die Smith schrie, hörte er nur gedämpft und undeutlich, während er sich auf den Rücken rollte. Die Mantelträger zogen jeder zwei Pistolen und richteten sie auf die heranstürmenden Dörfler. »Das Blut, das gleich fließen wird, hätte nicht sein müssen!« Er packte Grigorij und wuchtete sich ihn auf die Schulter.

Grigorij versuchte, sich zu widersetzen, aber er war zu benommen und zu besoffen. »Nein, nicht schießen«, sagte er schwerfällig. »Ich bezahle euch viel Geld, wenn ihr nicht schießt.«

»Halten Sie den Mund, Zadornov! Sie hören nicht auf Ihre Anweisungen.« Er rannte los, umringt von seinen Leuten.

Ich will das nicht. Sie dürfen nicht sterben. Grigorij hob den Kopf und konnte einen Blick auf die Bevölkerung erhaschen. »Geht weg!«, versuchte er zu schreien, doch er krächzte nur.

»Das dürfen Sie nicht!« Tilda lief an der Spitze der Verfolger und hob die Arme, damit alle sahen, dass sie keine Waffen trug. »Smith oder wie immer Sie heißen: Lassen Sie den Jungen hier!«

»Das kann und darf ich nicht«, gab er zur Antwort. »Bleiben Sie zurück. Meine Männer werden das Feuer auf Sie eröffnen. Auf Sie alle!« Smith lief weiter und näherte sich dem Aufzug. »Denken Sie nicht, dass ich nicht auf Unbewaffnete schießen lasse oder meine Männer nicht auf Sie schießen würden.«

Die Dörfler folgten den Fremden mit geringem Abstand. Man belauerte sich gegenseitig.

Grigorijs Bewegungen wurden immer schwerfälliger, Blut und Alkohol stiegen ihm zusehends in den Kopf. »Tilda, geh!«, riet er mit schwindender Kraft.

Sie dachte gar nicht daran und folgte ihm. »Bitte, Smith. Ich weiß nicht, was Sie mit ihm vorhaben, aber …«

»Wo ich ihn hinbringe, wird es ihm an nichts fehlen.« Er stellte sich in den Aufzug, und Grigorijs Verzweiflung stieg. Sein Versuch, sich am Gitter festzuklammern und von Smiths Schulter zu rutschen, schlug fehl. »Ich werde ihn nicht umbringen. Aber Sie bleiben, wo Sie sind, oder Sie werden sich Kugeln einfangen!« Seine Leute stellten sich zu ihm und umringten ihn, ein Wall aus Leibern und Pistolen. Das Seil straffte sich, und die Kabine wurde langsam angehoben.

»Nein!«, ächzte Grigorij und spürte die leichte Pendelbewegung. Nichts mehr würde ihn vor den Leuten retten können, auf wessen Geheiß hin sie auch immer handelten.

Smith legte ihn auf den Boden. »Sie kennen meinen Namen und mein Gesicht wirklich nicht mehr«, sagte er zu ihm. »Das war gut für Ihre Freunde in der Hütte. Denn hätten Sie mich erkannt, hätte ich … die beiden erschießen müssen.« Er ging neben ihm in die Hocke, betrachtete ihn. »So gefallen Sie mir gar nicht, Fürst.«

Da gab es einen lauten Knall aus dem Hafen, und das Luftschiff über ihnen schwankte.

»Jemand hat eine Harpune von dem Walfänger abgefeuert!« Einer der Mantelträger zeigte auf die Qualmwolke, die vor der Mündung einer Kanone aufstieg.

Olof! Grigorij grinste.

Das Luftschiff erhöhte die Drehzahl der Motoren, doch es ließ sich nicht verhindern, dass es rapide sank. Der Heliumverlust konnte durch die Zufuhr aus den Tanks nicht ausgeglichen werden. Der Lastaufzug geriet ins Pendeln, zwei der Männer stürzten aus fünf Meter Höhe auf den gefrorenen Boden und blieben liegen. Grigorij war es einerlei, ob sie bewusstlos oder tot waren.

Wieder krachte es. Die zweite Harpune war abgeschossen worden und hatte erneut getroffen!

Die Explosivladung an der Spitze des scharfen Eisens detonierte dieses Mal sogar in dem Tragkörper.

Das Luftschiff sackte noch weiter ab. Mit einem lauten Geräusch riss die Hülle und fing an manchen Stellen Feuer. Qualm stieg auf.

Nicht schon wieder! Grigorij brachte der Anblick schreckliche Erinnerungen und Gefühle. Er sah sich auf der Brücke seines Zeppelins stehen, um den herum die Nacht explodierte. Er wollte die Augen schließen, klammerte sich an dem Gitter fest, um nicht hinauszufallen.

»Alle raus!« Smith und die Bewaffneten sprangen hinab, während die Kabine wild hin und her schleuderte.

Ich sterbe nicht! Nicht solange mich Anastasia braucht! Grigorij sammelte seinen Mut und robbte an den Rand. Doch die Bewegungen waren zu heftig. Er verlor den Halt.

In hohem Bogen flog er durch die Luft und landete nicht in den Armen eines Mantelträgers – sondern er stürzte in die Menge der Dorfbewohner, die ihn auffingen und in ihrer Mitte bargen.

»Gott ist gerecht!«, jubelte Tilda und schob sich vor ihn. Die Situation hatte sich um hundertachtzig Grad gedreht.

Smith erhob sich und scharte vier Männer um sich; der Rest seiner Truppe lag am Boden und rührte sich nicht. Die beiden Gruppen standen sich gegenüber, starrten sich an. Grigorij war damit beschäftigt, seine Sicht zu klären. Die Welt drehte sich um ihn, sein Herz trommelte durch das Koffein unglaublich schnell.

»Übergeben Sie mir auf der Stelle diesen Mann«, befahl Smith und zog eine Pistole. »Er ist in Russland ein gesuchter Verbrecher und soll auf Befehl des Zaren der Gerechtigkeit übergeben werden. Er hat zahlreiche Menschen in Duellen getötet.«

Grigorij wusste, was er meinte. *Ich habe es selbst gesehen.*

»Auf Väddo ist er ein Wohltäter, der uns einen reichen Fang bescherte und viele Familien vor der Armut bewahrte. Hier hat er niemandem etwas getan, ganz im Gegenteil.« Tilda breitete wieder die Arme aus. »Sind Sie von der Geheimpolizei?«

Smith hob die Pistole, die Menschen stöhnten auf. »Wir sind die russische Justiz.«

Tilda zeigte sich unbeeindruckt. »Jedenfalls ist es nicht rechtens, dass Sie sich auf schwedischem Hoheitsgebiet aufhalten. Sie bekommen ihn nicht! Nicht, ohne uns alle zu erschießen.«

Das wird er nicht tun! Grigorij sah, dass Smiths Mund zu einer dünnen Linie wurde. Er rang mit sich, welche Befehle er seinen zu allem entschlossenen Begleitern geben sollte. *Es muss doch einen Ausweg …*

Ein Schatten fiel auf die Menschen, das Dröhnen der Motoren wurde lauter.

»Der Zeppelin!«, schrie Lasse und wich zurück. »Er kommt runter!«

Sie sahen alle nach oben, die Dorfbewohner schrien auf. Das Luftschiff war in zwei Teile geborsten, einer fiel ins Meer, der andere drohte auf die Menschen zu stürzen.

»Zurück!« Tilda drehte sich um und rannte los. Grigorij vermochte nicht, sich dem Druck zu widersetzen. Er wurde noch immer in der Mitte geschützt.

Ein kräftiger, nach Öl und Kraftstoff riechender Wind kam auf, die Maschinengeräusche wurden überlaut und endeten in einem enormen Krachen und metallischen Kreischen. Eine laute Verpuffung war zu hören, es wurde über ihnen heller und sehr heiß. Trümmerstücke regneten rechts und links von den Flüchtenden nieder, einige wurden getroffen, wurden von ihren Freunden jedoch gestützt und mitgerissen.

Grigorij half Lasse, der gestrauchelt war. *Das Mindeste, was ich tun konnte.* Noch waren keine Schüsse gefallen, obwohl er jederzeit damit rechnete. Er bekam einen harten Schlag gegen den Kopf und musste einen Ausfallschritt machen, um die Wucht abzufangen. Die Sicht trübte sich, die Farben der Umwelt veränderten sich – und er roch … *Räucherstäbchen*?

Er lag in der Wanne, ihm gegenüber saß seine Frau. *Silena!* Der Name kam von selbst, und er wusste, dass er in Bilston war. In ihren privaten Gemächern. Er konnte sich genau an den Tag erinnern und was sie Herrliches im warmen Wasser getan hatten …

Ich kann mich erinnern! Er lachte auf, und es störte ihn nicht, dass die Bilder verschwanden und er stattdessen undeutlich die Stiefel sah, die durch den Schnee stolperten. *Beim Allmächtigen!* Auch wenn er kaum etwas sah, er war glücklich. Als hätte sich ein Tor geöffnet, flutete ihn sein Verstand mit Vergangenem: Gesichter, Namen, Orte, Ereignisse. Es ging Schlag auf Schlag, und er hatte Schwierigkeiten, die Eindrücke zu verarbeiten. Mechanisch folgte er der Horde.

Erst als sie die Kirche erreichten, hielten sie an und sahen hinter sich. Auch Grigorij wandte sich um.

Dort, wo sie eben noch gestanden hatten, lag ein Teil des Zeppelinwracks und kokelte vor sich hin. Treibstoff war ausgelaufen und hatte sich entzündet, Rotorstücke steckten im Erdreich, die Duraluminiumstreben aus dem Inneren hatten sich verbogen, verzogen und waren abgebrochen. Der zweite Teil versank blubbernd in der See, Stücke der Hülle trieben als falsche Eisschollen an der Oberfläche.

»Gelobt sei der Herr«, rief Knut. »Er hat uns gerettet!«

Ich weiß wieder alles! Grigorij bückte sich und rieb sich das Gesicht mit Schnee ab. Die Kälte vertrieb die Wirkung des Wodkas. Er sah eines der Fischerboote, das sich bereits in Richtung offenes Meer befand. Da von dem falschen Smith jede Spur fehlte, vermutete er die Männer an Bord des gestohlenen Kahns. *Wenigstens sind wir sie los.*

Er sah nach Tilda – und erschrak, weil sie ihn schreckensbleich anstarrte. Intuitiv tastete er sich an den Kopf und spürte nasse Haare an seiner Hand: Er blutete aus einer Kopfwunde. *Der Schlag! Bestimmt von einem umherfliegenden Stück Zeppelin.* Schmerzen fühlte er keine.

»Muss ich dich schon wieder nähen?«, murmelte sie besorgt und begutachtete die Verletzung. »Nur ein harmloser Riss in der Haut. Der Schädel ist heil.«

Jetzt, da es ausgesprochen war, fiel sein Kreislauf in sich zusammen. Grigorijs Lider flatterten,

»Er bricht zusammen! Bringt ihn ins Pfarrhaus«, sagte Knut und öffnete die Tür. »Legt ihn auf das Sofa.«

Er wurde angehoben und sah Tilda neben sich. Er richtete seine meeresblauen Augen auf sie, redete schnell und aufgebracht. »Ich kann mich wieder erinnern! Der Schlag an den Kopf hat mir die Erinnerung zurückgegeben. Ich weiß es wieder! Ich weiß alles!«

Sie rief nach Lasse, damit er die schnell gesprochenen russischen Worte übersetzte, und als er es getan hatte, stießen die Menschen in der Kammer laute Freudenrufe aus.

Zeit, mich richtig zu bedanken und zu verabschieden. Grigorij richtete sich gerührt von der Anteilnahme auf und fasste Tildas Linke mit beiden Händen. »Vielen, vielen Dank für alles, was du für mich getan hast.« Er sah in die Runde und erhob sich, stand leicht schwankend auf den Beinen. »Ihr alle, habt meinen Dank! Ich werde mich erkenntlich zeigen und Väddo mit Geld überhäufen!« Wieder jubelten die Menschen. »Aber nun muss ich gehen, bevor die Männer zurückkommen.« Er sah die Fischersfrau an. »Ihr habt mich gegen die Ochrana, den Geheimdienst des russischen Zaren, verteidigt. Der Mann, der sich Smith nannte, heißt Vatjankim und ist einer ihrer besten Offiziere. Er hätte wirklich nicht gezögert, auf euch schießen zu lassen.«

»Es kam zum Glück anders«, antwortete sie und gab ihm einen Kuss auf die Stirn. »Deine Leute werden bestimmt bald …« Zu ihrer Verwunderung schüttelte er den Kopf.

»Nein, ich werde nicht auf sie warten. Die Ochrana hat eure

Nachricht abgefangen, also werden sie wissen, dass ein Luftschiff kommt, um mich abzuholen. Ich werde auf eigene Faust nach Bilson zurückkehren. Das ist sicherer. Dazu müsstest du mir Geld leihen, Tilda. Ich zahle es dir hundertfach zurück.« Er presste ein Taschentuch gegen seine Wunde, damit das Bluten aufhörte.

»Sicher«, sagte sie lachend. »Der Zar hat mir genug gebracht. Es liegt zu Hause auf dem Küchentisch.«

Grigorijs Gefühlswelt war mit einem Schlag bunt geworden, vieles tobte in ihm. Ungeduld, Freude, aber vor allem die riesige Sorge um Silena.

Die Tür wurde aufgestoßen, und einige Frauen schrien erschrocken auf.

Doch es war nicht Vatjankim. Olof kam unter großem Hallo hereingepoltert. »Habe ich da eben was von Geld gehört, das uns zusteht? Zieh aber zuallererst meinen Kahn davon ab. Den haben mir die Russen gestohlen!«, dröhnte er und zeigte auf die Beule am Hinterkopf. »Das haben sie mir zum Abschied verpasst.«

Tilda flog ihm in die Arme und küsste ihn lange. »Olof«, sagte sie Atem holend, »ich bin stolz auf dich!« Die Dörfler und Grigorij klatschten und pfiffen.

Und wenn Grigorij sich ein bisschen anstrengte, fühlte er Silenas Lippen auf seinen. *Ich muss fort!*

Eine halbe Stunde später ritt Grigorij in der einfachen Kleidung eines Fischers zusammen mit Lasse die Straße nach Stockholm entlang. Zeit hatte er keine zu verlieren, sein Gedächtnisverlust hatte ihm schon viel zu viel davon geraubt.

Er wusste nicht, ob der Schlag ihm seine Erinnerung zurückgegeben hatte oder ob es die dramatischen Ereignisse gewesen waren.

Vatjankim würde nicht lockerlassen. *Er hatte sich seinem Ziel zweimal sehr nahe geglaubt, und er wird sich an meine Spuren heften.*

Grigorij hatte vom Pfarrhaus aus eine Nachricht nach Bilston übermitteln lassen, dass er auf eigene Faust zurückkehrte und der Zeppelin zurückgeordert werden sollte. Er hatte die Befürchtung, dass ihn die Ochrana gnadenlos abschießen würde.

Die meisten Ängste hatte er wegen Silena. Aus dem kleinen Artikel war wenig über die Hintergründe ihres Verschwindens hervorgegangen, in Schweden nahm man nicht ganz so viel Anteil an den Vorgängen von Kerneuropa. Sie galt als vermisst, Punkt. *Was ist mit ihr geschehen?*

Bilder des Absturzes flackerten erneut vor seinem inneren Auge.

Er sah die *Anastasia* abschmieren und wie er hinaussprang und im Fallen einen der Fallschirme anlegte. Der Schirm entfaltete sich und trug ihn weg von dem vergehenden Luftschiff. Da er seinen Flug nicht zu steuern vermochte, hatte ihn ein heftiger Wind weit nach Westen auf die Ostsee hinausgetrieben, ehe er im Morgengrauen ins Meer gestürzt war. An einer Fischerboje hatte er sich festgeklammert, und eine Weile darauf war Olof erschienen und hatte ihn vor dem Erfrieren bewahrt. Es traf ihn hart, dass kein anderer aus seiner Mannschaft überlebt hatte.

Ich werde alles tun, um sie zu finden. Sollten die Drachenanbeter etwas damit zu tun haben, werde ich einen Kreuzzug gegen sie führen, der sie ausrotten wird, schwor er und spürte das Verlangen, einen Schluck Wodka zu trinken.

Silena würde garantiert schimpfen, wenn sie es wüsste. Vor dem Absturz war er zwei Jahre lang abstinent geblieben, doch jetzt war es ihm einerlei. *Ich brauche den Alkohol. Er ist das beste Mittel, sie zu finden.* Denn durch das Hochprozentige hatte er seine hellseherische Gabe zurückerhalten *Und die brauche ich dringend, um meine Frau ausfindig zu machen. Sonst dauert es zu lange. Wer weiß, wie es ihr im Augenblick ergeht!*

In Bilston gab es genügend persönliche Gegenstände von ihr. Eine Berührung und Konzentration sowie ausreichend Alkoholisches und vielleicht noch ein paar Züge an einer Haschischpfeife konnten ausreichen, um einen übersinnlichen Hinweis auf sie und ihren Aufenthaltsort zu erhalten.

Noch bevor der Zeppelin abhob, würde er sich seinen ersten Wodka bestellen und mit dem Geld des Mannes bezahlen, der ihn tot sehen wollte. *Damit schmeckt der Drink doppelt so gut.*

13. Januar 1927, nahe Palmnicken (Ost-Preußen), Königreich Preußen, Deutsches Kaiserreich

Leída verschanzte sich zusammen mit ihren Leuten in dem Tunnel und hielt dem Ansturm stand. Sie hatten die Lampen entzweigeschossen und die Rohre zerstört, aus denen die letzten Grubenwasserreste sickerten und den Boden überschwemmten.

Mehrmals erschütterte ein Beben den Tunnel. Fliegerbomben trafen das Betonmauerwerk, aber es hielt stand. Es schien, als habe Voss das Bernsteinbergwerk zum Bunker umfunktionieren lassen. *Gut für uns. Sonst lägen wir unter Schutt begraben.* Leída feuerte auf die menschliche Silhouette, die sich vor dem hellen Tunneleingang abhob; schreiend stürzte der nächste Drachenanbeter nieder.

»Der wievielte war das?«, fragte einer ihrer Leute.

»Ich habe sie nicht gezählt. Aber meine Munition ist bald zu Ende. Wer hat noch?« Alles in allem kamen sie auf dreißig Schuss. »Dann hoffe ich mal, dass unsere Jungs da draußen bald aufgeräumt haben.«

Sie sah den inzwischen komplett von Bomben zerstörten Zug, sogar die Lok hatten sie gesprengt. Ein Drachenkadaver lag direkt daneben, ein Explosivkörper hatte ihn in den Rücken getroffen und ihm ein Loch in den Leib gerissen. Drachenschuppen widerstanden herkömmlichen Kugeln, aber der brachialen Gewalt von Sprengstoff und Schrapnellen hatten sie nicht viel entgegenzusetzen. Es gab leider zu selten Gelegenheit, Bomben gegen Drachen einzusetzen.

Die Schüsse von draußen hallten sporadisch, die Doppeldecker machten letzte Überflüge und feuerten dabei aus ihren Zwillingsmaschinengewehren auf die letzten Bodenziele. Es wurde ruhig.

»Das war's«, sagte sie erleichtert und bemerkte, dass ihre Schuhe von Wasser umspült wurden. »Wo kommt das her?«

Es krachte im Tunnel, aber dieses Mal stammte es nicht von einer Bombe. Metall ächzte, Eisen klirrte, und ein wütendes Rütteln kam von dort, wo sich der Schacht befand.

Die Drachen werden von dem Wasser nach oben gedrückt! Leída wurde kalt, und sie schaute auf ihre Uhr. Sie hatten sich eine Stunde lang zur Wehr gesetzt. *Soll der Stollen so schnell vollgelaufen sein? Gut möglich, dass das Bombardement ein Übriges getan hat.*

»Raus!«, befahl sie mit trockener Kehle. »Los, los, los! Die falschen Kleider abstreifen und vorrücken.«

Ein lautes Drachenbrüllen sorgte dafür, dass sie rannten, um dem Tunnel zu entkommen. Bald standen sie im Freien – und sahen die Luftschiffe *Lena* und *Ramachander* siegreich über dem Gelände stehen. Die Schlacht war geschlagen.

Dem Hüttenareal war anzusehen, dass ein Krieg getobt hatte. Krater an Krater, sämtliche Bauwerke waren zerstört, wie sie es angeordnet hatte, und aus dem Wachturm war eine lodernde, riesige Fackel geworden; überall rauchte und qualmte es. Leichen lagen umher, mal erschossen, mal von Splittern getötet.

Leída zählte vier zerfetzte Drachenkörper. Die Geschuppten, allesamt Laufdrachen, hatten den Bomben nicht entkommen können. »So muss das sein«, sagte sie grimmig. Vorsichtshalber schaute sie zum Tunnel, ob sich weitere Bestien zeigten. »Weg hier, bevor sie ausgebrochen sind. Die Flieger kriegen vielleicht noch was zu tun.«

Über den linken Hügel kamen fünfzig Bewaffnete, die die khakifarbene Uniform der *Havock's Hundred* trugen; über den rechten rückte eine zweite Gruppe in den schwarzroten Farben der *Skyguards* vor.

»Die Kavallerie kommt heute zu Fuß«, kommentierte sie grinsend, und ihre Leute lachten. Sie eilten den Truppen entgegen, die von Litzow angeführt wurden. »Gut gemacht, Oberst«, rief sie von Weitem und zeigte auf das Gelände.

»Es war mir ein Vergnügen«, erwiderte er salutierend. »Habe die Gelegenheit viel zu selten, mal wieder selbst an die Front zu dürfen.«

»Sagen Sie den Fliegern Bescheid, dass sie nach weiteren Drachen Ausschau halten sollen. Wissen Sie, wie man einen Tunnel sprengt? Es muss schnell gehen, bevor die Bestien ausbrechen.«

»Ja, das weiß ich.« Litzow gab einem Unteroffizier Befehle.

Leída suchte Grimsons Gesicht bei ihren Leuten vergebens. Als sie nach ihm fragte, erzählte Litzow ihr, dass er tot sei.

»Wie … ist er abgeschossen worden?«

»Voss wurde befreit. Jemand aus dem Dorf muss Grimson verraten haben, als er telefonierte. Eine kleine Gruppe der Drachenanbeter hat ihm aufgelauert, nehmen wir an«, erklärte Litzow. »Wir haben ihn und die Leichen seiner Begleiter in den Dünen gefunden. Außerdem haben Sie zwei Ihrer Doppeldecker eingebüßt, Mrs. Havock. Mein Beileid.«

»Bloody shit!« Leída trat vor Wut in den Sand. *Kein optimaler Verlauf.* Der überragende Sieg gegen die Drachenanbeter erhielt einen schalen Beigeschmack. »Wir müssen sofort die Stollen ausheben, die wir auf der Karte haben, sonst wird Voss die Drachen, die er dort in Sicherheit gebracht hat, an einen anderen Ort bringen lassen. Ich bin sicher, dass er genügend Verstecke dafür hat.«

»Oder er würde sie freilassen.«

Sie liefen los, um an Bord der Luftschiffe zurückzukehren.

Leída schwor Grimson, dass sie seinen Tod hundertfach rächen würde. »Oberst, wir sprechen uns ab, wer welche Bergwerke übernimmt …«

»Mrs. Havock, wir müssen es zuerst mit der Luftwaffe Seiner Majestät abstimmen«, fiel er ihr freundlich ins Wort. »Diese kleine Einlage in Palmnicken gelang uns, weil wir überraschend zugeschlagen haben. Voss ist ein Freund des Kaisers, und ich denke, dass er auf dem Weg zu ihm ist. Er kann ihm alles Mögliche über unseren Angriff berichten. Einen zweiten Angriff können wir nicht einfach so führen, ohne uns selbst in Gefahr zu bringen. Bedenken Sie, dass wir in den Augen eines neutralen Beobachters grundlos preußisches Staatseigentum vernichtet und Unschuldige ermordet haben. Es wird eine Untersuchung geben.«

Leída war zum Schreien zumute. Der Oberst hatte leider recht. »Sie sind der Preuße«, sagte sie mühsam beherrscht. »Schlagen Sie vor, wie wir vorgehen sollen.«

Er nickte. »Wir machen das Gleiche wie Voss: sofort zum Kaiser und ihm unsere Beweise vorlegen. Einen weiteren Angriff kann ich nicht empfehlen. Die Verluste wären zu groß.«

»Aber … Voss wird diese Bergwerke evakuieren, und wir laufen ihm hinterher«, protestierte sie. Ihr Kämpferherz wollte nicht auf eine diplomatische Lösung warten. »Passen Sie auf, Oberst: Sie fliegen nach Berlin und informieren den Kaiser über alles. Nehmen Sie sich Leichen der Drachenanbeter mit, die Unterlagen aus Voss' Tresor, die Karten und machen Sie Bilder …«

»… haben wir schon getan. Vorhin, aus der Luft.«

»… und fliegen Sie los. Ich akzeptiere Ihre Entscheidung. Für die *Skyguards.*« Sie zeigte auf ihre Männer. »*Havock's Hundred* nehmen sich noch einen Stollen vor.« Ihre Männer gaben laut Zustimmung.

Litzows Züge drückten seine Besorgnis aus. »Ich kann Sie nicht davon abhalten, warne aber ausdrücklich!«

»Es geht nicht anders.« Leída hatte sich entschlossen und reichte ihm die Hand. »Ich wünsche Ihnen mehr Glück als mir, Oberst.«

»Die Götter des Kampfes mögen mit Ihnen sein, Mrs. Havock.« Er schlug ein, danach salutierte er und lief mit seinen Leuten zur landenden *Lena.* Leída führte ihre Einheit indessen zum herabgelassenen Container der *Ramachander.*

Die Beweisakten wurden übergeben, und Minuten später verließ die *Ramachander* den Himmel über Palmnicken.

»Welcher Kurs, Boss?«, fragte der Offizier und erhöhte die Leistung der Maybachmotoren in den Maschinengondeln.

»Nach Südwesten. Schauen Sie auf der Karte nach einem Ort namens Wieden, irgendwo im Schwarzwald.« Leída hatte sich intuitiv entschieden. Es war ein kleines Silberbergwerk, das nicht mehr ausgebeutet wurde und weit abseits lag.

So weit abseits, dass man den größten Lärm darin veranstalten konnte, ohne dass er von einem Menschen wahrgenommen wurde. Der beste Platz, um die lautesten Drachen zu beherbergen. Das wird sich mit Sicherheit lohnen.

Sie verlangte von ihrem Versorgungsoffizier eine Aufstellung der Munition sowie der vorhandenen Bomben und sah sie durch. Ihre Leute waren großzügig mit dem Material umgegangen, aber für einen weiteren Einsatz sollte es noch reichen.

Anschließend rief sie die Mannschaft zusammen. Dort sprach sie ehrende Worte für diejenigen der *Havock's Hundred*, die gefallen waren. Allen voran Grimson.

Beim Reden kam es ihr in den Sinn, dass es nicht die letzten Verluste sein würden. *Aber jemand muss es tun,* dachte sie. *Silena hätte es nicht anders gemacht.*

14. Februar 1927, Hauptstadt Běijīng, Kaiserreich China

Die Sonne schien in den Innenhof und wärmte Silena und Ahmat, die in bequemen hellen Kimonos unter den Arkaden an einem Tisch saßen. Sie fragten sich gegenseitig die Pläne und Bilder der Verbotenen Stadt ab, in der sie sich mit geschlossenen Augen bewegen konnten. Silena gab den Startpunkt und das Ziel vor, Ahmat beschrieb, welchen Weg er dafür wählte, danach wechselten sie ab.

»Es ist faszinierend«, sagte sie und deutete auf die Zeichnung. »Inzwischen brenne ich darauf, die Verbotene Stadt zu betreten, damit ich sie mit eigenen Augen sehen darf.«

»Nichts geht über die Pyramiden«, hielt Ahmat dagegen und grinste. »Warst du schon mal in Ägypten?«

»Nein. Aber ich sollte das bald tun«, gab sie zurück und lächelte ihn ein wenig zu lange an. Schnell sah sie wieder auf den Plan. »Achthundertneunzig große und kleine Paläste, Tausende von Räumen.« Auf den Bildern, die Zhiao ihnen gegeben hatte, waren geschnitzte Marmorbalustraden und glasierte Dachziegel zu sehen. »Ich kann mir die Ausmaße schwer vorstellen.« Jemand hatte errechnet, dass die Verbotene Stadt etwas über siebenhunderttausend Quadratmeter einnahm; umgeben wurde sie von einer zehn Meter hohen Mauer und einem etwas mehr als fünfzig Meter breiten Wassergraben. »In diesen Palästen leben Hunderte von Hofdamen, Eunuchen, Soldaten …« Sie hatte begriffen, warum Zhiao ihnen vorschreiben wollte, wann sie den Drachenkaiser wo angriffen. »Wir könnten monatelang dort herumlaufen, ohne ihm zu begegnen.«

»Ich bin auch beeindruckt. Trotz der Pyramiden, das gebe ich zu.« Ahmat warf ihr die Zeichnung von der *Halle der höchsten Harmonie* zu. »Stell dir vor, wir müssten ihn darin angreifen.«

Silena las die Maße, die hinten notiert waren. Fünfunddreißig Meter hoch, das Dach wurde von vierundzwanzig Säulen getragen, und der Drachenthron stand mitten im Raum. »Viel Platz.« Sie fand es einen Hohn, dass der Thron von zwei Elefanten bewacht wurde, die ausgerechnet den Frieden symbolisierten. *Da sollten Nie-Lungs sitzen.*

»Das wäre mir am liebsten.« Er nahm sich einen neuen Stapel Bilder und sichtete sie.

Silena betrachtete die Zeichnungen der stattlichsten Bauwerke, die zudem für eine Europäerin wie sie ungewöhnliche Namen trugen: Palast der Himmlischen Reinheit, Halle der Berührung von Himmel und Erde, Palast der Irdischen Ruhe; sogar einen Fastenpalast und die Halle zur Bildung der Gefühle hatten sich die Drachenkaiser errichtet. Jeder Palastkomplex der Alten Welt wirkte dagegen lächerlich, sogar der Vatikan konnte damit nicht konkurrieren.

Halle zur Bildung der Gefühle, dachte sie und hob die Augen, um Ahmat zu betrachten. *Ich sollte sie heimlich besuchen, um zu erkunden, was mit mir geschieht.* Zur Ablenkung ging sie den Aufbau der Verbotenen Stadt durch, so weit sie ihn bereits verinnerlicht hatte.

Von irgendwoher erklang das Lachen der drei Drachenheiligen, das Klackern von Würfeln mischte sich darunter.

Auch wenn sie ein gemeinsames Ziel verband, machten Brieuc, Donatus und Ademar keinen Hehl daraus, dass sie Abstand zu Fayence hielten. Sie redeten in ihrem Beisein nur von »dem Araber«. Glaubten sie sich ungehört, fielen herabwürdigende Bezeichnungen für ihn und jeden Chinesen, die dem überheblichen Denken des schlimmsten Kolonialismus entsprangen.

Wie kann man sich nur für etwas Besseres halten? Wir bluten alle rot. Als ob Hautfarbe oder Sprache oder Kulturen etwas über die Wertigkeit eines Menschen besagten. Silena hatte es aufgegeben, einen Sinneswandel bei den drei Männern herbeiführen zu wollen.

Wenigstens verhielten sie sich zahm, wenn sie in der Nähe war. Ein kleiner Fortschritt oder ein Zugeständnis, um an der großen, ruhmreichen Aufgabe weiterhin teilnehmen zu dürfen. Ademar, Donatus und Brieuc hatten verstanden, dass Zhiao und seine Leute ihnen nur deswegen gehorchten, weil Silena zu ihnen gehörte.

Ahmat legte die Bilder zur Seite, nahm sich eine Tasse Ingwertee und schaute in den Hof. »Ich mache mir Sorgen.«

»Weswegen?«

»Nitokris und Nagib. Sie haben mir keinerlei Nachricht zukommen lassen«, sagte er. »Zhiao hat sogar bei ihnen klingeln lassen und alles versucht, aber seine Leute konnten sie nicht finden. Niemand hat sie in Berlin gesehen.«

»Sie werden untergetaucht sein, um dich nicht zu gefährden«, sagte sie in dem Versuch, seine Besorgnis zu zerstreuen.

»Sie wissen ja nichts. Zhiao hat mich in einem ersten Brief ihnen nur schreiben lassen, dass es mir gut geht und sie dem Überbringer des Briefes meine Ausrüstung geben sollten.« Er rieb über seine Fingernägel. »Das gefällt mir nicht.«

Silena berührte ihn mitfühlend an der Schulter und sah sich selbst verwundert zu, wie sie ihm mit den Fingern über die Wange strich. *Was tust du da?* »Ich bin sicher, dass es ihnen gut geht«, bekräftigte sie.

Er seufzte und schwieg lange Zeit. »Wie fühlst du dich?«, fragte er dann.

Sie legte eine Hand auf den leicht angeschwollenen Bauch. »Die Schwangerschaft schreitet voran, aber die Übelkeit hat nachgelassen. Ich könnte Drachenherzen mit der bloßen Hand herausreißen.«

»Das ist schön«, sagte er lächelnd. »Aber das meinte ich nicht.«

»Sondern?« Silena senkte den Blick. *Er wird mir doch nicht angemerkt haben, wie es in mir aussieht?* Sie errötete leicht. *Was tue ich, wenn er mich auf meine Gefühle für ihn anspricht?*

»Unsere Aufgabe. Ich war die ganze Zeit davon überzeugt, dass wir es schaffen und den Drachenkaiser bezwingen können.« Ahmat goss ihr ebenfalls von dem Ingwertee ein und reichte ihr die Tasse.

»Zweifel habe ich keine.« Sie prostete ihm erleichtert zu. Aber ihre Reaktion hatte ihr gezeigt, wie unsicher sie mit ihren eigenen Empfindungen war. *Es wäre so viel einfacher, wenn Grigorij hier wäre.* »Du solltest auch keine haben.«

»Hast du dich genauer bei unseren Gastgebern umgeschaut?«, erkundigte er sich ruhig.

Sie wusste sofort, worauf er hinauswollte. »Die Drachenmotive, ja. Ich habe Zhiao darauf angesprochen, und er erklärte mir, dass sie diese zur Tarnung aufhängen müssten. Jeder in China verehrt Drachen, und wer keine Bilder davon aufhängt, macht sich per se verdächtig. Das könnten sie sich nicht leisten.« Sie betrachtete seine warmen braunen Augen und fühlte eine innere Ruhe, die sich als Antwort auf seine Gegenwart bei ihr einstellte.

Er tat ihr gut. Doch sie versuchte, sich davor zu hüten, ihn als

Ersatz für Grigorij zu betrachten. Zuneigung und Freundschaft mussten Zuneigung und Freundschaft bleiben, auch wenn sie meinte, dass er diesen Wall mehr und mehr durchstieß, ohne dass er irgendetwas tat oder sich anstrengte, ihr Herz zu erobern. Er sickerte mit seiner freundlichen, umsichtigen Art durch die Ritzen, brachte die Abwehr zum Bröckeln und schien Silena unaufhaltsam für sich zu gewinnen, ohne es zu wollen. *Wenn ich wenigstens wüsste, wo Grigorij steckt.* Sie verfluchte den Umstand, keinen Kontakt zur Detektei zu haben.

Ahmat nickte. »Gut. *Das* kann ich verstehen. Aber ich habe einen Vertrauten Zhiaos dabei beobachtet, wie er ein Drachenfigürchen aus Jade polierte und es danach küsste. Würde man das tun, wenn man Drachen hasst? Oder ist es die Art, wie Chinesen ihre Feinde verfluchen?«

Silena genoss den heißen, zitronig-scharfen Tee. Zuerst hatte es sie Überwindung gekostet, ihn zu trinken, nun liebte sie ihn und fragte sich, wie sie später an die Knollen gelangen konnte. »Nein«, antwortete sie schleppend. »Nein, ich denke nicht.« Sie sah zwei Chinesen über den Hof gehen, die sich zu ihnen drehten und sich freundlich lächelnd verneigten. Sie winkte ihnen zurück. »Es kann ein Spion des Drachenkaisers sein.«

»Oder kann es sein, dass wir in eine Falle gelockt wurden? Wir und die verbliebenen Krieger des Officiums sitzen untätig herum, abgeschnitten von der Welt und nicht wissend, was sich ereignet. Bis wir eines Tages doch verhört oder getötet werden.« Ahmat fischte ein Ingwerstückchen aus dem Tee und zerkaute es. »Es wäre die komfortabelste Falle, in der ich jemals gesessen hätte.«

Silena musste einräumen, dass seine Worte Sinn ergaben. Obwohl … »Sie könnten uns gleich umbringen. Das wäre wesentlich einfacher.«

»Vielleicht kommt das noch. Zhiao hat uns bis Ende Februar hingehalten – weswegen? Er erschleicht sich unser Vertrauen, um noch mehr Informationen aus uns herauszubekommen.« Er klaubte ein weiteres Stückchen hervor und schob es sich in den Mund. »Ist es nicht so, dass der Kaiser sich *immer* in der Verbotenen Stadt aufhält? Bei aller Größe des Areals: So wenig gute Augenblicke *kann* es gar nicht geben, auf die wir warten müssen.«

Hart stellte sie die Tasse ab. »Fragen wir Zhiao einfach.« Sie stand auf, Ahmat folgte ihr. Sie gingen in den Teil des Hauses, wo man den Chinesen üblicherweise vorfand. Unterwegs holte sich Silena ihre Luger, lud einmal durch und verbarg sie im Kimono.

Er war gerade beim Essen, Reis mit einer braunen, dicken Soße, die nach Zwiebeln und gebratenem Fleisch roch, als sie in sein Zimmer traten. Er blickte sie überrascht an. »Ist etwas passiert?«, fragte er besorgt und sah sofort auf Silenas Bäuchlein. »Soll ich einen Arzt holen?«

»Nein. Meinem Kind und mir geht es gut«, gab sie zurück und fand es seltsam, ihn einen Anzug tragen zu sehen, während sie einen Kimono am Leib hatte. Verkehrte Welten. »Zhiao, Ahmat und mir ist etwas aufgefallen.« Sie erzählte offen, welche Sorgen sie hatten und was der Ägypter beobachtet hatte. »Jetzt würde ich gern von Ihnen wissen, wie Sie sich das Verhalten erklären. Das Ihres Vertrauten und Ihr eigenes«, schloss sie fordernd ab.

Zhiao erbleichte, schob das Essen von sich und trank einen Schluck Reiswein. Er schwieg sehr lange, ehe er Luft schöpfte und gestand: »Sie haben recht: Wir sind keine Drachenhasser.« Silena legte eine Hand an ihren Pistolengriff und musste sich setzen, Ahmat spannte die Muskeln an. »Nein, nein, keine Angst. Das Ziel hat sich dadurch nicht verändert«, beschwichtigte der Chinese und wedelte mit den Armen; er klang sehr besorgt. »Sie müssen den Drachenkaiser töten!«

»Aber die Gründe haben sich verändert«, sagte sie schneidend. »Sie erwähnten, dass jeder Kaiser von China den Drachen in sich trägt, dass die Dynastien einer langen Tradition von Geschuppten entspringen. Daraus schließe ich, dass wir einer neuen Dynastie auf den Thron verhelfen sollen.« Silena sah ihn verächtlich an. »Sie haben uns getäuscht, Zhiao! Schändlich getäuscht.«

Der Chinese hatte sein unverbindliches Lächeln schon lange verloren, er sah zerknirscht aus und schien Angst zu haben, dass seine Verbündeten die Mission abbrechen könnten. »Bitte, verzeihen Sie mir, Großmeisterin. Ganz so verhält es sich nun doch nicht.«

»Wie kann ich Ihnen noch trauen, Zhiao?«, fragte sie empört.

»Es gelingt Ihnen nur einmal, uns hinters Licht zu führen.« Sie überlegte bereits, wie sie aus dem Gebäude entkommen konnten.

»Ich bitte Sie, zum Wohle Europas und des chinesischen Volkes: Hören Sie mich an! Es war ein Fehler, Sie täuschen zu wollen. Unser Anliegen ist ehrenhaft!«, betonte er zunehmend verzweifelt, da er sah, was sein falsches Spiel ausgelöst hatte. »Ja, es ist wahr, meine Leute und ich verehren Drachen. Aber Sie wissen, dass unser Volk gute und schlechte Drachen kennt. Unser derzeitiger Kaiser ist ein Nie-Lung, einer der schlimmsten Sorte und ein Drachenvertilger.« Er sprach hastig, aufgewühlt, fuhr sich dabei durch die Haare. Sein Blick wurde panisch. »Er ist gierig, strebt nach Macht und nutzt die Weisheit seiner Art für seine eigene Bereicherung, anstatt sie für China einzusetzen. Dem durften wir nicht länger tatenlos zusehen.« Er ging vor ihnen auf die Knie, faltete die Hände. »Alles, was ich Ihnen über die Manipulationen der Wirtschaft und die Pläne sagte, stimmt!« Seine Stimme versagte, kehrte erst nach einigen Worten zurück. »Wenn Sie ihn nicht aufhalten, Großmeisterin und Ichneumon, wird die Welt unter seine Herrschaft fallen!«

Silena war sich sicher, dass man eine solche Verzweiflung nicht spielen konnte. Ein rascher Blick zu Ahmat sagte ihr, dass er ähnlich dachte. »Sie wissen, wer nach ihm auf den Drachenthron rücken wird – ist es einer Ihrer Favoriten, oder müssen wir in einem Jahr wieder von Ihnen entführt werden, um den nächsten Kaiser von China umzubringen?« Sie lehnte sich nach vorn, packte Zhiao am Nacken und zog ihn hoch. »Ist der nächste Kaiser auch wieder ein Nie-Lung?«, sagte sie barsch zu ihm.

»Nein, Großmeisterin. Die Dynastie der Ming steht seit Jahren bereit, um die Macht zu übernehmen, und die Menschen sehnen sich heimlich nach dem Wechsel. Früher stand die Ming-Dynastie für Wohlstand, Kunst und Handwerk blühten auf. Das soll sich wiederholen.«

»Warum tut es die Dynastie nicht selbst?«, warf Ahmat ein.

»Seit ihrer Vertreibung im siebzehnten Jahrhundert reichte ihr politischer Einfluss nicht mehr aus, um sich gegen den Nie-Lung aus der Qing-Dynastie zu behaupten. Der Wechsel muss daher mit Gewalt vollzogen werden.« Zhiao hatte Tränen im Gesicht. »*Sie* werden den Wechsel und das Glück zurück zu meinem Volk bringen, Großmeisterin. Versagen Sie sich nicht dieser Mission!«

Das Schicksal eines Volkes, des Kaiserreichs und mindestens der halben Welt. Voss' Pläne hatte sie gesehen, der Sturz der deutschen Börse stand bevor, und die Pläne reichten weiter. Das zumindest war keine Lüge. Silena sah zu Ahmad, der ihr zunickte. Sie hatten sich entschieden. »Von nun an, Zhiao, nur noch die Wahrheit, verstanden?« Sie half ihm auf die Beine. »Und ich will, dass wir nächste Woche beginnen.«

»Nächste Woche schon?«, sagte er erschrocken. »Nein, nein, das geht nicht! Der Drachenkaiser wird nicht alleine sein, und seine …«

»Überlassen Sie das uns, Zhiao«, unterbrach sie ihn. »Ichneumon und ich wollen es so. Wir haben lange genug gewartet. Suchen Sie uns den besten Tag der kommenden Woche aus, bringen Sie uns in die Verbotene Stadt.« Silena schlug ihm auf die Schulter. »Dann braucht China einen neuen Kaiser. Bestellen Sie das den Vertretern der Ming.« Sie ging zusammen mit Ahmat hinaus.

»Das machst du richtig gut«, sagte er grinsend. »Eine ähnliche Ansprache hätten die drei Kreuzritter verdient.«

»Die bekommen sie auch«, gab sie zurück und hakte sich bei ihm unter. Als sie sich ein wenig an ihn drückte, revoltierte nur ein sehr kleiner Teil ihrer Gefühlswelt dagegen.

XXI.

31. Januar, York, Vorstadt Ampleforth, Grafschaft Yorkshire, im Nordosten des Königreichs Großbritannien

Tremaine stand auf dem Turm des Colleges und schaute zusammen mit Ealwhina über die Dächer und die Landschaft, die sich um die Stadt York erhob. Der Wind brachte sein dickes Sakko zum Wehen, und er drückte die Schirmmütze fester auf den Kopf. »Sie haben es geschafft«, sagte er beeindruckt. »Die Geister können bis an die Stadtgrenze und in die Vorstadt vordringen.«

»Mit Ihrer Hilfe, Mister Tremaine.« Sie lächelte den Mann an.

»Ich? Ich habe nichts getan.«

»Doch, das haben sie. Nämlich ein paar wissende Blicke als Medium auf die ektoplasmischen Besonderheiten geworfen und sie mir mitgeteilt.« Sie wurde ernst. »Aufrichtigen Dank dafür, Mister Tremaine.«

Er biss sich auf die Lippen. Ganz wohl war ihm nicht, er machte sich Sorgen. »Missbrauchen Sie Ihr Können nicht. Das ist alles, worum ich Sie bitte, Mylady.«

»Wie könnte ich es missbrauchen?«

»Was sollen die Sterblichen einem Wesen wie Ihnen anhaben können? Niemand kann sich gegen einen Geist verteidigen, es sei denn, er ist ein medial Begabter und weiß zufälligerweise auch noch, wie man Ektoplasma einsetzen kann.« Tremaine nahm ihre Hand. In ihrem manifestiertem Zustand vermochte er sie zu berühren wie einen realen Menschen. »Ich kenne Ihre Geschichte inzwischen, Mylady.«

Ealwhina hatte gewusst, dass der Moment kommen würde, so gern sie ihn vermieden hätte. Es freute sie nicht, dass er von ihren vielfachen Morden gelesen hatte. »Oh. Sie haben sich also durch die alten Zeitungen von damals gewühlt.« Sie fürchtete, dass er sich von ihr abwenden würde, und erwartete aufgeregt seine Reaktion.

»Nein. Ich sprach mit Ihrem Gemahl. Bei Ihrer Beerdigung.«

Ealwhina musste sich beherrschen, um ihre feste Gestalt nicht zu verlieren. »Sie … haben mich überrascht, Mister Tremaine.«

Er lächelte. »Ich bin Parapsychologe, Mylady. Was haben Sie erwartet? Ich habe Sie gewarnt, dass ich übersinnlichen Dingen auf den Grund gehen möchte. Dazu zählt auch das Ergründen der Vergangenheit.«

»Mein Gemahl hat hoffentlich auch Gutes zu berichten gewusst?«

Er nickte. »Er sagte, dass er bis zuletzt gehofft hatte, dass Sie diese Neigung verlören. Er pries Ihr Mitgefühl, ihr freundliches Wesen und Ihre Wissbegier, die er sofort bei Ihnen erkannt hatte. Das sei der Grund gewesen, warum er Molly Smith ohne Bedenken und gegen den Willen seiner Familie geehelicht hätte.«

Ealwhina sah auf Ampleforth hinab. »Das ist lange her«, raunte sie. »Ich habe ihn schon ewig nicht mehr gesehen …« Sie richtete den Blick auf Tremaine. »Haben Sie ihm berichtet, was aus mir geworden ist?«

»Nein, obwohl ich den Eindruck hatte, er weiß, dass der Geist, den man Lady Snickelway nennt, wirklich seine ehemalige Gattin ist. Die Beisetzung fand in aller Heimlichkeit statt. Außer mir und Ihrem Gatten war niemand auf dem Friedhof.« Tremaine schluckte. »Ich habe am Sarg einer alten Frau gestanden, Mylady. Ihr Leib wurde sechsundachtzig Jahre.«

»Ja. Und er hätte sicherlich noch zehn weitere Jahre durchgehalten«, gab sie zurück. »Es ist gut, dass meine Taten so lange zurückliegen. Nur wenige Yorker wissen mit Lady Snickelway etwas anzufangen.« Sie fühlte sich in diesem Augenblick befreiter. Nach dem ersten Schock war die Erkenntnis gewachsen, dass sie dem Tode auf ewig entronnen war. Auch wenn sie für die Unsterblichkeit einen hohen Preis bezahlte.

»Und Sie können einem Angst machen! Verzeihen Sie, dass ich es offen ausspreche: Sie waren eine furchtbare, erschreckende Mörderin! Sie taten es aus einer Laune heraus, ohne höheren Antrieb wie Rache oder Demütigung.« Er rieb über ihren Handrücken. »Wer sagt, dass es Sie nicht wieder überkommt und Sie Ihre Macht gegen … Kinder richten?«

»Diese Zeiten sind vorbei, Mister Tremaine. Das schwöre ich Ihnen.« Ealwhina hoffte, dass ihre Taten sie eines Tages nicht Lügen straften. Sie konnte es nicht wirklich kontrollieren. »Doch wenn ich morden werde, dann nur Verbrecher, die von einem Gericht zum Tode verurteilt wurden«, ließ sie sich eine Hintertür offen.

»Das ist wohl in Ordnung. Doch auch das erscheint mir …« Ihm fehlten die Worte, er ließ ihre Hände los, was sie sehr bedauerte. Menschliche Wärme war etwas Besonderes, denn ihre Geisterhaut fühlte sich kalt an. Ein eklatanter Unterschied zu ihrem Astralleib. »Die Menschen sind größtenteils zurückgekehrt, wie ich hörte.«

»Ja«, sagte sie nicht ohne Stolz. Ihr war es recht, dass er den Gesprächsgegenstand wechselte. »Denjenigen, die nicht zu uns wollten, haben wir die Bleibe abgekauft. Die Häuser werden bald neue Besitzer bekommen. Der Bürgermeister und die meisten Ratsmitglieder haben ihre Arbeit aufgenommen, und wir besprechen gemeinsam, was gut für York sein wird. Geister und Menschen verzahnen sich immer mehr.«

»Sie klingen erleichtert.«

Ealwhina zeigte auf die Stadt, sie konnte sich an York und der Landschaft nicht sattsehen. »Ja. Niemand wusste, wie es nach dieser Nacht weitergehen würde. Die Welt hat sich unumkehrbar verändert.«

»Ja, und zwar nicht nur für Sie«, fügte Tremaine hinzu. »Die Menschen in der ganzen Welt müssen ihre Einstellung zum Reich der Geister und zum Jenseits überdenken. Es wurde der Beweis erbracht, dass es mehr gibt als Tod und Leben.«

»Ich würde nicht so weit gehen und behaupten, dass es etwas Christliches ist«, warf sie ein. »Die Römer und Kelten, mit denen Sie sich noch nicht unterhalten haben, werden Ihnen zu Jesus nichts sagen können. Dennoch sind sie zu Geistern geworden.«

Tremaine nickte. »Ich finde diesen Aspekt sehr beruhigend. Somit wird keine Religion von diesem Phänomen ausgeschlossen. Es gibt keinerlei Alleinansprüche und keine Eifersüchteleien.«

Ealwhina lachte. »Und es könnte die Frage nach Gott und dem Jenseits aufwerfen.«

»Mit Sicherheit.« Tremaine stimmte in ihre Heiterkeit mit ein und nahm sein Büchlein heraus. »Wir müssen bald wieder zurück, Mylady. Ich habe noch einen Termin mit Sir Shamus.«

»Das wird sicherlich interessant. Er kann Ihnen sehr viel über York berichten. Es gibt kaum einen Geist, den er nicht kennt. Das *Golden Fleece* ist nach wie vor ein beliebter Treffpunkt unserer Zunft.« Er ging die Stufen hinab, und sie begleitete ihn plaudernd, obwohl sie ebenso gut hätte hinabschweben können. Sie malte sich aus, dass er unter Umständen das Gleichgewicht verlieren und die Treppe hinabstürzen könnte. *Wie schön! Wir wären auf immer vereint!* Dann fiel ihr ein, dass er sich womöglich in seinem bisherigen Leben nichts zuschulden hatte kommen lassen. *Das sollte ich noch irgendwie geändert bekommen. Zur Sicherheit.*

Sie verabschiedeten sich am Fuß des Turms mit einer freundschaftlichen Umarmung. Tremaine hatte im wahrsten Sinne des Wortes keinerlei Berührungsängste vor dem Übersinnlichen in all seinen Varianten.

Wir sehen uns bald schon wieder. Während sie seinem Wagen nachschaute, hörte sie, wie man ihren Namen rief. »Ja, bitte?«, sagte sie und wandte sich um.

Es war niemand in ihrer Nähe.

Ealwhina grinste und hielt es für einen Scherz eines »Kollegen«, der ihr zeigen wollte, dass die alten Tugenden der Geister, wie Erschrecken und Foppen, immer noch eine Rolle spielten. Dennoch verwunderte es sie, dass es nichts zu erkennen gab. Sie konnte Geister für gewöhnlich sehen.

Ealwhina! Komm beim Einbruch der Nacht zum südlichen Rand von Ampleforth, raunte die weibliche, sehr gebieterische Stimme, in der Kraft steckte. *Ich muss mit dir über York sprechen.*

»Wer sind Sie?«

Du hast mich verstanden!

»Wenn Sie nicht die Queen sein sollten, was ich beim besten Willen nicht glaube, gibt es dazu keinen Grund.« Ealwhinas Stimmung befand sich im Kippen. Sie konnte sich nicht erklären, wer die aufdringliche Ruferin war, die sich in ihre Gedanken gestohlen hatte. Das sprach für eine nicht unwesentliche Macht. »Würden Sie …«

Ich bin Y Ddraig Goch, die Herrscherin über Britannien, wurde sie wüst unterbrochen. *Was du mit Viktoria abgemacht hast, kümmert mich nicht. Wir beide haben einig zu werden. In diesem Fall wirst du nichts von mir zu befürchten haben.*

Ealwhina spürte Furcht. Die rote Drachin war erschienen, um sich ihren Einfluss zu sichern oder sich zu vergewissern, dass sie ihn nicht verloren hatte. »Ich bin da.« Sie entmaterialisierte sich, damit kein Ampleforther sie beobachten würde, und schwebte los. Auch wenn es noch dauerte, bis es dunkel wurde, hielt die Ungeduld sie nicht.

Sie ließ sich auf dem Dach eines einsamen, verfallenen Hauses nieder, das der Stadtgrenze und dem Bannkreis am nächsten war, und wartete auf dem halb eingestürzten First, dass sich die Finsternis herabsenkte.

Ihre Gedanken kreisten darum, dass sie bald erneut über Yorks Zukunft verhandeln musste und diese Verhandlung entscheidender war als die Unterredung mit den Gesandten der Queen. Sie hatte sich ein wenig in der Welt der Drachen bewegt und erinnerte sich sehr wohl an den kobaltfarbenen Drachen in Amsterdam. Von daher verwunderte sie es nicht zu sehr, dass sich die sagenumwobene Drachin bei ihr meldete. *Was kann sie wollen?* Es gab zu viele mögliche Antworten auf die Frage. *Warum fürchtet sie die Queen nicht?* Ihre Beunruhigung nahm zu.

Als es endlich Abend geworden war und sich Regenwolken vor die Gestirne geschoben hatten, meldete sich die Drachin.

»Ich sehe dich auf dem Dach sitzen. Du musst dich nicht manifestieren«, sagte Ddraig zu ihr, und die Stimme klang noch wuchtiger im Schädel als vorhin.

Ealwhina spürte intuitiv, dass es darauf ankam, mit der Drachin ein gutes Verhältnis zu haben. Ihre schwach rote Silhoutte senkte sich aus dem Himmel auf die sacht geschwungene Landschaft hinab, wobei sie darauf achtete, hinter einem kleinen Wäldchen halb verborgen zu landen, damit sie nicht sofort gesehen wurde. »Du bist also die Urheberin des außergewöhnlichen, einzigartigen Aufruhrs, der sich in meinem Land zugetragen hat. Wie hast du es angestellt?«, fragte Ddraig scharf.

»Ich hoffe, Ihr habt genugend Zeit mitgebracht?« Ealwhina kam mit sich überein, dass es das Beste war, der Drachin die Wahrheit zu erzählen. Von Anfang an.

Und so berichtete sie von De Bercy, von Russland, von dem Überfall im *Golden Fleece*, von Amsterdam und dem Wasserdrachen, von ihrer erneuten Flucht und dem misslungenen Versuch, Yorks verlorene Seelen zu befreien und ins Paradies oder die Hölle zu senden, ohne einmal unterbrochen zu werden.

Die Turmuhr schlug viermal für die volle Stunde, dann wieder viermal. Sie hatte nicht bemerkt, wie lange sie geredet hatte.

»Ich danke dir für deinen ehrlichen Bericht. Das waren spannende Abenteuer, Ealwhina.« Ddraig sah zu ihr und ließ die Augen aufleuchten. »Ich weiß, wessen Schädel du gefunden hast: Arsènie Sàtra, ein französisches Medium, das nach dem Weltenstein forschte und am Triglav ums Leben kam.« Sie lachte. »Sieh an, wie ironisch das Ganze ist: Sie trug einen kleinen Weltenstein in ihrem Kopf. Dort befand sich nichts anderes als ein solcher Katalysator in Sachen Magie.«

Ealwhina versuchte, die Empfindung aus der Drachenstimme zu ergründen, konnte jedoch nichts ausmachen. *Was wird sie verlangen?*

»Eine Verkettung von Umständen machte dich also zur Herrscherin über York. Du hattest in bester Absicht gehandelt«, resümierte Ddraig. »Gut. Das spricht für dich. Ich mache dich zu meiner Statthalterin, und du sorgst dafür, dass es York gut geht und es Früchte trägt. Sollte es dir nicht gelingen, Geist, zeige ich dir, dass meine Kräfte nicht auf Feuer und Stärke beschränkt sind.«

»Sehr wohl«, antwortete Ealwhina sogleich und fühlte, wie die Angst von ihr abfiel. Die Macht, die diese Drachin verströmte, hatte sie davor gewarnt, auch nur eine Lüge versuchen zu wollen. Sie zweifelte nicht, dass Y Ddraig Goch bereits seit langer Zeit die Geschicke der Insel lenkte. *Ich verzichte darauf, nähere Bekanntschaft mit ihrem Können zu machen.* »Ich danke Euch!«

»Eine Sache noch: Du hast einen Chinesen erwähnt, der dich verfolgte und den du vom Turm gestoßen hast. Er wurde doch auch zu einem Geist?«

»Ja. Ich denke, ich habe ihn schon einmal gesehen, aber er geht mir aus dem Weg.« Natürlich wollte sie wissen, warum Ddraig ihn suchte, aber sie wagte nicht zu fragen. »Er fürchtet meine Rache, nehme ich an, weil er es war, der mich umgebracht hat.«

»Finde ihn und bringe ihn hierher. Ich warte.« Ddraig machte es sich auf der Wiese hinter dem Wäldchen bequem.

Ealwhina verneigte sich und eilte zurück nach York. *Sie hat gut reden! Wie soll ich das auf die Schnelle erledigen? Was sie wohl von ihm will?* Sie war sich nicht sicher, ob ihre Sucherkräfte erhalten geblieben waren. Sie kannte nicht einmal seinen Namen.

Bald schwebte sie hoch über York, schloss die Augen und konzentrierte sich auf das Gesicht des Chinesen. *Wo steckst du? Ihr Mächte, zeigt mir einen Hinweis auf ihn!* Sie hob die Lider – und erkannte ein helles gelbes Leuchten, das sich in den Shambles bewegte.

Ich kann es noch! Sie stieß falkengleich hinab und fand den Mann. Seinen rechten Arm hatte er zur Hälfte eingebüßt, als sich die Kugel durch sein Fleisch gebrannt hatte. »Du!«, rief sie ihn an. »Bleib stehen!«

Der hünenhafte Chinese sah hinter sich und wollte im ersten Moment losrennen, doch er blieb nach drei Schritten stehen. »Ich habe mich gefragt, wie lange es dauert, bis du mich suchen und vernichten kommst«, sagte er zu ihr. »Lass mich in Ruhe, *Dàngfù*. Mein Fluch ist schon schlimm genug.«

Ealwhina näherte sich ihm langsam. »Wie ist dein Name? Und warum hast du den Stein haben wollen? Für dich? Für jemand anders?«

»Ich heiße Wu Li«, antwortete er abwartend. »Was ich mit dem Stein wollte, geht dich nichts an.« Er hob den Armstummel, betrachtete ihn, und sein Gesicht zeigte seine Wut. »Ich war zu Lebzeiten ein berühmter Illusionist. Und was wurde aus mir?«

»Deswegen hast du nach dem Artefakt getrachtet: Du wusstest von seiner Macht.«

»Mag sein. Es ist gleich, niemand kann es mehr nutzen.« Er hob die Achseln an. »Ich bin gestrandet.«

Ealwhina mochte das Gejammer nicht länger anhören. Er hatte sich selbst in diese Lage gebracht, weil er nach der Kugel gegriffen hatte. Nun, da er vor ihr stand, spürte sie die ansteigende Lust, seine Seele zu qualen und ihn für ihren Tod leiden zu lassen. *Danach*, dachte sie. *Zuerst muss ich ihn zu Ddraig bringen. Nein, locken!* »Jemand möchte mir dir sprechen, Wu Li.«

»So?«

Ealwhina fand es besser, wenn er nicht wusste, was ihm bevorstand. »Eine Freundin. Sie hat einige Fragen an dich. Sie ist Chinesin und war ganz aufgeregt, als ich ihr sagte, dass sie nicht die Einzige aus deinem Land ist.« Sie lächelte. »Was uns angeht: Ich trachte nicht nach deinem Leben, Wu Li. Du wirst einen Weg finden, dich in York wohlzufühlen und der Stadt dein Wissen angedeihen zu lassen. Du könntest fähige Menschen zu Illusionisten ausbilden.« Sie wollte seine Vorsicht und sein Misstrauen einlullen.

Wieder zuckte er nur mit den Schultern. »Wo finde ich deine Freundin, *Dàngfù*? Es ist bestimmt schön, einige Worte in der Muttersprache zu hören.«

Das war leichter als gedacht. »In Ampleforth.« Sie schwebte empor. »Komm mit.« Er folgte ihr.

Sie flogen über das nächtliche, verregnete York hinweg und näherten sich der Vorstadt. »Da drüben in dem alten Haus«, sagte sie und zeigte darauf.

Halte ihn fest, hörte sie die Stimme der Drachin in ihren Gedanken.

Wu Li schwebte über den schief sitzenden Schindeln. »Gehen wir rein?«

»Tut mir leid, aber die Freundin wartet dort drüben.« Sie sandte ektoplasmische Energien gegen den Chinesen und umschlang ihn damit. »Sie möchte, dass du unter keinen Umständen verschwindest.«

Wu Li zappelte und rief eigene Kräfte zu seiner Befreiung herbei, doch Ealwhinas Macht war zu stark. Er konnte die Fesseln nicht lösen. »Was soll das?«

»Sie tut, was ich von ihr verlangt habe, Wu Li«, sagte Ddraig aus ihrem Versteck heraus. »Du hast Nie-Lung gedient, der mit Vouivre gemeinsame Sache machte, wie ich hörte und weiß.« Ihre Augen glommen auf. »Du wirst mir alles berichten, was du von diesem Nie-Lung und seiner Abmachung mit Vouivre weißt. Ich kann dich Schmerzen spüren lassen, Wu Li, schreckliche Schmerzen, und du wirst ewig mit ihnen leben müssen!« Eine rote Ektoplasmaentladung schoss aus der Dunkelheit herbei und hieb ihm gegen die Stirn.

Ealwhina musste die Lider schließen, so gleißend waren die Strahlen. Sie beglückwünschte sich, Ddraig zu keiner Zeit Widerstand geboten zu haben. *Das hätte ich nicht überstanden!*

Ein Teil von Wu Lis Geistergestalt nahm beim Einschlag sofortigen Schaden, Fetzen spritzten wassergleich davon und kehrten zäh zu ihm zurück.

Der Chinese schrie auf – und redete auf der Stelle.

18. Februar 1927, Hauptstadt Běijīng, Verbotene Stadt, Kaiserreich China

Es war finsterste, bewölkte Nacht, als die kleine, in Schwarz gekleidete Gruppe durch die Verbotene Stadt eilte und sich durch die Schatten bewegte, um zu der Halle der Geistespflege zu gelangen.

Sie hatten den Wassergraben mit langen Schnorcheln durchtaucht und überwanden eine Mauer nach der anderen, wichen den Wachen aus, liefen auf den Mauern und Dächern der unzähligen Gebäude entlang, sprangen und kletterten, wie es Silena selten zuvor hatte tun müssen. *Das Tückische sind die vielen Mauern. Sie werfen das Echo unserer Schritte weit zurück.*

Sie achtete genau darauf, wo sie ihre Schritte hinsetzte. An den Füßen trug sie weiche Schuhe mit dünnen Sohlen, die kaum Geräusche verursachten.

Zhiao hatte sie mit der perfekten Attentäterausrüstung versehen. Unter ihren schwarzen Anzügen trugen sie Brustharnische, Ahmat seine Lederrüstung. Der Ägypter hatte seinen Speer in zwei Meter lange Stücke zerteilt und trug sie zusammen mit dem Schwert in einer Hülle auf dem Rücken. Die Drachenheiligen führten Schwerter mit sich, Brieuc den Zweihänder, Ademar und Donatus robuste scharfe Klingen aus Stahl. Die Waffen waren in Weihwasser gehärtet worden, in den Griffen lagerten Reliquienstücke, an deren vernichtende Wirkung gegen Drachen die drei fest glaubten.

Die Männer hatten mit der körperlichen Anstrengung die wenigsten Schwierigkeiten, aber Silena hatte ab der Hälfte der Strecke das Gefühl, dass sie das Vorankommen eher bremste als begünstigte. Und dass nicht sie diejenige war, die das Unternehmen leitete. Vor allem Letzteres schmeckte ihr überhaupt nicht.

Auf dem Weg durch die Stadt ging sie in Gedanken noch einmal durch, was ihr zu dem Ort einfiel.

Die Halle der Geistespflege war das Zentrum der Macht. Der Drachenkaiser empfing seine Beamten, die Mandarine, gab ihnen Anweisungen und hörte ihre Berichte, erteilte Beförderungen und Bestrafungen. Es gab darin einen Thron, einen Schreibtisch und eine Unzahl von Büchern.

Morgen, hatte Zhiao ihnen gesagt, stünde eine Audienz mit den Mandarinen an. Sie mussten sich in der Nacht einschleichen und sich verbergen, um den Kaiser abzufangen. Er kam stets eine halbe Stunde vor den Beamten in die Halle, las sich die Berichte durch und bereitete sich auf das Treffen vor.

Dreißig Minuten. Das war das Zeitfenster, das ihnen blieb.

Silena erinnerte sich, dass die berühmte und berüchtigte Kaiserin Ci Xi, die bis zu ihrem Tod vor knapp zwanzig Jahren den Thron vier Dekaden usurpierte, sich hinter einem Vorhang verborgen und gelauscht hatte, während die Beamten ihrem minderjährigen Sohn Berichte ablieferten. In Wirklichkeit hatte sie China, das Reich des Drachen, kontrolliert. Die Dynastie der Qing führte den Drachen ganz offen in ihrer Fahne.

Hinter der Halle lagen die sechs westlichen Paläste, kleine Höfe mit den Wohnräumen, in denen auch der Kaiser nächtigte; über deren Dächer sollte die Flucht in den Garten führen. Zhiao hatte einen Heißluftballon organisiert, der sie dort aufnehmen würde. Um Verwirrung zu stiften, hatten sie Gasmasken und etliche Handgranaten dabei, die dichten, beißenden Rauch versprühten. Dagegen konnten sich die Wächter in ihrer altertümlichen, traditionellen Aufmachung nicht schützen.

Die Flucht ist das Heikelste an unserer Mission. Die Drachenheiligen und Ahmat zweifelten nicht daran, dass sie den Kaiser besiegen und entkommen würden.

Silena hatte jedoch Bedenken.

Erstens, ob der Kaiser ein echter Drache war, doch das ließ sich mit dem Amulett erkennen. Sie fürchtete immer noch, von den Chinesen als einfache Attentäterin missbraucht zu werden.

Zweitens, was das Entkommen anging. Gasgranaten waren schön und gut, aber die Soldaten konnten dennoch in eine Nebelwand schießen und aus Glück treffen.

Drittens blieb eine große Ungewissheit. Zhiao hatte ihnen gesagt, dass der Nachfolger die Staatsgeschäfte reibungslos übernehmen würde, sobald es einen Beweis gab, dass der Drachenkaiser getötet war. Aber er hatte ihnen nicht gesagt, wer der Nachfolger sein würde. Als Ausrede nutzte er, dass der Anschlag misslingen und sie in die Hände des Kaisers fallen könnten.

Ich muss aufhören zu grübeln. Es gibt kein Zurück mehr. Silena sprang auf ein Ziegeldach und wurde halb von Ahmat aufgefangen. *Wenn wir es nicht tun, muss die Welt darunter leiden.*

Sie gönnte sich einige Sekunden, um die nächtliche Stadt innerhalb von Běijīng zu betrachten. Die Wolkendecke war etwas aufgerissen, die großen Paläste überragten alle anderen Gebäude und schimmerten im Sternenlicht. Sie zeugten von der Macht der Drachenkaiser, von ihrem Herrschaftsanspruch. Sie kannte keinen westlichen König oder Kaiser, der sich eine solche Stadt errichtet hatte, in der nur er allein lebte.

»Komm«, raunte Ahmat. »Du bist eh schon die Letzte.«

Silena sah zu ihm und erkannte Brieuc, Ademar und Donatus viele Meter voraus. »Sie würden es am liebsten alleine tun. Ohne dich und mich«, knurrte sie. »Ich muss sie daran erinnern, wer sie hergeholt hat.«

Sie holten die Drachenheiligen auch nicht mehr ein, bis sie die Halle der Geistespflege erreicht hatten. Einen Platz, um sich ungesehen zu beraten, hatten sie rasch gefunden: Sie rutschten auf dem Dach des Hauptgebäudes nach hinten, in den Schatten der anschließenden Mauer. Kein Wächter würde sie in der Dunkelheit erkennen.

»Herzlichen Glückwunsch«, flüsterte Brieuc fröhlich und schüttelte die Hände von Donatus und Ademar, danach die von Silena. Ahmat ließ er aus. »Wir haben unsere erste Prüfung gemeistert. Es ist aufregend! Wir sind im Heiligsten des Schlitzaugenweltreichs und werden der gesamten Menschheit einen Dienst leisten, der uns unsterblich machen wird.«

Silena glaubte, sich verhört zu haben. »Wie soll das geschehen,

Großmeister? Unsere Verwicklung in dieser Angelegenheit darf niemals bekannt werden, sonst wird China gezwungenermaßen in den Krieg mit dem Westen eintreten. Kein Land der Welt darf sich eine solche Einmischung erlauben.«

»Ich gedenke, den Kopf des Drachenkaisers mitzunehmen«, eröffnete er grinsend. »Zhiao wollte einen Beweis für dessen Tod, also bekommt er einen.« Ademar und Donatus nickten. Anscheinend hatten sie das Vorgehen bereits vor dem Aufbruch festgelegt. »Ich werde es erst bekannt geben, wenn wir wieder zu Hause sind, Großmeisterin«, meinte er gönnerhaft. »Sie kennen mich: Diesen Ruhm lasse ich mir nicht nehmen.«

Silena hatte einen Beweis mehr für die Profilierungssucht des Mannes bekommen, die er mit seinen beiden Freunden teilte. *Ich werde nicht mit ihnen diskutieren.* »Das werden wir sehen«, antwortete sie vage.

»Stimmt. Das werden Sie sehen«, entgegnete er wichtigtuerisch und sah auf den Hof hinunter. »Wie ich schon sagte: Wir decken hier ein paar Ziegeln ab, gelangen durch das Loch in die Halle und warten im Gebälk darauf, dass Pǔ Yí erscheint. Danach wird es schnell gehen.«

Silena starrte ihn an. »Haben Sie plötzlich das Kommando, Großmeister Brieuc?« Der Hinweis, dachte sie, sollte genügen, ihn an die Rangordnung für den Verlauf ihres Unterfangens zu erinnern.

»In Anbetracht der Umstände, ja.« Er versuchte, bedauernd zu wirken. »Donatus, Ademar und ich sind übereingekommen, dass Sie in Ihrem Zustand Zurückhaltung bewahren sollten. Der … Ägypter und wir machen das schon. Er lenkt die Wachen ab, Sie warnen uns von hier oben vor weiterem Unbill, und wir töten den Drachenkaiser.« Brieuc sah sie gespielt besorgt an. »Es ist das Beste, Großmeisterin.«

»Das Beste für *Sie!*«, schoss sie zurück. »Denken Sie, das werde ich akzeptieren? Ich habe Sie …« Sie schwieg, weil ein Schatten auf das Dach fiel. Ein Wächter lief auf seiner Runde auf der Mauer an ihnen vorüber.

Silena kochte vor Wut und vergoss Tränen der stummen Wut. Die Schwangerschaft ließ sie näher am Wasser gebaut sein als früher. *Gleich wirst du was zu hören bekommen!* Sie wappnete sich innerlich für das verbale Kräftemessen mit Brieuc. Sie würde dabei nicht heulen.

Als der Wächer gegangen war, erhob Ahmat vor allen anderen flüsternd die Stimme. »Sie müssen noch etwas wissen: Wir können den Drachenkaiser nicht einfach so töten.«

Sie sahen ihn verwundert an.

»Ach, das wird jetzt wohl ein Trick von dir, Araber, damit wir dir auch einen Teil der Ehre abtreten«, sagte Brieuc böse. »Lass mich raten: Das Schlitzauge hat eine Prophezeiung gefunden, in der steht, dass ein Nachfahre der alten Pharaonen seine Lanze in den Drachenkaiser rammen muss und kein Europäer.«

»Nein.« Ahmat sah ihm in die Augen. »Was ich sage, schwöre ich beim Leben meines Vaters und beim Bund des Ichneumon: Einer der Krieger muss sein Leben freiwillig geben, damit der Drachenkaiser stirbt. Sollte jemand im Kampf fallen, gilt es nicht. Er muss sich mit eigener Hand töten. Die Seele des Toten wird die Seele des Drachenkaisers mit ins Jenseits reißen.«

Jetzt waren alle stumm vor Entsetzen.

Silena sah Ahmat an, dass es kein Trick war. »Woher weißt du das?« Sie war ihm böse, dass er sie nicht eingeweiht hatte.

»Zhiao sagte es mir, als wir aufbrachen. Ich musste ihm versprechen, dass ich nicht eher etwas sage, bis wir die Halle der Geistespflege erreicht haben.« Ahmat sah zu Silena. »Du kannst es nicht sein, da du ein weiteres Leben in dir trägst.«

»Sehr gut, Wüstenperle!«, sagte Brieuc unverzüglich. »Es ist klar, wessen Leben mehr wert ist. Wir sind die Nachfahren von anerkannten Heiligen, du dagegen bist … ein Ägypter. Wir werden dein Opfer annehmen.« Er kreuzte die Arme vor der Brust. Für ihn war die Sache erledigt.

»Sehe ich es richtig, dass wir nichts erreichen, wenn sich keiner opfert?«, hakte Ademar vorsichtig ein. »Die Gefahren, das Warten, alles wäre umsonst gewesen?«

»Ich glaube es nicht«, fiel Donatus in die Unterhaltung ein. »Sonst hätte das Schlitzauge uns doch einen Opferchinesen mitgeben können. Unser Araber hier hat sich das ausgedacht, damit er uns schwächen kann. Wer weiß, was er tut, wenn wir den Drachenkaiser getötet haben.«

Silena hatte sich von ihrer Überraschung erholt. »Du hättest es sofort sagen müssen«, sprach sie voller Vorwurf zu Ahmat.

»Zhiao hatte Angst, dass wir unsere Mission nicht antreten würden, wenn er uns von Anfang an die Legende zum Drachenkaiser erzählt hätte.« Ahmat nahm einen Schluck aus seiner Trinkflasche. »Die Verbotene Stadt wurde nicht umsonst an dieser Stelle errichtet. Auf dem Ort liegt ein Zauber, der allen Drachen, die sich auf diesem Gebiet aufhalten, Schutz vor Anschlägen und vor Sterblichkeit verleiht. Deswegen ließen die Drachenkaiser die Festung bauen, um den Platz ganz allein für sich zu haben. Nur wenn ein tapferer Krieger sein Leben freiwillig gibt und den Zauber damit bricht, können seine Mitstreiter versuchen, den Herrscher zu töten. Ohne das selbstlose Opfer ist er immun gegen Gift, gegen Klingen, gegen alles, was ihm schaden könnte.«

»Ein schönes Märchen. Ich glaube, ich habe schon mal ein ähnliches gehört. Aber Märchen stimmen nun einmal nicht.« Brieuc grinste. »Wir haben uns entschieden, Ägypter. Du darfst dich entleiben, wenn die Gelegenheit kommt. Wir werden dich auch in unserer Geschichte erwähnen.«

»Und Selbstmord, aus welchen Gründen auch immer«, fiel es Donatus rasch ein, »ist eine Sünde. Bei den Christen. Wir dürften es nicht einmal tun. Das muss du verstehen.«

»Wir vertrauen auf dich«, setzte Ademar hinzu und grinste gehässig. »Araber.«

Wenn ich das geahnt hätte! Silena wusste, dass sie sich auf die Selbstlosigkeit der Drachenheiligen nicht verlassen durfte. Sie hatten deutlich gemacht, dass sich keiner von ihnen umbringen würde. Ahmat war jedoch der beste Kämpfer unter ihnen, auch wenn es Brieuc und die anderen nicht wahrhaben wollten. *Ihr Heiligen, soll ich es sein, die sich hingibt?* Wenn sie logisch dachte, dann blieb nur sie. Sie verschwieg ihre Überlegungen. *Das entscheide ich, wenn es so weit ist.* Sie legte Ahmat eine Hand auf den rechten Unterarm. »Wir finden zuerst heraus, ob der Drachenkaiser nicht ohne das Opfer zu überwinden ist. Und jetzt ist Ruhe!«

Das lautlose Warten begann.

Die Wächter drehten ihre Runden, ohne sie zu bemerken. Sie dösten abwechselnd, während sich der Himmel veränderte und erneut Regenwolken aufzogen; bald nieselte es. Und als es im Osten heller wurde, schüttete es wie aus Wassertanks.

»Wir haben den rechten Moment verpasst, in die Halle der Geistespflege zu gelangen«, sagte sie zu Brieuc. »Lösen wir jetzt Schindeln, wird man das Wasser im Gebäude bemerken und nachschauen.« Kalt lief das Nass ihren Rücken hinab. Der Stoff hatte sich vollgesogen und wies keinen einzigen Tropfen mehr ab. Noch dazu hatte sie Hunger. Schrecklichen Hunger.

Er nickte. »Wir werden vorne herunterspringen und angreifen, sobald sich der Kaiser zeigt.«

»Noch zehn Minuten«, verkündete Donatus. »Dann sollte es losgehen.«

Ahmat setzte seinen Speer zusammen.

Silenas Herz schlug schnell. Die Aufregung war eine gänzlich andere als in einem Cockpit kurz vor dem Zusammentreffen mit einem Flugdrachen. So gefährlich es in der Kanzel war, so sicher fühlte sie sich dort oben. Am Boden war sie ein lahmer Zweibeiner, über dessen Geschwindigkeit ein Geschuppter höchstens lachen konnte.

Und dazu noch diese Legende vom Schutzzauber. Sie zog das Drachenzahnschwert, das ihr Ahmat überlassen hatte. Sie konnte nicht verhindern, dass sie an Grigorij dachte und sich gleichzeitig schuldig fühlte, wenn sie den Araber anblickte. Ihr Gefühlsleben war so verwirrend wie die Situation, in der sie sich befand: Was immer sie tat, es schien falsch zu sein.

Das Quintett bereitete sich auf den Angriff vor.

Eine Minute vor der Zeit öffnete sich das Tor zum Innenhof langsam.

Silenas Anspannung steigerte sich, in ihrem Unterleib stach es. *Es wird misslingen,* durchzuckte es sie.

Vorneweg schritten zwanzig Bewaffnete. Sie steckten in altertümlichen ledernen Harnischen und hielten lange Lanzen in der Hand, an ihrer Seite baumelten Säbel. Danach folgte ein Sammelsurium an Hofschranzen, wie Silena annahm: Chinesen in seidenen, sehr aufwendigen Gewändern, die als Schutz vor dem Regen unter ausladenden Schirmen liefen, die wiederum von Untergebenen getragen wurden.

Danach folgte Aisin Gioro Pǔ Yí, der Drachenkaiser, in einer überdachten Sänfte. Rechts und links davon liefen wiederum jeweils zwanzig Krieger, hinter dem Herrscher schritten noch weitere Soldaten und Bedienstete. Pǔ Yís vielschichtige Kleidung war in Rot und Gold gehalten, er trug einen viereckigen Hut mit Bommeln daran; in seinem jungenhaften Gesicht stak die dicke Brille wie zur Strafe. Das Modell stand ihm nicht.

Sechzig Soldaten und jede Menge anderer Menschen, überschlug sie die Anzahl der Feinde. *Wie soll uns das gelingen?* Silena schaute fragend zu Ahamt, dann zu Brieuc. Beide Männer starrten über den First hinweg nach unten, ihre Gesichter waren ausdruckslos. Vor einer solchen Anzahl hatte sie niemand gewarnt.

Befehle wurden geschrien, dann rückten die Hofschranzen wieder ab, auch die Hälfte der Soldaten zog sich zurück, der Rest blieb im strömenden Regen vor der Halle stehen und rührte sich nicht mehr.

Ihr Heiligen, danke! »Wir decken die Ziegeln dort unten ab«, flüsterte sie den Männern zu, und sie rutschten behutsam über das Dach. Jedes Schaben, jedes Knacken oder Klirren würde den Herrscher aufmerksam machen.

Sie mussten die Gefahr eingehen, dass das Wasser entdeckt wurde, und schufen ein Loch, das breit genug war, um sie hindurchzulassen; einer nach dem anderen glitt ins Innere der Halle. Nur der Spieß, den Ahmat gegen Drachen nutzte, blieb zurück. In einem Gebäude taugte die vier Meter lange Waffe nichts.

Silena kam als Letzte und landete neben Ahmat auf dem Dachboden. Es roch nach Büchern und trockenem Holz, nach Kohlefeuer. Die Rollen und Tontäfelchen, die in Regalen lagerten, waren von einer Schicht Staub bedeckt. *Das Archiv der Bibliothek.* Gedämpfte Gespräche drangen zu ihnen herauf. Das Chinesische war zu fremd, als dass sie etwas aus den Fetzen hätte ableiten können. *Wir hätten Zhiao mitnehmen sollen. Wer weiß, worüber sie sprechen? Er hätte uns helfen können. Und sich opfern.* Sie sah auf ihr Amulett. Der Splitter leuchtete noch nicht, und ihre Zweifel erhielten neue Nahrung. *Wirkt er überhaupt bei asiatischen Drachen?*, durchfuhr es sie.

Ahmat bedeutete ihr, den Ort nicht zu verlassen. Er und die

Drachenheiligen schlichen sich den Dachboden entlang bis zu einer Treppe; vorsichtig gingen sie die Stufen hinab.

Das hättet ihr gern. Ich lasse mich nicht abhängen. Silena kroch nach vorne, wo sie eine zweite Luke entdeckt hatte. Von dort konnte sie die Halle einsehen.

Pŭ Yí saß mit dem Rücken zu ihr an seinem Schreibtisch. Sie erkannte zwei Beamte, die neben ihm standen und ihm auf seinen Zuruf Papierrollen anreichten, die er auseinanderzog, überflog und auf den Tisch legte.

Er sortiert die Berichte. Sie suchte nach Anzeichen bei ihm und den Männern, ob sie ahnten, was geschehen würde, und ob sie den Attentätern eine Falle bereitet hatten. *Entweder sie können sich gut verstellen, oder sie wissen wirklich nichts.*

Ihr fielen die langen Fingernägel auf, die an Krallen erinnerten, aber dabei äußerst gepflegt waren. Gelegentlich wandte Pŭ Yí sich an einen der Beamten, und sie sah sein Profil: ein ganz normaler junger Mann, an dem sie nichts Ungewöhnliches erkannte. Er hatte kein kantiges Gesicht, weder war es ausdrucksstark noch energisch. Aber hinter den dicken Brillengläsern loderten Energie und Kraft in seinen Augen.

Silena blickte auf ihren Talisman. Jetzt leuchtete er. Nicht grell, jedoch sichtbar. Der Splitter schimmerte zaghaft, flackerte, als wäre er selbst nicht sicher, was er spürte. *Im Herzen ein Drache, nach außen ein Mensch. So hatte es Zhiao ausgedrückt,* dachte sie erleichtert. Einer ihrer Zweifel hatte sich in Luft aufgelöst.

Sie kannte Drachen, die ihre Gestalt änderten, aber bei dem Herrscher über das Reich des Drachen verhielt es sich offenkundig anders. Das machte auch ihrem Anhänger zu schaffen. *Dabei sieht er wirklich harmlos aus. Aber Pŭ Yí ist in seinem Innern ein Nie-Lung, ein Drachenfresser und boshafter Drache.*

Ahmat hatte ihr klargemacht, dass sie warten sollte. Sie wusste, dass sie das nicht vermochte. Sie war die Nachfahrin des heiligen Georg – wie hätte sie da ruhig bleiben und sich zu einer Zuschauerin degradieren lassen können?

Silena stand auf und ging geduckt die Stufen nach unten.

Pŭ Yí bearbeitete eine Rolle nach der anderen, der Stapel wurde kleiner und kleiner.

Wo bleiben sie? Wir haben nur noch zwanzig Minuten. Unter Silenas rechtem Fuß ächzte die Stiege leise, und sie blieb stehen. *Verdammt!*

Die Beamten kümmerten sich nicht darum, die Hand des Drachenkaisers verharrte kurz, die Fingernägel schimmerten matt im Licht der Lampen, aber er wandte sich nicht ihr zu. Gleichmäßig arbeitete er weiter.

Silena gelangte an den Fuß der Treppe und begab sich in den Schutz einer Säule. Sie sah Pŭ Yí, der keine zehn Meter von ihr entfernt lesend auf einem Stuhl saß. Ihre Unruhe wuchs und wuchs.

Da schwang sich Ahmat über die Brüstung des obersten Stockwerks. Im Flug holte er Schwung und schlug nach dem Drachenkaiser. Mit den Füßen landete er genau auf dem Schreibtisch.

Pŭ Yí stieß sich vom Tisch ab, der Stuhl kippte, und er rollte sich über die Schulter ab, um gleich darauf auf den Beinen zu stehen.

Doch hinter ihm kamen Ademar und Donatus zum Vorschein, die sich über die zweite Treppe angeschlichen hatten. Sie attackierten ihn gleichzeitig mit ihren Schwertern. Als sich der Drachenkaiser zu ihnen umdrehte, sprang Brieuc von der Balustrade und landete in seinem Rücken, um sofort mit dem Zweihänder zuzudreschen – die lange, schwere Klinge zielte auf den Hals.

Sie lassen Ahmat wirklich allein die Beamten ausschalten! Silena wollte ihr Versteck verlassen, als ihr Amulett aufleuchtete, und das mit einer gleißenden Helligkeit, wie sie es bei der Schlacht am Triglav zum letzten Mal erfahren hatte.

Das Getrappel der Füße auf dem Holz, das Surren der Klingen, gelegentlich ein Keuchen aus dem Mund der Kämpfenden, das Rascheln von Stoff – noch war kein einziger Schrei ausgestoßen worden, die Gefechte verliefen absolut schweigend, was Silena verwunderlich fand. Sie hätte angenommen, dass wenigstens einer der Bediensteten die Wachen vor dem Tor alarmiert hätte. *Sie glauben sich sicher, weil sie nicht ahnen können, dass wir die Legende vom Schutzzauber kennen.*

Ahmat befand sich im Kampf mit den beiden Chinesen. Er schlug und griff mit übermenschlicher Geschwindigkeit an, die er der Substanz verdankte, die Nitokris ihr in Hamburg gezeigt hatte. Aus was auch immer sie bestand, sie wirkte.

Silena konnte ihren Augen kaum trauen: Die Chinesen bewegten sich ebenso schnell wie er! *Er braucht meine Hilfe.* Sie kam aus ihrem Schutz und eilte zu ihm. Auf dem Weg dorthin sah sie rasch zu Brieuc und Pŭ Yí.

Der Drachenkaiser war unter dem Zweihänder abgetaucht, griff über sich und umfasste die Klinge, die er nach vorne stieß und dem heraneilenden Ademar durch die Brust rammte! Der Drachenheilige war zu schnell gewesen, um vor der Spitze innehalten zu können; röchelnd stürzte er aus vollem Lauf und riss Brieuc die Waffe dabei aus den Händen.

Pŭ Yí trat lachend schräg hinter sich, die Ferse krachte Brieuc unters Kinn und schleuderte ihn mehrere Meter durch die Luft. Er schlug auf dem Schreibtisch auf, die Platte brach unter dem Gewicht zusammen.

»Vergehe, Drache!« Donatus hatte die ersten Worte seit Beginn des Kampfes voller Hass gerufen. »Bei meinem heiligen Ahnen und der Macht meines Glaubens!« Er hielt zwei Schwerter in der Hand und schlug nach dem Herrscher.

Pŭ Yí breitete die Arme aus, hielt die Enden seines Gewandes gefasst und drehte sich rasend schnell um die eigene Achse, bog den Oberkörper und erinnerte dabei an einen Kreisel. Der weite, weiche Stoff fing die Schneiden ab und wickelte sich darum. Donatus wurde ein Schwert entrissen, das plötzlich der Kaiser in der Hand hielt und gegen ihn reckte. Eine Hand legte er provozierend auf den Rücken und umkreiste den Drachenheiligen lächelnd.

Ahmat kann ihn besiegen, niemand sonst. Wir sind zu langsam. Silena konnte nicht länger zuschauen, sondern musste sich um ihre Feinde kümmern.

Die Beamten hatten Dolche aus den Falten ihrer Kleidung gezogen und lieferten sich vor dem Eingang in die Halle der Geistespflege ein rasantes Gefecht mit dem Ägypter.

»He«, machte Silena auf sich aufmerksam, um Ahmat zu entlasten und ihm die Möglichkeit zu geben, Pŭ Yí zu attackieren. »Hier ist noch jemand, der euch die Stirn bietet!«

Ein Chinese wirbelte herum und schwang die Dolche mit unglaublichem Tempo, bevor er auf sie eindrang.

Als der Mann auf sie zugesprungen kam, veränderten sich seine

Züge. Sie wurden spitzer, schlangenhafter, und Schuppenplättchen sprossen aus der Haut. Eine gespaltene violette Zunge schnellte aus dem Mund, und die Pupillen waren plötzlich geschlitzt. Der Drache in dem Mann war zum Vorschein gekommen.

»Es wird dich nicht vor mir retten«, sagte sie entschlossen und parierte den ersten Angriff.

19. Januar 1927, Freie Hansestadt Hamburg, Deutsches Kaiserreich

Grigorij schlenderte auf das Haus zu, auf dem ein Klingelschild mit drei Knöpfen neben dem Eingang angebracht war: Privatmuseum für ägyptische Kleinodien, Doktor Harthans, eine Familie namens Ratebeker. *Ich bin richtig.*

Er hatte bei den *Skyguards* nachgefragt, wo man seine Frau zuletzt gesehen habe. Die Adresse und die Menschen, die sie in Hamburg getroffen hatte, waren ihm am ungewöhnlichsten vorgekommen.

Noch immer bewegte sich Grigorij allein umher, ohne eigenes Luftschiff und Begleiter. So konnte er am besten in der Menge untertauchen. Wenigstens seine Garderobe hatte er sich gegönnt: einen schwarzen Anzug mit einem weißen Hemd und gebundenem Halstuch, darüber einen Mantel mit Pelzkragen und schwarzem Zylinder auf den schwarzen Haaren. Im Gehstock verbarg sich nach alter Tradition ein Degen, unter seiner linken Achsel und auf dem Rücken trug er Pistolen in Holstern.

Die rot gefärbte Sonnenbrille trug er, weil seine Augen durch den anhaltenden Haschischkonsum sehr empfindlich gegen Helligkeit geworden waren. *Es geht nicht anders, sonst taugt meine Gabe nichts. Du wirst wieder davon loskommen*, sagte er sich. *Von den Drogen und vom Alkohol.* Grigorij drückte alle Knöpfe auf einmal und pochte mit dem massiven Gehstockknauf gegen die hohe Tür, bis sie sich öffnete.

Er sah in das Gesicht einer ausländisch wirkenden Frau, die schwarze, gelockte Haare hatte und ihn an eine Orientalin erinnerte. Sie trug einen weißen Kittel, der ihren dunklen Teint betonte. *Das Gesicht Ägyptens.* Er tippte sich an die Zylinderkrempe. »Guten Tag, schöne Frau. Ich hätte ein paar Fragen zu stellen. Ist der Leiter des Museums hier?«

»Nein.« Sie zeigte auf die Telefonnummer auf dem Schild. »Rufen Sie dort an und ...«

Grigorij setzte ihr die Spitze des Gehstocks gegen das Brustbein und schob sie nach hinten. »Dafür habe ich keine Zeit. Vielleicht wissen *Sie* etwas: Ich suche meine Frau. Sie heißt Anastasia Zadornva und wurde bei Ihnen oder zumindest in diesem Haus gesehen.« Er trat ins Treppenhaus und drückte die Tür mit dem Absatz zu. »Lcída Havock und sie haben sich mit ein paar Leuten unterhalten, und danach verliert sich die Spur.«

»Ah, *Sie* wollen der Fürst sein, dessen Zeppelin man abgeschossen hat«, sagte die Frau abweisend. »Ich dachte, Sie sind tot?« Sie sah nicht so aus, als glaube sie ihm seine Geschichte. »Verschwinden Sie, bevor ich die Polizei rufe!«

Er grinste wie ein hungriger Dämon. »Denken Sie, dass Sie bis zu einem Telefon gelangen?« Dabei hatte er beide Hände auf den Knauf gelegt, senkte den Kopf, sodass sich Schatten um seine Augen legten. »Ich mag auf Sie womöglich einen kultivierten Eindruck machen, meine Dame, doch die Sorge um meine Frau wird mich viele Dinge tun lassen, die Ihnen mehr als *einen* Schrecken einjagen.«

Sie schluckte verunsichert. »Wie soll ich Ihnen glauben, was Sie sagen? Sie kommen einfach so ungebeten in das Haus und überfallen mich regelrecht. Wo sind Ihre Leute, wenn Sie doch mit den *Skyguards* oder den *Havock's Hundred* zusammenarbeiten? Warum hat Sie Mrs. Havock nicht begleitet?«

»Sie lesen keine Zeitung, ist das möglich? Mrs. Havock ist unpässlich. Selbst wenn Sie etwas wüsste, könnte Sie mir nicht helfen.« Er hob den Stock. »Da Sie ja Bescheid zu wissen scheinen, können Sie mir freundlicherweise Auskunft geben.« Er kam auf sie zu und zog die Sonnenbrille ab. Grigorijs blaue Augen suchten ihren Blick und hielten ihn gefangen. »Ihren Namen hatte ich vorhin nicht verstanden?«

»Ich bin Nitokris«, antwortete sie gegen ihren Willen und war von der Art des Mannes sichtlich beeindruckt. Er wusste, was mit ihr geschah: Sie konnte ihm nicht ausweichen und musste in das Ozeanblau schauen, in dem eine schwarze Insel schwamm, auf die ihr Verstand zu stürzen schien, je länger sie darauf blickte.

Grigorij lächelte. *Du kannst dich nicht wehren.* »Nitokris«, sagte er mit seiner Bassstimme. »Sagen Sie mir, wohin meine Frau wollte. Oder geben Sie mir einen Hinweis, wohin sie gegangen sein könnte.«

Die Ägypterin sah ihn an wie ein Kaninchen die Schlange, unfähig, sich zu rühren. »Ich weiß nicht, wo sie oder Ahmat ist. Sie sind zum gleichen Zeitpunkt verschwunden. Er hat mir eine Nachricht zukommen lassen.«

»Wie lautete diese Nachricht, Nitokris?«, brummte er leise, absichtlich die Anrede wechselnd. »Erzähle es mir. Ich bin dein Freund, du kannst mir vertrauen.«

Sie schluckte, wankte. Die Muskeln und Sehnen des Halses zuckten, sie wollte den Kopf drehen, aber ihr gelang es nicht, den Blick von seinen Augen abzuwenden. »Ein Chinese ... hat sie mir überbracht. Darin stand, dass es ... ihm gut gehe und dass er seine Ausrüstung brauche.«

»Welche Ausrüstung?«

»Um große Schlangen zu vernichten ... große, alte Drachen.«

»Der Chinese hat sie abgeholt und ist damit verschwunden.«

»Ja«, sagte Nitokris schleppend. »Er hat kein Wort mit mir gewechselt, aber er roch nach Fisch. Ich denke, er arbeitet im Hafen.«

Einen Chinesen im Hamburger Hafen ausfindig zu machen, das stellte sich Grigorij als nicht ganz trivial vor. *Die Nachricht!* Mit Hilfe des Zettels würde er mehr über den Schreiber oder den Überbringer herausfinden. »Bring mir den Zettel, auf dem Ahmat dir seine Botschaft notiert hat, Nitokris.«

Sie nickte und schritt in Trance die Stufen zur Arztpraxis hinauf. Er verfolgte sie, um in ihrer Nähe zu bleiben, falls er den Bann des Willens auffrischen müsste. Ständig sprach er sie an, lobte sie oder redete, damit seine Stimme ihren Verstand überlagerte und er die Kontrolle behielt. Ihn beruhigte, dass es ansonsten ruhig im Haus blieb. Er würde nicht zögern, die Pistolen zum Einsatz zu bringen, aber nur, wenn es sein musste. *Niemand stellt sich zwischen Silena und mich.*

Noch konnte er die Geschichte, die ihm Nitokris erzählt hatte, nicht einordnen. War seine Gattin mit einem anderen Drachenjäger losgezogen und in Schwierigkeiten geraten? Der Chinese wurde zu einem bedeutenden Schlüssel.

Nitokris musste suchen, bevor sie den Zettel in den Fingern hielt und ihn auf den Tresen legte. »Das ist er«, krächzte sie, ihre Hände ballten sich zu Fäusten; ihr Widerstand wuchs.

»Stell dich in die Ecke und schlafe, Nitokris, bis ich dich rufe«, befahl er ihr, und die Frau tat es wirklich. Der Kopf senkte sich, das Kinn sank bis fast auf die Brust. Grigorij zog den rechten Handschuh aus und legte ihn auf den Zettel. *Zeige dich, Verborgenes!* Dann ließ er seinen hellseherischen Kräften freien Lauf.

In seinen Ohren pumpte es dumpf, es knisterte, und er sah Blitze, die Nitokris und das Vorzimmer verschwinden ließen. Daraus wurde ein Laden in der Speicherstadt, ein Kontor, das sich *DeJong Import* nannte. Ein Chinese in einfacher grauer Kleidung und einer Mütze auf den schwarzen Haaren saß dort und lud eine Rüstung mit ägyptischen Hieroglyphen in eine Kiste, auf der der »wool« stand.

Die Ansicht wechselte.

Ein Schiff war in einen Hafen eingelaufen, einen riesigen Hafen, in dem gleich darauf die Fracht gelöscht wurde. Die Sprachen, die durcheinanderschwirrten, klangen in erster Linie nach Chinesisch und Englisch.

Shanghai?

Es wurde vor seinen Augen kurz dunkel, und in der nächsten Sekunde schwebte er über einer gewaltigen chinesischen Stadt mit einer weiteren in ihrem Herzen. Bilder von Peking kannte er, und daher wusste er sofort, was ihm seine Hellseherei zeigte.

Sie sind im Reich der Mitte!

Er schwebte nach unten, senkte sich in einen verwinkelten, alten Bereich nieder und stieß durch ein Leinentuch in einen Hof hinab, auf dem sich Silena und ein Mann mit dunklerer Hautfarbe aufhielten; sie übten miteinander den Schwertkampf.

Grigorij erlaubte sich ein erstes Gefühl von Erleichterung. Dass seine Visionen in der Realität gelegentlich einen anderen Verlauf nahmen, verdrängte er. *Sie lebt! Und sie bereitet sich auf eine Auseinandersetzung vor.*

Er umrundete sie, merkte, dass seine Gemahlin mit dem Unbekannten lachte, als sei er ein guter Freund. *Mehr als ein guter Freund?* Die hellseherische Gabe ließ sich nicht kontrollieren, und so flog er auf Silena zu, durch sie hindurch, durch den Rücken und vorne wieder heraus. Während seines Flugs hatte er ein kleines Wesen in ihr zu sehen geglaubt. Ein Mädchen …

Sie ist schwanger!

Bevor er sich von der Überraschung erholen konnte, sah er sie mit einem weißen Schwert bewaffnet in einer herrschaftlichen Halle, die an einen Palast erinnerte, zwei Chinesen gegenüberstehen; beide trugen teure Seidengewänder in mehreren Schichten. Auf dem Boden lagen drei regungslose, schwarz gekleidete Männer neben ihren Eisenschwertern.

Schwarzer Nebel umspielte einen weiteren Chinesen, dessen Kleidung in Rot und Gold gehalten war, und aus dem Mann formte sich ein Drache, der die Klauen in Silenas Rücken schlug! Er hörte seine Gemahlin vor Qualen kreischen.

»Nein!«, schrie er entsetzt und streckte die Arme aus, um ihr beizustehen.

Einer der Chinesen drehte sich grollend zu ihm um und kam auf ihn zugelaufen. Auch er wurde von finsterem Dunst umhüllt und wandelte sich zu einem Drachen, der Grigorij mit weit geöffnetem Maul ansprang …

Der Schleier zerriss, und er befand sich wieder in der Gegenwart. Nitokris stand schlafend in der Ecke, den Kopf gegen die Wand gelehnt.

»Mein Gott«, stammelte Grigorij und fuhr sich über die Stirn. *Ich muss nach Peking. Wenn ich nicht rechtzeitig dort erscheine, stirbt sie. Und meine Tochter.* Er steckte den Zettel ein, sein Blick fiel auf das Telefon. *Ruhig! Triff Vorbereitungen, sonst wird die Aktion scheitern.*

Er hob den Hörer ab und ließ sich nach Bilston verbinden. »Litzow, machen Sie die *Lena* start- und gefechtsklar und bringen Sie die *Skyguards* nach London. Ich werde in knappen drei Stunden dort sein und zu Ihnen stoßen.« Er hörte, dass der Oberst einatmete, um eine Frage zu stellen. »Keine Zeit für lange Erklärungen. Tun Sie es!« Er legte auf und rannte zur Praxis hinaus – um im Treppenhaus einem älteren Ägypter gegenüberzustehen, der zur Eingangstür hereinkam.

»Halt!«, rief der Mann, ließ seine Aktentasche fallen und langte in seinen Mantel. »Was tun Sie …«

Du wirst mich nicht aufhalten! Grigorij zog blitzschnell seine Luger aus dem Achselholster und streckte ihn mit zwei Schüssen in die Brust nieder. Er hatte keine Zeit zu verlieren. Was sich ihm in den Weg stellte, das würde er wegräumen, um zu Silena zu eilen.

Er machte einen Schritt durch den Pulverdampf über den Ächzenden hinweg und eilte auf die Straße, die Waffe in der Halterung unter dem Arm verbergend. Niemand hatte die Schüsse gehört. Die Hamburger gingen an dem Gebäude vorüber, ohne zu ahnen, was sich soeben darin abgespielt hatte. *Ausgezeichnet*, dachte er grimmig und winkte sich ein Taxi herbei.

Mit dem Automobil ließ er sich zum Flughafen bringen. Die schnellsten Verbindungen nach London hatte er sich gemerkt, sodass es für ihn keine Schwierigkeiten bedeutete, die nächste Maschine zu erreichen.

Im Flugzeug sackte er in seinen Sitz. *Wenn ich nur schneller sein könnte!* Die Angst fraß ihn auf. Eine Stewardess kam und reichte ihm einen Gin, den er sofort annahm. Kalt schwappte das Getränk die Kehle hinab, und er orderte eine ganze Flasche. Er rief die Bilder seiner Vision ab, machte sich Skizzen auf der kleinen Serviette, um möglichst kein Detail zu vergessen.

Ich werde Vater, dämmerte es ihm, dieses Mal jedoch bewusster, als er auf die Zeichnung des kleinen Mädchens blickte, die er angefertig hatte.

Die Motoren dröhnten, die Maschine jagte über die Startbahn und schwang sich in die Lüfte, wie er am Rande mitbekam.

Einerseits freute er sich darauf, seinen Spross in den Armen zu halten und ihm jeden Tag mehr von der Welt zu zeigen. Doch er wusste zu genau, was ihm seine Hellseherei gezeigt hatte. *Mehr als die Vorfreude auf meine Vaterschaft wird mir nicht bleiben, wenn ich nicht rechtzeitig bei ihnen ankomme.*

Die Skizzen stellten ihn nicht zufrieden. Die Halle konnte überall sein, Paläste und Tempel gab es in Peking sicherlich mehr als genug. Die Kleidung der Chinesen konnte Aufschluss auf den Ort geben. *Konzentriere dich! Achte auf alles.* Schnell orderte er noch mehr Blätter, machte sich Notizen, vor allem zu den Einzelheiten, die er am Rande wahrgenommen hatte: *Bücher, mehrere Stockwerke, Drachenornamente auf den Stoffen* … Der Stift flog nur so über die Seiten.

Dabei nahm er einen Schluck Gin nach dem anderen und schüttelte sich. *Wie können Engländer so etwas nur trinken. Wachholder ist widerlich.*

Grigorij trank aus der Flasche, nahm die Nachricht des Chinesen wieder aus der Tasche seines Mantels. *Soll ich es noch einmal versuchen? Möglicherweise sehe ich dann mehr.*

XXII.

14. Januar 1927, nahe Wieden,
Großherzogtum Baden,
Deutsches Kaiserreich

»Volle Kraft voraus.« Leída hatte beschlossen, dass sie auf Zurückhaltung pfiff und mit der *Ramachander* gleich bis zur stillgelegten Silbermine fliegen würde.

So weit das Auge reichte, sah sie verschneite Tannen und die Berge des Schwarzwalds. Kleine Dörfer lagen pittoresk von Weiß umgeben, freie Straßen entdeckten sie keine. Menschen bewegten sich auf Skiern oder auf Pferdeschlitten durch den Schnee, Automobile würden nach einem Meter stecken bleiben.

Die Leute am Boden zeigten mit den Fingern auf das tief fliegende Luftschiff, dessen Gondel beinahe die Wipfel der Bäume berührte. Das gab es mit Sicherheit nicht alle Tage in dieser abgelegenen Region zu sehen. Noch dazu aus solcher Nähe.

Leída hatte sich für das riskante Manöver entschieden. Sie wollte beim Absetzen der Bodencrew keine Zeit mit langwierigem Sinkflug und dem Abblasen der Heliumkammern vergeuden. Voss hatte seine Leute sicher gewarnt, es musste daher schnell gehen.

Zudem boten ihnen die Berge Schutz vor Entdeckung aus der Ferne. Ihr gingen Litzows mahnende Worte nicht aus dem Kopf, der sie vor einem Angriff gewarnt hatte. Sie rechnete sekündlich mit dem Dröhnen der kaiserlichen Jagdflieger, die ihnen Voss auf den Hals gehetzt hatte. *Wenn sie kommen, werde ich mich verteidigen, auch wenn ich mir den Kaiser zum Feind mache.*

Noch blieben sie unbehelligt.

Die *Ramachander* passierte mit höchstmöglicher Motorenleistung ein großes Kloster. Die dröhnenden Rotoren schufen hinter sich einen Sturm, der den Schnee von den Ästen blies; die Flocken wirbelten hinter dem Luftschiff wie das Kielwasser hinter einem Frachter.

»Das Dorf Wieden müsste da vorne liegen.« Forrester, ihr erfahrenster Flugoffizier, zeigte auf die versprengten kleinen Häuser am steilen Hang. »Laut Karte geht eine Straße in …«, er hob das Fernglas, das er sich mit einem Riemen um den Hals gehängt hatte, »… ein kleines Seitental. Da ist es auch schon.« Er gab dem Steuermann neue Instruktionen, die *Ramachander* gehorchte den Lenkbewegungen.

Der Nadelwald war unglaublich dicht. Die schmale Straße und der daneben fließende Bach hoben sich als Schneise von den Bäumen ab. Sie sahen eine große, gerodete Fläche auftauchen, neben der sich ein Gerätehaus und eine Unterkunft befanden. Links dahinter befand sich der Eingang ins Bergwerk. Der Stollen war mit einem massiven Stahltor verschlossen, das Schießscharten aufwies.

Auf das Willkommen bin ich gespannt. Leída hatte auch diese Akten genauer studiert, nachdem die Wahl intuitiv auf Finstergrund gefallen war. Im alten und zugleich oberen Stollen hatten die Menschen im späten Mittelalter nach Silber- und Bleierzen gegraben. Ende des 18. Jahrhunderts war es ruhig um Finstergrund geworden, seit 1920 wurde von der Dorfgemeinschaft Flussspat abgebaut. Voss hatte sich im gleichen Jahr in die dörfliche Betreibergemeinschaft des Bergwerks eingekauft, nur um festzustellen, dass sich der Ertrag nicht lohnte und das Bergwerk dichtmachte. Die Einheimischen waren entlassen worden.

Dafür hattest du es aber verdammt eilig, den Berg in einen löchrigen Käse zu verwandeln. Leída überflog die Daten.

Nach den letzten geheimen Berichten hatten Voss' Leute ein Jahr nach der offiziellen Schließung begonnen, exakt strukturierte Tunnel mit einer Gesamtlänge von sage und schreibe zwanzig Kilometern zu graben und sie im Berg auf dreihundertsechzig Meter Höhe zu verteilen. Wer nach den Aktivitäten fragte, so hieß es in dem Bericht, bekam zur Antwort, dass es sich um Probegrabungen handelte.

Der unterste Stollen ist zuletzt angelegt worden. Sie las, dass die Höhe darin *wie verlangt* acht Meter betrug. *Sehr hoch für einen Abbau. Aber ich weiß, dass du Drachen versteckst.* »Fertig machen zum Angriff, untere Geschützausleger höchste Bereitschaft, Feuer nach eigenem Ermessen. Achtet auf die Schießscharten«, gab sie über Funk durch. »Obere Geschützkuppeln: Himmel beobachten, nicht feuern. Hangar: Unsere Doppeldecker sollen starten und uns den Rücken frei halten. Wenn kaiserliche Maschinen auftauchen, verscheucht sie und haltet sie beschäftigt, aber vermeidet es, sie abzuschießen.« Sie nickte Forrester zu. »Ihre Brücke. Ich muss ein paar Drachen töten gehen.«

Was gäbe ich dafür, wenn Cyrano hier wäre. Leída rannte durch die Gondel, bis sie in der Landebucht der Flugzeuge angekommen war. An langen Seilen surrten die achtzig Mann ihrer Einheit wie Tropfen an einer Schnur hinab, alle schwer bewaffnet und gepanzert, so gut es ging, um sich Menschen und Drachen stellen zu können.

Kaum verließ sie mit den Ersten die *Ramachander*, ratterten die Maschinengewehre der vorderen Kanzeln los und beharkten die sich öffnenden Schießscharten im Tor. Unter dem Schutz des Sperrfeuers landeten die *Havock's Hundred* auf dem Boden und rannten in die Deckung der Bäume, um sich in einem Bogen dem Eingang zu nähern.

Ein harter Job. Anders als sonst. Leída landete im Schnee und klinkte sich vom Seil aus. Rote Spuren zeichneten sich im Weiß vor ihren Stiefeln ab. Ihre Einheit hatte bereits die ersten Verletzten zu verzeichnen, obwohl sie noch nicht einmal ins Innere vorgedrungen war. *So ähnlich wird es im Weltkrieg gewesen sein.*

Sie befahl zwanzig ihrer Leute, den Schuppen auf Dynamit zu untersuchen. Sie hatten zwar Sprengstoff dabei, aber wenn der Gegner ihnen noch eigene Bestände lieferte, würde sie dies gern in Anspruch nehmen.

Die Schießscharten wurden wieder geschlossen. Die Projektile, die von der *Ramachander* herunterprasselten, zwangen die Verteidiger zum Abwarten.

Der Stoßtrupp brachte tatsächlich etliche Stangen Dynamit mit, die zwei ihrer Leute am Tor befestigten und unmittelbar danach zur Zündung brachten. Der Rest der Angreifer blieb hinter den Tannen in Deckung.

Die Druckwelle fegte das Weiß von den Ästen und überschüttete die Einheit damit. Leída spürte den gewaltigen Luftzug. Als sie um den Baumstamm herumsah, war das Tor nach innen gedrückt und an vielen Stellen gerissen, als wäre der Stahl dünnes, formbares Blech. Schon warf der Stoßtrupp Handgranten durch die Lücken.

Es krachte laut, und gedämpfte Schreie ertönten von der anderen Seite; rötlich graue Staubwolken wurden ins Freie gedrückt.

Alle vernahmen das weit entfernte Toben eines Drachen. Für Sekunden gefroren die *Havock's Hundred.*

Das muss ein gewaltiges Exemplar sein, das Voss in den Stollen gepfercht hat. »Los! Vorrücken!« Leída überwand ihre Starre und rannte mit Gewehr im Anschlag auf den Eingang des Stollens zu; die Männer des Stoßtrupps bildeten gemeinsam mit ihr die Spitze der Formation.

Jenseits des Tores herrschten Tod und Dunkelheit. Es roch nach rohem Fleisch und Feuer, nach Steinstaub. Die Lampen im vorderen Teil waren geplatzt, aber in zehn Meter Entfernung leuchteten die Birnen noch. Ihr Schein fiel auf die zerfetzten Körper der Männer, die sich hinter dem Stahl aufgehalten hatten. Wer das Dynamit überlebt hatte, war Opfer der Handgranaten geworden.

»Weiter!« Leída rannte vorwärts, schoss auf Feinde, die aus Seitengängen sprangen und das Feuer eröffneten. Auch wenn es Verwundete in ihrer Einheit gab, so kamen sie gut voran. *Es ist ein Verteilergeschoss,* dachte sie und teilte ihre Gruppe in Zehnerteams ein, die die kleineren Stollen erkunden sollten. Sie folgte dem Hauptgang.

Es wurde wärmer. Aus den anfänglichen Temperaturen knapp über null Grad wurden zwanzig und mehr. *Ideal für die Brut. Er züchtet noch mehr von diesen Bestien.* Leída sah ein Lorensystem parallel zum Stollen verlaufen, das jedoch hinter Gitter verfrachtet worden war. *Fütterungsvorrichtung.*

Wieder klang der erschütternde Schrei des Drachen, auf den aus verschiedenen Abzweigungen ähnlich laut geantwortet wurde.

Leída wurde unwohl. *Viel zu viele. Wir können unmöglich alle bekämpfen.* Pumpen gab es keine, die sie abstellen konnten, um die Bestien zu ersäufen. Die Lösung lag innerhalb von Sekundenbruchteilen auf der Hand: *Ich kann die Stollen zum Einsturz bringen. Dynamit haben wir genug.* Doch zunächst wollte sie die Erkundung fortsetzen.

Sie näherten sich einem zweiten Schott, das ebenfalls Schießscharten aufwies.

»Haltet euch in den Schatten«, konnte sie noch sagen, da flammten Scheinwerfer auf und beleuchteten sie. Luken klappten in die Höhe, dem Rattern nach waren es drei Maschinengewehre, die sie unter Feuer nahmen.

Hunderte Kugeln flogen durch die Luft und rissen drei ihrer Leute in den Tod, zwei weitere wurden verletzt.

Leída fackelte nicht lange. Das Dynamit wollte sie wegen der größeren Sprengwirkung nicht zum Einsatz bringen. Sie nahm eine Handgranate. »Ihr gebt mir Deckung, O'Malley schwingt seinen Hintern und tut so, als wolle er angreifen, und ich werfe das Baby«, befahl sie. Ihre Männer luden die Waffen durch.

»Wieso ich, Boss?«, sagte O'Malley wenig erbaut.

»Es heißt, dass das Glück mit den Iren ist. Du bist unser einziger Ire«, erwiderte sie. »*Jetzt!*«

O'Malley rannte, die anderen zwei gaben ihm Deckung, und sie warf …

Die eiförmige Granate flog, prallte an den oberen Innenrahmen der Luke, sprang gegen den rechten und wäre hinausgefallen – wenn die Gegner nicht hastig die Öffnung geschlossen hätten. Somit zogen sie den Sprengkörper zu sich hinein. Es rumpelte kurz, Staub rieselte auf Leída herab.

»Zum Tor.« Sie hetzte geduckt bis zum Schott und nahm die nächste Handgranate. Als sich die Abdeckung der rechten Schießscharte wieder nach vorn schob, zog sie den Zünder und wartete drei Sekunden, dann stopfte sie sie blitzschnell hinein.

Ein Schreckensschrei ertönte von der anderen Seite, der in der Detonation unterging. Klickend schloss sich die Öffnung.

Auch wenn sie alle Drachenanbeter ausgeschaltet hatten, blieb das Tor verschlossen.

»Was jetzt, Boss?«, fragte O'Malley.

Leída sah sich um und dachte nach. *Improvisiere!* Sie zeigte auf die Loren. »Schmeißt Steine rein, damit sie schwerer sind, und dann rammen wir uns den Weg frei.«

Ihr Plan wurde sogleich in die Tat umgesetzt. Beim vierten Anrennen sprang das Tor auf, und sie stürmten den Raum dahinter.

Die Kammer war voller Blutspritzer an den Wänden und roter Lachen am Boden. Zehn bis an die Zähne bewaffnete Wächter lagen tot oder schwer verletzt umher und leisteten keinerlei Widerstand mehr. Wieder hatten die Handgranaten ganze Arbeit geleistet.

Das zweite Schott haben sie mit Sicherheit nicht zum Spaß gebaut. Vielleicht hat die Brut einen besonderen Raum bekommen? Irgendeine besondere Drachenart? Leída genau gegenüber befand sich ein weiteres, acht Meter hohes Tor. Zwei mannsgroße Kurbeln waren in der Felswand an einer gemauerten Stelle eingelassen. Auffallend war, dass sich überall Kübelspritzen, Löschdecken und Eimer mit Sand in Regalen befanden.

»Wen erinnert es noch an eine Schleuse?« Sie bewegte sich behutsam zum vorderen Schott. »Dynamit vorbereiten.« Sie hängte sich das Gewehr auf den Rücken, ihre breiten Hände schlossen sich um die Kurbeln, und sie tat einen Probeschwung. Die Mechanik war leichtgängig. Leída tippte auf eine Hydraulik, die damit bedient wurde.

Sie kurbelte schnell, kraftvoll, und das Schott öffnete sich zu ihrer Überraschung wie eine Kameralinse. Warme Luft strömte heraus, und es roch schon wieder nach Reptilienhaus.

Da sie das Rad drehte, sah sie nicht, was sich vor ihnen auftat. Die überraschten Gesichter der Männer waren ihr jedoch Anzeichen genug, dass es sich um etwas Beeindruckendes handeln musste.

»Boss!«, sagte O'Malley perplex. »Boss, das …« Er hob die Hand und zeigte nach vorn.

Keine Brut? Leída ließ von der Kurbel ab und schaute hindurch.

Vor ihnen befand sich ein Felsendom, dessen oberes Ende sie nicht sehen konnten. Er war wie eine Glocke geformt und hatte geschätzte einhundert Meter Durchmesser. Am Boden hatten die Arbeiter unterschiedlich hohe Steinfragmente stehen lassen, auf denen Drachen saßen. Einige hatten ihre Schwingen ausgebreitet, andere eng an den Körper gelegt und die Augen geschlossen, um zu dösen. Drei andere Exemplare flogen umher und absolvierten kunstreiche Flüge, um sich in kleinen Höhlen in den Wänden des Doms niederzulassen.

»Eine Drachenvolière mit Wänden aus Stein!« Leída konnte nicht anders, als ebenfalls mit offenem Mund zu staunen. *Das ist eine architektonische Meisterleistung.* Ihr fiel ein, dass im Bericht an Voss von mehr als dreihundert Meter Höhenunterschied die Rede gewesen war. Die Drachenanbeter hatten die fliegenden Geschuppten hierher gebracht, damit sie sich bewegen und ihre Muskeln stark halten konnten. Der Schleuse selbst war ein Stahlkäfig vorgebaut worden, sodass die Drachen nicht bis an das Tor gelangten.

»Wie alt sind diese Viecher?« O'Malley zählte mit den Fingern. »Ich komme auf siebzehn Stück.«

»Neunzehn«, verbesserte ihn Richards. »Da oben sitzen noch zwei.«

»Der Größe nach zwischen vier und dreißig Jahren«, sagte Leída und beobachtete die Flüge. »Sie sind friedlich. Sie wissen, dass die Menschen hier keine Gefahr für sie sind und sie von ihnen zu fressen bekommen.« *Hier muss die Hauptsprengung erfolgen.* Sie zog ihren Rucksack aus und nahm das Dynamit hervor. »Alle Stangen zu mir. Wir bauen ein großes Päckchen und bringen den Berg zum Einsturz.« Sie sah zu den Männern. »Ihr rennt zurück und sagt den anderen Bescheid. O'Malley, du kommst zurück und meldest mir, wenn alle draußen sind. Ich will, dass sie den Hauptstollen ebenfalls mit unseren Knallzigarren pflastern. Der Druck wird reichen, dieses Labyrinth einzureißen. Einen Kampf gegen sie können wir nicht gewinnen.« Leída sah ihren Gesichtern an, dass sie der Prämie nachtrauerten. »Hey! Der Kaiser kann uns schon für die ganzen Drachen von Palmnicken nicht bezahlen, so viele waren das. Meint ihr, die hätten Geld für die Flugbestien übrig? Und jetzt verschwindet.«

Die Männer nickten und rannten durch den Stollen zurück.

Leída bereitete das Dynamit für die Zündung vor. Trotz des sich abzeichnenden zweiten Erfolgs fühlte sie sich unzufrieden. Noch immer hatten sie keine Hinweise auf Silena gefunden, Voss war ebenfalls nicht hier. Sie rannten dem Magnaten hinterher, anstatt ihm zuvorzukommen. *Ewig kannst du mir nicht entwischen. Ich finde dich, Fettsack.*

Sie band zwei Dutzend Stangen zusammen und betrat den

Käfig, der in den Felsendom führte und sie vor den scharfen Zähnen der Drachen schützte.

Wo deponiere ich das Paket? Effektiver wäre es, wenn sie den Sprengstoff in eine der unteren Höhlen schaffen könnte. Der Abstand zwischen den Stäben reichte aus, einen Menschen passieren zu lassen. Der nächste Riss im Gestein lag fünfzig Meter davon entfernt. Dorthin könnten die Stangen passen und nach ihrer Zündung eine Kettenreaktion auslösen.

Bekommen die Drachen mit, was ich vorhabe, werde ich von ihnen auseinandergerissen. Der Vorteil für Leída war, dass junge Drachen in etwa die Intelligenz von Raubtieren hatten und nicht in der Lage waren, umfassende Gedankengänge zu vollziehen. Sonst wäre sie keine zwei Meter mit der Bombe gekommen. Sie warf das Bündel mit einer Hand hoch und fing es auf. *Zünde ich die Bombe hier, bleibt diese Volière unter Umständen stehen oder bricht auf, und die Geschuppten entkommen.*

»Mrs. Havock, ich an Ihrer Stelle würde das Dynamit hinlegen«, sagte eine bekannte Stimme in ihrem Rücken. »Sollten Sie sich jetzt schnell bewegen, jage ich Ihnen eine Kugel in den Rücken. Das macht mir keine Schwierigkeiten.«

Leída behielt die Stangen in der Hand und drehte sich zu dem Mann um. Er steckte in einem dunklen Geschäftsanzug mit weißer Krawatte, als müsse er gleich zu einer Vorstandssitzung erscheinen; die Schuhe glänzten frisch poliert. Er hielt eine MP18 in der Hand. *Das Wiedersehen hätte anders laufen sollen.*

»Voss, du widerliches Stück Scheiße«, sagte sie. »Wir haben dich durchschaut und auffliegen lassen. Der Kaiser weiß Bescheid. Wir haben ihm die Beweise gebracht.« Sie lächelte und warf das Dynamit hoch, fing es auf, warf es hoch, fing es auf. »Deine Täubchen lernen gleich das beschleunigte Fliegen.«

Voss zielte auf sie. »Gibt es irgendeinen Grund, warum Sie mich duzen, Mrs. Havock?«

»Man dürfte dich gar nicht ansprechen, Voss.« *Soll ich das Bündel zünden?* Leída wusste nicht, ob sie darauf vertrauen sollte, dass O'Malley zurückkehrte. »Wie bist du hierhergekommen?«

»Raten Sie, Mrs. Havock. Finden Sie die richtige Antwort, werden Sie einsehen, dass Sie die letzte Ihrer Einheit sind. Der Kaiser war so frei und gab mir ein paar Leute mit, um Sie aufzuhalten. Ihre Beweise haben ihn wohl nicht erreicht.« Voss lächelte herablassend. »Nenne ich Sie nun *Havock's One and Only*?«

Leída fürchtete das Schlimmste für die *Ramachander* und ihre Leute. *Es ist nur Gerede, lass dich nicht blenden. Er will, dass ich aufgebe.* »Da ich allein bin, welchen Grund hätte ich, Rücksicht auf mein Leben zu nehmen?«, erwiderte sie. »Ich zünde das Dynamit und nehme euch alle mit, Voss. Was hältst du davon?«

Er schoss ihr in den Arm, mit dem sie das Bündel hielt; schreiend ließ sie die Stangen fallen. Sie krümmte sich, ächzte und hielt die Wunde umfasst. »Nichts.« Langsam kam er auf sie zu, achtete auf jede ihrer Regungen. »Außerdem wollte ich Sie vor einem Fehler …«

Leída verbog sich nicht nur wegen der Pein in ihrem blutenden Arm. Sie griff mit der anderen Hand heimlich unter ihre Jacke und packte ihre Luger. Ohne genau zu zielen, schoss sie durch den Stoff hindurch mehrmals nach dem Mann.

Sie traf ihn zweimal in die Schulter, und er fiel wie ein dicker Käfer auf den Rücken. Er löste dabei die Maschinenpistole aus, die Kugeln surrten als Querschläger durch die Kammer. Mehrmals gab es metallische Geräusche, wenn die Projektile gegen Stahl prallten. Drachen fauchten in der Höhle laut auf.

Du bekommst mich nicht! Leída warf ihre leer gefeuerte Pistole weg und zog ihre zweite, schoss weiter auf den Magnaten. Sie stanzte ein Loch in seinen rechten Fuß, in den Oberschenkel, traf ihn in den Unterleib, und als er sich zur Seite drehte, zerfetzten zwei Geschosse den feisten Hals; gurgelnd zuckte Voss nach hinten.

Aus dem Gang hörte sie Stimmen und sah Soldaten, die nicht die Uniform der *Havock's Hundred* trugen.

Die Entscheidung war für sie gefallen. Lebend würde sie so oder so nicht mehr aus der alten Mine gelangen. *Ich mache dem ein Ende.* Leída lief an dem toten Voss vorbei und feuerte ihm noch einmal aus Wut in den Bauch, dann schloss sie die Außentür der Schleuse. Beinahe wäre sie von den ersten Schüssen getroffen worden.

Sie bemerkte, dass sich mehr Drachen als vorhin in der Luft befanden. Fauchend flogen die Geschuppten durcheinander. *Ich muss es wagen.* Leída nahm die MP18, hing sie sich mit dem Gurt um und wechselte das Stangenmagazin. Mit dem Dynamitpaket lief sie in den Felsendom; dabei benutzte sie die Felsenfragmente als Deckung und rannte dicht an der Wand entlang.

Die Drachen bemerkten sie. Spielerisch stießen sie auf sie nieder und drehten wieder ab, zwei Klauen verfehlten sie um Haaresbreite. Von der Gefahr für ihr Leben ahnten sie nichts.

Sie erreichte den Riss mit klopfendem Herzen und zwängte die Stangen hinein, verband mehrere Zündschnüre hintereinander, damit sie Zeit genug hatte. Ihr Plan: Sie wollte in die Schleuse gelangen und darin abwarten, was nach der Detonation geschah. *Mit etwas Glück überlebe ich.* Sie zückte ihre Streichhölzer und steckte die Schnur an. Funken schlagend brannte die Lunte.

Leída rannte zurück und sah dabei zu den Drachen.

Die Geschuppten auf den Fragmenten äugten geiergleich zu ihr herab. Einer davon sah zum Riss, aus dem der Rauch der Zündschnur drang. Er stieß einen lauten Schrei aus und schwang sich in die Luft.

Er wird doch nicht verstanden haben, was geschieht? Leída zog die MP18 vom Rücken nach vorn und feuerte nach dem Ungeheuer; unterarmlanges Mündungsfeuer zuckte vor der Waffe. »Hey! Hier, ich bin der Feind!«

Der Drache grollte und beschrieb eine enge Kurve, um mit ausgestreckten Krallen auf sie zuzuschießen. Weitere Geschuppte stürzten sich zischend und fauchend auf sie. Das Spiel war vorüber.

Die Bestien haben nur auf ein Zeichen gewartet! Leída presste sich dicht an eine Felswand und warf sich flach auf den Boden, als der erste Drache heran war. Er verfehlte sie knapp, streifte den Stein und überschlug sich im Flug, um mit einem zweiten zu kollidieren. Sie stolperte fluchend weiter und sprang in den rettenden Stahlkäfig vor der Schleuse.

Sie spürte die Erschütterung, als eine Bestie dagegenprallte und aufkreischte. Sie zog die Beine an und kroch auf den Eingang zu. *Gut, dass sie unerfahren sind.* Leída schaute keuchend über die Schulter.

Die Drachen zerrten mit vereinten Kräften an den Stäben und rissen sie aus dem Beton. Es dauerte ein paar Sekunden, und das

Loch war bereit genug, um den Kleinsten von ihnen durchzulassen. Sie schnappten und geiferten, schoben und drückten sich gegenseitig, um zur Beute zu gelangen.

Leída sah zu den Kurbeln. *Ich muss …*

Dann gingen die Dynamitstangen hoch.

Die Explosion fegte die Drachen, die sich auf den Felsennadeln niedergelassen hatten, davon, und die Bestien in der Luft wurden gegen die Wände geschmettert. Die Sprengung blies unzählige Steinchen aus der Höhle, Hunderte von Geschossen, die gegen die Geschuppten prasselten und sie verletzten. Eine Staubwolke quoll in die Glocke hinein und breitete sich nach allen Seiten aus.

Leída sah kaum mehr, was sich in dem Dom tat. Zwei Drachen hatten sich durch den Käfig geschoben, züngelten und krochen fauchend auf sie zu.

»Fresst den Fettsack«, schrie sie ihnen entgegen und tauschte das Magazin gegen ein volles aus. Sie ignorierte die Schmerzen in ihrem Arm, so gut es ging, das Adrenalin half ihr dabei. »Verzieht euch in die Höhle und verreckt mit den anderen Monstern!« Sie ging weg von der Leiche.

Einer schnappte sich Voss und riss ihm den Unterschenkel ab, kaute und grollte warnend in die Richtung des anderen. Daraufhin kam er auf Leída zu.

Sie hob die MP18, visierte die Nüstern an. Sie hatte nur eine Chance, wenn sie ins geöffnete Maul feuerte, wo der Drache keine Panzerung besaß. »Zeig mir die Zähne«, murmelte sie. »Schrei mich an, komm schon!« Sie holte tief Luft. *»Schrei mich an!«*, brüllte sie.

Aus der gewaltigen Kuppel vernahm sie lautes Knirschen. Der Berg hatte seine Stabilität verloren, der Felsendom brach allmählich in sich zusammen. Eine Wolke aus Staub rollte heran und füllte auch die Kammer, biss in den Augen.

»Leída?«

Sie hatte auf den Drachen angelegt und blinzelte. »Was?«

»Leída! Du bist es!« Zwei smaragdfarbene Punkte leuchteten in dem Dunst hinter dem Drachen auf, der sie bedrängte. »Wie hast du mich gefunden?«

Der Geschuppte fuhr herum und biss nach den Smaragden.

Zwei kräftige, graue Hände stachen aus der Staubwand hervor. Sie packten Schnauze und Unterkiefer und rissen sie mit einem Ruck auseinander, es krachte und knackte laut. Der Geschuppte schrie gequält auf; ein Blutschwall ergoss sich aus dem Maul. Zuckend brach er zusammen.

»Cyrano?« Leída starrte in den nebelhaften Dreck. »Cyrano!«

Der über zwei Meter große Gargoyle, eine Mischung aus Mann und Albtraumwesen, schob sich auf sie zu und schloss sie zärtlich in die muskulösen Arme. »Hier bin ich. Rechtzeitig, um dich zu retten, meine Liebe.«

Leída wusste nicht, wie sie reagieren sollte. Gefahr, Liebe, Freude, Angst gaben ihr verschiedenste Impulse, und so umarmte sie ihn einfach und vergaß für Sekunden, wo sie sich befand und dass sie ein Loch im Arm hatte. »Ich habe dich wieder!«

Cyrano schob sie sanft von sich. »Wenn wir uns behalten wollen, müssen wir raus! Es stürzt alles ein.« Er öffnete das Stahlschott, das in den Gang führte.

»Nein! Da sind Voss' Leute!«

»Es ist unser einziger Ausweg«, unterbrach er sie. »Ich kann dich nicht durch den Staub tragen, Leída. Ich muss sehen, wohin ich fliege.«

Sie nickte, hob eines der schweren Maschinengewehre auf und lud es durch. Das Trommelmagazin war zur Hälfte gefüllt. Den Tragegurt legte sie sich so um, dass sie das Gewehr einhändig bedienen konnte. »Das sollte genügen, um Eindruck zu machen«, sagte sie entschlossen.

Der Stollen war leer. Die Männer hatten den Rückzug angetreten.

Der Gargoyle und die Frau rannten den verlassenen Gang entlang, der vom Dröhnen der unterschiedlichsten Drachenstimmen erfüllt war. Offenbar saßen die Geschuppten fest. *Gut. Sie können ihrem Verderben nicht entkommen*, dachte Leída.

Leider musste sie auch über viele Tote steigen. Tote, die einmal ihre Freunde gewesen waren. O'Malley, zwei Schüsse in der Brust und einer im Bauch, war einer davon. Das Glück des Iren hatte der Unzahl an Kugeln nicht standgehalten.

Im Vorbeirennen sah Leída eine Kiste Dynamit, die ihre Leute wohl noch hineingetragen hatten, bevor sie von Voss' Männern getötet worden waren. »Warte!« Sie öffnete den Deckel und zwirbelte die Lunten mehrerer Stangen grob zusammen, zündete sie. *Das Feuerwerk wird für Finstergrund ausreichen, hoffe ich.*

Das Vorwärtshetzen ging weiter, ohne dass sie aufgehalten wurden. Sie erreichten den Stollenausgang und stiegen durch das verbogene Stahltor ins Freie.

Leída spürte Cyranos Arme, die sich um ihren Oberkörper legten, hörte, dass sich seine Schwingen mit einem Flattern entfalteten, und sie verlor den Boden unter den Füßen. Die eisige Winterluft schoss ihr durch den Bauch, sie musste nach Luft ringen. Rasch stieg er mit ihr empor.

Zeit zum Durchatmen blieb ihr nicht: Die nächste Überraschung wartete schon auf sie! Vor ihnen schwebten zwei gepanzerte Gefechts-Zeppeline mit dem schwarzen Kreuz der kaiserlichen Armee. Voss hatte nicht gelogen. Die Läufe der großkalibrigen Flakgeschütze der Gondeln schwenkten auf sie ein und nahmen sie ins Fadenkreuz.

»Was tun wir?«, knurrte Cyrano angriffslustig.

»Ruhig! Sie können uns mit den Geschossen in blutige Schnipsel verwandeln und über den Tannen verteilen.«

Knatternd zogen vier Doppeldecker dicht an ihnen vorüber. Leída sah, dass der Pilot in der vordersten Maschine gestikulierte. »Wir sollen zu dem rechten Zeppelin«, sagte sie zu Cyrano. »Ich nehme an, sie wollen, dass wir uns ergeben.« Sie drehte den Kopf, um besser mit dem Gargoyle sprechen zu können – und entdeckte die Überreste der *Ramachander.*

Sie lag in mehrere Teile zerbrochen brennend zwischen den Bäumen. Eine breite Schneise markierte den Weg ihres Absturzes, Fetzen der Hülle wehten an den Bäumen. *Nein. Bitte, es können doch nicht alle tot sein!* Allein die Vorstellung versetzte ihr einen Stich ins Herz, der schlimmer schmerzte als die Verletzung ihres Arms.

Dumpf grollend und rumpelnd senkte sich ein Teil des Berges nach unten, aus vielen kleinen Schluchten und Löchern schoss grell pfeifend silberner Staub. Das Dynamit hatte gezündet und die Gänge des Drachenhorts einbrechen lassen.

Zu Leídas Erleichterung sah sie keinen flüchtenden Drachen. Alles, was Voss vor ihr und dem Officium hatte retten wollen, war unter Tonnen von Gestein erschlagen und begraben worden – zusammen mit der Leiche des obersten Drachenanbeters.

»Wir ergeben uns«, sagte sie zu Cyrano und fühlte eine körperliche und geistige Schwere. Sie hatte genug erreicht. *Und genug angerichtet.* Dass sie ihren heimlichen Geliebten durch eine mehr als glückliche Fügung wiedergefunden hatte, konnte sie über den Tod so vieler ihrer Leute nicht hinwegtrösten. Aber um seinen Beistand war sie froh.

2. Februar 1927, Bitche, Departement Moselle, Königreich Frankreich

»Die leere Augenhöhle fällt nicht weiter auf.« Florin betrachtete Vouivre, der sich erst dann in dem sehr gemütlich und feudal eingerichteten Gewölbekeller bewegte, nachdem er ausgiebig gezüngelt hatte. Als Flugdrache war eigentlich das Auge sein bestes Sinnesorgan, aber der Karfunkel befand sich in Florins kobaltblauen Krallen. So musste er sich an den Gerüchen und Temperaturunterschieden orientieren, notfalls tastete er sogar mit den Zungenspitzen und Klauen. *So gefällt mir das. Dein Hochmut hat dich besiegt, nicht ich.* »Du schlägst dich tapfer, Altvorderer.«

»Fast hat es etwas Gutes, dass du mir das Auge geraubt hast. So muss ich deinen Anblick wenigstens nicht ertragen«, gab Vouivre schlecht gelaunt zurück. »Bist du in meine Festung gekommen, um mich zu verspotten, oder haben wir etwas zu bereden, was mir entfallen war?«

»Oh, es hat sich ja einiges seit unserem letzten Treffen geändert. Vor allem in Deutschland«, gab Florin zurück. *Er verschießt immer noch giftige Worte. Ich hätte ihm die Zunge und nicht das Auge herausreißen sollen.* »Die Verstecke der Drachenanbeter sind aufgeflogen, ihr bester Mann Voss ist tot, und in der Wirtschaft herrscht gehörige Unruhe, seit es diese Gerüchte über die Manipulationen an der deutschen Börse gibt.«

Vouivre kroch auf die Liege und suchte mit der Zunge nach dem Trüffelkörbchen. »Du willst nicht mein Mitleid, oder? Ich kann nichts dafür, dass es so gekommen ist.« Er leckte eine Knolle ab und steckte sie sich in den Mund, lutschte sie. »Ich wusste nicht einmal, was Voss beabsichtigt. Ich habe nicht mit ihm zusammengearbeitet.«

»Aber mit Nie-Lung und dessen Herrn«, warf Florin ein. »Sie hatten vor, Deutschland zu schwächen und danach wirtschaftlich zu erobern.« Sein Ton wurde schärfer. »Du wusstest es! Du bist einen Pakt mit ihm eingegangen.«

Vouivre ließ sich nicht beeindrucken. »Ich wette, dass du ebenso einen Pakt eingegangen bist, nicht wahr? So wie du dich aufregst, bist du ein betrogener Betrüger, Florin. Und ein aufständischer Emporkömmling obendrein. Ein kleiner, widerlicher Erpresser ohne Format!«

Der Wasserdrache lachte tief. »Jetzt höre *ich* einen betrogenen Betrüger.« *Ich könnte ihm die Trüffeln wegziehen. Was er dann wohl tut?* »Gut, vergessen wir dieses chinesische Intermezzo, das keinem von uns etwas gebracht hat. Voss ist tot, seine Wirtschaftsmanipulationen sind bekannt, und von daher wird alles, was der Drachenkaiser in die Wege leitet, nicht mehr so dramatisch sein, wie es ohne Vorwarnung gekommen wäre. Kümmern wir uns wieder um die Alte Welt.«

»Ich habe nichts anderes getan!« erwiderte Vouivre und bestand darauf, nichts mit den Chinesen zu tun gehabt zu haben.

Heuchler. Florin lachte schon wieder. »Gut. Meinetwegen. Ich muss sichergehen, dass Deutschland, Österreich-Ungarn, alle Beneluxländer und das, was ich im Osten für mich einnehmen kann, wirklich mein sind. Wie können wir das sichern, Vouivre?«

»Ich gab dir mein Wort und mein Augenlicht. Du kannst mich für immer blind lassen«, entgegnete der Altvordere zischelnd, zornig. »Was vermag ich in *diesem* Zustand gegen dich auszurichten?«

»Wer blind aus Holland entkommt und überlebt, *ist* weiterhin gefährlich. So wäre ich demnach töricht, dir den Rubin zurückzugeben«, schloss Florin. »Ich müsste dich in der Tat auf ewig blind halten.« Er sah sich in dem Gewölbekeller um. »Schön hast du es hier. Du besitzt sehr viele Schlösser und Burgen, Altvorderer. Zwar immer über Strohmänner, aber sie sind dein.« Er glitt neben ihn auf eine mehrfache Lage feinster, weicher Teppiche. »Du überschreibst sie mir. Alle.«

Vouivre lachte und wollte sich nicht mehr beruhigen.

Ich habe mich getäuscht. Er ist immer noch hochmütig. »Du verstehst den Ernst der Lage nicht, Altvorderer«, sagte Florin in das Gelächter hinein. »Ich werde dir dein Auge nicht eher zurückgeben, bis du mir alle deine Besitztümer überlassen hast. Als Pfand, damit ich sicher sein kann, dass du dich an unsere Abmachung hältst.«

Schlagartig hörte Vouivre auf zu lachen. »Du kleiner Widerling wagst es, so mit mir zu sprechen?«, grollte er und hob den Kopf. »Du hattest deinen Moment, das gestehe ich dir zu. Du wirst dich auf mein Wort verlassen müssen so wie ich mich auf deines.« Er rückte näher an den Wasserdrachen heran, Florin bereitete sich auf eine Attacke vor. »Doch träume nicht einmal davon, Hand an meine Schätze zu legen, hörst du?! Noch so eine lächerliche Forderung, Holländer, und ich reiße dich in Fetzen! Dafür muss ich dich nicht einmal sehen. Du stinkst nach dem Abwasser, in dem du dich suhlst wie ein Schwein!«

Florin gratulierte sich innerlich, Vorkehrungen für den Fall besonderer Sturheit getroffen zu haben. »Du kannst mir noch so sehr drohen, Altvorderer, ich lasse mich nicht einschüchtern«, gab er mutig zurück. »Überschreibe mir deine Besitztümer oder nimm stärkere Verluste hin.«

Wieder brach Vouivre in helles Lachen aus – und beendete es abrupt. Die Zunge schoss aus dem Maul, er schwenkte den Kopf nach rechts und links, die Diamantschuppen blitzten. »Ich rieche … du bist nicht allein gekommen, Verräter!«

»Ich sagte nicht, dass ich ohne Begleitung erscheinen würde.« Florin freute sich, den Altvorderen überrumpelt zu haben. »Es ist jetzt übrigens zu spät. Du bist auf meine Vorschläge nicht eingegangen. Die Verhandlungen sind beendet. Nun gibt es *Forderungen.*«

Vouivre schnaubte, zeigte seine Wut. »Ddraig. Wie schön, auch dich *nicht* zu sehen.«

Die rote Drachin kam in gebückter Haltung durch den Tunnel

und betrat den Keller. »Ich kann mir gut vorstellen, dass es dir gefällt. Deine Pläne sind verraten worden, zuerst durch die Unachtsamkeit von Nie-Lung, der dich als seinen Kumpanen nannte. Danach fiel mir der Geist seines Handlangers in die Krallen, ein riesiger Chinese namens Wu Li. Seine Hinweise brachten mich zu dem guten Florin, mit dem ich ein außergewöhnlich langes und gutes Gespräch führte.«

Florin beobachtete den blinden Altvorderen, der vor Aufregung gar nicht mehr aufhören wollte zu züngeln. *Er hat keine Ahnung, was ihm bevorsteht. Sicherlich denkt er, dass wir ihn umbringen werden.* Der Gedanke war äußerst verlockend.

Vouivre duckte sich immer weiter und nahm eine unterwürfige Haltung gegenüber ihnen ein. »Ich tat nichts, was du nicht auch versucht hättest, Ddraig.«

Sie machte einen Satz nach vorn und schleuderte ihn auf den Boden, dass der Boden bebte. Die Erschütterungen waren mit Sicherheit in der gesamten Festung zu spüren. Die Vorderklauen bohrten sich durch die Diamantschuppen, schwarzes, heißes Blut sickerte hervor. »Du hattest die Unverfrorenheit, mir Nie-Lung zu senden, um mich töten zu lassen, Franzose!«, brüllte sie erbost. »Seit wann lösen wir unsere Zwiste auf *diese* Weise? Haben wir nicht die Menschen und ihre Armeen, um unsere Streitigkeiten auszutragen? Du bist zu feige, Vouivre, um es mit mir unmittelbar aufzunehmen, und so verbündest du dich mit dem Drachenkaiser! Dabei hast du meinen Liebsten töten lassen!«

Schade. Er ist klüger als erwartet. Florin fand fast bewundernswert, dass sich Vouivre passiv verhielt und die Schmerzen hinnahm. Jede Gegenwehr, das ahnte er, hätte dazu geführt, dass Ddraig ihn töten würde.

»Ich werde dir sagen, was du zur Strafe mit dem heutigen Tag an mich verloren hast: die Bretagne, Portugal und Spanien, deren Inseln und Kolonien eingeschlossen«, zischte die rote Drachin.

»Ja«, würgte er hervor. »Es sei dein, Ddraig. Ich nehme die Strafe hin.«

»Und deine Besitztümer gehen an den jungen Florin«, fügte sie hinzu, und ihre Krallen bohrten sich noch ein wenig tiefer in den Altvorderen.

Vouivre fauchte sie an und schnappte halbherzig, um anstandshalber Widerstand geleistet zu haben, doch Ddraig zischte ihn an und biss andeutungsweise in seinen Hals; die funkelnden Schuppen klirrten, einige zersprangen. Unverzüglich gab Vouivre Ruhe.

»Gut«, sagte Florin, der sich bewusst zurückgehalten hatte. Er zollte Ddraig als Altvorderer den nötigen Respekt. »Ich hatte dich gewarnt, Vouivre.« Er nahm den roten Karfunkel, den er in seiner Backentasche aufbewahrt hatte, mit der Zunge heraus und spie ihn in einen Wasserbottich. »Ddraig, von nun an sollt Ihr das Auge haben. So war unsere Abmachung.«

Vouivre stöhnte nur auf.

Die rote Drachin ließ ihn los und nahm den Rubin aus dem Wasser, schüttelte die Tropfen ab und barg ihn in ihrer rechten Klaue. »Es ist schön, deine Schwachstelle zu kennen und sie ausnutzen zu können«, sagte sie zufrieden. »Florin, du hast dir deine Belohnung redlich verdient.«

Er verneigte sich vor ihr. *Ich bin auf dem rechten Weg! Man muss kein Altvorderer sein, um Macht zu erlangen!*

Vouivre richtete sich auf und leckte sich das Blut von den Schuppen. »Ich werde umgehend die Überschreibungen in die Wege leiten«, sagte er und konnte seine Wut nur mühsam unterdrücken.

»Du musst wissen, dass der Franzose sich seit Jahren für klüger als alle Drachen des Westens hielt«, sagte Ddraig genüsslich zu Florin. »So hat er die Schlacht am Triglav vor zwei Jahren vorsichtshalber ausgelassen, um rechtzeitig zur Stelle zu sein, falls die Altvorderen dabei sterben sollten und Europa frei für ihn wäre. Zu seinem Leidwesen habe ich überlebt.«

»Man kann nicht alles haben«, murmelte Vouivre. »Ich hätte dich für weniger nachtragend und großmütiger gehalten.«

»Die Bemerkung«, sagte sie zu ihm, »kostet dich Bordeaux obendrauf.«

»Zur Hölle mit dir, Ddraig!«, zischte er sie an. »Behalte mein Auge, solange du möchtest. Wir sehen uns schon bald auf dem Schlachtfeld wieder! Meine Franzosen werden England ausbomben!«

»*Sehen* werden *wir* uns bestimmt nicht. Höchstens ich dich.«

Ddraig blieb gelassen. »Die Einzigen, die es schaffen könnten, meine Insel zu besiegen, wären die Deutschen gewesen. Aber da Florin an Fafnirs Stelle ist, bin ich beruhigt.« Ihr Schweif zuckte hin und her. Ein Raubtier, das mit seiner unterlegenen Beute spielte und es genoss. »Ach ja: Für diese Drohung gegen mich verlierst du dein geliebtes Périgord«, fügte sie zuckersüß hinzu. »Sollte ich hören, dass du versuchst, Trüffeln zu stehlen, komme ich selbst vorbei und reiße dir die Zunge heraus.«

Der Franzose legte sich auf sein Lager und knurrte vor sich hin, erwiderte jedoch nichts.

Jetzt hat er endlich aufgeben müssen. Florin versuchte, seine Schadenfreude, so gut es ging, zu verbergen, aber es freute ihn zu sehr, dass Vouivre endlich den Lohn für die jahrelangen Demütigungen erhielt. *Endlich muss er seine eigene Medizin kosten!* »Darf ich Euch noch an Russland erinnern, Altvordere?«

»Vielen Dank.« Ddraig betrachtete den Rubin und fuhr prüfend mit einer Kralle über den Stein. »Florin hat mich darauf aufmerksam gemacht, dass sich in Russland ein neuer Drache erhoben hat, der eng mit dem Zaren zusammenarbeiten soll. Er heißt Tugarin. Weißt du etwas von ihm, Vouivre?«

»Nein«, antwortete er abweisend. »Das geht mich nichts an. Dieser Emporkömmling«, der Kopf ruckte herum und zeigte auf Florin, »wird sich mit Tugarin beschäftigen müssen. Er wollte die Länder, die an den Einflussbereich des Zaren grenzen. Ich halte mich elegant aus der Sache heraus.«

»Ich frage deswegen, weil Russland und Frankreich in der jüngsten Geschichte gute Freunde waren. Es hätte sein können, dass der Zar über deine Mittelsmänner …

»Nein, Ddraig. Du kannst beruhigt schlafen. Dieser Ugarev …

»Tugarin«, korrigierte Florin.

»Wie auch immer der Tartar heißen mag«, sagte er ätzend. »Ich habe nichts mit ihm zu schaffen.«

»Das hattest du auch angeblich nicht mit Nie-Lung und dem Drachenkaiser.« Ddraig sah zu Florin. »Es wird unser Bestreben sein, Tugarin zu beobachten und so schnell wie möglich Kontakt zu ihm herzustellen. Sollte er für den Zaren sein, werden wir ihm bei der Zerschlagung der Revolution helfen. Ist er dagegen einer von den Bolschewiken, haben wir drei einen neuen gemeinsamen Feind.«

»Ausnahmsweise stimme ich euch zu«, sagte Vouivre sofort. »Ich mag dich hassen, Ddraig, aber meine eigene Macht bedeutet mir zu viel. Wenn Tugarin als Revolutionär Deutschland erobert hat, trifft es anschließend mein geliebtes Frankreich. Das will ich verhindert wissen.«

Meine Gelegenheit, mich beweisen zu können. »Darf ich mich als Unterhändler antragen?«, brachte sich Florin ein.

Ddraig musterte ihn, dann nickte sie. »Tu das. Auch wenn du kein Altvorderer bist.«

»Kaum aus dem Ei und will Politik machen. Die Zeit der Altvorderen ist vorbei«, grummelte Vouivre. »Wir sind die letzten, Ddraig. Was nach oben strebt, ist im Vergleich zu uns kaum frisch geschlüpft und hat keine Ahnung von den feinen Spielchen der Politik. Sie werden alles mit Gewalt lösen wollen.«

»Das wolltest du vorhin auch, Keinauge«, schleuderte ihm Florin entgegen, und Ddraig lachte.

»Es ist beschlossen«, sagte sie. »Florin wird Tugarin eine Botschaft zukommen lassen, und dann sehen wir, wie die Zeichen sind, die wir aus Sankt Petersburg erhalten.« Sie schritt auf den Ausgang zu. »Komm, Florin. Wir gehen.« Sie ließ den Rubin auf einer Krallenspitze um die eigene Achse rotieren und verließ das Gewölbe. Florin schlängelte hinterdrein.

Als sie weg waren, wie Vouivre an den Geräuschen und Gerüchen erkannte, kroch er in einen schmalen Seitengang des Gewölbes, wo er eine Kiste weißer Trüffeln in einer besonders gesicherten Kammer verwahrte. *Ihr beide werdet euch wundern.*

Doch es ging ihm nicht um die Knollen.

Er bewegte sich auf die rechte Wand zu, drückte unterwegs zwei Bodenplatten nieder und danach vier Backsteine in einer bestimmten Reihenfolge. Die Wand schwang vor ihm zurück und gab einen Hohlraum frei.

Dahinter lag ein besonderer Schatz verborgen.

Es mag sein, dass du meine Schwäche herausgefunden hast, Florin. Er tastete nach der Nische und nahm den roten Karfunkel heraus, den er dort aufbewahrte. *Doch ich wäre ein Narr, wüsste ich mir nicht zu helfen.*

Kurz vor der Ankunft des Wasserdrachen hatte er sich sein Ersatzauge herausgenommen, um Florin im Glauben zu lassen, er sei weiterhin blind. Behutsam setzte er sich den Stein ein und konnte wieder sehen.

Ich werde mich vorerst zurückhalten und all eure Forderungen erfüllen. Ihr sollt denken, dass ihr mich gebrochen hättet. Er dachte an die Nachricht, die er gestern nach Sankt Petersburg gesandt hatte. *Oh, und wie ihr beide euch noch wundern werdet. Ich habe Zeit.* Er dachte an Ddraigs Worte. *Warte nur, rote Drachin. Wir sehen uns bestimmt wieder!*

XXIII.

18. Februar 1927, Hauptstadt Běijīng, Verbotene Stadt, Kaiserreich China

Silena schlug die Dolche des Chinesen zur Seite, dessen geschuppte Haut der einer Schlange oder eines Drachen glich. Die geschlitzten Pupillen funkelten, und eine gespaltene Zunge huschte über die Lippen. Sie trat ihm in den Bauch – aber ihr Stiefel flog ins Leere, und sie machte einen erzwungenen Ausfallschritt.

Wo ist er … Sie ahnte, dass er hinter ihr stand und schlug aus der Drehung heraus in die Körpermitte; dabei ging sie auf ein Knie herab und betete zum heiligen Georg, dass der feindliche Angriff sie verfehlen möge.

Ihr Drachenzahnschwert hackte in die Seite des Chinesen. Er schrie gellend auf, knickte ein und stürzte auf die Fliesen.

Ein Dolch hatte Silena am Schlüsselbein erwischt. Die Panzerung hatte den größten Teil des Stoßes abgefangen, doch sie fühlte den schmerzhaften Stich. *Ein Preis, den ich gern zahle*, dachte sie und zog die Schneide aus dem Körper, um dem Mann den Kopf von den Schultern zu schlagen. Sie traute diesem Wesen zu, dass es sich regenerierte.

Silena sah zum Drachenkaiser.

Pǔ Yí umkreiste Donatus noch immer lächelnd. Eine Hand lag auf dem Rücken, die andere hielt das Schwert aufreizend nach vorne gestreckt und forderte ihn zum Duell.

»Bei meinem Ahnen, ich schneide dir ein Lächeln, das von einem Ohr zum anderen geht, Schlitzauge!« Donatus griff an, ließ Hieb um Hieb folgen, die der Drachenkaiser blitzartig parierte. Die Bewegungen sahen sehr elegant und routiniert aus, als bestreite er jeden Tag einen Kampf auf Leben und Tod.

Plötzlich war Brieuc wieder da, schwang seinen Zweihänder und stand Donatus bei.

Ahmats Schrei brachte Silena dazu, sich zu ihm umzudrehen.

Der Ägypter strauchelte und fiel. Sein Gegner rammte ihm das Schwert noch im Fallen durch die Brust. Die Klinge trat zusammen mit einem Schwall Blut aus dem Rücken aus. Regungslos blieb er liegen, während der Chinese sich ihr zuwandte.

Nein! Die Bestürzung über den jähen Tod lähmte sie für Sekunden, in denen ihr neuer Feind herbeisprang und zuschlug. Sie hielt dagegen, es gab ein splitterndes Geräusch, und das obere Drittel ihres Drachenzahnschwertes war abgebrochen.

Der Chinese, dessen Haut mehr und mehr eine grünliche Jadefarbe annahm, stieß ein raues Lachen aus und drosch aus Leibeskräften auf sie ein. Sie konnte sich nur mit Mühe behaupten, vermochte die Augen nicht von Ahmats Leichnam abzuwenden. Sein Ableben zerstörte ihre Kampfreflexe.

Die Geschwindigkeit war zu hoch, um zu bestehen. Ein Schlag gegen den Brustharnisch ließ sie nach hinten fallen.

Silena lag am Boden und wich der herabstoßenden Waffe mit einer leichten Körperdrehung aus. Sie klemmte das gegnerische Schwert unter dem Arm fest, rollte sich herum und zwang es dem Chinesen aus der Hand; gleichzeitig schlug sie gegen seine Knie, die sich in der Reichweite ihrer gekappten Waffe befanden, und traf.

Schreiend taumelte er einen Schritt von ihr weg und stürzte.

Du stirbst, Drache! Sie warf sich nach vorn, die Klinge mit beiden Händen führend, und stach ihm mit aller Kraft und ihrem gesamten Gewicht durch die Brust. Er ächzte und riss die Augen weit auf, umklammerte ihren Hals und würgte sie sterbend; die langen Fingernägel durchbohrten ihre Haut.

Silena vermochte den Griff nicht zu sprengen. Röchelnd schlug sie ihm die Unterarme durch, und erst dann schwand die Kraft aus den toten Fingern.

Sie streifte sie mit Gewalt ab. Etwas kratzte sie schmerzhaft. Sie sah auf ihre roten Hände: *Ich blute!* Warm lief der Lebenssaft seitlich an ihrem Hals herab. Sie hatte sich mit den Nägeln eine Wunde zugefügt. Hastig drückte sie die Hand dagegen.

Brieuc und Donatus beschäftigten Pŭ Yí, der trotz aller Bedrängnis sein schrecklich sicheres Lächeln nicht verlor. Silena wollte zu Ahmat eilen, unter dem sich eine rote Lache ausbreitete.

Nein. Ich muss den anderen beistehen. Ahmats Tod soll nicht umsonst sein. Sie eilte zu den Drachenheiligen.

»Für die Christenheit!« Brieuc führte einen mächtigen Schlag mit dem gesegneten Zweihänder, den der Drachenkaiser nicht mehr aufhalten konnte. Die Schneide fuhr von vorn in seinen Bauch, Teile des Gewandes fielen herab. Blaues, heißes Blut besprengte zischend den Boden.

Pǔ Yí schrie auf und krümmte sich, ließ das Schwert fallen – um sich mit einem Lächeln wieder aufzurichten. Er hatte den Drachenheiligen etwas vorgespielt.

Brieuc sprang fluchend zurück, Donatus kam an seine Seite. »Er hätte tot sein müssen«, sagte er wütend und wischte sich den Schweiß aus den Augen. »Das hätte sogar einen Drachen gefällt!«

»Die Legende, Großmeister«, rief Silena. »Einer von uns muss sein Leben freiwillig geben, damit wir ihn besiegen können. Nur so ist der Schutzzauber zu brechen.«

Die Türen wurden geöffnet, und die Schar Soldaten, die auf dem Hof Wache gehalten hatten, stürmten herein.

Pǔ Yí hielt seine Leibwächter mit einem scharfen Befehl auf, da er die Ratlosigkeit seiner Feinde sah. Er lachte sie aus, verhöhnte sie auf Chinesisch.

Er ist überzeugt, uns alleine vernichten zu können, und hat seine Schergen zurückgehalten. Silena blickte zu den Soldaten, die mit gesenkten Lanzen auf der Schwelle und nicht weit von Ahmats Leichnam verharrten. *Sie müssen wir nicht fürchten.*

Donatus sah auf die Uhr. »Fünf Minuten, bevor noch mehr Wachen auftauchen, sofern sie keinen Alarm ausgelöst haben.« Er schaute Brieuc an. »Sie oder ich?«

Der Drachenkaiser imitierte derweil Donatus' Bewegung und lachte noch lauter, klatschte vor Amüsement in die Hände. Dann rannte er los, die Stufen hinauf.

Die drei nahmen die Verfolgung auf. Silena fiel dabei schnell zurück. Sie wurde schwächer, weil sich die Halswunde nicht schloss. Sie versuchte, das Blut aufzuhalten, das beständig aus der Verletzung sickerte.

Es ging auf das Dach der Halle der Geistespflege, hinaus in den strömenden Regen.

Pŭ Yí breitete die Arme aus, hob das Gesicht in die Tropfen und leckte mit einer geschlitzten Zunge das Wasser vom Kinn. Er schien sie gleichzeitig herauszufordern und ihnen zeigen zu wollen, dass er das Wetter herbeigerufen hatte. Sie sollten beeindruckt sein.

»Was will er hier oben?« Donatus ging nach rechts, Brieuc nach links, um ihn einzukreisen. Silena, die sich durch die Luke schob, näherte sich ihm von vorne. Sie sah den langen Spieß, den Ahmat hier hatte liegen lassen, und griff ihn sich.

Die Antwort auf Donatus' Frage gab der dunkle Himmel: Aus dem Regen wurden Hagelkörner, enteneigroß, die schmerzhaft auf die Drachenheiligen niedergingen.

Damit nicht genug: Ein Blitz stach aus der Schwärze hoch über ihnen und krachte vor Brieuc in die Ziegel. Der gebrannte Ton explodierte, scharfkantige Splitter schnitten in sein Gesicht. »Meine Augen«, rief er verzweifelt und geriet ins Wanken. »Er hat mich geblendet!«

»Dann entleiben Sie sich, Großmeister!«, rief Donatus, dem ein Hagelkorn die Nase zerschmettert hatte. Er schwang das Schwert und rammte es Pŭ Yí durch das Herz. »Jetzt!«

Aber Brieuc dachte nicht daran, er suchte sein Gleichgewicht zu erlangen.

Der Drachenkaiser brüllte zornig auf und versetzte Donatus einen Schlag mit dem Handrücken, der ihn bis zum Rand des Daches fliegen ließ. Er schlitterte auf dem Rücken über die Ziegel und stürzte kreischend in die Tiefe. Sie hörten den Aufschlag, mit dem seine Stimme verebbte und als Echo zu ihnen zurückkehrte.

Heiliger Georg! Silena wurde kalt. Die letzte Hoffnung, lebend aus der Verbotenen Stadt zu gelangen, war winzig, nein, verschwindend gering. Dennoch verbot sie sich aufzugeben.

Wachen erschienen auf der Mauer über dem Eingang zum Hof und zeigten zu ihnen aufs Dach. Laute Rufe hallten, die Angreifer waren entdeckt worden.

Aus dem Hagel wurde wieder Regen.

Pŭ Yí zog sich die Klinge aus dem Körper. Er spazierte auf Brieuc zu, als hätte er alle Zeit der Welt, und wirbelte dabei das Schwert.

»Brieuc! Töten Sie sich!« Silena nahm die Hand von der Wunde, packte entschlossen den Spießschaft und griff den Kaiser an, der die Stöße mit Schwertschlägen parierte. »Wir werden ansonsten versagen.«

Brieuc wankte nicht mehr, der Regen spülte das Blut von seinen Zügen. Nur ein Auge war getroffen worden, mit dem anderen vermochte er zu sehen. »Nein. Du musst dich töten«, gab er zurück. »Du bist es, die den Tod verdient hat!«

»Sind Sie verrückt?« Ein Blinzeln lang war sie verwirrt. *Sehr gut,* dachte sie schließlich. *Er spielt uns etwas vor, um den Drachenkaiser abzulenken.*

»Überhaupt nicht, Verräterin!«, giftete er. »Du hast dich vom Officium in seiner schwersten Zeit abgewendet und uns allein gelassen. Wir haben uns deinen Tod so sehr gewünscht. Bereue deine Verfehlung und stirb durch deine eigene Hand, um etwas von dem wiedergutzumachen, was du angerichtet hast.«

Pŭ Yí packte den Spieß und entriss ihn Silenas Händen. Sie hatte keine Kraft mehr – aber er rutschte über die Klinge und schnitt sich dabei, ohne dass die Wunde verheilte!

Wie geht das? Silena sah genau, wie das blaue Blut aus dem Spalt sickerte und zischend auf die nassen Ziegeln tropfte. Sie war derart perplex, dass sie Brieucs Worte vergaß. *Wieso greift der Fluch nicht mehr?*

Pŭ Yí sah ebenso überrascht aus wie die Drachenheilige. Dann grollte er, warf den Spieß weg und kam auf sie zu.

Meine Schwäche ist seine Schwäche! Ich sterbe, verstand Silena im Niedersinken plötzlich. Und aus irgendeinem Grund wurde der Schutzzauber dadurch langsam aufgehoben. Mit jedem Tropfen mehr. »Ich sterbe!«, sagte sie zu Brieuc und tastete mit der Hand nach ihrer Verletzung. Warm sickerte der Lebenssaft über ihre Haut. *Löst der Fluch sich auf, weil ich mir die Wunde selbst zugefügt habe?* »Deswegen kann man ihn verletzen! Sobald ich tot bin, werden Sie ihn …«

Das Tor zum Hof der Halle flog auf, und die Mandarine eilten herein. Die fünf Minuten waren vorüber. Natürlich sahen auch sie die Menschen auf dem Dach und riefen laut. Wachen kamen bereits hereingerannt und stürmten auf die Halle zu.

Brieuc unternahm ansatzlos einen Ausfall und schlug dem Drachenkaiser den Zweihänder in die linke Seite des Brustkorbs. »Im Namen des heiligen Brieuc: Vergehe!«

Ächzend stürzte Pǔ Yí auf die Ziegel nieder, seine Bewegungen waren schwach. Er hatte niemals damit gerechnet, auf diese Weise überrascht zu werden. Zischend verwandelte sein blaues Blut Wasser in stinkenden Dunst. Die Finger rutschten hilflos über die glasierte Oberfläche. Seine Lider waren weit aufgerissen

Brieuc schleuderte die Gasgranaten in den Hof und durch die Luke. »Ich muss gehen. Es sind mir zu viele Schlitzaugen unterwegs.« Er erklomm die Mauer und erschoss zwei Wächter, die auf ihn zurannten. »Sterben Sie wohl und erlösen Sie die Welt. In zweifachem Sinn«, rief er zum Abschied und verschwand aus ihrem Sichtfeld.

Er hat mich getäuscht. Silenas Beine gaben nach, sie sank nieder. *Die ganze Zeit hat er mich getäuscht und nur darauf gewartet, mich töten zu können. Zur Hölle mit dem Officium!* Drachenkaiser und Drachenheilige lagen sich gegenüber, in beider Augen zeigte sich der Tod.

Sie bat ihr ungeborenes Kind um Verzeihung, weil es mit ihr sterben musste. Das Gas, das aufstieg, brachte sie zum Husten. Schmerzen hatte sie keine, ihren Körper spürte sie beinahe nicht mehr. *Grigorij …* Sie wünschte sich so sehr, ihn noch einmal zu sehen. *Was wird jetzt aus ihm? Wer findet und rettet ihn? Oder hat ihn Brieuc umgebracht …* Sie wurde leicht und fühlte sich, als fliege sie in dem plötzlich sehr starken und lauten Wind davon. Tränen stiegen in ihre Augen. *Grigorij …*

Pǔ Yí streckte die zitternde Hand aus, sagte etwas zu ihr, das sie nicht verstand.

»Das ist der Tod, Geschuppter«, sagte sie schwach. »Du vergehst mit mir.« Die Gasschwaden wurden dichter, der Drachenkaiser verschwand darin.

Plötzlich tauchten Gestalten um sie herum auf. Ein Mann mit meeresblauen Augen, der ein Seil um sich geschlungen hatte, das senkrecht in die Wolken führte, beugte sich über sie. *Der Tod sieht aus wie Grigorij mit Gasmaske.*

Er nahm Silena in die Arme, dann schwebten sie gemeinsam empor, dem Himmel entgegen. Als sie das Grau durchstießen, erkannte sie ihren Irrtum: Sie wurden an einem echten Seil nach oben gezogen, in den Bauch eines Luftschiffs. Ihres Luftschiffs!

Das ist die Lena! Es war nicht der Tod, der gekommen war, um sie zu holen, sondern der echte Grigorij, der sie aus Pŭ Yís Fängen retten wollte – ohne zu wissen, dass er dem Drachenkaiser damit das Leben bewahrte.

»Nein«, sagte sie und klang in ihren eigenen Ohren piepsig, mädchenhaft. Sie hatte kaum mehr Kraft, fühlte sich unendlich müde.

Er zog die Gasmaske ab und schleuderte sie achtlos in die Tiefe. »Endlich!«, sagte Grigorij erlöst zu ihr und schluckte; hastig rieb er sich eine Träne aus dem Augenwinkel. »Du wirst nicht sterben!«

»Aber Pŭ Yí … er ist noch … am Leben.« Sie berührte sein Gesicht. »Grigorij, du musst mich sterben lassen, damit er vergeht. Es hängt so vieles von seinem Tod ab. Ich kann die Verantwortung für ein Scheitern nicht tragen!«

»Niemals«, gab er erschrocken zurück. »*Ich* übernehme sie. Du bist mir das Liebste, das ich nicht aufgeben kann und will, sollte es einhundert oder eintausend andere Menschenleben kosten!« Er streichelte ihren Kopf. »Gleich geht es dir besser.«

»Grigorij …« Ihr schwaches Sträuben half ihr nichts.

Sie wurden an Bord der *Lena* gezogen. Silena landete auf einer Trage. Doktor Eisenbeis stand bereit und kümmerte sich sofort um sie. Lange Nadeln stachen durch ihre Haut, Infusionen wurden gelegt, und sie spürte, wie das Leben in sie zurückkehrte. *In mich, mein Kind und den Drachenkaiser.*

Grigorij nahm ihre Hand und hielt sie. »Du wirst wieder gesund.« Er lächelte und weinte gleichzeitig. »Das verspreche ich dir!«

Silena konnte sich weder freuen noch um die vergebene Chance trauern.

6. März 1927, Bilston (ca. fünf Meilen südlich von Neu-Edinburgh), Provinz Schottland, Königreich Großbritannien

Grigorij saß in seinem Arbeitszimmer und sichtete die letzten Berichte, die aus China hereingekommen waren. Sein weißes Hemd war bis zur Mitte der behaarten Brust geöffnet, die nackten Füße hatte er hochgelegt. *Die Welt kann mit uns zufrieden sein, würde ich meinen.*

Ein aufdringliches Geruchskonglomerat aus aromatisiertem Tabak und schwerem, würzigem Duftwasser hing in der Luft. Das Grammophon spielte Whispering Jack Smiths entspannendes *Me and My Shadow*.

Leída saß in ihrer Khakiuniform auf dem Sessel seinem Schreibtisch gegenüber, Oberst Litzow trank Whisky und schaute die Zeitungen durch, die sich ebenfalls mit den Vorgängen im Reich des Drachen beschäftigen; er trug die schwarzroten Farben der *Skyguards*.

»Ganz umsonst war die Reise meiner Frau doch nicht.« Grigorij richtete sich auf und zeigte auf das Telegramm, das ihn von Zhiao erreicht hatte. »Der Drachenkaiser ist wirklich gestorben. Und an seine Stelle rückte der minderjährige Prinz Zhu Zaihou.«

»An den Tod würde ich nicht unbedingt glauben, Fürst. Aber solange sich die Machtverhältnisse zugunsten Europas geändert haben, soll es uns doch recht sein, oder?! Litzow hob die Tageszeitung in die Höhe. »Hier wird spekuliert, wie Pǔ Yí ums Leben kam und ob das unbekannte Luftschiff über der Verbotenen Stadt etwas mit dem Tod zu tun haben könnte. Zhu Zaihou ist den Korrespondenten unbekannt. Sie alle wundern sich, dass er im Testament des kinderlosen Kaisers als Adoptivsohn stand. Ein Spross aus der Ming-Dynastie!« Er wirkte besorgt.

»Sie können ganz entspannt sein, Oberst. Zhiao meinte, dass die Nachfolge zum Wohle des Landes geregelt worden sei. Prinzenmutter Wan unterstützt ihn in den ersten Jahren.« Grigorij goss sich auch einen Whisky ein und nippte daran; er sah zufrieden aus. Er genoss es, einen Hauch von seinem alten Leben spüren zu dürfen. *In China laufen die Dinge gut.* »Das ist ein extrem leckerer Tropfen.«

»Ich bin immer noch der Meinung, dass nur tote Drachen gute Drachen sind. Egal an welchem Ort der Welt.« Leída runzelte die Stirn. »Seit wann trinken Sie wieder?«

»Seit ich es gebraucht habe«, gab er ertappt und ein wenig beleidigt zurück. »Meine Gabe der Hellseherei verlangte danach. Ohne sie hätte ich Silena und meine Tochter nicht retten können.« Grigorij leerte das schwere Glas und schenkte sich nach. »Es war Dummheit, dieses Geschenk nicht mehr zu nutzen.« Er streifte die halb langen schwarzen Haare aufsässig nach hinten. *Du schreibst mir nichts vor.*

»Reden wir von der Hellseherei oder dem Alkohol?«, warf sie scharf ein.

»Mrs. Havock«, sagte er gespielt freundlich, »kümmern Sie sich nicht darum, was ich trinke und wie viel. Ich vertrage einiges.« Zum Beweis, wie gleichgültig ihm ihre Meinung war, nahm er eine Zigarette aus dem Etui, dann den Flakon mit dem Haschischöl aus der obersten Schublade, träufelte etwas davon darüber und zündete sie an. *In meinem Haus hast du mir nichts zu sagen.* »Was macht die Rekrutierung der Neuen?« Er tat einen tiefen Zug.

»Wir haben ein paar fähige Kerle aus Edinburgh«, antwortete sie und ging nicht weiter auf seinen wiedererwachten Drogenkonsum ein. »Insgesamt fehlen mir noch vierzig Mann. Bald, so hoffe ich, ist die Entschädigungszahlung des deutschen Kaisers auf meinem Konto eingegangen. Damit werde ich mir ein neues Luftschiff bestellen.«

»Die Fertigstellung dauert lange. Ich kann Ihnen eines von meinen leihen«, bot Grigorij an und fuchtelte dabei affektiert mit der Zigarette. Die Wirkung der Droge setzte bereits ein. Er genoss es außerordentlich.

Aber sie lehnte dankend ab. »Die Ausbildung meiner Leute steht an erster Stelle. Wenn sie mit den Waffen umgehen können und die gängigen Taktiken im Schlaf beherrschen, die man zur Jagd braucht, wird ein Zeppelin fertig sein.« Sie grinste, ein Teil des Lächelns verschwand hinter den langen blonden Haaren. »Sollte ich irgendwohin fliegen wollen, frage ich Cyrano.«

Litzow und Grigorij lachten.

»Das wäre ein sehr nachdrücklicher Auftritt, sich von einem

Gargoyle zu einem Treffen bringen zu lassen.« Der Oberst grinste. »Es freut mich, dass Sie diese tapfere Kreatur an Ihrer Seite haben, Mrs. Havock.«

»Es ist gerade noch einmal gut gegangen. Voss hatte ihn und seine Freunde festgehalten, weil sie Zeugen wurden, wie Drachen eingefangen und weggebracht wurden«, erzählte sie. »Sie folgten ihnen bis nach Finstergrund. Und gerade als Cyrano umkehren und mir Bescheid sagen wollte, hat man sie festgesetzt.«

»Voss versuchte eine eigene Gargoylezucht wie das Officium.« Litzow rieb die Schnauzbartenden spitz und drehte sie nach oben.

Grigorij nahm die Flasche mit dem Whiskylikör und schüttete etwas davon in seinen Drink. Zusätzlicher Kräutergeruch entfaltete sich im Raum. Er kostete von seiner Kreation. *Oh, nicht schlecht!*

»Nein. Er hatte sie als Drachenfutter vorgesehen und zu den Flugdrachen gesperrt. Cyrano behauptete sich gegen die Geschuppten und wartete auf eine Möglichkeit, von dort zu entkommen. Seine Freunde wurden gefressen.«

»Oh, das tut mir leid. Aber wenigstens haben die Drachenanbeter ihre gerechte Strafe erhalten.« Litzow suchte die deutschen Zeitungsausschnitte heraus, die sich mit den Voss'schen Stollen beschäftigten, in denen die Drachenanbeter die Geschuppten wie in gewaltigen Zoos gehalten hatten. »Mrs. Havock hatte ja vorgemacht, wie man damit umgeht: Sie wurden alle gesprengt. Mitsamt der Scheusale darin.«

»Es wird immer Drachen geben«, sagte Leída. »So hat sich herausgestellt, dass mindestens achtzig Drachen aus dem Bergwerk Anna in Palmnicken nicht durchs Wasser ersoffen sind, sondern in die Freiheit gespült wurden. Teilstücke der Stollen müssen unbemerkt aufgebrochen sein. Ein Fischerdorf in der Nähe wurde von ihnen verwüstet, danach trennten sich die Spuren. Sie sehen: Es gibt genug zu tun.« Sie stand auf und reichte den Männern der Reihe nach die Hand. »Ich muss weiter, Gentlemen. Richten Sie Silena meine besonderen Wünsche aus, Fürst. Jedes Mal, wenn ich sie besuchen wollte, schlief sie.«

»Danke. Ich richte es gern aus.« Grigorij sah sie durch die

Qualmwolke an. »Sie benötigt viel Ruhe, damit unserer Tochter nichts geschieht.«

»Woher wissen Sie, dass es eine Tochter …«, setzte Leída zur Frage an und sah ihn grinsen. »Ach ja, die Hellseherei«, meinte sie dann und zeigte wenig Begeisterung. »Übertreiben Sie es nicht mit dem *Hellsehen*«, sagte sie betont und zeigte auf die Flasche.

»Litzow passt auf mich auf«, entgegnete er und hob sein Glas zum Gruß. »Wenn die *Skyguards* etwas für Sie tun können, lassen Sie es mich wissen.« Der Oberst salutierte, Leída verließ den Raum.

»Ob sie recht hat?«, fragte er Grigorij. »Wird es immer Drachen geben?«

»Nein.« Mehr antwortete er nicht, doch in seiner Stimme lag kein Hauch von Zweifel. *Es wird nur sehr, sehr lange dauern.*

Der Oberst überflog die neueste Meldung. »Der Vatikan scheint das ebenso zu sehen. Immerhin ist das Officium Draconis aufgelöst worden. Was ich sehr, sehr merkwürdig und überraschend finde.«

»Finden Sie? Sie haben keinen Nachschub mehr an Heiligennachfahren.« Grigorij schmunzelte. »Gut, lassen wir meine Tochter und meine Frau einmal dabei außen vor. Donatus und Ademar sind umgekommen, Brieuc tauchte nicht mehr auf, und die Drachenanbeter hatten vorher schon zugeschlagen. Der Papst übertrug die Drachenjagd auf den Orden des heiligen Georg, und damit ist er aus der Sache raus. So ist die Jagd zwar immer noch christlich motiviert, aber sie liegt in der Hand von Laien.«

»Zumindest offiziell«, warf Litzow ein.

»Der Papst *ist* raus«, betonte Grigorij und ließ lässig das Getränk im Glas kreisen. »Sie wissen, dass es keine gute Idee ist, einem Hellseher zu widersprechen, Oberst.«

»Ich vergaß«, sagte er und schlug sich gegen die Stirn. »Wo haben Sie noch überall hinter die Kulissen geblickt?«

Das werde ich dir nicht sagen, alter Haudegen. Der Fürst lächelte nur und trank aus. Er wollte die Bezahlung der Detektei in die Wege leiten, die für Silena nach ihm gesucht hatte.

Es klopfte, und die Tür wurde auf Grigorijs Zuruf geöffnet.

Ihr Kommunikationsoffizier streckte den Kopf zur Tür herein. »Verzeihen Sie die Störung, Fürst, aber wir haben eine Nachricht an Sie. Aus Sankt Petersburg.« Er betrat das Zimmer und reichte ihm den Umschlag, in dem das Papier mit der Botschaft steckte. »Kam eben über den Telegrafen rein.« Er salutierte und wartete an der Tür. »Man möchte eine sofortige Antwort. Die Angelegenheit sei dringend und staatstragend, wurde angemerkt.«

Mutter! Grigorij riss das Papier auf. *Ich habe ihr Schicksal sträflich vernachlässigt. Es wird ihr hoffentlich nichts geschehen sein!* Er las die Blockbuchstaben, mit denen der Funker die Nachricht notiert hatte; mit der freien Hand goss er sich einen dritten Whisky ein, stürzte ihn bleich hinab und schenkte sich erneut ein. *Das darf nicht sein! Es soll nicht geschehen sein!* Er stand auf, im Gehen trank er aus und stellte das Glas achtlos in ein Regal. »Melden Sie, dass ich sofort komme«, sagte er zum Offizier, dann wandte er sich aufgebracht an Litzow: »Lassen Sie die *Lena* startklar machen. Ich muss nach Russland.«

Grigorij rannte hinaus und stürmte in den Wohnbereich, wo er Silena im Schlafzimmer vorfand. Sie lag in ihrem Bett und las ein Buch.

»Grigorij«, sagte sie erstaunt. Als sie seinen Atem roch, verzog sich ihr Gesicht. »Du bist betrunken. Und ein Blick in deine Augen genügt, um zu erkennen, dass du Haschisch …«

Er legte ihr einen Finger auf die Lippen. »Schimpfe später mit mir«, sagte er hastig, »aber jetzt lies das!« Er reichte ihr das Telegramm:

+++ AN KNJAZ GRIGORIJ WADIM BASILIUS ZADORNOV +++ +STOPP+ BOMBENATTENTAT AUF ZAR NIKOLAUS DEN ZWEITEN UND FAMILIE +STOPP+ ALLE MITGLIEDER DER ZARENFAMILIE TOT +STOPP+ TESTAMENT GEFUNDEN +STOPP+ NÄCHSTER ERBE ZARITSASOHN ZADORNOV +STOPP+ ANWESENHEIT IN SANKT PETERSBURG ERFORDERLICH +STOPP+ ODER REVOLUTIONÄRE ÜBERNEHMEN MACHT +STOPP+++

Silena senkte das Papier. »Bei den Heiligen. Deine Mutter ist tot!« Sie nahm ihn in die Arme.

»Ja«, sagte er und biss die Zähne zusammen. Es war nicht die Zeit für Trauer, und er fühlte sich auch nicht danach. Die Drogen verhinderten es. Ihn verlangte es nach Rache, nach den Köpfen der Schuldigen. Nach dem Blut von Stalin. Er löste sich ungewohnt schnell von ihr.

»Du bist der neue Zar?«

»Zar Grigorij der Erste!«, sagte er düster. »Ich muss sofort nach Russland, um ein Chaos und Morden zu verhindern. Dafür möchte ich deinen Segen.« Er legte die Hand auf ihren Bauch, wo das Leben wuchs. »Ich hole euch nach, wenn die Verhältnisse sich beruhigt haben. Bist du damit einverstanden? Sag ein Wort, und ich bleibe bei dir, wenn du es nicht möchtest.« *Bitte, verwehre es mir nicht! Sonst muss ich mein Wort brechen und ohne deine Einwilligung gehen!*

Silena reichte ihm die Botschaft zurück. »Ich weiß, was es bedeutet, wegen der Herkunft Verantwortung zu übernehmen, die über das eigene Leben hinausgeht«, sagte sie zu ihm und nahm sein Gesicht in beide Hände, küsste ihn sanft. »Geh, mein Gemahl. Aber gib gut auf dich acht! Wir haben erst ein Abenteuer lebend überstanden. Wir sollten das Glück nicht zu oft auf die Probe stellen. Und hör mit dem Haschisch und dem Alkohol auf! Du musst als Herrscher einen klaren Kopf bewahren.«

Grigorij strahlte sie an und küsste sie nochmals. »Danke! Und mit Glück hat es nichts zu tun. Meine Hellseherei wird mich schützen.« Er küsste ihren Bauch, dann stürmte er hinaus, zog sich in aller Eile an und warf sich den Mantel über. *Zar!* Er war gespannt, welche Aufgaben auf ihn warteten. *Ich werde Russland in deinem Sinne leiten, Mutter,* schwor er der Toten. *Ich begehe nicht die gleichen Fehler, die Nikolaus und mein Vater begangen haben.*

Grigorij verließ Minuten darauf das Gebäude und eilte in die Luftschiffhalle. Er betrat die Gondel, wo die Mannschaft eben einrückte und die verschiedenen Stationen des Zeppelins besetzte.

Das Erste, was er tat, als er die Brücke betrat, war, den Flachmann aus seinem Mantel zu ziehen. Er trank einen Schluck Wodka. Seine Wut und der Hass auf die Verantwortlichen des Attentats steigerten sich. *Deine Mörder werden vor mir nicht sicher sein. Sie werden alle büßen. Alle!* »Hoch mit der *Lena*«, befahl er ruppig. »Ich muss Verbrecher zur Strecke bringen.«

Kurz darauf wurde das Luftschiff aus der Halle geschleppt. Die Motoren schalteten von Leerlauf auf volle Kraft.

Die *Lena* nahm Fahrt auf und schwenkte nach Osten ein.

Silena war entgegen der ärztlichen Anordnung aufgestanden, hatte sich Grigorijs karierten Morgenmantel genommen und war vor die Tür getreten. Sie schaute der *Lena* hinterher und sandte ihr viele gute Gedanken mit.

Was das Schicksal wieder einmal mit mir und denen, die in meiner Nähe sind, beabsichtigt?, dachte sie versonnen und schob die Hände in die Tasche.

Sie glaubte noch nicht, dass Grigorij wirklich den Titel eines Zaren erlangen würde. Er war der Sohn der Zaritsa und Rasputins. Das Blut in seinen Adern würde seinen Gegnern genügend Gründe liefern, an seiner Befähigung für das hohe Amt zu zweifeln. Dazu kam sein einstiger Ruf als Weiberheld, Säufer, Spieler und nicht zuletzt als Duellant, der viele Menschen getötet hatte.

Ihn aufhalten und ihm die Unternehmung ausreden wollte sie dennoch nicht. Es stimmte: Das russische Volk musste einen Nachfolger präsentiert bekommen, damit es einen Rettungsanker in der unruhigen Zeit erhielt.

Sie hatte sich nicht im Detail mit den Vorgängen in Grigorijs Heimat befasst, kannte nur grob die Forderungen von Bolschewiken und Menschewiken, aber sie konnte mit beiden nichts anfangen. Leicht fiel es ihr nicht, ihn fliegen zu lassen, in ein unfreundliches, gefährliches Sankt Petersburg.

Silena fühlte das Leben, das in ihr reifte, und lächelte. *Ein Erbe für Sankt Georg*, dachte sie. *Aber Drachen jagen wirst du nicht.*

Sie drehte sich zum Eingang.

»Großmeisterin, warten Sie! Ich habe etwas für Sie!«

Diese … Stimme?! Silena sah über die Schulter – und zog den Kopf ein: Der Zweihänder verfehlte ihren Kopf und schlug pfeifend ins Holz der Eingangstür; Splitter flogen davon.

Erschrocken wich sie vor dem Mann in dem langen schwarzen Mantel zurück, der sie mit einem wütenden Schrei attackierte. »Brieuc!«

»Ich bin hier, um dich endlich zu bestrafen!«, schrie er. Er stieß zu. Die Schneide glitt an der Seite durch den Mantel und verletzte sie.

Sie standen allein im Eingang. Die *Skyguards* waren noch in der Luftschiffhalle, weil Grigorij sie dorthin befohlen hatte, um die *Lena* zum Abflug klarzumachen.

Silena sog die Luft durch die Zähne ein und versuchte, die Angst zu unterdrücken. Wenn sie waffenlos gegen den verwirrten Großmeister überleben wollte, durfte sie nicht in Panik verfallen. Er lachte und deutete mit der Spitze auf sie. »Wenn du wüsstest, *wie lange* ich dich schon tot sehen wollte: seit zwei Jahren!« Brieuc schwang den Zweihänder spielerisch. »Ademar, Donatus, ich und alle anderen haben dich für deinen Verrat gehasst. Du hast deine Familie – das Officium – im Stich gelassen, Verräterin! Das konnten wir dir nicht vergeben.«

Silena hatte befürchtet, dass die hasserfüllten Worte, die er auf dem Dach in der Verbotenen Stadt zu ihr gesagt hatte, die Wahrheit gewesen waren. Ihr wurde eiskalt. »Es *war* Ihre Uhr, die Ahmat in Oranienbaum gefunden hatte! Weil Sie das Luftschiff meines Mannes abgeschossen haben!«

Brieuc grinste bösartig. »Wir wollten dich brechen, dich zur Verzweiflung bringen, dir seelische Qualen bereiten, bevor wir dich richten. Deshalb war es wichtig, dass du mich als eine Art Freund siehst und mir vertraust«, erklärte er ihr seinen Plan. »Wir haben dir Fallen gestellt, Attentate in die Wege geleitet. Die Drachenfreunde unterstützten uns ungewollt bei unserem Vorhaben, aber es kam anders, als wir dachten.« Er ging auf sie zu, sie wich zurück. »Du bist dem Tod zu oft entronnen. Ich glaubte dich endlich ausgelöscht, als ich aus Běijīng floh. Du kannst dir vorstellen, wie groß mein Hass war, als ich lesen musste, dass du lebst.« Das Schwert deutete auf den Bauch. »Dein Kind, Verräterin, ist der Nachfahre des heiligen Georg. Überlasse es dem Officium …«

»Es gibt kein Officium mehr, Brieuc!« Nun bekam sie doch Angst. Das fanatische Lodern in seinen Augen warnte sie vor dem Wahnsinn, der ihn befallen hatte. *Ich hätte niemals geglaubt, dass sie derart fanatisch sind.* »Niemand bekommt mein Kind.«

»Oh, ich werde den Papst um das Recht bitten, ein neues Officium zu gründen.« Brieuc sah sie an. »Da du es mir nicht gibst, schneide ich es mir heraus. Es hat schon zu lange im Wanst einer Verräterin gesteckt und verdirbt darin.«

»Es wird nicht überleben …«

»Das werden wir sehen.« Sein Sprung vorwärts kam zu schnell, der Zweihänder traf sie gegen das linke Schlüsselbein und brach es, aus dem Schnitt strömte das Blut.

Sie schrie laut auf. *Tu etwas, oder du wirst gleich sterben!* Silena sah Brieuc auf sich zukommen, die Hände hoch erhoben und das lange, schwere Schwert zu einem tödlichen Schlag ausholend.

Silena hatte nur eine einzige Waffe bei sich. *Heiliger Georg!* Sie riss sich die Kette mit dem Lanzensplitter vom Hals und drückte sich vom Boden ab, katapultierte sich dem Großmeister entgegen.

Sie prallten zusammen und gingen zu Boden. Dabei schob sie dem Mann das spitze, scharfe Eisenstück bis zum Anschlag ins linke Auge.

Klirrend fiel das schwere Schwert auf die Platten. Brieuc versuchte mit einem Brüllen, das Fragment zu fassen zu bekommen, um es herauszuziehen. Er wand sich schlangengleich, verfiel in Spasmen und biss sich selbst Lippen und Zunge blutig. Der Splitter hatte sein Gehirn geschädigt, ohne ihn umzubringen.

In die Hölle mit dir! Silena bekam den Griff mit rechts zu packen und wuchtete den Zweihänder trotz des gebrochenen Schlüsselbeins mit einem Schmerzensschrei herum.

Die Klinge traf!

Brieucs Bewegungen erlahmten: Das Schwert steckte waagrecht in seiner Brust, hatte die Knochen durchschlagen und die Lunge zerteilt. Es war die gleiche Art von Treffer, den er dem Drachenkaiser zugefügt hatte. Mit einem Ächzen starb er, das brechende Auge anklagend auf die Frau gerichtet.

Silena erhob sich und taumelte von dem Toten weg. »Du Schwein!«, schrie sie ihn an. »Dieser Tod war viel zu gut für dich! Ich hätte dich und die anderen …« Sie brach unvermittelt in Tränen aus, die Anspannung fiel von ihr ab. Sie hatte gehofft, nach all den Ereignissen in China endlich Ruhe zu finden, doch es schien niemals enden zu wollen. *Vielleicht jetzt, mit seinem Tod.*

Die ersten *Skyguards* kehrten von der Luftschiffhalle zurück und kümmerten sich sofort um sie. Sie brachten Silena zu Eisenbeis, während diese einfach nicht aufhören konnte zu weinen.

Dieses Mal allerdings aus Erleichterung.

Epilog

14. März 1927, Sankt Petersburg, Zarenreich Russland

Grigorij sah die herausgeputzten Generäle der Armee, die Popen und den Patriarchen Sankt Petersburgs sowie seinen ganzen Hofstaat, von denen er ganze drei Menschen mit Namen kannte, im Winterpalais versammelt. *Wie gern würde ich euch hinausjagen!* Er blickte von seinem erhöhten Thron auf sie herab. Die Ansprache, die eben vom Patriarchen gehalten wurde, zog an ihm vorüber. Er hing seinen Gedanken nach.

Auch wenn er seit Tagen der Zar von Russland war, verzichtete er auf die Uniform, die er bei dem Anlass hätte tragen müssen, sondern hatte stattdessen seinen schwarzen Gehrock gewählt. Elegant, stilsicher und dennoch anders als die Herrscher vor ihm. Das war die Botschaft, die er verbreiten wollte.

Außerdem sah Grigorij sich nicht als Romanow an, dessen Wappen und Farben er tragen musste. Er spielte mit dem Gedanken, die rotweiße Fahne des Großherzogtums Hessen und bei Rhein als Grundlage seines eigenen Wappens zu wählen. Seine Mutter stammte von dort, Rasputin war im Ural geboren.

Ein Berg würde sich darauf gut machen. Ein Berg, hinter dem ein blaues Auge als Sonne aufgeht, dachte er über die Gestaltung seines Wappens nach, während er den Hofstaat betrachtete. Das Auge stünde für ihn und die Gabe der Hellsicht.

»… weise, durch die rasche Umsetzung kleinerer Reformen das einfache Volk zu beruhigen«, salbaderte der Patriarch, als habe er die Idee dazu gehabt. »Hoheit gaben ihnen Hoffnung auf mehr und nahmen den Revolutionären den Wind aus den Segeln.«

Grigorij lächelte ihm zu und winkte huldvoll. Stimmten die Informationen der Ochrana, die Vatjankim ihm zugespielt hatte, war der neue Zar bereits beliebter als Nikolaus der Zweite. Heute stand sein erster Einsatz auf dem diplomatischen Parkett an, auf den er sich mit zwei Wodka, einem Whisky, Haschisch und den Resten des Zauberpulvers vorbereitet hatte. Gerade dieses Pulver besaß unglaubliche Wirkung, und das war äußerst gut so. Grigorij benötigte in dieser Lage all seine Kräfte.

Ich werde Vatjankim zum Direktor der Ochrana machen. Er ist fähig, gewissenhaft in der Ausübung seiner Pflicht und doch in der Lage, nicht auf jeden Unschuldigen zu schießen, der ihm begegnet. Er dachte an die Episode in Väddo, die er erzählt bekommen hatte. Manch anderer hätte auf die Dörfler geschossen. Grigorij würde Tilda, Olof und dem Rest wie versprochen als Dank für seine Rettung eine immense Summe in Gold überbringen lassen. *Vatjankim ist der Richtige. Er kann ihnen die Barren bringen.* »Danke, Patriarch. Sie haben mir den nötigen Mut gegeben, mich neuen Aufgaben zu stellen.« Er schlug pro forma das Kreuz und gab gelöst das Signal an die Bediensteten, die an der Tür standen.

Der riesige Eingang wurde geöffnet.

Herein strömte eine zehnköpfige chinesische Delegation, die von Prinz Zhu Zaihou, dem kommenden Kaiser des Reichs der Mitte, angeführt wurde. Sie trugen maßgeschneiderte Smokings mit weißen Hemden, Stehkragen und Cut, die Hände steckten in weißen Handschuhen.

Sieh einer an. Grigorij war überrascht. Er hatte mit einem klassischeren Äußeren, sprich bunten, bestickten Seidengewändern und viel Schminke gerechnet. Das untraditionelle Auftreten verstand er gleichermaßen als Zeichen für Erneuerung und Modernität.

Zwei Meter vor dem Thron blieben die Chinesen stehen und beugten die Köpfe. »Ich grüße Euch, Eure kaiserliche Majestät«, sprach Zhu Zaihou in bestem Englisch. Der Prinz konnte nicht älter als vierzehn Jahre sein, aber er machte einen erwachsenen Eindruck. Er trug die schwarzen Haare kurz geschnitten. »Wenn es Euch recht ist, reden wir in dieser Sprache als Gleichberechtigte miteinander, kaiserliche Majestät. Wir benötigen keinen Übersetzer.«

»Sehr gerne, Prinz Zhu Zaihou«, antwortete Grigorij und sah erste böse Mienen unter seinen Generälen. Höchstens zwei von ihnen beherrschten Englisch. Er stand auf, ging die Stufen hinab und reichte ihm die Hand. »Willkommen in Sankt Petersburg. Sie sind hier, um mir die Fortführung der Verhandlungen des Friedenspakts vorzuschlagen.«

»So ist es, kaiserliche Majestät.« Zhu Zaihou hob den Kopf und lächelte warm, herzlich. »Unsere Imperien sollten nicht länger fürchten, dass der Nachbar ihn angreift. Es gibt so viele Dinge in unseren eigenen Ländern zu ordnen.«

Aus einer Eingebung heraus stand Grigorij auf, ging zu Zhu Zaihou und nahm ihn am Ellenbogen, um ihn zu einer Nebentür zu geleiten. »Kommen Sie, Prinz. Ich finde, wir können das unter vier Augen bereden. Sagen wir einfach, es ist ein Geheimabkommen, von dessen Inhalt niemand außer Ihnen, mir und Ihrer Mutter etwas wissen darf.«

Zhu Zaihou lächelte und wies seine verdutzten Begleiter an, im Saal mit den ratlosen russischen Würdenträgern zurückzubleiben. »Das gefällt mir, kaiserliche Hoheit.«

Sie verließen den Raum, wandelten den Korridor entlang und blickten aus den Fenstern auf den verschneiten Garten. Ein friedlicheres Bild konnte es kaum geben.

»Meine Mutter riet mir, dass wir einen Nichtangriffspakt schließen sollten, und das am besten heute noch«, eröffnete Zhu Zaihou. »Dazu tauschen wir Geiseln und Gold als Unterpfand aus.«

»Das höre ich gern.« Grigorij blieb stehen und schaute hinaus. »Sie, Ihre Mutter und ich teilen uns das Los, überraschend an die Macht gekommen zu sein.«

»Das stimmt, auch wenn es Sie, kaiserliche …«

»Lassen Sie den Kaiserkram weg, solange wir unter uns sind«, unterbrach ihn Grigorij. »Das Protokoll ist für die Öffentlichkeit.«

»Reden wir offen. Ja, Sie haben recht, was das Überraschende angeht.« Zhu Zaihou verschränkte die Arme auf dem Rücken. »Es dürfte Ihnen kein Geheimnis sein, dass meine Mutter die Staatsgeschäfte leitet. Sie ist darauf vorbereitet, und ich gehorche ihrem Willen«, sagte er und klang erleichtert. »Greift uns ein Nachbar jetzt an, sind meine Mutter und ich schneller vom Thron gestürzt als jedem lieb sein kann.«

»Auch wenn Sie versuchen, ominös zu bleiben, weiß ich um Ihr

Geheimnis, Prinz Zhu Zaihou aus der Dynastie der Ming.« Grigorij erinnerte sich genau an die Erzählungen seiner Frau, die sie über die chinesischen Herrscher und den Drachen in ihnen zum Besten gegeben hatte. Silena ahnte noch immer nicht, dass sie selbst einen Drachenwirbel in sich trug. »Sie und Ihre Mutter tragen eine Bestie in sich.« In heiterem Tonfall erklärte er dem entsetzten Zhu Zaihou, was er wusste. »Wir haben aus sicherer Quelle erfahren, dass Ihre Mutter und Sie zu den Drachen gehören, die gut für China sein werden«, schloss er. »Gehen Sie davon aus, dass Russland Sie unterstützt. Aber sobald ein Nie-Lung auf den Thron will, aus welcher Dynastie auch immer, werde ich nicht zögern, das Arsenal der russischen Armee loszulassen, um ihn zu stürzen.«

Zhu Zaihou war sichtlich beeindruckt. »Sie sind äußerst gut unterrichtet, was chinesische Märchen angeht«, flüchtete er sich in die Lächerlichkeit, was Grigorij mit einem Grinsen quittierte. »Ich freue mich jedenfalls, dass wir rasch zu einer Einigung kommen, aus welchen Beweggründen Ihrerseits auch immer.«

»*Meine* Mutter wünschte sich nichts anderes als Frieden und Wohlstand für alle Untertanen. Es ist *ihr* Erbe, das ich antrete.« Grigorij sah dem Chinesen in die braunen Augen. »Ich werde den Vertrag ohne Weiteres unterzeichnen. Und Sie, Prinz Zhu Zaihou, wissen, dass der Zar ein wachsames, nein, zwei wachsame Augen auf den Drachenthron haben wird.«

»Meine Mutter wird darüber erbaut sein«, erwiderte er und verbeugte sich. »Ich habe Geschenke für Sie. Oder besser für das russische Volk.« Er schien nachzudenken. »Ehrlich gesagt: Ich weiß nicht genau, für wen die Gaben sind, die ich im Namen meiner Mutter überreichen darf. Möglicherweise vermag die Zarin mehr damit anzufangen?«

Was sollte Silena geschenkt bekommen? »Was ist es denn, Prinz?«

»Leichen.« Zhu Zaihou lächelte, als hätte er *Parfüm* oder *Bilder* gesagt. »Zwei Stück.«

Grigorij wusste sofort, wen er meinte. »Die Großmeister Donatus und Ademar? Ich hörte, es war noch ein Dritter mit dabei. Ein Ägypter.«

Zhu Zaihou nickte. »Ja. Aber er ist noch nicht tot.«

»Oh …?«

»Der Mann, der sich Ichneumon nennt, wurde von uns schwer verletzt gefunden und geheilt. In seinen Fieberträumen schrie er ständig den Namen Ihrer Gattin, also ließen wir ihn am Leben. Als Zeichen unserer Verbundenheit und neuen chinesisch-russischen Freundschaft übergeben wir den Mann sehr gerne Ihnen.«

Das wird Nagib und Nitokris freuen. Er hatte sich bei den Ägyptern für sein Auftreten und sein Verhalten mehrmals entschuldigt und sie zur Entschädigung mit Geld überhäuft. Glücklicherweise hatte Nagib die Schüsse überlebt, dennoch war klar, dass er und Grigorij niemals Freunde werden würden. Museumsmitarbeiter hatten ihn und die Frau gefunden. »Ich danke Ihnen dafür, Prinz Zhu Zaihou. Er ist ein Freund meiner Gemahlin.«

»So gut, dass er ihren Namen im Schlaf schreit«, fügte der Chinese mit einem unergründlichen Lächeln hinzu. »Das dachte sich meine Mutter. Ich lasse ihn überstellen.« Zhu Zaihou nahm die Hände nach vorne. »Ich spreche offen zu Ihnen. Sie haben Einblicke in chinesische Angelegenheiten erhalten, und Ihre Frau sorgte dafür, dass wir im Reich des Drachen eine neue Ära einleiten durften. Ohne ihr Tun wäre Pǔ Yí niemals entscheidend geschwächt worden.«

»Geschwächt, aber nicht getötet«, sagte Grigorij.

»Möglich ist vieles«, deutete Zhu Zaihou das Schicksal des alten Kaisers an.

Grigorij wollte den Prinzen zu gern ohne Handschuhe berühren, um mittels der Hellseherei mehr über ihn herauszufinden. »Gut.«

»Noch eine Sache.« Der Prinz hüstelte, es war ihm unangenehm. »Sie wissen von den Finanzmanipulationen, die Pǔ Yí zusammen mit seinem deutschen Verbündeten Voss und den Drachenanbetern auf den Weg brachte.« Grigorij nickte. »Meine Mutter bedauert außerordentlich, diese Geschäfte nicht mehr rückgängig machen zu können. Die Transaktionen sind bereits getätigt, und wir haben den Eindruck, dass Voss vor seinem Tod Hebel in Bewegung setzte und eine Maschine anwarf, die keiner mehr aufhalten kann. Wenn der russische Staat Geld in deutsche Aktien investiert hat, sollte er es jetzt zurückholen. Die deutsche Börse wird bald einbrechen, egal was der Kaiser tut. Und die amerikanische wird spätestens in zwei Jahren auf Grund laufen.«

»Meinen Dank, Prinz Zhu Zaihou!« Grigorij konnte es nicht lassen, er wollte es versuchen. Als sie sich die Hände reichten, schob er den Zeigefinger hoch, sodass er damit hinter den Handschuh rutschte – und traf auf Baumwolle. *Er hat lange Unterwäsche an.* Er müsste dem Prinzen die Hand ins Gesicht legen, um die Gabe der Hellsicht anwenden zu können.

Zhu Zaihou bleckte die Zähne, das Grinsen erinnerte an Schadenfreude. Er wusste um die Talente des jungen Zaren. »Die Warnung ist nur rechtens. Viele Menschen werden Geld und Arbeit verlieren. Staaten sollten deswegen nicht zusammenbrechen. Sie müssen stark sein, um die Schwachen aufzufangen.«

»Sie sprechen mir aus der Seele.« Grigorij führte ihn in den Saal zurück. Die Russen und die Chinesen standen in kleinen Gruppen herum und redeten leise bei ihrem Eintreten miteinander. »Sagen wir denen einfach, die Verhandlungen seien nicht einfach gewesen«, raunte er Zhu Zaihou zu. »Sie müssen den Eindruck haben, wir hätten uns gestritten und gezankt. Nur dann wird der Vertrag in ihren Augen etwas wert sein.«

»Sie haben begriffen, wie Politik funktioniert, kaiserliche Hoheit«, merkte Zhu Zaihou an und überließ es dem Zaren, das Ergebnis zu verkünden, was mit lautem Applaus aufgenommen wurde.

Ich hoffe, dass alles in meiner Amtszeit vergleichbar einfach verläuft. Grigorij verabschiedete sich von der Delegation und besonders herzlich vom Prinzen; danach zog er sich in seine Gemächer zurück, wechselte die Kleidung und verließ inkognito zu Fuß den Palast.

Niemand wusste von seiner kleinen Reise. Nicht einmal Silena, mit der er sonst jede Sorge und jede Freude teilte.

Grigorij ging zu der Garage, in der er unter anderem das neueste Motorradmodell der DKW, die Z500, abgestellt hatte. Kein anderes Kraftrad erreichte spielend so hohe Geschwindigkeiten von mehr als neunzig Stundenkilometern; der Anzug des Zweitakters entsprach dem eines Sechs-Zylinder-Automobils. Die Z500 würde der Clou der Motorradschau im Herbst in London sein.

Der Gedanke an seine Frau verlieh ihm eine gute Stimmung. *Bald ist sie da!* Sie würde in zwei Tagen bei ihm ankommen.

Grigorij hatte einen pompösen Empfang für die Zaritsa vorbereitet, und das Volk war auf die Frau an der Seite des unerwarteten Zaren neugierig.

Ich habe vergessen, ihr von Fayence zu berichten, durchfuhr es ihn. Er hatte es dermaßen eilig gehabt, dass es ihm durch die Gedanken gerutscht war. Dabei wusste er, dass der Ägypter seiner Frau etwas bedeutete. Und anscheinend war es bei dem Drachenjäger nicht anders, wenn er schon im Schlaf Silenas Namen rief. *Sie waren lange gemeinsam in China.* Eifersucht flackerte auf – wurde jedoch von einem unwiderstehlichen Zwang überlagert. Er schluckte. *Na, dann wartet sie eben noch en wenig länger auf die Nachricht von seinem Überleben.*

Er schloss die Garage auf, schob das Tor auf und rollte die Z500 hinaus. Nachdem er Helm, dickere Handschuhe und einen mehrfach gefütterten Mantel übergezogen sowie sein geheimes Refugium gesichert hatte, stieg er auf den Sattel. *Silena und ich werden Russland in die Moderne führen. Nichts kann uns aufhalten.* Er startete den Motor und gab Gas. Das Motorrad röhrte auf.

Für besonders hartnäckige Fälle von Widerstand gegen seine Reformen baute er auf einen besonderen Verbündeten.

Grigorij fuhr mit der Z500 über die Prospekte, immer nach Osten. Die mit langen Eisendornen versehenen Reifen fanden Halt in Schnee und Eis. Sankt Petersburg fiel weit hinter ihm zurück, mehrmals bog er ab; die Straßen wurden schlechter und einsamer.

Grigorijs Unruhe nahm zu.

Er tastete die Taschen seiner Jacken ab, doch er fand nichts, womit er sich beruhigen konnte. Den Vorrat seines besten Entspannungsmittels hatte er schon längst aufgebraucht. *Dieses Mal muss er mir mehr geben,* dachte er und bemerkte ein leichtes, verräterisches Zittern in den Fingern. Nicht auszudenken, wenn es in einer Sitzung mit Generälen oder bei einem Staatsempfang ausbrach. Jeder würde es bemerken. *Er muss mir mehr geben. Er MUSS!*

Grigorij schaltete die Scheinwerfer aus und bog in einen Feldweg, der in ein Wäldchen führte. Langsam, um die Räder nicht zu beschädigen, fuhr er weiter, zwischen die Stämme auf die kleine Lichtung. Dort angekommen, parkte er die Z500 und stieg ab.

Die dickste Lage Kleidung zog er aus, um sich besser bewegen zu können.

Ungeduldig lief er hin und her.

Wo bleibt er? Will er, dass sich mein Verstand auflöst und mir aus den Ohren läuft? Er rieb sich die schweißnassen, eiskalten Hände. Es fühlte sich an, als stürben sie ab, während sein Kopf immer heißer wurde und seine Schläfen pochten.

Der Himmel verdunkelte sich, die Sterne erloschen, als sich die Silhouette eines Drachen davorschob. Wind spielte mit den Bäumen, brachte sie zum Wiegen, Schnee stob in alle Richtungen davon.

Grigorij blieb, wo er war, und sah erleichert aus. »Endlich!«, rief er, noch während der schwarze Drache landete. »Wo warst du so lange, Tugarin?«

Hochverehrter Zar, verzeih mir. Es ist nicht leicht, dein Mittel zu besorgen. Der Geschuppte neigte den Kopf, um ihm in die Augen sehen zu können. Tugarin war elf Schritt lang, seine Spannweite betrug gewiss vierzig Schritt. Der Kopf glich mehr dem eines Raubvogels als einer Schlange, mit langen, schmalen Schuppen anstelle von Federn. Seine Schnauze war kurz, kräftig und leicht nach unten gebogen, zwei spitze, scharfe Reißzähne ragten aus dem Oberkiefer.

Er nahm einen Lederbeutel unter der linken Schwinge hervor. *Das sollte für anderthalb Monate reichen, mein Zar. Geh behutsam damit um und strecke es mit Haschisch oder Opium, dann hält es länger. Die Wirkung wird die Gleiche bleiben.*

Grigorij hielt sein Glück in den Händen. Zauberpulver, so nannte er es. Es vermochte so viel. *Ich muss es kosten.* Er schlug den Beutel auf, tauchte die Fingerspitze hinein und leckte das weiße, klebrige Puder ab. Es schmeckte süßlich, einen Hauch nach Zimt, aber die Auswirkung war enorm: als würden die Sinne um das Dreifache stärker arbeiten. Sein Verstand war hellwach, ohne jede Müdigkeit. »Ausgezeichnet!«

Danke, mein Zar. Schon dein Vater mochte und benötigte es, um die Wunder zu vollbringen, die ihn berühmt machten. Es wäre nicht rechtens, es dir vorzuenthalten. Du hast erreicht, wonach er immer strebte. Er ist stolz auf dich. Tugarin atmete ein. *Wie lief es heute? Du hast den Friedenspakt mit dem Prinzen und der Drachenkaiserin geschlossen?*

»Ja, das habe ich. Zhu Zaihou stimmte sofort zu.«

Ich sagte dir bei unserem ersten Treffen vor einer Woche, dass ich mehr Macht besitze, als du dir vorzustellen magst. Deine Wahl, mit mir ein geheimes Bündnis einzugehen, wird dir nur Vorteile bringen. Die Drachenkaiserin war durch meine Fürsprache zu allem bereit. Tugarin reichte ihm eine Mappe. *Nun bist du an der Reihe. Darin sind Dekrete, die du dir durchlesen solltest. Ein paar Leute müssen befördert und ein paar getötet werden, damit die Richtigen in Russland an entscheidenden Stellen sitzen. Noch sind zu viele Vertraute der Romanows im Einsatz. Wenn alles erledigt ist, sehen wir uns in knapp zwei Monaten wieder.* Er breitete die Schwingen aus. *In der Zwischenzeit: Freunde dich mit dem Gedanken an, dass Russland, das Empire und das deutsche Kaiserreich eine Allianz eingehen, um gegen Frankreich zu marschieren.* Er schwang sich auf einem kleinen Sturm in die Luft und flog unglaublich schnell davon.

»So, sollte ich das?« Grigorij stand inmitten des aufgewirbelten Schnees und sah trotzig auf die Ledermappe sowie den Beutel.

Die Nacht sang für ihn, schwarzes Licht mischte sich unter das Glühen und Strahlen des Firmaments, und er hörte die Bäume seinen Namen in Ehrfurcht raunen. Das Gras unter dem Schnee wisperte dazu. Das Zauberpulver eröffnete ihm diese nie gekannte Schönheit der Welt, und er wollte sie nicht mehr missen.

»*Ich* bin der Zar. Ich bestimme, niemand sonst, Tugarin!«, schrie er dem Drachen hinterher und tunkte den Finger noch einmal in die weiße, geliebte Substanz. »Du gehorchst mir wie alle anderen auch!«

Grigorij kehrte zum Motorrad zurück, barg Mappe und Beutel in der Ledertasche auf dem Tank und schwang sich in den Sattel. *Ich werde durch die Gabe ein guter Zar sein*, sagte er sich. *In ein paar Jahren kann ich mit den Drogen aufhören. Silena wird mir dabei helfen.* Brummend erwachte der Motor, er gab Gas und fuhr zurück nach Sankt Petersburg.

Er hegte nicht den geringsten Zweifel an einer glücklichen Zukunft mit ihr und seiner Tochter. Dazu wusste er zu viel über die kommenden Jahre. Ahmat spielte darin keine Rolle. Das war das

Schöne an der Gabe der Hellseherei: Niemand konnte ihm etwas vormachen.

Grigorij sah auf die Ledertasche, in der der Beutel mit dem Zauberpulver lag, und biss die Zähne zusammen. *Niemand.*

Nachwort

Silena, Grigorij und ihre Freunde durften ein weiteres Abenteuer erleben, manche davon auch überleben.

Dass »Die Mächte des Feuers« als Vorgängerband derart gut angenommen wurde, hat mich sehr, sehr gefreut, und das gleiche Schicksal wünsche ich diesem Buch.

Ob es ein drittes geben wird, lasse ich offen. Die Helden haben ihre Abenteuer bestanden, gern darf selbst von den Leserinnen und Lesern gerätselt und gesponnen werden, was danach kommen könnte: Dramen oder ein leichtes Leben, nur noch Glück oder Tragik? Für alle, die nicht grübeln möchten: Der Hellseher hat es im Grunde vorweg genommen.

Ach ja, die Wirtschaftskrise, die in »Drachenkaiser« thematisiert wird, ist nicht der aktuellen Lage geschuldet.

Bereits in »Die Mächte des Feuers« sinnierte ein Altvorderer darüber, dass man die Menschen auch mit wirtschaftlichen Mitteln beherrschen kann und nicht immer auf Kriege zurückgreifen muss. Im Jahr 2006 war die Entscheidung schon gefallen, eine mögliche Fortsetzung in der »kleinen« Wirtschaftskrise der Zwanziger anzusiedeln.

Dass ich jetzt damit aktueller bin als gewollt, war vor drei Jahren bei Zinssätzen von vier bis fünf Prozent nicht abzusehen. Ich denke nicht, dass in der Gegenwart Drachen ihre Krallen im Spiel hatten, sondern eher andere Tiere: Finanzhaie und Pleitegeier.

Bedanken möchte ich mich bei meinen Testleserinnen Sonja Rüther und Petra Ney, meiner Lektorin Angela Kuepper und Carsten Polzin vom Piper Verlag. Schon wieder ein Cover, das auf meinen Vorschlag hin gestaltet wurde. So darf das weitergehen!

Ein besonderer Dank geht an das Goethe Institut Niederlande sowie den Verlag Luitingh-Sijthoff, der meine Bücher in Holland veröffentlicht; auf ihre Einladung hin habe ich eine sehr schöne

Lesereise in den Niederlanden absolviert. Ohne diese positiven Eindrücke, vor allem in Amsterdam, hätte Holland keinen Einzug in »Drachenkaiser« gefunden.

Markus Heitz

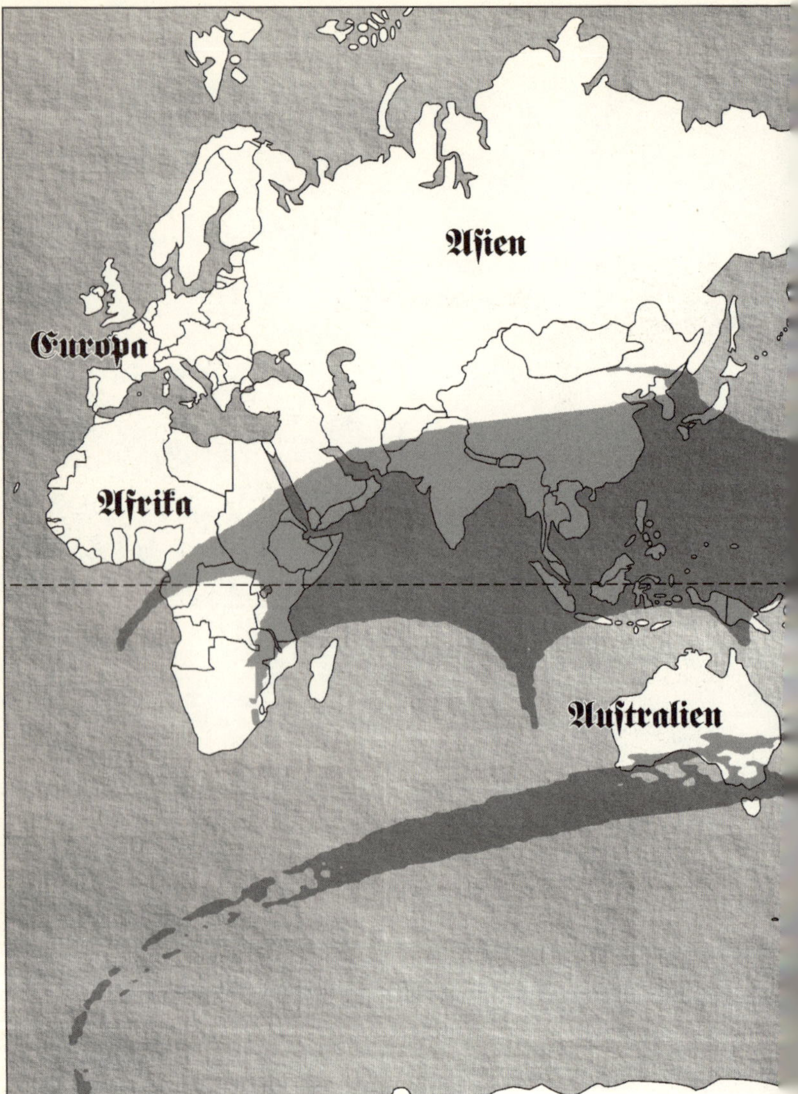
Asien
Europa
Afrika
Australien

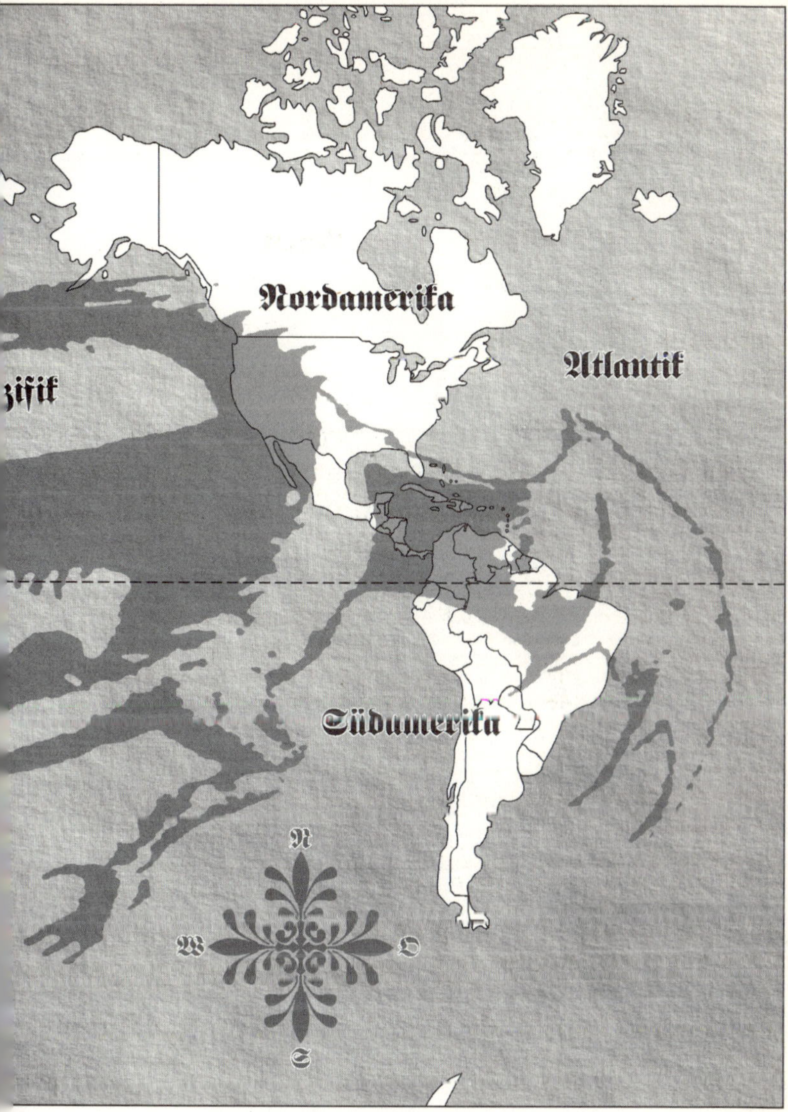
Nordamerika
Atlantik
zifik
Südamerika
N
W
O
S

SEI UNSER
HELD!
PIPER FANTASY
Gleich mitmachen und die magische
Welt der Piper Fantasy erleben! Neugierig?
Dann auf zu www.piper-fantasy.de!
Piper-Fantasy.de
PIPER

Markus Heitz

Die Legenden der Albae – Vernichtender Hass

656 Seiten. Klappenbroschur

Die Albae Sinthoras und Caphalor sehen sich beinahe am Ziel ihrer dunklen Pläne: Das Geborgene Land, die Heimat der Zwerge, wird von der Armee aus Trollen, Barbaren und Albae erobert. Die Länder der verhassten Elben sind zum Greifen nahe. Aber bald schon schwindet der Halt unter den Verbündeten, und die Gier siegt über den Gehorsam. Dazu droht Sinthoras und Caphalor neues Unheil. Denn es erscheint ein unerwarteter, bezwungen geglaubter Feind vor dem Reich der Albae – während die besten Krieger im Geborgenen Land kämpfen und die Heimat der Albae dem Gegner nahezu schutzlos ausgeliefert ist … Lang erwartet – der neue Roman um die finsteren Feinde der Zwerge!

01/1960/01/R